KB240201

우언의 인문학적 위상과 현대적 활용

책머리에

우리는 지난 3년간 우언문학을 매개로 한국, 중국, 일본, 대만, 월남 학자들을 만났다. 우리가 먼저 북경, 쿄토를 찾아갔고 나중에는 위 여러 나라 학자들이 한국을 찾았다. 우언은 동아시아의 전통적 지혜를 담는 문학적 담론 형식으로서 각 나라의 국문학적 전개뿐만 아니라 공통의 한문문학 영역을 견주어 볼만한 좋은 비교 대상이 되었다. 그 결과를 정리하여 이미 두 권의 단행본을 발간하였고, 이제 이 책을 정리하여 출판함으로써 그 세 번째 결과물을 세상에 선보인다.

이 책은 작년 2월 한국학중앙연구원에서 위 학자들과 국내의 여러 토론자 및 관련자들이 모여 제1회 동아우언국제회의를 개최하여 학문적 견해를 나누었던 것이 기초가 되었다. 그 이후 발표자들에게 혹은 옥고만을 보내주신 분들에게서 보완 원고를 다시 청탁하여 받고, 외국인의 원고는 전면 재번역하여 윤문했다. 그 지리한 과정에서 자못 성가신 청을 흔쾌히 수락해 주신 필자 여러분들, 그리고 번역과 윤문의 어려운 작업을 감당해 주신 많은 분들의 노고를 특별히 기억하고 감사를 드리지 않을 수 없다.

우리들은 3차년에 걸쳐 단행본 3권을 발간하면서 동아시아 우언을 통한 국제학술교류기를 보고한 바 있지만, 여기서 두 가지 중요한 성과를 밝혀 적고자 한다. 첫째는 한국우언문학회의 발족이다. 주로 위 3차년 과제를 수행하면서 학술교류의 편의를 도모하고자 학회를 새로 구성했으니 여러모로 체계를 갖추지 못한 것이 사실이다. 그러나 이제는 국내의 젊은 학인들의 관심을 어느 정도 유도해 내고 월례발표회도 새롭게 가동하고 있다. 둘째는 동아우언국제대회를 격년으로 동아시아 여러 지역에서 돌아가며 개최하는데 합의하고, 위에 열거했던 국가들이 동아우언국제회의 회원국을 구성하여 실무를 협의할 수 있게끔 되었다. 제1회는 한국우언문학회가 기왕에 담당한 것이고, 내년에는 중국우언연구회에서 제2회 국제대회를 주관하기로 했다.

　이같은 연구작업을 수행하는 데 있어 한국학술진흥재단의 3차년 연속과제 지원은 직접적인 계기를 마련하고 재정적인 버팀목이 되어 주었다. 이 책은 기초학문 지원사업 일반과제 〈동아시아 비교론을 통한 한국 우언문학의 실상과 활용에 관한 연구〉(KRF- 2002 -074 -AS1081)의 제3차연도 연구결과물이다. 아울러 이 책은『우언문학총서 제5집』이라 표시하고 연속물로서의 통일성을 기하였다. 이미 앞서의 단행본들을 제3집과 제4집으로 발간한 바 있지만, 당시 출간을 맡아주었던 출판사의 사정이 달라져서 〈도서출판 박이정〉과 새로운 인연을 맺게 되었다. 무엇보다도 '우언문학'이 가치도 있고 생산성도 있는 출판물이라는 점을 인정하고 이 책의 상재를 맡아주신 박찬익 사장의 열정과 혜안에 경의를 표한다. 우리도 그에 부응하기 위해 연구자로서 할 수 있는 최선의 노력을 아끼지 않을 것을 약속한다. 마지막으로 본 책의 적지 않은 원고를 일일이 수합하고 여러모로 괴로운 작업을 맡았던 전임연구원 양승민 박사의 노고를 치하하고, 박이정 편집부 제위에게 감사를 드린다.

2006년 6월 9일

일본 가시와시 레이타쿠대학 연구실에서

윤주필 삼가 씀

차 례

학술교류기 (學術交流記)

찾아보기

향후 10년간의 우언 연구를 위한 영역 설정과 제언

尹柱弼*

0. 머리말

국어국문학연구의 향후 10년을 전망하는 일은 쉬운 일이 아니다. 비록 영역을 제한한다고 하더라도 그것은 미래의 것이며 개인과 집단의 협력에 관한 것이며 무엇보다 실천이 뒤따라야 하는 것이기 때문이다. 그럼에도 불구하고 나는 내 자신이 현재 중심과제로 삼고 있는 '우언연구'의 영역을 정리하면서 더 발전시킬 여지가 있는 연구 테마를 제언하고자 한다.

우언(寓言)은 한문학, 한국문학, 동아시아문학, 세계문학 또는 문학일반에 두루 관련되어 있다. 시야가 확대되는 데 따른 필요한 능력이 부족해 늘 불만이지만 지금으로서는 '꿩 잡는 게 매'라는 식으로 관심이 좀더 머무는 곳에 능력을 집중시키면서 동학자들의 참여를 널리 구할 수밖에 없다.

그 동안 한국에서의 우언 연구는 많은 시행착오를 겪었다 할 수 있다. 무엇보다 '우언'의 기초적 이해와 관련하여 그 개념과 영역에 대한 논란이 적지 않았기 때문이다. 지금도 완전히 이 문제가 해결됐다고는 할 수 없지만 어느 정도 연구사가 축적되었으므로 이를 검토함으로써 바람직한

---

*동아우언연구팀 연구책임자, 단국대 한국어문학전공 교수

논의를 이끌어 낼 수는 있는 단계는 되었다고 보여진다.[1]

첫째, 국문학 초기연구자들은 고소설사에 대한 관심으로 가전/가전체에 주목하면서 우언을 언급했다. 이때 '가전체소설' '창작설화' '우화/우화소설' '의인소설' 등의 용어가 사용되었다. 이들은 우언이 필연코 '서사' 영역과 불가분의 관련이 있다는 강한 암시를 주면서도 용어 사용에 있어 개념이 모호했던 것도 사실이다.

둘째, 장르론적 논의에 입각해 가전/가전체, 몽유록을 서사와는 별개의 갈래에 귀속시켰다. 우언은 우화와는 전혀 다른 교술장르에 속하며 우화소설은 가전체보다는 오히려 우화와 동질적이라는 점을 강조했다. 이와는 반대로 가전체를 세분하여 평범한 가전과는 구별되는 '심성가전/가전소설' '천군소설' '천군계 우언' 등의 개념을 강조하기도 했다. 그러나 우언과 우화의 근본적 차이는 기록문학과 구비문학의 속성에서 발생하는 것이지 장르적 차별성에 기인하는 것이 아니다. 우언 개념의 독자성을 확보한 연구사적 진전은 우화와의 구별을 댓가로 삼은 불완전한 것이었다.

셋째, 가전/가전체에 대해 우언의 장르적 속성을 중간·혼합적 갈래로 재규정하거나, 우언의 개별성과 보편성을 동시에 인정했다. 전통 문인들의 고유한 세계관을 반영하는 양식으로 이해하자면 우언은 한문 지식인이 쓴 우화이며, 우화는 우언적으로 구성된 이야기이다. 말하자면 '한문학 양식'이라든지 '이야기'라든지 각각의 강조점이 다를지언정 작품의 구현 방식이나 전달 방식에 있어서 우언과 우화는 기본적으로 동질적이라는 점을 지적한 것이다.

넷째, 우언을 한국한문학의 중요한 연구영역으로 인정하면서 다각도의 논의를 폈다. 동아시아 전통 용어인 우언을 일종의 번역어인 '우화'와 굳이 구별할 필요 없이 더 포괄적 개념으로 사용했다. 즉 우언에는 구비

---

1) 윤주필, 「우언소설의 양식사적 검토」, 『고소설연구』 5집(한국고소설학회, 1998) 80~84쪽의 논의를 활용한다.

전승되는 설화로서의 민간 우언과 지식인이 인공적으로 만들어내는 창작 우언의 영역이 있다고 보고, 우화는 설화의 한 중요 유형이거나 민간우언 적 속성을 받아들인 창작우언이라 이해할 수 있게 되었다. 물론 이 지점 에서 우언은 페이블(우화)보다 알레고리라는 개념에 상응시키는 것이 더 적절하다고 할 때 우언은 수사학인가 문학양식인가 하는 새로운 의문점 이 생겨났다.

이상에서 살핀 바, 우언의 개념에 대한 간략한 연구사를 회고해 보면 우언 연구의 과제가 대강 어떠한 것인지 짐작할 수 있다. 우언은 동아시 아 한문학과 밀접한 관련을 맺고 있다. 그렇지만 한편으로 기층문학으로 서의 설화나 우화소설, 민족문학으로서의 우언 및 우언계 소설 등에도 연결된다. 그러나 현금의 연구사 단계에서 가장 긴요한 것은 우언이 비단 문학양식뿐만 아니라 하나의 수사학으로서 문명사의 유력한 담화방식으 로 기능해 왔고 앞으로도 그럴 것이라는 가능성에 주목하고 그 지위와 맥락을 검토하는 일이다. 이를 통해 거시적인 비교문학적 시야를 확보하 고 더 나아가 우언의 문학론을 구축하면서 문학이론 개척에 기여해야 한 다. 이같은 몇 가지 문제 영역을 중심으로 견해를 밝히면서 향후 우언연 구에 대해 전망하고자 한다.

1. 우언의 문화론적 맥락

우언은 인문학을 두루 포섭한다. 종교적 비의나 철학적 이념을 역사 문제로 나타내고, 역사적 사건을 철학적 주제나 종교적 신념의 예시로 끌어 올린다. 말하자면 우언은 경사체용(經史體用)의 원리로 인문학의 주제와 소재를 호응시키면서 문학적 장치를 활용한다.

선진시대에 제자백가의 우언이 성행했다면 한대에는 사마천에 의해 역사의 우언글쓰기가 시도됐다. 그는 발분저서의 뜻을 피력하면서 공자 의 춘추에 주목했다. 경서의 과도한 이념 표백보다 훨씬 효과적인 저술로서 역사학의 모범을 보이고자 한 것이다. 구체적 사건의 기술 속에 가탁하는 이념의 추구는 술이부작(述而不作)의 우회적 글쓰기 전략으로서도 힘을 얻는다. 이러한 점에서 서구 기독교의 알레고리 연구가 있다면 동아시아 경사학의 우언글쓰기 연구가 필요하다.

또한 초사(楚辭)를 계승한 한대 부(賦)는 제국의 신민으로 계층화되어 갔던 문사들의 개인적 욕망과 주장을 문학적으로 표백하기 위한 가탁물이었다. 사부(辭賦) 문학은 운문과 산문의 성격을 공유하고 하나의 서술자가 서정적 자아의 모습을 띤 채 어떤 상황을 전달하는 형식을 취하고 있다. 이러한 특징을 두고 논자들은 장르론적으로 다양한 규정을 한다. 독특한 개성을 지닌 역사적 양식으로, 중간·혼합갈래로, 서정이나 서사와는 구별되는 교술로 이해하는 편차를 보인다.

그러나 이같은 사부의 혼합적 성격은 우언글쓰기가 문학의 영역에서 양식화를 이루어낸 첫 사례로 이해해도 좋다. 우언은 서사 혹은 소설 영역에만 침투하는 것이 아니고, 동아시아 문학사의 전 과정에서 다양한 양식을 산출해 냈다. 예컨대 가전은 개인의 역사기술 형식에 가탁한 중세 한문지식인의 우언양식이다. 그것들은 주로 동아시아의 독특한 귀족계층인 문인관료(文人官僚)의 처세 방식을 주제로 삼아 자신들의 진출 상황을 가탁했다. 이러한 점에서 한유의 〈모영전〉(毛穎傳)은 유종원이 격찬한 바와 같이 우언의 문학적 양식화를 갱신한 또 하나의 전범적 사례로 기억할 만한 것이었다.

반면 우언은 '인문학'의 영역을 포괄한다고 말했지만, 사유방식에 있어서는 오히려 '문화론'의 맥락에서 이해할 여지가 많다. 지나친 확장이라 할지 모르겠으나 우언은 중의성(重義性)이라는 언어의 근본 속성과 관련되며 수사학적으로 거의 모든 표현영역에 침투한다는 측면을 생각해 보아야 한다. 우언은 신화가 그렇듯이 그 시대의 우주론, 과학인식, 조형예술 등에 내재한 세계관을 함축적으로 예시한다. 신화는 당대의 문화를 상징화한다면 우언은 그 문화를 개념화하면서 반성적으로 접근한다. 따라서 신화는 상대적으로 아름다움 그 자체를 추구하는 순수예술 영역에 접근한다면 우언은 그것을 활용하고 사유적 특성을 첨가시키는 응용예술의 특성을 지닌다.

우언은 특정한 문화에 내재한 유형성을 다양한 매체에서 확인하게 한다. '우언'은 어쩔 수 없이 '글'로 표현된 것으로 한정되는 듯하지만 다른 매체에 표현되어 있는 그 유형성은 '우언적 사유'라고 넓혀 이해할 수 있다. 우언을 문화론적으로 접근하기 위해서는 바로 그 사유가 중요하다. 예컨대 가전에서 선택한 소재로서의 사물과 그에 가탁한 우의는 강한 유형성을 지닌다. 돈을 '공방'(孔方)이라 칭하고 천원지방(天圓地方), 외유내강(外柔內剛), 원기외방기중(圓其外方其中) 등등의 의미를 얼마든지 덧입히고 다시 사대부의 처세와 관련시킬 수 있다. 뿐만 아니라 마음의 수양, 질병, 빈곤 등의 추상적 상황을 소재로 삼아 우의를 가탁하기도 한다. 이 때 그것들은 한 시대 각 작가들에게 우의적 상징성을 지니기도 하겠지만, 크게 보면 한 시대의 문화가 지니는 유형성을 드러낸다는 측면도 있다.

엽전, 동전, 지폐의 사용은 화폐의 변화를 나타내는 표현물이지만, 우언은 그 어느 하나를 소재로 택해 변화하는 시대의 정신을 예시적으로 드러낼 수 있다. 이처럼 '문화적 유형성'을 지닌 것들이면 인간에 관련하는 모든 유·무형의 대상들이 우언적 사유의 대상이 된다. 그래서 아예 그같은 유형적 연관성을 도상화하여 나타낼 수도 있으니 주역(周易)의 팔괘나 육십사괘가 가장 좋은 예이다. 주역은 시대에 따라 서로 다른 사유의 매개체로 활용되어왔다는 점에서 동아시아의 우언적 사유를 오랫동안 지탱하게 했던 텍스트이다.

2. 우언의 비교문학적 가능성

서구문학사에서 이솝우화가 지속적으로 영향을 끼쳤다면, 아시아에서는 『판차탄트라』가 그것에 비견된다. 이솝우화는 라퐁텐이니 크레이로 프 등의 서구 작가에 의해 우언시로 재창착되고, 판차탄트라는 인도를 떠나 동북아시아 그리고 한문문명권의 동아시아를 거치면서 설화로 인식 되는 한편으로 지식인들은 그를 활용하여 우언적 소통을 시도하였다. 그 같고 다른 점이 비교문학적 과제가 될 만하다.

또 서구 기독교문명권에서는 성경을 중심에 놓고 신학적 알레고리가 전개된 반면에 동아시아 대장경 권역에서는 불경우언(佛經寓言)과 동아 시아 자생의 유·도가우언(儒道家寓言)을 종교 및 철리 우언으로서 상응 시켜 논할 만하다. 뿐만 아니라 우리에게 잘 알려져 있지 않지만 이슬람 문명권의 경우도 가능한 대로 연결시킬 필요가 있다.

물론 이같은 비교문학의 가능성은 두 가지 방향에서 가능하다.

첫째는 각 문명권에서 시대에 따라 우언문학사가 전개된 사실을 대등 하게 비교하는 것이다. 이것은 우언의 비교문학을 세계문학사 일반 서술 의 주요한 기준으로 활용하는 방안이다. 고대말기 사상가들이 우언을 주 요한 담론 전략으로 삼았다거나, 인간과 자연을 대칭적으로 이해하는 세 계관을 청산하고 인간의 지위를 격상시킴으로써 삼재론(三才論) 혹은 삼 위일체론(三位一體論)의 중세적 알레고리의 사유 기반을 조성했다거나, 인간의 추상적 배후세계를 거부하고 단일평면의 가치관을 조성함으로써 주기론적(主氣論的) 혹은 과학적(科學的) 근대 사유를 자기 역사상황에 맞게 정초해나갔던 사실들은 세계 사상사나 문학사에서 커다란 과제이자 우언의 중요한 비교문학적 주제로 삼을 만하다.

둘째는 문명권 사이의, 또 문명권 내부나 동일 민족의 각 계층 사이에 서 우언의 소통이 어떻게 이루어졌는가를 영향과 수용의 각도에서 고찰 하는 것이다. 예컨대 중국을 중심으로 하는 동아시아 공동의 한문고전, 각 민족에 맞게 특수하게 강조된 한문고전, 민족사에서 생성된 민족고전 등을 전범으로 하면서도 반의모방으로 이루어진 우언 작품의 예가 수도 없이 많다. 고전의 형성과 문학 작품의 변형이 길항관계를 이루는 원리를 추적하면서 이 지역 우언문학의 총론과 각론을 고찰할 수 있다.

그러나 '동아시아우언'이라 하더라도 인도에서 전파된 고대우언과 불경우언, 동북아시아 유목민족과의 충돌, 교섭을 통해 왕래된 설화우언도 고려해야 한다. 또한 예수회신부 마테오리치의 기독교 관련 저작물의 우언적 개념이라든가 임진왜란을 기점으로 일본에 전파된 동남아시아의 설화우언과 이솝우화가 다시 한국, 중국 등에 수용된 사실도 고찰할 필요가 있다. 판챠탄트라에 연원을 두고 있는 것으로는 동아시아에 널리 퍼져 있는 〈구토지설〉, 순환오류 형식담의 〈두더지 혼인〉, 조선왕조실록에 사평으로 수록된 〈고양이수좌〉 등이 있다. 항탁전설을 변문으로 꾸민 〈공자동자문답〉과 만주어학습서 〈팔세아〉 〈소아론〉 등도 동아시아의 광포설화이다. 루손섬에서 일본으로, 조선으로 수용된 〈혹부리영감〉도 문명권, 민족문화를 달리하며 변이를 일으킨 사례이다.

위 두 가지 연구 시각은 설화의 동시발생론이라든가 전파론이라든가 하는 서로 다른 강조점을 지니고 있지만 실제 연구현장에서는 상보적 관점일 수 있다. 동시발생이라고는 하지만 창작우언의 성격을 띠는 문자화된 우언집은 비록 각편이나마 일정한 전파 경로를 추적할 수 있으며, 또한 전파라고는 하지만 그것이 수용되는 과정에서 설화화되기도 하고 우언이 다루는 일반적 주제로서 거룩함과 속됨, 지혜와 어리석음, 보수와 진보, 진출과 은둔 등의 문제를 수용미학적으로 변용시키기 때문이다.

3. 우언의 문학이론에 관한 연구

우언은 작품 안의 독립된 세계로만 구성되어 있지 않다. 항상 작품 밖의 세계를 중첩시켜 놓는다. 이 점에서 우언은 장르론적으로 '불완전 전환체계'의 좋은 예로 거론된 적도 있다. 또한 최소한의 줄거리를 만들고 사건을 모의하며 서술자에 비견되는 작품외적 자아의 개입이 있지만 그 모든 것은 작품 밖의 현실적 상황을 참조할 때만이 비로소 온전한 의미가 생성된다는 점에서 '서사적 교술'의 특징을 지닌다고 파악한다.

그러나 현실과 상상체계에 대한 인식이 근대 이후의 세계관과는 다른 배경을 지닌 작품들에 그같은 장르론을 적용시켰던 것을 반성적으로 접근할 필요가 있다. 말하자면 '허구론'이 문명권과 문명 시대에 따라 상이하게 규정될 수 있다는 점을 인정하고 문학이론을 근본적으로 다시 생각할 필요가 있다는 것이다. 인과적인 단일 시공간을 유달리 강조하는 근대적 세계관은 문학적으로 현실과 허구의 장벽을 안과 밖으로 철저하게 이원화하는 경향이 있다. 그러므로 현실과의 거리가 멀면 멀수록 완전한 전환을 이룩한 독립된 작품세계를 지녔다고 보고 무엇인가 실제 상황을 지시하는 대목이 지속되면 '불완전 전환'이라 간주한다. 하지만 현실과 비현실의 경계가 모호하고 환상, 가상, 이상 등의 복합적인 상상체계가 또 다른 현실로서 실제세계에 내재해 있다거나 적어도 배후세계로서 실제세계와 교통한다고 믿었던 시대에는 '교술과 서사'라는 것이 따로 있는 것은 아니다. '서사적 교술'이든 '교술적 서사'이든 그 거리는 무시되고 오히려 그 이중적 장치가 얼마큼 완벽하게 작동하느냐에 미학적 관심을 쏟았을 뿐이다.

동아시아 중세인에게 문학과 역사는 이미 어떤 의미를 내장한 '古-今'의 이중 텍스트로 인식되기 일쑤였다. '역사적'이라 함은 이미 그 자체가 누구에게 '문학'으로 전달할 만한 '뜻'을 가지고 있다는 가치평가적인 것이다. 예컨대 '전(傳)'은 작가에 의해 그러한 판단을 부여받은 양식이며 경험적 서사의 원동력이었다. 그런데 가공적으로 '본'과 '보기'의 의미를 조응시키는 이중 텍스트를 만들기도 하였다. 이것은 작가의 해석이 곁들여진 이념에 문학적 흥미를 유발시키는 이야기를 결합시켜 만든 가상 텍스트이다. 오히려 이것이야말로 허구적 서사의 원동력이었다. 적어도 동아시아에 있어서는 전범의 재해석과 이야기의 만남이 허구론의 핵심이었다. 그것은 경사체용(經史體用)의 정신이며 문학은 그 체-용을 매개하는 우언적 수사학을 제공한다. 우리들이 흔히 '전기(傳奇)'라 부르는 것은 현대 학자들이 생각하는 만큼 어떤 특정 양식의 지칭이 아니다. 도무지 역사적 기술의 대상이 될 것 같지 않은 특수하거나 사적이거나 비밀스러운 기이한 이야기로부터 자기대로의 의미, 이념을 찾아내는 이중적 글쓰기의 총칭이다. 따라서 이 '전기' 또한 우언적 수사학에서 벗어나는 것이 아니다. 여기에는 오늘날의 장르론에서 말하는 소설과 희곡이 망라된다. 동아시아 중세인의 '敍事'가 도리어 순수한 역사기술에 해당된다면 '전기(傳奇)'는 역사기술을 내면화하거나 반의모방한 문예물을 대립적으로 지칭한 것이다.

우리는 여기서 우언적 서사가 바로 동아시아의 허구론의 핵심이라는 점을 강조할 수 있다. 여기에는 환상뿐만 아니라 가상, 이상 등의 다면적 상상체계가 마치 경험적 서사인 양 기술되고 있다는 점 또한 기억할 만하다. 그렇다면 이러한 허구론을 가능하게 하는 논리적 배경은 무엇인가? 글쓰기 태도로서의 '술이부작', 역사기술상의 '춘추필법', 언어논리의 '명실론' 등은 이같은 우언적 서사로서의 허구론에 직간접으로 관련된다고 본다.

물론 그러한 명제에 대해서도 여러 가지 해석상의 차이가 있지만 이것은 허구론의 세부를 다르게 만드는 원인이 될 뿐이다. 여기서 문제로 삼을 것은 어떤 특정 사상이나 유파가 아니라 위에서 열거한 고전적 개념들이 허구론의 논리적 근거가 된다는 점이다. 예컨대 창작이나 허구를 부정하고 명분에 호응하는 실상을 중시했던 유가적 지식인에게서조차 심성가전체, 몽유록과 같은 우언적 서사가 자주 창작될 수 있었던 문학사적 현상을 이론적으로 설명하는 문제가 중요한 과제로 인식되어야 한다. 좀더 구체적인 논증은 앞으로의 과제이겠지만 우리는 최소한 유가적 글쓰기가 항상 이념과 현실의 조응을 문제삼고 있다는 점을 지적할 수 있다. 이것을 유가적 명실론의 논리인 '정명론'으로 설명하자면, '이름'과 '이름다움'(이름이 지닌 내면적 가치)의 이중성은 우언적 서사의 조건이 된다. 이것은 사건의 인과론적 연결을 중시하는 시간적 서사가 아니라 공간과 의미의 충위가 중첩되는 다면서사라는 개념으로 구별지을 필요가 있다.

결국 우언의 이론적 연구는 장차 서사 갈래론을 혁신할 수 있는 계기를 마련해 줄 수도 있다. 그럴 경우 갈래론의 근거가 되는 언어이론, 논리학, 수사학, 문학비평사의 논의를 촉발시키게 될 것이다. 이는 문학이론만의 소관이 아니라 관련 연구분야와의 공동 작업을 요구하는 문제이기도 하다.

4. 우언자료의 정리와 우언작품론

우언을 양식으로 접근할 때의 난점은 그것이 정형을 지닌 양식이 아니라는 데 있다. 우언은 소박한 수준의 단형우언으로부터 복잡한 구조를 지닌 중장편 소설에 이르는 영역에 걸쳐 있다. 또 운문의 우언시, 우언사부로부터 산문의 국·한문 문체에 이르기까지 널리 분포되어 있다. 그러나 이들의 소재처를 확인하고 자료를 발굴하는 일은 우언연구의 필수적 작업이다. 또 그것들을 어떠한 원칙에 의해 조사 정리하느냐의 문제도 뒤따른다. 이는 우언의 원리와 수법, 그리고 그것들의 계통론에 관련되는 과제이다.

원리와 수법에 관해서는 다른 논고에 할애하고 여기서는 분류의 방식을 경험적으로 접근해보자. 첫째, 우언은 특정 양식으로 한정되지는 않지만 문학사에서 자주 나타나는 양식이 있다. 이를 근거로 양식적 분류를 시도할 수 있다. 둘째, 유통방식에 의한 분류도 가능하다. 표기 문자, 작품의 길이, 향유 방식 등에 의해 작품을 분류한다. 셋째, 주제 및 미의식에 의한 분류도 할 수 있다. 흔히 중국우언 연구자들이 사용하는 방식이다. 넷째, 위 방식을 통합하여 우언 범주를 정하는 방식이다. 그러나 범주라고 하지만 실제 작품의 소속을 판단하는 절차가 필요하다. 이에 따라 실제적 분류안을 마련해야 한다.[2] 이들에 대해 좀더 구체적으로 언급하기로 한다.

첫째, 양식은 문학적 관습에 의해 형성된 틀이라고 할 때 이에 근거한 분류는 우언 글쓰기의 주영역을 드러내는 데 장점이 있다. 다만 양식적 관습이란 형성-변화를 거치는 열린 과정이므로 양식을 개방적 관점에서 살필 필요도 있다. 예컨대 가상인물의 전기물은 비단 '가전'(假傳)뿐만 아니라 비지전장(碑誌傳狀), 제축송찬(祭祝頌讚) 유형을 함께 고려하고, 가상공간의 기사물은 '몽유기'(夢遊記)뿐만 아니라 꿈과 술등의 몽환 세계, 고금 역사의 회고에 관련되는 가상기록들을 두루 점검해야 한다. '가전체'와 '몽유록'은 이러한 연계선상에서 이해하되 그 독자성을 인정하여 별도의 정리가 필요하다. 이러한 열린 시각을 지닐 때 관련 국문우언도 정리할 수 있다. 예컨대 규중생활과 관련된 〈규중칠우〉류의 우언, 남성들의 역사관을 가탁한 〈역대가〉〈몽유가〉류 우언을 가상여성주체의 우언, 가상적 회고기로서 분류하고 자료를 적극적으로 발굴 집약시킬 필요가 있다.

한편 모티프의 차이에 의거하여 세밀히 구분하던 유형들을 통합적으로 이해하는 방식도 필요하다. 학계에서 쟁년형(爭年型), 쟁장형(爭長型), 쟁좌형(爭座型), 쟁공형(爭功型), 송사형(訟事型) 등으로 일컫던 유형은 우언적으로 '지혜 대결'의 주지를 띠고 있다는 점에서 공통된다. 더 나누자면 다툼의 내용이나 판결의 방식에 따라 여러 종목에서 언변대결을 벌이지만 이들을 '쟁변우언(爭辯寓言)'으로 통칭할 수 있다. 또한 대결의 규모는 2인 대결로부터 다수 족속 대결까지 그 주체로는 화훼, 동물, 인물, 가상적 존재, 인간의 일상도구, 개념적 존재 등 다양하다.

둘째, 유통방식에 의한 분류는 자료적 상황을 존중한다는 데 장점이 있다. 매체에 따른 기준에 의거해 말과 글, 국문과 한문, 국한문혼용 등을 구분할 수 있다. 자료 범주의 확장으로서 구비문학에서의 우화, 수수께끼담, 순환오류형식담도 함께 고려해야 하고, 만화 혹은 동영상, 인터넷

---

2) 윤주필, 우언글쓰기의 원리와 적용 자료의 범위 연구, 『한국한문학』 28집(한국한문학회, 2001) 23~31쪽 참조.

프래쉬동영상 등도 현대문명의 우언 관련 매체로 점검해야 마땅하다.

물론 한국 고전문학에서는 한문 표기의 우언이 압도적이다. 이 점에서 문집에 수록된 우언을 추출하는 작업이 기본적으로 요청된다. 문집은 기존 영인본도 적은 수는 아니지만 개인소장본도 유심히 살펴야 한다. 또 별도의 필사본 형태로 유통됐던 우언 작품은 그 자체로 존중할 필요가 있다. 가전체, 몽유록, 우언소설, 소설집, 우언모음집 등이 이에 해당된다. 특히 많은 이본을 지닌 〈화사〉〈사대춘추〉〈매류쟁춘〉 등을 화훼우언의 전형으로, 〈원생몽유록〉〈금산(화)사몽유록〉 등을 몽유록 우언소설의, 〈수성지〉〈천군실록〉 등을 가전체 우언소설의 전형으로서 교감 주석을 가하고 교합본을 만들어 번역할 필요도 있다.

이에 대응하여 국문본 우언선집도 고려할 만하다. 최승범교수 소장본 『금강산유산일긔』에 합철된 나머지 6편은 모두 우언이다. 여기에다 여성가사로서 유통된 우언작품들을 포함시켜 국문본선집을 만들 수 있다. 예컨대 〈규중칠우〉류도 다양한 이본이 있고, 〈자치가〉는 〈계한가〉〈탄우가〉 등의 수법과 동궤이며, 〈여용국〉류는 비록 한문본 이본이 더 발견되었지만 오히려 국문본이 원본에 가까우므로 함께 고려할 만하다. 〈오화전〉과 같이 설사 국·한문본이 공존하더라도 국문본의 존재가 더 중요하다고 판단한다면 국문본 우언선집에서 함께 다뤄도 무방하다.

한편 개화기 우언도 유통방식에 의거해 독립된 영역으로 분류할 수 있다. 다양한 방법으로 국·한문을 혼용하고 유통 형식도 필사본, 구활자본, 신문, 잡지 등의 신·구 형태를 겸하였다. 우언의 전통적 제재와 양식을 계승하면서도 변용의 욕구를 그 어느 때보다 강하게 보였던 시대적 특징을 살려서 여러 측면으로 접근하는 자료정리 작업을 감당해야 한다. 예컨대 동물우화 소설이 필사본으로 여전히 유행하면서도 〈호섬전〉〈춘몽〉〈금수회의록〉과 같은 작품들이 하나의 변용 계열로 존재하였으므로 연결시켜 정리할 수 있다. 또 구활자본 『공부자언행록』에 '공자동자문답' 유형의 〈방흘전〉을 포함시켜 출간하고 이돈화 같은 작가는 〈도척〉이라는 신문소설을 연재하여 이상주의자 공자와 현실주의자 도척을 대비시켰다. 이외에도 신구우언의 혼재를 함께 고려해야 한다. 가전체, 몽유록의 구식 우언이나, 각종 신식 매체에 번역 소개된 〈이솝우화〉, 방정환의 〈은파리〉 같은 창작동화 등이 거론되어야 하는데 본격적인 자료정리가 많이 미흡한 상황이다.

셋째, 주제나 미의식에 의한 분류는 정치, 종교, 신변 등으로 소통 대상을 한정하거나, 골계, 철리, 비평과 같은 소통 의도를 명확히 하는 데 장점이 있다. 우언이 수사학의 하나로서 발전되었다는 내력은 우언과 정치의 관련성이 의외로 밀접하다는 방증이 되기에 충분하다. 종교도 또한 신의 뜻과 창시자의 교의를 시대와 상황에 맞추어 재분배한다는 점에서 근본적으로 우언적 사유를 바탕으로 하고 있다. 물론 지(知)와 행(行)의 관련성, 무의미(無意味)의 의미 등을 문제 삼는 선문답 같은 우언도 있을 수 있다. 이같은 특성은 종교와 철학적 주제를 겸하는 우언이라 할 수 있다. 또 신변 우언은 작가의 일상, 자아에 대한 반성, 처세관의 표출 등을 우의화하는 작품들이다.

우언은 기본적으로 골계적 성향을 띠지만 어떤 작품은 반어와 역설을 가장 중요한 작품 구현 현리로 삼는다. 또 웃음 유발을 의도하는 골계담이나 소화 중에서 반어와 역설을 지향하는 작품도 있다. 이 이외에 철학적 의문, 우주적 이치, 당대 문화의 속성 등의 근원적 질문에 답하기 위한 사유도구로서의 우언도 있다. 또 역사의 부조리, 정치권의 모순, 문학에 대한 비평 등을 문제 삼는 비평 도구로서의 우언도 있다. 이에 해당하는 작품들을 발굴 정리하는 작업이 요청된다.

이상의 분류 방안은 그 나름대로 소중하다. 실제 자료더미에서 우언 작품을 선별하고자 할 때 나름대로의 기준이 될 수 있을 것이다. 그러나 선별한 자료를 정리하는 단계에서는 이들 기준이 중복 적용될 수 있기에 종종 혼선을 일으킨다. 단순한 계통의 제시가 아니라 우언의 창작, 소통 원리를 감안한 총괄 분류안이 그래서 필요하다. 물론 그 총괄안에서 위의 기준들은 세부적으로 작품간의 친소 관계를 가늠하는 기준으로 활용해야 한다.

우언은 모방의 원리가 무엇보다 중요하다. 대비, 가상 등의 다른 원리도 있지만 기존의 동식물과 사물을 모방하여 작품적 질서로 재구성하는 것이 우언적 사유의 시작이자 기초이다. 여기서 동식물은 일종의 자연물을 지칭한다. 자연적 속성의 일부를 과장하거나 그 속성에 집중하여 인간적 의미로 전환시키는 우언은 대개 편폭이 짧고 우의가 단순 명확하다. 의인화 여부는 필수적이지 않다. '우언'이라고 제목에 표기한 것보다 시, 사부, 설/잡설, 소화, 민담 등에서 찾아내야 한다. 이는 순수 시문우언 영역으로서 '단형우언'이라 범주화할 수 있다.

한편 모방의 대상이 사물이라고 할 때 여기에는 역사적 사건과 인물, 철학적 개념, 전범적 문학 작품과 양식 등이 두루 해당된다. 이는 일종의 텍스트 모방이라 할 수 있으며 원 텍스트와 생성 텍스트 사이에서 상호 참조의 관련성을 지닌다. 이러한 점에서 원래의 문맥을 계승하면서 또 변형시키는 '反意模倣'(패로디)의 성격을 지닌다. 이미 자료 발굴과 정리가 상당히 이루어진 가전, 몽유기 뿐만 아니라 특정한 우언 명편을 모방한 작품군을 일일이 추적할 필요가 있다. 〈천문(天問)〉, 〈형·영·신(形·影·神)〉, 〈송궁문(送窮文)〉, 〈삼계(三戒)〉, 〈취향기(醉鄉記)〉, 〈매류쟁춘(梅柳爭春)〉, 〈공중누각(空中樓閣)〉 등의 모방작이 거론되었지만 더 많은 작품군이 발굴되어야 한다. 이 외에도 동아시아 우언소통의 비교문학적 연구가 진척됨에 따라 〈구토지설〉, 〈묘수좌〉, 〈야서혼〉 등의 『판차탄트라』 유형, 〈공자동자문답(孔子童子問答)〉, 〈방홀문답(芳笏問答)〉과 같은 돈황변문 유형, 또 한문대장경에서 연원했거나 일본이나 유럽문명권에서 연원한 작품군을 두루 발굴할 필요성이 제기되었다. 이상에 해당되는 작품들은 일종의 양식 차용이 이루어져 있다고 보아 '단순 모방우언'으로 범주화할 수 있다.

모방의 차원은 자연물과 사물의 차이뿐만 아니라 질적인 차이도 있을 수 있다. 자연물의 모방이나 특정한 선행 텍스트의 반의모방에 머무르지 않고 새로운 양식을 창출하는 단계의 우언 작품군을 고려해야 한다. 가전체와 몽유록이 그 대표적인 예이다. 그러나 연구자들이 주의해야 할 점이 있다. 그 양식이 고정되어 있는 것이 결코 아니며 실제 작품들 사이에는 다양한 양식적 실험의 편차가 존재한다는 점이다. 가전체는 작품에 따라 기전, 편년, 기사본말, 강목체 등의 서로 다른 역사기술 방식을 모방하고 심성의 나라, 역사의 모순, 문장 왕국, 도취의 세계 등 가상적 세계를 중의적으로 다루고 있다. 몽유록은 몽유 혹은 유사 몽유공간을 설정한다는 점에서 공통점을 지니지만 결국 그 공간의 배경이 주로 역사적 가상세계이고 그 사건도 인간적 세계를 겹쳐 놓는 방식이다. 가전체와 몽유록이라는 양식이 역사적 가상세계를 다면서사로 다룬다는 점에서 별로 다르지 않다. 전체적으로 우언적 글쓰기의 소설화라는 지점에서 강한 동질성이 지니고 있는 양식이라는 점을 주목해야 한다. 따라서 비단 가전체와 몽유록뿐만 아니라 이러한 단계에 이른 우언은 모방의 정도가 복합적이며 질적으로 양식 재창조의 수준을 이룩한 것이므로 '복합 모방우언'이라 범주화할 수 있다. 인과적 관계에 의한 서사적 줄거리는 오히려 부차적이며 그것이 배경으로 하고 있는 이중적 텍스트의 호응관계가 우의의 핵심이 된다. 그러한 작품의 특성을 온전히 드러내기 위해서는 이본 교감 작업, 사전적 정의를 넘어서는 문맥적 주석 작업, 그에 기초한 번역 작업과 작품론을 시도할 필요가 있다. 작품 편폭이나 작업의 내용으로 보아 범주화에 구애될 필요도 없이 개별 작품, 혹은 관련 작품군을 그 자체로 존중하면서 기초 연구를 시도해야 마땅하다.

5. 우언문학사의 기술

우언은 고대 철학이 발달한 곳이면 모두 크게 성행했다. 그런 곳이 바로 고대문명의 중심지이다. 역으로 우언이 시작된 곳이 바로 고대문명의 발상지라고 말할 수도 있다. 그런데 그러한 고대우언은 신화적 세계관을 회의하고 인문학적 해석을 시도했다는 측면에서 고대말기의 특성을 드러낸다. 뿐만 아니라 고대문명의 통치적 질서가 자연적 질서에 위배된다는 점을 비평하면서 고대우언은 곧잘 고대적 질서 이전의 신화적 세계를 재음미하거나 새로운 인문정신을 싹틔우고자 했다. 이 점에서 우언의 발생은 신화의 부정의 부정이라는, 신화와 우언의 단절성과 연속성이라는 배경을 동시에 지니고 있다.3)

이와 같이 우언의 발생 문제는 세계 문명사 차원의 것이다. 반면 신화에 대해 이중 부정의 위치를 차지하는 우언은 중세문명에서 더욱 발전하고 범위도 확대되었다. 중세문명권은 우언이 발전하고 소통 범위를 확장시키기 위한 필수적 조건이다. 그리고 우언은 고대문명을 이어받으면서 중세문명권에서의 전범과 활용의 문제를 떠안았다. 이처럼 우언의 역사는 문명권의 역사 단계를 거시적으로 이해하는 데 중요한 기준이 된다.

그렇다면 우언의 역사를 기술하는 관점은 무엇이 되어야 하는가? 근대 학문의 세분된 전공으로 보건대 철학, 역사, 문학, 혹은 예술의 어느 소관인가? 또한 문명권 단위가 중요하다고 할 때 문명권 보편의 우언, 제민족의 우언, 그들의 종합으로서의 세계우언을 어떻게 관련시킬 것인가? 여러 방면의 이론적 문제점이 도사리고 있다.

우언은 인문과 예술, 심지어 사회, 과학, 교육 등의 인식에 관해 무엇이든 다룰 수 있지만, 그것을 중층적 다면 서사로 조직하여 전달하는 글쓰기 방식이라는 점에 특징이 있다. 따라서 그 인식의 내용에 초점을 맞춘다면 우언의 역사는 종합적 영역의 기술이 되어야 하므로 일거리가 너무도 방대해진다. 반면 글쓰기라는 관점에서 다룬다면 문학사의 영역으로 수렴해서 기술할 수 있다. 다만 그 인식 영역들을 어떻게 효과적으로 연계시켜 다룰 것인가의 문제가 관건이 된다.

---

3) 조현설, 「지혜, 신화와 우언을 잇는 고리」, 『고전문학연구』 26집(한국고전문학회, 2004.) 41~42쪽에서 이 점을 잘 요약해서 참고가 된다.

우선 그 범위를 '한국우언문학사'로 잡아보자. 최근에 첸푸칭/권석환 교수에 의해『한국고대우언사』가 출간되었다.[4] 중국 연구자들에게 한국 문화와 우언을 소개한다는 목적에 특장이 있으며 이 방면 '최초 저술'이 라는 영예를 또한 당연히 누릴 만하지만, '최초주의'의 관점에서 벗어나 살핀다면 우언연구에 있어 매우 중요한 논의거리를 제공한다는 점에 그 이상의 가치가 있다. 여기서 몇 가지 점을 요약적으로 검토해 보기로 한다.

첫째, 우언의 범위이다. 첸교수는 그의『중국우언문학사』이래 여러 저작물에서 그 범위의 조건으로 '고사성(故事性)'과 '기탁성(寄托性)'을 일관되게 적용해왔다. 여기서 전자는 '이야기' 혹은 '서사'의 개념과 관련 되는 문제이며, 후자는 창작과 소통 및 수용미학의 문제에 관련되기에 실제 적용에 있어서는 적지 않은 논란이 있을 수 있다. 그런데 저자는 우언을 하나의 이야기 양식으로 취급하려는 관점과 작가의 숨은 의도가 명백하게 검증되어야 한다는 태도를 취하고 있다. 이는 앞에서 거론했던 바, 양식 이상의 다면서사 수사학이며 소통의 상황에 따라 중충적 사유도 구로 활용될 수 있는 여지가 많다는 관점과 배치된다.

둘째, 한국 우언의 출발이 지니는 의미이다. 위 저작은 한국의 우언이 늦어도 7세기에 산출된 것은 '동아우언체계'에서 우량한 사례이며 세계에 서도 고대문명 중심지를 제외하고는 유례없이 앞선 성과라고 평가했다. 그러나 상고주의의 관점이 아니라면 '앞섰다'는 것이 왜 중요한 것인지 설명하는 데는 난점이 따른다. 이것이 이른바 '동아우언'의 전파론적인 체계를 예증하기 위한 것이라면 오히려 적극적인 의미를 부여한 평가라 고 하기 어렵다. 앞 장에서 제의했던 바, '비교문학의 가능성'을 충분히 살릴 수 있는 관점을 적용하는 것이 바람직하다.

셋째, '가전'은 과연 한국 우언의 특징적 문체인가? 위 저작은 한국우

---

4) [中]陳蒲淸/[韓]權石煥, 『韓國古代寓言史(History fo Allegoric Tales in Ancient
   Korea)』, 中國長沙: 岳麓書社, 2004.

언의 체제를 일반산문우언(속칭 '우화'), 시체우언, 우언소설, 가전체우언으로 규정하고 중국우언과 매우 밀접한 관련성을 지니고 있다고 보았다. 그 중에서 특히 가전은 우언소설에서 독립해 나왔으며 한국 특유의 우언문학사를 구성한 네 번째 문체라고 중요하게 평가했다. 여기서 저자가 지칭하는 '우언소설'은 〈조신몽〉과 같이 이야기 내용이 풍부하면서도 작가의 이념이 가탁되어 있는 작품들을 뜻한다. 또 그것은 '우언'과 '소설'의 결합으로 정의했다. 그러나 여기에는 우언을 양식 위주로 이해하려는 관점이 들어 있다. 그 결과 '가전'이라는 단순 명료한 '양식 차용 우언'이 필요 이상으로 강조되었다. '가전'과 '가전체'의 개념을 전혀 구별하지 않고 사용하고 있고, 더 나아가 우언글쓰기에 의한 다면서사로서의 우언계 소설을 부각시키지 못했다. 이때 '소설'의 개념도 또한 한국 연구자들과 큰 차이를 보이고 있다.

넷째, 우언문학사에서 말과 글 그리고 매체에 따른 문제이다. 위 저작의 마지막 장절에서는 국문으로 이루어진 판소리계, 조선후기 우화소설을 '우언소설'로, 설화에 소속되는 우화나 소화를 '민간우언'으로 다루었다. 구비와 국문과 한문의 영역이 뚜렷하게 구분되면서도 복잡하게 관련을 맺으며 한국문학사를 구성해왔던 사정을 파악하기 어려운 중국학자의 한계는 충분히 예상되는 것이지만, 매체에 따른 우언문학의 범주와 특성을 고려해야 한다는 일반적 문제를 재삼 상기할 필요가 있다. 대부분 작가가 분명한 한문우언과는 달리 이본이 많고 작가나 원본을 비정하기 어려운 국문우언, 구비우화를 그 특성에 맞게 다루어야 한다. 또 그밖에 국한문 우언의 번역/번안 문제, 상층문학과 기층문학의 계통과 관련성 등을 두루 고려하여 문학사에 편입시킬 방법론을 심각하게 따져야 한다.

다섯째, 우언문학사 시대구분의 문제이다. 위 저작은 크게 4시기로 나누어 상고/삼국시대, 삼국말기/신라왕조시대, 고려시대, 조선전기와 조선후기로 구분하였다. 대개 왕조별 구분법을 사용했지만 몇 가지 중요한 논점을 지니고 있는 것이기도 하다. (1)한국우언문학사의 시원을 어떻게 잡을 것인가? 이는 신화와 우언의 구도와 관련있는 문제이다. (2)신라의 삼국통일 과정과 관련되어 실제적 우언사가 시작됐다는 것은 어떠한 의미를 지니는가? (3)고려시대라고 하지만 무신집권기 이후 가전의 유행과 더불어 우언문학사가 풍부해졌다는 현상을 어떻게 이해할 것인가? (4)새로운 서사양식으로서의 소설문학과 우언의 관계를 어떻게 설정할 것인가? (5)조선왕조 전·후기를 '고전시기'과 '변혁시기'로 구분한 우언작품의 실상은 무엇인가? 특히 그 어느 때보다 매체가 다양하고 국문, 한문, 구비우언이 착종되어 있던 조선후기의 작품적 실상을 어떻게 확보할 것인가?

이에 대한 완벽한 대안을 제시하기란 쉽지 않지만 대체적인 견해를 아래에 피력해 보이기로 한다. 우선 신화에서 우의를 읽어내는 일은 세심한 주의를 요한다. 예컨대 〈단군신화〉에서 '홍익인간' '곰의 인내'는 광범위한 상징으로 해석되고 또 어떤 계기나 의도가 주어졌을 때 특정한 우언으로 활용될 여지를 지니고 있다. 그러나 그 자체로 우언사에 편입되기는 너무 막연하다. 그에 비해 서사무가 〈창세가〉는 오히려 미륵-석가의 '인세차지경쟁' 화소 같은 데에서 인간문명을 근원적으로 비판하는 우언적 색채를 띠고 있다. 원래의 창세서사시가 그처럼 변형되는 과정에서 문명에 대한 비판의식이 서사문맥에 덧씌워졌을 것이다.

반면 〈구토지설〉〈화왕계〉는 그 시기의 빠르고 늦은 것이 중요한 것이 아니라 한국의 중세우언으로서 뚜렷한 자기 모습을 처음으로 드러냈다는 점이 요긴하다. 이들은 모두 삼국말기-민족통일기 시대의 문학사에서 우언이 하나의 설득 기제로서 정치적 의도를 가지고 소통되었음을 증언한다. 또한 그것들은 '말'문학에서 '글'문학으로 전환하는 즈음의 우언작품임을 증언하고 있다. 한문문명권의 중심지인 중국의 우언이 전국시대에 본격적으로 시작되었던 상황이 한국에서는 이 시대에 갖추어졌고 우언문학사의 출발이 차질 없이 이루어졌다 할 수 있다.

무신집권기의 지식인들에 의해 가전을 비롯한 여러 우언글쓰기의 양식들이 실험됐던 것은 중세후기의 시작을 알리는 징표의 하나였다. 공동문어에 의한 글문학이 시작되는 시대에는 미약했지만 공동문어의 활용을 민족문화에 밀착시킬 만한 단계에 이르러서는 우언문학이 중국보다 어느 면에서 더 활기를 띠었다. 당나라 한유 등이 이룩한 중세우언의 절정을 고려후기에서 충실하게 재활용하여 중세후기 우언문학으로서 가전과 몽유기의 성행을 이룩했다.

조선전기 문인들은 우언글쓰기를 더욱 확산시켰다. 필기, 패설, 골계전 등에 적지 않은 우언이 수습되어 있고, 〈훈자오설(訓子五說)〉〈부휴자담론(浮休子談論)〉처럼 전문적인 우언편을 창작하기도 했다. 관각문인의 폭넓은 문화향유에 기인한 성과였다. 또 조선전기 소설의 발생과 관련하여 우언글쓰기는 중요한 구실을 했다. 다양한 서사적 전통 속에서도 특히 우언 서사는 이야기의 이면에 이중적 의미를 중첩시키는 방법으로 중요한 제몫을 발휘했다. 당대의 지식인 작가들은 전쟁, 정변, 철학적 논제, 역사관 등의 절박한 주제들을 우언의 허구성을 통해 다룰 수 있었다. 그리고 16세기부터 성리학적 수양론을 의인화하여 우언서사를 구사하는 '심성 가전'이 창작되기 시작했던 것도 중요하다. 이 모두 문·사·철의 공유영역이며 한국의 전통 인문학의 역사로서 특기할 만하다.

16세기말에서 17세기 초반 임·병 양란의 국제 전쟁을 거치면서 우언의 주제는 문명비평의 성격을 띠어갔다. 권필, 조찬한, 유몽인, 최효건 등의 시문에는 우언적 사유가 풍부하다. 우언시, 우언 양식으로 구별되는 작품도 많지만 어떤 특정 양식에 구애됨이 없이 우언글쓰기를 적절하게 활용하는 사례도 눈여겨보아야 한다. 18세기에는 북학파 문인들의 우언적 글쓰기가 두드러진다. 이에 대한 연구는 풍부한 편이지만 그들의 사고와 우언의 활용이 어떠한 논리적 관련성을 지니는지는 더 따져야 한다. 이외에도 이익, 이서우, 오상렴, 윤기 등의 남인 지식인, 이광정 등의 영남 사림의 우언도 또 하나의 범주로 살펴야 한다. 19세기에는 김정희, 장혼, 김시화 등의 작품을 거론할 수 있지만 기초적인 자료 조사도 거의 되어 있지 않은 셈이다. 이외에 무명씨의 우언작품도 조선후기에 적지 않으므로 함께 거론해야 함은 물론이다.

개화기에는 신·구 문학이 공존하면서 우언 서사의 활용 욕구가 그 어느 때보다 팽창했다. 근대이행기의 막바지에서 단일 평면서사를 향해 서사의 범주가 좁혀지기 직전까지 다양한 실험을 했다고 할 수 있다. 앞 장에서 언급했던 자료 정리, 주석 교감 등의 기초작업부터 착수해야 한다. 필요한 대로 작품 유형을 나누어 그러한 작업을 전면적으로 진행시켜야 한다.

근대 이후의 현대문학에서는 알레고리 작가들의 계파와 작품 계열을 정리할 수 있다. 김성한, 장용학, 최인훈의 소설이나 박조열의 희곡 등이 이에 해당되는 좋은 예이다. 현대문명에서의 자아 인식, 좌우 이념대립, 한민족의 분단상황 등을 문제 삼는 작품들이 많다.

6. 우언의 현대적 활용

연전에 중국 터웨이(特衛) 감독의 〈피리 부는 목동(牧笛)〉, 일본 미야자키하야오(宮崎駿) 감독의 〈센과 치히로의 행방불명(千と千尋の神隱し)〉가 한국에서 주목을 끌거나 큰 인기를 모았다. 전자는 중국의 수묵화 기법으로 동영상의 화면을 채우고, 후자는 일본의 온천 지대를 환상 세계의 배경으로 삼았다. 이들은 모두 혼화(animation)로 제작되었지만 동아시아적 특성을 부각시켰다는 측면에서도 평가해 보아야 한다. 이른바 디즈니애니메이션의 독과점 체재를 바로잡을 대안이 필요한 상황에서 작품성과 상업성의 ‘逐二兎’의 가능성을 살필 필요가 있다.

〈피리 부는 목동〉은 20분 미만의 단막극 형태이지만 대사는 한 마디도 없는 파격을 연출했다. 오직 피리소리가 집요하게 따라다니며 장면 장면의 정서를 암시한다. 또 수묵화의 발묵효과를 최대한 활용하면서 목동과 물소의 만남을 몽롱하게 그려냈다. 미국 혼화의 격정적 형태의 정반대에 위치한다고 해도 과언이 아니다. 디즈니의 아성을 공략하기 위해 헐리웃 애니메이션으로 제작된 〈슈렉〉 시리즈는 패러디 기법으로 기존 동화의 사건 설정과 가치관을 뒤집어서 갖가지 흥미를 유발시키지만 야단스러운 극적 진행은 한층 더하다. 결국 〈피리 부는 목동〉은 마치 불교의 〈심우도〉를 연상시키면서도 그것에 고착되지 않고 물아일체의 경지를 주지로 삼았다. 여름날의 나른한 정서와 위기적 상황을 대비시켜 가면서 궁극적 합일이 상태를 추구하는 과정을 장면 장면 보여주었다.

〈센과 치이로의 행방불명〉은 〈목동〉과 〈슈렉〉의 두 경우에 비하면 중간에 속하는 작품이라 할 수 있다. 흥행에도 성공할 만큼 재미 있으면서도 어른들의 탐욕, 가족간의 소외, 환경오염 등을 잘 풍자하고 있기 때문이다. 또한 어른과 아이, 현대와 과거, 일상과 비일상 등을 효과적으로 대비시켜 문제의식을 반성적으로 접근하게 했다. 환상과 가상을 적절히 섞으면서 가족이 함께 즐길 수 있는 애니메이션을 만들었다. 이는 동화적 상징과 우의가 조화를 이룬 성공적 사례로 평가해도 좋을 것이다.

우언은 문·사·철의 공동부분을 취급하는 인문학적 사유도구이며 한 시대의 문화론적 맥락을 짚어내는 수사법이라고 정의할 때, 위와 같은 예들은 우언이 이미 현대문명의 여러 매체 속에서 자기 영역을 확보했음을 짐작하게 한다. 문제는 우언의 전통과 새로운 가능성을 연결시키기 위한 이론과 방법이 앞으로의 과제이다.

한국에서 우언의 현대적 활용에 관한 현상적 고찰은 타 연구자들이 보고할 예정이지만, 우리는 여기서 그 가능한 몇 가지 길을 제시해 보고자 한다.

첫째, 고전작품의 활용 문제이다. 이는 이미 근·현대작가들에 의해 적지 않게 시도된 부분이지만 그를 근거로 더 발전시킬 수 있다. 고전의 활용은 비단 우언 영역에 국한되지는 않지만 모방에 의한 고·금의 대비, 가상세계의 설정, 중층적 의미망의 진행 등을 어떻게 구성하느냐에 따라 우언글쓰기의 유효성이 검증될 듯하다. 여기서 고전은 비단 한국민족의 고유한 고전으로 한정할 필요는 없다.

둘째, 활용을 위한 영역간의 연계이다. 우리는 흔히 '우언'이라 하면 문학 글쓰기만을 염두에 두지만 도상, 음악, 연희 등과 연계되는 부분을 종합적으로 검토해야 한다. 도상은 특정한 의미를 가탁한 도형에서부터 문양까지를 총칭하는 개념이다. 이에 상응하는 음악으로는 표제음악, 영상음악 등을 고려할 수 있다. 연희에서도 숫자를 도상화한 도구가 이용되는 여러 놀이가 있다. 이러한 영역에서는 그 기법과 세부규칙이 더 중요한 것으로 여겨지지만 원론적 측면을 무시할 수 없다. 예를 들어 태극도, 심성도, 구곡도 등의 고상한 도상이 있는가 하면 승경도놀이, 화투, 고돌이와 같은 민속적 유희도 있다. 상형문자라고 하는 '漢字'의 경우도 기본적으로는 상징의 원리보다 우의적 예시의 원리가 더 중요하게 작용한다. 만약 민족적 색채를 띤 휘장이나 캐릭터를 제작하거나 좀더 교육적 게임을 만들거나 한자의 체계적인 교육을 원한다면 어떻게 할 것인가? 이러한 과제를 해결하기 위해서는 여러 단계의 과정이 필요하겠지만, 우언의 원리와 기법은 이러한 과제에 유용한 기준을 제시할 수 있을 것이다. 우언적 사유를 활용한 예술디자인, 문자·문학 교육을 장차의 과제로 삼아야 마땅하다.

셋째, 매체의 합성과 전환이다. 현대는 다매체 환경으로 급속하게 전환하고 인터넷은 그것의 집중과 배분의 중심 역할을 하고 있다. 그러면서 '컨텐츠'라는 어휘가 인문학 분야에서도 구호처럼 난무한다. 과연 그것은 인문학의 위기를 타개하기 위한 유력한 대안인가 아닌가? 그러나 오늘날 '컨텐츠문화'라고 하는 것은 기존 문화의 디지털화라고 정의할 수 있다. 말하자면 매체 변환에 따른 기술적 문제를 해결하는 것이 현재로서는 컨텐츠 작업의 큰 부분을 차지하고 있다. 중국에서는 고사성어, 소화, 설화, 고소설의 내용을 만화영상으로 제작한 역사가 20세기 전반으로까지 거슬러 올라가고 다양한 작품이 현재에도 제작, 시판되고 있다. 디지털 강국인 한국은 오히려 고전적 내용을 아직까지는 서책의 형태로 제작하는 데 머물러 있다. 반면 〈국가지식정보통합검색시스템〉과 같은 것은 관련 전문기관의 학문적 정보를 제공받을 수 있게 컨텐츠를 연결시켜 놓고 있다. 그에 비해 일본은 애니메이션 강국이다. 우언적 매체 전환에 있어서는 한국이 가장 분발해야 할 수준이다. 그를 위해서는 문자로 이루어진 우언글쓰기의 영역을 확장하면서 다른 매체와 연관시키려는 노력을 함께 기울여야 한다.

맺음말

이상에서 향후 우언연구의 여러 영역을 제시해 보았다. 그중 가장 핵심적인 것은 우언의 인문학적 위상을 제대로 파악하고 더 나아가 문화론적 맥락을 확대해야 한다는 점이다. 동아시아 고전으로서의 우언은 본디 문학이 역사의 실상과 철학적 이념을 매개하면서 전개되어 왔으므로, 위상 파악을 위해서는 문학사적 전개에 초점을 맞추면서도 거시적 안목으로 인문학적 사유의 변천을 연구하는 태도가 요청된다. 반면에 문화론적 확대를 위해서는 더 광범위한 학문적 연계와 현대문명의 적용이라는 실천적 측면도 포함시켜야 한다. 오늘날 인문학이 문화산업의 배후영역으로서 기능하고 그를 위한 인프라 구축에 어느 정도의 역할을 감당할 수 있겠는가를 실험하는 과제도 이에 해당된다. 이러한 과제들은 어찌 보면 향후 10년간에 해결할 수 있는 것들이 아니다. 동도자들의 적극적인 참여와 학문후속세대의 관심이 없다면 공염불에 그치고 말 것이다. 그 점에서 허황된 소리를 했다고 할 수 있으나 이제 초보단계에 놓인 한국 우언연구의 방향을 점검하기 위한 시론으로서 강호제현에게 받아들여지기를 바라 마지않는다.

寓言의 시대적 성격 비교론

趙東一*

머리말

　세계의 우언(寓言)은 너무 많아 일일이 거론하기 어렵다. 모두 모아 방대한 역사를 서술하고자 하는 희망을 얼마나 달성할 수 있을지 의문이다. 여기서 할 수 있는 일은 여러 문명권의 우언을 조금씩 살피면서 시야를 확대하는 것이다. 우언이 특히 긴요한 구실을 했던 시기의 대표적인 사례를 들어 비교해 고찰하는 것이 구체적인 방법이다.

　우언은 문학 작품이면서 철학 글쓰기이기도 해서, 문학과 철학의 관계를 살피는 데 긴요한 자료이다. 그런 작업을 『철학사와 문학사 둘인가 하나인가』(지식산업사, 2000)에서 한 결과를 활용한다. 『세계문학사의 전개』(지식산업사, 2002)에서 처음 다룬 내용도 있어 함께 이용한다.

　문학과 철학 양쪽에 걸쳐 커다란 전환이 있을 때 우언이 긴요한 구실을 했다. 선택한 사례에서 그 양상을 일부 고찰하고서 연구의 확장과 심화를 기대한다. 혼자서도 감당할 수 있는 노력을 어느 정도 해보이고 모두 함께 이룩할 더욱 진전된 과업을 제안한다.

---

*계명대 석좌교수

고대의 지혜: 〈莊子〉, 〈카타 우파니샤드〉, 〈공화국〉

중국 전국시대 사람 장주의 저작으로 알려는『장자』는 중국 도가 사상의 원천을 이룩하고, 우언의 본보기를 보여준 고전으로 평가된다. 동아시아 우언에 관한 논의를 할 때 맨 먼저 드는 것이 상례이다. 〈제물론〉 마지막 대목, 후대인이 〈호접몽〉이라고 이름 지은 글을 본보기로 들어 오래 두고 되풀이해온 논의를 다시 해보자.

장주가 꿈에 호랑나비가 되어 자기가 장주인 줄 모르고 호랑나비라고만 생각하면서 즐겁게 날아다니다가 깨어나니 장주였다고 했다. 거기다 두 마디 말을 덧붙였다. "장주가 꿈에 호랑나비가 되었는지, 호랑나비가 꿈에 장주가 되었는지 알 수 없다."(不知周之夢爲胡蝶與, 胡蝶之夢爲周與) "장주가 호랑나비와 필연적으로 나누어져 있는 이것을 物化라고 한다."(周與胡蝶則必分矣, 此之謂物化)

자기가 꿈에 호랑나비가 되었다가 깨어났다고 것은 행위자와 행위가 있고, 처음과 끝이 다른 사건을 이루는 이야기이다. 이야기 자체가 말하는 표면의 의미를 비유의 매체로 삼아 이면의 의미를 전한다. 표리(表裏)가 허실(虛實)의 관계를 가진다. 흥미로운 이야기에 독자가 관심을 가지게 하고서 그것과는 다른 방향으로 나아가 감추어둔 진실을 전하려고 하는 서사적 교술문학이 우언이라고 규정할 수 있다.

덧붙인 말에서는 이면의 의미를 바로 나타냈다. 주체와 대상은 상대적이라고 했다. 구분되는 것들은 서로 전환된다고 했다. 도가의 지론을 그렇게 펴면서 유가에 대해서 반론을 폈다. 가치의 절대적인 구분을 이름을 분명하게 해서 정립해야 한다는 정명 노선에 무명으로 맞서는 작전의 하나로 우언을 활용했다.

『장자』는 언제 이루어진 책인지 분명하게 알 수 없다. 기원전 4세기경으로 추정될 따름이다. 장주를 포함한 제자백가가 대부분 생몰연대 미상이다. 중국만 그런 것은 아니다. 인도 사상의 연원을 마련한『우파니샤드』

(*Upanishad*)는 2백 개가 넘는데 모두 작자 미상이니 연대를 찾는 것은 더 어렵다. 기원전 8세기에서 기원전 3세기까지 이루어진 것들이라야 진본이라고 여긴다.

『우파니샤드』에도 흥미로운 우언이 있다. 〈카타 우파니샤드〉(*Katha Upanishad*)가 그 좋은 예이다. 아버지 와즈슈라와(Vajasravasa)와 아들 나치케타(Naciketa)를 등장시켜 만들어낸 기묘한 이야기이다.

사제자인 아버지가 신들에게 제사를 지내는 것을 보고 아들이 나서서, 제사는 지내 무얼 하며, 늙어빠진 암소를 바쳐서 무슨 소용이 있는지 거듭 물었다. 아버지는 화가 나서 아들에게 "죽음에게 주어버리겠다"고 했다. 공연히 한 말이고, 그럴 뜻이 있었던 것은 아니다. 그런데 아들은 죽음의 신 야마(Yama)를 찾아가서, 만날 때까지 기다리겠다고 작정하고 문 앞에서 사흘이나 머물렀다. 죽음의 신이 기다리게 해서 미안하다고 하고, 자기에게 올 때가 되지 않았으니 돌아가라고 하면서, 세 가지 소원을 들어주겠다고 했다.

첫째 소원은 돌아가면 아버지가 화를 내지 않고 아들로 받아들이도록 해달라고 하는 것이라고 하니, 들어주었다. 둘째 소원은 제사를 관장하는 불의 신 아그니(Agni)에 대해서 알고 싶다고 하니, 알려주었다. 셋째 소원은 죽음에 대해서 알고 싶은 것이라고 하니, 우주의 본체인 '브라흐마'(Brahma)가 마음속에 갖추어진 '아트만'(Atman)인 줄 알면 깊은 깨달음을 얻어 죽음을 극복하고 윤회에서도 벗어난다고 했다.

신을 섬기려고 하지 말고 스스로 진리를 찾으라고 하는 말을 신이 했다. 그 역설로 기존의 관념을 깼다. 신을 받들고 제사를 지내는 기존의 관습이 잘못되었다고 하고 사고의 혁신을 촉구하려고 우언을 적극 활용했다.

고대 그리스 시절의 '소피스트'라는 이들도 혁신자였다. 재래의 신앙에서 정한 법도를 따르지 않고, 사람이 어떻게 살아가야 하는가 하는 문제에 대한 소견을 함부로 늘어놓으면서 진리를 말한다고 했다. 소크라테스

(Socrates)는 그 가운데 한 사람이면서 진리가 무엇인지 말하지는 않고 다만 진리를 사랑할 따름이라고 했다. 그렇게 하는 것이 권위에 대해 더 큰 위협이라고 간주되어, 청년들을 오도한다는 죄를 덮어쓰고 사형당했다.

소크라테스의 제자 플라톤(Platon)은 종교와 정면에서 충돌하지 않아 박해를 면하면서 소크라테스에게서 물려받은 새로운 사상을 전개하는 작전을 면밀하게 강구했다. 그 시기는 기원전 4세기여서 위에서 든 두 사례와 거의 같다. 플라톤은 극작가의 재능을 가진 사람이다. 극작을 하다가 철학자가 되어 극작의 수법과 재능을 적극 활용했다. 다양한 방식으로 방대한 저작을 이룩하면서 우언을 활용했다.

중국의 '제자백가'는 대부분 생애를 알기 어렵지만 저술이 남아 있어, 사상사가 저술의 역사이게 한다. 인도에서 『우파니샤드』를 지은 사람들은 모두 자기를 숨겼다. 그런데 그리스인들은 말을 많이 하고 글을 길게 쓰면서 다른 사람들과 논란을 벌여 이름을 남겼다. 보편적인 진리를 자기가 처한 특수한 상황에서 추구하면서, 남들과 다른 주장을 펴는 것을 자랑으로 삼았다.

플라톤의 대표작을 든다면 〈공화국〉(Politeia)이라고 할 수 있다. 공화국이란 바람직한 나라이다. 바람직한 나라가 이루어지기를 바라면서 소크라테스가 다른 몇 사람과 함께 정의란 무엇인가 하는 문제를 두고 논란을 벌인 내용을 누군지 명시하지 않은 제3자에게 전해주는 내용으로 이루어져 있다. 제7장 서두에서 동굴의 비유를 들어 '이데아'에 관해서 설명한 대목은 플라톤 사상의 핵심을 보여준다고 이해된다. 이야기를 이끌고 있는 소크라테스가 "교육이 있는 경우와 없는 경우에 우리 인간의 본성이 어떤지 다음과 같은 상태와 견주어보라"고 하고서, 이런 이야기를 했다.

땅 밑에 있는 동굴 모양의 거처에서 살고 있는 사람들을 상상해보라. 길게 뻗어 있는 입구가 빛이 있는 쪽을 향해서 동굴 전체의 넓이만큼 열려 있다. 그 사람들은 그 속에만 있고, 어려서부터 발과 목이 묶여 같은 자리에만 머무른다. 쇠사슬 때문에 머리를 뒤로 돌릴 수도 없어, 그저 앞만 보고 있다.

이런 상상의 상황을 설정해놓고, 자기가 하고 싶은 말을 했다. 동굴에 갇혀 있는 사람들이 동굴 밖의 실물은 보지 못하고 벽에 비친 그림자만 보는 것처럼, 사람은 사물을 잘못 인식한다고 했다. 잡혀 있는 사람 가운데 어느 누가 머리를 뒤로 돌려 빛나는 곳을 보면, 비로소 실제 사물의 참 모습인 '이데아'를 알 수 있다고 했다. '이데아' 가운데서도 으뜸인 '선행의 이데아'는 보기 어렵지만, 한번 보기만 하면 그것이 진리의 근거임을 확신할 수 있다고 했다.

중국·인도·그리스에서 모두 이처럼 우언을 사상 표현의 소중한 방법으로 삼았다. 종교적인 권위, 정치적인 독선과 맞서서 진리가 무엇인지 추구하는 선각자들이 우언을 사용해, 충돌을 피하고 설득력을 높이면서 새로운 사고형태를 제시했다. 그래서 얻은 지혜가 고대인의 발상을 참신하게 하는 데 그치지 않고 중세 이후 거듭 재인식되어, 궁극적인 것에 대한 진지한 탐구를 전개하는 거점이 되었다.

중세 이념 재검토: 〈問造物〉, 〈새들의 회합〉, 〈장미 이야기〉

중세에 이르면 사고가 규격화했다. 정통으로 인정된 이념이 불변의 진리를 보장해준다고 하고, 다른 사고형태는 이단으로 지목해 배격했다. 경전 주석이 최고 학문 노릇을 하고 자유로운 탐구를 막았다. 그런 구속에서 벗어나 새로운 사고를 하려면 우회전술이 필요했다. 우언을 활용하는 것이 좋은 방법이었다.

12세기말에서 13세기초까지 살았던 한국의 문인 李奎報는 우언 글쓰기를 다채롭게 개척하면서 그릇된 사고방식을 비판하고 현실을 새롭게 인식하고자 했다. 그 가운데 〈問造物〉을 들어보자. 조물주와 문답을 한다는 기발한 설정을 하고, 조물주가 하는 말로 기존의 관념을 파괴했다.

조물주는 "物自生自化"라고 해서, 만물이 스스로 생겨나고 스스로 변할 따름인데 조물주가 어디 있는가 하고 반문했다. 조물주가 스스로 조물주의 존재를 부정하고, 조물주가 담당한다는 창조와 변화의 작업이 물 자체에서 이루어진다고 했다. 〈카타 우파니샤드〉에서 신이 신을 섬기는 신앙 행위를 부정한 것과 상통하는 수법을 써서 충격을 주는 발언을 했다.

이규보는 고정된 신앙 형태를 거부하고, '心'에서 '物'로 관심의 방향을 돌려, '物'의 다양한 양상과 변화를 탐구하는 데 힘써야 마땅하다는 새로운 사상을 제시했다. 그렇게 해서 동아시아 사상이 중세전기를 넘어서서 중세후기로 나아가는 전환을 마련했다. 동시대 다른 문명권에서도 유사한 형태의 혁신을 위해 우언을 활용한 사실을 확인할 수 있다.

이슬람 세계로 가보자. 아랍어문학이 상대적인 침체기에 들어섰을 때 페르시아어문학이 크게 일어나 중세후기를 이끌었다. 그 좋은 본보기를 12세기말에서 13세기초에 아타르(Muhammad Attar)가 보여주었다. 아타르는 〈새들의 회합〉(*Manteq at-Tair*)이라고 하는 장편교술시를 지어, 정신적 이상의 구심점에 이르는 진리 추구의 과정을 여러 종류의 새들이 자기네 왕을 찾아가는 여행을 통해서 나타냈다. 진리에 접근하는 자세가 서로 다른 사람들을 여러 종류의 새들로 나타내고, 새들의 여행담을 흥미롭게 이야기하는 우언을 만들어 인생행로에서 제기되는 문제들을 다루었다.

여행 과정에서 좌절·차질·모험을 계속 겪는다고 해서 진리 탐구가 순탄하지 않다고 했다. 지도자 격인 새가 진리를 향해서 나아가자고 설득하면서 여러 의문과 반론에 응답하고 많은 일화를 전하는 서술자 노릇을 했다. 진리는 누구에게든지 열려 있는 줄 모르니 개탄스럽다고 하고, 권력, 재산, 학식 등에 대해서 특별한 자부심을 가진 사람들은 진리를 외면한다고 나무랐다.

유럽의 경우에는 13세기 프랑스에서 이루어진 〈장미이야기〉(*Roman de la rose*)라는 우언시를 주목할 만하다. 기욤 드 로리(Guillaume de Lorris)가 전반을 짓고, 장 드 묑(Jean de Meun)이 후반을 보태 장편이 된 작품이 표현이 뛰어나고 주제가 다채로워 널리 읽혔다. 유럽 여러 나라에 광범위한 영향을 끼쳐 시대변화를 촉진했다.

작자가 꿈속에서 보고들은 내용을 기록한다고 하는 몽유록을 써서, 사랑에 관한 논의를 다각도로 전개했다. '사랑의 여왕'이라고 의인화한 장미가 한편으로는 '예의바름', '편안함', '즐거움', '소망', '말솜씨' 등의 보조자, 다른 한편으로는 '시기심', '위험', '험구', '두려움', '수치' 등의 적대자와 맺는 다양한 사건을 지어내 인생만사를 논했다. 온갖 지식을 동원해서 신학과 철학에 대한 광범위한 논란을 벌이고, 세태를 다각도로 풍자했다.

위에서 든 여러 작품에서 우언은 중세전기에서 중세후기를 마련하는 전환을 이룩하는 데 기여했다. 고정된 틀을 벗어나서 사고를 개방하고, 특별한 위치에 있지 않는 예사 사람도 삶의 경험에서 진실을 탐구할 수 있다고 것을 그 자체로 깨닫고, 설득력 있게 제시할 수 있게 하는 이중의 기능을 수행했다. 여러 문명권의 다양한 작품들이 같은 시기 유사한 작용을 한 것을 주목할 만하다.

중세에서 근대로의 이행기 복고 노선: 〈天君演義〉, 〈本質〉, 〈天路歷程〉

한국에는 마음을 의인화한 '天君'을 둘러싸고 일어난 사건을 다룬 우언이 많다. 17세기에 鄭泰齊가 지은 〈天君演義〉를 대표작으로 들 수 있다. 天君이 다스리는 나라가 타락의 위기를 겪다가 올바른 질서를 되찾는 과정을 선행하는 여러 작품에서와 같이 이야기했다.

타락의 이유는 慾生이나 歡伯의 침입을 받고 天君이 무력하게 된 것이다. 충간을 듣지 않자 떠나갔던 醒醒翁을 有悔氏가 불러와 天君이 바른 길에 들어서게 되었다고 했다. 욕망을 만족시키고 기쁨에 탐닉해서 생긴 도덕적 타락이 잘못 되었다고 후회하고 생각이 바르게 깨어나 바로잡았다는 말이다.

서문에서 허황한 소설이 풍속을 타락시킨다고 나무라고서, 독자들이 자기 작품을 소설로 알고 읽다가 감화를 받아 주색을 멀리하고 마음을 바르게 가지도록 하려고 했다. 인물의 성격을 더욱 뚜렷하게 하고, 타락된 삶의 모습을 실감나게 묘사한 것은 달라진 점이다. 세태를 바로잡기 위해서 세태를 따르는 것 같은 거동을 보였다.

타락과 회복의 과정에서 氣의 작용을 그대로 두지 말고 理가 통제해야 한다는 理氣二元論의 철학을 재확인했다. 그것은 중세에서 근대로의 이행기를 중세로 역행시키고자 하는 복고 노선이라고 할 수 있다. 중세에서 근대로의 이행기를 근대로 순행시키고자 하는 쪽에서 국문문학을 다양하게 개척하는 데 맞서서 그런 작품을 동아시아 공동문어인 한문으로 썼다.

인도에서 유사한 작품이 있다. 우르드어를 사용한 17세기 작가 와즈히(Wajhi)의 〈本質〉(Sab Ras)을 보자. 우르드어란 인도에 들어와 무굴제국을 만든 이슬람교도들이 가져온 터어키어의 영향을 토착의 힌디어가 많이 받아 생겨난 말이다. 와즈히는 터어키어와 우르두어 양쪽의 작품을 창작해서, 우르드문학의 개척자로 평가된다.

우르드어를 사용한 것은 교양 수준이 낮은 사람들도 이해할 수 있게 했기 때문이어서 중세에서 근대로의 이행기다운 선택이라고 할 수 있다. 그러나 창작 의도는 이슬람의 정통적 가치관을 확립해 사회와 사상의 혼란을 막자는 것이었다. '지혜'를 뜻하는 '아클'(Aql)이라는 군주가 다스리는 왕국에서 생긴 문제를 '평화', '사랑', '환상', '탐욕' 등을 의인화한 인물을 등장시켜 다루어 인도판 〈天君演義〉라고 할 수 는 것을 만들었다.

'아클'을 버리면 미치거나 바위에 머리를 부딪히며, '아클'을 탐욕과 혼동하면 모든 가치를 상실한다고 했다. '아클'은 고착화되지 않아야 한다면서 능동적인 작용을 중요시했다. 산문으로 쓴 내용을 요약한 시 대목에서, "아클은 매이다, 아주 높이 날아다니는 매이다", "들판에도, 진실에도, 비유에도 가서 사냥을 한다"고 했다.

유럽으로 가보자. 영국인 번얀(John Bunyan)이 같은 시기 17세기에 지은 〈天路歷程〉(*The Pilgrim's Progress*)은 또 하나의 〈天君演義〉라고 할 수 있다. 유교·이슬람과 병칭되는 그쪽의 정통신앙 기독교를 유사한 방식으로 옹호해 가치관의 혼란을 막고자 했다. 중세에서 근대로의 이행기를 중세로 되돌리고자 하는 복고주의의 노력을 함께 했다.

'기독교도'라고 일컫은 주인공이 '속된 지혜'와 '무지' 때문에 혼란을 겪고, '절망 거인'의 도전을 받고 죽음의 골짜기에 빠졌다. 그러다가 '신앙'과 '희망'을 만나 용기를 얻고, 예수의 인도를 받아 마침내 천국에 이르렀다. 유교에서는 마음의 혼란을 바로잡으면 되고 기독교도는 천국을 향해 나아가야 하는 것이 다르지만, 작품의 성격이나 수법은 거의 같다.

〈天路歷程〉은 많은 독자를 얻었다. 공동문어 라틴어가 아닌 민족구어인 영어를 사용한 점이 유리하게 작용했다. 소설로 알고 읽도록 한 의도가 잘 적중했다. 사건 전개가 흥미롭고 대화가 생생해서 흥미를 돋우도록 했다. 기독교 선교사들이 지구 구석구석까지 가서 현지어 번역본을 만들어 기독교 입문서로 이용했다. '天路歷程'이라는 표제를 단 한국어 번역도 그 가운데 하나이다.

이들 우언은 독자를 끌어들이는 흥미로운 이야기를 만들려고 당대에 유행하는 소설의 수법을 차용했다. 그래서 시대 변화의 추이를 따르는 것은 아니었다. 소설이 새로운 세태를 그리면서 욕망을 긍정하는 데 맞서서 종교의 가르침을 지켜 도덕을 재확립해야 한다고 했다. 중세에서 근대로의 이행기를 중세로 복귀시키려고 하는 보수 노선을 유사한 방식을 갖추어 함께 보여주었다.

중세에서 근대로의 이행기 진보 노선: 〈法世物語〉, 〈虎叱〉, 〈자디그〉, 〈퍼크리의 마카마〉

安藤昌益은 18시기 일본 사람이다. 척박한 시골에서 의원 노릇을 하면서, 농민의 참상을 보고 마음 아파하고, 스스로 농사를 짓기도 했다. 〈法世物語〉라는 우언을 지어, 鳥獸蟲魚라고 한 날짐승·길짐승·벌레·물고기의 네 무리가 일제히 사람의 허위를 나무라는 말을 적었다.

모든 잘못이 '法'에 있다 하고, '法'을 나무랐다. 天地·男女·上下·貴賤이 서로 필요로 하는 '互性'의 관계를 가져 평등을 구현하던 '自然世'를 그릇된 법이 지배하는 '法世'로 바꾸어놓은 잘못을 세상에서 성인이라고 받드는 자들이 저질렀다고 규탄했다. 유학이나 불교뿐만 아니라 일본의 神道도 '法世'의 사상이라고 규정하고 극력 배격했다. 직접 농사를 지으면서 사는 '直耕'만 소중하고, '直耕'을 하는 사람들을 억압하고 착취하는 무리는 용서할 수 없는 도적이라고 규탄했다.

18세기 한국에서 朴趾源은 〈虎叱〉이라는 글을 남겼는데, 자기가 지은 것이 아니고 중국에 갔을 때 베껴 왔다고 했다. 그 때문에 시비가 벌어지지만, 기존의 관념을 심하게 나무라는 글을 쓰면서 박해를 피하고 관심을 끌기 위해 자기가 전달자에 지나지 않는다고 하는 것은 다음에 드는 두 사례에서도 볼 수 있다. 중세에서 근대로의 이행기를 중세로 되돌리지 않고 근대로 나아가게 하는 진보노선은 그런 유격전술을 필요로 했다.

北郭이라는 선비를 범이 꾸짖은 것이 사건의 개요이다. "무릇 천하의 이치는 하나이다"라고 하고, "범이 참으로 악하면 人性도 또한 악하며, 人性이 선하면 虎性도 또한 선하다"고 해서 삶을 누리는 것이 善이라는 점에서는 금수든 사람이든 서로 같다고 했다. 삶을 해치는 것은 惡이다. 사람들은 다른 생명체를 해칠 뿐만 아니라, 서로 못살게 구는 악행을 계속한다. 힘으로 빼앗고 죽이지는 않는다 해도, 거짓된 글을 써서 천지만물의 삶을 유린하는 것도 악행이다. 거짓 선비를 그런 자의 표본으로 들어 규탄해야 마땅하다고 했다. 자기가 쓴 글이 아니라고 하고, 우언을 사용하는 이중의 장치를 하지 않고서는 그런 주장을 펼 수 없었다.

동시대 18세기 유럽에서 혁신 사상을 전개하는 데 앞장선 볼테르(Voltaire) 또한 자기가 추구하는 진실을 누구나 알 수 있게 널리 알리면서 불필요한 반대를 줄이고 동조자를 늘이는 이중의 목표를 달성하기 위해 우언을 적극 활용했다. 자기 작품이 아니라고 하면서 출처를 별도로 밝힌 글에다 외국인을 등장시켜, 기이한 사건을 전개하는 방법을 즐겨 사용했다.

그 좋은 본보기인 〈자디그〉(*Zadig*)는 이슬람세계에서 유래한 고서라고 소개한 별난 글이다. 예상을 뒤집는 방식으로 통념을 부정하면서 새로운 주장을 기발하게 펴서, 무어라고 규정하기 어렵게 하는 작품이다. 옛적 바빌로니아 사람 자디그는 "여성을 멸시하는 것도, 여성들을 매혹시키는 것도 자랑으로 삼지 않고, 너그러운 마음씨를 가졌다"고 했으며, 국가에서 채택한 교리에 구애되지 않고 "태양이 우주의 중심"임을 알았다고 했다. 그처럼 지혜로운 사람이 젊음, 건강, 재산 등을 두루 갖추고 있어 행복하리라고 예견되었으나 그렇지 않았다. 행운이 불운으로 역전되는 고난을 여러 번 겪었다고 했다.

노예의 신세로 떨어져, 주인을 따라 여행하면서 이집트인, 인도인, 중국인, 그리스인, 켈트인 등을 만났다. 그 사람들이 각기 자기가 믿는 종교만 옳다고 우기고 다른 것들은 그르다고 배격해서 거대한 논전이 벌어졌을 때, 자디그는 모두 그 나름대로 옳다고 했다. 그러면서 중국인이 "Li"(理) 와 "Tien"(天)의 원리에 입각해서, 여러 종교의 상반된 주장을 함께 인정할 수 있는 논리를 제시한 것을 가장 높이 평가했다.

아랍세계의 작가들은 유럽의 침략에 맞서서 정신적 각성을 이룩하고 자기네 문학의 전통을 계승하는 새 시대의 문학을 이룩하는 것이 긴요한 과제라고 판단해 우언이라고 할 것들을 열심히 창작했다. 처음에는 유럽의 선례를 본뜨다가, '마카마'(maqamah)라고 하는 전통적인 산문에 포함되어 있는 여러 형태의 우언을 활용했다.

19세기말 이집트 사람 피크리(Abdallah Fikri)는 영국의 통치에 항거해 이집트가 잠시 독립을 쟁취한 시기에 교육부장관이 되었으며, 문학 창작에도 힘썼다. 〈피크리의 마카마〉라는 작품을 남기면서 자기가 지은 것이 아니고, 터키어로 옮겨놓은 다른 나라의 고전을 자기는 아랍어로 번역했을 따름이라고 했다. 그 점이 〈호질〉이나 〈자디그〉와 상통한다.

'상상', '정열', '통찰', '이성' 등이 의인화한 여러 인물이 다투는 과정을 그리고, '이성'이 최종적인 승리자가 되었다고 했다. 아랍문명은 이성을 가장 자랑스러운 유산으로 삼고 있어 유럽의 도전을 이겨내는 힘이 있다고 하는 생각을 그렇게 나타냈다. 고전적인 품위를 잘 갖추어 높이 평가되는 문체를 사용해 아랍문학의 값진 유산을 이어나가는 자세를 보여주었다.

중세에서 근대로의 이행기를 근대로 순행시키려고 하는 진보 노선이 그 반대의 보수 노선과 함께 우언을 애용한 것은 흥미로운 일이다. 표현방법은 유사해도 의도는 달랐다. 우언의 표면을 이루는 흥미로운 이야기가 보수 노선에서는 교훈을 외면하는 독자 유인책이고, 진보 노선에서는 기존 이념을 공격하는 전투에서 위험을 줄이고 전과를 확대하는 유격전 전술이었다.

마무리

우언 연구는 많은 자료를 열거하다가 무엇이 문제인지 잊을 염려가 있다. 문학의 변두리나 틈새에 있는 것들을 찾아 즐기는 호사가의 취미로 떨어지지 않도록 경계해야 한다. 우언을 정당하게 평가해 연구의 의의를 확대하기 위해 몇 가지 반성을 제안한다.

　우선 우언의 범위를 너무 확대하는 것은 바람직하지 않다. 흥미롭게 전개되는 이야기와 감추어두었던 진실이 표면적으로는 차이가 있는 것이 우언의 특징이다. 차이가 크면 주제가 강화된다. 전승되는 유형보다 의도적인 창조물에 그런 것들이 많이 있다.

　우언에 관한 비교연구의 범위를 동아시아를 넘어서 다른 문명권들로 확대해야 한다. 동아시아나 유럽뿐만 아니라, 인도와 아랍 등지에도 좋은 우언이 많이 있다. 세계 여러 곳의 문학을 전공하는 사람들이 공동연구에 동참하도록 할 필요가 있다.

　우언은 문학과 철학이 공유하는 글쓰기 방식이다. 문학사와 철학사 양쪽에서 중요한 위치를 차지하는 작품을 우선적으로 연구해야 한다. 양쪽의 관점을 공유하거나 양쪽의 전공자들이 공동연구를 하면 커다란 진전을 이룩할 수 있을 것이다.

　우언은 시대구분을 위해 긴요한 구실을 한다. 고대, 중세전기와 후기, 중세에서 근대로의 이행기의 복고 노선과 진보 노선 등이 우언을 어떻게 사용해 독자적인 발언을 구체화했는지 지적해 논하려고 시도했다. 더 많은 자료를 들어 연구를 확대하기 위해 함께 힘쓰기를 바란다.

천푸칭(陳浦淸)*

1. 한국고대우언의 탄생 및 범주

우언의 역사는 장장 5천년이나 된다. 그것은 인류의 인문발전사에 중요한 영향을 끼쳤을 뿐만 아니라 현재에도 끼치고 있다. 우언은 인류의 훌륭한 스승이고 정다운 친구로서 인간들로 하여금 원시적 사유로부터 이성적 사유, 어두운 원시사회로부터 문명사회로 나아가게 했다. 뿐만 아니라 개개의 인간들에게 유년의 유치함으로부터 성년의 성숙함으로 나아가도록 깨우침을 주고 있다. 한 편의 아름답고 의미심장한 우언이 일단 그 누구와 친구가 된다면 그것은 한평생의 친구가 되며 인생행로에서 수시로 선생의 역할을 할 것이다. 인류의 역사를 살펴보면 많은 위대한 철학가, 종교가, 정치가, 교육가, 문학가들은 우언을 이용해 자기의 주장이나 체험을 나타내기를 즐겼다.

세계 최초의 우언은 유프라테스강과 티그리스강 유역에 자리 잡은 메소포타미아 우언이다. 이 우언은 기원전 3000년경에 탄생하였는데, 당시의 설형문자(楔形文字)로 진흙판에 적어 놓았다. 메소포타미아 문명은

---

*中國 湖南師範大 명예교수

국가의 멸망과 함께 사라졌고 우언도 함께 사라졌다가 19세기에 와서 발견되고 해독 되었다. 메소포타미아 우언에 이어 나타난 우언은 고대중국우언, 고대인도우언, 고대그리스우언, 고대히브리우언 등이 있다. 이후 세계 각국의 우언은 3대 계통으로 대별된다. 한 갈래는 인도에서 기원하여 남쪽으로 인도차이나 대륙, 북쪽으로 중동에 전파되었으며 유럽과 동아시아에 영향을 주었다. 다른 한 갈래는 중국과 동아시아 계통의 우언으로서 여기에는 중국, 한국과 조선, 일본, 몽고, 베트남 등의 우언이 포함된다. 또 다른 한 갈래는 유럽 계통의 우언으로서 그리스에서 기원하여 로마시대에 이르러 히브리우언과 결합되어 형성된 우언 전통을 말한다. 한국고대우언은 동아시아 우언 체계의 중요한 일부분이다. 그것은 한국에서 중요한 지위를 갖고 있을 뿐만 아니라 동방문화권과 세계문화사에서 중요한 지위를 차지한다.

한국의 고대우언은 매우 이른 시기(7세기 경)에 탄생하였다. 신라가 통일한 삼국 말기에 정식 문헌으로 기록된 우언이 나타났는데, 그것이 곧 〈구토지설(龜兔之說)〉이다. 『삼국사기(三國史記)』에 의하면 신라 선덕왕 11년(643)에 신라대신 김춘추가 고구려에 사신으로 갔다가 억류되자 고구려의 대신(大臣) 선도해(先道解)를 매수했다. 이에 선도해는 우언 〈구토지설〉을 인용하여 김춘추에게 자구책을 일깨워주었다. 〈구토지설〉의 탄생 시기는 선도해에 의해 인용된 시기보다 훨씬 이른 시기로 추측된다. 그것은 인용되기 전에 탄생되었을 것이고 널리 유전되었을 것으로 생각된다. 정계 인사들까지 인용한 것은 그간의 사정을 잘 말해준다. 그리고 현재 우리가 추측할 수 있는 것은 당시 유행한 우언이 결코 이 한 편에 그치지 않을 것이라는 점이다. 따라서 한국 고대우언의 탄생 시기는 기원 643년보다 훨씬 이른 것으로 추측되는데 아쉽게도 문헌에 기재되어 있지 않다. 사실 643년으로 계산한다 해도 그 탄생 시기는 세계 많은 나라들의 경우보다 훨씬 이른 것이다. 『삼국사기』에 보존돼 있는 〈화왕계(花王戒)〉는 7세기 후기의 저명한 문인 설총이 창작한 작가우언이다. 당시 고대중국우언, 고대인도우언, 고대그리스우언, 고대히브리어 우언, 그리고 조금 후인 고대로마우언, 고대페르시아우언 외에 세계 대부분 나라에는 자기의 우언작품을 기록으로 남기지 못했을 뿐만 아니라 우언작가 또한 없었다. 이에 우리는 한국 고대우언의 탄생시기가 동아시아와 세계의 앞선 자리에 속하게 됨을 알 수 있다. 고대한국우언은 역사가 유구할 뿐만 아니라 이후 1천여 년 간 중단되지 않았는데 이런 상황은 오직 중국만이 필적할 수 있다.

한국고대우언에는 4개의 주요 체제가 있다. 산문체 우언, 우언시가(寓言詩歌), 우언소설, 가전체우언이 그것이다. 한국 고대의 산문우언은 이솝 식 우언과 비교할 때 다음 4가지 특성이 있다. ① 분포 면에서 대부분 역사서, 시문집, 필기체 패설 등의 책에 실려 있다. 물론 상대적으로 집중된 경우도 있다. 예컨대 성현(成俔)의 『부휴자담론(浮休子談論)』, 이광정(李光庭)의 『망양록(亡羊錄)』에는 10여 편의 우언이 집중되어 있다. ② 내용 면에서 정치윤리에 치중하고 있다. 예컨대 가장 이른 시기의 우언인 〈구토지설〉과 〈화왕계〉는 모두 정치적인 우언이다. ③ 작가 대부분은 저명한 정치활동가나 사상가, 문학가이다. 예컨대 이규보(李奎報), 성현(成俔), 박지원(朴趾源) 등이 그러하다.

시가체로 지은 우언은 바로 두 번째 체제의 우언, 즉 '시가체 우언'이다. 한국의 고대우언은 중국의 고대우언과 마찬가지로 문체 면에서 산문을 주로 하고 시가체를 차용했으며 시인들은 시가형식으로 우언을 짓기도 했다. 예컨대 권필(權韠), 다산 정약용 등 저명한 시인들은 모두 우언시를 창작하였다.

우언이 소설과 결합될 때 세 번째 체제의 우언, 즉 '우언소설'이 산생하였다. 예컨대 〈조신지몽(調信之夢)〉, 〈토끼전〉, 〈장끼전〉, 〈서동지전(鼠同知傳)〉 등은 우언소설의 대표적 작품이다. 임제(林悌) 등은 저명한 우언소설가이다. 한국의 많은 학자들은 '우언소설'을 '소설'의 한 부류로 귀속시키고 있다.

　한국의 네 번째 체제의 우언은 '가전(假傳)'이다. 가전은 한국의 독특한 문체로, 고려조에 흥기하여 조선조까지 이어졌는데 천년 가까이 명맥을 유지했으며 많은 뛰어난 작가들이 나왔다. 가전은 사실 일종의 전기체(傳記體) 우언이다. 가전의 구체적인 특징에 대해서는 뒤에서 논하도록 하겠다. 한국 고대 작가들은 가전을 우언으로 취급하고 있다. 예컨대 〈화사(花史)〉는 한국의 유명한 가전체소설인데 그 〈발(跋)〉에서 다음과 같이 설명하고 있다. : "대저 우언은 사물에 기탁(寄託)하는데 사람들은 이 체제를 많이 이용한다.(夫寓言托物, 古人多用其体者)", "전적으로 감정이 없는 사물에 감정이 있는 일을 기탁한다(全以無情之物, 托有情之事)".

　한국의 현대 우언연구가들도 대개 이런 관점을 지니고 있다. 이정탁(李廷卓)의『한국우화문학연구』를 보면 분명히 가전을 우언으로 취급하고 있다. 이정탁의 저서에서 연구 대상으로 선정하고 있는 우언은 바로 가전이다. 한 마디로 말해 많은 학자들은 가전을 우언의 일종으로 귀속시키고 있는 것이다. 물론 어떤 학자들은 가전을 소설류로 귀속시키기도 한다. 사실 가전과 일반소설 및 우언소설 사이에는 구별이 있다. 예컨대 가전이 형상을 창조하는 수단이 굵은 선의 스케치 스타일이고 역사전고들을 많이 인용한다면, 소설은 형상을 창조하는 수단이 비교적 다양하며 일반적으로 역사전고를 거의 인용하지 않는다. 사실 가전을 독립된 체제로 내세우는 것이 한국우언문학의 특성이라 할 수 있다. 물론 우리는 어떤 작품은 가전으로도 볼 수 있고 우언소설로도 볼 수 있는 현상을 배척하지는 않는다. 예컨대 임제(林悌)의 〈화사〉는 꽃을 주인공으로 하고, 매화를 '도열왕(陶烈王)', '동도영왕(東陶英王)'으로 하고, 모란을 '하문왕(夏文王)'으로 하고, 연꽃을 '당명왕(唐明王)'으로 하여, 이들 가계와 신세를 각기 서술하며 전고를 대량 인용한 것을 감안할 때 가전으로 볼 수 있다. 그런데 〈화사〉는 줄거리가 비교적 풍부하여 소설적 특색을 갖춘 우언소설로도 볼 수 있다.

우언의 명칭에 대해, 고대 중국과 마찬가지로 고대 한국은 일찍부터 우언작품을 '우언(寓言)'으로 칭했다. 그것은 중국의 도가사상과 저서가 한국 고대에 상당한 영향력을 발휘한 데서 기인한다. 『장자(莊子)』는 도가의 중요한 대표작일 뿐만 아니라 장자 본인이 '우언'이라는 개념을 제출하고 많은 우언을 지은 인물이다. 한국 고대 저서를 보면 늦어도 7세기에 『장자』 속에 있는 '우언(寓言)'이라는 단어를 받아들였다. 『삼국사기』 권46 〈설총열전〉에 보면 설총(薛聰)은 신라 왕에게 우언 〈화왕계(花王戒)〉 이야기를 들려주면서 국왕더러 간악한 무리들과 여색을 가까이하지 말고 정직함을 멀리해서는 안 된다고 권했다. 이에 국왕은 "당신의 우언은 실로 깊은 뜻이 있으니 글로 써서 주시오. 왕 노릇하는 사람의 교훈으로 삼겠소.(子之寓言, 誠有深志, 請書之, 以爲王者之戒.)"라고 하였다. 이 이야기 가운데의 신라 국왕은 신문왕(神文王)으로서 재위 기간은 기원 681년부터 692년까지, 즉 7세기 말엽이다. 신문왕은 '우언'이라는 단어를 사용했을 뿐만 아니라 그것이 가리키는 〈화왕계〉는 확실히 전형적인 우언임에 틀림없다. 그가 사용한 '우언'이라는 개념은 중국 고대 일부 작가나 평론가들보다도 더 정확하다.

현대 한국의 경우엔 일반적으로 짤막한 우언이야기를 '우화(寓話)'라 부르기도 하고 '우언(寓言)'이라 지칭하기도 한다. '우언'이라는 단어는 한국의 고전문헌에서 기원한 것이다. 반면 '우화'라는 단어는 한국의 고전문헌에 보이지 않는데, 추측컨대 아마 일본에서 온 것 같다. 후에 자료를 찾아보니 과연 그렇다. 일본은 1915년부터 1919년 사이 『대일본국어사전(大日本國語辭典)』을 편찬해냈는데 이 속에 '우화'라는 조항이 수록되어 있다. 1925년 일본의 산기광자(山崎光子)가 번역한 『이소보우화집(伊蘇普寓話集)』이 출판되었는데 여기에서 분명 그리스의 이솝우언을 '우화'로 지칭하고 있다. 한국의 학자 손진태(遜晋泰: 1900~1950)가 편찬한 『조선민담집(朝鮮民譚集)』은 1930년 일본 동경에서 출판되었는데 여기에는 민간이야기 155편이 4부류로 나뉘어져 수록되어 있다. 이 가운데 제3부류가 '우화', '소화(笑話)' 등이다. 이 책에서는 자국의 민간우언을 '우화'로 칭하고 있는데 이것은 아마도 한국의 학자가 가장 일찍 '우화'라는 단어를 사용한 경우일 것이다. 출판 지점이나 시간상으로 놓고 볼 때 그가 사용한 '우화'라는 단어는 일본에서 기원한 것이다. 이후로 '우화'라는 단어가 유행하게 되면서 '우언'과 동등하게 사용하게 되었다. 한국 현대의 권위 있는 사전인 국립국어연구원 편 『표준국어대사전』과 민중서림 편집국 편 『민중에센스국어사전』에서는 '우언'과 '우화'에 대해 일치한 해석을 하면서 이 양자를 동의어로 취급하고 있다.

'우언'과 '우화', 이 두 개념의 관계를 어떻게 처리하겠는가에 대해 우리는 다음과 같은 처리 방법을 제시한다. '우화'를 작은 개념으로 사용하여 기본적으로 영어의 페이블(fable)과 같은 개념으로 사용하도록 하는데, 여기에는 짤막한 이솝 식 산문우언을 포함시키도록 한다. '우언'은 큰 개념으로 사용하여 기본적으로 영어의 알레고리(allegoric tales)와 같은 개념으로 사용하도록 하는데, 여기에는 '우화(짧은 산문체 우언)', '시가체우언', '우언소설' 및 한국 특유의 '가전' 등을 포함시키도록 한다.

2. 한국 고대우언의 중요한 지위

한국의 고대우언은 한국 고대 인문과학 가운데에서 중요한 지위를 차지한다. 인문정신의 본질은 바로 인간 정신에 대한 보호에 있으며 인간성에 대한 보호에 있다. 인간의 자연적 속성에는 본래 선악의 문제가 개입되지 않는다. 그러나 인간의 사회적 속성에는 선과 악이 있는 것으로, 선한 것은 인간들로 하여금 완미(完美)한 데로 나아가게 하며 악한 것은 인간들로 하여금 타락하게 만든다. 인간사회에 있어 각종 진보적인 인문 문화의 본질은 바로 악한 것을 징벌하고 선한 것을 선양하여 조화로운 세계를 건립하는 데 있다. 우수한 종교, 도덕, 문예의 주요 작용은 인간의 선한 면을 발휘시키는 데 있다. 그리고 우수한 정치, 법률의 주요 작용은 인간의 악한 면을 제지하는 데 있다. 그리고 철학은 인간성에 대해 분석을 진행한다. 우언은 '이야기(寓體)'와 '기탁한 뜻(寓意)'이라는 두 부분으로 구성되어 있다. 여기서 '이야기'는 문예작품이고 '기탁한 뜻'은 종교, 도덕, 정치, 법률, 철학 등 인문과학에 관련된다. 고금을 막론하고 많은 우수한 종교가, 정치가, 교육가, 철학가들은 우언을 이용하여 자기의 주장을 선전하기를 좋아했다. 훌륭한 우언은 인문정신을 보호하는 면에서 기타 문학양식에 비할 수 없는 커다란 효용성을 발휘한다.

한국 고대에는 우언을 대단히 중시했다. 우언은 한국고대문화에서 특별한 지위를 차지한다. 첫째, 그것은 끊임없이 번성해 왔고 널리 전파되었다. 우언은 철학, 정치, 종교, 문학 등 각 영역에 침투되었을 뿐만 아니라 산문체, 시가체, 소설체 등 각종 형식을 탄생시켰으며 '가전'이라는 독특한 우언체가 생겨나기도 했다. 둘째, 일군의 유명한 인사들이 우언을 지었다. 한국 고대 우언작가들을 보면 한국의 중요한 사상가, 학자, 문학가들인 설총, 최치원, 임춘, 이규보, 이제현, 이곡, 이첨, 김시습, 성현, 유몽인, 임제, 장유, 안정복, 정약용, 박지원 등등이 포함된다. 셋째, 장기간의 발전과정에 많은 독특한 일련의 주제가 형성되었다. 예컨대 〈구토지설〉로부터 〈토끼전〉에 이르기까지의 토끼 계열, 〈야서혼천(野鼠婚天)〉, 〈노서선절(老鼠善竊)〉, 〈서옥설(鼠獄說)〉 등으로 이루어진 쥐 계열, 〈화왕계〉, 〈화사〉 등으로 구성된 화왕(花王) 계열, 〈수성지(愁城志)〉, 〈의승기(義勝記)〉, 〈남령전(南靈傳)〉 등으로 구성된 천군(天君) 계열 등이 있다. 넷째, 한국 고대에는 독특한 우언이론이 형성되었다. 18세기 조선조의 저명한 사상가 박지원은 우언의 문화적 지위와 문학적 지위에 대해 높이 평가하고 있다. 그는 모든 저작물은 기사(記事)와 사리설명[說理] 두 부분으로 나뉘어 지는데, 『역(易)』에서 기원한 우언은 사리설명문의 대표적 작품이라고 했다. 그는 『열하일기(熱河日記)』 서문에서 "글을 짓고 도리를 설명하는 것은 신명의 도리에 통하고 사물의 이치를 꿰뚫는 것인데 여기서 『주역』, 『춘추』를 초과할 것은 없다. 『주역』이 감춘다면 『춘추』는 드러낸다. 감추는 것은 주로 도리를 설명하면서 우언으로 흐르고, 드러내는 것은 주로 사실을 기록하면서 외전(外傳)으로 흐른다.”라고 했다.

한국 고대에는 우언을 매우 중시했기 때문에 그것은 철학, 종교, 정치, 교육 등 여러 영역에서 중요한 작용을 발휘했다. 〈구토지설〉을 하나의 돌출한 사례로 볼 수 있다. 『삼국사기』의 기록에 의하면 신라 선덕왕 11년(643년)에 백제가 신라를 공격하였다. 신라 대신 김춘추는 왕명을 받들고 고구려에 사신으로 가서 원병을 청했다. 이에 고구려 국왕 보장왕은 신라의 마목현(麻木峴)과 죽령(竹嶺)을 요구했다. 김춘추가 불응하자 감금되었으며 생명까지 위태롭게 되었다. 그러자 김춘추는 3백 보의 청포로 보장왕의 총신(寵臣) 선도해(先道解)를 매수한다. 선도해는 김춘추에게 주식을 보내 위로하며 “당신은 일찍 거북이와 토끼에 관한 이야기를 들어보지 않았소?(子亦嘗聞龜兎之說乎?)”라고 반문하고는 다음의 우언을 들려준다.

옛날 동해용왕의 딸이 심장병에 걸렸는데 의원의 말에 의하면 “토끼의 간으로 약을 지어 먹으면 나을 수 있다”고 했다. 그런데 바다에는 토끼가 없으니 어떻게 하겠는가? 이에 거북이 한 마리가 용왕에게 “내가 토끼 간을 구할 수 있습니다”라고 아뢰었다. 그리고는 육지에 올라 토끼를 보고 말했다. “바다에 한 섬이 있는데 거기에는 맑은 샘물이 솟아나고 기암괴석이 멋지고 무성한 수림 속에 달콤한 열매들이 주렁주렁 달려 있으며 날씨는 한서의 변화 없이 따뜻하고 맹수맹금의 위험도 없다. 네가 만약 거기에 가게 되면 편안한 세상을 보낼 수 있다.” 그러자 토끼는 거북의 등에 업혀 2, 3리 바다 길을 헤엄쳐 나갔다. 그때 거북이가 토끼를 돌아보며 말했다. “지금 용왕님의 따님이 병에 걸렸는데 토끼의 간이 약용으로 꼭 필요한지라 수고스러운 대로 너를 업고 가는 것이다”. 이 말을 들은 토끼는 “오, 그렇군요! 그런데 나는 신명을 부리게 되면서 오장을 꺼내어 씻어서 다시 넣고는 합니다. 오늘 낮에 속이 좀 불편하여 간을 꺼내 씻어 바위 밑에 두었습니다. 당신의 달콤한 말을 듣고 곧 바로 달려오느라 간을 아직도 거기에 두었군요. 그러니 내 이제 곧 바로 가서 가져오지요. 당신은 내 간을 필요로 하는데 나는 간이 없어도 살 수 있으니 우리 피차간에 서로 좋지 않겠습니까?”라고 했다. 거북이는 토끼의 말을 믿고 돌려보냈다. 그러자 토끼는 뭍에 오르자마자 숲으로 달아나면서 거북이에게 뇌까렸다. "넌 참 바보로구나! 세상이 간이 없이 살 수 있는 것이 어디 있단 말이냐?" 이에 거북이는 어의 없이 되돌아오고 말았다.

昔東海龍女病心, 医言: "得兔肝合藥則可療也." 然海中无兔, 不奈之何! 有一龜白龍王言: "吾能得之." 遂登陸見兔, 言: "海中有一島, 淸泉白石, 茂林佳果, 寒暑不能到, 鷹隼不能侵. 爾若得至, 可以安居无患." 因負兔背上, 游行二三里許, 龜顧謂兔曰: "今龍女被病, 須兔肝爲藥, 故不憚勞負爾來耳." 兔曰: "噫! 吾神明之后, 能出五臟, 洗而納之. 日者小覺心煩, 遂出肝洗之, 暫置岩石之底. 聞爾甘言徑來, 肝尙在彼. 何不回歸取肝? 則汝得所求, 吾雖无肝尙活, 豈不兩相宜哉!" 龜信之而還. 才上岸, 兔脫入草中, 謂龜曰: "愚哉, 汝也! 豈有无肝而生者乎?" 龜憫默而還.

김춘추는 선도해의 이 우언을 듣고는 깨달은 바가 있어 고구려왕에게 이제 돌아가면 땅을 바치겠다고 상주했다. 고구려왕은 그 말을 진짜로 믿어 사람을 파견하여 김춘추를 돌려보냈다. 김춘추는 고구려 국경을 넘자 자기를 호송하는 고구려인에게 말하기를 "내가 온 것은 구원병을 청하기 위해서이네. 그런데 대왕이 동의하지 않고 오히려 우리나라 땅을 요구하고 있네. 땅을 떼어주는 것은 나 혼자 임의로 결정할 사항이 아니네. 내가 왕에게 상주한 것은 내 죽음을 면하기 위해서일 뿐이야."라고 했다.

『삼국사기』〈김유신전〉에는 또 다음과 같은 기록이 있다. 신라 집정대신 김춘추가 고구려에 청병을 가기 전에 신라의 대장군 김유신과 약속하기를 만약 자기가 고구려왕에게 살해되면 김유신이 군사를 일으켜 고구려를 치고 나라를 보호하며 원수를 갚도록 했다. 고구려왕은 호송군들의 보고를 받고는 원래 공격을 개시하려고 했는데 신라 쪽에서 이미 전세를 다 갖추고 있는지라 포기하고 말았다는 것이다.

이 우언은 신라 대신 김춘추의 생명을 구했다. 김춘추는 자기의 사명에 충실한 만큼 11년 후에 신라의 제29대 국왕이 되었다. 후에 김춘추는 중국 당나라에 가서 청병하여 백제와 고구려를 멸망시키고 통일신라를 세웠으며 그 자신은 국왕이 되었다. 이 우언은 '한 마디로 나라를 흥하게 하는[一言興邦]'는 정치작용을 한 것인데, 이는 『전국책(戰國策)』에 수록되어 있는, 역시 커다란 정치적 작용을 한 〈남원북철(南轅北轍)〉, 〈휼방상쟁(鷸蚌相爭)〉 등의 우언과 비슷한 것으로, 이런 우언보다 뛰어나면 뛰어났지 못하지는 않다. 〈구토지설〉의 임기응변적 구술 방식은 『전국책』에 실린 우언과 그 스타일이 매우 비슷하다.

그리고 이 우언은 자연히 한역(漢譯) 불경 『육도집경(六度集經)』에 실린 우언 〈규룡과 원숭이(虯與獼猴)〉를 떠올리게 한다. 불교는 4세기 후반기에 중국으로부터 고구려로 들어가고 다시 신라로 전해졌다. 신라가 불교를 신봉하게 되면서 〈구토지설〉이 불경의 영향을 받은 것은 아주 자연스러운 일이다. 그런데 〈구토지설〉은 내용이나 표현형식을 막론하고 모두 자기의 특색을 가지고 있다. 특히 이야기의 주인공이 바뀌었다. 주인공은 규룡과 원숭이로부터 신라 사람들이 익숙한 거북이와 토끼로 바뀌었다. 또한 이야기에 내포된 뜻도 바뀌었다. 〈구토지설〉의 토끼 형상은 신라인들의 지혜와 정신의 결정체이다. 신라는 애초에 비교적 약한 편으로 진한(辰韓)의 6부족으로 구성되어 있었다. 고구려와 백제의 위협을 자주 받았고 특히 왜구의 피해를 많이 입었다. 신라인들은 대외적인 투쟁 과정에 강대한 생명력과 응집력을 갖춘 '화랑정신'을 형성했는데 바로 이 정신에 의해 한반도를 통일했다. 이 화랑정신은 후세의 뜻있는 선비들에게 전해졌다.

3. 한국 고대우언과 동아시아의 인문정신

한국의 김영(金泳) 교수는 「한중 우언의 비교로부터 촉발된 사색」에서 다음과 같이 지적하고 있다. "욕망과 관련된 우언은 아시아인의 가치관과 사회윤리를 이해하는 하나의 열쇠라고 말할 수 있다. 인류의 욕망에 대한 관점은 동양과 서양이 매우 큰 차이점을 갖고 있다. 서양문화에서 체현된 것은 바로 '인류의 행복은 바로 욕망이 만족'하는 것이다. 그런데 동양문화에서는 '욕망을 포기하고 이웃과 평화스러운 생활환경을 구축하고 모든 것을 평온한 자연 속에 두며 자연과 하나 되는 무위자연의 경지를 추구하는 것이 바로 진정한 행복'이라는 것이다.""한국과 중국의 우언은 인간욕망에 대한 동양의 인식을 잘 드러내고 있다."그는 한국의 우언 〈다람쥐와 자라(鼯與鼈)〉, 〈주봉설(酒蜂說)〉과 중국의 우언 〈어옹득리(漁翁得利)〉, 〈성성호주(猩猩好酒)〉 등을 예로 들어, 우언이 인간의 탐욕을 경계하는 작용에 대해 설명하고 있다. 그는 "자율적인 수련과 자치를 통하여 확실하게 인간의 욕망을 억제하는 것은 개인에게 안정을 가져올 뿐만 아니라 사회에도 평화를 가져온다."고 했다.

동아시아 인문정신의 가장 특출한 점은 유가정신, 도가정신, 불교정신이다. 이런 것들은 한국 고대우언 속에 충분히 체현되어 있다.

유가의 인문관념을 선전하는 면에서 한국 고대의 위대한 시인 정약용(丁若鏞, 1762~1836)의 우언시는 매우 돋보인다. 정약용은 자(字)가 미용(美鏞), 송보(頌甫)이고 호가 다산(茶山), 여유당(與猶堂)이다. 그는 저명한 실학사상가이고 사실주의 시인으로서 『與猶堂全書』 503권이 전한다. 정다산(丁茶山)의 시가는 민생 질고를 관찰하고 탐관오리들을 질책했는데, 이는 중국의 두보(杜甫)와 백거이(白居易)와 많이 닮아 있다. 그는 두보의 〈삼리삼별(三吏三別)〉을 모방하여 〈삼리삼행(三吏三行)〉이라는 시를 지었다. 〈삼행(三行)〉의 하나인 〈이노행(狸奴行)〉은 훌륭한 우언시이다. 이 외에 정다산의 우언시에는 〈해랑행(海狼行)〉, 〈충식송(蟲食松)〉, 〈오즉어행(烏鰂魚行)〉, 〈발날지중어(撥剌池中魚)〉 등이 있는데 이런 작품들은 여러 각도에서 당시 현실생활을 반영하고 있다. 〈이노행(狸奴行)〉에서는 남산(南山)의 한 촌로가 고양이[狸奴] 한 마리를 키웠는데, 그 고양이는 쥐를 잡지 못할 뿐만 아니라 오히려 쥐와 짜고 온갖 나쁜 짓을 한다. 시인의 붓끝에서 고양이는 지키는 자로서 스스로 훔치며 나쁜 자들과 규합하여 서민을 괴롭히는 관리의 상징이 되고, 쥐는 서민을 괴롭히는 하급관리 및 기타 악인으로 상징되며, 촌로는 백성의 대표적 형상이 된다. 촌로가 고양이를 키우는 것은 원래 쥐를 제거하고 그 해악을 없애는 데 있는데 결과적으로 고양이와 쥐는 서로 짜고 들어 막심한 피해를 끼친다. 관리를 두는 것은 원래 악인을 징벌하고 민중을 보호하는데 있는데 결과적으로는 관리와 도적이 결탁하여 서민들을 못살게 군다. 이것은 상급관리의 부패의 해가 도적과 하급관리보다 심하다는 것을 말해준다. 이 모든 것은 동양 봉건관료제도의 산물이다. 〈해랑행(海狼行)〉에서는 해랑(海狼)과 고래 모두 물고기를 잡아먹으면서도 서로 모순을 일으켜 싸운다. 시인은 고래를 대권을 쥔 관료에 비유하고 해랑(海狼)을 서로 결탁하여 최고 권력을 탈취하려는 다른 일군의 관료에 비유했다. 해랑과 고래의 격전은 봉건왕조의 각급 관료집단 사이에 권력과 이해득실을 둘러싸고 벌어지는 참혹한 투쟁을 상징한다. 〈충식송(蟲食松)〉에서는 꿋꿋한 소나무들이 금모충(金毛蟲)에 의해 진액이 다 빨리고 말라죽는 광경을 묘사하고 있다. 시에서 소나무는 성장 중에 있는 인재를 상징하는데 이들은 본래 국가의 동량으로 될 수 있었던 것이다. 그리고 금모충(金毛蟲)은 정권을 잡은 소인배들을 상징하고 있다. 소인배가 정권을 잡고 인재를 박해함으로 사회발전의 생기를 말살하고 말았다는 것이다. 〈오즉어행(烏鰂魚行)〉과 〈발날지중어(撥剌池中魚)〉(古詩 27수 가운데 한 수)는 시인 자신의 사상 역정의 토로에 다름 아니다. 〈오즉어행(烏鰂魚行)〉을 보면 오징어와 백로가 물에서 만났는데 오징어는 자기가 묵을 내뿜는 재간으로 물고기들을 포식한다고 하면서 백로에게도 날개를 검게 물들여 같이 놀아나자고 한다. 이에 백로는 "하늘이 나에게 결백함을 부여하고 또한 나 스스로 깨끗하게 살아왔거늘 어찌 한 끼 먹이를 위해 모양을 그렇게 바꾸겠는가?"라고 대답한다. 그러자 오징어는 묵을 내뿜으면서 욕을 해댄다. "너 같이 어리석은 놈은 굶어 죽을 지어다!"

정약용은 일찍 어사 등 관직에 나아갔는데 청렴정직하고 개혁을 주장했으며 개인의 명리를 돌보지 않았고 나쁜 무리들과 어울리지 않았으며 부정적인 고관대작을 대담하게 탄핵했다. 그리하여 여러 번 좌절을 당했지만 꺾이지 않았다. 백로 형상은 바로 시인 자신의 형상이다. 〈발날지중어(撥刺池中魚)〉는 작은 물고기가 바다에서 겪은 불행을 통하여 벼슬살이의 험악함을 암시했다. 시인은 못의 물고기로 자기 스스로를 비유하고 벼슬살이의 어려움을 묘사했으며 관료들의 횡포를 보여줌과 동시에 정계에 나가 자기의 정치포부를 펴보려는 뜻과 귀향하여 은거하려는 뜻 사이의 모순된 심정을 보여주고 있다. 한마디로 말하여 정다산의 우언시는 봉건체제가 배태시킨 각종 어두운 현상을 반영했으며 유가사상에 의해 훈육된 정직한 지식인의 우환과 강렬한 사회책임감을 나타냈다. 실로 "비바람이 사납게 불어치니 닭 울음소리 그치지 않네(風雨如晦, 鷄鳴不已)." 격이다. 이런 우환의식과 강렬한 사회책임감은 동아시아 인문정신의 중요한 부분이기도 하다.

도교정신의 체현에 대해서는 조선조 시기 우언 창작에서 가장 큰 성과를 낸 성현(成俔)을 예로 들 수 있다. 성현(1439~1504)은 자가 경숙(磬叔)이고 호가 용재(慵齋), 또는 부휴자(浮休子)라고도 했다. 조선조 초기의 학자이고 산문가이다. 그는 문재가 뛰어나고 많은 저서를 남겼다. 그의 잡문집 『부휴자담론(浮休子談論)』 권3, 권4는 모두 우언인데 도합37편이나 된다. 성현은 조선조의 대다수 사상가들과 마찬가지로 유가사상과 도가사상의 영향을 많이 받았다. 그는 스스로 호를 "용재(慵齋)", "부휴자(浮休子)"라 했으며 자기의 문집을 『허백당문집(虛白堂文集)』이라고 명명했다. 이것은 모두 그가 도가를 신봉했다는 것을 말해준다.

도가는 마음을 비우고 욕망을 줄이는 '청심과욕(淸心寡欲)'을 주장하고 양생(養生)을 중시한다. 이것은 『부휴자담론』에 실린 우언의 하나의 중요한 주제이다. 예컨대 〈더 심한 어리석음[其愚更甚]〉이라는 우언은 다음과 같은 이야기로 되어 있다.

동구선생은 성정이 방탕하여 주색에 이골이 났다. 첩을 두서너 명 두고도 적다고 불평이며 널리 구했다. 손님이 오면 반드시 술을 내어 대접하며 취하도록 마셨다.

하루는 손님과 사람에 대해 의논하게 되었다. "우리 옆집에 어리석기 짝이 없는 사람이 있는데 당신은 알고 있는가?" 그러자 손님은 "무슨 얘기지요?"라고 되물었다. 선생이 설명하기를 "그 사람은 늘 땔감이 없어 집의 가름대와 서까래를 꺾어 때었다오. 그러자 지붕이 뻥 뚫리며 기와가 떨어져 내렸지. 그래서 비가 쏟아져 내릴 때는 언제나 우산을 받치고 앉아 있었지. 얼마 있지 않아 집이 모두 무너져 내려 머물 곳도 없어지고 말았네."

이번에는 손님이 이야기했다. "우리 옆집에는 어리석기 짝이 없는 두 사람이 있었지. 그 중 한 사람은 색을 좋아했는데 길을 가다 아름다운 여인네를 보면 천방백계로 꼬셨지. 그리고는 집에서 질탕 놀아나다가 싫어지면 또 다른 여자들을 꼬시러 나갔어. 매일 같이 이렇게 질탕 놀아나다 신장에 병이 생겨 죽고 말았네. 다른 한 사람은 술을 지독하게 좋아 했는데 하루 종일 술집을 찾아다니며 옷을 저당 잡히면서까지 녹초가 되도록 술을 마셨네. 한 곳의 술이 떨어지면 다른 곳을 찾아갔지. 매일 이렇게 녹초가 되다 보니 폐에 병이 생겨 결국 죽었네. 가름대와 서까래를 때여서 집이 무너진 사람은 그래도 몸은 보전하지만 주색에 빠져 죽을병을 얻어 끝내는 죽고 마니 그 어리석음이 어찌 저보다 더 하지 않겠는가?"

이 이야기를 들은 선생은 깨달은 바가 있어 "당신의 이야기는 실로 나의 병을 고치는 처방이요. 내 이제 마음을 고쳐먹고 새 출발을 하겠네."라고 했다.

東丘先生性放蕩, 酷探酒色. 蓄妾數人, 犹慮鮮少, 旁求不已. 客來必置酒, 至于沉酗. 一日, 与客論人, 乃曰: "吾鄰有至愚者, 君知之乎?"客曰: "何也?"先生曰: "其人嘗患无薪, 斫取楣桷而爨之. 檐虛瓦墜, 雨射如注, 常持傘而坐. 未几, 室皆頹仆, 无所寓也." 客曰: "吾鄰有二人, 其愚尤甚. 其一人好色, 路見美色必百計邀之. 于家縱淫肆欲. 如或厭焉, 則又顧而求他. 日日如是, 未几病腎而死. 其中一人好酒, 朝暮巡游城市, 往尋酒垆, 典衣沽酒, 劇飲泥醉. 若酒盡, 則又顧而之他. 日日如是, 未几病肺而死. 爨楣桷者, 室雖仆而身犹保, 嗜酒色者, 病入膏肓而卒就死. 其愚豈不甚于彼乎?"先生曰: "子之方, 實針吾病. 請洗心而改轍."

도가는 개체 생명을 제외한 모든 것을 몸 밖의 외물(外物)로 여긴다. 동구선생의 이웃이 '집의 문미[楣]'와 '지붕에 기와를 얹는 네모 모양의 서까래[桷]'를 장작으로 삼아 밥을 짓는 것은 세속의 인간들이 보기에는 어리석기 그지없다. 그러나 그가 태워버리는 것은 몸 밖의 바깥물건에 지나지 않는다. 동구선생처럼 주색에 빠져 병이 골수에 맺히고 개체생명을 잃게 되는 것이야 말로 가장 큰 어리석은 짓이라는 것이다. 작가는 대비의 수법을 운용하여 세속에서 가장 어리석다고 하는 것으로 도가에서 가장 어리석다고 여기는 것을 돋보이게 했다. 이는 청심과욕(淸心寡欲)하지 못하는 세인들에 대해 직격탄을 날린 것이 된다. 이 우언은 또한 다른 사람의 결점을 발견하는 것이 자기의 결점을 발견하는 것보다 쉽다는 것을 통하여 제3자의 시각을 긍정했으며 오직 자기의 결점을 발견할 줄 아는 사람만이 진정한 지혜를 갖고 있다는 것을 말한 것이다.

『부휴자담론』에 실린 〈풍요(豊饒)와 부족(不足)〉도 이와 비슷한 가치관을 나타내고 있다. 이 우언에서는 이야기가 끝나는 대목에서 다음과 같이 분명히 밝히고 있다. "자기가 얻은 것을 마음으로 만족하는 사람은 가령 누추한 동네에 살면서 밥 한 소쿠리를 먹고 물 한 표주박을 마시는 신세라도 행복감을 느낀다. 만약 자기가 얻은 것에 마음속으로 만족을 느끼지 못하고 다른 그 무엇을 자꾸 찾아 헤맬 때는 가령 넓은 토지와 거액의 재부를 얻었다 하더라도 마음은 유쾌할 수 없다."

동아시아 인문정신에서 거대한 영향을 미친 것은 불교정신이다. 우리는 『삼국유사(三國遺事)』에 실린 우언소설 〈조신지몽(調信之夢)〉을 통하여 이를 볼 수 있다. 이 소설에서는 승려 조신(調信)의 형상을 선명하게 그리면서 불교의 교리를 선전하고 있다. 소설에서는 다음과 같이 서술하고 있다.

신라시대 명주(溟州) 날성군(捺城郡) 세규사(世逵寺)에 한 장원(莊園)이 있었다. 절에서는 조신(調信)을 파견해 장원을 관리하게 하였다. 그런데 조신은 태수 김신(金信)의 딸에게 혼이 나갈 정도로 반하고 말았다. 그는 늘 낙산(洛山) 관음보살 앞에서 은근히 기도를 하면서 자기의 뜻이 이루어지기를 빌었다. 그런데 몇 년 되지 않아 그 여자는 시집을 가고 말았다. 그래서 조신은 다시 관음보살 앞에 나가 자기의 욕망을 실현시켜 주지 않았다고 원망했다. 그는 해가 질 때까지 비통에 잠겨 있다가 기진맥진하여 자기도 모르게 잠이 들고 말았다.

그런데 홀연 꿈에 김태수의 딸이 환한 웃음을 띠고 흰 이를 드러내며 말했다. "저는 진작부터 스님을 알았지요. 마음속으로 사모하여 한 번도 잊은 적이 없습니다. 저는 부모의 명에 못 이겨 다른 사람에게 시집을 갔습니다만, 오늘 그대와 백

년해로하려고 찾아왔습니다."

조신은 미칠 듯이 기뻐하며 그녀와 같이 고향으로 돌아왔다. 그들은 40년을 같이 살면서 다섯 아들딸을 낳았다. 그런데 살림살이는 점점 어려워져 푸성귀조차도 먹기 힘들었다. 그래서 고향을 등지고 유리걸식하며 10년을 보냈다. 옷은 헐대로 헐어 맨 살이 다 드러날 정도가 되었다. 명주 해현(蟹縣)의 고개를 지날 때 15살 난 큰아들이 갑자기 굶어 죽었다. 조신 부부는 한 바탕 울고 난 후 길가에 아들을 묻었다. 그리고는 네 아들딸을 데리고 유랑하다가 우곡현(羽曲縣)에 흘러들어 길가에 대강 초가집을 하나 짓고 살았다. 조신 부부는 늙고 병든 데다 굶기까지 하여 자리에서 일어나지도 못했다. 10살 난 딸애가 동냥을 하다가 사나운 개한테 물려 땅에 엎어진 채 울어대고 있었다. 이 참상을 본 조신 부부도 눈물을 비 오듯 흘렸다.

김씨는 눈물을 닦고 난처해하며 조신에게 말했다. "소첩이 예전 그대와 결합할 때는 젊고 예쁘고 옷도 화려했었지요. 그리고 맛있는 음식이면 같이 먹고 좋은 옷은 같이 입었지요. 우리는 50년이나 되는 긴 세월을 살면서 서로 사랑하며 정이 넘쳐났고 얼굴 붉히는 일은 조금도 없었지요. 그런데 근년 우리는 한 해 한 해 더 늙어가고 병들어 가면서 추위와 주림에 떨고 있군요. 문전걸식을 하며 사람들로부터 받은 수모는 실로 산보다 더 높습니다. 자식들은 추위에 떨고 굶고 있건만 우리는 어찌할 방법이 없습니다. 그러니 우리 사이 사랑을 나눌 여유가 어디 있겠어요. 청춘의 웃음은 풀 위의 이슬과 같이 쉽게 사라지고 저 꽃처럼 쉽게 지며 저 연기처럼 쉽게 사라지는군요. 지금 당신이 나 때문에 짐을 지고, 나는 당신 때문에 근심하고 있습니다. 가만히 생각해보니 옛날의 즐거움은 바로 오늘날 우환의 계단이 되었어요. 여보, 우리가 어찌 이 지경에 이르렀는지요. 같이 굶어 죽느니 서로 갈라져 그리워하는 쪽이 더 나으리다. 사정이 좋을 때 결합하고 그렇지 못할 때 헤어지는 것은 참 참기 어려운 고역입니다. 그런데 생활은 우리 스스로가 선택하는 것이 아니라 하늘이 정하는 것입니다. 그러니 우리 오늘부터 헤어집시다."

이 말을 들은 조신은 매우 기뻤다. 결국 조신 부부는 각기 아들딸을 둘씩 데리고서 헤어졌다. 헤어질 때 김씨는 "소첩은 고향으로 가겠습니다. 당신은 남쪽으로 가세요."라고 했다.

헤어져 길에 오르자마자 조신은 꿈에서 깨었다. 등불은 희미한 불꽃이 가물거리며 꺼지려고 하였다. 날도 밝으려 하였다. 날이 밝자 조신의 머리와 수염은 전부 희어졌다. 그의 정신은 흐릿해져 마치 이 세상에 있는 것 같지 않았다. 그는 그 힘든 생활이 지겨워졌다. 마치 백 년의 고통을 다 맛본 듯하며, 미색에 빠진 그 마음은 봄날의 얼음이 녹듯 사라지고 말았다. 보살을 대하는 순간 그는 매우 부끄러웠다. 그는 참회로 자기의 죄과를 씻었다. 되돌아서 해현에 있는 아들의 무덤을 파 보니 거기에는 돌미륵 하나가 있었다.

이 소설은 인간세상의 짧은 즐거움과 기나긴 간난신고에 대해 상세하게 그리면서, 이 모든 것은 진실한 존재가 아니라 마음속에 한 순간 나타난 환상인 만큼 여기에 얽매여 깨여나지 못해서는 안 된다고 했다. 작가는 이야기 말미에 특히 다음과 같이 그 뜻을 밝히고 있다. "오늘날 세속환락의 재미에 대해서는 모두들 알고 있는데 그 허무함에 대해서는 깨닫지 못하고 있다. 그래서 사(詞)를 지어 경계하도록 한다. 「즐거움은 한 순간, 마음은 이미 나른해졌네. 수심 속 얼굴은 자기도 모르게 늙어가네. 누런 기장 익기를 기다릴 필요도 없이 이 세상이 한바탕의 꿈이라는 것을 알게 되었네. 몸을 다스리는 데는 성의가 앞서야 하는 법. 홀아비는 아리따운 여인을 꿈꾸게 되고 도적은 보물을 꿈꾸게 되네. 무엇이 가을날의 맑은 꿈같으랴. 수시로 눈감아 보건만 새록새록 하기만 하여라」"

『삼국유사(三國遺事)』의 저자 일연(一然)은 고려조의 저명한 선종 스님으로서, '보각국존(普覺國尊)'에 봉해졌다. 민지(閔漬)의 〈보각국존비명(普覺國尊碑銘)〉에 보면, 「그는 대단히 박식하다. 그는 참선의 경지를 추구하는 희열을 느끼는 여유 속에서 경전을 반복하여 읽으며 여러 대가들의 문장과 주석을 통달하였다. 그리고는 유가 경전도 섭렵하고 제자백가를 통달하였다. 그는 일찍이 사람들에게 말하기를 "나는 오늘에야 삼계(三界)가 꿈과 같은 것을 알았으며 대지를 둘러보아도 추호의 장애가 없는 경지를 알았다."고 적혀 있다. 〈조신지몽(調信之夢)〉이 나타낸 것은 바로 "삼계가 꿈과 같다"는 불교 및 선종의 관념적 경지이다.

이 이야기는 중국 당나라 전기(傳奇) 가운데 우언소설 〈침중기(枕中記)〉, 〈황량몽(黃粱夢)〉, 〈남가태수전(南柯太守傳)〉과 매우 비슷하다. 사상적인 측면에서 인생은 모두 꿈과 같다는 관념을 나타냈으며 수법면에서 모두 몽환수법을 이용하여 10여 년의 인생 여정을 한 순간의 짧은 꿈으로 갈무리했다. 그러나 이들 사이, 차이도 명백하다. ① 〈남가기(南柯記)〉와 〈황량몽(黃粱夢)〉에서 주로 부귀공명이 헛된 꿈이라는 것을 나타냈다면, 〈조신지몽〉은 애정과 인생이 허황하다는 것을 보여주었다. 조신의 고통은 탐(貪)·진(嗔)·치(痴)에 기원하고 있다. 탐(貪)·진(嗔)·치(痴)는 불교에서 인생 고통의 '삼독(三毒)'이라고 칭하고 있다. ② 〈황량몽(黃粱夢)〉은 도가의 관념을 체현하고 있으며 〈남가태수전(南柯太守傳)〉과 〈조신지몽〉은 불교의 색공(色空) 관념을 나타내고 있다. 『삼국유사』 편찬자는 워낙 유명한 스님인지라 〈조신지몽〉에서의 색공(色空) 관념에 대한 서술이 〈남가태수전〉보다 철저한 것으로, 불교의 본질에 보다 접근하고 있다. 〈조신지몽〉의 심리묘사도 매우 뛰어나다.

유가사상, 도가사상, 불가사상은 대립하면서 상호 보완적이다. 후에 이 3자는 조화되고 융합되는 경지로 나아갔다. 고대 한국에 지대한 영향을 준 중국의 저명한 시인으로는 소식(蘇軾)을 들 수 있는데, 그는 "유가로 나라를 다스리고 도가로 몸을 다스리며 불가로 마음을 다스릴 것"을 제창하고 실천하였다. 한국의 많은 학자와 문학가들도 마찬가지다. 예컨대 이규보(李奎報)의 우언을 보면 왕왕 유불(儒佛)이 결합돼 있고, 성현(成俔)의 우언은 대개 유가와 도가가 결합되어 있다.

4. 한국 고대우언과 한국의 독특한 인문정신

우언은 민족의 독특한 인문정신을 나타내는 창구이다. 하나의 짧은 우언은 한 민족의 특징적 사유, 가치관 등등을 포함해 민족 특유의 풍모를 나타낸다.

유가, 불가, 도가 및 도교는 한반도에 전파된 후 한국 고대 철학사상의 발전과 민족정신의 형성을 촉진하였다. 이런 독특한 민족정신은 바로 신라에서 발원한 화랑정신을 꼽을 수 있다. 『삼국사기·신라본기』의 기록에 보면 진흥왕(眞興王) 37년부터 '화랑제도'가 출현했다고 한다. 그 기록은 다음과 같다.

37년 봄에 비로소 '원화(源花)'를 받들기 시작했다. 처음 군신들이 그 사람됨을 알 수 없어 무리를 지어 놀게 하여 그 행실을 관찰하고 간택했다. 미녀 두 사람을 뽑았는데 남모(南毛)와 준정(俊貞)이라고 했다. 그리고 무리 3백여 명을 모았다. 남모와 준정은 아름다움을 뽐내며 서로 질투하였다. 그러다가 준정이 남모를 집으로 유인하여 술을 취하도록 먹이고 강에 빠뜨려 죽였다. 준정이 법망에 걸려 죽게 되자 그 무리들은 흩어지게 되었다. 이 일이 있은 후 미모의 남자를 뽑아 '화랑'이라 하고 받들었는데 그 무리가 구름처럼 모여들었다. 그들은 도의를 토론하고 가악으로 서로 즐겼으며 산수에 노닐고 이르지 않은 곳이 없었다. 그런 과정에 옳고 그름을 잘 살펴 착한 자를 조정에 천거하였다. 그래서 김대문이 『화랑세기』에서 "현명하고 보필 잘 하는 충신은 이로부터 빼어나고 훌륭한 장수와 용맹한 군졸도 이로부터 생겨났다."고 하였다. 그리고 최치원은 〈鸞郎碑序〉에서 "나라에 현묘한 도가 있는데 이것을 풍류라 하였다. 이 풍류교가 서게 된 사연은 〈선사(仙史)〉에 상세히 나와 있다. 여기에는 삼교가 포함되어 있는데 뭇 중생을 접하고 교화하는 데 있다. 구체적으로 보면 집에 들어가면 부모에 효도하고 나라에 나가면 충성을 다 해야 한다는 공자의 가르침을 받든다. 그리고 무위의 경지에 노닐고 무언의 가르침을 행하는 것은 노자의 가르침을 따르는 것이다. 그리고 악한 짓은 일체 하지 않고 착한 것만 찾아 행하는 것은 인도국 태자의 가르침을 본받은 것이다."라고 했다. 그리고 당나라 영호징(令狐澄)의 『신라국기(新羅國記)』에서는 "귀족 자제들 가운데 잘 생긴 자들을 뽑아 화장을 시켜 화랑이라고 이름하였다. 온 나라가 이들을 받들었다"고 했다.

　三十七年, 春, 始奉"源花". 初, 君臣病无以知人, 欲使類聚群游, 以觀其行義, 然后擧而用之. 遂選美女二人, 一曰南毛, 一曰俊貞, 聚徒三百余人. 二女爭娟相妒. 俊貞引南毛于私第, 强勸酒至醉, 曳而投河水以殺之. 俊貞伏誅, 徒人失和罷散. 其后, 更取美貌男子裝飾之, 名"花郞"以奉之. 徒衆云集, 或相磨以道義, 或相悅以歌樂, 游娛山水, 无所不至. 因此, 知其人邪正, 擇其善者, 荐之于朝. 故金大問≪花郞世記≫曰:"賢佐忠臣, 從此而秀;良將勇卒, 由是而生." 崔致遠≪鸞郎碑序≫曰:"國有玄妙之道, 曰風流. 設敎之源, 備詳≪仙史≫. 實乃包含三敎, 接化群生. 且如:入則孝于家, 出則忠于國, 魯司寇之旨也;處无爲之事, 行不言之敎, 周柱史之宗也;諸惡莫作, 諸善奉行, 竺乾太子之化也." 唐令狐澄≪新羅國記≫曰:"擇貴人子弟之美者, 傅粉裝飾之, 名曰花郞. 國人皆尊奉之也."

진흥왕은 신라 제24대 왕으로, 540년부터 576년까지 재위하였다. 그가 재위한 마지막 해에 신라 조정에서는 인재를 발탁하기 위해 우선 귀족 여자들 가운데 용모가 뛰어난 여자들을 선발하여 '원화(源花)'라고 하였다. 그런데 원화 우두머리 간의 질투로 인해 계획이 수포로 돌아갔다. 그래서 조정에서는 다시 귀족 속에서 잘 생기고 용감하고 덕행이 있는 남자들을 뽑아 '화랑(花郞)'이라고 칭했다. 국가에서는 이들을 청소년 단체로 평상시에는 몸을 단련하고 무예를 닦게 하였으며 국왕과 국가에 충성할 데 관한 교육을 받게 하고 동기지간의 정의를 키웠으며 전쟁 시에는 용감하게 돌진하여 나라를 위해 신명을 바치는 것을 최고 목표로 삼게 하였다. 『삼국사기』 권47 열전에도 이런 기술이 있는데 화랑 김흠운(金歆運)이 용감하게 적을 무찌르고 나라를 위해 몸을 바친 사적을 기술하고 있다. 한국 한문학의 비조로 추앙 받는 최치원(崔致遠)이 제창한 '현묘(玄妙)'의 도(道)와 '풍류(風流)'의 도는 곧 화랑정신의 내원과 주체이다. '현묘'란 것은 이런 정신이 풍부하게 함유돼 있음을 가리킨다. '풍류'는 고대 당시 풍속 교화, 걸출함, 풍운(風韻) 등의 뜻을 가지고 있으며 생활이 자유롭고 구속이 적다는 의미를 함유하고 있다. 화랑은 자유로운 가무, 산수 유람, 귀신에 대한 제사를 통하여 인간과 인간, 인간과 자연 사이의 친화에 이르렀다. 화랑들은 자기 스스로에 대해 엄격하게 요구하며 착함을 행하고 악함을 제거하며 불교 이상 가운데 미륵정토사상을 호국정신으로 전환시켰다. 화랑정신은 불교, 유가, 도가 정신을 융합시켜 한민족의 원융정신을 나타냈던 것이다.

신라의 화랑들 속에는 많은 걸출한 인물들이 나타났다. 예컨대 삼국을 통일한 신라의 대장군 김유신은 바로 화랑 출신이다. 김춘추(金春秋)의 아들 문무왕(文武王) 김법민(金法敏)은 재위 20년(661~680)간 신라의 통일과 독립을 위하여 혼신의 힘을 다 바쳤다. 그는 죽을 때 시신을 동해 큰 바위 위에 묻으면 나라를 보호하고 왜구의 침략을 물리치겠다고 유언했다. 『삼국유사』에는 "내가 죽은 후에 호국대룡이 되어 불법을 숭상하고 나라를 지키겠다."고 한 그의 말이 기록돼 있다. 그리하여 민간에서는 그의 혼이 거룡(巨龍)으로 변했다고 전하고 있다. 오늘에 이르기까지 사람들은 그가 묻힌 바다 속의 큰 바위를 '대왕암'이라고 칭하고 있다. 그 거석은 확실히 머리를 꼿꼿이 들고 자기의 나라를 지키는 거룡(巨龍)과 같았다.

화랑정신은 삼국의 통일과 신라의 진보를 촉진했을 뿐만 아니라 한국의 일종 민족정신으로 승화하였다. 훗날 한국의 많은 지사들은 외래 침략을 물리치는 투쟁에서 스스로를 '화랑'으로 여기고 조국의 독립과 진흥을 위하여 앞을 다투어 헌신했다. 이에 한국의 철학계에서는 '화랑도'를 한국철학의 시원으로 보고 있다. 한국철학회에서 편찬한 『한국철학사』제2장에 보면 다음과 같이 설명하고 있다. "신라에 화랑도가 생겨나기 전의 풍류도는 천지자연에 대한 제의를 중시하던 데로부터 화랑도로 발전하였다. 그리하여 인간의 자각에 따라 자연을 응용하는 것으로 발전함을 중시하였다. 특히 역사에 대한 자각으로부터 개인의 작용을 확정했으며 나아가 사회의 응접 능력으로 전화시켰다." "자연으로부터 인간, 인간세계로부터 국가에 이르기까지 자각적으로 주체사상을 견지했는데 이는 그들의 최초의 움직임이다. 이런 의미에서 풍류사상을 내세우는 화랑도는 한국철학을 형성하는 시원이 된다."

고대 한국의 우언은 가장 일찍 한민족의 독특한 인문정신을 나타낸 중요한 문체이다. 여기서 잠시 일연의 『삼국유사』에 실려 있는 〈백월산양성성도기(白月山兩聖成道記)〉를 좀 보도록 하자. 이 종교이야기는 본질적으로 하나의 우언이다. 이 우언에서 부득(夫得)과 박박(朴朴)은 불교에 정진하는 수련자이다. 어느 날 저녁, 미소녀가 절에 와 하루 저녁 묵어가기를 청했다. 박박(朴朴)은 절에서 부녀자를 접대하지 않는 규율에 따라 단연코 거절하였다. 그러나 부득(夫得)은 이 미소녀가 밤에 황량한 들에서 노숙할 것을 우려하여 받아들였다. 그렇다 하여 미색에 빠진 것은 아니다. 이 이야기에서 미소녀는 관음보살의 화신으로서 그들을 살피고 도와주기 위해 화현한 것이다. 두 사람은 고험(考驗)을 이겨내고 모두 자기가 추구하는 정과(正果)를 이루었다. 이 이야기는 종교성이 매우 강하다. 그러나 조금만 분석해보면 그 속에 있는 철리를 깨달을 수 있으며 뜻을 이해할 수 있다.

『한국철학사』에서는 이 이야기와 한민족 정신의 관계에 대해 심도 있는 분석을 펼쳤다. 이를테면 부득이 나타낸 경지는 박박보다 한 수 높다는 것이다. 이는 부득(夫得)이 불교정신의 진수를 장악한 가운데 돌발사태에 원만히 대처할 줄 알며 일반 사람이 감당하기 힘든 고험을 이겨냈기 때문이라는 것이다. 우리는 여기서 부득을 원융성(圓融性)의 화신으로 볼 수 있고 박박을 방정성(方正性)의 화신으로 볼 수 있다. 이 전설에서는 원융성의 가치에 대해 방정성보다 높게 평가한 것이다. 그리고 원융성과 방정성은 최종적으로 힘을 한 데 합쳐 방원(方圓)의 절묘한 경지에 도달함을 알 수 있다. 이 책에서는 "방원(方圓)의 조화를 추구하는 것이 바로 한국정신의 이상형이다."라고 설명하고 있다.

우리는 다시 유몽인(柳夢寅)의 『어우야담(於于野談)』에 실린 유명한 〈야서택혼(野鼠擇婚)〉 고사를 보도록 하자. 유몽인(1559~1623)은 조선조의 중요한 우언작가이다. 이 고사는 다음과 같다.

> 옛날 들쥐 부부가 딸을 낳아 금이야 옥이야 귀여워했다. 딸이 시집 갈 나이가 차자 들쥐 부부가 의논하였다. "우리가 딸을 애지중지 곱게 키웠으니 이 세상 가장 대단한 집안을 택해 시집을 보내야지. 이 세상에서 아무래도 하늘만큼 대단한 것은 없을 터이니 하늘에게 혼사를 말해봅시다." 그리고는 하늘에게 청혼했다. "우리가 딸을 애지중지 키웠기에 이 세상에서 가장 대단한 명문거족에 시집을 보내려고 합니다. 아무리 생각해도 그대만큼 대단한 집안이 없으니 그대와 결혼시킬까 합니다. 혼인을 허락해 주세요." 그러자 하늘은 다음과 같이 말했다. "땅을 덮고 만물을 키우는 데는 나를 따라갈 사람이 없지요. 그런데 오직 구름만은 나를 가릴 수 있으니 나는 구름보다 못합니다."
>
> 들쥐 부부는 다시 구름에게 청혼했다. "우리가 딸을 애지중지 키웠기에 이 세상에서 가장 대단한 명문거족에 시집을 보내려고 합니다. 아무리 생각해도 그대만큼 대단한 집안이 없으니 그대와 결혼시킬까 합니다. 혼인을 허락해 주세요." 그러자 구름이 말하기를, "나는 천지에 가득 차 해와 달을 가리고 천하를 어둠에 잠기게 할 수 있지요. 하지만 바람은 나를 흩어지게 할 수 있으니 나는 바람보다 못하오."
>
> 이에 들쥐 부부는 이번에는 바람에게 청혼하였다. "우리가 딸을 애지중지 키웠기에 이 세상에서 가장 대단한 명문거족에 시집을 보내려고 합니다. 아무리 생각

해도 그대만큼 대단한 집안이 없으니 그대와 결혼시킬까 합니다. 혼인을 허락해 주십시오.” 그러자 바람이 말했다. “나는 큰 나무를 쓰러트리고 산을 무너트리고 바다를 뒤엎을 수 있으며 모든 것을 엉망으로 만들 수 있소. 하지만 과천 외곽에 있는 미륵만은 쓰러트리지 못하오. 나는 과천의 돌미륵보다 못하다오.”

들쥐 부부는 이번에는 과천의 돌미륵을 찾아가 청혼을 하였다. “우리가 딸을 애지중지 키웠기에 이 세상에서 가장 대단한 명문거족에 시집을 보내려고 합니다. 아무리 생각해도 그대만큼 대단한 집안이 없으니 그대와 결혼시킬까 합니다. 혼인을 허락해 주십시오.” 그러자 돌미륵이 말했다. “나는 들 중간에 이렇게 몇 천 년 동안 우뚝 서 있었소. 하지만 들쥐들이 와서 내 발밑을 파면 나는 쓰러지고 만다오. 난 들쥐보다 못하오.”

이에 들쥐 부부는 홀연히 깨닫는 바가 있어, “천하에 우리 족속 같은 명문거족도 없구나!” 이렇게 감탄하면서 들쥐 사위를 맞아들였다.

사람도 자기의 분수를 모른 채 국혼(國婚)을 바라고 사치에 빠질 때 어찌 화를 면할 수 있겠는가? 이런 사람들의 행태는 들쥐와 사뭇 비슷하다.

昔有野鼠生子(“子”此處指女儿), 篤愛. 將求婚, 鼠翁与鼠姑相与言曰: “吾生此子, 愛之重之如此, 必擇无双巨族結婚焉. 族之无双者莫如天, 吾当与天同婚.” 謂天曰: “吾生一子, 愛之重之, 必擇无双巨族爲婚, 思无双巨族莫天之若, 請与子婚.” 天曰: “吾能覆育大地, 万物生焉, 群生育焉, 莫吾之尚. 惟云也能蔽吾, 吾不如云.”

野鼠就云而謂之曰: “吾生一子, 愛之重之, 必擇无双巨族爲婚. 思无双巨族莫子之若, 請与子婚.” 云曰: “吾能充塞天地, 蒙日月, 山河晦焉, 万物昏焉. 惟風也能散吾, 吾不如風也.”

野鼠就風而謂之曰: “吾生一子, 愛之重之, 必擇无双巨族爲婚. 思无双巨族莫子之若, 請与子婚.” 風曰: “吾能折大木, 飛大屋, 簸山揚海, 所向蕭然. 而惟果川之郊石弥勒不能倒之, 吾不若果川石弥勒.”

野鼠就果川石弥勒而謂之曰: “吾生一子, 愛之重之, 必擇无双巨族爲婚. 思无双巨族莫子之若, 請与子婚.” 石弥勒曰: “吾屹立中野, 經千百歲确乎不拔. 而惟野鼠掘土吾趾, 則吾顚矣, 吾不若野鼠.”

于是野鼠瞿然自反而嘆曰: “天下之无双巨族, 莫吾族之若也.” 遂与野鼠婚.

夫人也不自知分, 敢与國婚, 侈然自享, 卒嫁其禍, 曾不野鼠之若乎!

이 이야기는 순환귀류론(循環歸謬論) 방식으로 줄거리를 전개하고 있다. 쥐의 추구는 실제에 부합되지 않는 것으로, 딸을 위하여 반복적으로 대상을 선택하며 애쓰다가 결국 자기의 동류 쥐를 선택하게 된다는 내용이다. 스타일이 유머러스하고 줄거리가 굴곡적이며 심사숙고하게 한다. 이 우언의 기본 의미는, 인간이 대상자를 선택할 때 높이 귀족을 바라볼 것이 아니라는 것이다. "무릇 인간은 자기의 분수도 모른 채 국혼(國婚)도 마다하지 않으며 사치한 즐거움을 추구하다가 혼인의 화를 당하니, 어찌 쥐의 처지와 같지 않겠는가" 하는 것이다. 물론 이런 기본적인 뜻 외에 이야기에서 보다 많은 철학적 의미를 발굴해낼 수 있다. 예컨대 인간은 자기의 본래의 면모를 잃어서는 안 된다는 것이다. 결국 '사람은 유유상종하고 동물은 무리로 나뉘어 산다'는 것이다.

〈야서구혼(野鼠求婚)〉 이야기는 인도의 『고사해(故事海)』 가운데 은사(隱士)가 쥐 딸을 위하여 사위를 얻어준다는 이야기에서 왔다. 불교가 동아시아로 전파됨에 따라 중국, 조선, 일본에는 모두 유사한 변형 고사들이 나타났다. 그런데 『어우야담』 가운데 이 이야기에는 한국 사람들 자신의 절실한 경험들이 녹아들어 있으며 고려·조선과 중국의 교류 경험이 포함되어 있다. 고려 후기 국왕은 원나라의 공주를 왕비로 삼아 자기의 지위를 강화하려고 하다가 오히려 자기의 행위가 수시로 제어당하고 국가정치도 엄중한 간섭을 받아 독립성을 거의 잃고 말았다. 조선조가 건립된 후 고려의 교훈을 흡수하여 한 방면으로는 명나라와 우호적인 관계를 맺고 사대의 예를 취했다. 그리고 다른 한 방면으로는 자기의 독립성을 지키기에 노력했다. 혼인관계에서도 마찬가지다. 어떤 사람이 조선조 태종 이방원에게 세자에게 명나라 공주를 취해주자고 건의했다. 그러자 태종은 중론을 물리치고 다음과 같이 말했다. "허혼(許婚)을 할 경우 왕실의 여자가 아니거나 가령 그렇다 하더라도 언어가 통하지 않고 우리와 같은 민족이 아니다. 그리고 세력을 믿고 기고만장하여 시부모를 깔보고 혹은 질투하고 … 상국과 사통하여 시끄러움이 되지 않을 수 없다."(『태종대왕실록』 권13 참조.) 이로 보아 이 우언은 한국의 독특한 정치의식을 반영한 것으로 화랑정신과 원융의식이 정치영역에서 나타난 것으로 볼 수 있다.

5. 동아시아와 세계 우언의 체제를 풍부하게 한 한국 고대 가전(假傳)

가전(假傳)은 한국의 독특한 한 양식이다. 이른바 '가전(假傳)'의 '假'는 허구라는 의미를 갖고 있다. 여기서는 가전체우언의 중요한 작가인 이규보(李奎報)의 작품을 예로 들어 이런 양식의 특징을 살펴보도록 하자. 이규보(1169~1241)는 자가 춘경(春卿)이고 스스로 호를 백운거사(白雲居士)라 했다. 이규보는 호부상서(戶部尚書), 집현전대학사(集賢殿大學士) 등 고관을 역임한 당시의 중신이었다. 그는 또한 유명한 시인이고 산문가이기도 했다. 〈동국이상국집서(東國李相國集序)〉의 평가를 보면 "이름을 국외에 드날렸으며 삼한의 독보적인 존재가 되었다. 왕이 계시는 곳에 출입하고 왕의 문서와 국가의 문서는 모두 그의 손을 거쳐 나왔다." 그의 시문집 이름은 『동국이상국집(東國李相國集)』이다. 그의 사상은 유가를 주로 하고 애국 애민이 투철했으며 정사에 게으름이 없었다. 그리고 도가와 불교의 영향을 받았는데 만년에는 특히 불법을 신봉했다.

『동국이상국집』에 있는 〈국선생전(麴先生傳)〉, 〈청강사자현부전(清江使者玄夫傳)〉 등은 모두 유명한 가전체우언이다. 〈국선생전(麴先生傳)〉은 술을 주인공으로 하고 있다. 본 가전은 우선 국성(麴聖: 麴先生)의 가계를 추적하여 서술하고 있다.

국성의 조상은 원래 온현(溫縣) 사람인데 조부 모천(牟遷) 때 주천(酒泉)으로 옮겨왔다. 아버지는 평원독우(平原督邮)를 역임했다. 그 다음 국성은 어릴 때부터 깊은 국량이 있었다. 손님이 국성의 아버지를 찾아와 정겨운 눈으로 국성을 보며 이렇게 말했다. "이 아이의 국량은 만경창파와도 같아 조용할 때는 맑아지고 뒤흔들면 흐려진다. 나는 당신과 이야기하는 것보다 국성과 이야기하는 것이 더 즐겁다." 국성은 커서 중산(中山)의 유령(劉伶), 심양(潯陽)의 도잠(陶潛)과 친구로 사귀었다. 이 두 사람은 일찍부터 "하루라도 국성을 보지 못하면 조잡한 생각이 싹튼다."고 하였다. 그들은 매번 만날 때마다 시간과 피로를 잊고 의기투합하여 취한 듯 도취상태가 되어야 헤어졌다. 국성은 관직에 나간 후 처음에는 조구연(糟丘掾), 청주종사(靑州從事) 등 작은 관직을 맡았다. 조정의 대신들은 앞 다투어 국성을 칭찬했다. 얼마 되지 않아 황제가 직접 그를 만나보게 되었다. 그리고는 그에게 주객낭중(主客郎中)을 제수했으며 이어서 국자감좨주(國子監祭酒)로 승직시키고 예의사(禮儀使)를 겸하게 했다. 조회(朝會), 안향(晏饗), 종묘제사에 관한 대례를 맡아 보았는데 어느 하나 황제의 마음에 들지 않는 것이 없었다. 이에 황제는 그를 중용하여 요직을 맡게 하고 후한 예로 대했다. 국성이 매번 황제를 배알할 때는 황제의 명에 의해 사람들이 그를 모시고 들어왔으며 그의 이름을 부르지 않고 국선생(麴先生)이라고 불렀다. 황제는 마음이 불쾌하다가도 국성이 오기만 하면 즐거운 웃음이 흘러 넘쳤다. 그가 황제에게 사랑을 받는 것이 이 정도였다. 그는 성정이 자못 은근한지라 황제와 아무런 마찰도 없었다. 그래서 더욱더 총애를 받고 황제와 같이 놀아나면서 절제할 줄 몰랐다. 그의 세 아들은 아버지에 대한 황제의 총애를 믿고 교만하고 횡포했다. 이에 중서령(中書令) 모영(毛穎)이 상소문을 올려 국성의 세 아들을 탄핵하자, 그들은 그날로 독약을 먹고 자살했으며 국성은 삭탈관직되어 일반 백성이 되고 말았다. 국성이 면직된 후 제군(齊郡)·격주(鬲州) 사이에 도적이 무리를 지어 일어나자 황제가 명하여 토벌하게 했는데 적당한 인재를 찾기 힘들었다. 그래서 다시 국성을 기용하여 원수로 삼았다. 그는 군대를 엄격히 관리했으며 사병들과 동고동락했다. 그는 병사들을 이끌고 물로써 수성(愁城)을 채워 일거에 성을 빼앗고 장락판(長樂坂)을 구축하고, 군사를 거느리고 조정으로 돌아왔다. 황제는 공로에 따라 그를 상동후(湘東侯)로 봉했다. 2년 후 상소를 올려 은퇴를 청하자 황제는 할 수 없이 허락했다. 그는 고향에 돌아온 후 천수를 다했다.

사신(史臣)은 평한다. "국씨는 세세대대로 농가(農家) 출신이다. 국성은 자기의 순후한 덕행과 빼어난 재간으로 제왕의 심복을 담임했으며 국가의 정치를 논하고 제왕에게 헌신하였다. 태평성세를 축하하고 축주를 올릴 수 있게 한 공을 세웠으니 실로 성대하도다! 그가 지나치게 총애를 받을 때 거의 국가의 정치를 혼란에 빠뜨려 그 화가 자손들에게까지 미친 것도 어쩔 수 없는 것이었다. 그러나 그는 만절(晩節)을 지켜 자족하여 스스로 물러날 줄 알고 만년을 평안히 보냈다. 『주역』에 보면 「사물의 기미가 보이면 곧 행동에 옮기라」고 하였다. 국성은 거의 이 경지에 도달하였다."

이 작품은 전형적인 가전으로서 적어도 다음 4개 방면의 특성을 지니고 있다. ① 형식이 인물전기로, 주인공은 물품(物品)이다. 작가는 사물

을 의인화하여 그것으로 사회상의 어떤 인물이나 현상을 암시하고 작가
의 느낀 바를 기탁했다. 본 작품의 주인공 국선생은 바로 '술'이다. 작가
는 술로써 조정에서 뜻을 이루었으나 곡절을 겪으면서도 만절(晚節)을
지킬 줄 안 대신(大臣)을 비유하고 있다. 작품에서 주인공은 가장 현달했
을 때 지나치게 방종하여 탄핵을 받고 그 화가 자손들에게 미쳤다. 후에
그가 비록 큰 공을 세워 관직이 보다 높아졌지만 그는 교훈을 잘 새겨
만절을 지킬 줄 알았다. 이는 봉건사회에서 욕심을 제어하지 못하고 놀아
나는 일반 관료들이 할 수 있는 것은 아니라고 작가는 감개무량하여 이야
기하고 있다.

② 주인공은 원래 사물의 명칭으로 출현하는 것이 아니라 다른 역사적
연원이 있거나 그 특징을 나타낼 수 있는 이름을 취하고 있다. '누룩[麴]'
은 술을 담그는 발효물이기도 하고 성씨이기도 하다. 그래서 본 작품에서
술의 성을 국(麴)이라고 했다. 당나라의 〈개천전신기(開天傳信記)〉에서
는 술을 의인화하여 '국수재(麴秀才)'라고 했다. 『삼국지(三國志)·위지
(魏志)·서막전(徐邈傳)』에서는 서막(徐邈)이 위왕 조조(曹操)의 상서
랑을 맡았는데 금주령을 위반해 크게 취하였다. 다른 사람이 공무를 회
보하라고 하자 그는 느닷없이 "나는 성인이 되었다."고 말했다. 평소에
연회를 베풀어 손님을 접대할 때 청주를 성인이라 하고 탁주를 현인이라
하였다. 그래서 이 글에서는 이 전고에 근거하여 주인공을 '국성(麴聖)'
이라고 하였다.

③ 많은 역사전고를 고증하고 부연하였으며 이것을 기초로 하여 해당
사물의 일생의 경력과 가세를 허구화해냈다. 본 작품에서는 교묘하게 한
계열의 술에 관한 전고를 조직하였다. 예컨대 『춘추좌전』은공(隱公) 3
년조 기록에 보면, 정(鄭)나라의 제중(祭仲)이 군대를 이끌고 와 주나라
온읍(溫邑, 오늘날 하남성 溫縣)의 밀을 베어갔다. 『한서·지리지』에 보
면 한나라 때 주천군(酒泉郡)을 설치했는데 그 지방에 금천(金泉)이 있어
그 물맛이 술과 같았다. 술은 쌀로 만든 것이다. 이로부터 국성의 조상은

온지(溫地) 사람이 되었다. 쌀로 술을 빚었다는 것은 바로 주천(酒泉)으로 옮겨갔다는 것이다. 『세설신어·술해(術解)』에 보면, 환온(桓溫)에게 부하가 하나 있는데 술을 잘 감식했다. 나쁜 술을 평원독우(平原督郵)라 부르고 좋은 술을 청주종사(靑州從事)라 불렀다. 그래서 여기서는 이 것으로 국성 부자의 관직명으로 삼았다. 이 외에 '내모(來牟)'는 밀 이름(『시경』에서 기원)인데, 술지게미가 산처럼 쌓인 것을 조구(糟丘)라 불렀다. 이런 것들은 모두 사람들이 잘 알고 있는 전고이다.

④ 스타일이 유머러스한데, 장중함을 해학적인 것 속에 녹아들게 했다. 사물을 인물처럼 살려 쓰는 것 자체가 해학적이다. 작품에서는 쌍관수법(雙關手法)을 대량 사용하여 해학적인 색채를 더하고 있다. 예컨대 "제군(齊郡) 격주(鬲州)"는 인체의 배 부위를 나타내는 쌍관어이다. 그리고 "수관수성(水灌愁城)"이라는 것은 술로써 고민을 덜어버리는 것을 말한다. 그러나 주제는 장중하다. 본 작품의 주제는 벼슬살이에 대한 작가의 태도를 나타낸다.

이상 네 가지는 본 작품뿐만 아니라 가전이라는 양식의 전반적인 특색이기도 하다. 후세에 가면 사물을 의인화하여 주인공으로 한 가전들 외에도 인간의 심성을 의인화하고 주인공으로 한 가전들이 나타났다. 임제(林悌)의 〈수성지(愁城志)〉 등이 그 예이다.

가전체우언은 한유(韓愈)의 〈모영전(毛穎傳)〉과 〈하비후혁화전(下邳侯革華傳)〉의 영향을 많이 받았다. 그리고 소식(蘇軾)의 〈만석군라문전(萬石君羅文傳)〉〈硯池〉 등의 영향도 받았다. 그런데 중국에서는 〈모영전〉 등의 영향이 그리 크지 않은 데 반해, 한국에서는 이것이 독특한 가전체우언으로 발전하여 일약 전면에 부상하고 돋보이는 존재가 되었다. 가전체는 고려조에 흥기하여 조선조까지 천년 가까이 그 명맥이 끊이지 않고 이어졌다. 그리고 임춘(林椿), 이규보(李奎報), 이곡(李穀), 이첨(李詹), 장유(張維), 임영(林泳), 안정복(安鼎福), 유본학(柳本學), 이옥(李鈺) 등 일군의 지식층 작가들이 탄생하여 중국에서의 성과를 넘어서는 가운데 한국우언 중의 독특한 한 양식이 되었다. 조선의 가전체는 동아시아 우언의 체제를 풍부히 했을 뿐만 아니라 세계 우언의 체제도 풍부하게 한 것이다.

마키노 카즈오(牧野和夫)*

들어가며

일본의 중세에서 우의 혹은 우언에 대해 생각할 때 형식으로서의 대화체 수용 문제는 피해갈 수 없는 영역이다. 특히, 돈황의 장경동에서 발견된 자료중의 "론(論)", "상문서(相問書)", "부(賦)" 등의 대화체 관련 문제에 대하여 구체적인 당본(唐本)의 도래 시점을 비롯한 상세한 검토는 아직도 충분하지 못하다.

중세 일본의 이물간의 타툼을 나타내는 '쟁기(爭奇)의 론'의 범위를 추측하는데 있어서 구체적 사례를 하나 들어보면, 『탑전효필』(榻鳴曉筆) 권4의 「상론/상」(相論上), 권5의 「상론/하」(相論下), 특히 권4 「상론/상」에 열기된 「풀과 꽃」, 「봄과 가을」, 「미혹과 깨침」, 「천방과 조응」(千方·朝雄) 등의 논쟁이 적당하다. 이들은 이류물(異類物), 의군기물(擬軍記物), 논쟁물(論争物)이라고 부르는 무로마치(室町) 시대의 일군의 모노카타리(物語) 작품과 수법이 동일하다. 각각 생성 과정이 다른 "논

쟁"이지만, 일련종(日蓮宗) 승려에 의해 에이쇼(永正) 전후(16 세기 초
두)에 성립했을 것이라 추정되는 『탑전효필』 권4와 권5에 「상론」으로서
묶여져 있는 것에 주목하고자 한다.[1]

1. 일본에서의 '론'(論) 형식의 여러 수용 사례(1)
-〈소아론〉 수용과 잡자계의 일용유서-

종래에 돈황의 장경동(藏經洞)에서 발견된 자료인 〈공자항탁상문서〉
(孔子項託相問書)의 일본 수용에 관해서는 적지 않은 연구 축적이 있었
으나[2], 여기에서 한 가지 자료를 제시하여 일본의 무로마치 시기에 있어
서 〈소아론〉 수용에 관한 새로운 수용 경로를 더듬어 보고자 한다. 그
자료는 내각문고(內閣文庫) 소장의 명간(明刊) 『신전 증보 유찬적요 오
두잡자』(新鐫增補類纂摘要鰲頭雜字) 당반(唐半) 3책(278 · 214)이다.

이 책은 잡자계의 일용 유서(日用類書)이다. 원래 일본 상국사(相国
寺)파의 녹원사(鹿苑寺; 金閣)에 갈무리되어 있던 것이 하야시라잔(林羅
山) 쇼헤이자카(昌平坂) 학문소(学問所)에 옮겨졌다가 다시 내각문고에
소장된 것이다. 아마도 일본 무로마치 시대의 선림에 수용됐던 것 같다.[3]

그 일용, 즉 속(俗) 유서의 권두에 〈신각항탁소아론〉(新刻項橐小兒
論)이라고 제목을 붙여 "소아론"이 게시되게끔 한 것에 주목하는 사람은
많지 않다. 선종계 사원에서 "소아론"을 이입, 수용한 사례로서 주목해야
할 것이다. 이미 지적한 바 있지만, "소아론"이 일본의 천태종계, 일련종
계, 진언종계, 선종계의 아동교육학 세계에 수용 되었던 것은 그것을 수
입해 들어온 복잡한 전래 경로를 수반한다는 사실을 상정해 두지 않으면
안 된다.[4] 미야기 현립(宮城縣立) 도서관 소장의 [근세] 사진 『공자론』

---

1) 원·논문의 미주 참조.
2) 원 논문의 미주 참조.
3) 원 논문의 미주 참조.

(孔子論) 1책은 정확하게 말해서 이름을 잃어버린 선종계의 잡서라고 해야 하며, 책머리의 제목으로 붙여진 "공자론"은 단순한 소제목에 지나지 않는다. 이 "공자가 논하기를" 이하의 인용문도 새로운 수입 경로, 즉 잡자계 일용 속유서를 통해 수용됐을 가능성에 주목해야 하지만, 〈공자론〉의 서명으로 보아도 지금까지의 자료 〈공자론〉의 계통일 것이라고 생각된다.

　그런데 내각문고 소장의 명나라 간행 『신전 증보 유찬적요 오두잡자』는 권두에 〈소아론〉이라고 제목을 붙인 "잡자계" 일용유서의 전래본 중 그 하나일 뿐이다. "잡자계" 일용유서의 전본은 권수(卷首)에 〈소아론〉이라 이름 붙인 계통의 것이 적지 않게 현존하는 것 같다. 관견(管見)한 일본의 현존서로서는 다음의 두 작품을 확인할 수 있다.

　　*京都大学　人文科学研究所　明末　刊『增補幼學須知雜字大全』(帯図)5)
　　*高田時雄氏　蔵　明末淸初　刊『增廣幼學須知鰲頭雜字大全』(帯図)6)

　高田時雄氏의 교시에 의하면 더 많이 있을 수는 있으나 아직 보지는 못했다. 이후 더 많이 나타날 것이라 예상된다.

　"잡자계" 일용유서 계통 중 적지 않은 전본에 "소아론"이라고 이름을 붙인 것은 광범위한 유포에 관하여 다음과 같은 중요한 사실을 더욱 추측하게 만든다. 이 "잡자계" 일용유서에 들어 있는 〈소아론〉의 공통된 특징으로서 지적할 수 있는 것은 앞 부분에 다음과 같은 문맥이 나타난다는 점이다. 물론 전본에 따라 다소의 자구 이동은 있다.

　「孔子姓孔名丘字仲尼魯国之西立一学堂教諸徒弟有三千餘人一日率群徒御
　車出遊路逢数児嬉戯」(内閣本)

---

4) 원 논문의 미주 참조.
5) 원 논문의 미주 참조.
6) 원 논문의 미주 참조.

「昔文宣王姓孔名丘字仲尼魯國昌平鄕門里人聖人身長九尺六寸靈王三十一年己酉生于魯國之西置一学堂教三千徒弟七十二賢遇一日領諸徒弟出遊路途数箇小児作戲」(高田本)
「孔子名丘字仲尼設教於魯國之西一日率諸弟子御車出遊路逢数児嬉戲」(京大人文本)

이 일절을 보이는 〈소아론〉은 현재 일본의 다른 이본에는 보이지 않는다. 이미 선학에 의해 소개된 자료로서는 베트남 하노이 소재 한놈연구원 도서관 소장의 월남본 〈소아론〉 3본[7], 『신편소아난공자』(新編小児難孔子; 王重民編 『敦煌変文集』 卷三 「孔子項託相問書」 附録二)에 다음과 같이 거의 흡사한 문맥으로 나타난다.

「孔子名丘字仲尼設教於魯国之西一日率諸弟子御車出遊路逢数児嬉戲」(越南乙·丙本),
「昔文宣王姓孔名丘字仲尼魯國昌平鄕闕里人聖人身長九尺六寸靈王三十一年己酉生于魯國之西置一学堂教三千徒弟七十二賢儒一日領諸徒弟出遊路途数箇小児作戲」(『新編小児難孔子』)

월남 을본은 바로 경도대본과 거의 동일하다. 월남 갑본은 더욱이 "原題 昔仲尼師項槖"라고 하는 여섯 문자가 기록되어 있고, 명확하게 『三字経』의 "昔仲尼 師項槖 古賢聖 尚勤学"의 앞의 2구에 해당된다. 본문 전체에 있어서도, 쿄토대인문본과 월남본 〈소아론〉 3본은 양자간에 합치되는 점이 많고, 특히 인문본은 월남 을본과 거의 동일하다. 비교 대조의 참고를 위해 각각의 모두를 적으면 다음과 같다.

- 京大人文本　「路逢数児嬉戲中有一児不戲孔子乃駐車問曰獨汝不戲何也小児答曰凡戲無益衣破難縫上辱父母下及門中必有鬪争勞而無功豈為好事故乃不戲」

---

7) 원 논문의 미주 참조.

- 越南甲本 「路逢数児嬉戯中有一児不戯孔子乃駐車問曰獨尒不戯何也小児
  答曰凡戯無益勞而無功衣破難縫上辱父母下及門中豈為好争故乃不戯也」
- 越南乙本 「路逢数児嬉戯中有一児不戯孔子乃駐車問曰獨汝不戯何也小児
  答曰凡戯無益衣破難縫上辱父母下及門中必有争鬪勞而無功豈為好事故乃
  不戯」
- 越南丙本 「路逢数児嬉戯中有一児方七歳坐而不戯孔子乃駐車問曰獨汝不
  戯何也小児答曰凡戯無益衣破難縫上辱父母下及宗門必有争鬪勞而無功豈
  為好事故乃不戯」

월남을본과 쿄토대인문본이 "争鬪", "鬪争"이 반대라는 점 이외는 모두 같고, 월남갑본에서는 "勞而無功"의 위치가 다른 것 이외에는 모두 같다. 월남병본은 "方七歳坐而不戯"라고 하는 다른 문장이 들어가 있다. 개괄적으로 월남 3본은 『增補幼學須知雜字大全』에 있는〈소아론〉계통의 본문이라고 할 수 있다.

월남본의 전래에 대해서는 미상이라고 할 수 밖에 없지만, 월남의 〈소아론〉 수용의 형태는 "잡자계" 일용유서나 『삼자경』(三字經) 등의 명대 이후의 유학(幼学) 계통의 책 중간에 놓인 것이 아닌가 생각된다. 이 점에 대해서는 "선교사가 가지고 돌아온 잡자계 일용유서가 구미 각지의 교회에 남아있다"라는 타카다(高田) 씨의 시사적인 말로 교시를 받았다.[8]

『잡자』가 시골의 사숙의 교과서였던 점은 잘 알려져 있다. 중국의 명대 이후 지방 출판의 문제로서도 제기될 성질의 것이지만, "소아론"도 촌서(村書)와 함께 중국 내의 각 지방에 널리 깊이 유포되었을 가능성도 있는 것이다. 지방의 고로(古老)들이 전송하던 고사(故事)로서 "소아론" 계통의 것이 채풍보고(採風報告)되곤 하던 일과 관계될 지도 모른다.

---

8) 원 논문의 미주 참조.

2. 일본에서의 '론'(論) 형식의 여러 수용 사례(2)
─〈주다론(酒茶論)〉의 수용과 일용 속유서(俗類書)─

돈황 장경동(蔵経洞) 발견 자료에 〈주다론〉이 있는 것은 잘 알려진 사실이다. 이 대화체(론)의 틀 속에 들어 있는 "酒"와 "茶"의 쟁기론(争奇論)은 일본에서는 옛날 무로마치 시대의의 선승 란슈쿠(蘭叔)가 지은 〈주다론〉이나 이류전쟁담(異類合戰物)로서 알려진 〈주다론〉과 쉽게 연결되어 왔다. 유일하게 와타나베씨(渡辺守邦氏)는 「주다론과 그 주변」이라는 논문9)에서 이에 대해 상세한 검토를 하였으니, "酒茶論"에 앞서는 "梅松論", "油炭紙論" 등, 이러한 쟁기(争奇)의 발상 형태가 선종 사원(禅宗寺院)의 학승간에 유포되어 있는 것을 지적하였다. 오산선림(五山禅林)의 승려들 사이에서 "화조풍월을 소재로 받들어 문답체를 사용하고 논쟁을 벌이게끔 하는 발상이 일반적이었을 것이라는 점이 상상된다"라고 결말 지었다. 여기서 무로마치 시대의 란슈쿠의 〈주다론〉이나 여타 쟁기문학 〈주다론〉은 돈황본 자료의 〈주다론〉과 직접적인 관련성이 없어지게 되는 것이다.

돈황본 〈주다론〉에서 대화체 론의 틀 속에 들어 있는 "酒"와 "茶"의 논쟁기록의 발상 전통이 그 후 중국에서 직접적으로 발견되는 것은 소화(笑話)의 자료가 있다. 이는 이미 장홍훈(張鴻勛)씨의 『敦煌俗文学研究』 등에서 지적된 바 있는 『解愠編』 권8의 〈茶酒争高〉가 그것이다. 왕리기(王利器) 편찬의 『歷代笑話集』으로부터 인용하여 이 자료를 발굴 제시하고, "이 이야기의 연원은 알 수 없으나 〈주다론〉의 표제에 가깝고 의인화 수법, 내용 구성, 우의 사상, 심지어 시가를 통해 결판을 내는 표현 형식에 이르기까지 모두 같으니 체제를 다 갖추었으되 규모가 작았다고 할 수 있다"(208쪽)라고 결론을 맺었다. "酒", "茶"의 논쟁에 "水"가 대신 끼어들고, 양자를 수용하는 「틀」은 바로 돈황본 〈주다론〉과 모습을 함께 하는

---

9) 「酒茶論とその周辺」, 『大妻女子大学文学部紀要』 8号(1976. 8.)

것이다. "酒"가 말한 바, "송사를 멈추고 화친하게 하는 뜻 더욱 깊으니 제사나 손님접대 나를 먼저 쓰나니"(息訟和親意更長　祭祀廷賓先用我), "茶"가 말한 바, "무릇 고관 귀빈이 오시면 나를 먼저 마시게 하지"(凡有高官貴客至必先飲我)라고 하는 논법도 양쪽 모두 돈황본의 정통이라고 말하여도 과언이 아니다. "酒", "茶"의 논쟁에서 서로간의 예증을 상당히 많은 부분 삭제하여 대단히 간략화한 것이 〈酒茶争高〉인 것이다.

『해온편』이라는 책이 일본으로 박재(舶載) 수용된 과정을 입증할 수 있는 것은 아니지만, 돈황본의 맥을 잇는 명대(明代)의 간략(컴팩트)판 〈주다쟁고〉는 무로마치 말기에서 근세(에도) 초기 이후로 일본에 전래되었다. 그 근거가 되는 것이 내각문고 소장의 명말간(明末刊) 『鼎鋟崇文閣彙纂士民萬用正宗不求人』이다. 제5책(권18~권21)의 권20(內題 「新錄萬軸樓選刪補天下捷用諸書博覽廿卷」) 소담문(笑談門)의 항목에 많은 소화가 들어 있고, 그 중에 〈다주쟁강〉(酒茶争強)이라는 소제목이 붙여있는, 다음과 같은 한 대목이 들어 있다.

茶酒争強 / 茶対酒曰: "凡有高官貴客至, 必先飲我, 豈不強哉." 有詩為証云: "助成吟興更堪誇, 酒能敗国又忘家. 我戰睡魔功不少, 待客如何只飲茶." 酒聞之回詩云: "瑶臺紫府荐瓊漿, 息訟和親意更長. 祭祀廷賓先用我, 何曾説着淡黄湯." 其水見茶酒各誇已能争論不已, 亦作詩一首以鮮之曰: "汲水烹茶帰石鼎, 引泉醸酒注銀瓶. 両家且莫争開気, 無我調和做不成."

이 소화가 더욱이 중요한 이유는 칠언시(七言詩)라는 형식을 취하고 있다는 점이다. 이는 란슈쿠의 〈주다론〉도 마찬가지이다. 명대의 〈권세문 다주사문〉(勸世文茶酒四問)의 박재 수용의 문제와 함께, 일본에 있어서의 酒·茶 등의 "争奇"의 "論"은 수차례에 걸친 명대의 박재 서류(舶載書類)을 사이에 두고 돈황본의 계보에 연결되는 것은 확실하겠지만 아쉽게도 중세 선림에 일반적이었던 이 형식을 박재 자료에 돌릴 증거는 아직 얻지 못하고 있다.

나가며

일용유서나 잡자계(雜字系) 일용유서가 수입된 것을 계기로 대화체 론이라는 틀이 일어났다는 것을 고려한다면, "우언"(寓言)과 밀접한 발상 형태인 돈황본의 부(賦)·상문(相問)·론(論)과 같은 대화체가 일본에서 전개된 것은 중국 자체의 전개와 호응하는 수차례에 걸친 박재수용(舶載受容)의 반복을 상정하고 고찰되지 않으면 안 된다.

또한 일본 중세의 문화·문학을 통하여 비로소 눈에 들어오기 시작한 동아시아의 "모습"도 틀림없이 많은 부분을 차지할 것이며, 우언의 한 가지 "도구"라고 말할 수 있는 대화체라는 형식도 일본 잔존자료의 "발굴"에 의해 새로운 일면이 더 잘 보이게 될 것이라고 예상한다. 따라서 일본의 자료는 이후에도 더욱 더 참관 활용해야만 한다.

당·송대로부터 명대에 걸쳐 박재(舶載)된 "론"이라고 하는 틀은 『탑전효필』 권4·5에서 볼 수 있듯이, 당연하지만 선림에 그치지 않고 널리 발상의 원천(특히 천태종계)이 된 것이다. 또한, 논쟁물(論爭物)로 분류될 수 있는 초·화(草花), 춘·추(春秋), 화·월(花月)과 의군기(擬軍記)로 분류할 수 있는 미·오(迷(無明)·悟(法性)) 천방·조웅(千方·朝雄)이 일률적으로 상론(相論) 아래에 배치되고 있는 점도 유익하고, '쟁기'계 대화체의 논쟁물과 의군기가 융합한 것은 영정(永正) 무렵(16세기초) "상론"의 세계에서는 자연스러웠다고 생각된다. 〈정진어류합전(精進魚類合戰)〉 등과 같이 일본의 무로마치 시대의 이야기(物語)로서 이 중요한 문제는 동아시아의 "쟁기"계 대화체의 전개 속에서 어떻게 위치 지을까? 이는 이후의 과제가 될 것이다.

부기: 김문경(金文京) 교수는 「돈황문서가 말하는 문학사 −사경문학(四境文學)의 보편성−」, 『시니카』 9권7호(1998.7.)에서 "소아론"과 같은 내용의 이야기를 19세기 중국 광똥(廣東)에서 윌리암·헌터가 채집했다

는 것에 대해 이미 지적한 바 있다.

"1829년 '윌리암 헌터'라는 미국인이 무역 때문에 광동에 파견되었다. 그는 그로부터 15년간 광쪼우(廣州)에서 살았는데 나중에 그 시기 견문을 토대로 『Bits of Old China』라는 책을 썼다. 그 중에서 헌터는 왠지 공자와 항탁이 문답하는 이야기를 소개하고 있다."(42쪽)

후일 김문경 교수로부터의 교시에 의하여, 헌터가 근거로 삼았던 문헌의 이름을 『東園雜字』라고 들고 있었다는 것을 알게끔 되었다. 광동에서의 잡자계문헌과 〈소아론〉을 묶어주는 귀중한 기록이었지만, 『東園雜字』로 알려진 서책의 실상은 오랫동안 불분명하였다. 그런데 2005년 2월 25일 한국학중앙연구원에서 개최된 본 심포지움에서 「일본의 잔존 자료에서 본 〈소아론〉 잡자계 자료」를 발표한 당일의 연회석에서, 김교수로부터 전해들은 정보에 의하면, 스웨덴 왕립도서관이 『東園雜字』 두 본을 소장하고 있다는 것이었다. 김교수의 지인이 발견하여 최근 그 카피본을 증정받았다고 하였다. 김교수의 높은 배려를 얻고 발견자의 양해를 허락 받아서, 『東園雜字』를 포함하는 잡자계 일용유서 〈소아론〉류의 상세한 비교 대조에 기초한 정리 보고를 수행할 예정이다.

우언 양식의 서사 구조와 비판의식

鄭學城*

I. 머리말

우언(寓言)은 말하고자 하는 본 뜻을 바로 말하지 않고 다른 데 빗대어서, 즉 가탁(假託)과 비유를 통해 넌지시 나타내는 '우의적인 이야기'이다.[1]

우언에 대한 근자의 연구에서 논의되고 있듯이 이 용어는 서구의 알레고리(Allegory)에 대비되는 바, 비유나 가탁을 동원하는 수사 방식 또는 이러한 수사 방식에 기초한 담화나 글쓰기의 방식으로서 그 개념을 폭넓게 쓰는 경우와, 이 같은 방식에 의거해 줄거리가 전개되는 이야기 즉 허구적인 서사의 한 양식을 지칭하는 보다 한정된 개념으로 쓰는 경우가

---

*인하대 국문과 교수

[1] '우의적인 이야기'를 지칭하는 또 다른 말로 '우화(寓話)'가 있는데 이는 '우언'과 서로 혼용될 수도 있는 용어이다. 중국에서는 '우화' 대신 '우언'이라는 용어를 쓰나 중국과 달리 '우언'보다는 '우화'라는 용어가 일반적으로 통용되고 있는 한국에서 이야기의 특정 양식을 논하는 용어로는 '우언' 대신 '우화'를 쓰는 것이 보다 대중적일 수 있다. 그러나 한문 고전 전통 속에서 '우언'은 '우화'보다 긴 역사와 다양한 폭을 지닌 개념으로 통용되어 오던 용어이므로 이 글에서도 고전적 용어 '우언'을 학술용어로 준용해 쓰기로 한다.('우언'과 '우화'에 대해서는 뒤에 다시 재론하기로 한다.)

있다.2) '우언'을 서사 양식에 국한해 쓰는 견해에도 이를 우화와 같은 단형의 서사체나 또는 서사와 논설이 복합된 서사체에 국한하여 쓰며 하나의 장르로 보는 관점과,3) 여러 장르가 공유하고 있는 서사의 특정 양식(또는 서술 방식; Mode)으로 보는 관점이 있을 수 있겠다. 예컨대 우화와 가전(假傳), 우화소설 등은 각기 다른 장르이나 '우의적인 이야기'로서 서사 양식상의 특성을 공유하고 있다고 볼 수 있는 것이다.

본고에는 바로 이 같은 관점에서4) 우언 서사 양식의 주요한 특질이 추상적 이치의 계시(啓示)와 함께 특히 비판정신의 발현에 있다고 보고, 이 같은 우언의 구조적 특질과 문예적 기능을 개관하면서 그 다양한 변주 양상을 한국의 고전 우언 서사문학 특히 문언(文言) 소설 중의 주요 작품들을 중심으로 살펴보고자 한다. 그러나 서사 양식으로서 우언은 수사 방식 또는 담화 방식으로서 우언의 여러 문예적 특질이나 속성을 이미 본유하고 그것을 양식적 특성으로 하고 있는 것이기에 이에 대한 논의가 없을 수 없겠다. 이 같은 논의가 동아시아 우언의 인문학적 위상이나 한국 우언 소설의 발달사를 살피는 데에 작은 보탬이 될 수 있다면 그로써 본고의 보람으로 삼겠다.

---

2) 우언에 대한 근자 국내의 논의는 한국우언학회를 중심으로 활발하게 전개되고 있는데 학회의 연구 성과를 일차 결집한 『동아시아 우언론과 한국의 우언문학』(집문당, 2004) 등(『우언문학총서』)을 보면 우언학회에서는 우언의 개념을 전자 즉 광의의 개념으로 잡고 '우언문학'이라는 이름 아래 연구 영역을 넓혀 가며 논의를 확산시키는 데 주력하고 있는 것 같다. 우언의 개념에 대해서는 이종묵, 「부휴자담론과 우언의 양식적 특성」(『고전문학연구』 5, 한국고전문학회, 1990), 양승민, 「우언의 서술 방식과 소통적 의미」(고려대 석사학위논문, 1996), 윤주필, 「우언의 전통과 조선 전기 몽유기」(『민족문화』 16, 민족문화추진회, 1993) 및 「우언 글쓰기의 원리와 적용 자료의 범위 연구」(『한국한문학연구』 28, 한국한문학회, 2001) 등에서 거듭 논의 되었으며, 특히 윤주필의 뒤 논문에는 연구사의 정리가 잘 되어 있다.
3) 陳蒲淸, 『中國古代寓言史』(오수형 역, 소나무, 1994.) ; 이종묵, 위의 논문 등 참조.
4) 근자 시도되고 있는 논의의 확산에도 불구하고 논자들이 거론하는 자료의 태반이 이 같은 범주에 드는 문학 작품인 것을 보면 양식으로서 우언 또는 우언문학의 본령은 역시 서사에 있는 것이 아닌가 한다. 이에 대해서는 예컨대 한국우언학회에서 펴낸 앞의 책과 『동아시아 우언문학 비교론』(집문당, 2005) 등 참조.

Ⅱ. 우언의 계시적(啓示的) 의미 구조

우리는 먼저 우언이 필요하게 된 이유 즉 우언의 기능에 대해 생각해 봄으로써 우언의 문예적 특성이나 그 정신문화사적 지위 또는 인문학적 위상에 대한 논의의 실마리로 삼는 것이 좋겠다. 말하고자 하는 본뜻을 바로 말하지 않고 꼭 가탁이나 비유에 빗대어서 '만든 이야기'를 통해 하는 데는 그만한 이유가 있을 것이니 바로 말하는 방식, 직언의 방식으로는 화자의 본뜻이 표현될 수 없거나 효과적으로 전달·표현될 수 없기 때문일 것이다.

우언 중 가장 일찍 양식화된 우화[5]가 보여주고 있는 바로서, 인간 행동이나 세상사의 일반적 양상이나 법칙·속성 및 그 윤리적 의미 따위를 쉽고 효과적으로 제시해 주려는 지적·도덕적 교화의 목적 또는 교훈적 의도에서 우언은 만들어진다. 이러한 목적을 위해 우언은 사물의 일반적 양상이나 추상적 속성·가치 등을 추상적·개념적 언어를 통해 직접 말하지 않고 일반화나 추상·유추 같은 사유 활동을 수반하고 촉진하도록 고안된 구체적 형상 즉 전형적·비유적 형상이나 상징적 가탁물을 통해 보여주며, 이러한 이야기·표현 방식을 통해 지적·윤리적 내용에 대한 깊은 인상과 정서적·교훈적 감화를 준다. 인물과 사건으로 전개되는 이야기는 자고로 변화와 전개 과정 속에서 드러나는 인간사와 만물의 속성과 원리에 대한 구체적 이해와 사유의 도구이기도 하였으며, 이러한 서사 전통의 한 측면이 지성을 갖춘 작가·사상가의 계몽적(교훈적) 의도에 의해 지적

---

5) 앞서 말했듯이 '우화'는 '우의적인 이야기' 전반을 가리키는 서사 양식으로서 '우언'과 같은 개념으로 쓰일 수도 있으나, 한편 민간에 기반을 둔 우의적 설화나 이솝우화류를 상기시키며 단형의 서사체를 주로 지칭하는 용어로서, 가전(假傳) 등 지식인의 사변적이고 논변적인 글들을 포괄하며 수사 방식을 지칭하는 말로도 쓰이던 고전적 용어 '우언'을 대치하기에는 부족한 한정적 개념을 지니고 있는 것이 사실이다. 따라서 본고에서는 우의적인 설화나 이에 기반을 둔 단형적인 우언 서사체를 지칭할 때 '우화'를, 우화를 포함하여 우의적인 서사 양식 내지 서술 방식 일반을 지칭하는 보다 상위 개념으로는 '우언'이라는 고전적 용어를 쓰고자 한다.

·윤리적 내용에 대한 사유를 촉진하는 이야기 방식으로 양식화되어 나타난 것이 우화·우언인 것이다.

이처럼 비유와 가탁을 통해 사유와 형상을 결합시키는 우언의 이야기 방식은 무엇보다 전달하고자 하는 내용 또는 사유나 표현 대상 자체의 일반성·추상성·포괄성이나 불가시적(不可視的) 내면성·초월성으로 인해 강구된다. 인간 행동의 일반적인 법칙이나 세상사의 보편적인 원리, 정신이나 심성 내면의 진실이나 구조적 원리, 초월적인 존재와 그 본질, 그리고 이들에 내재하는 도덕적 가치 따위는 그 추상성·내면성이나 초월성·포괄성 때문에 상징적 비유나 전형적 예시와 같이 외부 현실·사물의 모습을 빈 구체적 형상[가탁]을 통해 명확하게 표명될 수 있다. 이것이 우언(알레고리)의 가장 기본적인 특성의 한 축을 이루는 계시적(啓示的) 성격이며 이러한 계시6)를 통해 우언의 지적·교훈적 의도는 달성된다. 인간사나 세상의 다단한 이치를 도덕적 지침과 함께 간단하게 보여주고 있는 단순한 예화나 우화에서부터 심오한 철리(哲理)나 종교적 비의(秘義)를 담고 있는 설교적인 우언, 복잡한 구조 속에 인간 심리와 종교·철학적 이치를 다중적으로 함축하고 있는 우언 문학·소설에 이르기까지, 동서양의 많은 우언들은 이러한 계시적 성격을 다소간 공유하고 있다.

이러한 계시적 성격은 이른바 '특수 속의 보편'이라는 미학 원리를 구현하고, 상징성을 띤 문학 예술 작품이라면 어느 정도씩은 공유하고 있는 것이기도 하다. 우언에서 특히 이러한 성격이 두드러지는 것은 인물과 사건 등 구체적 형상과 서사 구조를 통해 전개되는 허구 세계가 현실 세계를 직접 지시하기보다는 오히려 비현실적 허구성을 강조하는 비유나

---

6) 서사문학(Narrative)이 함축하고 있는 의미를 계시(啓示 ; Illustration)와 재현(再現 ; Representation) 두 축으로 설명하고 있는 *Nature of Narrative*(R. Kellog & R. Scholes, Oxford Uni. Press, 1968)에서 원용한 개념으로, 영어 용어에는 다양한 번역이 가능하겠으나 여기서는 '계시'로 번역하여 사용한다.

환상 같은 매개물(Vehicle; 가탁)을 동원하여[7] 이야기에 실린 어떤 이치나 이념 따위 일반적·추상적·관념적 의미[寓意]를 지향하도록 지적으로 고안되어 있기 때문이다. 그러나 지성과 덕성을 계발·계몽하기 위한 교훈적 의도를 지닌 우언은 때로 구체적·서사적 형상을 벗어나 작가가 우의적 인물이나 서술자의 입을 빌어 직접 자신의 지식과 도덕적 지침을 전달하는 설교의 장으로 변하기도 한다. 추상적·관념적 사유물(내용)을 구체적 형상을 빌어 싣는 우언의 이 계시적 성격과 이를 배태시킨 지적·계몽적 성격 때문에 우언은 원시적·형상적 사유와 이성적·추상적 사유를 연결하는 문화 현상으로 정신문화사적 지위가 매겨지기도 하고, 철학이나 종교, 논설에 가까운 문학의 주변 양식으로 규정되기도 한다.[8]

Ⅲ. 사유 도구로서 우언문학의 총괄적·체계적 서술 구조

그러나 우언 또는 우언문학이 추상적·논리적 사유물의 단순한 예해(例解)나 알기 쉬운 도해(圖解)[9] 정도의 기능을 하는 데서 벗어나 독자적인 가치나 지위를 인정받을 수 있는 이유는 그것이 구체적 형상을 통해 독자에게 지적·정서적 감화를 줄 뿐 아니라, 논리적 지성이나 이성적·추상적 사유만으로는 쉬 도달할 수 없는 정신적 원리, 정서적·내면적 진실 따위를 드러낼 수 있기 때문이다. 사유도구로서 우언의 독자적 기능

---

7) 본고에서는 가탁과 비유라는 용어를 구별해서 쓴다. 가탁의 방법으로는 비유 외에도 꿈과 같은 환상 또는 황당한 과장이나 허구 등의 방법이 있기 때문이다. 陳蒲淸 교수는 우언의 요체가 이야기와 현실 사이의 거리 유지에 있음을 밝히면서 우언에는 의인의 비유를 동원하는 이야기와 인간을 주인공으로 하되 황당함을 지닌 이야기 두 종류가 있다고 했다.(陳蒲淸, 「우언의 문화적 지위」, 『고전문학연구』 26, 한국고전문학회, 2004. 참조)

8) 陳蒲淸, 위의 논문.

9) 실제 도해로 요약표명되기도 한 성리학적 심성론의 계시적 표현물인 조선 중기 가전체 문학은 그 단적인 예가 될 것이다.

이 운위될 수 있는 확실한 근거도 이런 점에 있다.[10) 『열자(列子)』나 『장자(莊子)』는 상식과 통념을 깨트리는 '인식과 사유 방식(및 가치관)의 전환'이나 '정신의 자유' 같은 정신적·내면적 원리와 이상을 계시하거나, 혹은 이러한 진리에 도달하기 위한 비판적 사유를 인도하는 도구로서 우언을 원용하고 있는데, 이들 우언이 빛을 발하는 것은 이처럼 진지한 철학적 사유를 우언을 통해 촉발·전개하고 있기 때문일 것이다. 성리학의 논리 체계가 완비되었던 16세기 말 조선의 작가 임제의 우언소설 〈수성지(愁城誌)〉는 성리학의 논리 체계와 이성적 사유만으로는 역사·현실과의 모순·갈등(시름; 愁城)을 해결할 수 없어 혼란에 빠지는 정신세계·심성 내면의 진실과 함께 이러한 중세적 논리와 이성의 한계를 술의 힘을 통해 초탈한 곳에 오히려 마음의 평화와 정신적 구원이 있을 수 있다는 역설적 진실을 환상과 의인의 비유를 통해 보여주고 있다.

보편적 원리와 도덕적 이상의 계시를 지향하는 우언은 여러 가지 개개의 현상을 하나의 구조적 원리·위계질서 속에 총괄하면서 그 가치와 의미까지 부여하는 체계적 사상을 전개하는 도구로서, 보다 긴 형태의 우언 문학으로 발전하기도 한다. 〈수성지〉를 좀더 자세히 살펴보자. 여러 구성물로 이루어진 심성의 구조를 의인화시켜 왕국의 구조에 비유하여 형상하고 있는 〈수성지〉의 초반부는 심성의 수양이 왕국을 통치하는 길, 즉 왕도(王道)라는 봉건 통치 이념을 실현하는 길이라는 성리학의 체계적 사상에 의거하여, 심성의 각 부분들이 질서정연한 왕국의 관료 조직을 건설하는 과정을 서술하면서 작품 세계를 구조적으로 축조해 나간다. 그러나 작가는 이렇게 축조된 서사 세계(마음의 왕국) 속에 뛰어난 덕성에도 불구하고 역사 과정에서 부조리하게 희생된 온갖 역사적·전설적 인물들의 원혼을 유형별로 나누어 차례로 끌어들이고 평정할 수 없는 시름의

---

10) 정신적·내면적 세계에 관련하는 우언(알레고리)의 성격과 그 사유 도구로서의 기능에 대해서는 R. Scholes 등의 앞의 책과 J. MacQueen, *Allegory*(송낙헌 역, 서울 대출판부, 1983) 등 참조.

성(愁城)을 축조케 함으로써 질서정연하던 마음의 왕국, 심성의 구조가 총체적 파탄에 이르게 한다. 작가는 심성 내면의 질서뿐 아니라 봉건 정치와 역사의 원리를 총괄적으로 아우르는 의미망 속에 구조적·체계적으로 축조되는 우언의 서사 세계를 통해 중세적 이데올로기(사유와 가치 체계)와 역사과정의 모순을 총괄하여 성리학의 사상 체계에 대한 역사·철학적 의문을 제출하고 있는 것이다.[11]

심성이나 사물(세계)의 구조적 원리에 관여하며 체계적 사유를 전개하는 도구로서 우언문학의 구조적 성격을 살피기 위해 임제의 또 다른 우언소설 〈화사(花史)〉를 거론해 보자. 〈화사〉는 봉건 왕조의 흥망성쇠를 화원(花園)의 영고(榮枯)에 비유하여 왕국들의 역사 이야기로 꾸민 이른바 가전체 소설 작품이다. 알다시피 비유(은유)는 특정한 정서에 따라 서로 다른 사물(대상)들을 동일한 존재 양태 속에서, 하나의 존재로, 결합시켜 인식·표상하는 것이다. 인간 권력의 무상한 성쇠를 두고 덧없이 피고 지는 화초의 모습을 떠올릴 때 그 비유는 표현의 도구, 수사의 방편 이전에 이를테면 '무상감'이라는 정서 속에서 순간적으로 생멸(生滅)하는 인간 사회와 자연 현상의 본질적 동일성을 유추해 내는 인식과 사유의 한 방식으로 이루어진 것이다. 이 같은 비유가 서사 구조를 통해 체계적으로 전개되는 것이 우언소설 〈화사〉의 작품 구조다. 문예전통 속에서 상징적 의미를 부여받은 자연물의 심상(예컨대 절개 굳은 松)들을 전형적 인물(충직한 신하)의 형상들로 바꾸어 표현하면서 지배층을 중심으로 한 봉건 왕조의 정치적 흥망사를 개괄적으로 묘파하고 있는 〈화사〉의 비유적 작품 세계는 '인간 역사의 무상과 함께, 구조적 모순과 타락 속에 몰락해 갈 수밖에 없는 봉건관료사회의 역사 전개 원리'를 계시해 주고 있다.[12]

---

11) 〈수성지〉의 우의에 대한 해석은 임형택, 「이조 전기의 사대부 문학」(『한국문학사의 시각』, 창작과비평사, 1984) ; 정학성, 『임백호문학연구』(서울대 박사논문, 1986) 참조.

12) 『화사』는 그 작가에 대한 시비가 없지 않으나 임제의 작품이라는 것이 정설이다. 이 작품은 왕실과 관료사회 내의 권력 투쟁과 도덕적 타락, 민란과 외침 등으로 4

여기서 작가는 '역사과정' 속의 다단한 현상을 일반적·전형적 차원에서 그 '구조적 원리'에 따라 체계적·총괄적으로 재현해 내고, 이를 다시 생멸하는 자연 현상들과 함께 연결하여 생각(유추)하면서 인간 역사와 자연 운행의 원리를 총괄해 내는 형이상학적 사유로 끌어가고 있는 것이다. 덧붙여 말해 둘 것은 '녹림(綠林)의 반란' 등과 같은 인물과 사건의 유형화·일반화를 통해 계시되는 이른바 '역사의 원리'라는 지적·교훈적 내용 또한 일견 역사 과정에 대한 논리적 사유의 소산으로 보이나, 실인즉 '계절에 따라 피고 지며 찬바람에 시드는' 화초들의 심상들과 봉건 체제 내에서 명멸했던 역사적 제사건의 표상들의 체계적 연합을 통해서, 영고(자연의 변전)·성쇠(인간의 역사)를 하나의 질서 속에 이해하는 작가의 의식 내적 정서를 표명하고 있다는 것이다.13) 아울러 이처럼 자연[物]과 인간 [我]의 구분을 의식하지 않는 사유의 전통, 물아의 일체감이야말로 우언 특히 동아시아 우언·우언문학 양식의 배양·발전에 근원적인 문화적 토대가 되었다는 사실을 또한 지적해 두어야 할 것이다.14)

대에 걸쳐 흥망이 교체되는 봉건 왕조의 역사를 다양한 역사적 전고(典故)를 원용하면서 사계절의 화원의 풍경에 비유해서 엮어내고 있는데, 이러한 작품 세계는 봉건 관료사회 및 왕조 체제가 본유하고 있는 '원리로서의 역사 과정'을 계시해 주는 것으로 이해할 수 있다.(정학성, 「『화사』론」, 『한국한문학연구』 5, 한국한문학회, 1983 참조)

13) 이러한 작가의 정서를 역사의식이라 바꾸어 말해도 좋다. 표상의 체계적 연합으로 이루어지는 형상적 사유가 개념의 체계적 연합으로 이루어지는 논리적 사유에 앞서 듯이, 역사의 원리나 세계의 본질(이념) 따위에 상도하게 되는 온갖 종류의 형이상학이나 이념적 규정도 실인즉 정서 속에서 특정한 방식(체계)으로 연관지어진 표상(심상)들의 개념적 체계화라는 이론에 동의한다.(cf. Peter Munz, *When the Golden Bow breaks*, Routledge & Kegan Paul, 1973)

14) 물아의 분리·구분을 의식하지 않으려는 동아세아적 사유의 전통이 우언 산출의 문화적 토대가 되었음은 몽유록의 우언적 성격을 지적한 정학성, 「몽유록의 역사의식과 유형적 특질」(『관악어문연구』 2, 서울대출판부, 1977)에서 논의된 바 있다. 또한 한국우언학회 주최 국제학술회의 『동아시아 우언의 인문학적 지위』(한국학중앙연구원, 2005. 2. 25.)에서 김태준 선생은 논평을 통해 동아세아의 우언의 발달이 자연관과 연관될 수 있는 사실임을 환기했는데 이 같은 말씀의 논지는 위의 견해와 상통하는 것이라고 생각된다.

Ⅳ. 우언의 비판적 기능과 반어적 서사 구조

우언이 지니는 계시적 성격과 함께 우언이 수사나 표현의 방식·도구일 뿐 아니라 비유와 형상을 통한 사유의 방식·도구이며, 작가의 주제의식에 따라 구조적으로 축조되는 우언문학의 서사 세계는 총괄적 의미 구조를 향해 체계적으로 전개된다는 점들을 살폈다.[15]

그러나 사유와 표현 도구로서 우언의 기능이 사·물의 일반적 양상이나 이치·이념 따위를 계시해 주는 데 국한되어 있는 것만은 아니다. 앞서 우언이 말하고자 하는 본뜻을 바로 말하지 않고 꼭 가탁이나 비유를 통해 빗대어서 말하는 것은 직언의 방식으로는 화자의 본뜻이 쉬 표현될 수 없거나 효과적으로 표현·전달될 수 없기 때문임을 지적하였다. 이 '빗대서' 말하고 표현하는 또 하나의 중요한 이유는 쉽게 비판할 수 없는 대상을 에둘러 비판하거나 쉽게 표명될 수 없는 비판적 사유·사상을 효과적으로 형상·표현할 수 있기 때문이다.

대부분의 우화는 인간 행태나 본성의 부조리와 결함·우둔을 비판하고 경계하는 내용으로 되어 있으며, 〈화사〉 〈수성지〉에서 볼 수 있듯이 대개의 우언문학 작품들도 작가의 시선이 외부 현실로 향할 때는 갖가지 인간 행태나 사회의 모순과 부조리를, 작가의 눈이 내면 의식으로 향할 때는 인간의 본성이나 심리 또는 사고 방식이나 가치관 내지는 의식 구조상의 모순·부조리나 결함을 고발, 비판하고 반성하는 내용을 포함하고 있다. 앞서 지성의 계발·지적 계몽을 목적으로 하는 우언은 지적으로 고안된 서사 구조를 취하고 있다고 했는데 우화나 우언문학은 비유나 가탁

---

15) 인물·사건들의 표상 및 언술 문맥의 체계적 전개에 의거하여 서사 세계와 그 전체 의미가 구축되어 가는 우언문학의 구조적 특성은 주로 사건의 인과론적 발전에 의해서 서사 세계가 전개되는 여느 서사 양식의 구조와는 준별되는 특성으로 지적되기도 한다. 이상 우언(알레고리)의 체계적·총괄적 성격과 서사 구조의 축조적 (Constructive) 성격에 대해서는 G. Clifford, *The Transformation of Allegory* (Routledge & Kegan Paul Ltd., 1974) 등 참조.

이라는 수사 방식, 체계적·구조적 사유에 상응하는 축조적 구성법 외에
도, 대체로 상술한 모순과 부조리 또는 지적·도덕적 결함을 집약적으로
드러내는 서사 구조(아이러니; 反語的 구조)를 취하고 있다.16) 우화의
경우에서 쉽게 보듯이 이러한 비판은 물론 부조리와 결함에 대한 독자의
지적·도덕적 반성과 경계를 촉구하기 위한 것이다. 비판의 도구로서 우언
은 비판을 통한 반성적 사유를 유도하며 여기서 독자는 삶의 지혜(우언이
이야기해 주려는 지적·윤리적 내용)를 터득하기도 하는 것이다. 이런 점
에서 우언은 비판적 사유의 도구라 해도 무방할 것이다.

　그런데 이와 같은 비판이 허구적인 가탁이나 비유를 빌어 간접적·우회
적 방법으로 이루어지게 되는 것은 물론 그 부조리나 모순, 결함 따위를
곧바로 지적하고 비판하기가 그만큼 어렵기 때문일 것이다. 비판을 통해
공격당하는 상대방, 특히 권력가나 지배층 또는 그들에 의해 유지되는
사회의 현실적인 힘과 마찰을 피하기 위해서는 우언을 통한 우회적 비판
이 필요한 것이다. 이는 상식화되고 규범화된 사고 방식이나 지배적인
세계관·가치관·이념을 비판하는 경우에도 마찬가지로 해당한다. 조현
설 교수는 신화와 우언의 양식적 차이를 설명하면서『열자』나『장자』등
에 원용된 춘추전국 시대의 우언이 기존의 사회 통념과 상식을 뒤집고
깨트리는 전복적 사유·창조적 지혜를 표현·제시하기 위해 역설적 서사
형식을 취하고 있다고 했는데17) 혜안을 갖춘 지적이라 하겠다. 비판의
정신은 부조리(불합리)나 결함을 폭로·공격할 뿐 아니라 비판의 과정이
나 연장선상에서 그것들을 시정하고 극복할 방법과 방향을 모색·제시하

---

16) 우화가 인간 행동의 모순과 부조리를 비판·폭로하기 위한 아이러니(반어)에 기초하
　　고 있음은 정학성, 「우화소설연구」(서울대 석사학위논문, 1972.)에서 논한 바 있다.
　　모든 우언의 서사 구조가 아이러니에 기초해 있다고 말하기는 어렵겠으나 상당수의
　　우언이 플롯(사건 진행)이나 상황 설정, 어법의 면에서 반어나 역설의 성격을 구유
　　하고 있다고 할 수 있다.
17) 조현설, 「지혜, 신화와 우언을 잇는 고리」『고전문학연구』26, 한국고전문학회,
　　2004.

게 되니, 이들 우언도 기성의 지식이나 사고방식, 세계관·가치관의 허점들을 반어와 역설을 통해 비판하는 가운데 새로운 사고방식, 세계관이나 가치관을 제시하고 있는 것이다. 이런 점에서 보면 우언 특히 동아시아의 우언은 자고로 비판의 정신 또는 비판의식을 가탁하는 양식으로 전승·발전해 온 것이라고도 볼 수 있다.

V. 우언소설에 구현된 비판정신

위압적인 힘을 지닌 인간·사회 속의 부조리와 모순을 묵과하거나 방기하지 않고 그 부당성을 폭로하여 시정을 요구하고, 상식이나 통념 또는 기성의 지배적인 인식과 사유 방식·가치관에 매몰되지 않고 그 모순과 결함을 통찰하여 이를 삶의 심각한 문제로 제기하는 주체적 정신을 비판정신이라 부른다면, 우언은 이러한 비판정신을 우회적인 비유와 가탁을 통해 발현할 수 있는 도구였다고 할 수 있다. 한국의 우언문학사를 살펴보면 앞서 본 우언의 계시와 사유 도구로서의 성격이 치열한 비판정신과 만나는 지점에서 탁월한 비판적 사상을 가탁한 우언문학은 그 생명적인 빛을 발했고 그 예를 우리는 김시습·임제·박지원의 우언소설 작품들에서 찾아볼 수 있다.

15세기 말의 대사상가요 저항적 지성인이자 문호인 김시습의 〈남염부주지(南炎浮洲志)〉는 강직·명철하나 불우한 유생 박생이 꿈에 '남염부'라는 가상의 공간에 불려가 염왕(閻王)과 귀신의 존재, 제사의 풍속, 천당지옥설, 찬왕(簒王) 등 당세에 문제가 되던 종교·철학·정치적 문제들에 대해 토론을 나누고 돌아왔다는 이야기이며, 이들 사이의 문답이 작품의 주요 내용을 이루고 있다. 전기(傳奇) 소설인 이 작품이 우언으로서 의미심장한 것은 '남염부주'와 그 '부(府)'가 지옥, 명부(冥府)와 비슷한 형상을 하고 있으나 현실계 안에 있고, 염왕은 천당지옥설이나 명부, 윤회설 따위를 부정할 뿐 아니라, 염왕 스스로에 대해서도 왕이나 초월적 존재로서의 정체성을 부정하고 있다는 점이다. 작가는 여기서 꿈이라는 환상적 장치를 매개(가탁물)로 하여 초월계의 염왕을 불러들이고 그와 주인공 박생의 입을 통해 자신의 현실주의적 유교 사상[氣一元論·德治·正名 사상 등]을 대변하고 있다.[18] 이 같은 허구는 당대인이 천당지옥설·윤회설·속죄의 제전(祭錢) 같은 불교의 폐습과 허황된 사고에 잠겨 있는 것을 비판·교정하기 위해 꿈을 빙자하여 초월계의 모습을 보여주면서 자신의 정치적 이상과 함께, 초월적 존재·원리[理]도 현실[氣]을 떠나 있을 수 없으며 지옥·윤회설은 진실이 아니라는 등의 비판적 사상을 계시·개진하기 위해 이루어진 것이다. 꿈은 현실계와 초월계를 잇는 오래된 문학적 장치이며 작가는 이러한 전통을 자신의 사상을 가탁하기 위한 도구로 삼은 것이다. 염왕(초월적 존재)을 통해 명부(초월계)를 부정하는 역설적 구도, 초월계와 현실계의 어중간한 위치에 있는 남염부주와 염왕의 형상은 작가의 사상을 가탁하고 비유하는 우언으로서만 의미를 지닌다. 또한 꿈의 환상을 빌어 현실적 문제를 비판하고 이상(이념)을 제시하는 이 작품의 우언적 구도는 뒷날 임제 등에 의해 계승되어 이른바 몽유록계 우언소설이 족출하게 된다.[19]

김시습 이래 저항적 지성의 계보를 잇고 있는 임제의 우언소설 중 앞서 살핀 〈화사〉는 〈화왕계(花王戒)〉와 같은 우화의 전통과 함께, 사대부 문인에 의해 이루어진 특이한 우언문학 가전(假傳)의 전통을 계승하고 있다. 그러나 비판정신이 불충실하고 전(傳)의 삽화적 구성에 전고(典故 ; 故事)를 편철(編綴)하는 현학적·지적 유희와 의인의 기교를 농(弄)하

<段>18) 김시습의 기일원론적 사상에 대해서는 임형택, 「현실주의적 세계관과 금오신화」(서울대 석사논문, 1971) 참조.

19) 환상 속에 역사적 인물을 끌어들이고 있는 몽유록계 작품들이 작가의 현실비판적 문제의식과 정치·역사·철학적 이념을 투영하기 위한 우언의 성격을 지니고 있음에 대해서는 정학성, 「몽유록의 역사의식과 유형적 특질」(『관악어문연구』 2, 서울대출판부, 1977) 및 「개화기 몽유록의 우의적 성격」(『관악어문연구』 3, 서울대출판부, 1978) 참조.

는 희필적(戱筆的) 취미가 승하여 계시적 의미가 분산되던 전대 가전 전통의 폐단을 불식하고, 인간 사회의 부조리와 모순을 비유적으로 형상하고 풍자하는 우화의 전통 쪽으로 의미 구조를 지향시켜 감으로써, 봉건 지배 체제와 역사과정의 모순을 총괄적으로 묘파하며 어떤 소설 형태로도 쉬 이룰 수 없는 거창한 주제의 역사 비판을 시도할 수 있었다.

〈수성지〉 또한 가전, 특히 성리학의 체계에 따라 심성의 구조적 원리를 의인화하여 보여주는 가전의 문예전통을 계승하고 있으나 앞서 본 바와 같이, 정치·윤리와 우주·역사를 총괄하는 이데올로기적 사유 체계를 완비한 성리학의 심성 질서에 역사를 끌어들임으로써 양자를 총괄적으로 비판하면서 〈화사〉와 같이 역사철학적 문제를 제기하고 있다. 파탄되어 가는 마음의 나라가 술을 통해서만 평정과 구원을 찾을 수 있다는 희학적·역설적 결말이 단적으로 보여주듯이 이 작품은 이데올로기적 사유 체계를 해학과 풍자를 통해 무너뜨리는 희필적·패러디적 성격을 지닌다. 여기서 우리는 반어와 역설의 구조를 취하는 서사 구조가 풍자를 지향하게 되는 비판적 우언문학의 또 한 가지 주요 속성을 만나게 되는 것이다.[20]

18세기 말의 대사상가요 문호인 박지원은 〈호질(虎叱)〉[21]에서 자연의 질서(원리)를 상징하는 의인화된 인물 '호랑이[虎]'의 입을 통해 자연을 파괴·착취하는 인간의 이기적 본성과 문명의 한계, 유가적(儒家的) 이념과 도덕의 허구성 및 정치·사회적 행태의 비도덕성 따위를 현실 속의 다양한 구체적 사태를 들어 신랄한 어조로 비판하는 한편, 자연만물과 인간사회는 상호의존하고 있다는 작가 특유의 상자(相資)·상생(相生)의 세계관을 개진하고 있다. 〈남염부주지〉의 염왕이 초월계의 시선으로 현

---

20) 〈화사〉 〈수성지〉 외에 임제의 작품으로 지목되기도 하는 〈서옥기(鼠獄記)〉 또한 우화소설과 가전의 기법을 혼합하여 가렴주구 등 봉건사회의 사회적 모순·이념적 모순을 총체적으로 신랄하게 비판·풍자하고 있는 작품이나 여기서는 더 이상의 논의를 생략한다.

21) 이 작품이 박지원의 작인지 여부에 대해서는 논의의 여지가 많으나 필자는 여러 가지 점에서 그의 작품이 틀림없다고 보며, 이에 대한 논문을 준비 중이다.

실적인 정치·사회의 부조리와 함께 종교적 환상에 사로잡힌 당대인의 몽매를 꾸짖고 있다면, 이 작품은 동물·자연의 시선으로 인간의 몽매와 당대 사회·문명의 여러 한계와 부조리를 꾸짖고 있는 것인데, 두 작품에서 초월자와 자연이라는 인간 외부적 시선은 세속적 통념을 뒤집으면서 인간 사회의 이러저러한 문제를 총괄적으로 조망하고 객관적으로 비판하기 위한 가탁물로 고안된 것이다.22) 한편 민중층의 야담문학을 소설로 재가공하기도 했던 작가는 우의적 인물 호랑이의 입을 통한 비판적 논설에 당대의 썩은 선비를 상징하는 전형적 인물 '북곽'을 주인공으로 한 풍자담을 접합시켜 작가의 주요 관심이 추상적 사유에 있는 것이 아니라 당대 사대부 사회·의식의 모순과 부조리를 비판하는 데 있음을 분명히 했다.

〈호질〉과 함께 연암 소설의 백미로 일컬어지는 연암의 〈양반전〉도 의인화의 수법을 쓰지는 않았으나 〈호질〉과 마찬가지로 우언의 수법을 동원하여 양반·사대부 사회를 비판하는 풍자소설이자 우언소설로서의 성격을 지닌 작품이라 할 수 있다.23) 작가는 '착한 사람들의 고장[旌善]'이라는 상징적 의미를 지닌 가공(架空)의 배경을 설정하여 여기에 당대 현실을 이입시키고, 일반적 상징에 가까운 전형적 인물들[무능한 양반과 우직한 村富]을 통해 양반의 작위를 양도하는 황당한 사건을 연출하면서, 작가의 분신이라 할 우의적 인물[郡守]의 붓끝으로 양반 사회의 모순과 비리를 희학적으로 과장하는 장황한 묘사에 문면의 절반 이상을 할애하고 있다. 이 같은 작품 세계는 그 작위적·비현실적 성격으로 인해 작품 문면의 의미 즉 현실 세계의 실제 상황을 직접 지시·반영하는 사실적(寫

---

22) 동물의 시선을 빌려 인간 사회를 비판하고 작가의 사상을 대변하는 이 작품의 우의적 수법은 개화기 작가에 의해 계승되어 〈금수회의록(禽獸會議錄)〉이라는 우언소설의 명품을 낳게도 하였다.

23) 연암은 〈호질〉이 실려 있는 『열하일기(熱河日記)』 서(序)에서 자신의 외전(外傳)이 대개 우언의 성격을 지니고 있음을 밝히고 있다. 이는 『방경각외전(放璚閣外傳)』에 실려 있는 전(傳) 작품들에 대해서도 마찬가지로 해당되는 말일 터인데 그 중에서도 허구성이 돋보이는 〈양반전〉은 우언적 성격이 가장 두드러지는 작품이다.

實的) 의미보다는 또 다른 의미 즉 상황의 보편적 상징성 내지 전형성을 강조하는 계시적 의미(우의)를 지니며 풍자적 반어에 함축된 역설적 의미를 반추게 한다.24) 앞서 언급했듯이 반어와 역설의 구조를 취하고 있는 우언은 본시 풍자와 불가분의 친연성을 지니고 있는데 이들 연암의 소설에서 우리는 비판의식을 가탁하는 우언의 작가 의식이 추상적 원리나 이상, 내면 세계에 대한 관심에 머무르지 않고 당대 사회의 구체적 현실에 눈을 돌릴 때 풍자를 지향하며, 풍자와 결합된 우언은 계시적 성격 즉 일반적 전형성이나 보편적 상징성을 일면에 지니면서도 구체적 현실에 세세히 관심을 쏟는 사실적 성격을 강화해 가고 있음을 볼 수 있다.

연암의 시대 이래 민중층의 성장과 더불어 발달한 우화소설은 문언으로 된 지식인 작가들의 우언소설이 지니고 있던 추상적 사변성을 불식하고 주로 사회현실의 모순, 특히 지배층의 비리를 풍자적으로 재현·비판하고 있다. 이들 소설에서 보편적 원리와 이념을 드러내려는 우언의 계시성은 우화와 마찬가지로 인물과 사건의 일반적 전형성 정도로 상징적 의미의 폭이 한정되는 반면 우화에 비해 당대의 특수한 사회·역사적(계급적) 전형성과 사실성은 강화되며, 금수(禽獸)의 표상을 빈 우회적인 비판과 풍자가 우의적 가탁의 주목적이 되고 있다. 그러나 앞서 말했듯이 풍자 또한 지적·윤리적 반성과 계몽을 위한 것이어서 우언의 본질과 배치되는 것이 아니며, 〈토끼전〉〈장끼전〉 등에서 보듯이 이들 작품은 기성의 지배 계층(또는 계급)과 그들의 가치관을 비판·풍자하는 한편 그와 대립하며 새롭게 부상하는 계층의 새로운 가치관과 행동 양식을 제시하는 우의적 의미를 함축하고 있다.

---

24) 앞서 살폈듯이 반어(Irony)를 기본 서사 구조로 취하고 있는 우언에서는 반어에 함축된 역설적 의미가 인물과 상황의 보편적 상징성 내지 전형성과 결부되면서 우의를 형성하게 된다. 「양반전」의 풍자적 반어가 지향하는 주제는 양반 사회의 불합리한 모순이나 양반층의 위선과 비리 따위를 비난하며 그것을 송두리째 부정하자는 것이 아니라, 당대 사회에 만연된 이 같은 비리와 모순을 과장·강조함으로써 그에 대해 양반층 자신의 지적·윤리적 반성을 촉구하려는 것이다.

Ⅵ. 결어 : 우언의 소설사적 맥락과 지위

이상에서 우언 양식의 계시적 의미 구조와 총괄적·체계적·반어적 서사 구조, 비판적 사유 도구로서의 성격 등에 대해 개괄적으로 살피고, 한국의 지성사·문학사에서 비판정신이 가장 빛나는 작가들의 몇몇 대표작들의 분석을 통해 이를 구체적으로 논증해 보았다. 끝으로 앞서 논의한 작품들을 중심으로 우언과 소설의 관계와 우언문학의 소설사적 맥락 및 지위에 대한 생각을 정리하며 글을 매듭지어 보겠다.

우화나 『장자』류의 초기 우언에서 보듯이 우언은 본시 길이가 매우 짧은 것이 특징이다. 흥미로운 사건보다는 계시해 주려는 삶의 지혜 또는 사상적 내용이 위주가 되기 때문에 이를 드러내기 위한 간단한 사건이 서사(이야기)의 뼈대를 이룬다. 이와 같은 우언이 작가의 체계적인 사상을 드러내기 위해서 편폭이 길어질 때 그것은 〈남염부주지〉처럼 소설[傳奇]의 형태를 빌리던가, 〈수성지〉〈화사〉처럼 역사기술의 형태를 빌리던가 〈호질〉처럼 풍자담(北郭의 이야기)과 연합하는 등의 방식으로 서사의 편폭을 늘이고 서사적 긴장(흥미)을 유지해 나갈 수밖에 없다. 즉 우언이 설화나 촌담(寸譚) 형태를 벗어나 규모 있는 서사 문학작품이 되기 위해서는 다른 서사 장르에 스스로를 의탁해야 하며, 문학적 흥취를 희생하면서까지 작가의 체계적 사상을 개진할 필요가 있을 때는 논설(논변)체에 의탁할 수밖에 없는 것이다. 그 결과 〈남염부주지〉와 같은 경우는 논변 때문에 소설의 서사 구조가 깨트려지고 〈호질〉과 같은 경우는 서사적 필연성이 없는 두 이야기(虎와 北郭의 이야기)가 연합해 소설의 면모를 유지하게 되었다.

그런데 〈화사〉와 〈수성지〉는 경우가 좀 특수하다. 소설 형식이 아닌 역사기술의 형태를 빌었으되 의인과 환상을 통한 허구적 이야기가 길게 만들어진 것이다. 이런 류의 우언 작품도 소설이라 할 것인가 아니면 서사적 긴장이나 흥미가 거의 없는 문답식 논설체의 우언들과 함께 '우언문학'의 범주에서 그 문학(사)적 의의를 찾을 것인가?[25] 논란을 무릅쓰고 말한다면 서사적 긴장의 정도 및 그 내용의 창의성 여부와 함께 작품 내용의 '문제제기적' 성격 여부에 따라 우리는 이들에 대해 서사문학사뿐 아니라 소설사에서도 그 의미를 논할 수 있으리라 본다. 소설의 장르적 성격에 대한 저명한 논의들[26]에서 합치점을 찾는다면 소설은 기성의 세계 질서와 가치관을 문제 삼으며 이와 대결하여 새로운 가치관을 모색·추구하는 과정을 서술하는 서사 양식이라는 것이다. 임제의 두 작품에 대해 말한다면 이들 작품은 〈남염부주지〉 〈호질〉 등과 마찬가지로 작가 당대의 사회적 모순이나, 지배적인 사유·가치관의 체계(이데올로기)가 안고 있는 모순을 총괄적으로 비판하고 있어 소설 장르의 문제제기적 성격을 담지하고 있으며, 따라서 한국 고전소설 발달사에서 주요한 위치를 점한다고 말할 수 있을 것이다.[27]

게다가 연암의 예에서 보듯이 소설이나 허구가 가미된 필기소품(筆記小品)을 짓던 고인들은 이러한 그들의 문학 작품을 사물의 이치를 밝히고 교훈을 남기려는 우언으로 이해하는 경향이 있었으며 임제는 우언문학인 「수성지」에서 소설적 문체를 가미하고 있다.[28] 즉 〈수성지〉 〈화사〉와 같은 우언 작품의 창작은 당시 사대부들에게 소설 창작과 동일한 의미를 지녔던 것이다. 따라서 우리는 문언소설의 한 갈래로 우언소설의 범주를 설정하고 이들 작품을 이 범주에 귀속시킬 필요가 있으며, 이렇게 할 때 비로소 이들 작품은 다기(多岐)로운 발전 경로를 지닌 우리 소설사에서

---

25) 문답식 논변이나 논설체가 위주가 되는 '우언문학'이 '문학'으로서 논의될 수 있는 소이도 그들이 기본적으로 일인칭 화자를 포함한 한두 명의 등장인물과 혹종의 사건·체험 등 최소한의 서사(이야기)적 요소를 구비하고 있기 때문일 것이다.
26) 루카치·골드만·조동일, 바흐틴의 이론 등.
27) 따라서 이들 작품은 보통의 가전(假傳)들과는 달리 '가전체 소설'이라는 이름에 걸맞는 문예적 성격을 지녔다고 할 수 있다. 고려 후기 작품들로 대표되는 가전 양식은 명실상부한 이들 '가전체 소설'의 출현으로 말미암아 그 소설사적 의미나 지위가 확실하게 인정될 수 있다는 것이 필자의 생각이다.
28) 이에 대해서는 정학성, 『임백호문학연구』(서울대 박사논문, 1985) 참조.

온당한 위치를 부여받을 수 있다. 물론 이럴 경우 우언의 가탁적 성격 또는 다른 양식에 의탁·혼합하는 성격 때문에 〈남염부주지〉처럼 우언소설이자 전기(傳奇)소설, 「호질」「양반전」처럼 우언소설이자 풍자소설인 경우가 생길 수 있다. 그러나 이는 우언의 의탁적 특성뿐 아니라 여러 양식의 혼합으로 이루어지는 소설 양식의 특성상 어쩔 수 없이 대두되는 문제이다.

서사 양식으로서 우언은 동아시아 우언의 대표적 논자들의 주장과는 달리 결코 주변적 양식이 아니다. 그것은 서사문학—소설의 발달사에서 핵심적 주류를 이룬 양식이라고는 할 수 없으나, 예컨대 전기(傳奇)나 사전(史傳)류, 필기류 등의 양식들과 마찬가지로 서사문학사의 저류를 관통하는 기본적인 주요 양식으로 전개되어 왔다. 즉 교훈적인 사상(내용)의 전달을 목적으로 하는 우언은 흥미롭고 기이한 사건의 전개나 구체적 현실의 묘사·역사의 기술을 목적으로 하는 다른 서사 양식들이나 논변체의 양식과 때로는 융합하며 다양한 문학 세계를 연출하는 한편 몽유록·가전체와 같은 부수적 장르를 출현시키면서 우리 소설사의 전개에서도 주요한 지류를 형성하고 있는 것이다. 특히 비판적 지성을 겸비한 독창적인 문언소설의 대작가들을 만나며 앞서 논했던 작품들처럼 지성사와 문학사에 걸쳐 금자탑을 이룬 명작을 낳은 것은 우언 서사 양식이 우리에게 남겨준 귀중한 유산이다.

우언 문학 또는 서사 양식으로서 우언은 대개 삶과 세계의 보편적 원리나 인간의 내면 세계에 지적 관심이 쏠리고 문학을 이러한 사유와 분리하지 않았던 중세에 특히 발달하였다. 그러나 위에서 거론한 작품들에서 보듯이 중세적 질곡과 사유의 틀을 벗어나려는 비판적이고 진보적인 지성의 소유자를 만나며 우언은 그러한 중세적 특징을 일면에 지니면서도 기성의 질서와 가치관 및 사유 방식을 문제 삼는 소설적 형태로 발달해가고, 중세 말 봉건사회의 해체기(또는 근대로의 이행기)에 들어서는 추상적 질서로부터 외부의 구체적 사회 현실로 지식인 작가의 관심이 기울여지며 풍자적 성격을 강화해 갔다. 사대부층의 문언 소설 작품들과는 달리 봉건적 모순에 보다 민감한 민중층의 세계관과 문예 전통(우화)에 기반을 둔 우화소설 역시 이 시기 변화하는 사회 현실에 대한 점증하는 관심을 반영하며 세태에 대한 충실한 묘사 속에서 민중층의 비판의식·저항의식을 단련하는 풍자문학의 한 양식으로 발전하였다. 또한 격변하는 사회 속에 전 민족이 혼란을 겪던 애국계몽기를 맞아 우언 서사 양식과 우화소설의 전통이 지식인 작가의 계몽적 목적의식에 부응하여, 현실을 비판적으로 진단하고 민족의 진로를 계시하는 교훈의 도구로 즐겨 원용되었음은 잘 알려져 있는 사실이다. 그리고 이러한 경로를 통해 우언문학이 발전시켜 온 여러 특장(特長)들 예컨대 상징성과 전형성, 비판성과 풍자성, 총괄성과 사유도구로서의 성격 등으로 인해 우언의 서사 양식은 현대에 있어서도 여전히 유효하다.

참고문헌

梅月堂全集
燕巖集
林白湖集
花史

양승민, 「우언의 서술 방식과 소통적 의미」, 고려대 석사학위논문, 1996.
윤주필, 「우언의전통과 조선 전기 몽유기」, 『민족문화』 16, 민족문화추진회, 1993.
윤주필, 「우언 글쓰기의 원리와 적용 자료의 범위 연구」, 『한국한문학연구』 28, 한국
　　　한문학회, 2001.
이종묵, 「부휴자담론과 우언의 양식적 특성」, 『고전문학연구』 5, 한국고전문학연구
　　　회, 1990.
임형택, 「현실주의 사상과 금오신화」, 서울대 석사논문, 1971.
임형택, 「이조 전기의 사대부 문학」, 『한국문학사의 시각』, 창작과비평사, 1984.
정학성, 『우화소설연구』, 서울대 석사학위논문, 1972.
정학성, 「몽유록의 역사의식과 유형적 특질」, 『관악어문연구』 2(서울대출판부, 1977)
정학성, 『화사』론, 한국한문학연구, 1983.
정학성, 『임백호문학연구』, 서울대 박사논문, 1986.
조현설, 「지혜, 신화와 우언을 잇는 고리」, 『고전문학연구』 26, 2004.
한국우언문학회, 『동아시아 우언론과 한국의 우언문학』, 집문당, 2004.
한국우언문학회, ≪동아세아 우언문학의 성격≫, 『고전문학연구』 26, 2004.
한국우언문학회, 『동아시아 우언문학 비교론』, 집문당, 2005.

陳蒲淸, 『中國寓言文學史』, 오수형 역, 소나무, 1994.
陳蒲淸, 「寓言의 문화적 지위」, 『고전문학연구』 26, 2004.
G. Clifford, *The Transformation of Allegory*, Routledge and Kegan Paul Ltd.,
　　　1974.
J. MacQueen, *Allegory*, 송낙헌 역, 서울대출판부, 1983. 1974.
Peter Munz, *When the Golden Bow breaks*, Routledge & Kegan Paul, 1973. R.
　　　Kellog & R. Scholes, *Nature of Narrative*, Oxford University Press,
　　　1968.

張孝鉉*

1. 머리말

우언(寓言)이라는 용어가 과거에 사용된 것을 보면, 때로는 넓은 문맥에 걸쳐 단순하게 寓意를 뜻하기도 하고, 때로는 수사방식(修辭方式)으로서의 寓喩(allegory)를 뜻하기도 하고, 때로는 공통의 특성을 지니는 일군의 작품을 묶어 지칭하는 즉 하나의 장르(Genre)를 가리키기도 하였다.

Croce처럼 개개의 작품만을 인정할 뿐 장르의 존재를 부정하는 장르무용론(無用論)을 따르는 것이 아니라, 학문의 체계성을 지향하는 장르실재론(實在論)을 지지하는 입장일 때에, '비유기탁(比喩寄託)을 담은 단형(短形)의 이야기'[1]로서의 우언을 상정하여 그를 서사문학의 한 하위장

*고려대 국문과 교수

1) 寓言의 성격에 대하여 劉征과 汪惠敏의 의견을 참고하면, 劉征은 1. 한 개의 이야기로 구성되거나, 혹은 일정한 이야기구조를 지닐 것(要構成一個故事, 或者具略一定的故事情節). 2. 그 이야기는 虛構的일 것(這故事要是虛構的). 3. 그 이야기는 比喩의 성격이 있을 것(這故事要是比喩性的). 4. 그 比喩는 비교적 깊은 寓意를 지닐 것(這比喩要有較深的寓意), 汪惠敏은 1. 性質 ; 短小精悍的 故事. 2. 結構 ; 完整的 故事性 結構. 3. 技巧 ; 隱喩的 方式. 4. 文體 ; 散文體 書寫. 5. 題材 ; 虛構性

르로서 위치 짓는 것은, 우언의 함의(含意)에 대한 다소의 넘나듦은 있더라도, 대부분의 연구자들에게 공감을 얻고 있는 듯하다. 우언이 서사문학 내의 여타의 하위장르와 어떻게 관계를 맺고 있는지, 그 역사적 천변(轉變)은 어떠한지에 대한 검토도 산발적으로 이루어지고 있으나, 보다 정연한 설명이 요청되는 시점이다.

주지하듯이 寓言의 연원은 『莊子』 우언편(寓言篇)에서 찾을 수 있고, 춘추전국시대에 산문시대가 열리면서 『韓非子』, 『呂氏春秋』, 『戰國策』 등 제자백가(諸子百家)의 저작 중에 다양한 寓言이 등장하였다. 정치제도·경제관계·사회조직 등 모든 면에 걸쳐 심각한 동요가 있던 이 시기에, 직설적인 담화를 피하고 가탁(假託)의 수법을 통해 자신의 사상과 의도를 전하려는 사회적·도덕적·문학적 욕구가 다양한 寓言의 문학을 낳게 되었고, 이후 동양의 한문문명권 전역에 걸쳐 지속적으로 문학적 산출이 있었음을 확인할 수 있다.

본고의 관심은 한국 고전서사문학의 중심적 장르로서 발달해 나온 고전소설의 사적 전개과정에 우언(寓言)의 기여가 어떠했는지, 특히 고전소설이 본격적으로 형성된 15~16세기의 상황을 살펴보고자 하는 것이다.

2. 한국 서사문학에 있어 寓言의 형성과 전개

우리 문학사에서 우언(寓言)의 연원이 되는 작품은 〈龜兎之說〉과 〈花王戒〉이다. 우언(寓言)은 구비서사문학인 민담(民譚)을 수용해 나타난 '설화 계통'과, 작가가 지어낸 '창작 계통'으로 나뉜다고 볼 수 있는데, 우리 문학사에 있어 설화 계통은 고구려의 선도해(先道解)에 의한 〈龜兎之說〉, 창작 계통은 신라의 육두품 문인 설총(薛聰)에 의한 〈花王戒〉를

的 題材. 6. 功效 ; 敎訓 啓示 諷刺的 正面效果. (劉征, 序, 『寓林折枝』, 북경출판사, 1984. / 汪惠敏, 「先秦寓言的 考察」, 『문학평론』, 5집, 대만, 민국 67년. p.7.)

통해 그 초기의 양상을 살필 수 있다.

우리 문학사에서 우언(寓言)의 연원이 되는 〈龜兎之說〉과 〈花王戒〉의 경우를 보면, 우언(寓言)은 본질적으로 구체적 역사현실의 대응으로부터 벗어나지 않는다는 사실을 시사받는다. 또한 이들 두 이야기는 우언(寓言)이 사용되는 동기 및 목적에 대해서도 시사해 준다.

〈龜兎之說〉은 신라의 김춘추(金春秋)가 백제의 원수를 갚고자 고구려에 원병을 청하러 갔다가 오히려 보장왕(寶藏王)에게 사로잡혀 감옥에 갇히게 되었을 때 왕의 총신(寵臣)인 선도해(先道解)에게 청포(靑布) 삼백 보(步)를 뇌물로 주고 들은 이야기이다. 김춘추는 이 〈龜兎之說〉을 듣고 암시받은 바 있어, 거짓으로 보장왕이 요구하는 땅을 준다고 했고, 이에 왕은 김춘추를 감금한 때문에 신라군이 쳐들어온다는 첩자의 보고도 있고 해서 후하게 예대(禮待)해 돌려보낸다.[2] 〈구토지설〉에서 용왕과 자라는 보장왕에, 토끼는 김춘추에 대응되며, 기본적 의미는 강한 자의 무도함에는 약한 자 또한 거짓으로 대응할 수 있음을 보여 주는 것이다.

고구려의 신하인 선도해(先道解)는 신라인(新羅人) 김춘추에게 도명(圖命)의 길을 알려 주면서, 직설적 담화가 후일 자신에게 닥칠지도 모르는 화(禍)를 피하기 위해 우언(寓言)의 수법을 사용하고 있다.

설총(薛聰)이 지은 〈花王戒〉는 간신을 총애하고 충신을 홀대(忽待)하는 혼암한 군주(君主)를 빗댄 것으로서, 화왕(花王) 모란은 신문왕(神文王)에, 백두옹(白頭翁)은 설총과 같은 충신에, 장미는 간신에 각각 대응되고 있다. 이 이야기는 처음 신문왕이 울적함을 달래고자 설총에게 '고담선학(高談善謔)'을 듣기 원해서 이루어진 것인데, 이야기를 모두 듣고 난 신문왕은 깊이 권계(勸戒)되어 "그대의 우언(寓言)은 진실로 깊은 뜻을 담고 있으니 청컨대 이를 글로 적어 두어 임금된 자의 경계로 일컫고자 한다"고 말하고 있다.[3] 이 역시 신하로서 왕에게 대한 직설적 담화를

---

2) 金富軾, 『三國史記』, 권 41, 列傳 1, 金庾信 上.
3) 위의 책, 권 46, 列傳 6, 强首·崔致遠·薛聰. "子之寓言誠有深志 請書之以謂王者之戒"

피하면서 諷諫하는 자신의 뜻을 전하기 위해 寓言의 수법을 사용했음을 보게 된다.

우언은 하나의 서사문학 장르로서 독자적으로 그 전통을 유지해 개별 작품을 산출하고 때로는 성현(成俔)의 〈浮休子談論〉[4], 이광정(李光庭)의 〈亡羊錄〉[5] 같은 우언 작품집을 내기도 하는 한편, 여타의 서사장르에 견인되어 변형된 모습을 보이거나, 여타의 서사장르와 복합하여 새로운 장르 형성에 기여하기도 한다.

문학사에 있어 하나의 역사적 장르(historical genre)는 기존 장르의 여러 특성들이 복합하거나 특수하게 발전하면서 형성되는데, 이 역사적 장르로부터 추상(抽象)될 수 있는, 즉 그 역사적 장르의 장르적 속성을 표상하는 樣式(mode)은, 한 시대의 역사적 장르가 소멸되더라도 잔존(殘存)하여, 장르 복합을 통해 후대에 새로운 장르 형성에 기여하거나 혹은 후대의 여러 작품에 그 흔적을 남기게 된다.[6]

우언은 고려 후기의 가전(假傳)과 탁전(托傳), 16~17세기에 걸쳐 나타난 몽유록(夢遊錄)과 우언(寓言)소설, 18~19세기에 다양하게 산출된 동물우화소설(動物寓話小說)에 그 뚜렷한 흔적을 남기게 된다. 고려 후기 가전(假傳)과 탁전(托傳)에서 전(傳)과 우언(寓言)의 장르복합현상을 대할 수 있으며, 조선 시대 몽유록(夢遊錄)에서 전기(傳奇)와 우언(寓言)의 장르복합현상을 대할 수 있다.[7]

---

4) 이종묵, 「부휴자담론과 우언의 양식적 특성」, 『고전문학연구』, 5, 한국고전문학회, 1990. / 성현 지음, 이종묵 옮김, 『부휴자담론』, 홍익출판사, 2002.
5) 김영, 『망양록 연구』, 집문당, 2003.
6) 장르와 양식의 개념 및 장르史에 대한 이러한 견해는, Alastair Fowler, The Life and Death of Literary Forms, 『New Directions in Literary History』, (R. Cohen ed. Routledge & Kegan Paul, London, 1974.)
7) 장효현, 「전기소설의 장르개념과 장르사의 문제」, 『한국고전소설사연구』, 고려대출판부, 2002. 79-80쪽.

3. 假傳의 소설적 變異型 - 〈丁侍者傳〉

한유(韓愈)의 〈毛穎傳〉에서 그 기원을 찾을 수 있으며, 傳과 寓言의 장르복합현상으로도 설명할 수 있는 가전(假傳) 장르는, 우리 문학사에서 고려 후기에 그 뚜렷한 자취를 보여 주었다. 가전은 15세기 본격적인 소설의 대두에 앞서 고려 후기 문인들의 서사적 욕구를 대변해 준 장르였던 셈이다.

그런데, 고려 후기 假傳의 한 작품으로 거명되어 온 석(釋) 식영암(息影菴)[8]의 〈丁侍者傳〉은 여타의 가전 작품과는 달리, '가계(家系) - 행적(行蹟) - 평결(評結)'의 단계를 밟는 '전(傳)'의 일반적 형식을 벗어나, 작품이 시작하면서 곧바로 상황(狀況)과 대화(對話)가 이어진다는 점에서 '소설(小說)'에 근접하는 발전된 모습을 보여 준다.

　　立冬날 새벽, 식영암이 암자 안에서 벽에 기대어 조는데, 밖에서 어떤 이가 뜰에서 절하며 문안 여쭙는 소리가 들렸다. "새로 온 정시자가 뵙나이다." 괴이히 여겨 나가 보니, 한 사람이 있는데, 형체가 가늘고 길며, 색은 검고 빛나며, 붉은 뿔은 높이 우뚝하여 싸울 듯하였고, 검은 눈은 불거져 나와 부릅뜬 듯한 것이, 기뚱기뚱하며 들어와 오똑히 섰다.

　　식영암은 비로소 놀라, 이윽고 불러, "그대는 앞으로 오게. 우선 그대에게 물을 것이 있네. 먼저 그대는 왜 이름이 丁인가? 어디서 왔으며, 와서 무엇을 하려는가? 또 내가 평소에 그대 얼굴을 알지 못하는데, 그대가 侍者로 칭하니, 어찌 말이 없을 수 있겠는가?"

　　말이 끝나지 않았는데, 丁은 마침내 깡충깡충 뛰어 나와, 말을 차분히 하면서 공손히 대답하였다. "옛날 처음에 있었던 聖人으로, 소 머리를 한 자로 包犧라 하는 이는 아비이고, 뱀의 몸을 한 자로 女媧라 하는 이는 저의 어미입니다. …… 저는 명을 듣고 기뻐 뛰며 외다리로 왔사오니, 바라옵건대 장로께서는 용납하여 받아주십시오."[9]

---

8) 석 식영암은 忠宣王의 庶子인 德興君 譓(1300년경 출생)로 고증되었다. (김현룡, 「석 식영암의 정체와 그의 문학」, 『국어국문학』, 89, 국어국문학회. 1983.)
9) 『동문선』, Ⅷ, 민족문화추진회, 1982. 원문, p.643. "立冬日昧爽, 息影庵在菴中倚

가전이 흔히 시간적 배경은 주로 고대(古代), 공간적 배경은 중국으로 하여, 그 외형·성질에 맞게 입전(立傳) 대상을 의인화하는 데 반해, 〈정시자전〉은 이처럼 입동날 새벽이라는 시간과 암자라는 공간의 현실적 배경을 명확하게 제시하고, 작자 식영암 자신이 이야기 속의 인물로 등장한다. '의장수(倚墻垂)'라고 서술하여, 선사(禪師)로서 새벽에 참선하고 있어야 할 자신이 졸고 있었음을 하나의 서사적 환경으로 제시해 준다.10)

〈정시자전〉은 문답(問答)으로 내용이 구성되어 있다. 식영암이 정시자에게 이름이 무엇이며 어디서 왔는가 등등을 물으니, 정시자는 부모의 내력, 자신의 모습에 대한 경위, 호(號)·성(姓)에 대한 설명, 타고난 직분 등에 대해서 이야기하고, 자신을 받아달라고 한다. 그러자 식영암이 장(壯)·용(勇)·신(信)·의(義)·지(智)·변(辯)·인(仁)·예(禮)·정(正)·명(明)의 여러 덕을 갖춘 그의 '집사중미(集斯衆美)'를 칭송하고, 자신보다 덕이 더 높은 이를 사자(侍者)로 할 수는 없다고 하여 다른 데로 보낸다. 〈정시자전〉의 문답식 구조는 불가(佛家)에서 화두(話頭)를 제시하고 그것을 풀어나가는 선문답(禪問答)의 형식과 비슷하다. 석(釋) 혜심(慧諶)의 〈氷道者傳〉, 〈竹尊者傳〉도 행적부가 문답구조를 이루고 있는데, 이는 작자의 신분이 선승(禪僧)인 때문인 것으로 보인다.

가전이 주요 행적을 중심으로 하면서도 입전(立傳) 대상의 일대기 형식을 띤다면, 〈정시자전〉은 석 식영암이 정시자를 만나는 단일 사건으로 기술되어 있다. 또한 전(傳)의 평경부(評結部)가 일반적으로 '사신왈(史臣曰)', '태사공왈(太史公曰)'로 시작되어 본문과는 독립적인 역할을 하

墻睡, 聞外有庭拜問訊聲, 云'新到丁侍者叅', 怪而出視之, 有人焉. 形纖而長, 色黔而光, 赤角高撑若觝鬪, 玄睛挺露若瞋로, 彳亍而入, 孑孑而立. 息影庵始而瞿然, 頃而呼曰, '子來前, 始有問於子, 且子何名爲丁, 何自而來, 來何爲乎, 抑吾素不識子面, 子而稱侍者, 何以豈有說乎.' 言未旣, 丁遂雀躍而進, 徐其辭而謹對曰, '古初有聖人, 其首牛者曰包犧, 吾考也. 其身蛇者曰女媧, 吾妣也. …… 吾聞命欣躍, 隻脚以來, 願長老容受.'"

10) 이를 夢遊의 入夢으로 해석하는 연구자도 있으나, 覺夢 부분이 나타나지 않으므로 문면의 서술을 그대로 해석해야 할 듯하다.

며 작자의 서술의도를 드러낸다면, 〈정시자전〉에서는 평결이 본문의 문답 내용에 포함되어 있으며, 대신 평결의 자리에는 정시자를 전송하는 노래가 들어 있다.

> 이어 노래를 지어서 전송하였다. "丁이여. 성큼성큼 각암의 뜰로 가시오. 나는 박과 오이처럼 여기에 있으니, 그대 丁만 못하오."[11]

〈정시자전〉은 내용면에서 볼 때, 석장(錫杖)의 의인화를 통해 선승(禪僧)의 이상적인 품격을 제시하려 한 작품이라고 할 수 있으며 가전(假傳)의 일반적인 立傳 意圖와 부합한다. 그러나 〈정시자전〉은 가전의 일반적 격식에서 벗어나, 이처럼 소설에 근접하는 모습을 보여 준다.

4. 假傳을 응용한 寓言小說 - 〈書齋夜會錄〉

15세기에 김시습(金時習, 1435~1493)의 『金鰲新話』가 나타남으로써 소설(小說)의 본격적인 발전을 보게 되고, 16세기에 들어 다양한 작품들이 나타나는 바, 15세기~17세기 전반의 소설사의 작품들에서는 신라 이래의 유력한 서사장르인 전기(傳奇)와 우언(寓言)의 양식적 殘存과 기여를 확인할 수 있다.

그 가운데에서 신광한(申光漢, 1484~1555)의 단편소설집 『企齋記異』에 들어 있는 〈書齋夜會錄〉은 가전의 소설적 변이형인 〈정시자전〉에서 한 걸음 더 나아간, 가전(假傳)을 응용한 우언소설(寓言小說)의 사례를 보여 준다. 단형(短形)의 서사산문 장르인 우언이 그 구조적 舊殼(rigid structural carapace)을 넘어 소설로 발전한 것이다.[12]

---

11) 위의 책, 643쪽. "因爲歌而送之曰, '丁哉. 趨而之乎각菴之庭, 予匏瓜於此, 不若汝丁.'"
12) Alastair Fowler, 앞의 논문, p.92. "The Genre, limited by its rigid structural carapace, eventually exhausts its evolutionary possibilities. But the equivalent mode, flexible, versatile, and susceptible to novel commixtures,

〈書齋夜會錄〉은 작가 신광한의 내면의식을 잘 담아낸 작품이다. 가전을 응용하여 문방사우(文房四友)를 의인화해 등장시키면서 그들을 통해 작가 자신의 처지와 의식을 투영시키고 있다.

어떤 선비가 있었는데, 성명은 생략하여 적지 않는다. 옛 것을 좋아하고 뜻이 커 세상에서 배척을 받았다. 집은 비록 몹시 가난했으나 뜻은 활달하였다. 일찍이 達山村에 오두막을 지어 문을 닫아걸고 왕래를 끊고는 오로지 서책에서 즐거움을 찾았다.[13]

"저는 高陽氏의 후손입니다. 집안에서 좋은 일을 많이 해서 복을 받아 대대로 높은 벼슬을 했습니다. 그러나 螢雪之功에 뜻을 두어, 화려한 생활을 끊겠다고 생각했습니다. 博學·審問·愼思·明辨의 가르침을 스승 삼고, 格物·致知·誠意·正心의 학문을 몸소 행했습니다. 우러러 하늘에 부끄럽지 않고 아래로 사람에게 부끄럽지 않으며, 거처함에 방 귀신에게 부끄럽지 않고, 잠자리에 들어서는 이부자리에 부끄럽지 않게 되고자 한 것이 여러 해 되었습니다. …… 궁벽한 땅에 뒤늦게 태어나서 외롭고 쓸쓸했지만, 마음은 옛 것을 사모할 줄 알았고 행실은 허물을 감추지 않았습니다. 여러 차례 죽을 뻔하고, 깊은 함정에서 겨우 빠져나왔는데, 친구들은 나를 저버리고, 집안사람들은 꾸짖었습니다. 困厄을 당함이 이와 같지만, 일찍이 원망하거나 근심하지 않았습니다."[14]

〈서재야회록〉에서 처음 주인공을 설명할 때 성명(姓名)을 기록하지 않고 있지만, 그가 작가 신광한 자신이라는 것은 충분히 짐작되며, 선비가 자신을 고양씨(高陽氏)의 후손이라고 소개하고 있는 대목에서 분명히 드러난다. 고양씨는 삼황오제(三皇五帝) 중의 한 사람인 전욱(顓頊)이지

---

may generate a compensating multitude of new generic forms."

13) 고려대 만송문고본. (소재영, 『기재기이연구』, 고려대 민족문화연구소, 1990. 부록, 27쪽.) "有一士夫, 略姓名不書. 好古落拓爲世所擯, 家雖窘罄, 意黯如也. 嘗構別墅于達山村, 杜門斷往還, 唯以書史自娛."

14) 위의 책, 36~37쪽. "某乃高陽氏之後也, 家積善慶, 世襲貂蟬, 然而志存螢雪, 念絶綺紈, 師博審思辨之訓, 躬格致誠正之學, 自期仰不愧天, 俯不愧人, 居不愧奧, 寢不愧衾者, 有年矣. …… 地偏生晚, 踽踽涼涼, 心知慕古, 行不掩過, 濱於九死, 出於重坎, 賓朋相棄, 室人交讁, 厄窮如此, 曾不怨悶."

만, 신광한의 본관인 고영(高靈)의 옛 지명이 또한 고양(高陽)이기 때문
이다.15)

주인공은 '쓸쓸히 송옥(宋玉)이 가을을 슬퍼하던 마음이 생겨나고, 아
련히 李白이 달을 완상하던 감흥이 일어나는' 어느 날 밤에, 적막한 서재
에 이웃이 적고(岑寂書齋少有隣) 술잔 멈추고서 달을 이야기할 상대가
없는(停盃誰與問氷輪), 세상과 단절되어 있는 상태에서 문방사우(文房
四友)의 정령(精靈)들과 만난다. 처음 주인공은 緇衣者(벼루), 脫帽者
(붓), 白衣者(종이), 黑衣者(먹) 네 사람의 대화하는 모습을 방관적으로
엿볼 따름이다. 네 사람이 한결같이 토로하는 것은 자신이 늙고 병들었다
는 것이다. 이윽고 주인공과 네 정령이 마주하고 그들은 차례대로 자신의
내력을 얘기하는데, 그 표현수법은 전통적인 가전(假傳)의 그것이다. 처
음으로 자신의 내력을 얘기하는 치의자(緇衣者)는 다음과 같이 자신을
소개한다.

> "저는 埵坏氏의 후예입니다. 舜의 곁에 이름이 器라는 자가 있어 舜과 함께 河
> 水 가에서 질그릇을 구웠습니다. 순이 황제 자리에 나아가자 드디어 성을 陶氏라
> 했는데, 이 사실이 虞典에 실리지는 않았습니다. 그 후대에 沮水와 漆水로부터
> 질그릇 굽는 굴에서 古公을 따르고 인하여 서쪽 땅에 일가를 이루었습니다. 武王
> 이 紂를 정벌함에 이르러 함께 참여하여 泰誓를 들었고, 자손 중에 서쪽 땅을 떠
> 나 魏나라 땅으로 옮겨 산 자가 성을 고쳐 瓦氏라 했습니다. 위나라가 망하자 비
> 로소 드러나, 唐나라 貞元 무렵에 와씨 중에 李觀과 교제한 사람이 있었는데 장
> 안에서 노닐다가 객사하여니 이관이 예로써 장사지내 주었고, 사람들이 오늘에 이
> 르도록 영화롭게 생각하고 있습니다. 그러나 와씨는 지류이고 甄氏가 本宗입니
> 다. 저의 실제 조상 甄이 비로소 탄생하던 날에 산모의 몸이 찢어지지도 않고 상
> 처가 나지도 않았으며 손바닥에 '池'라는 글자가 있어, '池'로 이름을 삼았습니다.
> 저의 족보 계통과 성명은 이와 같으니, 어찌 감히 서로 숨겨 저를 알아주는 이를
> 속이겠습니까?"16)

---

15) 김인경, 「기재기이 연구」, 고려대 석사학위논문, 2004. 25쪽.
16) 위의 책, 38~39쪽. "我埵坏氏之後. 方舜之側, 微有名器者, 與舜陶河濱. 及舜卽帝
   位, 遂姓陶氏, 事不載虞典. 其後世自沮漆, 從古公于陶穴, 因家西土. 至武王伐紂,

　주인공과 마주한 그들의 언급 속에도 '세월의 흐름 속에 효용이 다하여 버려지는 존재'라는 자신에 대한 회한(悔恨)이 동일하게 담겨 있다.

　　"다만 이제는 늙어서 한 번 부서지니, 만사가 와열되었습니다. 비록 斯文에 약간의 공로가 있으나 누가 다시 기억해 주겠습니까?"17) (緇衣者)

　　"어려서부터 서적을 탐독했고, 부지런히 하며 세월을 보냈는데, 늙어서는 소갈병에 걸렸습니다. 비록 知己에 의탁하고 있으나, 예양이 몸에 옻칠을 한 것과 같은 보답을 해 드리기가 어렵습니다. 감히 어진 분께 의지하니, 늙어서 버림받았다는 탄식은 하지 않겠습니다."18) (黑衣者)

　　"비록 마음과 뜻을 힘껏 씻고 정신을 깨끗이 닦았으나, 본래 채색을 받을 자질이 아닙니다. 암암리에 경박하다는 참소를 입고 끝내 장 항아리를 덮었습니다."19) (白衣者)

　　"이제 노둔해지고 젊었을 적의 뜻은 다 꺾였습니다. 짧은 머리에 관을 쓰지 않고 옆 사람들을 보기가 부끄럽습니다."20) (脫帽者)

　자신들의 가계(家系)의 내력과 현재의 불우한 처지를 토로하는 내용을 주인공에게 말하고 소회(所懷)를 담은 시(詩)를 읊은 후 그들은 사라진다. 작자이기도 한 주인공은 이제 그들의 처지와 자신의 처지의 공감 속에 그들을 장례 지내주고 제문(祭文)을 지어 위로한다. 〈서재야회록〉은 세상과 단절된 선비의 오롯한 벗이라 할 지필연묵(紙筆硯墨)의 정령(精

與聞泰誓, 子孫之去西土, 移居魏地者, 改姓瓦氏, 魏亡而始顯. 唐貞元間, 瓦氏有與李觀交者, 遊長安, 客死, 觀禮葬之, 人至今以爲榮. 然瓦氏支而甄氏宗也. 我實祖甄始生之日, 不拆不副, 有文在掌曰池, 以池爲名. 鄙人譜系姓名, 則如是, 安敢相諱以誣知己."

17) 위의 책, 39쪽. "但今年老一敗, 萬事瓦裂. 縱有微勞於斯文, 誰復記取."
18) 위의 책, 40쪽. "少耽書籍, 兀兀窮年, 曁乎晚節, 漸成消渴. 雖托知己, 難圖漆身之報. 敢依仁人, 不作老棄之歎."
19) 위의 책, 42쪽. "雖疏瀹心志, 澡雪精神, 本非受采之資, 暗蒙輕薄之讒, 終覆醬瓿."
20) 위의 책, 44쪽. "如今老鈍, 夙志摧盡, 短髮脫帽, 羞見傍人."

靈)을 등장시켜 그들의 형상 속에 작가 자신의 처지와 내면의식을 다각도
로 투영시킨 우언소설(寓言小說)의 한 작품이다. 이 가운데에 응용되는
가전(假傳)의 수법은 작가 자신의 처지와 내면의식을 다각도로 투영시키
는 효율적인 형상화의 한 도구로 기능하는 셈이다.

5. 演義體 寓言小說 - 〈愁城誌〉

천군(天君)이 다스리는 마음의 나라에 근심의 성(愁城)이 만들어지고
이를 국양(麴襄)장군(술)이 격파한다는 내용의 임제(林悌, 1549~1587)
의 〈愁城誌〉는 가전(假傳)을 응용한 우언소설의 한 단계 발전한 양상을
보여 준다. 가전과 같은 열전체(列傳體)도, 〈花史〉같은 본기체(本紀體)
도 아닌, 연의체(演義體) 우언소설의 새로운 모습을 거기에서 볼 수 있
다. 그 줄거리를 정리해 보면 다음과 같다.

天君이 즉위하여 연호를 降衷으로 정하고 仁義禮智, 喜怒哀樂, 視聽言動을
잘 통섭하여 태평성대를 누리지만, 천군이 오직 文房四友를 벗하여 竹帛에 노닐
고 古今을 읊조리니, 主人翁(敬)이 거듭 나아와 편중됨이 없이 中和를 이룰 것을
충간한다. 천군은 충간을 받아들여 復初로 연호를 고친다.
복초 원년에 哀公이 시름의 원인을 알지 못하겠다고 상소하니, 천군도 우울하
여 意馬를 대령케 하여 팔방을 주유하려 하나, 주인옹이 만류한다. 屈原과 宋玉
이 나타나 천군의 덕을 예찬하며 기거할 땅을 구하니, 천군은 이를 허락하고 築城
을 도울 것을 명한다. 천군이 胸海 가로 떠난 두 사람을 잊지 못하여 楚辭를 읊고
다른 일에는 관여하지 않는다. 천군이 축성을 관망할 때 거기에는 수만 가닥의 원
통한 기운과 몇 천 겹의 시름이 쌓이고 忠臣義士나 억울하게 화를 당했던 사람들
의 처절하고 낙백한 모습들만 오갈 뿐이었다. 그 성 이름을 愁城이라 하고, 그 안
의 弔古臺에 천군이 좌정한다. 성 둘레의 네 문 - 忠義門, 壯烈門, 無辜門, 別離
門 - 으로 원한을 품은 이들이 몰려드는데, 천군은 管城子(붓)에게 그 사연을 기
록하도록 명한다. 각 문마다 충신의사들이 가득하여 관성자가 다 기록하지 못한
채로 천군에게 보고하자, 천군은 수심을 이기지 못하고 그 해를 보낸다.
천군 2년 봄 이월에 주인옹이 麴襄장군(술)을 등용하여 수성을 파하도록 간한

다. 천군이 孔方을 시켜 국양을 불러 三州대도독 驅愁대장군을 제수한다. 국양이 군사를 거느리고 수성에 이르러 격문을 보내니 성민이 모두 항복하려 하나, 굴원만이 항복을 않고 머리를 풀어 헤치고 도망간다. 국양이 海口로부터 공격하니 성민이 문을 열고 항복하고, 천군은 국양을 치하하고 작위를 수여한다.

요약된 줄거리에서 보듯이, 〈수성지〉는 주요 인물들이 등장하여 엮어가는 허구적 갈등의 상황과 사건으로 구성되어 있다. 〈수성지〉에 등장하는 주요 인물은 천군·주인옹·국양 등이다. 천군은 마음의 의인화로서 군주로 등장한다. 주인옹은 경(敬)의 의인화로서 왕에게 충간을 감행하는 신하이다. 국양은 술의 의인화로서 수성을 격파하기 위해 주인옹이 천거한 장군이다.

〈수성지〉에서 의인화되는 인물들은 일반적으로 알려진 사물로서의 특성을 지니고는 있으나, 허구적 상황 하에서의 역할에 더 비중이 두어진다. 일례로 국양(술)의 경우, 그의 내력이나 수성을 공격하는 행적은 가전(假傳)에서의 가계(家系)와 행적(行蹟)의 서술 수법을 본받고 있다.

이 사람은 본디 조상의 가계가 穀城에서 유래하여 麴生의 아들로서 이름은 襄이요, 자는 太和이온데, 아주 그 아비의 기풍을 지니고 있사옵니다. 그의 선조는 일찍이 屈原과 틈이 벌어진 일이 있었으며, 혹은 阮籍·阮咸 그리고 嵇康·劉伶 등으로 더불어 죽림의 교유를 맺기도 하였고, 혹은 白衣를 입고 도연명을 潯陽으로 방문하기도 하였사옵니다. 李白은 金龜로 전당을 잡힌 일이 있어 마침내 생사를 같이 한 친구가 되었으며, 그 뒤로 이내 爵을 매매한 일 때문에 청백한 이름에 다소 누를 끼쳤으나, 역시 그의 본심은 아니었습니다. 지금 국양은 자못 淸虛를 숭상하고 浮義를 좋아하여 淸이 되었건 濁이 되었건 놓치는 바 없으며, 여자들을 자주 가까이 하지만, 그러나 尊俎에서 절충하는 도리가 있다 하옵니다.[21]

---

21) 임제 저, 신호열·임형택 공역, 『백호전집』, 창작과 비평사, 1997. 번역, 698~699쪽. 원문, 971~972쪽. "其漢係出穀城麴生之子, 名襄, 字太和, 深有乃父風味. 其先曾與屈原有隙, 或有以白衣, 訪元亮於潯陽者. 李白一金龜爲質, 卒與爲死生之交. 其後買爵事, 小累淸名, 而亦非其本心也. 今襄但尙淸虛好浮義, 於淸獨無所失, 多近婦人. 然有折衝俎之氣."

그러나, 고려 후기의 가전(假傳) 작품인 〈麴醇傳〉이나 〈麴先生傳〉에
서처럼 술의 내력과 가치를 이야기하기 위해 등장하는 것이 아니다.

마음을 천군이라 칭하는 전통은 『荀子』 천론(天論)에 처음 보이며,
〈수성지〉보다 10여 년 앞서 지어진 가전인 김우옹(金宇顯, 1540~1603)
의 〈天君傳〉에서 이를 원용하였다. 〈천군전〉에서는 천군이 마음의 나라
를 잘 다스리다가 공자(公子) 懈(게으름)와 공손(公孫) 傲(무례함)가 등
장하여 태재(太宰) 경(敬)과 백규(百揆) 의(義)를 쫓아내 국가의 법도가
무너지고 도적에게 나라를 빼앗기나, 양심을 의미하는 공자 양(良)의 깨
우침에 의해 천군이 전열을 정비하여 다시 나라를 되찾게 된다. 〈천군전〉
에서는 이처럼 존심양성(存心養性)의 중요성을 드러내는 성리학적 사유
가 기저를 이룬다. 그러나 〈수성지〉는 이념의 표출에 머물지 않는다. 〈천
군전〉이 작품의 주제를 직설적으로 노출하는 반면, 〈수성지〉에서는 사건
의 전개를 통해 주제가 드러난다.

굴원(屈原)·송옥(宋玉)이나 네 문(門)에 몰려드는 충신의사(忠臣義
士)들은 모두 실제 역사 속의 인물성격이 그대로 반영되어 있으며, 상당
한 분량에 달하는 그들에 대한 설명을 통해, 작가는 천군과 더불어 '불의
(不義)에 희생된 충신의사들의 의열(義烈)을 기리는 수심(愁心)'에 공감
한다. 그런데 작품은 국양의 수성 격파를 통해 반전(反轉)되고 수심은
즐거움으로 바뀐다. 그럼에도 끝내 해소되지 못하는 존재는 항복을 거부
하고 도망 간 것으로 그려지는 굴원(屈原)이다.

> 격문을 읽는 소리가 성 안에 들리자, 성중에 가득찬 사람들이 너나 없이 항복
> 할 마음을 가졌으나, 유독 굴원만은 항복을 않고 머리를 흐트린 채 달아났는데 어
> 디로 갔는지 알 수가 없었다.[22]

국양장군의 격문(檄文)에 의해 수성(愁城)에 가득 차 있던 사람들은

---

22) 위의 책, 706쪽. / 973쪽. "檄文到日, 早竪降旗, 使出納官, 厲聲讀檄, 聞於城中,
滿城之人, 皆有降心, 而獨屈原不屈, 披髮而走, 不知其處."

항복할 뜻을 보인다. 즉 불의가 도처에 행해지는 현실 속에서 절망했던 많은 역사 속의 인물들의 원망과 분한(憤恨)은 작품 속에서 술에 의해 해소된다고 볼 수 있다. 그럼에도 불구하고 유독 굴원은 항복을 거부한 채 달아난다. 굴원은 애초에 천군께 나아와 수성(愁城)의 축성을 호소했던 인물이다.

> "임금님의 높으신 의기를 듣자옵고 특별히 찾아와서 뵈옵는 바입니다. 천지가 아무리 넓다 하지만 저희들은 스스로 용납을 못하고 있거니와 지금 보온즉, 임금님의 心地가 자못 넓사오니 원컨대 磊魂의 한모퉁이를 빌리어 성을 쌓고 거처하도록 하여 주옵소서."23)

작품 속에서 굴원이 등장할 때의 상황을 보면, 굴원의 형상은 '나라를 근심하는 시름'과 '임금을 생각하는 눈물'로 표상된다.

> 그 중에 앞서 걸어오는 사람은 안색이 초췌하고 형용이 비쩍 말랐는데, 切雲冠을 쓰고 긴 칼을 차고 연잎으로 만든 옷을 입고 椒蘭의 패물을 착용했으며 눈썹에는 나라를 근심하는 시름이 모였고 눈에는 임금을 생각하는 눈물이 괴었으니 이 사람이야말로 懷王의 운명에 통곡하고 上官大夫에게 원한이 맺혔던 그이가 아니겠는가?24)

작가는 결국 작품 〈수성지〉를 통해 세 가지의 방향을 동시에 제시하는 셈이다.

1. 不義가 도처에서 행해지는 역사현실에 대한 통분함.
2. 그 통분함을 술을 통해서라도 잊고 싶어하는 마음.

---

23) 위의 책, 683쪽. / 969쪽. "聞君高義, 特來相訪, 但天雖寬, 而君輩自不能容焉. 今見君, 心地頗寬, 願借磊魂一隅, 築城爰處, 不知君肯容接否"

24) 위의 책, 682쪽. / 968-969쪽. "那先行的人, 顏色憔悴, 形容枯槁, 冠切雲帶, 長劍芰荷, 衣淑蘭佩眉瓚, 憂國之愁眼, 滿思君之淚, 無乃痛懷王而恨上官者耶? 尾來的人, 神凝秋水, 面如冠玉, 楚衣楚冠, 楚聲楚吟, 莫是一生唯事楚襄王者耶."

3. 그러나 술을 통해서도 결코 잊혀질 수 없는 屈原을 통해 표상되는
   憤恨.

작가 임제가 그토록 절실하게 공감하는 '술을 통해서도 결코 잊혀질
수 없는 굴원을 통해 표상되는 분한(憤恨)'은 무엇인가? 이는 임제에 대
한 심도 있는 별도의 작가론적 이해를 통해 도출할 문제이거니와, 〈수성
지〉는 부분적으로는 전대(前代)의 가전의 수법을 응용하면서 역사 속의
인물들을 등장시키고 그 형상 속에 작가의 의식을 투영함으로써 깊은 우
의(寓意)를 담고 있는 것이다.

〈수성지〉는 사건 전개에 있어 심각한 갈등과 극적 반전을 보여 주거니
와, 수성을 격파하는 국양의 진법(陣法)과 격문(檄文) 등의 군담(軍談)의
외형(外形)은 이 시기에 유입되어 읽힌 〈삼국지연의〉의 영향을 느끼게
해 주기도 한다. 17세기 정태제(鄭泰齊, 1612~1669)의 〈天君演義〉는 우
의의 깊이에 있어서는 〈수성지〉와 비교하기 어려우나, 〈수성지〉에서 보
인 이러한 연의체 우언소설의 수법을 보다 발전시킨 것이라 하겠다.

6. 맺음말

우언(寓言)은 '비유기탁(比喩寄託)을 담은 단형(短形)의 이야기'로서
서사문학의 한 하위장르로 볼 수 있다. 문학사에 있어 하나의 역사적 장
르(historical genre)는 기존 장르의 여러 특성들이 복합하거나 특수하게
발전하면서 형성되는데, 이 역사적 장르로부터 추상(抽象)될 수 있는, 즉
그 역사적 장르의 장르적 속성을 표상하는 樣式(mode)은, 한 시대의 역
사적 장르가 소멸되더라도 잔존(殘存)하여, 장르 복합을 통해 후대에 새
로운 장르 형성에 기여하거나 혹은 후대의 여러 작품에 그 흔적을 남기게
된다.

우리 문학사에서 우언(寓言)의 연원이 되는 작품은 〈龜兎之說〉과 〈花

王戒〉이다. 우언은 이후 하나의 서사문학 장르로서 독자적으로 그 전통을 유지해 개별 작품을 산출하고 때로는 우언 작품집을 내기도 하는 한편, 여타의 서사장르에 견인되어 변형된 모습을 보이거나, 여타의 서사장르와 복합하여 새로운 장르 형성에 기여하기도 하였다.

전(傳)과 우언(寓言)의 장르복합현상으로도 설명할 수 있는 가전(假傳) 장르는, 우리 문학사에서 고려 후기에 그 뚜렷한 자취를 보여 주었다. 그런데, 석(釋) 식영암(息影菴)의 〈丁侍者傳〉은 여타의 가전 작품과는 달리, '가계(家系) - 행적(行蹟) - 평결(評結)'의 단계를 밟는 '전(傳)'의 일반적 형식을 벗어나, 작품이 시작하면서 곧바로 상황(狀況)과 대화(對話)가 이어진다는 점에서 '소설(小說)'에 근접하는 모습을 보여 준다. 〈정시자전〉은 석 식영암이 정시자를 만나는 단일 사건으로 기술되어 있으며, 평결이 본문의 문답 내용에 포함되어 있고 평결의 자리에 정시자를 전송하는 노래가 들어 있는 점에서도 가전으로부터 변이된 모습을 보여 준다.

신광한(申光漢, 1484~1555)의 〈書齋夜會錄〉은 가전을 응용한 우언소설의 사례를 보여 준다. 〈서재야회록〉에서 작가 자신이기도 한 주인공은 세상과 단절되어 있는 상태에서 문방사우(文房四友)의 정령(精靈)들과 만난다. 처음에는 대화하는 모습을 엿보다가 주인공과 네 정령이 마주하고 그들은 차례대로 자신의 내력을 얘기하는데, 그 표현수법은 전통적인 가전(假傳)의 그것이다. 주인공과 마주한 그들의 언급 속에는 '세월의 흐름 속에 효용이 다하여 버려지는 존재'라는 자신에 대한 회한(悔恨)이 담겨 있다. 작자이기도 한 주인공은 그들의 처지와 자신의 처지의 공감한다. 〈서재야회록〉은 정령을 등장시켜 그 형상 속에 작가 자신의 처지와 내면의식을 투영시킨 작품인데, 이에 응용되는 가전의 수법은 효율적인 형상화의 한 도구로 기능하는 셈이다.

천군(天君)이 다스리는 마음의 나라에 근심의 성(愁城)이 만들어지고 이를 국양(麴襄)장군(술)이 격파한다는 내용의 임제(林悌)의 〈愁城誌〉

는 假傳을 응용한 우언소설의 한 단계 발전한 양상을 보여 준다. 〈수성지〉에서 의인화되는 인물들은 일반적으로 알려진 사물로서의 특성을 지니고는 있으나, 허구적 상황 하에서의 역할에 더 비중이 두어진다. 〈수성지〉보다 10여 년 앞서 지어진 가전인 김우옹(金宇顒)의 〈天君傳〉에서는 존심양성(存心養性)의 중요성을 드러내는 성리학적 사유가 기저를 이루지만, 〈수성지〉는 이념의 표출에 머물지 않고 사건의 전개를 통해 주제 드러난다. 작가는 〈수성지〉를 통해, 불의가 도처에서 행해지는 역사현실에 대한 통분함, 그 통분함을 술을 통해서라도 잊고 싶어하는 마음, 그러나 술을 통해서도 결코 잊혀질 수 없는 굴원을 통해 표상되는 분한(憤恨)을 동시에 제시한다. 부분적으로는 전대(前代)의 가전의 수법을 응용하면서 역사 속의 인물들을 등장시키고 그 형상 속에 작가의 의식을 투영함으로써 깊은 우의(寓意)를 담은 〈수성지〉는 연의체(演義體) 우언소설의 수법을 보이는데, 이는 17세기 정태제(鄭泰齊, 1612~1669)의 〈天君演義〉에서 보다 발전된 양상으로 나타난다.

　고전소설의 형성기인 15~16세기에 소설은 전대(前代)의 서사장르인 전기(傳奇)와 우언(寓言)으로부터 상당한 빚을 지게 된다. 본고에서는 고전소설 형성기의 작품 속에 관통하는 우언의 기여에 대한 하나의 흐름을 살펴보았다. 우언이 기여한 또다른 하나의 큰 흐름은 몽유록(夢遊錄) 유형에서 찾을 수 있는 바, 이는 별도의 고찰이 필요할 것이다.

참고문헌

釋 息影菴, 〈丁侍者傳〉, 『동문선』, Ⅷ, 민족문화추진회, 1982.
申光漢, 〈書齋夜會錄〉, 『企齋記異』, 고려대 만송문고본. (소재영, 『기재기이연구』,
　　　고려대 민족문화연구소, 1990. 영인)
林悌, 〈愁城誌〉, 신호열·임형택 공역, 『白湖全集』, 창작과 비평사, 1997.
김영, 『망양록 연구』, 집문당, 2003.
김인경, 「기재기이연구」, 고려대 석사학위논문, 2004.
김현룡, 「석 식영암의 정체와 그의 문학」, 『국어국문학』, 89. 국어국문학회, 1983.
김혜숙, 「수성지 소고」, 『정병욱선생환갑기념논총』, 1983.
소재영, 『기재기이연구』, 고려대 민족문화연구소, 1990.
윤주필, 「수성지의 3단 구성과 그 의미」, 『한국한문학연구』, 13, 한국한문학회,
　　　1990.
윤주필, 「우언소설의 양식사적 검토」, 『고소설연구』, 5, 한국고소설학회, 1998.
이종묵, 「부휴자담론과 우언의 양식적 특성」, 『고전문학연구』, 5, 한국고전문학회,
　　　1990.
장효현, 「전기소설의 장르개념과 장르사의 문제」, 『한국고전소설사연구』, 고려대
　　　출판부, 2002.
정학성, 「임백호문학연구」, 서울대 박사학위논문, 1985.
Alastair Fowler, 「The Life and Death of Literary Forms」, 『New Directions
　　　in Literary History』(R. Cohen ed. Routledge & Kegan Paul, London,
　　　1974.)

安東濬*

Ⅰ. 들머리

　도가의 우언은『莊子』에서 시작되는 데 비해, 도교의 우언은 일반적으로 널리 알려져 있지 않다.[1] 그런데 일찍이 팽효(彭曉, ?-955)는『周易參同契通眞義序』에서 위백양의『참동계』가 대부분 우언으로 이루어진 것이라 했고,[2] 조선시대 김시습도「용호편」에서 내단(內丹)의 술어를 우언(寓言)으로 파악했다.[3] 팽효와 김시습이 거론한 우언이 도교 우언이라

*경상대 국어교육과 교수

1) '도가(道家)'와 '도교(道敎)'는 'taoism' 또는 'daoism'으로 통칭되지만, 이 글에서는 두 개념을 서로 구분해서 사용한다. '도가'는 춘추시대 사상가인 노자로부터 시작된 하나의 학파 또는 학설을 지칭하는데, 후한시대에 등장한 종교로서의 '도교'와 일정한 거리가 있다. 또한『노자』와『장자』는 종교 경전으로서 도교 교단에 채택되기 이전부터 일반인들에게 개방된 사상적 저술이기 때문에, 전통적으로 당대 지식인의 노장(老莊) 해석과 도교인의 노장 해석은 그 입지점부터 다르다. 그래서 '도가'의 철학은 도교철학의 종개념(species)으로 폭넓게 수용하는 것은 가능할지 모르지만, 결코 '도교'의 철학을 통칭하는 개념으로 사용될 수 없다. 더군다나 '도가'의 구성 인물은 도교 교단조직과 무관할 뿐만 아니라, 종교신학에서 요구하는 신앙적 기저를 결여하고 있다는 점에서도 도가는 종교로서의 '도교'와 구분하여 논의할 필요가 있다고 생각한다.

2) 彭曉,「周易參同契通眞義序」, "乃約周易, 撰參同契三篇, 演丹經之元奧, 多以寓言借事, 隱現異文."

면, 과연 도교에서의 우언과 도가에서의 우언은 어떻게 같고 다른가?

널리 알려진 바와 같이 도가에서의 우언적 사유 전통은 장주(莊周)에서 왕필(王弼, 226-249)로 이어지고, 그 사상의 핵심은 이른바 '득의망상론(得意忘象論)'으로 집약되는 '상(象)'에 대한 논란이다. 우언이 뜻을 가탁한 언어적 형상이라면 상(象)은 말이 뜻을 다할 수 없다는 관점에서, 말이 뜻을 다할 수 있도록 보충·대리하는 위치에 있다. 그런데 말을 보충·대리하는가, 아니면 뜻을 보충·대리하는가에 따라 상(象)의 위상 설정이 다르고, 이에 따라 우언의 양상도 다르게 전개된다.

득의망상론은 노(老)·장(莊)·역(易)이란 삼현학(三玄學)의 기본 사상으로 자리잡게 될 뿐만 아니라, 후대 위진현학(魏晉玄學)에 지대한 영향을 미친다. 이와 아울러 노자의 언어철학이 언명(言明)의 한계를 밝힌 점에서 고대철학의 전환점이 되지만, 주술적인 색채를 띤 물명(物名)의 시대에서 합리적 사고에 근거한 사상(事象)4)의 시대로 전환하게 된 계기가 왕필이 「노자」와 「역전(易傳)」의 해석을 시도하는 가운데 가능하게 되었다는 사실도 간과할 수 없다.5) 왕필이 명상론(明象論)을 전개하면서 상수파(象數派)의 해석을 부정하고 의리파(義理派)의 입장을 취해 결과적으로 사상(事象)의 언어철학을 심화시켰다고 볼 수 있기 때문이다. 이에 비해 도교에서의 우언은 상수파의 전통을 이어 위진현학과 다른 방향

---

3) 안동준, 「김시습 문학과 도교사상」, 『국문학과 도교』(고전문학연구 별집7, 태학사, 1998. 2), 162~169쪽.

4) 이 글에서는 '구체적인 물건을 지시하는 기호'를 물상(物象)이라고 하고, 사상(事象)은 '특정한 사건을 환기시키는 상징적 기호'를 가리키는 용어로 사용한다. 예를 들어 사슴의 형상을 그려 '사슴'이라고 명명하는 것이 '물상'이라면, 사슴을 사냥하는 일련의 현상을 기호로 표시한 것을 '사상'이라고 한다. 『역전』에 대한 의리파의 전통은 일찍이 『史記』, 「司馬相如列傳」, 太史公讚에 언급된 "春秋推見至隱, 易本隱之以顯."라는 구절에서도 발견된다. 이러한 관점에서 보면 역의 괘효는 사상(事象)으로 춘추 역사를 우의(寓意)한 것이 된다. 潘雨廷, 「論易學」, 『易老與長生』(上海: 復旦大學出版社, 2001), 10~19쪽.

5) 高晨陽, 「王弼的崇本息末觀易學革命」, 『道家文化研究』 第12輯,(北京: 三聯書店, 1998), 352~368쪽 참고.

에서 전개되었다는 점에서 주목된다. 곧 수당(隋唐) 시대에 접어들어 위진현학을 부정적으로 계승한 중현파(重玄派)[6]가 등장하면서 도교 우언의 사상적 기초를 다졌던 것으로 알려져 있다. 그러나 기존의 연구에서는, 위진현학의 우언적 사유가 사상(事象)에 기반한 것과는 달리, 도교 내부에서 사물 중심의 우언적 사유를 전개했던 사실에 별다른 관심을 표명하지 않았다. 우언으로 집약되는 도가의 언어철학을 도교에서 수렴할 때에 이 문제는 결코 소홀히 다룰 수가 없을 것이다.

흔히 도가와 도교의 개념을 혼동하는 것과 마찬가지로 도가의 우언과 도교의 우언은 그 변별적 요소가 뚜렷이 구분되지 않는다. 이 글에서는 도가 우언과 도교 우언을 먼저 구분하여 서술하고, 도교 우언의 특징을 해명하는 가운데, 디지털 혁명이라고 명명할 수 있는 본격적인 기술복제 시대에 전통적인 도교 우언이 어떠한 함의를 가지는가 하는 문제까지 검토해 보고자 한다. 무엇보다도 현대 예술의 주류인 영상미학이 전체적 사상(事象)으로서의 상(象)보다 개별적인 기호가 결합된 물상(物象)으로서의 상(象)을 구현하고 있다는 점에서 도교 우언 양식과 관련지어 논의할 가치가 충분하다고 여겨지기 때문이다.

Ⅱ. 도가 우언과 도교 우언

양주(楊州) 경화관(瓊花觀)은 남송시대 도교 내단시를 집대성한 장백단(張伯端)과 연고가 깊은 도교 사원이고, 장백단을 그린 도교 그림에는 꽃을 들고 서 있는 모습을 흔히 발견할 수 있다. 여기에 얽힌 일화는 다음과 같다.

---

6) 중현파는 중현학(重玄學), 중현종(重玄宗), 중현도(重玄道), 중현철학 등으로 불리우는데, 이를 도가로 볼 것인가, 아니면 도교로 볼 것인가에 많은 논란이 있다. 노장사상을 발전시킨 도교철학의 한 유파로서 도가로 볼 수 있지만, 대체로 수당(隋唐) 시기 도사들을 중심으로 전개된 학술 유파로서 당시 도교 교단 내부에서 사상적 주류를 이루었다는 점에서 '도교'로 보는 것이 일반적인 견해이다.

일찍이 한 스님이 있었는데, 계(戒)·정(定)·혜(慧) 삼학(三學)을 수련하여 자기 나름대로 최상승 선지(禪旨)를 터득했다고 여겼다. 선정에 들어 출신(出神)하면 수 백리 떨어진 곳도 잠깐 동안에 도달할 수 있었다. 어느 날 장백단과 조우하게 되었는데 고상한 뜻이 서로 맞았다. 장백단이 말했다.

"선사께서는 오늘 저와 함께 먼 곳으로 나들이하실 수 있는지요?"

"있지요."

"그럼, 말씀대로 따르겠습니다."

장백단이 이르자, 스님이 말했다.

"양주(楊州)에 같이 가서 경화(瓊花)를 구경하는 것이 어떨까요?"

"좋습니다."

이에 두 사람은 깨끗한 방에 같이 앉아 마주하여 눈을 감고 가부좌했다. 같이 출신(出神)하여 날아갔는데, 장백단이 겨우 그곳에 이르니, 스님은 이미 먼저 도착해서 꽃 주위를 세 바퀴나 돌았다. 장백단이 말했다.

"오늘 선사와 같이 이곳에 이르렀으니, 각자 꽃 한 떨기를 꺾어 기념하지요."

스님과 장백단은 각기 꽃 하나를 꺾어 돌아왔다. 얼마후 장백단과 스님이 기지개를 캐고 하품을 하면서 깨어났다. 장백단이 선사에게 일렀다.

"선사의 경화는 어디 있나요?"

스님은 소매를 뒤져보았지만 아무것도 없었다. 장백단은 손바닥 안에서 한 떨기 경화를 집어 선사에게 건네며 미소를 지었다.[7]

이는 우언적 사유방식과 밀접한 관련이 있는 상(象)에 대한 불교와 도교의 인식 차이를 드러낸 일화의 하나이다. 격의(格義) 불교에 많은 영향을 끼친 도가와 교파를 형성하며 발전한 도교와의 관계에 있어서도 이 문제에 대해 서로의 견해 차이를 보일 수 있을 것이다.

우선 도가와 도교는 모두 노자 도덕경을 어떻게 해석할 것인가 하는 문제를 놓고 철학적 사변을 전개했다는 데 공통된 특징이 있다. 그들은

---

7) 趙道一, 『歷世眞仙體道通鑑』 卷49, 「張用成」條, "嘗有一僧, 修戒·定．慧, 自以爲得最上乘禪旨, 能入定出神, 數百里間頃刻輒到．一日與紫陽相遇雅志契合．紫陽曰, 禪師今日能與同遊遠方乎? 僧曰, 可也．紫陽曰, 唯命是聽．僧曰, 願同往楊州觀瓊花．紫陽曰, 諾．於是紫陽與僧, 處一淨室, 相對瞑目趺坐．皆出神遊, 紫陽纔至其地．僧已先至, 遶花三匝．紫陽曰, 今日與禪師至此, 各折一花爲記．僧與紫陽各折一花歸．少頃, 紫陽與僧欠伸而覺．紫陽云, 禪師瓊花何在? 僧袖手皆空．紫陽於手中拈出瓊花, 與僧笑翫."

먼저 "道可道 非常道 名可名 非常名"8)이란 구절을 놓고 실마리를 풀어 나갔다.

"말할 수 없는 도"를 말한 것은 논리적 모순이다. 그렇다고 "말할 수 있는 도 [道可道] "를 부정한다면 언설에 의지한 종교적 가르침의 토대는 무너진다. 여기서 도가 또는 위진현학파를 대표하는 왕필이 제기한 '득의망상론(得意忘象論)'이 설득력을 얻는다. 그의 논리에 의하면 '득의(得意)'의 '의(意)'는 이른바 '상도(常道)'이고 '망상(忘象)'의 '상(象)'은 '언(言)→상(象)→의(意)'의 관계에서 비추어 볼 때 '언(言)→의(意)'를 소통시키는 '가도(可道)'의 형상으로 해석된다. 이를 그의 주된 사상인 '숭본식말론(崇本息末論)'과 관련지어 말하면 형상과 의미, 곧 '가도(可道)'와 '상도(常道)'는 체용(體用)의 관계로 이해된다.9) 형상으로 뜻을 밝힐 수 있지만, 목적한 바의 뜻을 얻으면, 뜻을 얻기 위한 방편인 형상에 집착할 필요가 없다는 것이다. 왕필은『역전(易傳)』에 대해 의리파의 해석을 견지하고 있는 점에서10) '망상(忘象)'의 '상(象)'은 실체를 은유하는 사상(事象)으로 간주될 수밖에 없고, '득의(得意)'의 '의(意)'와 대립되는 관계에서 언어의 형상적 측면을 부각시킨 시니피앙으로서 그 의미를 갖는다. 그러나 '得意忘象論'은 비록 노자의 언어철학에서 발견된 논리적 모순을 해결했다고 보이지만, 방편으로서 언어의 필요성을 전제한 점에서 "道可道 非常道"의 반대 명제인 "道不可道 是常道"를 지시하지 않는다. 그렇다면 여기서 노자의 가장 충실한 해설자로 인정받는 장주(莊周)의 시각에서 이 문제를 어떻게 다룰 수 있을까?

---

8) 『노자』 제1장. 이하 「노자」의 인용은 별다른 언급이 없는 한, 朱謙之, 『老子校釋』 (北京: 中華書局, 1984)에서 취한다.

9) 왕필의 '용본체말설(用本體末說)'에 대해서는 정세근, 「王弼用體論: 崇用息體」, 『도교문화연구』 제18집(동과서, 2003. 4)를 참고하기 바란다.

10) 일반적으로 『역전』의 해석에는 의리파와 상수파의 두 유파로 나뉜다. 왕필은 널리 알려진 바와 같이 의리파의 선구적인 위치에 있어서 상수파의 전통에 근거해서 발전한 도교 역학(易學)과 구별된다. 盧國龍, 「道敎易學論略」, 『道家文化硏究』 第11輯,(北京: 三聯書店, 1997), 7~13쪽 참고.

장주는 시니피에와 시니피앙의 관계를 "得魚忘筌 得兎忘蹄"[11]로 표현했다. 이러한 사유 양식을 노자의 언어관에 적용하면 물고기와 토끼가 시니피에의 '의(意)'이면서 '상도(常道)'이고, 통발과 올무는 시니피앙의 '언(言)'이면서 '가도(可道)'이다. 도가와 도교의 우언은 장주의 이 구절에서 비롯되었다는 것은 두루 아는 바와 같다.[12] 장주는 '언(言)'과 '의(意)'의 관계를 통발과 물고기의 관계로 설정했다. 언어 기호인 형상은 뜻을 담을 수 있기 때문에 뜻을 얻고자 하면, 뜻을 얻기 위한 방편인 형상에 의지해야 한다는 것이다. 여기서 장주는 무용(無用)의 용(用)으로서 언(言)을 중시하고 있음을 엿볼 수 있다. 왕필이 귀무론(貴無論)에 입각해서 '象'의 작용에 무(無)의 용(用)을 강조한 것과 장주가 무용(無用)의 용을 강조한 것은 그래서 서로 다르다.[13]

왕필은 "상(象)이란 뜻을 표출하는 것이고 말은 상(象)을 밝히는 것이다.[夫象者, 出意者也, 言者, 明象者也.]"라고 하면서, "언어란 형상의 올무요, 형상이란 뜻의 통발이다.[言者, 象之蹄也, 象者, 意之筌也.]"고 했다.[14] 곧 '언(言)·상(象)·의(意)'의 관계를 새로이 규정했다고 볼 수 있는데, 여기서 '상(象)'은 언어와 의미를 매개하는 중간자이다. 그런데 장주가 '득어망전(得魚忘筌)'과 '득토망제(得兎忘蹄)'의 논리를 '득의망언(得意忘言)'에 그대로 적용시키고 있는 점으로 미루어[15] 의(意)와 언(言)을 똑같이 '상(象)'으로 비유했지 결코 중간 매개체로 상(象)을 드러

---

11) 『莊子』「外物篇」 참조.
12) 『莊子』, 「寓言篇」에서 말한 바에 의하면 장주의 우언은 간접화법이다. 중언(重言)이 권위에 의존하는 말이라면 치언(巵言)은 사심이 깃들지 않고 이치를 따지는 말이 된다. 다시 말해 우언이 문학언어라면 중언은 도덕언어이고, 치언은 논리언어인 셈이다. 여기서 장주가 도의 세계를 언급하면서 논리언어나 도덕언어를 취하지 않고 문학적 간접화법을 택한 데는 언어적 논리나 외부의 권위로 도의 실체를 드러낼 수 없다는 사정을 암시한다.
13) 장세근, 『제도와 본성』(철학과현실사, 2001), 146~163쪽 참고.
14) 王弼, 『周易略例』, 「明象」에서 인용했다. 이하 왕필의 말은 별도의 언급이 없는 한 이 글에서 취한다.
15) 『莊子』, 「外物篇」, "筌者所以在魚, 得魚而忘筌. 蹄者所以在兎, 得兎而忘蹄. 言者所以在意, 得意而忘言."

내어 밝히지 않았다. 장주의 득의망언론과 왕필의 득의망상론은 그 실상에 있어서 다른 것이었다.[16] 말을 잊어야 뜻을 얻는다는 점에서는 같지만, 왕필의 경우 '득상망언(得象忘言)'의 과정을 한차례 더 거쳐야 한다는 차이가 있다. 그래서 '망상(忘象) → 득의(得意)'와 같은 왕필의 논리로 '망전(忘筌) → 득어(得魚)'가 성립되지 않는 것이다.

왕필은 「계사전(繫辭傳)」의 '입상이진의(立象以盡意)'에 근거하여 가상적인 형상을 통해 뜻을 밝히고자 했는데, 말과 뜻 사이에 '상(象)'을 따로 설정해서 양자의 소통을 가능하게 했다는 측면에서 『주역』의 '언불진의(言不盡意)'라는 관점을 적극적으로 부정하지 않았다. 장주는 '언불진의(言不盡意)'라는 관점과는 별도로, 말과 뜻의 관계에서 뜻을 얻게 되면 말에 집착할 필요가 없다고 했다. 말이 뜻을 다하지 않는다는 문제는 별개의 과제로 남겨둔 것이다.

여기서 왕필은 "상은 뜻에서 생겨나 상이 존재하는 것이니, 존재하는 그 자체는 상이 아니다."[17]라고 했다. 이와 같이 그에게서 통발은 그림자처럼 그 자체로 존재 가치가 없고 오직 물고기를 잡는 데 사용하기 위해서 존재하지만, 장주에게서 통발은 실체가 있는 형상으로 그 자체 존재가치가 있고 나아가 물고기를 잡을 수도 있다. 통발에 있어서 물고기가 필요조건이라는 것이 왕필의 견해라면, 장주의 통발은 물고기가 충분조건에 지나지 않을 가능성을 열어두고 있다. 왕필의 논리는, 뜻이 형상으로 표현될 수 있다면 그 형상도 모두 언어로 설명될 수 있어서[18] 형상 자체의 독자적 존재 가치를 부정하는 주장이다. 여기서 '형상이란 중간 매개

---

16) 이밖에 왕필의 '득의망상론'과 장자의 '득의망언론'은 그 본질에 있어서 다음 두 가지로 구별된다. 첫째는 왕필의 '意'가 주역의 상징적 의미인데 비해 장자의 '意'는 도가의 현리(玄理)이고, 둘째는 왕필의 '象'이 주역의 괘상(卦象)을 가리키는 데 비해 장자의 '言'은 외재적 언어현상을 가리킨다. 張善文, 「論王弼易學之時代精神與歷史意義」, 『道家文化硏究』第12輯(北京: 三聯書店, 1998) 342~343쪽 참고.

17) 王弼, 앞의 책, 「明象」, "象生於意而存象焉, 則所存者乃非其象也."

18) 王弼, 앞의 책, 「明象」, "意以象盡, 象以言著."

를 통해 뜻을 다한다'는 것과 '형상 자체로 뜻을 드러낸다'는 것에 인식의 차이가 있다는 점을 주목할 필요가 있다.[19] 전자가 의리파의 상에 대한 인식이라면 후자는 상수파의 상에 대한 인식이다. 그러나 상(象)의 인식 문제에 대해 장주는 직접적으로 통발과 올무를 그 어느 쪽으로도 해석하지 않았다.

그런데 도교에서 중현파(重玄派)가 등장하여 '삼일설(三一說)'을 주장하면서[20] 상(象)의 인식 문제는 다른 국면으로 접어들었다. 우언적 현상을 '언(言)'·'상(象)'·'의(意)'로 삼분(三分)하여 하나의 도(道)로 귀결하는 사유양식을 모색할 수 있게 되었던 것이다.

널리 알려진 바와 같이 중현파는, 『노자』 제1장의 "玄之又玄"에 근거해서 하안(何晏)·왕필의 귀무론(貴無論)과 배위(裴頠)·곽상(郭象)의 숭유론(崇有論)을 동시에 비판하면서 등장했다.[21] 보이는 세계를 유(有)라 하고, 보이지 않는 세계를 무(無)라 할 때, '非有非無'의 세계를 다룬 것을 현학(玄學)이라고 한다면 중현파는 '非有非無'를 다시 부정하여 긍정한 세계를 다룬다.[22] '非非有非無'의 세계는 이른바 '得意而不忘象'의 세계이다.

수당 시대 중현파 도사들의 손으로 저술된 것으로 알려진 『청정경(淸靜經)』[23]은 『노자』를 도교 신학 체계에 따라 재해석한 경전이다. 이 책에서는 도교적 사유양식을 다음과 같이 드러낸다.

---

19) 이 점은 물고기가 본(本)이라면 통발은 말(末)로 보는 왕필의 체용(體用) 관점과 구별된다.

20) 李剛, 「道敎重玄學之界定及其所討論的主要理論課題」 『道家文化硏究』 第19輯(北京: 三聯書店, 2002), 103~109쪽 참고.

21) 湯一介, 「論魏晉玄學到初唐重玄學」, 『道家文化硏究』 第19輯(北京: 三聯書店, 2002).

22) 이러한 사유양식을 불교 중관파(中觀派)에서 차용했다는 것은 도교학계에서 공인된 사실이다. '老·莊·易'의 삼현(三玄)에서 '儒·佛·道'의 삼교 회통으로 나아간 것은 중현사상의 대표적인 특징이다.

23) 『太上老君說常淸靜妙經』을 이른다. 『內觀經』과 『定觀經』 등과 함께 중현사상을 잘 드러낸 도교 경전이다. 任繼愈 主編, 『中國道敎史』(上海: 上海人民出版社, 1990), 260~261쪽.

안으로 그 마음을 바라보되, 마음에 그 마음이 없으며, 밖으로 그 형체를 바라 보되, 형체에 그 형체가 없으며, 멀리 그 물건을 바라보되, 물건에 그 물건이 없다. 세 가지를 이미 깨쳤으면 오직 허공을 볼 따름이나, 허공을 바라보는 것 또한 공하니 공한 바 없는 공이요, 공한 바가 이미 없으면, 없다고 하는 것 또한 없다고 하지 못하고, 없는 것을 이미 없다고 하지 않으면 깊고 고요한 적멸의 경지에 이른다.[24]

여기서 마음(心)·형체(形)·물건(物)의 삼자(三者)는 이중부정을 통해 '담연상적(湛然常寂)'이란 대긍정의 세계로 나아간다. 인식은 인식대로의 의미를 지니고 형상은 형상대로의 의미를 지니며 도(道)의 세계를 펼쳐 보이는 것이다. '안으로 바라보는 그 마음'[內觀其心]이 주관적 인식이라면, '밖으로 형체를 바라보는 것'[外觀其形]은 객관적 인식이고, '멀리 그 물건을 바라보는 것'[遠觀其物]은 주관과 객관을 넘어선 물화(物化)의 세계이다. 물화의 세계는 바로 장주(莊周)의 '나비 꿈'이란 우언으로 설명된다.

종전의 도가적 우언은 '상(象)'이란 중간 매개를 설정해서 '언(言)→상(象)→의(意)'로 진행하는 역추(逆推)의 사유 양식을 보여준다. '의(意)'가 형이상자인 점에서 이러한 사유 운동은 관념적 실체를 지향하고, 상(象)은 중간 매개체로서 말과 뜻 사이에 번역 기제로 작용한다. 그런데 「청정경」에서 드러낸 중현적 사유를 살펴보면, 도교 우언은 도가의 사유 양식을 다시 뒤집어 '心(意)→形(象)→物'로 진행하면서 궁극적으로는 물화의 세계를 구축한다.[25] 물화의 세계에서는 '可道'와 '非可道'는 모두 상(象)이다. 곧 도교 우언에서는 '표현된 말'과 '표현되지 않는 뜻'을 모두 물화의 영역에서 다루었다는 측면에서 '언(言)·상(象)·의(意)'는 결국

---

24) 원문은 다음과 같다. "內觀其心, 心無其心. 外觀其形, 形無其形. 遠觀其物, 物無其物. 三者旣悟, 惟見於空. 觀空亦空, 空無所空. 所空旣無, 無無亦無. 無無旣無, 湛然常寂."

25) 수당대에 이르러 내단학이 흥기할 때 중현사상이 상수학(象數學)을 수용하여 물화(物化)의 논리를 더욱 정교하게 발전시킨 것에 대해서는 별도의 논의가 필요하다.

'象→言/意'의 관계로 이해된다. 여기서의 상(象)은 '말'과 '뜻'을 생산하는 매트릭스(matrix)의 기능을 갖는다. 중현적 사유는 이러한 상(象)의 개념에 근거하여 주관의 객관화와 객관의 주관화를 동시에 추구하며 양자의 상호조응을 통해 현존성을 획득하고자 하는 것이다.

도가적 사유로서 우언은 형상의 '상(象)'과 인식의 '의(意)'이란 두 측면을 포괄한다. 이를 위진현학파의 이른바 '귀무론(貴無論)'에 비추어 보면, 보이지 않는 인식은 근본이고 드러난 형상은 곁가지이다. 일단 인식을 취하고 나면 형상에 대한 집착은 아무런 의미가 없다. 이른바 "명교를 초월하여 자연에 맡긴다[越名敎而任自然]"는 죽림칠현의 문학적 경향은 이와 결코 무관하지 않다.26) 그들이 추구하는 '선취(仙趣)'는 형상에서 인식으로 나아감을 뜻하기 때문이다. 위진현학이 가상적인 형상에 집착하지 않는 대신 관념적 세계에 몰입하여 '현언시(玄言詩)'나 '유선시(遊仙詩)' 등에서 의경(意境)을 따로 마련했던 이유는 그래서 수긍이 된다. 그러나 무엇보다도 이 무렵에 탁물우의(托物寓意)의 도가 우언이 창작되기 시작했다는 사실에 주목할 필요가 있다. 육기(陸機, 261-303)의 「유인부(幽人賦)」와 양(梁) 간문제(簡文帝) 소강(蘇綱, 503-551)의 「현허공자부(玄虛公子賦)」, 및 왕적(王績, ?586-644)의 「무심자전(無心子傳)」 등에서 허구의 인물에 가탁해서 노장(老莊)의 현리(玄理)를 표현했고, 왕표지(王彪之, 305-377)의 「수부(水賦)」에서는 아예 자연 사물을 인격화해서 현학의 뜻을 우의했다.27) 이러한 도가의 우언 형상은 '상(象)'을 차용해서 현학의 이치(理趣)를 드러내었던 것이고, 위진현학의 '언불진의(言不盡意)'에 근거하였음은 말할 나위가 없다.

반면에 위진시대 상청파의 연단사상과 갈홍의 신선가학론(神仙可學論)이 대두되는 시점에 중현학의 집대성자인 두광정은 "언어의 도움 없이 도를 깨닫지 못한다. 언어로 말미암아 널리 전한다"28)라고 선언하여, '말

---

26) 湯一介, 앞의 논문, 5~7쪽 참조.
27) 盧盛江, 『魏晉玄學與中國文學』(南昌: 百花洲文藝出版社, 2002), 223~237쪽.

할 수 없는 도'를 말하는 것이 도교 교리의 전파에 있어서 소중하다고
했다. 허황되다고 지식인들 사이에 인식된 도교 신선사상을 전파하는 과
정에서 도교인들이 중언을 버리고 우언을 택한 곡절도 의미의 소통보다
경험의 소통을 중시한 결과로 여겨진다.

두루 알다시피 오늘날 모산파(茅山派)로 알려진 상청파는『황정경』과
『청정경』을 중심으로 우언적 사유를 도교 수양론과 결부시켰다. 갈홍은
세속 지식인들이 도교 신선사상의 허황됨을 비판하자 이를 반박하고자
『신선전(神仙傳)』등을 저술하여 그 논리적 정합성을 보완하고자 노력했
다. 당말(唐末) 오대(五代) 시대 두광정(杜光庭)은 '두찬(杜撰)'이란 비난
을 무릅쓰고 도교설화를 대거 편찬하여 민간에 유포시켰다.

이러한 사실들을 미루어 보면, 우언적 사유 양식이 도가에서 언어적
현상의 해석에 필요한 독법(讀法)으로 계승·발전되었던 것에 비해, 도교
에서는 포교와 심성(心性) 수양론을 표현하는 데 필요한 방편으로 발전
되었던 것임을 알 수 있다.

Ⅲ. 도교 우언의 특징

중현파에 의해 마련된 도교적 우언이 종래 위진현학에서 보여준 우언
과 근본적인 차이를 보이는 것은 앞서 논의한 바와 같이 '상(象)'에 대한
해석의 차이이다. 위진현학에서의 '상(象)'은 언어와 의미를 매개하는 기
능을 맡고 있어서 '의(意)'에 종속되어 있고, 관념적인 사상(事象)을 그려
낸다. 이에 비해 중현파의 상(象)은 내면 심리적 기제에 따라 개개의 상징
물 또는 기호가 조합되어 현실 세계에서 구현할 수 없는 물상(物象)을
그린다.

이러한 '象'에 대한 해석의 차이로 도가의 우언이 의미의 전달에 있다
고 한다면 도교의 우언은 경험의 전달에 치중한다. 위진현학의 유선시

---

28)『道德眞經廣聖義』卷20, "道不可無言以悟, 因言以宣之."

(遊仙詩)와 도교의 내단시(內丹詩)는 넓은 범주에서는 모두 우언시(寓言詩)로 분류되지만 그 의사소통의 차원에서는 지향하는 바가 서로 다르다. 유선시는 대상과 일정한 거리를 유지한다. 신선의 세계를 시각적인 이미지로 그리면서 인간적 욕망을 투사시켜 신선과 인간의 거리를 자연스럽게 유지하고 현실세계의 모습을 우의(寓意)한다. 이에 비해 내단시는 신선 세계라는 비물질적 이미지에 깊숙이 침투해서 구체적인 수련경험의 세계를 다루고, 이러한 경험세계는 일반인과 공유할 수 없는 세계이다. 그 점에서 내단시의 언어적 형상은 의미가 아니라 내면적 경험을 표현한다.

따라서 형상에 따른 인식도 달라진다. 도가 우언에서 우의하는 바는 사회의 부조리한 현실에 대한 소외감과 상대적 가치 개념이라고 한다면, 도교 우언에서는 종교적 경험세계에 대한 탐닉이며 절대적 가치를 내세운다. 양자는 똑같이 '득의망상(得意忘象)'을 우언적 사유양식으로 내세웠지만, 도가에서는 전체 사상(事象)에서 사회적 가치를 발견하고 이를 음미하는 쪽이라면, 도교에서는 개개의 기호로 배열된 물상(物象)을 내단 수련의 경험으로 읽어낸다. 도교에서의 '득의(得意)'는 물화(物化)의 세계에서 경험된 절대적인 현존성이다. 이를 세밀히 검토하기 위해 다시 『노자』의 언어관을 살펴보자.

> 늘 무욕(無欲)함으로써 그 묘함을 지켜보고 늘 유욕(有欲)함으로써 그 언저리를 바라본다. 이 두 가지는 같은 데서 나오나 이름은 다르다. 같이 현(玄)이라 일컫지만 현(玄)하고 또 현(玄)하니 중묘(衆妙)의 문(門)이다.[29]

도교에서는 무명(無名)과 유명(有名)에 대응하여 무욕(無欲)과 유욕(有欲)을 풀이한다.[30] 그래서 무욕은 무위(無爲)이고 유욕은 인위(人爲)

---

29) 『老子』제1장. "常無欲以觀其妙, 常有欲以觀其徼. 此兩者, 同出而異名. 同謂之玄, 玄之又玄, 衆妙之門."
30) '無欲'과 '有欲'으로 해석하는 관점은 『老子道德經河上公章句』에서 비롯되는데, 왕

이다. 무위를 부정한 세계는 물화의 세계이고 인위를 부정한 세계는 관념의 세계이다. 관념과 물화의 세계를 도교 수련법으로 구별하면 좌망(坐忘)과 존상(存想)이다. 무욕과 유욕이란 두 인식의 세계는 동면의 양면처럼 존재한다. 무욕의 좌망으로 수렴하여 나타난 것이 묘(妙)이고, 유욕의 존상으로 두 세계를 수렴한 것을 요(徼)라 한다.[31] '묘(妙)'와 '요(徼)'를 다시 수렴한 것을 현(玄)이라 한다.[32] 중현파에서는 이러한 현(玄)의 경지를 거듭 부정한 '非非有非無'의 세계를 중현묘경(重玄妙境)이라고 한다.

이를 우언과 관련지어 논의하면 위진현학의 '득의망상(得意忘象)'은 무욕의 세계로 나아가기 위해 '상(象)'을 버리는 것이 되고, 중현파의 '심상득의(尋象得意)'는 '유무(有無)'를 통합하기 위해 '상(象)'의 작용을 긍정하는 것이 된다.

이러한 '상(象)'을 긍정하면서 본격화된 도교 우언은 신도들의 교화에 널리 이용되었는데 그 대표적인 설화가 백골진인(白骨眞人) "서갑(徐甲)이야기"이다. 이 이야기의 대강 줄거리는 다음과 같다.

필과 중현파의 핵심인물인 성현영(成玄英), 이영(李榮), 진영원(陳景元, 1035~1094) 등이 이러한 관점을 취한 이후 원말명초의 하도전(何道全, 1319~1399), 명대 육서성(陸西星, 1520~1601), 청대 黃元吉 등 도교인물들에 의해 계승되었다. 현재 도교학계에서도 '常無'와 '常有' 설을 취하지 않고 "常無欲以, 觀其妙; 常有欲, 以觀其徼."로 끊어서 읽는다. 이에 대한 보다 자세한 논의는 許抗生, 「再解 '老子' 第一章」, 『道家文化硏究』第15輯(北京: 三聯書店, 1999), 70~77쪽과, 김현수, 「도덕경의 '欲'의 의미에 관한 고찰」, 『도교문화연구』제21집(동과서, 2004. 11), 217~248쪽을 참고하기 바란다.

31) 이기(理氣) 이론을 차용해서 설명하면, '妙'는 판단 행위를 중지하고 움직임을 잊을 때 기(氣)가 리(理)에 갈무리되어 있는 상태를 말하고, '徼'는 대상 판단이란 인식 작용이 일어날 때 리가 기 속에 들어있는 상태를 이른다. 중현학의 심성론과 이기 철학에 관한 논의는 崔珍晳, 「成玄英的理學和宋明理學」, 『道家文化硏究』第19輯(北京: 三聯書店, 2002)을 참고하기 바란다.

32) 成玄英, 『道德經義疏』第1章注, "玄者, 深遠之義. 亦是不滯之名. 有無二心, 徼妙兩觀, 源乎一道, 同出異名, 異名一道, 謂之深遠."

(가) 노자가 함곡관을 떠나올 때, 길가에 버려진 백골을 도술로 화생시켜 사람으로 만든 서갑에게 하루 품삯으로 금전 1백량씩 계산하여 준다고 약속하고 종자로 삼아 데리고 왔다.

(나) 누관대에 도착한 노자는 약속한 품삯을 주기 전에 서갑의 뜻을 시험했다. 화녀천 주위에 있는 풀을 뽑아 법력을 불어넣어 아리따운 미인을 만들고 자신의 분신으로 그녀의 아버지인 시골 노인을 만들었다. 노자의 분신인 시골 노인은 딸과의 혼인을 미끼로 서갑을 유혹했는데, 함곡관에서 이곳까지 소를 몰고 온 품삯을 결혼자금으로 돌려받으라고 부추겼다.

(다) 미인에게 현혹된 서갑은 노자를 찾아가서 품삯을 내놓으라고 막무가내로 대들었다가 다시 백골이 되었다.

(라) 곁에서 이 광경을 지켜본 윤희가 애걸하여 서갑은 다시 사람으로 돌아왔다. 그후 서갑은 용맹정진하여 백골진인이란 신선이 되었고, 지금 운남성 백족(白族)의 시조로 받들어졌다.[33]

(가) 단락은 황당하지만 구체적인 이야기라면 (나)는 설화적 개연성을 지닌 보편적인 이야기이며 현실성을 띤다. (가)에서 백골에게 내건 품삯이란 허상이 (나)에서 마땅히 지불해야 하는 실상이 되고, (다)에서 허상과 실상이 겹치면서 우의를 배태한다. (가)와 (나)에서 백골이 인간으로 화한 것은 역리로 허상을 의미한다면 (다)에서 순리로 역전하여 실상을 회복하고, (가)와 (나) 이야기의 모순은 배은망덕이란 우언적 교훈을 남긴다.

여기까지가 일반적인 우언이라면 도교의 우언은 (라)에서 다시 시작한다. 노자가 서갑에게 줄려고 한 품삯은 세속의 돈이 아니라 금단(金丹)의 비법이었고, 서갑의 항의와 배은망덕한 행위에도 불구하고 약속을 지켜 신선으로 만들었고, 더군다나 그러한 이야기가 허상이 아니라 실제로 운남성 백족에게 숭배되는 실상이 되었다. 미인에 대한 인간적인 욕심으로 서갑이 실패했지만 윤희의 인정어린 간청으로 서갑은 신선이 되는데 성공했다. 인욕으로 실패한 것이 인욕으로 재기한 것이다.

---

33) 趙道一, 앞의 책 권8, 「尹喜」條 참고.

  그런데 (라)의 이야기를 도교인의 관점에서 다시 검토하면 (가)의 이야기가 허상인 듯하지만 금전(金錢)이 금단(金丹)을 우의한 점에서 실상이었고, (나)의 이야기는 실상인 듯하지만 수도의 의지를 시험하는 환상에 지나지 않는 허상이다. 그러나 (나)의 허상이 없다면 (라)에서 용맹정진하여 신선이 되었다는 성공담은 존재하지 않는다. 전체 이야기가 허상처럼 보이지만 도교인에게는 백골관(白骨觀)이란 초기 도교수련 방법과 운남성 도교신앙의 현주소를 알려주는 실상이고, 외부적 현실의 증거로 누관대 화녀천 노자묘에 노자를 중심으로 서갑과 윤희를 함께 모시고 있다. 그러나 일반인에게는 허상이다. '서갑 이야기'는 일반인이 허황된 것이라고 간주할 때 그 내막이 다 드러나지 않는 종교적 신비를 간직하는 '상(象)'으로서, 이중 부정을 통해 '상도(常道)'를 발견한다.

  이처럼 표현된 언어와 형상을 긍정하고 그에 부수되는 시니피에에 집착하지 않은 도교 우언은, 인정과 물화의 세계를 폭넓게 열어 도교 설화를 풍부하게 수용하고 개작하면서 소설 창작의 기반을 마련해 주기도 했다.

  상주(商周) 교체 시기를 시대적 배경으로 하는 『봉신연의(封神演義)』의 작가는 일반인에게 허중림(許仲琳)으로 알려져 있지만, 새로운 고증을 통해 명대 전진교 도사 육서성(陸西星)의 저작으로 밝혀졌고, 인물의 형상과 상징 수법 면에서 큰 진전을 보인 작품으로 평가된다.[34] 또 다른 전진교 도사 유일명(劉一明)은 일반 문학사의 주장과는 달리, 『서유기(西遊記)』를 용문파(龍門派) 조사 구장춘(丘長春)의 저술이라고 주장하면서 '삼교일가(三敎一家)'의 이치를 천명하고 '성명쌍수(性命雙修)'의 진리를 전한 것이라 했다.[35] 여기서도 "상(象)→언(言)→의(意)"란 도교

---

34) 楊建波, 『道敎文學史論稿』(武漢: 武漢出版社, 2001), 483쪽 및 齊裕焜, 『明代小說史』(杭州: 浙江古籍出版社, 1997), 187-198쪽 참고.

35) 劉一明, 「西遊原旨序」, 『精印道書十二種』(臺北; 新文豊出版公司, 1975), "西遊記者, 元初龍門敎祖長春丘眞君所著也. 其書闡三敎一家之理, 傳性命雙修之道."이러한 견해를 수용해서 李安綱, 「孫悟空與金丹大道」, 『道家文化研究』 第1輯(北

적 우언 독법이 제시되어 있는데, "언(言)→상(象)→의(意)"의 도가적 우언 독법과는 뚜렷한 차이를 보인다.[36]

일반적으로 『서유기』나 『봉신연의』와 같은 명대 신마소설(神魔小說)은 유(儒)·불(佛)·도(道) 삼교 합일사상의 영향 아래 발전한 것으로 알려지고 있는데, 특히 수당(隋唐)의 중현파에 의해 삼교합일론이 본격적으로 대두되었고, 이를 전진교에서 계승발전시켰다는 사실은 중국소설사에서 주목해야 할 부분이다.[37]

이와 같은 도교계 소설은 『장자』의 우언을 발전시켜 도교 심성 수양론을 우의(寓意)하는 면도 있지만, 민간에 도교신앙을 전파하는 세속 경전이면서 일반인에게는 허구의 문예물이란 이중적 속성을 지닌다. 작품의 내부에서 허상과 실상이 상호소통하는 것에 그치지 않고, 작품 외부에서도 허상과 실상에 대한 시비를 도교인과 일반인의 소통과정으로 간주하며, 다시 작품의 내적 요소와 작품의 외적 요소를 상호 조응하게 하는 다중적(多重的) 우언을 생성한다.

위진현학과 같은 도가의 우언은 두 가닥의 이야기로 이루어져 있고, 그 중 한 가닥의 이야기는 속이야기를 하기 위해 중간 매개물로 작용하는 가상(假像)이다. 비록 참과 거짓의 경계가 모호하여 묘한 감흥을 주지만 그 근본에서는 궁극의 실체에 대해 일정한 거리를 둔다. 이에 비해 중현파의 도교 우언은 세 가닥의 이야기로 이루어져 있다. 주체에 대한 이야기[我言], 객체에 대한 이야기[物言]에 덧붙여 위진현학에서 객관화 하지 못한 '주제와 객체의 관계에 대한 이야기[象言]'로 짜여져 있다.

京: 書目文獻出版社, 1995) 113–151쪽에서는 『서유기』가 구처기의 「大丹直指」를 우의한 작품임을 밝힌 바가 있다.

36) 劉一明, 앞의 책, 「西遊原旨」에 백도루(白道樓)의 「敍」가 있는데, "筌者所以得魚, 得魚而忘筌. 蹄者所以得兔, 得兔而忘蹄."라고 하는 장주의 말에 "蓋欲得魚兔, 舍筌蹄知無所藉手."이라 하여 부언하고, 「서유기」를 읽을 때 "由象以求言, 由言以求意" 한 다음에 "得意而忘言, 得言而忘象"할 것을 주문했다.

37) 唐大潮, 『明淸之際道敎三敎合一思想論』(北京: 宗敎文化硏究所, 2000), 95~ 122쪽 참고.

이 세 이야기는 서로 대등하게 고리를 연결시켜 '무욕(無欲)'의 영역에서는 모두가 참이자 거짓이고, '유욕(有欲)'의 영역에서는 한 가닥의 이야기가 참이면 다른 두 가닥의 이야기는 거짓이 되기도 한다. 진가(眞假)의 구분 경계가 위진현학의 우언처럼 모호하지만 한 차원을 더 고려한 것이 주목된다. 다시 말해 '주체에 대한 이야기'는 주관적 언설로서 말할 것이 있으면서 말하지 않는 무언(無言)이라고 한다면, '객체에 대한 이야기'는 말할 수 없으면서 말하는 유언(有言)이 된다. 우리가 우언이란 언어적 특징 중 하나로 들 수 있는 것은 자체 시니피에가 없는 시니피앙인 유언(有言)이 있음을 염두에 두고 이른다.

우언 양식에서 유언(有言)은 허상이고 무언(無言)의 시니피에를 지향하는 표지이다. 그런데 도교의 우언은 말할 수 없는 것을 말하는 '유무언(有無言)'이고 상언(象言)이다. 유무언은 무언과 유언이 결합된 사상(事象) 의 우언을 다시 물화한 것으로서, 무언의 실체와 유언의 가상적 존재를 긍정한 현존성의 언설행위를 이른다. 무언과 '긍정된' 유언을 구분하면 언어의 정체성이 소실되어 떠도는 기호에 지나지 않지만 양자의 포섭 관계를 긍정한 것을 '중현묘경'이라 이른 것과 같다.

Ⅳ. 기술복제 시대의 우언적 사유

발터 벤야민은 1930년대에 기술복제 시대의 문제점을 거론한 바가 있다. 예술이 어떻게 사회·정치와 관련을 맺어왔으며 기술과 인간을 어떻게 매개했는지 하는 문제를 거론하는 과정에서, 아우라(Aura)의 몰락을 지적하고, 기술복제 예술의 가능성을 예고했다. 그러나 세상이 종교적 질서에서 정치·사회적 질서로 나아감에 따라 대량 생산된 복제품에 과연 아우라가 없을까?

현대사회의 복제 기술은 작품의 일회적 출현 대신에 대량적인 생산을 가능하게 한다. 이에 비하여 '아우라'는 비록 그것이 아주 가까이에 있는 것이라 할지라도 그것은 얼마간의 거리를 지닌 유일한 현상으로 정의된다.[38] 그러나 논리적으로 어떤 예술품이 온전히 복제될 수 있다면 아우라도 재생산된다. 만약 복제될 수 없는 것이 아우라라고 정의하고 대중 유통 문화물에 그 아우라가 없다고 한다면, 이는 아우라의 개념을 선별적으로 적용하여 기술복제 시대 문화물의 아우라를 인정하지 않는 것이 된다. 먼저 선험적인 아우라가 있고 예술형상이 존재한다면 그러한 논리가 옳다고 하겠지만, 대중에게 주어진 복제 예술품에서도 아우라가 발견된다면 논의의 각도를 달리 할 필요가 있다.

과거 복제 문화물은 원본을 온전히 복제하지 못했다고 그 기술적 한계를 토로했다. 그래서 벤야민은 기계를 통한 복제는, 원본 자체가 도달할 수 없는 상황 속에 원본의 복제물을 옮겨 놓는 것이라고 말한다. 그러나 원본에 가까이 다가가기 위해 수용자가 움직이는 것은 옛날의 일이다. 오늘날 복제 기술 시대에 움직이는 것은 수용자가 아닌 원본이다. 현대 대중들은 비물질적 이미지를 복제하면서 감성적 지각의 차원에서 그에 합당한 아우라의 존재를 요구하게 되었다. 이는 아우라의 쇠퇴에 중요한 요인으로 작용하는 전시가치가 숭배가치로 전환될 수 있음을 시사한다. 이미 낡은 매체가 되었지만, 벤야민이 기술복제 시대의 대표적인 예술로 손꼽은 은염사진에서도 아우라의 존재를 인정함에 따라 복제물에서도 전시가치보다 숭배가치에 더 큰 의미를 부여하게 된 것이다.[39]

루게릭병으로 널리 알려진 사진작가 김영갑(1957~2005)의 경우, 투병 생활을 하는 가운데서도 제주도의 아우라를 담아낸 사진을 모아 두모악 갤러리를 열었는데, "사진에 있어서 전시가치는 전면에 걸쳐서 숭배가치를 추방하려 한다"[40]는 벤야민의 말을 무색하게 만들 만큼, 그의 작품

---

38) 발터 벤야민, 이태동 옮김, 「기계복제 시대의 예술작품」(『문예비평과 이론』, 문예출판사, 1987), 264쪽.

39) 수전 손택은 사진이 가질 수 있는 아우라와 회화가 지닌 아우라 간의 진정한 차이는 시간과 맺는 관계의 차이에 있다고 주장하면서 복제물의 아우라를 긍정하는 태도를 보였다. 수전 손택, 『사진에 관하여』(시울, 2005), 202~203쪽 참고.

들은 전시가치보다 숭배가치에 더 큰 비중을 둔다. 김영갑이 보여준 영상 이미지는 프레임 안에 있는 풍경을 아스라이 뒤로 밀어내면서 주춤거리는 수용자를 사진 속으로 끌어들인다. 풀잎같이 미세한 사물과 지평선같이 거대한 풍경과, 바람처럼 잡을 수 없는 형상 등이 자연스럽고 평화롭게 얼려있어서 말의 부족함을 메우기 위해 이미지를 사용한 것이 아님을 느끼게 한다. 말과 뜻이 피사체가 되어 영상 이미지 안에 다소곳이 안겨 있는 것이다. 그의 사진에 녹아있는 유욕(有欲)의 절대 고독과 무욕(無欲)의 편안함은 인화된 이미지와 독자의 만남, 작가와 풍경의 만남, 제주도 바람과 안개와 오름의 만남, 독자와 작가의 만남 등이 교차하는 가운데 발견된다. 그래서 보이지 않고 들리지도 않지만 보는 사람으로 하여금 편안하게 하는 그 무엇을 느끼게 한다. 이를 영상 이미지에 숨어 있는 생명력이라 해도 좋고, 상(象)이면서 상(象)이 아닌 그 어떤 것이라 해도 좋다. 언어로 번역되지 않는 비물질적 이미지인 점은 분명하다.

또한 기술복제 시대를 대표하는 백남준의 예술작품인 「TV 부처」에서는 단지 불상 하나와 텔레비전 한대를 가지고 서로 마주 보게 놓았다. 이에 대한 문자적 해석이 없음은 물론이다. 두 물건을 설치했다는 점에서는 사상(事象)이 아니라 물상(物象)이며, 단순한 시각적 이미지와 구분된다. 「TV 부처」에서는 불상이 텔레비전을 들여다보고, 텔레비전은 텔레비전을 보는 불상을 보며, 불상은 다시 '텔레비전을 보는 불상'을 보는 텔레비전을 지켜본다. 그리고 관객은 불상과 텔레비전이 서로 보는 관계를 지켜보며, 작가는 관객이 불상과 텔레비전의 관계를 진지하게 지켜보는 상황을 보고 낄낄 웃는다. 불상과 텔레비전의 관계는 텔레비전 화면에 나타난 허상이다. 그러나 디지털아트를 감상하는 관객에게는 그것이 실상이고, 작가에게는 그것도 허상이다. 그러나 디지털아트의 구매자에게는 그 시대의 매체로써 그 시대의 정신을 우의(寓意)한 점에서 실상이다.

---

40) 발터 벤야민, 앞의 책, 269쪽.

여기서 개개의 물상(物象)은 '뿌리 없는 나무 [無根樹]'[41)]처럼 허상이면서 실상이 된다. 의미의 소통이 아니고 경험의 소통이고, 말장난이 아니고 사물의 유희이다.

　김영갑과 백남준의 경우에서처럼, 기술복제 시대의 문화물도 정치·사회적 의미에서 벗어나 심미적 가치로 전환될 수 있는 것이다. 이는 기술복제 시대의 초기에 문화비평가로 활약한 발터 벤야민이 미처 예상하지 못한 변화였다.[42)]

　본격적인 기술복제 시대에 접어들어 영상 이미지는 현대미학의 중요한 탐구대상이 된다. 이와 관련해서 도교의 우언적 사유 양식은 이미지와 실체의 관계를 새로운 시각에서 살펴보는 데 중요한 기여를 한다. 도교의 우언적 사유에서 상(象)은 영상 이미지처럼 사물의 이미지이면서 동시에 비물질적 이미지이다. 그런데 오늘날 디지털 기술은 복제와 반복을 통해 비물질적인 이미지를 가시화함으로써 시뮬라크라를 창조했다. 시뮬라크라는 실체가 없는 허상이고 허상으로서의 디지털 이미지는 곧 실체를 대신한다.[43)] 그래서 새로운 예술 형식은 대상에 종속된 이미지를 전달하는 것이 아니라, 이미지 그 자체만으로 존재한다. 이러한 대상이 없는 이미지가 끊임없이 진행되는 영상들의 흐름과 운동이 바로 '비물질성'이라는 오늘날 현대 예술의 특징이다.[44)]

---

41) 자크 데리다는 이를 "Arbre sans racine"라고 『La Diss mination』에서 언급했는데, '뿌리없는 나무'의 개념은 원말명초 도사 장삼봉(張三丰)의 「無根樹詞」에 처음 나온다.

42) 발터 벤야민이 아우라의 몰락을 예술과 관련해서 하나의 부정적 계기로 파악하지 않고, 아우라의 몰락은 예술 일반의 몰락이 아니라 특권화된 예술의 몰락만을 의미할 뿐이라는 주장도 있다. 이에 대해 심혜련, 「발터 벤야민의 아우라 개념에 관하여」, 『시대와 철학』 제12권 제1호(한국철학사상연구회, 2001)을 참고하기 바란다.

43) 장 보드리야르, 하태환 옮김, 『시뮬라시옹』(민음사, 1992), 27쪽에서 "이미지는 그것이 무엇이건 간에 어떠한 사실성과 무관하다. 이미지는 자기 자신의 순수한 시뮬라크라가 되는 것이다."라고 한 바가 있다.

44) 심혜련, 「새로운 매체시대의 예술에 대한 고찰」, 철학아카데미 엮음, 『기호학과 철학 그리고 예술』(소명출판, 2002), 199쪽 참고.

오늘날 기술복제 시대의 문화물에서는, 모흘리─나기(1895~1946)가 주창한 매체미학의 발전에 힘입어 각각의 매체가 각각의 질감과 아우라를 표출한다는 인식이 일반화되었다. 고전적인 매체에서 아우라의 발현이 가능한 것처럼 빗물질적 이미지에서도 그것이 가능하게 되었다. 아우라는 실체가 없는 허상을 실체가 있는 그 어떤 것보다 더 사실적이고 정신적이고, 절대적인 것으로 평가하는 어떤 것일 뿐만 아니라, 그 없는 실체로 인해 자신의 가치를 확보하기 때문이다.[45] 더욱이 현대 대중의 일상성은 이념적 종속을 거부하면서 평범한 가운데 자족(自足)을 구한다. 대중 개개인의 아우라에 대한 갈망은 일상적 아우라의 성취에 의해 해갈된다. 대중문화층들이 게임을 게임아트로 승화시킨 당면 현실이 대표적인 증거가 된다. 과거 고전적인 예술품이 아우라의 보존에 주력했다면 오늘날 복제 예술품은 아우라를 소비시키는 차이점만 있을 뿐이다.

자끄 데리다는 음성적 언어 이전에 '그려진 이미지'로서 최초의 글쓰기가 존재했다고 말한다. 이제 현대 영상 이미지도 언어에 앞서 존재하며, 언어를 보완하는 매개체로서 그 소임을 다하라는 요구를 거부한다. 주어진 이미지에서 다층적 해석이 자유롭게 된 것도 언어적 사유의 틀을 포기한 대가로 얻어진다.[46] 나아가 영상 이미지는 '언(言)→상(象)→의(意)'의 종속 관계를 떠나 상호텍스트의 맥락에서 언어의 의미와 형상을 모두 수용한다. 그 점에서 현대 영상 이미지는 언어적 실체를 전제로 하는 사상(事象)으로서의 상(象)이 아니라, 개별적인 기호가 디자인된 물상(物象)으로서의 상(象)이다. 그래서 기술복제가 일상화된 디지털 시대의 매

---

45) 신방흔, 『시각예술과 언어철학』(생각의 나무, 2001), 106쪽.
46) 참과 거짓의 구분은 대개 언어의 시니피에와 시니피앙의 결합 관계로 이루어지는데, 영상 이미지는 참과 거짓의 경계를 해체한다. 예를 들어 사슴을 놓고 말이라 언명하면 시니피에와 시니피앙의 결합 관계가 무너지고 거짓말이 된다. 그러나 사슴 그림을 놓고 물어보면 시니피에는 상황에 따라 다르게 나타난다. 사슴을 사슴으로 그렸을 수도 있고, 말을 사슴처럼 그렸을 수도 있다. 경주 천마총의 그림을 최근에 기린으로 해석하는 경우가 대표적인 현상이다.

체미학은 상수파의 전통을 발전시킨 도교의 우언적 사유 양식과 밀접한 관련이 있다고 여겨진다.

V. 마무리

우언(寓言)은 라깡이 〈도난당한 편지〉를 분석하면서 보여준 것처럼, 의사소통의 측면에서 시니피에와 시니피앙의 결합이 불안하며, 우언 현상은 그 자체로 부조리한 형상이다. 불안정함을 담보로 얻어진 불안한 이야기로서 우언은 떠도는 시니피에와 결합하면서 의미의 균형을 유지한다. 그런데 두루 알다시피 말과 글이 범람하는 현대에는 다언(多言)이 무언(無言)으로 대체되고 그 자리에 이미지가 들어섰다. '언(言)→상(象)→의(意)'의 관계에서 빚어지는 우언적 사유양식도 현대에 이르러 언어 이미지·영상 이미지·음향 이미지로 바뀌면서 '상(象)→의(意)'의 관계로 전환되고 있음을 직시할 필요가 있다. 시각언어 또는 영상언어의 중요성이 강조되는 이유가 여기에 있을 것이다. 그러나 영상언어의 범람은 자연언어의 절멸로 나아가지 않는다. 자연언어가 이미지화 되어 텍스트의 형태로 영상언어와 결합하게 된 것이라고 말할 수 있다. 그런데 여기서 의사소통 매체의 주된 요소가 자연언어에서 가시적인 영상 이미지로 전환되었다는 사실은 중대한 변화이다. 기술복제 시대의 예술적 특징을 이러한 이미지와의 관계에서 살펴보면, 현대 영상 이미지가 대체로 물상(物象)의 특징을 잘 드러내고 있다는 점에서, 이제 '이미지의 복제'보다 '이미지의 변형'이 주된 과제로 부각된다.[47]

또한 과거 자연언어를 기반으로 하여 이루어진 우언이 디지털 시대에서는 디지털 기술로 가상적 실체를 기반으로 우언을 생성할 수 있게 된 것은 필연적인 현상이 아닐 수 없다. 여기서 도교 우언은 가상적 실체를

---

47) 심혜련, 앞의 논문, 196~197쪽 참고.

인정하면서 이루어진 것이기 때문에 오늘날 영상언어를 바탕으로 구현되는 우언 양식과 상통하는 점이 있다. 하지만 가상적 실체와 현실의 양면에 대한 이중적 부정으로 통해 중현묘경(重玄妙境)으로 나아갔는가 하는 문제는, 우언의 종교적 사유양식과 대중문화의 사유양식에서 초래되는 차이점을 직시하고 그 관계를 신중히 검토해야 할 것이다.

참고문헌

김현수, 「도덕경의 '欲'의 의미에 관한 고찰」, 『도교문화연구』 제21집(동과서, 2004. 11)
발터 벤야민, 이태동 옮김, 『문예비평과 이론』(문예출판사, 1987)
수전 손택, 『사진에 관하여』(시울, 2005)
신방흔, 『시각예술과 언어철학』(생각의 나무, 2001)
심혜련, 「발터 벤야민의 아우라 개념에 관하여」, 『시대와 철학』 제12권 제1호(한국
　　　철학사상연구회, 2001)
심혜련, 「새로운 매체시대의 예술에 대한 고찰」, 철학아카데미 엮음, 『기호학과 철
　　　학 그리고 예술』(소명출판, 2002)
안동준, 「김시습 문학과 도교사상」, 『국문학과 도교』(고전문학연구 별집7, 태학사,
　　　1998. 2)
장 보드리야르, 하태환 옮김, 『시뮬라시옹』(민음사, 1992)
장세근, 『제도와 본성』(철학과현실사, 2001)
정세근, 「王弼用體論: 崇用息體」, 『도교문화연구』 제18집(동과서, 2003. 4)
高晨陽, 「王弼的崇本息末觀易學革命」, 『道家文化硏究』 第12輯,(北京: 三聯書店,
　　　1998)
盧國龍, 「道敎易學論略」, 『道家文化硏究』 第11輯,(北京: 三聯書店, 1997)
盧盛江, 『魏晋玄學與中國文學』(南昌: 百花洲文藝出版社, 2002)
唐大潮, 『明淸之際道敎三敎合一思想論』(北京: 宗敎文化硏究所, 2000)
蒙文通, 『道書輯校十種』(成都: 巴蜀書社, 2001)
潘雨廷, 「論易學」, 『易老與長生』(上海: 復旦大學出版社, 2001)
孫亦平, 『杜光庭思想與唐宋道敎轉型』(南京: 南京大學出版社, 2004)
楊建波, 『道敎文學史論稿』(武漢: 武漢出版社, 2001)
劉一明, 「西遊原旨序」, 『精印道書十二種』(臺北; 新文豊出版公司, 1975)
李 剛, 「道敎重玄學之界定及其所討論的主要理論課題」 『道家文化硏究』 第19輯
　　　(北京: 三聯書店, 2002)
李安綱, 「孫悟空與金丹大道」, 『道家文化硏究』 第1輯(北京: 書目文獻出版社, 1995)
任繼愈 主編, 『中國道敎史』(上海: 上海人民出版社, 1990)
張善文, 「論王弼易學之時代精神與歷史意義」, 『道家文化硏究』 第12輯(北京: 三
　　　聯書店, 1998)
齊裕焜, 『明代小說史』(杭州: 浙江古籍出版社, 1997)
崔珍晳, 「成玄英的理學和宋明理學」, 『道家文化硏究』 第19輯(北京: 三聯書店, 2002)
湯一介, 「論魏晉玄學到初唐重玄學」, 『道家文化硏究』 第19輯(北京: 三聯書店, 2002)
許抗生, 「再解'老子'第一章」, 『道家文化硏究』 第15輯(北京: 三聯書店, 1999)

心性圖說의 圖像學的 意味와 心性寓言小說

許元基*

Ⅰ. 들머리

마음이란 본시 눈에 보이는 것이 아니다. 그러하기에 허령하다. 그러나 그 허령하여 '보이지 않는 마음'에 대하여 사람들은 지대한 관심을 기울여 왔고, 그 관심들은 다양하고도 무수한 표현물들을 낳았다. 이러한 과정들을 통해 본시 '무형한 마음'은 다양한 형상들을 확보하면서 형상화되고 물질화되는 과정을 밟아왔다.

한국사에서 마음에 대한 심오한 상상력과 사유를 가장 활발하게 보여주었던 시기는 조선시대이다. 성리학자들에 의해 풍부하게 전개된 심성 논의는 그 대표적인 사례이다. 이 시기에 마음에 대한 사유가 정교한 관념 언어를 통해 깊이 있게 전개되어 가다가 그것이 구체적인 형상을 획득하면서 심성도설이 만들어지고 여기에서 다시 심성우언소설이 산출되는 과정은 '물질화된 사유'와 '물질화된 상상력'을 통해 예술이 형성되어가는 과정 전모를 비교적 온전하게 보여준다는 점에서 매우 주목할 만한 현상이다. 특히 '천군소설(天君小說)'로 지칭되는 일군의 심성우언소설들은

---

*건국대 국문과 교수

외국에서는 그 유례를 찾아보기 힘든 사례이며, 한국의 문학적 특성을 잘 보여주는 중요한 작품들이다.

그러나 그 동안 심성우언소설은 주목받는 자료가 되지 못했다. 문학과 철학과 역사[1], 그리고 미술적 도상이 얽혀있는 그 자리에 접근하는 것이 용이하지 않았을 뿐만 아니라, 그 문학적 성취에 대한 평가에 있어서도 회의적이었기 때문이다. 심성우언소설은 '천군소설'로 처음 소개되면서 각 작품들의 소재와 현황이 파악[2]되기 시작하였고 여러 작품들에 대한 번역·주석[3]이 이루어 졌으며, 우언적 기법의 활용 방식에 대한 검토[4] 및 그 사상적 배경이 되는 심성론과의 관련에 대한 논의[5]가 이어졌다. 그럼에도 불구하고 심성우언소설 형성에 가장 중요한 영향을 끼친 것으로 언급되는 심성도설과의 구체적인 관련양상에 비교연구가 아직도 이루어지지 못한 상태이다.

본 논문에서는 우선 심성도설의 의미와 심성우언소설의 관련성을 구체적으로 검토해 본 다음, 심성우언소설이 지니는 문학적 가치와 위상을 철학 및 도상학과의 관련 속에서 조명해 보려고 한다. 이를 통해 문학과 철학과 역사, 그리고 미술적 도상이 복잡하게 얽혀있는 곳에 수립된 심성우언소설의 위상을 밝히고 그 관계양상들을 살펴 조금이나마 교통 정리하여 보고자 한다.

---

1) 심성우언소설은 傳, 本紀, 實錄, 演義와 같은 역사서술 방식을 차용하고 있으며, 주제 면에서도 역사의식을 강하게 표방한다.
2) 김광순, 『천군소설연구』(형설출판사, 1980)과 김동협, 『黃東溟小說集』(문학과 언어연구회, 1984)을 중심으로 이루어 졌다.
3) 김광순, 『천군소설』(고려대학교 민족문화연구소, 1996)
4) 윤주필, 「愁城誌의 3단구성과 그 의미」, 『韓國漢文學硏究』13집(한국한문학연구회, 1990)과 권순긍, 「수성지의 알레고리와 풍자」, 『한국고전문학연구』13집(한국고전문학연구회, 1998)에서 거론되었다.
5) 허원기, 「天君小說의 心性論的 意味」, 『古小說硏究』제11집(한국고소설학회, 2001).

Ⅱ. 도설의 전통과 심성도설

도(圖)와 도설(圖說)은 가장 간명한 형식을 통해 번쇄한 이론의 핵심을 제시하고, 그 근원적 의미를 밝히기 위해 강구되었던 방식이다. 그러한 방식을 통해 학문의 요체를 일목요연하게 가시화시키는 기능을 담당해 왔다.

한국에서 도와 도설들이 나타나기 이전에, 중국에는 이미 하도(河圖)·낙서(洛書)와 그것을 토대로 한 무수한 도설들이 있었다. 한위진(漢魏晋)을 거치면서 나타난 도가의 태극도(太極圖)와 연단도(練丹圖)가 유명하고, 송대에 이르면 주돈이(朱敦頤)의 태극도설(太極圖說)을 필두로 소옹(邵雍)의 육십사괘방위도(六十四卦方位圖), 경세연역도(經世衍易圖), 경세육십구괘수도(經世六十九卦數圖), 경세일원소장지수도(經世一元消長之數圖) 및 경세사상체용지수도(經世四象體用之數圖)가 작성되었으며, 주희는 역학계몽(易學啓蒙)에 많은 도(圖)를 추가했고, 이후 원대에는 정복심(程復心)의 심학도설(心學圖說)이 유명하다.

한국의 도설은 신라의 승려 의상(義湘)이 광대한 화엄의 세계를 7언 30구 210자로 요약한 화엄일승법계도(華嚴一乘法界圖, 670년)로부터 그 전통이 시작된다. 이후 이 법계도의 도상을 풀이한 이른바 법계도기(法界圖記)들이 다수 출현하게 된다.

성리학자들은 마음의 문제에 많은 관심을 두고 두루 천착하였는데, 그들이 그린 도설의 기원은 권근(權近, 1352~1409)의 입학도설(入學圖說, 1390)에서부터 비롯한다. 그 후로 정지운(鄭之雲, 1509~1561)이 제작한 천명도설(天命圖說)이 나타났고, 이황(李滉, 1501~1570)이 제작한 성학십도(聖學十圖, 1568)와 조식(曺植, 1501~1572)이 그린 신명사도(神明舍圖) 및 학기도(學記圖)가 이어졌다. 고응척(高應陟, 1531~1605)도 신명사도(神明舍圖)를 남겼는데 조식의 신명사도와는 많은 차이점[6]을 발견할 수 있다. 그 후로도 이이(李珥, 1536~1584)의 심성정도(心性情圖)

와 인심도심도설(人心道心圖說), 한원진(韓元震, 1682~1751)의 퇴율심
성정도(退栗心性情圖)와 미발기질변도설(未發氣質辨圖說)을 비롯한 수
많은 도설류들이 우리 역사 속에 등장한다. 그 외에 양명학파 정제두(鄭
齊斗, 1649~1736)의 양지도(良知圖)와 같은 것들이 나타나기도 했다.

조선 성리학이 전체적인 체계를 나름대로 확립하는 과정에서 중요한
구실을 했던 저술들이 여러 가지가 있으나, 필자는 그중에서도 이황의
성학십도(聖學十圖), 이이의 성학집요(聖學輯要), 조식의 학기유편(學
記類編)을 가장 중요한 저술로 꼽는다. 이 세 저술이 나온 후 조선 성리학
은 전체적인 체계를 확립하였고, 이를 넘어 미시적이고 세부적인 문제에
대한 논의를 진전시킬 수 있었다. 그런 점에서 이 세 사람은 조선 성리학
의 체계를 확립하는데 가장 크게 이바지한 성리학자라고 할 수 있다. 그
런데 이들이 모두 도설의 방법을 애용했으며, 도설을 남기고 있다는 점에
주목할 필요가 있다. 이황은 자신이 평생 동안 축적한 학문적 성과를 성
학십도로 정리했고, 이이는 심성정도와 인심도심도설을 그렸으며, 조식
은 신명사도 외에 24가지 학기도를 작성했다. 이러한 점은 도설을 통한
담론 방식이 조선 성리학의 체계를 확립하는 데 중요한 역할을 담당했다
는 점을 반증하는 것이다.

유학자들은 주로 성리학의 요체를 설명하기 위해서 도설을 작성했다.
비록 마음의 구조를 다루는 심성론이 성리학의 요체를 이루기는 하지만,
성리학자들의 모든 도설들이 심성론과 관련되는 것은 아니다. 심성론은
심(心)·성(性)·정(情)을 중심으로 인간의 존재 양상을 다루는 성리학 이
론이다. 조선의 심성 논의는 이황과 기대승의 도덕감정·일반감정[四端
·七情]논쟁을 비롯한 여러 논의들[7]을 거치면서 극성기를 보낸다. 이것

---

6) 이점에 대해서는 후속 논의가 있어야 할 것이다. 고응척의 신명사도는 『杜谷集』 권
   5에 수록되어 있다.
7) 이러한 논의들로는 인간성의 두 측면[本然之性·氣質之性]에 대한 논의, 마음의 본
   성이 드러나는 구조[心統性情]에 대한 논의, 인간 본성과 생물 본성의 같고 다름
   [人物性同異]에 대한 논의, 인심(人心)과 도심(道心)에 대한 논의, 마음이 드러나기

은 성리학의 존재론인 이기론(理氣論), 수양론인 거경궁리론(居敬窮理論)과 밀접한 관련을 지닌다. 위에서 제시한 많은 도설들 중에서, 심성론의 주제들을 다룬 도상을 '심성도(心性圖)'라 하고, 그 심성도에 도상학적 설명을 보탠 것을 '심성도설(心性圖說)'이라고 지칭하면서 본 논의를 전개하기로 한다.

한국의 심성도설로서 대표적인 것을 들자면 권근의 입학도설중 천인심성합일지도(天人心性合一之圖)[8]와 천인심성분석도(天人心性分釋圖), 정지운의 천명도설(天命圖說)[9], 이황의 성학십도중 6도에서 10도에 이르는[10] 심통성정도(心統性情圖), 인설도(仁說圖), 심학도(心學圖), 경재잠도(敬齋箴圖), 숙흥야매잠도(夙興夜寐箴圖), 조식의 학기도 중에서는 심통성정도·임은정씨복심역유일도(心統性情圖·林隱程氏復心亦有一圖), 천도도(天道圖), 천명도(天命圖), 인설도(仁說圖), 충서일관도(忠恕一貫圖), 경도(敬圖), 성도(誠圖), 성현론심지요도(聖賢論心之要圖), 부동심도(不動心圖), 심위엄사도(心爲嚴師圖), 기도(幾圖) 및 이들을 종합하여 응축한 신명사도(神明舍圖)가 있으며, 그 외에도 이이의 심성정도(心性情圖), 인심도심도설(人心道心圖說)을 주목할 만하다.

전과 후[未發旣發]에 대한 논의, 세계를 인식하는 밝고 맑은 마음[知覺]에 대한 논의 등이 다양하고 깊이 있게 전개되었다.

8) 인간의 마음 안에서 하늘과 인간이 어떻게 만나고 있는지를 형상화하였다.

9) 인간의 마음에 천명이 어떻게 나타나고 있는 지를 형상화하였다. 이 도상은 후에 퇴계와의 토론을 거쳐 수정되는데, 그 수정된 내용에 대하여 논란이 일어난다. 이것이 사단칠정 논쟁의 발단이 되었다.

10) 이황은 숙흥야매잠도 말미의 설명에서 "제6도에서 제10도까지는 심성에 근원을 둔 것으로, 그 요령은 일상생활에서 힘써야 할 공경하고 두려워하는 마음을 높이는데 있는 것(以上五圖, 原於心性, 而要在勉日用, 崇敬畏.)"이라고 하였다. 제1도에서부터 5도까지는 천도(天道)로 성학(聖學)을 설명하고, 제6도부터 10도까지는 심성으로 성학을 설명한 것이라 할 수 있다.

Ⅲ. 신명사도의 도상학적 의미

앞에서 살펴본 것처럼 심성론의 요체를 그린 심성도와 심성도설들은 매우 많은 수가 남아있다. 또한 다루고 있는 세부적인 주제들도 다양하며 동일한 주제라고 하여도 도상으로 표현하는 방식에는 작성자들에 따라 나름대로 적지 않은 차이점을 보여주고 있다. 그러므로 이 모든 심성도설들의 도상학적 의미에 대하여 깊이 있는 이해와 총괄적인 견해를 표명하기 위해서는 한권의 저술로도 감당키 어려운 바가 있다.

사정이 이러하므로, 본 논문에서는 심성우언소설을 촉발하는 직접적인 계기[11]가 되었던 남명 조식의 신명사도(神明舍圖)에 주목하여, 그것의 도상학적 의미를 설명하는 것으로 이를 대신하고자 한다. 심성우언소설을 촉발했다는 점 외에도, 추상적인 도형에서 끝난 것이 아니라 구체적인 형상으로 표현하여 형이상학적 관념들을 이미지화하는데 성공한 거의 유일한 도상이라는 점, 그리고 조식 자신과 종래 성리학자들의 세부적인 심성 논의를 한 장의 도면으로 응축하는 데 성공한 대표적인 도상[12]이라는 점에서, 신명사도는 그 도상학적 의미를 검토해볼 만한 가치가 충분하다.

신명사도의 도상학적 의미에 온전히 접근하는 방법으로는 3가지 정도를 제시할 수 있다. 첫째 조식이 지은 신명사명(神明舍銘)을 통해 접근하는 법, 둘째 조식이 작성한 여타 학기도(學記圖)를 통해 접근하는 방법, 셋째 신명사도명(神明舍圖銘)에 대한 후대 학자들의 논의[13]를 통해 접

---

11) 심성우언소설의 최초 작품이라 할 수 있는 〈천군전(天君傳, 1566년)〉은 남명 조식이 직접 김우옹에게 전을 지으라고 하여 지어진 것("南冥先生作神明舍圖. 命先生作傳. 蓋先生少時也." 『東岡先生文集』 卷16 「雜著」 〈天君傳〉)으로 알려져 있다.

12) 그런 점에서 신명사도에는 조식이 그린 24가지 학기도(學記圖)에서 세부적으로 표명되었던 심성론의 요체가 결집되어 있다.

13) 이러한 대표적인 저술로는 허유(許愈,1833~1924)의 「神明舍圖銘或問」(『后山集』소재), 최숙민(崔琡民, 1837~1905)의 「與許退而(己丑)」(『溪南集』), 정재규(鄭載圭, 1843~1911)의 「答許后山」(『老栢軒集』소재), 조원순(曺垣淳, 1850~1903)의 「神

근하는 방법이 그것이다. 이러한 세 가지 점에 유념하면서 신명사도의 의미에 접근한다면 일면적인 이해를 넘어 보다 온전한 이해에 이를 수 있다.

　'신명사도(神明舍圖)'에서 '신명사(神明舍)'는 '마음'을 의미한다. 주희는 "마음은 신명의 집이며, 한 몸을 주재하는 것(心者, 神明之舍, 爲一身之主宰)"14)으로 이해했다. '신명'이라는 것은 본래 '천지신명(天地神明)'의 신명에서 유래된 것으로 신명은 인간의 영역에 있는 것이라기보다는 자연과 우주, 즉 천지(天地)의 영역에 속하는 것이었다. 하늘과 땅은 끊임없이 만물을 생성시키는 작용을 하는데, 그 지극히 신령스럽고도 분명한 생명의 작용을 지칭하는 말이 천지신명이다. 하늘과 땅의 생명작용은 지극히 신(神)령스러우면서도 어긋남이 없이 명(明)백하고 완벽한 그 무엇으로 이해되었다. 본래 신명은 하늘과 땅이 영위하는 지극하고도 완벽한 생명의 공능(功能)을 지칭하는 말이었지만, 후대로 가면서 이러한 신명스런 생명의 공능은 비단 하늘과 땅에만 한정되는 것이 아니라 인간도 타고나는 것으로 이해되었다. 여기에서 '사람의 신명(人之神明)'이라는 말이 생겨났다. 그리고 그 '사람의 신명'이 바로 '마음'에 거처한다고 보았던 것이다. 이와 같이 '신명사'는 마음인 동시에, 사람의 신명(人之神明)이 사는 곳을 의미한다.

　이러한 인간 이해에 기반을 둘 때, 인간이 그 생명성을 완전하고 지극하게 유지하기 위해서는 '마음을 어떻게 가지고 어떻게 써야 하는가?'하는 문제가 매우 중요한 문제로 대두된다. 역으로 말하자면 '인간이 어떠한 마음씨를 가지고 또 어떠한 마음 씀으로 살아야 하늘로부터 부여받은 생명성을 온전히 향유할 수 있는가?'하는 문제에 대하여 고민한다. 심성론은 이러한 문제의식에 기반을 두고 심성정(心性情)을 중심으로 인간의 존재 양상을 다룬다. 그리고 신명사도도 '(인간이) 하늘로부터 부여받은

明舍銘集解」·「神明舍銘考證」·「答許后山(己丑)」(각각 『伏菴集』소재) 등이 있다.
14) 『朱子語類』권98

성(性)을 바르게 존양(存養)하고 또 그것을 정으로 바르게 발현하는 것’을 주제로 삼고 있다. 이것은 심성론에서 말하는 ‘심통성정(心統性情)의 과정을 어떻게 영위할 것인가?’하는 점과도 맥락을 같이 한다. 여기에서 성(性)은 ‘자아가 하늘로부터 부여받은 내면의 본질적인 생명 에너지’라고 할 수 있으며, 정(情)은 ‘인간 내면의 본성(자아)이 외부의 사물과 대면할 때 나타나는 반응의 모든 양상’15)을 말한다. 이러한 점에서 성리학적 인간론의 요체는 정을 느끼고 표현하는 존재로서 ‘심성적 인간’16)에 있다. 그러므로 인간의 타락도 심성의 문제에서 비롯되고 인간의 구원도 본질적으로 심성의 문제에 달려있다고 하는 견해를 지닌다.

　신명사도도 이러한 심성적 인간의 마음 풍경을 형상화하고 있다. 신명사도에 나타난 마음의 전체적인 풍경은 성벽을 경계로 하여 안팎으로 나누어진다. 성벽의 안쪽에는 신명사라는 현판이 붙은 건물(즉 明堂) 한 채가 있고, 거기에 태일군(太一君)이 남면(南面)하여 거처하며, 경(敬)이 총재(冢宰)로서 만기(萬機)를 주재하고 있다. 그리고 성벽에는 이목구(耳目口) 세 개의 관문이 동, 서, 남쪽으로 안팎을 매개하고 있다. 구관(口關)이 중심이 된, 세 관문의 밖에서는 대장기(大壯旂)가 기미에 따라 펄럭이며 서있는 가운데, 의(義)를 의미하는 대사구(大司寇)와 백규(百揆)가 사물의 정(情)을 다스리거나 살피고 있다. 이러한 작용을 통해 이를 곳을 알아 이르고(知至至之) 마칠 곳을 알아 마치면서(知終終之), 지어지선(至於至善)의 상태에 머무르는 모습을 보여준다.

---

15) 이러한 정에는 희로애락(喜怒哀樂)과 같은 일반적인 감정과 사단(四端)과 같은 도덕감정이 있다. 희로애락은 상황에 맞느냐 그렇지 않느냐에 따라 선하기도 하고 악하기도 한 감정으로, 사단은 선한 감정으로 이해되었다.

16) 심성적 인간에 대해서는 필자가 쓴 일련의 논문들(「신재효의 세 가지 발언」, 『판소리연구』제12집, 2001; 「판소리 미학의 사상적 세 층위」, 『판소리연구』제15집, 2003; 「판소리 서사기법의 정리적 합리성」, 『국제어문연구』제29집, 2003)에서 그 개요를 거론한 바 있다.

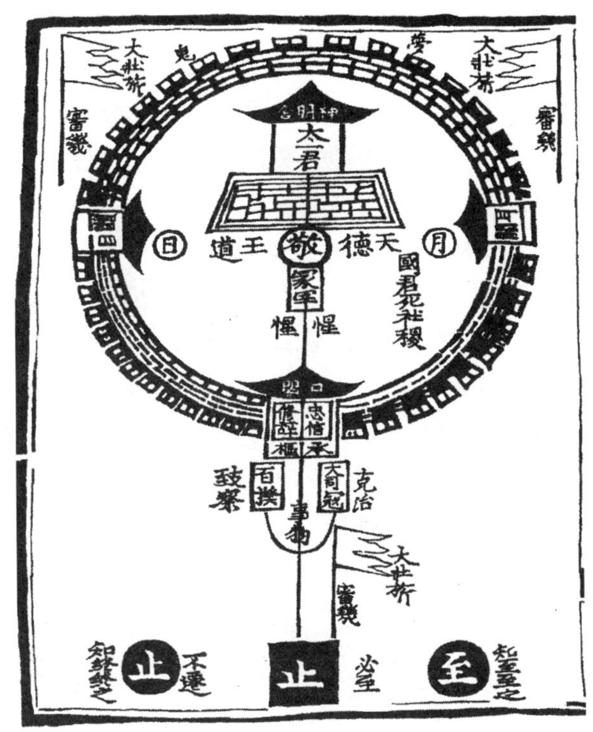

[그림1] 신명사도(神明舍圖)

성벽 안쪽을 좀 더 세부적으로 살펴보면, 태재 경이 태일군을 대신하여 총재의 역할을 담당하고 있다. 총재는 원래, 군왕이 삼년상을 마치는 기간 동안 군왕을 대신하여 섭정하는 재상을 말한다. 그러므로 그림에 나와 있는 '태일군'은 상징적인 '마음의 군왕(天君)'일 뿐 실질적인 권력을 행사하는 존재는 아니다. '태일'은 '마음의 본체'를 의미하며 역에서 말하는 태극과 같은 것[17]이다. 경 옆에 '천덕(天德)'과 '왕도(王道)'가 있는데,

17) 『后山集』권2,「神明舍圖或問」: "太一者, 心之本體,, 易所謂太極是也." 『復菴集』, 「神明舍圖銘解」: "太一, 太極也, … 太極之體, 眞實無妄, 而具於一心, 至尊至貴, 無以加焉, 故謂之太一眞君." "마음이 태극(心爲太極)"이라고 한 소강절의 말에서 근거하는 것이기도 하다. 한편 太一眞君은 도교에서 北極太和元氣의 신이기도 하

천덕은 대학(大學)에 등장하는 '명명덕(明明德)'의 대상이 되는 것이며, 왕도는 '신민(新民)'을 의미하는 것이다. 경은 명덕과 신민의 요체가 되는 것이라고 보아 명덕과 왕도를 경의 양쪽에 배치[18]했다.

더 바깥쪽에는 해(日)와 달(月)이 있는데, 해와 달은 천지신명을 주재하는 것으로 사람의 신명을 주재하는 경의 광휘가 되기 때문에 제시된 것[19]이다. 〈신명사명〉에 "총재는 왕을 대신하여 안에서 주재한다(內冢宰主)."고 하였는데, 이것은 주역 곤괘의 "경으로 안을 바르게 한다(敬以直內)"는 말에서 연유된 것이며, "의로 밖을 반듯하게 한다(義以方外)"는 말에 대비되는 것이다. 그리고 그 아래에 있는 '성성(惺惺)'은 '집중력을 잃지 않으면서(主一無適) 늘 깨어있는 마음의 상태'를 말하는 것으로, 경의 의미를 설명한 것이다. 남명 조식이 평소에 '성성자(惺惺子)'라는 방울을 차고 다니면서 '경'의 상태를 늘 유지하고자 한 것도 바로 이러한 점과 관련이 있다. '국군사사직(國君死社稷)'은 "나라의 군주가 사직을 위해 죽고자 하는 마음이 없으면 그 나라를 보존하기에 부족하고, 학자가 도에 죽고자 하는 뜻이 없으면 그 마음을 보존하기에 부족하다"[20]는 점을 표시한 것이다.

성벽의 안팎을 연결하는 관문은 눈, 귀, 입의 관(關)이다. 이 세 개의 관문 앞에는 기미 판단의 척도가 되는 깃발이 펄럭이는데 그 이름이 대장

다. 이점 때문에 남명 조식의 사상은 퇴계학파로부터 비판을 받기도 하였다. 그 내력에 대해서는 이상필교수의 논문, 「후산 허유의 남명학 계승과 그 의의」『남명학연구』제19집, 2005.에서 다루어진 바 있다. 우리나라 태일신앙의 내력에 대해서는 안동준교수의 논문, 「북방계 신화의 신격 유래와 도교 신앙」, 『도교문화연구』제21집, 2004.에서 전반적으로 논의된 바 있다.

18) 『后山集』권2, 「神明舍圖或問」: "天德王道, 卽大學所謂明德新民是也. 明德新民, 其要只在敬, 此所以夾敬而書也."

19) 『后山集』권2, 「神明舍圖或問」: "日月者, 天地神明之主也, 敬者人心神明之主也, 此日月, 其敬者之光輝乎!"

20) 『后山集』권2, 「神明舍圖或問」: "國君無殉事之心, 不足伊保其國, 學者無殉道之心, 不足以保其心." 이 다섯 글자에 대해서는 이를 삭제해야 한다는 측과 삭제를 반대하는 측 사이에 많은 논란이 일어났다. 그 논란의 전말에 대해서는 曺兢燮(1873~1933)의 「神明舍圖五字辨」(『深齋集』 권15)에 잘 나타나 있다.

기(大壯旂)이다. 이것은 주역(周易) 대장괘(大壯卦)의 상을 설명하는 말, "우레가 하늘에 있는 것이 대장이니, 군자는 이것을 보고 예가 아니면 행하지 않는다(雷在天上, 大壯, 君子以, 非禮不履)."에서 연유한 것이다. '예가 아니면 행하지 않는다.'는 것은 성색(聲色)을 받아들이고 말을 하는 각 관문에서 예가 아니면(非禮) 듣지 않고(勿聽), 보지 않고(勿視)', 말하지 않는다(勿言)는 극기복례(克己復禮)를 의미한다. 그리고 강한 것으로는 '자기를 이기는 것(克己)'보다 강한 것이 없으므로 '대장(大壯)'이라는 말이 사용된 것이다. 또한 물(勿)자가 '깃발의 끝 모양과 닮았기 때문에 이를 깃발로 표시한 것'21)이라고도 한다. 세 개의 관문 중에서 중심이 되는 것은 입의 관문(口關)이다. 귀의 관과 눈의 관은 성색을 받아들이는 수동적인 기능만을 수행하는 데 비하여 입의 관은 출납을 함께 수행하기 때문이다. 입의 관에서는 충과 신으로 말을 다스리고[修辭], 안으로 왕명을 이어 추기(樞機)를 나타내야 한다는 점을 표현했다. 여기에서 구관의 '충신'과 '수사(修辭)'는 성(誠)과 연결된다. 조식은 그의 『학기유편(學記類編)』 「성도(誠圖)」에서 충신을 실심(實心)이요 성(誠)이라 하고, 수사는 실사(實事)요 성(誠)을 세우는 것[修辭立其誠]으로 이해하고 있다.

성벽의 바깥쪽에서는 의(義)를 뜻하는 백규와 대사구가 사물의 정을 '극진히 살피거나(致察)' '능히 다스리는(克治)' 모습을 보여주고 있다. 성 북쪽 바깥 면의 사각 지역에는 귀(鬼)와 몽(夢)이 자리 잡고 있다. 귀는 '사람(人)'에 상반되는 것으로 사람답지 않은 행실을 말하며, 몽은 '각(覺)'에 상반되는 것으로 밝지 않고 혼란스러운 행실을 말한다. 이것은 성 남쪽 바깥 면에서 마음이 바르게 실현되고 있는 지(止)의 양상과 상반되는 의미22)를 지닌다. 그러므로 이것들은 잘 경계하지 않으면 안 되는 대상이다.

---

21) 『后山集』권2, 「神明舍圖或問」: "勿字似旂脚"
22) 『復菴集』권4, 「神明舍圖銘解」: "知其所止則覺也, 不能知止則夢也, 知其所止則人也, 不能知止則鬼也, 夢鬼二字, 爲日月之反也."

이렇게 내면 미발의 성을 경을 통해 함양(敬以直內)하고 외면 기발의 정을 의를 통해 구현(義以方外)할 수 있으면 이르러야할 곳을 알아 그곳에 이를 수 있고 끝내야할 곳을 알아 그곳에서 끝낼 수 있게 되어서, 인간이 지선(至善)의 경지에 이를 수 있다는 점을 도상의 아래쪽에 큰 글자들로 표시하고 있다. 전체적으로 볼 때 성의 안쪽에서는 '경'이, 바깥쪽에서는 '의'가 가장 중시되었으며, '성(誠)'이 중간에서 이 둘을 매개하고 있는 형상을 보여준다. 그리고 인간 내면의 선천적인 생명에너지라고 할 수 있는 성을 외면의 정으로 표현하는 과정을 감안한다면, 마음의 풍경에서 내부적으로는 성을 함양하는 문제, 외부적으로는 정을 처리하는 문제가 가장 중요한 문제꺼리가 된다.

Ⅳ. 심성도설과 심성우언소설의 거리

신명사도의 영향을 받아, 김우옹(金宇顒)이 〈천군전(天君傳)〉을 창작(1566)한 이래로 〈수성지(愁城誌)〉, 〈천군연의(天君演義)〉, 〈천군본기(天君本紀)〉 등을 비롯한 다수의 심성우언소설들이 산출된다. 그렇다면, 심성도설을 대표하는 신명사도와 이러한 심성우언소설들 사이에는 어떠한　연관성이 있는가? 먼저 그 공통점을 살펴보자.

첫째, 마음의 풍경이 살벌한 전쟁터로 나타난다는 점23)이다. 신명사도에서 마음은 견고한 성벽에 의해 안팎으로 나누어져 있다. 조식은 그의 신명사도를 설명한 〈신명사명〉에서 이러한 전장의 풍경을 "(적의 사악한) 낌새가 있자마자 즉시 나아가 시살토록 한다(動微勇克, 進敎廝殺)"는 결연한 의지의 말로 표현한다. 이렇듯 신명사도에 그려진 세상은 적을 죽이지 못하면 내가 죽을 수밖에 없는, 생사가 걸린 전쟁터이다. 여기에는 칼을 숭상하는 상무적 기풍이 강하게 나타난다. 이것은 성리학 제반의

---

23) 신명사도 이외의 심성도설류에서는 마음의 풍경이 전쟁터로 나타나지는 않는다.

심성 논의들이 붓으로 상징되는 숭문의 기풍을 짙게 풍긴다는 것과 크게
변별되는 점이다. 이것은 "안에서 (마음을) 밝히는 것은 경이요, 밖에서
(행동을) 결단하는 것은 의이다.(內明者敬, 外斷者義)"라는 구절을 칼에
새기고서, 늘 그 칼을 차고 다녔던, '칼을 찬 선비' 남명 조식의 기풍에서
연유하는 것이기도 하다.

모든 심성우언소설들 속에는 이러한 전쟁터의 풍경24)이 잘 나타나고
있는데, 마음의 천하를 두고 건곤일척(乾坤一擲)의 대결을 벌이면서 피
흘리며 처절하게 결사 항전하는 전쟁 장면들이 생생하게 형상화되어 있
다. 그러므로 전쟁장면이 형상화되어 있지 않은 것은 심성우언소설로 인
정할 수 없다고 해도 과언이 아니다. 심성우언소설 작품 속에서 전쟁을
치르지 않고 평화적인 방법이나 요행을 통해 문제가 해결되는 경우는 나
타나지 않는다. 우리의 마음을 처절한 전쟁터로 이해했다는 점에서 공통
점을 보여주지만 이것은 남명 조식의 신명사도에서만 볼 수 있는 풍경이
고 다른 심성도설에서는 발견되지 않는 현상이다.

둘째, 신명사도에서처럼 심성우언소설에서도 문제해결 과정에서 경과
의의 실천적 역할이 중시된다는 점이다. 신명사도에 등장하는 태일진군
(太一眞君)을 심성우언소설에서는 '천군(天君)'이라 지칭하는데, 문제
해결에 실질적인 힘을 발휘하지 못하고 다만 상징적인 인물로만 존재한
다는 점에서 신명사도의 경우와 동일한 역할기능을 보여준다. 실질적인
문제 해결은 경과 의에 의해 이루어지며, 이들은 마음 안팎의 전란을 해
결하는 두 자루의 칼날과도 같은 역할을 한다. 이들 소설 속에서 '경(敬)'
은 '태재 경', '주인옹(主人翁)', '성성옹(惺惺翁)', '성옹(惺翁)', '성성자
(惺惺子)', '주일옹(主一翁)', '경부(敬夫)'라는 인물로 형상화되어 나타
난다. 한편 '의'는 '백규 의', '추관 의(秋官25)義)', '의(義)'라는 인물로
나타난다. 그 외에 성(誠)을 의인화한 '성의백(誠意伯)'과 같은 인물도 중

---

24) 〈천군연의〉에서는 이를 '마음의 성(心城)'으로 지칭하고 있다.
25) 여기에서 추관은 신명사도에 나타난 '대사구'와 같은 직책을 의미한다.

요한 역할을 담당한다. 소설 속에서 여전히 성과 경을 의인화한 인물이 주도적인 역할을 담당하기는 하지만, 양자를 역할을 비교하면 양자의 역할이 대등하게 나타나는 신명사도와는 다르게 경을 의인화한 인물의 역할이 의를 의인화한 인물보다 압도적인 것으로 나타난다.

셋째, 인간의 감정 에너지, 즉 정(희로애락)을 잘 처리하여 마음의 건강에 이르는 것을 목표로 한다는 점26)이다. 이점은 인간을 감정을 느끼고 표현하는 '감정적 존재'로 이해하는 성리학의 '심성론적 인간'이해와 긴밀한 연관이 있다. 심성론에서 바라보는 인간은 '생각하는 존재'이기보다 세계와 대면하여 관계를 형성하면서 '정을 느끼고 표현하는 존재'이다. 즉 '생각하기 때문에 존재하는 인간'이 아니라 '정을 느끼고 표현하기 때문에 존재하는 감성적 인간'이라 할 수 있다.27) 그러므로 바로 그 정(희로애락)을 처리하는 문제가 중요한 과제로 제기된다. 인간은 현실적으로는 늘 희로애락의 과불급 속에서 사는 존재이지만 마음의 건강을 이룩하기 위해서는 희로애락을 중용에 맞게 수용하고 발현할 줄 아는 존재가 되어야만 한다. 그러므로 성리학이 지향하는 인간적인 이상은, 자신에 대해서는 '중용에 맞게 성(性)을 정(情)으로 표현할 줄 아는 인간'이 되고, 타인에 대해서는 '감정의 과잉과 결핍이 병리적으로 나타나는 문제를 건

---

26) 심성론에서 마음은 성정(性情)으로 구성되는데, 성은 본래 선한 것이므로 잘 보존하기만 하면 되고, 정(情) 중에서도 도덕감정인 사단(四端)은 선하므로 큰 문제꺼리가 되지 않으나, 일반감정인 희로애락은 중용에 맞게 발현되지 않으면 악하게 될 소지가 있으므로 늘 주의하지 않으면 안 되는 것이기 때문이다.

27) 이러한 인간인식은 일상적인 인간의 삶을 볼 때, 인간존재에 대한 보다 온당한 이해로 생각된다. 근대적 인간 이해가 '생각하는 사람'에서 비롯되고 있으나, 그것이 인간의 삶에서 항상적인 것은 아니다. 생각을 하게 된다는 것은 무언가 비상한 사태에 직면했을 때 주로 필요한 것이다. 일상적인 삶에서는 그 다지 생각이 필요하지 않고 삶의 리듬에 무의식적으로 스스로를 맡겨도 사는 데 큰 지장이 있는 것은 아니다. 이에 반하여, 인간은 일상적이든 비일상적이든 세계와 대면하며 사는 한, 늘 무엇인가를 느끼거나 느낌을 표현하면서 산다. 심지어는 꿈속에서조차 그런 삶을 영위하고 귀신조차도 그러한 속성을 지니고 있다고 여긴다. 특히 인간에게는 울음과 웃음이 정교하게 발달했는데, 이것은 정을 느끼고 표현하는 수준이 다른 동물과 비교할 수 없을 정도로 섬세함을 의미한다.

강하고 원활하게 해결할 수 있는 인간'이 되는 데에 있다. 즉 '감정 처리와 교류의 달인'을 만드는 데 있다고 할 수 있다. 그러므로 안으로 정을 수용할 때는 자신의 감정(희로애락)이 정당한가를 늘 성찰하여야 하고 밖으로는 정을 표현할 때는 자신의 본성을 중용에 맞게 정으로 표현하지 않으면 안 된다. 인간은 희로애락을 통해 타락할 수도 있고 또한 구원을 얻을 수 있다고 여긴다. 이것은 희로애락의 정을 배제함으로서 구원을 얻으려 하는 불교적 구원관과 비교할 때 근본적으로 다른 점이라고 할 수 있다. 또한 시공을 초월한 절대적인 신에 의탁하여 구원을 얻으려 하는 기독교적 구원관과도 다른 점이다. 성리학의 심성적 구원관은 시공간의 현실 속에서 일상적 희로애락을 수용하고 조절함으로서 인간 구원에 이를 수 있다는 내재적인 초월을 추구한다.

심성우언소설에서도 이러한 심성적 인간 이해에 바탕을 두고 정의 문제에 대응하여 이를 처리하는 것이 가장 중요한 사건으로 등장한다. 〈천군전〉에 등장하는 화독(華督)과 유척(柳跖), 〈수성지〉에 등장하는 충신열사·장렬지사·무고원인(無辜寃人)·생이별자들, 〈천군연의〉에 등장하는 월백(越白)과 환백(歡伯), 〈남령전〉에 등장하는 추심(秋心), 〈천군본기〉에 등장하는 편(褊)과 기(忮)·오구(五寇)·이호(二豪)·칠탕(七蕩), 〈천군실록〉에 등장하는 여융(女戎)과 국씨(麯氏)형제 등이 모두 조절이 필요한 과불급 상태의 정과 관련된 인물들이다.

넷째, 불가시적이면서 추상적인 마음이 새로운 표현 방식을 통해 구체적인 형상을 확보하여 물질화되었다는 점이다. 예술적으로 물질화된 상상력을 발휘하고 있다. 중세기는 경전을 중심으로 삼고서 시공간을 초월한 보편적인 진리를 추구하는 경학적 담론이 주도하던 시기였다고 볼 수 있다. 그러한 측면에서 볼 때, 시공간 속에서 구체적인 형상을 지니고 있는 대상을 표현하기 위해 주력하기 보다는 시공간을 초월한 관념적이고 추상적인 대상을 표현하는 것에 주력했던 시기였다고 하겠다. 조선시대에 이루어졌던 심성론도 보이지 않는 마음에 대하여 추상적이며 관념적으로 논의하던 경학적 담론의 연장선상에 있는 것이다. 그런데 신명사도와 심성우언소설은 그러한 경학적 담론의 자장이 점차 균열되면서 나타난 것이라 할 수 있다. 신명사도와 같은 심성도설들은 본시 '보이지 않는 마음'을 도면이라는 시각적 공간 속에서 구체적인 형상으로 물질화하여 표현하는 새로운 시도를 보여주었다. 이를 통해 종래에 보편성을 지향했던 경학적 담론들은 화면 공간 속에서 구체적이며 물질적인 형상을 획득함으로서 표현이 전이되는 새로운 경험을 할 수 있었다. 여기에서 한걸음 더 나아가, 심성우언소설은 시간의 변화에 따라 구체적인 사건을 형상화하여 서사적으로 서술하는 모습을 보여주었다는 점에서 한층 진전된 면모를 보여주었다. 시시각각 변모하는 마음의 양상을 표현하기 위해서는 이러한 방법이 매우 필요했고 볼 수 있다. 이렇게 종래에는 관념적으로 논의되던 마음이 그림과 소설이라는 각기 다른 형식이지만 공간과 시간을 확보하고 그 속에서 구체적인 형상화를 추구하였다는 점에서 공통점을 지니고 있다.

그럼 양자의 차이점은 어디에 있는가? 여러 가지 측면에서 바라 볼 수 있겠으나 대략 다음의 네 가지로 설명할 수 있다.

첫째, 심성도설은 시각을 매체로 하여 공간적인 표현을 지향하는 반면 심성우언소설은 시간적 변이에 따른 서사적인 표현을 지향한다는 것이 가장 큰 차이점이라 할 수 있다. 심성도설들은 공간을 확보하면서 시각을 통해 구체적인 형상을 확보할 수 있었지만, 그 도상에 시간을 표현하는 데에는 심각한 한계가 있었다. 심성우언소설은 크게 보면, '원형 - 타락 - 회복'[28] 또는 '득병-치유-회복'[29]의 순서로 서사과정이 전개되는 것을 알 수 있다. 그리고 각 단계마다 다양한 인물들이 등장하며 사건의 양상이 복잡하게 나타나면서 보다 입체적인 형상화를 이룩하고 있다. 또 그 시간 서술 방식은 전통적 역사서술 방식인 기전체(紀傳體)나 편년체

---

28) 윤주필, 「愁城誌의 3단 구성과 그 의미」, 『한국한문학연구』13집, 1990. 참조.
29) 허원기, 「천군소설의 심성론적 의미」, 『고소설연구』11집, 2001. 참조

(編年體)를 모델로 하고 있다. 그리고 작품의 말미에는 대부분 사평(史評)에 의한 포폄(褒貶)의식이 제시된다는 점도 전통적인 역사서술 방식에서 차용한 것이다. 이에 비해 심성도설은 공간적 구성을 한눈에 파악할 수 있다는 장점이 있지만 시간변화에 따라 다채로운 사건 양상을 구체화시키는 데는 많은 어려움이 있다. 마음은 활물(活物)이라 시시각각으로 변하며 그 변모의 양상도 단순치 않고 매우 복잡하고 미묘하다. 그러므로 이러한 표현영역의 확대는 인간이 마음에 관심을 집중할수록 긴요하게 요청되는 것이라 하겠다.

둘째, 심성도설과는 다르게 심성우언소설에서는 마음의 문제를 해결하는 데에 마음 이외의 도구로 해결하는 방법을 발견했다는 점이다. 심성론과 심성도설에서는 마음의 문제는 마음을 통해 해결하는 방법을 제시한다. 그것은 일반적으로 경이나 의와 같은 마음의 기제들을 통해 문제들을 해결하는 것이며 그 성과에 대해 의심하지 않는다. 심성우언소설들도 마음의 질병은 경과 의를 의인화한 인물들을 통해 극복하는 경우가 대부분이다. 〈천군전〉, 〈천군연의〉, 〈천군본기〉와 같이 제목에 '천군'이 등장하는 소설들이 모두 그러한 방식으로 마음의 문제를 해결한다. 그러나 〈수성지〉, 〈남령전(南靈傳)〉에서는 마음의 기제가 아닌 '술(麴襄將軍)'이나 '담배(南靈將軍)'와 같은 외물로 마음의 질병을 치유한다. 마음의 병을 마음의 기제로 치료하는 전자의 작품들은 그 마음의 병이 주로 외물인 주색30)이나 여타 방심한 마음으로부터 시작된다. 이것은 마음의 병이 주로 희락(喜樂)과 같은 호감(好感)의 과잉에서 비롯된 경우이다. 이에 비하여, 마음의 병을 마음 이외의 도구로 치료하는 후자의 작품들은 마음의 병이 노애(怒哀)와 같은 오감(惡感)의 과잉에서 비롯된 경우이다. 이러한 현상은 마음의 문제를 마음만으로 해결하는 것이 현실적으로 매우 지난한 일이라는 인식을 반영한다. 어떻게 보면 호감(好感)을 제어해야

---

30) 술은 歡伯, 麴氏兄弟로 미인은 越伯, 女戎으로 의인화되어 나타난다.

하는 입장에 처한 사람들은 행복한 경우라고 할 수 있으며, 또한 그 일은 마음의 기제를 조절함으로서 해결될 수 있을지도 모른다. 그러나 현실 속에서 억압받고 상처받는 사람들에게는 오감(惡感)을 처리하는 것이 더 시급하고도 심각한 문제였다고 볼 수 있다. 그들에게는 한가하게 마음을 수양할 수 있는 정신적 여유가 허락되지 못했고 현실의 물리적 고난을 물리적으로 극복하는 것이 급선무였다. 이러한 점에서 심성우언소설은 심성도설에 비해 더욱 확장된 현실인식과 문제해결 방식을 보여주고 있다.

셋째, 심성도설은 교훈성과 실천성을 중시하지만, 심성우언소설은 이 두 가지를 중시하면서도 한편으로 흥미성을 아울러 추구한다는 점이 다르다. 특히 전쟁화소와 애정화소를 적절히 활용하면서 심성도설에서는 느낄 수 없는 새로운 흥미를 유발한다. 심성도설에서도 성벽이 있는 풍경을 보여주며 언젠가 있을 전쟁을 예상케 하고는 있지만, 치열한 전쟁 상황이 구체적으로 표현되어 있는 것은 아니다. 그나마 조식의 신명사도에서만 전쟁의 분위기를 예상할 수 있을 따름이다. 그러나 심성우언소설에는 각종의 격문과 진법 등으로 긴박한 전쟁의 상황과 과정이 핍진하게 묘사하고 있다. 또한 전쟁 장면에 비할 정도의 비중은 아니지만 남녀 간의 애정사도 제법 실감 있게 다루고 있다. 전쟁과 사랑은 서사문학에서 가장 보편적으로 활용되어온 흥미소라고 할 수 있는데 심성우언소설에서는 이를 적절히 활용하여 흥미를 유발하고 있다.

그리고 심성도설과 심성우언소설이 모두 우의(寓意)의 기법을 활용하고 있지만, 심성우언소설의 경우에는 우의 기법과 함께 풍자 기법을 추구하는 모습도 발견할 수 있다. 〈수성지〉와 같은 작품이 그러한 사례[31]라고 할 수 있다.

넷째, 심성도설에 비해 심성우언소설은 의인의 기법을 더욱 심화하고

---

31) 권순긍, 「수성지의 알레고리와 풍자」, 『한국고전문학연구』13집, 1998.에서 이 문제를 다루었다.

있다. 그나마 조식의 신명사도를 제외하면 의인의 기법을 활용한 심성도설을 찾아볼 수 없다. 신명사도의 경우에도, 태일군, 총재, 대사구와 같은 직책으로 표현하고 있어 온전한 의인화라고 보기 어렵다. 신명사도에서도 그 외에는 의인화한 사례를 발견할 수 없다. 의인화 기법이 부분적으로 활용되고 있는 심성도설에 비하여, 심성우언소설들의 의인화는 본격적이며 전면적으로 활용되고 있다. 우리 서사문학과 소설에서는 하나의 작품군을 형성할 정도로 심성의인 기법이 널리 활용되었다. 이렇게 심성의인 기법이 널리 활용된 사례를 외국에서는 찾아보기가 어렵다[32]는 점에서 풍부한 심성우언소설은 우리 고전소설의 중요한 특성을 보여주는 현상이라고 할 수 있다.

V. 마무리

지금까지 심성도설의 역사적 사례들을 살펴보고 심성도설의 의미와 함께 심성도설과 심성우언소설의 관련양상을 검토하면서 심성우언소설의 문화적 위상을 점검해 보았다. 논의된 내용을 정리하면서 아울러 새로운 과제들을 몇 가지 제시하면서 이 논문을 마무리하고자 한다.

동아시아에서 도와 도설이라는 이름으로 나타난 도상은 매우 오랜 전통을 지니고 있다. 유가, 불교, 도교에서 각기 도와 도설을 활용하여 번쇄한 이론의 핵심을 제시하고, 그 근원적 의미를 밝혀 일목요연하게 가시화하는 기능을 수행해 왔다. 우리나라에서도 이러한 전통이 불교적인 도설에서부터 시작되어 그 흔적들이 풍부하게 남아있다. 특히 심성의 문제를 다룬 심성도설들은 성리학의 심성론이 심화발전하면서 더욱 활발하게 나타났다.

---

32) 마음을 의인화한 외국의 소설로는 17세기 인도의 작가 와즈히(Wajhi)가 지은 『본질(Sab Ras)』과 17세기 영국의 작가 존 번연(John Bunyan)이 지은 『천로역정』이 알려져 있다.(2005년 2월 '제1회 동아시아 우언연구 국제회의'에서 발표된 조동일 교수의 논문 「우언의 시대적 성격 비교론」에서 언급된 바 있다.)

성리학에서 바라볼 때, 인간의 본질적 문제는 '심성의 문제'이며, 인간은 본질적으로 '심성적 존재'이다. 심성적 존재인 인간은 내부적으로 본래적인 생명에너지(性)를 타고나는데 이를 잘 존양해야 하며, 외부적으로는 다양한 관계 속에서 중용에 맞게 정(情)을 느끼고 표현해야만 하는 숙명을 지닌 존재이다. 그러므로 안으로 본래적인 생명에너지를 잘 함양하고 밖으로 감정 교류와 처리의 달인이 될 때 인간은 구원에 이르게 되며, 그러하지 못할 때 타락하게 된다. 경우에 따라 심성은 인간을 타락으로 이끌기도 하고 구원으로 이끌기도 하는 양면성을 지니고 있다. 심성도설들은 이러한 인간 이해에 바탕을 두고 여러 가지 심성의 문제와 구조들을 그림으로 간명하게 표현하고 있다.

많은 심성도설들 중에서 조식의 신명사도는 심성우언소설을 촉발하는 직접적인 계기가 되었고, 추상적인 마음의 관념들을 구체적인 형상의 이미지로 표현하는 데 성공한 거의 유일한 도상이며, 번쇄한 심성논의를 한 장으로 응축하는 데 성공한 대표적인 도상이므로, 특히 주목할 만 하다. 신명사도는 성곽이 둘러선 비장한 전쟁터로 마음의 풍경을 표현하고 있다. 성의 안쪽에서는 경(敬)이, 바깥쪽에서는 의(義)가 주로 활동하며 성(誠)이 중간에서 이 둘을 매개하고 있는 모습을 보여준다. 그리고 내부적으로는 성(性)을 함양하고 외부적으로는 정(情)을 처리하는 것이 가장 중요한 사안이 된다.

심성우언소설들은 이러한 심성론과 심성도설들을 바탕으로 하여 탄생하였다. 그러므로 심성도설을 대표하는 신명사도와 심성우언소설은 여러 가지 면에서 공통점을 보여준다. 마음이 살벌한 전쟁터로 묘사되어 있다는 점, 경과 의의 실천적 역할이 중시된다는 점, 인간의 정을 잘 처리하여 마음의 건강에 이르는 것을 목표로 한다는 점, 불가시적인 마음을 구체적인 형상으로 표현하는 물질화된 상상력을 발휘하였다는 점이 그것이다. 또한 심성우언소설은 심성도설이 가지고 있는 표현의 한계성을 극복하면서 심성담론의 지평을 새롭게 확대하였다. 심성도설이 지닌 공간적 표현의 한계를 시간적 변이에 따른 서사적인 표현을 통해 극복했다는 점, 마음의 문제를 해결하는 데에 경(敬)·의(義)와 같은 심성적 기제뿐만 아니라 술·담배와 같은 비심성적 기제를 활용하였다는 점, 교훈성과 실천성에 한정하지 않고 새롭게 흥미성을 추구하고 있다는 점, 의인의 기법을 더욱 심화하고 있다는 점이 그것이다.

심성론과 심성도설, 심성우언소설은 모두 인간을 심성적 존재로 이해하고 인간의 타락과 구원에 대한 문제를 다루었다. 심성론은 경학적 논변, 심성도설은 시각적 도상, 심성우언소설은 서사의 방식을 통하여 이를 표현했다고 볼 수 있다. 이를 통해 심성론에서는 정밀한 사유를 전개하였고, 심성도설은 실천의 지침을 마련하였으며, 심성우언소설은 그 교훈·실천과 더불어 흥미를 유발하였다. 이들이 제시하는 인간 타락의 원인과 그 구원의 가능성은 모두 마음에 있으며, 인간 구원의 길은 '타고난 성(性)을 중용에 맞게 정(情)으로 표현할 줄 아는 삶을 영위하는 것'에 놓여있다. 사회적 관계 속에서 '감정 처리와 교류의 달인'이 되는 것에 달려 있다고 할 수 있는데 그 길은 '마음의 성인(聖人)'이 되는 길이라 할 수 있다.

이 논문에서는 구체적으로 논의하지 못했으나 심성우언소설은 '마음'을 다스리는 차원과 '나라'를 다스리는 차원을 중층적으로 제시하여 텍스트를 이중적으로 독해할 수 있는 가능성을 제시하고 있다. 마음의 성인이 다스리는 나라는 마음의 정치가 이루어지는 나라이기도 하다. 마음의 정치는 군주 자신의 마음뿐만 아니라 백성들의 마음을 어루만져 백성들의 마음을 건강하게 만드는 정치이고 백성들의 마음에서 부정적인 감정의 앙금을 온전히 걷어내어 백성들이 마음으로 납득할 수 있게 만드는 정치여야 한다. 이것은 도구적인 합리성을 극단적으로 추구하면서 국민들의 정서에 위배하는 정책을 서슴없이 추진하는 현대국가들의 정치문화와 비교할 때 중요한 논의거리가 될 수 있다.

또한 마음의 성인이 되어 구원에 이르는 구원 방식은 서구적인 구원

방식과는 매우 이질적이다. 그러한 점에서 구원의 문제를 다루고 있는 영국의 소설 〈천로역정(天路歷程)〉을 비롯하여 여타 외국의 유사작품들과 자세히 비교연구해 볼 필요가 있다. 천로역정의 구원은 태어난 고향과 현세를 떠나 무수한 공간 이동을 통해 천국에 이르러야만 이룰 수 있는 구원이다. 그리고 모르기는 하여도 신(경)학적인 담론이 도상학적 담론으로 전이되었다가 서사우언 담론에 이르는 과정을 〈천로역정〉도 밟아 온 것은 아니었던가 하는 의구심을 품어 본다. 그렇지 않다 하더라도 서구문학사의 전통에서도 신학적 담론이 도상학적 담론을 경유하여 서사우언 담론에 이르고 있는 인류문화사의 보편적 전개 과정을 확인해 볼 수 있으리라는 희망을 아울러 가져 본다.

참고문헌

1. 원전자료
曹　植, 「神明舍圖」, 『(교감국역)南冥集』, 경상대학교 남명학연구소, 1995.
______, 「神明舍銘」, 『(교감국역)南冥集』, 경상대학교 남명학연구소, 1995.
許　愈, 「神明舍圖銘或問」, 『后山先生文集』, 경인문화사, 1994.
曹垣淳, 「神明舍銘集解」, 『伏菴集』, 규장각소장본.
______, 「神明舍銘考證」, 『伏菴集』, 규장각소장본.

2. 논저
권순긍, 「수성지의 알레고리와 풍자」, 『고전문학연구』제13집, 한국고전문학회, 1998
금장태, 『聖學十圖와 퇴계 철학의 구조』, 서울대학교출판부, 2001.
______, 『한국유학의 心說』, 서울대학교출판부, 2002.
김광순(역주), 『천군소설』, 고려대학교민족문화연구소, 1996.
______, 『천군소설연구』, 형설출판사, 1980.
김충렬, 「神明舍圖·銘의 새로운 考釋」, 『남명학연구논총』제11집, 남명학연구원, 2002.
안동준, 「북방계 신화의 신격 유래와 도교 신앙」, 『도교문화연구』제21집, 한국도교문화학회, 2004.
이상필, 「后山 許愈의 南冥學 繼承과 그 意義」, 『남명학연구』제19집, 경상대학교 남명학연구소, 2005.
정순우, 「남명의 공부론과 처사의 성격」, 『남명 조식』, 청계출판사, 2001.
______, 「后山 許愈의 神明舍圖或問 硏究」, 『남명학연구』제19집, 경상대학교 남명학연구소, 2005.
최석기, 「남명의 신명사도·신명사명에 대하여」, 『남명학연구』제4집, 상대학교 남명학연구소, 1994.
한국사상사연구회, 『圖說로 보는 한국유학』, 예문서원, 2000.
한국사상사연구회, 『조선 유학의 개념들』, 예문서원, 2002.
한형조, 「남명, 칼을 찬 유학자」, 『남명 조식』, 청계출판사, 2001.
허권수, 『남명 조식』, 지식산업사, 2001.
허원기, 「天君小說의 心性論的 意味」, 『古小說硏究』제11집, 한국고소설학회, 2001.
______, 「판소리 미학의 사상적 세 층위」, 『판소리연구』제15집, 판소리학회, 2003.
오하마 아키라(大濱晧; 이형성 역), 『범주로 보는 주자학(朱子の哲學)』, 예문서원, 1999.

姜錫瑾*

Ⅰ. 머리말

佛敎寓言文學의 진원지는 佛經이다. 특히 초기 불경은 불교우언문학의 寶庫라 할 만큼 내용과 그 양이 방대하다. 佛經이 우언문학의 보고로 인정되는 배경에는 印度민족 특유의 세계관과 석가(釋迦)의 傳法 方式이 내재되어 있다. 이런 연유로 석가의 체취와 행적이 진솔하게 담긴 초기 불경에는 많은 우언들이 등재되어 있다. 다양성과 문학성을 갖춘 이런 우언으로 인해 인도는 중국·그리스와 함께 세계 3대 寓言文學의 發祥地로 인정되었다.[1]

八萬四千 法門으로 불리는 석가의 교설에는 法을 전하기 위한 그의 고뇌와 노력이 깃들어 있다. 국가·계급·민족·종교간의 갈등과 다양한 언어의 혼잡 속에서 석가는 사도(邪道)를 논파하고, 불법에 대한 대중들의 신심을 고취하기 위하여 우언을 즐겨 사용하였다. 교만한 지식인과 근기가 부족한 민중들을 불법의 세계로 효과적으로 인도하려는 이런 설

---

*동국대 불교문화대학원 객원교수

1) 陳蒲淸, 오수형 옮김 : 『중국우언문학사』, 소나무, 1994. p.28.

법은 '응병여약(應病與藥)' 또는 '대기설법(對機說法)'이라 불린다. 설법자가 권위나 논리로 상대를 제압하지 아니하고 대중들의 눈높이에 초점을 맞추어서 설법한다는 뜻이다. 후대의 불교학자들은 석가의 팔만 사천 법문을 經·律·論 3藏으로 나누고, 3藏을 契經·應頌·伽陀·記別·無問自說·緣起·譬喩·本事·本生·方廣·未曾有法·論議로 세분한 12分敎는 대기설법의 훌륭한 증거들이다.

정공법보다는 우회적 방법을 선호한 석가의 설법은 자연히 寓意·譬喩·逆說의 방법을 중요시한다. 불경의 절반이 비유문학2)이라는 주장도 불경이 가진 이런 면에 주목한 것이다. 설법의 객관성과 보편성을 증진시키고, 신자들의 종교적 각성을 자발적으로 유도하는데, 이런 방식의 설법은 매우 효과적이다. 석가가 우의와 비유의 방법을 설법에 적극 활용한 것은, 더 많은 중생을 효과적으로 구제하는데 그 목적이 있고, 汚濁惡世를 끊임없이 윤회하는 불쌍한 중생들을 모두 구제하겠다는 大悲心이 사상적 배경이며, 때와 시간, 사람에 따라 설법방법과 설법내용을 달리한 方便的 方法論은 불교와 우언의 밀착성을 배가시켜 주었다. 이런 점은 선시(禪詩)의 창작 논리에도 그대로 적용되고 있다.

우언의 기본성격은 '에둘러 말하기'에 있다. 이는 언어의 모호성을 극복하기 위한 전략이며, 또한 독해의 이중성을 의도적으로 증가시키려는 뜻3)을 가진다. 불교우언 역시 이같은 원리를 가지며, 효과적으로 교리를 전하기 위해 '에둘러 말하기'방식을 사용한다. 이런 점은 대중들의 종교적 적대감을 감소시키고, 설법자에 대한 신뢰를 증진시켜 피설법자의 마음을 열게 하는데 효과적이다. 불교우언은 한편 한편이 독립성을 갖춘 설법이면서 동시에 본격적인 설법을 이끌어내는 보조설법이다. 불교우언은 중앙집권식 정치체제처럼 교리와 비슷한 창작 상황에 지배받는 관

---

2) 김운학 : 『한국불교문학의 이론』, 일지사, 1990. 58쪽.
3) 윤주필 : 「한문문명권의 우언론 비교 연구」, 『동아시아 우언론과 한국의 우언문학』, 집문당, 2004. 1쪽.

계로 후대로 갈수록 유형화되는 특성을 가진다. 따라서 이런 특징은 불교
우언 작가가 자신의 개성을 발휘하는 데에는 오히려 장애가 되었다.

본고는 한국불교 우언문학의 범주를 확인하고 그 특색을 고찰하는데
목적이 있다. 그간 학계에서 진행된 한국 불교우언문학에 대한 연구 성과
는 미미하였다. 본고는 앞으로 한국 불교우언문학 연구의 가능성을 탐색
하고 연구 방향을 설정하기 위한 試論的인 성격을 갖는 논문이다.

Ⅱ. 불교우언의 문학적 범주

불교우언의 범주 설정은 결코 쉬운 작업이 아니다. 장르나 형식이 아닌
내용과 표현기법만으로 불교우언인가 아닌가를 판별해야 하기 때문이다.
佛經은 편찬과 번역 시기 등이 복잡하게 얽혀 있어 영향관계를 확인하기
도 어렵고, 3藏에서의 '論'과 12분교에서의 '論議'를 제외한 대부분의 불
경이 우언과 비유로 표현되어 있기 때문에 내용을 분류하기도 어렵다.

주요한 불교우언서와 우언들을 간략하게 정리하면 다음과 같다.

인도에서 가장 오래된 우언집인『판차탄트라(panchatantra), 오권초
(五券鈔), 오권서(五卷書)』와『가훈(嘉訓)』은 석가모니 이전에 찬술된
책인데, 불교우언과 서양의 이솝우화 등에 중대한 영향을 끼쳤다. 이와
아울러 불교우언이 실린 가장 오래된 경전에는『숫타니파타』(南傳대장
경 중 小部經典)와『아함경(阿含經)』같은 초기 경전들이 있다.4)

---

4) 법정 옮김 : 〈해설〉,『숫타니파타』, 도서출판 이레, 2003. 394~400쪽. 참조.
   불교 최초의 경전으로 평가되는 이『숫타니파나, suttanipata』는 숫타(Sutta) 즉 말
   의 묶음(經), 니파타(Nipata)는 모음(集)이란 뜻으로, 말의 모음집이라는 뜻이다. 불
   교의 많은 경전 중에서도 가장 초기에 이루어진 것으로 초기 불경의 단순함과 소박
   한 모습이 그대로 드러나 있다. 이『숫타니파타』는 모두 1,149수의 詩를 70經에 정
   리하여 5장으로 나누었다. 그 다섯 장이 뱀의 비유(蛇品), 작은 장(小品), 큰 장(大
   品), 여덟 편의 시(義品), 피안에 이르는 길(彼岸道品)이 그것이다. 이 중 4장인 여
   덟 편의 시(義品)만을 인도의 재가거사 支謙이 중국에 와서 吳나라 초기(223~253
   년) 무렵에『佛說義足經』2권으로 한역하였으나, 소승경전으로 취급되어 중시되지

『숫타니파타』에 나타난 표현 방법과 내용을 살펴보면 다음과 같다.

> 소리에 놀라지 않는 사자처럼/ 그물에 걸리지 않는 바람처럼/ 진흙에 더럽히지 않는 연꽃처럼/ 무소의 뿔처럼 혼자서 가라// 이빨이 억세며 뭇짐승의 왕인 사자가 다른 짐승을 제압하듯이/ 궁핍하고 외딴 곳에 거처를 마련하고/ 무소의 뿔처럼 혼자서 가라. 〈뱀의 비유, 71~72장〉[5]

위의 내용은 출가 수행자의 지침을 시로 표현한 것이다. 주제는 철저하게 혼자서 당당히 수행할 것을 강조한다. 직접적인 비유인 직유를 통해 수행자가 가야 할 길을 간명하게 제시해준다. 사자처럼 용감하게, 바람처럼 자유롭게, 연꽃처럼 청정하게, 아울러 궁핍하고 외롭게, 그리고 무소의 뿔처럼 당당하게 수행할 것을 가르친다. 이『숫타니파타』에는 초기불경의 소박한 사상과 비유적 표현들이 잘 나타나 있다.

또한 불교우언이 실려 있는 대표경전은 부처의 전생을 기록한『본생경(Jātaka)』과 부처와 제자들의 전생 이야기를 담은『본사경(本事經, Itivuttaka)』등이 있다. 이밖에 어떤 인연으로 자연스럽게 설법하게 된 내용을 기록한『因緣經(Nidna)』을 비롯한『현우경(賢愚經)』,『잡보장경(雜寶藏經)』,『백유경(百喩經)』,『비유경(譬喩經)』,『찬집백연경(撰集百緣經)』,『육도집경(六度集經)』,『법구경(法句經)』,『법구비유경(法句譬喩經)』등이 있다.

특히『판차탄트라(panchatantra)』와『본생경』은 서양의 우언 발전에 큰 영향을 주었다.『판차탄트라』는 불교가 정착되기 이전에 창작되어 서양으로 전파되었다는 설과 불교 성립 이후 이 책이 만들어졌다는 설 등이 다양하게 존재한다.[6]『본생경』과『이솝우화』의 비교 연구도 시도되었다.[7] 이처럼『본생경』은 불교우언문학의 생성과 발전, 그리고 불교포교

못했다.
5) 법정 옮김 :『숫타니파타』, 도서출판 이레, 2003. 34쪽.
6) 한글대장경『본생경』1, 〈해제〉, 동국대학교 부설 동국역경원, 1988. 15~14쪽.

와 불교문학 발전에도 큰 영향을 주었다.

이와 아울러 불교 고사도 뛰어난 불교우언의 한 종류이다. '盲龜遇木' 『잡아함경』, '認賊爲子'『楞嚴經』, '一雨百花', '花果同時'『法華玄義』를 비롯하여 '拈華示衆', '捨筏登岸', '得魚忘筌', '納須彌于芥子', 『벽암록』 의 '啐啄同時', 화엄사상을 나타내는 '重重無盡' 등의 고사들은 복잡한 교리와 번다한 논의를 짧고 분명하게 전해주는 우언들이다.

우언으로 표현된 불교 고사 가운데 '盲龜遇木'이 있는데, 그 내용은 다음과 같다.

> 비유하면 다음과 같다. 이 대지가 모두 큰 바다가 되었을 때, 어떤 눈먼 거북이 가 있어 수명이 무량 겁인데, 일백 년에 한 번씩 그 머리를 바다 밖으로 내민다. 바다 가운데에는 오직 구멍이 하나 난 나무토막이 있어 파도에 떠밀려 바람에 따 라 동서로 떠다닌다. 이 눈먼 거북이가 일백 년에 한 번씩 머리를 내밀 때 바로 이 구멍에 머리를 집어넣을 가능성이 있겠는가.[8]

---

7) 한글대장경 『본생경』1, 〈해제〉, 동국대학교 부설 동국역경원, 1988. 15쪽.

본생경	이솝우화
새끼돼지와 수소(jā. 30, 286)	송아지와 수소(牡牛)
대머리 남자와 모기(jā. 44))	대머리 남자와 파리
황금색의 거위(jā. 136)	황금알을 낳는 거위
사자와 승냥이(jā. 143)	사자와 여우
사자의 가죽을 쓴 나위(jā189)	사자의 가죽을 쓴 나귀
기러기와 거북(jā215)	독수리와 거북
승냥이와 까마귀(jā. 294, 295)	여우와 까마귀
사자와 딱따구리(jā. 308)	이리와 학
승냥이와 물고기와 새 (jā. 374)	개와 그림자
고양이와 닭(jā. 383)	여우와 닭(또는 여우와 닭과 개)
표범과 어미 양(牝牛)(jā. 426)	이리와 새끼 양

（ ）안의 숫자는 『본생경』의 항목번호

8) 『잡아함경』 『盲龜經』 『대장정』 2. p108c13. "譬如大地 悉成大海 有一盲龜 數無量劫 百年 一出其頭 海中有浮木 止有一孔 漂流海浪 隨風東西 盲龜百年 一出其頭 當得遇此孔不."

'맹귀우목'은 중생이 佛法과 만나는 것이 어렵다는 것을 일깨우는 고사이다. 눈먼 거북이가 100년 만에 한 번 바닷속에서 머리를 내밀 때, 바다에 둥둥 떠다니는 구멍 뚫린 나무토막에 머리를 집어넣는 일만큼이나 중생이 깨닫는 것이 어렵다는 뜻이다. 이는 '千載一遇'의 불교식 표현이다. 이 말은 수많은 생물 가운데 사람으로 태어나는 것이 어렵고, 또 부처님과 그 가르침을 만나기도 어려운데, 인간으로 태어났고 불법도 만났으니 이번 생애에서 철저하게 정진하고 깨치라는 뜻이 담겨있다.

『금강경』과 『법화경』을 비롯한 수많은 대승경전(大乘經傳)은 그 자체가 뛰어난 우언집이다. 대승경전의 서두를 장식하는 '如是我聞'과 六成就[9]는 논파되지 않는 논리라는 뜻이 함유되어 있으며, 또한 이런 구조는 우언을 효과적으로 전하기 위한 장치이다. 대승경전에 등재된 구체적인 불교우언을 찾아보면, 『법화경(法華經)』의 법화칠유(法華七喩)[10]와 『유마경(維摩經)』의 〈불이법문(不二法門)〉, 『원각경(圓覺經)』의 〈空華의 譬喩〉, 『열반경(涅槃經)』의 〈오미설(五味說)〉과 〈일협사사(一篋四蛇)〉를 비롯한 설산동자(雪山童子)의 〈시신문게(施身聞偈)〉, 『불설비유경(佛說譬喩經)』의 〈黑白二鼠의 비유〉 등은 불교우언의 고유한 향기와 가치를 지닌 것들이다.[11]

이들 가운데 불교 논리를 우언으로 전하는 대표적 사례인 〈黑白二鼠의 비유〉를 살펴보고자 한다.

　　이와 같이 내가 들었다. 어느 때 부처님은 슈라아바스티이국의 제타숲 외로운

---

9) 육성취 : "如是는 부처의 말씀이 분명하다는 믿음(信)의 성취, 我聞은 내가 직접 들었다는 들음(聽)의 성취, 一時는 설법의 시간을 의미하는 때(時)의 성취, 佛은 설법의 주체가 부처였다는 주(主)의 성취, 설법한 장소를 의미하는 在某處는 장소(處)의 성취, 어떤 사람이 부처의 설법을 들었는가를 밝혀주는 대중(衆)의 성취"를 의미한다. 따라서 金剛經은 "如是我聞 一時 佛住舍衛國 祇樹給孤獨園 與大比丘衆 千二百五十人俱."와 같이 기술되어 있다.

10) 火宅喩(譬喩品), 窮子喩(信解品), 藥草喩(藥草喩品), 化城喩(化城喩品), 衣珠喩(授記品), 髻珠喩(安樂 行品), 醫子喩(壽量品)

11) 金岉石 : 「佛陀와 佛敎文學」, 『韓國佛敎文學硏究』 상, 동국대학교 출판부, 1988.
　　金雲學 : 『佛敎文學의 理論』, 一志社, 1990.

이 돕는 동산에 계셨다. 그 때에 부처님은 대중 가운데서 勝光王에게 말씀하셨다."대왕이시여! 나는 지금 대왕을 위하여 간단한 한 비유로써 생사의 맛과 그 근심스러움을 말하리니, 왕은 지금 자세히 잘 듣고 잘 기억하십시오. 한량없는 먼 겁전에 어떤 사람이 광야에 놀다가 사나운 코끼리에게 쫓겨 황급히 달아나면서 의지할 데가 없었습니다. 그러다가 어떤 우물이 있고 그 곁에 나무뿌리 하나가 있는 것을 보았습니다. 그는 곧 그 나무뿌리를 잡고 내려가 우물 속에 몸을 숨기고 있었습니다. 마침 검고 흰 쥐 두 마리가 그 나무뿌리를 번갈아 갉으며 있었고, 그 우물 사방에는 네 마리 독사가 그를 물려 고 하였으며, 우물 밑에는 독한 용이 있었습니다. 그는 그 독사가 몹시 두려웠고, 나무뿌리가 끊어질까 걱정이었습니다. 그런데 그 나무에는 벌꿀이 있어서 다섯 방울씩 입에 떨어지고 나무가 흔들리자 벌이 흩어져 내려와 사람을 쏘며 또 들에서 불이 일어나 그 나무를 태우고 있었습니다."

왕은 말하였다. "그 사람은 어떻게 한량없는 고통을 받으면서 그 조그만 맛을 탐할 수 있었겠습니까?"

그 때에 부처님은 말씀하였다. "대왕이여! 그 광야란 끝없는 무명의 긴 밤에 비유한 것이요, 그 사람은 중생에 비유한 것이며 코끼리는 무상에 비유한 것이요, 우물은 생사에 비유한 것이며, 그 험한 언덕의 나무뿌리는 목숨에 비유한 것이며, 나무뿌리를 갉는다는 것은 찰나 찰나로 목숨이 줄어드는 데 비유한 것이요, 벌은 삿된 소견에 비유한 것입니다. 독한 용은 죽음에 비유한 것입니다. 그러므로 대왕은 알아야 합니다. 생로병사는 참으로 두려워해야 할 것입니다. 언제나 그것을 명심하고 오욕에 사로잡히지 않아야 합니다.[12]

위 내용은 한편이 한 권으로 되어 있는 『불설비유경』이다. 人生이 無常하다는 불교의 논리를 전하기 위해 설해진 우언이다. 감동적인 이 이야

---

12) 한글대장경 『아라한구덕경』 외, 『佛說譬喩經』, 동국역경원, 한글대장경, 1995. 515
～517쪽.
"如是我聞 一時薄伽梵 在室羅伐城逝多林給孤獨園 爾時世尊於大衆中 告勝光王曰
大王 今爲王略說譬喩 諸有生死味著過患 王今諦聽 善思念之 乃往過去 於無量劫
時有一人 遊於曠野爲惡象所逐 怖走無依 見一空井 傍有樹根 卽尋根下 潛身井中
有黑白二鼠 互齧樹根 於井四邊有四毒蛇 欲螫其人 下有毒龍 心畏龍蛇恐樹根斷
樹根蜂蜜 五滴墮口 樹搖蜂散 下螫斯人 野火復來 燒然此樹 王曰 是人云何 受無量
苦 貪彼少味 爾時世尊告言 大王 曠野者喩於無明長夜曠遠 言彼人者 喩於異生 象
喩無常 井喩生死 險岸樹根喩命 黑白二鼠以喩晝夜 齧樹根者 喩念念滅 其四毒蛇
喩於四大 蜜喩五欲 蜂喩邪思 火喩老病 毒龍喩死 是故大王 當知生老病死 甚可怖
畏 常應思念 勿被五欲之所吞迫."

기는 삶이란 부질없고 空하다는 사실을 인식하지 못한 채 탐욕스럽게 사는 중생들을 깨우쳐 주려고 펼친 설법이다. 이 〈黑白二鼠의 비유〉에서 '검은 쥐와 흰 쥐'는 밤낮 즉 세월을 의미하는데, 이 이야기는 세월이 흘러감에 따라 필연적으로 만나는 죽음을 제대로 인식하지 못한 채 五慾에 취해 세월을 허송하는 중생들의 어리석은 삶을 표현한 것이다. 이러한 점은 불교우언이 가진 전형적인 표현방식이며, 중생들에게 가까이 다가서려는 '對機說法'의 한 가지 사례이다.

대승경전에 나타난 六成就의 구조와 序分·正宗分·流通分으로 된 3단구조도 우언적인 표현과 관계가 깊고, 아울러 머리말·전생이야기·결론(머리말: 지금뿐만 아니라 전생에서도 그랬다)·본론(본론 : 전생이야기)·결론(결론 : 그 사람은 지금의 누구이고, 어떤 사람은 지금의 누구였다)으로 이루어진 『本生經』의 3단 구조13)도 설법의 효과를 극대화시키기 위해 사용된 우언적 표현 방식이다.

『본생경』의 불교우언은 재편에 재편을 거듭하면서 전해졌다. 『본생경』은 기원전 3세기부터 기원후 11~12세까지 장기간 전승되면서 모방과 재창조의 과정을 거쳐 547편의 各篇들이 전해진다.14) 이처럼 반복과 모방을 거듭하며 복잡하게 재창조된 불교우언은 『莊子』의 이른바 3言인 寓言·重言·卮言〈雜篇 27〉의 논리를 기준으로 그 변화 양상을 점검할 수 있다. 다시 말하면 『본생경』에는 독자성이 분명한 우언들도 있고, 선행 텍스트를 변용시키고 내용을 새롭게 변화시킨 重言의 방법으로 진술된 우언도 있고, 석가의 명성이나 언설을 빌리지 않고, 작가의 의도나 작품의 주제를 특별하게 내걸지 않고 독자를 자신의 이야기 속으로 편안하게 인도하려는 卮言의 방법이 적용된 우언들도 있다.15)

---

13) 한글대장경 『본생경』1, 〈해제〉, 동국대학교 부설 동국역경원, 1988. 13쪽.
14) 한글대장경 『본생경』1, 〈해제〉, 동국대학교 부설 동국역경원, 1988. 9~10쪽.
15) 윤주필 :「한문문명권의 우언론 비교 연구」,『동아시아 우언론과 한국의 우언문학』, 집문당, 2004. 19쪽. 참조.

불교우언의 범주설정에서 반드시 검토해야 할 분야 가운데 하나는 선시(禪詩)와 선화(禪話)이다. 禪僧들의 선시와 선문답(禪問答)(上堂·書狀·示衆) 등의 선화는 우언적 요소가 매우 강한 장르이다. 선적 언어를 '言語道斷', '離言絶慮'라 부르는 것은 '에둘러 말하기'를 禪的으로 표현한 것이다. 따라서 선시와 선화는 우언처럼 寓意·諷刺·逆說·아이러니(irony)·譬喩를 통해 표현될 때가 많다.

우언과 선시는 서로 동질성이 많지만 그렇다고 대부분의 禪詩나 禪話 우언이 아니다. 선시와 선화는 수행과 근기가 높은 소수의 수행자만을 수신자로 삼는다. 우언은 일반인들도 이해할 수 있는데 비해, 선화와 선시는 철저하게 닫힌 장르이다. 일반인들에게 선시를 해석하게 하면 그들은 제각각의 결론을 내놓을 것이다. 따라서 선시와 선화는 표현·내용·수사법이 우언과 너무나 비슷하지만, 이미 일반인들에게까지 잘 알려진 일부의 선시와 선화를 제외한 대부분의 선시와 선화는 佛敎寓言이 아니다.

선화(禪話)의 대표적인 예화를 『벽암록(碧巖錄)』에서 인용하면 다음과 같다.

梁 武帝가 달마 대사에게 물었다. "무엇이 불교의 본질이 되는 가장 성스러운 진리입니까?" "텅 비어서 성스럽다 할 것도 없습니다." "짐과 마주한 당신은 누구요?" "모르겠습니다." 양 무제는 이를 알아채지 못했다. 이에 달마 대사는 양자강을 건너 위나라로 갔다. 뒷날 무제는 이 일을 志公 화상에게 물어보았더니 지공이 되물었다. "폐하, 그 사람을 아시겠습니까?" "모르겠습니다." "그는 觀音大士이시며 부처님의 心印을 전하는 분이십니다." 무제는 그제서야 후회를 하면서 사신을 보내 달마 대사를 청하려 했다. 이에 지공이 다시 일렀다, "폐하, 사신을 보내는 일을 그만 두십시오. 온 나라 사람이 다 데리러 가더라도 그는 돌아오지 않을 것입니다." 〈頌〉 성스러운 진리란 사실 아무 것도 아니니/ 어찌해야 이를 분명히 알아챌 수 있을까/ 나를 마주한 그대 누구냐고 물으니/ 도리어 나는 모르겠다고 대답했네/ 이로 인해 남몰래 강을 건너가시니/ 소동이 일어난 것을 어찌 막을 손가/ 온 나라 사람이 모시러 가도 다시 올 리 없으니/ 천년만년 후회해도 부질없는 짓이네/ 그러나 후회하지 말지니/ 맑은 바람이야 어디엔들 가득하지 않으리.16)

선종 제일의 선서(禪書)로 불리는『벽암록(碧巖錄)』은 雪竇 重顯의
『頌古百則』에 제자인 圜悟 克勤이 垂示와 着語·評唱을 붙여 새롭게 정
리한 선서인데, 선서 중의 선서로 평가되어 왔다. 이 책은 조계종에서
중시하는 서적이지만, 이 책에 실린 100則의 선화(禪話)에 대한 해석은
선사마다 다르다. 곧 각 則에 대한 해석이 수행자와 해설자마다 다르다는
뜻이다. 권오현도 〈사족〉편에서 위 내용을 해설하면서 "달마가 전했다는
心印이 무엇인가?"라는 自問에 "나도 또한 모른다고 밖에 달리 할 말이
없다."하였고, "달마가 서쪽에서 온 뜻은 무엇인가?"라는 자문에는 "세상
을 뒤죽박죽으로 만들기 위해서"라고 답했다.17) 『벽암록』에 대한 해설이
오히려 이 책을 더 어렵게 하였고 모호하게 하였다. 일반적인 불교우언의
경우 대부분의 사람들은 같은 내용을 비슷하게 이해하고 공감하는데 비
해 선시(禪詩)와 선화(禪話)에 대한 해석은 사람마다 다르거나 이해하지
못한다. 이런 이유 때문에 대부분의 선시와 선화는 불교우언의 범주에
넣을 수가 없다.

Ⅲ. 불교우언의 문학적 탐색

한국우언문학의 첫 작품인 先道解의 〈귀토지설(龜兎之說)〉(『三國史
記, 金庾信傳』)이 불교우언에서 유래되었다는 것은 많은 시사점을 준다.
〈규여미후(虯與獼猴)〉18)라는 고사에서 나온 이 이야기는 석가의 설법을

---

16) 조오현 역해 :『벽암록』, 불교시대사, 1997. 15~17쪽. 1則 〈達磨廓然無聖〉, 〈本
   則〉. "擧 梁武帝 問達磨大師 如何是聖諦第一義 磨云 廓然無聖 帝曰 對朕者誰 磨
   云 不識 帝不契 達磨遂渡江至魏 帝擧後問志公 志公云 陛下還識此人否 帝云 不
   識 志公云 此是觀音大士 傳佛心印 帝悔遂遣使去請 志公云 莫道 陛下發使去取
   闔國人去 佗亦不回. 〈頌〉 聖諦廓然 何當辨的 對朕者誰 還云不識 因玆暗渡江 豈
   免生荊棘 闔國人追不再來 千古萬古空相憶 休相憶 淸風匝地有何極."
17) 조오현 역해 :『벽암록』, 불교시대사, 1997. 18쪽.
18) 『佛本行集經』31권,『六度集經』권 36,『本生經』10권과『오권서』에도 그 내용이
   전한다.

인용한 전형적인 불교우언이다. 이 작품은 불교우언이 한국우언문학의
발전에 얼마나 큰 영향을 주었는지를 확인시켜 준다.

『육도집경(六度集經)』등에 전하는 이 설화는 한역불경을 거쳐 〈귀토
지설〉, 〈수궁가(水宮歌)〉, 〈토끼傳〉으로 전승되면서 한국우언문학 발전
에 중요한 기폭제가 되었으나 후대로 갈수록 불교적 특징은 탈색되고 寓
言的 요소만 남게 되었다. 〈구토지설〉의 전승과정을 살펴보면, 한국 우
언문학의 발전 과정을 확인할 수가 있다.

노신(魯迅)은 "인도 우언의 전래는 중국 고대 우언 창작의 발전을 촉
진했으며, 『中國寓言史』에 대서특필할 만한 일"[19]이라며 두 나라 우언
의 영향관계를 밝혀낸 바 있으나, 인도 우언이 한국우언문학 발달에 끼
친 점은 아직까지 전모가 밝혀지지 않았다. 그러나 소설의 경우에는 그
영향 관계가 어느 정도 파악되었지만[20] 시가문학의 경우는 전혀 연구되
지 못했다. 따라서 본고는 시가문학에 적용된 불교우언의 영향 관계를
살펴보려 한다.

다음의 글은 불교우언이 한국시가문학에 수용된 양상을 구체적으로 확
인시켜 준다. 〈우물 속의 달 건지기[井中撈月]〉라는 불교우언이 그것이다.

과거의 세상에 波羅奈라는 城이 있었으니, 그 나라 이름이 伽尸였다. 어느 5
백마리의 원숭이가 한적한 숲에서 놀다가 어느 尼俱律 나무에 이르니, 그 나무 밑
에 우물이 있었고 우물 가운데 달 그림자가 나타났다. 그 때 원숭이의 우두머리가
그 달 그림자를 보고 동료들에게 말했다. "달이 오늘 줄어서 우물 가운데 떨어져
있으니, 마땅히 함께 끌어내서 세간에서 긴 밤의 어둠이 사라지게 해야겠다."
원숭이 무리들이 서로 의논하여 말하였다. "어떻게 해야 달을 끌어낼 것인가?"
그 때 원숭이 우두머리가 말하였다. "내가 달을 끌어내는 방법을 알고 있다." "내
가 나뭇가지를 잡고 너희들은 내 꼬리를 잡아 펼쳐서 서로 연결하면 달을 끌어낼
수 있다." 그 때 원숭이들이 우두머리의 말대로 서로 펼쳐 붙잡았는데, 물에 이르
지 못한 채, 연결한 원숭이는 무겁고 나뭇가지는 약했기에 나뭇가지가 꺾어지면서

---

19) 陳蒲淸 저, 오수형 옮김 :『중국우언문학사』, 소나무, 1994. 195쪽. 재인용.
20) 인권환 :『한국불교문학연구』, 고려대학교 출판부, 1999. 11~12쪽.

거기 연결되어 있던 원숭이들이 우물물에 떨어졌다. 그 때 나무신이 게송으로 말하였다.

이렇게 미련한 짐승에게/ 어리석은 무리들이 서로 따르지만/ 앉아서 스스로 고뇌를 내니/ 어떻게 세간을 구제하겠는가.

부처님께서 다시 여러 비구들에게 이르셨다. "그 때의 원숭이 우두머리는 지금의 제바달다이고 그 때의 원숭이들은 지금의 육군(六群)비구들이니라". "그 때 이미 일찍이 서로서로 순수하여 온갖 고뇌를 받았는데, 이제 다시 이와 같은 일을 하는구나."21)

이 이야기는 율장인 『마하승기율』 7권에 실려 있다. 이 이야기 속의 원숭이는 미욱한 중생을 의미하는데, 생을 거듭하면서도 어리석은 행동을 계속한다. 허상에 불과한 우물속의 달을 꺼내려는 탐욕 때문에 원숭이들은 떼죽음을 당했다. 원숭이들의 죽음은 그 자신들의 無明과 無知 때문이다. 세상의 모든 사물은 空하고 달조차도 空한데 우물속의 달이야 말할 필요가 있겠는가. 세상의 모든 사물과 현상이 空하다는 '色卽是空'22)의 논리가 이 글의 주제이다.

이 글의 모티프와 주제는 우리나라 문인 白雲居士 이규보(李奎報)와 승려 괄허(括虛)의 시에서도 확인된다. 다음에서는 이 이야기가 그들의 시작품들에 어떻게 수용되었는지를 살피려 한다.

다음 시는 이규보(李奎報)의 〈山夕詠井中月〉라는 작품이다.

---

21) 이영무 옮김 : 한글대장경 『摩訶僧祇律』 1, 동국역경원, 1995. pp.233~234.
"有城名波羅奈 國名伽尸 於空閑處有五百獼猴 遊行林中 到一尼俱律樹 樹下有井 井中有月影現 時獼猴主見是月影 語諸伴言 月今日死落在井中 當共出之 莫令世間 長夜闇冥 共作議言 云何能出 時獼猴主言 我知出法 我捉樹枝 汝捉我尾 展轉相連 乃可出之 時諸獼猴卽如主語 展轉相捉 小未至水 連獼猴重 樹弱枝折一切獼猴墮井 水中 爾時樹神便說偈言 是等駮榛獸 癡衆共相隨 坐自生苦惱 何能救世間 佛告諸 比丘 爾時獼猴主者 今提婆達多是 爾時餘獼猴者 今六群比丘是 爾時已曾更相隨順 受諸苦惱 今復如是."
22) 진포청 : 「우언의 문학적 지위」, 『동아시아 우언문학 비교론』, 집문당, 한국우언문학회 편, 2005. 291쪽.

山僧貪月色　　산 속의 스님이 달빛을 사랑하여
幷汲一瓶中　　한 항아리에 물과 함께 길어 갔네
到寺方應覺　　절에 도착하면 응당 깨달으리라
瓶傾月亦空　　항아리 비우면 달빛 또한 공한 것을
〈동국이상국전집, 후집 1권, 山夕詠井中月, 2수 중 두 번째 작품〉

〈저녁 산사에서 우물속의 달을 노래하다〉라는 이 시는 후대인들이 엮은 시선집에 가장 빈번하게 인용된 이규보의 대표작이다. 이 시의 모티프는 '우물 속의 달 건지기'이다. 따라서 『마하승기율』의 〈우물 속의 달 건지기〉라는 우언을 수용한 작품임을 알 수 있다.

짧은 한편의 시 속에 空思想과 시적 서정이 절묘하게 어우러져 있다. 禪家의 논리에 따르면, 수도자의 본분은 욕심을 버리는 것이다. 그래서 자연물인 달빛도 탐하는 마음으로 대하면 잘못인 것이다. 불교에서 달은 부처님의 법과 眞如를 상징하지만, 이런 생각에 너무 집착하는 것도 잘못이다. '모든 법이 공[諸法皆空]'하다는 공사상의 논리로 보면 여러 사물은 인연에 의해 생겨나고 사멸해 가는 실체가 없는 존재이기 때문에 언젠가는 공으로 돌아간다. 그렇기에 달조차도 허공의 꽃에 불과한데 물속에 비친 가상의 달빛이야 말해 무엇하겠는가. 이런 관점에서 볼 때, 시적 화자에게 산승은 아직 절대적 경지를 깨치지 못한 미혹한 승려이다.[23] 산승은 우물에 비친 달빛을 진상으로 오인하고, 항아리에 물과 함께 애지중지 길어 갔지만 항아리의 물을 비우면 그 달빛이 허상이라는 점을 깨닫게 될 것이다. 시적 화자는 허상에 불과한 달빛에 집착하는 승려를 나무라며, '모든 법이 공'하다는 사실을 강조하고 있다.

이 작품에서는 '달 건지기'에 실패한 원숭이의 흔적은 완전히 소멸되었지만, 물속의 달은 空하고 따라서 인생조차도 空하다는 주제는 제대로 전승되었다.

---

23) 강석근 : 『이규보의 불교시』, 이회문화사, 2002. 109쪽.

다음은 조선후기의 승려 括虛 取如의 시이다.

山僧偏愛水中月　　산승이 물속의 달을 지극히 사랑하여
和月寒泉納小瓶　　달빛을 찬 샘물과 함께 작은 병에 담았네
歸到石龕方瀉出　　돌감실에 돌아와 바로 쏟아버리니
盡情攪水月無形　　정 때문에 물이 흔들려 달은 형체가 없네

〈括虛集 1권, 寒泉汲月〉24)

괄허(括虛, 숙종 46년, 1720 ~ 정조 13년, 1789)는 법명이 如取이고 본관은 余씨이며 속명은 道先이다. 13세에 상주 사불산 凌波조사에게 나아가 머리를 깎고, 幻庵長老에게 禪旨를 받은 뒤 喚應 禪師에게 의발을 받은 서산대사의 10세손으로, 문집에는 『괄허집(括虛集)』이 있다.

〈차가운 샘에서 달을 긷다〉라는 이 작품은 이규보의 〈山夕詠井中月〉의 시적 모티프를 차용하였다. 물속의 달은 허상이다. 참인 듯 보이지만 항아리를 기우려 물을 쏟아버리면 달이 허상25)이라는 사실은 바로 드러난다. 따라서 이 시의 시적 화자 역시 우물 속의 달은 실체가 없는 사물이라 주장한다.

괄허(括虛)의 작품도 이규보의 시처럼 아름다운 서정시지만, 그 기원을 추적해 가면 〈우물 속의 달 건지기〉라는 불교우언이 자리잡고 있다. 이 우언이 한국화되면서 원숭이가 승려로 대체되었다. 내용상의 변개는 있어왔지만 '色卽是空'의 주제는 제대로 전해졌다. 인도의 불교우언이 한국문학에 영향을 준 사례가 소설에서는 여러 차례 확인되었지만, 시문에서 확인된 경우가 없었다. 그러나 이 2편의 한시는 불교우언이 詩文에 정착되는 과정을 잘 보여준다.

---

24) 최병식·여한경 역주 : 『괄허집』, 불광출판사, 2001. 94쪽.
25) 이종찬 : 「括虛의 산수시에 보이는 선」, 『한국불가시문학사론』, 불광출판부, 1993. 679쪽.

한국 불교우언의 전개양상을 일별해 볼 때, 한국문학사에서 불교우언이 가진 위상은 보잘것없다. 그래도 한국문학사 전체에서 고려후기는 불교우언의 전성기였다. 이 때의 불교우언은 크게 두 경향으로 나누어지는데, 하나는 假傳體와 說이 중심이 된 창작우언이며, 또 다른 하나는 『삼국유사(三國遺事)』와 같은 채록우언(採錄寓言)이다. 전자는 이규보(李奎報) 등의 문인들이 즐겨 짓던 假傳體와 說을 혜심(慧諶)과 석식영암(釋息影庵)26)이 이어갔다. 다만 혜심은 禪宗의 논리를 가전이라는 형식을 통해 펼친 〈죽존자전(竹尊者傳)〉과 〈빙도자전(氷道者傳)〉을 지었고, 석식영암(釋息影庵)27)은 승려의 도력을 지팡이에 비유한 〈정시자전(丁侍者傳)〉과 〈검설(劍說)〉, 〈禿庵禪翁木苽木杖說〉과 같은 불교우언을 지었다.

〈독암선옹의 모과나무 지팡이에 대한 說〉의 내용은 다음과 같다.

독암공이 모과나무 지팡이를 새로 얻었는데, 굵기는 엄지 손가락만 하고 길이는 겨우 몸의 반쯤 되었다. 곳곳에 이상한 무늬가 있고 마디 눈이 울퉁불퉁하여 구슬을 이은 것 같았다. 공이 기술자를 시켜 그 머리를 꾸며 잡기 편하게 하고, 그 끝을 단장하여 두드리거나 쳐도 견고하게 하고, 칼로 깎고 숫돌로 갈고, 붉은 색을 칠하여 마무리하였다. 공이 이것을 가지고 나에게 자랑하기를, 擇木 大尊宿은 마음과 눈이 밝아서 물건을 잘 고르는데, 일전에 높은 산에 올라가 숲속의 나무를 뒤져서 지팡이 감을 두 개 골라서, 하나는 큰 스님 [籌室]께 바치고 하나는 독암공에게 주었다. 독암공이 보화로 여기고 매우 아꼈지만 "지팡이를 지닐 만한 사람이 아닌데 이 물건을 가졌으니 禮法에 어긋나지는 않을까." 하였다. 내가 시험삼아 슬쩍 살펴보니 단정하게 우뚝하고, 쥐어보니 가볍고, 두드려보니 단단하여 굳세며, 번질번질하게 윤기도 나고 밝게 빛났다. 이 때문에 기이하게 생각하고 또 말하기를, "내가 들으니 꾸불꾸불하게 틀어진 나무도, 진실로 먼저 조각하면 혹 임금의 그릇도 될 수도 있는데, 더구나 이 나무는 양기를 타고나서 風氣를 물리치고, 피를 도우며 마른 것은 풍성하게 하며, 견고하고 바르며 상서로우니 군자의

---

26) 양현승 : 『한국설문학연구』, 박이정, 2001. 196~199쪽.
27) 이종문 : 「'息影庵 = 德興君' 說에 대한 재검토」, 『한문고전의 실증적 탐색』, 계명대학교 출판부, 2005. 식영암에 대한 새로운 고증은 위의 논문에 자세히 나와 있다.

그릇이 아니겠는가. 택목 대존숙이 준 지팡이는 큰 스님께 바친 물건의 짝이 되니, 장차 나와 합치될 수 있겠는가. 옛적에는 귀하거나 천한 사람들이 모두 지팡이를 짚었는데, 魯나라 사람이 지팡이로 수레바퀴통을 돌리는 것을 보고 법을 정하여, "벼슬에 있는 사람이 아니면 지팡이를 짚지 말라" 하였으니, 叔孫으로 말미암아 시작되었다. 우리 沙門들도 또한 이 법을 준수하여 三達尊28) 가운데 한 가지라도 반드시 있은 연후에 감히 지팡이를 짚는다. 지팡이의 품격과 체제는 하나가 아니나 머리를 짧게 꾸민 것이 귀한 것이 되니, 승려나 속인이나 그 예가 모두 그렇다. 우리 독암공은 덕에서는 人師의 도가 있고 벼슬은 法主가 되어 宗門의 師表로 계시며 대선사가 되었으니, 이 지팡이는 공이 아니면 어느 누가에게 마땅하겠으며, 우리 공은 이 지팡이가 아니면 어찌 의식을 행할 수 있겠는가. 물건은 돌아갈 곳이 있어서 오직 덕 있는 사람에게 의지하니, 아! 내 생애에서 도반이 부족함이여! 이 지팡이에게 知遇가 있는 것보다 못하구나!29)

이 작품은 석식영암의 〈정시자전(丁侍子傳)〉과 같은 맥락에서 지어진 작품이다. 〈정시자전〉이나 이 작품 모두 지팡이를 소재로 삼았고, 그 지팡이에 어울리는 덕을 갖추지 못한 자신을 반성하는 내용이다. 擇木 大尊宿이 지팡이 감을 찾아서 하나는 籌室에게 드리고 다른 하나는 독암공에게 주었는데, 독암공은 자신의 덕과 지위에 맞는 지팡이가 아니라며 사양하려 하였다. 이에 식영암이 독암공은 스승의 도가 있어 法主가 되었고 宗門을 이끄는 大禪師이니 지팡이의 좋은 짝이라며 칭송하였다. 따라

---

28) 三達尊 : 『맹자』〈公孫丑下〉에 "시골에서는 나이가, 조정(朝廷)에서는 벼슬이, 세상을 교화하는 데에는 덕이 제일이라 하였다[朝廷莫如爵 鄕黨莫如齒 輔世長民莫如德].

29) 『동문선』, 권97 〈賣(示+賣)禪翁木苽木杖說〉, "賣(示+賣)庵公新得木苽杖 侔母指之大 僅半身之長 往往有怪文 節目礫가 如綴璣 公乃命之工飾其首 使便於扶携 粧其末 使固於挃椽 刀斲之礪礱之朱漆之 旣成 公持以夸於余曰 擇木大尊宿 朗心目善 擇物 日者陟山嶽 搜林大擇杖材 得兩條 一以獻籌室 一以睨檟庵 擇物檟庵 甚寶惜 非其人而蓄此物 如禮何 余試睨之 端然而植 握之翲然而輖 掊之鏗然而勁 膏然而澤曄然而光 因奇之 且曰吾聞雖離奇之木 苟先爲之客 或當萬乘器 矧玆木廩陽 和辟風邪 扶榮振枯 介然貞吉 君子之器歟 從於擇木之睨 配於籌室之獻 其將有所合歟 古者貴與賤皆杖 自魯人關轂輠輪 制曰非有爵勿杖 緣叔孫始也 我沙門 亦遵斯範 必有一於三達尊焉 然後乃敢杖 杖之設 不一其品 短而飾首者爲貴 僧若俗其禮盡然也 吾公德則有人師之道 爲法主爵則居宗門之表 爲大禪師 惟玆杖非吾公孰宜 惟吾公非玆杖曷儀 凡物有所歸 惟德是依 噫余生之寡偶 不如玆杖之有遇."

서 籌室의 지팡이와 독암공의 지팡이는 서로 좋은 짝이라는 뜻이니 독암공의 덕행이 籌室에도 견줄 수 있다는 의미가 된다. 그리고 마지막 구절에서 "아! 내 생애에서 도반이 부족함이여! 이 지팡이의 知遇가 있는 것보다 못하구나[噫余生之寡偶 不如玆杖之有遇]"라고 하였는데, 이는 이 지팡이는 도반이 있는데 자신에게는 도반이 없음, 즉 덕행이 부족한 자신을 반성한다는 내용이다.

우리나라에서 창작된 불교우언은 매우 희귀하고, 불교우언을 전문적으로 창작한 작가도 거의 없다. 오직 혜심(慧諶)과 석식영암(釋息影庵)만이 두세 편을 남겼을 뿐이다.

이와는 별도로 採錄 寓言의 대표 저술인『삼국유사(三國遺事)』는『수이전(殊異傳)』의 전통을 이은 고려시대의 중요한 불교우언서이다. 따라서 이 책에는 〈조신설화(調信說話)〉나 〈김현감호(金現感虎)〉와 표훈대덕조(表訓大德條)의 〈혜공왕연생담(惠恭王誕生談)〉, 〈원효불기(元曉不羈)〉 중의 〈몰부가(沒斧歌)〉처럼 독자성이 분명한 불교우언들도 있고, 또한 우언적 요소와 표현이 약화되거나 변용된 우언들도 많다. 즉『莊子』의 三言說을 기준으로 할 때, 重言이나 巵言으로 진술된 내용들이 많다. 重言은 僞經처럼 부처나 고승 등, 권위자의 말을 빌어서 말하는 방식이며, 巵言은 작가가 자신의 의도나 주제를 분명하게 표방하지 않고 독자를 편안하게 한 후 주제를 전달하는 방식이다.『삼국유사(三國遺事)』는 황당하며 환상적인 불교 일화를 흥미 위주로 제시하지만, 내심에는 불교 弘布를 위한 치밀한 전략이 숨어 있다. 따라서『삼국유사(三國遺事)』는 우리나라의 대표적인 불교우언서라 할 수 있다. 다만 불교 외적인 내용이 많고, 各篇의 불교우언들도 重言·巵言의 원리로 표현되어 있어서 우언적 요소를 찾아내는 일은 쉽지 않다. 또한 불교의『영험록(靈驗錄)』[30]이

---

30) 了圓의『法華靈驗傳』, 天頙의『海東法華傳弘錄』, 李奎報 :『東國李相國集』全集 24권 〈妙香山普賢寺堂主毗盧遮那如來丈六塑像記〉, 25권 〈王輪寺丈六金像靈驗收拾記〉 등이 대표적인 것이다.

나 〈사찰연기설화(寺刹緣起說話)〉, 〈사찰기문(寺刹記文)〉들도 重言과 巵言의 원리에 의해 작성되었다.

우리나라 고전에 수용된 불교우언의 문학적 맥락을 찾는 일은 매우 중요하다. 그간 고전작품의 根源說話를 불경에서 찾는 작업은 손진태[31]와 인권환[32] 등에 의해 전개되었다. 이 연구들은 우리나라 문학에 수용된 근원설화가 불경에 근거함을 밝혔으나, 불교우언의 특성과 그 변모 양상에 대한 연구는 구체적으로 진행되지 못했다. 이러한 불교우언들은 전승 과정에서 불교성과 우언성이 변모되거나 굴절되었기 때문에 앞으로는 우언적 요소와 장르의 변모 양상에도 주목할 필요가 있다. 이러한 작품 외에 『金鰲新話』와 『九雲夢』과 같은 창작 소설들도 불교우언 연구를 위한 귀중한 자산들이다.

조선시대에 출판된 불교우언집은 거의 없었다. 다만 『석보상절(釋譜詳節)』, 『월인천강지곡(月印千江之曲)』, 『월인석보(月印釋譜)』, 『석가여래십지수행기(釋迦如來十地修行記)』 등에 釋迦의 전기와 관련된 불교우언들이 여러 편 실려 있을 뿐이고, 창작불교우언은 사대부들이 지은 '寺刹記文'이나 불교적 '論'과 '說'들이 조금 있을 뿐이다.

Ⅳ. 마무리

위의 내용을 정리해 볼 때, 한국문학사에서 불교우언은 시대순으로 역삼각형의 모습을 이룬다. 불경은 우언문학의 보고였지만, 고려를 거쳐

---

31) 손진태 : 『한국민족설화의 연구』, 을유문화사, 1987 재출판.
　　〈洪水說話〉 : 『六度集經』, 〈鼈主簿 說話〉(水宮歌, 토끼전) : 〈金庾信傳〉 『三國史記』,
　　〈棄老傳說〉 『雜寶藏經』, 〈夫妻爭餠說話〉 : 『百喩經』, 〈善人捨金說話〉 : 『四分律』,
　　〈鹿兎蟾蜍의 제 자랑〉(뚜껍전) : 『十誦律』, 〈不識鏡說話〉 : 『雜譬喩經』, 〈西山大師說話〉 : 『四分律』.

32) 인권환 : 『한국불교문학연구』, 고려대학교 출판부, 1999. 11~12쪽.
　　〈狄成義傳〉(六美堂記, 金太子傳) :, 『賢愚經』, 〈志鬼說話, 心火繞塔.〉 : 『大智度論』,
　　〈甕固執傳〉: 『南傳本生經』.

조선에 이르면 불교우언은 양과 수준이 점점 빈약해지다가, 조선후기에 이르면 불교우언은 거의 소멸되고 말았다. 그 원인이 斥佛 政策에 있다면 우언이 틈새의 문학으로서 '에둘러 말하기'에 적합한 만큼 불교우언의 필요성이 증대되었을 것인데, 불교우언의 장르 자체가 없어진 것은 당시의 불교계가 불교우언의 가치를 전혀 인식하지 못했기 때문일 것이다. 이는 불교계가 끊임없이 신자들을 설득하고 유인하려던 노력 부족을 의미한다. 왜냐하면 불교우언은 불교포교의 척도가 되고, 불교문화를 형성하는 기반이기 때문이다. 그처럼 다양했던 석가의 對機說法과 불경의 수많은 우언들은 이런 사실을 증명한다. 불교우언이 소멸한 또 다른 이유는 불교우언이 계속적으로 유형화되면서 창조적 탄력성을 잃은데 있다. 그러나 최근에는 불경에서 佛教寓言(話)이나 佛教箴言을 뽑아낸 우언서들이 다양하게 출간되고 있다.33) 미흡한 면은 있으나 이런 현상은 불교우언 연구와 창작을 활성화시키는 계기가 될 수 있을 것이며, 대중들에게 본격적으로 다가서려는 불교계와 출판계의 노력으로 볼 수도 있다.

　사실상 조선시대에는 불교우언문학이 거의 소멸되었다. 그 원인은 불교계와 문학계가 대중을 불교의 세계로 이끌기 위한 다양한 노력도 부족했고, 또 불경의 우언을 사용해도 단순하게 옛 것을 차용하는데 만족했기 때문이다. 따라서 불교우언은 창조성을 잃어버리고 유형화되면서 탄력성이 잦아들었던 것이다. 아울러 불교우언연구의 가장 시급한 과제는 자료발굴과 연구방법론 계발이다.

---

33) 송성수 편역 :『비유와 설화』, 동국역경사업진흥회,1993. 이명수 :『불교우화』, 지성문화사, 1997. 성열 엮음 :『부처님 말씀』, 현암사, 1995. 김장호 편저:『욕심을 버리고 마음을 채우는 불경이야기』, 문화사랑, 1998. 진현종 편역 :『팔만대장경에 숨어 있는 108가지 보리이야기』, 도서출판 혜윰, 1999. 윤보산 :『불교 이야기 우머』, 미래문화사, 2000. 법정:『그물에 걸리지 않는 바람처럼』, 샘터, 2002. 윤창화 :『악마 부처님을 유혹하다』, 민족사, 2003. 법정 :『인연이야기』, 동쪽나라, 2003. 관 일 :『법구비유경』, 도서출판 무량수, 2004. 이용범 :『불교가 정말 좋아지는 불교우화』(1·2), 수희재, 2004.

참고문헌

〈자료〉
한글대장경 『본생경』1, 〈해제〉, 동국대학교 부설 동국역경원, 1988.
한글대장경 『아라한구덕경』 외, 『佛說譬喩經』, 동국역경원, 한글대장경, 1995.
관　일, 『법구비유경』, 도서출판 무량수, 2004.
김장호 편저, 『욕심을 버리고 마음을 채우는 불경이야기』, 문화사랑, 1998.
법　정, 『그물에 걸리지 않는 바람처럼』, 샘터, 2002.
______, 『인연이야기』, 동쪽나라, 2003.
______ 옮김, 『숫타니파타』, 도서출판 이레, 2003.
서수인, 『판차탄트라』, 태일출판사, 1996.
성　열 엮음, 『부처님 말씀』, 현암사, 1995.
송성수 편역, 『비유와 설화』, 동국역경사업진흥회, 1993.
윤보산, 『불교 이야기 우머』, 미래문화사, 2000.
윤창화, 『악마 부처님을 유혹하다』, 민족사, 2003.
이명수, 『불교우화』, 지성문화사, 1997.
이용범, 『불교가 정말 좋아지는 불교우화』(1·2), 수희재, 2004.
이영무 옮김, 한글대장경 『摩訶僧祇律』1, 동국역경원, 1995.
진현종 편역, 『팔만대장경에 숨어 있는 108가지 보리이야기』, 도서출판 혜윰,
　　　　1999.

〈연구서〉
강석근, 『이규보의 불교시』, 이회문화사, 2002.
김성룡, 「이중 텍스트의 시학과 중층 독해」, 『동아시아 우언론과 한국의 우언문학』,
　　　　집문당, 2004.
김운학, 『한국불교문학의 이론』, 일지사, 1990.
김잉석, 「불타와 불교문학」, 『한국불교문학연구』 상, 동국대학교 출판부, 1988.
손진태, 『한국민족설화의 연구』, 을유문화사, 1987 재출판.
양현승, 『한국설문학연구』 박이정, 2001,
윤승준, 『동물우언의 전통과 우화소설, 월인, 1999.
윤주필, 「한문문명권의 우언론 비교 연구」, 『동아시아 우언론과 한국의 우언문학』,
　　　　집문당, 2004.
______, 「우언글쓰기의 언어관과 명실론」, 『한민족어문학』, 41집, 한민족어문학회,
　　　　2002.

이종문, 「'息影庵 = 德興君' 說에 대한 재검토」, 『한문고전의 실증적 탐색』, 계명
　　　대학교 출판부, 2005.
이종찬, 「括虛의 산수시에 보이는 선」, 『한국불가시문학사론』, 불광출판부, 1993.
인권환, 『한국불교문학연구』, 고려대학교 출판부, 1999.
장효현, 「구운몽의 주제와 그 수용사에 관한 연구」, 『김만중문학연구』, 국학자료
　　　원, 1993.
조오현 역해, 『벽암록』, 불교시대사, 1997.
陳蒲淸, 오수형 옮김, 『중국우언문학사』, 소나무, 1994.
　　　, 「우언의 문학적 지위」, 『동아시아 우언문학 비교론』, 집문당, 한국우언문
　　　학회 편, 2002.
최병식·여한경 역주, 『괄허집』, 불광출판사, 2001.
한국우언문학회 편, 『동아시아 우언론과 한국의 우언문학』, 집문당, 2004.
한국우언문학회 편, 『동아시아 우언문학 비교론』, 집문당, 2005.

東洋의 寓言的 讀法과 近代 基督教 模型의 韓國的 變形

- 是無言 李龍道(1901~1933)를 중심으로 -

成百杰*

1. 머리글

현재 인류는 물질적인 풍요에도 불구하고 이 지구촌에서 일어나고 있는 수많은 난제들로 큰 위기를 겪고 있다. 지난 19~20세기를 통해 서구 근대문명의 가치와 힘이 전 지구로 확장되면서 '전통세계'를 파괴하며 만들어낸 현대 세계가 긍정적인 성과에도 불구하고 핵전쟁의 위험, 생태계 파괴, 기상이변, 국가이기주의, 인종주의, 가부장적인 권위주의와 근본주의, 물질주의 등으로 그 한계를 드러낸 것이다.

이에 인류를 비롯한 전 생명체의 미래운명에 관심을 쏟고 있는 세계의 지성들과 영성들은 '서구적 근대'를 근원적으로 성찰하면서 새로운 세계관과 삶의 방식을 제공하여 희망과 평화의 세계를 다시 일구어갈 수 있는 '창조적인 제 3의 길'을 찾아 분투하고 있다. 지금 여기서 우리가 동아시

---

*천안대 국문과 교수

아 우언의 인문학적 지위와 현대적 활용 가능성을 연구하는 근본 취지가 또한 여기에 있을 터이다.

근대 서구의 확장 과정에는 외적인 문물과 함께 근대기독교가 동반되어 있었다. 그런데 1930년대 서세동점(西勢東占) 과정에서 탈아입구(脫亞入歐)로 변신한 일본의 제국주의에 의한 식민지로 신음하고 있던 조선에서는 서구의 근대 가치와 그 정신적 기초로 작용한 근대기독교 모형(Paradigm)을 수용하면서도 그것을 동아시아의 종교전통과 영성의 풍토 속에서 철저하게 해체하고 재구성하여 새로운 모형의 기독교를 창출한 역사적인 사건이 있었다. 동아시아 영성의 진수와 기독교 복음의 진수가 융합되어 새로운 세계가 전개됨으로써 기존의 동양 전통종교나 서구 근대 기독교와 색다른 제 3의 창조적인 생명의 길이 출현했던 것이다.

그리고 이렇게 서구 기독교의 일방적인 확장이나, 반대로 기존 동양종교 전통의 폐쇄적인 배격을 넘어 서로 해석학적인 폭력을 행사하지 않으며 상호 열린 대화와 융합을 통한 인류의 새로운 미래와 보편적인 평화의 가치로 '한국적인 기독교 모형'을 창출시키는 과정에서 동양의 우언적 독법과 기독교의 은유적 해석(allegorical perspective)이 작용하고 있었다는 놀라운 사실을 발견하게 된다. 여기서는 이것을 시무언 이용도(是無言 李龍道, 1901~1933) 목사에 의해 출현한 조선적 기독교 모형의 탐구를 통해 밝혀보려고 한다. 이 새로운 탐색작업이 성공한다면, 역사 속에 묻혀있는 전 인류의 평화를 향한 제 3의 창조적인 빛을 길어 올리게 될 것이다.

2. 동양의 우언적 독법과 기독교의 영적 해석

동아시아 문화사에서 우언(寓言)의 정의와 활용은 시대와 분야를 따라 다양한 폭을 형성해왔다고 할 수 있다. 여기서는 장자의 우언 인식과 적용에서 그 특징을 파악하며, 동양의 우언적 독법이 시무언 이용도의 경우에 근대 기독교 모형의 변형을 통한 한국적 기독교 창출의 과정에서 어떻게 영적 해석의 방법으로 변용되었는지를 살펴보려고 한다.

『장자』의 우언편에서는 우언에 대해 "우언(寓言)은 열 가운데 아홉이고, 중언(重言)은 열 가운에 일곱이며, 치언(巵言)은 날마다 생겨나 시비(是非)를 초월한다. 우언은 다른 사물을 빌며 도를 말한다. 아버지가 제 자식의 중매인이 되지 않는 것은 아버지가 자식을 칭찬하는 일이 남이 칭찬하는 것만 못하기 때문이다. 내 죄가 아니고 사람들의 죄다. 자기 입장과 같으면 따르고 다르면 반대하며, 자기 생각과 같으면 옳다하고 다르면 잘못이라 한다."[1]고 말하고 있다.

여기 보면, 동양의 우언은 무엇보다도 먼저 우주만물의 생성과 삶의 근거요 원리라고 할 수 있는 '도'(道)의 파악과 해명에 그 존재이유를 두고 있다는 것을 알 수 있다. 또한 우언의 방법은 시비의 이분법 혹은 흑백 이원론의 함정에 통전적이고 초월적인 '도'를 보지 못하고 있는 사람들에게 살아있는 진리의 세계를 밝히기 위해 쉽게 이해하거나 접근할 수 있는 다른 사물을 빌려 말하는 것이다.

그런데 이렇게 아(我)와 피아(彼我)의 배타적인 주장과 대립을 극복하며 근원적인 진리를 파악하여 세상에 알기 쉽게 전하려는 동양의 우언적 독법이 시무언 이용도 목사의 경우에는 근대 서구적 기독교와 기존 동아시아 종교가 평면적인 차원에서 서로 일방적이고 배타적인 진리주장이나 대립을 하는 충돌의 경지를 넘어 상호 대화와 융합을 통해 새로운 세계를 전개하는 과정에서 영적 해석의 방법으로 변용되어 나타나고 있다는 것을 볼 수 있을 것이다. 말하자면, 동양 우언적 독법의 영적 변용과 적용 혹은 동양 영성의 우언적 독법과 활용으로 서구 근대 기독교 모형[2]의

---

1) 장자/안동림 역주, 『莊子』, 서울 : 현암사, 1993, 673쪽.
2) 모형 혹은 패러다임(Paradigm)의 정의와 신학적 적용에 대해서는, Thomas S. Kuhn, The Structure of Scientific Revolutions, Chicago : The University of Chicago Press, 1970 ; 토마스 쿤 / 조형 역, 『과학혁명의 구조』, 서울 : 이화여자대학교출판부, 1980 ; Hans Kung and David Tracy ed., Paradigm Change In Theology, New York : Crossroad Publishing Company, 1989.

한국적 변형이 출현하게 된 것이다.

한편, 서구 문화사나 기독교 전통에서는 동양의 우언적 독법에 해당하는 은유적 해석(allegorical interpretation) 방법이 있다. 특히 은유적 성서해석 방법은 초대 교회사에서 유대 학자나 희랍교부신학자들에 의해 구약성서와 신약성서의 세계가 서로 배타적이 아닌 연속과 보완을 통해 새로운 세계의 전개로 나아가도록 적용된 진리해석의 독법이었다. 말하자면, 평면적인 문자의 차원에서 서로 충돌하거나 만날 수 없는 유대교의 구약세계와 신약의 세계가 그 내면의 영적 의미를 꿰뚫어 읽어내는 은유적 독법으로 상호대화하고 융합함으로써 희랍-로마적인 문화풍토에서 새로운 초기 기독교 모형을 창출했던 것이다. 이때 은유적 독법에 의해 활용된 개념과 상징이 희랍철학의 '로고스'(Logos)나 구약 〈아가서〉의 '신랑과 신부'였다.3)

그런데 이 은유적 독법에 의한 기독교의 영적 해석에서도 중요한 초점은 동양의 우언적 독법과 마찬 가지로 어떻게 아와 피아 사이, 주체와 객체 사이, 전통과 현재 사이, 여기와 저기 사이가 서로 일방적이거나 배타적인 자기주장으로 대립하거나 충돌하지 않고 상호 대화와 융합을 통해 새로운 통전적인 생의 지평을 전개하도록 이끄는 가에 있었으며, 여기서 피상적인 문자적 차원을 넘은 심연의 영적 해석의 길로 돌파해갔던 것이다. 그리고 이런 기독교 진리의 은유적이고 영적인 해석이 시무언 이용도의 경우에 동양종교 전통 혹은 동양영성의 진수와 기독교 복음의 진수를 융합하여 제 3의 창조적인 한국기독교 모형의 창출 과정에서 활용되고 있었다. 말하자면, 그에게서 동양의 우언적 독법과 기독교의 은유적 해석이 상호 교류와 융합이 일어나며 새로운 세계가 전개 되었던 것이다.

---

3) 기독교의 은유적 해석 전통에 대해서는, Deneys Turner, *EROS And ALLEGORY*, Kalamazoo and Mchigan : Cistercian Publications, 1995 참조.

3. 시무언 영성의 우언적 독법과 근대 기독교 모형의 변형

1) 시무언 영성의 형성과 신앙운동

시무언 이용도 목사는 1901년 4월 황해도 금천군 시변리에서 태어났다.[4] 1914년 시변리 공립보통학교를 졸업했고, 1915년 기독교학교인 송도한영서원(1917년 송도고등보통학교로 개명)에 입학한 후 민족현실에 눈떠 1919년 3·1운동 참여를 시작으로, 1920년 기원절(紀元節) 불온문서사건과 조선독립수비단 사건, 1921년 태평양회의 사건에 이르기까지 5년 여에 걸쳐 여러 번 옥고를 치르면서 독립운동에 적극 가담했다.

1923년 송도고보에 삼차로 복학하여 졸업한 이용도는 1924년 봄에 협성신학교(현 감리교신학대학교의 전신) 영문과[5]에 "무엇보다도 우리 민족이 자주인간으로 바르게 살아가는 데는 종교의 힘이 더욱 필요"하다는 생각으로 입학했으며, "인간의 마음바탕에서 우리 민족을 바로 잡을 수 있는 것은 종교라고 해서 신학공부하기로 결심했다."[6]

그리고 4년 동안 근대 성서신학, 교회사 곧 역사신학, 교리와 조직신학, 실천신학 등을 데이밍(C.S. Deming), 왓슨(A.W. Wassson), 케이블

---

4) 이용도 연구경향과 성과에 대해서는, 변종호 편저, 『이용도목사 전집 제 9권 - 이용도 목사 관계 문헌집』, 인천 : 초석출판사, 1986 ; 변선환외, 『이용도와 한국교회의 개혁운동』, 서울 : 장안문화사, 1995 ; 이용도신앙과 사상연구회 편, 『이용도 목사의 영성과 예수운동』, 서울 : 성서연구사, 1998 ; 성백걸, 「이용도의 영성과 사상」, 『세계의 신학』, 서울 : 한국기독교연구소, 1998, 여름가을호 ; 유동식외 12인, 『이용도의 생애·신학·영성』, 서울 : 한들출판사, 2001 ; 성백걸외 11인, 『이용도 김재준 함석헌』., 서울 : 한들출판사, 2001 참조.
5) 당시 협성신학교는 本文科와 英文科로 나누어져 있었다. 영문과 지원학생은 입학시험에서 영어시험을 더 쳤으며, 강의는 조선어와 영어를 겸하여 이루어졌다. 물론, 본문과처럼 신학을 배웠지만, 교육과정은 다소 차이가 있었다. 「감리교협성신학교교일람」, 1925~1926 참조.
6) 이호빈, "내가 본 이용도 목사", 『나를 위하여 울지 말고』, 서울 : 강남사회복지학교 출판부, 1986, 361쪽.

(E.M. Cable), 하디(R.A. Hardie), 최병헌, 김인영, 변성옥, 장낙도, 임두화[7]에게 배웠다. 이것을 통해 근대 기독교와 그 모형[8]에 대해 좀 더 자세히 알 수 있게 되었다.

무엇보다도 그가 동양선비의 전통을 몸에 담고 있던 최병헌 목사의 "한학과 비교종교학"(Chinese Literature and Comparative Religion)[9] 과목을 통해 동양종교 전통과 토착적 기독교 영성에 접할 수 있었다는 것은 큰 행운이었다.[10] 최병헌은 비교종교학 교재로 1922년에 발간한 『만종일련』(조선예수교서회)을, 한학 교재로 『한철집요(漢哲輯要』(박문서관)를 사용했는데, 이 중 『만종일련』의 기초 자료로 쓰렸던 『한철집요』의 '인용서목'을 보면 "小學集註 大學章句 論語諸篇 孟子諸篇 禮記 第子識 後漢書 孔子家語 家訓集說 菜根譚 五倫行實 晉史 元史 宋史 明史 列國史 金史 高麗史 六朝宋史 …資治通鑑 韓書 楊子法言 東國通鑑 唐書 詩傳 烈女傳 芝峰類說 中庸章句 周易經傳 雜誌 弟子行 弟家權學文 惜陰軒記 典故八則 神仙道鑑 … 道德經 南華經諸篇 金剛經 列子諸篇 墨子諸篇 祭禮 集說要旨 雪鴻軒 秋水軒 太極圖說 克己銘 西銘 原人 原道 起信論 無常經 涅槃經 大莊嚴經 法句經 夫妻攄求嘉言 書傳 淮南子諸篇 搜神記 … 性命說 八識歸元說 飛昇說 列仙傳 哲學通編 道家哲學 …儒家哲學 朝鮮史學[11]"으로 아주 풍부했다.

1928년부터 강원도 통천지역에서 본격적인 목회생활을 시작한 이용도

---

7) 협성신학교, 『신학세계』, 1924년 2월호 9권 1호에서 1927년 11월호 12권 6호 ; *Official Minutes of the Korea Annual Conference of the Methodist Episcopal Church*, 1924~1927 참조.

8) 미국 선교사들에 의해 한국에 전해진 근대 기독교 모형에 대해서는, 성백걸, 『초기 한국감리교회 신학사상의 형성과정 연구 – 아펜젤러와 최병헌을 중심으로』, 서울 : 감리교신학대학교 대학원, 1997 참조.

9) E. M. Cable, "Choi Pyung Hun", *The Korea Mission Field*, 1925.4, p.89.

10) 한국기독교의 개척자인 최병헌 목사의 동양적이고 토착적인 기독교 모형에 대해서는, 성백걸, 『초기 한국감리교회 신학사상의 형성과정 연구 – 아펜젤러와 최병헌을 중심으로』, 참조.

11) 최병헌, 『한철집요』, 경성 : 박문서관, 1922, 1~2쪽.

는 금강산 백정봉 산기도에서 큰 종교체험을 했으며 이후 조선 반도의 동서남북과 멀리 만주 간도에 이르는 광활한 지역을 누비며 교회개혁적인 신앙부흥운동을 전개했다. 그런데 이용도의 신선한 독법과 동양적 영성에 의한 복음적인 신앙운동은 선교사들이 전해준 서구 근대 기독교 모형에 길들여진 기존 교권주의자들의 몰이해와 비방으로 어려움을 겪었으며, 1933년 6월 조선"예수교회"의 설립으로 결실을 맺게 된다. 1933년 10월 이용도는 아주 젊은 나이에 세상을 떠났지만, 그의 독립운동과 신앙 영성운동에서 출현한 새로운 한국적인 기독교모형은 전인류사적인 가치를 지니고 빛나고 있는 것이다.

그러면 이제 시무언의 새로운 독법과 제 3의 영성 즉 우언적 독법과 은유적인 영적 해석에 의해 일어난 근대 기독교 모형의 한국적 변형과정과 그 핵심 내용을 파악해 보자.

2) '무'(無)와 '공'(空)의 영적 기독교

이용도는 적어도 세 가지 과제 상황을 극복했다. 그것은 새로운 시대의 도래에 대응하지 못하고 있던 피폐한 조선전통, 일제의 억압적인 식민주의, 서구의 왜곡된 오리엔탈리즘으로 구축되어 있었다. 그리고 이런 생명 억압적인 세력을 '육의 세력'으로 파악하며 이것을 영적 기독교로 극복하는 길을 가는 것이다.

그런데 이용도가 식민지 조선에서 이런 죽음의 세력이 가하는 공격에 대해 대응한 전략이 바로 자기 부정과 자기 비움의 '무화의 길'(無化之道)이었다. 그는 "세상과 우리는 주검과 주검의 관계로 지내고 주님과 우리만 산 관계를 맺읍시다."[12]라고 하는데, 여기서 바로 그리스도의 십자가와 부활 생명에 참여하는 그리스도인의 육적인 자기 부정과 자기 무화를

---

12) 이용도/변종호 편저, "평양형제들에게", 1932.2.2, 『이용도 목사 서간집』, 심우원, 1953(중판), 102쪽. 이하 이 자료는 『서간집』으로 표기한다.

매개로한 새 창조의 길이 있게 된다. 이용도는 이에 대해 "주를 따라 살려면 먼저 그와 같이 죽어야 될지니 곧 육신의 생각과 정욕과 사욕과 물욕까지 죽어야 할 것이니라. 예전 생각, 예전 혈기, 예전 생활, 예전 풍속, 예전 습관, 예전 인정, 예전 말씨, 예전 행동 다-죽어야 할지니라. 그리고 세상과 육신을 대하여는 죽은 자 같이 , 바보와 같이, 멍텅구리 같이 되고, 주님과 진리를 향하여만 나의 영이 새로이 살아서 새 생각, 새 정신, 새 관념, 새 풍속, 새 습관, 새 인정, 새 말씨, 새 행동이 나타날 것입니다."[13]라고 한다.

이용도는 자기의 내적 자아까지 지배하기 위해 공략해 들어오는 육적인 세력 곧 피폐한 전통과 일제의 식민주의와 서구의 제국주의적인 오리엔탈리즘의 왜곡된 세계관을 무화시키기 위해 얼마나 치열하고 철저하게 대결했는지는 1931년 4월 7일 친형 이용채에게 쓴 편지에서 극명하게 나타나고 있다. 그는 그리스도를 제외한 일본인과 서양인은 물론 부모형제, 아내, 친척, 친구, 목사, 청년, 노인, 가난, 병고, 물질을 통해 육적이고 세상적인 세력이 자기를 공격하고 있다고 표현하고 있다. 그리고 오직 진리와 생명의 영인 그리스도만이 자기를 지켜줄 수 있고, 그 안에서만 참된 자아의 세계를 살 수 있다고 한다.[14]

그런데 우리는 여기서 이용도가 예수 그리스도의 복음을 포착하는 과정에서 동양적인 영성, 그것도 불교적인 '무'(無)와 '공'(空)의 깊은 영성의 눈으로 접근하고 있다는 매우 중요한 사실을 알아챌 수 있다.

존재하는 것처럼 보이는 모든 일체현상과 실체적인 자아는 실제로는 망상에 불과하고 참으로 있는 것은 '무아'(無我) 혹은 '없는 나'뿐이라는, 그래서 아상(我相), 인상(人相), 중생상(衆生相), 수자상(壽者相)을 여읜 사람만이 참된 본성을 깨달아 자비를 실천할 수 있다는 『금강경』의 '무'(無)의 화두[15]. 그리고 고립적이며 절대적인 실체적 자아는 없고 서

---

13) "이태순씨에게", 1931.9.23, 『서간집』, 54-55쪽.
14) "이용채씨에게", 1931.4.17, 『서간집』, 40쪽.

로 의존하고(interdependency) 상호관련 되어 있는(interconnectedness) 연기적(緣起的) 자아만 있다는, 그래서 불교인들이 우리의 사도신경처럼 외우는 『반야심경』(般若心經)의 '색불이공 공불이색, 색즉시공 공즉시색'(色不異空 空不異色, 色卽是空 空卽是色)의 '공'(空)16)의 개념. 이 불교적인 '무'와 '공'의 전통종교 영성이 이용도의 동양적 영성에서는 당시 불의한 세상과 자신의 육적 세계를 '무화'(無化)시키고 '공화'(空化)는 시키는 세상부정과 자기 비움의 영적 도구로 활용되고 있는 것이다.

이렇게 동양적인 무와 공으로 옛 세계와 왜곡된 자아를 무화시키고 나면 그 위에 성령 즉 진리와 생명과 새 창조의 영인 그리스도의 영이 들어와 참된 생을 살며 평화의 세계를 열어갈 수 있다고 보는 데서 이용도의 창조적인 길이 발견된다. 이것은 1932년 2월 평양의 신앙동지들에게 한 편지에서 "우리의 所有란 全部 否認할 것입니다. 外的 所有나 心的 所有나! 그리고 아주 空虛하야 無가 될 것이었습니다. 나의 理想, 나의 主義, 나의 計劃 다 집어치우고. 오 – 주여 나는 無요 空이로소이다. 나의 위에 성령이 움직여 주의 理想을 세우고 主의 主義, 主의 計劃을 세우시옵소서. 그리고 주께서 움직이옵소서. 그리하면 나는 주에게 딸려 움직일 것이로소이다.17)"라고 나타나고 있다.

그런데 여기서 주목할 점은 일방적으로 인간의 자기 부정과 무화와 신앙만이 아니라 역시 하나님의 자기부정과 무화 혹은 공화와 사랑이 있어야, 즉 쌍방의 자기 무화와 사랑을 통해서만 상호 만남과 융합에 의해 새로운 창조적인 세계가 전개된다는 진실이다. 바로 이점에서 이용도는 놀랍게도 성육신과 십자가를 하나님의 자기 무화와 사랑의 실현 사건으로 포착하고 있다. 그는 "내가 만일 주께 은총을 입었사옵거든 내 생명이

---

15) 금강경의 이해를 위해서는, 김용옥, 『금강경 강해』, 통나무, 1999 참조.
16) 반야심경의 이해를 위해서는, 공연무득 역주, 『般若心經禪解』, 서울 : 우리출판사, 1988 ; 김용옥, 『달라이라마와 도올의 만남 3』, 서울 : 통나무, 2002 참조.
17) "평양형제들에게", 1932.2.2, 『서간집』, 102쪽.

다 할 때에 발가벗은 몸으로 地下에 돌아가게 하시고, 나의 소유라고는 생전에 다 주를 위하여 無가 되게 하여 주시기 바라옵나이다. 주께서 나를 위하여 無가 되어 졌사오니, 나는 주를 위하여 無가 됨은 마땅한 일입니다."[18]라고 한다.

마치 〈빌립보서〉 2장의 '자기 비움의 그리스도론'을 연상하게 하는, "주께서 나를 위하여 無가 되어 졌사오니, 나는 주를 위하여 無가됨은 마땅한 일입니다."라는 그의 고백은 유(有)와 유위(有爲)의 근대기독교가 무와 공의 우언적 독법을 통해 동양적인 무위(無爲)나 무위무불위(無爲無不爲) 혹은 무위신위(無爲神爲)의 기독교로 창조적인 자기 변형을 이루어가고 있다는 것을 알 수 있다. 여기 바로 동양인과 조선인의 자기 비움과 공화(空化)뿐만 아니라 서양 근대인의 자기 부정과 무화로 창조적인 상호만남과 융합을 통해 새로운 세계사의 지평을 열어가는 길을 전망할 수 있는 동양적 기독교 모형(East Asian Christian Paradigm)이 출현하고 있는 것이다. 이것이 바로 용도가 "肉에 죽고 靈에 살자. 地에서 賤하고 天에서 貴하자!"[19]는 말했을 때의 근본의도요, 육적 세계를 부정하고 영적 세계에 살자는 주장의 뜻이었다.[20] 여기서 '무화(無化) – 일화(一化) — 영화(靈化)'의 새로운 패러다임이 나타난다.

3) '음양창성(陰陽創成)'의 영적 기독교

자기를 무화시키고 그리스도의 영으로 새로 태어나 살아가는 새 창조의 과정과 완성은 한 순간에 이루어질 수는 없다. 그리스도 안에서 존재 변화를 통해 거듭난 신앙인도 여전히 육적인 세계 가운데서 삶을 영위해

---

18) 이용도/변종호 편저, 『일기』, 1930.1.3, 서울 : 신생관, 1966, 82~83쪽 참조. 이하 이 자료는 『일기』로 표기한다.
19) "변종호에게", 1931.11월 중순, 『서간집』, 88쪽.
20) "변종호에게", 1931.7.18, 『서간집』, 50쪽. 이용도의 육과 영의 해석학에 대해서는, 최대광, "세계신학적 흐름에서 본 이용도 목사의 영성과 신학", 『이용도의 생애·신학·영성』, 61~88쪽 참조.

야 하기 때문에 끊임없이 그리스도의 영과 창조적인 기운을 구하며 새 인생과 새 세계의 지평을 열어가야 한다. 더군다나 이용도가 공적인 활동을 전개했던 시기는 1929년 미국에서 일어난 경제공황의 세계적인 파급과 일제가 위기 탈출구로 잡은 1931년 만주침략으로 조선민중은 실로 어둠과 고난의 한 복판을 살아가고 있었다.

그는 새로운 인생의 도정에 대해 창세기 1장의 우주창조 과정처럼 새 창성의 과정도 낮과 밤의 과정을 거쳐 제 7이 상징하는 완전한 완성의 지평으로 돌진해 나아가야 한다고 본다. 곧 "創成의 道程에는 반드시 아침이 있고 또 밤이 있음을 창세기 1 장에서 찾을 수 있나이다. 허나 창조가 있은 후에는 반드시 저녁이 됩니다. 이는 캄캄한 때외다. … 그러나 늘 밤으로 계속되는 것은 아니외다. 지나갑니다. 아침이 됩니다. 光明과 新鮮, 解惑과 感謝가 있는 때외다. … 새 創成이 생기입니다. 아 또 저녁은 닥쳐옵니다. 이리하여 7이라는 完全數의 밤을 지난 후에야 完成이 생기는 것이었나이다. … 형제는 지금 긴 – 길고 긴 – 밤 하나 곳 天地가 混沌하여 上下를 分別할 수 없던 創造前 宇宙와 같은 그 혼돈의 밤에서 아침을 맞는 때외다. … 힘써 活動하고 돌진하시오. 골고다에까지 돌진! 예수 生命에 接觸하도록 돌진하시오."21) 라는 것이다. 이렇게 아침과 밤의 교차와 순환 과정을 통해 새 창성이 완성된다.

그런데 여기서 놀라운 점은 그가 '밤과 아침'을 결코 서구적인 이원론의 세계관으로 보지 않고 있다는 점이다.22) 오히려 '밤과 아침'의 상보적이고 유기적인 순환과정을 통한 새 창조 완성의 길로 파악하고 있으며, 이때 용도의 깊은 속에서 작용하고 있는 영성의 원리가 바로 동양의 '음양상보(陰陽相補)'와 '상생상극'(相生相剋)의 끊임없는 역동적인 순환의

---

21) "김광우씨에게", 1930.11.7, 『서간집』, 20~21쪽.
22) 이용도의 비이원론적인 세계관은 "태양의 힘 … 산자(生者)에게는 활력소이나 사자(死者)에게는 부패를 촉진할 뿐입니다."(이용도 목사 저술집, 262쪽)라는 표현에서도 확인할 수 있다.

생명구조로 보인다.[23] 게다가 그는 창조에 대비하여 '창성'(創成)이라는 표현을 계속하여 쓰고 있는데, 이 창조(創造)와 생성(生成) 혹은 창조적인 생성과 완성 과정을 뜻하는 '창성'이라는 개념 속에는 기독교와 유가(儒家)의 세계관 또는 서양과 동양의 세계사유를 한 눈으로 융합시키고 있는 이용도의 탁월한 영성이 작용하고 있는 것이다. 즉 "새 창성이 생긴다."거나 "완성이 생긴다."거나 "창성의 도정"이란 표현을 통해 '창조'와 '생성'을 융합한 새로운 '창성의 패러다임'이 출현하고 있다는 것을 알 수 있다. 이것은 '창성'을 '창조-생성-완성'의 뜻으로 읽는다 해도 타당한데, 그 과정에서 음양세계의 역동적인 순환의 사유가 작용하고 있다. 여기 동양영성의 우언적 독법으로 포착된 하나님의 창조와 그리스도의 새 창조에 대한 새로운 해석이 있고, 서구 근대 기독교와는 다르게 동양적인 변형을 이룬 음양생성(陰陽生成)론적인 기독교 모형이 있다.

또한 이런 밤과 아침의 영성은 그로 하여금 제국주의와 식민주의의 어둔 세계를 극복하고 펼쳐지는 아침햇살 같은 평화의 나라를 꿈꾸게 한다. 다시 말해, 밤이 가면 아침이 오듯이 불의한 세계의 깊은 밤을 뚫고 다가오는 평화의 아침 세계를 대망하는 희망의 역사관을 낳는 것이다. 이런 역사인식에서 이용도는 자신의 사명을 자각하고 있다. "나는 불의로 더불어 싸우는 의의 자식이요 진리의 아들이다. 이 땅에 마귀는 꽉 찼다. 어두움의 권세요 밤의 권세로다. 미워하고 죽이고 시기하고 음란하고 패역하며 교만한 이 악마의 세계! 아, 이는 싸움의 밤이로다. 창과 칼이요 砲彈煙雨로다. 殺人者를 眞理라하고 큰 도적을 義人이라 하도다. 아- 不義의 시대, 진리가 감춘 時代, 전쟁의 밤이다. 모든 人間은 근심과 걱정과 탄식이다. 눈물이요 한숨이다. 두려움이요 신음이다.

나는 꿈을 꾸노라. 아- 전쟁의 밤은 지나가고 돌아올 平和의 나라의

---

23) 유가의 음양론에 대해서는, 노태준 역주, 『周易』, 서울 : 홍신문화사, 1996, 207~239쪽 ; 방동미/남상호 역, 『원시 유가 도가 철학』, 서울 : 서광사, 183~ 242쪽 ; 풍우란/박성규 역, 『중국철학사 상』, 서울 : 까치, 1999, 47·78쪽 참조.

꿈을 보노라. 어두움의 세력은 지나간다. 악마의 의는 꺾어진다. 모든 죄악의 인간은 불의 세례를 받는 것이다. 인간의 모든 소유, 모든 건물은 자취도 없이 돌 하나 돌 위에 첩 놓이지 않고 무너지도다. 밤은 지나갔다. 아― 그 두려운 전쟁의 밤은 지나갔다. 이제 평화의 나라는 온다. … 아― 과연 아침 같은 나라요 햇빛 같은 임금이시다. … 고요한 나라다. 잔잔한 나라다. 모든 악과 불의는 다 밤과 같이 영원히 갔다. 아, 평화의 나라다."[24] 라고 선포한다.

한편, 유가적인 영성과 기독교 복음의 창조적인 융합에 의한 새 지평의 개척은 이용도가 제시한 '천적애'(天的愛)의 인간상에서도 발견된다. 그에 의하면, 새 창성의 도정을 살아가는 그리스도인은 불의한 '지적애'(地的愛)가 아닌 정의에 바탕을 둔 천적애(天的愛)를 실천하는 사랑의 사람이다. 그는 "義 아닌 것을 기뻐하지 아니하며 眞理와 함께 즐거워하라. 이것이 곧 天的愛의 일이니라. 地的愛는 덮어 놓고 施濟善待하야 저희를 기쁘게 하는 것이었지만 天的愛는 그 性質이 다르다. … 天的愛의 不義에 對한 施濟는 審判과 責妄이 그 最善의 것이었느니라. 不義한 者가 審判과 責妄을 모르는 것보다 더 不幸함이 없나니, 저를 건지기 위하여서는 곧 審判과 責妄으로 罪와 義를 알게 하여 永生에 入하도록 함이 最善의 일이었느니라."[25]고 한다.

그런데 여기서도 이 '천적애' 안에는 공자가 말하는 '인'(仁)과 맹자가 매우 강조하는 는 '의'(義)사상이 함께 융합되어 들어 있다고 파악할 수 있다.[26] 다시 말해, 동양의 유가적인 '인의'(仁義) 정신이 그리스도의 정의와 사랑의 복음을 만나 천적애의 창조적인 지평을 열고 있는 것이다. 여기 동서양 종교의 진수를 직관적으로 포착하여 유기적으로 융합시켜내

---

24) 『일기』, 1931.3.9, 152-153쪽.
25) "평양형제들에게", 1932.4.19, 『서간집』, 120쪽.
26) 공자의 '인'을 위해서는, 성백효 역주, 『論語集註』, 서울 : 전통문화연구회, 1997, 참조. 또한 맹자의 '의'를 위해서는, 성백효 역주, 『孟子集註』, 서울 : 전통문화연구회, 1997 참조.

는 이용도의 탁월한 영성이 번뜩이고 있다.

또한 '본말'(本末)의 구별과 '위기지학'(爲己之學)을 통해 '위인지학'(爲人之學)으로 나아가는 유가의 공부와 '수기'(修己) 사상은[27] 이용도로 하여금 인생 과정에서 신앙의 근본 됨과 우선 자기 자신의 사랑 실천을 통한 평화 세계 건설의 길을 파악하도록 작용하고 있다는 것을 알 수 있다. 그래서 "信仰은 人生의 副業이 아닙니다. 本業인 동시에 全業이외다. 그러므로 冒險的으로 懸命的으로 이를 얻으려 하는 者에게만 賦興되는 보배입니다. 信이 있어 天下를 다 所有한 것이 되고 信이 없어 天下를 다 失한 것이 됩니다. 信仰은 우리의 所有의 總體입니다."[28]라고 한다.

신앙은 가져도 그만이고 안 가져도 그만인 부차적인 것이 아니라 인생의 생사를 좌우하는 가장 본질적이고 궁극적인 문제요(Ultimate Concern). 따라서 철저한 신앙의 소유자만이 참된 인생을 살 수 있다는 것이다. 여기 바로 이용도의 동양적 영성에 의해 새로 확립된 동양적 기독교 신앙의 근본 바탕이 있다.

4) '유'(柔)와 '현'(玄)의 영적 기독교

이용도는 노자의 『도덕경』(道德經)을 좋아하고 즐겨 읽었던 것으로 보인다. 그의 일기에는 노자의 구절이 인용되어 있기도 하고,[29] 편지들에는 자주 노자의 표현이 등장한다.

『도덕경』의 가장 큰 특징은 존재와 생성의 근원이요 궁극적 실재인 '도'(道)를 '현빈의 도'(玄牝之道)[30]로 보면서 그 '여성성'(女性性)과 모성성(母性性)을 강조하고 있는 것이다. 양과 남성성(男性性)을 인정하면

---

27) 성백효 역주, 『論語集註』, 18쪽 ; 성백효 역주, 『大學·中庸集註』, 서울 : 전통문화연구회, 1998, 25, 68, 75쪽 참조.
28) "김예진씨에게", 1931.3.4, 『서간집』, 37쪽.
29) 『일기』, 1929, 78쪽.
30) 초횡약후 편/이현주 역, 『노자익 老子翼』, 서울 : 두레, 2000, 35쪽.

서도 주안점을 우주 만물의 부드러운 생성과 흐름에 두고 있다. 이것은 가부장적인 문화와 제국주의, 그리고 식민주의의 폭력적 침략 아래서 고난 받고 있던 이용도에게 그가 찾고 있던 전혀 새로운 우주 본성의 이해와 세계관의 시각을 열어 준 것으로 보인다.

게다가, 어려서부터 아버지보다는 어머니의 모성애(母性愛)에 깊은 감동과 고마움을 느꼈던 그는 어머니의 사랑을 통해 하나님의 사랑을 발견하게 된다.[31] 그런데 놀랍게도 이용도는 그 시대에 '모성적인 하나님' 혹은 '어머니 하나님'을 체험하며 고백하고 있는데, 여기 도가(道家)영성의 우언적 독법이 작용하고 있는 것이다. 이것은 "오- 주여 당신 품에 꼭 안아주시옵소서. 나는 거기서 안심하겠나이다. 세상고통에 쪼들린 몸을 편히 쉬겠나이다. … 나는 젖 먹는 아이. … 주님께서는 손을 내밀어 얼른 나를 붙드사 잡아 당겼습니다. … 주님은 당신의 품에 꼭 껴안으시고 나는 그 품에 안기었나이다. … 젖을 먹습니다. 그 품안에서 또 나에게 필요한 것은 어머니께서 주실 줄 믿고 나는 편히 쉬고 있는 것이었습니다. … 나는 산과 들, 험한 골짜기를 어머니와 같이 걷는 기쁨을 생각하였습니다. 물론 가다가 다리 아프고 괴로우면 어머니가 나를 버리고 그냥 혼자 가시지 않을 줄도 잘 알았습니다. … 나의 약한 다리가 어머니가 걸을 수 있는 그 길을 다 이겨나갈 수는 없었습니다. … 내가 거의 길바닥에 주저앉을 지경에 이르렀을 때, 어머니는 "오, 용키도 하지"하시고는 얼른 나를 들어 당신의 품에 안고 성큼 가시는 것이었습니다. 나는 어머니의 얼굴을 마음대로 봅니다. 그 눈을 보고- 인자한 그 눈! 또 그 코를 봅니다. 그리고 그 두 뺨을 나는 만져 봅니다."[32]라는 표현에서 읽어낼 수 있다.

---

31) 이용도의 모성적인 영성에 대해서는 1932년 10월 23일 새벽 사리원에서 해주교회까지 12시간여 동안 170리길을 걸어온 신앙 동지들의 상처 난 발에 맨소래담을 발라주는 장면에서 잘 드러난다.(변종호 편저, 『이용도목사 전기』, 78쪽 참조.

32) 『일기』, 1931.1.24, 130~134쪽.

이렇게 어머니로서의 그리스도를 고백하고 있는 그는 모성적인 하나님에 의해 창조생성되고 있는 우주 만유의 본성을 역시 부드러움과 유함에서 찾고 있다. 그래서 『도덕경』 8장의 "상선약수"(上善若水)의 가르침처럼 "약함이 강함을 이긴다. 유한 물이 강한 돌을 굴러가게 한다. 유한 골짜기 물이 단단하고 굳은 반석을 쪼개고 깨뜨려 모래를 만든다. 강한 것(石)의 힘보다 유한 것(水)의 조화가 실로 묘하도다. 유는 우주의 본성이었나니 유가 강을 주관하였느니라. 우주만유의 본성은 小요 弱이오 柔이었나이다.[33]"라고 한다.

그는 우주만물의 선(善)은 여성적이요 악(惡)은 남성적이며, 선은 약하되 강하고 악은 강하되 약하며, 선은 져서 이기고 악은 이겨서 지게 된다고 우주의 법도(法道)를 지적한다.[34] 궁극적 실재인 도가 모성적이요 여성적인 부드러운 본성을 지니고 있기에, 그 도에 의해 창조생성되는 우주 만유의 본성이 또한 부드러움의 천성을 지닐 수밖에 없고, 이 우주적인 자기 본연 길에서 벗어나 강압적인 가부장적인 문명과 폭력적인 제국주의의 식민주의와 오리엔탈리즘은 패배할 수밖에 없다는 것이다. 물론 여기서 이용도는 예수 그리스도의 십자가와 부활을 바라보고 있다.

이렇게 이용도는 도가(道家)적인 모성적 영성으로 기독교 복음을 새롭게 해석하여 근대 서구 기독교를 창조적으로 변형시키고 있다. 여기서 가부장적인 '강'(剛)과 '양'(陽)의 유위(有爲)적인 근대 기독교를 넘어 무위자연(無爲自然)의 대도를 따르는 '유'(柔)와 '현'(玄)의 동양적인 기독교 모형이 출현하고 있다.[35]

---

33) 『일기』, 1929.12.14, 68쪽.
34) "이태순씨에게", 『서간집』, 1932.7.12, 153쪽.
35) 『도덕경』에 나타난 도의 형이상학적 이해에 기초한 기독교신학의 전개를 위해서는, 이세형, 『道의 신학』, 서울 : 들출판사, 2002 참조.

5) 한국의 원형적 영성과 '일화'(一化)의 영적 기독교

이용도 영성의 우언적 독법은 한국인의 원형적인 종교성과 기독교 복음의 진수를 융합시키는 해석학적인 역할을 하고 있으며, 여기서 근대기독교 모형의 한국적 변형이 이루어지고 있다.

한국의 원형적인 영성은 한국무교(Shamanism)에 함유되어 있다. 유동식은 고대 한인의 제천의례와 건국신화에 나타난 한국무교의 특성을 가무강신(歌舞降神)의 엑스타시 속에서 신인융합(神人融合)을 체험함으로써 새로운 세계 창조의 지평으로 나아가는 구조로 파악했다. 고대 한인들은 가무강신의 황홀경 속에서 신과 인간이 융합되는 신비체험을 가질 수 있었고, 그것을 통해 새로운 삶과 문화 창조의 우주적인 에너지를 획득하여 활용했다는 것이다.[36] 그런데 이런 원형적인 무교적 영성은 민족 종교문화사의 전개를 따라 그 창조적인 생명력의 표출을 달리했다. 특히 조선시대 유교적인 가부장적 문화와 일제의 침략 기간에 걸쳐 오랜 동안 억눌려 있어야 했다.

하지만 이용도의 경우는 자신의 저 심층에 꿈틀거리고 있는 이 원초적인 무교적 영성을 예수 그리스도의 우주적인 사랑의 복음에 의해 깨움으로써 활화산처럼 표출시켜 새로운 삶과 세계의 지평을 여는 데 활용할 수 있었다. 지구 심층의 지핵(地核)처럼 우리 민족의 무의식의 심연에 깊이 묻혀 있는 한국무교적 영성의 보고를 예수 그리스도의 영생의 도(道)로 접근하여 꺼내 와서 우주적인 영적 능력으로 승화시켜 사용하는 깊은 지혜를 지니고 있었던 것이다. 그래서 "이용도는 … 무엇보다도 무교적인 열정과 무교적인 신비주의이다. 오랜 세월 동안 잠들고 있던 무교적인 활력소에 불을 붙임으로써 신앙의 활화산이 되게 한 것이다. 그 요체는 가무강신(歌舞降神)의 신비주의에 있다. 그는 기도와 찬송을 통해

---

36) 유동식, 『한국무교의 역사와 구조』, 서울 : 연세대학교출판부, 1975, 55-67, 345 ~353쪽 참조.

그리스도와 한 생명이 되는 신비체험(一化)을 가졌다. 여기에서 그는 한 국적인 사랑의 열광주의적 성격을 겸비할 수 있었다."[37]는 해석이 가능하다.

무교적인 영성의 열광주의는 이용도에게서 예수열광주의로 나타난다. 그래서 그는 예수에 대하여 "하여간 미치자! 크게 미치자! 그 후에 쓰게 되면 쓰고 부르짖게 되면 부르짖고 침묵하게 되면 돌 같이 고요할 것이요! 어쨌든 진리에 미치는 것만이 우리의 급무였나니 무엇을 나타내려고 함은 허영이었느니라. 생명은 나타나는 것이지 나타냄을 받는 것이 아니었느니라."[38]고 한다. 이때 주목할 것은 이렇게 열정적으로 투신한 예수 그리스도의 길(道)로 한국무교의 지핵적인 영성에 접근하였기에 용암처럼 범람할 수 있는 위험을 피하여 창조적인 사랑의 열광주의와 열정적인 신앙의 에너지로 활용하게 되었다는 점이다.

한국인의 원초적인 무교적 영성 즉 가무강신을 통한 신인융합의 황홀경 속에서 새로운 삶과 문화 창조의 에너지를 얻는 우리 민족의 심층적인 영성구조는 이용도에게 사랑의 열정과 그리스도와의 합일(合一)과 일화(一化) 체험으로 승화되어 나타났다.

그는 신앙인이 하느님과 가지는 "영계의 거리"는 세상의 객관적인 공간의 거리와는 달리 사모의 정도를 따라 멀고 가까움이 정해지기에 인간이 열렬하게 사모하면 할수록 영과 영의 사이가 밀접해 진다고 보며 "地上에서는 空間으로서 距離를 測定하였으나 영계에 있어서는 思慕 程度 如何에 따라서 遠近이 定하여집니다. 故로 肉의 遠近은 空間에 나타나고 靈의 遠近은 思慕에 나타납니다. 思慕의 程度가 密할사록 熱하여지나니 熱하여질사록 靈과 靈은 接近하게 됩니다. 思慕의 程度가 疎하여지매 主님에게서 우리는 그만큼 멀리 있고 密하여지매 그만큼 우리는 가

---

37) 유동식, 「신앙의 예술가 이용도」, 『風流道와 한국의 종교사상』, 서울 : 연세대학교 출판부, 1997, 318쪽 참조.
38) "변종호에게", 『서간집』, 1931.11, 87쪽.

까워지는 것입니다. 그런故로 主와의 遠近은 그 關係가 主께 있는 것이 아니라 오로지 우리에게 있는 것이외다."[39]라고 한다.

이렇게 신앙인이 열정적인 사랑으로 열렬하게 사모하게 되면 인간과 그리스도는 사랑 안에서 서로 연합하는 황홀한 신비체험(엑스타시)을 가지게 된다. 이제 양자 사이에는 간격 없이 일치된 사랑의 환희가 열리는 것이다. 오직 사랑 안에서 한 몸, 한 생명이 된 새로운 기쁨의 세계만 있을 뿐이다. "이렇게 주님은 나에게 끌리시고, 나는 주님에게 끌리어, 하나를 이루는 것이었습니다(一化). 나는 주님의 사랑에 삼킨바 되고, 주는 나의 신앙에 삼킨바 되어, 결국 나는 주의 사랑 안에 있고 주는 나의 신앙 안에 있게 되는 것이었나이다. 아 - 오묘하도소이다. 合一의 原理 여!"[40]라는 것이 이용도의 신앙고백이었다.

그리고 사랑의 사귐과 합일의 결과로 신앙인이 주님의 품안에서 새로운 사람으로 다시 태어나는 사랑의 창조현실이 있게 된다.[41] 주님과 사랑의 교제 결과로 새로운 생명력과 사랑과 정의와 자유와 평화가 넘치는 참 신앙인으로 새로 태어난다. 세상에서 지치고 추했던 영혼이 하느님의 품안에서 생기 있고 용기 있는 새 사람으로 거듭나는 합일과 일화의 신비가 거기 있는 것이다.[42]

그런데 이용도는 계속하여 생명적이고 역동적인 사랑의 일화(Process of Living and Dynamic Unification) 과정에서 기도를 강조한다. 기도야 말로 자기의 필요충분조건이요 알파와 오메가라고 했다. 그의 기도는 사람의 생명이 거듭 새로워지는 창조적 사건의 장소이다. 곧 "기도는 생명의 탄생처"[43]라는 것이다. 깊은 기도 속에서 세상에서 지친 사람의 생

---

39) "김교순씨에게", 1931.11.14, 『서간집』, 84쪽.
40) 『일기』, 1931. 1. 27, 140쪽.
41) "KTY씨에게, 1931.3.26, 『서간집』, 44쪽.
42) 한편, 용도는 교회를 애인이요 신랑인 주님을 만나는 공간적인 지성소로 말한다. 『일기』, 1930. 1. 17, 89~90쪽 참조.
43) "박정수씨에게", 1930. 봄, 『서간집』, 8쪽.

명이 하느님의 사랑과 자유와 평화의 생명을 얻어 끊임없이 새로워지게 된다. 그는 "생명 역환"의 새로운 삶과 "생명의 역환소"의 기도에 대해 "信仰이란 곧 生命의 易煥의 일이외다. 世上에 살던 나의 罪惡의 生命은 하늘에 사는 예수의 生命과 바꾸어지고 物을 바라던 나의 生命은 靈을 原하는 그 生命과 바꾸어지고 근심과 걱정과 念慮로 애쓰던 나의 生命은 歡喜와 平和와 勇氣로 날뛰는 그 生命으로 變하여지고 땅 위에서 物慾과 情欲에 쌓여 오래 잘살기를 꿈꾸던 나의 生命은 이를 咀呪하여 버리고 天에 살려는 生命으로 바꾸어지는 것입니다. 只今까지는 地上에 있는 나의 肉이 이것의 慾心대로 物우에서 滿足을 찾으려하여 … 煩惱와 苦痛 悲哀와 歎息 마지막으로 死亡을 차지하게 되어 있는 그 生命은 예수에게 갖다 주어 十字架上의 祭物이 되게 하고 그 代身 天上에 있어 나의 靈이 聖意를 따라 眞理에서 참 平安을 얻을 수 있는 그 生命을 예수님에게서 얻어 오는 것이었습니다. 信仰生活이란 곧 生命과 生命의 바꿈질이었습니다. 믿는다 하여도 이 生命의 易煥이 없어! 그는 아직 死亡에 居하는 者올시다. 우리는 不絶히 우리의 生命에서 不義를 찾아 가지고는 예수에게로 달려가서 그 生命의 義와 바꾸어 가지고 나오나니 이것이 곧 우리의 祈禱 中에서 되어지는 일이었습니다. 萬一 祈禱 中에 있었다 할지라도 이 生命의 易煥의 일이 되어지지 않았으면 이는 徒勞 – 이었든 것입니다."[44]라고 한다. 이 생명의 역환으로서 기도가 당시 일제식민지 아래서 신음하던 조선인들에게 희망의 삶을 살수 있도록 이끌던 힘의 진원지였다.

6) 생태적인 영적 기독교

한편, 그의 신앙체험은 산 속에서 산과 더불어 호흡하며 얻은 것이다. 그를 결정적으로 교회개혁적 부흥사로 내몬 힘은 1928년 첫 목회지인 강원도 통천부근 금강산의 백정봉에서 얻은 기도를 통한 신앙체험이었

---

44) "김교순씨에게", 1931.11.14, 『서간집』, 82~83쪽.

고,45) 1931년 아현성결교회의 집회도중 쫓겨났을 때에도 그를 받아준 것은 인왕산이었으며, 지치고 상처를 입었을 때마다 찾아간 곳은 산의 품이었다. 그는 "自然은 나의 친구. 믿을 사람도 없고 사귈 사람도 없을 때 하늘 山 흐르는 물 공중의 별 밤의 山과 들 草木 곤충 새들 이는 다 – 自然에 속한 것으로 나의 친구가 되나니 나는 늘 이 친구를 보려 自然 속으로 들어갑니다."46)라고 한다.

그런데 이용도에게서 자연은 이렇게 친구나 애인으로 저 밖에 서있지만은 않다. 한 걸음 더 들어가 자연과의 사이에 놓여 있는 이분법적인 거리와 벽을 넘어서 자연과 한 몸, 한 생명을 이루는 깊은 만남의 신비까지 들어가려고 한다. 여기서 자연과의 소외경험을 낳고 있는 어떤 벽을 극복해야 하는데, 그는 그 분리의 원인을 아담의 범죄에서 찾으며 그리스도 안에서 새로 난 사람은 그 소외를 넘어 다시 자연과 하나 될 수 있다고 본다.47) 곧 사람이 처음에 하느님과 떨어질 때 이웃 사람과 자연에게서도 떨어졌기에 신앙인이 예수 그리스도 안에서 다시 하느님과 참으로 합하면 이웃 사람뿐만 아니라 자연과도 합한다는 것이다. 그래서 참된 기독교인이라면 자연과 올바른 관계에서 깊은 생명과 사랑의 친교를 나누어야 하며, 이런 삶의 방식은 생태계 파괴를 극복하여 하느님의 창조질서를 회복할 수 있는 자연관을 품게 된다.

이것은 "산에 가서 기도를 올리고 내려오다. 오– 그 새(鳥)는 어두운 밤에 그 보금자리에서 놀라 날라 갔습니다. 나는 저를 해할 뜻을 가지지 않았습니다. 그러나 그 새는 가엽게도 놀라 날러 갔습니다. 이는 저가 나를 의심하고 무서워한 까닭입니다. 나를 믿지 않은 까닭입니다. 주여 나에게 아직도 악의가 남아 있음이오니까! 내가 저를 해하려는 악의는 없었다고 하여도 나에게 害物之心이 있음이니이다. 주여 나로 하여금 온

---

45) 변종호 저, 『이용도 목사전』, 초석출판사, 1986, 35쪽.
46) "이태순씨에게", 1931.10.25, 『서간집』, 72쪽.
47) 『일기』, 1931. 8. 17, 173쪽.

전히 악의를 끊어 버리게 하옵소서. 그리고 저 새와 合하게 하여주옵소서. 나에게 聖潔이 없는 것도 사실이거니와 저 새의 어리석음도 사실입니다. 나를 더욱더 거룩하게 하시고 저 새의 어리석음도 물리쳐! 이제는 서로 믿고 사랑하게 하옵소서. 에덴동산! 서로 믿고 서로 合하고 서로 즐겨하든 그곳이 이렇게 의심 두려움, 죄악, 어리석음, 殺傷으로 변하였습니다. 하나님과 隔이 날 때 사람사이에 격이 생기고 금수와 사람사이에 또는 만물과 사람사이에 격이 생기었나이다. 하나님과 合하면 사람끼리와 만물끼리가 다 합할 것입니다. 오 – 주여 합하게 하옵소서."48)라는 표현에서 읽어낼 수 있다.

여기서 놓치지 말아야 할 점은 이용도의 신앙 본질과 구원세계의 삼위일체적인 혹인 삼재(三才)일체적인 구조이다. 신과의 합일과 사람과의 합일과 자연과의 합일로 이루어진 참된 생명세계가 서로 유기적인 구조의 지평으로 숨쉬고 있다는 것이다. 따라서 자연생명과의 참된 합일경험이라면 거기 신과 사람과의 합일경험을 지니고 있고, 사람생명과의 참된 합일경험이라면 거기 자연과 신과의 합일경험을 수반하고 있으며, 신적 생명과의 참된 합일경험이라면 거기 사람과 자연과의 합일경험을 함유하게 된다는 삼중적 혹은 삼태극적인 구원의 구조를 지니고 있는 것이다. 여기 삼태극적인 영성으로 포착된 생태적 기독교의 모형이 출현하고 있다.

실로, 시무언 이용도의 새로운 생명세계는 동양영성과 한국영성의 우언적 독법과 은유적 해석에 의해 이루어진 동양종교전통의 진수와 기독교 진리가 융합되어 피어난 영적인 꽃이었다. 말하자면, 한국무교의 원형적 영성과 불교의 무와 공의 영성과 도가의 무위의 영성과 기독교 복음의 진수가 이용도 안에서 용해되고 융합되어 새로운 세계를 전개했던 것이다. 여기 20세기 전반 식민지 조선 땅에서 서구적인 근대 기독교 모형의 한국적인 변형 과정을 통해 전 인류사적인 빛을 지니고 출현한 시무언 이용도의 한국적 기독교 모형이 있다.

---

48) 『일기』, 1930. 4. 4, 105~106쪽.

君臣·師弟 關係 重言과 寓言

金 泳*

1. 서언

노자가 "사람은 땅을 의지하고 본받으며, 땅은 하늘을, 하늘은 도를 의지하고 본받는다."[1]고 했듯이, 이 세상의 만물은 서로 의지하고 어울리며 존재한다. 세상에 별개의 사물이란 없다. 이것이 있기에 저것이 있고, 저것이 있기에 이것이 있는 것이다. 모든 것은 상호의존적 관계에서만 존재한다고 할 수 있다. 몇 년 전 우리나라를 다녀간 틱낫한 스님은 이런 관계를 다음과 같이 표현했다.

> 한 장의 종이는 종이 아닌 요소들로만 이루어져 있다. 마음, 대지, 나무꾼, 구름, 햇살이 그 안에 들어 있다. 만일 그대가 종이 아닌 요소를 그 근원으로 되돌려 버린다면, 종이는 더 이상 존재할 수 없다. 종이는 얇지만 그 안에는 전 우주의 모든 것이 담겨져 있다.[2]

---

*인하대 국어교육과 교수

1) 『老子』, 25장.
　　人法地, 地法天, 天法道, 道法自然.
2) 틱낫한, 『평화로움』, 열림원, 2002, 96쪽.

맞는 말이다. 구름이 없으면 비가 내리지 않고, 햇살과 비가 없고 대지가 포용하지 않으면 나무는 자랄 수 없으며, 나무꾼이 나무를 베지 않으면 종이의 원료인 펄프가 생산되지 않고, 종이가 있다한들 글쓴이의 마음이 담겨져 있는 글이 없다면 책은 무슨 소용이 있겠는가. 그러므로 비는 구름에 의지하고 있고, 나무는 햇살과 비와 대지에, 책은 나무꾼의 손길과 글쓴이의 마음에 의지해 있다고 할 수 있다.

천지의 만물이 그러하듯 우리 인간도 서로 의지하고 어울리며 존재한다는 것은 너무나 자명한다. 부모가 없다면 우리의 생명이 어떻게 존재할 수 있으며, 스승의 가르침이 없다면 제자의 지적 인격적 성장이 어떻게 가능하겠는가. 반면에 아무리 많은 지식을 가진 스승이라 한들 배울 학생이 없다면 어떻게 스승 노릇을 할 수 있겠으며, 훌륭한 경륜을 지닌 명왕이라 하더라도 이를 뒷받침해줄 신하가 없다면 나라를 어떻게 다스릴 수 있겠는가.

이 글은 바로 이런 생각에서 서로 어울려 존재하는 상호의존적 인간관계 가운데서 지면의 제약과 논의의 편의상 우선 군신관계와 사제관계에 관련된 중언(重言)과 우언(寓言)[3]을 살펴보려는 것을 목표로 하고 있다. 전통사회의 인간관계라 할 군신관계와 가르치고 배우는 사제관계를 흔히 재상자(在上者) 위주의 상하차서(上下次序) 관계로만 이해하는 경향이 지배적이다. 필자는 군신관계와 사제관계가 상하의 지배이데올로기를 공고하는데 기여하였다는 사실을 인정하면서도, 그 속에는 '서로 어울리며 존재하던' 상호존중의 미덕이 담겨있음에 주목하고, 선현들의 지혜를 직접적으로 표현한 중언(重言)과 재미나는 이야기를 우의적으로 표출한 우언(寓言) 몇 편을 살펴보려고 한다.

---

3) 重言과 寓言이란 말은 『莊子』 雜篇의 〈寓言〉에 나오는데, 중국의 노장철학자 陳鼓應은 『莊子今注今譯』(中華書局, 1983)에서 重言을 훌륭한 선철의 말을 빌려 말하는 방식이고, 寓言은 사물에 기탁해 우의적으로 말하는 방식이라고 했다. 그의 책 727~9쪽 참조.

2. 군신관계 중언과 우언

1) 군신관계 중언

한 나라를 통치하기 위해서는 지도자의 경륜과 도덕성이 중요함은 말할 것도 없다. 그러나 아무리 식견이 뛰어난 통치자라 하더라도 국가의 대소사를 직접 관장해 처리할 수는 없다. 그래서 통치자의 구상과 이념을 현실 정치에 구현하기위해서는 유능한 참모와 관리가 필요하다. 전통시대의 군왕들도 이런 점을 잘 알고 있었던 것 같다. 그래서 현명한 군주는 비록 상하의 질서가 엄중한 봉건적 정치체제에서도 일방적인 지시나 명령을 내리지 않았으며,[4] 유능한 인재를 등용하는데 성의를 다하였다. 사마광이『자치통감』에서 한고조 유방이 초패왕 항우와의 싸움에서 승리하고 천하를 제패한 이유가 항우는 휘하의 장수들을 혹독하게 대한 데 비해 유방은 장량과 한신과 소하같은 인재들의 장점을 취해 썼기 때문이라고 한 바와 같이,[5] 군신간의 관계는 나라의 흥망을 좌우할 만큼 중요하다 할 것이다.

이와 같은 군신관계에 대한 중언은 많이 있지만, 오늘날과 같은 민주정치 시대에도 여전히 많은 시사점을 주는 말들을 뽑아 아래에 정리해본다.

> 왕이 어질면 신하는 바르게 된다.
> 君仁則臣直. −資治通鑑−
>
> 무릇 믿음이란 임금의 큰 보배이다.
> 나라는 백성들에 의해 유지되고
> 백성들은 믿음에 의해 유지된다.

---

4) 이런 사상을 가장 강조한 이는 노자라 할 수 있는데,『老子』10장에서는 무위의 통치방법으로 애민치국(愛民治國)할 것을 강조하고, 23장에서는 명령이나 지시를 적게 내리는 것이 자연스러운 통치(希言自然)라고 하였다.
5) 司馬光,『資治通鑑』漢紀 참조.

夫信者, 人君之大寶也. 國保於民, 民保於信. −司馬光−

임금이 된 자는
바른 마음가짐으로 조정을 바르게 하고
바른 조정으로 백관들을 바르게 하며
바른 관리들로 만민을 바르게 한다.
爲人君者, 正心以正朝廷, 正朝廷以正百官, 正百官以正萬民. −董仲舒−

부정한 사람의 자리에 바른 사람을 등용하면 백성이 복종하고,
바른 사람의 자리에 부정한 사람을 등용하면 백성이 복종하지 아니한다.
擧直錯諸枉則民服, 擧枉錯諸直則民不服. −孔子−

임금은 신하를 예로써 부리고
신하는 임금을 진심으로 섬긴다.
君使臣以禮, 臣事君以忠. −孔子−

임금은 임금답게, 신하는 신하답게,
아비는 아비답게, 자식은 자식다워야 한다.
君君, 臣臣, 父父, 子子. −孔子−

의심나면 임명하지 말고, 임명했으면 의심하지 마라.
疑則勿任, 任則勿疑. −資治通鑑−

임금이 사람을 쓸 때는 그릇을 쓰듯이 해서
각기 그 장점을 취해야 한다.
君子用人, 如器, 各取所長. −唐太宗−

위의 명언들은 임금의 솔선수범, 믿음성 있는 언행, 바른 마음가짐, 합리적인 통치, 바른 인재등용 등을 촉구하는 내용이 중심이다. 재하자의 책임과 재상자에 대한 진실한 충성을 강조하는 언급들도 있지만, 권한이 있는 곳에 책임이 있기 때문에 무소불위의 권력을 가진 당시 봉권통치자들의 각성을 촉하는 것은 당연하다 하겠다.

2) 군신관계 우언

올바른 군신관계를 일러주는 우언은 많이 있다. 신하가 임금의 잘못을 직설적으로 간(諫)했다가는 속이 좁은 왕들로부터 목이 달아나거나 유배를 가는 경우가 역사상 허다했기 때문에 우의적 방법으로 다른 이야기를 빌어 말하는 방식을 취하곤 했기 때문이다. "윗사람은 인격적 풍모로 아랫사람을 감화시키고, 아랫사람은 노래로서 윗사람을 풍자한다."[6]는 언명처럼 힘이 없는 일반 민중들은 노래나 이야기를 가지고 통치자의 잘잘못을 논할 수밖에 없다. 그러나 전통시대는 언론의 자유가 없었기 때문에 위정자들의 잘못을 직접 비판하거나 따지는 것은 매우 위험하거나 불가능한 일이었다. 그래서 재미나는 이야기를 통해서 에둘러 민의를 전달하는 우언은 웃음을 동반한 비판을 행하던 풍자시와 더불어 위정자의 책임과 각성을 촉구하는데 알맞은 문학형식이 되었던 것이다.

우리나라의 우언의 효시가 되는 작품인 설총의 『화왕계』가 아첨하는 신하를 가까이하고 충직한 신하를 멀리하는 왕의 행위를 풍간하는 정치풍자우언임은 우리가 너무나 잘 알고 있으므로, 『필원잡기(筆苑雜記)』에 있는 〈신하에 대한 예우〉를 소개한다.

명종이 한번은 후원에 행차하여 참석한 모든 신하들에게 술을 하사하였다. 그런데 정승 상진(尙震)이 본래 술을 못 먹는데, 임금이 주는 술을 받아 마시고는 취하여 길 왼편에 쓰러졌다. 임금이 궁전으로 돌아갈 때 그 광경을 보았는데, 곁에 있던 신하들이 그가 상진이라고 아뢰자 말씀하셨다.
"대신이 길 곁에 있는데, 지나가기가 미안하구나."
그러고는 휘장으로 가리도록 명하시고 타신 수레를 휘장 뒤로 나아가게 하셨다.[7]

---

6) 『毛詩』大序
    上以風化下, 下以風刺上.
7) 徐居正, 『필원잡기筆苑雜記』. 번역문은 졸저, 『한국의 우언』, 현암사, 2004, 146쪽.

임금이 신하를 대하는 금도襟度를 보여준 우언이다. 이 우언은 세종대
왕이 집현전에 있는 문신들이 책을 보다가 잠이 들어있어 있으니까 자기
가 입던 용포를 벗어서 덮어주었다는 이야기를 연상시킨다. 이와 같이
임금이 신하를 아껴주고 배려하는 마음을 가진다면, 신하가 어찌 충성을
다해 임금을 섬기지 않고 딴 마음을 먹을 수 있겠는가. 앞의 중언에 인용
한 공자의 말처럼 임금이 신하를 예로 대하면 신하는 진실된 마음으로
임금을 섬길 것은 자명한 이치다.

덕이 있는 군주는 자기와 함께 일하는 신하를 이렇게 예우했을 뿐만
아니라 훌륭한 인재를 발굴하고 쓰는 데도 최선의 노력과 성의를 다했다.
이러한 인재등용에 관한 가장 대표적인 이야기는 유비가 관우와 장비를
데리고 은거해있던 제갈공명을 세 번이나 찾아갔다는 삼고초려(三顧草
廬) 고사일 것이다. 여기서는 임금이 신하를 모시는데 얼마나 성의를 보
였는지 하는 것을 살펴보기 위해 『묵자(墨子)』의 우언 〈신하 모시기〉를
들어본다.

옛날 상商나라 탕왕(湯王)이 현인인 이윤(伊尹)을 찾아가려 할 때 팽(彭)씨 성
을 가진 사람이 수레를 몰았다. 길을 가는 도중에 이 수레꾼이 탕왕에게 여쭈었다.
"군왕께서는 어디로 가십니까?"
탕왕이 말했다.
"이윤을 만나러 가려 하네."
수레꾼이 말했다.
"이윤은 지체가 낮은 사람입니다. 군왕께서 그를 보고자 하신다면, 와서 문안
하라고 명령을 내리더라도 그는 큰 은덕을 입는 것이 될 것입니다."
그러자 탕왕이 말했다.
"이것은 자네가 모르고 하는 말이야. 만약 여기에 좋은 약이 있는데 그것을 먹
으면 청력이 좋아지고 눈이 밝아진다면, 나는 기분 좋게 그것을 먹을 것일세. 지
금 이윤은 우리 나라에 있어서 명의(名醫)나 양약(良藥) 같은 분일세. 그런데 자
네는 내가 그를 찾아가지 않기를 바라다니, 이것은 과인이 좋은 일을 하기를 바라
지 않는 것 아닌가."
그러고는 탕왕은 수레꾼을 끌어내리게 한 뒤, 다시는 수레를 몰지 못하게 했다.[8]

권력의 상부에 있으면 간신과 모리배들의 장막에 둘러싸여 정의롭고 어진 사람을 만나기가 쉽지 않다. 그런데 탕왕은 스스로 인의 장막을 찢고 간신배들의 만류에도 불구하고 지체낮은 이윤을 모시려고 발걸음을 한다. 수레꾼이 탕왕에게 지체낮은 사람을 불러오면 될 것이지 하필 직접 찾아갈 필요가 있겠느냐고 한 것은 당시의 통념상 당연한 건의라고 할 수 있겠지만, 탕왕은 좋은 인재를 구하는 발걸음을 막고, 자기를 권위주의적인 군주로 만들려는 수레꾼을 단칼에 내친다. 탕왕의 이러한 추상같은 모습을 '거룩한 분노'라고 할 수 있을지 모르겠다.

이와 같이 현명한 군주는 인재를 등용함에 있어 그 직책에 알맞은 인물을 골라 적재적소에 배치를 한다. 이러한 것을 일러주는 우언이 『여씨춘추(呂氏春秋)』의 〈적임자〉이다.

> 진(晉)나라 평공(平公)이 기황양(祈黃羊)에게 물었다.
> "남양현(南陽縣)에 현령 자리가 비었는데 누가 이 직책에 합당하겠는가?"
> 기황양이 대답했다.
> "해호(解狐)란 사람이 적당합니다."
> 평공이 말했다.
> "해호는 그대의 오랜 원수가 아닌가?"
> "임금께서 물으신 것은 누가 그 자리에 적합하냐 하는 것이지, 누가 나의 원수인가 하는 것이 아니지 않습니까?"
> 그러자 평공은 기황양를 칭찬하며 흔쾌히 해호를 남양현의 현령으로 임명하였다. 과연 해호는 그 직무를 잘 수행하여 백성들의 칭송을 들었다.
> 얼마 뒤 평공이 또 기황양에게 물었다.
> "경성의 군사직이 비었는데 누가 이 직책에 적당하겠소?"
> 기황양이 대답했다.
> "기오(祈午)가 적당합니다."
> "기오는 그대의 아들이 아닌가?"
> 그러자 기황양이 대답했다.
> "임금께서는 제게 누가 군사직에 적당한가를 물으셨지, 누가 내 아들인가를 물

---

8) 『墨子』〈貴義〉. 번역문은 졸역, 『네티즌과 함께 가는 우언산책』, 한울, 2003, 264쪽.

으신 것이 아니지 않습니까?"
　평공은 이 말을 듣고 좋다고 하면서 기오를 군위(軍尉)의 직책에 임명하였다. 과연 기오는 그 직책을 잘 수행하여 많은 사람의 칭송을 들었다.9)

　사사로운 정에 이끌리지 않고 적재적소에 인재를 배치하는 것이 정치의 정도이겠지만 현실 정치는 대개 혈연, 지연, 학연과 같은 불합리한 연고주의에 의해 이루어지거나 윗사람에게 아첨하는 사람이 발탁되는 경우가 많은 것이 사실이다. 그런데도 기황양은 원수지간인 해호를 현령으로 추천하고 임금은 그의 추천을 받아들인다. 임금과 신하의 마음이 맞으면 대도가 밝혀진다고 하였거니와, 진 나라의 평공과 기황양과 같은 군신간의 신뢰가 이 정도라면 나라가 반석 위에 놓일 것은 명약관화할 것이다.

3. 사제관계 중언과 우언

　사제간의 관계도 군신간의 관계처럼 권위주의적 환경에서는 교사가 일방적으로 학생을 가르치고 훈도하지만, 민주적인 교실환경과 학습의 장에서는 교사와 학생의 관계가 그야말로 가르치고 배우는 상호교육적인 성격을 띤다고 할 수 있다. 그래서 명(明) 나라의 사상가 이지(李贄)는 바람직한 스승상에 대해 "친구가 될 수 없다면 진정한 스승이 아니고, 스승이 될 수 없다면 진정한 친구가 아니다."10)라고 하였다.
　바람직한 사제관계를 위해서는 우선 가르치는 입장에 있는 스승이 열린 마음을 갖고 학생을 사랑의 눈길로 바라보는 것이 중요하다. 그러면 모든 학생들이 가능성이 있는 아름다운 존재로 보이게 될 것이다. 일본의 궁목수 니시오카 츠네키츠도 평생 나무를 다루는 목수의 일을 하면서 터

---

9) 『呂氏春秋』, 〈去私〉. 번역문은 『네티즌과 함께 가는 우언산책』, 269쪽.
10) 이진경, 『노마디즘』, 휴머니스트, 2002, 1쪽에서 재인용.

득한 것은 성깔 있는 나무나 개성 있는 인재도 역시 아껴서 써야 한다고
하였다.

　　적재적소라고 합니다만 좋은 점만이 아니라 결점이나 약점도 살려서 그 재능을
발휘시키도록 하지 않으면 안 됩니다. 좋은 것만을 골라내서 좋은 곳에 세운다는
것과는 다릅니다. 사람을 쓰는 데는 그만큼 마음자세가 필요하다는 것이지요. 나
무를 보는 것도 어렵습니다만, 사람을 보는 것도 어렵습니다. 안 쓰는 쪽이 좋겠
다 싶은 자를 무리해서 쓰고 있지 않느냐는 이야기를 다른 사람으로부터 자주 듣
습니다만, 그렇지 않습니다. 그렇지 않다기 보다 그런 사람도 쓸 데가 있는 것입
니다. 그렇게 기질이 있는 사람에게 꼭 맞는 일이 반드시 있습니다.[11]

선현들의 중언은 바로 이런 점을 가르치고 있다.

1) 사제관계 중언

　　성인은 늘 남을 구원해주길 잘 함으로 버려 둔 사람이 없고,
　　언제나 물건의 쓰임새를 잘 앎으로 버려 둔 물건이 없다.
　　聖人常善救人, 故無棄人, 常善救物, 故無棄物. -老子-

　　성인은 말없는 가르침을 행한다.
　　聖人行不言之敎. -老子-

　　옛 것을 익혀서 새로운 것을 알면,
　　가히 스승이 될 수 있다.
　　溫故而知新, 可以爲師矣. -孔子-

　　부지런히 배우기를 좋아하고
　　아랫사람에게 묻는 것을 부끄러워해서는 않는다.
　　敏而好學, 不恥下問. -孔子-

　　배우되 생각하지 않으면 잊어버리고

---

11) 니시오카 츠네키츠, 『나무의 마음 나무의 생명』, 삼신각, 1996, 120~130쪽.

생각하되 배우지 않으면 위태로워진다.
學而不思則罔, 思而不學則殆. -孔子-

말없이 진리를 기억하고
배우는 것을 싫어하지 않고
남을 가르치는 것을 귀찮게 여기지 않는다.
黙而識之, 學而不厭, 誨人不倦. -孔子-

가르치고 배우면서
서로 발전한다.
敎學相長. -禮記-

사람은 각기 저마다의 장점이 있다.
능히 그 장점을 취한다면 모두 다 쓸 수 있다.
人各有所長. 能取其長, 皆可用也. -朱子-

학문의 도는 다른 데 있는 것이 아니라
모르는 것이 있으면 길가는 사람을 잡고라도 물어보는 데 있다.
學問之道, 無他, 有不識, 執塗之人而問之. -朴趾源-

공자가 성인이 된 것은
다른 사람에게 물어보기를 좋아하고
배우기를 잘 하는 것에 불과한 것이다.
孔子之爲聖, 不過好問於人, 而善學之者也. -朴趾源-

사람을 쓰는 사람은 남의 장점을 취하고 단점을 피하며
남을 가르치는 사람은 남의 장점을 이뤄주고 남의 단점을 없애준다.
用人者, 取人之長, 辟人之短也. 敎人者, 成人之長, 去人之短也. -魏源-

　참된 스승은 학생을 버려두지 않고, 가르칠 때는 자연스럽고 조용하게 하며, 인류의 지혜를 열심히 배우고, 남을 가르치는 것을 게을리 하지 않으며, 모범을 통해 말없는 가르침을 행한다는 것이다. 그래서 『노자(老子)』를 교육적으로 풀이한 파멜라 메츠는 다음과 같이 말한다.

슬기로운 교사가 가르칠 때 학생들은 그가 있는 줄을 모른다.
다음가는 교사는 학생들에게 사랑받는 교사다.
그 다음가는 교사는 학생들이 무서워하는 교사다.
가장 덜 된 교사는 학생들이 미워하는 교사다.
교사들이 학생들을 믿지 않으면 학생들도 그를 믿지 않는다.
배움의 싹이 틀 때 그것을 거들어 주는 교사는 학생들로 하여금 그들이 진작부터 알던 바를 스스로 찾아낼 수 있도록 돕는다.[12]

우언은 직적인 화법으로 메시지를 전달하는 것이 아니라, 동식물을 등장시키거나 다른 사건을 통해 우의적으로 재미있게 진실을 전달하기 때문에 학생들은 별다른 저항이나 거부감 없이 그 의미내용을 받아들인다. 우언의 이러한 계몽적 역할[13] 때문에 동서고금에 걸쳐 현장 교육에서 많이 활용되고 있다.

2) 사제관계 우언

노자의 "성인은 말없는 가르침을 행한다.(聖人行不言之敎)"는 말은 교육 방법에서 지시적 교육보다 비지시적 교육이 더욱 바람직하다는 것을 암시하고 있다. 사실 학생들에게 직접 정답을 가르쳐주기보다 학생들이 스스로 깨닫고 생각할 시간을 부여하며 침묵으로 기다려주는 것이 학생들의 자존심과 창의성을 살려주는 교육방법일 것이다.

『열자(列子)』의 우언 〈관윤자의 가르침〉은 이런 점을 잘 보여주고 있다.

열자(列子)가 활쏘는 것을 배워 화살이 과녁을 명중하게 되자, 관윤자(關尹子)에게 가르침을 청했다.
관윤자가 말했다.
"그대는 화살이 과녁을 명중시킨 원인을 아는가?"

---

12) 파멜라 메츠, 『배움의 도』, 민들레, 2003, 29쪽.
13) 우언의 계몽적 역할에 대해서는 진포청, 「우언의 문화적 지위」『동아세아 우언문학의 성격』(2004년 한국고전문학회 주최 우언문학국제학술회의논문집) 3~4면 참조.

열자가 대답해서 말했다.
"모르겠습니다."
관윤자가 말했다.
"그래서는 아직 멀었다."
그 말을 들은 열자는 집에 돌아와 다시 활 쏘는 것을 연습했다. 이렇게 3년을
지낸 뒤 열자는 다시 관윤자를 찾아가 가르침을 청했다.
관윤자가 또 물었다.
"그대는 어떻게 화살이 과녁을 명중시키는지를 알았는가?"
열자가 말했다.
"알았습니다."
관윤자가 말했다.
"이제 됐다. 그대는 늘 이것을 명심하여 잊지를 말라. 이러한 이치는 비단 활쏘
기뿐만 아니라 나라를 다스리거나 자기를 수양하는 데에도 해당되는 것이야."14)

관윤자는 배움을 청하는 열자에게 정답을 가르쳐주지 않고 질문만을
던진다. 그러자 열자는 집에 돌아와 삼 년 동안 다시 활 쏘는 연습을 거듭
해 화살이 어떻게 과녁에 명중하는지를 아는 경지에 이르렀다. 이 〈관윤
자의 가르침〉은 활쏘기든 자기수양이든 참된 경지는 말로써 가르치고 배
울 수 있는 것이 아니라는 사실이다. 참된 경지는 배우는 사람이 활을
과녁에 수없이 쏘고 또 쏘아보면서 스스로 터득하는 것이다. 학생 스스로
가 무엇이건 몸과 마음으로 직접 부딪쳐 보고 실패와 성공을 경험하면서
스스로 깨닫도록 도와주는 것이 학생의 자생력과 창의력을 키워주는 교
육일 것이다. 이 우언에서 말없이 가르침을 주는 스승과 그것을 알아듣고
말없이 실천하는 제자 사이에 오가는 불립문자(不立文字)의 세계가 참으
로 멋있고 아름답게 느껴진다.
그런데 스승이 학생들과 신뢰관계를 형성하지 못하고, 편의적으로 학
생을 대하고 거짓말을 하면 어떻게 될까. 한국에 전래되는 설화에는 이런
모습이 코믹하게 그려져 있다. 〈먹으면 죽는 알사탕〉이 그것이다.

---

14) 『列子』〈說符〉. 번역문은 『네티즌과 함께 가는 우언산책』, 56쪽.

시골 훈장이 장에 가서 알사탕을 많이 사다가 책상 서랍에 넣어두고 혼자만 먹었다. 학생들에게는 ‘이건 아이들이 먹으면 죽는 약’이라고 말했다. 훈장은 자기가 나들이 간 틈에 아이들이 꺼내 먹을까봐 거짓말을 한 것이다. 그런데 아이들이 그런 말에 속을 리가 없었다. 어떻게 하면 저 사탕을 먹어볼까 궁리하던 차에 하루는 훈장이 나들이를 갔다. 한 아이가 이 참에 사탕을 먹으려고, 먼저 훈장 선생님이 제일 소중하게 아끼는 벼루를 깨트렸다. 그러더니 사탕을 하나씩 글방 아이들 입에 넣어준 뒤, 너희들은 누워서 눈감고 죽은체하고 있으라고 말했다. 모두들 사탕을 입에 물고 가만히 드러누워 있는데 훈장 선생이 돌아와서 이 모습을 보고 야단을 쳤다.

“어떻게 너희들은 읽으라는 글은 안 읽고 모두들 드러누워 있단 말이냐?”

그러니까 그 아이가 대답했다.

“예, 우리가 선생님이 나들이 나간 틈에 장난을 좀 하다가 그만 선생님이 제일 소중하게 아껴오던 벼루를 깨트렸습니다. 죽을죄를 지었기에, 모두 죽으려고 아이들이 먹으면 죽는다는 약을 선생님 서랍에서 꺼내 먹고 드러누워 있습니다.”[15]

알사탕을 먹으면 죽는 약이라고 거짓말을 한 훈장을 영리한 학동들이 골려먹는 이야기이다. 아이들이 좋아하는 알사탕을 혼자 먹기 위해 먹으면 죽는다고 거짓말을 한 위선적이고 얄미운 훈장과 이를 간파하고 죽을 죄를 저지르기 위해 벼루를 깨트리고 ‘먹으면 죽는다는 알사탕’을 먹고 드러누워 있는 학동들간의 대결은 학동들의 통쾌한 승리로 끝난다. 난감해하는 훈장의 모습과 웃음을 참지 못하며 고소해하는 학동들의 모습이 눈에 선하다. 이 우언은 스승이 학생들을 어떻게 대해야 하는지를 풍자와 해학을 통해 보여주고 있다.

4. 결어

우리는 이상에서 올바른 군신관계와 사제관계를 일러주는 중언과 우언을 살펴보았다. 이제 그 논의를 정리하고 이 글의 한계와 앞으로의 과제에 대해 몇 마디 언급하고자 한다.

일반적으로 군신관계와 사제관계를 흔히 재상자(在上者) 위주의 상하

---

15)『한국구전설화』. 작품인용은『한국의 우언』46면.

차서(上下次序) 관계로만 이해하는 경향이 지배적이었다. 필자는 군신관계와 사제관계가 상하의 지배이데올로기를 공고하는데 기여하였다는 사실을 인정하면서도, 그 속에는 '서로 어울리며 존재하던' 상호존중의 미덕이 담겨있음을 밝히고자 하였다.

역사서와 성현, 현군들은 전통시대에도 현명한 군주는 신하를 예로써 대하고, 훌륭한 신하를 찾아 등용하는 데 성의를 다 해야 함을 강조하였고, 설총의 〈화왕계〉나 묵자의 〈신하모시기〉, 『여씨춘추』의 〈적임자〉 같은 우언들을 곧고 능력 있는 신하를 모셔야 한다는 가르침을 담고 있고, 『필원잡기』의 〈신하에 대한 예우〉는 군주의 신하에 대한 배려와 예우를 감동적으로 전달하고 있다.

군신관계뿐만 아니라 사제관계에서도 선현들은 역시 윗사람인 스승의 책임과 역할을 강조한다. 참된 스승은 학생을 버려두지 않고, 가르칠 때는 자연스럽고 조용하게 하며, 인류의 지혜를 열심히 배우고, 남을 가르치는 것을 게을리 하지 않으며, 모범을 통해 말없는 가르침을 행해야 한다는 것이다.

바람직한 스승의 역할을 보여주는 우언으로 『열자』의 〈관윤자의 가르침〉을 들었는데, 이 우언은 참된 교육은 교사가 정답을 빨리 가르쳐주는 것이 아니라 학생이 스스로 깨닫고 터득하도록 유도하는 것이라는 메시지를 담고 있으며, 한국의 우언 〈먹으면 죽는 알사탕〉은 교사가 가면을 쓰고 거짓말을 할 때 어떤 일이 벌어질 수 있는지를 시골 서당에서 벌어진 일을 통해 풍자적으로 보여주고 있다.

동양의 문화유산에는 이와 같이 원만한 인간관계에 대한 가르침을 주는 명언과 우언이 풍부하게 남아 있다. 본고는 필자의 공부의 부족과 지면의 제약으로 군신관계와 사제관계에 관한 증언과 우언을 중심으로 그 유산의 일부를 시론적 수준에서 검토하였으나, 앞으로 부자관계 부부관계 형제관계와 같은 가족관계나 붕우관계 장유관계와 같은 사회관계에 대해서는 앞으로 공부가 축적되고 기회가 닿는 대로 검토되어야 하리라 본다.

金成龍*

1. 머리말

이 글은 심성(心性)을 입전한 심성가전(心性假傳)을 대상으로 우언(寓言)의 문학교육학적(文學教育學的)인 의의를 탐구한다. 우언이 문학교육학적으로 어떤 의의가 있다고 여기는지, 또 하필이면 심성가전을 대상으로 삼았는지에 대해서 미리 언급해둘 필요를 느낀다.

'우언(寓言)'의 소종래나 한국 우언사에 대한 논란은 풍성하게 이뤄졌으므로[1] 정치한 논의는 거기로 미루기로 하고, 통상 '이해를 하지 못하거나 이해를 하지 않으려는 상대를 위해 빗대어 말하거나 둘러서 말하는 전략을 통해 설득하는 것으로서 의사소통의 장애를 극복하는 것을 목적

---

*동아우언연구팀 공동연구원, 호서대 국문과 교수

[1] 그 동안의 연구 목록은, 권석환, 김성룡(2005), 「우언연구논저 목록」, 『동아시아 우언문학 비교론 : 우언연구총서 4집』, 집문당, 413~478쪽에 집성되어 있다. 우언 문학에 대해서는 陳蒲淸(1996), 『中國古代寓言史』, 湖南教育出版社, 長沙.에서, 한국 우언 문학에 대해서는 윤주필(1993), 「우언의 전통과 조선전기 몽유기」, 『민족문화』 16집, 민족문화추진회, 23~88쪽.; 윤주필(1998), 「우언소설의 양식사적 검토」, 『고소설연구』 5, 한국고소설학회, 71~101쪽 ; 윤주필(2001), 「우언 글쓰기의 원리와 적용 자료의 범위 연구」, 『한국한문학연구』 28집, 한국한문학회, 5~35쪽. 등을 참조했다.

으로 한 효용성이 강한 표현 전략'이라는 정도의 의미로서 미리 정하려고
한다. 우언은 설득의 전략이라는 것만으로도 충분히 교육학적인 의의가
있지만 이 빗대어 말하기라는 전략은 설득이라는 일상적 효용성만이 아
니라 비유의 수사학이라는 문학 본질의 문제와도 깊은 연관이 있다. 이
점이 중요하다.

　한편, 심성 가전은 16세기에 고조된 심학(心學)을 가전(假傳)으로 구
현한 것으로서 글쓰기 전략으로서의 가전이라는 특성과 주제로서의 심학
이라는 특성을 갖는다. 하나씩 따로 떼어 말해보자. 가전은 기호의 이중
성을 통해 만들어진 이중텍스트인 것이어서 그 이중텍스트를 조직하는
즐거움[Coding의 과정]과 이중텍스트를 독해하는 즐거움[Decoding의
과정]에서 매우 지적인 작업이 이뤄지는 글쓰기이다. 또, 심성 가전은
성리학의 출발지인 중국에서는 그 예를 찾기 힘든 것으로 한국적인 특이
성이 잘 구현된 분야이다.[2] 게다가 심학은 조선 후기까지 지속된 장기적
주제이기도 했다. 종합해 말하자면 심성 가전은 한국 철학의 장기적 과제
를 지적인 글쓰기로 구현한 문학 작품인 것이다. 그 글쓰기의 전략과 주
제가 제시하고 있는 문학교육학적 시사점을 찾는 것이 이 글의 목적인
것이다.

　그런데 여기서 꼭 미리 말해두고 싶은 것이 있다. 우언이 의사소통의
소통적 장애를 극복하는 것이 목적인 이상 그것은 선진시대(先秦時代)라
든가 중세(中世)라든가 하는 어느 특정 시대를 풍미했던 표현 양식 내지
이른바 '고전문학(古典文學)'의 한 장르로서의 특징보다는 현대까지 그
의의와 생명이 지속되는 표현 양식이라는 점을 더욱 주목해야 한다는 것
이다. 아니 오히려 개개의 의사가 뚜렷하고 분명한 현대일수록 그 의의가
더 강화되어야 할 표현 양식이라는 생각마저 드는 것이다. 여기에는 다음
과 같은 분명한 이유가 있다.

---

2) 金建人(2002), 「天君小說與心性學」, 『中韓人文科學研究』, 中韓人文科學研究會. 122쪽.

 '고전문학(古典文學)'은 '지나가버린' 이라는 문자 그대로의 의미로서 '과거(過去)'의 문학이 아니다. 그것은 세 가지 점에서이다. 첫째는 시간이란 외연을 넓히는 전선의 확대에 불과한 것이어서 지나간 과거의 것은 지평선의 안에 여전히 동시 존재하는 것이라는 점에서 그렇다. 이것을 나는 문학사란 끊임없이 외연이 확대되는 피륙에 비유했다.3) 둘째로, 앞에서 말한 것처럼 말하기/글쓰기란 현재에도 즉각적으로 동원될 수 있는 준비된 도구여서 여전히 통용되는 전략이라는 점에서 그렇다. 셋째로 '고전문학'과 '근대문학'의 경계가 뚜렷하다 하더라도 교육에서까지 구별해야 한다는 것은 무언가 외적인 강제, 예를 들면 근대 일본 대학 제도와 학문의 분류 같은 외적인 강제에 기인하는 바도 커4) 이제는 그에 대한 근본적인 반성을 해야 한다는 점에서 그렇다.

 이것은 문학 연구의 교육학적인 전망이라는 것이 무엇인가 하는 문제에 대해 근본적으로 생각하게 한다. 문학 연구의 교육학적인 전망이란 것이 문학을 가르치는 기법이나 교육과정의 전략에 한하는 것이 아니라는 것이다.

2. 심성 가전의 구성 원리

 심성 가전 중에서 〈天君演義〉는 마음을 의인화한 천군(天君)이 위기를 극복하기까지의 과정을 연의체로 박진감 넘치게 그려 가장 역동적이고 풍부한 서사성을 갖춘 작품으로 평가할 수 있다. 잘 알려진 글이어서 새삼스럽지만 앞으로의 논의를 위하여 〈天君演義〉의 경개를 간단히 소개한다.

---

3) 김성룡(2004), 『한국문학사상사』, 이회. 29~30쪽.
4) 그런 점을 김성룡(2004), 「고전문학교육의 이념과 범위2」, 국어교과교육학회, 국어
　 교과교육학회 제 11차 학술대회에서 일본 대학 제도에서 古典講習科라는 학과의 등
　 장을 살피면서 다뤘다.

A. 天君은 외부의 명을 받아 거행하는 目, 鼻, 耳, 口 등 四官과 情府의 喜[驅愁將軍], 怒[建威將軍], 哀[懷感將軍], 樂[鎭歡將軍], 愛[揚仁將簦], 惡[督過將軍], 欲[五利將軍]氏를 거느리고 나라를 잘 다스렸으나, 壯年에 이르러서는 방랑하는 일을 좋아하여 正宮에 거처하는 일이 없었다.

B. 이 때를 틈타 文藝가 毛穎·陳玄·楮知白·陶泓의 4사람을 천거하고 天君도 月宮에 오르게 되자 득의양양한 행동이 나타나기 시작했다. 이렇게 天君이 벼슬길에 나아가 허망해진 틈을 타서 欲氏가 慾生을 천거한다. 惺惺翁이 天君의 현혹됨을 忠諫하나 결국 怒, 惡氏와 慾生이 惺惺翁을 참소하여 쫓아낸다. 한편 越白이 쳐들어와 우선 目官을 向導官으로 삼고, 欲氏와 慾生과 함께 계책을 세워 결국 천군을 구덩이에 빠뜨린다. 한편 越白이 군사를 일으키자 歡伯이 크게 기뻐하여 平舌齒로 쳐들어가니 口官이 항복한다. 天君은 朱肺, 朱脾, 大腸, 小腸으로써 저항했으나 크게 패하여 포위되고 형세가 고독해진다. 惡氏가 越白과 歡伯에게 和解를 청하니 天君은 亂을 피해 黑甛의 인도로 酣眠國으로 가 구차하게 지낸다.

C. 有悔氏가 天君의 조서를 갖고 惺惺翁을 부르러가니 惺惺翁이 감격하여 따라 나선다. 惺惺翁이 主一翁을 天君에게 추천하자 天君이 몸소 主一翁을 만나 돌아온다. 主一翁은 대장이 되어 識意伯을 宰相으로 천거하고 적을 친다. 主一翁이 喜氏 등 여섯 장군을 불러 改過遷善하도록 감금하고 越白과 歡伯 및 慾生을 꾸짖었으나 도리어 그들이 主一翁을 희롱한다. 主一翁이 협공하자 歡伯이 달아난다. 한편 越白은 네 장수를 거느리고 도전하였으나 主一翁이 志帥와 氣帥를 불러서 계책을 주어 이기게 한다. 主一翁은 天理로써 慾生을 잡게 하고, 군사를 거느려 欲氏와 慾生을 묶는데 성공한다. 主一翁이 慾生을 베고 天君을 맞아 서울로 돌아오니, 天君은 惺惺翁, 主一翁, 誠意伯 등을 조회하고 치하한다. 主一翁, 惺惺翁, 誠意伯이 의논하여 神明宮 앞에 入德門을 세워 天君의 出入時에 드나들게 하고, 元仁, 正義, 文禮, 周智, 孚信의 다섯 선비를 추천하자 天君은 옛 친지와 같이 이들을 좌우에 둔다. 惺惺翁은 主一翁을 스승으로 섬겨 떨어지지 않으면 天理도 조정에 들어서리라 하니, 天君이 主一翁을 스승으로 삼는다. 뒤에 越白과 歡伯이 다시 亂을 도모하려 했으나 방비가 엄하자 결국 다른 곳으로 가버린다.

이제 이의 텍스트 구성의 원리와 주제적 구현의 특이성을 중심으로 문학교육학적인 의의를 살피고자 한다.

2.1. 이중성 텍스트의 전략과 중층 독해

일반 가전 텍스트와 마찬가지로 이것도 여기 등장하는 주인공의 명호를 고유명사 그 자체로 해독하도록 하는 것과 일반명사로 해독하도록 하는 이중 기표의 전략에 의해 텍스트가 짜여져 있다. 예컨대, 도입 A는 다음과 같은 두 개의 의미로 해독할 수 있다.

a1. 天君은 耳, 目, 口, 鼻의 네 관료와 喜, 怒, 哀, 樂, 愛, 惡, 欲의 일곱 사람으로 하여금 일을 맡도록 하여 나라를 잘 다스린다. 장년이 되자 점점 방탕한 기운이 싹트고 文藝가 毛穎·陳玄·楮知白·陶泓의 4사람을 천거하고 그들의 계책에 따라 天君이 月宮에 오르게 되자 득의양양한 행동이 나타나기 시작했다.

a2. 마음은 이목구비의 네 인식 기관을 통해 사물과 접속된다. 마음에는 칠정의 일곱 부분이 있다. 처음에는 평정하지만 점차 자라면서 평정한 마음을 잃게 되고 또 문예에 힘쓰면서 과거에 급제하게 되자 이전의 검속하던 마음 대신에 矜豪放蕩하는 마음이 싹트기 시작하면서 위태롭게 되었다.

a1은 천군(天君), 이(耳)·목(目)·구(口)·비(鼻), 희(喜)·노(怒)·애(哀)·락(樂)·애(愛)·악(惡)·욕(欲), 문예(文藝), 모영(毛穎), 진현(陳玄), 저지백(楮知白), 도홍(陶泓) 등 다양한 인간 군상이 등장하여 처음의 순진한 주인공 천군을 타락으로 이끌어 가는 과정을 연의체(演義體)의 서사로 전개한 것이다. 반면 a2는 순진한 마음이 감각 기관을 통해 받아들이는 다양한 사물과 감정을 조절하다가 문예 취미에 이끌리면서 서서히 방탕하고 교만한 마음이 싹트기 시작하는 과정을 그린 것이다. 물론 심성가전은 a2를 의도하고 있지만 그렇다고 a1의 서술 전략을 무시할 수 있는 것은 아니다. 위의 텍스트는 a1과 a2의 두 개의 텍스트가 나란

히 존재하여 a1의 박진감과 a2의 교훈성을 동시에 해독할 수 있도록 텍스트 사이의 긴장감을 조성하고 있다. 그런 점에서 위의 텍스트는 텍스트 자체가 이중적인 것이다.

이런 이중 텍스트 전략은 등장하는 여러 명사들이 음부의 고유명사와 의미부의 보통명사로 분열됨으로써 각각 별도의 텍스트를 성립시키는 텍스트 구성의 전략을 말하는 것이다. 이는 기호의 속성에서부터 연유한다. 기호는 특정 개별자를 지칭하는 지시적인 의미 이외의 다른 의미를 갖지 않는다. 물론 고유 명사도 특정 개별자를 지칭하는 기호일 수 있다. 그러나 고유 명사는 그것이 지시하는 특정 대상물과는 별도로 어떤 의미를 갖기도 한다. 이럴 때 고유 명사는 그것이 지시하는 특수한 대상과는 별도로 일반적인 사물, 사건을 뜻하는 것이 되기도 한다. 예를 들어 별명 '만년필'은 그 자체로 특정한 어떤 이를 지시하지만, 그 말 '만년필'의 의미가 엄존한다. 한자 이름도 그런 예에 속한다. '송파(松坡)'는 특정한 지시물이지만, 소나무가 있는 언덕이라는 말이기도 하다.

그러니까 위의 텍스트의 전략은 한편으로는 특정한 대상을 지시하는 기호로써 사용된 것으로 해독해서 특정한 인물의 갈등과 투쟁에 대한 이야기로써 해독해야 하는 동시에 보통의 사물을 지시하는 기호로써 사용된 것으로 해독해 마음의 전변과 경장의 가능성에 대한 설명으로써 해독해야 하는 것이다. 텍스트에 사용된 기호가 두 개의 텍스트를 구성하는 기호로써 사용되었으므로 당연히 그의 독해도 이중적인 이른바 중층 독해가 시도되어야 하는 것이다. 나는 이를 이중 텍스트와 중층 독해의 원리라고 명명했다. 이는 우언과 같이 이중적인 독해를 목표로 하는 글쓰기의 원리이어서 그 교육적 효용성을 말하기에 앞서 먼저 이를 간략히 언급해두고자 한다.[5]

---

5) 이하의 내용은 김성룡(2003), 「이중 텍스트의 시학과 중층 독해의 이론에 관한 연구」, 『문학교육학』, 12, 한국문학교육학회. 409~439쪽에서 다룬 것이다. 논의의 필요에 의해 다시 간략히 옮겼다.

어떤 텍스트가 명백히 두 개의 의미로 읽힐 수 있을 때 이를 알레고리라고 한다. 하나의 텍스트가 두 개의 의미를 읽힌다는 것은 그 기호의 체계가 이중적이라는 것을 뜻한다. 기호는 기표와 기의의 체계로 구성되어 있으므로 기호의 체계가 이중적이라는 것은 기표의 이중성 여부와 기의의 이중성 여부로 나누어 생각해야 한다.

우화는 기호[code]를 구성하고 있는 기표[signifiant]가 혼란을 일으키지는 않는다. 오히려 우화의 텍스트는 겉보기에 매우 쉽게 해독되도록 조직되는 것이 보통이다. 그렇게 쉽게 구성된 텍스트의 이야기를 읽으면 이야기의 주제가 교묘하게 이중적이라는 것을 알게 된다. 이는 기표 체계가 아니라 하나의 기표를 두 개의 기의[signifie]로 읽을 수 있도록 조직된 이중 텍스트라는 것을 말한다. 우화는 이 감추어진 주제를 드러내면서도 감추는 말하기/글쓰기 전략으로 구성된 이중 텍스트인 것이다. 이 두 주제는 철저히 유비추리에 의해 상호 관련된다.

물론 가전도 기호의 이중성에 의존하고 있지만, 우화와는 전연 다른 방식에 의존한다. 예를 들어 천군(天君)이나 국성(麴聖)은 고유명사로서 '천군이라는 사람', '국성이라는 사람'을 지시하는 명칭이면서 동시에 일반명사로서 마음, 술을 의미한다. 즉 어떤 특수한 인물[천군이라는 사람, 국성이라는 사람]을 지칭하는 기표이면서, 또한 동시에 일반적인 사물, 事象[마음, 술]을 지칭하는 기표인 것이다. 이는 주제라는 측면에 의존하는 우화의 이중성과는 달리 기표의 이중성에 의존하는 가전의 독특한 시학이라고 할 수 있다. 거기에 수사적 상황[즉 의인법과 같은 수사법]과 배경 텍스트에 의한 상호텍스트성 등이 가전에 대한 독해를 중층적이게 만든다.

이를 다음 두 개의 표로써 도시할 수 있다.

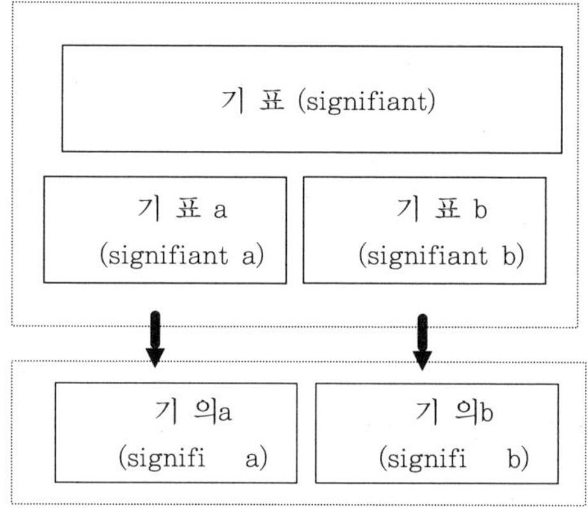

표1 : 기표체계의 이중성에 기인한 이중텍스트

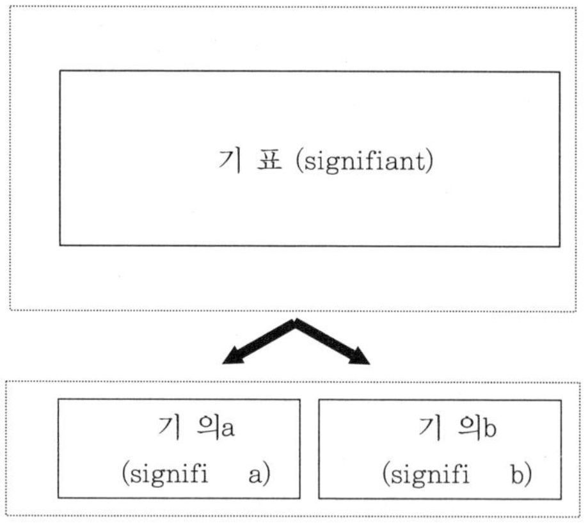

표2 : 기의체계의 이중성에 기인한 이중텍스트

어떤 텍스트를 이중으로 읽는다는 것은 우화와 가전을 통해 알 수 있는 것처럼 이중의 주제를 읽어내는 것과 이중의 기호를 읽어내는 일이다. 전자가 기의의 이중성에 기인하는 중층의 독해라고 한다면, 후자는 기표의 이중성에서 기인하는 중층의 독해인 것이다. 중요한 것은 이러한 차이가 가전과 우화라는 장르적 특성에만 한정되는 것이라고 보기는 어렵다는 것이다. 오히려 중층 독해가 가능한 모든 이중 텍스트는 이렇게 기표 조작과 기의 조작의 두 축으로 구성되며, 순전히 기표 조작에 의한 이중 텍스트 전략과 순전히 기의 조작에 의한 이중 텍스트 전략의 양극 사이에 서 정도의 차이나 중첩의 정도를 보이는 다양한 텍스트들로 나타나는 것으로 보아야 한다.

그러므로 알레고리, 종교적 교설의 목적성이 뚜렷한 parable, 가전, 우언은 모두 텍스트의 이중성을 염두에 둔 말하기/글쓰기의 전략인 것이며 근본적으로 이 텍스트는 중층의 독해를 원리로 하는 것이다. 이러한 기호의 이중성, 이중적 기호를 구사하는 전략은 기호화하기[coding]의 즐거움이다. 그것은 의도하는 의미가 무엇인지를 알아내려는 해석학적 노력을 수반하기도 하여 수수께끼를 해독하는 즐거움[decoding]과 안팎을 이룬다. 이중텍스트와 중층독해는 글쓰기의 목적적인 동기보다는 글쓰기 원리에 대하여 더 주목하게 하므로 텍스트 구성의 원리 곧 시학을 철저하게 의식하지 않을 수 없다.

2.2. 心學6)의 형상과 서사화의 전략

잘 알려진 바와 같이 김우옹(金字顒)의 〈天君傳〉은 조식(曺植)의 「神明舍圖」를 서사화 한 것이라고 한다.7) 마음을 肉化(incarnation)하는 데에 도해와 문학이라는 두 가지 방법이 동원되고 있다는 것이다. 마음에 관한 논란을 직서한 글과 마음에 대한 다양한 문답이 마음에 관한 통상

---

6) 心學이라고 하면 양명학의 다른 이름이어서 혼란을 초래한다는 지적이 있다. 이 글에서는 마음을 앎의 대상으로 하는 학문과 함께 마음을 수련하는 교육까지도 포함하는 의미로 평범하게 사용했다.

7) 金字顒, ≪年譜≫, "南冥先生 嘗撰神明舍圖 命先生作是傳"『東岡集』, 「附錄」, 권4, 『한국문집총간』, 제 50권, 495쪽 상우.(이하, 『총간』 50-495로 표시) 김광순(1986), 『천군소설연구』, 형설출판사, 105쪽에서 이에 대해 주목했다. 김우옹은 조식에게 외손서가 된다. 최봉림(2003)은 김우옹의 「聖學六箴」과 천군전과의 관련을 탐구했으므로 참조했다.(최봉림(2003), 「동강 김우옹의 '성학육잠' 연구」, 동아대학교 교육대학원 석사논문.)

of 성리학적인 텍스트이므로 위의 도해와 문학 작품을 더하면 마음에 대한 텍스트는 논변, 문답, 도해, 문학 작품의 모두 네 종이 된다고 할 것이다. 이 넷 중에서 도해와 문학은 마음을 형상화하기 위한 말하기/글 쓰기 전략으로 이해된다.

마음을 도시하는 일은 무형의 미묘한 것을 형체로써 확정한다는 부담 도 크고, 그렇게 확정적으로 나타낼 때 새롭게 벌어질 논란도 예상해야 한다. 새로운 도서를 제작하는 것 자체가 참람하다는 비난도 있을 수 있 다. 그럼에도 불구하고 1390년 권근(權近)이 『入學圖說』에서 「天人心性 合一之圖」로써 첫 예를 제시한 이래 16세기 후반에 정지운(鄭之雲), 이 황(李滉), 김인후(金麟厚), 기대승(奇大升) 등의 「天命圖」와 조식(曺 植)의 「神明舍圖」, 이이(李珥)의 「心性情圖」, 「人心道心圖」 등이 나타 났다. 권근(權近)이나 정지운(鄭之雲), 이황(李滉)은 모두 교육적인 측 면에서 마음의 지도를 형상화할 필요가 절박했다고 밝혔다. 마음의 교육 에 마음의 지도가 필요했다는 뜻이다.

「天人心性合一之圖」부터 「天命圖」와 「人心道心圖」까지 도해된 그림 을 대강 훑어보면 처음 권근(權近)의 그림에는 천원지방(天圓地方)의 이 념대로 둥글게 묘사된 부분과 네모지게 묘사된 부분이 서로 이어져 사람 의 머리와 몸체를 형상화하고 또 그 가운데에 마음을 자리하게 해 인간의 형태와 최대한 가깝게 묘사했다. 정지운(鄭之雲), 이황(李滉), 김인후(金 麟厚), 기대승(奇大升)의 천명도는 추상화되어 둥근 태극 안에 있는 네모 진 공간과 또 그 안에 자리하는 공간으로 형상화되고8) 이 네모난 지방(地 方) 또는 지형(地形) 안에 인형(人形)이 들어 있다. 이 인형(人形)이 조금 씩 차이가 있기는 하지만 두원족방(頭圓足方), 평정직위(平正直立)이라

---

8) 정병련(1992), 「추만의 「천명도설」 제작과 퇴계의 정정」, 『철학』, 38, 한국철학회. 234~236쪽; 유권종(2002), 「천명도 비교 연구」, 『한국사상사학』, 19. 한국사상사학 회. 136쪽; 유권종(2002), 「퇴계의 '천명도설' 연구」, 『공자학』, 9. 한국공자학회. 182쪽 등을 참조했다.

는 인간에 대한 성리학적 관념으로서 인간의 형체에 비견되는 양상으로 표현한 데에서는 공통된다. 그러나 이이(李珥)의 「人心道心圖」는 마음의 존재론적 형상성 보다는 마음의 양상과 그 전변을 풀이하는 데 집중함으로써 도해라기보다는 도표에 가깝다.

처음에 마음을 형상화한 그림이 최대한 인간의 형상에 가깝도록 묘사한 데에서 점차 단순화하여 도표화한 데에 이른 것은 음미할 만한 변화이다. 권근(權近)의 그림은 인간의 마음을 인간 존재의 의의 속에서 풀이하려는 고민이 마음을 인간적 형태로 형상화하는 양상으로 나타난 것이라고 여겨진다. 그런 사정은 특히 '心'을 설명하면서 글자의 모양과 '心'의 특성을 대비하여 풀이하는 데 이르러 절정에 달한다. 이를 두고 송 성리학의 한국적 개화를 알리는 수준 높은 성리학 이해를 보여준다는 찬사와 함께 지나치게 조작적이어서 견강부회하다는 평가가 있는 것도 그러한 사정을 잘 보여준다.[9)

하지만 정지운(鄭之雲), 이황(李滉), 김인후(金麟厚), 기대승(奇大升) 등의 「天命圖」에 이르러 사람의 형상은 단순히 단어로써 나타낼 뿐 그것을 형상화하지는 않았다. 그 보다는 심성이 성리학적 우주 속에서 어떤 존재론적 위치를 갖는가에 더 깊은 관심을 기울인 것으로 보인다. 심성의 작동 과정과 그 양상에 대한 관심이 마음은 어디서 출현하고 어떤 내용을 갖고 있는가에 대한 것으로 구체화된다. 이이(李珥)의 「人心道心圖」는 인간의 마음이 어떤 양상으로 나타나는지에 대한 파노라마라고 할 것이다. 이것은 한국의 心學이 천인합일(天人合一)이라는 마음의 소종래에 관한 문제로부터 사단칠정논변(四端七情論辨)이라는 마음의 전변(轉變)과 그 양상에 관한 문제로 중심이 옮겨 간 것과 일치한다.

마음의 문제가 인간 존재의 우주론을 해명하기 위한 것이 아니라 마음 속의 미묘한 구별을 위한 것이라면 도해는 퍽 성공적이라고 할 수 있다.

---

9) 윤사순(1980), 『한국유학논구』, 현암사. 38쪽.

그러나 그럼에도 불구하고 다시 문학을 요청한 것은 무언가 석연하지 않은 것이 있기 때문이다. 그것은 바로 도해가 갖는 평면성, 그 동시성에 기인한다고 보인다. 도해는 마음의 파노라마는 보일 수 있을지언정 그 전변의 과정은 보일 수 없기 때문이다. 이것은 시간을 요청하는 일이다. 말하자면 마음의 문학은 도해에 부족했던 이 시간을 구현하기 위한 전략이었던 것이다.[10]

그러므로 (가) 마음은 그의 인식의 기관인 이·목·구·비, 그리고 심의 다양한 변형체인 칠정(七情)으로 초기의 평화로운 상태를 유지했다. (나) 거기에 외물인 문예 취미가 가세하자 방탕할 기미가 보인다. (다) 이 때 욕망이 싹트고 거기 사욕(私慾)이 침입하자 여색과 술에 탐닉하여 방탕하게 되어 걷잡을 수 없게 된 것이다. (라) 뒤에 마음은 술과 여색에 빠진 지난 과오를 후회하고 마음을 진실하게 하며 지기(志氣)를 잘 길러 천리(天理)로써 인욕(人慾)을 제어하게 된다. 이렇게 되면 비록 주색(酒色)이 참을 수 없는 유혹을 해도 다시는 지난 과오를 되풀이 하지 않게 된다는 교훈적인 알레고리가 만들어진다.

그런데 여기서 서사가 필요했던 근본적인 이유를 좀더 자세히 음미할 필요가 있다. 서사(敍事)는 최초의 상태[상태1]와 변화된 상태[상태2], 그리고 그 변화를 야기한 사건의 세 가지 구성 요소를 갖는다. 상태1과

---

10) 윤주필(1990), 「'수성지'의 3단 구성과 그 의미」, 『한국한문학연구』, 13, 한국한문학회, 45~79쪽;허원기(2001), 「천군소설의 심성론적 의미」, 『고소설연구』, 11집, 한국고소설학회, 115~141쪽은 천군전 계열의 작품이 시간성을 갖고 있는 것이 마음의 타락과 회복이라는 성리학적 명제와 일치한다고 지적했다. 인간의 마음은 움직이는 것이며 처음의 평화로움으로부터 중반의 유혹과 위기를 거쳐 다시 처음을 회복하는 단계를 보여주기 위해서 바로 이런 시간성의 개입도 필요했을 것이다. 이들 논의에서 서사성에 대한 깊이 있는 관찰이나 마음에 대한 성리학 특히 이기이원론의 성리학적 명제에 대한 좀더 섬세한 논란이 보이지 않아 아쉽지만 마음의 전변과 서사적 글쓰기의 관계를 본격적으로 언급한 가치가 인정된다. 허원기(2005), 「심성도설의 도상학적 의미와 심성우언소설」, 한국우언문학회, 우언의 인문학적 지위와 현대적 활용의 가능성, 제 1 회 동아 우언 연구 국제 회의에서도 심성도설과 심성가전을 다뤘으나 앞의 논의에서 더 진전된 면은 보이지 않는다.

상태2는 사건으로 말미암아 필연적이며[즉 논리적 인과 관계]이며 자연적[즉 시간적 선후 관계] 관계를 맺는다. 그렇다면 최초의 평정한 마음의 상태[상태1]과 나쁘게 된 상태[상태2], 그렇게 나빠진 마음의 상태[상태2]가 다시 좋게 되는 상태[상태3]로 되는 것이 이 이야기의 서사적 핵심인 것이다. [상태1]에서 [상태2]로의 전변의 계기는 타락(墮落)이고 [상태2]가 [상태3]으로 되는 계기는 복초(復初)이다.

〈天君演義〉에서 서사적으로 타락의 모티프는 월백(越白)과 환백(歡伯)의 침입으로 설정했으므로 서사 세계에서 월백(越白)과 환백(歡伯)은 천군의 나라를 침략한 악인으로 형상화된다. 한편 월백(越白)과 환백(歡伯)은 각각 여색과 술의 의인이므로 越白과 歡伯의 침략으로 천군의 나라에 닥친 위기는 마음이 주색에 빠져 헤어 나오지 못해 위기가 생겼다는 뜻으로 독해할 수도 있다. 문예(文藝)로 말미암아 방탕한 마음이 생기고 그것이 오리장군 욕씨(五利將軍 欲氏)를 부추겨 욕생(慾生)과 함께 월백(越白), 환백(歡伯)을 맞이해서 위험에 닥친 것이다. 이는 문예 취미와 같은 경쟁의 자리에서 호승심(好勝心)과 방탕함이 생긴 데에다가 욕구(欲求)하는 마음이 주색의 사욕을 끌어들인 데에서 생겼다고 할 수 있다. 호승심이나 방탕함, 사욕과 욕구, 주색 등은 인간적 결함 내지 약점을 말한 것이다.

그런데 여기서 악이란 과연 존재하는가 궁금하게 된다. 정도를 지나친 것, 천군으로 하여금 깨어있는 상태를 갖게 하지 못하고 달콤한 잠에 취하여 인사를 차리지 못하게 한 것, 그것이 악이라면 악일 것이다. 이것은 인격의 불완전함과 동의어인 것이지 절대적인 악이라고 할 수는 없다. 더욱이 메소포타미아 전통에서부터 유럽에 이르기까지, 서양의 종교에서 설정하는 것과 같은 의미에서의 절대악은 더더욱 아니다. 이렇게 악을 불완전함으로 설정하고 절대적인 선과 대립·대결하는 존재로서의 절대악을 설정하지 않는 것은 유학적 전통이자 동북아시아 지성의 중요한 특성이라고 할 것이다.

그런데 인격의 불완전한 것은 아직 성숙하지 못한 때문이다. 그러므로 불완전한 인격은 완전한 인격으로 성숙해야 한다. 타락이라는 서사적 계기로부터 평정 상태가 파탄되어 불안정한 상태가 되었다면 성장이라는 서사적 계기는 이러한 불안정한 상태를 다시 안정된 상태로 만든다. 타락이 미숙함이라면 복초란 성장을 말하는 것이다.

미숙과 성숙의 성장 과정이 서사적 계기로서 작용하는 예는 마음의 이야기를 다룬 작품에서는 얼마든지 찾아볼 수 있는 서사적 설정이다. 예를 들면 〈天君本紀〉는 아예 그러한 과정을 하나의 역사적 사실로 간주한다. 사람이 태어나 천리만 간직하고 있다가 사물에 대한 인식과 함께 사욕이 생기고 거기에 빠져 허우적대다가 결국에 바른 마음의 자리로 찾아가는 과정으로 그려진다. 요컨대 악이란 인간이 고귀한 인격체로 성장하기 위해서 한번은 겪어야 할, 기껏해야 성장통(成長痛)과 같은 성격의 것이다.

이는 인간성의 회복 가능성에 대해 낙관주의와 함께 영구수양(永久修養)이라는 도덕주의를 만들어낸다. 천군 이야기가 보여주듯 모든 천군은 미숙함에서 성숙함으로, 잠시 인욕에 흔들리다가 굳건히 자리를 찾아간다. 그래서 성장은 완수되고 세계는 다시 평화롭게 안정되는 것이다. 이렇게 천군전 계열의 이야기는 그것으로 완결된 성장과정으로 설정되었으나 성장은 완성되지만 여상(如上)의 유혹에 빠질 위험은 언제든 재연될 소지가 크다. 즉 천군전 이야기는 그 자체로 완결된 세계를 보여주는 것이 아니라 언제든 다시 반복될 수 있는 이야기인 것이어서 순환적인 종말을 갖는다. 바로 이 점이 똑같이 심성의 문제를 다뤘으면서도 완결된 종말을 지향하는 번연의 〈천로역정〉과 구별되는 것이다.[11] 그리고 바로 이

---

11) 천군전 계열의 이야기가 유행하던 17세기에 영국에서도 마음을 우의화한 J. 버니언의 〈천로역정〉이 출판되었다. 〈이 세상에서 내세로의 순례〉라는 본래의 명칭에서 보듯이 종교적인 깨달음의 길로 가는 과정을 꿈속의 여행이라는 형식으로 표현한 것이다. 크리스천, 파멸의 도시, 낙담의 늪, 죽음의 계곡, 허영의 거리 등 기표가 이중적으로 읽히도록 설정된 것이라든가 진리에의 길을 심성의 문제로 설정한 것 등이 동일한 설정이어서 흥미로운 유추가 된다. 이렇게 주제의 측면에서나 글쓰기

점이 한국 심학의 특징이면서 천군전 이야기가 '고전(古典)으로서' 우리에게 시사하는 주제적 가치인 것이다.

3. 문학교육학적 의의의 탐구

근대의 학자들은, 최근까지도, 심성에 관한 치열한 논쟁들, 예를 들면 사단칠정론변(四端七情論辨)이나 인물성동이론변(人物性同異論辨)은 공리공론에 불과한 것이라고 했다. 이렇게 공리공론이라 몰아세운 것이야말로 근대로의 이행기에 성리학 내부로부터 이루어진 치열한 자기반성을 몰라서 한 말이라고 말하기도 한다. 하지만 설령 이러한 논변이 근대의 등장과 중세의 해체를 나타내는 징후로서의 가치가 있다고 하더라도 그것은 어디까지나 역사적 가치, 발생적 의의를 가질 뿐, 현재까지 그 교육적 가치가 이어진다고 생각하지는 않는다.

성리학의 생성과 소멸을 역사적으로 기록하는 이러한 역사주의적 자세가 고전 문학 작품에 대한 논의에서도 그대로 이어져 문제다. 유럽의 고전(古典)은 그 현재적 의의가 있어 읽히고 있는데 우리의 고전은 그 현재적 가치나 의의가 없는 것일까? 바로 여기가 역사주의가 아니라 교육주의의 시선이 필요한 대목이다. 심성 가전을 통해 어떤 교육의 목표와 전략을 수립할 수 있을 것인가 하는 물음과 함께 이런 자세가 문학 연구에서 어떤 의의와 가치가 있는가 하는 물음이 제기된다. 전자가 문학교육적이라면, 후자는 문학교육학적이라고 할 것이다. 이 장에서는 심성 가전의 두 가지 교육적 의의를 탐색하고 이를 통해 문학에 대한 교육학적 전망의 의미를 논의한다.

의 전략에서나 심성 가전과 동일하지만 깨달음의 과정이 일회적 완성을 지향한다는 점에서 심성 가전과 확실히 구별된다.

3.1. 마음의 지도 : 심성론의 회복

서유럽의 전통에서 마음은 구획되어진 영역이라는 인식에서부터 출발한다. 즉 직관과 이성, 이성과 감성, 의지와 실천의 영역은 서로 분리된 것이어서 그 연관관계가 과연 여하하며 그것은 어떻게 매개되느냐 하는 것이 마음의 학문을 이루는 주된 내용인 것이다.

예컨대 플라톤은『국가론』에서 영혼이 이성(reason), 기개(spirit), 그리고 욕망(appetite)의 세 부분으로 나뉜다고 말했다. 또 아리스토텔레스는『니코마코스 윤리학』에서 영혼에는 감정(pathe), 능력(dynamis), 품성(héxis)이라는 세 가지 상태가 있다고 했다. 이들이 말한 영혼의 세 상태가 각각 지(知), 정(情), 의(意)와 정확히 일치하는 것은 아니겠지만, 대체로 이들이 말하는 세 영역은 지(知), 정(情), 의(意)라는 세 개념과 구별되는 것은 아니다. 그렇게 보면 이들이 말한 영혼의 상태라는 것은 어느 하나의 상태에서 다른 상태로의 변화를 함축한 그런 것이라기보다는 영혼을 세 영역으로 나누었을 때 그 각각의 것을 구별해 말한 것으로 이해된다. 나는 이것을 공간적 계열화라고 부르겠다.

이런 공간적 계열화는 칸트의 세『비판』에서 최절정에 달했으며 헤겔이『정신현상학』,『대논리학』에서 절대정신의 나선형 발전을 말하면서 영혼의 세 구역이라는 공간적 계열은 정신이 전변하는 세 계기라는 시간적 계열로 전환되는 계기가 되었다는 느낌이다.

영혼의 세 구역 중에 특히 인식의 문제가 유럽 학문의 주된 관심사였는데, 그런 관심사가 인식적 직관과 사물의 관련, 인식적 직관의 진리치의 문제 등으로 나타난다. 요컨대 마음은 구획된 영역으로 나뉘고, 진리는 객관 대상과 주관 인식의 관련 사이의 문제인 것이다. 대상에 대한 판단과 인식의 문제는 유럽 학문에서의 마음의 문제가 주로 대상에 대한 판단을 목적으로 하는 이성 중심 학문으로 발전하는 계기가 되었다. 하지만 설령 이성이 마음의 다른 영역을 효과적으로 제어할 수 있겠는가 하는 문제에 이르면 그렇다고 판단하기가 망설여진다. 이성은 처음부터 감정적 판단이나 도덕적 실천과는 구획을 달리하는 영역의 것이었을 뿐만 아니라 감정과 도덕적 실천으로부터 영향을 받지 않는 것을 궁극의 목적으로 하기 때문이다. 이성은 사유의 틀인 것이지 그것이 반성의 대상이 되지 않는다. 도구적 이성의 한계라는 것이 이러한 것이 아닐까 싶다.

이와는 달리 동아시아의 심학(心學)은 心이라는 틀 안에서 성(性)과 정(情)이 여하한 관계로써 짝지어져 있는가에 대하여 관심을 갖는다. 마음은 성숙하고 성장할 뿐만 아니라 퇴행하기도 하는 것이어서 끊임없이 감시하고 스스로 억제하지 않는 한 변질을 일으킬 수밖에 없는 것이라고 했다. 사실 미발(未發)이니 이발(已發)이니 하는 구분 자체가 마음의 시간적 전변을 말하고 있는 것이다. 이런 점에서 동아시아의 심학은 마음의 시간적 계열화를 이뤘다고 할 수 있다.

마음을 체용(體用)으로 나누는 것도 마음이 시간적으로 계열화되었다는 것을 가장 잘 보여주는 철학적 개념이다. 마음에서 체용을 도입해 설명한 것은 화엄불교나 성리학의 기본적인 명제이다. 권근이 심성의 문제를 체용의 문제로 선명하게 말한 이래 마음의 전변과 체용을 함께 말하는 것이 하나의 전통을 이뤘는데, 李滉은 이렇게 말했다.

> 잠시 선유로부터 心에는 體用이 있다는 설로써 밝혀본다면, 그 설은 모두 연유하는 바가 있다. 그 寂感을 체용으로 삼는 것은 위대한 『易』에 근본을 둔 것이고 動靜을 체용으로 삼는 것은 『戴記』에 근본을 둔 것이고, 未發과 已發을 체용으로 삼은 것은 子思에 근본을 둔 것이고 性情을 체용으로 삼는 것은 孟子에 근본을 둔 것이니 모두 心의 체용이다.[12]

이황(李滉)의 말에 따르면 체용이라는 용어의 소종래와 그 의미가 크게 보아 모두 넷이 된다. 체용의 개념 중에서 특히 주목할 것은 아직 발하지 않은 것과 이미 발한 것이라는 차이이다. 이러한 구분은 고요함과 감

---

12) 李滉, 「心無體用辯」, 『退溪集』, 권41. 『총간』, 30~412쪽 하좌.

응함, 움직임과 고요함과 함께 체용의 범주가 근본적으로는 감응하지 않은 고요한 멈춤으로부터 감응하여 활발한 움직임의 과정으로 이해된다.

고요한 상태에서 활발한 움직임의 상태로, 저 감응하기 이전의 상태로부터 감응하는 단계로 나아가는 것은 인간적인 인식의 흐름상 자연스러운 일이다. 그 자연스러운 일에 맞서 다시 처음의 고요함을 회복하는 것[이른바 復初하는 것], 미발(未發)의 상태로써 공부하는 미발공부가 필요하다. 기를 가진 인간으로서는 타락함이 자연스러운 일이다. 하지만 다시 원래의 상태로 되돌리는 것 또한 인간으로서 해야 할 마땅한 일, 곧 당연한 일이다. 이치의 필연과 인사의 당연함이 여기서 만들어진다. 이이(李珥)는 어느 누구보다도 자연(自然)과 당연(當然)의 문제를 깊이 이해했다.

이이(李珥)는 기(氣)의 움직임을 설명한 서경덕(徐敬德)에게서 기백미(機自爾)를 차용하여, 자연이연(自然而然)의 필연성의 측면을 설명하고, 거기에 기의 가변성을 통해 인간의 변화의지가 반영되는 것으로 이해했다. 기야말로 이이(李珥)가 자연의 필연적 측면이면서 동시에 인간의 의지가 작용하는 가변의 영역이라는 이중적인 면모를 갖는 것이다.13) 결국 타락이란 겸기(兼氣)하여 태어날 수밖에 없는 인간 존재의 필연적인 운명이지만 이렇게 타락할 운명으로부터 복초(復初)하는 것은 인간이 걸어야 마땅한 당연의 길인 것이다. 이것이 사회적으로는 창업과 수성 이후 날로 쇠퇴하는 사회에 대한 경장(更張)으로 나타나는 것이다. 이이(李珥)는 쇠퇴하는 사회의 모습을 술과 여색에 빠진 사람으로 묘사했는데14) 개인적 주체든 사회적 주체든 타락의 형상이 동일한 것은

---

13) 김교빈(1987), 「성리학과 실학사상 : 율곡철학에서의 필연성과 가변성에 대한 연구」, 『유교사상연구』, 2. 한국유교학회, 262쪽. 이는 매우 적실한 지적이다. 다만 인간의 가변하려는 의지를 우연의 영역으로 이해한 것은 석연하지 않다. 이는 당연의 영역에 속하는 것이지 우연이라고 보기 어렵다. 墮落과 更張은 자연과 당연, 소이연과 소당연을 지칭하는 것이 아닌가 싶다.

14) 李珥, 『栗谷集』, 5, 「萬言封事」, 『총간』 44~97쪽 상좌. "비유하면 어떤 사람이 젊

흥미로운 일이다.

그런데 과연 무엇이 이렇게 돌이키게 하는 것인가? 이이(李珥)는 이렇게 말했다.

> 모름지기 心, 性, 情, 意가 다만 한 가지 길이면서 또한 각기 경계가 있음을 안 뒤에라야 잘못이 없다고 할 것이다. 한 가지 길이란 무엇인가. 마음이 發하지 않은 것을 성이라 하고 이미 발한 것을 情이라 하며, 발한 후에 생각하는 것을 意라고 하니 이것이 한 가지 길이다. 각기 경계가 있다는 것은 무엇인가. 마음이 고요하여 움직이지 않은 때가 성의 단계이며, 느끼어 마침내 통하는 때가 정의 단계이며, 느낀 바로 인해서 생각을 끌어냄이 의의 단계이다. 다만 한 마음이나 각기 경계가 있다.15)

인간이 만물에 감응하여 선악이 발생하는 것은 이치상 자연스러운 일이다. 악의 등장은 자연스러운 일이라는 말이다. 하지만 이렇게 자연스럽게 발생하는 악을 자연스러운 것으로 인정하지 않는 데에서, 그 악을 제거하고 처음으로 돌아가려는 적극적인 노력이야말로 인간의 마땅한 길이다. 시간의 계열 속에서 다시 처음으로 돌이키려는 의지가 중요한 것이다.

우리는 유럽 전통 관념인 마음의 구획을 받아들이고 있다. 인식의 가치, 그 중에서도 지적인 가치와 소양이 가장 중요한 것인 양 생각했다. 물론 감성을 강조하는 일이 최근에 있기도 하였으나 그 또한 지적 가치나 소양과 대비되는 것으로 이해하거나 상업적 목적을 위한 도구적 인식인 것이지 근본적으로 유럽적 마음의 이해로부터 멀어진 것은 아니다.

동아시아적 심학의 자리에 서면 지(知)는 마음을 지키는 진리[四端]의

은 때에 술과 여자에 정신없이 빠져 해를 입음이 많았으나, 혈기가 왕성하여 상한 바를 알지 못하다가, 만년에 이르러 해를 입은 독이 쇠함을 틈타 일어나서, 비록 삼가고 조심하지만 이미 어그러져 지탱할 수 없는 것과 같다. 오늘날의 일은 이와 같아서 10년을 지나지 않아 화란이 반드시 일어날 것이다."

15) 李珥, 위의 책, 14, 「雜著」. 『총간』 44~299쪽 상우.

일부인 데에다가 다양한 감정 내용[七情]과 함께 마음을 구성하는 한 부분일 뿐이다. 그것은 마음의 다양한 요소와 구분되는 한 구획이면서 또한 마음이 전변하는 변화의 한 단계이기도 한 것이다. 다시 말해서 심학(心學)에서의 지(知)는 관계 속에서 이해되는 마음의 한 요소인 것이다. 거기서 도구적 이성의 폐해가 싹틀 수는 없는 노릇이다. 물론 〈天君演義〉가 이를 극명하게 보여준다고 할 수는 없지만, 마음의 요소들이 시간적, 공간적으로 계열화된 것이어서 그것이 관계 속에서 자리하고 있다는 동아시아 심학의 주요 내용을 이야기하는 데에는 충분하다. 동아시아의 심학을 다시 이야기할 수 있는 논의의 장, 그것을 소개하고 유럽적 전통의 심학을 반성할 수 있다는 바로 여기에 심성 가전의 문학교육학적 의의가 있는 것이다.

3.2. 스토리텔링 : 이야기할 수 없는 것을 이야기하기

사물을 의인화한 사물 가전이 가전체 소설이냐 전의 네 가지 양식 중의 하나이냐 하는 논란은 가닥이 잡힌 것도 같지만 그렇지만도 않다. 심성 가전으로 눈길을 돌리면 이 문제 역시 여전히 내연(內燃)의 상태에 있는 뜨거운 주제라는 것을 알 수 있다.[16] 문제의 핵심은 소설과 전의 양식적 성격을 규정하는 데에 있다. 나는 문학교육학적 의의라는 측면에서 과연 이러저러한 양식적 성격을 이해하는 일이 얼마나 의미 있는지에 대해 회의한다. 양식이란 문체의 차이에 불과한 것이며 그 모두는, 여하한 형식이든, '이야기'라는 집합에 속하는 원소이기 때문이다. 그래서 원소간의 차이보다는 그 집합의 특성에 더 주목하고 싶다.

앞에서도 거론했던 것처럼 심성, 곧 마음에 관한 한, 논설, 도해, 문답, 이야기 등 다양한 말하기/글쓰기가 존재한다. 그러한 다양한 말하기/글쓰기 중에서 바로 이 이야기로써 말하기가 갖는 중대한 의미를 파악할

---

16) 김성룡(2003) 주석 11에서 이에 대한 논란을 정리했다.

필요가 있다. 마음에 대한 고민의 흔적이 하나는 도형으로 하나는 이야기로 나타나지만, 이 둘이 모두 눈에 보이지 않는 것을 눈에 보이게 그려내려는 것, 곧 형상화라는 전략에서는 공통된다. 그러나 이야기와 그림은 하나는 시간적 계열화의 전략으로 하나는 공간적 계열화의 전략으로 구성된다는 점에서 차이가 있고, 또 이러한 차이가 시간을 중요한 텍스트의 구성 원리로 삼는 서사(敍事)로 이끌리게 하는 요인이 되기 때문에 이야기로 말하기/글쓰기가 중요한 의의를 갖는다.

이야기란 연쇄된 사건을 말하는 것이라고 평범하게 정의해보자. 인과성의 유무에 따라 Story와 Plot을 구분하자는 E. M. Foster의 고전적인 주장을 따르면, 사건의 연쇄는 Story이고 인과성을 덧붙인 것은 Plot이라고 한다. 구조주의자들은 fabula와 sujet, histoire와 discourse, 또는 story와 discourse로 나누고 그 중 fabula, histoire, story는 사건의 자연적인 시간 순서에 따라 전개되는 사건, 아리스토텔레스의 구분에 따라 처음-중간-끝을 갖는 사건을 지칭한다고 했다.[17]

인간은 시간을 구획해서 이해하려는 본능을 갖는다고 한다. 거기 추가해서 덧붙일 것은 인간은 그 구획된 시간과 시간 사이에 관련을 세우려는 본능도 있다는 점이다. 그런 본능이 사건의 연쇄 사이에 인과율을 설정하고 그것에 따라 이야기를 구성하는 능력으로 나타난 것이다. 단순한 연대기가 나열되더라도 듣는 이는 그 사건들 사이에 인과 관계가 흐릿하게 또는 암시적으로 설정된 것으로 여겨 그 사이의 인과관계를 찾으려 노력하기 마련이다.[18] 이야기를 하는 것은 세계에 대한 인식적 파악이라는 주장도 그런 맥락에서 이해해야 할 것이다. 얼마나 이야기를 잘 할 수 있는가 하는 능력이 수학적 능력을 전언(前言)한다는 보고[19]도 있는 것

---

17) 마이클 J. 툴란(1995), 김병욱 오연희 공역, 『서사론』, 형설출판사. 28~29쪽.
18) 시모어 채트먼(2001), 김경수 역, 『영화와 소설의 서사구조』, 민음사. 52~53쪽.
19) 우연히 전자 잡지로 읽은 *District Administration*, Nov. 2004, Vol. 40 Issue 11, p.79의 기사 "Storytelling Good Math Prep."에 나온 내용이다. 요약된 저널을 그대로 인용하면 다음과 같다. "Reports on the results of a study by University

을 보면 이야기를 하는 능력이 인간이 세계를 이해하는 전략 중에 가장 기초를 형성한다는 것은 분명한 일이다.

이야기하기가 이야기를 하는 사람에게 주어진 것이 아니라 이야기를 대면하는 사람들 모두에게 주어지는 선천적인 능력이라는 점을 주목할 필요가 있다. Iser가 말하는 빈틈을 찾아 읽는 능력도 바로 그런 선천적인 능력을 다른 말로 한 것이다. 그런데 이야기하기란 그런 보완적 능력 정도가 아니다. 이야기하는 능력은 이야기와는 전연 상관없을 것 같은 도상물(圖像物)이나 제스처에서도 이야기를 찾아 이를 빈틈없는 이야기로 구성해내는 적극적인 능력인 것이다. 바로 그런 점 때문에 이야기하기는 세계를 이해하는 적극적인 도구가 된다.

심성 가전은 철학적 담론이 해체되는 징후이자 문학을 통해 심성 문제를 실천의 장으로 이끌어낸 것으로 평가된다. 나는 심성 가전이 심성론의 도덕적 실천을 좀더 극적으로 형상화했다는 점과 이야기할 수 없는 것을 이야기했다는 점이 심성 가전의 중요한 미학이자 교육학적인 의의라고 생각한다. 그 중에서도 이야기하기란 세계를 이해하는 적극적인 도구로서 심성론이나 도해가 언급할 수 없었던 빈틈에 대한 나름대로의 인식론적 공략이라는 점 때문에도 그렇지만 도대체 이야기하기가 무엇인가 하는 데 대한 근본적인 성찰을 하게 하기 때문에 문학교육학적으로는 더 중요시해야 한다고 생각한다.

요즘 들어 부쩍 듣는 용어 중에 스토리텔링이라는 용어가 있다. 아마 이야기하기라는 말로 다시 쓸 수 있을 것이다. 그 스토리텔링은 영화,

---

of Waterloo psychology professor Daniela O'Neill showing that youngers who can tell a good story may end up being better mathematicians. Aspects of the storytelling abilities of children; Results of academic achievement tests; Storytelling skill predictors of mathematical ability." 유아기의 서사적 능력이 수학 성적과 관련이 있다는 Daniela O'Neill의 주장은 이 보다 조금 뒤에, "Narrative Skills Linked to Mathematical Achievement", *Literacy Today*, Dec. 2004 Issue 41에 요약되었다. p.15

비디오, 게임, 광고, 애니메이션 디자인, 테마파크의 이야기 운용 방식 등등 엄청난 문화적 파괴력을 가진 것이라고 한다.[20] 과연 스토리텔링은 이런 문화적인 운용은 말할 것도 없고 상대에 대한 설득의 전략에서부터 마케팅의 전략, 심지어 개인 심리 상담에 이르기까지 광범하게 응용되고 있다. 여기서 스토리텔링의 화자와 스토리텔링의 장(場)에 대하여 주목하고 싶다.

　이야기를 한다는 것은 나의 이야기, 나의 세계 이해에 대한 서사적 구현을 전달하려는 것이다. 이는 현대인의 자기현시욕(自己顯示欲)에 가장 잘 부합하는 것이라고 생각한다. 이야기하기가 의사소통 장애의 첫 번째인 자기 현시 장애를 극복할 수 있을 만큼의 치료적 목적을 가진 중요한 수단이라는 점에서도 그렇지만, 세계에 대한 자기 이해를 표현할 수 있는 수단이라는 점에서 더욱 주목해야 한다. 자기가 생각한 세계를 공유하려는 욕구는 수단을 추구하기 마련인데 인터넷은 제도와 금제가 없는 유통의 망을 형성함으로써 가장 나이브한 육체 노출에서부터 채팅, 커뮤니티 형성까지 자기현시욕구에 가장 적합한 수단이다. 스토리텔링은 거기서 디지털 스토리텔링으로서 새롭게 의의를 부여받고 있다.

　두 번째로 현대인은 이야기하기를 통해서 상대를 만나게 된다. 나의 이야기를 할 수 있는 것은 나의 이야기를 들어주려는 적극적 청자가 형성되어 있기 때문이다. 그런 적극적인 청자도 있지만 그렇지 않은 소극적인 청자를 위해서 이야기는 더욱 자극적이고 설득적인 국면을 띠기도 한다. 마케팅

---

20) 이 분야에서 선편을 잡은 최혜실(2003), 『디지털 시대의 영상 문화』, 소명출판. 74
　　~76쪽 참조. 최근 들어 디지털 스토리텔링에 대하여 이효걸(2004), 「국학과 디지
　　털 스토리텔링」, 『새로운 우리학문, 국학』, 집문당은 디지털 스토리텔링은 스토리
　　텔링의 일종이라 하고 이 분야의 고전이라 할 수 있는 자넷 H. 머레이(2001) 한용
　　환, 변지연 공역, 『인터랙티브 스토리텔링: 사이버 서사의 미래』, 안그라픽스를 중
　　점적으로 요약 제시했다. (특히 180~192면) 고욱 외(2003), 『디지털 스토리텔링』,
　　황금가지는 스토리텔링의 등장에 대하여 스토리, 담화, 이야기가 담화로 변하는 과
　　정의 세 가지 의미를 모두 포괄하는 개념으로 논리적·연역적 사유의 한계를 절감
　　하고 단순한 정보보다 사건을 겪은 사람의 경험을 통해 한 번 걸러진 담화, 즉 스
　　토리를 원하게 된 때문으로 진단했다.(13~14쪽)

과 설득의 전략에서 이야기하기의 전략이 응용된다는 것도 그런 때문이다. 하지만 그런 상업적인 목적도 목적이지만 중요한 것은 이야기를 통해서 화자와 청자의 적극적인 상황이 연출된다는 점은 아주 중요하다.

심성 가전의 텍스트 층위가 잘 보여주는 것처럼 이제 '이야기하기'는 그 자체 문학교육학적인 가치로 재해석되어야 한다. 우리는 인생에서 철학적 명제나 도덕적 가르침 또는 바람직한 인생관 등을 담은 철학적이고 사변적인 다양한 담론들을 만나게 된다. 그것은 간명한 도해로도 나타낼 수 있을 것이고, 교사와의 문답이라는 형태로 다양하게 대면하게 되기도 한다. 그러나 거기에 서사적 역동성을 발견하도록 유도하면 그것은 또 다른 텍스트로 전환된다. 이것을 문학이나 철학 또는 도상이나 상징을 이해하는 특수한 학문으로 칭할 것이 아니라 자기를 현시할 수 있는, 디지털 시대에서 자기 표현의 다양성을 익히는 새로운 문학교육학이라고 해야 한다. 심성 가전은 추상적 관념을 서사화하는 전략의 하나일 따름이다. 이러한 글쓰기 전략, 서사화의 전략이 스토리텔링이라는 개념의 내질을 채워가는 데에 중요한 기여를 한다.

4. 맺음말

16세기에 들어 등장하기 시작한 심성 가전은 가전이라는 형식을 통해 마음의 문제를 다루고자 했다. 마음에 관한 텍스트는 철학적 논변과 그에 대한 문답, 그것을 간명하게 표현한 도상, 심성 가전이 있으므로 모두 네 종의 각편[version]을 거느리고 있다. 이 글에서는 심성 가전이 갖는 구조적 특이성을 발견하고 심성가전의 말하기/글쓰기 전략이 무엇이고, 그것이 어떠한 문학교육학적 시사점을 주는지를 찾고자 하였다.

심성 가전은 그때까지 이뤄졌던 심학의 성과를 반영한 것이다. 그것은 기표의 이중성이라는 가전 특유의 이중텍스트의 전략으로써 구성된 텍스트여서 그것은 두 가지 기표로 읽힐 수 있는 두 개의 텍스트로써 해독된다. 이를 이중텍스트 전략이라고 했다. 또한 그것은 서사화의 전략을 통해서 시간과 인과적 배열을 고려한 이야기여서 마음의 세계가 어떠한 인과적 관련을 갖고 전개되는가를 알게 한다. 이를 서사화의 전략이라고 했다.

이렇게 심학(心學)을 반영한 심성 가전은 유럽의 인식론에 대하여 근본적인 반성을 하게 하는 중요한 자료로써 중히 평가해야 한다. 유럽의 근대 인식론은 플라톤 이래 공간적 계열화로 구성되어 마음의 전변에 대한 가능성과 그 도덕적 수양에 대한 가능성을 아예 따로 독립적인 것으로 이해함으로써 지식의 자기반성의 가능성을 인정하기 어려운 폐단이 있었다. 이에 반해 우리의 심학(心學)은 심의 시간적 또는 인과적 전변을 기본으로 하는 것이어서 끝없는 자기 성찰과 반성에 의한 변화를 당위의 목적으로 삼고 있다. 이러한 특성은 현대의 도구적 이성에 대한 반성의 전략이 마땅하지 않은 지금 우리의 심학이 그 대안으로 재해석되어야 한다는 것을 잘 말해주고 있다.

심성 가전은 무형의 마음을 유형의 인물과 사건으로 형상화한 결과물이라는 측면보다 그러한 형상화를 가능하게 했던 이야기하기의 전략을 주목해야 한다. 이 이야기하기의 전략은 현대 문화를 구성하는 가장 중요한 도구로서 부상하고 있을 뿐만 아니라, 디지털 시대에 자기를 표현할 수 있는 가장 중요하고 효과적인 수단으로 여겨지고 있다는 점 때문에 더욱 그러하다. 이는 앞으로 우리의 교실 상황에서 문학교육이 새로운 지향점을 갖는다는 것을 뜻한다. 문학교육의 실천적 제안에 그치는 것이 아니라 문학교육에서 다뤄야 할 중요한 지평을 여기서 발견하게 된다. 이 글을 작성하고 한국우언문학회의 제 1 회 동아 우언 연구 국제 회의에서 발표한 다음 거기서 이 글의 논지에 반하는 글과 이 글의 논지를 보강하는 글을 대면하여 이 글을 수정하고 보완하는 과정에서 이러한 확신은 더욱 분명했다.[21]

문제는 조동일 선생님의 글이다. 조동일 선생님은 심성가전은 기왕의 성리학적 심학에 나타난 중세적 질서가 해체되는 징후를 반영한 것으로서 이행기의 문학이라고 했다.[22] 심성가전은 이행기라는 한 시대적 요구에 부응해 나타난 역사적 사건임을 강조한 말이다. 이는 문학을 그 시대의 이념과 그 시대의 문학담당층과 그 시대의 양식적 조건에 의해서 생성된 복합적 현상으로 이해하려는 문학사의 이론 근거에 의해 뒷받침되고, 그런 근거에 의해 심성가전은 텍스트의 역사에서 한 시대를 빛나게 밝히고 소멸한 역사적 장르가 된다. 이러한 견해는 심성가전이야말로 지금까지 유효타당하다는 이 글의 논지와 배치되므로 이를 좀더 살피려 한다.

텍스트의 우주는 인류가 완성한 텍스트로 또 지금 새로이 등장한 텍스트로 반짝인다. 거기서 마치 별처럼 반짝이는 텍스트는 오랜 동안을 텍스트의 우주 속에 빛나는 중심으로 남은 것이다. 설령 흐릿한 불빛을 뿜으며 꺼져가는 존재라 하더라도 그것이 현재 우리가 만나고 있는 텍스트의 우주 속에 엄존함을 부인할 수 없다. 문학에 대하여 말하는 사람은 엄연히 현존하는 저러한 텍스트의 생성과 소멸에 대한 준과학적[pseudo-science] 사건 보고에 치중할 것인지 아니면 그것이 여전히 우리에게 알려주고 있는 우리에게 타당한 의미를 발견해내어야 하는지 자신에게 물어야 한다.

한 텍스트를 과거적 사건으로서 볼 것이냐 아니면 현존하는 의미로서 해석할 것이냐는 텍스트에 대한 서로 다른 시각을 반영한 것이다. 앞의 것은 문학사가(文學史家)의 시각에, 뒤의 것은 문학교육자(文學敎育者)의 시각에 가깝다. 조동일 선생님의 견해는 문학사가의 시각을 날카롭게 대변하지만 현존하는 텍스트의 의의를 해독하는 문학교육자의 시각은 결여하고 있다. 문학교육자의 텍스트에 대한 이해는 그 생성과 소멸에 대한 준과학적 사건 보고에 치중하는 '텍스트의 우주에 대한 천문학'이 아니

---

21) 조동일(2005), 「우언의 시대적 성격 비교론」과 허원기(2005), 「심성도설의 도상학적 의미와 심성우언소설」이 그것이다.
22) 조동일(2005), 위의 글, 53~54쪽

다. 그것은 엄연히 현존하는 텍스트가 여전히 우리에게 알려주고 있는 우리에게 타당한 의미를 발견해내어야 하는 '텍스트의 우주에 대한 점성술'에 가깝다. 반짝이는 별의 현존성을 중시하고 그 의미를 해독하고 그의 나에 대한 가치를 조언하는 일이 텍스트의 현존성을 중시하고 전해주어야 할 가치로서 그 의미를 찾아내 전하는 일과 유사하기 때문이다.

어떤 텍스트든 그것은 인류의 기억에서 사라져 소멸할 때까지 그의 현존하는 의미는 항상 발견해내어야 할만한 것이어서 가치가 있는 것이다. 셰익스피어의 비극처럼 뒷날 그 의미가 새삼스럽게 발견된 역사적인 사례를 굳이 들먹일 필요도 없을 것이다. 텍스트의 천문학자에게 텍스트는 일회적이고 단정적인 과거의 사건이지만 텍스트의 점성술사에게 그것은 그때그때 그 의미가 새로워지는 현존하는 사건이므로 문학교육학은 하나의 시각이라고 해야 한다. 그것은 텍스트에 대한 하나의 시각인 것이고 텍스트를 이해하기 위해 선취(先取)해야 할 자세인 것이지 이뤄진 연구 성과에 덧붙여 학생들에게 전달할 수단이나 방법을 찾는 후행적이고 부수적인 것이 아니다. 이 글의 제목을 문학교육이 아니라 문학교육학으로 삼은 것도 그런 때문이다.

참고문헌

金宇顒, 『東岡集』, 『한국문집총간』, 50.
李珥, 『栗谷集』, 『한국문집총간』, 44.
李滉, 『退溪集』, 『한국문집총간』, 30.
曺植, 남명학연구소, 『교감 국역 남명집』

고욱 외(2003), 『디지털 스토리텔링』, 황금가지.
권석환, 김성룡(2005), 「우언연구논저 목록」, 『동아시아 우언문학 비교론 : 우언연
　　　구총서 4집』, 집문당.
김광순(1986), 『천군소설연구』, 형설출판사.
김교빈(1987), 「성리학과 실학사상 : 율곡 철학에서의 필연성과 가변성에 대한 연
　　　구」, 『유교사상연구』, 2. 한국유교학회.
김성룡(2003), 「이중 텍스트의 시학과 중층 독해의 이론에 관한 연구」, 『문학교육
　　　학』, 12, 한국문학교육학회.
김성룡(2004), 「고전문학교육의 이념과 범위2」, 국어교과교육학회, 『국어교과교육
　　　학회 제 11차 학술대회』.
김성룡(2004), 『한국문학사상사』, 이회.
김성룡(2004), 「우언을 통한 문학교육학의 탐구」, 한국우언문학회, 『우언의 인문
　　　학적 지위와 현대적 활용의 가능성 제 1 회 동아 우언 연구 국제 회의』.
유권종(2002), 「천명도 비교 연구」, 『한국사상사학』, 19. 한국사상사학회.
유권종(2002), 「퇴계의 「천명도설」 연구」, 『공자학』, 9, 한국공자학회.
윤사순(1980), 『한국유학논구』, 현암사.
윤주필(1990), 「「수성지」의 3단 구성과 그 의미」, 『한국한문학연구』, 13, 한국한문
　　　학회.
윤주필(1993), 「우언의 전통과 조선전기 몽유기」, 『민족문화』 16집, 민족문화추진회.
윤주필(1998), 「우언소설의 양식사적 검토」, 『고소설연구』 5, 한국고소설학회.
윤주필(2001), 「우언 글쓰기의 원리와 적용 자료의 범위 연구」, 『한국한문학연구』
　　　28집, 한국한문학회.
이효걸(2004), 「국학과 디지털 스토리텔링」, 『새로운 우리학문, 국학』, 집문당.
정병련(1992), 「추만의 '천명도설' 제작과 퇴계의 정정」, 『철학』, 38, 한국철학회.
조동일(2005), 「우언의 시대적 성격 비교론」, 한국우언문학회, 『우언의 인문학적
　　　지위와 현대적 활용의 가능성, 제 1 회 동아 우언 연구 국제 회의』.
최봉림(2003), 「동강 김우옹의 '성학육잠' 연구」, 동아대학교 교육대학원 석사논문.
최혜실(2003), 『디지털 시대의 영상 문화』, 소명출판.

허원기(2001), 「천군소설의 심성론적 의미」, 『고소설연구』, 11집, 한국고소설학회.
허원기(2005), 「심성도설의 도상학적 의미와 심성우언소설」, 한국우언문학회, 『우
    언의 인문학적 지위와 현대적 활용의 가능성, 제 1 회 동아 우언 연구 국제
    회의』.

金建人(2002), 「天君小說與心性學」, 『中韓人文科學硏究』, 中韓人文科學硏究會.
陳蒲淸(1996), 『中國古代寓言史』, 湖南敎育出版社, 長沙.
마이클 J. 툴란(1995), 김병욱 오연희 공역, 『서사론』, 형설출판사.
시모어 채트먼(2001), 김경수 역, 『영화와 소설의 서사구조』, 민음사.
자넷 H. 머레이(2001) 한용환, 변지연 공역, 『인터랙티브 스토리텔링: 사이버 서사
    의 미래』, 안그라픽스.
Daniela O'Neill, "Narrative Skills Linked to Mathematical Achievement",
    Literacy Today, Dec. 2004 Issue 41. Education Publishing Worldwide
    Ltd, Devon. United Kingdom.
"Storytelling Good Math Prep.", *District Administration*, Nov. 2004, Vol. 40
    Issue 11.

說話의 寓言的 接近과 活用方案

–'成人童話'를 中心으로

李康燁*

1. 序論

설화는 그 속성상 현실과 동떨어진 이야기가 상당히 많은 편이어서 액면 그대로 이해하기 어려운 문제가 생긴다. 당장, "옛날 옛적에~"로 시작하는 이야기가 구연된다고 한다면, 그 말은 그저 '과거의 어느 때'만을 뜻하지 않는다. 청취자는 지금 우리가 겪는 현실이 아닌 다른 공간으로 뛰어넘을 채비를 한다. 이렇게 되면 설화는 철저하게 '저편'의 어떤 이야기가 되어서 '이편'에 사는 우리로서는, 그 표면의 이야기와는 다른 무엇이 잠재해 있을 것으로 생각하기 쉬운 것이다.

이런 상황이 극대화되어 드러나는 예가 이른바 '전래동화'이다. 전래동화란 대체로 설화 중에서 아동용으로 소용될 만한 것들을 가려서 재화(再話) 형식으로 풀어놓은 것을 가리키는데, 아동들은 거기에서 숱한 교훈과 지혜를 얻어 가곤 한다. 가령, 혼자 먹을 욕심을 내다 떡을 빼앗긴 호랑이 이야기에서는 '욕심을 부려서는 안 된다'는 교훈을 얻는다. 이는 이야기의 표면에는 호랑이가 등장했지만 그 이면에는 욕심꾸러기 인간을

* 동아우언연구팀 공동연구원, 대구교육대 국어교육과 교수

징계하는 뜻을 담게 된다. 동화(童話)에 해당하는 영어는 'fairy tale'이다. fairy가 의미하는 바가 '요정(妖精)의', '가공(架空)의'이고 보면, 동화란 현실에는 없는 신이(神異)한 존재, 혹은 현실에서는 일어날 법하지 않은 신이한 일이 있는 이야기를 뜻한다. 그럴 때, 독자들은 그것을 다시 현실 이야기로 환치해보려고 하고, 여기에서 알레고리가 성립할 개연성이 높다.

보통의 우화(寓話)들이 흔히 아동용으로 치부되는 것은 그 때문일 것이다. 어른들은 요정(妖精)이 나오는 세계를 믿지 않는다. 그러나, 상당수의 이야기들은 실제로 어른들의 세계를 다루고 있고, 또 일부의 이야기들은 어른을 위해 재해석될 여지를 남겨두고 있다. 그리고 그런 이야기들에서도 여전히 신이(神異)한 내용들이 속출한다. 이 점이 바로 설화가 우언적으로 읽힐 소지를 마련해준다. '성인동화'로 명명될 만한 일련의 이야기가 그것인데,[1] 이 글은 그러한 설화 작품을 '성인(成人)'을 위한 우언(寓言)'으로 접근해보고자 한다.

2. '成人童話'의 可能性

성인동화가 여느 동화와 구별되는 점은 성인을 위한 이야기라는 점이다. 이는 통상적으로 설화의 주인공이 어린이나 젊은이여서, 대체로 젊은이들이 이루어야 할 과업을 다루는 것과 구별된다. 여기에서는 "현실에서 젊은이가 자기 자신을 발견하고 사회에서 자기가 있을 자리를 획득하고, 원하는 배우자를 손에 넣는"[2] 일련의 과정이 이야기 속에 담기게 된다.

---

[1] '성인동화'의 명명과 이 논문의 착상에는 알랜 B. 치넨의 두 권의 책 『어른스러움의 진실 (원제목: *In The Ever After*)』(이나미 옮김, 황금가지, 1999) 및 『인생으로의 두 번째 여행 (원제목: *Once Upon a Midlife*)』(김승환, 현실과 미래사, 1999)의 도움이 컸다. 우리 나라의 경우 창작동화나 우화집 중에서 성인을 겨냥한 작품에 『정채봉 성인동화 숨쉬는 돌』(제3기획, 1988)처럼 '성인(어른)동화', '성인(어른)을 위한 동화'를 표제에 내건 경우는 제법 있다.

그리고 그런 이야기들에서는 그러한 성공으로 이야기가 마감되기 마련이다. 그런데, 만약 그 다음의 이야기를 문제삼게 되면 이는 충분히 성인동화로 읽힐 법하다. "행복하게 잘 살았다"라는 술어를 남기고 떠난 주인공들은 어떻게 되었을까 되묻는 순간, 벌써 성인동화의 틀 속에 들어온 셈이다.

사리가 그렇더라도, '성인'에 대한 설명은 가능하지만 그것이 곧바로 '동화'까지 설명해내지는 못한다. '동화'가 되려면 적어도 동화로 읽힐 법한 내적 장치가 필요하기 때문이다.

(설화1) 옛날에 어떤 부자가 있었다. 행복이 지나치면 불행이 걱정되는 법이어서 이 사람은 용하다는 점쟁이를 찾아갔다. 점쟁이는 "50이 되면 죽을 운명이오."라고 했다. 부자가 쉰 살이 되자, 그는 모든 것을 포기했다. 어차피 올해 안에 죽을 것이라고 생각하니 많은 재산이 무의미하게 느껴졌다. 그는 주위 사람들에게 제 재산을 퍼주기 시작했다. 이리하여 마침내 알거지가 되었는데, 어쩐 일인지 그해가 다 가도록 죽지 않았다. 그는 너무도 화가 나서 점쟁이를 찾아가 항의했다. 그러자 점쟁이는 고개를 갸우뚱거리며 물었다. "혹시 좋은 일을 하셨습니까?" 그 사람은 잠시 생각하더니, "쉰에 죽을 줄 알고 제 재산을 남들에게 다 퍼주었지요."라고 말했다. 점쟁이는 무릎을 탁 쳤다. "그렇지요. 댁이 남들에게 적선을 해서 명이 늘어난 것입니다."[3]

이 이야기는 얼른 보면 그저 평범한 설화로 현실적인 내용을 담고 있는 듯하다. 그렇지만 자세히 들여다보면, 운명을 긍정하면서 그 운명을 제어하는 법에 대해 이야기해준다. 운명은 이러저러한 것이다라고 직접적으로 설명하는 것이 아니라, 선업(善業)을 쌓으면 재액(災厄)조차 물리칠 수 있다는 내용을 간접적으로 풀어놓고 있으며 이 점에서 우언(寓言)이 될 수 있다. 물론 실제 운명이 생명이 있는 것처럼 움직이고, 또 그것의

---

2) 치넨, 『어른스러움의 진실』, 앞의 책, 7쪽.
3) 이 이하의 설화는 편의상 필자가 원 설화의 내용을 다듬고 최대한 축약하여 제시한 것이다.

방향을 틀 수 있다는 식의 전개는 합리적인 현실과는 거리가 있어서 동화적인 속성을 보이는 사례이다. 성인동화가 되려면, 위의 예처럼 성인 주인공이 불행과 시련 앞에 노출되는 내용을 담은 것이 첫째 요건이고, 거기에 비현실적 내용이 겹쳐지는 것이 둘째 요건이다.

그러나, 경우에 따라서는 작품자체는 전혀 그렇지 않지만 그 해석에 따라서 성인동화로 읽힐 여지가 있는 작품도 많다. 우언(寓言)의 두 가지 기본 요소로 꼽히는 '고사(故事)의 줄거리'와 '비유의 기탁(寄託)' 중,[4] 첫 번째 요소는 그냥 둔 채 두 번째 요소만 바꾸어 두면 쉽게 성인동화로 변환할 수도 있다.

> (설화2) 어떤 사람이 배가 고파 일곱 개의 떡을 먹으려 하였다. 여섯 개 반을 먹자 벌써 배가 불렀다. 그는 화를 내고 후회하며 제 손으로 자기를 때리면서 말하였다. "내가 지금 배부른 것은 이 반 개 때문이다. 그러므로 앞에 먹은 여섯 개는 공연히 버린 것이다. 만일 반 개로써 배가 부를 줄 알았더라면 그것을 먼저 먹었어야 할 것이었는데."[5]

잘 알려진 『백유경(百喩經)』 소재 설화이다. 불교적 해석을 어떻게 할 것이냐에 관계없이 일종의 소화(笑話)이다. 본래는 "세상 사람들도 그와 같다. 원래부터 즐거움이란 항상 있는 것이 아닌데, 어리석고 뒤바뀐 생각으로 제 멋대로 즐겁다는 생각을 내는 것이다."라는 설명이 덧보태지면서 불교적 깨달음을 유도하려는 의도가 강하지만, 꼭 그렇게 볼 것만은 아니다. 가령 "철학적인 양과 질의 변증관계를 보임으로써 모든 사물에는 누적의 과정이 있음을 설명"[6]한 것으로 보기에도 무리가 없어 보인다. 이런 해석을 좀더 밀고 나가서 부침 일곱 개를 연속으로 먹는 행위를 수

---

4) 이 두 가지 요소에 대해서는 천푸칭, 『중국우언문학사』(원제: 中國古代寓言史)』, 오수형 옮김, 소나무, 1994, 14쪽 참조.
5) 〈떡 반개를 먹으려는 비유〉, 역경위원회 역, 『法句經·百喩經·法句譬喩經·佛所行讚』, 동국역경원, 1986, 294쪽.
6) 천푸칭, 앞의 책, 188쪽.

십 년간 무언가 목표를 정하고 매진하는 행위에 빗대어 해석할 때, "그간의 노력을 허사로 날려서는 안 되니 조금만 더 노력하라"는 교훈을 주기에 충분하다. 이런 식으로 확장하면, 〈소가 된 게으름뱅이〉, 〈나무꾼과 선녀〉 같은 전형적인 아동용 설화 같은 내용 역시 그 우의(寓意)에 약간의 변화를 주는 것으로써 성인동화로 탈바꿈할 수 있다.

3. 成人의 課業과 寓言的 解釋

3.1. 結婚 以後의 삶

결혼이란 청년에게는 종착점이겠지만 성인에게는 시발점이다. 당연히 동화에서는 언제나 해피 엔드의 한 장치로 기능했던 것이지만 성인동화에서라면 그럴 수 없다.

(설화3) 옛날, 어느 신랑 신부가 강 비탈을 가고 있었다. 그런데 난데없이 메기가 한 마리 솟아오르더니만 새 신랑을 잡아먹겠다고 했다. 신부는 침착하게 되받았다. "우리 신랑을 잡아먹으려면 내가 평생 먹을 것을 줘! 이 신랑이 나를 평생 먹여 살릴 사람이니까." 메기는 여덟 모가 난 구슬을 하나 주었다. "이쪽 모를 만지며 밥 나와라 하면 밥이 나오고, 이쪽 모를 만지며 옷 나와라 하면 ……." 메기는 이렇게 일곱 모의 쓰임새를 다 말하고는 한 모에 대해서는 끝내 말하려 하지 않았다.

신부는 그것마저 일러주지 않으면 신랑을 줄 수 없다고 버텼다. 메기는 "그것을 미운 놈에게 대고 너 죽어라"하면 죽는 것이라고 했다. 신부는 금세 그 메기에게 대고 "너 죽어라"를 해서 메기를 죽였다. 신랑 신부는 집에 돌아와서 부자가 되어 잘 살았다.[7]

이야기의 시작 지점이 바로 결혼이다. 그런데 공교롭게도 '강비탈'을 강조하면서 험난함이 감지된다. 더욱이 괴물까지 등장하여 그런 분위기

---

7) 임석재, 『한국구전설화』(평안북도 편Ⅰ), 평민사, 1987, 165쪽, 〈여덟 모의 寶玉〉.

는 한껏 고조된다. 그런데 이 작품에서는 여느 동화와는 정반대되는 설정이 드러난다. 누구나 수긍하는 대로 남자들은 어려서부터 용맹함을 숭상하도록 요구받고, 그러다 보니 자기 안에 그것이 충분히 있다고 생각하기 마련이다. 그러나, 나이가 들면서 그 힘과 용맹의 과신이 때로는 화가 밀려오는 지름길이 되기도 한다. 이는 결혼 생활에 들이닥칠 위험을 남성적인 힘이 아니라 여성적인 지혜로 풀어낼 수 있음을 일러준다.

이 작품은 상상 속의 위험이 등장함으로써 매우 추상적인 데로 흘렀지만, 실제 결혼 생활은 매우 구체적이며 현실적인 갈등이 존재한다. 그 중 하나가 고부(姑婦) 갈등처럼 보편화된 가족 간의 불화이다. 〈불효부(不孝婦)를 효부(孝婦) 만들다〉8) 같은 경우, 그 좋은 예이다. 결혼 생활에서 부부간에 발생할 수 있는 문제는 어느 한쪽이 일방적으로 악해서라기보다는 어쩔 수 없는 상황 때문인 수가 많다. 이 점에서 〈불효부(不孝婦)를 효부(孝婦) 만들다〉는 양쪽의 화해를 도모하는 좋은 방안을 제시한다. 효를 강조하는 것이 아니라, 가족 구성원 서로가 필요한 존재임을 인식해야 한다는 매우 현실적인 처방을 내려준다 하겠다.

3.2. 慾望의 制御

욕망은 모든 성취의 촉발요인이다. 대개의 동화에서는 자신의 열악한 처지가 그 욕망을 불러일으키고, 온갖 난관을 헤치고는 애초의 욕망을 달성하게 된다. 이 점에서 욕망은 긍정적이다. 그러나 모든 이야기에서 그렇게 긍정적이지만은 않다.

(설화4) 어느 부잣집에 중이 와서 밥을 달라고 했는데, 그 집 여자는 내쫓았다. 중은 오두막집에 가서 밥을 달라고 했다. 그 집 여자는 조밥도 괜찮겠느냐면서 중을 대접했다. 중은 그 날 밤 그 집에서 머물면서 심심한데 짚이나 갖다 달라고 해서는 짚으로 독을 만들어서 거기에 동전을 한 닢 두고 떠났다. 그런데 그 다음부

---

8) 임석재, 『한국구전설화』(전라북도 편Ⅱ), 평민사, 1991, 195~196쪽.

터 그 동전은 아무리 꺼내도 계속 한 닢씩 남아 있어서 그 가난한 여자는 부자가 되었다.

그 소식을 들은 부잣집 여자는 중을 억지로 끌어다가 자기 집에 재우며 밥을 잘 해 먹였다. 그러나 잠을 잘 때, 자꾸 중을 자기 쪽으로 끌어 당겼다. 중은 짚으로 독을 만들어서 거기에 개의 그것을 놓아두고 갔다. 나중에 과부가 독을 열어보았더니 거기에서 개의 성기가 계속 나오는 바람에 온 집안이 성기 투성이가 되었다.[9]

욕망은 비난받을 만한 것이 아니다. 부에 대한 욕망이든 이성에 대한 욕망이든 욕망 자체는 나무랄 데가 없는 것이다. 빈털터리 청년이 부와 미인을 거머쥐는 이야기는 민담에 아주 흔한 것이기도 하다. 그렇지만 이 이야기의 주인공은 상당한 나이가 든 과부가 주인공으로 설정된 데에서, 욕망이 제어되어야 함을 역설한다. 자신의 힘을 과신하고 필요 이상으로 상대를 제압하면서 부귀를 얻는 것이 청년기 이전의 동화라면, 이렇게 적절한 억제가 필요함을 일러주는 것이 성인동화이다.

이처럼 끊임없는 욕망, 과도한 욕심은 언제나 부정적인 역할을 하지만 특히 나이가 든 사람에게는 더욱 그렇다. 〈말무덤〉[10] 같은 설화는 그런 과도한 욕망에 대한 경고로 읽히기에 충분하다. 이 설화가 전해주는 우의(寓意) 명백하다. 말의 속도를 재기 위해 화살을 날려보는 과도한 욕망이 결국은 화살보다 빨리 달리는 말을 잃게 한다는 경고이다.

3.3. 和解와 回避

도전(挑戰)은 청년기에 갖추어야 할 주요 덕목이다. 자기보다 센 상대를 만나 거침없이 무너뜨릴 수 있을 때, 참된 성장이 이루어지기 때문이다. 그러나 그러다 보면 자기, 혹은 자기편이 아닌 것은 다 적(敵)처럼 여겨질 우려가 있다.

---

9) 임석재, 『한국구전설화』(평안북도 편 Ⅱ), 평민사, 1988, 260-261, 〈욕심 많은 여자와 異僧〉.
10) 임석재, 『한국구전설화』(충청북도 편·충청남도 편), 『한국구전설화』, 평민사, 1990, 245~246쪽.

(설화5) 조선을 건국한 이성계는 천하의 명궁이었는데, 어느 날, 백여우를 발견했다. 그런데 그 백여우는 어디서 해골을 하나 물고 와서 머리에 쓰고는 묏등에 올라 재주를 세 번 넘더니 금세 할머니로 둔갑하였다. 이성계는 그 백여우를 뒤쫓았다. 백여우는 어느 집에 가더니 단골 무당 행세를 했다. 백여우가 굿을 시작하자 이성계는 활을 쏘았다. 그러나 백여우는 날아오는 화살을 손으로 잡아서 궁둥이 아래 밀어 넣곤 했다. 드디어 굿을 끝낸 백여우는 그 집 아들의 병을 낫게 해준 보답으로 돈을 한 자루 받아서 그 집을 나왔다.

이성계는 그 백여우의 뒤를 계속 밟았다. 여우는 이성계의 뒤를 돌아보면서 화살 세 개를 내던지며 "나는 너를 도우려 하는데 너는 왜 자꾸 나를 죽이려 하지?"라며 힐책했다. 이성계는 화살을 주워들고 계속 따라갔다. 이윽고 산꼭대기에 이르자 백여우는 돈주머니를 풀었고, 거기서 나온 돈은 금세 온 산을 가득 채웠다. 이성계가 왕이 되어 쓴 그 많은 돈이 모두 그때 얻은 돈이라고 한다.[11]

이 설화는 '여우가 돌아봐도 돌아봐 주어야 산다'는 속담은 결국 이 이야기에 딸린 간결한 우의(寓意)이다. 이야기 구연자 역시 "사람이란 지가 아무리 잘났어도 지 혼자 심으로넌 안 되고 누군가가 조금이라도 도와주어야 산다넌 뜻인디 이성계넌 잘났지만 여시가 도와 주어서 王이 됐더난 것이다"[12]는 말을 덧붙이고 있다. 사방의 상대를 모두 적으로 간주하고 그 상대와 싸우는 족족 승리하는 이야기는 통쾌하기는 하지만 현실성이 결여되기 마련이다. 제 힘만으로는 이겨낼 수 없다고 믿을 때, 운명과 화해해야 한다는 메시지가 담겨지게 된다. '차복이'나 '고만이' 등이 등장하는 설화에서는 그런 면모가 강하게 풍겨 나온다.[13] 아무리 일을 해도 넉넉하게 살 수 없었던 나무꾼이나, 역시 온 가족이 고생하면서도 먹고살기가 힘들었던 농사꾼은 생활고에 시달리는 성인 일반을 표상한다. 그러나 이런 설화들에서는 사람은 자신이 타고난 분복(分福) 이상을 얻을 수

---

11) 임석재, 『한국구전설화』(전라북도편Ⅱ), 평민사, 1991, 125~126쪽, 〈여우가 돌아봐도 돌아봐 주어야 산다〉.
12) 임석재, 위의 책, 126쪽.
13) 〈나뭇군 차복이〉, 『한국구비문학대계4-1(충남 당진)』, 한국정신문화연구원, 1980, 101~103쪽 및 〈고만이〉, 『한국구비문학대계1-4(경기도 의정부·남양주)』, 한국정신문화연구원, 1981, 199~201쪽.

없으므로, 다른 사람의 복을 빌리든지[14] 그냥 제 복대로 사는 수밖에 없다는[15] 결론에 이르게 된다. 자신을 다스리는 운명적인 힘에 순응하는 자세를 촉구하는 것이다.

그런가 하면, 힘겨운 상대를 회피하는 것으로 문제해결을 시도하는 설화들도 많다. 대표적인 예로 〈소가 된 게으름뱅이〉를 들 수 있다. 이 이야기가 아동용으로 읽힌다면 '부지런해야 한다'는 교훈을 주는 우화일 것이다. 그러나 문제의 해결책으로 죽음을 택하는 역설적인 방식은 시사하는 바가 크다. 부지런히 일한다고 해도 여전히 문제는 꼬일 뿐이기 때문이다. 이는 앞서 살핀 나무꾼이나 농사꾼 설화와 마찬가지이다. 따라서, 이런 작품에 "자아의식(自我意識)의 능동적 희생은 낡은 아집(我執)의 적극적인 '버림'이며 동시에 자아의식의 재생(再生)을 가능하게 하는 것"[16]이라는 해석을 달 때, 이런 이야기들은 성인동화로 자리매김할 수 있게 된다.

4. 成人童話의 機能과 活用

성인(成人)에게 놓여진 삶은 종종 속박(束縛)처럼 여겨질 때가 있다. 가능성을 담보로 '성공할' 미래를 꿈꾸던 청년기를 지나면, 먹고 입고 자는 것 같은 사소한 일상(日常)이 끊임없이 자신을 괴롭히는 것이다. 그렇다고 현실에만 매몰되다 보면 더 이상 새로운 가능성을 찾아볼 수 없는 퇴보의 나락으로 떨어질 염려가 있다. 바로 이때 성인동화는 삶의 활력을

---

14) 『한국구비문학대계』의 유형분류표상 '715-2 남의 복으로 부자 되기'가 여기에 해당한다. 『한국구비문학대계』 별책부록(Ⅰ)〈한국설화유형분류집〉, 한국정신문화연구원, 1989, 612쪽 참조.
15) 分福 이상을 욕심내다가 망치는 이야기들의 대표적인 예는 '쌀 나오는 구멍 망치기' 유형이다. 조금씩만 빼먹으면 될 것을 더 욕심을 내다가 발각되어 낭패를 보는 이야기로, 『한국구비문학대계』의 유형분류로 513-7에 39편이 제시되어 있다. 위의 책, 480~481쪽 참조.
16) 이부영, 『한국민담의 심층분석』, 집문당, 1995, 166쪽.

불어넣는 기능을 맡을 수 있다.

이러한 맥락에서 성인동화의 기능으로 가장 주목할 점은, 첫째, 지친 삶을 위로해주는 것이다. 앞서 예시한 성인동화에 등장하는 주인공들의 공통점은 모두 곤경에 처해 있다는 사실이다. 결혼 생활이 원만하지 않으며, 열심히 일을 해도 가난에서 벗어날 수 없고, 실패의 굴레를 쓰고 사는 주인공들이 등장함으로써, 그런 문제들이 결코 특별한 개인만의 것이 아님을 일러주는 셈이다. 예를 들어 〈불효부를 효부 만들다〉 같은 경우, 아버지를 내다 판다는 설정 같은 비현실적인 해결책을 경청하기 이전에, 그런 문제는 어디에나 있는 것이라는 생각을 함으로써 위안을 받을 수 있는 것이다.

둘째, 성인동화는 내적 성찰을 가능하게 한다. 성공을 향해 매진하던 청년기까지는 사실 자신을 되돌아볼 여유가 없다. 곁눈질 없이 돌진하여 상대를 제압하고 목표를 이루면 그뿐이다. 그러나 성인에게 그런 완미(完美)한 세계는 허상에 불과하다. 그렇다면 그 허상을 깨고 새로운 가치관을 정립해야만 하는데 현실은 그런 틈을 주지 않는다. 그런데 성인동화와 같은 이야기들은 "자신의 믿음과 이성적인 생각들을 유보하고 자신만의 무의식으로 가는 명확한 통로가 될 수 있다."17) 〈말무덤〉처럼 뛰어난 재능이 있는 말이 있었지만 그 뛰어남 때문에 도리어 죽고 만다거나, 〈여우가 돌아봐도 돌아봐 주어야 산다〉처럼 자신의 힘만으로는 이룰 수 없는 일이 있음을 안다거나, 〈고만이〉처럼 어쩔 수 없는 제 복의 한계를 수용하는 일은, 싫어도 어쩔 수 없는 중년 이후의 숙명 같은 것이다.

셋째, 재창조를 위한 환상을 제공한다. 앞서 살핀 작품들에는 어디에든 크고 작은 환상이 숨어 있다. 강에서 솟아올라서 말을 하는 메기, 사람으로 변신한 여우, 고만이 같은 괴물, 써도 없어지지 않는 돈, 화살보다 빨리 가는 말, 소로 변한 사람 등등이 등장하면서, 사실은 그것을 통해

---

17) 치넨, 『인생으로의 두번째 여행』, 앞의 책, 16쪽.

새로운 세계로 나아갈 계기가 마련되는 것이다. 가령, 사람으로 변신한 여우같은 경우, 우선 요물(妖物)로 인식될 수 있지만, 다른 한편에서는 나를 해코지하는 것이 아니라 도리어 나를 도와주는 존재일 수도 있다는 설정을 보임으로써, 단순하게 판단하고 단순하게 반응하는 청년기적 삶을 종결시키는 계기를 마련해준다. 성인동화에서 보여주는 그러한 환상들은 고단한 삶의 질곡을 헤쳐나갈 수 있는 현실적인 무기가 되기도 한다.

5. 結論 및 남은 문제

성인동화가 이러한 기능을 할 수 있다고 믿는다면, 이러한 이야기들을 어떻게 활용하여 그 기능을 십분 발휘할 수 있게 하는가 하는 문제가 남아 있다. 우선, 재화(再話)하는 방식을 통해 독서물을 만드는 방안을 강구해볼 수 있을 것이다. 성인동화로 재구(再構)할 만한 설화를 발굴·정리하여 칼럼으로 활용하거나, 단행본으로 엮어내는 방법이 적절해 보인다. 나아가서 청년기 이전의 성장을 다룬 설화와, 성인 이후의 성숙을 다룬 설화를 비교하여 연구함으로써 성인동화 영역을 좀더 전문화할 필요가 있다.

〈金山寺夢遊錄〉의 창작배경과 원작자 변증

金侖秀*

1. 『洛渚遺稿』와 〈金山寺創業宴錄〉

1991년 간행된 『한국민족문화대백과사전』에 『낙저유고』 항목이 동국대학교 법대 한여우의 해설로 실려 있다. 대충 옮기면 다음과 같다.

조선 중기의 학자·문신 낙서(洛渚) 이주천(1662~1710)의 시문집으로 내편 5권 2책, 외편 2책으로 필사본이다.

이 책은 서문과 발문이 없어 편집, 필사 경위를 알 수 없다. 내편은 일반적인 문집 형태로 되어 있으며 권1에 시 113수, 권2에 사(辭) 5(2)편, 부(賦) 4(3)편, 상량문 2편, 주(奏) 3(2)편, 전(箋) 1편, 권3에 논·설·책제 각 1편, 해 3편, 록(錄) 2편, 정문(呈文)·사실(事實) 각 1편, 권 4에 記 6편, 序 5편, 祭文 2편, 奉安文 1편, 묘지명·가장·묘표 각 1편, 권5에 찬 95편 등이 수록되어 있다.

외편 상책에는 〈금산사창업연록〉과 잡저 9편, 하책에는 〈신증황극내편〉, 〈신증태현경〉, 〈신증팔진도〉, 〈단시점서(斷時占書)〉 등이 수록되어 있다.

〈금산사창업연록〉은 역사의 치란을 당시의 영웅호걸의 입을 빌려서 말하게 한 일종의 교훈적 소설이다. 그 발문에서 후대의 임금과 신하들을 경계하려고 지었다고 밝혔는데, 그 형태와 구성면에서 소설의 요건을 갖추었다고 할 수 있다. 그밖에 잡저 9편도 역사적 사건을 소재로 하여 꾸민 이야기인데 각각 단편소설적 성격

---

*사단법인 인산학연구원 원장

이 강하다.

　경상북도 칠곡군 이우목이 소장하고 있다.

　저자의 본관은 벽진, 호는 낙저, 아버지는 통덕랑 해발이며 어머니는 풍양조씨로 참판 여수의 딸이다. 1687년(숙종 13) 생원시에 합격하고 한림원에 들어가 시강원사서와 사헌부지평 등을 역임하였다.

　이상이 그 해설의 대강이다. 이상의 해설에서 빠진 것은 낙저 이주천(1662~1711)이 문과에 급제한 것과 처부가 탄옹 권시의 장남 무수옹 권기인 사실이고 틀린 것은 낙저의 별세 연대이다. 1710년이 아니고 1711년(숙종 37년 3월 13일)이다.

　여기에 소개된 〈금산사창업연록〉이 한국한문소설사에 유명한 〈금산사몽유록〉 또는 〈금화사몽유록〉의 원작이다. 그런데 한여우의 해설에는 그 내용이나 상관성을 언급하지 않아 〈금산(화)사몽유록〉의 중요한 원류 문제가 드러나지 않고 말았다.

　단편소설적 성격이 강한 잡저 9편의 제목을 소개하면 다음과 같은데 다만 이것은 〈사장백전지(詞場白戰誌)〉라는 1편의 소설의 목차이다. 심의의 〈대관재몽기〉와 같은 문장왕국을 건설하고 文林(국호 先秦, 국왕 사마천), 騷壇(국호 大楚, 국왕 굴원), 詩城(국호 盛唐, 국왕 조식)의 삼국으로 갈린 왕국의 통일을 묘사한 장편 우언소설이다.

詞場白戰誌
1. 淮南子獨當三將
2. 兎園賦雪推相如
3. 龍門奪袍歸李白
4. 李斯大戰司馬遷
5. 屈平大戰樂賓王
6. 五國大戰毛延壽
7. 聚星堂五國爭覇
8. 董仲舒大破五國

2. 낙저 이주천의 생애와 관력

낙저 이주천은 『한국민족문화대백과사전』에도 독립 항목으로 소개되어 있지 않고 단순히 그 문집인 『낙저유고』만 해설이 실려 있다. 그 해설에 관력이 간략히 언급되어 있다. 필사본 『낙저유고』도 전기자료가 실린 부록이 없어 자세한 생애를 알 수 없다. 참고자료들을 바탕으로 생애의 대략을 고찰할 수밖에 없다.

이주천의 부친은 통덕랑 덕봉 이해발이고 모친은 참판 조사수의 딸이다. 조부는 창주 이창진이고 증조는 한강 정구의 문인으로 동계 정온을 옹호한 완정 이언영이다. 『문과방목』에 의하면 이주천은 자는 이능이고 호는 낙저이고 본관은 벽진이다. 칠곡 출신이고 남인 계열이며 현종 3년(1662) 8월에 태어났다. 과거 공부를 독려한 조부 이창진이 1684년(숙종 10) 8월에 별세한 뒤 26세 시절 1687년(숙종 13)에 생원시에 합격하였다. 남인 집권 시기인 29세 때 숙종 17년(1691) 증광시에 병과로 급제하자마자 바로 부친상을 치렀다. 『숙종실록』에 의하면 숙종 19년(1693) 32세 9월 13일에 예문관 검열(정9품)에 임명되었고, 숙종 20년 1월 22일에는 영의정 권대운이 장기 휴가 후 출근하자 승지 김귀만, 기사관 유세중, 가주서 이덕운 등과 입시하여 군신이 연구(聯句)를 지었다. 권대운은 이주천이 시명(詩名)이 있다고 칭찬하였다. 이 연구(聯句)는 『낙저유고』에도 실려 있다. 숙종 20년(1694) 33세 3월에 갑술옥사가 일어나 남인은 실각하고 서인이 재집권하였다. 6월 20일에 예문관 대교(정8품)로서 인망이 부족하다고 지평 이정익의 논계를 받아 파직되었다. 남인이었기에 축출된 것이다. 이후 실록에는 한동안 등장하지 않는다. 공이 한림 때 닦은 사초를 지금의 왜관읍 석전리 자고산밑 운수암(지금은 없어졌음)에서 정사하였다. 현감 이해준이 이를 기념하기 위하여 그 부근 개울가에 있는 바위에 이한림수사동이라 새겼으니 그때부터 여기를 수사동이라 부르게 되었다. 현재 비석이 세워져 있으니 비문은 종 7대손 주후(창주문집

간행자)가 지었다.

숙종 29년(1703)에 고산찰방으로 나아가 역폐를 바로잡아 고을백성들이 송덕비까지 세웠으나 당인의 무함으로 또다시 관직에서 물러나게 되었다.

숙종 32년(1706) 45세에는 세자시강원 사서(정6품)로서 조부 창주 이창진의 가장을 지었다. ─『창주문집』 이해 전후로 관직에 복귀한 것인데 정확한 연대는 미상이다. 숙종 33년(1707) 46세 가을에는 경시관으로서 전라도에 파견되어 담양의 면앙정을 관람하고 차운을 지었다. ─『면앙집』 그해 10월 26일에 사헌부 지평(정5품)에 임명되었다. 숙종 34년(1708) 47세 3월 22일에 소론의 영수 명재 윤증의 아들 윤행교가 부응교, 윤증의 문인 권이진(숙부가 이주천의 장인임)이 수찬에 임명될 때 이주천(권이진과 막역지우임)도 다시 지평에 임명되었다. 그해 5월 28일에 지평으로서 응지 상소하여 당파 소멸시키는 방도를 논하니 임금이 호평하였다. 이후 실록에는 더 이상 등장하지 않는다. 관직에서 물러나 고향에서 조용히 살다가 50세 되던 숙종 37년(1711) 3월 13일에 별세하였다. 묘소는 김천시 대항면 대성리 공자동 선영에 있다. 묘비가 있으니 학전 이기호가 비문을 짓고, 연단 김주덕이 묘지문을 지었다.

이주천의 조부는 『창주선생문집(滄洲先生文集)』을 남긴 이창진이다. 그 문집 해제를 소개한다.

조선후기 학자인 이창진(李昌鎭 ; 1619~1684)의 시문집이다. 이창진의 자는 운장(雲長), 호는 창주(滄洲), 본관은 벽진(碧珍), 언영(彦英)의 아들이며 칠곡(漆谷)사람이다. 어려서부터 행동을 바로하고 학문에 힘썼다. 1650년(효종 1) 과거에 응하려고 할 때 성균관 유생이 성혼(成渾)과 이이(李珥)의 승무를 청한 것을 영남 유생이 반대하다가 소를 올린 우두머리가 유벌(儒罰)을 받는 것을 보고 과장에 들어가지 않았다. 이어 과거에 나가지 않을 것을 결의하고 독서와 수양에 힘썼으며, 만년에 찰방에 제수되었으나 부임하지 않았다.

이주천의 증조는 문과장원에 좌부승지를 역임한 완정 이언영(李彦英)인데 가문의 벌열을 소개하고자 그 인물에 대해 약술한다.

> 1568(선조 1)~1639(인조 17). 조선 중기의 문신. 본관은 벽진(碧珍). 자는 군현(君顯), 호는 완정(浣亭). 공조좌랑 이등림(李鄧林)의 아들이다.
>
> 1591년(선조 24) 생원이 되고, 1603년 식년문과에 장원을 하여 성균관전적이 되었다.
>
> 1613년(광해군 5) 호조정랑·태복시 첨정(太僕寺僉正)을 거쳐 다음해 사간원 정언으로 승진하였다. 이때 영창대군(永昌大君)의 원사(冤死)를 주장하는 정온(鄭蘊)을 변호하였다가 삼사의 탄핵으로 삭직되었다.
>
> 1623년(인조 1) 인조반정 후, 인조의 특별한 부름을 받아 성균관직강·사예(司藝)·내자시정(內資寺正)·사헌부장령을 거쳐 1625년 승정원 좌부승지가 되었으며, 그 뒤 밀양목사·청주목사·선산부사 등을 역임하였다. 선조를 도와 10여 년 동안 국방에 힘썼으며, 만년에 낙동강가에 정자를 짓고 여생을 보냈다. 저서에 ≪완정문집≫이 있다.

3. 〈金山寺創業宴錄〉과 〈金山寺夢遊錄〉

① 창작 시기 추론

〈금산사창업연록〉은 17C에서 18C까지 살다 간 낙저 이주천(1662~1711)이 지었고 문집에 창작 연대가 기재되어 있지 않으므로 어느 세기 작품인지 판단하기 어렵다. 아무튼 17C 말 아니면 18C 초의 작품임에는 틀림없다. 군이 추정하자면 이주천이 30세 때 3월에 문과에 급제하고 6월에 부친상을 당하여 삼년상을 시작하고 1년 지난 해인 숙종 18년(1692) 5월 5일에 〈사부분휘목록서(詞賦分彙目錄序)〉를 지었는데 이 글은 중국 역대 문장의 격조를 품평한 것이다. 이주천의 〈사장백전지〉는 〈사부분휘목록서〉에서 평한 격조를 소설화한 것인데 〈사장백전지〉의 핵심인물은 제갈량이고 〈금산사창업연록〉의 핵심인물도 제갈량이다. 이런 면에서 이 3편은 유사한 사상과 유사한 방식으로 지은 작품이니 비슷한 시점에 저술된 것으로 본다면 1692년(숙종 18) 그의 31세 때 거상 시기 무렵 전후에 지어진 것으로 추정할 수 있다.

이주천은 『삼국지』를 애독하여 그의 작품에 많이 반영하였는데 특히 제갈량을 숭모하여 〈제갈무후화상찬〉을 지어 그 대재를 펴보지 못한 것을 비탄하기도 하였다. 삼국 시대 인물들에 관심이 깊어 〈삼국찬〉을 지어 촉신 20인, 위나라 문무 17인, 오나라 문무 16인 및 기타 한말인(漢末人) 15인, 제후객 17인, 진초인(晉初人) 6인을 한사람사람 묘사하기도 하였으니, 소설을 집필하기 위한 사전 인물 탐색은 준비되어 있었던 것이다.

② 금산사의 금화사 개칭 동인

〈금산사창업연록〉은 중국 강소성 진강시에 있는 전통 명찰 금산사를 배경으로 낙저 이주천이 지은 몽유록소설이다. 몽유록 양식이므로 후대에 누군가가 아예 제목조차 〈금산사몽유록〉으로 개제하였다. 그러다가 더 후대에 다시 배경조차 금산사에서 금화사로 바꾸어 〈금화사몽유록〉이라고 개제하였다.

몽유록이라고 고친 것은 가능하나 금산사를 금화사라고 고친 것은 원의를 왜곡, 손상시킨 것이다. 〈금산사창업연록〉의 말미에 각몽(覺夢) 이후 부기에 홍무연간 명태조가 신하들에게 자기가 일찍이 금산사에서 꿈에 한고조, 당태종, 송고조와 잔치를 벌인 꿈을 꾼 일이 있음을 말하고 화가에게 시켜 3황제의 초상을 그려 금산사 벽에 걸어놓게 한 적이 있음을 밝혔으니, 금산사는 임의로 바꿀 수 없는 역사적 장소이다. 소설의 주인공 명태조를 청태조로 바꿔서는 안 되듯이 금산사를 아무런 근거없이 금화사로 바꿔서는 안 될 것인바, 〈금화사몽유록〉은 잘못된 작품명이다.

그런 잘못이 일어나게 된 까닭은 무엇일까? 반드시 이유가 있을 것이다. 그것은 금산사에 대한 기피라고 생각된다. 금산사에 대한 언급을 회피하게 된 사유가 발생한 것이다. 그 이유를 환성 지안(1664~1729) 사건에서 찾고자 한다. 환성 지안은 조선후기 숙종조에 화엄경 강회를 주도한 대강백이었다. 그는 서산대사의 4세손인 월담 설제(1632~1704)의 제자이다. 영조 1년(1725)에 김제 금산사에서 화엄대법회를 열었을 때 학인 1,400명이 모여 강의를 들었다. 영조 5년(1729)에 법회 관계의 일로 무고를 받아 호남의 옥에 갇혔다가 곧 풀려났으나 반대의견 때문에 다시 제주도에 유배되었고 도착한 지 7일 만에 병을 얻어 입적하였다. 나이 65세 법랍 51세였다. 해남 대흥사에 비가 있다. 저서에 『선문오종강요』와 『환성시집』이 있는데, 『선문오종강요』는 백파 긍선의 『선문수경』에 계승되어 선사상사에 큰 영향을 미친 명저이다.

환송 지안은 불교계에선 조선후기 화엄사상과 선을 함께 닦는 전통을 남긴 환성파의 시조이자 대흥사 13 대종사의 1인으로도 숭봉되었지만 정치계에선 역적의 누명을 쓴 기피대상이었고 자연스레 역적의 소굴로 인식된 금산사란 절도 금기 대상이었을 것이다. 그리하여 엉뚱하게 〈금산사몽유록〉이란 소설명을 〈금화사몽유록〉으로 바꿀 수밖에 없게 한 장본을 제공한 것으로 추정된다.

③ 金山寺創業宴錄(原)과 金山寺夢遊錄(改)의 대비

〈금산사몽유록〉의 시대 배경으로 원말과 명말의 양대 계통이 있다. 원작인 〈금산사창업연록〉은 원지정간이니 원지정간이 정확한 시대 배경이다. 몽유록소설로서 몽유의 주인공은 강동일수재(江東一秀才)와 성허(成虛)가 있는데 원작에 강동유일수재(江東有一秀才)라고 묘사했으니 강동일수재가 분명한 주인공이다. 입몽(入夢)과 각몽(覺夢)에서 각몽한 뒤 강동일수재가 몽중 일을 기록하여 사람들에게 보이니 다들 망령된 소리라고 여겼으나 명태조의 꿈 이야기가 공개된 뒤에야 망령된 소리가 아니라고 여겼다고 하여 자기 작품의 진실성을 강조하는 수법을 사용하였다. 그리해야 자기 작품이 순전히 지어낸 이야기보다는 근거 있는, 신빙성 있는 이야기라는 점이 강조되어 더 많이 독자들의 관심을 유발하고 가치 있게 여겨지게 될 것이기 때문이다.

〈금산사창업연록〉은 이후 소설 독자층에 큰 인기를 얻어 많은 개작-〈왕회전〉과 모작 〈여와전〉-이 이어졌고 작품명도 그때그때 변개되었다. 금산사와 금화사 양대 계통으로 몽유록이 대표적인 명칭이고 다시 〈금산사기〉나 〈금화사기〉 또는 〈금화사경회록〉 등 다양하게 불리었다. 그런데 한글본도 산생되었는데 그것은 원제와 같은 〈금산사창업연록〉과 한 글자만 틀린 〈금산사창업연의〉이다. 시대나 주인공, 결말은 원작과 비슷하니 원작을 바탕으로 자구(字句)의 변개만 가미되어 번역된 것으로 여겨진다.

4. 〈金山寺創業宴錄〉의 創作 寓意

각몽 뒤에는 발(跋)이라고 하여 발문이 있다. 작품의 유래에 대한 서술은 없고 스스로 작품을 분석하고 요지를 진술한 것이다. 이주천이 강조한 요지는 변화이(辨華夷)하여 천하통치의 대통(大統)으로 삼고, 용현재(用賢才)하여 태평을 이루는 요무(要務)로 삼고, 정도읍(定都邑)하여 규모를 창조하는 대본(大本)으로 삼아야 된다는 것이다. 또한 복고회은 같은 인물을 소설에 등장시키지 않은 것은 처음에 안사의난 평정에 협조하였지만 나중에 반란을 일으킨 것을 책한 것으로 풍교(風敎)에 역행한 인물이었기 때문이라고 하여 충군 등 유교의 도덕 윤리를 강조하여 소설을 집필한 것을 알 수 있게 한다. 속된 말을 사용했지만 요체는 성치안민(成治安民)과 식시용인(識時用人)의 방법이니 패설이라고 하여 경시하지 말 것을 당부하였다. 결국 이주천은 소설을 통해 바른 정치의 방법을 우의적으로 설파한 것이다.

이주천이 바른 정치의 방법으로 제시한 것은 세 가지 요체이다. 변화이(辨華夷), 용현재(用賢才), 정도읍(定都邑)이 그것이다. 용현재(用賢才)야 만고 불변의 법칙이지만 변화이(辨華夷)는 아직도 그 시대에 요구되는 것이었는가. 정도읍(定都邑)은 조선의 입장에선 이미 안정된 현상인데 새삼 거론할 이유가 무엇인가? 다시 천도를 논의할 필요가 없는 일이었을 것이다.

〈금산사창업연록〉의 핵심 요체는 변화이(辨華夷) 3자에 있다고 본다. 숙종 시대만 해도 반청숭명 사상은 온전하였고 오랑캐의 지배를 받는다는 사실을 수치로 여기었고 이미 망한 명나라를 대신해 조선이 중화의 문물을 보존하고 있다는 자부심이 충만한 시절이었으니 화이사상으로 중화인 조선과 오랑캐인 청과를 구별짓고 자존심을 지킬 필요가 정책적으로 의식적으로 있었던 것이다. 더 나아가 이주천은 명나라의 중흥을 대망했을 수도 있다. 작품에서 중흥주를 강조하고 몽고의 침입도 격퇴하는 것을 설정한 것도 청을 멸망시키고 명나라를 다시 부흥시킬 군주를 염원한 것인지도 모를 일이다. 최소한 멸청복명의 대업은 이루지 못하더라도 양자강을 경계로 중국을 양분하고 남경에 도읍을 정한 중국 남조 시대처럼 다시 한번 더 남경을 거점으로 한 남명(南明)의 부활을 일으킬 중흥주의 출현을 기원하며 〈금산사창업연록〉을 지었을 것이다. 그리하면 정도읍(定都邑)의 의미를 이해할 수 있을 것이다.

이주천은 명나라가 중흥되어 중화문물이 보존되고 조선이 다시 한번 중화문화권에서 예의지방으로서 지낼 수 있는 시기가 도래하기를 꿈꾸었을 것이다. 그 꿈을 이루어줄 명나라 중흥주의 출원을 염원하며 그의 정치적 대망을 담아 상중의 시간을 내어 몽유록이란 형식에 우의하여 31세 시절 숙종18년(1692)에 〈금산사창업연록〉을 지은 것이라고 추정한다.

아동문학에 나타난 우언 작법의 활용

尹東才*

1. 머리말

한국 아동문학은 세 단계를 거치며 오늘에 이르고 있다. 첫 번째 단계는 어린이들이 스스로 지어서 노래 부르면서 즐겼다. 어린이들은 스스로가 창작자이면서 수용자였다. 또한 어른들이 들려주는 옛이야기를 들으면서 재미와 즐거움, 가르침을 자신의 것으로 했다. 아동문학이라는 말을 별도로 내세우지 않았지만 이와 같이 아동문학은 엄연히 있어왔다.

두 번째 단계는 어린이를 존중해야 한다는 운동이 일어나면서 새삼 아동문학이라는 말을 내세웠다. 이 단계에 들어서면서 어린이들이 스스로 지어서 부르던 노래는 거의 사라졌고, 어린이들을 단순히 아동문학의 수용자로만 잡아두었다. 아동문학이 어른과 어린이가 함께 읽는 문학이라는 생각이 미처 싹트지 못했다. 그러다보니 자연스럽게 '동심천사주의'에 빠졌다. 이 단계를 대표하는 아동문학가는 방정환이다. 방정환은 아동문학의 수용자를 어린이를 중심으로 두고, 어린이들에게 읽힐 전래동화의 단순 개작, 외국동화의 번안에 열을 올렸다.[1]

---

*시인, 고려대 한국학연구소 연구원

세 번째 단계에 와서 아동문학에 대한 생각이 크게 바뀌었다. 아동문학은 단순히 어른이 지어서 어린이에게 들려주고, 읽히는 문학에 한정되는 것이 아니고, 어른이 지어서 어른과 어린이가 함께 읽는 문학으로 바뀌었다. 아동문학가들은 어린이와 어른이 함께 읽고 즐기는 문학이라는 점을 무엇보다 잘 인식하고, 어린이와 어른 모두에게 재미와 즐거움, 가르침을 줄 수 있는 작품을 쓰기 위해 애썼다. 이런 노력은 전통 글쓰기 방법인 우언 작법을 적극 활용하는 것으로 나타났다.[2]

이 글은 한국아동문학사에 뚜렷한 발자취를 남기고 있는 마해송, 이주홍, 권정생의 아동문학 작품에 나타난 우언 작법의 활용에 대하여 살펴보고 그 의의를 밝히는 데 목적을 둔다.

2. 흉내내기 작법의 활용

1) 마해송의 〈호랑이와 곶감〉

우언 작법[3]에 관심을 보인 아동문학가들이 가장 손쉽게 활용한 방법

---

1) 이재철, 『한국현대아동문학사』(일지사, 1978), 64~117쪽 참조.
2) 우언 작법에 대한 관심은 초보적인 단계의 관심을 보인 방정환으로부터 시작해서 마해송, 이원수, 이주홍, 강소천, 김성도, 김요섭, 한상수, 정진채, 권정생, 이현주, 정채봉, 양경진 여러 아동문학가들에 두루 나타난다.
3) 윤주필 교수는 우언 작법의 원리로 세 가지를 들었다. 첫째 모방의 원리, 둘째, 대비의 원리, 셋째 가공의 원리가 그것이다. 여기서 모방의 원리는 우언은 엉뚱하게 본뜨는 말인데 일상의 친숙한 대상을 끌어다가 이상한 소리를 한다고 했다. 이는 일상적 사물을 저 같은 생명으로 대접하여 주고받는 일이라고 했다. 사물을 흉내내면서 배우고 기존 지식을 다시 생각한다는 말이라는 것이다. 그것이 동물이든 식물이든, 아니면 어떤 일이든, 다 알만한 사물을 엉뚱한 이야기로 만들어 기존 통념을 강화하거나 뒤바꾼다고 했다. 그러기 위해 우언은 새 말을 만들기도 하고 이미 있는 글을 인용, 요약, 가공하면서 지은이의 생각을 끼워 넣을 틈새를 만드는 것이라고 했다. 대비의 원리는 우언은 돌려하는 소리인데, 속내를 감추어 두고 짐짓 줄거리를 꾸며 말한다고 했다. 그 결과 앞세운 말과 속에 붙인 말이 은연중 조응하여 전체가 이중 구조를 이룬다고 했다. 겉말과 속말이 다르면서도 호응하여 전체를 새겨듣게 만드는 것이라고 했다. 가상의 원리는 현실의 경험이나 추상적 인식을 바로 말하지 않고 가

이 흉내내기 작법이다. 흉내내기 작법이란 동물이든 식물이든, 아니면 어떤 일이든 다 알만한 사물을 엉뚱한 이야기로 만들어 기존 통념을 강화하거나 뒤바꾸는 것을 말한다. 그러기 위해 새 말을 만들기도 하고 이미 있는 글을 인용, 요약, 가공하면서 지은이의 생각을 끼워 넣는 것을 말한다.

마해송이 처음 발표한 동화는 〈바위나리와 아기별〉이다. 이 동화는 1923년 ≪샛별≫지에 실렸다. 이 작품은 우리나라 최초의 창작동화로도 알려져 있다. 이 작품을 비롯하여 마해송의 작품 가운데는 흉내내기 작법으로 쓴 것이 많다. 〈어머님의 선물〉〈복남이와 네 동무〉〈두꺼비 배〉〈소년 특사〉〈할아버지 지게〉, 〈개에게 잡힌 호랑이〉, 〈개에게 진 여우〉, 〈경우 밝은 여우〉 등의 작품은 모두 흉내내기 작법으로 쓴 것이다.

여기서는 〈호랑이 곶감〉에 대해서 살펴보기로 한다. 이 작품은 1933년에 발표한 작품이다. 앞부분에서는 설화 내용을 바탕으로 삼았고, 뒷부분에서는 새로 지어낸 내용을 보태어 속뜻이 달라지게 했다.

먼저 설화부터 살펴보자.

> (가) 산중에 사는 늙은 호랑이가 시장기를 면하려고 밤에 마을로 내려갔다.
> (나) 안방에서 아이가 심히 울고 있었다.
> (다) "에비, 호랑이가 온다." 하고 어머니가 말했으나 여전히 울고 있었다.
> (라) "옛다, 곶감이다." 하니 울음을 뚝 그쳤다.
> (마) 호랑이는 외양간에 가서 소를 잡아먹기로 했다.
> (바) 마침 소도둑이 호랑이를 소로 잘못 알고 등에 탔다.
> (사) 호랑이는 무엇이 올라타 엉덩이를 차는 곳으로 보아 곶감일 것이라 싶어 달아났다.
> (아) 날이 밝자 도둑은 호랑이임을 알고 뛰어내렸고, 호랑이는 호랑이대로 곶감이 떨어졌으니 살았다고 산속으로 도망쳤다.[4]

상의 이야기를 만들어 놓고 근사치를 탐구하는 것이라고 했다. 마치 과학적으로 현실의 결과를 미리 예측하기 위해 설치하는 모의 장치와 같다는 점에서 '문학적 시뮬레이터'라 할 수 있다고 했다. 윤주필, 『틈새의 미학』(집문당, 2003), 11~12쪽. 여기에서 시사를 받아 이 글에서는 '모방의 원리'를 '흉내내기 작법'이라 부르고, '가상의 원리'를 '지어내기 작법'이라 부르기로 한다.

이상은 임동권의 『한국의 민담』에 실려 있는 〈호랑이와 곶감〉의 줄거리이다. 다음은 마해송의 〈호랑이 곶감〉이다.

    (1) 호랑이 한 마리가 배가 고파서 마을에 내려왔다.

    (2) 안방에서 어린 아이가 몹시 울고 있었다.

    (3) 곶감 줄게 하니 울음을 뚝 그친다.

    (4) 뒤채에 들어가 소라도 잡아가려다가 등덜미를 움켜쥐는 놈이 곶감인 줄 알고 달아났다

    (5) 집 주인이 호랑이를 소로 알고 올라탔다.

    (6) 호랑이는 무서워하며 그대로 도망을 하였다.

    (7) 날이 밝자 집주인은 호랑이 등에 탄 줄 알고 주저앉았다.

    (8) 호랑이는 집주인이 등에서 떨어지니까 뒤도 돌아다보지 않고 도망을 갔다.

    (9) 호랑이가 늙어서 죽을 때 곶감이 호랑이보다 더 무서우니 조심하라고 한다.

    (10) 어린 호랑이가 여우를 만나 천하에 제일 무서운 것은 곶감이라고 한다.

    (11) 호랑이들이 곶감을 무서워 한다는 것을 알게 된 여우는 괴상하게 꾸미고 곶감 행세를 한다.

    (12) 아무 것도 모르는 호랑이들은 곶감 행세를 하는 여우가 시키는 대로 한다.

    (13) 기운이 있고 똑똑하고 잘생긴 호랑이가 힘을 모아 싸우자고 한다.

    (14) 힘있는 젊은 호랑이들이 떼를 지어 곶감 행세를 하고 있는 여우굴을 쳐들어가니 여우들이 살려달라고 한다.

    (15) 호랑이들은 그제서야 자신들이 어리석었음을 깨닫는다.[5]

(1)에서 (8)까지는 설화의 내용과 거의 같다. 그러나 (9)에서 (15)까지의 내용은 마해송의 창작이다. (1)에서 (8)까지는 기존의 설화 내용을 인용, 요약하고 있다. 그러나 (9)에서 (15)까지는 여기에다 자기 생각을 슬쩍 보태 넣었다. 그렇게 하여 새로운 속뜻이 드러나게 했다.

설화는 호랑이의 어리석음이 드러난다. 사람들에게 두려움의 대상이었던 호랑이를 우스개감이 되게 했다. 설화는 호랑이를 우스꽝스럽게 표현하는 데 목적이 있다. 그러나 마해송이 창작한 동화에서는 새로운 속뜻

---

4) 임동권, 『한국의 민담』(서문당, 1996), 116~118쪽.
5) 마해송, 『성난 수염』(우리 교육, 1996), 64~83쪽.

을 갈무리했다. 여우는 호랑이가 곶감을 겁낸다는 것을 알고 그것을 이용해서 호랑이들을 짓밟고 골려주지만 호랑이는 여우의 꾀부림을 알아차리지 못한다. 여우의 속임수에 무턱대고 당하기만 하던 호랑이들은 힘 있고 똑똑하고 잘생긴 호랑이가 힘을 모아 싸우자고 제안하자 떼를 지어 여우굴에 쳐들어가서 여우의 실상을 알게 되고 자신들이 그동안 속았다는 것을 깨치게 된다. 그리고 호랑이들은 일찍 힘을 모아서 허상을 깨뜨리지 못한 것을 뉘우친다.

설화에서는 호랑이의 어리석음을 놀리고자 하는 데에 이야기의 초점이 맞추어져 있다. 곧 이야기 자체에 초점이 맞추어져 있다. 그러나 이 동화에서는 이야기 자체에 초점이 맞추어져 있는 것이 아니라 이야기 속에 숨겨진 뜻에 초점이 맞추어져 있다. 동화 속의 '호랑이'와 '여우'는 특별한 성격을 드러내는 것은 아니다. 호랑이의 난폭함, 힘셈, 여우의 꾀 많음을 드러내기 위해서 등장시킨 동물이 아니다.

여기서 에둘러 말하고자 하는 바는 힘이 세기만 하고 어리석어서는 안 되고, 실상을 제대로 파악할 수 있는 슬기를 갖고 있다고 하더라도 서로 힘을 모을 때 진정한 힘이 생기는 것이라는 것을 일깨워주고 있다. 이는 정치적 역사적 문맥과 연관지어 상대의 허상에 짓눌려 숨도 한 번 제대로 쉬지 못하는 바보짓을 할 것이 아니라 상대의 실상을 제대로 파악하고 힘을 모아나가면 두려움이 없다는 것을 넌지시 알려주고 있다.

호랑이가 곶감의 허상을 제대로 알아차리지 못하고, 더군다나 곶감의 헛된 이름을 빌어 호랑이를 마구 짓밟던 여우의 실상을 제대로 알아차리지 못하고 여우가 시키는 대로 질질 끌려 다니기만 하다가 젊은 호랑이의 제안으로 힘을 모아 여우의 허상을 과감히 깨뜨린 것은 달리 일제 강점기의 상황에 대한 비유로도 읽힌다. 여우는 일제를, 호랑이는 우리 민족을 비유한 것으로도 읽힌다는 말이다.

이 동화는 설화와는 달리 이와 같이 여러 층위의 뜻을 포개어 놓았다. 이렇게 할 수 있었던 것은 우언 작법 가운데서도 흉내내기 작법을 적절히 활용했기 때문에 가능한 것이다. 이런 작법을 택한 것은 일제강점기 검열을 피할 수 있는 방법이기도 했다. 독자로 하여금 이야기에 좀더 친근하게 다가설 수 있게 하는 방법이기도 했다. 이미 잘 알고 있는 설화를 바탕으로 이야기가 출발되고 있기 때문에 독자들이 훨씬 쉽게 이야기에 가까이 다가설 수 있다.

2) 이주홍의 〈청개구리〉

이주홍의 작품 가운데 흉내내기 작법으로 쓴 작품은 상당히 많은 편이다. 〈곱사 사위〉, 〈개 무덤〉, 〈호랑이는 호랑이〉, 〈각시섬〉, 〈마귀동생〉, 〈흙산 돌산〉, 〈접동새와 까마귀〉, 〈능수버들〉, 〈천수대사〉, 〈할으방당 할망당〉, 〈귀신풀〉, 〈북악산신〉, 〈죽음의 시〉, 〈꽃뫼마을〉, 〈태종우〉, 〈달걀귀신〉, 〈도적굴〉, 〈산삼동자〉, 〈구월산〉, 〈도술시합〉, 〈뱀장어 복수〉, 〈금돼지〉, 〈붉은 못〉, 〈경흥 사도〉, 〈어서 세통〉, 〈꽃섬〉, 〈청개구리〉, 〈구리방석〉, 〈주막집〉 등이다.

이 가운데 가장 주목되는 작품은 〈청개구리〉이다. 마해송의 〈호랑이 곶감〉이 기존 설화에다 새로운 이야기를 끼워 넣은 것이라면, 이 작품은 소재와 배경은 설화의 것을 그대로 흉내내어 옛날로 하면서도, 줄거리를 고쳐 짜고, 익살스러운 대화를 많이 집어넣어 훨씬 더 재미있게 읽을 수 있도록 했다.

버드나무 숲이 우거진 둑 밑 토막에서 청개구리네 엄마와 아들 깨쇠가 살고 있었다. 청개구리 엄마는 떡장수를 하면서 아들인 깨쇠 공부를 시킨다. 그러나 깨쇠는 엄마의 말을 듣지 않는다. 서당에다 며칠이나 쉬고 놀러만 다닌다.

> "네가 꼭 엄마 말을 듣고 서당에 가는 것을 그렇게 싫어한다면 차라리 내가 죽어 버리는 게 나을까 봐."
> "죽어 죽어! 엄마가 죽어도 난 하나도 겁나지 않아!"[6)]

여기까지는 엄마 청개구리가 나오고, 아들 깨쇠가 엄마의 속을 무진장 썩인다는 것으로, 우리가 알고 있는 설화의 내용과 거의 같다.

엄마 청개구리는 떡을 팔아 아들 깨쇠의 학비를 마련하고 있었는데, 하루는 시장이 쉬게 되어 사람들에게 물어본다. 시장이 왜 쉬느냐고. 사람들은 공주의 결혼으로 그렇다고 했다. 그 말을 듣고 보니까 한길 양 옆에 사람들이 구름같이 많이 모여 있었다. 엄마 개구리는 그리고 가면 떡을 많이 팔 수 있을 거라 생각하고 떡을 팔러 간다. 그러자 대궐쪽에서 순라병 두 명이 말을 달려오더니 엄마 청개구리 앞에 멈추면서 호통쳤다.

"왜 이런 데세 떡을 팔고 있는 거야!"
"나리! 자식 공부시키기 위해서 이렇게 떡장수를 하고 지내는 불쌍한 여자올시다. 한 번만 잘 봐 주십쇼."
"도대체 그 꼴 뭐야. 거지라도 그보다는 나은 옷을 걸치고 있을 거야. 조금 있으면 임금님 일행이 지나가시게 되는데 그런 걸레 조각 같은 걸 걸치고 있는 모습을 보여 드려서 될 거냐 말야?"7)

엄마 청개구리는 남루한 옷차림 때문에 떡도 팔지 못하고 쫓겨난다. 깨쇠는 그것도 모르고 같이 놀 친구들을 찾아다니고 또순아 주머니에서 돈을 훔쳐 과자를 사 가지고 산으로 올라간다. 어두워져서 산을 내려온 깨쇠는 또순이 아버지를 만난다.

"너 이놈의 새끼! 우리 또순아의 돈 훔쳐 낸 것 어떡했어!"
바로 또순아의 아버지였다.
그러자 어떤 사람이 가까이 와서 또순아의 아버지를 말렸다.
"또순아 아버지! 오늘은 그 애를 용서해 주시오. 아까 애의 엄마가 여기서 떡을 팔지 말라는 데도 자꾸만 되돌아와서 팔고 있더니만 그만 꽃마차의 말에 치여서 죽어버렸답니다."8)

---

6) 이주홍, 『못나도 울엄마』(창작과비평사, 1990), 40쪽.
7) 이주홍, 앞의 책, 42쪽.
8) 이주홍, 앞의 책, 48쪽.

설화에 없는 이런 새로운 이야기를 끼워 넣어 봉건도덕을 고취한 설화의 내용을 권력자의 폭력에 어처구니없이 희생되는 이야기로 바꾸어 놓았다. 화려한 꽃마차로 대변되는 권력층과 초라한 모습의 엄마 청개구리로 대변되는 백성과의 견줌이 도드라지고, 이러한 도드라짐은 옛날의 형편이 오늘에 와서도 달라지지 않았음을 일깨워주는 구실을 한다. 정치권력의 폭압 아래 어처구니없게 숨겨가는 억울한 목숨이 오늘에도 있다는 것을 넌지시 일깨워 주고 있다.

3) 권정생의 〈팥죽 할머니〉

권정생의 작품 가운데 흉내내기 작법으로 쓴 작품은 〈곰이와 오푼돌이 아저씨〉, 〈달래 아가씨〉, 〈삼거리 마을 이야기〉. 〈팥죽 할머니〉가 있다. 이 가운데 〈팥죽 할머니〉는 혼자 살고 있는 할머니를 호랑이가 잡아먹으려고 하자 팥 농사를 지성으로 지은 할머니가 팥죽을 먹어보고 죽기를 애원하여 위기를 넘기고, 알밤, 송곳, 홍두깨, 멍석, 지게의 도움으로 호랑이를 물리친다는 설화 내용을 양식을 달리하여 아예 동극으로 쓴 것이다. 권정생은 자신이 알고 있던 〈팥죽 할매〉 설화 내용의 줄거리를 다음과 같이 밝히고 있다.[9]

> 옛날, 팥죽할매가 팥밭을 쪼다가 하도 고달파서 도움을 청한다.
> "누가 이 팥밭 쪼아주고 날 잡아먹어라."
> 혼자말처럼 한숨섞인 말을 하자 숲속에서 누가 대답을 한다. "참말이가?" "참말이다." 할매는 거침없이 대답한다. 이런 대화가 세 번 반복된 뒤, 숲속에서 호랑이가 나타나 밭을 대신 쪼아준다. 호랑이는 밭을 다 쪼고 나서 할매를 잡아먹으려 입을 벌인다. 처음엔 다만 신세타령처럼 말을 한 것이 이토록 엄청난 결과에 할매

---

9) 김선풍, 『한국구비문학대계 2-3』, 516면, 최정여, 『한국구비문학대계 8-5』, 175쪽, 류종목, 『한국구비문학대계 8-4』, 308쪽에는 등장인물이 조금 달리 나오나 기본 줄거리는 거의 같다. 게, 쇠똥, 파리 지게, 멍석 등의 지혜로 호랑이를 통쾌하게 물리친다고 되어 있다.

는 기막힐 수밖에 없다. 가까스로 사정을 하여 이 밭에서 팥농사를 지어 동짓날 팥죽을 끓여먹고 나거든 잡아먹으라고 호랑이에게 사정을 하여 겨우 목숨을 연장하게 된다. 드디어 동짓날이 다가와 할매는 팥죽을 끓여놓고 먹을 염도 안 나고 그냥 앉아서 울고 있는데, 알밤, 송곳, 홍두깨, 멍석, 지게의 차례로 나타나 각기 팥죽 한 그릇씩 얻어먹고 할매를 살려주기로 약속한다. 얼마 뒤, 캄캄한 밤중에 호랑이가 나타나 할매를 잡아먹겠다고 한다. 할매는 제발 어두운 데서 잡아먹지 말고 불을 켜고 밝은 데서 잡아먹으라고 한다. 호랑이가 부엌에 나가 아궁이를 헤쳐 불씨를 찾는데, 알밤이 난데없이 튀어나와 호랑이의 눈알을 뽑아버린다. 호랑이는 뜨거워 물동이를 찾아 얼굴을 담그려 하자, 이번엔 물동이 속에서 송곳이 나와 한쪽 남은 눈을 찌른다. 호랑이는 아픔을 못 이겨 도망을 치는데, 부엌문 뒤에 숨어 있던 홍두깨가 나와 호랑이를 늘씬하게 두들겨 패서 죽게 한다. 다음엔 마당가에 숨었던 멍석이 나와 호랑이를 둘둘 말아 지게 얹어 강물에 내다 "풍덩" 빠뜨려 버린다.[10)]

동극에서는 설화보다 등장인물의 수가 더 늘어났다. 동극은 첫째 마당 둘째 마당으로 짜여져 있고, 설화에 없는 토끼들, 다람쥐들이 나오고 설화에는 할머니의 가족에 대한 이야기가 전혀 없으나 동극에는 영감과 아들이 호랑이에게 잡혀 갔다고 했다. 그래서 설화에는 팥죽할머니가 밭매기가 힘들어 누가 이 밭 좀 매주고 날 잡아먹으라고 하지만 동극에서는 아들과 영감이 없으니 이 밭에 팥을 갈아 누구랑 먹을꼬 한다. 설화에서는 팥죽할머니가 호랑이에게 잡아먹힐 빌미를 준다. 그러나 동극에서는 빌미를 주지 않고 있다. 팥죽할머니가 별 생각 없이 내뱉은 말이 빌미가 되어 호랑이의 포악성이 그만큼 덜 강조되고 있다. 동극은 다르다. 영감도 잡아먹고, 아들도 잡아먹은 호랑이가 밭을 열심히 매고 있는 팥죽 할머니마저 잡아먹으려고 한다. 호랑이의 포악성이 더욱 강조되고 있고, 팥죽할머니의 비극 또한 날카롭게 드러냈다.

동극의 첫째 마당에서 팥죽할머니는 팥 농사 잘 지어 팥죽 한 그릇 먹고 잡혀 죽겠다고 한다. 호랑이는 이러한 팥죽할머니의 소원을 들어준다.

---

10) 이철지 엮음 『권정생 이야기 1』(한걸음, 2002), 270~271쪽.

둘째마당은 팥죽할머니가 팥죽을 푸는 것으로 시작한다. 팥죽할머니는 팥죽 떠서 담으며 운다. 영감과 아들이 생각난 것이다. 그 때 알밤이 팥죽할머니를 찾아온다.

> 알밤:(데굴데굴 굴러 나와 할머니 방문 앞에 와 선다.) 할머니이!
> 할머니:(흠칫 놀라며) 누구냐, 넌?
> 알밤:나 밤이잖아요.
> 할머니:(얼굴을 가까이 숙여 보면서) 웬 일이냐? 밤중에.
> 알밤:할머니께서 울고 계시기에 왜 우시나 하고 와봤어요.11)

알밤은 팥죽할머니로부터 호랑이가 영감도 아들도 다 잡아갔다는 이야기를 듣고, 팥죽 한 그릇 달라고 한다. 팥죽 한 그릇 먹고 힘을 내어 호랑이를 잡겠다고 한다. 알밤은 팥죽 한 그릇 다 먹고 부엌 아궁이에 숨는다. 할머니가 다시 풀이 죽자 이번에는 송곳이 껑중껑중 뛰어온다.

> 송곳:근데 할머니 얼굴이 왜 하에?
> 할머니:알 것 없다.
> 송곳:(천진하게)비밀이야?
> 할머니:그래 비밀이다.12)

송곳은 호랑이가 할머니를 잡아먹으러 오는 게 바로 비밀이라는 것을 알고 팥죽 한 그릇 주면 먹고 힘을 내어 할머니를 살려주겠다고 한다. 송곳을 팥죽 한 그릇 먹고 물항아리 안에 숨는다. 홍두깨, 멍석, 지게도 팥죽 한 그릇 얻어먹고는 팥죽 할머니를 돕기로 한다.

호랑이가 나타나 할머니를 잡아먹으려고 하자 알밤이 갑자기 아궁이에서 튀어 나오며 호랑이의 한쪽 눈알을 찌른다. 송곳이 튀어나와 한쪽 눈알을 마저 찌른다. 홍두깨가 만백성의 원수이고 농사꾼의 원수라며 호

---

11) 이철지, 앞의 책, 241쪽.
12) 이철지, 앞의 책, 243쪽.

랑이를 두들겨 팬다. 호랑이가 죽자 지게는 얼른 호랑이를 얹어서 강물에 내다버린다.

동극 〈팥죽 할머니〉는 배경과 소재는 설화의 것을 그대로 살리고 있다. 팥죽 할머니는 아무런 잘못이 없는데도 포악한 권력의 상징인 호랑이가 영감도 잡아먹고, 아들도 잡아먹고 끝내는 할머니마저 잡아먹으려고 하자, 민중의 상징인 알밤, 송곳, 홍두깨, 멍석, 지게가 힘을 모아 물리치고 있다. 민중의 건강한 저항정신을 잘 보여주고 있다. 부당한 권력에 저항하는 의지를 더욱 강하게 보여주기 위해서 설화를 행동의 언어를 주로 하는 동극 양식으로 바꾸어놓았다.

동극 〈팥죽 할머니〉는 흉내내기 작법을 통하여 양식의 넘나듦이 얼마든 가능하다는 것을 보여주고 있고, 이러한 양식의 넘나듦이 주제를 강화하는데 크게 기여함을 동시에 알 수 있다.

3. 지어내기 작법의 활용

1) 마해송 – 〈토끼와 원숭이〉

지어내기 작법은 현실의 경험이나 추상적 인식을 바로 말 하지 않고 지어낸 이야기를 통해 에둘러서 말을 한다. 그리고 이를 통하여 지어낸 이야기와 현실 경험이 자연스럽게 견주어지도록 한다는 점에 특징이 있다. 따라서 이 작법은 현실 비판적, 현실 풍자적 성격이 강하고, 여러 겹의 뜻 겹침이 이루어져 어른과 어린이가 함께 읽으면서 각자의 수준에서 속뜻을 헤아릴 수 있게 한다. 이 작법으로 쓴 작품은 어른이 어린이에게 읽히는 아동문학, 들려주는 아동문학에서 어른과 어린이가 함께 읽는 아동문학이 되게 한다.

마해송 동화 가운데 가장 널리 알려진 작품들은 대개 우언 작법 가운데 지어내기 작법으로 쓴 것들이다. 마해송의 대표작이라고 할 수 있는 〈떡

배 단배〉, 〈토끼와 원숭이〉, 〈앙그리께〉, 〈꽃씨와 눈사람〉 등은 모두 지어내기 작법으로 쓴 작품이다. 이 가운데 〈토끼와 원숭이〉는 1931년 8월 『어린이』지 처음 발표하고 1933년 다시 연재하다가 3회치 원고를 빼앗기고, 더 발표를 못하다가 1946년에야 완성한 작품이다.

> "큰 개울 동쪽에 원숭이 나라가 있고, 개울 서쪽에는 토끼의 나라가 있었는데 서로 모르고 지냈다. 원숭이는 영악하고 싸움 싸우기를 좋아하고 토끼는 노래하고 춤추며 즐겁게 살기를 좋아했다."13)

여기서 '토끼 나라' '원숭이 나라'는 지어낸 나라이다. 그리고 이 다음부터 전개되는 이야기는 지어낸 토끼 나라 토끼들과 원숭이 나라 원숭이들이 겪는 이야기이다. 원숭이 나라의 원숭이 몇 마리가 하루는 뱃놀이를 하다가 큰 바람에 밀려서 토끼 나라 언덕에 닿았다. 토끼들은 이들이 무서웠으나 모두 정신을 잃은 것 같아서 집으로 데리고 가서 치료를 해 주었다. 그런데 이들은 원숭이 나라로 돌아가면서 돌봐 준 은혜에 보답한다며 토끼들을 원숭이 나라로 데리고 갔다. 토끼들은 원숭이 집에서 대접을 잘 받았으나 '탕'이란 것을 짊어진 병정 원숭이들에게 붙들렸다. 병정 원숭이들은 토끼들을 앞세우고 토끼 나라를 쳐들어 왔다.

> "병정 원숭이들은 주라를 불고 북을 울리며 탕을 짊어지고 토끼 시시, 사사, 소소와 원숭이 까까, 꼬꼬 끼끼들을 결박한 채 앞장세우고 서쪽으로 토끼나라를 치러갔다. 토끼나라에서는 팔월 추석이라 둥근 달이 중천에 있어, 세상은 낮과 같이 밝고 수정궁같이 아름다웠다. 토끼들은 이곳저곳 모여서 노래를 부르며 춤추며 놀고 있었다. 이때에 주라 소리 요란하게, 원숭이들이 바람같이 쳐들어왔다. 탕 한 방에 토끼 한두 마리씩 죽었다. 토끼들은 이리 저리 피하면서 탕에 맞아 픽픽 쓰러졌다. 잠깐 동안에 토끼나라는 새까만 원숭이 천지가 되었다."14)

---

13) 마해송, 『사슴과 사냥개』(창작과비평사, 1990), 107쪽.
14) 마해송, 앞의 책, 109~110쪽.

원숭이들은 무력을 앞세워 토끼 나라를 차지하고서는 토끼 나라의 좋은 집은 다 차지하고, 젊은 토끼들에게는 원숭이 말을 배우라고 한다. 그리고 늙은 토끼들은 원숭이들이 먹을 것을 구해서 바치도록 한다. 토끼 나라를 완전히 차지한 원숭이들은 이번에는 뚱쇠 나라를 친다. 뚱쇠 나라는 무선 전신으로 천하에 구원을 청했지만 여우, 호랑이, 사슴들은 구경만 하다 가버린다. 북쪽에서 센이리가 들어와서 원숭이들을 물리친다.

싸움이 끝나자 토끼 나라 토끼들은 한편에서는 뚱쇠님들 때문에 살아났으니 세상에서 제일가는 짐승인 뚱쇠 말을 배우고 뚱쇠와 같이 되자 하고, 또 다른 한편에서는 센이리님들 때문에 살아났으니 세상에서 제일가는 짐승인 센이리 말을 배우고 센이리와 같이 되자고 한다. 토끼들이 믿었던 뚱쇠와 센이리는 저희들끼리 싸우게 되고 토끼들도 이 싸움의 틈바구니에 모두 죽는다. 이 작품의 결말은 다음과 같다.

> "맨 나중에 남은 놈끼리도 싸워서 다 죽어 버렸다. 까마득한 허허 벌판에 뚱쇠와 센이리와 토끼들의 주검이 산더미 같이 끝없이 누워 있었다. 하늘은 이것을 지저분하다는 듯이 여러 날 동안 눈을 나려서 하얗게 덮어 버렸다. 땅을 하얗게 덮어 버린 다음날이었다. 여러 날 동안 흐렸던 하늘에 달님이 뚜렷이 둥실 떠올랐다. 달빛에 비친 땅 위는 끝없는 눈벌판이었다. 달 속에서 떡 절구를 찧던 토끼는 땅을 내려다보았다. 문득 절구괭이를 내려놓고 땅으로 뛰어 내리는 것 같았다. 그때다. 눈벌판 더 눈더미 위에서 조그만 토끼 한 마리가 두 귀를 쭉 뻗치고 툭 튀어 나왔다. 저기서 또 한 마리가 툭 튀어 나왔다. 여러 해가 지나갔다. 또 여러 해가 지나갔다. 토끼는 토끼를 낳고 또 토끼를 낳아서 어떤 산에 가든지 하얀 털에 두 귀가 쭉 뻗치고 눈이 빨간 토끼들이 대굴대굴 즐겁게 잘 살고 있는 것은 여러분이 아는 바와 같다."15)

이 이야기는 이야기 그 자체로만 읽을 때는 토끼, 원숭이, 뚱쇠, 센이리의 이야기로 읽힌다. 단순히 동물의 이야기로만 읽힌다. 그리고 그렇게 읽는다고 해도 잘못이 없다. 그런가 하면 이야기 속의 동물인 '토끼', '원

---

15) 마해송, 앞의 책, 128~129쪽.

숭이' '뚱쇠' '센이리'는 우둔함이라든가, 간교함이라든가, 난폭함이라든 가 하는 사람의 속성을 부여받고 있지는 않다. 사람의 속성을 부여받고 있지 않기 때문에 이야기 속에서 그러한 속성에 어울리는 행동을 하는 것도 아니다. 또, 이야기 속에 등장하고 있는 동물에서 어떤 전형성을 전 혀 느낄 수 없고, 이야기 자체가 전달하고자 하는 도덕적인 교훈도 없다.

그러나 정치적, 역사적 맥락과 연관지어 읽게 되면, 이야기 자체로만 읽을 때는 미처 눈치 채지 못한 새로운 뜻이 들어 있음을 알게 된다. 정치 적, 역사적 맥락을 고려할 때, '토끼'는 단순히 '토끼'가 아니고, '원숭이' 또한 단순히 '원숭이'가 아니다. '뚱쇠'와 '센이리'도 마찬가지다. 여기서 이 이야기는 동물의 이야기에서 사람의 이야기로 바뀌게 된다.

이 작품에서 개울을 중심으로 동쪽에는 원숭이 나라가 있고, 서쪽에는 토끼 나라가 있다고 했다. '개울'은 '동해'로 바꾸어서 이해할 수 있다. 그러 면 동쪽에 있는 나라는 '일본'이 되고, 서쪽에 있는 나라는 '우리나라'가 된 다. '토끼'는 동물 자체에 어떤 속성이 부여되어 있지 않고, 다만 우리 민족 을 뜻하는 것으로 쓰였다는 것을 알 수 있고, '원숭이'도 마찬가지로 동물 자체에 어떤 속성이 부여되어 있지 않고 다만 일본 민족을 뜻하는 것으로 쓰였다는 것을 알 수 있다. 이와 같은 점은 역사적, 정치적 맥락과 연관지을 때 알아차릴 수 있는 것이다. 오래 전부터 우리 민간에서는 일본민족을 원 숭이처럼 생겼다고 여겨왔으며, 우리나라 지형은 토끼처럼 생겼다고 알아 왔다. 이와 연관지어 이해해 보면 이렇게 이해할 수 있는 것이다.

이렇게 이해하고 나면 그 뒤에 전개되고 있는 이야기들이 일제강점기 우리 역사, 우리 정치의 맥락과 자연스럽게 연관됨을 알 수 있다. 원숭이 들이 토끼 나라를 차지한 것은 일본이 우리나라를 차지한 것이 되고, 원 숭이들이 토끼들에게 원숭이말을 배우라고 한 것은 일본말을 배우도록 강제한 일을 떠올리게 한다. 토끼들에게도 모습이나 생각도 원숭이와 같 게 하라는 것은 내선일체, 황국신민화 정책을 떠올리게 한다.

뚱쇠와 센이리가 원숭이를 나라를 망하게 하자, 한편에서는 그 공이

전적으로 똥쇠에게 있다고 하고 똥쇠의 말을 약삭빠르게 배워 덕을 보고 자하고, 또 한편에서는 센이리에게 있다고 하여 센이리의 말을 배워 덕을 보고자 하는 토끼의 모습은 2차대전 직후 미소 양진영에 줄을 대려고 하고, 미국말, 소련말을 배우려고 하던 우리 민족의 추한 모습까지 드러내었다.

이 작품은 역사적, 정치적 맥락을 연관지어 읽을 때, '토끼 나라'와 '우리 나라', '원숭이 나라'와 '일본', 토끼 나라의 정치 현실과 우리나라의 정치 현실이 서로 견주어지도록 하여 우리나라의 정치 현실에 대한 비판을 직접 말하지 않고 에둘러 말하고 있다.

2) 이주홍의 〈개구리와 두꺼비〉

이주홍의 〈개구리와 두꺼비〉는 설화와 관련이 없으면서도 꼭 설화인 것처럼 위장하고 있다. 설화인 것처럼 지어냈다. 이는 우언 작법 가운데 전형적인 지어내기 작법이다. 〈개구리와 두꺼비〉는 서두에서부터 "이것은 아주 옛날 이야기랍니다.16)"라고 하여 옛날 이야기를 들려주는 형식을 취하고 있다.

그러나 이는 일종의 속임수이다. 실제 옛날 이야기가 아니고, 옛날 이야기인 것처럼 말하고 있을 뿐이다. 맨 처음 세상에 물고기가 생겨나고 뱀이 생겨나고 또 물용이나 거북이 생겨났을 때 개구리들도 함께 생겨났다고 했다. 이것도 설화인 것처럼 위장하는 전형적인 수법이다. 이야기의 전체 줄거리도 큰 개구리인 두꺼비와 개구리 사이의 대립과 갈등을 다루고 있다. 사람들과는 관계없는 이야기인 것처럼 엉뚱한 소리를 하고 있다.

이 작품이 설화가 아니면서도 설화인 것처럼 지어내고, 사람은 등장시키지 않고, 두꺼비와 개구리들만 등장시켜 이야기를 끌고 가고 있는

---

16) 이주홍, 『청어뼉다귀』(우리교육, 1996), 174쪽.

것은, 이렇게 함으로써 이야기 속에 우의를 집어넣을 수 있기 때문이다. 그리고 어떤 가르침을 주는데도 효과적이기 때문이다. 누구도 거슬리게 하지 않으면서 깨우칠 수 있게 해 주고 반성할 수 있게 해 준다.

태어나서부터 평화롭게 살아가던 개구리는 자손들이 번성해져 먹을 것이 적어지자 서로 뺏어 먹으려고 싸움이 그치지 않았다. 그래서 경계를 나누고, 땅을 갈라서 살기로 했지만 헛일이었다. 힘이 센 두꺼비가 모든 것을 다 차지하고 힘이 약한 개구리는 굶어죽고 병들어 죽고 맞아 죽었다. 두꺼비들은 고방을 새로 만들고 고방에다 먹을 것을 가득가득 채웠다. 또, 새로 만든 고방의 감독을 개구리 가운데 순하고 어리석은 놈을 골라 감독시킨다.

하루는 고방 감독의 어머니가 고방에 들어가 먹을 것을 훔쳐내어 오다가 두꺼비에 들켜 그 자리에서 물려 죽는 일이 벌어진다. 감독 개구리가 항의하다 똑같이 물려죽고 만다. 감독 개구리의 동생은 어머니와 형이 이렇게 죽자 수십 마리의 젊은 개구리들을 데리고 가서 두꺼비와 싸웠지만 이기지 못한다.

동생 개구리는 이듬해 봄에는 더 많은 개구리들을 모아 죽음을 각오하고 두꺼비집으로 몰려갔다. 워낙 많은 수가 한꺼번에 들이닥치자, 두꺼비는 싸우지 않고 그대로 도망간다. 개구리들은 "그 놈을 한 번 때려 보지는 못하드래도 그놈의 얼굴이라도 보았다면 시원할걸!"하고 떨리던 주먹을 풀지 않는다. 이렇게 하여 개구리들은 다시 평화를 찾는다.

이런 줄거리 속에는 한번 강자는 영원한 강자가 아니다라는 우의가 들어 있다. 덩치가 작고, 힘이 약한 개구리도 힘을 모으기만 하면 힘 센 상대를 물리칠 수 있다는 것을 말해 준다.

이 작품의 결말도 설화의 결말 부분과 거의 비슷하다.

"지금 여러분들도 밭고랑이나 돌덤불 속에서 몇 십 년이나 굶은 듯한 허느적한 얼굴로 커다란 눈만 커무럭꺼무럭 하고 있는 두꺼비를 보시겠지요.

어찌 보면 불쌍한 듯도 보이는 마치 아편쟁이나 장돌뱅이 같지 않습니까.

그래도 지금 그 문둥병자같이 살이 푸둥푸둥하고 커다란 몸집을 보십시오. 그래도 옛날에는 많은 약한 개구리들의 피땀을 긁어먹고 저렇게 살이 찐 것이랍니다."[17]

3) 권정생의 〈강아지똥〉

권정생의 작품 가운데는 지어내기 작법으로 쓴 작품이 많다. 〈강아지똥〉, 〈들국화 고갯길〉, 〈새해 아기〉, 〈둘째 아들〉, 〈소〉, 〈똘배가 보고 온 달나라〉, 〈황소 아저씨〉, 〈어느 시냇가 이웃들〉, 〈어시장 이야기〉, 『도토리 예배당 종지기 아저씨』, 『팔푼돌이네 삼형제』, 『하느님이 우리 옆집에 살고 있네요』, 〈밥데기 죽데기〉 등 여러 작품을 들 수 있다.

이 가운데서 〈강아지똥〉은 우리 아동문학의 고전이 되기도 한 작품인데, 이 작품이 널리 사랑받고 있는 까닭은, 지어내기라는 우언 작법을 매우 자연스럽게 활용하고 있기 때문이다. 이 작품이 들려주는 이야기는 설화에서 가져온 것도 아니고, 현실에 가져온 것도 아니다. 전적으로 작가가 새롭게 지어내었다. 그리고 주인공으로 사람, 동물, 식물이 아닌 '강아지똥'이라는 무생물을 등장시킨 것이 특이하다. 이는 낯설게 하기의 효과를 가져다주어 독자를 끌어당기는 구실을 하기도 한다.

이야기의 전개는 다음과 같다.

"주인공인 강아지똥은 돌이네 흰둥이가 누고 간 똥이다. 추운 겨울 서리가 하얗게 내린 아침, 골목길 담 밑 구석자리에서 태어난 강아지똥은 세상에 나오자마자 참새와 흙덩이로부 놀림을 받는다. 참새는 주둥이로 강아지똥을 콕콕 쪼아 본 다음 참 "에그 더러워!"하며 날아가 버리고, 흙덩이는 "똥을 똥이라 않고, 그럼 뭐라고 부르니?" 하며 능글맞게 웃으며 되묻다가 "똥 중에서도 제일 더러운 개똥이야." 하고 놀린다. 강아지똥은 너무 속상해 운다.

강아지똥이 울음을 그치고 나자 흙덩이는 미안해하며 자기의 신세타령을 들려

17) 이주홍, 앞의 책, 181쪽.

준다. 흙덩이가 본래 살던 곳은 산 밑 양지였다고 한다. 거기서 흙덩이는 감자를 기르고 지장과 조를 가꾸었다고 한다. 하느님이 시키신 일을 부지런히 했다고 한다. 그런데 밭임자의 달구지에 실려가던 중 혼자 여기에 떨어져 버렸다고 한다. 자기는 곧 죽게 될 건데 그동안 잘못한 일이 많아서 그렇다고 한다. 햇볕이 쨍쨍 내리쬘 때 아기 고추를 살려주지 못한 일 잊혀지지 않는다고 한다. 그러면서 강아지똥에게 "하느님은 쓸데없는 물건은 하나도 만들지 않으셨어. 너도 꼭 무엇엔가 귀하게 쓰일 거야." 하며 격려해 준다.

　결국 강아지똥은 흙덩이의 말대로 귀하게 쓰인다. 온몸이 비에 맞아 잘디잘게 부서져 땅속으로 스며들어가 민들레 뿌리로 모여들었다가는 그 줄기를 타고 올라가 꽃봉오리를 맺었다."[18]

4. 마무리

어린이들이 공상을 좋아한다는 측면은 무시될 수 없다. 그렇다고 해서 동화의 본질을 팬터지에서 찾고, 팬터지의 세계만을 그리는 일은 바람직하지 않다. 또한 어린이는 존중받아야 하는 대상으로 아동문학은 다만 그들에게 들려주고, 읽히는 문학이라고 한정하는 일은 온당하지 않다. 이를 빌미로 동심천사주의에 빠지는 일은 더더욱 옳지 않다. 아동문학도 문학이고, 어린이와 어른이 함께 읽는 문학이다. 아동문학은 어린이만을 위한 문학이 아니라 모든 사람을 위한 문학이다. 그렇기 때문에 아동문학이 다루는 소재와 주제가 미리부터 제한될 필요는 없다고 본다. 아동문학도 인간 세상의 모든 대상과 문제를 다룰 수 있다고 본다.

이 점을 충분히 고려하더라도 아동문학의 대상이 1차적으로는 어린이라는 점은 너무나 엄연한 사실이다. 아동문학은 어린이들이 힘들이지 않고서도 이해할 수 있는 간결한 문장과 쉬운 표현이 필수적이다. 짜임도 복잡하기 보다는 단순해야 한다. 또한 어린이들이 재미를 느낄 수 있는 내용을 담아야 한다. 어린이들은 재미없으면 읽지 않는다. 읽지 않는데

---

18) 권정생, 『먹구렁이 기차』(우리교육, 1999), 50-70쪽.

어떤 가르침을 줄 수 있겠는가. 아동문학 작품은 먼저 읽을 수 있도록 해 주어야 한다. 그리고 나서 전해주고 싶은 가르침을 담아야 한다.

우언 작법은 이러한 요구를 두루 감당할 수 있다. 우언 작법의 하나인 흉내내기 작법은 어린이들이 친근하게 여기는 옛이야기의 형식을 빌리거나 옛이야기의 내용을 요약하고, 거기에다 새로운 속뜻을 끼워 넣는다. 이는 어린들의 흥미를 유발하고 친근감을 느낄 수 있게 해 주어, 이야기에 정신없이 빨려들게 한다. 또 다른 우언 작법의 하나인 지어내기 작법은 이야기를 재미있게 지어내어, 지어낸 이야기에 호기심을 갖고 읽을 수 있도록 하며, 지어낸 이야기와 경험적 삶의 현실, 역사적 현실을 서로 견주어 가며 읽을 수 있게 해 준다. 그렇게 하여, 현실을 비판하기도 하고, 숨겨진 삶의 진실이 드러나게 하기도 한다. 어린이와 어른 모두에게 자연스럽게 삶의 이치, 세상을 살아가는 바른 길을 제시해 주기도 한다.

마해송, 이주홍, 권정생이 우언 작법을 활용하여 거둔 성과는 각기 차이가 있다. 마해송은 흉내내기 작법을 통하여 어린이와 어른이 함께 읽을 수 있는 동화를 처음으로 보여준 공로가 있다. 그리고 지어내기 작법을 통해 민족현실, 시대 상황을 우의적으로 나타내고자 했다. 그러나 관념적이고 추상적으로 떨어진 흠이 있다. 이주홍은 흉내내기 작법으로 쓴 작품의 수는 많으나 지어내기 작법으로 쓴 작품은 적다. 이주홍은 현실비판의식을 강하게 드러내고 있으며 도식적인 대결구도를 보여주는 것이 많다. 권정생은 흉내내기 작법으로 쓴 작품은 많지 않으나 지어내기 작법으로 쓴 작품은 많다. 권정생은 현실비판, 현실풍자적 시각을 보여주면서도 따뜻한 사랑으로 감싸 안고 있다. 이와 같은 차이가 이들 세 사람에게는 엄연히 존재하지만, 이들은 공통적으로 우언작법을 잘 활용하여 아동문학을 어린이가 읽는 문학에만 머무르게 하지 않고, 어린이와 어른이 함께 읽는 문학으로 확대했다. 바로 이 점이 세 사람을 한국아동문학사에서 가장 뚜렷한 발자취를 남기고 있는 작가로 자리매김하게 한다.

權五賢*

1. 머리말

본 연구는 한국현대소설에 우언의 기법이 구현된 양상을 살펴보고 그 특징을 밝혀보는 데에 목적을 둔다. 이러한 연구는 거시적으로는 한국현대소설의 기법에 대한 전반적인 점검의 일환이며, 미시적으로는 우언이라는 서사 전략을 한국현대소설에 적용하는 방법을 검토하는 작업이 될 것이다. 한국현대소설에 대한 연구에서 기법의 문제에 관심을 둔 예는 드물다. 게다가 일련의 문학 기법 중에서 우언은 거론이 많이 되고 있는 것임에도 불구하고 풍자나 해학 등의 다른 기법에 비하여 한국현대문학의 이론적 연구 성과가 매우 적다. 간헐적으로 우언에 대하여 관심을 가진 연구가 없는 것은 아니지만, 주로 특정 작품을 분석하면서 거론되고 있을 뿐, 우언 자체에 대한 연구는 거의 보이지 않는 채 문학용어를 정리하는 작업의 일환으로 거론되고 있는 실정이다. 그것은 기법이라는 것을 단순한 기술(記述)의 방법으로 폄하하여 인식하고 있기 때문이 아닌가 싶다. 하지만 기법은 창작원리에 부합되는 것이라는 전제 아래 그 구현 방법을 구체적으로

---

*신라대 국문과 교수

규명할 필요가 있다. 그렇지만 서구의 문학이론에서는 우언이 문학의 창작 원리로서 꾸준하게 거론되고 있다. 따라서 우언에 대한 이론은 서구 이론에 추수되어 언급되고 있는 상황이지만, 서구의 소설과 한국의 소설, 특히 현대소설이 가지는 이질성을 간과한 채 적용되고 있기에 한국현대소설에서 나타나는 우언의 성격을 명확하게 설명해 내지 못하고 있다.

그럼에도 불구하고 본 연구에서는 우언을 정의하고 그 특성을 밝혀내는 작업은 유보하기로 한다. 비록 한국현대문학에서 우언에 대한 연구가 미진하다고 하더라도 서구문학에서 알레고리에 대한 연구가 어느 정도 성과를 나타내고 있으며, 무엇보다도 이번 학술회의에서 다양한 양상의 우언에 대한 연구 결과가 발표될 것이기에 그러한 성과물을 바탕으로 좀 더 확장된 시각에서 우언을 재인식할 수 있으리라 기대되기 때문이다. 단지 논의의 범주를 규정하기 위하여 가장 상식적인 수준에서 우언을 거론하고자 할 뿐이다. 이렇게 한정짓는 것은 기본적으로 필자의 능력이 미진한 탓에 기인하는 것이지만, 섣부른 정의에 의하여 연구의 결과를 왜곡하거나 연구의 확대 가능성을 차단하는 일을 방지하기 위한 것이다.

본 연구의 목적을 달성하기 위해서 무엇보다도 실제 작품 속에서 우언이 어떻게 적용되어 구현되었는지 고찰해 볼 필요가 있을 것이다. 그래서 한국현대소설 작품에서 구현된 기법의 양상을 연대기적으로 고찰하고자 한다. 가능하면 한국현대소설의 전 영역에서 우언의 양식이 구현된 작품을 선별하여 분석하고 종합해야 하겠지만, 실상 본 연구에서 대상으로 한 작품은 제한된 범위에 머물러 있을 뿐만 아니라 그 선정 역시 필자의 임의에 의존하고 있다는 사실을 부정할 수 없다. 이것 역시 필자의 검토가 미진한 탓이지만, 지나친 욕심으로 인하여 논의가 방만해지거나 개괄적인 시론으로 그치는 것을 우려한 탓도 있다. 그래서 일단 한정된 연구이나마 그 성과물을 만들어내어 한국현대소설에서 나타나는 우언의 맥락을 짚어본다는 데에 의미를 두고자 한다.

2. 한국현대소설의 우언에 대한 이론적 검토

2.1. 우언의 개념과 범주

기존의 이론에 의탁하여 우언을 정의하고, 이번 학술회의의 성과물을 바탕으로 우언에 대한 인식의 지평을 넓힐 것을 기약하더라도, 한국현대소설의 특수성을 고려하는 범위 내에서 우언에 대한 개념을 검토해 볼 필요가 있을 것이다. 본 연구에서 우언이라는 용어는 알레고리(allegory)의 번역으로 사용한다. 알레고리는 우언 외에도 우화(寓話), 우의(寓意), 우유(寓喩), 풍유(諷諭) 등으로 번역되어 사용되기도 하지만 본 연구에서는 우언으로 통일하여 사용하기로 하고, 경우에 따라서 알레고리라는 용어를 혼용하기로 한다. 그런데 우화라는 용어를 사용하기도 할 것인데, 그 경우에 우화(寓話)는 페이블(fable)을 지칭한다.

일단 상식적인 수준에서의 우언에 대한 개념을 살펴보면, 우언이란 "행위자(agent)와 행동, 때로는 그 배경(setting)까지가, 축어적이거나 일차적 수준에서 일관된 의미를 구성하고, 그 행위자와 개념과 사건의 이차적이고 상호 연관적인 수준을 의미하도록 고안된 서사물"[1]을 일컫는다고 한다. 또한 "'다르게 말한다'는 그리스의 allegoria라는 말에서 나온 것으로 이중적 의미를 가진 이야기 유형을 지칭"하며, "말 그대로의 표면적인 의미와 이면적인 의미를 가지는 이야기의 유형"이기에 "두 가지 수준에서(어떤 경우에는 세 가지, 또는 네 가지의 수준에서) 읽히고 이해되며 해석될 수 있는 이야기"[2]라고 한다.

이러한 우언을 문학의 창작원리로 이해하거나 소설이라는 장르의 하위 장르로 이해하는 경우도 있다. 루카치는 알레고리를 객관적 현시로부터의 소외를 뛰어나게 기술해주는 미학적 장르로 보면서 알레고리로서의

---

1) 에이브럼즈(H. M. Abrams) 『문학용어사전』, 최상규 역, 대방출판사, 1985. 6쪽.
2) 한용환, 『소설학사전』, 고려원, 1992. 295쪽.

추상적 특수성을 모더니즘의 특성으로 보았다. 또한 벤야민은 현대의 알레고리는 세계의 일관성을 파괴함으로써 구체적 전형성을 추상적 특수성으로 대체하게 되는 것이라고 했다.[3] 그리고 노드롭 프라이는 '아나토미'의 하위 유형으로 풍자소설, 우화소설, 미래소설, 관념소설, 사상소설, 희극소설, 주제소설, 토론체소설 등을 꼽았다고 한다.[4]

일련의 우언에 대한 논의를 정리해서 우언이 되기 위한 최소한의 요건을 추출해 본다면, 첫째, 현실세계와 구별되는 작품 속에만 존재하는 세계가 있어야 하고, 둘째, 그러한 세계는 현실세계와 대응되어야 하며, 셋째, 긍적적이든 부정적이든 현실세계를 비판하는 작가의 의도가 뚜렷히 드러나야 한다는 것 등을 꼽을 수 있다. 그러나 그러한 우언의 개념을 지나치게 넓은 의미로 확대 적용을 하면 모든 현대소설 작품을 우언이라고 할 수 있을 것이다. 일단 허구(虛構, fiction)이라는 것 자체가 현실세계를 그대로 드러내는 다큐멘터리나 르뽀르타쥬의 영역을 벗어나 작품 속의 새로운 가상세계를 만들어내는 것이며, 현대소설에서 추구하는 인물 전형이라는 것이 현실세계의 어려가지 속성을 인물로 형상화해 낸 것이기 때문이다. 또한 공동작의 형태를 벗어나 개인의 서명을 동반하는 개인작으로서 현대소설에서 작가의식이 존재하지 않는 작품이란 상상하기 힘들다. 따라서 모든 현대소설 작품은 우언의 범주에 넣는 우를 범하지 않기 위하여 그 범위를 한정할 필요가 있다. 우언의 개념에 대한 이해를 바탕으로 그 범주를 좀더 엄밀하게 규정을 한다면 다음과 같다.

   (1) 작품 속에 드러나는 허구의 세계가 현실의 세계와 명확히 구분되어 있을 것.
   (2) 특정 지역과 시대의 역사적 상황이나 인간의 본성을 분명하게 드러내고 있을 것.
   (3) 인간과 사회를 비판하고자 하는 작가의 의도가 분명히 존재할 것.

---

3) 김영옥, 「벤야민의 문예이론과 알레고리 개념」, 서울대학교 석사학위논문, 1985.
4) 조남현, 『한국현대소설유형론 연구』, 집문당, 1999. 48쪽.

물론 이러한 기준을 지나치게 적용하면 우화만이 우언이라는 오류를 낳을 수 있다. 특히 '허구의 세계와 현실의 세계의 구분'이라는 기준을 오해하면 그러한 결론을 낼 가능성이 있다. 여기에서 허구의 세계와 현실의 세계의 관계는 은유(隱喩)로만 이루어지는 것이 아니라 환유(換喩)로 이루어지기도 한다는 사실을 감안하면 이해가 될 것이다. 즉 우언에서 구축되는 허구의 세계는 동일시(identification)나 상징(symbolism)에만 의하는 것이 아니라 응축(condensation)과 치환(displacement)에 의하여 형성되기도 한다는 것이다. 이렇게 범위를 한정하고 그것을 기준으로 하여 우언의 기법을 창작원리로 한 현대소설 작품을 선정하여 분석해야 할 것이다.

2.2. 우언, 상징, 풍자

우언으로 구성되는 가상의 세계를 은유뿐만 아니라 환유까지 적용한다면, 우언과 상징이 다를 바 없다고 인식할 수도 있다. 실제로 우언과 상징은 종종 혼동되기도 하며, 흔히들 우언과 상징을 비교하여 고찰하고 있다. 일반적인 논의에 의거하면 "상징이 구체적(具體的)인 것을 추상적으로 표현하는 것에 비해 알레고리는 추상적인 것을 구체적으로 표현하며 풍자(諷刺)에 결합"[5]하는 것이라고 한다. 말하자면 우언은 "일차적 의미가 이차적 의미와 일의적·단선적으로 대응하는 경우를 지칭"하고 상징은 일차적의미가 "보다 넓은 영역의 이차적 의미와 연결"되는 경우를 지칭한다고 한다. 말하자면 "우의적 서사에서 일차적 의미는 이차적 의미에 강하게 종속되고, 별다른 잉여 없이 이차적 의미로 환언"되는 데 비하여 "상징은 단일한 명제나 명백한 개념으로 번역되지 않고, 훨씬 더 복잡하고 다의적인 의미를 산출"한다는 것이다.[6] 덧붙여 우언과 상징은 작가

---

5) 강태근, 『한국현대소설의 풍자』, 대경문화사, 1992. 41쪽.
6) 박진·김행숙 『문학의 새로운 이해』, 도서출판 청동거울, 2004. 52~53쪽.

의 의도에서 차이가 있다고 보인다. 우언은 작품에 대응되는 현실에 대한 작가의 태도가 뚜렷한 반면, 상징은 그렇지 않다. 우언의 작가는 현실을 비판하고 그것을 바탕으로 발전하기를 지향하는 데 반하여 상징의 작가는 어떤 사물이나 사태, 사건의 본질을 파악하여 그것과 유사한 속성을 갖는 것을 찾아내고자 한다.

일반적으로 우언을 크게 나누어서 가상의 가상으로 설정된 시공간과 작중 인물을 통하여 역사적인 사건이나 인물이나 사건을 대응하거나 풍유(allegorize)하는 '역사·정치적 우언'과 작중인물들이 추상적 개념을 나타내고, 플롯은 학설이나 명제를 전달하는 역할을 하는 '관념적 우언'으로 구별하고 있다. 좀더 쉽게 말하자면 역사·정치적 우언은 현실을 비판하는 것이고 관념적 우언은 인간의 본성에 숨어있는 모순과 부조리를 드러내는 것이라고 이해할 수 있다. 이러한 목적으로만 본다면 그것은 풍자(satire)와 유사하다. 또한 기본적으로 냉소적인 시각을 견지하고 있다는 것도 우언과 풍자의 공통점이라고 볼 수 있다. 그러다 보니 우언을 풍자의 하위 범주로 간주하고 '풍자적 알레고리'라는 개념으로 동일시하는 경우도 있다.[7] 하지만 우언과 풍자는 대상을 다루는 방식과 태도에서 차이를 가진다. 우언은 비판하는 대상에 대하여 애정을 가지고 그것을 객관적 상관물로 만들어 그 모순과 부조리를 드러내고 있다. 거기에 반해 풍자는 대상을 경멸하면서 그것을 희화함으로써 이질성을 부각시킨다. 따라서 우언과 풍자를 동일한 것으로 보거나 상위·하위 개념으로 보는 것은 우언에 대한 오해와 왜곡을 낳거나 실제 작품을 분석할 때 혼란을 야기할 우려가 있다. 한국현대소설에서 풍자에 대한 연구는 어느 정도의 성과를 가지고 있으면서 우언에 대한 연구는 상당히 미진한 것도 이유가 될 수 있다.

이렇게 우언과 상징, 우언과 풍자의 개념을 명확히 구분해야 우언에 해당하는 작품을 선정하고 분석하는 작업이 제대로 진행될 수 있을 것이다.

---

7) 강태근, 『한국현대소설의 풍자』, 대경문화사, 1992. 41쪽.

2.3. 우언과 리얼리즘 소설

우언의 기법을 중심으로 소설 작품을 분석하는 작업에서 걸림돌이 될 수 있는 것은 우언 기법을 사용한 소설은 리얼리즘을 추구한 소설과 대척 된다고 생각하는 관념이다. 이는 우언이 가상의 공간을 설정한다는 점에서 현실의 모습을 있는 그대로 그리는 것을 지향하는 리얼리즘 소설과 이율배반적인 양식으로 인식할 수가 있기 때문이다. 또한 우언을 통속적이거나 열등한 문학 양식으로 인식하면서 정통문학을 추구하기 위해서는 배제되어야 할 기법으로 인식하거나 혹은 전근대적인 문학 양식의 잔재로 인식하는 경우도 있다.

하지만 우언이 가지는 계몽적 성격은 근대성을 기반으로 하는 근대소설이 지향하는 바와 일맥상통하는 면이 있다. 물론 근대소설과 현대소설을 엄격히 구분하는 입장에 들어서면 우언과 현대소설이 배치되는 바가 없는 것은 아니다. 그렇지만 그것 역시 인간 본성의 형상화라는 점에서 연관될 수 있을 것이다. 무엇보다도 우언에서 설정하는 가상의 시공간은 리얼리즘에서 추구하는 전형과 유사하다. 배경으로 제시하느냐 인물로 제시하느냐 하는 점에서 차이를 가지지만 사물이나 사태, 사건의 본질을 형상화한다는 점에서 동일한 것이다. 또한 세계의 총체성을 추구한다는 점과 전망을 제시하고 있다는 점도 공통점으로 볼 수 있다. 이렇게 본다면 리얼리즘 소설의 구현 방법으로서 우언의 위상을 고려할 수 있다. 기존에 논의에 의하면 리얼리즘을 구현하기 위한 기법으로 크게 풍자와 고발을 꼽고 있는데, 우언 역시 풍자와는 다른 양상으로 리얼리즘의 창작방법론으로 자리매길 수 있을 것이다.

실제로 한국현대소설에서 우언의 기법을 사용한 작품들을 점검해 보면 초현실주의나 모더니즘을 추구한 작품의 부류에 속하기보다 리얼리즘을 추구한 작품의 부류에 속해 있다는 사실을 발견할 수 있다. 이러한 사실을 좀더 심층적으로 고찰하면 리얼리즘과 우언과의 관계에 더욱 명확하게 드러낼 수는 있을 것이지만 본 연구에서는 논의가 방만해지는 것을 피하기 위하여 우언과 리얼리즘이 서로 배치되는 것이 아니라는 사실만 지적하고 넘어가고자 한다. 그것을 바탕으로 하여 한국현대소설에서 나타나는 우언의 전개 양상을 점검하기 위한 것이다.

3. 한국현대소설의 우언에 대한 분석적 검토

3.1. 애국계몽의식의 형상화와 우언 전통의 단절

한국현대소설에서 우언이 두드러지게 나타나는 시기는 1900년에서 1910년에 이르는 근대이행기(近代移行期)이다. 애국의식을 고취하고 독립정신을 전파하는 계몽적 성격이 우언과 잘 어울렸기 때문이었다고 보인다. 이 시기에 발표된 우언소설은 채약옹의 『산인설몽(山人說夢)』(대한매일신보, 1905. 11. 5), 유원표의 『몽견제갈량』(광학서포, 1908. 8), 흠흠자의 『신소설 금수재판』(대한민보, 1910. 6. 5~8. 18), 김필수의 『경세종』(광학서포, 1908. 10. 30), 안국선의 『금수회의록』(황성서적업조합, 1908. 2) 등과 작자미상의 『미얌이와 기얌이라』(경향신문, 1906), 〈꿩과 톡기의 깃분 수작〉(경향신문, 1908. 5. 8), 〈다람뒤와 호랑이〉(경향신문, 1909. 2. 19), 〈우마쟁공〉(경향신문, 1910. 8. 8) 〈게와 원숭이〉(경향신문 1910. 12. 30) 등으로 정리되고 있다. 또한 박은식의 『몽배금태조』(1911)와 신채호의 『꿈하늘』(1916)도 우언소설에 포함할 수 있는 것들이다.[8] 이러한 근대이행기의 우언소설들은 역사·정치적 알레고리[9]로서 동물우화(beast fable)가 주를 이루고 있다.[10]

---

8) 권영민, 『서사양식과 담론의 근대성』, 서울대학교출판부, 1999, 186쪽 참조.
9) 이는 '역사·정치적 알레고리'와 '관념적 알레고리'로 크게 구분하는 일반적인 구분 방식에 따른 것이다.
10) 우언이 작품 속에서 지속적으로 구현되는 서사 양식으로서 '우화(fable)'를 거론할 수 있다. 이는 도덕적 명제나 인간행동의 원리를 예증하는 짧은 이야기로서, 상호

그중에서 비교적 널리 알려진 『금수회의록』은 현실에 대한 비판의식을 동물들을 통해 표현하고 있는 작품으로서 "흔히 볼 수 있는 우화라는 서사양식에 연설이라는 새로운 담론의 방법을 채용함으로써 계몽적 담론으로서의 정치성을 더욱 분명하게 드러낸다"[11]고 평가받고 있다. 이 작품은 '나'라고 하는 일인칭화자가 꿈을 통하여 들어간 동물들의 회의장이라는 가상적 공간이 설정되어 있다는 점과 인간의 속성을 드러내는 동물들이 등장한다는 점에서 정형적이 우언의 양식을 지닌다고 할 수 있다. 즉 까마귀는 반포지효(反哺之孝), 여우는 호가호위(狐假虎威), 개구리는 정와어해(井蛙語解), 벌은 구밀복검(口蜜腹劍), 게는 무장공자(無腸公子), 파리는 영영지극(營營之極), 호랑이는 가정맹어호(苛政猛於虎), 원앙새는 쌍거쌍래(雙去雙來)를 주제로 삼아 연설을 하면서 현실적 인간세계의 윤리적 타락을 비판하고 있는 것이다.

이러한 일련의 우화소설들은 우언의 성격에 정확하게 부합되는 것들이다. 그렇지만 본격적으로 근대소설이 전개되면서 이러한 우언이 소멸하고 만다. 이후에 40여 년간의 일제감정기의 소설은 기본적으로 계몽성을 바탕에 두고 있으면서도 이렇다 하게 우언의 기법을 이용한 작품이 보이지 않는다. 이는 우언을 고대소설의 잔재쯤으로 여기면서 근대소설에서 고대소설적 요소들을 없애는 것이 과제였고, 우언의 기법은 지양해야 할 것으로 파악했던 탓으로 보인다. 또한 소설을 '순문예소설'과 '대중소설'로 이분하고 순문예소설을 고상한 것으로 대중소설을 열등한 것으로 인식하는 고정관념이 팽배해 있었던 탓도 있는 것으로 보인다. 물론 1920년대 말과 1930년대 초에 걸쳐 논의되었던 문예대중화논쟁에서 문

연관적 의미를 갖는 이차 수준을 의미하는 일관된 연속적 상황을 서술한다는 점에서, 알레고리는 특수한 유형으로 분류될 수 있다. 우화는 대부분 그 결론 부분에서 화자나 작중인물 중의 하나가 '경구(Epigram)'의 형식으로 도덕적 교훈을 진술하는데, 가장 흔한 것이 동물우화(動物寓話 : beast fable)인데, 여기에서는 동물들이 스스로 대변하고 있는 인간 유형처럼 말도 하고 행동도 한다. : 에이브럼즈(H. M. Abrams)『문학용어사전』, 최상규 역, 대방출판사, 1985. 6~10쪽 참조.
11) 권영민, 『서사양식과 담론의 근대성』, 서울대학교출판부, 1999, 193쪽.

학이 대중에게 접근하기 위해서 고전소설적 요소들을 삽입해야 한다는 언급이 없었던 것은 아니지만, 그 중에서도 우언적 요소는 거론되지 않고 있었다. 말하자면 우언의 기법을 사용하는 것을 리얼리즘을 지향하는 것과 대척되는 것쯤으로 인식하면서 리얼리즘의 확립을 우선시하였던 것이 아닐까 한다. 리얼리즘의 구현 방법으로서 풍자를 논할 때도 우언의 요소는 배제되고 있었다. 이 시기의 풍자소설은 채만식의 소설로 설명되는데, 그의 작품에서도 은유에 의한 것이든 환유에 의한 것이든 우언의 공간은 찾아볼 수 없다.

굳이 우언적 공간을 찾고자 한다면 이기영의 『고향』(1933) 등을 대표적으로 거론할 수 있는 농민소설이나 심훈의 『상록수』(1935)를 위시한 일련의 농촌계몽소설의 작품내적 배경을 환유에 의한 우언 공간으로 파악할 수 있다. 공동체적 이상향의 지향하면서 그러한 세계의 구현을 형상화시켰다고 볼 수 있는 것이다. 그러나 그것은 그야말로 우언을 지나치게 확대 해석한 것에 다름 아니다. 그렇게 한국현대소설에서 우언의 전통은 단절되고 만 것이다.

3.2. 은유에 의한 우언 공간의 설정

3.2.1. 이데올로기의 형상화와 우화의 기법

해방과 전쟁을 거치면서 한국현대문학사에 전후소설이라고 일컬을 수 있는 일련의 문예조류가 나타났다. 주로 1950년대 후반에 발표된 일련의 작품으로서 실존주의의 영향 아래 이데올로기의 허구성과 현대사회의 부조리을 비판하고 있는 것으로 평가되고 있다. 전후소설의 한 양상으로 형이상학적인 관념을 도입한 소설군(小說群)이 눈에 뜨인다. 이것은 서구의 전후소설에서 나타나는 양상으로서 실존주의를 도입한 결과로 볼 수 있다. 그런데, 이들의 작품 중에서 우화적 알레고리를 사용한 작품이 주목된다. 알레고리는 전후소설이 주제의식을 우회적으로 표현하기 위하여 선택되었던 방법론으로 언급되어 온 바[12] 있는데, 우리 문학의 실존주의 수용은 이데올로기의 대체물로서의 성격을 가지고 있었다. 다시 말하면 양대 이데올로기의 극명한 대립과 반공 이데올로기의 절대화를 순차적으로 겪으면서 오히려 그것에 대한 반발로 이데올로기 자체를 거부하고 그 대체물로 실존주의를 선택한 것이다.[13] 이러한 전후소설에서 그 명맥이 끊어졌던 우화의 기법이 부활하였다. 그 대표적인 작가로 장용학과 김성한을 꼽을 수 있다.

장용학은 그의 대표작 『요한시집』(1955)을 통하여 창작 우화를 제시하고 있다. 이에 대하여 "우화란 설화적 장르인 만큼 개인창작으로 되면 설득력이 덜한 법이나, 장용학은 그 스스로 창작한 우화로서 방법상의 기발함과 주제의 독특함을 과시하고 있다"[14]고 평가되고 있다. 그러나 장용학의 소설에서 나타나는 알레고리는 작품에 구조화되어 나타나지 못하고 작품 전체의 의미구조를 곧바로 추상화시켜 제시하는 차원에 머무르고 있다. 작품의 서두에 제시된 토끼의 우화는 누혜를 주인공으로 한 본 이야기에서 구체적으로 나타나고 있다. 굴속에 갇힌 토끼는 포로수용소에 갇힌 누혜에 대응되며, 토끼가 본 빛은 누혜의 어머니에 대응되고 굴밖으로 나가고자 한 토끼의 행동은 누혜의 탈출시도에 대응된다. 물론 토끼의 죽음과 누혜의 죽음도 완벽하게 대응되고 있다. 장용학의 의도는 명백하다. 그는 그의 다른 작품에서 '자유에 대한 갈망'을 일관되게 나타내고 있듯이, 우화를 통하여 추상적 이데아의 자유를 내세웠다. 그리고 이 작품에서 관념어를 그대로 노출시키고 있다는 사실을 감안할 때 관념

---

12) 김동환, 「한국 전후소설에 나타난 현실의 추상화방법연구」, 『한국소설의 내적 형식』, 서울:태학사, 1996, 209~211쪽.
13) 졸고, 「전후소설의 이데올로기 표현 방법 연구」, 『문학에 대한 두 가지 단상』, 도서출판 사람, 2000, 271쪽.
14) 김성렬, 「완벽한 주체의 추구, 그 시대적 성격 / 장용학론」, 『1950년대의 소설가들』, 도서출판 나남 1994, 61쪽.

적 알레고리를 염두에 둔 것으로 보인다. 그렇지만 결국 그것은 이데올로기에 대한 비판으로 이어지고, 작품의 성과에 상관없이 그가 시도했던 우화만이 관념적 우화로 남았을 뿐이다.

김성한은 우화의 기법을 도입하여 관념의 세계를 잘 표현하고 있는데, 〈선인장의 항의〉(1954), 〈제우스의 자살〉(1955), 〈오분간〉(1955), 〈바비도〉(1956), 등이 그러한 범주에 속하는 작품들이다. 「제우스의 자살」은 이솝 우화의 원형을 빌어 철저히 우화의 공간을 설정하여 전개된다. 신으로 상징되는 절대 권위의 허구성을 폭로하고 있는 이 작품에서는 두 유형의 지식인상이 나타난다. 첫째가 '얼룩이'라는 이름의 개구리로 형상화된 유형이고, 둘째는 '초록이'라는 이름의 개구리로 형상화된 유형이다. 우선 간단하게 대별한다면, 전자는 기존의 권위를 등에 업고 자신의 권익을 차지하려는 지식기사(知識技士)로서의 모습이고, 후자는 혼란한 사회를 타개하기 위하여 고군분투하는 지식인의 모습이라고 파악할 수 있다. 그러나 관념론에 치우친 이 소설은 지식인의 모습조차 관념적인 것으로 표현하고 있다. 물론 그것이 자신의 영달을 위한 작업이었다는 점에서 부정적 측면이 강하지만 '얼룩이'가 사회를 조직적이고 체계적인 양태로 변화시키려고 노력할 때 '초록이'는 관망하는 자세만 유지한다. '초록이'는 개구리 사회에서 가장 역량있는 존재로 위치하면서도 아나키적 사고만 유지하고 있는 것이다. 결국 폭군을 등에 업은 '얼룩이'가 전횡을 휘두를 때, '초록이'는 신을 찾아가 그의 자살을 도와주는 일만 행하였을 뿐인 것이다. 그것은 폭력에 대한 관념적인 대항이었을 뿐이고 실지로 '초록이'의 행동으로 개구리 사회의 폭군이 사라진 것은 아니라는 데 주목할 필요가 있다.[15] 이 작품에서 간간히 이데올로기의 문제가 거론된다. 그것은 이 작품이 권위에 대한 도전의 측면이 강하고 이 작품이 발표되는 전후사회에서 절대 권위로서 작용하고 있는 것이 이데올로기였다는 점에

---

15) 졸고, 「전후문학의 지식인상 연구」, 『문학에 대한 두 가지 단상』, 도서출판 사람, 2000, 257쪽.

서 이해가 가능하다고 보인다. 신과 인간의 문제를 다룬 김성한의 또 다른 작품으로 〈오분간〉(1955)을 거론할 수 있다. 이 작품은 더욱 직접적으로 신과 인간의 대결을 서술한 작품으로 인간의 대표자로 '프로메테우스'가 등장한다. 코카서스의 쇠사슬을 끊은 '프로메테우스'와 신(神)과의 격렬한 회담이 열린 5분간 동안, 인간 사회에서 일어나는 일련의 사건을 서술함으로써 인간 사회의 부조리를 보이기도 하면서 신의 간섭을 배제하는 인간의 자유의지를 강조한 이 작품에서 '프로메테우스'는 지식인의 역할을 담당한다. 그것은 지식인이 시대와 역사를 선도할 사명과 역할이 있다는 전제 하에서 '프로메테우스'가 과감히 권위의 상징인 신을 거부하고 인간의 세상을 주장하였다는 점에 착안하는 것이다. 그들의 회담 속에서 인간의 역사는 계속 진행되고 있었다. 실제로 이 작품에는 구체적인 줄거리나 특정한 인물이 등장하지 않는다. 마치 파노라마를 보는 듯한 숨가쁜 진행으로 작가의 의도를 표현하고 있을 뿐이다.

이렇게 우언 기법을 창작원리로 삼은 소설들이 전후소설에서 눈에 뜨이는 것은 주목할 만한 것이다. 그러한 서술 방식은 실존주의의 영향과 형이상학적 관념의 도입으로 이루어진 것으로 파악된다. 그러나, 그러한 우언이 역사정치적 알레고리에 가까운 것인가 관념적 알레고리에 가까운 것인가 하는 문제는 재고되어야 할 것이다. 이러한 소설에서 드러내고자 하는 것은 인간의 초월적 본질에 관한 것이 아니라 역사적이고 사회적인 성격이 강한 이데올로기의 문제였음에도 불구하고 과연 작가가 가지는 역사의식의 산물로 나온 것인가 하는 데에는 의심이 가기 때문이다. 그러한 모호성이 존재하고 있기는 하지만 우언의 방법을 효과적으로 사용하고 있다는 데에는 이견이 없다. 오히려 "공간의 설정이 전후 상황에서 이탈하여 이국의 역사, 신화의 세계, 동물의 세계로 확대"되는 '공간의 확대'가 "다루어지는 내용 또한 당대 현실의 구체적인 현실을 벗어"나게 하여 "인간의 허위의식에서 비롯되는 역사의 비극이라든가 과학 문명의 과도한 발달과 윤리의 결여로 인한 현대사회의 위기 등 근본적인 문제들이 다루어"지게 한다는 것이다.[16] 이렇게 우화 공간을 이용한 우언은 은유로서 우언의 세계를 구축하고 있는 것이라 볼 수 있다.

3.3.2. 가상국가의 설정과 보편성의 획득

전후문학의 한계를 극복하면서 소설적 거리 혹은 미적 거리를 두고 이데올로기의 문제를 객관적으로 조망하고 민족의 문제를 세계적 관점에서 조명할 수 있는 시각을 획득하면서 소설에 나타나는 우언의 양상도 변천하였다. 이제 우화의 공간을 설정하는 것에서 벗어나서 가상의 공간을 설정하기 시작한 것이다. 이는 환상소설 혹은 과학소설에서 설정하는 공간과 유사한 것이다.

여기에 관련된 작품으로 김광식의 〈아이스만 견문기〉(1960)을 꼽을 수 있다. 김광식의 작품은 공상과학소설과 같은 분위기로 현대 문명과 인간성을 비판하였다. 어느 날 갑자기 비행접시에 의하여 납치된 목장의 경영자가 '아이스만'이라고 하는 그 별의 문명을 경험하면서 비인간적이고 기계적인 생활과 문화를 접하다가 전쟁 상황에 처하면서 문명 생활에 찌든 자신을 발견하는 것이다. 작가가 설정한 외계인의 세계는 냉전 논리에 의거하여 움직이는 세계를 은유한다. 그러면서도 이방인으로서의 시각을 견지하고 있는 것이다. 작가의 현대 문명에 대한 비판은 전쟁 장면에서 절정을 이룬다. 이러한 실험성은 서구의 앙가지망(angagement)과 궤를 같이한다고 볼 수도 있다. 그것은 이 시기에 새로운 문예비평이론이 많이 도입되고 있다는 점에서 유추할 수 있을 것이다. 싸르트르(Jean Paul Sartre)와 까뮈(Albert Camus)로 일관된 전후문학과는 달리 1960년대에는 누보 로망(nouveau roman), 앙띠 로망(anti-roman) 등의 개념이 도입되고 신비평이나 수용미학의 문제도 거론되기 시작한다. 이와

---

16) 박유희, 「관념적 비판의식과 다양한 기법의 채택 / 김성한론」, 『1950년대의 소설가들』, 도서출판 나남, 1994, 102쪽.

더불어 리얼리즘에 대한 반성도 일어나고 있다. 이것은 이 시기에 전개된 각각의 문예사조들이 직접적인 연관을 가지는 것은 아니지만 다양한 방식의 기법들이 실험적으로 사용되고 있음을 의미하는 것이다.

우언의 공간을 효과적으로 사용한 작가로 최인훈을 거론하지 않을 수 없다. 그는 관념적 지식인의 초상을 그린 「라울전」(1959) 등에서 이미 현실과는 다른 가상적 시공간의 창출의 여지를 보여주었다. 이데올로기의 문제를 '광장'과 '밀실'로 대유하였던 『광장』(1960) 역시 알레고리의 측면에서 검토할 수도 있겠으나 『광장』은 우언보다는 상징이 더 두드러지고, 작품 속의 세계가 현실 세계를 그래도 잇고 있다. 최인훈의 작품에서 우언의 양식이 그대로 드러나는 소설이 희곡으로 장르 전환을 시도하던 즈음에 발표한 『태풍』(1973)이다. 이 작품은 최인훈의 실패작으로 치부되면서 그 동안 연구에서 소홀히 다루어 왔다.[17] 그렇지만 알레고리의 관점에서는 주목할 만한 작품이다. 무엇보다도 아나그램(anagram)[18]을 이용한 알레고리를 효과적으로 사용하고 있다. 이 작품에서 그러한 거꾸로 읽기는 우리나라 역사에서 드러나는 친일과 반일이라는 문제에 대한 일종의 역사·정치적 알레고리를 이루고 있다. 역사·정치적 알레고리란 작중 인물과 행위가 다시 역사적 인물, 또는 사건을 지시하게 되는 것으로서 이 작품이 바로 그러하다. 이 작품의 배경은 북동아시아에 붙은 애로크(AEROK), 나파유(NAPAJ), 아니크(ANIHC)라는 세 나라로서, 이는 한국(KOREA), 일본(JAPAN), 중국(CHINA)의 영문 철자를 거꾸로 읽은 것이다. 이는 일제강점기와 제2차 세계대전과 관계있는 여러 국가명도 함께 변경되어 있다는 사실을 통해서도 확인된다. 물론 독일, 인도, 파리

---

17) 이 작품에 대한 본격적인 연구로서 박진영의 논문(박진영, 「되돌아오는 제국, 되돌아가는 주체 -최인훈의 『태풍』을 중심으로-」, 연세대학교 대학원 박사학위논문, 2002)을 꼽을 수 있다.

18) 아나그램이란, 철자를 바꾸는 놀이를 말하는데, 알레고리와 연관되어 의도적으로 바꾼 철자를 통하여 작가의 의도를 쉽게 눈치챌 수 있도록 만든 서사 장치를 일컫는다.

처럼 이름을 바꾸지 않은 국명이나 지명도 없는 것은 아니지만 미국(AMERICA)
은 아키레마(ACIREMA)로, 영국(BRITAIN)은 니브리타(NIBRITA)로, 프랑
스(FRANCE)는 세나프르(SENAFR)로, 하와이(HAWAII)은 이와히(IWAHI)
로, 인도네시아(INDONESIA)은 아이세노딘(AISENODIN)로 인도차이나
(INDOCHINA)는 아니코딘(ANICHODIN)로 바꾸어 놓고 있다. 또한 주인
공 오토메나크(Otomenak)를 거꾸로 읽으면 김(金)씨의 흔한 창씨성(創
氏姓)이 된다. 그런데 이러한 우언의 확대는 "작품과 현실이 동일시될 때
빠지기 쉬운 '이데올로기 효과'를 봉쇄하기 위한 작가의 전략"으로 이해될
수 있다. 이데올로기 효과란 자민족의 입장에서 소설의 내용을 파악하고
수용하는 일종의 국수주의적 태도를 일컫는다. 작가는 아나그램을 사용
함으로써 반식민지 혹은 민족주의의 문제가 특정 국가에 국한되는 것이
아니라 세계적인 보편성으로 확대하기를 의도했던 것으로 보인다. 이렇
게 우언은 보편성의 달성을 위하여 전략적으로 선택될 수 있는 것이다.

　이렇게 가상의 국가를 설정하여 현실의 문제에 접근한 또 다른 작품으
로 호영송의 〈파하의 안개〉(1973)를 꼽을 수 있다. 이 작품은 전래동화인
"임금님 귀는 당나귀 귀"를 상기하게 하는 내용을 가지고 "대중 사회에
존재하는 말의 허위적 해석과 고발"을 주제로 하고 있다. 파하국의 시인
인 주인공 '나'는 수상(首相)의 부탁으로 파하국에 퍼진 비방과 비난과
비꼼, 즉 허튼 소문, 건강하지 못한 소문들을 퇴치하기 위하여 공보국에
서 일하게 된다. 파하국에 퍼지고 있는 숱한 소문과 말들을 수집하고 분
류하는 것이었다. 드디어 '나'는 소문의 진상을 분석하고 소문을 퇴치할
방법을 연구해 내었다. 그것은 역소문을 퍼뜨리는 것이었다. 신문이나
방송을 매체로 이용해야 했다. 그런데 말이란 것이 일단 한 단계를 거치
면 왜곡되어 다르게 전파된다는 부작용이 따랐다. 그래서 진상에 대한
보다 근원적인 치유를 하기 위해서 자신이 가지고 있는 파하의 왕실과
수상의 가계에 대한 정보가 잘못된 것일지도 모른다는 생각에 이들에 대
한 조사를 시작했다. 그러다가 내각의 개편설이 나도는 바람에 나는 작업

을 중지하고 요즘 중대한 외교 문제에 봉착하게 되었다는 수상의 특사 자격으로 압삼국으로 게 된다. 그러나 그것은 결국 추방이었고 주인공은 언젠가 파하국으로 돌아갈 것을 결심한다. 보이지 않는 진실을 보지 못하는 부조리한 세계에서 주인공이 찾고자 하는 진실은 현실에 존재하지만 보이지 않음으로 인해서 오도되고 비가시화 된다. 작가는 이를 가시화시키려는 주인공과 이를 더욱 안개 속으로 감추고자 하는 부조리의 힘을 제시해 두고서 독자에게 분명한 확신을 심어주면서 의지의 상상력으로 판단하게 하고 있다. 소설의 제목으로 붙여진 '파하의 안개'는 주인공이 공보부에서 일하는 과정에서 과로를 피해 산책하던 중 새벽 안개로 형상화되어 나타난다. 주인공이 발견한 '안개의 입'은 그를 수상을 욕하고 수상을 위하여 일하는 주인공을 협박한다. 이러한 '파하의 안개'는 우리들 삶의 주변에 도사리고 있는 철저히 폐쇄된 목소리이며, 또한 이 목소리의 주인은 알 수가 없으며 거대한 조직적인 힘의 논리를 앞세우고 있음을 알 수가 있다. 개인의 의지는 이러한 폐쇄적인 폭력에 무력할 수밖에 없으며, 독재적인 힘도 이러한 보이지 않는 힘의 논리를 이용하고 있음을 이 작품은 보여 주고 있다. 그리하여 결국 말을 다스리는 주인공 '나'가 추방을 당하게 되는데, 이것은 합리화된 폭력에 의해서 이루어지고 있다. 작가는 이 폭력에 대항할 아무런 힘을 지니고 있지 못하며, 다만 의지의 저항만을 보여 주고 있다. 이러한 의지는 결코 좌절되어서는 안 된다는 궁극적인 해답을 내포하고 있다. 비록 말[言語]의 문제를 전면에 내세우고 있지만 그것은 결국 언론(言論)의 문제이며, 나아가 정치·사회적인 문제를 거론하고 있다. 작가는 우언의 공간을 통하여 현실 세계에서 벌어지고 있는 정치·사회적 상황을 빗대고 있는 것이라고 보인다. 〈파하의 안개〉에 등장하는 지명과 인명은 현실과 동떨어져 있다. 이는 부정과 진실이 서로 왜곡되어 진위를 가릴 수 없는 우리의 현실을 더욱 매섭게 고발하고자 하는 의도에 의한 것이다.

가상의 국가를 설정하는 방법은 현대소설에서 우언을 구현하는 데 가장 손쉬운 기법이다. 작품 속에 등장하는 인물과 상황을 현실의 인물과 상황에 대응되는 존재로 형상화하면 된다. 그래서 현실 비판의 수단으로 종종 이용되기도 한다. 이때 현실 비판은 정치적 헤게모니를 쥐고 있는 개인 혹은 집단에 대한 저항일 수도 있고 윤리적 혹은 도덕적으로 타락한 세속에 대한 한탄일 수도 있다. 일찍이 밀턴의『유토피아』나 스위프트의 『걸리버 여행기』등에서 보여주고 있다. 그리고 이것은 과학소설(Science Fiction)으로 이어지면서 디스토피아의 세계를 그리는 방식으로 발전해 나가는 것이다. 그렇지만 한국현대소설에서 이렇게 가상국가를 설정하여 이야기를 전개하는 작품을 찾기가 생각보다 쉽지 않다. 이는 한국현대소설에서 과학소설의 전통을 찾아보기 힘들다는 사실과 관련이 있는 것으로 인식된다. 몇몇 작품들이 눈에 띠어 우언 양식의 대표적 작품으로 거론되고 있을 뿐이다. 그나마 그 작품들을 분석해 보면 우언을 통하여 비판하는 것이 전쟁 세력 혹은 정치 권력이라는 사실을 파악할 수 있다. 이는 일제강점기와 전쟁, 혹은 1960~70년대에 이르는 개발독재라고 하는 역사적 상황을 감안하면 이해될 수 있는 부분이다. 한국현대소설에서 가상국가를 설정하는 우언은 철저히 역사·정치적인 것이라고 볼 수 있다.

3.3. 환유에 의한 우언 공간의 설정

3.3.1. 현실 공간의 한정과 객관적 거리의 확보

우화의 세계나 가상국가가 아닌 현실의 세계를 배경으로 삼은 작품도 있다. 말하자면 은유가 아닌 환유로서 우언의 세계를 구축하고 있는 작품이다. 이범선의『학마을 사람들』(1957)를 그 대표적인 작품으로 꼽을 수 있다. 서정적 색채를 강하게 풍기는 산촌을 배경으로 하고 있지만, 해마다 학이 날아오면 마을에 길운(吉運)이 따르고, 학이 날아오지 않으면 비극적 상황이 다가온다는 전개를 통하여 마을에서 벌어지는 사건과 일제강점기와 해방, 그리고 전쟁에 이르는 현대사를 겪어온 우리 민족사에 대응하고 있는 것이다. 공동체적 이상향을 우언의 공간으로 설정하고 있는 것이다.

작품 발표의 시기적으로 약간 벌어지고 있으나 하근찬의『왕릉과 주둔군』(1963) 등도 그 범주에 넣을 수 있다. 이 소설은 왕릉이라고 불리는 조상의 묘지를 지키기 위한 한 늙은이의 외로운 투쟁의 과정을 그리고 있는 작품이다. 인물은 희화화되고 있기는 하지만, 사건의 전개는 개연성이 높게 나타나고 있다. 미군의 주둔에 의해서 벌어지는 일련의 상황과 철수 이후에 번져버린 파장의 모습을 종합적으로 표현해 주고 있는 것이다. 박첨지의 인물 묘사는 희화화되어 있다. 이는 편집적이고 시대착오적이기까지 한 모습으로 묘사된다. 독자로 하여금 동질감이나 동정심을 유발시키기는커녕 작가조차도 '묘한 늙은이'라고 단정할 만큼 이질적인 인물로 설정되어 있는 것이다. 그러한 이물 설정은 기본적으로 거리를 두고 바라보게 하는 장치로서 작용한다. 이러한 객관적 거리는 작품 속의 세계를 현실의 세계와 격리시켜서 관찰하는 효과를 낳는다. 그래서 작품 속에 등장하는 '왕릉'은 현실세계에 존재하는 '민족국가'로 대응되며, 그 왕릉에서 벌이는 주둔군의 추태는 그러한 국가를 침범하는 외세의 모습으로 대응될 수 있는 것이다. 이러한 환유에 의한 우언 공간의 설정은 나중에 이청준에 의하여 완성된다고 보인다.

환유에 의한 우언 공간의 설정에 더하여 객관적 시각을 담보해 낼 수 있도록 소설적 혹은 미적 거리를 유지시켜서 직설로서는 설명하기 힘든 본질의 문제를 거론할 수 있도록 만드는 경우가 있다. 그러한 작품으로 이청준의『당신들의 천국』(1974)을 꼽을 수 있다. 이 작품은 발표될 당시에 사회적 반향을 크게 불러일으켰던 작품이다. 일단 나환자들에 대한 관심을 유도하였으며, 소록도를 위문하기 위한 봉사단체가 결성될 정도의 파장을 일으켰다. 그래서 이 작품을 우리 사회에 만연한 소외계층을 돌아보게 하는 계몽적 차원의 작품으로 섣불리 평가하는 경우도 없지 않았다. 하지만 주지되다시피 이 작품은 당대 한국 사회를 물리적으로 한정된 공간으로 전이시켜 상징으로 표현한 작품이다. 말하자면, 권력의 실상을 생활 영역에 확대하여 한국적 정치 현상을 우언으로 표현한 것이다.

작가 이청준의 작품에서는 소설적 거리의 확보가 확실하게 견지된다. 초기의 작품에서 보이는 방법으로는 관찰자를 이중삼중으로 겹치게 하여 최대한 객관적 시각을 유지하게 만들고 있다. 예를 들어 특정한 직업을 가진 주인공에 대한 이야기를 기자 혹은 작가로 설정된 관찰자가 서술하는데, 관찰자가 직접 주인공을 관찰하는 것이 아니라 그 주인공과 함께 행동했던 주변인을 알고 있는 제삼자의 입을 통해서 중첩적인 관찰 결과를 서술하는 것이다.[19] 『당신들의 천국』에서는 이러한 중첩적인 관찰이 나오는 것은 아니지만, 관찰의 시각을 변화시켜서 그러한 중첩적 관찰에 갈음하고 있다. 즉, 이 작품은 3부로 구성된 장편소설인데, 각 부를 이끌어 나가는 관찰자를 변화시키고 있는 것이다. 1부와 2부는 지식인적 입장을 가지는 것으로 인식되는 이상욱의 시각에서 조백헌을 관찰하고 있는데, 1부에서는 비판적인 시각으로 조백헌의 행적을 기술하는 것으로, 2부에서는 조백헌의 정신적 방황을 서술하고 있으며, 3부는 신문기자인 이정태의 시각으로 조백헌과 황 장로로 대표되는 나환자 집단을 양비론적으로 관찰하게 하고 있다. 이러한 일련의 방법은 소격효과(alienation effect)를 발생시킨다. 그럼으로써 사건 혹은 상황에 대한 비판적 시각을 유지하도록 만드는 것이다.

소록도에 부임한 조백헌 대령이 "천국"을 만들기 위하여 벌렸던 일련의 사업들은 당대 독재정권이 성장과 개발을 위하여 벌였던 사업을 연상하게 만든다. 패배주의에 젖어 있는 나환자의 의욕을 북돋우기 위하여 스포츠를 내세워 군 대회의 축구 시합에서 승리하게 하는 것은 1970년대에 개최되었던 '박스컵'을 연상하게 하고 오마도 간척사업은 당대 경제개

---

19) 이러한 기법에 관해서는 졸저(권오현, 「이청준 소설 연구」, 『1960년대 한국소설 연구』, 문예미학사, 2000, 186~189쪽)를 참조할 것.

발계획의 핵심이었던 4대강 유역 개발, 즉 다목적 갬 건설을 연상하게 만든다. 물론 조백헌이 군인 출신이라는 점도 여기에 포함된다. 이것은 당시 한국사회 전체를 소록도라는 지역에 농축하여 옮겨놓은 듯한 인상을 받는다. 이는 추상적인 개념을 직접 표현하지 않고 다른 구체적인 대상을 이용하여 표현하고 있는 것이다.

하지만 당대 현실을 그대로 설명하기 위한 방법으로 이러한 우의적 기법을 사용하고 있는 것은 아니다. 작가의 관심은 독재의 본질과 전개 양상에 있는 것으로 보인다. 결국 이청준의 소설『당신들의 천국』이 의도한 바는, 조백헌이라는 인물에 대한 다양한 시각에서의 관찰, 그리고 그의 이상 실현과 그를 둘러싸고 있는 인물들의 갈등 전개 등을 통하여 인물의 전형을 창출하여 독재자 혹은 독재정권의 본질을 형상화하려는 것이다.

3.3.2. 냉소주의와 허무주의의 경계

우언을 서사 전략으로 사용하여 효과적인 결과를 얻어낸 작가로 이문열을 들 수 있다. "타고난 천부적 이야기꾼"이라는 평가를 받고 있는 명성에 걸맞게 다양한 서사 전략의 일환으로 우언을 제대로 사용하고 있는 것이다. 그의 작품에서 나타나는 우언은 은유에 의한 시공간 설정과 환유에 의한 시공간 설정이 모두 드러나는데, 은유에 의한 우언의 공간을 설정한 작품으로 〈들소〉(1979)와 〈칼레파 타 칼라〉(1982)를 들 수 있고, 환유에 의한 우언의 시공간을 설정한 작품으로『황제를 위하여』(1981)과 〈우리들의 일그러진 영웅〉(1987)을 들 수 있다.

〈들소〉는 신석기시대의 어느 원시부족을 우언 공간으로 설정하였다. 인간이 수행하는 대부분의 노동이 '사냥'이나 '전쟁'과 같은 일차원적 생존을 위해서 투자될 수밖에 없었던 신석기 시대를 시간적 배경으로 하여 예술과 정치의 관계에 대해 탐구하고 있다. 주인공 '그'는 사냥을 해서 먹을 것을 구해야했던 그 시대에 작은 생명을 마음이 아파 죽이지 못하고, 커다란 들소는 잡을 만한 힘이 없었기에 사랑마저 차지할만한 힘이 없었다. 그가 사랑한 '초원의 꽃'은 단지 먹고사는 데에만 걱정이 없기를 바랐는데 그는 그만한 능력이 없었던 것이다. 조직원 중 한 명인 '뱀눈'은 집단의 힘을 조직하고 교활하게 이용하는 인물로, 집단에서 최상의 영예와 전제 권력을 갖게 된다. 여기에서 권력은 집단의 힘을 조직하고 이용할 줄 아는 교활한 음모가와 소수의 주변 인물들의 이익에 봉사하는 부정적인 산물이다. 사제 '큰 목소리'는 이러한 전제 권력의 비인간성을 비판하는데, 이는 권력 자체에 대한 것이라기보다는 그것이 기존의 체제에 대한 변혁이기 때문이다. 한편 주인공인 '그'는 본질적으로 권력을 혐오하거나 기피하고 있지는 않다. 전제 권력자가 그에게 보내오는 고기와 과일, 아름다운 여자들을 처음에는 감사의 기쁨으로, 나중에는 희미한 복종감으로 받아들인다. 그렇기에 주인공은 전제 권력자인 '뱀눈'을 위한 그림을 그린다. 그런데 이후 '뱀눈'에 의해 개인과 자유가 극심히 훼손되는 지경에 이르자, '그'는 "그림 그 자체를 위한 그림"을 그리기 위해 옛 동굴을 향해 떠난다. 주인공은 위험과 소외를 자초하면서까지 그림을 수단이나 도구로서의 종속적 가치로부터 해방시켜 그 자체의 독자성을 확보하는데 삶의 전부를 걸었고, 끝내는 쓰러져 생명을 잃었다. 그리고 그가 그린 들소 그림은 몇 천년 뒤에 동굴 속에서 우연히 발견된다. 요컨대, 이 작품은 우언의 기법을 효과적으로 사용하여 정치와 예술의 관계를 탐구하고, 순수예술의 위대성을 역설하고자 했던 것으로 보인다.

좀더 정치적인 면을 강조한 작품이 〈칼레파 타 칼라〉이다. 고대 그리스의 아테네를 우언 공간으로 설정한 이 작품은 여러 면에서 한국의 현대사와 맥을 같이 한다. 집정관 '티나라나투'는 한국의 정치에서 나타난 유신 독재 혹은 신군부 독재의 장본인과 대응되며, 주인공 '소피클레스'를 비롯한 여러 인물들은 각각 당대 한국 사회에서 존재했던 여러 계층과 집단에 대응된다. 또한 아테네와 스파르타의 관계는 대치 상황으로서 남과 북과 대응되고 있다. 그러한 우언적 시공간을 이용하여 정치의 문제에서부터 시작하여 언론의 문제, 예술의 문제 그리고 혁명의 문제 등을 총체적으로 다루려는 시도를 하고 있다. 주인공 소피클레스의 단순한 의심으로 시작된 "우리는 압제받고 있는 것이 아닌가" 하는 질문은 생각 외로 큰 반향을 일으켜 실패한 정객과 실패한 비극시인, 그리고 대중에게 전파되어 아고라 광장에서 그 진위 여부에 대한 대중토론이 벌어진다. 그런데 그 집회를 해산하려는 경비대와의 우발적인 충돌에 의하여 그 집회는 폭동이 되어 버리고, 그 폭동은 점차 조직화되는 모습을 거쳐 결국 집정권을 축출하기에 이른다. 그러나 그러한 혁명적 사건은 결국 집정관의 애첩과 집정관의 옛 정적(政敵)의 음모에 의한 것이라는 사실이 드러나고 아테네는 몰락의 길을 걷게 된다. 그러한 소요 사태를 낳게 한 문의를 던진 '소피클레스'는 "좋은 일은 실현되기 어렵다"는 듯의 "칼레타 파 칼라"라는 말을 남긴다. 그러나 이 작품은 작품의 구조나 전개면에서 보면 탁월하다고 평가할 수 있음에도 불구하고 이문열의 다른 작품에 비하여 그다지 큰 주목을 받지 못하였다. 그 이유는 뚜렷하게 드러나는 작가의 의도가 지나치게 편협하거나 왜곡되어 있었던 탓으로 보인다. 말하자면 독재 타도와 민주화를 시대정신으로 삼던 시기에 독재자를 옹호하고 혁명에 대한 회의를 담고 있는 소설에 대하여 크게 주목할 필요를 못 느꼈던 것으로 짐작되는 것이다. 무엇보다도 이 소설에서 드러나는 역사적 패배의식 혹은 허무주의는 공감을 느끼기에 너무 이질적이다. 또한 민중의식의 허위, 참여 예술의 무가치성, 역사 진보에 대한 회의 등의 작가의 사고도 드러나고 있는데, 독자의 공감을 얻기에는 지나치게 비약적으로 보인다. 말하자면 이 작품은 우언의 형식으로는 성공하였으나 그 주제와 내용에서 실패한 불구적 우언이었다고 평가할 수 있을 것이다.

완전하게 우언의 형태를 갖춘 것은 아니지만, 계룡산 기슭의 가상의 왕국을 통하여 현실을 비추고 있다는 점에서 『황제를 위하여』(1980)도 우언의 범주에 넣을 수 있다. '정감록'에 의지하여 '황제'가 세운 '남조선'이라는 왕국은 환유에 의한 우언적 시공간으로 볼 수 있다. 그 '남조선'이라는 가상국가와 그 주인인 '황제'와 그의 무리들이 일제강점과 해방, 그리고 전쟁과 혁명 등의 한국현대사의 사건을 겪으면서 벌이는 행각은 희화적이면서도 처절한 모습을 보여준다. 그러한 우언의 시공간과 현실의 세계를 교차하면서 소설이 진행되고 있는 이 작품은 작가 "이문열의 무의식에서 일어나고 있는 전통적 문화의식의 회귀욕망과 거부의지 사이의 섬세하지만 치열한 싸움의 결과"로서 "이문열의 가장 중요한, 그리고 가장 좋은 소설"라는 평가를 받고 있다.[20] 하지만 이 작품에 설정된 인물과 배경은 현대사의 중심에 서 있는 전형적 인물이나 배경으로 파악하기에 힘들다. 그야말로 주변인들이고 주변 환경인 것이다. 이문열에 소설에 등장하는 인물이나 배경이 이렇게 주변적인 것이라는 사실은 그의 작품을 전반적으로 훑어보면 알 수 있다. 그렇다고 그들이 소외받는 인물들도 아니다. 단지 현실의 역사와 사회에 비켜서서 관조하거나 관망하는 존재들인 것이다. 그러면서도 자신의 논리에 의하여 현실을 평가하고 재단한다. 작가가 그러한 인물을 그리는 것은 그러한 인물을 희화화하여 풍자하려는 것이 아니라 그 인물을 통하여 역사의 주변에서 배회하는 작가 자신의 논리를 옹호하려 하는 것이다. 그런 의미에서 이문열이 추구하는 우언은 불완전한 영태를 띠게 된다.

이문열의 우언은 〈우리들의 일그러진 영웅〉(1987)에서 완성된다.[21] "이 작품은 외면적으로는 얼핏 불법적인 독재자의 말로나 한 이상적인 영웅의 출현에 의하여 삶의 질서가 개편되어 바로잡힌다는 지극히 세속적인 알레고리 소설로 보인다"[22]는 지적처럼 우언의 양식을 제대로 이용

---

20) 김현, 「베끼기의 문학적 의미」, 『제3세대 한국문학 24』, 삼성출판사, 1983, 435쪽 참조.
21) 여기에서 완성되었다는 말은 불완전한 우언을 완전하게 발전시켰다는 뜻이 아니라 이문열 식의 우언이 형성되었다는 의미이다.
22) 이러한 지적은 윤병로의 논문에 의한 것인데, 윤병로는 이러한 지적에 이어서 "이문열은 흔한 소재를 자신의 문학적 재능으로 전혀 새로운 형태로 바꿔 독자로 하여금 감동을 갖게 한다"고 하면서 "작품의 중심은 권력의 본질과 붕괴에 있는 것이 아니라, 거기에 대응하는 나레이터의 행동과 의식변화에 있게 된다"고 평가하고 있

하였다는 데에는 이견이 없다. 시골의 어느 국민학교 교실에서 벌어지는 상황과 사건을 한국 전체의 상황으로 확대된다는 것은 환유에 의한 우언적 시공간의 설정이다. 그리고 그 중심에 있는 '엄석대'는 일반적인 정치에 대응되어 보편성을 획득한다. 그러나 이 작품은 분명히 우언의 기법을 충분히 활용하고 있으면서도 독자로 하여금 그 대응 과정에서의 오해를 야기한다. 그 오해는 작가의 미숙함 때문이 아니라 오히려 고도로 계산된 작가의 의도에 의한 것이다. 흔히들 '엄석대'는 독재자로 대응되고, '한병태'는 압제적 정치 상황에 처한 지식인으로 대응되며, 그 시골의 국민학교 교실은 독재 치하의 사회 상황으로 대응된다. 하지만 이 작품에서 '엄석대'에 대응되는 것은 '독재자'가 아니라 그 독재에 거부하는 '진보적 이데올로기'라는 사실을 간과해서는 안 된다. 그것은 작품을 세밀히 분석한 결과와 작가의 성향을 감안한 해석에 의해서 도출될 수 있는 것이다. 말하자면 작가가 의도한 것은 사회 변혁을 지향하는 진보적 이데올로기가 가지는 권위적 모습, 허위성, 그로 인해 야기되는 대중들의 몰가치성 등을 비판하고자 했던 것이다. 작가는 기본적으로 역사의 진보에 대하여 회의하고 있으며, 우언을 통하여 나타내고자 하는 것은 전망이 아니라 허무였던 것이다.

이문열의 소설에서 나타나는 우언의 기법은 이후에 〈오딧세이아 서울〉(1993)이나 〈선택〉(1997) 등으로 이어지지만, 작가의 의도가 지나치게 앞서면서 형식적인 면에서나 주제적인 면에서 실패하고 만다. 그러나 무엇보다도 이문열의 소설에서 나타나는 우언은 형식의 면에서는 성공을 거둔 작품이라고 해도 명백하게 드러나는 허무주의에 의하여 그 성과를 의심할 수밖에 없다. 물론 우언에서는 그것과 대응되는 현실을 냉소적으로

다. 윤병로는 이 작품을 단순한 우언으로 인식하는 것을 우려하였지만, 좀더 심도 있는 작품으로 보더라도 그것이 결국 우언 기법을 사용하고 있다는 것은 변함이 없다. 말하자면 작품의 주제를 왜곡하여 인식하는 것을 경계한 것이지, 그 형식에 대해서 이견을 제시한 것은 아니다. : 윤병로, 「민족문학의 모색」, 『이문열론』, 도서출판 삼인행, 1991, 313쪽 참조.

비웃고 있는 것이 사실이다. 그렇지만 그 냉소주의는 그 자체로 그치는 것이 아니다. 작가가 우언의 시공간을 설정하고 독자가 그 시공간을 받아들이는 것은 인간의 본질적인 부조리를 발견하고 그것을 반성하거나 건강한 비판을 통하여 역사나 사회를 발전시키기 위한 것이다. 그러나 이문열의 소설에서는 그러한 건강한 비판의식이 존재하지 않는다. 이문열이 우언을 통하여 드러내는 냉소에는 패배의식 혹은 허무주의만 팽배해 있을 뿐이다. 그러한 허무주의에 입각한 가상 시공간의 설정은 우언의 효과를 반감하게 한다. 효과적으로 우언의 형식을 서사 전략으로 활용했음에도 불구하고, 그의 우언이 결코 성공적인 것이라고 보기에 힘든 이유가 여기에 있다.

3.4. 판타지 소설과 우언의 가능성

최근 몇 년 간 일반 대중이 가장 많이 읽고 있는 소설 작품군(作品群)은 단연 판타지 소설과 학원 로맨스이다. 인터넷을 매체로 하여 유통되었다가 서적으로 출판되었다는 공통점을 가지고 있는데, 학원 로맨스는 차치하고[23] 판타지 소설은 우언의 입장에서 주목할 만한 작품군이 아닐 수 없다.

판타지 소설은 이우혁의 『퇴마록』(1993)에서 시작되어 김근우의 『바람의 마도사』(1996), 이영도의 「드래곤 라자」(2001) 등 많은 작가들의 작품들이 쏟아지며 인터넷과 서점, 책 대여점을 점령하며 폭넓은 독자층을 형성하였고, 특히 청소년층과 젊은 성인층에게 폭발적 인기를 얻었다. 그러나 이러한 열풍에도 불구하고 판타지 문학에 대한 연구는 잘 이루어지지 않고 있는 형편이다.[24] 물론 학술적 연구 대상으로 취급되기에는

---

23) 그 중에서 귀여니의 『그놈은 멋있었다』(2002), 『늑대의 유혹』(2003) 등으로 대표되는 학원 로맨스는 영화로 만들어지기도 하였으나 소설로서는 기본적인 문장 구성조차 구성되지 못하고 있다는 문제점을 가지고 있다. 이른바 속칭 '외계어'라고 일컫는 언어를 구사하고 있는 것이다.

24) 판타지 소설에 대한 본격적인 연구로서 복거일의 『세계환상소설사전』(김영사,

아직 이르다고 할지라도 평단에서조차 외면을 받고 있는 실정이다. 이는 국내에서 판타지에 대한 관심이 일기 시작한 것이 최근의 일이며, 또한 판타지 소설을 통속성과 상업성을 근거로 한 허무맹랑한 이야기로 치부하여 문학 장르에서 제외시키려는 경향이 있기 때문이다. 물론 현재 출간되는 판타지 소설들이 통속성과 비현실성을 무기로 하여 상업성만을 추구하고 있다는 사실이 그러한 외면에 일조하고 있다.

　최근에 이러한 판타지가 유행하는 데에는 몇 가지 이유가 있다. 첫째, 한국사회의 성격이 변했다는 사실이다. 심층적으로는 여러 모순을 내포하고 있으면서 표면상으로 안정적으로 보이는 사회 속에서 더 이상 이전의 세대가 겪었던 격동과 혼란에 대한 두려움이 사라졌다. 그러면서 내포된 모순에 의하여 안락하고 편안한 삶에 대한 희구가 더욱 강해져서 가볍고 쉬운 오락거리와 같은 작품을 원하게 된 것이다. 둘째, 사회 전반의 보수화 경향에 따르는 현실도피의 경향이 드러나고 있다. 문학사적으로 볼 때, 사회가 보수적이거나 강압적인 환경에서 문학의 경향은 복고적이거나 현실도피적 경향을 나타내고 있다. 그것이 기존에는 역사소설의 양식으로 나타났는데, 이제는 판타지 소설의 양식으로 나타나고 있다고 보인다. 셋째, 가장 피상적으로 보이는 원인으로 매체의 변화를 꼽을 수 있다. 인터넷의 보급은 전통적인 방식과 다르게 문학을 유통시킨다. 작가는 등단이라는 형식을 거쳐야 할 필요가 없고, 독자는 특정 양식을 집요하게 선호하는 이른바 '마니아'의 형태로 나타나게 된다. 이러한 작가와 독자의 교류가 합쳐서 새로운 양식과 형태를 산출한다. 넷째, 전자오락의 세계와 가장 유사한 허구로서 판타지가 등장했다는 것이다. 이러한 부분은 널리 읽힌 판타지 소설이 바로 전자오락으로 만들어지고 있다는 사실이 반증하고 있다. 다섯째, 외국 문화의 영향을 들 수 있다. 이미 판타지적 전통이 강한 서구나 일본의 서사물이 소설과 영화의 형태로 소개되면서 생경함과 신기함을 바탕으로 한 흥미를 끌었으며, 그것이 상업적으로

2002) 정도를 꼽을 수 있다. 이 책은 판타지에 대한 입문서의 역할을 하고 있다.

성공하게 되자 그 아류작이나 모방작이 국내 신진 작가들에 의하여 양산되게 되었다고 보인다.

이러한 "판타지를 구성하는 기본 요소가 합리주의에 대항하는 초자연적·비이성적 환상"이라는 점을 상기한다면 비판적 이성을 바탕으로 하는 우언과는 이율배반적인 것으로 볼 수 있다. 그러나 좀더 핍진하게 접근해본다면 그 두 가지 성격은 일맥상통하는 것이라는 사실을 알 수 있다. 그것은 판타지 소설에서 창조된 가상의 세계와 우언의 공간으로 설정되는 가상의 공간을 연결하면서 단초를 찾을 수 있을 것이다.

판타지 소설에서 가장 중요한 것은 작가가 창조하는 작품 속의 세계이다. 즉 가상의 세계에 인간만이 살게 하느냐 아니면 여러 종족들이 함께 살게 하느냐, 혹은 마법이라는 것을 인정할 것인가 말 것인가 등등을 어떻게 설정하느냐에 따라 소설의 구성과 전개가 달라지기 때문이다. 판타지 소설의 작품 속 배경은 완전한 작가의 상상에 의해 만들어지는 것이다. 이렇게 창조된 세계에는 작가가 가진 체험이나 사상이 모두 담겨있고, 또한 작가의 감정이나 표현하고자 하는 주제가 모두 이것을 통해 드러난다. 예를 들어 이영도의 『드래곤 라자』는 톨킨의 『반지의 제왕』을 기본 모델로 하고 있지만 '드래곤'이라는 상상의 동물을 독특하게 설정하고 있다. 『반지의 제왕』에서 드래곤이란 존재는 그냥 힘을 가진 탈 것 정도의 존재지만 『드래곤 라자』에서는 완벽한 종족으로 설정되어 있다. 완벽한 지성과 이성, 감정을 가지며 '중간적인 균형의 존재'로 누구에게도 간섭치 않으며 완벽하게 강한 힘으로 자신만의 영역에서 세상을 관조하며 사는 존재로 설정되어 있다. 이는 다른 판타지에도 설정되어 있는 기본적인 설정이지만 여기서는 '라자'라는 존재를 설정하고 있다. '라자'라는 인간과 '드래곤'을 연결해주는 매개체로 인해 '균형의 존재'인 '드래곤'이 드디어 인간과 관계를 맺을 수 있도록 설정되어 있는 것이다. 여기에서 이 소설만의 독특한 설정이 드러나는데 '라자'란 존재는 단지 매개물에 불과하다. 소설의 등장인물들은 '라자'란 존재를 매개물로 생각한 것이 아니라 '드래곤'의 주인으로 생각하였고 독자도 마찬가지이다. 하지만 계약이 이루어지는 순간 라자는 단지 매개물에 불과하다는 것을 알게 된다. 이 소설에서는 이 '라자'라는 존재가 소설을 풀어나가는 기본 요소로 설정되어 있다. 이렇게 '드래곤'의 설정도 각각의 작가에 따라 달라질 수 있다.

이러한 판타지의 공간이 현실세계와의 대응을 좀더 긴밀하게 이룬다면 바로 우언의 공간이 될 수 있는 것이다. 실제로 판타지의 전통이 깊은 서구의 경우에는 당대 현실을 비판하기 위한 방법으로서 이러한 판타지의 공간을 선택하고 있다. 밀튼의『유토피아』나 스위프트의『걸리버 여행기』등이 바로 그것이다. 그러한 전통 속에서 조지 오웰의『동물농장』과 같은 걸출한 우언이 탄생되는 것이다. 그러나 한국현대소설에서 보이는 판타지는 안타깝게도 역사의식이나 사회인식이 결여된 채 서구나 일본의 판타지를 표절하며 흥미본위의 전개에만 치중하고 있다. 이는 기본적으로 한국현대소설에서 판타지의 전통이 미비하다는 사실에 기인한다. 그래서 한국현대소설에서는 우언의 공간으로서 판타지의 세계를 구축하지 못하고 있는 것이다. 하지만 이러한 현상은 반어적으로 판타지의 가능성을 역설하고 있다. 최근 대중들이 많이 찾는 작품들이 경박하고 말초적이고 몰역사적인 것은 사실이다. 사회의식이 변하고 매체가 바뀌었기 때문이지만 그러한 변화에 능동적으로 대처하기 위한 구체적인 서사적 대응 전략으로서 우언의 가치가 있다고 하겠다.

4. 한국현대소설의 우언에 대한 종합적 검토

한국현대소설에서 우언의 기법을 사용한 작품은 간헐적으로 드러나고 있다. 근대이행기의 애국계몽소설에서 동물우화를 중심으로 한 형태로 나타나다가 그 명맥이 끊어졌고, 전후소설에 이르러 몇몇 작가들에 의하여 실험적으로 나타나기 시작하였다. 그 이후에 비중있는 작가들의 몇몇 작품에서 우언의 기법을 찾을 수 있으나 작가 상호간의 통시적 혹은 공시적 영향 관계는 전혀 보이지 않는다. 이는 기본적으로 한국현대소설에서 우언의 전통이 미약하다는 사실을 드러낸다.

한국현대소설에서 우언의 전통이 미약한 이유는 한국사회가 격동의 현대사를 겪어 왔다는 점, 한국인이 기본적으로 현실지향적인 민족성을 가지고 있다는 점, 그리고 문학사적으로 현대소설이 의도적으로 고대소설과 단절을 지향했다는 점 등을 고려할 수 있을 것이다. 일제의 강점과 해방, 분단과 전쟁, 혁명과 정변, 독재치하와 저항에 의한 민주화 쟁취 등등으로 이어지는 정치적 격동과 농경사회에서 산업사회로, 그리고 정보사회로 급격히 변화해 온 사회·경제적 환경을 겪은 한국인은 누구라도 개인의 이야기를 서술하면 한 편의 대하소설이 될 만큼의 경험을 가지고 있을 정도이기에 그것을 활용하면 넘쳐날 정도의 서사 자료를 얻을 수 있기에 가상의 시공간을 설정할 필요가 크게 없었던 것이다. 거기에 현실의 유교문화로 대변될 만큼 현실의 문제에만 관심을 가지고 있는 민족정서가 우언을 받아들이는 데 걸림돌이 되었던 것으로 보인다. 덧붙여 작위적인 근대화의 과정을 거치면서 근대소설이 고대소설과의 단절을 바탕으로 전개되기를 추구하였고, 선도적인 문예이론가들이 근대의 문학 양식에 대한 이론적 토대를 전통의 배제에 두었던 사실도 우언 전통의단절과 관계가 있다고 보인다. 그러다 보니 문학이론의 측면에서도 풍자나 해학 등의 다른 기법에 비해 우언 기법에 대한 논의가 제대로 보이지 않고 있다.

이러한 우언 전통이 미약하다는 사실은 곧바로 한국소설에서 과학소설이나 환상소설(판타지)의 전통이 미약하다는 사실과 연결된다. 과학소설이나 환상소설은 가상의 시공간을 전제로 하여 전개되는 소설인데, 그것은 우언의 기법을 기반으로 하여 창출되는 것이기 때문이다. 아마도 격동의 근현대사를 거쳐오면서 지성의 중심 역할을 해 온 한국현대소설은 판타지의 가상 세계를 구축할 여유도 필요도 없었을 것이다. 우리 민족 개개인이 처한 상황을 그대로 형상화하는 것으로도 충분히 서사적 전개가 가능하였고, 그러한 작업을 통하여 현실에 맞서 싸우는 과제를 풀어 나갔던 것이다. 또한, 혈연적 정통성을 우선 가치로 인식하는 사회 풍토에서 단일민족으로서 살아왔기에 복잡한 종족이 존재하는 판타지 세계에 대응할 만한 인종 구분이 불가능했던 것도 하나의 원인으로 파악할 수 있다. 가부장적인 종적 인간 관계는 횡적 관계를 전제로 하는 종족 구분으로 치환하기 어려운 것이다. 거기에 관행적으로 정통문학과 대중문학을 이분하여 전자는 고상하고 진지한 것이고 후자는 저급하고 경박한 것으로 인식하면서 과학소설이나 환상소설은 추리소설과 더불어 대중문학에 속하는 것이기 때문에 현실을 형상화하는 양식으로서 인정하지 않았던 것도 이유가 된다. 쉽게 말하자면 정통문학을 하는 작가가 과학소설이나 환상소설 따위를 건드리는 것을 금기시했던 것이다.

그러나 이러한 과학소설이나 환상소설은 한국현대소설에 나타나는 우언의 특성과 맞물려 확산의 가능성을 가지고 있다. 한국현대소설의 우언은 관념적 알레고리보다는 역사·정치적 알레고리에 편중되어 있다. 이는 한국현대소설에는 정치에 관심이 짙게 깔려 있고 우언의 기법을 통하여 그러한 정치의식을 발현하고 있다는 사실을 나타낸다. 한국인은 표면적으로 정치에 대하여 환멸을 가지고 있거나 무관심한 것처럼 보이지만 심층적으로는 정치에 대하여 매우 커다란 관심을 가지고 있다. 그러한 정치적 관심을 표출하기에 적합한 서사 전략으로 우언을 활용할 수 있을 것이다. 그것은 리얼리즘에서 제시하는 총체성과 전망이라는 부분과 어울려 우언을 통한 현실에 대한 총체적 접근과 진보된 사회의 전범 제시로 이어질 수 있을 것이다. 그러한 것을 효과적으로 수용할 수 있는 소설이 바로 과학소설과 환상소설 등의 작품군이다. 비록 현재 발표되고 있는 환상소설이 서구나 일본의 작품을 표절한 말초적 흥미 본위의 수준에 머물러 있는 것이 사실이지만, 우언 기법을 그러한 작품군에 제대로 적용한다면 대중의 관심을 끌면서도 미학적 성과와 문학적 사명을 달성할 수 있을 것이다.

문학의 표현이 제한된 사회일수록 표현의 기법은 다양해진다는 역설을 감안한다면 우언 기법은 이례적인 것일 수 있다. 한국현대소설에서 발견되는 우언은 풍자나 반어, 역설 등의 기법과는 달리 검열이나 억압에 맞서 저항의 일환으로 표출된 것이라 보기 어렵다. 일제강점기의 소설에서 우언을 찾아보기 힘들고. 신군부의 독재치하에서 창작된 우언이 드물다는 사실이 그것을 반증한다. 그렇지만 한국현대소설의 우언은 역사적이고 정치적인 상황과 사건, 혹은 집권자의 본질적 모습을 담아내고 있다는 사실이 부각된다. 신변잡기적이고 현실외면적인 담화를 늘어놓으면서 상업성에 치중하는 현재의 소설적 경향을 극복하기 위해서라도 우언에 대한 관심과 연구가 필요할 것이다.

5. 맺음말

본 연구는 한국현대소설에 우언의 기법이 구현된 양상을 살펴보고 그 특징을 밝혀보고자 했다. 그것을 위하여 우언은 현실세계와 구별되는 작품 속에만 존재하는 가사의 세계가 있고, 그 세계가 현실세계와 대응되는 것이며, 긍정적이든 부정적이든 현실세계를 비판하는 작가의 의도가 뚜렷이 드러나는 것으로 보고, 한국현대소설의 작품 중에서 작품 속에 드러나는 허구의 세계가 현실의 세계와 명확히 구분되어 있고, 특정 지역과 시대의 역사적 상황이나 인간의 본성을 분명하게 드러냈으며, 인간과 사회를 비판하고자 하는 작가의 의도가 분명히 존재하는 것들을 선정하여 분석하였다.

현실세계와 구분되는 작품 속에서만 존재하는 가상의 세계를 바로 우언의 시공간이라고 할 수 있는데, 그 우언의 시공간은 은유에 의하여 설정된 시공간뿐만 아니라 환유에 의하여 설정된 시공간까지 포함한다. 한국현대소설에서는 우언의 전개 양상에 따라 은유에 의한 우언적 시공간과 환유에 의한 우언적 시공간을 모두 찾아볼 수 있었다. 그런데 은유에 의한 우언적 시공간을 설정한 작품이 그 대응되는 현실 세계를 인식하고 그 작품의 주제를 파악하기 쉬운 반면 환유에 의한 우언적 시공간을 설정한 작품은 작가의 계산된 의도에 의한 왜곡에 의해 낳아 그 진위를 이해하기 어렵다는 사실을 알 수 있었다. 심지어는 작품에 우언의 기법을 사용했다는 사실 자체를 눈치채지 못하게 만드는 경우도 있다.

비록 한국현대소설에서 우언의 기법을 적용한 작품이 그다지 많지 않았지만, 그래도 그 맥락과 특징을 고찰 할 수 있었다. 그것은 첫째, 한국현대소설에서 우언의 전통은 매우 미약하다는 사실, 둘째, 그로 인하여 한국현대소설에서 과학소설, 환상소설 등의 장르가 활발하지 못했다는 사실, 그리고 셋째, 그나마 한정된 작품에서나마 정치의식이 심하게 발현되고 있다는 사실 등이다. 어쩌면 격동의 현대사를 거쳐 오면서 실제 사건만으로도 감당하기 어려웠던 데다가 현실지향적 성향을 가진 한국인들에게 우언은 그다지 매력있는 서사 기법이 아니었던 것으로 보인다. 그래서 과학소설이나 환상소설 역시 크게 호응을 얻지 못했던 것으로 보인다. 그러나 과학소설이나 환상소설과 같이 가상의 세계를 그리는 문학을 적절히 활용한다면 한국인이 갖고 있는 고도의 정치 성향을 효과적으로 표출할 수 있는 서사 전략으로 될 것이고, 그러기 위하여 우언에 대한 인식을 재고할 필요가 있을 것이다.

본 연구에서 다루지 못한 작품도 있을 것이지만, 필자의 능력 부족과 연구 범위의 한정을 핑계로 차후의 연구에 의탁하고자 한다. 또한 우언 자체에 대한 이론적 검토 역시 상시 수준의 개괄로 머무르고 말았던 점도 본 학술회의를 성과를 덧붙여 더욱 심도 있는 연구로 이어나갈 것을 기약하기로 한다. 더불어 본 발표에서 제대로 설명하지 못한 채 성글게 서술했던 부분과 한정된 분량에 맞추느라 생략한 작품 인용 부분은 제대로 다듬고 첨가하여 제대로 된 논문으로 완성하고자 한다. 거기에는 미처 필자가 증명하지 못하였거나 간과해 버린 부분에 대한 지적을 포함하여야 할 것이다. 물론 좀더 연구해야 할 부분과 확대하거나 파생하여 연구할 부분에 대하여 고려하는 것도 잊지 말아야 할 것이다.

참고문헌

1. 기본자료

안국선, 『금수회의록』, 황성서적업조합, 1908. 2.

장용학, 「요한시집」, 『현대문학』, 1955. 7.

김성한, 「선인장의 항의」, 『문화세계』, 1954.

______, 「제우스의 자살」, 『사상계』, 1955. 1.

______, 「오분간」, 『사상계』, 1955. 6.

______, 「바비도」, 『사상계』, 1956. 5.

김광식, 「아이스만 견문기」, 『사상계』, 1960. 9.

최인훈, 「라울전」, 『자유문학』, 1959. 12.

______, 『태풍』, 최인훈전집 5, 문학과지성사, 1978(『중앙일보』에 1973년 연재).

호영송, 「파하의 안개」, 『문학과지성』, 1973. 가을.

이범선, 「학마을 사람들」, 『현대문학』, 1957. 1.

하근찬, 「왕릉과 주둔군」, 『신작15인집』, 1963.

이청준, 「당신들의 천국」, 『신동아』, 1974. 4~1975. 12.

이문열, 「들소」『세계의문학』, 1979. 가을.

______, 『황제를 위하여』, 『문예중앙』, 1981. 6.

______, 「칼레파 타 칼라」, 『세계의문학』, 1982. 가을.

______, 「우리들의 일그러진 영웅」, 『세계의문학』, 1987. 6

______, 「오딧세이아 서울」, 민음사, 1993.

______, 「선택」, 민음사, 1993.

이우혁, 『퇴마록』, 도서출판 들녘, 1994(1993년부터 인터넷을 통하여 연재).

김근우, 『바람의 마도사』, 무당미디어, 1996(1995년부터 인터넷을 통하여 연재).

이영도, 『드래곤 라자』, 황금가지, 1998(1998년부터 인터넷을 통하여 연재).

2, 논문 및 저서

강태근, 『한국현대소설의 풍자』, 대경문화사, 1992.

권영민, 『서사양식과 담론의 근대성』, 서울대학교출판부, 1999.

권오현, 『1960년대 한국소설 연구』, 문예미학사, 2000.

______, 「전후문학의 지식인상 연구」, 『문학에 대한 두 가지 단상』, 도서출판 사
        람, 2000.

______, 「전후소설의 이데올로기 표현 방법 연구」, 『문학에 대한 두 가지 단상』,
        도서출판 사람, 2000.

김동환, 「한국 전후소설에 나타난 현실의 추상화방법연구」, 『한국소설의 내적 형

식』, 서울:태학사, 1996.

김성렬, 「완벽한 주체의 추구, 그 시대적 성격 / 장용학론」, 『1950년대의 소설가
　　　들』, 도서출판 나남, 1994.

김영옥, 「벤야민의 문예이론과 알레고리 개념」, 서울대학교 석사학위논문, 1985.

김현, 「베끼기의 문학적 의미」, 『제3세대 한국문학 24』, 삼성출판사, 1983.

박유희, 「관념적 비판의식과 다양한 기법의 채택 / 김성한론」, 『1950년대의 소설
　　　가들』, 도서출판 나남, 1994.

박진·김행숙, 『문학의 새로운 이해』, 도서출판 청동거울, 2004.

박진영, 「되돌아오는 제국, 되돌아가는 주체 −최인훈의 『태풍』을 중심으로−」, 연
　　　세대학교 대학원 박사학위논문, 2002

복거일, 『세계환상소설사전』, 김영사, 2002.

윤병로, 「민족문학의 모색」, 『이문열론』, 도서출판 삼인행, 1991.

조남현, 『한국현대소설유형론 연구』, 집문당, 1999.

한용환, 『소설학사전』, 고려원, 1992.

Abrams, H. M., 『문학용어사전』, 최상규 역, 대방출판사, 1985.

청대 이솝우언의 漢譯과 유전

옌뤄팡(顔瑞芳)*

〈1〉

이솝우언은 16세기말 명조(明朝) 신종(神宗) 만력 연간에 마테오리치(Mathieu Ricci), 판토하(Didace de Pantoja), 니콜라 트리고(Nicolas Trigault), 알레니(Giulio Aleni), 알폰세 바뇨니(Alphonse Vagnoni, 처음 이름은 王豐肅) 등 예수회 인사들이 동방으로 와서 선교하면서 중국에 들어왔다. 그러다가 청조의 강희(康熙)·옹정(雍正) 이후에 『예의쟁론(禮儀之爭)』으로 인해 선교가 금지됨에 따라 잠시 금지되었다. 명말청초 신종(神宗) 만력(萬曆)으로부터 희종(熹宗)의 천계(天啓), 사종(思宗)의 숭정(崇禎)을 거쳐 청(清) 세조(世祖)의 순치(順治), 성조(聖祖)의 강희(康熙) 기간에 이르기까지 마테오리치의 『기인십편(畸人十篇)』, 니콜라 트리고와 장경(張賡)이 합작 번역한 『황의(況義)』, 알레니의 『오십언여(五十言餘)〉, 알폰세 바뇨니의 『동유교육(童幼教育)』 등 저서에 실려 있는 이솝우언을 보면, 중복되는 것을 빼고 도합 50편이다. 이 수는 당시 유럽에 유행된 이솝우언의 1/4에 불과하다. 환언하면 명말청초 최초로

---

*台灣師範大 國文科 교수

중국에 들어온 이솝우언은 그 나름대로의 시대적 의미를 띠고 있었겠지만 그 양은 그리 많은 편이 아니었다. 그리고 유전된 상황을 놓고 볼 때 중국 우언 및 문학·문화계에 준 영향이 그리 큰 것은 아니었다.

이솝우언이 진실로 중국에 큰 영향을 준 중요시기는 19세기 중엽으로부터 20세기 초(청조의 선종 도광 때부터 덕종 광서 때까지)까지 5,60년간이다. 이번 제2차 이솝우언이 중국에 전파된 과정을 보면 1815년부터 1822년 사이에 영국인 밀느(Willian Milne)가 주간을 맡은 『察世俗每月統記傳』과 1902년 林紓·嚴璩·嚴培南이 공동 번역한 『이솝우언』을 꼽을 수 있다. 마치 잔잔한 시냇물이 도도한 강하로 나아가듯 청나라 말기로부터 이솝우언은 중국의 방방곡곡으로 전파되었다. 그래서 오늘날 많은 중국 사람들이 사서오경, 당시(唐詩), 송사(宋詞) 및 〈휼곡상쟁〉, 〈검려기궁(黔驢技窮)〉 등 중국우언을 알기 전에 〈이리가 왔어요!〉, 〈거북이와 토끼의 달리기 내기〉 등 이솝우언 이야기를 먼저 알게 되었다.

〈2〉

1815년 8월 말레이시아 마라카(Melaka)에서 창간한 『察世俗每月統記傳』은 역사상 최초로 선교사가 엮은 중국어 계간 잡지이다. 이 잡지는 밀느(Willian Milne)가 줄곧 주요 원고 심사 및 편집인으로 활약했다. 이 잡지는 선교를 주요 목적으로 하고 있는 만큼 내용 면에서 종교와 윤리도덕에 편중하고 일부 과학기술, 역사지리 및 시사지식을 소개했다. 그리고 특이한 것은 밀느가 선후(先後)로 〈입에 문 고기를 잃은 탐욕스러운 개(貪犬失肉)〉, 〈배은망덕한 뱀(負恩之蛇)〉, 〈소를 흉내 낸 개구리(蛤蟆吹牛)〉, 〈당나귀의 깨우침(驢之喻)〉, 〈양떼의 다리 건너기(群羊過橋)〉 등 5편의 이솝우언을 번역하여 실었다. 명말 청초 유럽의 천주교 예수회 인사들의 번역 소개에 비하여 밀느는 영국의 개신교 선교사로서는 처음으로 이솝우언을 번역·소개하였다.

『察世俗每月統記傳』의 발행 부수는 첫 3년 500책에서 후에 1000책으로 증가하였다. 발행 대상은 주로 태평양 일대의 화교들이었다. 후에 매년 광동광서 및 복건(福建)에서 말레이시아로 오는 무역선의 선원들에게 무료로 배포하여 중국 본토에 가져가도록 했다. 그런데 그것이 본토에 가서 어떤 영향을 미쳤는지는 알 길이 없다. 이상 상황을 놓고 볼 때 밀느가 번역 소개한 이솝우언은 비록 개척적인 의미로는 충분히 긍정적으로 평가되나, 그것이 도대체 어떤 영향을 남겼는지는 배가 물 위로 가면 흔적을 남기지 않듯 잘 알 수 없다.

사실 진실로 중국사회에 영향을 준 것은 영국인 로버트 톰(Robert Thom, 1807-1846, 중국 이름은 羅伯聘)과 그의 중국어 선생 蒙昧가 합작하여 번역한 『의습유언(意拾喩言)』이다. 『의습유언』은 도합 82편의 이솝우언을 번역, 소개하였는데 3권으로 나누어져 있다. 1837년(도광 무술년) 9월 『察世俗每月統記傳』(新聞 : 廣東府)의 기록에 의하면, "성(城) 내 모씨의 문풍이 크게 유행하는데 그 사람은 시서(詩書) 문필의 명유(名儒)이다. 그것은 희랍의 고대 현인들의 비유를 중국어로 번역한 것인데 이미 2권을 펴냈고 현재 펴내고 있는 것을 의습비(意拾秘)라고 한다."고 하였다.

1840년 로버트가 편역한 『Esop's Fables』가 광저우(廣州)와 마카오에서 각기 『의습몽인(意拾蒙引)』과 『의습유언(意拾喩言)』라는 이름으로 출간되었다. 로버트는 1834년에 중국에 왔는데, 이로써 추측컨대 그와 蒙昧가 편역한 『의습유언』은 1835년부터 1840년 사이에 잇따라 완성된 것으로 볼 수 있다. 필자는 네덜란드 라이둔대학(Leiden University)의 한학원(漢學院) 도서관에서 『의습비전』 권3에 24편의 우언이 실려 있는 것을 보았다. 책 끝에 '鶯吟羅伯聘(로버트)'라고 서명이 되어 있고 출판 시기와 지역은 밝히지 않았다. 그 번역문은 『의습유언』과 완전히 같다. 그리고 권1과 권2가 보이지 않는 것을 감안할 때 『의습유언』은 3권 82편의 완정판 외에 분권으로 발행된 판권이 따로 있음을 알 수 있다.

로버트는 『의습유언』 서문에서 다음과 같이 밝히고 있다.

내가 이 책을 쓴 것은 필력을 뽐내기 위해서가 아니다. 우리 대영제국과 여러 외국인으로서 한문을 배우려는 사람들은 그 입문이 어려워 힘들어한다. … 내가 특별히 이 책을 쓴 것은 배우는 사람들로 하여금 먼저 그 줄거리를 알게 하고 그 다음 세세히 음미하며 점차 터득하도록 하는 데 있다. 이는 선생 앞에서 대충 배워 끝내 마음으로 깊이 이해하지 못하는 것보다 오히려 나을 것이다. 배우는 자들이 이 책을 항상 책상머리에 두고 수시로 뒤져보면서 익혀 훤하게 통달하게 된다면, 참으로 한학을 공부하는 나침반이 될 것이다.

그는 이렇듯 이 책을 편역한 의도가 영국과 다른 외국인들이 한어(광동어 및 보통화 포함)를 배우는 길잡이가 되고 등대가 되기를 희망해서였다고 분명히 밝히고 있다. 『의습유언』이 영어, 중국어, 광동어 3가지 언어를 대조하여 편집한 것은 바로 이러한 목적에 부합하기 위해서다.

『의습유언』이 출판된 후 청나라 관리들은 이 가운데 일부 이야기들이 자기네들을 풍자하였다 하여 판금 조치를 취했다. 그러나 이것이 이솝우언의 유전을 막을 수는 없었다. 오히려 아편전쟁 이후 중국의 해안도시가 점점 더 개방되고 신문 전파 사업이 부흥함에 따라, 이솝우언은 그 자체의 강한 매력으로 들판의 불길처럼 전파되었다. 이는 이 책이 여러 차례 표지를 바꾸고 새롭게 편집되어 출간되고, 그 내용이 다른 간행물에 끊임없이 전재되어 전파된 데서도 그 정황을 알 수 있다.

우선, 1850년 전후 상하이(上海)의 교회(敎會) 병원인 시의원(施醫院)에서, 『의습유언』 가운데의 〈어리석은 사람이 재물을 구하다(愚夫求財)〉, 〈노인이 죽음을 후회하다(老人悔死)〉 등 9편을 삭제하고 책 이름을 바꾸어 73편으로 된 『이사프유언(伊娑菩喻言)』을 새로 출판하였다. 이 판본은 홍콩 문유당(文裕堂)에서 1889년과 1903년 두 차례에 걸쳐 새로 간행되었는데, 앞서 거론한 『의습비전(意拾秘傳)』도 포함되었다. 보다시피 『의습유언(意拾喻言)』은 단지 모양새를 바꾸어 새로 나타났을 뿐이지 참으로 판금 당한 것은 아니다.

다음, 1853년 8월에 영국인 메더스트(Walter Henry Medhurst)가 주

편한 중국어 계간『하이관진(遐邇貫珍)』(The Chinese Serial)이 홍콩에서 창간되었는데, 제1기부터 매 기(期)마다 유언(喻言) 한 편을 수록하였다. 그런데 이 유언(喻言)은 바로『의습유언』에서 선정한 것이다.『하이관진』은 1856년 5월에 간행을 그쳤는데, 도합 33기를 내었으며 매 기에 3천부를 발행했다. 그 영향력은 제한적인 것으로 생각된다.

보다 눈길을 끈 것은 미국 선교사 알렌(Young John Allen)이 1868년에 상하이에서『중국교회신보(中國敎會新報)』(周刊, 1874년 301기부터『만국공보(萬國公報)』라고 이름을 바꾸었음)를 창간했다는 것이다. 알렌이 미국으로 돌아가고, 1877년부터 1888년까지(499-517기) 영국 선교사 뮤레드(W. Muirhead)가 대리 편집 업무를 맡아보는 기간에 매 기마다 유언(喻言) 수 편을 실었는데 도합 80편에 달했다. 그것 또한 로버트의『의습유언』에서 전재하였다.『만국공보(萬國公報)』는 발행부수도 많은 편이었고 간행 기간도 긴 편이였으며 수록한 우언 수도 많은 편이고 영향 또한 넓은 편으로, 청나라 말기에 이솝우언의 전파에 있어서 중요한 역할을 수행하였다.

〈3〉

1888년(청대 광서 14년)에는 텐진(天津) 시보관(時報館)에서 적산기사(赤山畸士) 장도(張燾)가 편찬한『해국묘유(海國妙喻)』70편을 대신 출간했다. 어떤 학자들은 이것을『황의(況義)』와『의습유언(意拾喻言)』에 이어 이솝우언의 세 번째 한역본이라고 보고 있다. 그런데 이 책의 서문에서는 다음과 같이 언급하고 있다.

이솝의『寓言』한 책은 근래 서양인들이 한어로 번역한 것으로 신문광고에 많이 실렸다. 이것은 비록 번역된 것이라고는 하지만 그 본래의 의미는 잃지 않고 있다. 이전에 책으로 묶어낸 적이 없어 오늘날 많이 일실되었을 것으로 추측된다.

그래서 극력 찾아본 결과 70편을 얻어 손으로 베껴 여러 군자들의 식후에 담소거리로 제공하도록 한다.

보다시피『해국묘유』는 단지 장도(張燾)가 당시 서양인들이 번역하고 개작하여 신문 잡지에 발표한 이솝우언을 '휘집(彙輯)'한 것에 지나지 않는다. 따라서 장도(張燾)는 번역자가 아니다. 그리고 이 70편 이야기를 '개역(改譯)'하는 과정에서 보탬의 많고 적음, 표현의 간략함과 번잡함, 소박함과 화려함 등에서 큰 차이가 나는 상황을 감안할 때, 번역에 참여한 '서양인'도 단지 한 사람이 아님을 알 수 있다. 또 하나 주목을 요하는 것은 이 70편 이야기 가운데 20편은 현재 통행되는 중국어판과 영문판 『이솝우언』에는 없는데, 이는 아마도 모방의 성격을 띤 '이솝 식 우언'일 것으로 보인다. 한마디로,『해국묘유』가 이솝우언의 세 번째 한역본이라는 설은 다시 한번 검토해야 할 것이다. 그것의 형성 배경은『황의(況義)』나『의습유언(意拾喩言)』과 다르다.

비록『해국묘유』의 혈통이 좀 특수한 편이긴 하나, 먼저 신문 잡지에 발표되고 그 다음에 모아져 책으로 나왔다. 그러나 현재로서는 그것의 뿌리를 캐고 원 신문 잡지가 유통된 상황을 알아내기는 힘들다.『해국묘유』의 판로는 대단히 좋았다고 한다. 두 차례나 재판되었는데 상무인서관(商務印書館) 톈진(天津) 분관(分館)에서 판매 대행을 하기도 하였다. 상당한 정도의 파급 효과를 보기도 했던 것이다.

필자는 라이둔대학에서 네덜란드 한학자 戴文達 교수가 소장하고 있다가 후에 한학원(漢學院)에 기증한『해국묘유(海國妙喻)』를 본 적이 있다. 그리고 10년 후 梅侶 여사가 다시 장회소설체 백화문으로 그 중의 25편을 개작하여『無錫白話報』(五日刊)에 연재하였다. 梅侶 여사의『해국묘유』는 장회소설의 필치로 원작의 문언문을 백화문으로 개작하였는데 내용은 연의적 성격을 띠고 있다. 표제도 장회소설의 체제를 모방하여 대구가 정연하고 미묘함을 기했다. 예컨대 제1편부터 제4편까지 제목을 각기 「蒼蠅上學喫墨汁」(파리가 학교에 가서 먹물을 빨다), 「老鼠獻計結響鈴」(쥐가 계략을 써서 방울을 달다), 「還請酒仙鶴報怨」(다시 학을 청하여 원수를 갚다)」, 「不喫肉良犬盡忠」(고기를 먹지 않는 개가 충성을 다하다)고 달았는데(張燾가 편한 『해국묘유』에서의 이 4편의 표제는 각기 「蠅語」, 「鼠防貓」, 「狐鶴酬答」, 「犬慧」임.), 이것은 아마도 이솝우언 한역본 가운데서 가장 멋지고 세련된 표제일 것이다.

〈4〉

1902(광서 28)년에는 林紓·嚴培南·嚴璩가 합작하여 『이솝우언』 3백 편을 번역하고, 그 다음 해에 상하이 상무인서관(商務印書館)에서 출판했다. 임서(林紓)는 서문에서 다음과 같이 말했다.

> 내가 서울에 와서 몇 달이 되어 마침 엄군잠(嚴君潛)·백옥(伯玉) 형제와 같이 숙소에 들게 되었다. 내가 서양 책을 매우 좋아하는 줄 알고는 그들 형제가 이 책(『이솝우언』을 가리킴)을 보여주었다. 나는 매일 몇 편을 뽑아 번역을 시작하였는데 몇 달이 지나 한 권의 책이 되었다.

엄거(嚴璩)는 청조 말기의 번역가 엄복(嚴復)의 장자(長子)이다. 임씨와 엄씨가 합작해 번역한 『이솝우언』은 어쩌면 엄복(嚴復)이 영국 런던 유학을 마치고 돌아올 때 가지고 온 것일 게다. 이것은 당시 영미(英美)에서 유통되던 비교적 온전한 영문판 『Aesop's Fables』로서 도합 3백 편 정도가 수록되었을 것으로 추정된다. 그러므로 임씨와 엄씨가 협력해 번역한 『이솝우언』은 최초의 이솝우언 완역 한역본이 될 것이다.

임씨·엄씨가 합동 번역한 『이솝우언』의 가장 중요한 특색은 원작에 충실하다는 데 있다. 고사의 배경, 줄거리 내용, 확장 묘사 등에서 마음대로 보태어 전개한 것이 아니라, 기본적으로 번역의 '信' '雅' '達' 원칙에 충실했다. 3백 편 가운데 187편은 번역문 뒤에 역자의 감상과 평론을 실었는데, 앞에 '외려왈(畏廬曰)'이라는 표시를 두고 좀 작은 글씨체로 두 칸을 띄우고 인쇄했다. 때문에 번역문과 혼동되지 않는다. 이처럼 의론 감상을 나타낸 글들은 짧은 것은 단지 4자, 긴 것도 기껏해야 2백여 자에 지나지 않는다. 예컨대 제61편 〈점성입참(占星入塹)〉(원 책의 각 편에는 표제가 없음. 본 논문 중의 표제는 필자가 단 것임.)에 대해 평하기를 "物蔽於近"이라고 했다. 그런가 하면 제233편 〈이계상투(二雞相鬪)〉의 평어를 보면, 같은 종인 두 마리 닭이 서로 싸우는 것에서 중국 역사상의 당쟁으로 나아가 "종족의 분할도 모르는 행위"로 보았으며, 다시 청나라 말기의 시국을 가리켜 "천하에 서로 쟁투하는 것은 타 지역 다른 종족 간에 벌어진다. 현재 타 지역 다른 종족들이 우리에게 눈을 흘기고 으르 렁대며 갖은 횡포와 나쁜 짓을 다 하고 있다. 그런데 현재 우리는 법을 바꾸고 개량해 합심하여 싸우지 않고 오히려 동족끼리 서로 잡아먹어 적 들을 기쁘게 하니 이 또한 무슨 꼴인가?" 라고 썼다.

동물이야기에 역사적 교훈과 당시의 시국을 유기적으로 결합시켜 3차 원의 공간이 서로 돋보이게 했던 것이다. 임서(林紓)는 '외려왈(畏廬曰)' 에서 이런 종류의 긴 평론을 통해 대개 청조 말기 열강들이 들이닥치고 정치가 피폐한 시대적 상황에 대한 우려를 나타냈다. 이같은 우언고사를 통해 관념 갱신을 계도하고 사상을 개조하며 도덕적 경지를 높여 부국강 병, 민족자강을 도모하여 분할되고 패망하는 신세를 벗어나려는 몸부림 이 엿보인다. 이런 평론에는 실로 임서의 깊은 우환의식과 애국정신이 깃들어 있다.

임서는 청대 동성파(桐城派)의 주요 인물로서 일찍이 『韓柳文硏究法』 을 지어 한유와 유종원의 고문을 깊이 연구하였다. 유종원은 우언으로 유명했는데, 임서 번역문의 필치는 유종원의 〈삼계(三戒)〉(〈臨江之麋〉 〈黔之驢〉 〈永某氏之鼠〉)류 우언의 영향을 많이 받은 것 같다. 때문에 그의 역문은 자연 고아하면서도 예스러운 스타일이어서 마치 감람(橄欖) 을 씹는 듯 감미롭다. 여기서 〈쥐들의 회의(老鼠會議)〉를 예로 들어보자.

뭇 쥐들이 모여서 고양이를 물리칠 대책을 논의했다. 고양이가 오면 알아차릴 수 있도록 하자는 것이다. 의론이 분분한 가운데 한 쥐가 말했다. "고양이 목에 방울을 달아 움직일 때 소리가 나게 하면 우리가 알아차릴 수 있다." 회의를 주재하던 자는 매우 기뻤다. 다시 묻기를, "누가 고양이 목에 방울을 달지?" 좌중에서 응하는 자가 없었다.(群鼠聚穴議禦貓, 俾貓來有所警覺. 時議論者眾. 一鼠獨曰: "必貓項繫鈴, 行則鈴動, 即恃此為吾警！" 主議者悅. 詢: "何人能以鈴授貓者?" 座中莫應.)

이렇듯 간결하고도 생동감 넘치는 고문 필법으로 서방에서 들어온『이솝우언』을 번역했으니, 실로 '中西合璧(중국과 서양의 완벽한 결합)'이라고 이를 만하다. 임서의 번역문을 읽은 후 민국 이래의 백화문 번역문을 읽으면 마치 맹물을 마시는 것처럼 맛이 없다.

광서 31년, 청조는 과거제도를 폐지하고 학부를 설립해 신식 교육을 실시했다. 이는 임씨·엄씨가 합동으로『이솝우언』을 번역해 광서 29년(1903)에 상하이 상무인서관(商務印書館)에서 발행한지 얼마 후의 일이다. 서양식 학당에서 학동들이 사용하는 교과서는 민간서국(民間書局)에서 편집하고 학부에서 심사, 통과한 후 교부했다. 교과서 시장의 이윤이 대단했기 때문에 상무인서관에서 가만히 있을 리 만무했다.

이솝우언은 한어 학습 교재로 사용되었다. 로버트가 편역한『의습유언(意拾喻言)』이 교재로 선택되었는데, 학습 대상이 서양인들로부터 중국인으로 바뀐 셈이다. 정세가 변함에 따라 장유교(蔣維喬)가 편찬하고 상무인서관에서 출판한 초등소학교용『최신국어문교과서(最新國語文教科書)』는 이솝우언을 대량으로 개작하여 교과서 속에 실었다. 예컨대 광서 31년 11월에 초판된『최신국어문교과서』제3책 60과 중에는 이솝우언을 개작한 것이 7과나 되어, 중국 우언을 개작한 수량보다 훨씬 많았다. 흥미로운 것은 광서 34년 상하이 중국도서공사(中國圖書公司)에서 편찬한『초등소학수신과본(初等小學修身課本)』도 이솝우언을 채용하여 수신교재로 삼았다. 예컨대 제3책 제14과 〈견함육(犬銜肉)〉은 바로 '不貪'을 가르치고 있다. 그리고 당시 학부에서 공포한 국민 열독에 적합한 과외 독본으로 역시 임서가 번역한 『이솝우언』를 선정했다.

요컨대, 청나라 말기에 서방교육이 추진됨에 따라 이솝우언은 공공연하게 학당으로 들어가 당시 중국의 신세대 학동들이 한어를 배우고 수양을 하는 좋은 친구가 되었다. 실로 도광(道光) 연간에 금지를 당하여 뒤안길로 숨어들어가던 상황과는 현격한 차이가 있다. 청나라 말기에 신문잡지에서 이솝우언을 번역, 소개하여 전재하고, 특히 임서가 번역한『우솝우언』이 유행함에 따라 당시 문화계의 보편적인 관심과 흥취를 끌어 교과서에 그것이 대량으로 들어가게 된 것으로 볼 수 있다. 또는 이솝우언이 교재로 채용됨에 따라 학동들이 교과서로부터 그것을 배우게 되면서 임서가 번역한『이솝우언』이 보다 잘 팔리는 가운데 널리 전파되고 영향력을 발휘한 것으로 볼 수 있다.

〈4〉

「오얏나무 밑에는 저절로 길이 생긴다.」는 말이 있다. 이솝우언을 오얏나무에 비유한다면, 중국 근대에 이솝우언의 한역과 전파 과정을 볼때 『의습유언(意拾喩言)』으로부터 임서(林紓)가 번역한 『이솝우언』에 이르기까지, 그리고 『察世俗每月統記傳』으로부터 『만국공보(萬國公報)』에 이르기까지, 그것들은 오얏을 옮겨 심어 싹이 나고 잘 자라 꽃이 피고 열매를 맺는 과정에 비유할 수 있다. 청대에 있어 이솝우언의 수용사를 들여다보면, 거부하던 때로부터 전반적으로 받아들이고, 사람들의 눈을 피하던 때로부터 널리 전재(轉載)되고, 관청의 금지 조치로부터 학부에 의해 교과서로 선정되어 우수도서로 추천되는 과정을 거쳤다. 그 과정은 좀 웃긴다고 할 수 있지만 그것은 또한 그렇게 될 수밖에 없었던 필연성을 지녔다. 핑크색에 약간 자색을 띠고 시큼하면서도 달게 무르익은 오얏을 보았을 때 그 누가 군침을 흘리지 않겠는가? 우리가 걸음을

멈추고 어린시절 이솝우언을 접하면서 우리의 도덕·지혜가 그로부터 계
몽되었음을 생각할 때, 「물 마실 때 우물 판 사람을 잊지 않는다」고 하듯,
어찌 '우언'이라는 오얏나무를 키운 선현들을 잊을 수 있겠는가!

20세기 중국의 우언문학

우추린(吳秋林)*

　세기 교체시기에 있어서 중국 현대문학사를 되돌아보니 이미 백 년에 가까운 역사가 흘렀다. 그것이 영광의 흔적을 남겼든 아쉬움의 흔적을 남겼든 그것은 이미 역사의 흔적으로 남아 있다. 중화민족문화의 활력을 되찾고 새로운 형상을 창조하는 역사적 배경 아래서 20세기 중국문학은 거대한 성과를 거두었고 공업문명의 지지 하에서 새로운 문학천지를 개척했다. 이런 문학 역사에 대해 사람들은 이론 연구와 비평 면에서 지대한 관심을 기울였다. 소설, 시가, 산문 창작 및 작가, 작품, 스타일, 유파 등에 대해 수많은 연구 논문과 저서가 나왔다. 이것이 20세기 중국문학의 발전을 촉진했음은 더 말할 것도 없고 중국 나름대로의 새로운 문학이론과 비평 체계를 형성했다. 이러한 점이 20세기 중국 신문학의 중요한 영역임은 더 말할 것도 없다.

　그러나 그것이 많은 아쉬움을 안고 있음도 또한 부정할 수 없는 사실이다. 주지하다시피 문학의 종류에는 소설, 시가, 산문이 있을 뿐만 아니라 동화, 이야기, 우언 등 수 많은 '작은' 종류들이 있다. 그런데 백 년 이래의 문학 연구를 보면 우리는 앞의 큰 종류를 중시했고 뒤의 '작은' 종류는 많이 소홀히 했다. 이 가운데 우언은 더 보잘 것 없는 존재가 되었다.

*中國 貴州民族學院 교수

오늘날 문학 연구에 있어서 우리는 선진(先秦)의 우언문학에 대해서는 찬사를 아끼지 않으면서도 20세기에 나타난 같은 종류의 우언문학에 대해서는 그리 관심을 가지지 않았다. 이런 상황은 20세기 중국 우언문학의 '투시력'에는 영향을 주지 않더라도 20세기 중국문학의 전반적인 발전에는 해롭다. 이 때문에 20세기 중국 우언문학의 역사적 면모를 천착하고 우언문학의 발전법칙 및 문학사 위에서의 우언의 존재 현황을 밝히는 것은 커다란 의의를 갖는다고 생각한다.

1. 개황

20세기 중국문학은 실제적으로 한 세기의 신문학(新文學)이다. 그것은 비록 19세기 말기에 얼마간의 발단(發端)을 이루었지만 실은 전적으로 5.4시기 신문화운동의 추동 하에 출현한 것이다. 그것은 중국의 전통적인 고문학(古文學)과는 전적으로 다른 신문학으로서 문자 사용으로부터 문화 배경에 이르기까지, 사상 내용으로부터 표현 형식에 이르기까지 새로운 면모로 나타났다. 그것은 서방문화 및 서방문학과 옛 중국문화 및 문학이 융합되어 탄생한 것이다. 중국 우언문학도 이러한 배경 아래서 탄생하였다. 유구하고도 영광스러운 중국의 우언문학 전통을 감안할 때 그것의 탄생이 필연성을 띤 것은 더 말할 것도 없다.

일반적으로 말할 때 1919년 5.4운동은 중국 20세기 문학의 분계선으로 등장한다. 5.4운동으로부터 중국문학은 현대문학 시기로 들어섰다. 20세기 중국의 우언문학도 5.4운동으로부터 시작되었다. 5.4운동이라는 이 분계선 이전에 중국문학은 하나의 발단 또는 과도기를 거쳤다. 즉, 반문언문, 반백화문의 문학작품이 19세기말 20세기초에 출현하였던 것이다. 20세기 우언문학도 이러한 과도기를 거쳤는데 청조 말기 오연인(吳硏人)의 『초피화(俏皮話: 재치 있는 말)』는 그 예가 된다. 이『초피화』 우언에는 중국 우언 전통의 문법과 정신이 들어 있을 뿐만 아니라 새 시대가 도래하는 기미도 풍겼다. 한 단계의 준비시기를 거쳐 20세기 중국 신문학은 위대한 5.4운동과 더불어 탄생했으며 20세기 중국 우언문학도 더불어 탄생했다.

여러 방면의 고찰을 통해 볼 때 20세기 중국 우언문학의 첫 작가로는 마오둔(茅盾)을 꼽을 수 있다. 1917년 10월 마오둔은 『중국우언초편(中國寓言初編)』을 편찬하고 출판하였다. 이 작품집은 중국 고대우언선집으로, 마오둔 문학창작의 출발 작품이기도 하다. 1918년 마오둔은 중국현대문학사상의 첫 우언집인 『사루방저(獅驢訪猪)』를 출판하고 같은 해에 또 우언집 『평화회의(平和會義)』를 출판했다. 이 두 책에는 10편의 우언이 수록되었는데 이것은 마오둔이 창작한 기타 우언작품과 함께 20세기 중국우언문학의 시초를 장식하였다.

저명한 문학가 루쉰(魯迅)은 우언작품이 출현한 시기로 볼 때 두 번째 우언작가로 꼽을 수 있다. 사실 루쉰의 우언작품은 굳이 일부러 지은 것이 아니다. 그의 본령은 잡문(雜文) 등 다른 종류의 문학 창작에 있었다. 그런데 이런 작품들의 성질을 놓고 볼 때 그것은 다른 곳에 둘 곳이 없는 우언작품인 것이다. 예컨대 1919년 8월 20일 『국민공보(國民公報)』「신문예(新文藝)」란에 발표한 〈방해(蚄蟹)〉, 〈고성(古城)〉 등은 그 예가 된다. 이러한 우언은 루쉰의 붓끝에서 적지 않게 창작되었다. 이것은 곧 우언이라는 것이 루쉰 잡문에서 하나의 도구에 불과한 것임을 말해 준다.

20년대에 들어서는 鄭振鐸, 林語堂 등 일군의 문학가들이 우언창작에 손을 대어 훌륭한 작품들이 나타나기도 하였다. 30년대 중국 현대우언문학은 자기의 표현색채를 갖게 되었다. 周玉群의 『꼬마 친구들 우언(小朋友寓言)』, 白丹寧의 『어린이들의 우언(孩子們的寓言)』, 程圍如의 『작디작은 우언(小小寓言)〉 등 무명작가들의 우언작품들은 아동교육을 위해 봉사하는 경향을 나타냈다. 이외에 豊子愷, 陳伯吹, 郭沫若, 賀宜 등 작가들도 일부 우언을 창작했는데 陳伯吹과 賀宜의 우언은 그 전형이다. 이 시기 胡懷琛의 『중국우언연구』의 출판은 20세기 중국 우언문학연구의 첫 전문서적으로 꼽힌다.

1940년대 20세기 중국 우언문학은 첫 고조를 이루었다. 이때 진정한 의미에서의 우언작가들이 출현했는데, 馮雪峰, 天戈, 莫洛, 仇重, 何公超, 張天翼 등 작가의 작품 양이 가장 많고 영향력도 가장 컸다. 馮雪峰과 張天翼은 이 가운데 대표적 작가로서 중국 현대문학에서 가장 우수한 우언작품이라고 할 수 있는 작품들을 창작했다. 그리고 이 가운데 馮雪峰의 성과가 가장 큰데, 그는 실로 중국 현대우언문학의 손색없는 집대성자라고 할 수 있다. 그는 1947년 우언집 『今寓言(오늘의 우언)』을 출판한 후 연속 여러 권의 우언집을 출판했다. 우언은 馮雪峰의 한 평생 문학창작 성과에 있어서 가장 중요한 성과로 꼽힌다.

20세기 중국문학의 역사적 시기를 논할 때 사람들은 일반적으로 1949년 이전의 문학을 중국현대문학의 범주에 넣는다. 이 시기 우언문학을 총괄할 때 그것은 아직 모방과 배우는 단계로 우언문학에 대해 완전하고도 통일적인 인식을 가진 것은 아니었다. 이 시기 중국신문학은 소설, 희곡, 산문, 시가 등 장르의 개척에 치우쳤고, 우언의 개척에 대해서는 그리 긴박감을 느끼지 않았으며 사람들의 눈길을 끌지도 못했다. 그러나 이 시기 우언문학은 馮雪峰 등 작가들의 노력에 힘입어 그 말기에 들어서는 중국 고대우언정신 및 표현형식과 이솝우언을 비롯한 외국의 우언정신 및 표현형식을 융합시키고 관통시켰고, 20세기 중국 우언문학으로서의 기본 형상을 수립했으며 중국 신문학에 있어서의 우언의 현대화를 완성했다.

1949년 신 중국이 성립된 후 사람들은 습관적으로 그 후 문학을 중국당대문학(當代文學)이라고 부른다. 이 때는 문화대혁명 시기의 역사적 정체(停滯) 때문에 우언문학의 발전을 두 시기로 나누어 볼 수 있다. 즉 문혁 전기와 문혁 후기(신시기)가 그것이다. '전기'에 있어 가장 일찍 나온 우언작품집은 『교활한 승냥이(狡猾的狼)』와 『농부와 지렁이(農夫和蚯蚓)』이다. 이 두 작품집은 그림을 곁들인 우언집으로서 1951년 상해문예출판사(上海文藝出版社)에서 출판했다. 그런데 이것은 개작한 우언들로서 진정한 창작우언은 1954년초에 출현하였다. 1954년 1월 30일 金江이『대공보(大公報)』에 4편의 우언을 발표했는데 이것이 이 시기 최초로 간주되는 창작우언이다.

이후 우언 창작은 점점 번성하게 되면서 몇 년 사이 대량의 작품이 창작되어 20세기 중국우언문학의 두 번째 고조를 맞이했다. 이 시기 비교적 유명한 작품으로는『까마귀형제(烏鴉兄弟)』,『원숭이가 칼을 갈다(猴子磨刀)』,『고산과 늪지(高山与洼地)』,『삼계(三戒)』,『돛대와 노(帆与舵)』 등이며 일군의 영향력이 큰 우언작가들이 출현했다. 이 가운데 대표적인 작가로는 金江과 湛盧를 들 수 있다. 이외에 呂德華, 林植峰, 仇春霖, 申均之, 劉征, 韻華 등도 유명한 우언작가들이다. 이 시기 우언문학의 번역과 연구도 비교적 활발하게 진행되었는데 이것은 우언문학의 전반적 구성에 있어서 많은 분량을 차지하고 있다.

1980년대 우언문학은 기타 문학양식과 마찬가지로 새로운 발전 궤도에 들어섰으며 점차 흥성하면서 20세기 중국 우언문학의 세 번째 고조를 맞이했다. 이 시기는 우언문학이 전면적으로 개척하고 발전하는 양상을 드러내고 현저한 성과를 거두었다.

이 시기에 출판된 우언작품집은 이루 헤아릴 수 없이 많은데, 비교적 유명한 것으로는『황서운우언(黃瑞雲寓言)』,『응계우언(凝溪寓言) 2000편』,『중국속어고사집(中國俗語故事集)』,『개말거잡기(芥末居雜記)』,『약이 없는 약처방(无藥的藥方)』,『우언백편(寓言百篇)』,『연과 기러기(風箏和雄鷹)』,『해연계(海燕戒)』,『우언의 우언(寓言的寓言)』,『뱀을 다스리는 사람과 안경 뱀(弄蛇者与眼鏡蛇)』,『춘풍연어(春風燕語: 봄바람 속 제비의 속삭임)』,『허윤천우언선(許潤泉寓言選)』,『오광효우언선(吳廣孝寓言選)』 등등이 있다. 이 시기 우언작가는 많은 편으로 창작수준도 비교적 높은 수준에 올랐다. 가장 유명한 작가들로는 黃瑞雲, 疑溪, 蓋壤, 黃永玉, 吳廣孝, 許潤泉, 胡樹化, 海代泉 등등이 있다. 이 시기 우언작품선은 편폭이 커지고 포괄적으로 나아갔다. 비교적 중요한 작품선으로는 『중국현대우언집금(中國現代寓言集錦)』, 『중국신시기우언선(中國新時期寓言選)』, 『당대중국우언대계(當代中國寓言大系)』 등이 있는데, 이 가운데 『당대중국우언대계』가 규모가 가장 크다. 이 시기 우언 번역도 대형으로 나아가고 전면적인 발전을 가져왔다. 세계적으로 비교적 중요하다고 생각되는 우언작품은 거의 모두 완역본이 나왔다.

이 시기는 우언문학연구가 가장 휘황찬란한 성과를 거두던 시기이다. 1982년 천푸칭(陳蒲淸)의 『중국고대우언사』가 출판된 데 이어, 『선진우언개론』, 『우언사전』, 『세계우언통론』, 『중외우언감상사전』, 『우언문학개론』, 『세계우언사』, 『우언개론』, 『중국우언문학사』, 『중국우언사』 등 우언문학연구 전문 저서들이 출판되었다. 이런 전면적인 우언문학연구는 우언문학에 지대한 공헌을 하였다.

1917년 마오둔(茅盾)이 『중국우언초편(中國寓言初編)』을 출판한 후 중국고대우언을 선정하고 주석을 달며 현대어로 옮기는 작업이 20세기 중국우언문학의 중요한 한 방면을 이루었다. 이 시기 중국고대우언에 대한 정리는 전례 없는 규모로 진행되었다. 중국고대우언사를 관통하는 대형 중국고대우언집만 해도 수십 종이 되었다. 이 외에 민간우언에 대한 수집·정리도 커다란 성과를 거두었다.

한마디로 말하여 1980년대 이후 20년간은 20세기 중국우언문학의 전성기였다. 이 전성기는 20세기 중국의 신문학에 대해 중요한 의의를 가진다. 앞의 두 세기가 세계우언문학사에 있어서 유럽의 '이솝시대'를 이루었다면, 본 세기의 8,90년대는 중국의 '이솝시대'를 이루었다고 말할 수 있다.

2. 작가, 작품

중국의 고대 우언문학은 상당히 발달했다. 그것은 선진우언(先秦寓言)를 중요한 지표로 삼고 있으며 세계우언문학의 3대 계통 중 하나를 이루고 있다. 중국우언문학은 우수한 전통과 비옥한 토양을 가지고 있다. 그런데 20세기 중국우언문학이 발생하기 전의 당시 중국인들은 우언문학에 대해 보편적으로 '망실(亡失)'의 경향을 가지고 있었다. 즉 중국고대 우언이 명청(明淸)의 변화를 거치기까지 사람들은 무엇이 우언인가에 대해 잘 몰랐다는 것이다. 우언문학에 대한 이런 '망실'은 우리가 『이솝우언』을 번역하는 과정에 일깨워졌다. 1902년 林紓와 嚴瑰가 합작하여 번역한 『이솝우언』의 출판은 그 계기가 되었다. 이 때로부터 사람들은 우언문학의 형태와 성질에 대해 인식하기 시작했고 중국고대의 우언문학에 대해서도 되돌아보고 인식하기 시작했으며 창작 욕구를 불러일으켰다. 이러한 이솝우언과 중국 고대 우언문학의 토대 위에서 20세기 중국우언문학은 발생했다.

20세기 중국우언문학의 첫 단계 작가와 작품들은 바로 이러한 역사적 배경 하에서 탄생되었다. 이러한 작가들 가운데서 茅盾, 魯迅, 鄭振鐸, 林語堂, 周玉群, 白丹寧, 程閨如, 陳伯吹, 賀宜, 張天翼, 仇重, 莫洛, 馮雪峰 등의 우언작품이 가장 영향력이 크다. 이 가운데서도 馮雪峰의 우언 성과가 가장 돋보인다.

茅盾은 중국의 저명한 문학가다. 그가 1918년에 창작한 우언은 그의 전반 문학성과에 있어서 중요한 부분의 하나로서 그의 아동문학에서도 특정한 지위를 차지하고 있다. 그의 우언작품은 중국현대문학에 있어서 가장 일찍 창작된 일군의 작품들로서 오늘에 이르기까지 우수한 우언으로 꼽히고 있다. 이런 우언작품들의 의의는 다음의 몇 가지 부분으로 인식할 수 있다. 첫째, 이런 우언의 출현은 중국의 새로운 백화문 우언의 지표, 즉 신문학 우언의 시작이다. 둘째, 이러한 기본적으로 모방과 전변 과정에 있는 우언창작은 중국 현대우언 창작에 있어서 초기단계의 풍모를 진실하게 반영하고 있다. 셋째, 그의 창작은 훗날 우언문학의 창작을 위해 예술표현 면에서 부분적인 준비를 한 셈이다. 마오둔은 20세기 중국 우언문학의 서장을 연 후 더 창작을 하지 않았다. 그러나 그의 창작은 훗날 작가들이 우언문학 창작을 하는 밑바탕을 닦아 놓았다.

魯迅은 무의식중에 적지 않은 우언을 창작하였다. 그는 중국 현대에 있어서 가장 위대한 문학가의 한 사람이다. 그의 잡문과 소설 창작은 중국 20세기 문학에서 가장 중요한 부분으로 공인되고 있다. 그런데 많은 사람들은 그의 많은 잡문 속에 20세기 중국 우언문학 가운데 훌륭한 우언 작품들이 녹아들어 있음을 모르고 있다. 예컨대『고성(古城)』,『방해(螃蟹)』,『입론(立論)』,『개의 반박(狗的駁洁)』등은 그 전형적인 예가 된다. 이런 우언들은 간결하고 활달하며 냉철하고 날카로운 대가의 풍모를 잃지 않고 있다.

이 시기에 茅盾과 魯迅을 제외하고 다른 일부 문학가들도 우언을 창작했다. 예컨대 葉聖陶의『종자 한 알(一粒种子)』, 胡適의『대충 대충한 선생(差不多先生)』등은 그 예이다.

茅盾과 魯迅이 의식적이든 무의식적이든 중국 20세기 우언문학을 개척했다면 좀 뒤에 등장한 鄭振鐸은 여러 방면에 걸쳐 20세기 중국 우언문학을 발전시켰다. 번역가로서의 鄭振鐸은 이 시기 많은 나라의 우언 작품을 번역했을 뿐만 아니라 일부 우언을 개편하고 창작하기도 했으며 우언작품을 아동문학 쪽으로 발전시켰다. 예컨대『작은 물고기(小魚)』,『토끼 이야기(免子的故事)』(4편) 등은 바로 이런 작품들이다. 이런 우언은 아동문학 특색을 지닌 것으로 아동들의 독서에 매우 적합하다. 이런 작품들의 출현은 20세기 중국 우언문학에 직접적인 영향을 주었다. 이로부터 아동들의 취향이 줄곧 본 세기 우언 창작의 중요한 요구가 되게 했고 동화화(童話化)의 우언이 본 세기 우언의 중요한 구성 부분이 되게 하였다. 이 시기에는 林語堂도 우언 창작을 진행했는데, 주로『증정이솝우언(增訂伊索寓言)』으로 대변된다.

중국 현대에 있어서 앞에서 살펴 본 몇 사람은 모두 중국 현대의 저명한 문학가들이다. 바로 이들이 개척하고 기선을 잡은 후 20세기 중국 우언문학은 어느 정도 전개되고, 많은 작가들이 이 우언문학 창작에 뛰어들었다. 일반 문학사에서 그다지 취급되지 않는 周玉群, 白丹寧, 程閨如 등은 그 대표적 작가이다. 周玉群의『꼬마 친구들의 우언(小朋友寓言)』에는 40편, 白丹寧의『아이들의 우언(孩子們的寓言)』에는 39편, 程閨如 의『작디작은 우언(小小寓言)』에는 34편의 우언이 실려 있다. 이런 작품들은 아동문학 색채가 진하며 예술 표현 형식도 나름대로의 특색이 있다. 周玉群, 白丹寧, 程閨如 등은 모두 나름대로의 훌륭한 작품들을 창작했다. 이 세분 우언작가의 작품은 우언문학에 대해 다른 것은 그만 두고라도 다음의 중요한 공헌을 했다. 즉 중국 현대우언문학형상에 대한 추구에 신경을 썼으며 '이솝에 전적으로 빠져 재주를 구하는 것'을 반대하고 '나름대로의 독창성'을 강조했다. 그들은 이미 창작 과정에 서방의 이솝우언에 의뢰하는 경향에서 적극 벗어났으며 중국우언문학 창작의 개성을 표현하기 위해 적극 노력했다. 그 결과를 막론하고 이 점은 20세기 중국우언문학에서 매우 중요한 의의를 갖는다.

이상 세 사람의 작품은 30년대 우언문학의 중요한 부분을 이룬다. 이외에 다른 일부 저명한 문학가도 우언작품을 창작했다. 예컨대 豊子愷의『양간(羊奸)』, 續范亭의『거부해위(車夫解圍)』등은 그 예가 되겠는데, 이 가운데 賀宜와 陳伯吹의 우언작품이 가장 뛰어나다. 陳伯吹의 우언은 주로『꼬마 친구들 우언(小朋友寓言)』, 賀宜의 우언은 주로『동맹자(同盟者)』, 『소가 암 닭을 키우다(牛喂大了母鷄)』, 『장갑 거북이(裝甲烏龜)』등에서 보게 된다. 陳伯吹의 우언은 묘사가 생동하고 섬세한 아동우언이고 賀宜의 우언은 풍자성이 강하고 현실의의가 풍부한 우언이다. 두 사람은 모두 저명한 아동문학가로서 우언문학에 대한 연구에 있어서도 일정한 공헌을 했다.

1940년대는 중국 현대우언 창작이 가장 번성한 시기이다. 仇重, 莫洛, 天戈의 우언 창작이 얼마간의 영향력을 발휘했다. 張天翼은 중국 현대의 저명한 아동문학가이기도 하고 중요한 우언작가이기도 하다. 당시 그의 우언 창작은 馮雪峰에 버금갔다. 『호랑이문제(老虎問題)』, 『한 마리 홀

룡한 뱀(一條好蛇)』, 『눈썹 그리기와 돼지(畵眉和猪)』 등은 그의 우수한 대표작이다. 그의 우언은 현실에 대한 풍자와 폭로가 강하며 철리에 대해 형상적인 표현을 하고 있다. 필치는 간결하고 형상은 생동하다. 20세기 중국 우언문학은 張天翼에 이르러 자기의 독특한 풍격과 형상을 드러내기 시작하였다.

20세기 중국 우언문학은 중국현대문학의 말기에 이르러 점점 성숙의 단계에 들어섰는데 馮雪峰의 우언은 그 표준이 된다. 그는 1947년부터 우언 창작에 나서 몇 년 사이 여러 작품집을 출판했다. 이로부터 중국 현대우언 수준이 어느 정도의 궤도에 올라섰으며 중국현대우언의 기초가 닦이게 되었다. 馮雪峰은 우언작가이면서 동시에 시인이고 문학이론가 이다. 문학 면에서 그는 다방면의 영예를 따냈다. 그런데 그에게 있어서 주요한 방면은 어디까지나 우언 창작이다. 그는 중국현대문학에 있어서 진정으로 우언 창작으로 문학적 성공을 거둔 사람이다. 실로 그의 우언 창작을 이해하지 않고는 그의 문학 창작 또는 馮雪峰을 이해할 수 없다. 그의 우언작품집으로는 『오늘의 우언(今寓言)』, 『풍설봉우언3백편(冯雪峰寓言三百篇)』(상권), 『설봉우언(雪峰寓言)』, 『우언(寓言)』 등이 있는데, 이 가운데에는 이루 헤아릴 수 없는 훌륭한 작품들이 있다. 그는 우언으로 광범한 사회생활을 반영하고 일상생활의 경험과 교훈을 종합하고 생활의 철리나 지혜를 발굴하였다. 이와 동시에 그의 우언에는 그의 예술 재능, 세계관, 인생관, 철학사상, 문예사상 등등이 반영되어 있다. 馮雪峰 우언의 예술적 특색은 다방면에 걸쳐 나타나는데, 내용적 면에서 시대성, 심각성, 이성과 시정(詩情) 역량의 유기적 결합 등은 후세 우언의 모범으로 간주되고 있다.

20세기 중국우언문학은 중국 당대문학시기에 들어선 후 신속하게 새로운 단계로 발전했다. 중국 현대문학사에서 우언 창작을 주로 한 작가는 극히 적다. 그런데 중국 당대문학사에서는 1950년대에 벌써 일군의 전문 우언작가들이 나타났다.

呂德華는 1950년대 이름을 날린 우언작가이다. 그의 작품으로는『달팽이 이사하다(蝸牛搬家)』등이 있다. 그의 우언은 온화하고 아이들의 맛을 많이 풍긴다. 그는 1980년대에도 우언을 창작하였다. 林植峰의 우언창작은 1960년대 전후에 많은 영향을 발생했는데 1980년대에 들어서『우리 속의 사자(籠中獅)』라는 작품집을 내었다. 그의 우언은 고사성이 강하고 언어가 유창하며 철리가 넘친다. 仇春霖은 1960년대 이름을 날린 우언작가이다. 작품으로는『돛대와 노(帆和舵)』,『무화과(無花果)』등이 있다. 그의 우언은 청신하고 자연스러우며 생동하고 재미나며 교훈성이 뛰어나다. 그의 우언작품은 1960년대 가장 영향력이 있는 작품의 하나이다. 또한 이 시기에는 魯芝, 申均之, 韶華 등의 우언 창작도 상당히 영향력을 발휘했다. 나아가 劉征은 1962년에 우언시『삼계(三戒)』를 발표했는데 이는 그로 하여금 중국에서 가장 영향력이 있는 우언시인으로 만들었다.

이상의 우언작가는 모두 자기 나름대로의 특색이 있다. 그런데 1950년대의 대표적 작가를 꼽으라면 그래도 金江과 湛盧을 들 수 있다. 金江은 원래 시인이다. 1954년부터 우언창작에 뛰어들었는데 이것은 그가 가장 이상적인 문학적 좌표를 찾은 것이었다. 그는 연속『까마귀형제(烏鴉兄弟)』,『매새끼 날기 연습(小鷹試飛)』등 5권의 우언작품집을 출간하여 중국 당대에 가장 성과를 낸 우언작가가 되었다. 1980년대에 들어서 그는 다시 청춘을 찾아 연속 10권 우언작품집을 출간하여 독보적인 존재가 되었다. 그의 우언작품에는 사람들에게 깊은 인상을 준 명작이 많은데 실로 그 시대의 가장 우수한 작품으로 꼽을 수 있다. 그의 우언작품은 뜻이 분명하고 심도가 있으며 첫 인상과 마지막 효과 간의 낙차가 상당히 큰 것으로 형상이 생동하고 선명하며 어린이 취미가 진하게 풍기고 스타일이 독특하다. 그의 우언은 일종 시대적 특색이 있는 우언스타일을 나타내고 있는데 중국 당대우언문학에 매우 큰 영향을 주고 있다.

湛盧의 데뷔작은 1956년에 출판한 우언집『원숭이가 칼을 갈다(猴子

磨刀)』이다. 이 우언집은 출판되자마자 사람들의 광범위한 주목을 받았고 매우 큰 영향을 주었으며 많은 외국어로 번역되어 출간되었다. 당시 가장 인기가 좋은 우언작품의 하나였다. 그는 1980년대에도 많은 우언작품을 창작하였는데 이때 전후 부동한 우언 스타일을 나타냈다. 앞 시기에 있어서 그의 우언이 가볍고 명쾌하며 솔직하였다면 후반기 그의 우언은 무게가 있고 힘이 있으며 함축적이었다. 그러나 그의 대표작은 여전히 『원숭이가 칼을 갈다(猴子磨刀)』로 꼽힌다. 그의 우언 대부분은 비교적 규범적이고 온전한데 전적으로 이솝우언의 표현형식을 계승하였다. 그러나 그의 우언은 반듯하고 완미하며 규범적이면서 경직되지는 않았다. 이외에 그의 우언은 형상이 대부분 동물인데 이것도 이솝우언의 정신을 이어받은 것이다. 그의 작품은 이솝우언의 표현형식과 정신을 가장 완미하게 계승하고 발전시켰으며 동시에 자기의 개성을 충분히 발휘 했다고 말할 수 있다. 金江과 비교할 때 金江의 우언이 중국 정취가 진하다고 한다면 湛盧의 우언은 이솝우언의 표현형식과 정신의 가장 이상적인 중국식 표현이라고 볼 수 있다. 금강과 담로 우언은 나름대로의 스타일과 특색을 갖춘 것으로 그 시대의 주목을 받았다.

1980년대에 들어서 20세기 중국 우언문학은 보다 넓은 영역에서 자기의 면모를 드러냈다. 이 시기보다 많은 작가와 작품이 나타났는데 가장 대표적 작가는 黃瑞雲과 凝溪로, 이들이 이룬 우언문학 성과가 가장 크다. 이와 동시에 독특한 묘사시각으로 우언을 창작한 蓋壤, 일상적 규범을 크게 벗어나게 우언을 창작한 黃永玉은, 우언문학의 멋진 두 송이 꽃으로서 유일무이한 지위를 차지하고 있다. 실로 이 시기는 독특한 특색을 갖추고 상당한 성과를 거둔 우언작가들이 그 어느 때보다도 많이 배출되었다. 吳廣孝, 許潤泉, 陳乃祥, 胡樹化, 海代泉의 우언은 표현 면에서 뛰어났다. 그리고 徐强華, 李延祜, 魯兵, 崔亞斌, 葉永烈, 彭萬洲, 周冰冰, 盧培英, 李繼槐, 吳樹敬, 葉樹, 鄺金鼻, 邱國鷹 등은 모두 나름대로의 성과를 거두고 영향력을 발휘했다. 1940년대에는 설봉우언(雪峰寓言)이

독주를 했다면 1950년대에는 여러 작가가 등장하고 1980년대 이후에는 보다 많은 작가들이 등장한 것이다.

黃瑞雲의 우언은 주로 『황서운우언(黃瑞雲寓言)』에서 보게 된다. 그의 우언은 사회생활에 대한 작가의 관심과 엄숙한 철리적(哲理的) 사색을 심도 있게 반영하였다. 대개 확실한 사회생활 기초와 배경을 갖고 있으며 우언의 차원에서 생활을 해부하고 파악한 사상의식을 강렬하게 나타내고 있다. 그의 우언은 형식상에서 매우 장중하고 서술과 부각이 전통적이면서도 생동하고 이야기성이 강하다. 그리고 도덕적 교훈에 대한 총결도 매우 뛰어나다. 이런 것은 모두 우언 창작에 있어서 작가의 탁월한 재능과 표현력을 나타내고 있다. 그의 우언은 중국 신문학에서 이솝우언 정신과 중국 고대우언 정신을 융합한 최고의 전범이 되었다. 湛盧의 우언에 그래도 이솝우언의 형태적 흔적이 일부 남아 있다고 할 때 黃瑞雲의 우언에는 그 융합이 정신적으로 완전히 녹아 있다.

凝溪의 우언 창작은 1980년대에 시작되었다. 그의 우언작품은 주로 『응계우언(凝溪寓言)2000편』에 수록되어 있다. 그의 우언작품은 짧고 세련되었으며 질적으로 차원이 높고 자기의 독특한 스타일이 있을 뿐만 아니라 양적으로 중국에서 가장 많다. 凝溪의 우언창작은 보편적인 사회생활에 대해 상당히 관심을 돌리며 생활에서 진리를 발굴하고 발견하기에 신경을 썼다. 그의 우언은 黃瑞雲의 우언과 마찬가지로 심도 있는 철리성(天理性)을 추구하고 있는 점에서 매우 성공적이다. 그의 우언에는 기묘한 착상에 의한 지혜의 꽃이 만발해 있다. 凝溪의 우언은 편폭이 매우 짧은데 400자를 넘는 경우가 매우 드물다. 그러나 그는 제한된 편폭에서 최대한도의 사상과 내용을 표현하고 있다. 凝溪의 우언은 이솝우언의 표현 형식을 철저히 장악했다는 점에서 보다 생동성을 기하고 있다. 그의 우언은 등장인물이 적고 범상한 이야기일지라도 진리의 빛이 반짝이는 생동한 표현을 보여준다.

黃瑞雲과 凝溪는 모두 중국의 가장 걸출한 우언작가이다. 이 두 작가를 비교해볼 때 黃瑞雲이 무게가 있고 엄숙하며 이성적 색채가 진하다면, 凝溪는 산뜻하고 활발하며 거침없고 상상이 풍부하며 흥미가 도도하다.

黃瑞雲과 凝溪 외에 蓋壤과 黃永玉은 스타일이 독특하여 눈에 띄는 작가다. 蓋壤은 엄격한 의미에서의 우언작가는 아니다. 그러나 그가 1989년에 출판한 『중국속어고사집(中國俗語故事集)』에는 독특한 시각으로 창작한 우언작품이 많다. 더구나 그 질도 매우 뛰어나며 운치도 특이하여 중국 우언문학에서 손꼽히는 훌륭한 작품군이 되기에 손색이 없다. 蓋壤의 우언은 내용으로부터 형식에 이르기까지 전형적인 중국의 민족적 특색을 지니고 있다. 그는 세속생활 속의 지혜의 금싸라기들을 갖고 창작의 틀을 만들어 이성의 빛이 넘쳐나게 하였다. 그의 우언은 구상이 매우 교묘하며 극히 협소한 속어(俗語)의 기성적인 명제 속에서 우언 창작의 탁월한 재간을 선보였다. 속어는 전형적인 민간 지혜의 결정체이다. 이로 보아 그의 우언은 표현상에서도 많은 민간문학적 의미와 멋을 갖게 되었다. 여기에 蓋壤 자신의 피나는 노력에 의해 그의 우언은 중국의 민족적 색채가 가장 진한 작품이 되었다.

黃永玉도 굳이 일부러 우언 창작을 진행한 것은 아니다. 그는 중국의 유명한 화가로서 그림 창작의 격정이 넘쳐날 때 우언 창작에서도 마찬가지의 비범한 이해력과 능력을 나타냈다. 그의 우언은 주로 『개말거잡기(芥末居雜記)』 등 그림을 곁들인 문집 속에 있다. 그의 우언은 반문언문, 반백화문으로 집필되었는데, 매 편의 우언에는 모두 작가 스스로 그린 수묵화 한 폭이 곁들어져 있다. 그의 우언은 세속생활 속의 추태를 신랄하게 비웃고 인간성의 결함과 약점을 폭로했는데, 필치가 힘 있고 예리하며 생동감이 넘친다. 표면상으로는 생활에 대한 희화가 많지만 그 깊숙한 곳에는 사회생활에 대한 작가의 심도 있는 이해와 관심이 엿보인다. 그의 우언은 간결하고 정교하며 유머러스하고 흥미롭다. 짤막한 한 마디지만 의미심장하며 충분히 음미할 여지를 준다. 蓋壤의 우언이 중국의 민족적 민간적인 것에서 기원하고 있다면, 黃永玉의 우언은 중국 고대문화에 대한 이해와 통달에서 기인하고 있다.

이상의 작가들 외에 吳廣孝는 단기간 내에 많은 우언창작 성과를 거두었을 뿐만 아니라 우언 번역에서도 많은 성과를 거둔 작가이다. 許潤泉도 많은 우언작품을 창작했는데, 예술적 표현 면에서 자기의 특색을 지니고 있다. 그런가 하면 陳乃祥은 1980년대 초에 궐기한 우언작가로서 어느 정도 영향력을 보였다. 또한 胡樹化의 우언작품은 그리 많은 편은 아니지만 우언 창작계에 참신한 바람을 불러일으키며 사람들의 주목을 끌었다. 그리고 海代泉도 우언 창작에서 얼마간의 성과를 거두었는데 표현상에서 자기의 독특한 점을 갖고 있다. 이외에 徐强華의 계열우언(系列寓言), 葉永烈, 吳樹敬의 과학우언, 盧培英의 지식우언, 高洪波의 우언시도 이 시기 우언 창작의 각 방면을 대표하는 성과들이다.

20세기 전반의 중국 우언문학을 두고 볼 때 馮雪峰, 金江, 湛盧, 黃瑞雲, 凝溪는 가장 걸출한 작가로 꼽힌다. 이들의 작품은 우언문학 내에서뿐만 아니라 중국 신문학 전반에서도 중요한 의의와 지위를 갖는다.

3. 연구, 번역

20세기로 들어서 중국인들은 자신의 우언 창작 형상을 부각시킬 때 비교적 일찍이 우언의 연구와 번역에 대해 관심을 보여 왔다. 또한 이를 20세기 중국우언문학의 중요한 부분으로 인식하였다.

1920년대 중국의 문학가들은 동화, 우언 등 문학양식에 대해 관심을 갖기 시작하고, 일부 비평적 연구나 소개의 글들을 발표하였다. 1930년에 고전문학가 胡懷琛의 『중국우언연구』가 출판되었는데 이것은 중국에서 계통적으로 우언문학을 연구하는 선편을 잡았다. 이 책은 단지 3만여 자에 불과하나 세계 범위 내에서의 우언, 중국고대우언 및 근 20년간의 우언에 대해 모두 언급하고 있다. 이 책은 중국 현대문학사에서 유일하게 우언문학을 연구한 전문 저서이다.

1957년에 王煥鑣의 『선진우언연구(先秦寓言硏究)』(古典文學出版社)가 출판되었는데 이 책은 5만여 글자이다. 선진우언의 기원, 사회적 근원, 특징, 영향 등의 방면에 걸쳐 연구를 진행했다.

1982년 陳蒲淸의 『중국고대우언사(中國古代寓言史)』가 출판되면서 우언 연구의 진정한 서막이 올랐다. 이 저서는 22만 자(나중에 증보판이 나왔음)로, 중국 고대 2천여 년의 우언문학 역사에 대해 전면적으로 논술하였다. 여러 면에서 개척적인 공헌을 한 책으로, 중국 고대우언 연구에 있어서 중대한 돌파구를 가져왔다. 잇따라 公木의 『선진우언개론』이 출판되었는데 이 저서는 선진우언에 대해 다 방면에 걸쳐 깊이 있게 연구했을 뿐 아니라 선진우언 연구의 수준을 한 단계 높였다. 이 두 저서는 중국 고대우언 연구에 있어서 모두 자기 나름대로의 체계를 갖추었는데 이전의 분산적이고 개별적인 연구에 비해 하나의 커다란 발전임은 더 말할 것도 없다. 이로부터 오늘날 중국 고대우언에 대한 인식과 이해는 대개 이 두 저서의 기본 관점에 의거하고 있다.

우언에 대한 기초적인 이론 연구는 1988년에 鮑延毅가 책임 편찬을 맡아 출판한 『우언사전(寓言辭典)』에서 이루어졌다. 이 책은 50여만 자로, 20세기 중국 우언문학의 기초가 되었다. 이 책은 우언문학에 대해 다 방면에 걸쳐 영향을 주었다. 이후 얼마 되지 않아 陳蒲淸이 책임 편찬을 맡아 출판한 『중외우언감상사전(中外寓言鑑賞辭典)』도 독특한 시각을 갖고 많은 영향을 끼친 연구 성과로 꼽힌다. 이 두 사전의 출판은 우언 연구의 중요한 성과이다.

이어 90년대 초에 『우언문학개론』, 『우언개론』, 『세계우언통론』 등이 출판되었다. 이로써 20세기 중국우언문학의 견실한 이론적 기초가 닦였다. 『우언문학개론』은 15만 자인데 전문 이론 차원에서 우언의 본질, 심미, 형식, 형상, 분류 등 여러 방면의 이론적 문제를 연구한 저서로, 최초로 이론적 수준에서 '우언'이라는 문학양식을 파악했다. 『우언개론』은 20여만 자인데 여러 방면에서 우언문학의 이론과 작가, 작품 문제에 대해 탐구했다. 『세계우언통론』은 30여만 자인데 우언의 본질, 기원, 발전, 응용에 대해 다방면의 탐구를 진행했다. 이상의 세 저서는 우언문학에 대한 연구자들의 체계화된 견해와 인식을 나타냈는데, 이는 중국 우언문학의 발전에서 중대한 의의를 갖는다.

우언 연구에 있어 사적(史的)인 기술도 중요한 방면의 하나다. 1990년대에 들어서 우언 연구는 이 방면에서 중대한 성과를 거두었다. 『세계우언사』, 『중국우언문학사』, 『중국우언사』 등은 모두 이 분야에 속하는 장편 거작들이다. 『세계우언사』는 30만 자인데 중국인이 최초로 스스로의 시각으로 세계 범위 내의 우언문학사에 대해 살펴본 것이다. 『중국우언문학사』는 47만 자인데 중국의 고금 우언에 대해 포괄적으로 논한 저서로서『중국고대우언사』 후에 최초로 중국우언문학사에 대해 포괄적으로 논한 결실이다. 『중국우언사』는 50만 자인데 엄정한 사적(史的) 서술로 중국 3천년의 우언문학사에 대해 전면적이고도 계통적인 조명을 했다.

이상의 사실에서 알 수 있듯, 우언 창작이 거대한 성과를 거둠과 동시에 우언 연구도 전면적으로 전개되어 괄목할만한 성과를 거두었다.

우언에 대한 수집 정리도 엄격한 의미에서 보면 연구로 간주할 수 있다. 우언에 대한 정리, 특히 중국 고대우언에 대한 정리는 茅盾으로부터 시작하여 줄곧 20세기 중국 우언문학의 한 부분이 되었다. 즉, 우리는 새로운 시대에 우언문학을 창작함과 동시에 대량의 중국 고대우언 작품을 정리해 내어 새로운 시대 우언문학 작품을 구성했다는 것이다. 이런 과정은 20세기 중국 우언문학 내내 줄곧 지속되었는데, 집대성을 이루기는 80년대 이후가 된다. 80년대로부터 90년대에 이르는 10여 년 사이 많은 우언연구연구가, 수집정리가들은 여러 시각에서 대량의 중국 고대우언선집을 출판하였다. 중국 고대우언사 전체를 관통한 '중국역대우언집'만을 보아도 수십 종이나 된다. 이 가운데 3권으로 된 『고대중국우언대계(古代中國寓言大系)』의 규모가 가장 크다. 중국 고대우언에 대한 수집 정리, 분류 등은 연구 면에서 의의가 있을 뿐 아니라 이 과정에서 나온 역술(譯述)은 창작이 되기에 손색이 없다! 이런 것들은 20세기 중국 우언 문학의 발전을 촉진하였다.

우언 번역은 20세기 중국 우언문학에 있어서 특수한 지위를 차지한다. 그것은 20세기 중국 우언문학의 '신경(神經)'이 바로 중국에서의 외국우언의 번역으로부터 촉발되었기 때문이다. 즉 이솝우언 등 외국우언의 번역이 우언이라는 문학양식에 대한 사람들의 눈을 열게 하였다. 그리고 여기에 기초하여 중국의 풍부한 우언문학 전통과 접목하여 자신의 새로운 우언문학을 창작했던 것이다.

중국에서의 외국우언에 대한 가장 이른 시기의 번역은 1600년 전 인도 불경에 대한 번역으로까지 소급할 수 있다. 당시 번역된 불경에는 이미 대량의 인도우언이 포함되어 있었다. 나아가 명대(明代)에 벌써 이솝우언의 번역본이 나오기 시작했고, 이후에 사람들이 이를 계속 번역하여 여러 번역본들이 나왔다. 예컨대『황의(況義)』,『의습몽인(意拾蒙引)』,『해국묘유(海國妙喻)』등이 그 예이다. 1902년에 林紓의『이솝우언』라는 번역본이 나왔는데 '이솝우언'이라는 명칭은 이 때 비로소 확정되어 광범하고도 깊은 영향을 미치기 시작했다. 이후 잇따라 세계 각국의 중요한 우언작가의 작품들이 나오기 시작하고 개별적인 선집으로 출판되기 시작하였다. 1950년대에 들어서 이런 중요한 우언작가들의 작품이 대부분 선집으로 출판되었다. 이 시기엔 크레이로프(克雷洛夫)의 번역우언이 가장 인기를 끌었다. 가장 유명한 크레이로프의 번역우언은 孫用이 영역본으로 재차 번역한 완역본이다. 이 우언집은 출판되자마자 사회에 영향을 미쳤는데 너무 간략하고 고사성이 떨어지는 이솝우언과는 구별되는 다른 종류의 전범이 되었다.

80년대 이전은 대개 우언 번역의 '선본(選本) 단계'로 볼 수 있다. 그러다가 80년대 후기에 번역계에서는 세계 각국의 역사상의 중요한 우언작가의 작품을 전면적이고 체계적으로 번역하기 시작했다. 완역본 및 다양한 번역본이 나온 것이 이 시기 번역의 기본 상황이다. 이솝, 라 퐁텐,

크레이로프, 렛싱, 다 빈치 등 일련의 우언작가의 작품들이 완역본이나 여러 번역본으로 나오게 되었다.

어떤 의미에선 번역도 일종의 창작이다. 이솝은 유럽 각국 민족우언 창작의 총 시원을 이루고 있다. 프랑스, 독일, 러시아, 영국, 스페인 등 유럽 각국의 거의 모든 우언작가들이 비록 자기 민족의 언어로 우언 창작을 진행했다고는 하지만, 제재, 내용, 표현방식의 근간을 따져보면 그것은 바로 이솝우언에 토대하고 있다. 바꾸어 말하면 그들은 자국의 현실과 결합시켜 이솝우언에 대해 민족적 특성을 살려 서술했거나 번역을 진행했다. 중국에서 진행된 세계 각국의 우언에 대한 번역도 이러한 성격을 띤다. 이러한 번역은 20세기 중국 우언문학을 풍부히 했을 뿐 아니라 그것의 발전 변화를 촉진했다. 이런 의미에서, 우언번역가도 우언작가라고 할 수 있다.

4. 의의, 사명

20세기 중국문학은 세기(世紀)적 성격을 가진 새로운 문학이다. 그것은 서방의 사상·문화와 문학의 영향을 받아들이고 그것과 중국문화와 문학의 실제를 결합시켜 새롭게 창조한 문학이다. 그러므로 소설, 시가, 산문, 희곡 및 동화, 우언, 고사(故事) 등 내용에서 형식에 이르기까지 그것은 스스로의 새로운 면모를 갖고 있다. 이런 세기적 문학의 개척 과정 속에서 우언도 그 창조적 활동에 참여해 5·4신문학의 한 구성 부분이 되었다. 5·4신문학운동 초기 중국의 많은 신문학운동의 거장들이 주의력을 소설, 시가, 산문, 희곡의 창작에 돌렸음에도 불구하고 백화문으로 우언이라는 문학양식에 도전한 작가들도 있었다. 따라서 중국 신문학은 그 시작에서부터 우언이라는 문학양식을 갖게 되었다. 다른 일부 '소품류(小品類)' 문학양식에 비해 우언양식의 출현과 발전은 그래도 순조로운 편이다. 그 근원을 따져보면 우리에게는 풍부한 우언문학 전통이 있고 자랑할 만한 많은 고대 우언 작품이 있다. 서방의 이솝우언을 중심으로 한 우언이 외재적으로 형식적인 면에서 중국 신문학 속 우언의 발전을 결정했다면, 그 내재적 정신과 기질은 여전히 중국의 전통적인 우언 정신이 작용했던 것이다. 茅盾이 개척한 백화문 우언은 우리 20세기 중국 우언문학의 시원을 이루고 있다. 그것은 비록 작은 분량이지만 훗날 융합을 이루는 가운데 광범하고도 깊은 영향을 미쳤다.

우선, 그것은 중국 신문학의 한 종류로서 시작부터 자기의 독특한 풍격을 이루었을 뿐만 아니라 줄곧 전반적인 문학에 대해 공헌했다. 茅盾, 魯迅, 鄭振鐸, 林語堂 같은 1세대 문학가들의 창작에서 우언은 비록 그들의 창작 영역에서 주요 부분은 아니라 할지라도 그것이 그들의 문학적 성과를 이루는 데 기여했음은 더 말할 것도 없다. 茅盾의 소설 창작을 논할 때 아동문학 창작에서의 공헌을 언급하는데, 그의 아동문학 가운데 많은 분량을 차지하는 것은 바로 우언 창작이다. 그런가 하면 魯迅은 잡문(雜文)의 대가이다. 그런데 그의 일부 글들은 우언의 차원에서 조명하면 그 미묘함이 보다 잘 드러난다. 鄭振鐸의 문학 번역은 중국신문학사에서 매우 중요한 위치를 차지한다. 우언 번역도 그의 번역 업적의 중요한 한 부분을 차지함은 더 말할 것도 없다. 이는 중국 신문학 개척기, 작가와 문학에 대한 우언의 의의가 된다. 우언은 일종의 독립적인 문학 양식으로서 문학의 전체적인 발전에 있어 의의를 지니는 것으로, 그 나름대로 응분의 작용을 발휘하면서 전체 문학 창작의 한 부분이 되었다. 그러므로 우언작품의 출현은 필연적으로 전체 문학 창작의 발전을 추동하였다.

다음으로 초기에 형성된 우언문학 양식, 즉 당시 우언에 대한 이해와 창작 패턴은 후세의 우언 창작에 대해 결정적인 영향을 미쳤다. 중국 신문학 가운데 우언문학은 그 시작에 있어 아동문학 종류로 취급되었다. 茅盾의 우언작품은 곧 일반 동화나 고사(故事)와 같이 분류되고 편집되었다. 이러한 인식과 이해 하에 형성된 우언작품 모델들은 후세에 상당한 영향을 끼쳤다. 이에 3, 40년대에 아동문학에 전문적으로 종사하는 일군의 전문가, 작가들은 우언에 관심을 갖고 창작을 새롭게 진행하여 중국우언의 아동문학적 성격을 보다 명확히 하였다. 현재 우리가 볼 수 있는 周玉群, 白丹寧, 程同如 등의 우언집을 모두 아동문학에 무난히 귀속시킬 수 있는 것이다. 우언의 이런 아동문학적 성격이 馮雪峰 우언에 와서 크게 뒤바뀌긴 하지만, 그것의 기본 영향은 지금까지 이르고 있다. 물론 우언을 단순히 아동문학으로만 보는 관점에는 문제가 있다. 이솝우언, 중국고대우언, 고대 인도우언은 모두 심도 있는 철학사상과 세속적인 지혜를 근본 특징으로 하는 문학표현물로서 일종의 특정한 문학적 산물이다. 그것은 예로부터 줄곧 '이성적인 시편'이지 소아과의 '말장난'이 아니다. 그런데 중국의 새로운 우언의 패턴은 여기서 많이 벗어나 있다. 그러한 '벗어남'은 20세기 중국우언문학으로 하여금 아동적 정서, 통속성, 이야기성 등의 방면에서 긍정적인 발전을 가져오게 하였다. 반면 우언의 '이성적 시편'으로서의 성질은 많이 약해졌다. 그리고 예술의 분류에 있어서 우언을 아동문학의 아류 정도로 보고 소설, 시가, 산문과 동등한 지위로 취급하지 않은 것은 우언문학의 발전 방향을 다소 제약했다. 20세기 중국 우언문학은 바로 이런 상황에서 발생하고 발전하였다. 물론 이러한 '제약'은 훗날 발전 과정에 있어서 상당한 변화을 가져왔으며 실제 창작에 있어서 많은 작가들은 자각적으로 '이성적 시편'으로 나아갔다.

20세기 중국 우언문학은 바로 이 길을 따라 걸음마를 떼고 50년에 가까운 발전 과정을 거쳐 80년대에 이르러 전면적인 개화를 가져오고 중국문학의 중요한 구성 부분이 되었다.

20세기 중국의 우언문학은 문학 전체에서 우선 일군의 우언작가를 배출했다는 데 데 그 의의가 있다. 20년대로부터 40년대에 이르기까지 중국신문학사에서 많은 문학가들이 우언 창작에 손을 댔는데, 이는 우언문학에 있어서 하나의 행운이었다. (이러한 상황은 18세기 러시아의 경우와 매우 비슷하다. 당시 레몬르또프(羅蒙諾索夫) 등이 모두 우언 창작에 손을 댔다.) 그러나 이 시기 중국 신문학은 많은 우언작가를 배출하지 못하였다. 周玉群 등의 우언 창작이 '일가'를 이루기는 했지만 그 영향은 너무 적었다. 40년대 말기에 冯雪峰의 우언이 출현해서야 중국의 신시기 첫 번째로 꼽히는 진정한 우언작가가 출현했던 것이다. 중국 현대문학사에서 소설가, 시인, 산문가, 희곡가, 이론가의 반열에 들어선 사람들은 대단히 많다. 그런데 우언작가 즉 우언 창작으로 작가가 된 사람은 바로 冯雪峰 뿐인데 그 의의는 자못 크다. 그의 우언 창작은 뒤에 오는 우언작가들로 하여금 우언작가의 기본 특징과 스타일을 보임으로써 많은 우언작가들이 쏟아져 나오는 데 훌륭한 밑바탕이 되었다. 이 후 金江, 湛盧, 黄瑞雲, 凝溪, 蓋壤, 黃永玉 등 일군의 우언작가들이 우수한 우언문학 창작 성과로 문학에서 자신의 지위를 확보했다.

50년대 이후 이런 우언작가들은 이전의 우언작가보다 더 열심히 우언 창작에 몰두하여 보다 높은 차원에서 우언문학의 진수를 추구했다. 80년대로 들어서 중국문학은 큰 발전을 가져왔다. 소설, 시가, 산문 등 문학 종류가 모두 커다란 발전을 이룩했다. 이 가운데 우언문학은 가장 생기발랄한 종류의 하나로서 상대적으로 기타 문학종류에 비해 훨씬 발전하였다. 40년대 우언작가들 가운데서 전국적인 영향력을 갖고 선명한 특색을 나타낸 작가는 馮雪峰, 張天翼 등이다. 당시 이러한 정도의 영향을 가지고 있는 우언작가는 상당히 많았다. 馮雪峰과 張天翼 등과 같은 작가는 가장 영향력 있는 대표적 작가로 볼 수 있다. 이런 우언작가들은 문학 창작에 있어서 이미 기타 예술류의 작가들로는 대체하거나 마멸할 수 없는 자기의 특정적인 지위를 확보하고 가치를 실현했으며 휘황찬란한 성과를 거두었다.

다음으로 일군의 훌륭한 우언작품이 출현하였다. 한 작가가 최종적으로 내세울 수 있는 것은 작품이다. 오직 작품만이 한 작가의 지위와 가치를 최종적으로 확립할 수 있다. 20세기 중국 우언문학을 보면 일군의 작가들이 나타났는데 이들도 결국 우언작품을 기초로 하여 자신의 입지를 세운 것이다. 우리가 馮雪峰을 유명한 우언작가라고 하는 것은 바로 그가 일군의 훌륭한 개척적인 우언작품을 창작했기 때문이다. 馮雪峰의 이러한 작품들은 그 자신뿐만 아니라 중국 우언문학, 더 나아가서는 중국 전체의 문학에 있어서도 매우 중요한 의의를 갖는다. 그런가 하면 金江과 湛盧의 우언작품은 선배 우언작가들의 우수한 전통을 계승하고 발휘하면서도 자기의 독특한 이해와 표현 스타일을 이루었다. 또한 80년대 黃瑞雲, 凝溪, 蓋壤, 黃永玉 등 작가들의 우언작품은 각자의 독특한 스타일을 이루어 20세기 문학 전체에 매우 강한 영향을 미쳤다. 즉, 문학적 표현력이 강해 많은 관심을 모았던 것이다. 1950년대에 金江과 湛盧의 우언이 여전히 '소아과'적 이해 수준에 머물러 있었다면, 80년대에 이르러 黃瑞雲과 凝溪 우언의 시기에는 상당한 변화를 가져왔다. 이 시기 우언을 이해함에 있어서 그것을 소설, 시가, 산문, 동화, 희곡과 동일한 지위와 격을 갖춘 양식으로 보는 데 대해 학계에서 합의를 이루었다. 80년대로 들어서 대다수 우언작품들은 이미 '이성적 시편'의 기본 성격을 전적으로 갖추었으며 다방면으로 여러 층위의 독자들을 대상으로 한 작품 창작을 진행했던 것이다. 이런 작품들 가운데의 많은 훌륭한 우언작품들은 그 시대 우수한 작품들의 대표작으로 손꼽아 손색이 없다. 이 시기에는 소설 등과 같은 문학양식뿐만 아니라 일부 우언작품도 그 시대의 문학적 풍모를 대표하였다. 이를테면 20세기 중국 우언문학의 창작은 80년대로 들어서 상당한 수준에서 이 시대 문학정신을 체현했던 것이다.

이 외에 20세기 중국 우언문학에서 우언 연구 또한 중국 신문학 전체에 대해 특정한 의의를 갖고 있다. 문학에 대한 갈래론적 연구는 줄곧 문학 연구의 중요한 영역이 되고 있다. 중국 신문학은 일찍부터 문학의 각 장르에 대한 연구를 진행해왔다. 시론, 소설론, 희곡론, 동화론 등은 그간의 사정을 잘 말해준다. 그런데 우언 연구처럼 심도 있게 다방면에 걸쳐 다차원적으로 진행된 경우는 매우 드물다. 그리고 그렇게 짧은 시간 내에 그렇게 많은 성과를 거둔 경우는 많지 않다. 이러한 연구에는 이론, 사적 흐름, 작가론, 작품론 등 다 방면의 내용을 포함하고 있는데, 체계적이고 독자적인 견해와 시각을 보였다. 이는 우언문학에 대한 공헌이며 중국 신문학을 풍부하게 했다.

이상의 상황으로 미루어, 우언은 일종의 독립적인 문학양식으로서 문학 전체에 대해 다방면의 의의를 지니고 있음을 쉽게 알 수 있다. 우언문학은 본디 전체 문학의 발전에 있어서 문학의 다양성을 나타낼 뿐만 아니라 문학의 다양하고 전면적인 발전을 촉진함에 있어서도 신성한 사명을 띠고 있는 것이다.

우언은 하나의 마술적인 의미를 지닌 문학양식이다. 우언은 매우 작으면서도 크고, 매우 연륜이 있으면서도 젊고, 체재가 작으면서도 사상과 내용은 매우 풍부하다. 바로 이러하기 때문에 우리 인류는 이솝을 대대손손 찬미하는 것이다. 우언은 매우 유구한 것으로 인류 문학 활동의 초창기에 나타났다. 그러나 현 단계에 있어서 그것의 변화는 매우 새롭다. 우언은 거의 전체 세계문학사에 관통해 있는 것으로 많은 문학사를 장식하는 '진주'이고 없어서는 안 될 고리이다. 뿐만 아니라 그것의 존재는 다른 문학 장르에도 깊은 영향을 주고 있다. 오늘날 20세기 중국 우언문학도 마찬가지로, 그것을 진정으로 잘 대우하는 것도 오늘날 우리 문학의 영예인 것이다.

우언적 사유방식으로 본 황제(黃帝)신화

金善子*

1. 사유방식으로서의 우언

  '우화'와 '우언'에 대한 구별, 우언의 정의에 대한 규정 등등을 여기서 다시 언급할 필요는 없겠다.[1] 현재까지 우리나라 우언학계, 그리고 중국의 우언학계에서 규정짓는 우언의 정의는 장자 우언의 범주에서 그리 크게 벗어나지 않는 것으로 보인다. 그러나 이제, 우언의 범위를 '글쓰기 방식'으로서의 우언에서 일종의 '사유방식'으로서의 우언으로 좀더 확장시켜보는 것은 어떠할까.

  우언이 갖추어야 할 요소는 대략 두 가지이다. '이야기'라고 일컬어지는 서사구조가 있어야 하고, 그 서사구조가 담고 있는 또 다른 본체, 즉 작자의 '의도'라고 말할 수 있는 그 무엇이 들어있어야 우언이라고 한다. 작자의 의도를 직접적으로 드러내지 않고 '둘러말하기'의 기법을 통해 작자의 의도를 간접적으로 표현하는 것을 우언이라고 본다면, 우언은 그저

---

* 연세대 중문과 강사

1) 우화와 우언의 개념에 관해서는 양승민, 윤주필, 윤승준 등 우언 연구자들이 이미 여러 차례 논의한 바 있으며 그 성과물들에 대해서는 윤승준이 『우언의 재미와 교훈』 「제1장 우언이란 무엇인가」에서 상세하게 정리한 바 있다.(월인, 2000.8.)

단순한 글쓰기 방식만은 아니지 않을까. 범위를 좀더 확장시켜 우언을 하나의 사유방식으로 보는 것은 어떠하겠는가. 우언을 '우언 소품문'[2]으로 한정시켜야 한다는 견해에도 일리는 있지만 좁은 의미의 우언이 전국시대(戰國時代)라는 정치적 상황의 산물이라는 점을 다시 한번 떠올려본다면 그 범주의 확장을 꿈꾸어보는 것도 아주 황당한 일은 아니라고 생각한다. 좁은 의미의 우언이 '우언 소품문'을 의미한다면 넓은 의미의 우언은 상당히 정치적인 개념을 내포하게 된다. 여기서 필자가 말하는 넓은 의미의 개념이란 '우언적 사유방식'을 의미하며, 그것은 중국에서 아주 오랜 전통을 갖고 있는 지식인들의(좀더 정확하게 말하자면 정치인들의) '둘러말하기' 전통까지를 포함한다. 이러한 전통은 『시경(詩經)』이 지식인들에 의해 '이용'되기 시작하면서부터 이미 생겨났다. 물론 우리나라나 중국의 우언 개념으로 볼 때 우언은 전통적으로 산문의 영역에 속해왔다. 그 어떤 우언학사를 펼쳐보더라도 우언은 언제나 『장자』, 『열자』 등에서부터 시작한다. 그러나 중국에서 서사의 전통이라는 것이 반드시 산문에서 시작된 것이 아닌 바에야 운문 역시 우언의 범주에 넣는 것에 인색할 필요는 없는 것이 아닐까.[3]

---

2) 양승민은 "'우언'이라는 용어도 '우언소품' 유형을 가리킬 때에만 사용하는 게 타당하다고 여긴다. '우언'이라 하면 자연스럽게 단형의 우언소품을 떠올릴 수 있어야 할 것이다."(「우언문학의 자료적 범주에 대한 문제」, 『동아시아 우언론과 한국의 우언문학』, 집문당, 2004, 253쪽.) 이어서 그는 이렇게 말한다. "이렇듯 거의 모든 소설 작품을 알레고리로 감상할 수 있는 이유는 소설가들이 입언(立言)을 하되 흔히 우언적(寓言的)으로 해왔기 때문이다.... 때문에 우언소설의 자료적 범주는 .... 우리가 일반적으로 거론해온 작품들 이외에도 연구자의 시각에 따라 얼마든지 늘어날 위험이 있는 것이다."(앞의 책, 257쪽) 그러나 이것은 너무 좁은 의미의 '우언' 개념이 아닐까. 16세기 이후 성행한 중국의 장편소설들을 보면 작품 자체가 작가의 현실에 대한 주장을 '넌지시' 담는 경우가 많았다. 그런 면에서 본다면 그 소설들을 알레고리적으로 감상하지 않아야만 할 이유도 없다. 우언소설의 범주가 넓어진다고 해서 그것이 반드시 '위험'한 것이라고 볼 필요는 없는 것 아닌가.
3) "우언은 자신의 '고유한 양식에 고착되기보다는 하나의 담론방식으로 여러 양식에 침투해 들어가는 속성이 강하다.'라는 윤주필의 견해는 그런 면에서 생각해볼만한 여지를 남겨준다.(「한문문명권의 우언론 비교연구」, 앞의 책, 18쪽.)

『시경』에서 비롯된 춘추시대 引詩(필자주: 賦詩라는 용어도 사용하긴 하지만 혼란을 피하기 위하여 引詩라는 용어를 사용하기로 한다)의 전통은 '둘러말하기'라는 우언적 사유방식의 특징을 보여주고 있다. 『시경(詩經)』「건상(褰裳)」을 정치가들이 정치적 의도로 사용한다면 치마 걷고 물 건너오라는, 연인에게 건네는 주인공의 속삭임은 '둘러말하기'의 극치가 된다. 사랑에 빠진 연인들의 대화가 곧 노회한 정치가들의 속삭임으로 변하게 된다면 그것이야말로 '둘러말하기'의 절창이라고 할 만하지 않겠는가. 춘추시대 인시의 전통을 이어받은 현대의 정치가들이 그러한 방식을 지금도 그대로 사용하고 있다면, 이러한 전통이야말로 춘추시대 이래 오랫동안 이어져 내려온 중국 지식인들의 '우언적 사유방식' 때문이라고 말할 수 있을 것이다. 江澤民이 미국을 방문했을 때 만찬석상에서 이백(李白)의 〈조발백제성(早發白帝城)〉을 읊었다면, 그 작품 속의 주인공은 이제 더 이상 이백이 아니다. 이백이 날아갈 듯 읊었던 그 노래는 이제 더 이상 이백의 노래가 아니라 강택민의 노래이다. 〈아침에 백제성을 떠나며[早發白帝城]〉의 저자 이백은 이제 강택민이라는 새로운 저자의 '둘러말하기' 기법에 등장하는 비유의 대상, 작품 속의 주인공일 뿐이다. 그렇다면 중층적 의미를 가지고 있는 이러한 기법4)을, 글쓰기 방식을 뛰어넘은 일종의 '우언적 사유방식'이라고 말할 수 있을 것이다. 김성룡은 "가전, 우언, 알레고리, 패러블(parable)은 모두 텍스트의 이중성을 염두에 둔 글쓰기라는 점을 공통의 특성으로 갖는다"라고 하면서 Ralph Flores를 인용하여 그리스시대부터 알레고리는 "어떤 다른 것을 시장 또는 공적인 정치장에서 말하기"로, 직접 말하기 어려운 성스러운 것에 대해 말하거나 또는 정치적인 내용을 담아 말하는 방식으로 사용되었다고 하고 있는데,5) 정치적 목적을 가지고 문학 작품이나 신화 속의 인물들을

---

4) "알레고리는 예술적 대상의 의미를 중층적으로 해독하게 하는 대표적인 이중 텍스트 전략이다."(김성용, 「이중 텍스트의 시학과 중층 독해」, 앞의 책, 57쪽.)
5) 김성룡, 「이중 텍스트의 시학과 중층 독해」, 앞의 책, 79쪽.

끌어들여 말한다면 그것이야말로 '말하기 어려운 성스러운 것'에 대한 '둘러말하기'일 것이고, 그렇다면 그 문학작품이나 신화 자체가 일종의 알레고리가 되는 것이다.

한편 21세기, 현재의 중국 정치가들이 '다민족일원론(多民族一元論)'이라는 낯선 용어를 내세우면서, 새로운 '중화민족(中華民族)'의 탄생을 소리 높여 외치면서, 황제(黃帝)라는 신화 속의 인물을 끄집어내어 '위대한' 황제의 일대기를 조목조목 새롭게 구성해낸다면, 또한 멋지고 잘생긴 황제의 소상(塑像)을 만들어 그것을 곳곳에 세워 국민들 앞에 보여준다면, 그것이야말로 직설적으로 말하기 어려운 '성스러운 그 무엇'을 둘러말하기 기법을 통해 표현하는 것이라고 할 수 있을 것이다. 그런 면에서 본다면 알레고리라는 것은 상당히 정치적이다. 중국에서 우언이 발달했던 시대 자체가 지극히 정치적인 시대였고 그들이 둘러말하기 기법을 사용한 것 역시 시대적 상황 때문이었다고 하지 않는가. 우리나라 근대 시기 작가들이 몽유우언(夢遊寓言)을 통해 둘러말하기를 사용했던 것도 그렇고, 중국 근대에 유명한 작가들이 동화(童話) 창작을 통해 둘러말하기를 시도했던 것 역시 동아시아 고대 지식인들에게 면면히 이어져 내려온 '우언적 사유방식'의 전통 때문이었다고 말할 수 있을 것이다. 이러한 '둘러말하기' 전략이야말로 중국 정치인들이 즐겨 사용했던 방식으로서, 우언적 표현방식이 중국에서는 애초부터 정치적 산물이었음을 보여주고 있다. 황제신화(黃帝神話)는 그런 면에서 매우 전형적이다.

2. 黃帝神話는 어떻게 우언의 영역으로 들어오는가

(1) '황제'는 司馬遷의 시대에 이미 우언의 영역으로 들어왔다.

조현설은 「지혜, 신화와 우언을 잇는 고리」에서 '지혜'라는 것을 신화와 우언을 잇는 고리로 파악하면서 우언의 '역설적 지혜'가 신화의 '실천적 지혜'에서 온 것이라고 말하고 있다. 그의 견해대로라면 우언이라는 것은 비대칭성 사회를 꿈꾸는 '착한' 지식인들의 서사 방식으로 보이는 데, 사실 우언적 사유방식이라는 것은 반드시 착한 지식인들에게만 허용되는 것은 아닌 듯 하다. 오히려 정치적 목적을 가진, '착하지만은 않은' 지식인들에 의해 채용되는 우언, 그들에 의해 운용되는 우언적 사유방식은 더욱 문제적이다.

사마천은 과연 '착한' 지식인이었는가. 적어도 「열전(列傳)」만 보면 그렇게 말할 수 있을 듯 하다. 사마천의 「열전」이 일종의 둘러말하기, '우언 글쓰기의 또다른 변주'라는 윤주필의 견해는 참고할 만하다.6) 그러나 「열전」에 대한 이러한 해석은 「본기(本紀)」에는 좀 다르게 적용될 수 있겠다. 사마천이 저술한 '황제'의 「본기」 역시 '대일통(大一統)'이라는, 당시로서는 매우 절박한 소망이었던 당시 지식인들의 소위 '주관적 견해', 즉 역사 서술자 개인의(그러면서 동시에 '集體的'인) 역사 해석이 개입된 우언적 글쓰기 아니겠는가. 「본기」의 시작에 「오제본기(五帝本紀)」를 두고 그 시작에 '황제'를 배치하여 황제의 일생을 말함으로써, 또한 그의 계보를 서술함으로써 대일통의 꿈을 에둘러 표현한다. 사마천의 시대에 황제(黃帝)는 이미 지식인들의 우언적 사유방식, 그 범주 안으로 진입한 것이다.

(2) 근대 시기에 만들어진 새로운 황제 신화들

청나라 말기, 민국 초기는 중국의 역사에 있어서 매우 특이하고 새로운 시기였다. 2천년 이상 지속되어 왔던 황제 중심의 전제의 역사가 끝장나고 공화국이라는 새로운 체제가 들어서던 이 시기는 말 그대로 격동의

---

6) "사마천에게는 국가의 권력보다 개인의 의지가 역사의 실체성을 담고 있다는 것으로 이해되었기 때문에 「열전」이 필요했던 것이고 '전'을 통해 '경'의 궁극적 의미를 유추해내는 방식은 중세적 글쓰기의 일반적 모형이자 크게 보아 우언 글쓰기의 또다른 변주이다."(「우언의 인문학적 위상과 문화론적 맥락」, 앞의 책)

시기였다. 그러나 체제의 문제만이 그 시대의 지식인들을 혁명의 열기 속으로 몰아넣었던 것은 아니었다. 만주족이라는 '이민족'의 통치를 끝장 내야 한다는 한족 지식인들의 공감대가 형성되어 있었고 그것은 혁명 초기, 혁명에 참여했던 지식인들의 절대적 과제였다. 청나라 말기 마군무(馬君武)의 〈자유(自由)〉라는 시는 그것을 '황제(黃帝)'의 이름을 빌어 표현하고 있다.

> 西來黃帝勝蚩尤, 莫向森林問自由.
> 聖地百年淪異族, 夕陽獨自弔神州.
> 爲奴豈是先民志, 紀事終遺後史羞.
> 太息英雄浪淘盡, 大江嗚咽水東流.(『歷代詠黃陵詩選』)

이 시에서 '황제'라는 이름은 고대 신화 속의 제왕이라는 본래적 의미를 떠나 100년 동안 이민족의 손에 떨어져있던 '신주', 즉 중국을 의미한다. 여기서 황제는 중국과 동일시된다. 황제가 반란자 치우를 이겼다는 것은 이민족 통치 하에 있던 한족들이 이민족을 물리치고 한족의 영광을 획득하는 것을 의미한다. 여기서 황제는 한족 승리의 알레고리이다.

한편 중국동맹회(中國同盟會)에 들어갔다가 혁명의 제단에 피를 뿌린 여성 혁명가 秋瑾은 〈寶刀歌〉라는 노래에서 황제의 일대기를 비장한 어조로 노래했다.

> 漢家宮闕斜陽里, 五千餘年古國死.
> 一睡沉沉數百年, 大家不知做奴恥.
> 惜昔我祖名軒轅, 發祥根據在昆侖.
> 辟地黃河及長江, 大刀霍霍定中原.
> …
> 願從茲天地爲爐陰陽爲炭兮, 鐵聚六州.
> 鑄造出千柄萬柄寶刀兮, 澄淸神州.
> 上繼我祖黃帝赫赫之威名兮,
> 一洗數千數百年國史之奇羞.(『中國歷代才女詩歌鑑賞辭典』)

표면적으로는 황제가 철을 모아 보검을 주조하여 위대한 시조가 되었다는 내용으로 보이지만 사실 추근이 말하고자 하는 뜻은 1900년 8개국 연합군이 중국을 유린한 것에 대한 치욕과 분노를 황제라는 이름에 기탁하는 것에 있었다. 추근의 이 노래는 양계초(梁啓超)의 〈황제사수(黃帝四首)〉와 비슷한 선동성을 지니고 있다.

赫赫我祖名軒轅, 降自昆侖山.
北逐獫鬻南苗蠻, 馳驅戎馬間.
掃攘異族定主權, 以貽我子孫.
嗟我子孫勿忘勿忘乃祖之光榮!

溫溫我祖名軒轅, 世界文明先.
考文敎算命歷元, 還將醫藥傳.
科學思想尋厥源, 文明吾最先.
嗟我子孫遺傳繼續乃祖之光榮!…(『飮氷室詩話』)

각 시의 마지막 4련만 빼면 황제의 위대한 일대기를 서술하는 서사구조를 지니고 있다. 위대한 조상 헌원황제가 곤륜산에서 시작하여 북으로 훈죽, 남으로 묘만을 물리치고 위세를 떨쳤다.… 그뿐인가 우리의 위대한 조상 황제는 중국문명의 시조일 뿐 아니라 아예 세계문명의 시조이다. 모든 제도와 역법, 의학, 과학까지도 모두 그에게서 시작되었다.… 이렇게 위대한 황제에 대한 예찬이 시작되어 진시황(秦始皇)과 한무제(漢武帝), 당태종(唐太宗)이라는 걸출한 역사상의 제왕까지도 그의 후손이 되면서 노래는 마무리된다. 표면적으로 볼 때 이 시의 주인공은 황제이다. 그가 어떠어떠한 일을 했고… 이렇게 노래는 전개되지만 사실 양계초가 그 시대에 이 노래를 불렀던 이유는 단순히 '황제를 위하여'만은 아니었다. 그가 이 노래를 부른 것은 '황제의 이름으로'였다. 위대한 황제의 이름을 부름으로써 그 이름이 가져다주는 효과를 노린다. 황제라는 이름을 부름으로써 백인종보다 위대한 황인종의 자긍심을 심어준다. 민족의 생존이 걸린 절박한 상황에서 황제의 이름은 엄청난 효과를 발휘한다. 하나의 '혈연'으로 민족을 묶어주는 것, 그것이 바로 양계초가 '황제의 이름으로' 얻고자 한 것이었다. 황제의 이야기는 표면에 드러난 서사일 뿐, 양계초가 둘러말하고자 했던 본뜻은 중국인의 위대함, 한족의 단결이었다. 시라는 문학예술 형식을 통해 민족의 위대함을 주장하는 그의 수법은 둘러말하기의 전형을 보여준다고 할 수 있겠다.

그런가하면 1912년 3월에 孫中山에 의해 씌어진 〈黃帝贊〉을 보자. 1911년 신해혁명으로 청나라 왕조를 끝장낸 이듬해 1월 1일, 손문은 중화민국 임시대총통으로 취임한다. 취임한지 두어 달이 지난 3월, 그는 대총통의 이름으로 陝西省 中部縣(지금의 黃陵縣)에 사절을 파견하여 '인문시조 헌원황제(人文始祖 軒轅黃帝)'에게 제사를 올리게 한다. 표면적으로 이 시는 손문의 '황제'에 대한 헌사이다.

> 中華開國五千年, 神州軒轅自古傳.
> 創造指南車, 平定蚩尤亂.
> 世界文明, 唯有我先.

지남차(指南車)를 만들어 치우(蚩尤)의 난을 평정하고 '중화 문명 5천년'의 역사를 연 황제에게 바치는 이 헌사는 그러나 단순하게 황제에게 바치는 헌사만은 아니다. 황제를 앞세우고 그의 권위에 힘입어 자신의 정통성을 과시하고자 하는 행위에 다름 아니었다. 권력을 잡은 자의 이러한 행위는 비단 중국의 경우에만 그러한 것은 아니다. 죽은 자의 권위를 빌어 그의 이름을 내세움으로써 자신이 잡은 권력의 정통성을 확보하는 행위는 역사 이래 공공연히 있어왔다. 『사자(死者)와 권력』에는 그 수많은 예들이 들어있다. 황제의 이름을 내세워 한족의 단결을 촉진시키고 이민족인 만주족의 잔재를 확실하게 쓸어버리려는 취지, 중화문명의 시조로서 황제를 전면에 내세우고 그의 위대함을 노래하면서 동시에 그의

이름에 붙어 권력의 정통성을 확보한다는 것만큼 매력적이고 효과가 큰
것은 더 이상 없을 터, 그리하여 손문은 총통에 취임하자마자 황제가 묻
혀있다는 무덤에 사신을 보내어 그에 대한 자신의 숭모의 정을 만천하에
내보인다. 그러나 이러한 수법은 손중산만 사용했던 것이 아니었다.
1937년, 서안사변(西安事變)이 해결된 후 국공합작(國共合作)이 이루어
졌고 같은 해 4월 5일 청명절, 중국국민당과 공산당은 각각 정부 관원을
파견하여 섬서성 황릉현으로 가 헌원황제에게 제사를 올리게 했다. 중국
국민당은 張繼와 顧祝同을, 중화민국정부주석 林森은 섬서성 주석 孫蔚
如를 파견했다. 중국공산당, 소비에트정부주석 毛澤東과 중국인민항일
홍군총사령관인 朱德은 섬감녕변구정부주석 林祖涵(林伯渠)를 파견했
는데 모택동은 친필로 재릉사(祭陵詞)를 썼다.

粵稽遐古, 世屬洪荒;
天造草昧, 民乏典章.
維我黃帝, 受命於天;
開國建極, 臨治黎元.
始作制度, 規矩百工;
諸侯仰化, 咸與賓從...(〈中國國民黨黨部祭陵詞〉)

維帝智周萬物, 澤被瀛寰.
拯群生於塗炭, 固國本於金湯.
涿鹿徵諸侯之兵, 轡野成一統之業.
干戈以定禍亂, 制作以開太平...(〈中華民國政府祭陵詞〉)

赫赫始祖, 吾華肇造.
胄衍祀綿, 岳峨河浩.
聰明叡智, 光披遐荒.
建此偉業, 雄立東方.
世變滄桑, 中更蹉跌,
越數千年, 强隣滅德...(〈祭黃帝陵〉)(『歷代祭黃帝陵詩詞選』)

모두가 황제의 위대한 업적을 노래한 시들이다. 그러나 중국 공산당과 국민당 모두가 하필이면 황제릉에 찾아와 이렇게 황제의 업적을 기리는 노래를 부른 이유는 무엇인가. '황제릉'이라는 장소가 갖는 상징성, 그리고 황제의 일생을 적은 이 시들의 우의성은 명백하다.

그런데 이렇게 황제릉에 찾아와 황제의 이름에 붙음으로써 자신들의 정통성을 확보하려는 천편일률적인 행위에 변화가 생긴다. 황제라는 이름 이외에 또 하나의 이름이 등장하게 되는 것이다. 〈爲『炎黃子孫』雜誌題詞〉에 楚國南은 "炎黃裔冑, 四海一家. 團結奮鬪, 振興中華"(『楚國南集』)라고 썼다. 물론 이전에도 염제의 이름이 등장하지 않았던 것은 아니지만 황제와 더불어 염제의 이름이 본격적으로 등장하게 된 시기는 80년대 말, 90년대 초반 쯤이다.

文懷沙와 徐剛에 의해 씌어진 〈神農炎帝頌歌〉는 말 그대로 위대한 농업의 신 신농에 대한 송가이다. 황제 일색이던 노래에 이어 신농을 위한 노래가 불려지기 시작한 것은 권력을 잡은 자들이 자신들의 정통성을 보장받기 위한 것과는 달랐지만 또다른 목적성을 가진 것은 분명했다.

> 멀고도 먼 과거
> 중화대지가 어둠에 잠겨 있을 시절- 미망-
> 곳곳에 신음 소리
> 곳곳에 질병과 기아
>
> 불, 불, 불!
> 우리의 조상
> 위대한 신농염제
> 우매함을 열고 지혜의 빛을 주다
> 불, 불, 불!
> 우리의 조상
> 신농염제
> 천태산에서부터 천천히 어둠을 밝히다...(『中華根與木』)

그렇게 시작된 신농의 노래는 농사를 지어 배고픔을 면하게 해준 신농에 대한 찬송으로 이어지고 그것은 결국 민족의 단결로 이어진다. 신농 염제에 대한 노래는 '염황'에 관한 찬송으로 이어지는데 程思邈의 〈炎黃頌〉(이 노래는 제8기, 9기 全人大 상무위원회 부위원장인 정사막이 1994년 9월, 河南 鄭州 黃河游覽區에 세워진 炎黃二帝의 거대한 造像을 위해 씌어진 것이다), 魏傳統의 〈炎黃歷歷明〉(이것은 지은 위전통 역시 해방군예술학원 원장을 지냈고 제6기 전국정협상임위원을 지냈다), 楊余慶의 〈龍的傳人〉, 梁愛玉의 「炎帝神農贊」 등으로 이어진다. 염제를 황제와 나란히 놓고 '염황이제'라고 불리는 거대한 조상들이 만들어지기 시작하는 것도 이때부터이다. 염제와 황제는 민족 단결의 상징이며 거대한 조상들은 민족단합의 알레고리이다.

(3) 현대 중국의 황제신화 –읽혀지는 황제에서 보여지는 황제로

문헌신화 속의 황제가 서사구조를 통해 숨어있는 대일통의 알레고리라면 근대 시기 지식인들이 노래한 황제의 일대기는 민족의 우수성을 기탁하는 알레고리였고 정치가들이 노래한 황제의 위대한 업적은 그들이 '붙고자[攀附]' 하는 권력의 알레고리였다. 그리고 현재, 하북성(河北省) 탁록현(涿鹿縣)에 있는 중화삼조당(中華三祖堂)의 황제와 염제, 치우의 거대한 주조물들과 하남성(河南省) 신정시(新鄭市) 황제고리(黃帝故里)의 벽화 속에 도상을 통해 구현되고 있는 황제 서사, 그 넘치는 도상들 속의 황제는 새로운 21세기의 서사물이다. 애니메이션 형태를 통해, 혹은 멋진 주조물을 통해 시각화된 그들의 상(像)은 더욱더 빠르게 뇌신경을 자극한다. 만들어진 그 멋진 황제의 도상들은 중화민족 '뿌리찾기[尋根]'의 꿈을 보여주는 일종의 알레고리이다. 천푸칭의 말대로 우언이 "형상(形象)-고사(故事), 곧 이야기-과 이론(이론)-곧 우의(寓意)-이 결합된" 것이라고 본다면 드러난 이야기로서의 형상은 곧 황제신화 혹은 황제의 도상들이고, 이론 즉 우의를 숨겨진 진실이라고 본다면 그것은 곧 민족 통합과 국민 통합이다. 도상으로 나타나는 황제의 이야기가 '이쪽'이고 말하고자 하는 의도 즉 국민대통합이라는 목적은 '저쪽'에 있지만, 사실 국민대통합이라는 목적이 '이쪽'이고 황제의 이야기(서사)는 '저쪽'이 되는 것, 그것이 바로 우언과 상징이 같은 선상에 있는 것임을 보여준다.

『呂氏春秋』 우언의 미학

- 제자백가 사상의 융합 -

우푸샹(吳福相)*

『여씨춘추(呂氏春秋)』 우언들에는 제자백가 사상이 전반에 걸쳐 융합되어 있다. 예를 들어 다음의 우언들을 보자.

주문왕이 사람을 시켜 못을 퍼내자 해골 하나가 나왔다. 그러자 관리가 해골을 어떻게 처리할 것인가에 대해 주문왕에게 물었다. 주문왕은 "새로 장사지내 주어라."고 하였다. 이에 관리가 "이것은 주인이 없는 해골입니다."라고 하였다. 문왕이 말했다. "천하를 얻은 사람은 천하의 주인이요, 한 나라를 얻은 사람은 한 나라의 주인이다. 내가 그 주인이 아니고 누구인가?" 그리고는 관리에게 명해 의관을 갖추어 새로 장사지내도록 하였다.[1]

노나라 촌뜨기가 송나라 원왕에게 자물쇠를 보냈다. 원왕이 나라에 명령을 내려 재주 있는 사람들이 와서 열어보라고 하였다. 그러나 와서 여는 사람이 없었다. 아설의 제자가 와서 열어보기를 청해, 그 가운데 하나를 열었으나 다른 하나는 열지 못했다. 그리고는 말하기를 "내가 열수 있는데 열지 않는 것은 아닙니다. 원래부터 열수 없기 때문입니다."라고 하였다. 노나라 촌뜨기에게 그 사연을 묻

---

* 台灣華僑大 교수

1) 『呂氏春秋·異用』. 周文王使人抇池, 得死人之骸, 吏以聞於文王, 文王曰 :「更葬之.」
吏曰 :「此無主矣.」 文王曰 :「有天下者, 天下之主也, 有一國者, 一國之主也. 今我非
其主也?」 遂令吏以衣棺更葬之.

자, "그렇습니다. 원래부터 열수 없기 때문입니다."라고 하였다.2)

맹승이 말하기를, "남의 나라를 받으면 부신(符信)을 주는 법이다. 그런데 지금 부신이 보이지 않는다. 힘으로는 금할 수 없으니 죽지 않으면 안 된다."고 하였다. 이에 그의 제자 서약이 맹승에게 간하기를,…. 맹승이 이르기를, "…지금부터 엄한 스승은 반드시 墨者에게서 구하지 않겠구나.…"라고 하였다. 서약이 말하기를, "선생님의 말씀대로라면 제가 죽어 길을 열겠습니다." 그리고는 돌아가 앞서 죽었다.…맹승이 죽자 따라 죽은 제자들이 백 팔십 명이나 되었다.3)

초나라 사람이 배를 저어 강을 건너다가 칼을 강에 떨어뜨렸다. 이에 배에 표시를 하면서, "이 곳이 내 칼이 떨어진 곳이지."라고 하였다. 배가 멈추자 그 사람은 강물 속에 들어가 배에 표시해둔 곳에서 칼을 찾았다. 그러나 배가 이미 그곳을 떠났으니 칼을 찾을 수 있겠는가? 칼을 찾음이 이러하니 또한 의혹된 것이 아닌가!4)

첫 번째 칙은 「택급고해(澤及枯骸)」 고사로, 유가의 인정덕치(仁政德治)를 선양한 것이다. 『呂氏春秋·上德』에 이르기를, 「천하와 나라를 다스리는 데는 덕(德)과 의(義)보다 효과적인 것이 없다. 덕과 의를 행하면 포상하지 않아도 백성들이 부지런하며 벌하지 않아도 나쁜 짓을 하지 않는다.」5)라고 하였다. 또한 「용민(用民)」에서는, 「무릇 백성들을 사용하는 데 가장 좋은 것은 의이다. 그 다음이 상벌이다.」6)라고 하였다. 바로 이같은 덕과 의로써 다스리는 덕치사상이 있기에 법망을 여유롭게 해야

---

2) 『呂氏春秋·君守』. 魯鄙人遺宋元王閉, 元王號令於國, 有巧者皆來解閉. 人莫之能解. 兒說之弟子請往解之, 乃能解其一, 不能解其一, 且曰 :「非可解而我不能解也, 固不可解也.」問之魯鄙人.鄙人曰 :「然, 固不可解也.」
3) 『呂氏春秋·上德』. 孟勝曰 :「受人之國, 與之有符 ; 今不見符, 而力不能禁, 不能死, 不可.」其弟子徐弱諫孟勝…孟勝曰 :「…不死, 自今以來, 求嚴師必不於墨者矣,…」徐弱曰 :「若夫子之言, 弱請先死以除路.」還歿頭前於.…孟勝死, 弟子死之者百八十.
4) 『呂氏春秋·察今』. 楚人有涉江者, 其劍自舟中墜於水, 遽契其舟曰 :「是吾劍之所從墜.」舟止, 從其所契者入水求之. 舟已行矣, 而劍不行, 求劍若此, 不亦惑乎?
5) 「為天下及國, 莫如以德, 莫如行義. 以德以義, 不賞而民勸, 不罰而邪止.」
6) 「凡用民, 太上以義, 其次以賞罰.」

한다고 했던 것이다. 이에 「찰금(察今)」 편에는 또한 「망개삼면(網開三面)」 고사가 있기도 하다.

두 번째 칙 「해폐(解閉)」는 도가의 무위지치(無爲之治) 사상을 선양한 것이다. 「군수(君守)」 편에 이르기를, 「도를 얻은 사람은 반드시 조용하기 마련이다. 조용한 사람은 무지의 경지에 이른 사람이다. 알면서도 무지의 경지에 이른 사람과는 군주의 도리를 논할 수 있다.」[7]고 하였다. 또한 「물궁(勿躬)」에 이르기를, 「성왕이 할 수 없는 것은 할 수 있는 것이고 모르는 것이 아는 것이다.」[8]라고 하였다. 도에 이른 군주는 무지(無知)와 무식(無識)으로 무위(無爲)로 나아가고, 생각과 의지를 버리며 조용하고 빈 상태에 임해 능히 저절로 이루어지게 하여 '무위이치(無爲而治)'의 경지로 나아간다. 그리하여 「임수(任數)」의 「환공득중부(桓公得仲父)」 이야기가 있어 무위의 공(功)을 밝혔다.

세 번째 칙 「맹승(孟勝)」은 묵가(墨家)의 '의(義)에 따른 법치(法治)'를 선양한 것으로, '의(義)'에 기필하고 돌아봄이 없으며 죽더라도 주저하지 말아야 한다는 것이다. 그러므로 「고의(高義)」에 이르기를, 「군자가 스스로 행동함에 움직임은 반드시 의(義)를 따르고 행동은 반드시 의(義)에 정성을 다한다.」[9]고 하였다. 또한 「상덕(上德)」에서는 「엄격히 벌하고 후하게 상을 내리면 이런 지경에 이르지 않는다.」[10]고 하였으며, 「법사(去私)」에서는 「배터지게 먹이는 것이 자식을 죽인다(腹黃享殺子)」 함을 역설하여, 능히 법을 엄격히 집행하려면 반드시 귀천 친소를 구분하지 않아 한다고 하였다.

네 번째 칙 「각주구검(刻舟求劍)」은 법가(法家) 변법(變法)의 주장을 선양한 것이다.

그러므로 「찰금(察今)」에 이르기를, 「나라를 다스리는 데 법이 없으면

---

7) 「得道者必靜. 靜者無知, 知乃無知, 可以言君道也.」
8) 「聖王之所不能也, 所以能之也 ; 所不知也, 所以知之也.」
9) 「君子之自行也, 動必緣義, 行必誠義.」
10) 「嚴罰厚賞, 不足以致此.」

혼란해지고 법을 지키되 변화가 없으면 어그러진다. 어그러지고 혼란해지면 나라를 유지할 수 없다. 세상이 바뀌고 시대가 변하니 응당 법도 변해야 한다.」[11]라고 하였다. 또한 「때가 이미 지났는데도 법이 바뀌지 않은 채 다스린다면 어찌 어렵지 않겠는가?」[12]라고 하였다. 옛 것에 얽매이는 것을 비판하고 옛 것에 대한 맹목적인 숭배를 반대했던 것이다. 그리하여 「찰금(察今)」에 「순표야섭(循表夜涉)」을 두어 오늘날의 군주가 선왕의 법을 따르는 것이 이와 비슷하다고 설명하였다.

위의 내용을 종합해볼 때 『여씨춘추』의 우언은 제자백가 사상의 미학을 융합한 것임을 알 수 있다. 대개 유가는 법 제정의 여유로움을 주장하였기에 「망개삼면(網開三面)」을 말하였고 덕치를 시행하였으며, 도가는 무위자연을 주장하였기에 무위지치를 제창하였다. 또한 묵가는 엄한 법 제정을 주장했기에 법 앞에서 귀천과 친소를 막론하고 모두 의로운 행동을 실천할 것을 주장하였다. 그리고 법가는 '오늘'을 숭상하고 법의 변화를 주장하였기에 극력 법치를 주장하였다. 그리하여 유가의 인정덕치(仁政德治)에 도가의 무위지술을 취하고, 묵가의 의에 따라 법을 행하자는 사상을 취하며, 법가의 변법(變法) 술책의 다스림을 취하였다. 이는 곧 '德化之治', '無爲而治', '執義行法', '變法任術'로서, 이 네 가지는 각기 儒·道·墨·法, 사가(四家) 사상의 정수가 깃들어 있는 것이다. 오늘날 모순 속에 융합이 있고 대립한 가운데 통일이 존재하는 것은 참으로 제자백가의 미학사상이 융합된 것이라고 이를 수 있다.

정치사상 면에서 능히 제자백가의 미학사상을 융합한 점 이외에, 인생철학 면에서도 마찬가지다. 예컨대 다음의 우언들을 보자.

공자가 제나라 경공을 만났다. 경공이 공자에게 늠구 땅을 식읍으로 주려고 하였다. 그러자 공자가 이를 사양하고서 제자들에게 말하기를, "내가 알기로 군자는

---

11) 「治國無法則亂, 守法而弗變則悖, 悖亂不可以持國. 世易時移, 變法宜矣.」
12) 「時已徙矣, 而法不徙, 以此爲治, 豈不難哉?」

공을 세워 봉록을 얻는다. 그런데 지금 경공은 아무 공도 없는 내게 늠구를 주려고 하니, 나를 몰라봄이 심하다."라고 하였다. 그리고는 제자들을 명하여 수레를 달려 작별하고 떠났다.13)

荊昭王 때 한 선비가 있었으니 이름은 석저이다. 사람됨이 곧고 사사로움이 없어 왕이 정사에 기용하였다. 어떤 살인사건이 생겨 석저가 추적해보니 살인자는 곧 자기의 아버지였다. 수레를 돌려 돌아와 조정에 나아가 이르기를, "살인자는 제 아버지입니다. 아버지에게 법을 행하는 일은 차마 할 수 없습니다. 그러나 국법을 폐한 일은 불가합니다. 법을 어겼다고 복죄함은 신하의 의(義)입니다." 이에 칼날에 엎드려 왕에게 죽음을 청하였다.…칼날을 피하지 않아 조정에서 죽었다.14)

첫 번째 칙 고사는 의를 행하는 도는 취하고 버림에 구속되지 않으며, 의를 지켜 훼손하지 않으며, 범사에 마땅히 사양해야 하고 절대 함부로 취해서는 안 되며, 또한 작은 이익을 보고서 대의를 해치지 말 것이며, 반드시 한 몸의 사사로움을 버린 채 의에 종사해야 한다는 유가의 우의를 기탁한 것이다. 『여씨춘추』 가운데의 묵가 또한 비슷한 뜻을 담고 있다. 예컨대 「고의(高義)」에 실린 「묵자사봉(墨子辭封)」에서 묵자가 의를 더럽히지 않고 의에 따라 행하여 월나라 왕의 책봉을 거절한 것은, 또한 사사로움을 버리고 의를 따른 것이다.

두 번째 칙 고사는 묵가가 「의를 지켜 훼손하지 않은(守義不虧)」 후에 나아가 능히 「생을 버리고 의를 행하였다(遺生行義)」는 것을 말한 것이다. '유생행의(遺生行義)'는 맹자의 '사생취의(捨生取義)'와 완전히 같지는 같다. 대개 맹자는 마음이 따르는 것은 마땅히 '存養'해야 함을 말한 것으로, 사람이 대범하게 옛 성현의 법도를 배워야 한다는 것이다. 『呂氏

---

13) 『呂氏春秋·高義』. 孔子見齊景公, 景公致廩丘以為養, 孔子辭不受, 入謂弟子曰 :「吾聞君子當功以受祿. 今說景公, 景公未之行而賜之廩丘, 其不知丘亦甚矣.」令弟子趣駕, 辭而行.

14) 『呂氏春秋·高義』. 荊昭王之時, 有士焉, 曰石渚. 其為人也, 公直無私, 王使為政廷. 有殺人者, 石渚追之, 則其父也. 還車而返, 立於廷曰 :「殺人者, 僕之父也. 以父行法, 不忍 ; 阿有罪, 廢國法, 不可. 失法伏罪, 人臣之義也.」於是乎伏斧鑕, 請死於王.…不去斧鑕, 歿頭乎王廷.

春秋』에서는 죽음을 따름에 있어 의를 보아야 함(見義)을 말한 것으로, 사람이 일신을 살피지 않은 연후에 준걸 국사(國士)의 호방한 정신을 배워야 한다는 것이다.

이상을 종합해 볼 때 『여씨춘추』는 여러 선(善)을 두루 망라하고 유가와 묵가의 설을 종합하면서도, 특히 '의를 귀하게 여기는(貴義)' 묵가의 사상에 기울어 있음을 알 수 있다.

생활 경험상에 있어서도 『여씨춘추』는 제자백가의 미학사상을 아우르고 있다. 예컨대 다음의 우언고사들을 보자.

成王이 唐叔虞와 燕에 살 때 오동잎을 따서 珪로 삼았다. 그리고는 唐叔虞에게 주며 "이것으로 너를 책봉하노라."고 하였다. 그러자 숙우가 기뻐하며 周公에게 이를 알렸다. 이에 주공이 성왕을 뵙기를 청해, "천자께서 숙우를 책봉하셨습니까?"라고 물었다. 성왕은, "내가 사사로이 숙우와 농담을 한 것이오."라고 답하였다. 이에 주공이 말하기를, "신이 알기로 천자는 농담을 하지 않습니다.…"라고 하였다. 이에 숙우는 결국 晉에 책봉되었다.15)

승서(勝書)가 주공 단에게, "조정이 작고 사람이 많을 때 천천히 말하면 들리지 않으나 빨리 말하면 사람들이 알아듣게 됩니다. 그럼 천천히 말해야 합니까, 빨리 말해야 합니까?"라고 물었다. 이에 주공 단이 "빨리 말해야지요."라고 말했다. 승서가 또, "여기에 어떤 안건이 있는데 상세히 말하면 분명하지 않게 됩니다. 그러나 말하지 않아서는 안 된다고 할 때, 이런 경우 상세히 말해야 합니까, 말하지 말아야 합니까?"라고 물었다. 이에 주공 단이 말하기를, "말하지 않는 것이 낫다."라고 하였다.16)

자산이 정(鄭) 땅을 다스리는데 등석(鄧析)이 정사를 어지럽혔다. 옥사가 있는 백성들과 약속하기를 큰 건은 옷 한 벌, 작은 건은 속옷 한 벌로 정하였다. 이에

---

15) 『呂氏春秋·重言』. 成王與唐叔虞燕居, 援梧葉以爲珪, 而授唐叔虞曰 :『余以此封女.』叔虞喜, 以告周公. 周公以請曰 :「天子其封虞邪?」成王曰 :「余一人與虞戲也.」周公對曰 :「臣聞之, 天子無戲言.…」於是遂封叔虞于晉.

16) 『呂氏春秋·精諭』. 勝書說周公旦曰 :「廷小人眾, 徐言則不聞, 疾言則人知之, 徐言乎? 疾言乎?」周公旦曰 :「徐言.」勝書曰 :「有事於此, 而精言之而不明, 勿言之而不成, 精言乎? 勿言乎?」周公旦曰 :「勿言.」

백성들이 옷과 속옷을 바치며 송사하는 자가 부지기수였다.[17]

첫 번째 칙은 유가의 중언(重言)의 도를 말한 것이다. 때문에 주공 단이 '진설(進說)'에 능했음을 밝힌 것으로, 그런 가운데 성왕이 언술에 있어 더욱 신중했음을 칭찬한 것이다. 이로써 군왕이 형제를 사랑하는 의리를 드러내고, 또한 진나라에 대한 숙우의 보필이 있어 주나라 왕실이 보다 공고하게 되었음을 밝힌 것이다.

두 번째 칙은 도가의 '불언(不言)'의 뜻을 밝힌 것이다. 대개 글에 능하면 말로써 진언할 필요가 없는 것으로, 주공 단은 상대방의 말을 필요로 하지 않고도 뜻을 다 알아 들었던 것이니, 실로 언어의 경지를 터득함이 깊고, 무위의 절묘함을 행한 것이 지극하다 하겠다.

세 번째 칙은 유가의 입장에서 명가(名家)의 음란한 말과 교활한 변론을 반대한 것이다. 대개 변론을 진행하되 의와 이치로 기준을 삼지 않으면 간교함과 거짓이 되며, 지략과 교묘함을 부리되 도의로써 준칙을 삼지 않으면 속임수가 된다는 것이다. 간교함과 거짓, 그리고 속임수를 쓰는 사람은 바로 선왕이 죽이고자 했던 자들임을 말한 것이다.

이렇듯 『여씨춘추』는 유가의 '중언(重言)'과 도가의 '不言'을 취하되, 명가(名家)에서 조성한 '음언(淫言)'을 없애고자 했음을 알 수 있고, 이는 제자백가의 사상적 미학을 융합한 것이라고 이를 만하다.

교육이념에 있어서도 그러하다. 예컨대 아래의 예문들을 보자.

영월(甯越)은 중모 땅 촌뜨기이다. 농사짓는 노동이 너무 고되어 그 친구에게 물었다. "어떻게 하면 이 고역에서 벗어날 수 있을까?" 그 친구가 말하기를, "배우는 것만 못하리라. 30년을 배우면 통달할 수 있을 것이네."라고 하였다. 이에 영월이 말하기를, "15년으로 하지. 다른 사람들이 쉴 때 나는 쉬지 않고 다른 사람이 잘 때 나는 자지 않겠네."라고 하였다. 그 후 15년 만에 주나라 위공이 그를 스승으로 삼았다.[18]

---

17) 『呂氏春秋·離謂』. 子產治鄭, 鄧析務難之, 與民之有獄者約, 大獄一衣, 小獄襦袴. 民之獻衣襦袴而學訟者, 不可勝數.

바다에 사는 사람 중에 해오라기를 좋아하는 사람이 있었다. 매번 바닷가에서 해오라기와 놀며 지냈다. 모여드는 해오라기가 수백 마리도 넘어 사방이 다 해오라기였다. 그들은 종일토록 놀면서 떠나지 않았다. 그의 아버지가 말하기를, "듣자하니 해오라기가 모두 네가 있는 곳으로 모여든다고 하니 한번 가져와봐라. 나도 한번 갖고 놀아보자." 다음날 해상에는 모여드는 해오라기가 없었다.[19]

첫 번째 칙 이야기는 영월(甯越)이 고학(苦學) 15년 만에 주나라 위공(威公)의 스승이 되었다는 사례를 들어, 고학에 대한 '유심(有心)'을 품고서 뜻을 세워 분발하면 결국은 반드시 대성하게 된다는 것을 설명한 것이다. 대개 마음을 주력해 한 가지 일에 정성을 다 한다면 무슨 일인들 못하며 무슨 일인들 이루지 못하겠는가? 이는 유가(儒家)에서 말하는 '유심(有心)'의 가르침이다.

두 번째 칙 고사는 바닷가의 사람의 뜻을 잘 알아주는 물새에 비유해, 사람이 소리의 언어가 아닌 얼굴표정이나 몸동작 같은 여러 정신감정적인 인소를 사용해 메시지를 전달하고 사상을 교류할 수 있음을 설명하고 있다. 즉, '무심(無心)'으로 능히 서로 소통하는 경지에 이를 수 있다는 것으로, 이는 도가에서 말하는 '무심(無心)'의 가르침이다. '유심'은 일의 성공을 이룰 수 있고 '무심'은 뛰어난 진리를 얻을 수 있으니, 반드시 이 양자가 상호 보완하고 상호 완성하며 상호 혼효되어야 비로소 자연의 효과와 진실의 공효를 깨달을 수 있는 것이다. 『여씨춘추』 우언은 유가와 도가의 요지를 융합하고 포용하여 각 제자백가 사상을 두루 수용했던 것이다.

이상에서 서술한 바를 종합하면, 『여씨춘추』 우언고사의 사상적 주제는 제자백가 사상을 하나로 융합해 집대성했다 함을 알 수 있다.

---

18) 『呂氏春秋·博志』. 甯越, 中牟之鄙人也, 苦耕稼之勞, 謂其友曰 :「何為而可以免此苦也?」 其友曰 :「莫如學. 學三十歲則可以達矣.」 甯越曰 :「請以十五歲. 人將休, 吾將不敢休 ; 人將臥, 吾將不敢臥.」 十五歲而周威公師之.

19) 『呂氏春秋·精諭』. 海上之人有好漚者, 每居海上, 從漚游, 漚之至者, 百數而不止, 前後左右盡漚也, 終日玩之而不去. 其父告之曰 :「聞漚皆從女居, 取而來, 吾將玩之.」 明日之海上, 而漚無至者矣.

金文京*

1. 序言

　‘쟁기문학’(爭奇文學)이라 함은 용도상 같은 종류에 속하되 성질이 상반된 두 물건, 예를 들면 차와 술을 대비하되 의인법을 사용하여, 각기 그 능력과 재능을 과시하고 다투며 최후에 제삼자가 개입하여 우열을 판가름하는(대부분 무승부로 끝난다) 유희적 문학 작품을 가리킨다. 이러한 종류의 작품은 중국 한국 일본 월남 등 동아시아 각국에 존재하며 각국의 작품 사이에는 공통점과 차이점이 있어 동아시아 한자문화권의 문학을 비교 검토할 때에는 좋은 대상이 된다. 다만 이 종류의 작품을 일본에서는 ‘이류논쟁문학’(異類論爭文學)이라 명칭하고, 한국에서는 윤주필교수에 의해 ‘쟁변형 우언’(爭辯型寓言) 혹은 ‘쟁변우언’(爭辯寓言)으로 분류된 바 있는데,[1] 중국이나 월남에서는 작품의 실상은 존재하되 문학사상 이를 가리키는 명칭은 아직 없는 듯하다. 따라서 동아시아 전체에서 사용할 수 있는 명칭이 아직까지는 없는 셈이므로 여기서는 시험적으

---

*일본 京都大學 인문과학연구소 교수

1)『동아시아 우언문학 비교론』(우언총서4집 18-19면, 43면) 참조.

로 중국의 대표적인 작품의 제목에 의거해서 '쟁기문학'(爭奇文學)이라 불러 보기로 하겠다.

중국의 쟁기문학 중 가장 유명한 것은 아마 돈황에서 발견된 당대(唐代)의 〈다주론 茶酒論〉과 〈연자부 燕子賦〉일 것이다(이 두 작품은 모두 『敦煌變文集』에 실려 있다). 〈다주론〉은 차와 술 사이에 일어난 다툼을 묘사한 것으로, 마지막에 '물'이 나서서 판결을 내리는데 차와 술 모두가 물이 없으면 이루어 질 수 없다면서 사이 좋게 지내라는 내용이다. 〈연자부〉는 제비와 참새 간에 다툼이 일어나자 봉황이 판결을 내린다. 두 작품 모두 의인법을 사용하였으니 동공이곡(同工異曲)이라 할 수 있다. 중국 문학사에서 이러한 종류의 작품은 그 양이 많지 않아 이제까지 문학사의 주제로 다뤄진 적이 없었고 이 때문에 통일된 명칭도 없었다.

그러나 중국에 인접하여 예로부터 중국 문화의 영향을 받아온 국가들, 즉 한국, 일본, 월남 및 중국 국경 내의 일부 소수민족들은 모두 이러한 종류의 작품을 가지고 있다. 이들 쟁기문학은 당초의 그 기원이 중국문학에 있었을지도 모르나, 설사 그렇다 하더라도 각 나라 각 민족의 작품은 서로 다른 발전을 보이고 있다. 자국 및 자민족의 문학을 반영하여 한문으로 지은 작품 외에 자국 및 자민족의 언어로 지은 작품도 있어 각국 문학의 중요한 일부를 이루고 있다. 이 점을 고려하여 중국문학을 돌이켜 보면, 본래 이러한 종류의 작품들이 중국에서도 상당히 보편적이었을 것이나 몇 가지 이유로 대부분의 작품들이 소실되어 오늘날 사람들이 잘 알지 못하게 되었다고 추측할 수가 있는 것이다. 이제까지의 동아시아 문학의 비교연구는 주변 국가들이 어떻게 중국 영향을 받아드렸는가 하는 문제와 주변 국가들이 보유하는 중국 자료에 대한 탐구에 편중되어 있었다. 그 결과 주변 각국 문학 간의 상호 비교 및 주변 각국 문학의 특징을 살피는 것을 통해 중국 문학 중에 이미 소실되었거나 혹은 은폐된 전통을 찾아내고자 하는 시점이 결핍되어 있었다.

본 논문은 이러한 상황을 고려하여 각국 각 민족의 쟁기문학(爭奇文

學) 중 주요한 작품을 소개한 뒤, 이를 서로 비교하여 관련된 문제들을 검토하고자 한다. 이는 곧 동아시아 문학 비교 연구에 새로운 개념을 수립하고 새로운 방법을 추구하고자 한 취지에서 비롯한 것이다. 다만, 본인의 학식 부족과 첫 연구라는 점에서 누락되거나 잘못된 부분이 없을 수 없으니 이에 대해서는 독자의 이해 및 가르침을 바라는 바이다.

2. 만명 문인(晚明文人) 등지모(鄧志謨)의 쟁기문학 (爭奇文學)

중국문학사에 있어 명대 후기는 문인들의 백화소설(白話小說) 창작의 최전성기로서 그 중에서도 가장 널리 알려진 작가로는 풍몽룡(馮夢龍, 1574~1646)을 들 수 있다. 그런데 풍몽룡의 『삼언 三言』은 완전한 그의 창작이라 할 수 없는, 전대 문인의 작품에 윤색을 가한 것에 불과하다. 이 때문에 풍몽룡의 창작 특색을 논하려는 것은 거의 의미 없는 일일 수도 있으며 사실 쉬운 일도 아니다. 현재 작자의 이름과 생애를 대강 알 수 있는 문인 중에서 이 시기에 진정으로 소설을 창작한 사람으로는 『이박 二拍』의 작자인 능몽초(凌蒙初, 1580~1644)를 제외한다면 등지모(鄧志謨, 생몰연대 미상. 대략 萬曆·天啓 연간)를 손에 꼽아야 할 것이다. 등지모(鄧志謨)는 상당히 풍부한 저작을 남기었으니 소설 및 희곡을 제외하더라도 다수의 유희문학(遊戲文學)과 유서(類書)를 편찬하였다. 그의 소설 작품인 『종수기 鐵樹記』, 『비검기 飛劍記』, 『주조기 咒棗記』 및 희곡 작품 『병두화기 幷頭花記』, 『마노잠기 瑪瑙簪記』, 『봉두혜기 鳳頭鞋記』, 『팔주환기 八珠環記』 등과[2] 많은 종류의 유희문학은 그 모두가 앞 시대의 작품을 모방한 것이 아닌, 확실한 개인 창작이라 말할 수 있다. 당시에는 이에 필적할 만한 작가를 찾을 수 없음에도 불구하고

---

2) 『曲海總目提要』 권24 및 郭英德이 編한 『明淸傳奇綜錄』(河北敎育出版社, 1997, 262~277면)을 참조할 것. 中國國家圖書館에 淸抄本이 소장되었다.

기존의 문학사에서 그에 대해 별로 관심을 기울이지 못했다.[3] 등지모(鄧
志謨)의 유희문학 중에서 가장 주목할 만한 작품으로는 쟁기문학 작품
7종이 있다. 이하 간단히 그 작품들을 소개하기로 한다.[4]

(1) 『화조쟁기 花鳥爭奇』

어느 따뜻한 봄날 오후에 새들의 왕인 봉황(鳳凰)과 꽃들의 왕인 모란
(牡丹)이 각기 새와 꽃의 무리를 이끌고 나와서 융화전(融和殿)에서 함께
동제(東帝)를 조회하였다. 이어 잔치가 열렸는데, 봉황이 왼쪽에 앉고 모
란이 오른쪽에 앉아 봉황의 자리가 모란보다 위가 되었다. 이로 인해 꽃
들 무리는 불만을 품었으나 동제(東帝)의 앞이라 감히 화내어 말하지 못
하였다. 돌아오는 길에 두 왕은 다시 무시공(亡是公)의 초대로 망량(罔
良)의 들에 있는 현허관(玄虛館)에 머물게 되었다. 이때 꽃무리가 드디어
새들에게 싸움을 걸어 서로 다투게 되었다. 먼저 요양화(鬧陽花)와 백설
조(百舌鳥)가 각기 대표로 나왔다. 료양화가 말하길 "새라는 종족은 무엇
이 꽃보다 나은가? 꽃의 명색(名色)이 어찌 새보다 모자라겠는가? 네가
비록 혀가 백이라 한들 감히 우리와 비교할 수 있겠는가?"라고 하였다.
이에 백설조가 응하였다. "우리 봉황님은 모든 새들의 왕으로서 몸은 칠
덕(七德)을 구비하였고 문양은 오채(五彩)를 이루었으며, 평안하고 상서

---

3) 鄧志謨와 관련된 연구로는 李豊楙의 『許遜與薩守堅;鄧志謨小說硏究』(台北學生書
　局, 1997), 金文京의 「童婉爭奇與晚明兩性文化」(張宏生 編, 『明淸文學與性別硏
　究』, 江蘇古籍出版社, 2002), 「晚明小說, 類書作家鄧志謨生平初探」(辜美高・黃霖
　主 編, 『明代小說面面觀』, 學林出版社, 2002) 등이 있다.
4) 鄧志謨의 7종 쟁기작품의 판본 소장 상황은 다음과 같다: 중국국가도서관에 7종의
　명대원간본이 소장되어 있다. 『中國古籍善本叢目』「子部・雜家類」(上海古籍出版社,
　1994, 717면)에는 이 책을 淸刊本이라 인정했는데 옳지 않다. 일본 국립공문서관 內
　閣文庫에는 『茶酒爭奇』를 제외한 6종의 작품이 소장되어 있다. 그 중 『童婉爭奇』는
　필사본이며 그 외의 작품들은 명대 원간본이다. 『明淸善本小說叢刊』(台北:天一出版
　社, 1985)에서 이를 영인하였다. 그 외에 杜信孚・杜同書가 편한 『全明分省分縣刻
　書考』「福建省」(線裝書局, 출판연대미상, 30면)에 淸白堂 天啓四年 간본 『茶酒爭
　奇』가 수록되어 있는데, 이 책은 출처를 밝혀 놓지 않아 그 근거는 알 수 없다.

로운 기운은 사람들이 즐거이 보는 바이다. 이는 너희 꽃들에게 있는 것
인가?” 이에 요양화(鬧陽花)가 지지 않고 다시 말하였다. “우리 모란님은
꽃들의 왕으로서 색은 국색(國色)이며 향은 천향(天香)이고, 위자요황
(魏紫姚黃, 모란의 이칭)이라 하여 사람들이 다투어 중히 여기는 바이다.
이는 너희 새들에게 있는 것이냐?” 이와 같이 각기 경전을 근거로 하여
그 재주를 과시하였다. 뒤에 설창조(舌鶬鳥)와 장초화(萇楚花), 두우조
(杜宇鳥)와 정향화(丁香花)가 돌아가며 대표로 나와 논쟁을 계속하였으
나 승부가 나지 않았고, 결국 두 왕은 화가 난 채로 헤어졌다. 돌아온
뒤 조왕(鳥王)은 이를 받아들일 수 없어 주문(奏文)을 작성하여 동황(東
皇)에게 보내 화왕(花王)을 고소하였다. 화왕 역시 마찬가지로 주문을
지어 조왕을 탄핵하였다. 동황은 두 왕의 주문을 보고 심히 잘못되었다고
여기었으나, 차마 죄를 묻지 못하고 두 왕에게 명하기를 각기 악부(樂府)
를 지어 속죄하라고 하였다. 이에 봉황은 〈주루소인봉 秦樓簫引鳳〉(南
曲)과 〈견안억정인 見雁憶征人〉(北曲)의 절자희(折子戱) 각각 한 편씩
을 짓고, 모란은 〈당원고최화 唐苑鼓催花〉(南曲)과 〈절매봉역사 折梅逢
驛使〉(北曲) 각 한 편씩을 지었다. 두 왕은 모두 동황의 뜻을 받들어 붓을
날리며 써 내려갔다. 아래 면에는 두 왕이 지은 희문(戱文) 4편이 실려
있다. 동황은 두 왕이 지은 작품을 보고 매우 기뻐하며, 두 왕의 작품에다
화조(花鳥)와 관련된 역대 시가사부(詩歌詞賦)를 모아 덧붙여 책 한 권을
만들고 이를 목판에 새겨 출판하여 세상에 반포할 것을 명하였다. 이로써
화조(花鳥) 간의 다툼은 일단락 되었으니 무승부인 셈이 되었다. 동황은
두 왕의 죄를 용서하고, 두 왕은 사례하며 물러났다.

　이상이 권상(卷上)의 〈화조논변 花鳥論辯〉의 내용이다. 권중·권하는
각기 화조와 관련된 역대 시문사부를 수록하였으니, 즉 동황의 명으로
출판된 책인 것이다. 전체 작품은 화조쟁기(花鳥爭奇)를 주제로 하면서
중간에는 곧 희곡 및 시문사부를 넣어 여러 문체를 모두 갖추었다. 뿐만
아니라 책 안에 다시 책이 등장함으로써, 이 작품이 본디 이야기 중에서

동황의 명령으로 출판된 책이라 볼 수도 있게 한 것은 곧 작자의 유희정신이 발휘된 것이다. 또한 문학창작과 출판업이 밀접하게 관련되어 있던 당시의 사회적 상황을 반영한 것으로서, 그 구성의 긴밀함과 교묘함은 감히 유희문학의 백미라 할 수 있다. 이 세 권의 구성, 즉 양자 간의 다툼을 제삼자가 무승부로 조정한 뒤 관련 시문을 덧붙인 것은 이후 나머지 6종의 쟁기(爭奇) 작품에도 이어지고 있다.

(2) 『산수쟁기 山水爭奇』

내용과 구조는 〈화조쟁기〉와 같은 방법을 사용하였다. 산신 우강(禺疆)과 수신 풍이(馮夷)가 서로 재능을 다투며 논쟁을 벌이다가 결국 각자 옥황상제에게 주문(奏文)을 올렸다. 옥황상제가 이들을 심문한 후 산신(山神)과 수신(水神)이 지은 글을 살피고는 마지막으로 판정을 내리기를, 산수는 모두 뛰어난 것으로 어느 쪽도 없어서는 안 되는 것이라고 하였다. 이상이 상권의 내용이다. 이어 중·하권에는 산수와 관련된 시문사부를 실어 놓았다.

(3) 『풍월쟁기 風月爭奇』

이 작품은 앞 두 책의 구조에 약간의 변화를 주었다. 먼저 무구주인(無垢主人), 척범거사(滌凡居士), 청공로농(淸空老農), 내욕장자(耐辱長者) 네 사람이 나와 술을 마시면서 글자풀이 놀이를 한다. 이를테면 "관포 뇌진 분수이별"(管鮑雷陳, 分手而別)이라 하면, 그 뜻은 "관·포와 뇌·진이 벗 붕(朋)이 아닌가. 헤어져 이별하면 달 월(月)자로다"(管鮑雷陳 非朋乎, 分手而別, 月字也)라 하는 것이다. 밤이 깊어 청공로농이 물었다. "바람과 달 중에 어느 것이 더 뛰어난가?" 이에 척범거사가 답하기를 "가령 바람이 없더라도 달만 있으면 우리들은 여전히 즐길 수 있지만, 달이 없고 바람만 있다면 모두 적적할 것일세. 이렇게 보면, 달이 바람보다 더 나은 것 아닌가?"라 하였다. 풍신소녀(風神少女)가 우연히 이 말을 엿들었는데 자못 승복할 수 없었다. 이에 십팔이(十八姨)와 비렴(飛廉)의 무리를 이끌고, 소아(素娥) 10여 인과 오강(吳剛)의 무리들을 이끌고 나온 월자항아(月姊姮娥)와 논전을 벌였다. 드디어 마지막에 권선대사(勸善大士)의 결정으로 왕모낭낭(王母娘娘)이 판결을 내려 무승부가 되었다. 이상 상권의 내용이다. 상권 마지막에 부록으로 〈풍월전기〉 중 〈청루방기 靑樓訪妓〉 한 막이 수록되어 있으며, 중권·하권에는 풍월과 관계된 시문사부가 실려 있다.

(4)『동완쟁기 童婉爭奇』

『동완쟁기』는 비록 앞의 세 작품의 구성을 이었지만, 그 제재와 내용은 여타의 작품과 다른 새로운 것이다. '동완'(童婉)이란 미동(美童)과 기녀(妓女)를 가리키는 말이다.『동완쟁기』이외의 다른 작품 6종의 주제들은 모두 문인들의 전통적인 풍아(風雅) 범위를 벗어나지 않아서 시제(詩題) 혹은 화제(畵題)로도 삼을 수 있는 것들이지만, '동완'만은 이와 달리 음담패설과 관련되어 풍아의 도(道)를 해치는 것이다.

내용은 다음과 같다. 원(元)나라 순제(順帝) 때 장안(長安, 즉 북경)에는 불야궁(不夜宮)의 여기(女妓)와 장춘원(長春苑)의 남기(男妓)가 있었다. 그런데 "愛婉女者若少, 戀變童頗多. 長春之苑更覺繁華, 不夜之宮近於寂寞"이라 하여, 여기(女妓)들이 이를 한으로 여겨 남기(男妓)들과 다툼이 벌여지게 되었다. 각기 고소장을 써서 관부에 올리자, 곧 남녀와 모두 정을 통하는 표객(嫖客) 장준(張俊)이 이 사건을 맡아, 그의 뜻에 따라 남자쪽에서는 〈유왕거화취소 幽王擧火取笑〉 한편을, 여자쪽에서는 〈용양군읍어고총 龍陽君泣魚固寵〉 한 편을 짓게 되어 각기 그 솜씨를 자랑하였다. 장준이 이를 읽고 판결을 내리기를 "君子無所爭, 爾二人必以和爲貴. 在前者, 進吾往也. 在後者, 予一以貫之. 吾不敢謂所惡於前,

毌以先後; 所惡於後, 毌以從前. 今將瞻之在前, 忽焉在後耳."라 하였다. 양 쪽이 이 판결을 듣고 곧 "不藏怒焉, 不宿怨焉, 欣欣然有喜色"이라 하며 서로 고하기를 "堂堂乎張也, 難與並爲仁矣"라 하였다. 이에 무승부가 되었다. 위의 문구들은 두말할 것 없이 『논어』 등 유교 경전의 글귀를 이용하여 남녀의 색정을 묘사한 유희적 문장으로 문학사상 유례가 드문 것이라 하겠다. (권상 〈二院丰韻〉)

권중, 권하에는 이전의 양식대로 동완과 관련된 시문사부가 실려 있다. 그런데, 여기에는 한 가지 문제가 있다. 즉, 중국문학사를 보면 기녀를 묘사한 작품은 적지 않지만, 미동이나 동성연애를 제재로 한 시문은 거의 없다. 그렇다면 권중(卷中)에 실린 "皆屬情契所作"이라는 작품들은 도대체 어디에서 나온 것일까? 답은 매우 간단하다. 권중에 수록된 시문은 실은 전부 친구 간의 우정에 관한 작품들이다. 이를테면, 첫 번째 작품인 이백(李白)의 〈남양송우인 南陽送友人〉은 "離愁怨芳草, 春思結垂楊. 揮手再三別, 臨岐空斷腸"이라 하였는데, 이 작품은 일견 친구와의 이별을 읊은 평범한 작품이지만, 지금 "皆屬情契所作"에 넣고 이를 전제로 하여 다시 읽는다면 평범하게 느껴지던 시가 갑자기 평범하지 않게 되어, 마치 남색에 관한 시인 것처럼 느껴진다. 이는 매우 간단한 환골탈태의 수법이면서, 동시에 고전문학에서 중요한 지위를 점유하고 있던 우정문학을 가져와 웃음거리로 만든 것과 다름이 없다.

(5) 『소과쟁기 蔬果爭奇』

송나라 휘종(徽宗) 때 동오(東吳) 유씨(劉氏)에게는 온갖 종류의 과일과 채소가 열리는 정원이 있었다. 하루는 張과 李 두 동자가 정원에 놀러와서 이(李)는 채소를 캐고, 장(張)은 과일을 따다가 문득 다툼이 벌어졌다. 이 사건은 다시 과신(果神) 곽탁타(郭橐駝)와 소신(蔬神) 주옹지(周顒之) 간의 다툼을 야기하게 되었다. 두 신은 각기 글을 지어 이를 침묵지도(沈黙之都)의 허무지전(虛無之殿)에 가지고 가서 화공지신(化工之神)에게 고소하고자 하였는데, 가는 도중에 造化之神 黙雷를 만나 그에게 판결을 받게 되었다. 여기에 이르러 장(張)·이(李) 두 동자는 깜짝 놀라 잠에서 깨었고, 곧 두 사람이 서로 같은 꿈을 꾼 사실을 알게 되었다. 이에 향을 피우고 기도를 올리자 두 왕은 모두 그 아름다움 뜻에 감동하였다. 이상은 권상의 〈소과명원 蔬果名園〉의 내용이다. 권중, 권하에는 소과와 관련된 작품들이 실려 있다.

(6) 『매설쟁기 梅雪爭奇』

변주(汴州) 동쪽 교외에 변연생(邊然生)이라는 사람이 소유한 별장이 있었다. 세모 때라 눈이 공중에 흩날리고 매화가 향기를 내 품고 있자, 이에 생(生)이 "梅雪爭春未肯降, 騷人閣筆費評章. 梅須遜雪三分白, 雪却輸梅一段香"이라는 시를 읊었다. 그리고 이 시가 다툼의 발단이 되리라는 사실도 모른 채 잠이 들었다. 꿈속에서 화신(花神) 매청(梅淸)과 선자(仙子) 설염(雪艶)이 각자의 시비 월아(月娥)와 유아(柳兒)를 이끌고 나와 서로 조롱하고 꾸짖으며, 두 시비 또한 각기 그 주인을 옹호하며 다투고 있었다. 싸움이 계속되자 두 사람은 각기 글을 지어 옥황상제 앞에서 이를 연주하였다. 이에 옥황상제는 이 사건이 변연생이 읊은 시로 인해 일어났다며, 변연생에게 그 우열을 판단할 것을 명하였다. 변연생은 매화와 눈에게 각기 시·사·가·론·책·부(詩詞歌論策賦) 등의 글을 지어 바치게 하였는데, 결국 그 우열을 가릴 수 없어 판결을 내리기를 "有梅無雪不精神, 有雪無詩俗了人. 日暮詩成天又雪, 與梅倂作十分春"이라 하였다. 이 때에 변연생이 잠에서 깨어나니 곧 남가일몽(南柯一夢)이었다. 생은 동자에게 그 사건을 기록할 것을 명하고, 스스로도 〈맹산인답설심매 孟山人踏雪尋梅〉라는 악부 한 편을 지어 세상에 전하였다. 이상 권상의 내용이다. 권중·권하에는 매화와 눈에 대한 각체(各體)의 시문을 수록하였다.

(7) 『다주쟁기 茶酒爭奇』

이 작품은 중국 국가도서관에 소장된 명간본(明刊本)만 있다. 그 체제가 여타 6종의 작품과 약간 다르다. 서문과 각권 권두에 작자의 명호(名號)가 없으며, 전책이 두 권뿐으로 이 또한 三卷의 체제에 맞지 않는다. 이러한 점에서 등지모(鄧志謨)의 작품인지 아닌지 의문의 여지가 있다.

내용은 다음과 같다. 먼저 각종 차와 술의 이름 및 산지를 열거하는 것으로 서두를 열면서 이야기가 시작된다. 하동(河東)에 상관사지(上官四知)라는 사람이 있었는데, 꿈속에서 주신(酒神) 두강(杜康)과 다신(茶神) 육우(陸羽)가 각기 무리를 이끌고 서로 다툼이 끊이지 않는 모습을 보았다. 후에 다(茶) 명노(酪奴)와 주(酒) 독우(督郵)가 각기 주(奏)를 지어 물과 불 두 관원에게 올렸다. 두 관원이 이를 보고는 크게 노하여 명하기를 각각 〈사서집성다주문 四書集成茶酒文〉 한 편과 〈곡패명관함다주의 曲牌名串合茶酒意〉 한 편씩을 지어서 그 우열을 가리도록 하였다. 두 사람이 글을 지어 바치자 물과 불 두 관원은 크게 기뻐하면서 무승부로 할 것을 권하였다. 이에 이르러 상관사지는 잠에서 깨어났다. 뒤에 〈다주전기·종송당경수다주연연대회 茶酒傳奇·種松堂慶壽茶酒筵宴大會〉를 덧붙이고는 이를 권일(卷一)로 삼았다. 권이(卷二)에는 다주와 관계되는 시문을 수록하였으되, 술 부분 앞에 〈다주쟁기권이 茶酒爭奇卷二〉라 하고, 목록 중에서도 단지 2권으로 되어서 술과 차를 나누지 않아 체재상 문제를 남기고 있다.

3. 중국문학사에서의 쟁기문학

등지모(鄧志謨) 한 사람이 쟁기문학 작품을 7종(혹은 6종)이나 창작했다는 것은 전례가 없는 일로서 문학사에 있어 신경지를 개척했다고 할 수 있다. 그러나 어떠한 문학 형식도 한 개인의 독창일 수는 없으니 전대의 작품으로부터 영향을 받기 마련이다. 등지모 또한 예외가 아니다.

(1) 통속문학 속의 쟁기작품

명나라 가정(嘉靖) 연간(1522-66)에 간행된『청평산당화본 清平山堂話本』중에 〈매앵쟁춘 梅杏爭春〉이라는 작품이 있는데, 그 내용은 다음과 같다. 매교(梅嬌)와 앵초(杏俏)가 봄날 정원에서 노닐며 매화와 앵두에 대한 이야기를 펼쳤는데, 경전을 근거로 인용하며 각기 그 장점들을 말하였다. 이 일이 군왕(郡王)에까지 알려지자 왕은 그 소동을 싫어하여 이들에게 벌을 내렸다. 이에 두 사람은 크게 두려워하며 군왕의 명에 따라 각기 시부를 지어 스스로 속죄하였다.5) 이 이야기의 구조는 등지모의 쟁기작품과 꼭 같으며, 시대 또한 그리 멀지 않으므로 당연히 계승관계가 있을 것이다. 명초(明初)의 가중명(賈仲明) 또한 〈상림원매앵쟁춘 上林苑梅杏爭春〉이라는 잡극을 지었는데(『錄鬼簿續篇』에 보인다), 지금은 비록 전하지 않지만 그 제명이『청평산당화본』과 같은 점으로 볼 때 역시 비슷한 내용이었을 것이다.

이 외에도 당시의 소화를 모은 풍몽룡(馮夢龍)의『광소부 廣笑府』권8에 〈다주쟁기 茶酒爭奇〉가 있다6). 이 작품은 비록 단편이지만 구조 및 주제가 돈황의 〈다주론〉과 꼭 같다.『광소부』에는 〈기예쟁고하 技藝爭高下〉(권8)라는 작품도 있는데, 이는 목공, 석공, 철공 간의 다툼을 그린 것으로 앞의 작품들과 내용은 다르지만 같은 방식의 작품이라 할 수 있다. 이것들과 같은 종류이면서 여기에 약간 변화를 준 작품이다. 남송의 진원정(陳元靚) 편찬의『사림광기 事林廣記』의 규집(癸集) 권3에 수록된 〈조희기어嘲戲綺語 · 조인호색嘲人好色〉이 있어7), 소화문학 중에서

---

5) 阿英의 『記嘉靖本翡翠軒及梅杏爭春』(『小說閑談』, 上海古籍出版社, 1985 재판)을
   볼 것.
6) 王利器 輯錄, 『歷代笑話集』(상해고적출판사, 1981, 328면)
7) 『事林廣記』(중화서국, 1999, 556면). 日本 元祿12年 用元泰定刊本重刊本이다.

도 '쟁기'가 하나의 테마였음을 알 수가 있다. 『사림광기』는 송에서 명에 이르기까지 민간에서 널리 사용된 실용 유서(類書)이다. 명·청 양대에는 이와 같은 실용 유서의 출판이 매우 성행하였는데, 그 중에는 당시 유행했던 소화가 수록되어 있다. 예를 들면 명대의『만용정종불구인 萬用正宗不求人』권20 〈소담문 笑談門〉 중에도 역시 〈주다쟁강 酒茶爭强〉이 있다. 이 밖에 차와 술간의 다툼을 내용으로 하는 명대의 작품으로는 일본에 전래된 〈권세문다주사문 勸世文茶酒四問〉이 있다(후술).

이 외에, 소설『서유기 西遊記』제9회에 보이는 〈어초문답 魚樵問答〉 또한 쟁기문학의 일종으로 볼 수 있을 것이다. 또한 명초의 유기(劉基, 1311-75) 〈어초문답〉 시에서도[8] "樵問漁, 江湖風波惡. 何似采薪人, 無憂茹藜藿. 漁問樵, 山中何所有. 未若擢扁舟. 得魚卽沽酒"라 하였다. 원대 산곡(散曲)에도 교길(喬吉)의 〈어초한화 魚樵閑話〉, 유시중(劉時中)의 〈농어초목 農漁樵牧〉 등의 작품이 있으며,[9] 송의 조공무(晁公武)의 『군재독서지 郡齋讀書志』권13「소설류」에는 〈어초한화〉 2권이 수록되어 있고 "設魚樵問答及史傳雜事. 不知何人所爲"[10]라 하였다. 여기서 이러한 종류의 〈어초문답〉이 송·원·명대에 상당히 유행하였고, 이에 『서유기』의 작자가 이를 소설에 차용하였음을 추측할 수 있다. 현재 중국 각지의 농촌에서 열리는 가면극 나희(儺戲)에도 〈어초경독 魚樵耕讀〉이 라는 간단한 공연이 있는데,[11] 곧 위의 주제가 민간에 전승된 것이라 할 것이다. 비록 당대(唐代) 이전의 쟁기문학 작품으로 현재 알 수 있는 것은 돈황의 〈다주론〉과 〈연자부〉 밖에 없지만, 이상의 자료들을 통해 특히 명대에 다주(茶酒)와 관련한 작품들이 다수 존재했음을 알 수 있다.

---

8) 『四部叢刊』本『誠意伯集』권11, 1면.
9) 『全元散曲』574, 660면.
10) 孫猛, 『郡齋讀書志校證』(상해고적출판사, 1990, 596면)
11) 田仲一成의『中國巫系演劇硏究』(동경대학출판사, 567면)을 참고할 것.

(2) 중국 고전문학에서의 쟁기문학

송·원 이후의 고전시가 작품 중에는 매화시, 국화시 등 화훼를 제재로 한 작품들이 상당히 많은데, 그 중에는 두 가지 꽃 중의 아름다움을 비교한 작품들도 적지 않다. 송의 진경기(陳景沂)의 『전방비조 全芳備祖』전집(前集) 권1의 〈화부花部·매화梅花〉에 실린 조매파(盧梅坡)의 칠언절구, "梅雪爭春未肯降. 騷人閣筆費平章. 梅須遜雪三分白, 雪却輸梅一段香"12) 는 등지모의 『매설쟁기』에도 인용되어 있다. 또한 남송 방악(方岳)의 『추애집 秋崖集』권4에 실린 〈한거무여수답, 인가정하삼물작풍소 閑居無與酬答, 因假庭下三物作諷答〉이라는 시 역시 마찬가지이다.13) 이 시들은 아마도 〈매행쟁춘〉 등 통속문학의 기원이 되는 것으로, 소설 〈매행쟁춘〉은 꽃의 아름다움을 비교하는 이러한 시들을 의인화한 작품으로 볼 수 있다. 그 밖에 좀 특이한 내용의 것으로서 북송 사람 왕령(王令, 1032~1059)의 〈답문시12편 答問詩十二篇〉이 〈뢰문부 耒問斧〉〈부답뢰 斧答耒〉 등 농기구의 문답을 다루었고14), 당(唐)의 백거이(白居易, 772-846)의 〈지학팔절구 池鶴八絶句〉는 새들을 의인화한 문답이다15).

한·위·육조의 문학 중에도 같은 종류의 작품들을 발견할 수 있다. 즉 문학사상 유명한 한(漢)의 사마상여(司馬相如, 기원전179-117)가 지은 〈자허부 子虛賦〉〈상원부 上苑賦〉(『文選』권7·8), 서진(西晉)의 좌사(左思)가 지은 〈삼도부 三都賦〉(『文選』권5) 및 동진(東晉)의 도연명(陶淵明, 372-427)의 〈형영신 形影神〉 3편 등이 그것이다. 〈자허부〉, 〈상원부〉 및 〈삼도부〉의 인물은 모두 허구의 인물로서 의인법과 유사하다고 볼 수 있다. 〈형영신〉은 완전히 의인화한 작품이다. 이 세 작품은 일반적으로 삼자 간의 문답이라 인식되고 있지만, 앞서 살핀 쟁기문학의

---

12) 『全芳備祖』(農業出版社, 中國農學珍本叢刊, 1982, 66면)
13) 影印本 『文淵閣四庫全書』 1182책, 166면.
14) 『王令集』(상해고적출판사, 1980, 65면).
15) 『白居易集箋注』卷36(상해고적출판사, 1988, 2532면).

형식을 원용하자면 먼저 둘 간의 다툼이 있고 마지막 최강의 제3자가 두 사람을 압도한다는 쟁기문학의 구도를 이루고 있다고 해석할 수 있다. 이러한 종류의 문답형식 작품은 그 연원이 대개 당시 술자리에서 벌어진 오락 공연과 관계가 있다. 이와 관련하여 진수(陳壽)의『삼국지 三國志』 권21의 〈오질전 吳質傳〉의 배주(裵注)에서 인용한 〈오질별전 吳質別傳〉 에는 당시 연회 자리에서 배우에 의한 오락적 논쟁에 대한 기술이 있 어16), 쟁기문학의 실제적 기원을 상상케 한다.

(3) 소수민족의 쟁기문학

현재 알 수 있는 작품은 겨우 두 종이 있을 뿐이다. 그 하나는 귀주(貴 州) 포의족(布依族)의 〈차와 술 茶和酒〉이다. 운문과 산문이 혼용된 형 식이며 차와 술의 논쟁을 물이 조정하는 내용으로서 돈황의 〈다주론〉과 기본적으로 같다.17) 다른 하나는 장족(藏族)의 〈다주과공 茶酒誇功〉이 다.18) 장어(藏語)를 사용하여 차와 술을 의인화한 두 선녀, 지혜선녀(希 若卓瑪)와 구락감로(具樂甘露, 德点堆子)가 왕궁 연회 석상에서 논쟁을 벌이고 이를 국왕이 해결한다는 내용이다. 작자는 17세기 말의 서장(西 藏)의 관원 팽중 차단익(彭仲·次旦益)인데, 문장 중에 장어(藏語)의 속 어를 많이 사용하였다. 이러한 점에서 다주쟁론의 오락문학 역시 주변 민족들에 전파되었으며, 더 나아가 짙은 민족정신을 구비한 현지문학으 로 변모했음을 살필 수 있다.

---

16) 中華書局 標點本『삼국지』, 609면.
17) 迅河 搜集整理, 〈寓言三則·茶和酒〉(『民間文學, 1983년 제7기, 120-121면), 貴州 省興仁地域布依族黃利國 口述. 張鴻勛 選注, 『敦煌講唱文學作品選注』(甘肅人民 出版社, 1987, 102-104면)
18) 次仁班覺, 「淺談『茶酒誇功』及近代藏族俗人文學」(『西藏硏究』 1984년 제2기, 93-95 면), 『茶酒仙女』(西藏人民出版社 1984, 2000), 注14張鴻勛書(1987) 104면.

4. 일본의 쟁기문학

(1) 등지모(鄧志謨) 작품의 영향

등지모의 쟁기작품 7종은 청대에는 중간본이 없는 듯하며, 등지모 이후에는 같은 종류의 작품을 지은 사람이 없는 것 같다. 그러나 이들 작품 중『다주쟁기』이외의 6종이 일본에 전파되었던 것으로 알려 졌다. 그 중 일부 작품들은 일본에서 번각(翻刻)되어 일본문학에도 상당한 영향을 끼친 바 있다. 일본 동경의 내각문고에는 등지모의 쟁기작품 중『다주쟁기』를 제외한 6종이 소장되어 있는데, 에도시대의 주자학자로 유명한 임라산(林羅山, 1583~1657)의 구장본이다. 그 중『동완쟁기』를 제외한 나머지 5종은 모두 명대의 원(原) 간본이지만, 유독『동완쟁기』만은 필사본이다.(원간본은 교토의 龍谷大學 도서관에 소장되어 있다.) 필사본 마지막장에는 "乙亥正月二十三日之夜一更粗了塗朱 道春法印"이라는 표기가 있다. '道春法印'은 임라산(林羅山)의 출가 이후 도호(道號)이다. 당시 막부에 출사한 학자들은 관례적으로 형식상 출가하여 승려가 되었기 때문에 이런 도호가 있는 것이다. 을해년(乙亥年)은 관영(寬永) 12년(1635)인데, 이 해는 하야시 라잔이 53세가 되던 해이며 등지모의 작품이 일본에 전래된 것은 당연히 그 이전의 일일 것이다. 『동완쟁기』의 서문을 근거로 하면 출판연대가 천계(天啓) 4년(1624)이니, 그 빠른 전파 속도는 놀랄 만하다. 하야시 라잔은 이 시대의 유종(儒宗)임에도 불구하고 이런 종류의 서적을 수장하였고, 심지어 사람을 고용하여 필사시킨 뒤 친히 붉은 권점을 찍은 것으로도 모자라 여기에 일부러 자기 이름을 남기기까지 하였다. 이는 중국인 혹은 한국인의 입장에서 본다면 이해하기 힘든 괴이한 일로서 여기서 中·韓·日 사이의 문화적 분위기의 차이를 살필 수 있다. 하야시 라잔은 어렸을 때 교토의 건인선사(建仁禪寺)에서 수업을 받았는데, 당시의 선종 승려들 중에는 남색(男色) 애호자들이 적지 않았다. 이 때에 그는 비록 머리를 깎고 중이 된 것은 아니었지만, 오랜 기간 선승들에게 영향을 받았기 때문에 이러한 종류의 풍속을 그렇게 꺼리지는 않았던 것 같다. 하야시 라잔은 〈두 사람 함께 한 소년을 만나다 二人同會一少年〉이라는 시에서 "酒力茶煙莨蕩風. 少年座上是仙童. 遠公不破邪婬戒, 男色今看三笑中"(『羅山先生別集』卷一)이라 하였다. 이 시는 비록 한 때의 희작이라고 하지만, 그의 남색 취미에 대한 견해를 살피기에 충분하다. 17세기 후반부터 남색문학이 일본에 유행하기 시작했다. 그중에서도 대표적 작품은 이시하라 사이카쿠(井原西鶴, 1642~93)가 지어 정향(貞享) 4년(1687)에 출판된 『남색대감 男色大鑑』이다. 이 책은 권1 서두에서 '색(色)은 두 가지 것이 다투는 것'이라 하였는데, 여기서 '두 가지 것'은 곧 남색과 여색을 말하는 것이다. 이는 어쩌면 『동완쟁기』의 영향을 받은 것일 수도 있지만 확실치는 않다.

오늘날 알려진 바에 의하면, 등지모의 쟁기작품 중 최소한 3종은 일찍이 일본에서 번각된 바 있다.

> 1-1. 『蔬果爭奇』三卷, 貫名海屋校, 安永3年(1774) 刊, 嘉永4年(1851) 大阪 藤屋善七, 菅酒屋梅介修本[19]
> 1-2. 『蔬果爭奇』三卷, 文政 12年(1829) 京都書林林喜兵衛刊[20]
> 1-3. 『蔬果爭奇』三卷, 京都 弘文堂刊本[21]
> 2. 『梅雪爭奇』三卷, 新井白蛾(裕登) 校, 明和元年(1764) 大阪藤屋彌兵衛, 吹田屋多四良刊 梧桐館, 星文堂發行[22]

『소과쟁기』(1-2) 마지막 장의 간행 예정 서목을 보면 "山水爭奇 一冊 嗣出"이라 하였으니, 이 작품 또한 판각본이 있을 듯하다. 이 중에서 『소과쟁기』는 3종이 모두 다른 판본이며, 관명해옥(貫名海屋), 신정백아(新

---

19) 東北大學 所藏
20) 京都大學人文科學硏究所藏, 同上
21) 同上
22) 東北大學, 京都大學人文科學硏究所藏

井白蛾) 등은 당시의 유명한 학자들이다. 이를 통해서도 등지모의 작품
이 일본에 광범위하게 유통되었음을 살필 수 있다.

(2) 한문체 쟁기문학-附 〈勸世文酒茶四問〉

일찍이 헤이안[平安]시대에 당나라로 유학했던 공해(空海, 774~835)
는 일본 밀교인 진언종(眞言宗)의 조사(祖師)로서 박학으로 유명했다.
그의 〈삼교지귀 三敎指歸〉는 구모선생(龜毛先生, 儒敎)·허망은사(虛亡
隱士, 道敎)·가명걸아(仮名乞兒, 佛敎) 간의 종교적 논쟁을 주제로 한
것인데, 마지막에 불교가 이기는 내용의 부체(賦體) 작품이다. 그 형식은
의심할 여지없이 사마상여의 〈자허부〉, 〈상원부〉 및 좌사의 〈삼도부〉 등
에서 영향을 받은 것이다.

중국의 쟁기문학이 일본에 끼친 영향을 논하는데 가장 주목해야 할 작
품은 〈주다론〉이다. 〈주다론〉은 한문으로 지은 일종의 유희문학으로 망
전자(忘筌子)가 지은 것이다. 망전자는 교토의 선종사원인 묘심사(妙心
寺) 제53대 주지인 난숙현수(蘭叔玄秀)의 별호이다.

그 내용은 어느 화창한 봄날 술을 즐기는 망우군(忘憂君)과 차를 좋아
하는 척번자(滌煩子)가 주·다(酒茶)의 우열을 두고 논쟁을 벌려 마지막
에는 논쟁을 곁에서 듣던 한 한인(閑人)이 술도 차도 둘 다 좋으니 싸우지
말라 하여 끝장이 난다[23].

이 작품은 의인화 수법을 쓰고 있지 않으나, 그 제재, 제명, 이야기의
구조가 돈황의 〈다주론〉과 유사하다. 이는 우연의 일치라고 볼 수 없는
것으로서 영향관계가 있다고 상상하는 것이 자연스러울 것이다. 그런데
그 연원은 자못 복잡하여, 결코 단순한 직접적 영향관계라 할 수 없다.
〈주다론〉은 천정(天正) 4년(1576)에 지어진 것이다. 그 이전인 대영(大

---

23) 『酒茶論』 寶曆 五年(1755) 刊本의 영인본은 『假名草子編26-任勢物語·犬百人一
　　首·酒茶論·酒飯論』(『近世文學資料類從』, 東京:勉誠社出版, 1977년). 또한 『群書
　　類從·飮食類』를 볼 것.

永) 5년(1525)에는 인수종수(仁岫宗壽)가 한문으로 〈매송론 梅松論〉을 지은 바 있다. 〈매송론〉은 관성옹(管城翁, 梅)과 석장인(石丈人, 松) 간의 다툼을 그린 것으로서 마지막에 대나무가 나타나 무승부의 판정을 내리는, 즉 〈주다론〉과 같은 방식의 작품이다. 또한 〈주다론〉 중 일부 문자에는 확실히 〈매송론〉을 베낀 흔적이 발견된다. 뿐만 아니라 란숙현수는 인수종수의 법손(法孫)이다. 이 점에서 〈주다론〉이 결코 중국의 작품을 직접 모방한 것이 아니고, 오히려 〈매송론〉의 영향 아래에서 성립된 것이라고 단언할 수 있다.[24]

당시 일본의 선림에서는 이러한 '론'(論) 종류의 제목을 붙인 한문체 쟁기문학이 상당히 유행했던 듯하다. 현존하는 작품으로 〈주다론〉과 〈매송론〉 이외에도 총지사(總持寺)의 현태화상(玄台和尙)이 지은 〈유탄지론 油炭紙論〉이 있다.[25] 가마쿠라[鎌倉] 및 무로마찌[室町] 시대(12-16세기)에는 오산(五山)을 중심으로 다수의 선승들이 유학생, 혹은 외교사절의 신분으로 중국을 방문하여 대량의 중국서적 및 관련 문화를 일본으로 가져와서 일본문화의 발전에 막대한 영향을 끼쳤다. 비록 당시 중국의 선림문학 중에서 쟁기문학 작품은 찾을 수 없지만, 이 때에 중국의 쟁기문학 작품이 확실히 선승을 통해 일본에 전래되었음을 증명할 수 있는 자료가 있다. 곧 쿄토 선종오산(京都禪宗五山) 중 하나인 천룡사(天龍寺)의 묘지원(妙智院)에 소장된 〈권세문 주다사문 勸世文酒茶四問〉이라는 작품이다[26].

이 작품은 장방형의 족자 형태로 제작되었고, 전문이 깨끗하게 정사된 예서체로 쓰여 있다. 전반부의 내용은 술, 차, 물, 불 사이의 문답이다.

---

24) 渡邊守邦의 「酒茶論とその周邊」(『大妻女子大學文學部紀要』8, 1976, 53-72면)을 참고할 것.
25) 이 작품은 蘭叔玄秀의 『蘭叔錄』에 수록되어 있다. 注21) 渡邊의 논문을 볼 것.
26) 福島俊翁의 「酒茶論」 해제(『茶道古典全集』 제2권, 淡交社, 1962, 269면)참조. 원문은 김문경, 「東アジアの異類論爭文學」(『文學』6권6호 岩波書店 42-52면)에 보임.

그 중 불이 출현하는 점이 돈황의 〈다주론〉 및 이와 관련된 작품들과는
다르지만, 등지모의 〈다주쟁기〉의 화관(火官)과 부합하는 사실을 주목할
필요가 있다. 소위 '다주사문'(茶酒四問)은 이 네 가지(술, 차, 물, 불)를
지칭하는 말이다. 후반부에는 취한 사람이 종종 낭패하는 모습을 생동감
있게 묘사하고 사람들의 구설수를 조심할 것을 권하는 내용이다. 또 마단
양(馬丹陽)의 〈서강월 西江月〉 사(詞)와 무명씨의 칠언절구 한 수가 있
는데, 아마도 이것이 제목 중의 '권세문'(勸世文)일 것이다. 마지막에 정
덕(正德) 8년(1513) 5월에 태학생 사명(四明, 지금의 寧波) 송재(松齋)가
일본의 수좌(首座, 선승의 계급 중 하나)인 광욱상인(廣旭上人)에게 보
낸다는 뜻의 표기가 있다. 1513년 5월은 료암계오(了菴桂悟, 1425-1514)
를 대표로 하는 일본의 명(明) 사절단이 녕파(寧波)로부터 귀국 길에 올
랐던 때이다. 다만 광욱상인의 이름은 료암계오의 〈임신 입명기 壬申入
明記〉 등 관련 사료에는 보이지 않는다.27) 그러나 이 당시 사절단의 숫자
가 대략 600명을 넘어섰다는 점에서 광욱은 당연히 그 중 한 사람이었을
것이다. 태학생 사명송재 또한 관련 자료에서 찾을 수 없다. 전진교(全眞
敎)의 마단양은 확실히 선교의 성질을 띤 사(詞) 〈서강월〉을 적지 않게
지었지만, 이 작품에서 인용한 것은『전금사 全金詞』에 보이지 않는다.
　〈권세문 주다사문〉은 중·일 문학교류사에 있어 귀중한 자료라고 간주
할 수 있다. 그러나 이러한 사정에도 불구하고, 우리는 여전히 이 작품이
난숙현수의 〈주다론〉에 직접적으로 영향을 끼쳤다고 확정지을 수는 없
다. 당시 이러한 종류의 문학이 다양한 통로로 전파되었다는 사실과 전파
된 작품의 수량 또한 현존하는 작품보다 훨씬 많았다는 사실을 생각하면,
그 사이의 영향 관계는 매우 복잡한 양상을 띨 것이다. 〈주다론〉이 후세
에 끼친 영향은 상당히 커서 에도시대 후반에도 모방 작품들이 계속 나타
났다. 즉 삼오원문마(三五園文麿)의『주다문답 酒茶問答』과 칠오산인

---

27) 牧田諦亮 編『策彦和尚入明記研究』(法藏館, 1955, 365-375면)를 참고할 것.

(七五山人)의 『주다문답 酒茶問答』, 불염암주인(不染庵主人)의 『술과 차 酒と茶』, 빈해산인(浜海散人)의 『주다전장 酒茶戰場』, 룡택마금(瀧澤馬琴)의 〈주단론 酒茶論〉(『夢想兵衛胡蝶物語』에 수록되어 있다), 관류만(館柳灣)의 『어초주다 사영창화 魚樵酒茶四詠唱和』 등이 그것이다.[28]

(3) 가나[假名]체 쟁기문학

앞서 소개한 한문체 작품이 아직 출현하기 이전, 일본에는 일찍부터 본국의 문자 즉 가나[假名]로 쓴 쟁기문학이 있었다. 그 제일 빠른 예로서 『만엽집』(8세기중엽) 권1에 보이는 액전왕(額田王)의 장가(長歌, 번호 16)를 들 수가 있다. 이는 천지천황(天智天皇, 626-671)의 명에 의해 당시 저명한 여류시인이었던 액전왕이 봄과 가을의 우열을 판정한 것으로 가을이 더 좋다고 하였다. 이렇게 봄과 가을의 우열을 문제 삼는 발상은 당시는 물론 중국 문학 전체에서도 찾아 볼 수가 없는 것이다[29].

시대가 더 늦은 예로서는 이조량기(二條良基, 1320~88)가 지었다고 전해지는 『병주가합 餠酒歌合』과 같은 작품이 있어, 현재 응영(應永) 26년(1419)의 필사본이 전해진다.[30] 소위 '歌合'이라는 것은 헤이안, 가마쿠라 시대의 귀족사회에서 유행한 일종의 유희이다. 상반된 내용의 와까[和歌] 두 작품을 가져와 서로 비교하여 판결을 내리는 사람이 그 우열을 결정하는 방식으로 진행된다. 『병주가합』은 즉 술과 떡에 관련된 와까만을 전문적으로 수집하여 이를 하나하나 비교한 뒤 그 우열을 가린, 오락을 위한 작품이다. 그 중 일부 작품은 일본의 전통희극인 쿄엔[狂言]의 〈병주 餠酒〉에도 인용된 바 있다. 이와 유사한 것으로 〈주반론 酒飯

---

28) 注21)의 渡邊의 논문 및 古川瑞昌의 「酒茶論の系譜」(『風俗』 12권 3호, 1974)
29) 大谷雅夫 『歌と詩の間』(『列島の古代史』6 『言語と文字』 岩波書店 2006, 201- 238) 참조.
30) 『圖書寮所藏桂宮本叢書』 제17권(養德社, 371-379면)

論〉(〈酒食論〉이라 부르기도 한다)이라는 작품도 있는데, 일조겸량(一條兼良, 1402~81)이 지었다고 한다.[31) 그 내용을 보면, 大上戶造酒正糟屋朝臣長持(念佛宗을 대표)과 最下戶飯屋律師好飯(法華宗을 대표) 사이에 논쟁이 일어나자 中戶中左衛門大夫中原仲成(天台宗을 대표)이 나타나 이를 조정하며 마지막으로 중용의 덕을 강조하는 것이다.(일본의 속담에서는 술을 잘 마시는 이를 '上戶'라 부르고, 술을 못 마시는 이를 '下戶'라 부른다) 이 작품은 표면적으로 술과 밥 간의 우열 다툼인 것처럼 보이지만, 실제적으로는 불교 종파 간의 다툼을 암시하고 있는 기발한 구상을 보이는 것이 상당히 특징적이다.

이 외에도 일본의 가나 문학 중에는 보통 '이류군기물'(異類軍記物)이라 불리는 문체가 있는데, 이 역시 쟁기문학의 변종으로 간주할 수 있다. 그중 대표적인 작품으로 〈정진어류물어 精進魚類物語〉(〈魚鳥平家〉라 부르기도 한다)를 들 수 있다. 이 작품 또한 이조량기(二條良基)의 작품이라 전해진다.[32) '이류'라 하는 것은 곧 의인화된 동식물을 가리키는 말이며 '군기물'은 전쟁 이야기를 뜻한다. 〈정진어류물어〉는 어군(魚軍)과 전진구(精進軍) 간의 전쟁을 묘사한 것으로 정진군이 어군에게 이기는 것으로 끝난다. '정진'이란 육류를 쓰지 않고 채소만을 사용한 불교도의 음식을 뜻하는 말로서 채소가 물고기를 이기는 것은 역시 불교적 관점이다. 같은 종류의 작품으로『오로합전물어 烏鷺合戰物語』,『묵염앵 墨染櫻』(『草木太平記』라고도 한다) 등 상당수가 전한다.

이러한 종류의 가나체 쟁기문학은 수량이 매우 많으며, 또 그 연원이 한문체 작품과 비교할 때 훨씬 빠르다는 점 때문에 일본 학자들은 일반적으로 중국문학이 이들 문학에 끼친 영향을 부정하는 경향이 있다. 그러나 〈주반론 酒飯論〉과 〈다주론 茶酒論〉이 주제가 기본적으로 유사하고, 중국에도 청(淸)의 운간자(雲間子)가 지은『초목춘추연의 草木春秋演義』

---

31) 『群書類聚』 제19집, 권368 「飮食部」(續郡書類從完成會, 1933, 869-876면)
32) 『萬物滑稽合戰記』(『續帝國文庫』 제32편, 博文館, 1901, 1-18면)에 수록되어 있다.

를 보면 한조(漢朝) 대장 금앵자(金櫻子)·금령자(金鈴子)와 번방호초국(蕃邦胡椒國) 국왕인 파두대황(巴豆大黃) 간의 전쟁이 묘사되어 있고, 돈황의 〈연자부〉에도 제비와 참새간의 다툼이 있는 것처럼 전쟁 방식의 쟁기문학 작품이 있다는 사실을 감안한다면, 우리는 여전히 중국문학이 같은 종류의 일본문학에 영향을 끼쳤을 가능성을 고려할 수 있을 것이다. 다만, 현재 전하는 자료의 부족으로 인해 한 발 더 나간 연구는 장래를 기다려야 할 것이다.

이상을 통해 일본의 쟁기문학에서 주목할 만한 사실이 두 가지 있다. 그 하나는 일본의 한문체 쟁기문학 중 가장 이른 시기의 작품인 공해의 〈삼교지귀〉에서부터 〈정진어류물어〉 등 '이류군기물'의 작품에 이르기까지, 절대 다수가 모두 불교와 불가분의 관계를 맺고 있다는 점이다. 돈황의 〈다주론〉 및 〈연자부〉 역시 모두 사원에서 필사된 작품이었다.[33] 이러한 점에서 추측하면, 쟁기문학의 근원은 불교의 쟁론 방식과 어떤 관계가 있을 가능성이 없지 않을 것이다. 또 하나는 특히 가나체의 쟁기문학은 『만엽집』의 액전왕(額田王)의 장가(長歌)로부터 『병주가합 餅酒歌合』이나 '이류군기물'에 이르기까지 모두 중국의 쟁기문학이 무승부인 것과 달리 승패가 갈라진다는 점이다. 이 점은 이하에서 한국과 월남의 쟁기문학을 살펴봄으로써 더욱 흥미로운 문제가 드러날 것이다.

일본의 쟁기문학 중 마지막 작품으로는 명치(明治) 시대에 중강조민(中江兆民, 1847~1901)이 지은 〈삼취인경륜문답 三醉人經綸問答〉(1887)이 있다. 내용은 동양호걸군(東洋豪傑君, 침략론자), 양학신사군(洋學紳士君. 민주화, 비무장론자) 및 남해선생(南海先生, 현실주의) 간의 논쟁을 묘사한 것이다. 작자는 스스로를 남해선생에 빗대어 현실주의를 제창하였다.

---

33) 〈茶酒論〉 2718면, 필사본 마지막에 "開寶三年壬申歲正月十四日知術院弟子閻海眞自手書記"라는 識語가 있다. 또한, 『燕子賦』 214면, 필사본에도 "甲申年三月廿三日永安寺學士郎杜友邃書記之耳"라는 기록이 있다.

4. 한국의 쟁기문학

한국의 한문체 쟁기문학 중 가장 대표적인 것으로서 〈매류쟁춘 梅柳爭春〉을 들 수가 있는데 복수의 작자에 의한 여러 개의 작품이 전해지고 있다. 윤주필 교수의 연구에 따르면,[34) 임제(林悌, 1549~1587)의 작품이라 추측되는 『유여매쟁춘 柳與梅爭春』(종류가 다른 사본으로 2종이 있다), 『매류쟁춘설 梅柳爭春說』, 『뉴여민쟁춘』(『柳與梅爭春』의 국문번역), 서일원(徐一元, 1595~1652)의 『매류쟁춘전 梅柳爭春傳』, 심동구(沈東龜, 1594~1660)의 『유여매쟁춘설 柳與梅爭春說』, 최효건(崔孝騫, 1608~1671)의 『유여매쟁춘설 柳與梅爭春說』, 신락희(申樂熙, 1836~89)의 『매류쟁춘전 梅柳爭春論』, 오영규(吳永奎, 1851~1904)의 『매류쟁춘 梅柳爭春』 등이 있다. 이들 작품들은 모두 다른 작자, 다른 시기의 것들로서 비록 문장의 편폭이나 사용 언어는 같지 않지만, 내용과 구성은 다른 점이 없어 거의 매화와 버드나무가 우열을 다투고 동군(東君) 또는 상제(上帝)가 등장하여 매화가 뛰어남을 선언하여 끝나는 것이다.

이들 작품 중에서 먼저 주목할 사실은 다음과 같다. "매류쟁춘"의 전고는 이백(李白)의 시 〈휴기등양왕서하산맹씨도원중 攜妓登梁王棲霞山孟氏桃園中〉의 "碧草已滿地, 柳與梅爭春"에서 나온 것이다. 그러나 이상 한국의 〈매류쟁춘〉 작품들과 중국의 쟁기문학 작품 사이에는 두드러진 차이가 있다. 즉 중국의 경우 절대 다수의 작품에서 양자 간의 다툼이 결국 무승부로 끝나는 데 비해 한국의 작품 대부분은 제삼자가 매화를 승자로 결정한다는 점이다. 『류여매쟁춘』을 예로 본다면, 매화가 버드나무를 이기는 이유로 상제는 세 가지를 제시하였다. 첫 번째 "河橋渭城之畔, 惹起黯然懷"라 하여, 버드나무가 이수(離愁)의 상징임을 말하였다. 두 번째로 "終使明皇播越于蜀中"이라 하며, 양귀비가 망국을 초래한 장

---

34) 윤주필, 「신자료 『梅柳爭春』類 寓言原典의 비평연구」(『단국어문논집』 창간호, 1995, 15-44면)

본인이라 하였다. 재미있는 것은, "臣小妹送入宮, 廢寘後宮, 遂與楊氏有隙" 중의 소매(小妹)는 응당 매비(梅妃)를 가리켜서 하는 말이라는 점이다. '매비'는 송대의 문언소설『매비전 梅妃傳』을 비롯하여 청초(淸初)의 홍승(洪昇)의 유명한 희곡작품『장생전 長生殿』등에서 양귀비와 대조적인 성격을 가진 라이벌로 등장하지만, 실제 역사에는 존재하는 허구 인물로서 그 기원도 불분명하다. 그러나 한국의 〈매류쟁춘〉의 설명에 따른다면 매비와 양귀비 사이의 대립관계가 다름 아닌 〈매류쟁춘〉에 반영이 되는 셈이다. 다만 이것이 중국에서 비롯한 본래의 기원인지 혹은 한국에서 이루어진 하나의 해석에 지나지 않은 것인지는 중국측 자료가 없기 때문에 지금으로서는 판단하기가 어렵다. 세 번째 "聖之苗裔, 栝楉爲業, 則忝厥祖"라 한 것은 고대 한국에서 버드나무를 가지고 각종 그릇들을 제조하는 장인들을 줄곧 천민으로 취급했다는 점에서 한국 특유의 신분제도를 반영한 것이라 할 수 있다.

이 외에 송 이후 크게 유행한 〈영매시 詠梅詩〉에서는 줄곧 매화가 꽃 중에서 가장 청고(淸高)한 지위를 유지해왔다. 육유(陸游)의 〈복산자 卜算子 · 영매 詠梅〉에서 "無意苦爭春, 一任群芳妬"라 한 것은 그 한 예이다. 주의해야 할 일은 이러한 송대의 〈영매시〉 유행이 당시의 주자학과도 무관하지 않다는 사실이다.『류여매쟁춘』에서는 주자(朱子)의 매화에 대해 언급하고 있으나, 이는 주자학이 성행했던 조선 시대의 사정을 반영한 것이라 생각된다. 이러한 점 또한 매화가 승리를 차지하게 되는 조건 중 한 가지였을 것이다.

여기서 주목할 점은, 이렇게 꽃과 나무를 의인화한 것을 제재로 삼은 우언작품이 한국문학 중에서 크게 번영하였다는 사실이다. 예를 들면, 임제는 별도로『화사 花史』라는 작품을 남겼는데, 이는 꽃나라의 군신제도를 묘사한 방대한 규모의 장편 우언고사이다. 더 이른 예로는『삼국사기 三國史記』권46 〈설총전〉에 보이는 모란꽃 화왕(花王)과 장미(薔薇)의 화신인 미녀 및 약초의 화신 백두옹(白頭翁) 간의 문답이 있다. 이 작품이 정말 설총의 것이라 한다면 8세기의 한국에는 벌써 이러한 작품이 존재했다는 이야기가 된다.

　상대적으로 볼 때, 중국문학 중에는 이러한 종류의 의인화된 작품이 결코 많지 않다. 그러나 근년에 발견된 전한(前漢) 시대의 〈신오부 神鳥賦〉(까마귀를 의인화한 작품)35) 같은 예를 참조한다면 고대중국의 민간문학 중에도 실제로는 이러한 의인화된 작품이 있었는데, 단지 정통문인들이 이를 기록으로 남기지 않았을 가능성도 없지 않아 있을 것이다. 만약 이 추측이 틀리지 않는다면, 일부 고전작품을 이러한 관점에서 새로이 해석할 수 있을지도 모른다. 예를 들면 주돈이(周敦頤, 1017-1073)의 유명한 〈애련설 愛蓮說〉에서 "菊花之隱逸者也, 牧丹花之富貴者也, 蓮花之君子者也"라고 한 것은 의인화 수법을 애용하는 민간문학에서 모종의 암시을 받았다고 가정할 수도 있을 것이다.

　현재 한국의 대표적인 쟁기문학 작품은 〈매류쟁춘〉으로 알려져 있는 것 같으나, 그 기원이 중국에 있음에도 불구하고 중국의 작품들과는 달리 결말에서 거의 승패가 지어져 매화가 이긴다는 점은 오히려 일본의 『만엽집』을 비롯한 가나체의 쟁기문학과 일치한다. 이것은 주목할 만한 사실이 아닐 수 없다.

5. 월남의 쟁기문학

　일본, 한국의 쟁기문학에 한문과 자국어로 지은 작품이 동시에 존재하는 것처럼, 월남의 쟁기문학에도 한문과 자남(字喃)으로 지은 두 종류의 작품이 있다. 한문 작품으로는 우선 단씨점(段氏點: 紅霞女史, 1705-1748)의 〈용호투기기 龍虎鬪奇記〉가 있는데,36) 용과 호랑이 간의 싸움

---

35) 『尹灣漢墓簡牘』(중화서국, 1997)을 참조할 것.
36) 『傳奇新譜』 부록, 陳慶浩·王三慶 편 『越南漢文小說叢刊』 제1집(臺灣學生書局, 1987, 제2책, 78-82면)을 볼 것.

을 이야기한 것이다. 도사(道士)의 소개로 작자의 분신인 듯한 "余(나)"가 등장하여 판정을 내리게 되는데 호랑이의 승리로 끝난다. 또 여조(黎朝)의 성종(聖宗) 여사성(黎思誠, 1442~1497)의 〈농고판사 聾瞽判辭〉는[37] 귀머거리와 맹인의 다툼을 그린 것인데 성종의 판정에 따라 귀머거리가 이기게 된다. 그 이유는 "漢時廉吏, 重聽何傷. 若夫瞽者, 藝成而下, 小道可觀, 而君子不爲也" 때문이라 하였다. 이 작품집에 수록된 또 다른 작품 〈양불투설기 兩佛鬪說記〉는[38] 토불(土佛)과 목불(木佛) 간의 다툼을 그린 것인데, 석가가 최종적으로 두 부처의 죄를 질책하는 내용이다. 성종은 이 외에도 〈화국기연 花國奇緣〉이라는 작품을 지었는데, 이 또한 의인법을 사용하였다.

자남(字喃)으로 쓰여진 작품으로는 〈화조쟁기 花鳥爭奇〉가 소개되어 있다.[39] 육팔언(六八言)의 운문체로서 그 내용은 다음과 같다. 서왕모(西王母)가 베푼 도원(桃園)의 잔치에 새들의 왕 봉황과 꽃들의 왕 모란이 참가하여 다툼이 일어나자 서왕모는 돈이 많다는 이유로 모란의 승리를 판정했다. 이 결말에는 부자를 옹호하는 위정자에 대한 정치적 풍자의 뜻이 담겨 있을 것이라 생각된다. 이 작품의 구성과 줄거리는 등지모의 『화조쟁기』와 대체로 비슷하여 영향 관계가 예상되지만 결말은 같지 않다. 또 하나의 작품 〈육축쟁공전 六畜爭功傳〉은[40] 소·말·개·양·닭·돼지 간의 다툼을 그린 것인데, 이 또한 조정 육부(六部) 간의 정치적 분쟁을 풍자하고자 한 뜻이 있다고 한다.

이상에서 예로 든 월남의 쟁기문학은 〈양불투설기〉와 〈육축쟁공전〉을 제외하고 모두 승패가 확실히 갈리는 결말이라는 점에서 한국의 〈매류쟁춘〉 및 일본의 가나체 쟁기문학과 같다.

---

37) 『聖宗遺草』(『越南漢文小說叢刊』 제1집, 135-136면)
38) 同上, 108-109면.
39) Trinh Khac Manh(鄭克孟), 「越南的寓言喃詩傳槪況」(韓國首爾召開第一回東亞寓言硏究國際學會發表論文, 2005)
40) 同上

6. 소결(小結)

쟁기문학의 발원지는 현재 자료를 근거로 할 때 중국에 있다고 생각하는 것이 우선 옳을 것이다. 그러나 중국의 작품이 주변 민족이나 국가에 전파된 이후에 현지 고유의 문학과 서로 융합하거나 혹은 현지의 특수한 배경이 내용에 첨가되어, 사용된 문자는 말할 것도 없이 주제·제재·풍격에 있어 각기 독특한 발전을 보이고 다양한 형태의 문학 양상을 드러내었다. 거기에는 각 지역의 특성이 있을 뿐만 아니라, 또한 지역을 뛰어 넘는 공통성이 있기도 하였다. 특히 중국의 작품들이 모두 무승부로 끝나는데 비해 한국 일본 월남의 작품 중에 승패가 갈리는 작품이 있는 것은 주목할 만한 사실이다. 삼국의 이 공통점이 만일 영향 관계에 의한 것이라 가정한다면 중국을 빼놓고 삼국이 독자적으로 영향을 주고받았다는 것은 조금 부자연스럽다. 이 사실은 지금은 없어졌으나 본래 중국에도 이러한 작품들이 존재했을 가능성을 시사하는 것처럼 필자는 생각된다.

나가서 이러한 특수성과 보편성을 통해 중국문학을 돌이켜보면, 종전에는 깨닫지 못했던 흥미로운 문제들을 발견할 수도 있다. 예를 들면, '다주논쟁'(茶酒爭論)이 광범위하게 전파된 사실을 통해 이 주제가 쟁기문학에서 핵심적 지위를 갖고 있음을 짐작할 수 있으나. 언뜻 보면 차와 술, 특히 술(술과 차의 싸움은 본질적으로는 음주의 시비문제이다)하고는 관계없어 보이는 작품도 실은 이 주제의 흔적을 숨기고 있다는 것을 발견할 수 있다는 점이다. 즉, 〈삼교지귀 三敎指歸〉는 종교적 문답이지만 서두에서 말하길, "爰則肆筵設席, 薦饌飛盞. 三獻已訖, 促膝談話"라고 하여 문답이 술자리에서 벌어졌음을 알 수 있다. 도연명의 〈형영신 形影神〉도 일반적으로는 철학적 문답으로 인식되지만, 첫 작품인 〈형증영 形贈影〉에서 "願君取吾言, 得酒莫苟辭"라 하였고, 이어서 〈영답형 影答形〉에서는 "酒云能消憂, 方此詎不劣"이라 하였으며, 마지작 〈신석 神釋〉에서는 또한 "日醉或能忘, 將非促齡具"라 하였다. 매 작품마다 음주와 관계없는 부분이 없다. 여기서 다시 한·위(漢魏) 시대 술자리에서 벌어진 오락적 문답 유희까지를 더 고려한다면, 쟁기문학의 연원이 결국 어디에 있는가를 상상할 수가 있는 것이다.

중국문학사에 있어서 쟁기문학은 지극히 미미한 존재이며 큰 흐름 중의 작은 물줄기일 뿐이다. 등지모(鄧志謨) 이전의 작품인 돈황의 〈다주론〉 등은 석굴에서 우연히 발견된 것이며, 『청평산당화본 淸平山堂話本』의 〈매앵쟁춘 梅杏爭春〉 잔본도 또한 아영(阿英)이 전경당(傳經堂)의 폐지함 속에서 발견한 것이다. 그렇지만 등지모의 일련의 작품들과 동아시아 각지에서의 그 광범위한 유행을 아울러 생각한다면, 쟁기문학이 실은 민간문학 중에서 두터운 전통을 유지해 왔다는 것을 알 수 있을 것이다. 이 숨겨진 전통의 잠류가 만명(晚明) 시기에 이르러 왜 갑자기 땅을 뚫고 나왔는지 이 또한 생각해 볼만한 문제이다.

마지막으로 이상에서 말한 쟁기문학을 좀 더 넓게 '의인화에 의한 논쟁문학'이라 정의해 본다면, 성서나 이솝우화 등 세계 각지에서 그 예를 더 넓게 찾을 수 있을 것이다. 이 문제는 더 보편적인 세계문학의 차원에서 고찰이 가능할 것이다. 다만 그것은 필자의 능력을 넘는 일이니 장래의 연구를 기다리겠다.

가미가타(上方)의 「기담(奇談)」서(書)와 우언

-『가키네 구사(垣根草)』 제4화를 중심으로-

이이쿠라 요이치(飯倉 洋一)*

1. 근세중기의 요미혼(讀本)과 우언

근세 전기의 담림 하이카이(談林俳諧)의 표현 논리로서 등장한 우언론이 산문의 창작방법으로서 재고된 것은 잇사이 초잔(佚齋樗山)의 등장에 의해서였다. 물론 『가카이쇼(河海抄)』 이래, 겐지모노가타리(源氏物語) 우언설이라는 것이 있었고, 모노가타리(物語)를 『장자(莊子)』 「우언편(寓言篇)」의 우언설에서 설명하는 것은 새로운 것은 아니었다. 그러나 비평자·주석자가 아닌, 다름 아닌 작가 자신이 스스로의 작품을 「우언」이라고 일컫는 일이 일어난 것은 산문 세계에서는 초잔 이전에는 눈에 띄지 않는다. 이는 초잔의 언설이 근세 후기 〈소설(小說)〉에는 커다란 영향을 준 사실로서 증명되고, 이와 함께 나카노 미쓰토시(中野三敏)에 의해 이미 지적된 바 있다.(「寓言論の展開」『戲作研究』、中央公論社、一九八一年).

*일본 大阪大大學院 교수

그러나 그 이후에 우언론 그 자체에 대한 상세한 분석, 구체적 작품에 따른 실천 예에 대해서는 주로 『누바타마의 권(ぬば玉の卷)』에서 볼 수 있는 아키나리(秋成)의 우언론을 제외하고서는 별로 연구되어 오지 않은 듯하다.(『ぬば玉の卷』について中村幸彦「上田秋成の物語觀」(『中村幸彦著述集〈第一卷〉』、中央公論社、一九八二年)・中村博保 「秋成の物語論」『上田秋成の研究』、ぺりかん社、一九九九年)、川西元「秋成の〈寓言〉を巡って─屈折したテクストとしての『ぬば玉の卷』─」「日本文學」二〇〇一年一二月號)がある)。 원래 우언론에 입각하여 창작된 작품은 우언이 노출되어 있고, 문예성이 결핍되어 있다는 비판을 피해가기 어렵다. 아키나리의 작품으로 말할 것 같으면, 『우게쓰 모노가타리(雨月物語)』의 「貧福論」이나, 『하루사메 모노가타리(春雨物語)』의 「海賊」 등만이 너무 논의에 대상이 되어있다고 하여, 〈소설〉적 형상이라는 점에서 반드시 평가가 높지 않았다는 것은 부정할 수 없는 점일 것이다.

그런데 필자는 근세 중기 이후의 산문사의 재구축을 위하여, 서적목록을 분류항목으로서 들어, 「奇談」의 단어와 이에 속하는 서목을 실마리로 「奇談」史 라는 것을 가정해 보는 시도를 행해봤다. 작업으로서는 호레키(寶曆)4년 『新增書籍目錄』(이하, 寶曆目錄라고 칭한다.) 소재 「奇談」書 57점 및 민와(明和)9년 『大增書籍目錄』(이하明和目錄라고 칭한다.)소재 「奇談」書76점을 합하여, 성립 순서대로 세워, 이것으로부터 몇 개의 문학사적 전망을 세워보았다.(「「奇談」史の一齣」『日本古典文學史の課題と方法』、和泉書院、二〇〇四年所收) 그러나 서적 분류 개념의 「奇談」을 새로운 문학사적 용어로서 드는 것은 단기본(談義本)・초기요미혼(初期讀本), 그리고 우키요조시(浮世草子)나 敎訓書・하이카이서(俳諧書) 등에 걸치는 「奇談」書의 다양함이란 이유만을 들어도 쉽지는 않다. 필자는 「奇談」의 「談」에 주목하여〈담화의 장을 전제로 한 재미있는 이야기하기(談話の場を前提とした面白い語り)〉를 집약점으로 하여 상정하였다. 그러나 「奇談」史에 있어서의 가장 중요한 문학사적 과제인 「단기본」과

「초기요미혼」을 어떻게 하면, 동일범주에서 다루는가에 대한 문제 앞에 서는 이 집약점은 아직 충분한 해답이라고는 할 수 없다. 여기서, 「초기 요미혼」은 지적논의를 문답체로 행하는 형식을 「단기본」으로부터 배우 고 있다는 지적(前揭中野三敏「寓言論の展開」및德田武「『新齋夜語』と 談義本」『日本近世小說と中國小說』、靑裳堂書店、一九八六年所收) ―이것이야말로「寓言」의 문제이다 ― 에 다시금 생각을 옮기게 되었다. 쓰가테이쇼(都賀庭鐘)나 우에다 아키나리의 작품(텍스트)에 있어서, 그 우의를 검증하는 데에 있어서는 이제까지의 연구가 많은 성과를 올리고 있다. 예를 들어, 아키나리의 우언론에서의 우의는 「옛날 일로서 지금의 현재를 타파하는 일이란 어슴푸레한 것을 (いにしへの事にとりなし、今 のうつゝ(現在)を打ちかすべつゝおぼろげに「ぬば玉の卷」)」라고 표현 되기 때문에, 아키나리의 작품(텍스트)에는 그 속에 숨겨진 우의를 읽어 내는 재미가 있다. 그러나 그 우의가 너무나도 노골적인 것에 대해서는 오히려 이 때문에 「우언」으로서 고찰, 논의되는 일은 적었다고 할 수 있 다. 아키나리 이외의 작가의 손에 의한 작품(텍스트)에 대해서는 더욱 그러하다.

2. 에도(江戶)의 「奇談」 書와 우언

주지의 사실이나, 우선 초잔의 우언론에 관해 언급해 두고자 한다. 그 총론이라고 할 수 있는 것은, 『雜篇田舍莊子』(寬保二年刊인가?)에 보인 다. 게다가 이 책은 호레키목록(寶曆目錄)의 「奇談」書에 들어있다. 해당 부분은 지장보살에 物理人情을 논하게 한 것을 「그러나 지장보살을 희롱 하는 것은 불경한 짓이다. 그 언 浮하여 하이카이의 서로 분류한다.」라고 비난당한 것에 작자가 답한다는 설정으로,

> 지장을 敬하는 일, 나를 따르는 자가 없다. 지장보살이 기뻐하실 것이다. 게다가 내가 하이카이의 문에 들어가지 않으면, 그 틈에 통할 수 없다. 나는 物에 의탁하여, 그 정을 말할 따름이다. 내가 기술하는 시치부의 서 칠부의 서(七部の書), 외제가 다르다 하더라도, 시종 모두 한 가지 뜻으로, 전체가 이나카 소지(田舍莊子)이다. 그 말하는 바는 逍遙遊、齊物論、人間世에 지나지 않는다. 사물에 의탁하는 우언인 것이다. 신불을 가장하는 重言이다. 그 희담은 巵言이다. 대중의 입에 조화하여, 다른 것보다 더 위로한다 하더라도, 모두 대종사를 넘는 것이 아니고, 사실은 고서로부터 가져온 것이고, 혹시라도 증거 없는 것을 기하지 않는다.

라고, 언급하고 있다.(인용에 있어서, 후리가나를 생략하고, 탁점을 보충하고, 구독점을 새로이 했다. 이하의 인용문에 대해서도, 원칙적으로는 같은 조치를 취한다.) 「시치부의 서(七部の書)」라는 것은, 『田舍莊子』 『田舍莊子外篇』(이상享保十二年刊) 『河伯井蛙文談』 『再來田舍一休』 (이상享保十三年刊) 『六道士會錄』(享保十四年刊) 『英雄軍談』(享保二十年刊)과 『雜篇田舍莊子』이다. 이들은 모두 『莊子』의 三篇의 主意에 통하는 것으로서, 「사물에 의탁한다.」는 우언, 「신불을 가장한다.」는 중언, 「희담」의 치언이라는 세 가지의 방법이 언급되어있는 것이다. 간략하게 기술된 세 개의 방법은 어떻게 구현화 되어 있는 것일까? 예를 들어, 『田舍莊子』를 예로 들자면, 참새와 나비, 매와 부엉이, 지네와 뱀 등의 동물 문답에 의한 분도론, 등장인물이 사찰이나 꿈속에서 신이나 신에 분류되는 존재를 만나, 가르침을 받는 심법론(心法論)、쥐잡기의 명수인 늙은 고양이의 이야기에 의탁한 무술론(武術論) 등, 다채롭게 전개되고 있는데, 요는 재미있고 우스꽝스러운 이야기의 틀 속에서, 스스로의 주장이나 교훈을 등장하는 동물이나 신에게 대변시키는 방법이다. 문예적인 평가의 관점에서 말한다면, 「戲談」의 능수능란함, 즉 「치언」의 완성도가 신경 쓰이는 부분이지만, 초잔 및 당시의 독자에게 있어서는 「우언」, 「중언」이야말로, 설득의 효과를 높이는 방법으로서 중요하였다. 초잔 자신, 자작 『영웅군담(英雄軍談)』에 있어서의 삼언의 방법을 다음과 같이 언급하고 있다.

우리들의 아이들은, 치세에 태어나, 어릴 적부터, 희유의 일에 능숙하나, 그 직분을 모르는 이가 많다. 그러니 곧바로 이를 이해시키는 것은 해서는 안 될 일이다. 잠시 帝釋修羅閻王의 싸움을 빌어, 이것을 설정하여, 正成、元就、勘助 등의 말을 우하여, 군중의 법령, 군비의 대략을 보이는 것, 소위 우언이다. 고인의 말을 빌어 바로 적으면, 아이들은 싫어하여 펼쳐보기조차도 않을 것이다. 그러므로 희담으로써 사물을 적어, 그 중에 실을 포함하여 보니, 이 방편이 좋은 것이다. (중략) 부처는 사람이 믿는 바이다. 인정의 중히 여기는 바에 의해, 말씀을 일으켜 믿음을 얻는데, 이것이 중언이다. 희담은 소위 치언이다. 그러나 무실허담의 말을 하여, 다른 이의 이목을 즐겁게 하여, 사람에게 혼란을 야기하는 것은 내가 아주 창피해 하는 바이다. 그러므로 만의 하나에라도 출처가 없는 것을 적지 않는다. (자서)

『영웅군담』 권1·권2의 줄거리는 아수라왕에게 공격당하여 위기에 놓인 제석이 염마왕의 도움을 구한다. 돕기로 한 염마왕은 군비를 정리하는데, 아수라왕은 공격에 고전한다. 여기서 명장 구스노키 마사나리(楠正成)·모리 모토나리(毛利元就)·야마모토 칸스케(山本勘助)의 세 사람이 도우미로 소환되어, 군비의 요점을 말하고, 진 치기를 지시한다. 이에 의하여 멋지게 아수라군을 무찌르고, 명계는 무사히 다스려진다는 것이다. 제석과 아수라왕의 싸움이라는 가설 속에서, 마사나리·모토나리·칸스케에게 발언시키는 바는 「우언」이고, 제석을 등장시키는 것은 「중언」이라고 초잔은 말한다.

초잔을 잇는 작가들도, 「우언」을 중요시 하고 있었다. 享保十九年刊의 筆天齋『御伽厚化粧』(寶曆目錄「奇談」所載書)에서는 「筆天齋의 쓴 많은 글들의 편편, 그 이름 그 취향에 어울리지 않고, 또 다른 우언을 생각하여, 눈에 서리 더하듯이 더한다 하며는, 나중에 벗겨지는 두꺼운 화장이라 할 것이다.」라고 한다. 「우언」「헛된 말」이라고 방훈한 것은 주목할 만 하다.

또한 『田舍莊子』을 모방한 延享二年寫의如明『童蒙莊子』(山口大學附屬圖書館所藏)의 자서에서는 「여기에 일단의 우언을 모아, 초목조수의 논담 속에서는 가르쳐야 할 것을 표현하는 것은 정도를 목표로 하기 위한 포석으로 삼기 때문이다.」라고 한다.

寶曆二年에 간행 된 靜觀房好阿『當世下手談義』(寶曆目錄「奇談」所載書)에는 협의의 「단기본」의 효시로서 문학사에서 중요한데, 이것도 「우언」의 방법에 의해 쓰인 희작이다. 같은 해에 간행된 차기작 伊藤單朴『敎訓雜長持』(寶曆目錄「奇談」所載書)의 서문에는 이 책과 그 속편 寶曆4年刊『敎訓續下手談義』(寶曆四年刊)에 대해, 다음과 같이 말하고 있다(한편, 寶曆四年刊의 책을 같은 二年刊의 서문에서 다루는 것에는 의구심이 들지만, 『當世下手談義』가 최초 활인이 행해졌을 때, 寫本留가 된 경위〈자세하게는 中野三敏「談義本略史」『十八世紀の江戶文藝』、岩波書店、一九九九年所收을 참조〉등을 감안하면, 속편도 이와 같이 사본으로서 單朴의 눈에 들었을 가능성이 있다.).

> ……먼저 출판된 제 일의가 내 집 옆에, 臍翁이라 하는 노인을 두고, 전편에 아들을 가르치고, 후편에 선대를 깨닫게 하고, 어떤 섬의 신탁에, 淫曲을 훈계하고, 退卜의 고샤쿠(講譯) 속에서 소문의 의구심을 말해주고, 값싼 제비뽑기의 潛上을 경계하고, 농부상가의 젊은이에게, 태만하지 말 것을 이르고, 교만함을 말한 가르침의 진실, 거짓 속에서 진실을 말하고, 자유롭게 고무하는 붓을 움직이게 하고, 이것이 내가 달할 수 없는 바라고는 하지만……

여기서는 「敎諭의 眞實」을 臍翁이나 退朴에 의탁한다는 설정이 「우언」에 기초하는 것이고, 「우언」이란 「거짓」이라고 하는 것이 방훈에 의해 표시되어 있다.

源內의 작품도 자타가 공인하는 「우언」이라고 평가된다. 明和六年刊의 『根無草後編』의 寢惚先生序에는 「지옥과 천당은 돈에 의한다는, 뒤로 한 발자국 물러나 책 한권을 써서, 그 말을 八重桐에 비유한다. 地獄天堂金次第と、退きて一書を著して、言を八重桐に寓す(原漢文)」이라고, 寶曆十三年刊의 『根無草』를 평하고, 荻野八重桐의 水死事件에 의탁한 것이라고는 하지만, 「寓言八重桐」라고 하는 이야기 방법을 사용한다. 安永三年刊『里のをだ卷』自序에는, 「장자의 우언, 무라사키 시키

부(紫式部)의 붓 가는 데로 쓰는 것, 사마상여의 子虛·烏有, 弘法大師의 免角·龜毛, 이런 것들은 오래된 것이다. 나도 또한 그 허언에 따라, 생각을 알 수 없는 麻布先生·古遊·花景의 인물을 설정하여, 순전한 거짓말을 한다. 바늘을 막대기라 하고, 불을 물이라고 하는 것은 내가 원래 갖고 있는 골계로서, 문장의 여정의 사람을 홀리는 말이다.」라고 말하고 있다. 麻布先生·古遊·花景라고 하는 인물을 설정한 허구의 이야기임은「장자의 우언」을 흉내 내었다는 것이다.

　이러한 에도시대에 만든, 「기담」서인 단기본은 초잔 이후, 창작방법으로서의 「우언」을 의식하고 있었다. 그러면, 가미가타의 「기담」서는 어떠할까?

3. 가미가타의 「기담」서와 우언

　天理大學附屬天理圖書館所藏의 伊丹椿園校合本『唐錦』의 뒷면에는 출판사 菊屋安兵衛의 識語가 있다. 『都賀庭鐘·伊丹椿園集』〈江戶怪異綺想文藝大系第二卷〉國書刊行會、二〇〇一에 影印揭載).　여기에는 「근래 출판된 국자 소설 중에도, 종류를 함께 하여, 아속을 함께 즐거워하며, 가지고 놀 수 있는 것은 英草紙, 繁野話, 垣根草, 新齋夜語, 雨月物語, 翁草이다. 지금, 唐錦을 합하여, 기담 칠부서라(奇談七部の書)고만 해 둔다.」라고 한다. 椿園의 의향이 강하게 들어간 출판사의 말이어서, 당시의 일반적인 인식은 아니었다 하더라도, 여기서 「기담 칠부의 서」가 언급되는 것은 확실히 주목할 가치가 있다.(『都賀庭鐘·伊丹椿園集)福田安典解說). 여기에 올라온 칠부의 서는 가미가타 출판의 「초기 요미혼」이라고 적혀있는 것이다. 그리고 書籍目錄에는『英草紙』『繁野話』『垣根草』가 「기담」서로서 오른다. (나머지 네 작품은 서적목록 간행연도인 明和九年以後에 출판되고 있다.)이 「기담 칠부의 서」에 들어가 있다고 생각되는 우언적 방법에 대해서 우선 개관하고 싶다. 다만 여기서 말하는 우언적 방법이라는 것은, 초잔의 정의에 따라 「우언」혹은 「중언」에 한정하여, 문체적 측정을 요하는 「치언」적 요소에 대해서는 이번에는 다루지 않는다.

『英草紙』는 자서에 있어서, 「그의 석자가 말하는 바, 장자가 말하는 바, 모두 괴탄(怪誕)하고 결국에는 교훈이 된다.」라고 명확하게 우언에 관한 것이 있다. 제 일편, 「고다이고 천황이 세 번 후지후사(藤房)를 혼내는 이야기」에서는 고가(古歌)·설교담의 (說敎談義)·준마론(駿馬論)이 고다이고 천황과 마리코지 후지후사(萬里小路藤房)의 문답형식으로 논하여 진다. 제 삼 편, 「豊原兼秋가 소리를 듣고, 나라의 성쇠를 아는 이야기」에서는 橫尾時陰와 豊原兼秋의 문답에서는 아악론(雅樂論)이, 제 오편 「紀任重陰司에 달하여 체옥(滯獄)을 거절한 이야기」에서는 지옥에 간 任重가 밀려있는 공사재판(公事裁判)을 해결한다는 형태를 취하여, 역사상의 인물평론이 행해진다. 여하튼, 테이쇼의 사상·지식이 등장인물의 입을 빌어, 즉 「우언」의 형태를 취해, 개진된 것이다.

『繁野話』의 자서에는 각 편의 우의를 설명하고 있는데, 그 속에 「보름달의 우언(偶言) 에 용뢰의 표리임을 거절한다.」라고 하는 것은 제 칠편 「望月三郎兼舍 용굴에 용과 대담하는 이야기」에 등장하는 옹이 모치스키 사부로(望月三郎)를 상대로 용과 천둥이 통한다는 것을 논한다고 한다. 「우언(偶言)」은 「우언(寓言)」을 가리키고, 이 사용법은 초잔의 정의에 들어맞는다. 그 외에 제 일편 「운혼운정(雲魂雲情)을 말하여 오래됨을 맹세하는 이야기」에서는 운수가 여러 가지 구름으로부터 다양한 기상현상에 대한 이야기를 듣는다는 형식이고, 제 이편 「모리야의 신 잔생을 초망에 끌어들이는 이야기」는 전반부에 모노노베 모리야(物部守屋)·소가 우마코(蘇我馬子)의 논쟁형식에서 불교론이 전개되고, 제 사 편 「나카쓰가와 뉴도(中津川入道) 야마부시즈카(山伏塚)를 짓게 하는 이야기」전반은 남조를 좇는 우다 지로(宇多次郎)에 비해, 구스노키 마사나리의 변명(變名)이라고 하는 사쿠라자키 사헤(櫻崎左兵衛)가 구스노키 마사나리등의 전쟁을 평판한다.

　『垣根草』(明和七年、京都錢屋七郎兵衛他刊)은 데이쇼의 영향을 농후하게 받은 작품으로서, 우의를 확실한 논의 문답이 세 편 보인다. 뒤에 언급할 제 4화「아리와라 나리히라(在原業平) 文海에 의탁하여 원한을 호소하는 일」은 이세모노가타리(伊勢物語)나 나리히라우타(業平歌)에 관한 속설을 文海의 꿈속에 나타난 나리하라가 반박한다는 설정이 되어 있어, 제 5화「가쿠메이(覺明)가 요시나카(義仲)를 떠나 돌산에 숨는 일.」에서는 지자(智者) 가구메이가 기소요시나카(木曾義仲)에게 군략을 설하고, 12화「千載의斑狐太閤의 자리를 노리다.」에서는 소년 변하여 늙은 여우가 一條兼良을 상대로 다양한 지식을 개진한다.

　『新齋夜話』(安永四年、田原屋淸兵衛刊、梅朧館主人著)에서는 앞서 언급한 德田論文이「아홉 가지 이야기 중 일곱 가지 이야기가 이 형식(飯倉注—問答體)의 형태를 갖추고 있고」「초기 요미혼으로서 이례적으로 많다.」라고 말하여, 단기본의 영향을 지적한 것이다. 제 1화「기타노(北野) 신사의 승昭君의 시를 비난하다.」는 기카노 신사의 승이 大石良雄를 상대로 왕소군(王昭君)이 읊은 시의 읊는 법을 논한다. 제2화「와타나베 미치쓰나(渡辺滿綱) 고금의 활 쏘는 법을 논하다.」에서는 아시카가 요시미쓰(足利義滿)를 상대로 요시쓰나가 활에 대한 논의를 전개한다. 제 4화「賣茶翁 멋의 정도에 대해 말하다.」에서는 茶翁이 차에 대해 말하고, 제 5화「기후(岐阜)의 늙은 비구니가 출가한 연을 밝힌다. 」에서는 옛날 시마바라의 유녀였던 비구니가 經驗談 속의 시가를 논한다. 제 6화「戶田茂睡가 스레쓰레구사(徒然草)를 읽는다.」는『쓰레즈레구사』七十三段의 허언의 횡행을 논한 단의 고샤쿠(講釋)으로부터 우언론을 전개한다. 이것에 대해서는『當世下手談義』卷四「鵜殿退卜徒然草講談의 일」의 영향이 보인다는 것을 도쿠다논문은 지적하고 있다. 제 8화「사가(嵯峨)의 은사(隱士) 士三光院님을 힐난하다」에서는 三條西實澄(實枝)가 사가의 은사를 상대로 겐지모노가타리(源氏物語)를 논하는데, 새로운 설이 없음을 힐난받고, 거꾸로 은사가 스스로의 설을 펼친다. 제 9화「대장장이 구니스케(國助) 가업은 맡기고 선비임을 풍(諷) 한다」는 편명대로 대장장이의 코치모리(河內守) 구니스케가 도검을 다루는데 있어서, 검도 다루기를 통해 무사를 논한다. 이와 같이 우의성이 강한 단편집이지만, 그 서문에서(明和八年、君山朱正盈撰)은「南華有寓言、而人知有寓言」이라고 시작된다.『新齋夜語』의 최초의 독자도 이 단편집을「우언」이라고 생각하고 있었다.

『우게쓰 모노가타리』(安永五年、大坂野村長兵衛·京都梅村半兵衛刊)가「우언」의 서라고 함은 아키나리(秋成) 스스로가 모노가타리 우언설을 제창하고 있는(『ぬば玉の卷』『よしやあしや』)점으로부터도 수긍할 수 있다.「白峯」「佛法僧」「貧福論」의 세 편이 언급하고 있었던 것과 같은 의미로「우언」성이 확연한 것은 中野三敏·德田武가 단기본과의 그 유사성을 지적한 점을 굳이 적지 않아도 될 만큼 명확한 것이다.

이상의 다섯 서적은 明和年間까지 간행되었는데, 작품이 이미 어느 정도는 완성되었다고 보여지는 것 들이다. 이타미 슌엔(伊丹椿園)의『翁草』(安永七年刊、京都菊屋安兵衛刊) 및『唐錦』(安永八年刊、京都菊屋安兵衛刊)은 安永年間에 성립한 것이라고 생각되는데, 상기의 다섯 서적과는 확연히 그 색깔이 다르다. 등장인물에게 지식 사상을 말하게 하는 취향은『唐錦』권 1의「足利義敎가 이방인을 만난 이야기」에 보이는 정도이고, 나머지는 문자 그대로, 기담적인 이야기이다. 그러나 문장이 교묘하여 우의가 노출되어 있지 않은 만큼, 문예성을 평가할 수 있는 것도 아니다. 우의가 뚜렷한 데쇼·아키나리의 서상작품(敍上作品—텍스트)쪽이 완성도가 높은 것은 누구나의 눈에도 명확할 것이다.

덴리본(天理本)『唐錦』의 뒷면에는 가미가타에서 만든「기담 칠부의 서」에서는 보아온 것처럼 明和期의 작품(텍스트)에 초잔적인「우언」을 몇 개인가 볼 수 있었다. 초잔의 교훈서에 비하면, 거기에는 현학적이라고 불러야할 화한(和漢)의 지식의 과시가 있고, 주의(主意)로서의 교훈으로부터는 거리가 있는 유희성이 강해진다. 특히 주목해야 할 것은 아키나리의 「佛法僧」에 있어서의 「玉川の水」의 고증과 같은 국학적 지식의 개진이다. 그러나 安永期에 성립한 슌엔의 작품(텍스트)는 결과적으로는 그 방향으로는 가지 않았다. 그러나 슌엔은 아마도 앞선 다섯 작품에 자작을 견주어 보고자 했던 것이라 생각된다.

4. 「우언」으로서의 『垣根草』제4화

『垣根草』제4화 「아리와라 나리히라(在原業平) 文海에 의탁하여 원한을 호소하는 일」은 다음과 같은 이야기이다.

天文二十年七月(三好長慶가 細川晴元을 공격하다)의 병화에서 교토의 相國寺는 불타 사라지고, 三條西實隆의 문인으로 와카(和歌)를 즐긴 선승 文海는 동국을 수년간 암행한 후, 교토로 돌아오는 길에서, 이세지(伊勢路)로부터 야마토지(大和路)를 넘어, 요시노야마(吉野山)에 꽃을 보려고 깊이 들어가, 어떤 집에 투숙하기를 부탁한다. 아리와라 나리히라라는 이름을 밝히는 서른 정도의 청려한 숙소의 주인은 일상의 불평을 文海에게 호소함과 동시에 이세모노가타리나 와카를 논하다. 그 내용은 다음과 같다.

세상 사람이 스스로를 고금 제일의 호색방탕자로 보고 있는데, 그 망설(妄說)은 『이세모노가타리』에 연원(淵源)한다. 니죠기사키(二條后)를 훔쳐냈다는 설, 이세재궁(伊勢齋宮)과의 밀통 사건, 여동생이나 어머니를 사랑했다는 것, 眞濟僧正과의 모두가 근거가 없는 소문이다. 원래 『이세모노가타리』는 「만든 이야기」이고, 실록과 같은 사실을 상정하는 것은 잘못된 일이다. 아쉬운 일, 유희로 하는 일을 31자로 만든 것이 우타(歌)이고, 이를 또 한번 바꿔 운치가 생긴 것이 『이세모노가타리』이다. 국사나 전기에서도 허구가 섞이는 것인데, 하물며 만든 이야기에서는 당연한 일이다. 더불어 햐쿠닌 잇슈(百人一首)에 들어있는 「치하야부루 카미요

모 키카즈 타쓰타카와 카라쿠래나이니 소테 쿠쿠루토와(ちはやぶる神代もきかず龍田川からくれなゐに袖くくるとは)」는 「미즈 쿠구루(水くぐる)」라고 줄곧 읽어 왔는데, 이는 자신의 작의와 어긋나고 있다. 이 노래는 단풍이 흩어져 있는 단풍이 흐르는 강을 지나 색을 입히고 또 입혔다고 보는 것이었다.

文海는 감명 받고, 세상에 이 설을 전할 것을 약속한 후, 나리히라 승선설(昇仙說)의 진위를 묻는다. 나리히라는 웃으며 이를 부정하고, 안으로 들어가 사라져, 文海도 꾸벅 존다. 잠에서 깬 文海은 스스로가 아리와라 명신의 옆에 누워있었던 것을 알게 된다. 일단 교토로 돌아왔으나, 교토의 소동은 한층 더 격하여, 다시 여러 지방을 돌아다니는데, 스미요시(住吉)의 신관 쓰무라 아무게(津村何某)의 처소에서 이야기 한 나리히라와의 꿈 문답이 전해지는 것이다.

이하, 이 이야기를 감안하여 적은 이가 나리히라 미남설은 『이세모노가타리』의 「옛날에 한 남자가(むかし男)」를 나리히라와 동일시 한 실수로부터 야기된 것이고, 이는 양귀비 미녀설과 같이 근거가 없는 이야기일 것이다, 라는 것을 언급하고 일편은 끝난다.

이상의 이야기를 「우언」이라고 검토하여 가는 경우, 시대 설정·인물 설정 및 나리히라의 입을 빌어 표명되는 견해의 내용 등을 확인 할 필요가 있다. 특히, 「文海」라고 하는 듣는 이에 상당하는 선승의 설정이나, 나리히라가 꿈에 나타나는 요시노의 아리와라 명신의 존재, 이 이야기가 전해지는 장소로서의 스미요시 신사(이야기 하는 이로서의 쓰모리씨)의 설정 의미가 중요한 문제가 될 것이다. 그러나 가장 중요한 점은 『이세모노가타리』가 허구의 만든 이야기라는 사실이다. 이 사실을 나리히라 자신이 호소한다는 것은 상당히 알기 쉬운 구상이다. 『垣根草』의 성립 당시, 『이세모노가타리』는 일반적으로 어떻게 수용되었는지, 그리고 작중 나리히라가 주장하는 「나리히라는 호색이 아니라. (業平は好色にあらず)」「이세모노가타리는 실록이 아니다.(勢語は實錄にあらず)」의 설을 어떻게 받아들이는지를 확인한 후, 작중 나리히라의 언설을 정리하여 갈 필요가 있을 것이다. 에도 시대의 『이세모노가타리』 수용사에 관한 기본적 문헌은 나카무라 유키히코 「이세모노가타리와 근세 문학」(『中村幸彦著作集〈第三卷〉』、中央公論社、一九八三年)·美山靖「月やあらぬ―近世文學と伊勢物語と業平傳說と―」(「皇學館大學紀要」第七輯、一九六九年)등이 있다. 이세 모노카타리 주석사에 있어서의 근세 중기는 무로마치(室町) 시대의 주석의 집대성이고, 에도 시대에 있어서도 많은 영향력을 갖는 『伊勢物語闕疑抄』를 정명에서 부정한 荷田春滿의 『伊勢物語童子問』이나 이를 계승한 가모노 마부치(賀茂眞淵) 『伊勢物語古意』나 아키나리의 『요시야 아시야(よしやあしや)』등, 옛날 남자 나리히라설을 부정하고, 이세모노가타리 우언설을 내 놓은 국학자들의 언설이 주목되는 시기이고, 옛 주석이 교차하는 계절이었다. 바로 그 시기에 고전의 해석 그 자체를 주제로 한 요미혼이 나타나는 것이고, 본 편은 그 것의 아주 전형적인 예이다. 이하, 구체적으로 검토하자. 나리히라의 주장은 전반과 후반으로 나뉘어 진다.

전반은 「세상 사람(世の人)」이 「아무개를 고금 제일의 호색 방탕의 사람처럼 말하여(某を古今第一の好色放蕩の者のようにいひな)」는 것에 대한 불평인 것이다. 그 「망언의 원천」은 『이세모노가타리』에 있고, 「옛 남자」라고 되어 있는 것을 스스로의 일이라고 생각한 점, 즉 「옛 남자=나리히라」라는 이해이다. 그러나 당시 정치를 담당했던 귀족은 결코 시간적으로 여유로웠던 것도 아니고, 일년 내내 여성을 꾀고 있었던 듯한 오해는 무가정치 시대에 귀족이 시간적으로 여유로웠던 것으로부터 유추되는 것이다. 나리히라가 원한을 풀고 싶다는 것은 ①니죠노 기사키를 훔쳐내어 망명했다.(6단) ②이세 사이구와 밀통했다(68단) ③여동생에게 구애했다(49단) ④어머니가 나리히라에게 마음을 두었다(84단) ⑤眞濟僧正과 남색의 관계에 있었다는(근거 불명) 등의 「망언」 때문이었다. 이 것을 바로하기 위해 나리히라는 다음과 같은 스스로의 『이세모노가타리』

관을 피력한다.

> 원래 이세모노가타리의 문장은 작자는 옛날부터 확실하지 않지만, 실은 具平親王의 손에 의해 나온 것으로, 옛날에는 마나(眞名)로 쓰인 것을 후에 가나모지(仮名文字)가 된 것으로, 고금의 서문 등과 같은 종류이다. 그렇다고는 하나, 이야기의 대강, 노래의 뜻, (こゝろ)를 말하여, 단서(端書)를 붙인 것이다. 무에서 유를 만들어 우타의 모양을 일전하여, 정취를 더하여 만든 이야기의 모양이다. 요즘에는 데이카(定家)의 시도 시화언엽(詞花言葉)을 다루어야만 하는 책이라고 가르치는 것은 격언으로서, 실록과 같이, 연월일을 바로 하여, 누구 아무개의 일 등이라고 생각하는 것이야 말로, 아주 부족한 것으로서……

이러한 이세모노가타리에 대한 이해가 게이츄(契沖)·아즈마로(春滿)·마부치(眞淵) 등의 새로운 『이세모노가타리』관이 영향 받은 것은 명확한 사실이다. 그러나 게이츄는 「옛 남자는 나리히라가 아니다」라고까지 말하지는 않았다. 후에 와카의 해석 등과 함께 생각한다면, 이 이야기의 나리히라의 주장은 마부치설을 중심으로 해서 구성되었다고 봐야할 것이다. 『伊勢物語古意』가 아키나리에 의해 간행되었던 것은 寬政5년인데, 성립 자체는 寶曆까지 거슬러 올라간다고 하여,(大津有一『增訂版伊勢物語古註釋の硏究』、八木書店、一九八六年), 그 설은 사본으로 충분히 유통되어있었다고 생각된다. 작중 인물인 나리히라가 『이세모노가타리』의 원형이라고 하는 眞字本을, 마부치가 중시하고 있었을 것은 잘 알려져 있다. 「伊勢物語古意總論」에서는,

> 여기에 고본(古本)이 있고, (眞字)로서 적었다. 그 문자의 사용 모양은 만요슈(萬葉集)를 생각하여, 대부분이 新撰萬葉에 의해서 그 보다도 유희적인 책의 모양으로부터…(중략). 그 고본의 처음 부분에 六條宮御撰이라고 적혀있다. 이것은 무라카미 천황(村上天皇)의 왕자二品中務親王具平을 말하는 것이고, 한편, 御撰이라고는 적었지만은, 이 이야기를 이 왕자가 적으신 것은 아닐 것이다.

마부치는 具平親王 작자설을 부정하고는 있지만, 왕자가 마나로 적은 것, 마나

본이 현행 이세모노가타리에 앞 선 고본이라는 것을 명언하고 있다. 또한 『이세모노가타리』의 실록성을 명확하게 부정하고, 「이와 같은 것을 후세 사람들은 모노가타리(物語)라는 이름을 어떻게 이해할까, 특히 허위로 만든 이 이세모노가타리를 실제의 기록이라고 생각하는 것이야 말로, 걱정이 된다.」라고 한다 (「伊勢物語古意總論」「物がたりは」). 또한 나리히라는 스스로가 馬頭觀音의 화신이라고 하는 설을 부정한다.

나를 관음의 화신이라고 하는 너무나 가당치도 않은 설에 대해서, 오히려 사람들의 조소를 불러일으키는 발단이 될 것이다. 이는 석가모니가 만든 것으로, 욕심을 미끼로 하여, 이를 당겨서 불도에 이르게 한다고 하는 경문이므로, 보문품(普門品)의 33신응현(三十三身應現)의 설에 부회하여, 楊柳觀音 등의 그 형체 요염하고 화려한 것이기에 이 설이 나온 것이다. 光明皇后如意輪의 화신이라고 하는 것도 이와 같은 날에 한 이야기이므로 취할 필요 없는 이야기이다.

業平馬頭觀音說은 예를 들어 요쿄쿠(謠曲) 「杜若」에 「또 나리히라는 극락의 가무보살의 현화이시니, (又業平は極樂の、歌舞の菩薩の現化なれば)」라고 있어, 무로마치 모노가타리(室町物語) 『鴉鷺合戰物語』에는 「그 중장(中將)은 극락세계의 가무보살, 정관음의 화련이다. (かの中將は極樂世界の歌舞の菩薩、正觀音の化現なり)」라고 보이는 속설이 있는데, 그 원래의 출소는 가마쿠라(鎌倉) 시대의 이세모노가타리 주석서 『和歌知顯集』에 있었다. 一條兼良은 『伊勢物語愚見抄』에서, 「다음에 지현집(知顯集)에 나리히라 중장은 마두관음(馬頭觀音), 오노노 코마치(小野小町)는 여의륜관음(如意輪觀音)의 화신이라고 할 수 있다. 그 외에는 의심스러운 일 뿐이다. (次に知顯集に業平中將は馬頭觀音、小野小町は如意輪觀音の化身といへり。其外うろんなる事のみ也)」라고 말하고, 근세에 잘 읽힌 주석서인 유재(幽齋)의 『伊勢物語闕疑抄』도 이를 받아 「또 지현초(知顯抄)라는 삼 첩이 있다. 거기에는 나리히라를 마두관음, 오노노 코마치를 여의륜관음의 화인신라고 한다. 그 외, 의심스러운 일 뿐이다.」라고 한다. 『童子問』도 『闕疑抄』의 이 부분을 빌어 관음 화신설을 「망언이다」라고 단번에 부정하였다. 그러나 마부치는 나리히라 마두관음설은 언급하지 않는다. 즉 작중인물 나리히라의 언설을 마부치에게만 구하는 것은 옳지 못한 일이다. 예를 들어, 『闕疑抄』는 후지와라 데이카(藤原定家)의 오쿠가키(奧書)에 대해서, 「그저 시화언엽을 즐기기 따름이로다라고, 적은 것이 도의 중요한 부분이다. 말과 만든 모양의 재미에 마음을 써서 글을 적을 때의 모범으로 삼으라는 가르침이다.(只可レ翫2詞花言葉1而已とかゝれたる事、道の肝要也。ことば又つくりやうのおもしろき所に心をかけて述作のたよりにせよとのをしへなり)」라고 말하는데, 이것이 앞서 인용한 나리히라의 언설에 들어가 있는 부분이라고 생각된다.

잘 모르는 나리히라가 부정하는 「젊었을 적에 眞濟僧正에게서 밀교를 배웠던 것도, 龍陽의 사랑보다 인연을 끊는 일도 있다는 사실이다. (若年たりし時、眞濟僧正に密敎を習ひしをも、龍陽の愛より斷袖の契も侍りしやうにいひなせる)」라는 속설의 출처이다. 『嵯峨物語』의 서문에 「眞雅阿闍利가 생각이 나는, '도키와 산(常盤の山)의 바위 진달래'라고 읊은 것은 , 중장이 사랑하여 사용하신 것이다.(おもひ出る常盤の山の岩つゝじと詠るは、在中將にめでゝつかはしけるとぞ)」라고 되어 있고, 또한 「나리히라 11살때부터 동사의 眞雅僧正의 제자였는데(業平十一より東寺眞雅僧正の弟子にて有けるを)」(『謠曲拾葉抄』卷八「杜若」所引「冷閣泉流伊勢物語注」)라고 전해지니, 眞雅와의 남색관계라고 혼동한 했을지도 모르겠다. 眞雅는 구카이(空海)의 제자이고, 眞濟는 구카이 『性靈集』의 서문을 집필하는 등, 둘은 함께 「고호타이시(弘法大師)의 열명의 제자」(『江談抄』) 중에 한 사람으로서 거의 같은 시대를 살았다. 게다가 문덕천왕 이후의 왕위계승 싸움에서 眞濟는 惟喬親王의 기도사, 眞雅는 惟仁親王의護持僧이 되었다는 사실이 있어, 혼동하기 쉬웠으리라 생각된다.

여하튼 근세에 있어서도 요쿄쿠나 조루리(淨瑠璃)·가부키(歌舞伎) 등
에서 나리히라의 속전(俗傳)은 살아남았음에 틀림없다. 그 속에서 몇 개
를 뽑아 작자는 나리히라를 통해 말하고 있다고 이해하면 충분할 것이다.

후반의 토픽은 「햐쿠닌잇슈」에도 들어있는 『이세모노가타리』 106단
의 우타 「치하야부루 카미요모 키카즈 타쓰타카와 카라쿠래나이니 소테
쿠쿠루토와」의 해석에 관한 것이다.

> 나의 취의(趣意)는 다쓰타가와(龍田川)에 단풍이 가득하여 흐르는 것을, 한 필
> 의 부드러운 천을 마치 드문드문 염색한 것처럼 보여, 그러한 큰 강을 능숙하게도
> 염색한 것을 보니, 예로부터 신대에는 여러 가지 희한한 일도 많지만, 이와 같은
> 희한한 일은 없었겠지, 라고 읊은 우타로서(중략)이와 같은 것을 언제부터인가 「
> 미즈쿠구루」라고 '쿠'라는 문자를 탁음으로 읽기 시작했다. 단풍이 널린 강물을 수
> 영한다는 뜻이 되면, 어찌 즐길 수 있는 부분인 있는 우타가 되겠는가?

『이세모노가타리』『고킨와카슈(古今和歌集)』『햐쿠닌잇슈』의 주석사
속에서, 이 노래를 「드문드문 들인 염색(くくり染め)」이란 해석을 한 것
은 가모노 마부치이고, 게다가 그것은 오늘날 정설화된 해석이기도 하다.
『續萬葉論』『古今和歌集打聽』『百人一首古說』에도 보이는데, 여기서
는 『伊勢物語古意』를 인용해보자.

> 이것은 다쓰타가와(立田河)에 단풍이 떠내려가는 것을 그 색이 붉으니, 물을
> 드문드문 섞어 염색한 것으로 보아, 아주 희한한 풍경이므로, 신대부터 지금껏 들
> 어보지 못한 풍경이라고 칭찬한다. 이를 요즘 설에 붉은 곳의 물 속을 수영한다는
> 사람, 논리도 맞지 않고 재미있지도 않다. (이하 생략)

그저 나리히라는 그 뒤에 「드문드문 염색한 것이 사슴의 점과 비슷하
여 아름다워, 백난천도 黃纐纈이라고 읊었다는 분류가 있는데」라고, 백
난천의 시를 방증하는데, 마부치의 저술에는 이것은 없다. 오히려 후에

가가와 카게키(香川景樹)가 『百首異見』(文政六年刊)에서 이것을 인용했는데, 小町谷照彦 「名篇の新しい評釋」 古今和歌集(「國文學」二○○二年十二月號、學燈社)에서 지적하는 『垣根草』의 기술은 그것에 앞선 지적이라고 한다면, 주석사상에도 문제가 될 것이다.

5. 『垣根草』第四話の時空設定

이상과 같이 작자는 「우언」의 방법을 사용하여, 세상의 나리히라에 대한 인식의 잘못됨을 바로하고, 새로운 주에 의한 『이세모노가타리』 해석에 이끌어 가고자 하고 있는 것 같다. 『이세모노가타리』의 주석서 그 자체를 읽기 보다는 훨씬 쉽고, 흥미를 갖고 독자가 함께할 수 있다는 점에서 「우언」의 소기의 목적은 달성되었다고 말할 수 있을 것이다. 그것을 효과적으로 실현하기 위하여, 이야기의 틀 — 시대·장소·인물 설정에도 신경을 쓰고 있다. 이것에 대해 언급해 두자.

중세 가학(中世歌學) 이후의 『이세모노가타리』관이나 요쿄쿠 등이 이룩해 온 나리히라상에 이론을 제기하는 것이 일편의 주의기이에, 그 견해를 신격화한 나리히라 스스로가 말한다는 것이 가장 효과적이다. 아리와라 명신으로서의 나리히라가 그것을 언급한다면, 장소는 자연히 정해진다. 『本朝神社考』 권6에 「世傳。在原業平。貌閑雅而善和歌、殆乎和歌之神也。一旦入吉野川上。而不知所終」라고 있는 점으로부터, 「요시노가와(吉野川)의 언저리」이다.

듣는 이에게는 역식 종래의 『이세모노가타리』관을 갖은 인물을 등장시키는 것이 좋지만, 요시노가와에 갈 것 같은 인물이라면 역시 편력하는 승이 적당할 것이다. 여기서 중세 가학의 주류에 위치하는 三條西實隆의 문인이자 승인文海라는 인물을 여기에 등장시킨다. 文海는 相國寺의 승이고, 天文二十년七월의 병화로 절이 불타 없어짐과 동시에 그는 여행을 떠난다. 동쪽 나라를 향하여 편력한 지 4, 5년을 지나 교토로 돌아오는 도중, 요시노에서 이상한 체험을 하게 된다. 이 병화는 미요시 나가요시(三好長慶)가 相國寺에 진을 친 호소카와 하루모토(細川晴元)를 공격한 일에 의한 것으로 사실에 의거한다. 『重編應仁記』권十六의 같은 해의 조항에는, 「같은 해 7월, 하루모토 쪽에 많은 이가 고슈 사카모토(紅州坂本)로부터 출전하여, 相國寺에 진을 치고 있는데, 같은 달 14일 이른 아침에 나가요시 스스로가 밀고 들어가 불을 붙여 공격하였는데, 하루모토는 싸움에 져서, 고슈에 되돌아갔다. 그 후에 교토 안에 군인이 없어, 그 해는 하는 일 없이 지냈다.」라고 되어있다. 그러나 文海라는 승이 실재 인물인지 어떤지 알 수 없다.(인명사전 및 『實隆公記』『相國寺史料』『公宴續歌』 등에는 나오지 않는다.)오히려 相國寺에서 수행했다고 하는 소기(宗祇)나 天文二十二년에 三條西公條의 요시노로 향한 여행에 동행한 紹巴(시대적으로 맞아 떨어진다.)나 實隆와 친한 멋을 아는 승으로 天文2년에 『あづま道の記』의 저서가 있는 尊海(선승으로 이름에 「海」라고 붙는다.)등의 모습을 투영한 허구의 인물이 아닌가 생각된다.

또한, 나리히라의 몽탁(夢託)을 받은 文海가 그 후, 다시 여러 지방을 방랑하여, 「스미요시의 아무개의 처소에서 이야기 했다」는 것을 「우연히 세상사람」이 「전했」다는 전승의 방법도 사연이 있을 법하다. 『和歌知顯集』가 스미요시의 옹으로부터 들어 적은 것이라는 체재를 취하고 있는 것을 의식한 것일까? 쓰모리가는 스미요시 대대로의 사관(祠官)이고, 가인으로서 활동도 활발했다. 그러나 天文경에 사관인 60대의 津守國順·61대인 津守國繁의 사적을 잘 알려지지 않아, 구체적인 인물을 비정(比定)하는 것은 별로 의미가 없는 듯 하다. 그저 중세의 불교 부회적인 해석을 대표하는 『和歌知顯集』이 스미요시의 옹에게 이야기하게 한다는 형식을 갖는데, 이를 역전하여, 나리히라 스스로의 언설을 스미요시의 사관에게 진실을 말한다는 방법이 재미있는 부분일 것이다.

그러나 전체적으로 말하면, 작자가 『이세모노가타리』의 해석을 새로운 설을 전제로 하는 것을 주의로 한 「우언」이기 때문에, 다양한 무대 설정이 행해졌다고 볼 수 있다. 그중에서도 작자가 갖고 있던 계몽적인 의도만 있었는가에 대해서는 의문의 여지가 있다. 오히려 그러한 「우언」의 형식에서 『이세모노가타리』의 새로운 해석을 한다는 표현 기법 그 자체를 『이세모노가타리』에 대해서는 십분 지식이 있는 교양인을 상대로 피력해 보았다는 것이 진의가 아니었을까? 가미가타의 지식성이 농후한 초기 요미혼의 토양으로부터 생겨난 작품(텍스트)이기 때문에, 이렇게 이해해 두는 것이 타당하다.

6. 『垣根草』 제4화와 『누바타마노 마키(ぬば玉の卷)』

한편 『垣根草』 제4화와 비슷한 구조를 갖는 것이 安永八年8의 서문을 갖는 아키나리의 『누바타마노 마키』이다. 『누바타마노 마키』는 단기본도 초기 요미혼도 아니고, 겐지모노가타리론을 모노가타리적 형식으로 적은 화문(和文)(『上田秋成全集』에서는 「王朝文學研究篇」에 들어가 있다.)인데, 「우언」의 방법으로 모노가타리와 와카(和歌)를 논하고, 종래의 상식적인 견해를 거부하는 점에서도, 시대 설정·인물 설정에서도 『垣根草』 제4화에 아주 가깝다. (다음 표)

	『垣根草』第四話	『ぬば玉の卷』
시대 설정	天文연간	足利의 말세
장소	요시노(吉野)	스마(須磨)
언설을 가탁 받은 인물	나리히라(業平)	히토마(人麿)
듣는 이	文海(三条西実隆門人)	宗椿(紹巴門人)
문답형식	夢中問答	夢中門答
문답내용(전반)	이세모노가타리와 　나	겐지모노가타리와 　히카

	리히라상의 오류를 바르게 한다.	루겐지상의 오류를 바르게 한다.
문답내용(후반)	「치하야부루」의 우타의 해석	「호노보노토(ほのぼのと)」의 우타의 작자

중세 가학을 배우고, 겐지모노가타리에 경도한 렌가시(連歌師) 宗椿을 등장시켜, 그 꿈 속에서 히토마로(人麿)가 나타나, 우선 겐지모노가타리를 이야기 한다. 그 내용은 중세적인 겐지모노가타리관을 부정하고, 게이츄 등의 새로운 주석에 의한 견해를 논한다는 전개이고, 후반은 히토마로작이라고 전해지는 「호노보노토 아카시노우라노 아사키리니 시마카쿠래유쿠 후네오조 오모후(ほのぼのとあかしの浦の朝霧に島がくれゆく舟をしぞ思ふ)」가 실은 小野篁의 우타라는 것을 언급하는 등의 와카론이 되었다. 시대 설정도 「아시카가의 치세의 말(足利ノ世ノ末)」이고, 『垣根草』제 4화와 같다.

그 중에서도, 이로서 바로『垣根草』의 영향을『누바타마노 마키卷』에서 보는 것은 성급한 처사다. 오히려 이는 「우언」의 의식적 채용과 고전 주석사의 새로운 국면이 융합한 필연적 현상이라고 봐야 할 것이다.

우언 속에서의 대자연과의 대화

마창샨(馬長山)*

"인류와 대자연의 투쟁은 줄곧 매우 잔혹한 것이었다. ― 처음에는 대자연이 잔혹했지만 현재는 인류가 잔혹하다."(馬長山, 『思路花語』)

"이것을 얼마나 비대칭적인가! ― 인류가 대자연을 향해 횡포를 가할 때는 모든 규율을 무시하지만 대자연이 인류에게 보복할 때는 모든 규율을 따른다."(馬長山, 『思路花語』)

"하늘은 점점 더 험악한 얼굴로 인류를 주시하고 있다."(馬長山, 『愚人妙語』)

인류는 대자연 속에서 살아간다. 자연, 이 위대한 거인은 우리 인류에게 양육의 은혜를 베풀어왔다. 산천초목, 화조어충(花鳥魚蟲), 하천계곡, 조수비금(走獸飛禽) 등은 우리가 생존하는 주변세계를 이루어왔다.

그러나 오래도록 인류에 있어 주도적인 지위를 차지해온 발전 지향적 패턴은 날로 팽창하는 욕망을 내세워 자연을 무진장 취할 수 있는 보물고로 여기거나 잔혹한 투쟁의 대상으로 여겨 정복의 쾌락을 즐겨왔다. 이로 인해 우리는 엄청난 대가를 치렀다. 한 부류 한 부류의 생물 종들이 인간에게 멸종을 당하거나 지구상의 재생될 수 없는 자원이 점차 고갈되거나 환경오염이 매우 엄중하게 되었다. 인류는 갈수록 심각한 생태위기에 처

* 中國 社會科學出版社 編審

하게 되어 그 자체의 지속적인 발전이 심각한 도전에 직면하게 되었다.

결국 우리 인류는 어디에서 문제가 생긴 것인가? 우리의 발전 패턴이 옳지 않은 것인가, 아니면 도덕이념이 나빠서인가? 아니면 제도의 설계나 기술의 응용 방면에서 심각한 문제가 생겨 우리 인류로 하여금 대자연과의 첨예한 대결 속에 빠지게 한 것인가?

이같은 심각한 문제에 대해 현대의 철학자, 사회학자, 예술가, 정계 인사, 과학자, 종교계 인사, 환경보호론자들이 다 나름대로 우려의 목소리를 내고 있다. 예술가도 예외가 아니다. 많은 예술가들이 시, 소설, 산문, 미술작품, 희곡형식 등을 통해 인류의 생존환경에 대해 우려하고 인류의 발전 패턴에 대해 새롭게 고민하기 시작했다. 서방의 저명한 로마클럽(Club of Rome)에서는 현대 인간들이 직면한 많은 문제들의 심층적이고 본질적인 원인은 인간 자신의 결함과 불가분의 관계에 놓인다고 진단하고 있다. 이를테면 인간의 탐욕스러운 본성과 인간이 자연계의 '주재자(主宰者)'라는 문화가치관이, 인류로 하여금 과학기술의 위력에 심취하여 자연으로부터 취하고 정복하기에만 급급하게 했다고 보았다. 서방의 포스트모더니즘 사조는 인류중심주의에 대해 보다 철저한 전복을 꾀하고 있다. 또한 우리 동방은 자고로부터 '천인합일(天人合一)' 사상을 신봉해 왔는데, 이는 인간의 욕망에 대한 제어를 통하여 인간과 대자연의 조화로운 공존을 꾀한 것이었다. 그리고 이같은 사상은 현대 일부 학자들의 인식적 고취에 힘입어 세계적으로 매우 주목받는 관점이 되었다.

나는 로마클럽의 시각에 찬성하며, 인류 영혼의 깊은 곳에서부터 문제 발생의 근원을 캐야 한다고 주장하는 바이다. 당연히 인류는 갈수록 좋은 생활을 누려야 한다. 그러나 그러한 생활은 대자연의 품속에 있는 것이지 대자연 밖에 있는 것은 아니다. 또한 대자연과 대립하는 가운데 있는 것은 더욱 아니다. 대자연은 우리의 어머니다. 우리는 응당 그녀를 사랑하고 존중함으로써 건강하게 장수할 수 있도록 해야 한다.

그런데 '인류중심주의'는 대자연을 마음껏 이용할 수 있는 한갓 도구로 보아 산천초목이나 동물과 같은 생물에 대해 마음대로 처치할 수 있는 것으로 간주해 왔다. 심지어 인류의 일부 사치스러운 이른바 '수요'에 의해 동물의 생명을 대량 학살하고 있다. 그리고 모든 것을 인간의 이익에 따라 따지고 인간의 기준으로 판단하여 우리의 지구로 하여금 날이 갈수록 생존하기 어려운 존재가 되게 하였다. 나는 장기간 이같은 문제에 주의를 기울여 왔기 때문에 문학작품의 형식으로 나의 목소리를 내고 싶다.

우언은 문학 장르의 하나이다. 그것은 의인화 수법을 중요한 예술수단으로 삼는다. 때문에 우언 속에서 인간과 자연 및 동식물 사이에 대화를 나누도록 하는 것은 다른 그 어떤 문학 장르보다도 친근하고 자연스럽다. 우언 형식으로 인류의 발전 패턴을 새롭게 생각해보는 것도 독자들에게 깊은 인상을 남길 수 있다.

이에 나는 근 20년 가까운 문학 창작 과정 동안 줄곧 우언을 통하여 인류와 자연의 관계 및 인류의 발전 패턴을 새롭게 생각해보고 탐색하는 것을 중요한 주제의 하나로 삼아왔다. 내가 발표한 작품집 가운데에는 이러한 문제를 전문적으로 이야기한 우언이 약 50편 이상 되며 격언이나 경구(警句)는 더욱 많다. 이러한 작품들은 중국 본토에서 영향력 있는 잡지들인 『讀者』, 『書摘』, 『雜文選刊』, 그리고 『雜文月刊』 등에 전재됨으로써 독자들로부터 비교적 열렬한 반응을 불러일으켰다.

나의 관련 작품들은 대략 다음 몇 종류로 나누어볼 수 있다.

「제1부류」: 인류의 '무한한 욕망과 끝없는 정복'이라는 발전 패턴에 대해 직접 질문을 던져본 것. 예컨대 〈인간과 성성이(人與猩猩)〉를 보면 인간과 한 성성이가 긴 대화를 나눈다. 먼 옛날에는 우리 인간과 성성이의 생존 상황이 엇비슷했는데, 인간은 무한의 진취적 욕망으로 인해 전(全) 동물계로부터 벗어났다는 것이다. 작품에서 인간은 높은 자세에서 성성이를 깔보면서 성성이들은 어떤 추구함도 없고 아름다운 생활에 대한 동경도 없는 것으로 여기고 있다. 그런데 작품 속 성성이는 독자들이 심사숙고할 만한 말들을 내뱉는다. 성성이의 조상들은 인류를 따라 배울 것인가의 여부를 놓고 열띤 논쟁을 벌였는데 최종에는 인간을 따라 배워서는 안 된다는 결론에 도달했다는 것이다. 단지 무한한 욕망을 가진 인류라는 물종(物種)만으로도 지구가 이미 만신창이가 되었는데 또다시 인간과 비슷한 물종이 생겨난다면 지구는 멸망하고 말 것이기 때문이라는 것이다.

인류가 생존하고 발전하는 데는 어느 정도의 진취적인 욕망이 없을 수 없다. 그러나 그러한 욕망에는 어느 정도의 한계가 있어야 하는데 그것은 대자연이 받아들일 수 있는 정도여야 한다. 그런데 현재 우리 인류의 욕망은 끝이 없다. 20세기의 발전사가 우리에게 알려주었다시피, 계획경제라는 것은 자원 분배의 한 방법으로는 엉망이어서 시장경제에 비해 효과적이지 못하다. 계획경제의 실패는 필연적인 것으로, 이는 역사의 논리에 부합된다. 그렇다고 해서 시장경제라는 것이 결함이 없는 것은 아니다. 시장경제라는 것은 인간 자신의 이익에 대한 관심과 욕망의 만족 추구 위에 세워진 것으로서, 경제적으로 성공한 기업은 끊임없이 새로운 방법을 모색하여 인간들의 소비욕망을 자극하지 않으면 안 되기 때문이다. 바로 여기에 인류사회가 지속적으로 발전하는 데 위기를 가져올 수 있는 인자를 필연적으로 내포하고 있는 것이다.

「제2부류」: 인간이 자연과 동물의 활동을 정복함으로써 자연과 동식물이 원래 지니고 있던 조화로운 발전궤적과 생존법칙을 깨뜨린 것. 물론 대자연이 본래 갖고 있던 이른바 조화로운 발전궤적이라는 것에 피비린내[血腥]가 없다는 것은 아니다. 그런데 그런 혈성(血腥)은 자연과 동물의 성장과정의 일부분으로서 자연계가 생태 균형을 유지하는 데 없어서는 안 될 부분이다. 이와 달리 인류가 자연이나 동식물에 가한 동요(動搖)는 다른 성질의 혈성(血腥)으로서 그것은 생태 균형을 파괴하여 자연에게 끝없는 비극을 조장한 것이었다. 〈희로애락(悲歡離合)〉이라는 우언을 보면 늙은 여우가 아들을 장가들이는데 결혼 전날 그만 아들이 인간들에게 잡혀갔다. 몇 달 후 아들 여우가 산으로 도망쳐와 보니 미혼(未婚) 처자가 이미 계모가 되어 있었다. 〈큰 코끼리와 부엉이(大象與猫頭鷹)〉에서는 큰 코끼리의 입을 빌어 비분에 잠겨 인류에게 환경 보호를 중시할 것을 역설하고 있다. 〈복종규율(服從規律)〉에서는 사육사가 수사자와 암호랑이를 한 우리에 가두고 새끼를 치게 했는데 이는 암호랑이의 큰 반감을 불러일으켰다. 그러자 수사자는 암호랑이를 '계도'하기를 인간사회에 들어온 이상 여기의 '규율'을 따르는 것이 가장 현명하다고 설득한다.

「제3부류」: 인류의 과도한 사치와 낭비가 동물들에게 불필요한 해와 공포를 가져다주는 것. 인류의 소비 수준은 역사적인 성격을 띠는 것으로, 어떤 것이 과도한 소비이고 어떤 것이 사치스런 낭비인지는 서로 다른 국가와 시기에 있어서 서로 다른 내용을 갖게 마련이다. 내가 생각하기에 과도한 낭비라는 것은 자원 문제에 있어서 자연계가 제공하는 가능성을 초과하며, 생물의 성질상 인류의 재생산을 유지함에 있어도 좋고 없어도 무방한 식으로 소비하는 것을 가리킨다. 〈부인과 개(婦人與狗)〉에서 나는 한 여사가 새로운 립스틱을 바르고 난 후의 상쾌한 심정과 개의 서러움에 대해 이야기하고 있다. 개가 그녀에게 립스틱을 많이 바르면 나쁘다고 하자 그녀는 이 제품은 전혀 탈이 없다고 말한다. 개가 이렇게 말한 것은 이 제품을 대량 생산에 돌입하기 전에 생산 업체에서 안전도 증명을 위해 개와 같은 작은 동물들에게 자꾸 먹여보았기 때문이다.

「제4부류」: 동물에 대한 인간의 허위적인 태도를 견책한 것. 현대사회에서 애완동물을 키우는 일은 붐을 이루고 있다. 우리는 작은 동물에 대해 지대한 관심을 쏟아 붓는다. 이는 고급의 동물에 대한 우리의 애정을 표현하는 것이다. 그런데 이러한 '관심'이 과연 얼마만큼 진정으로 작은 동물을 위하는 것인지, 우리 인간들 자신만의 이익을 위한 것은 아닌지 자못 의문스럽다. 〈궁형 사절(謝絶宮刑)〉을 보면 주인은 수컷고양이를 거세하기에 앞서 이런 수술을 받으면 생활의 질이 한층 높아진다고 말하면서, 아울러 중국 역사상 궁형을 받은 사마천의 경우를 들어 이러한 수술은 뛰어난 성과를 거두게 한다고 말한다. 이에 수컷고양이는 주인더러 자기는 옆집의 암고양이와 데이트하는 것이 중요하기 때문에 위대한 역사가가 될 기회는 주인님께 돌리겠다고 한다.

「**제5부류**」: 일부 인간들의 자긍심에 대한 풍자를 지향함. 예컨대 나는 인간과 한 마리 사자 사이의 일련의 대화를 설정했다. 사자는 인간의 유머 감각을 비웃는다. 유머 감각이라는 것은 인간이 높은 목표 설정을 달성할 수 없게 되자 어쩔 수 없이 자아를 위안하기 위해 추구하는 하나의 감정이라는 것이다. 또한 인간들은 사업과 향락 사이에 구분을 지어 항상 이것을 돌보다가 저것을 잃고 저것을 돌보다가 이것을 잃고 마는 난감한 처지에 빠지는데, 동물들은 이 양자를 조화롭게 잘 처리한다고 사자는 역설한다. 물론 내가 이 작품에서 사용한 것은 '동쪽을 치는 척 하다가 서쪽을 치는(聲東擊西)' 기술로, 참으로 인간의 유머 감각과 사업에 대한 생각을 막으려 한 것은 결코 아니다. 측면으로부터 인류의 과도한 욕망 추구에 대해 비판을 가하고자 했다.

문학작품을 통하여 '인류중심주의'를 비판하는 과정에서 나는 다음과 같은 문제를 깊이 느꼈다. 우선 우리 동양의 학자와 작가들은 서양 문명의 폐단을 직시하여 기술지상주의, 인류중심주의의 위험성을 지적해야 한다. 다음, 우리는 인류의 이왕의 발전 패턴에 대한 비판과 반성으로부터 환경보호 기술에 대한 연구 개발과 응용 및 동물보호 등의 방면에 있어서 보다 앞서가고 있는 쪽은 서양 사람들이라는 것을 승인하지 않을 수 없다. 그런 만큼 우리 동양 사람들은 전통문화 속에서 과도한 욕망을 절제하고 자연과 조화롭게 지내는 역사적 자양분을 흡수하고 이와 동시에 서양의 좋은 점을 따라 배워 우리의 지구를 보다 잘 건설하여 인류의 미래를 더욱 밝게 해야 한다. 바로 이같은 취지에서 우리는 우언이라는 형식을 통하여 우리의 사고(思考)를 계속 진작시키고, 보다 많은 사람들로 하여금 우리의 사고에 동참하도록 해야 한다.

주요 참고문헌

馬長山, 『思路花語』, 上海、台北、北京, 1994、1999、2000.
馬長山, 『愚人妙語』, 成都, 2003.
馬長山, 『偉大權力與財富』, 烏魯木齊, 2004.
馬長山, 『馬長山寓言』, 北京, 2001.

金憲宣*

1. 天下同文의 傳統과 琉球의 久米村 蔡氏 家門

천하문(天下同文)은 한문(漢文)을 매개로 형성된 중세문명권의 동아시아적 세계관을 일컫는 적절한 용어이다. 이미 선행 연구에서 이에 관한 인식을 기반으로 해서 적절한 연구가 한 차례 진행된 바 있어서 이를 원용하여 천하동문은 한문을 매개로 하는 한문문명권의 전통을 되새기는 용어이다.[1] 한문(漢文)과 한자(漢字)는 명백히 다르고 문명과 문화는 다르다고 할 수 있다. 한자를 매개로 해서 동아시아의 중세문명권을 일컫는 것은 적절하지 않으며 공동문어를 매개로 하는 문명의 유통 경로를 한정할 수 있다고 생각한다. 글을 매개로 하는 것과 말을 매개로 하는 통문권(通文圈)과 통어권(通語圈)은 실질적으로 다른 기능을 했는데 이에 관한 상세한 논의는 유구(琉球)의 전통문화를 이해하는 데 도움이 된다.

---

*경기대 국문과 교수

1) 조동일, 「대장경 주고 받기」, 『하나이면서 여럿인 동아시아문학』, 지식산업사, 1999, 193~242쪽.

　동아시아가 한문을 매개로 해서 문명권을 이룩했음은 주지하는 바이다. 그래서 한문문명권의 제국이라 지칭해도 무방하다. 그런데 한문문명권이라는 용어 대신에 한자문화권이라는 말을 쓰는 이들이 간혹 있다. 최근에 송기중교수가 공통문어권(共通文語圈)과 공통문자권(共通文字圈)이라는 말을 사용해서 공통문어는 해체되었으나, 공통문자는 해체되지 않았으므로 한자문화권(漢字文化圈)의 의의가 새삼스럽다고 말한 바 있다.[2] 동아시아 전통의 사상을 논하기 위해서는 한자문화권이라는 말로 포용할 수 없는 사정이 개재된다. 한자문화권이라는 말이 한문문명권과 나란한 의미를 갖지 않는다. 한자문화권은 같은 표현 매체이나 각기 가명(假名)이나 간자·번자(簡字·繁字) 등으로 이미 기호의 변질이 생겼다. 그러니 한자문화권의 의미가 현재적 의의가 있다고 하나, 상당한 변화가 생겼다. 한문문명권이라고 했을 때에는 동일한 문어를 배경으로 정신적 유산을 계승하자는 의미가 있다.

　과거 조선(朝鮮)과 유구(琉球)는 서로 통문의 관계를 맺고 있고 통어의 필요성은 긴하지 않아 별도로 사역원(司譯院)에서 전문 번역가를 두지 않았다. 그러나 한문을 매개로 해서 지속적인 교류를 해왔던 것으로 이해된다. 유구에서 낸 책에서 유구는 "당시의 유구는 동아시아의 한문문화권(중국, 일본, 유구, 조선, 월남 등 제국) 가운데서 세계사적 업적을 보여주었다"고 해서 한문문명권의 일원임을 적시하고 있다. 표현상에 차이가 있으나 한문문화권이나 한문문명권은 동일한 의미로 간주할 수 있다. 다만 문화인가 문명인가 하는 어휘 차이가 있다. 문화는 문명보다 하위개념이다. 문화를 정신에 문명을 물질에 배분하자는 견해가 있으나 온전한 의미를 이제 획득하지 못한다. 따라서 이와 같은 관점으로 유구는 한문문명권의 일원이었을 때에 비로소 진정한 의의가 이룩된다고 말할 수 있으며, 동아시아 전통의 사상사를 논할 때에 한문문명권의 의의가 밝아진다고 하겠다. 그러므로 한문문명권의 의의가 선명하게 밝혀졌다. 琉球에

---

2) 송기중, 「한자문화권」, 『새국어생활』, 국립국어연구원, 1999, 여름.

서 이점을 일찍이 자각하고 한문문명권이라고 한 것은 선진적인 의의가
있다.

　유구가 동아시아의 문명권적 중심지 노릇을 하고자 했던 사정은 여러
기록에 전하며 유구가 동아시문명권의 일원이고자 한 노력은 곳곳에서
발견된다. 유구국에서 1458년에 만든 상왕조(尙王朝)의 왕궁(王宮)에 건
〈萬國津梁鐘〉의 명문(銘文)에 동아시아문명권적 인식이 뚜렷하게 발견
된다. 한문문명에 관한 인식을 공동문어인 한문을 매개로 해서 드러내고
동질성을 강조한 바 있다.3) 명문 가운데 한 대목을 보이면 다음과 같다.

> 琉球國者南海勝地而
> 鐘三韓之秀以大明爲
> 輔車以日域爲脣齒在
> 此二中間涌出之蓬來
> 嶋也以舟楫爲萬國之
> 津梁異産至寶充滿十
> 萬刹地靈人滿遠扇和
> 夏人風

　유구국이 남해(南海)의 빼어난 승지(勝地)이고 삼한(三韓)의 빼어난
문화적 전통을 뭉쳐 계승했으며, 명나라를 보거(輔車)로 삼고, 일본을 순
치(脣齒)로 삼았다고 했다. 그리고 명나라와 일본의 양 중간에 솟아난
봉래섬이고, 배와 노로서 만국(萬國)의 나루터 노릇을 삼는다고 했다. 게
다가 신이한 물산이 있고 지극한 보배가 유구국 땅에 가득하고 땅이 신령
스러워서 사람이 많고, 하인의 풍모에 조화롭게 부채질한다고 했다. 4)
유구국 수리왕부(琉球國 首里王府)의 국제 이해 관계에 관한 인식이 뚜

---

3) 조동일, 금석문, 『문명권의 동질성과 이질성』, 지식산업사, 1999, 169~171쪽. 〈萬國
　津梁鐘〉의 존재를 우리나라에 처음 알린 글이고, 동시에 중세 문명권적 의의를 논한
　글이다.
4) 新屋敷辛繁外, 『新講沖繩一千年史 上卷』, 沖繩鄕土文化硏究會, 1987, 213~ 216쪽.

렷하고 동아시아의 거점 노릇에 대한 자부심이 대단했다. 유구국이 넘나든 나라가 한 둘이 아니다. 유구가 해양왕국의 위세를 과시하면서 넘나든 나라는 상상을 초월하는데, 태국(泰國), 안남(安南), 구항(舊港)(파렌범)쟈와, 마랏카, 수마트라, 타이령 바타니 등에 이르기까지 매우 다양한 것으로 되어 있다.[5] 그리고 실제로 유구측의 연구자들도 유구가 동아시아문명권의 일원으로 세계적인 기여를 했으며 중국, 조선, 일본, 월남, 유구 등이 제국의 일원으로 건재했음을 강조하고 있다.[6] 문명권의 선택은 지리적인 것이고 공동문어를 매개로 해서 일군의 문화적 창조가 이루어지는데, 유구국 역시 이러한 전통 속에서 중세문화를 일구고 독자적인 창조를 거듭했던 것으로 밝혀진다.

이들 문화를 창조하는데 있어서 긴요한 가문이 있으니 이들이 곧 구미촌(久米村)의 채씨 가문이다. 이들은 외교문서와 무역거래의 한문 문서를 작성하고 여러 가지 항해 담당을 주도했던 집단이다. 이들의 성격은 薩摩(사쯔마)의 집정 이래로 급부상한 집단이다. 한문을 담당하는 집단으로 무역과 외교에 있어서 전문적인 기능인 집단이었다가 나중에 정치적인 집단으로 발전하는 우리식으로 말하자면 신흥사대부 집단과 일정한 관계를 가진 인물들이었음을 인식할 수 있다. 이를 유국에서는 사분집단(士分集團)이라고 일컫는데 사분집단은 1690년에 덕촌막부(德川幕府)의 지배에 의해서 생성된 집단으로 그 이전까지는 사분이 없이 존재하다가 특권 신분 계층이 생겨난 것이다. 그런데 이들 집단도 둘로 나뉘어서 상왕조(尙貞王) 이전의 구귀족인 보대(譜代)의 사분(士分)과 신참(新參)의 사분(士分)으로 구분되어 채씨 가문은 신흥선비귀족 집단으로 등극한

---

5) 역대보안에 나오는 무역거래국은 타이국이 146년동안 46항해, 62척이 취항, 安南(지금의 베트남) 舊港(파렌범)쟈와, 마랏카, 수마트라, 佛太泥(타이령 바타니) 등과 남방제국 전반에 걸쳐있다. 眞榮田義見, 『蔡溫-傳記와 思想』, 月刊沖繩社, 1976, 13쪽. 이하 이 글의 인용은 면수만 밝혀서 번역해서 인용하기로 한다.

6) 上記의 咨文(외교적으로 대등한 입장에서 주고받은 문서)을 적기한 것은 당시 琉球가 동아시아의 한문문화권 (중국, 일본, 琉球, 조선, 월남 등 제국)에서 세계적인 공헌이 있었음을 보여주기 위해서이다. 같은 책, 13쪽.

것이다.[7]

　채온(蔡溫)과 채온의 가문에 관한 간략한 이력을 소개함으로써 앞으로 있을 연구의 밑받침으로 삼고자 한다.[8] 채온은 명나라에서 도래한 시조 채숭(蔡崇)의 후손이다. 그 후 9대에서 후사가 끊겨서 10대에 이르러 채온의 아버지 채탁(蔡鐸)은 수리(首里)의 금성친운 상가(金城親雲 上家)에서 온 양자로 가문을 승계하였다. 채온은 채탁의 아들이므로 채온은 11대에 해당된다. 채온의 어머니가 아들을 낳지 못하자 첩을 자천해서 아들을 낳았다가 뒤늦게 본처의 몸에서 채온이 태어나서 가문을 잇게 되었다. 어렸을 때에 여러 가지 불만으로 말미암아서 공부를 하지 않다가 소년 때에 친구로부터 조롱을 받고 본격적인 공부를 하게 되었다. 그것이 16세 때로 달맞이를 하다가 생긴 일이다. 그 대목을 보면 다음과 같다.[9]

---

7) 신참선비(士)란 어떤지 그 당시 士分제도에 관해 소개하고자 한다. 薩摩침입이전까지 琉球는 사농공상이라고 일본에서 불리는 士分이라는 특별한 상위계급은 없었다. 왕부관리가 되면 관리자체는 오래전부터 위계제가 있었다. 士라는 계급이 있어서 士에서 왕부관리가 될 뿐 아니라, 농민도 관리가 되고, 천하를 취한 왕도 모두 농민출신이었다. 薩摩에 점령되면, 薩摩는 그 점령정책을 서서히 진행하기 위해, 덕천 봉건지배를 정착시킨 신분제를 琉球에도 강요했다. 점령후 4년째에는 '그 나라 모든 방식이 일본과 다르지 않게 하라'는 지령이 내렸기 때문에 신분제가 마련되었다. 점차 그것이 제도화해서 신분제가 정착된 것은 상정 22년(1690)에 系圖座가 설치되었기 때문이다. 그 때 蔡溫은 열 살이었다. 그의 생장과 직업을 같게 해서 士分계급이 특별한 신분이라는 특권이 생겨났다. 그래도 蔡溫의 청년기까지는, 士分이 된다는 것이 대단한 권력이 있는 계급이 된다는 의미를 알지 못했다. 계도좌가 생기고 나서 왕부를 모시는 사람들에게는 계도가 주어지고, 계도를 받는다는 것은 系를 가진다고 하며, 士分이 된다. 계도가 주어지지 않는 자는 無系라고 불리며 백성이 되어 본보기가 되었다. 백성은 특별한 경우 이외에는 전혀 士分이 될 수 없고, 왕부의 관리가 될 수 없다는 제도가 마련되었다. 그 士分도 譜代의 士와 신참士로 나뉘어, 상정왕 이전의 오랜시대부터 任官이었던 자는 譜代의 士, 그 이후에 사관이 된 신참士로 불리며, 그 사이에도 차별이 생겼다. 여기에 나오는 소교천은 새로운 사관이었기 때문에 신참으로 불린다. 그렇게 시대는 흘러서 왕부재정이 어려워진 尚育王때부터는 士족 신분을 돈으로 사는 제도도 생겼다. 같은 책, 21~ 22쪽.
8) 이하의 대목은 앞서 언급한 글의 14~18쪽을 번역해서 옮기면서 가다듬기로 한다.
9) 독특한 자기의 고백을 하게 되는데 그 고백의 자서전은 독특한 문체로 이루어져 있다. 그 자서전의 문체는 당시 왕부통용인 가나와 한어의 혼용인데 특히 한자가 많이 사용되는 候文體이다. 그 문체로 비교적 자세하게 자신의 생애 경력을 서술한다. 같은 책, 20쪽.

그가 16세였던 해 8월 15일 밤의 일이었다. 久米村의 대문 앞에 친구들이 모여 달구경을 했다. 그 날은 매우 쾌청한 밤이라 구름 한 점 없는 밝은 달밤으로, 모두들 여러 가지 놀이를 했다. 그 무리 중에 町瑞의 신참 선비(土)인 小橋川屋와 싸움이 일어났다. 소교천이 말했다. '오늘밤은 明月로 1년에 한번뿐인 달구경하는 밤이다. 우리도 오늘밤 달구경을 하고 있지만, 이 달구경은 선비들(土方 사무라이 이카다)이 모인 달구경이다. 너는 선비도 아닌데 무리하게 참석한 것은 무슨 이유냐, 어서 돌아가라.'라고 했다. 그 말다툼 속에서 소교천이 말했다. '선비라는 것은 가문의 경중에 따른 것이 아니다. 서예, 학문을 열심히 해서 "기량"이 있는 자가 선비이다. 학문의 一句, 一行도 암기할 수 있는가? 요즘 공부하고 있는 대학, 중용까지도 외우지 못한다는 평판이 있다. 네가 親方部(안사계급에 이은 귀족계급)의 가문자제이고, 옷도 잘 입었으나, 내실은 농민자제와 다를 바 없지 않은가, 우리는 열심히 공부해서 사장한테서도 칭찬의 말씀을 들었다. 너도 사장에게 칭찬받은 적이 있는가?'라고 하면서 손을 치며 웃었다. 다른 친구들도 손뼉 치며 웃었다.

채온(蔡溫)이 대오각성하는 계기가 되었으며 이를 계기로 해서 채온은 열심히 공부해서 독자적인 학자의 길로 나서게 된다. 여러 가지 유가 서적을 섭렵하고 이어서 불가와 심지어 다른 사상서적도 읽은 것으로 나타난다.

채온이 28세 때에 중국의 복주(福州)에 머물면서 체재 중에 양명학자로 판단되는 은자 선비와의 만남을 갖게 된다. 그로부터 귀중한 깨달음을 얻게 되는데 그것이 일생의 좌우명이 되었다고 해도 과언이 아니다. 핵심적인 사실은 행동을 수반하지 않는 학문은 공리공론이라는 사실이다. 그래서 반드시 지행합일(知行合一)을 이루는 앎과 실천을 일치하는 양명학을 알게 되었다. 채온은 나라를 다스리고 천하를 평온케 하는 유학의 학문적 도달점은 정치라는 행동의 장에서 실현해야 한다고 각오하게 된다. 이러한 사실은 종래 유구(琉球)의 유생에게 볼 수 없었던 행동적인 것으로 채온이 중국에 유학한 지 불과 5개월의 단기간만에 그 스승인 은자에 의해 완성되었다고 볼 수 있다.

채온(蔡溫)은 29세에 유구(琉球)로 돌아와 다음 해 세자 상경(尙敬)의 스승이 되었다. 부왕이 죽었는데 경은 14세 때부터 즉위함과 동시에 32세인 채온이 국사(國師)로 임명되었다. 채온이 국사로 임명된 것은 아주 이례적인 일로 채온의 독자적인 위치를 알려주는 증거로 된다. 그 전에도 그 후에도 국사직은 없었던 것으로 판단된다. 겨우 32세로 국사직에 임명될 수 있었던 것은 지행합일의 실천력과 강력한 지도력을 갖춘 채온을 왕과 백성이 인정했기 때문이다.

채온의 나이 34세에 그는 제왕학(帝王學)으로서의『요무휘편(要務彙編』을 편찬했다. 그 해에는 적평촌(赤平村)에 있는 그의 사저를 경왕이 방문하였으며 채온은 손수 차를 달여 왕에게 바쳤다. 채온을 방문하는 일은 그 후에도 방문은 계속 이어졌다. 사제간에 서로 신뢰하고 실리를 추구하는 제왕학이 기획되어 여기에서 현명한 경왕이 탄생되었다. 명군현신(明君賢臣)이 서로 만난 상경과 채온의 시대를 열어갔다. 전하는 바에 따르면 상경왕은 유년시절에는 머리도 보통사람 이하인데다가 어른이라 생각할 수 없을 정도로 장난이 심해서, 상정(尙貞)과 상익(尙益)은 이 아이의 교육은 보통방법으로는 도저히 안 되겠다 싶어서 채온을 선생으로 선발했다고 한다. 그 결과 채온을 국사로 선택한 것은 한 치의 실수도 없었다고 한다.

경왕 즉위식전에 참석한 책봉사(冊封使)는 전례 없이 많은 6백 10여 명이었다. 수행원들은 지참한 대물을 팔아서 이익을 챙겨볼 목적으로 목숨을 걸고 유구(琉球)에 왔다. 그 대물 평가총액 2천관문(千貫文)에 대해서 유구측은 5백관문밖에 준비되지 않아서 쌍방의 거래 과정에서 큰 분쟁이 생겼다. 유구의 대신(大臣) 고관은 성밖의 금강산사에 숨고 구미촌 당인(久米村 唐人) 접대 사람들도 항복하게 되었다. 마침내 38세인 채온이 이 일을 능숙하게 처리해냈다. 이 사건은 유구왕부 유일의 인물로서 그를 돋보이게 하였으며 자타가 이를 공인하게 되는 계기가 되었다.

45세 때 채온은 국왕으로부터, 가래적두(家來赤頭)의 경호사(士)에 이르기까지 305명이 성을 비운 북부(北部)시찰 대행렬이 이루어졌다. 당시 불편한 교통상황에서의 설영(設營)과 취사가 그의 책임으로 정연하게 행해지고, 여기서도 그는 관리의 재능을 충분히 발휘하게 되는 계기가 되었다.

47세에는 채온(蔡溫)이 삼사관(三司官)에 임명되었다. 이에 앞서 여관(女官)휴식소인 대미어전(大美御殿)과 최고 여신관(女神官)인 문득대군어전(聞得大君御前)의 대친직(大親職[집사장])에 임명되었다. 어내원(御內原)인 여관(女官)들의 성망(聲望)이 그를 여관 어전 최고책임자로서 기꺼이 맞이했던 것으로 보인다. 이 일은 경왕의 왕녀 사학(思鶴)이 채온(蔡溫)의 장남인 익(翼)과 결혼하기로 이미 결정된 사실을 반증해주는 증거로 나타난다. 채가(蔡家)는 구미촌(久米村) 출신자로서는 이례적인 출세를 했다고 판단된다.

53세 정월에 장남 익과 왕녀 사학의 결혼식이 거행되었다. 이 경사스런 해에 유구(琉球)역사상 대의악(大疑嶽)이라 하는 국문학자 15인이 처형되었다. 경사에는 은사를 베푸는 것이 관례이다. 무엇 때문에 현명한 채온이 이 해를 택해서 참혹한 처형을 했던 것일까? 이러한 일은 수수께끼와 같은 일이라고 판단된다.

채온이 삼사관이 되고 난 이후 놀랄만한 일이 있었다. 불문률에 의한 행정이 자칫 자의적으로 흐를 위험성이 있는 폐단을 고치기 위해 각종 성문법이 만들어졌기 때문이다. 세입을 추측하여 세출을 정하는 재정의 예산화도 추진했다.

54세에는 곡창지대인 우지대천(羽地大川)의 대개수(大改修)와 경지정리가 행해졌다. 55세 가을부터 이듬해 봄에 걸쳐서, 다시 64세 가을에서 다음해 봄에 이르는 북부(北部)산악지대의 산림시찰에는, 노구를 이끌고 산림 육성 지도를 직접 하였다. 이 일에, 후세 임정팔서(林政八書)라고 불리는 기본적인 임업정책이 마련되었다. 그 가운데 육서(六書)까지는 채온 산림 행정의 결실이었다. 이것과 병행하여 원문 검지(元文 檢地)라고 불리는 대검지(大檢地) 대경지정리사업이 56세에 착수되어, 70

세에 완료되었다. 이 검지에서 경지가 사쯔마(薩摩)편입 후인 경장검지의 2.5배로 부풀어 오른 것을 알 수 있다. 그리고 간절계(間切界), 촌계(村界), 원계(原界)가 분명해서 경계분쟁이 없어졌다. 할당경작지의 영구경작권을 농민에게 주고, 애정이 담긴 비배(肥培)관리에서의 증산과 농민생활의 안정이 이 검지를 계획한 그의 의도였다. 그의 후임으로 훌륭한 정치가가 나와서 이것을 계승하는 일을 하지 않았기 때문에 그의 의도와는 반대로 농민을 토지에 묶어놓는 연대보세제도가 만들어져서 농민이 오히려 농노적 존재가 되었다. 그리고 선도(先島)지방에서는 출선관헌(出先官憲)에 의한 마을 분할이라는 비극의 원인도 생겼다.

소년 시절의 태반에 걸쳐서 공부를 게을리 한 복잡한 성정(性情)은 영리한 소년다운 계산이 있었던 것이라고 생각한다. 채온(蔡溫)은 서자인 장남과의 사이에서 다음과 같이 생각했음에 틀림없다. 자신은 순위 상에서는 차남이지만, 사회관행상으로는 자신이 가문을 이어가야 한다. 그러나 현명한 모친은 그 현명함으로 인해 관행을 무시하고 서형(庶兄)에게 가문을 이어가게 했다. 여기서 그는 욕구불만으로 인한 태만과 공부를 게을리 함으로써 저항감을 나타냈다. 그러나 그의 소년기에는 자신의 행위가 정당하지 않다는 판단을 하고 어머니의 현명한 조치를 긍정하는 총명함이 있었다. 이 총명함은 그가 뛰어난 일생의 일을 완수시키게 했던 것이다. 혹은 왕녀 강가(降嫁)도 15인 참수의 대의옥도 이러한 계산의 결실이었을지도 모른다. 채온에게는 권력비판의 저서, 농본과 민본을 주창하는 정치적인 저서 등 14종이 있다.

이 저서에 의해 그의 초인적인 일이 그의 학문 덕분이었음을 안 왕부제공은, 진지하게 왕부학문의 진흥을 꾀했다. 그 계획의 첫걸음으로서 구미의 명륜당에 대항하는 왕부립의 국학을 세웠다. 중국파견유학생은 구미촌에서 배출하는 특권이 주어졌다. 이 역시 왕부관계 자제도 내보낼 수 있어야 한다는 주장이 왕부에서도 일어나 구미촌의 기득권 옹호의 맹렬한 반대를 무릅쓰고, 그 반대 주모자를 구미도로 유배시키기까지 하고 그 가운데 반수인 네 명(두 명은 예비생)을 제거했다. 이로써 수리(首里)의 한학은 진흥되었다. 유구 번말(琉球 藩末)인 한학의 진흥은 그 대의명분에 따라 명치정부에 저항하는 애국자들을 낳아 폐번(廢藩) 소동이 되기도 했다.

이렇게 본다면 학문적으로 채온의 위치는 유구에서 뚜렷하게 자리 잡고 있음이 확인된다. 신분적인 독자성에 의거해서 자신의 학문을 이룬 뒤에 나중에 이것을 실제로 활용하는데 결정적인 성과를 보인 학자이다. 그런데 채온의 저작 가운데 이러한 학문의 지침이 될 수 있는 저작이 곧 〈사옹편언(簑翁片言)〉이다. 〈사옹편언(簑翁片言)〉은 동아시아문명권의 우언(寓言)의 전통에서도 긴요한 저작이 될 뿐만 아니라, 사상적 전환을 감지하고 이를 사상적으로 시도한 저작이라는 점에서도 소중한 저작이 아닐 수 없다.

2. 〈簑翁片言〉의 寓言文學的 性格과 思想的 意義

〈사옹편언〉은 우언(寓言)문학과 깊은 관련이 없는 것처럼 보이지만 사실과 다르다. 편언이므로 온전한 말이 아니나 에둘러 말하고자 하는 속뜻이 있고 조각 말이 아니라 생각의 핵심을 찌르는 공격적 언술이기도 하니 이를 우언이라고 한다면 글 전체가 우언의 속성을 모두 지니고 있다고 해도 잘못이 아니다. 〈사옹편언〉에는 모두 47개의 편언이 있다. 주된 내용은 사옹이 중심인물로 등장하고 상대역으로 설정된 쪽이 선비, 승려, 관리 등으로 다양하게 나타난다. 사옹은 은자로 설정되어 있어서 이들과 교유하기도 하고 꾸짖기도 하고 비판하기도 한다. 선비는 이른 바 사분(士分) 계층을 대표하며 유학적인 관점을 표방하고 자신들만의 이념을 강조하는 무리로 나타난다. 이와 다르게 승려들은 유구의 불교적 전통에 입각해서 기득권 세력을 가진 자들로 등장한다. 관리들은 자신의 기득권을 강조하는 특권층으로 설정된다. 이들과의 짧은 사건 설정을 통해서 핵심적인 대립과 세계관적 충돌을 다루고 있다. 사옹은 전통적인 유학과 양명학적 사고 및 불교적 세계관을 깊이 있게 통찰하고 이를 구체적으로 혼융할 수 있는 존재로 설정된다.

한문의 문대(問對) 전통이나 문답(問答)의 전통을 이어받으면서도 동아시아 재래의 우언(寓言)을 이어서 깊은 고민의 흔적과 사상적 혁신을 꾀하고자 힘썼다. 사상의 혁신 수단으로 우언 교술이 매개적 작용을 했다. 채온이 고민한 것은 무엇인가 사상사의 전반적인 통찰을 가지고 이해해야 한다. 사옹의 성격은 은자이면서도 편벽된 사유로 드러내놓고 사는 인물과 전혀 다른 사고의 신축성과 현실성을 그대로 간직하고 있다고 보아도 되겠다. 숨어 있으므로 아직 완성되지 않는 면모가 있으나 이면적으로 새로운 사상의 가능성을 암시하는 속뜻이 숨어 있다고 하겠다. 편벽되지 않는 원융무애한 사고의 발랄성을 드러내고 있다고 해도 된다. 사옹은 사상의 구분으로 이름지을 수 없는 독자성을 가지고 있다.

동아시아 사상가 가운데 18세기를 여는 사상가가 상이한 나라에서 동시적으로 등장했다. 중국에서는 왕부지(王夫之)와 대진(戴震)이 나타났고, 한국에서는 임성주(任聖周), 홍대용(洪大容), 박지원(朴趾源) 등이 나타났고, 일본에서는 안등창익(安藤昌益)이 나타났고, 월남에서는 여귀돈(黎貴惇)이 나타났고, 유구(琉球)에서는 채온(蔡溫)이 등장했다.10) 이들은 당시대의 사상을 개척하기 위해서 별도의 문화적 처지에서 동일한 사상을 한문으로 나타냈다는 공통점을 지닌 인물들이다. 이들 사상의 공통점은 현실적이고 경험적인 세계관에 근거해서 총체적인 사고를 전개한 점이다. 그것을 무엇이라고 해야 할 것인가 확실하지 않으나 대체로 氣一元論이라고 부를 필요가 있다.

그런데 구체적인 문면을 검토해보면, 유구의 채온은 여러 가지 사상이

---

10) 조동일,≪철학사와 문학사 둘인가 하나인가≫, 지식산업사, 396-418면. 蔡溫과 安藤昌益, 洪大容과 朴趾源 등의 사례가 이행기 사상가로 어떠한 공통점과 차이점이 있는가 상세하게 다룬 바 있다. 앞으로 논의는 이 연구 성과를 받아들여 서술하는 것으로 진행하고자 한다.

복합되어 있는 특징이 발견된다. 기일원론(氣一元論)의 관점이 우세하지만, 유교와 불교를 근원적으로 통합하고자 하는 관점이 개재되어 있기도 하고, 양명학적 관념이나 도가적 관점이 우세하게 나타나기도 한다. 그래서 어느 하나로 채온(蔡溫)의 사상을 고정시키기 어렵고, 복잡한 사상적 다면체가 서로 부조화를 일으키지 않고 나타난 점이 특이할 따름이다. 심지어는 이기이원론(理氣二元論)의 관점이 표방되어 있기도 하다. 유구(琉球)의 채온은 특이한 사상가임이 확실하다.

유구의 사상가 채온은 아주 독창적인 사상을 펼쳤는데, 그 사상이 결집되어 나타난 저작이 곧 〈사옹편언(簑翁片言)〉이다. 〈사옹편언〉은 '도롱이를 쓴 노인이 남긴 조각말'이라는 뜻이다. 주된 내용은 도롱이를 쓴 노인이 문답법을 전개하거나 어떠한 사건을 계기로 해서 생각을 전개하는 것이 주된 내용이다. 모두 47편의 단상이 제시되어 있는데, 주요 등장인물은 선비, 승려, 벼슬아치 등이 대화의 상대자로 등장하며, 사옹이 답변하는 형식으로 되어 있다.

채온은 유구의 독창적인 유학자로 숭상된다. 琉球의 성균관에서 유학의 대가로 배향될 뿐만 아니라, 채온은 사상가나 정치가로서도 높이 평가된다. 유구의 일생과 저작을 온전히 검토해서 채온 연구를 본격적으로 진행할 필요가 있다. 그렇게 하는데 본고에서는 蔡溫의 사상을 성글게 검토하고 〈사옹편언〉의 사상사적 위치를 검토하고자 한다.

〈사옹편언〉에서 특별하게 주목되는 것은 언어의 문제, 형벌의 문제, 유교와 불교의 사상적 문제 등이다. 〈사옹편언〉에서는 갖가지 문제를 제기하고 다루어서 명확한 결론을 내리지만, 여기서는 그 가운데서 문학과 관련된 세 가지를 대강 살펴보고 〈사옹편언〉의 글쓰기가 갖는 사상적 근거를 따져보기로 한다.

(가) 二士一僧 俱訪簑翁 見茅廬前有梅一株 花盛如雪 二士曰美哉美哉 翁曰眞美何在 一士曰在花 一士曰在眼 僧曰在心 翁向三人曰 士也近拙 僧也近巧 皆非

眞美 僧曰敢問 眞美何在 翁曰僞在于已言之後 誠在于未言之前 (200~ 201면)

두 선비와 한 승려가 함께 사옹을 방문했다. 띠풀 오두막 집앞에 매화나무 한 그루가 있는 것을 보았는데, 그 매화꽃이 눈처럼 무성했다. 두 선비가 말하기를 "아름답다, 아름답다"고 했다. 사옹이 말하기를 "진실한 아름다움은 어디에 있는가?"라고 했다. 한 선비가 "꽃에 있다"고 하고, 다른 선비는 "눈에 있다"고 하고, 승려는 "마음에 있다"고 했다. 사옹이 세 사람을 향해서 "선비는 졸렬함에 가깝고, 승려는 공교로움에 가까우니 모두 참된 아름다움은 아니다"라고 했다. 승려가 "감히 묻건데 진실한 아름다움은 어디에 있습니까?"라고 하자 사옹이 "거짓은 말을 한 뒤에 있고, 참됨은 말을 하기 이전에 있다"고 했다.

(나) 獄吏捕得二民 拷究甚嚴 蓑翁問曰 二民何罪吏曰 一民燒房屋而盜財 一民掠婦女而行淫 其心極惡 其罪非輕 翁嘆曰 二民是本心明且正矣 惜一旦爲氣所觀而受罪如此 吏問如何 翁曰燒房屋盜財 掠婦女行淫 彼二民者 昭昭知其爲非 昭昭知其爲惡 夫昭昭知之者 此非心明且正而何哉 又自能勉强 所以燒房盜財 掠婦女行淫者 此非爲氣所觀而何哉 (199~200면)

옥리가 백성들을 잡아서 혹독하게 고문을 하자, 사옹이 묻기를 "두 백성은 무슨 죄로 그렇게 됐는가?"라고 물었다. 옥리가 말하기를 "한 사람은 집에 불을 놓고 재물을 훔쳤고, 다른 한사람은 부녀자를 택해서 음탕한 짓을 했습니다. 그 마음은 극히 악하지 그 죄가 가볍지 않습니다."라고 했다. 사옹이 탄식하며 말하기를, "그 두 사람은 본심이 맑고 또한 바릅니다. 애석하게 하루 아침에 기에 의해 본 바가 되어서 이와 같이 죄를 지었습니다."라고 했다. 옥리가 묻기를 "어찌해서 그와 같습니까?"라고 했다. 사옹이 "집에 불을 내고 재물을 훔치는 것이나 부녀자를 약탈해서 음행을 한 것을 저 두 백성을 소상하게 그 죄가 잘못되었음을 알고, 소상하게 그것이 악하다는 것을 아는 것입니다. 대저 죄를 소상하게 아는 것은 마음이 밝고 또한 바른 것이 아니고 무엇인가? 또한 스스로 능히 강한 것에 힘써서 집에 불을 놓고 재물을 훔친 것이나 부녀자를 강탈해서 음행을 저지른 것이 이 때문이니 이것은 기에 의한 바가 아니고 무엇이겠는가?"라고 했다.

(다) 一士二僧 同尋蓑翁 翁烹茶榖待 士人曰或謂佛書內典 儒書外典 斯然也否 翁黙然不應 一僧曰佛舍名相 專務人性 故曰內典 儒執名相 專學此則 故曰外典 翁又黙然不言 一僧曰 名相卽事物也 理在心而不在事物 夫事物之則 乃此理妙應之影因事物而受其名者也 譬如月在天而影移于水上矣 夫影者忽然變遷全無實體 故謂之空 儒家執着名相 專搜其影 而此心此身 縛於儒典 猶受桎梧之苦 豈不謬哉 若吾釋之學則不然 吾釋之學在于圓悟此心 悟心旣圓 命根旣斷 恍如明

月在天 而無半點雲氣 無物不照 無事不燭 何必區區爲搜影學則之勞哉 翁嘆曰
僧學釋氏 實亦釋氏之罪人也 釋氏隨處隨時 乃不得已 務爲權巧設施 若處中國說
經世法 釋氏卽周公孔子也 豈舍事物之則 而不顧焉哉 夫天地萬物間 唯人爲貴者
專學此則之故也 盖理外無敎 敎必歸理 是故則之爲則 合而言之 仍歸一理分而言
之 何止千萬 是則天下古今之所以共學而不可缺者也 僧之所謂 無物不照 無事不
燭者 乃唯稱此心之靈妙耳 所謂事物之則 雖聖賢之人 尙且學之 況凡夫乎 僧試
思之 寫字布句 乃文藝之則也 其悟而之耶 亦學而知之耶 衣冠進退 拜佛接賓 乃
禮交之則也 其悟而知之耶 亦學而知之耶 于支歲月 舟車器械等類 皆有名相之則
其悟而知之耶 亦學而知之耶 大凡人之處世也 日用事物之則 不可須臾離焉 然而
人情之慾 一氣之惑 因事而生 或因物而起 天下衆生 往往爲慾惑被敝而 不勝其
憂 是故釋氏乃有舍名相等語 此要使衆生禁斷慾惑而已 其實乃權巧之語 其實舍
事物而不顧焉哉 若舍事物而不顧焉則居無屋廬 身無衣服 口無烹飪 面目四體 雖
似人身 何以得立於世哉 又若語上 則此理玄玄處 本無內外 本無根塵 百丈所謂
向脫根塵者 是亦未忘根塵之語 何足貴焉 今世之人 知學釋氏而不知釋氏垂敎度
衆之本旨 飜任妄想 强逞憶見 或評內典外典 或指名以爲桎梧 或說此則如影而在
理外 此豈釋氏垂敎度衆之本意哉 此豈可謂學釋之人哉 (224~ 227면)

한 선비와 두 승려가 함께 사옹을 찾아가니, 사옹이 차를 달여 대접했다. 선비
가 말하기를 "혹자가 이르기를, 불서는 內典이라 하고 유서는 外典이라 하는데,
이것이 그러합니까? 그렇지 않습니까?"하였다. 사옹은 잠잠히 응답하지 않으니,
한 승려가 말하기를,"불교는 名과 相을 버리고, 오로지 性을 깨닫기에 힘쓰는 까
닭에 내전이라 하고, 유교는 명과 상에 집착해서 오로지 이 법칙을 배우고자 하기
때문에 외전이라 한다."고 했다. 사옹이 또한 침묵하며 말하지 않자 한 승려가 말
하기를, "명상은 곧 사물이다. 이치는 마음에 있지 사물에 있지 않다. 대저 사물의
법칙은, 곧 이러한 이치가 묘하게 응한 그림자이다. 사물로 인하여 그 이름을 받
은 것이다. 비유컨대 달이 하늘에 있어서 그 그림자가 물 위에 옮긴 것과 같다. 무
릇 그림자라고 하는 것은 문득 변천해서 온전한 실체가 없는 까닭에 空이라 일컫
는다. 유가는 명상에 집착해서 오로지 그 그림자를 찾을 뿐이니 이 마음과 몸이
유가경전에 속박되어 오히려 질곡의 괴로움을 받으니 그것이 어찌 그릇된 것이 아
니겠는가! 우리 불가의 학문은 그렇지 않다. 우리의 불교 학문은 이 마음을 원융
하게 깨닫는 데 있으니, 깨달은 마음이 이미 원융하고, 명과 근이 이미 끊어지면
황홀하여 마치 밝은 달이 하늘에 있는 것과 같아서 반점의 구름의 기운도 없으니
비추이지 않은 物이 없고, 비추이지 않은 일이 없다. 어찌 반드시 구구하게 그림
자를 찾고 법칙을 배우는 수고를 하는가!"라고 말했다.

사옹이 탄식하여 말하되 "스님은 석씨를 배웠으나, 진실로 또한 석씨의 죄인이다. 석가는 장소와 때에 따라 이에 부득이하게 권교의 말씀을 베풀기에 힘썼으니, 만일에 중국에 거처했다면 경세법을 말했을 것이다. 석가는 곧 주공과 공자이다. 어찌 사물의 이치를 버리고 돌아보지 않았겠는가! 무릇 천지만물 가운데 오로지 사람이 귀한 것은 오로지 이 이치를 배우는 까닭이다. 대개 이치밖에 따로 가르침이 없고, 가르침은 반드시 이치에 귀결된다. 이런 까닭으로 법칙이 되는 것이다. 합하여 말하면 하나의 이치로 귀결되고, 나누어 말하면 어찌 천만에 그치겠는가? 이 이치는 천하 고금에 함께 배워서 가히 빠뜨릴 수 없는 까닭인 것이다. 한 스님이 이른바 '비추지 않은 物이 없고 밝히지 않은 일이 없다'고 하는 것은 곧 오로지 이 마음의 영묘함을 일컫는 것일 따름이다. 이른바 사물의 법칙은 비록 성현일지라도 오히려 또한 배우는 것이니 하물며 범부임에랴! 스님은 시험삼아 이를 생각해보시오. 글자를 베껴서 구절을 퍼뜨리는 것은 곧 문예의 법칙이다. 그것은 깨달아 하는 것인가, 또한 배워서 이를 아는 것인가? 의관을 갖춰 입고 나아가고 물러서며, 부처에게 절하고 손님을 접대하는 것은 곧 예교의 법칙이다. 그것은 깨달아서 아는 것인가, 또한 배워서 아는 것인가? 10간12지와 세월을 적은 것, 그리고 배, 수레. 기계 등속은 모두 이름과 형체의 법칙이 있는 것이니, 그것은 깨달아서 아는 것인가 또한 배워서 아는 것인가? 무릇 사람의 처세는 일용사물의 법칙을 잠시라도 떠날 수 없다. 그러나 인정의 욕심과 일기의 의혹됨이 혹은 말미암아 생기고 혹은 물건으로 말미암아 생겨나니 천하중생이 왕왕 욕망과 의혹에 가려 그 근심을 이기지 못한다. 이런 까닭에 석가가 곧 명상을 버리라는 등의 말을 한 것이다. 이것은 요컨대 중생으로 하여금 욕망과 의혹을 금하여 끊으라고 한 것일 따름이다. 기실은 곧 임의적으로 공교롭게 한 말이지 어찌 진실로 사물을 버리고서 돌아보지 않으라는 것이겠는가! 만일에 사물을 버리고 돌이켜 보지 않는다면, 거처함에 집이 없는 것이고, 몸에 의복이 없는 것이고, 입에 익힌 음식이 없는 것이어서 면목사체가 비록 사람의 몸과 같으나 어찌 세상에 능히 설 수 있겠는가? 또한 만약에 '上'을 말한다면, 이러한 이치는 깊고 그윽한 곳에 있어서, 본디 내외가 없고 본디 근진이 없는 것이다. 백장 스님이 이른바 '근진을 회향해서 벗어나고자 하는 것 자체가 또한 근진을 아직 잊지 못했다는 말이니, 어찌 족히 귀하겠는가. 今世之人은 석가를 배우려는 것만 알고 석가가 가르침을 내려 중생을 제도하고자 하는 본뜻은 알지 못한다. 도리어 망상에 맡겨서 억견을 굳세게 드러낸다. 그래서 혹은 내전과 외전을 평하고, 혹은 名을 지칭해서 질곡이라고 하고, 혹은 이 이치를 말하여 마치 그림자와 같아 이치 밖에 있다고 하니 이것이 어찌 석가가 가르침을 내려 중생을 제도하고자 하는 본뜻이겠는가? 이것이 어찌 가히 불교를 공부하는 사람이라고 말하겠는가?

다소 인용이 길어졌으나 채온(蔡溫)의 사상을 잘 알아차릴 수 있는 세 대목을 가져왔다. 단편적인 글에다 밀도 높은 생각을 담고 있어서 다시금 생각하여야 의문이 풀리는 대목이 적지 않다. 인용문 ㈎는 선비와 승려의 말을 되받아치는 사옹의 기지가 번뜩인다. 기지를 발휘하는 것을 이해하기 위해서 선비와 승려가 무슨 말을 했는가 따져볼 필요가 있다. 매화나무가 활짝 핀 것을 두고 두 선비가 아름답다고 하는데서 대화의 물꼬가 트였다. 사옹이 물었다. 진정한 아름다움이 무엇인가?

한 선비는 꽃에 있다고 했으니 대상이 아름답다는 뜻이다. 아름다움은 대상의 아름다움일 따름이다. 그런데 다른 한 선비는 눈에 아름다움이 있다고 했다. 이 말은 감각적으로 경험하여 아는 그것에다 근거를 두고 하는 말이다. 외물과 접촉해서 보는 눈의 아름다움이다. 대상과 내가 만나는 중간과정에서 감각적으로 아는 것이다. 승려는 마음에 있다고 했다. 순전한 주관적 아름다움을 이렇게 말했다. 아름다움은 대상도 감각도 아니고 주관이라고 한 것이다.

사옹은 두 선비와 승려의 말을 모두 부정하고서 진정한 아름다움이 무엇이냐고 하는 말에 다소 모호한 말을 했다. '거짓은 말한 후에 있고, 참다움은 말하기 이전에 있다'고 했다. 진정한 아름다움은 말로써 표현되었을 때에는 거짓이고, 말로 표현하기 이전에는 참된 것이라고 했다. 사옹의 이 발언은 불교적인 것이면서 불교적인 언어관이기도 하다. 불교적이라는 뜻은 말은 진여를 나타낼 수 없다는 것이다. 그러면서도 말에 의해서 진여를 나타낸다는 것이다. 그것이 곧 불교에서 말하는 가명(假名)이다. 그런데 사옹은 그러한 역설을 택하지 않고 말과 말의 틈새에 있는 중간을 택해서 선비와 승려의 말을 모두 부정했다. 그것은 아무 것에도 물들지 않은 생각과 언어에의 추구이다. 그것이 곧 양명학에서 말하는 양지(良知)이다. 따라서 사옹의 언어는 양명학에서 말하는 양지적(良知的) 언어관이다.

㈏에서 벌이는 주장은 더욱 파격적이다. 죄를 지은 두 백성을 화두삼아

심각해 보이지 않는 문제를 다소 심각하게 전개했다. 두 사람의 범죄자가 있다. 하나는 집에 불을 내고 재물을 훔친 자이고, 다른 하나는 부녀자를 강탈해서 음행을 벌인 자이다. 그런데 사용은 형리에게 그들의 마음은 맑고 바르다고 하는 다소 엉뚱한 주장을 한다. 왜 그런가 하고 형리가 묻자 새삼스러운 논설을 편다.

논설의 핵심은 사람의 마음은 맑고 바르다는 것이다. 그렇다면 사람의 마음이 맑고 바른 것은 어떻게 증명이 가능한가? 그에 대해서 사용은 죄인들이 자신의 죄가 잘못되었다는 것을 아는 것이 그에 대한 증거라고 말한다. 그런데 왜 그러한 순선한 마음을 가진 사람들이 도둑질을 하고 음행을 저지르는가? 그것은 사용에 의하면 인간의 욕망때문인데, 그것을 '기소관(氣所觀)'이라는 독특한 용어를 썼다. 인간의 욕망에 의해서 더럽혀졌기 때문에 도둑질을 하고 음행을 저지르는 것이다.

사용의 논설은 이는 선한데, 기가 악하다고 하는 이기이원론적(理氣二元論的) 관점과 상당히 흡사하다. 이는 순선하고 기는 선과 악이 함께 존재한다. 그러나 다시 생각해보면 흡사한 면보다는 다른 점이 더 발견된다. 죄를 지은 것을 안다는 것이 소중하고 그것 때문에 선하다는 내용이다. 인간의 욕망에 의해서 죄를 짓는 것이 잘못이다. 인식과 실천이 어긋나서 악이 생긴다는 관점이 아주 독특하다. 그러므로 이기이원론이 아니라 양명학에서 말하는 지행합일(知行合一)의 괴리에서 말미암는다.

㈏의 문면을 뜯어서 보면 세 가지 기존의 개념으로 정리될 수 있는 내용이 섞여 있다. 그것은 사람의 본성이 착하고 깨끗하다는 양명학적(陽明學的) 개념의 양지(良知)라는 것, 사람의 마음 바탕이 착한데 그것이 욕망이나 氣에 의해서 침탈되어 악하게 되었다는 것, 사람은 누구나 욕망을 갖고 있다는 氣의 평등성 등이 그것이다. 그래서 양명학(陽明學), 이기이원론(理氣二元論), 기일원론(氣一元論)이 혼재되어 있다. 이러한 설명 방식이 모두 가능하다는 것 자체가 채온 사상의 독창성이라 하겠다.

㈐에서는 유교와 불교의 사상을 합치고자 하는 채온(蔡溫)의 사상적

고민이 잘 담겨져 있다. 정리된 결과는 유교도 불교도 아닌 사상이 용융점이 존재한다. 선비가 불교는 내전이라 하고, 유교는 외전이라고 하는 연유가 무엇인가 물었는데, 승려가 그 특징을 잘 간파해서 불교는 명상(名相)을 버리고 이치를 깨닫고자 하는 것이고, 유교는 명상에 집착해서 사물에 얽매이는 것을 들어서 비판했다. 그래서 불교는 내전이라 하고, 유교는 외전이라고 했다. 사옹은 불교와 유교의 핵심을 잘 꿰뚫었다.

　사옹은 불교를 승려의 입장에서 말하게 하여 불교는 이치의 소재가 마음에 있음을 강조했다. 이것은 불교가 주관적 관념론인 것을 파지한 것이다. 이어서 승려로 하여금 객관적 관념론으로서의 유학을 강조하게 했다. 유학은 정도전이 말했듯이 심신인물(心身人物)에 기초하고 있으며, 그래서 사물과 명상을 강조할 수밖에 없다. 채온은 사옹으로 하여금 유교와 불교가 다르지 않다고 말한다. 그러면서 파격적인 주장을 한다. '만약에 (석가가) 중국에서 거처했다면 경세법을 말했을 것이니 석가가 곧 주공이고 공자'라고 했다. 불교이든 유교이든 세상살이의 기본을 일컬은 것에 지나지 않는다고 해서 결국 같은 이치를 말한 것이라고 힘써 주장한다.

　유교와 불교는 하나의 이치로 귀결되니 이것을 합해서 말하면 마침내 하나의 이치로 귀결되는 것이고, 나누어서 말하면 어찌 천만으로 그치겠는가라고 해서 무한대의 것이 하나이고, 하나의 이치가 무한대의 것이라는 말이 성립된다. 여기에서 채온의 독자적인 철학적 이치가 등장한다. 그것은 하나가 여럿이고, 여럿이 하나라고 하는 기일원론과 대단히 흡사하다. 결론 부분에 이르러서 내전과 외전, 명상을 거론하는 것 자체가 무의미하다고 하는 것을 일관되게 증명한다. 불교와 유교의 가르침을 함께 배워서 빠트리지 말아야 할 이유가 여기에 있다.

　(대)에서 한 말은 18세기의 이옥(李鈺), 홍대용(洪大容), 19세기의 최한기(崔漢綺) 등이 언급한 것과 대단히 흡사하다. 이옥이 〈이언인(俚諺引)〉에서 한 말 가운데 기일원론의 '總而察之'와 '分而言之'라는 논리틀이 사옹의 말과 같고, 홍대용이 〈의산문답(毉山問答)〉에서 말한 공자가

우리나라에서 태어났다면 〈역외춘추(城外春秋)〉를 지었다는 말은 석가가 중국에 거처했다면 경세법을 말하고 석가가 곧 주공이고 공자라는 말과 흡사하다고 판단되며, 최한기가 〈기측체의〉에서 일향일국(一鄉一國)의 학문이 아니라, 천하만세공공(天下萬世公共)의 학문을 하라는 말은 여기서 말한 '天下古今之所以共學而不可缺者'라고 하는 것과 다를 바 없다.

㈎ ㈏ ㈐의 짧은 검토에서 채온(蔡溫)의 사상이 독자적인 것임을 깨닫게 된다. 채온의 사상은 여러 가지를 복합시킨 것이다. 불교, 유교, 실학, 양명학 등을 모두 한데 뭉뚱그려서 독자적인 사상을 창출한 것으로 보인다. 현실적인 경험을 바탕으로 동아시아 사상가들이 내세우는 것과 근접된 이론을 표방하였다. 그것은 유구(琉球) 채온만의 생각이 아니라 동시 다발적으로 나타난 보편적 사고였다. 다만 치밀한 논증이나 체계적 저작이 아니어서 날카로운 단상에 머무른 혐이 있다. 그렇다고 하더라도 자신의 사상을 한문문명권의 전통위에서 전개시킨 것은 놀랄만한 일이 아닐 수 없다.

채온의 사상적 공통점은 기철학에 있으나 우리나라의 서포 김만중(西浦 金萬重)과 견주어서 보면 면밀하게 부합되는 측면이 있음을 절감하게 된다. 〈서포만필(西浦漫筆)〉에서 재래의 유학에 관한 반론을 전개하고 사상의 혁신을 꾀하는 고민을 하게 되는데 그 과정에서 유학에 대한 반론으로 불교나 유교를 가져오는 기이한 면모가 발견되는데 그러한 사상적 고민의 결과가 비슷한 것이 곧 채온의 그것과 유사하다고 할 수 있다. 〈西浦漫筆〉의 한 대목을 살펴보면 이 점을 분명하게 인지할 수 있다.

禪家에는 本地風光, 本來面目이라는 말이 있다. 이 비유는 가장 절실하다. 이에 楓嶽山을 사랑하는 사람이 있어, 圖經을 널리 수집하고 정밀하게 고증을 가하여, 손금을 보듯이 내외 금강산의 산골짜기를 역력하게 말하면 들을 만하나 자신이 일찍이 동대문 밖을 나간 적이 없었다면, 그가 본 것은 卷裏風光이요, 紙上面目이다. 다만 금강산을 보지 못한 사람과 談論할 수 있을 뿐, 만약 正陽寺의 住

持僧을 대한다면, 즉각 패배할 것이다. 만약에 어떤 사람이 東海路上에서 金剛山의 한 봉우리를 바라보았다면, 비록 전체를 보지는 못했다고 하더라도 그가 본 것이 眞山이 아니라고는 말할 수 없을 것이다. 徐花潭이 이에 가깝다.

　사람 중에 어떤 사람은 圖經上에서 본 것과 같지만, 그 사람이 평소에 慧性을 갖추고 있어 陳迹에 凝滯되지 아니하고 衆說에 眩惑되지 아니하여, 왕왕 산중의 景物을 마치 눈에 보듯이 생각해낼 수 있다면, 이는 비록 斷髮令 상에서 본 것은 아닐지라도 세상에 참으로 금강산을 본 사람이 없다면, 또한 그를 추천하여 잘 아는 사람(善知識)이라고 할 만하다. 張谿谷이 그런 사람이다.[11]

인용문에서 요긴한 것은 실제의 경험과 경험이 아닌 글을 통한 추체험의 사실을 비교해서 논하는 것에 있다. 결국 서화담과 장계곡을 비교하려고 하는 것이지만 헛된 관념적 논의에 빠진 세상을 바로잡기 위해서 서포는 선가의 비유를 가지고 와서 이를 일깨우고자 했다. 김만중은 허상을 깨고 실상을 온전하게 인정하는데 이를 원용적으로 적용하고자 했던 것은 곧 불교이다. 서화담은 어떠한 생각도 아니고 자신만의 생각으로 이치를 깨우친 사람이고 장계곡은 양명학을 통해서 유학의 근간을 반성하자고 하는 데서 의의를 찾은 인물이다. 김만중이 자신의 사상적 비판과 반성의 수단으로 이단적인 사고를 가져온 것은 잘 설명되지 않던 것인데, 유구의 채온과 비교하면 전혀 낯설지 않은 면모라고 할 수 있다. 채온의 비판적 사고는 다각도로 되어 있으나 근간에 있어서는 김만중과 그다지 다르지 않다.

유석상교(儒釋相交)는 동아시아에서만 있었던 유학과 불교의 사상적 교유이다. 이에 관한 유사한 논란이 있었다. 최치원(崔致遠)이 말한 바 있는 유불양역론(儒佛兩役論)이나 혜심(慧諶)이 말한 유불합일론(儒佛合一論)이 그에 적절한 사례이다. 진정한 고민에서 산출된 것이지만 참

---

11) 禪家有本地風光本來面目之說 此喩最切. 今有愛楓嶽者 廣取圖經 精加考證 抵掌而談 內外峰壑 歷歷可聽 而身未嘗出興仁門一步 則所見者 笏裡風光 紙上面目. 只可與不見山者談論, 若正陽住持僧 則立敗矣. 若有人從東海路上 望見外山一峯 則雖非全體 亦不可謂所見非眞山. 徐花潭近. 人有一人等是圖經上所見 而其人素俱慧性 能丹靑蹊逕 文字脈絡 不滯於陳迹 不眩於衆說, 往往想出山中景物 如在眼中 此雖非斷髮嶺上所見 世無眞見楓嶽者 則亦可推以爲善知識. 張谿谷是也. 〈西浦漫筆〉下

으로 유교와 불교의 혼융에 이르지 못한 한계가 있다. 이에 관한 대안으로 살펴볼 수 있는 것이 곧 유석상교론(儒釋相交論)이라고 할 수 있다. 이 말은 유학자들이 사용하는 개념이다. 중국 전래의 주역철학과 인도 전래의 불교철학이 복합되면서 동아시아 사상사의 특별한 사상적 혼융이 이루어진다. 이제 〈산옹편언(簑翁片言)〉을 통해서 유석상교의 흐름을 그 내력을 더듬어서 소략하게 살펴보고자 한다.

(가) 曹洞宗
(나) 高麗文人의 글 : 白文甫等
(다) 鄭道傳의 〈佛氏雜辨〉〈心氣理篇〉
(라) 金時習 〈曹洞五位要解〉〈南炎浮洲志〉
(마) 李珥 〈楓岳贈小菴老僧幷序〉
(바) 金萬重 〈西浦漫筆〉
(사) 蔡溫 〈簑翁片言〉
(아) 趙素昻 〈素昻氣說〉

(가) 조동종(曹洞宗)은 참동계(參同契)를 중심으로 주역(周易)의 원리와 선불교(禪佛敎)를 합치시키려는 선풍(禪風)의 하나이다. 조동종에서 내세우는 이사회와(理事回瓦)의 법칙이 주역의 원리와 대단히 근접해 있다. (나) 고려문인의 글 가운데 신흥사대부 문인이 승려의 생애를 적은 비문을 써주거나 어록을 정리하면서 불교 이해의 기틀을 놓는다. 유교와 불교가 어떻게 같고 다른가 하는 문제와 용어의 상충을 흥미롭게 전개한다. (다) 정도전의 〈불씨잡변(佛氏雜辨)〉과 〈심기리편(心氣理篇)〉은 유교와 불교의 동이점을 간명하게 정리했다. 특히 〈불씨잡변〉은 유교와 불교의 정치한 비교가 이루어진 것으로서 동아시아의 유일무이한 유석상교의 사례가 아닌가 한다. 정도전은 불교경전에도 해박하게 밝아서 〈능엄경〉이나 〈금강경〉의 원문을 두루 원용해서 비판한다. 물론 대부분 신유학 위주의 관점에서 논하는 한계는 있다.

㈐ 김시습은 정도전의 계승자이다. 유교, 불교, 도교의 사상과 전범을 받아들여 자기 자신의 문제로 온축하고 새로운 사상 수립을 위해서 사상 사적 용융을 이룩했기 때문이다. ㈑ 이이는 이이가 생전에도 말했듯이 김시습의 후계자이다. 김시습이 다시 환생한 것이 이이라고 해서 이이의 불교에 대한 이해를 엿볼 수 있다. 이이의 불교이해는 특히 이원론적 주기론으로 귀착된다. 편지에 답한 글 한 구절을 보면 이점이 명확해진다.

既非二物又非一物 非一物故一而二 非二物故二而一也 (答成浩原書)
(理와 氣는) 이미 두 가지가 아니면서 또한 한 가지도 아니다. 한 가지가 아니기 때문에 하나이면서 둘이고, 두 가지가 아니기 때문에 둘이면서 하나이다.

이이는 산속에 불경을 읽으면서 젊은 시절을 보냈다. 승려와 나눈 시의 교섭을 보여주는 서문을 보자.

李珥 : 불교의 핵심적 교리가 우리 유학을 벗어나지 않거늘 굳이 유학을 버리고 불교를 찾고 있소?
老僧 : 유가에도 '마음 그것이 곧 부처다'라는 말이 있소?
이이 : 맹자가 인간의 본성이 선함을 말하면서 입만 열면 요순을 들먹였는데 이것이 '마음이 곧 부처라는 것'과 무엇이 다르오? 그렇더라도 우리 유학의 견해가 훨씬 적극적(實)이오.
노승 : (수긍하지 않고 한참 있다가) '色도 아니고 空도 아니다.'가 무슨 소리요?
이이 : 이 또한 상대적 의식의 특정한 양태(前境)일 뿐이오.
노승 : (빙그레 웃다)
이이 : '소리개가 하늘에서 날고 물고기는 연못에서 뛴다.' – 이것은 色이요 空이요?
노승 : 色도 아니고 空도 아님은 眞如의 體요, 이런 詩로 어떻게 빗댈 수 있단 말이오?
이이 : (웃으면서) 언어적 표현을 거쳤다면 바로 상대적 인식의 지평(境界)이니 어떻게 體라 할 수 있겠소? 허면 유가의 핵심(妙處)은 언어를

　　　　통해 전할 수 없는데 불교의 진리는 문자 언저리에 있는 셈이오.
　　노승 : (놀라서 손을 잡고 詩 한 수를 청했다.)
　　이이의 詩 : 물고기 뛰고 소리개 날아 아래 위가 한 가지
　　　　　　　이는 色도 아니오 空도 또한 아닌 것
　　　　　　　무심히 한번 웃고 내 몸을 둘러보니
　　　　　　　노을지는 숲, 나무들 사이에 홀로 선 나
　　　　　　　　　　　　　　　　　　　(『국역율곡전서1』, 58~59면)

　㈏는 유학자이면서도 불교에 정통했던 김만중의 〈서포만필〉이다. 불교의 이치만 따서 자신의 생각을 전개했다. ㈐ 채온(蔡溫)은 새로운 사상을 전개하는데 있어서 대단히 흥미로운 귀결점을 세웠다. 유교와 불교를 섞고 특히 양명학을 합쳐서 18세기 사상의 새로운 이정표를 세웠다고 할 수 있다. 유교와 불교는 서로 사상적 거리가 있으나, 사상의 보완적 논거가 충분하게 있다. 이점에서 인도문명과 중국문명이 합쳐질 수 있는 가능성을 가졌다고 하겠으며, ㈀에서 ㈐까지의 시도가 뜻있는 노력이 된다.

　㈑는 20세기에 재론된 독자적인 학설이다. 조소앙은 삼균주의(三均主義)를 내세우는 인물로 〈소앙기설(素昻氣說)〉에서 사상의 근거를 마련했다. 〈소앙기설〉에서 '道亦器器亦道 色卽空 空卽色 人亦天 天亦人'이라고 해서 유교, 불교, 동학의 핵심적인 것을 '소앙기(素昻氣)'로 합치려 했다. 더 나아가서 그 氣가 '氣也者雷子也……分而爲五行, 四大, 展而爲九十二原子'라고도 해서 서양의 과학까지도 합치려 한 흔적이 있다. 조소앙이 불교와 유교를 합치려고 노력했다는 점에서 독특한 면모가 발견된다.[12]

　〈산옹편언(簑翁片言)〉의 사상적 전통은 바로 이러한 각도에서 재론할 수 있으리라고 판단된다. 유석상교(儒釋相交)의 관점에서 이를 재론하게 되면 동아시아문명권의 사상적 고민과 시대 전환을 위한 진지한 모색을 만날 수 있다고 짐작하게 된다.

---

12) 이에 대해서는, 조동일, 「좌우의 이념대립과 정부수립」, 『한국 지성사의 회고와 성찰』, 교수신문사, 1999년 6월 4일 발표에서 참고자료를 얻을 수 있다.

Trinh Khacmanh(鄭克孟)*

베트남 사람들의 寓言에 관한 이야기들은 매우 풍부하다. 민간문학 가운데 구전문학에는 歌謠, 俗語, 成語, 民譚이 있고, 喃字나 漢字로 쓴 기록문학에는 운문소설과 산문류가 있다.

베트남의 우언에 관한 이야기는 일찍이 15세기부터 출현되었다. 베트남 사람들은 사회생활 속에서 우언의 역할과 의의를 확실히 인식하였고 또 그에 대한 의식을 지니고 있었다. 즉, 무경과 교부의 영남적괴 서문에서 우언과 민간의 구전 이야기를 수집해야 하는 문제를 제기하였고 두 학자는 "애재라! 왜 영남 열전을 돌과 대나무에 새기지 않고 사람들의 입으로만 전하도록 하였는가, 까만 머리 어린아이로부터 백발노인까지 모두 좋아하고 그를 취하여 교훈을 삼는다. 왜냐하면 삼강오륜과 풍속습관에 연관이 있는 이야기이기 때문이다."고 하였다.

베트남의 우언 이야기들은, 비록 산문이거나 운문이거나, 漢字이거나 喃字이거나, 짧거나 길거나, 동물이나 사람에 관한 것이거나, 우언작품들의 궁극적인 목적은 삶의 철학에 대한 관념 및 세상 사람들의 일상경험과 사회, 문화를 바탕으로 올바른 생활방식을 교육하기 위한 도덕적 가치

---

*越南漢喃研究院 院長, 副教授

를 반영하는 것이었다.

이 회의를 통해서 필자는 베트남 기록문학 가운데 喃字로 쓰인 몇 편의 寓言 운문 소설을 소개하고자 한다.

주지하는 바와 같이 베트남 역시 일본, 북한, 한국 여러 나라와 마찬가지로 교류를 통해서 중국 한 문화의 영향을 받았고 일정 시기 동안 한자를 사용하였다. 베트남에서 한자는 국민들의 지력을 끌어올리고, 과거, 인재 양성, 저술 창작과 베트남 민족 문화 발전의 중요한 방편이 되었다. 한자 체계를 기반으로 베트남 사람들은 喃字를 창조하고 베트남 사람들이 문화생활 속에서 사용하고 발전시켰다.

지위 면에서 보면 한자는 베트남 봉건왕조에서 중요시 하여 국가의 정통문자로 여겨졌고 喃字는 문학창작에 있어서 주요하게 발전되었다. 西山조(1788~1802)처럼 쯔으놈을 중요하게 여긴 봉건왕조도 있었다.

베트남 쯔으놈의 출현시기에 관해서 베트남 학자들과 외국 연구가들의 서로 다른 의견이 있으나 다수의 학자들은 베트남의 쯔으놈이 약 10세기~11세기에 보편적으로 사용되었다고 보고 있다. 베트남의 쯔으놈의 출현은 조선의 한글, 일본의 가나 출현과 유사한 점을 가지고 있다. 오늘날 베트남 사람들은 한자와 쯔으놈과 같은 전통 사각 문자를 사용하지 않고 라틴 문자 계통을 사용하고 있다. 일본은 사각문자의 비중이 큰 한자에 여전히 기반을 두고 있고 한국은 한자로부터 점점 벗어나서 表音원칙에 따른 새로운 사각문자 계통을 사용한다고 생각한다.

우선, 필자는 베트남의 쯔으놈을 민족문화와 자강이식에 대한 발전의 표시이고 베트남어 의 지위 역할에 대한 긍정이라는 같은 큰 의의를 지니고 있다고 생각한다. 초기에 쯔으놈은 사람의 이름이나 땅 이름들을 기록하는 문자로 사용되어 단순한 문건들에서 출현되었으나 시대가 흐름에 따라서 발전, 성행하여 쯔으놈으로 쓰여진 문학작품을 창작하기 위한 저술기록에 사용되었다.

베트남 봉건왕조들은 흥망성쇠를 거듭하며 발전 하였으나 일반적으로 베트남 문학 특히, 쯔으놈 문학은 끊임없이 발전하였다. 쯔으놈 문학작품들은 진보적 사상을 지닌 내용으로 베트남 봉건왕조의 정통 도리 규범을 벗어나는 관점과 인식을 표현했다. 그래서 베트남 봉건왕조에서는 쯔으놈으로 쓰여진 문학작품을 봉쇄하고 금하는 주장을 공포한 시기도 있었다.

이와 같은 점은 많은 쯔으놈 문학 작품들의 작가 이름이 기록되지 않은 이유 중에 하나이다. 동시에 작품 내용 가치면에서의 진보와 더불어 쯔으놈 문학 작품은 베트남 중대문학의 문학 체제를 온전히 하는 일에 기여하였다. 특히, 육팔체와 쌍칠육팔체의 운문소설과 같이 베트남의 쯔으놈 문학 속에서만 볼 수 있는 장르가 있다.

喃字로 창작한 문학작품들은 매우 다양하여 산문류, 시, 운문소설, 歷史演歌 등이 있다. 그 중에도 많은 베트남 사람들은 시 형식을 빌어서 쓴 우언이야기를 매우 좋아해서 따로 책이 필요 없이 외우고 구전으로 서로 듣도록 이야기 한 것으로 보인다.

여기서 필자는 베트남 사람들에게 잘 알려져 있는 喃字로 쓰인 우언 운문소설 다섯 작품을 소개하고자 한다.

〈1〉〈蚭花신진〉 : 한놈원 소장 기호 AB.73 18page, 阮朝成泰 8년 (1896년) 인쇄, 六八体 운문소설, 작자미상.

줄거리 : 꽃(여자)과 나비(남자)에 관한 이야기로 양쪽이 情과 信義를 가지고 시작부터 끝까지 생활 방식에 대해 자신의 심사를 서로 묻고 답하는 이야기로 물질 때문에 사회의 법칙과 사람의 윤리 도덕을 경시해서는 안 됨을 주지하고 있다.

〈2〉〈화조쟁능〉 : 242句 , 六八体, 작자미상.

줄거리 : 서왕모가 상계(하늘)의 도원에서 잔치를 열었다. 조류의 왕인 봉황새와 꽃들의 왕인 목단꽃이 예물을 가지고 서왕모를 축

하하러 왔다. 午門에 이르러서 양쪽은 서로 빨리 들어가려고 서로 재능을 다투고 재물을 자랑하였다. 마침내 서왕모는 목단꽃이 지략이 있고 또 많은 재물이 있기 때문에 먼저 들어오도록 하였다.

작가는 돈이 만능이고 돈이 제일의 권력으로 여겨지는 사회의 실제 모습을 제기하기 위해서 짐승류와 꽃들이 삶속에서 은유의 방법을 사용하였다.

〈3〉 〈육축쟁공전〉 : 双六八七体의 시 형식으로 된 570句의 작품이다. 가문시부서전잡편에 기록 되어 있으며 한놈원의 소장 기호는 VNv.520이다.

필사본으로 124장이다. (이것은 윤리 해석시가, 학업권고시가, 제문, 감회시와 육축이 공을 다투는 이야기 등을 포함하는 시문집이다.)

줄거리는 다음과 같다. 물소, 말, 개, 염소, 닭, 돼지가 서로 공을 다투는 이야기이다. 어느 동물도 지려고 하지 않고 서로 질투하고 他人의 좋은 점을 보지 않는다.

작품의 출현시기와 작가는 확실치 않으나 작가는 여섯 마리의 동물을 빌려서 봉건시대 조정의 6부를 암시하고 통치부의 책임을 지고 있는 관리들 내부의 충돌과 모순을 제기하고자 하였다.

〈4〉 〈정서전〉 : 한놈원 소장 장서 기호, VNb 79, 38page, 阮朝 사덕제 癸酉年(1873)에 인쇄 , 六八体의 시 형식으로 된 850句의 작품, 작자미상.

줄거리 : 어느 달 밝은 밤에 백쥐가 새끼들 먹이를 구하러 갔다. 그러나 개에게 쫓겨서 피하기 위해 한 동굴로 달려갔다. 뜻밖에도 그곳은 바로 다른 쥐의 동굴이었다. 그러나 아내 쥐는 출타하고

단지 남편 쥐만 집에 있었다. 남편 쥐는 백쥐가 미색이 있는 것을 보고 즉시 감언 밀어로 유인하였다. 그러나 백쥐는 거절하고 동굴을 벗어날 방법을 찾았다. 막 동굴을 벗어났을 때 백쥐는 돌아오는 아내 쥐를 만났다. 아내 쥐는 즉시 질투의 빛을 보이고 백쥐를 쫓았다. 불행하게도 아내 쥐는 고양이에게 잡혀서 물 아래로 떨어졌다. 거북이가 건져서 아내 쥐에게 옳고 그름을 따지는 이야기를 하니 아내 쥐는 사정을 알게 되었다.

작품의 출현 시기는 19세기 후반으로 보고 있다. 작가는 인간들의 사회에 관해 이야기하기 위해서 동물들은 등장시켜서 통치 관리들의 징벌을 피하고 당시 사회의 어둡고 약한 삶과 병폐를 고발하고자 하였다.

〈5〉〈지곡신전〉: 한놈원서고 소장기호 VNb.78, 25page, 阮朝福建 1년 (1883)인쇄. 六八体 시 형식의 369句, 작자미상.

줄거리 : 가재는 두꺼비가 연못에 올챙이 새끼를 낳은 것을 보고 자신과 같은 종류로 생각하고 즉시 집에 데려다 길렀다. 두꺼비 부부는 자신의 새끼를 찾으러 갔으나 가재는 두꺼비를 꾸짖고 내쫓으며 또한 관에 고발하였다. 본래 가재는 교활해서 관리들을 매수해서 소송에 이겼다. 가재는 올챙이 새끼들을 두꺼비에게 돌려주지 않아도 되었고 두꺼비 남편은 옥에 갇혔다. 두꺼비 아내는 도와줄 사람을 찾아다니며 많은 어려움을 겪었다.

두꺼비 아내는 작은 청개구리를 만났고 현명한 작은 개구리는 올챙이 꼬리가 떨어질 때까지 기다렸다가 연못 위로 올라오면 집으로 데려가면 된다고 하였다. 과연 두꺼비 새끼들은 올챙이 꼬리가 떨어지자 두꺼비 새끼들이 되어서 두꺼비 어미를 따라 집으로 왔다. 작은 개구리의 말에 따라 두꺼비의 아내는 새끼들을 데리고 관가에 가서 올챙이 꼬리가 잘려서 이제는 가재의 새끼가 아니라고 얘기하니 가재는 투옥되었다. 남편 두꺼비는 석방되어 가족들이 행복하게 잘 살았다.

이야기의 출현시점에 대해서는 陳朝(1225~1400) 초기, 16세기부터 18세기 사이, 혹은 阮朝(1802~1945) 시대 등 서로 다른 견해가 많다. 아마도 작가는 사회의 불평등을 조장하고 선량한 백성들에게 고통을 주는 관리들의 탐욕을 고발하기 위해서 은유의 방법을 능숙하게 사용하였기 때문에, 시대와 관리계층을 연관 지어 볼 때 모든 사람들은 출현 시기를 위와 같이 추측할 수 있었을 것이다.

이 이야기는 사회의 전형적인 성격을 지닌 많은 인물들과 많은 계층과 경우가 마치 극본처럼 설정되어 있다. 관리는 탐욕과 위세를 부린다. 가재는 두꺼비 부부 앞에서는 거만하나 관리 앞에서는 비굴하다. 두꺼비 부부는 선량하나 어려움을 많이 겪는다. 작은 개구리는 총명하고 영명해서 선량한 사람을 도울 방법을 찾는다.

결론

1. 위에 언급한 5편의 우언운문소설을 통해 볼 때, 작품의 내용은 마치 동물이 주인공으로 등장하는 극본을 보는 듯하다. 작가는 이야기 속의 형상들을 통하여 삶의 진리를 조명하기 위해서 동물들을 등장시켜서 인간들의 이야기를 하는 것이다. 그와 같은 삶의 철학적 이치는 독자들을 끌어당기는 매력으로 작용하였다.

예를 들면, 가재와 두꺼비의 이야기에서도 다음과 같은 철학적 이치를 언급하고 있다.

세상 이야기는 옛 이야기와 오늘의 이야기가 있고,
物의 이치를 생각해보면 역시 기이한 바가 있다.
동물들이 무엇을 알겠는가마는
역시 능숙하게 승부를 가린 다툼이 있다.

두꺼비가 새끼들을 잃어버리고 쟁론하기 위해서 관가에 갔을 때 두꺼비의 자신 있고 위엄 있는 말과 꼿꼿한 기백을 다음과 같이 볼 수 있다.

저는 어리석지도 비천한 사람도 아니고,
저의 가문 역시 귀문에 속합니다.
두루 고루거각에 출입하였고,
여기저기 마음대로 유람하였습니다.

그러나 가재는 탐욕이 있는 사람으로 자신이 부자인 것에 의지하여 두꺼비 새끼들을 차지하기 위한 방법을 찾기 위해 오히려 억울함을 호소하고 있다.

저 가재는 탐심이 있어서,
한 번 승부를(재판을) 하려고 결심하여
관가까지 가서 억울함을 호소하고
소송서류를 만들어 명백하게 조사를 요구한다.

탐욕이 있고 양심이 부족한 가재에게 매수당한 관리를 만나면 가재는 승소하고 두꺼비는 새끼들을 잃고 추방당한다.

고의로 사람을 누르고 압박하니,
흑백이 뒤바뀐 순서로 몇 번이나 괴로운 가
매수당한 탐관은 정직하지 못하니,
두꺼비를 잡아 오랫동안 괴롭게 한다.

작은 개구리가 옳고 그름을 가리는 방법을 일러준 대로 올챙이들이 커서 두꺼비를 닮았을 때 관리들은 패하고 두꺼비 가족들이 모이도록 판결했다.

> 소송에 이기고 두꺼비가 집에 돌아왔을 때,
> 전 가족이 기뻐하고 즐겁게 함께 앉는다.

이야기 결말에서 작가는 철학적 이치의 관념과 삶의 경험으로 결론을 맺는다.

> 세상일을 보면 가히 웃을 만한 일이 있어서,
> 역시 우스개로 일을 삼아서
> 몇 줄 쓰고 몇 구절 읊도록 하여,
> 세상사는 이치를 밝혀서 세상에 내놓고자 한다.

2. 위의 5편을 통해 볼 때 운문소설은 六八体, 双七六八体의 시 형식에 따라 독특하게 창작되었음을 알게 된다. 이와 같은 운문형식은 베트남에서만 나타나는 특징으로 喃字로 쓰인 우언운문소설의 독특한 창작방식이라고 할 수 있다.

3. 세계의 모든 민족들은 어느 민족이나 우언 이야기들을 가지고 있고 그 이야기들은 각 민족의 독특한 성격을 지니고 있다. 우리는 중국, 한국, 일본, 베트남과 같은 대표적인 몇몇 나라들의 우언을 통하여, 유사문화권 안에서 상호 교류에 의해 나타나는 문화적 공통성뿐만 아니라 각 민족의 문화적 특수성이 표현되어 있음을 알 수 있다.

참고자료

漢喃遺産提要書目 (3권), 사회과학원, 하노이, 1993.
베트남 문학(10세기~1945년) (3권), Dinh Gia Khanh, Bui Duy Tan, Vo Quang
　　Nhon, Mai Cao Chuong과 諸學子, 교육사, 하노이, 2000~2002 (재출간).
영남적괴, 漢喃연구소 소장 장서, A.1200, A.2107, A.2914, VHv. 1473, A.33,
　　A.1300, A.1752, A.1516).

번역: 전혜경(한국외대 베트남어과 교수)

베트남 가요 民歌에 나타난 우언의 활용

Hoang Vangiap(黃文甲)*

　베트남에는 체계적으로 우언을 수집한 책은 없으나 베트남 우언은 아주 많다. 베트남 우언에 대해서 얘기하고자 하면 누구나 "장님이 코끼리를 보다.", "호랑이, 물소와 쟁기질 하는 사람", "토끼와 거북이의 달리기 시합", "세 뼘 주머니를 만들다."의 이야기를 기억한다. 그러나 관심을 끄는 일은 베트남이 가요 민가의 보고라는 것이다.

　베트남의 가요는 12,000수 이상에 달하고 민가의 노래와 가사는 이루 헤아릴 수 없다. 그와 같이 많은 베트남의 가요 민가는 사회와 자연의 생활상의 면면들을 반영하고 있고 베트남 사람들은 우언을 적절히 활용하여 삶의 깊은 진리와 독특한 사상, 소망, 교훈 등의 의미를 가요 민가 속에 적절하게 담고 있다.

1. 가요와 민가에 반영된 자연생활상과 우언의 활용

　12,000수가 넘는 가요 중에는 동물에 관해 언급한 가요가 4,000수에 이른다.

---

*越南漢喃硏究院資料收集處　處長

어류 : 58종
충류 : 48종
조류 : 61종
수류(짐승) : 32종

베트남 가요와 민가 중에서 가장 흔히 만나는 동물은 황새이다. 황새는 베트남 사람들에게 가장 가깝고 익숙한 물새이다. 해가 뜨겁고 안개가 끼어도 아침 일찍 나갔다가 늦게 돌아오는 부지런한 덕성으로 인해서 황새는 바로 베트남 농민의 형상인 것이다.

황새가 강가에서 오르락 내리락 한다.
쌀을 어깨에 지고 남편을 돌보며 아프게 운다.

황새는 바로 베트남의 여인이다. 베트남 여인은 남편에게 의지할 수 없을 뿐만 아니라 쌀까지 지고 바깥일을 하는 남편을 돌보러 가야한다.

황새가 밤에 먹이를 찾으러 간다.
썩은 가지 위에 앉아 연못 아래로 머리를 숙인다
여보세요, 물에 빠진 나를 건져 주세요
그리고 나를 가져다가 죽순을 넣어 요리 하세요
요리하려면 맑은 물로 하세요
흐린 물을 쓰면 내 새끼의 마음이 아파요

그 황새는 바로 밤낮을 가리지 않고 먹을 것을 찾아 헤매는 베트남의 농민이다. 쉴 새 없는 재난을 벗어날 길이 없고 재난을 구해주도록 통치자에게 의지해야 한다. 비록 재난을 벗어나도 죽음을 면할 길이 없다. 그들은 단지 자손들로 하여금 치욕을 면하게 하기 위해서 깨끗하게 죽기를 바랄 뿐이다. 그 또한 삶의 철학적 이치이다. (배가)고파도 깨끗하게, 옷이 찢어져도 향기롭게.

> 황새가 나무 위에서 (비참하게) 죽었다.
> 비둘기는 달력을 보고 초상 날을 본다.
> 딱정벌레는 술을 마시고 취한다.
> 수많은 두꺼비와 개구리는 (땅을) 다투어 뛴다.
> 나이팅게일 새는 작은 북을 친다.
> 참새는 바지를 입고 목탁을 두드리며 소리친다.

황새는 바로 배고프고, 고생하다가 나무 위에서 비참하게 죽어야 하는 베트남의 농민이다. 비둘기, 딱정벌레, 두꺼비, 개구리, 나이팅게일 새, 참새는 마을의 작은 관직이다. 그들은 농민이 죽을 때도 역시 놓아 주지 않는다. 그들은 농민의 죽음을 이익을 찾기 위한 마지막 기회로 생각하는 것이다.

> 두꺼비는 죽고 두꺼비 새끼는 고아가 된다.
> 암 두꺼비는 앉아서 여보! 여보! 곡을 한다.
> 청개구리가 큰 소리로 외친다.
> 무슨 돈이 있어서 마을에 줄까 작은 개구리들아!

두꺼비는 농부이다. 두꺼비가 죽으면 자식은 고아가 된다. 암두꺼비 즉, 농민의 아내는 앉아서 울고만 있다. 두꺼비 친척 청개구리는 상을 알린다. 두꺼비 친척들은 장례를 치르기 위해 관에 낼 돈이 없어서 큰 소리로 운다, 농민은 죽을 때까지 마을 사람들이 자신을 묻으러 가게 할 돈이 없는 것이다. 위의 노래는 옛날 베트남 촌락의 사회적인 폐해를 반영한 것이다.

> 개미는 복숭아 가지에 기어오른다.
> 잘린 가지 끝까지 기어갔다 다시 온다.
> 개미는 다 나무 가지에 기어오른다.
> 잘린 가지 끝까지 기어왔다 기어간다.

개미는 바로 일상의 노동자이다. 불공평한 압박 제도 속에서 개미는 견딜 수가 없다. 개미는 맵고 매운 생활을 벗어 날 방법을 찾으나 벗어날 길이 없다. 어디나 모두 왕과 관리의 땅인 것이다. 개미가 가지 끝까지 기어오른다. 즉 사람이 막다른 길까지 가서 어디로도 벗어날 수가 없는 것이다.

고양이 아저씨 까우 나무에 오른다.
쥐 아저씨에게 어디 가서 집에 없는지 안부를 묻는다.
쥐는 먼 길에 있는 시장에 가서
늑맘 사고 소금사서 고양이 아저씨 아버지 제사 지낸다.

고양이는 통치계층의 대표이다. 쥐는 피지배 계층의 대표이다. 피지배 계층의 사람은 통치계층의 먹이이다. 이것은 대립하는 두면이 함께 존재하는 것이다. 고양이는 쥐를 다 먹을 수 없다. 쥐는 고양이의 사나운 발톱을 벗어날 수 없다. 쥐와 고양이는 서로 안부를 물으며 서로 제사를 지내고 화평하게 지내야 한다. 그러나 피지배 계층의 신분은 다른 계층들의 먹이이다. 사람들은 그 생을 빨리 끝내고 싶어 한다. 그 삶을 연장하면 할수록 그들은 더욱 더 괴로운 것이다.

닭은 (죽어서 함께 끓이라고) 레몬 잎을 찾는다.
돼지는 (죽어서 함께 끓이라고) 파를 사달라고 꿀꿀댄다.
개는 서서 울고 앉아서 울며
엄마! 시장에 가서 개고기 양념 사달라고 한다.

언제나 3월이 오면
개구리는 뱀의 목을 물고 들 밖으로 나간다.
호랑이는 누워서 돼지가 털을 핥게 한다.
10개의 감이 80세 노인을 삼킨다.
큰 사발밥이 10세 아이를 삼킨다.

닭, 술병이 술취한 사람을 삼킨다.
뱀장어가 누워서 큰 뱀이 기어오르게 한다.
한 떼의 메뚜기가 농어를 쫓아가 잡는다.
볍씨가 통속으로 쥐를 쫓는다.
어린 풀 시든 풀이 물소를 물려고 한다.
병아리가 쫓아가서 솔개를 잡는다.
계란이 까마귀를 잡으니 어디에서 찾을까

이 가요는 역으로 노래한다. 보통은 뱀이 개구리를 물고 호랑이가 돼지를 먹고 80세 노인이 감을 먹고 아이가 밥을 먹고 술 취한 사람이 닭을 먹고 큰 뱀이 장어를 물고 농어가 메뚜기를 먹고 쥐가 볍씨를 먹고 물소가 풀을 먹고 솔개가 병아리를 잡고 까마귀가 계란을 먹는다. 그러나 여기에서는 모두가 거꾸로 이다. 도치의 방식으로 해학을 강조하고 피치계층의 소망을 이야기한다. 그 같은 소망은 다음과 같은 노래에서 나타난다.

왕의 아들은 다시 왕이 되고
중의 아들은 다시 절에서 다 나무 잎을 쓴다.
언제나 인민은 창과 방패를 들 수 있고
왕의 아들도 권세를 잃으면 절에 와서 쓸어야 한다.

Ⅱ. 가요와 민가에 반영된 사회상 및 삶의 철학과 우언의 활용

가요·민가는 특히 봉건사회 속 사람들의 사회생활 속에 제재를 취한다. 그래서 가요민가는 노동자들의 아픔, 슬픔과 반항을 반영하였다.

- 개구리가 대나무 가득 띄운 연못에서 운다.
  개구리는 계속 울어대고 대나무는 여전히 짓누른다.
- 힘들게 어깨에 지고 산 위에 올라 쏟아 붓는다.
  등이 휘도록 빨리 달려도 여전히 힘든 일이 남아있다.

> – 하늘이 높고 하늘이 넓어도 공평치 않다.
>   어떤 이는 다 먹을 수도 없고 어떤 이는 찾을 수도 없다.
> – 아이야, 이 말을 기억 하여라,
>   밤에 훔치는 자는 도둑이요 낮에 빼앗는 자는 관리이다.
> – 兵部, 戶部, 刑部,
>   삼부 모두 내 딸아이의 가슴을 꽉 잡는다.
> – 관직과 더불어 코끼리까지 사면,
>   (농민은) 징도 치고 (코끼리) 분뇨도 쳐야 한다.
> – 이 시대에 아이를 낳으면,
>   언제 얼굴피고 눈썹 펴서 아이를 부를까.
> – 엄마는 아이를 안고 달래며 강을 건너려는데,
>   큰 배, 큰 강물에 엄마는 아이를 안고 다시 돌아간다.
>   아이를 안고 마을에 돌아와
>   이 일 저 일 다 해보다 엄마는 끝내 아이를 판다.
> – 늙은 어머니는 초가집에서 살고,
>   배가 고프고 부른 것도 모르고 옷이 헤졌는지 좋은지도 모른다.
> – 물소를 잡히고 옷을 잡히고 스카프를 잡히고,
>   허리띠를 잡혀도 저는 잡히지 마셔요.

애정은 사회생활에서 필수적이다. 베트남의 가요와 민가는 애정이라는 제재를 통해서 자유연애사상과 진정한 혼인의 의미 및 가정의 행복을 추구하였다.

> – 밤에 달이 밝으니 남자가 여자에게 묻는다,
>   어린 대나무 잎이 무성하니 바구니를 엮을 수 있을까요?
>   바구니를 엮도록 저 역시 허락합니다,
>   대나무가 이제 막 잎이 무성하니 어리다고 할 수 없습니다.

잎이 무성한 어린 대나무는 아직 결혼하지 않은 이제 성장한 처녀이다. 남자가 사랑한다면 결혼할 수 있는데 여자가 너무 어려서 결혼할 수 있겠는지 묻고 있다.

- 당신의 집은 가까운 곳에 있나요? 먼 곳에 있나요?
  府, 縣, 혹은 강에서 떨어진 곳인가요?
  수 많은 논밭이 떨어진 먼 곳이라도
  일을 버리고 다 버리고 찾아가겠습니다.
- 서로 사랑하면 몇 봉우리의 산도 오르고
  몇 줄기 강도 건너고 몇 구비의 고개도 넘는다.

사랑을 얻기 위해 남녀는 산을 건너고 물을 건너는 어려움을 개의치 않고 찾아간다. 그들은 사랑이 기쁨과 행복을 가져다 줄 것으로 믿는다.

- 당신이 나와 더불어 이 길을 가면,
  콩을 심으면 좋은 콩이 나고 과실을 심으면 좋은 과실이 난다.
  아가씨가 누구와 더불어 저 길을 가면,
  목화를 심으면 시든 목화가 나고 고구마를 심으면 썩은 고구마가 난다.

- 내 마음은 이미 정해졌으니,
  당신과 함께 모를 심고 벼를 거두겠습니다.

- 하늘위에 푸른 구름 무리가 있고,
  중간에 흰 구름, 둘레에 노란 구름이 있다.
  내가 그 여인을 얻기 원하면,
  Bat Trang의 유명한 벽돌을 가져다 집을 지어야지.

- 이 부채로 나는 머리를 가리고,
  밤마다 잘 때 이 부채를 함께 쓰자.
  함께 엄마 되고 아빠 되기 원하면,
  당신은 이 부채를 가지고 신물로 삼으세요.
  그리고 베개와 이불을 같이 쓰고,
  바지를 함께 옷을 함께 수건을 함께 머리에 쓰자.
  누울 때는 중국침대를 함께 쓰고,
  일어날 때는 빈랑통과 석회대롱을 함께 쓰고,
  밥을 먹을 때는 한 솥에 밥을 먹고,
  머리를 감을 때는 꽃물기름을 함께 쓰고,

머리를 빗을 때는 상아 빗을 함께 쓰고,
거울을 볼 때는 함께 머리에 꽃송이를 꽂자.

혼인과 애정은 어려움이 많고, 어려움은 다음과 같이 여성이 지고 간다.

- 복숭아 빛 실크 같은 나의 몸,
  시장에서 누구의 손에 팔려갈지 모른다.

- 길가에 우물과 같은 나의 몸,
  총명한 사람은 얼굴을 씻고 어리석은 사람은 발을 씻는다.

- 16살 꽃 같은 나의 몸,
  부모 뜻에 따라 누군가의 며느리 되네

- 가는 길에 갈대가 많고도 많으니,
  부모는 부를 탐하여 억지로 인연을 맺었네.
  무슨 인연이 그리 역경이 많은지?
  거울을 잡으니 거울이 어둡고 금을 잡으니 금빛이 바랜다.

- 배가 고파서 Sung나무 잎을 한 줌 먹더라도,
  총각이면 결혼하고 함께하는 남편이면 하지마라.

- 남편과 아이는 큰 빛이다.
  차라리 (혼자 살면) 몸은 편할 텐데.
  남편이 아파서 병이 나면,
  손으로 약사발을 들어올리고, 또 손에 (약에 쓸) 레몬 주머니를 든다.
  이제 남편이 병이 나아서 좋아지면,
  남편은 (미녀)안색에 취해 나를 버리네.

- 황새는 나쁜 (성격의) 황새
  부인을 잘 때리고 누구와 더불어 누워 있는가?
  치려면 내일아침 일찍 치고,
  저녁에 치지마라 함께 눕지 못한다.

　가요와 민가는 삶의 철학적 이치와 인간의 평등한 가치에 관해 이야기
한다.

> Bom은 빈랑나무로 만든 부채를 가지고 있다,
> 부자가 세 마리 소와 아홉 마리 물소를 주고 바꾸자고 한다.
> Bom이 물소는 필요 없다고 한다,
> 부자는 깊은 연못과 방어를 주고 바꾸자고 한다.
> Bom은 깊은 연못과 방어는 필요 없다고 한다,
> 부자가 lim 나무와 뗏목 세 개를 주고 바꾸자고 한다.
> Bom은 lim 나무와 뗏목은 필요 없다고 한다,
> 부자는 거북이 등껍질을 주고 바꾸자고 한다.
> Bom은 거북이 등껍질은 필요 없다고 한다.
> 부자가 한 줌 밥으로 바꾸자하니 Bom이 웃었다.

　부자는 물소, 소, 큰집을 주는 것이 귀하다. 그러나 Bom같이 가난한
자는 단지 빈랑나무로 만든 부채, 한 줌 밥이면 족한 것이다.
　"고양이는 또한 고양이로 돌아간다"는 가요는 모든 사물의 평등한 서
로 다른 가치를 긍정한다. 하느님 같은 높은 위엄도 단지 고양이와 같다
는 것이다.

> 하늘은 구름을 두려워한다.
> 구름은 바람을 두려워한다,
> 바람은 벽을 두려워한다.
> 벽은 큰 쥐를 두려워한다.
> 큰 쥐는 늙은 고양이를 두려워한다.
> 늙은 고양이는 아줌마를 두려워한다.
> 아줌마는 남편을 두려워한다.
> 남편은 하늘을 두려워한다.
> 하늘은 구름을 두려워한다.

결론

베트남의 가요와 민가는 끊임없이 발전해왔고 우언 역시 아주 효과적으로 활용되었다. 황새는 여전히 황새이지만 옛날의 해가 뜨거우나 안개가 끼나 고생하는 노동자가 아니라 황새님은 바로 오늘날 사치하고 먹고 즐기는 부정한 부자를 뜻한다. 황새님은 다음과 같이 사회에 의해 고발당한다.

> 황새님은 밤에 먹이를 찾아간다.
> 여린 가지에 앉아서 부드러운 쇼파에 고개를 숙인다.
> 여보세요! 아가씨를 좋아하세요?
> 여기 아가씨 입술 붉고, 뺨은 홍 빛, 눈은 푸르답니다.
> 놀려면 빨리 놀아요,
> 놀기를 마치면 아가씨는 당신을 일생 그리워 할 거 에요.

다음의 가요 역시 역으로 표현한다. '하인'은 부정한 영도자이고, '주인님'은 노동자 인민이다. 하인은 러시아 산 Von Ga 자동차를 타고 놀러가고, 주인님은 다음과 같이 힘들게 일을 한다.

> 하인은 Von Ga 차를 타고,
> 주인님을 찾아와서 집이 있는지 없는지 묻는다.
> 주인님은 물소를 따라 들에 나가고,
> 쟁기질 깊게 하고 괭이질 바삐 해도 집은 없다.
> 하인은 춤추고 노래하며,
> 우리 주인님 일 잘 한다 환호한다.

오늘날도 상석에 앉아서 먹고 노는 탐욕의 무리를 고발하는 제재의 가요가 다음과 같이 있다.

> 모든 사람이 배로 일을 하니,
> 주임은 음악기기를 사고 차를 산다.

모든 사람이 세 배 일을 하니,
주임은 집을 짓고 정원을 꾸민다.

번역: 전혜경(한국외대 베트남어과 교수)

崔溶澈*

一. 鍾離葫蘆의 發掘과 後序

조선조 중기의 문인 유몽인(柳夢寅, 1559~1623)은 자신이 엮은『어우야담(於于野談)』에서 중국소설『종리호로(鍾離葫蘆)』의 전래에 관한 중요한 기록을 남기고 있다.[1] 그동안 학계에서는 유몽인의 글 속에 있는 '新刊中原書七十種'이란 표현을 근거로 그것이 중국에서 당시에 간행된 지 얼마 안 되는 소설작품 70여 종이라고 생각해왔다. 하지만 외설스럽다는 내용상의 특징과 인용한 짧은 고사의 성격으로 보아서 오늘날의 소설과는 다른 단편적인 필기작품일 것이라고 여기기도 하였다. 그러나 그것이 무엇인지 확증할 만한 증거는 없었다.

『종리호로』의 이름은 조선 후기의 소설가 정태제(鄭泰齊, 1612~1669)가 지은『천군연의(天君演義)』의 서문에서도 그 이름이 보이고 있는데

---

*고려대 중문과 교수

[1] 「今年春, 新刊中原書七十種, 目曰『鍾離葫蘆』, 自西伯所來, 淫褻不忍視聞. 獨其二事可觀世敎. 其一曰: 有一夫病且死, 諸子請遺敎, 曰我死猶著銅環四箇柩傍, 爾輩聽風水言, 這般那般不知幾遭. 其一曰: 有呆人癡也, 失鋤於田, 妻問在何所, 高聲曰, 在田第數畝. 妻曰, 如是高聲, 或有人聞之, 先取去何. 其人往於田, 鋤已亡矣. 其人歸, 附耳謂妻曰, 鋤已亡矣.」『於于野談』(卷三, 36 學藝篇)

중국에서 나온『전등신화(剪燈新話)』나『염이편(艷異編)』과는 구별되는 우리나라에서 나온 책으로『어면순(禦眠楯)』과 함께 거론하고 있어 주목되었다.[2]

『종리호로』는 명대(明代)의 소화 작품이 거의 그대로 들어있어 우리의 책이라고 보기에는 어려운데 정태제(鄭泰齊)가 우리나라에서 나온 것이라고 한 것은 조선 목판본으로 간행되어 널리 전해지는 과정에서 자연스럽게 이를 중국에서 전해진 작품으로 보지 않고 우리에게서 나온 것으로 보게 되지 않았을까 여겨졌다.

그러다 년전(年前)에 필자는 국내 아단문고(雅丹文庫)의 서목(書目)에『종리호로』목판본이 전해져 오고 있음을 발견하고 하영휘선생의 도움아래 이 책을 입수하여 검토한 결과 유몽인이 언급한 바로 그 책임을 확인하게 되었다.[3]

책 전체는 30장(張) 60쪽으로 되어 있으며 내향화문어미(內向花紋魚尾)로 판심(版心)에는 '호로(葫蘆)' 두 글자가 흐린 상태로 찍혀 있고 본문은 굵은 흘림체로 된 목판본(木版本)이다. 본문의 첫 행에는 제목『종리호로(鍾離葫蘆)』가 쓰여 있고 바로 이어서 단편 소화작품(笑話作品) 78편이 들어있다. 그러나 마지막 작품이 완전하게 끝나지 않는 것으로 보아 뒷장이 탈락된 것으로 보이며 현존본의 표지는 후에 새로 장정(裝幀)한 것이다. 권두에서도 서문이나 목차 등의 기록이 빠졌을 가능성이 있다. 현존본은 상당히 낡아 오랫동안 전해 온 것이 분명하며 판각의 상태도 방각본(坊刻本)의 특징을 갖추고 있다.

그 내용은 바로 명대에 전해지던 소화로서 풍몽용(馮夢龍)(1574-

---

2) 「近世小說雜記, 行於世者固多, 而以其中表著者言之, 來自中國者剪燈新話, 艷異編, 出
 於我東者鍾離葫蘆, 禦眠楯等書, 非鬼神怪誕之說, 則皆男女期會之事, 其不及諸史
 遠矣, 況可與此書同日道哉, 覽者宜有以取舍之矣.」『懸吐天君演義』, 翰南書林刊.
3) 鍾離葫蘆, 木版本, 朝鮮朝後期刊. 1冊(30張), 크기 23×14cm, 半葉 7行15
 字, 內向二葉魚尾(書號 813.7-鍾298). 雅丹文化企劃室, 『雅丹文庫藏書
 目錄(二)古書』, 1996

1646)의『소부(笑府)』와 비교하면 상당부분이 동일하거나 유사한 작품이었다. 『어우야담』에서 인용한 두 대목의 소화 작품도 그대로 들어 있었으므로 당시 유몽인(柳夢寅)이 보았던 책이 분명하였다. 당시 '자서백소래(自西伯所來)'라고 한 것은 혹시 서도(西道[평안도])의 관찰사(觀察使) 등에 의해 가져온 것이 아닌가 생각되었었다.

필자는 일단 이러한 상황을 학계에 보고하고4) 이어서 전문을 번역하고 원문을 병기한 역주본을 간행5)하였다. 그 후 한국의 해학류 작품을 연구한 김준형6)은『종리호로(鍾離葫蘆)』와 조선후기 향문소화(漢文笑話)와의 비교를 통해「파수추(破睡椎)의 존재양상」, 「鍾離葫蘆와 우리나라 稗說문학의 關聯樣相」 등을 발표하였는데 이 때『海東文獻總錄』에 들어있던 〈鍾離葫蘆〉 관련 자료를 공개7)하였다.

조선 중기의 성리학자이며 도서의 분류와 정리에 힘쓴 서지학의 대가 김휴(金烋 1597~1638)가 엮은『해동문헌총록』에는 〈종리호로〉의 제목으로 다음과 같은 기록을 남기고 있다.

그 서문을 말미에 실었으니 다음과 같다. 『절영삼소』는 명나라 소화의 모음집인데 예전에 4책으로 되어 있었다. 지금 내가 이를 더하고 깍아 내어 셋을 없애고 하나로 만들었다. 모두 78편의 이야기를 모았는데 비록 제왕이 되거나 나라를 다

---

4) 筆者는 우선 「明代文言小說의 朝鮮刊本과 傳播」(『民族文化研究』제35호, 2001)에서 「새로 발굴한 明代 文言笑話集 鍾離葫蘆」 일절에서 學界에 報告하고, 이어서 「朝鮮刊本 中國笑話 鍾離葫蘆의 發掘」(『中國小說論叢』제16집, 2002)에서 정식으로 發表하였다.

5) 崔溶澈, 『鍾離葫蘆』, 선문대 중한번역문학연구소, 2002. 원문의 영인은 漢陽大 정민교수의 소개로 雅丹文庫의 하영휘선생의 好意에 의해 제공된 것임을 밝히며 늦게나마 이 자리를 빌어 심심한 감사의 뜻을 표한다. 당시 미공개된 자료였으므로 조심스러웠던 것은 사실이다.

6) 金埈亨의 박사논문은 『朝鮮朝 稗說文學 研究 – 滑稽類를 中心으로』(고려대, 2003.6)이다.

7) 金埈亨의 「破睡椎의 존재양상」(『古典文學研究』제23집, 2003.6)에는 「破睡椎·鍾離葫蘆·笑府의 관계」를 구체적으로 논한 대목이 있으며, 후에 구두발표로 「鍾離葫蘆와 우리 나라 稗說문학의 關聯樣相」(東方文學比較研究會 제112차 발표회, 강원대, 2003. 8.18)을 발표하였다.

스리는 일과는 상관이 없지만 또한 정신을 추스르는 데는 약간의 도움이 된다.
[이 책을 읽으면] 재여가 [낮잠을 자다 꾸지람을 얻어] 썩은 나무로 비유됨을 면할
수 있으며, 소옹이 천하를 두루 돌아다닐 수고로움도 할 필요 없게 될 것이다. 이
런 것이 이 책의 대략인데 어찌 작은 보탬일 뿐이라 하겠는가. 천계 임술년 봄날
에 소산자가 평양의 가촌에서 간행하면서.
　　(自序其後曰: 絶纓三笑, 明人之笑具也. 舊有四本, 今余增損筆削去三而爲
一, 名之曰: 鍾離葫蘆. 凡七十八說, 雖不關於諛王斷國, 亦有裨於收斂精神. 宰
予免誅於朽木, 邵子不勞於周步, 此其大曆也, 豈曰小補之哉. 天啓壬戌[1622]
春笑山子, 壽于箕城之可村.)

앞의 글을 살펴보면 그 내용이 바로 조선간본『종리호로(鍾離葫蘆)』의
후서(後序)에 속하는 글임을 알 수 있다. 笑山子가 바로 그 간행자인데
명대 소화『절영삼소』를 근거로 하여 그 중의 사분의 일 정도를 선록하여
평양에서 책을 찍었다고 밝히고 있다. 모두 78편이라고 밝혔으니 현재
남아있는 78편과도 그대로 부합된다. 마지막 작품의 뒷장이 떨어져 나가
온전하지는 못하지만 그래도 그 내용은 알 수 있어 다행이다. 안타깝게
이 후서에 해당되는 글이『종리호로』에서는 떨어져 나갔는데 천행으로
김휴의『해동문헌총록(海東文獻總錄)』에 기록으로 남아있었던 것이다.
간행자가 당시에 평양(平壤)의 가촌(可村)이란 곳에 머물고 있다고 했는
데 그렇다면『종리호로』는 평양에서 방각본으로 간행되었을 것으로 보인
다. 유몽인의 기록에서 '自西伯所來'라고 한 말도 서도의 관찰사가 아닐
까 했는데 지금 더욱 명확해진 셈이 되었다. 김준형은 이 대목에서『종리
호로』의 간행을 주도하고 유몽인에게로 가져 온 사람이 박엽(朴燁)(1570
~1623)일 것으로 추정했다. 당시 박엽은 1618년부터 1623년까지 평안도
관찰사로 있었기 때문이다.[8] 편찬자인 소산자(笑山子)에 대해서는 고찰

---

8) 朴燁은 평양에서 庶尹으로 있기도 하였으므로 더욱『종리호로』의 간행을 직접 주도했
　 을 것으로 보고 있다. 그는 柳夢寅과 함께 癸亥年 仁祖反正으로 인하여『종리호로』의
　 서문이 쓰인 다음해인 1623년에 伏誅되었다. 따라서『어우야담』에『종리호로』에 관
　 한 내용이 삽입된 시기도 역시 1622년으로 보아야 할 것이다. 문중에서 '今年春新
　 刊'은 바로 1622년 봄, 笑山子의 서문에 기록된 바로 그 시기를 말하는 것이다. 金

할 자료가 없다. 그가 바로 평안도 관찰사였을 수도 있으나 다른 사람일 가능성도 없지 않다. 서문을 쓴 평양의 가촌(可村)이란 곳에 대해서도 아직은 조사되지 않았다. 실제 지명일 수도 있지만 소산자(笑山子)가 임의로 만든 별호(別號)나 당호(堂號)로 볼 수도 있을 것이다.

그렇다면 이 문제는 『절영삼소』에 있다. 『절영삼소』는 중국의 서목에 전혀 이름이 나오지 않는 소화서다. 하지만 중국과 대만, 일본학자들과 토론하는 과정에서 그 책의 유일본(唯一本)이 일본에 소장되어 있으며, 영인본도 이미 나와 있다는 중요한 단서를 알아냈으며 또한 최근 일본에서 교환연구원으로 체류하는 동안 동경대학을 찾아가 직접 원서를 찾아 열람하기도 하였다.

二. 絶纓三笑의 版本과 體例

『절영삼소』는 현재 일본 동경대학 문학부 도서관에 그 유일본이 소장되어 있다. 아직 공식적으로 영인 간행되지는 않았지만 대만 천인출판사(天一出版社)에서는 지난 1990년에 이를 영인하였다. 하지만 그동안 학계의 주목을 거의 받지 못하여 제대로 연구가 되지 않은 상태다. 이에 관한 글로는 이 책의 최초 발굴자인 일본의 대총수고(大塚秀高) 교수가 일찍이 「絶纓三笑에 대하여」[9]라는 소개의 글을 발표한 것이 거의 유일한 연구였다. 그동안 별다른 관심을 보이지 않고 있다가 최근에서야 필자의 『종리호로』 발굴 및 『절영삼소』와의 관련성 등이 제기됨에 따라 점차

埈亨의 앞의 글.

9) 大塚秀高, 「絶纓三笑について」, 『中哲文學會報』(1983)에 발표. 大塚秀高 교수는 2003년 필자가 동경을 방문했을 때 『鍾離葫蘆』의 발굴에 관하여 정보를 교환할 때 이 글의 복사본을 필자에게 전해주었다. 당시에는 『鍾離葫蘆』와의 관련성을 크게 염두에 두지 않았는데 후에 이 책이 바로 그 來源임을 알게 되었다. 그의 지도학생인 劉姍姍이 최근 『절영삼소』에 관하여 깊은 관심을 갖고 필자와도 구체적인 자료와 의견을 교환하고 있다. 앞으로 韓中日 각국에서 보다 긴밀한 연구협력이 이뤄지길 기대한다.

주목을 받고 있는 것으로 알고 있다.

대만에서는 『홍루몽』 및 여성문학 연구자인 황경성(黃慶聲) 교수가 최근에 「晚明笑話書 ‘絶纓三笑’ 中之性別與情色意識」10)을 발표한 적이 있으며 『역대소화집총서』의 간행을 준비 중인 왕국양(王國良)교수도 이에 관하여 깊은 관심을 기울이며 최근 발표한 논문 「中國笑話集在韓日越的流傳與保存」11)에서 『절영삼소』와 『종리호로』 등을 상세히 언급하고 있다.

필자는 동경대학 문학부의 호창영미(戶倉英美)교수의 안내로 문학부 도서관 귀중본실에 소장된 『절영삼소』의 원본을 열람할 수 있었다12). 본고는 필자가 직접 살펴본 실제 판본과 함께 대만 영인본13)을 근거로 대체적인 판본 체례를 살펴보고 『종리호로』와의 관계를 비교 고찰하고자 한다.

『절영삼소』는 현재 4책으로 묶여 있지만 일반적으로 고서에서 구분하는 권수의 구분은 없다. 이 책의 권두에는 호로생(胡盧生)이 쓴 「절영삼소서(絶纓三笑敍)」와 편찬자 은연재주인(听然齋主人)이 기록한 것으로

---

10) 黃慶聲교수(臺灣 政治大學)는 2000년 5월 南京大學 中文科와 明淸文學硏究所에서 공동 주최한 「明淸文學與性別國際學術硏討會」에서 이 논문을 발표하였으며, 후에 단행본으로 간행된 『中國婦女史論集六集』(鮑家麟編著, 稻鄕出版社, 2004년, 臺北)에 수록되었다.

11) 王國良교수(臺北大學古典文獻學硏究所)의 논문은 2004년 9월 中國社會科學院과 上海師大 주최로 北京에서 열린 「中國小說文獻與小說史國際硏討會」에서 발표되었다. 이 학술대회의 개최현황은 李周和의 「2004中國小說文獻與小說史國際硏討會 參觀記」(『中國小說硏究會報』제60호, 2004.11)를 참조할 것.

12) 필자는 2004년 8월 5일 日本 東京大學문학부의 戶倉英美교수와 이 대학 출신인 慶應義塾大學의 溝部良惠교수의 안내로 귀중본실의 『絶纓三笑』를 열람할 수 있었다. 자료를 열람할 수 있도록 도와준 도서관 관계자 및 두분 교수께 감사의 뜻을 전한다.

13) 明淸善本小說叢刊續編(第一輯 短篇·總集·傳奇·笑謔), 『絶纓三笑』, 天一出版社, 1990. 이 영인본에는 판본의 소장처나 특징 등에 관한 정보를 싣지 않고 있을 뿐만 아니라 중간의 일부분이 누락되기도 하여 이 책만을 근거하여 깊이 연구하기는 어렵지만 원전의 열람과 복사가 쉽지 않은 상황이므로 그나마 활용할 만 하다고 하겠다.

보이는 「집삼소략(輯三笑略)」이 수록되어 있다. 이어서 「절영삼소목록
(絕纓三笑目錄)」이 있고 그 하단에는 曼山館徐孟雅梓行의 署名이 새겨
져 있다. 만산관서맹아(曼山館徐孟雅)는 당시 유명한 출판가인 서상운
(徐象樗)을 말한다. 먼저 호로생의 명의로 병진년(丙辰年·萬曆44년,
1616)에 쓰여진 〈절영삼소서(絕纓三笑敍)〉의 내용을 살펴보자.

　〈절영삼소서〉
　나는 일찍이 천지간의 사물 중에는 참 맛[三味]을 갖추지 않은 것은 없다고 생
각하였다. 소화(笑話)가 비록 대단한 것이 아니긴 하지만 입으로 말할 때는 듣는
사람을 포복절도하게 할 만하나 종이에 기록한 것을 읽으면 초를 씹는 듯 맛이 없
는 것은 서법(書法)의 참 맛을 얻지 못했기 때문이다. 또 글로 쓴 것을 읽을 때는
포복절도 할 만하나 입으로 말을 하면　알아듣지 못하고 어리둥절하게 하는 것은
화법(話法)의 참 맛을 얻지 못했기 때문이다. 소동파(蘇東坡)는 스스로 기인이라
자부하여 손으로 입을 대신할 수 있다 하면서 곽공보의 시의(詩意)를 칠십 퍼센트
는 낭독을 통해 이해할 수 있다고 하였다.14) 그렇다면 붓과 혀에는 각각 지극한
경지가 있지 아니한가? 하지만 이를 근거로 남들에게 말로 한 것을 써보게 하여
보는 사람을 즐겁게 하거나, 쓴 것을 말로 하도록 하여 듣는 사람으로 하여금 배
를 잡게 하는 경우는 자주 보지 못했다.
　오늘날 소화(笑話)라고 알려진 것이 결코 적지 않다. 그러나 소화를 읽는 것은
의관을 단정히 하고 옛 성현의 음악을 듣는 것이 아닌데다 아무 것도 모르면서 흩
어진 간독(簡牘)을 꿰어 맞추려는 것과 같아서 머리가 흐리멍텅해지며 졸리고 속
이 거북하면서 토할 것 같고 심지어 두서(頭緖)도 아무런 관계도 없으므로 스스로
짜증이 날 것이다. 소화(笑話)라는 것은 생긴 이래 출판이 되자마자 없어지는 액
운을 당하기도 하였다. 은연재 주인은 곤궁하고 실의에 빠져 무료하게 지내던 중
때로 마음속에 기억해 두었던 이야기들을 붓으로 적어 모아, 간행할 때 그 중 쓸

---

14) 공보는 郭祥正의 자. 宋 阮閱의 『詩話總龜』에 다음과 같은 기사가 있다. "곽공보가
　　항주를 지나다가 시 일축을 꺼내어 소동파에게 보였다. 먼저 음송하였는데 소리가
　　좌우에 진동하였다. 다 읊고 나서 동파에게 말하기를 '나의 이 시는 몇 점입니까?'
　　하였다. 동파가 말하기를 '백점짜리 시로군.'이라 하였다. 곽상정이 그 까닭을 물
　　었더니 동파가 대답하기를 '칠십 점은 소리 내어 외는데서 딴 것이요, 삼십 점은 시
　　를 보고 딴 점수이니 어찌 백점이 아닌가?'라고 하였다."(郭功父過杭州, 出詩一軸
　　示東坡, 先自吟誦, 聲振左右, 旣罷, 謂坡曰, 祥正此詩幾分? 坡曰, 十分詩也. 祥
　　正問之, 坡曰, 七分來是讀, 三分來是詩, 豈不是十分也.")

만한 것 한두 가지를 가려 뽑아 수정하여 화법(話法) 육품(六品)으로 만들고 전에 편집해 두었던 옛사람의 해학을 모으고 거기에다 『사서소(四書笑)』를 보태어 부록으로 삼았다. 비록 길 가던 사람이 발길을 멈추고 박수치도록 만들지는 못하지만 독자들이 육품의 분류에 따라 그 이야기의 내용을 생생하게 이해할 수 있을 것이다. 또 단락마다 적어 놓은 우스개에 대한 코멘트는 붓끝에 나온 혀끝의 이야기이니 앙천대소하다가 갓끈이 끊어지지 않는다면 그 또한 이야기를 듣는 청법(聽法)의 참 맛을 얻지 못하였다고 하리라. 병진년 중추절에 호로생이 씀

〈絶纓三笑敍〉

余嘗謂天地間事莫不有三味焉, 笑話雖小道哉, 然每見有脫口時, 堪絶倒而筆之楮素, 便如嚼蠟, 此不得書法三味也. 亦有入覽時, 堪絶倒而誦之齒牙, 便已聽熒, 此不得話法三味也. 東坡自夸奇人, 謂能以手爲口, 而調郭功甫詩七分來是讀, 然則筆舌不各有所至乎. 操此以求人筆其所舌, 能使覽者會心, 舌其所筆, 能使聽者捧腹, 未可多遇也. 今之擧笑話者, 不一而足. 然非如冠冕而聽咸英則[示能][示戴]而理敗牘懵懵思睡[忄厭][忄厭]欲吐, 甚有無頭緖無關會, 而勃勃欲怒者, 自有笑話一種以來, 一番刳剔, 一番陽九耳. 听然齋主人落魄無聊間取胸中所憶者, 付之管城箚記, 因衰時刻撫其可採者一二, 點竄之別爲話法六品, 而以向輯昔人之諧, 四書之笑增盆之附爲後勁. 雖不能執塗之人爲之抵掌, 而覽者按品索之, 可以自得其語態, 且每則有所譯諧卽是筆中之舌端, 有不仰天而笑, 絶其冠纓者, 是又未得聽法三味矣. 丙辰中秋日 胡盧生題[15]

서문의 작자 호로생은 본명이 아니다. 명말의 속문학에서 등장하는 필명에는 『금병매(金瓶梅)』의 난릉 소소생(蘭陵 笑笑生)이 유명하고 소화서 『해온편(解慍篇)』을 엮은 악천 대소생(樂天 大笑生) 등의 경우도 보이므로 호로생도 그와 비슷한 경우라고 하겠다. 하지만 호로생(胡盧生)의 명의로 소화의 비평을 달기도 하였으므로 이 분야에 적극적으로 참여한 인물임을 알 수 있다.[16]

---

15) 본 敍文은 行草書로 쓰여져 있는데 한자의 해독과 우리말 번역에는 각각 大塚秀高 교수의 영인필사본과 金彦鍾 교수의 역주에 도움 받았음을 밝히며 謝意를 표한다.

16) 『四書笑』의 권두에 〈題四書笑〉를 쓴 사람도 胡盧生으로 동일인물이며, 『笑府』卷 13 〈閨語部〉에 실린 〈公冶長〉에는 胡盧生의 명의로 평어가 실렸는데 『絶纓三笑·儒笑』의 〈公冶長〉에는 동일한 평어가 下士(즉 聞道下士를 지칭함)의 명의로 되어 있

호로(胡盧)는 입을 가리고 웃는 모습, 혹은 깔깔거리며 웃는 모양을 나타내는 말이기도 하다. 『종리호로』의 자서(自序)에서 쓴 소산자(笑山子)도 마찬가지로 웃음에 관련된 필명이다. 편찬자 은연재주인(听然齋主人)도 웃음에 관련된 전고에서 유래되는 이름이다.17) 호로생(胡盧生)은 서문에서 편자의 편찬의도와 방법을 간단히 언급했다. 평소에 틈틈이 모아 놓은 소화를 묶어서 내면서 육품(六品)으로 나누었고[時笑] 이와 별도로 고인(古人)의 소화[昔笑]와 사서(四書)와 관련된 소화[儒笑]를 뒤에 덧붙였다는 것이다. 보다 구체적인 내용은 이어서 권두에 실려 있는 은연재주인(听然齋主人)의 「집삼소략(輯三笑略)」에 다음과 같이 상세하게 보인다.

〈집삼소략〉

一. 소화는 예전에 나온 속각(俗刻)은 논외로 친다 하더라도 근년에 간행된 것만도 상당히 폭넓은데 그 중에서 의론을 덧붙인 것으로는 『소림평(笑林評)』을 그 시초로 한다. 하지만 『소림평』은 식견이 천박하고 견해가 우활하며 고금(古今)이 섞여있고 아속(雅俗)이 혼재하며 실제 있었던 일과 허구로 꾸민 일이 뒤섞이고 웃기는 것과 웃음과는 관계없는 것이 또한 섞여 있어서 차라리 잡기(雜記)나 만록(漫錄)이라고 하면 모를까 '소림'(즉 소화서)이라고 부를 수는 없다. 평어 중에도 턱이 빠질 정도로 웃음을 자아내는 것이 간혹 있기는 하지만 대체로 말도 안 되는 것 또한 많다. 방언인지 성조가 무언지도 정확히 알지 못하면서 엉터리로 주석을 달았는데 구름기운이 몰려온다는 의미의 '주분(湊氛)'을 발음이 비슷하

다. 胡盧生과 聞道下士와의 동일인 여부는 미상이다. 天一出版社 영인본에서는 이 대목을 비롯하여 〈夫子之道〉 후반부터 〈公冶長〉, 〈賜也何敢望回〉, 〈又〉까지의 글이 영인 누락되었지만 原本에는 들어있다. 이를 재확인해 준 劉姍姍 동학에게 고마움을 표한다.

17) 司馬相如의 「上林賦」에 '亡是公听然而笑'의 구절이 있다. 听은 입을 벌리고 웃는 모습을 말한다.

다고 하여 남의 재산을 빼앗는다는 의미의 '추풍(抽豐)'이라 해석한 것도 있으니 식자(識者)들이 비루하다고 하는 것도 당연하다.

一. 『소찬(笑讚)』 20여 가지는 시골에 은둔한 고고한 선비가 시국에 대해 느끼는 바가 많아 쓴 것이다. 거기에 다시 뛰어난 선비가 이를 찬양하여 '소찬찬(笑讚讚)'이라 하였는데. 그 말속에는 다분히 풍자의 의미와 개탄의 뜻이 담겨있고 간혹 매도하는 말도 들어있어 오직 아는 사람만이 숨겨진 깊은 뜻을 알아차렸다. 하지만 아무 것도 모르는 어리석은 선비들이 제멋대로 이를 확대하여 '찬찬찬(讚讚讚)'이라고도 하고 더 나아가 '찬찬찬찬(讚讚讚讚)'이라고도 하며 그 본뜻을 모른 채 더부살이처럼 견강부회하여 잠꼬대 같은 말을 늘어놓았다. 게다가 제자서나 역사서, 불경의 내전이나 유가 성리대전의 성인 말씀 등에 몇 조목의 찬을 붙였으니 이는 우스운 일과는 결코 무관한 것이었다. 나는 농으로 벗에게 말했다. 만약 이와 같다면 십삼경(十三經)과 이십일사(二十一史)와 제자백가(諸子百家)와 자치통감(資治通鑑)과 성리대전(性理大全) 및 대장경(大藏經) 오천사십팔 권을 빌려 분석하면 한 두 마디 영향을 받았다고 평함이 맞지 않는 게 없을 것이니 천하에 어찌 이처럼 방대한 소화집(笑話集)이 있을 수 있겠는가. 이야말로 참으로 앞의 서문에서 말한 것처럼 정말 짜증이 난다는 것이다.

一. 그 중에서 그나마 마음에 드는 것은 '동치삼농(童癡三弄)' 중의 하나인 『소부(笑府)』가 있다. 이 때문에 풍류 있는 문인 선비가 엮은 것 가운데서 소화가 아니면 수록하지 않았고 또 덧붙이고 간결하게 하고 더 써넣고 깎아내는데 있어 각각 지향점이 있었다. 하지만 그 책은 종류별로 나누었고 한 종류의 사람을 조롱하는 여러 소화를 모두 드러내어 보여주니 즉시 재미가 쉽게 식어지고 말기 때문에 소화를 육품으로 나누어 조롱하는 것이 그 안에 뒤섞여 있는 것보다 나을 것이다. 예를 들면 왕승상이 강동지방을 경영하면서 그 골목과 마을을 맴도는 격이니 깊은 의미가 있다 할 것이다. 열중에서 다섯을 취하였는데 잘라 버린 것은 새것과 낡은 것, 농염한 것과 담백한 것이 약간씩 다르기 때문이다. 이는『소림평』이나 『광소찬』에서처럼 전혀 엉망으로 잘못된 것과는 아주 다르다고 할 수 있다.

一. 소화 중에는 그 유래가 이미 오래된 것도 있다. 예를 들면 〈남편이 거울을 사오자 아내가 첩을 데려온 것으로 알았다는 이야기〉나 〈빼어난 선비가 자기의 뜻을 말하는데 밥을 먹으면 다시 잠잘 겨를이 없다고 한 이야기〉 등인데 모두 옛사람에게서 나온 것이다. 언제 만든 책인지 고증할 수 있는데 새로 간행하면서 몇 마디 군더더기의 말을 덧붙여 전하기를 그치지 아니하면서 어리숙하게도 그 까닭을 알지 못하게 되었다. 지금 이러한 것들을 따로 뽑아서 [석소(昔笑)]라 하여 세상 사람들로 하여금 그 말에 근본이 있음을 알게 하고자 하는 것이다. 그 가운데 정사(正史)의 골계전(滑稽傳)이나 『세설신어』의 배조류(排調類) 등에 들어있어 박식하고 고상한 군자들이 이미 다 아는 것들은 가능한 한 싣지 않았다.

一.『사서소(四書笑)』는 은연재주인이 형벌을 받은 후에 우연히 주변에서 모아 엮어 집에 비치하는 일종의 부본(副本)으로 삼은 것이다. 당시 이탁오가 죽은 지 이미 오래 되었는데도 세간에서 이득을 노리는 자들이 이탁오의 이름을 덧붙였다. 하지만 그 서문에서 말한 '몇 번이나 배척당하고 사서에 들어가지 못하였다'는 것은 그 의미가 무엇인지 알 수 없다. 여기에 다시 이삼십 종의 작품을 수집하여 이를 넓혀 따로 이름을 [유소(儒笑)]라고 붙였다. 뒷날 필시 이탁오의 이름으로 간행된 것이 나올 것이니 아마도 그가 하늘에서 글을 짓는다 하여도 인간 세상에 다시 유행하기는 어려울 것이다. 【(雙行小註): '听'은 '은'이라 발음하고 뜻은 웃는 모양이며, 들을 '청(聽)'자가 아니다. 세간에서는 서문의 몇 글자를 바꾸고 청연재(聽然齋)라고 한 것도 있으니 우스운 일이다】

一. [석소(昔笑)]와 [유소(儒笑)]의 평어 중에는 많은 곳에서 소화를 부록으로 덧붙인 데가 있다. [시소(時笑)]에 중복되어 나오지 않고 수록한 바가 완전하지 못하니 혹은 멋진 말이나 훗날 들은 이야기는 천천히 보충해도 될 것으로 생각한다. 하지만 이번 간행된 책에서는…… (이하 결문)

〈輯三笑略〉

　笑話舊俗刻無論, 近刻收稍廣, 而加以議論者, 自『笑林評』始. 然識淺而見迂, 古與今雜, 雅與俗雜, 實有與烏有雜, 可笑與無與於笑者雜, 謂之雜錄漫記等則可, 不可云笑林也. 評語亦有可解頤處, 而不倫者居多. 至于方言調語, 胸中不明. 妄爲註疏, 如湊氛爲抽豐之類, 難爲識者鄙. ○『笑讚』二十餘則, 乃一林下高賢, 有感時局而發, 而復一賢者取而讚之, 爲笑讚讚, 語多含諷致慨, 間有罵詈, 惟知之者, 始會其言外之意. 乃爲無端迂士, 妄爲廣之. 且曰讚讚讚, 曰讚讚讚讚, 不知其本旨, 葛藤牽附, 恍如囈語, 又[一勹方 방]撫入子史正書, 內典宗語, 性理大儒之言, 各數則加以一讚, 絶與笑事無干. 余戲謂友人, 若如此則十三經, 二十一史, 諸子百家, 通鑑性理及藏經五千四十八卷, 叚而析之, 批以影響一二語, 無非是者, 天下安得如許一大部笑話哉. 此眞敍中所謂勃勃欲怒者已. ○其强人意者, 則童癡三弄中『笑府』. 此故自有韻之士所輯, 非笑語不錄, 又煩簡筆削之間, 各自有致. 但彼以類列, 所嘲一種人, 諸話悉集, 一盤托出, 翻覺味之易罄, 不若以話分品, 而所嘲者雜見其內. 譬王丞相營江左而縈紆其巷曲, 爲有深長思也. 爲採十之五, 所芟去者, 以新陳濃淡之間, 小有異同耳, 非若『笑林評』, 『廣笑讚』之大舛也. ○笑話有其來已遠者, 如夫買鏡而妻以爲取妾, 秀士言志以爲得食無暇復睡, 皆出自昔人, 成書可考而時刻乃加數語續貂, 相傳無厭, 懵然不知其故, 今盡拈出錄爲昔笑, 使世人知其語之有本耳. 其入正史滑稽傳, 及『世說』排調類, 爲博雅所習見者不盡錄. ○『四書笑』卽听然齋主人刖足後所偶輯旁通曲引, 聊備纂家一種以紓褧績, 其時李溫陵墓木不啻拱矣, 而坊間射利者, 竟以附之爲李, 不知其于序中所云屢見擯落不見償于四書者, 義何居. 玆復蒐得二三十則廣之別目爲儒笑. 他日必有幷刻爲李卓吾者, 恐其縱在天上脩文, 亦無從復流傳人間也【(雙行註)听魚謹反, 笑貌, 非聽字也. 坊間改其序數語, 而爲聽然齋, 可笑】○昔笑儒笑評語中, 亦多有笑話附見者, 則時笑中不復重出, 所收未全, 或更有俊語續聞者, 不妨徐補, 然此刻一傳……(以下缺文)

　이상 〈輯三笑略〉은 총 6개 항목으로 되어 있지만 마지막 부분이 결문이어서 완전한 체제는 알 수 없다. 하지만 당시 유행하는 여러 종류의 소화서에 대해 비교적 상세한 비평을 가하고 있어서 한편의 훌륭한 서평이라고도 할 만하다. 여기에서 언급된 명대말기의 소화서로는 『소림평(笑林評)』, 『소찬(笑讚)』[18], 『소부(笑府)』, 『광소찬(廣笑贊)』, 『사서소

---

18) 원문에서 〈笑讚〉으로 썼지만 〈笑贊〉과 같은 책임.

(四書笑)』등이 있다. 우선 처음부터『소림평』에 대한 노골적인 비판을 드러낸다.『소림평』은 그동안 중국소화 연구서에는 보이지 않았는데 일본 냑각문고(內閣文庫)에 소장된 만력(萬曆) 39년(1611) 서간본(序刊本)이 있음을 확인되고 있다.19)『절영삼소』의 〈집삼소략(輯三笑略)〉에서 밝힌 바와 같이『소림평』의 내용은 고금과 아속을 겸비한 것이었다. 이 점은 권두에 실린 〈소림평범례비점법(笑林評凡例批點法)〉에서 직접 밝혀주고 있기도 하다.20)『소찬(笑贊)』은 조남성(趙南星 1550~1627)이 편찬한 것으로 72편의 작품이 실려 있다.『소부(笑府)』는 통속문학가 풍몽룡(馮夢龍 1574~1646)이 엮었는데 근 600편에 이르는 방대한 소화를 내용상 13부로 나누어 정리한 소화서다.『사서소(四書笑)』는『절영삼소』의 편자와 동일한 은연재주인(听然齋主人)이 엮은 것으로 역시 권두에 호로생(胡盧生)의 〈제사(題詞)〉가 실려있고 '開口世人輯, 聞道下士評'의 서명(署名)도 같다.21)『절영삼소』는 이상의 여러 소화서를 참고하여 부분적인 작품을 선록하고 평을 달았다. [시소(時笑)]부분은『笑府』에서 많이 가져왔고 [儒笑]는 거의 모두가『사서소』와 중복이 된다. 현

---

19) 『笑林評』은 憨憨子 楊茂謙의 편찬으로 上下 2卷으로 되어 있고 별도로『續笑林評』1卷이 있어 총3권이다. 권두에 상당히 여러 편의 序跋文과 題語 등이 실려있는데 각각의 署名부분을 보면 〈梁谿文通子葉畫題〉, 〈延陵四願居士書〉, 〈長水衲僧書於微笑軒〉, 〈辛亥季秋晦日齊莊子書於睡心庵〉, 〈淸河明霞子書〉, 〈憨憨子題於一塵不到處〉, 〈辛亥重陽日延淸居士書〉, 〈辛亥菊月繡佛弟子識于笑塵處〉, 〈玄月一日憨憨子再題于松石山房〉, 〈海上釣鰲生書〉, 〈歲在辛亥中秋前一日憨憨子題於餐華館中〉, 〈靑蓮道人題於超果寺之來笑堂〉, 〈萬曆辛亥九日紗生書於似巢〉 등 11명(총13편중 憨憨子 자신의 글이 3편)이 보인다. 그리고 끝으로 〈笑林評凡例批點法〉 한편이 더 있고 본문으로 시작된다. 臺灣 天一出版社 〈明淸善本小說叢刊初編〉第6輯 諧謔篇에 3冊으로 影印되어 있다. 이 책에 대한 구체적인 소개와 비교는 다음 기회로 미룬다.

20) 〈笑林評凡例批點法〉 "是集雅俗並載, 今古兼收, 以人情喜好不同, 或恐得此失彼耳. 雖云戲謔, 要之至理, 姑以人心言之……(下略)"

21) 『四書笑』도 日本 內閣文庫에 필사본이 소장되어 있는데 권두에 胡盧生의 〈題四書笑〉에 이어 〈四書笑目錄〉이 실려 있다. 『絶纓三笑』의 〈儒笑〉는 이와 거의 같은 순서로 옮기고 있다. 필사본 본문 중에는 일본학자 道春 林羅山(1583-1657)의 방점표기와 평어가 간혹 들어 있고 〈淺草文庫〉 소장본이다.

존하는 필사본『사서소』에는 101편이 실려 있는데『절영삼소』유소에는 이보다 34편이 많이 실려 있다. 하지만『사서소』에만 실린 것도 3편이 있으므로22) 유소에는 총132편이 실려 있는 것이다. 〈집삼소략(輯三笑略)〉에서『사서소(四書笑)』에 '다시 이삼십 종의 작품을 수집하여' [유소]를 만들었다고 하는 표현은 거의 정확한 것이라고 하겠다.

대충수고(大塚秀高)에 따르면 曼山館간본의 서적은 萬曆44년(1616), 혹은 46년(1618) 무렵에 간행된 수종의 서목이 보이는데 '錢塘徐象橒刊'으로 되어 있으니 여기서 서맹아(徐孟雅)는 서상운(徐象橒)을 가리키며 소화집을 간행할 때 별도로 쓴 아호가 아닌가 여겨진다고 하였다.23) 이 책의 구장자(舊藏者)를 밝혀주는 소장인(所藏印)은 〈미장천정씨기(尾張淺井氏記)〉, 〈혜훈장서(蕙薰藏書)」, 「자계(紫溪)」 등이 있는데 앞의 장서인은 천정도남(淺井圖南 1706~1782)의 장서였음을 증명하는 것이다. 또 이 책의 권말에는 별도의 묵서(墨書)로 다음의 구절이 적혀있어서 구소장의 경위를 밝혀주고 있다.

이 책은 □법당의 소장본이었다. 비록 긴요한 서적이라고는 할 수 없지만 또한 정밀함을 발할 때가 있으니 염증이 나고 권태로운 병을 고치는 데는 유용하리라. 근래에 점차 빈궁해지면서 이를 거두어 둘 수가 없어 한담같은 책은 영락 동벽당에 팔기로 했다.

(此書□法堂所藏. 雖非緊要之書, 亦足發一粲, 以療厭倦之病. 近來貧不能收, 將閑散之品, 鬻之永樂東璧堂云.)

영악(永樂) 동벽당(東壁堂·壁을 璧으로도 씀)은 나고야(名古屋)의

---

22)『四書笑』에만 실린 작품은 12)南方之强, 61)伯夷叔齊, 72)挾泰山以超北海 등이다. 또 [儒笑]에서 달리 쓰인 제목도 보이는데 35)小人儒가 [儒笑]에서는 46)君子儒로 바뀐 것이 가장 큰 차이다. 나머지는 26)夫子之道忠恕而已가 34)夫子之道로, 60)齊景公有馬千駟가 85)有馬千駟로, 63)夫人自稱曰小童이 87)小童으로, 81)人皆掩鼻而過之가 108)人皆掩鼻로, 82)堯舜與人同耳가 109)與人同耳로, 84)殺三苗于三危가 113)三苗로 줄어드는 등 주로 생략된 것이 주종을 이룬다. 하지만 57)求諸人이 82)君子求諸己로 늘어난 것처럼 달라진 것도 있다.

23) 大塚秀高 〈絶纓三笑について〉,『中哲文學會報』제8호, 1983.

유명한 서점인 영락옥(永樂屋·1776년에서 1951년까지 있었음)을 말한다고 한다. 한편 〈혜훈장서(蕙薰藏書)〉와 〈자계(紫溪)〉 등의 장서인에 대해서는 대충수고(大塚秀高)선생도 그 유래를 밝히지 못하고 차후의 과제로 남긴 대목인데, 필자는 혹시 이 책이 조선에서 건너한 것으로 볼 수는 없을까하는 생각도 갖고 있지만 지금으로서는 결정적인 단서가 없는 상태이니 단언할 수 없다. 이 책의 전파경로는 장서인(藏書印)이나 관련 기록(記錄) 등을 근거로 계속 추적되어야 할 것이다.

『절영삼소』의 전체 소화는 시소(時笑)와 석소(昔笑) 및 유소(儒笑)로 구분되어 있으며, 시소(時笑)는 다시 담어(澹語), 천어(舛語), 조어(調語), 풍어(風語), 여어(影語), 서어(敍語) 등으로 내용상 분류가 되어 있다. 본문이 시작되는 권두(卷頭)의 하단에는 '開口世人輯, 聞道下士評'으로 서명이 새겨져 있는데 이는 『이탁오선생비점사서소(李卓吾先生批點四書笑)』의 권두에 쓰여진 서명(署名)과도 동일하다. 실제로 『사서소(四書笑)』는 『절영삼소(絶纓三笑)』의 [유소]부분과 거의 중복되는 내용이다. 뒤에서 상세히 밝히겠지만 조선간본 『종리호로』는 이 책의 [시소]부분에서 78편을 선록(選錄)하여 간행한 것이다.[24]

여기서 원문은 생략하고 이를 근거로 『절영삼소』의 분류방식과 그 분류명칭의 유래에 대해 살펴보면 다음과 같다.

우선 『절영삼소(絶纓三笑)』의 [절영]은 권두 胡盧生의 [絶纓三笑敍]에서 말한 바와 같이 [仰天而笑, 絶其冠纓](앙천대소하다가 갓끈이 끊어진다)이라는 말에서 나왔다.[25] [삼소]는 본문의 세 가지 분류인 [시소]와

---

24) 『於于野談』에서 언급한 「亡鋤」는 『종리호로』제22화인데 『절영삼소』의 「舛語」제35화에서 온 것이고, 「遺命」은 『종리호로』제56화 「遺命」은 『절영삼소』의 「風語」제7화에서 온 것이다. 하지만 『해동문헌총록』에 실린 글 「절영삼소」(후기)에는 宰予와 邵子의 고사를 언급하고 있는데 『종리호로』에는 수록되지 않았지만 「宰予晝寢」에 관한 소화는 『절영삼소』「儒笑」의 第37, 38, 39話 등에 보이나 「邵子不勞於周步」에 관한 典故는 미상이다.

25) 楚 莊王의 絶纓고사와는 무관함.

[석소], [유소]의 세 가지 유형의 소화를 의미한다. 시소는 당시 유행하던 일반적인 소화를 의미하고, 석소는 옛날 사건이나 인물의 전고가 있는 소화이며, 유소는 유교경전의 구절을 근거로 한 소화이다.

원전에는 '笑有六品, 一曰澹, 二曰舛, 三曰調, 四曰風, 五曰影, 六曰敍'라 하여 웃음의 종류를 여섯 가지로 나누고 있다. [시소]의 육품에 해당하는 담어(澹語), 천어(舛語), 조어(調語), 풍어(風語), 여어(影語), 서어(敍語)에는 각각 해제에 해당하는 문도하사(聞道下士)[26]의 글이 다음과 같이 실려 있다.

> 澹語: 下士曰 웃음에는 본래 이론이 없지만 사연은 있는 듯하다. 그 말이 눈앞의 일을 말하되 그 의미는 심장하다. 기뻐하는 듯 화를 내고 웃는 듯 욕을 하고 있으니 그 맛은 담담하되 그 취지는 깊은 데 있다고 하겠다. 이는 소화 중에서 가장 높은 경지의 것이다. 이를 일러 담어(고요한 말)라 한다.
>
> 舛語: 下士曰 무단히 잘못되어도 말한 사람은 깨닫지 못하고 듣는 자는 포복절도하게 만든다. 때론 목소리를 바꾸어 금기를 범하거나 혹은 편애를 드러내고 모욕을 주기도 한다. 대부분은 당시의 경우를 빗대어 말하는 것이다. 이를 일러 천어(어그러진 말)라 한다.
>
> 調語: 下士曰 남과 함께 마주하고 있으면 날카롭게 서로 대결하게 마련이다. 때로는 대꾸를 못하도록 한마디로 비꼬며 혹은 까닭 없이 놀리고 희롱하기도 하여 언제나 이기게 된다. 이러한 말들을 아우르면 조어(부추기는 말)라 한다.
>
> 風語: 下士曰 본래 조소에 속하는 것이지만 실제로는 세상의 풍조에 관련 있는 말이다. 가슴속 깊이 와 닿는 말로써 씹을수록 깨닫는 맛이 나니 웃

---

26) 『四書笑』와 『絕纓三笑』에는 모두 開口世人輯, 聞道下士評의 서명이 되어 있는데 大塚선생은 『莊子·盜跖』편에 '입을 열고 웃을 수 있는 날이 한 달에 겨우 사오일 정도에 불과하다(開口而笑者, 一月中不過四五日而已)'고 한 구절과 관계가 있지 않나 지적하였고, 聞道下士에 대해서는 馬經綸으로 보았다. 그는 자 主一, 필명 誠老, 『明史』 권234에 本傳, 萬曆17年 진사급제, 24년에 民籍으로 강등되어 通州로 귀향하고 두문불출하여 10년을 보냈는데 문인들이 聞道先生으로 불렀다고 한다. 소설과 희곡에 관한 李卓吾의 개방적인 사상에 영향을 많아 『四書笑』를 지어 당시의 예교사상을 통박한 것으로 보인다.

음에 보탬이 없지 않다. 이를 일러 풍어(풍조를 드러낸 말)라 한다.

影語: 下士曰 예전부터 寓言이 있었다. 논하는 바는 엉터리이고 그 말은 현실과 거리가 먼 얘기이지만 사실 말하고자 하는 바는 따로 있는 것이다. 여기서는 이러한 말을 영어(그림자 같은 말)라 한다.

敍語: 下士曰 보통 이르는 말에 소화라는 웃음 속에는 반드시 이야기가 있다고 한다. 그러므로 그 속에 사연을 이야기하면 마침내 포복절도하게 되어 웃기지 않는 말이 없다. 이를 일러 서어(이야기하는 말)라 한다.

[석소(昔笑)]의 경우는 매 작품마다 대체로 인용서목을 밝히고 있는데 그 목록이 대단히 다양하여 무려 74종에 이른다. 하지만 대부분 다른 책에서 가져오고 있는데 겹치는 것으로는 『애자(艾子)』가 12번, 『계안록(啓顔錄)』이 9번, 『귀전록(歸田錄)』과 『조야첨재(朝野僉載)』가 각각 6번, 『소림(笑林)』과 『사문류취(事文類聚)』, 『북몽□□언(北夢□□言)』 등이 각각 5번씩 출현하지만 전체적으로 매우 다양한 분포를 보인다. 인용서를 직접적으로 밝히지 않은 것은 14편인데 그중에서 107-111)소황골계첩(蘇黃滑稽帖)(五則)은 평어(評語)에서 양만리(楊萬理)의 『골계첩(滑稽帖)』이라고 밝히고 있으므로 근거가 없는 것은 9편에 불과하다고 하겠다. 인용서목 중에는 비교적 흔치 않은 희귀 서목도 선보이고 있어 정밀한 분석이 요구된다. 서목은 다음과 같다.

『嵐齊記』, 『續世說』, 『語林』, 『唐世說』, 『聖宋撤遺』, 『歸田錄』, 『聞見錄』, 『艾子』, 『北夢□□言』, 『志林』, 『范蜀公東齋隨筆』, 『逐齋閑覽』, 『撫言』, 『湘山野錄』, 『后山叢談』, 『詩話』, 『倦游襍錄』(倦游雜錄, 倦游錄 등과 동일), 『貢父詩話』, 『廣記』, 『易齋笑林』, 『閑抄』, 『墨客揮犀』, 『□(油)山錄』, 『□(戾)鮨錄』, 『唐小說』, 『會類說』, 『事文類聚』, 『南唐近事』, 『筆談』, 『北史』, 『朝野僉載』, 『江南□(艸)史』, 『本事記』, 『荊湖遺事』, 『雲溪友議』, 『□(侯)鯖錄』, 『風俗通』, 『啓顔錄』, 『東軒筆錄』, 『雞跖集』, 『江南野錄』, 『筆談』, 『唐新語』, 『鄭棨傳信記』, 『王□(壹)淸談』, 『談聞錄』, 『涑水紀聞』, 『百家詩』, 『古今詩話』, 『却掃編』, 『詩史』, 『泊宅編』, 『魏王語錄』, 『東軒雜錄』(혹은 東軒筆錄과 동일), 『文酒淸話』, 『聞見錄』, 『事文類聚』, 『藉川突梯』, 『御史臺記』, 『外紀』, 『事林』, 『楊萬理滑稽帖』, 『墨莊』, 『漫錄』, 『資笑編』, 『盧氏雜說』, 『王直方詩話』, 『嘉語錄』,

『松窓雜錄』,『笑言』,『笑林』,『嶺南異物志』,『因話錄』,『國史補』27)

『絶纓三笑』 전체의 소화작품은 모두 727편이 된다. 이를 다시 [三笑] 별로 보면 [時笑]가 445편, [昔笑]가 150편,28) [儒笑]가 132편29)다. 은 연재주인이 엮은 [시소(時笑)]가 절반이 넘어 중심을 이루고 있음을 알 수 있다. 또 [시소(時笑)]의 육어육품(六語六品)을 각각 보면 [담어(談語)]가 90편, [천어(舛語)]가 가장 많아 155편이고, [조어(調語)]가 55편, [풍어(風語)]가 62편, [영어(影語)]가 75편, [서어(敍語)]가 가장 적은 8편이다.

『해동문헌총록』에 실려 있는 『종리호로』의 「후기」에서는 『절영삼소』의 셋을 버리고 하나는 취하여 책을 냈다고 하였지만 실제로 편수를 비교하면 전체의 구분의 일 가량 되고, [시소]만으로 가지고 볼 때 육분의 일 정도가 된다고 하겠다.

三. 鍾離葫蘆의 來源과 比較

이상에서 밝힌 바와 같이 조선간본 『종리호로』는 명대 소화집 『절영삼소』의 작품을 가져다 조선에서 간행한 소화집이다. 그 중에서도 대부분 [시소(時笑)]에서 가져온 것이며 동일한 제목과 내용을 거의 옮겨왔지만 때로는 일부 내용을 바꾸고 본문 중에서도 일부 수정, 삭제, 보충되는

---

27) 이는 「昔笑」의 배열순서에 따른 순서이며, 『東軒雜錄』과 『東軒筆錄』을 다른 책으로 보아 74종이지만 동일책으로 보면 73종이 된다.

28) 大塚秀高와 黃慶聲 등은 모두 [昔笑]를 149편이라고 했으나 목록에 누락된 147) 倡人行弔를 새로 확인함에 따라 150편으로 정정한다. 또 劉姍姍은 이를 포함하였지만 [昔笑]의 122)長孫玄同을 二則으로 계산하지 않아 여전히 149편이라고 했는데 본문에서 二則이란 구절이 없더라도 ○표시에서 구분되는 2편으로 보아야 한다. 실제 『中國歷代笑話集成』제1권(50쪽)에는 『廣滑稽』로부터 가져온 [必復其始]와 [狗利社稷] 2편을 싣고 있는데 바로 [長孫玄同]에 해당하는 것이므로 [昔笑]는 총 150편이다. 유산산은 두 편의 소화가 하나로 합쳐진 경우가 있다는 이유를 들었지만 목록에서 二則이라고 제시한 것을 무시하기는 어렵다고 생각된다.

29) [儒笑]에서 第11話 [學養子而後娘]은 목록에는 없고 본문에는 들어있음.

부분이 있었다. 내용을 간략화하기 위한 삭제를 제외하면 수정이나 보충에는 나름대로의 이유가 있다고 할 수 있다. 여기서는 일부 작품의 예를 찾아 구체적으로 비교 분석해보도록 한다.30)

　『절영삼소(絶纓三笑)』[시소(時笑)·담어(澹語)」의 첫 번째 작품은 〈관사(館師)〉(본문에선 〈관사빈귀(館師頻歸)〉)인데 선록되지 않았고 두 번째와 세 번째 작품인 〈초혼녀(初婚女)〉는 그대로 『鍾離葫蘆』의 첫 번째와 두 번째 작품으로 선록되어 있다. 각각 두 번째의 경우에는 제목을 겹쳐서 쓰지 않고 〈우(又)〉로 표기했다. 『종리호로』의 〈재초처녀(再醮處女)〉가 원래의 제목인 〈재초(再醮)〉에 처녀(處女)를 추가한 것은 독자의 이해를 돕기 위한 편찬자의 노력으로 보인다. 재초 자체가 재혼을 의미하여 처녀란 말은 어불성설이지만 내용 중에서 처녀임을 강조하면서 몸값을 높이려는 재혼녀의 이야기를 제목에서 그대로 드러내고자 했던 것이다.

　『절영삼소』에서 제목이 〈천변백모(東邊伯母)〉(본문에는 東家伯母)였던 제목이 『종리호로』에 와서 〈동가숙모(東家叔母)〉로 바뀌게 된 것은 비교적 특이한 예다. 관건은 백모를 숙모로 바꾸고 내용을 조선의 문인이 알기 쉬운 한문으로 고친 데에 있다. 굳이 큰어머니(백모)를 작은어머니(숙모)로 바꾼 것은 우리의 관습상 아무래도 나이가 많은 큰어머니에게 불명예의 굴레를 씌우는 것보다는 상대적으로 젊은 숙모의 성생활을 폭로하는 것이 나을 듯싶기 때문이 아닌가 생각된다. 또 즉각적인 웃음유발을 위하여 명대소화에는 백화적인 성분이 매우 강하게 표현되어 있지만 조선의 문인들에게는 한문투의 표현이 오히려 빠른 이해를 돕는다. 방해를 받는다는 '碍(ai)'자를 '嫌'자로 바꾸고 불을 구해오라는 '討些火來'의 백화적인 표현보다도 쉬운 한문투의 '乞火來'로 바꾸었으며 이에 따라 뒤에 나오는 '你爲何不去討火'도 '汝爲何不去乞火來'로 옮겼다. 원문에서 방사의 직접적인 행위를 나타내는 속어 '[尸皮肉]'(肏와 같은 의미의

---

30) 『절영삼소』와 『종리호로』의 전체제목의 비교는 부록의 대조표를 참조할 것.

글자)을 쓰고 있는데 우리 한자에서 알기 어려우므로 '叔母亦行房事, 不省人事矣'로 고쳐쓰고 있다屬 원전에서는 쉽지 않은 글자인 이 속어에 대한 특별한 풀이를 하면서 '[   ]'자를 일반에서는 '[毬]'로 쓰는 것은 잘못이라고 지적하면서 원극(元劇)에서 나오는 이 글자는 '[   ]'과 같이 쓰기도 한다고 일러주고 있다.

『종리호로』의 〈헌둔(獻臀)〉은 성 밖에 흩어진 유골을 묻어주어 밤에 양귀비를 만났다는 이웃사람 말을 듣고 역시 유골을 묻어주니 그날 밤 장비가 나타나 보답으로 엉덩이를 대주겠다고 하는 이야기다. 밤중에 나타난 혼령이 각각 '妃也', '飛也'라고 대답한 것은 동음이의어(同音異義語)를 사용한 중국어 특유의 발상이다. 『절영삼소』의 원제목은 〈학양(學樣)〉인데 흉내를 낸다는 말이지만 완전히 바꾸어진 〈헌둔(獻臀)〉만큼 실감나게 와 닿는 제목은 아니다.

『종리호로』에서 작품을 선별 수록할 때 대부분 순서의 배열에 따르고 있지만 때로는 전혀 다른 곳에 위치하는 경우도 있다. 『절영삼소』의 순서와 대조를 하여보면 제61화 〈식아돈(食河豚)〉이 제18, 19화 사이에 위치하고 있다.

『절영삼소(絕纓三笑)』[천어(舛語)]의 [망서(亡鋤)]는 『종리호로』에 근거하여 『어우야담』에서 인용되는 바람에 일찍부터 널리 알려진 작품이다. 명대에도 유행하여 여러 소화집에서 전재되고 있는데 『소부(笑府)』(명 풍몽룡(明 馮夢龍))에선 형제의 이야기로, 『정선아소(精選雅笑)』(명 예장취월자(明 豫章醉月子))와 『절영삼소(絕纓三笑)』에서는 모두 부부의 이야기로 되어 있으니 『종리호로』는 『절영삼소』를 따른 것이 분명하게 드러나는 것이다.

[천어(舛語)]의 '燒了'는 동사와 조사로 구성된 중국어다. 본문에서 그대로 구절을 따 왔다. 하지만 『종리』에서는 [소부(燒父)]로 정확한 의미를 담고 있는 동사와 목적어로 구성된 구절이다. 더욱이 아버지를 화장했다는 의미를 제목에서 바로 드러내고 있어서 더욱 호기심을 자극하는 소

화 작품이 되었다고 하겠다.

『종리호로』 제35화 〈계마미(戒馬尾)〉는 『절영삼소』의 총목에서는 찾을 수 없는 작품이다. [천어(舛語)]의 제124화 〈수양간(守楊芊)〉의 부록으로 실린 작품에서 가져온 것이다. 본 고사인 〈수양간(守楊芊)〉도 하인의 어리석음을 나타내는 것이어서 부록의 끄트머리에 '이 두 侍童이 바로 형제로다'라고 평을 달고 있다.

『절영삼소』의 〈분체(噴嚔)〉와 〈각찬(各饢)〉은 『종리호로』에서 각각 한 글자씩 바꾸어 〈매체(罵嚔)〉, 〈각찬(各餐)〉으로 제목을 달아 내용을 보충하고 알기 쉬운 글자로 수정하였다. 소화는 듣는 동시에 바로 웃음을 유발하여야 하므로 내용상 이해가 어렵거나 알아보기 어려운 글자가 있다면 이는 효과를 반감시킨다. 중국독자들에게 익숙한 내용이나 문자라 하더라도 우리에게 생소하게 느껴지면 이를 바꿔야 한다는 것이 편찬자의 생각이었을 것이다.

『종리호로』에는 후인평(後人評)이 달린 3편의 작품이 있다. 원전에서 옮겨왔을 것이란 심증은 있었으나 『절영삼소』가 발견되기 전에는 확인할 수 없는 것이었다. 〈청호자(請鬍子)〉의 경우는 내용도 약간 수정하였고 부록의 평어도 〈후인평(後人評)〉으로 제목을 달아서 첨부하였다[31]. 수정된 내용을 보면, 역시 중국어 성격이 강한 부분을 우리식 한문독법에 이해가 용이하도록 고치는데 주력하였고 심지어 좀 더 자극적인 내용을 추가하여 소화의 농도를 짙게 만들기도 하였다.

〈불권주(不勸酒)〉와 〈토환춘색(討還春色)〉도 전혀 다른 제목을 사용한 것인데, 동일한 내용이다. 두 제목 모두 본문 중에서 따온 것이지만

---

31) 『絶纓三笑』에서는, 「有婦再醮而浴, 自視其陰, 拍之曰: "阿鬍子, 明日就有東西吃了." 間壁有鬍子應曰: "娘子, 他家不曾請我."/下鬍多欣幸之心, 上鬍亦有垂涎之意.」으로 된 글을 『종리호로』에서는 제목에 [□□之稱]이란 설명을 달았으며 일부 글자를 수정하여 「有一婦將再醮而浴, 自弄其陰, 拍之曰: "這鬍子, 這鬍子. 明日定喫大茶飯." 間壁有鬍子客應曰: "娘子明要請我, 心實未安, 只願趁早召之." 後人批之曰: "下鬍旣多忻幸之心, 上鬍亦有垂涎之意."로 만들었다.

『종리호로』의 편찬자는 단순한 의미의 〈불권주(不勸酒)〉보다는 특이한 제목으로 호기심을 자극하는 〈토환춘색(討還春色)〉으로 새롭게 명명하였던 것이다.

[풍어(風語)]의 [춘방(春方)]은 [구춘방(求春方)]으로 제목에 글자 하나를 덧붙이고 배열순서도 바꾸었을 뿐만 아니라 일부 내용도 수정하고 있다. 『종리호로』에서 '求'자를 붙인 것은 춘약(春藥)처방을 구하고 있는 한 남자의 이야기를 좀더 형상화시키고자 하는 것이다. 본문에서도 원래 서술문이었던 '왜소증으로 춘약처방을 묻는 자가 있었다(有恙陽痿而問春方者)'는 구절을 '어떤 이가 말했다. "나는 왜소증이 극심한데 어떤 약으로 처방할 수 있겠소이까?(一人曰: "我陽痿近甚, 何藥可治?")'하는 대화체로 바꾸어 실감나게 묘사하고 있다. 『절영삼소』에서 의사의 대답은 "麵觔荳腐二味絕勝"이며 그 이유를 묻자 그저 간단히 "只看這些和尙"으로만 대답하고 있다. 면근(麵觔)은 면근(麵筋)인데 밀가루를 개어 쫀득쫀득하게 만든 중국인의 일상요리다. 두부와 더불어 육식을 금하는 스님들의 주식이라고 하겠다. 『종리호로』에서는 이를 더욱 명쾌하게 '菜蔬豆腐'로 바꾸었다. 야채를 생식하는 우리의 음식풍습이 반영된 것이 아닌가 한다. 또 스님을 보면 알지 않겠느냐는 말에도 부차설명을 붙여서 "무엇을 드시기에 저처럼 강건하신가(只看東席坐的和尙, 喫甚麼藥, 如是强健.)"하고 반문형태로 만들고 있는 것이다.

[影語]의 [齋字]는 「齋字辨」으로 제목을 추가하고 있다. 글자풀이는 중국 소화의 중요한 부류의 하나다. 하지만 그냥 어떤 글자라고만 하면 무엇을 말하려는지 얼른 감이 잡히지 않는다. 우리식으로 그 '풀이'(사실 여기서는 서로 따진다는 의미가 있음)에 해당되는 '辨'자를 넣어서 좀 더 명확하게 이 소화의 의도를 분명히 하고 있다.

[서어(敍語)]의 「반자(胖子)」(pangzi)는 중국어로 뚱뚱이다. 몸이 비대한 사람의 성생활 모습을 희화한 이 소화는 제목을 좀 더 노골적으로 「後推行房」으로 바꾸고 내용도 일부 고쳤다. 원래 '후추행방(胖子不便

行房)'으로 시작되는『절영삼소』의 이야기는『종리호로』에서 '有一肥漢 不便行房'으로 바꾸어 중국어에 익숙치 못한 독자들에게 한문 용어로 바 꾸어주는 친절함을 보여주고 있다.

『종리호로』78편 중에서 71편이 거의 같은 내용으로『절영삼소』에서 원전을 가져왔다. 극히 일부 작품을 제외하면 배열순서도 그대로 따랐음 을 알 수 있다. 나머지 7편은 필자의 조사가 아직 미흡하여 어디에서 온 것인지 확인하지 못했다.[32]

四. 結論

『종리호로(鍾離葫蘆)』가 처음 발굴되었을 때는『어우야담(於于野談)』 등에서 언급한 중국 소화집을 실제로 확인하고 그 속에 실린 소화(笑話) 작품을 분석하며 일단 중국소화『소부(笑府)』와의 비교 분석에 힘을 기 울였다. 또 국문학계에서는 조선후기 패설문학과의 관련성을 적극적으 로 조사하여『파수추(破睡椎)』를 비롯하여『이야기책(利野耆冊)』,『(성 수패설(醒睡稗說)』,『소낭(笑囊)』,『교수잡사(攪睡襍史)』,『속어면순 (續禦眠楯)』,『어수신화(禦睡新話)』등에 동일하게 혹은 변형된 형태로 나타나고 있음을 조사하여 총 23편이 확인되었다.

또한『해동문헌총록(海東文獻總錄)』에 〈종리호로〉의 제목으로 된 한 편의 글을 발견하고 이 글이 곧『종리호로』의 끝부분에서 떨어져 나간 〈후기(後記)〉(혹은 후서(後序))부분임을 고증하게 되었다. 그 결과『종 리호로』는 1622년 평양에서 본명을 알 수 없는 소산자(笑山子)에 의해 간행된 소화집으로서 중국소화집『절영삼소』에서 대부분 옮겨온 것이며 그것이 다시 조선후기의 패설문학에 폭넓은 영향을 주었음을 알게 되었

---

32) 來源을 확인하지 못한 것은 25)泥鍾 72)大小肚 74)痔字解 75)鎖妻寺中 76)二人讓 路 77)溺門 78)呂婦 등 모두 7편이다. 좀더 세밀한 고찰과 기타 소화집과의 관련 성도 조사를 계속해야 한다.

다. 한편 『종리호로』가 중국소화집 『절영삼소(絶纓三笑)』에서 직접 78 편의 작품을 선록하였다는 사실에 근거하여 『절영삼소』에 깊은 관심을 기울이게 되었으며 일본 동경대학에 현존하는 이 책의 판본과 서문, 분류 방식, 작품내용 등에 주목하게 되었다. 이에 따라 『종리호로』에 실려 있는 매 작품의 래원(來源)을 고증할 수 있게 되었으며 조선간본의 편찬자가 나름대로 제목이나 내용에 대해 수정, 삭제, 보충 등을 가했음을 확인하고 그 이유가 대부분 조선 문인들의 독서 습관에 맞도록 하기 위한 친절한 배려임을 확인할 수 있었다. 전체 78편중에서 71편이 직접 『절영삼소』에서 가져온 것이며 특히 당시에 상당히 금기시되었을 법한 성소화(性笑話)가 상당부분 선록된 점도 인정되어 『어우야담(於于野談)』에서 유몽인(柳夢寅)이 "외설스러워 차마 보고 들을 수 없다(淫藝不忍視聞)"고 한 말을 이해할 수 있게 되었다.

이제 『종리호로』의 발굴로 인해 야기된 명대소화(明代笑話)의 동아시아 전파와 영향에 대한 연구는 본격적으로 국제적인 양상을 띠면서 더욱 발전 가능성을 보여주고 있다. 우선 명대소화 전반에 대한 체계적인 정리와 소개 및 연구가 중문학계의 과제로 떠오르고 있으며, 당시 농후한 유가적 분위기 속에서도 오히려 부분적으로는 계속된 속문학에 대한 깊은 관심이 조선중기 이후의 패설문학을 어떻게 형성하였는지 한중비교의 입장에서 연구의 대상이 되고 있다. 일본에서의 소화전파는 더욱 폭넓은 양상으로 발전되는데 중국소화의 선별 간행과 번역, 자체 소화의 양산 등이 에도[江戶]시기 후대에 올수록 다양하게 발전되고 있다. 앞으로 새로운 자료의 발굴과 더불어 동아시아에 널리 전해지고 있었던 문헌소화의 전반적인 종합정리와 공동연구의 필요성이 시급한 실정이다.

【主要參考文獻】

笑山子간행, 『鍾離葫蘆』(雅丹文庫所藏), 朝鮮木版本, 1622, 平壤.

崔溶澈역주, 『鍾離葫蘆』, 鮮文大學校 中韓飜譯文學硏究所, 2002.

听然齋主人, 『絶纓三笑』(東京大學所藏), 明代刊本, 胡盧生 序文.

明淸善本小說叢刊續編, 『絶纓三笑』, 臺灣天一出版社, 1990.

听然齋主人, 『四書笑』(日本內閣文庫所藏), 筆寫本, 胡盧生 序文.

崔溶澈, 「明代文言小說의 朝鮮刊本과 傳播」, 『民族文化硏究』제35호, 2001.

崔溶澈, 「朝鮮刊本明代文言小說之東亞傳播」, 『書目季刊』第36卷 第4期, 2003.
　　　3. 臺灣學生書局.

崔溶澈, 「朝鮮刊本 中國笑話 鍾離葫蘆의 發掘」, 『中國小說論叢』제16집, 2002

大塚秀高, 「絶纓三笑について」, 『中哲文學會報』, 1983, 東京.

金埈亨, 『朝鮮朝 稗說文學 硏究-滑稽類를 中心으로』, 고려대 박사논문, 2003.6.

金埈亨, 「破睡椎의 존재양상」, 『古典文學硏究』제23집, 2003.6.

金埈亨, 「鍾離葫蘆와 우리 나라 稗說문학의 關聯樣相」, 東方文學比較硏究會제
　　　112차 발표회에서 발표(강원대학교, 2003.8.18).

金埈亨, 『韓國 稗說文學 硏究』, 보고사, 2004. 10.

黃慶聲, 「晩明笑話書〈絶纓三笑〉中之性別與情色意識」, 『中國婦女史論集六集』
　　　(鮑家鱗編著, 稻鄕出版社, 2004년, 臺北)에 수록.

王國良, 「中國笑話集在韓日越的流傳與保存」, 『中國小說文獻與小說史國際硏討
　　　會』에서 발표(中國社會科學院, 上海師大주최, 2004년 9월, 北京)

張美卿, 『馮夢龍의 笑府 硏究』, 성균관대학교 박사논문, 2000. 6.

【附錄一】『絶纓三笑』와 『鍾離葫蘆』의 對照表

『絶纓三笑』	『鍾離葫蘆』	備　考
□時笑		
▷澹語(一)		
2)初婚女	1)初嫁女	
3)又(初婚女)	2)又	
7)再醮	3)再醮處女	*제목추가
8)醫乳	4)醫乳	
12)寡欲	5)寡慾	
18)性緩	6)性緩	
20)自家說	7)自己說	*제목수정
21)東邊伯母(본문은 東家伯母)	8)東家叔母	*제목수정
23)妙事	9)妙事	
34)夢酒	10)夢酒	
35)酒色	11)酒後行房	*제목수정
40)三千客	12)三千客	
46)公子	13)公子	
55)拿屁	14)拿屁	
59)蝦	15)僧蝦	*제목추가
65)易怒	16)易怒	
68)着靴	17)着靴	
73)學樣	18)獻臀	*제목개명
88)河魨	61)食河豚	*순서제목변경
▷舛語(二)		
1)初婚女	19)初婚女	*순서수정

14)誇猪	20)餹猪	*제목개명
20)跳窗	21)睡窓	*제목수정
35)亡鋤	22)亡鋤	*於于野談언급
59)睡妓	23)睡妓	
75)腿痛	24)腿痛	
91)作祭文	26)親家祭文	*제목수정
94)餘姚先生	27)餘姚先生	
99)藥鬪	28)藥鬪	
103)抄方	29)經驗方	
116)燒了	30)燒父	*제목수정
117)一字	31)一字兒	
118)愁文王	32)愁文王	
122)凍水	33)凍氷	
123)穿肚皮	34)穿肚皮	
124)守楊芋(附:戒馬尾)	35)戒馬尾	
127)噴嚏	36)罵嚏	*제목수정
133)各爨	37)各餐	*제목수정
134)産兒	38)新婦産兒	*제목보충
135)餘慶	39)餘慶	
141)請鬍子	40)請鬍子*	*본문수정
144)搜牛	41)搜牛	

▷調語(三)

3)薄席	42)薄席	
11)相僧	43)相僧	
14)怕冷熱	44)怕放屁	*제목수정
16)弄童	45)弄童	

17)送客	46)三盃送客	*제목첨가
18)共席	47)犬客	*제목개명
21)又(共席)	48)又(犬客)	
24)吃素	49)喫素*	
26)請神	50)請神	
28)擔僕	51)擔僕	
31)送扁	52)送扁	
34)妓夢	53)妓夢	
44)不勸酒	54)討還春色	*제목개명

▷風語(四)

1)囊螢(본문에는 名讀書)	55)捉螢	*제목개명
7)遺命	56)遺命	*於于野談언급
8)要大眼	57)要大眼	
9)造人	58)造人	
12)孫眞人	59)孫眞人傳術*	*제목추가
13)打尿鱉	60)破尿鱉	*제목수정
28)堵子	63)堵子神	*제목추가
29)産喩	64)産喩	
36)豁拳妓	65)讓鳩酒	*제목변경
38)夜啼	66)夜啼	
44)春方	62)求春方	*순서제목수정
54)射虎	67)射虎	
55)新裙	68)穿新裙	*제목추가
56)節哀酒	69)節哀酒	
59)希網	70)稀網巾	*제목추가

▷影語(五)

46)齋字　　　　　　　　　71)齋字辨　　　　　*제목추가

▷敍語(六)

5)胖子　　　　　　　　　73)後推行房　　　　*제목수정

□來源不明　　　　　　　25)泥鍾

□來源不明　　　　　　　72)大小肚

□來源不明　　　　　　　74)痔字解

□來源不明　　　　　　　75)鎖妻寺中

□來源不明　　　　　　　76)二人讓路

□來源不明　　　　　　　77)溺門

□來源不明　　　　　　　78)呂婦

*표시는 後人評語

【附錄二】　『絶纓三笑』의 笑話總目

□時笑

▷澹語(一)

1)館師 2)初婚女 3)又 4)大脚 5)睡鞋 6)取耳 7)再醮 8)醫乳 9)莫逆 10)蘇人請客 11)蚊符 12)寡欲 13)父幇 14)遷居 15)父子扛酒 16)崛彊 17)謙獎 18)性緩 19)醶魚 20)自家說 21)東邊伯母(본문은 東家伯母) 22)一高一低 23)妙事 24)開當 25)鋸僧 26)初靠 27)撒屁 28)姑嫂 29)賞曆 30)呼賊 31)急酒 32)官話 33)應賊 34)夢酒 35)酒色 36)新婚 37)盜牛 38)門子 39)童精 40)三千客 41)好手 42)調婦 43)嫁鬍子 44)葷酒僧 45)夾麻布被 46)公子 47)四等親家 48)貧士過冬 49)偸兒 50)蓋網 51)說出來 52)扛去 53)歲首妓 54)義民官 55)拿屁 56)身熱 57)包殮 58)硬 59)蝦 60)修鞋 61)修靴 62)木匠 63)棲雀 64)性急 65)易怒 66)獨行生意 67)夾衣 68)着

靴 69)合做酒 70)十弟兄 71)說謊 72)賭呪 73)學樣 74)酒色 75)夜約 76)
反目 77)人看 78)臭脚 79)驢卵 80)善屁 81)破網巾 82)餛飩 83)饅頭 84)
攜燈 85)釀酒 86)酸酒 87)借茶葉 88)河魨 89)猪頭 90)好漢

▷舛語(二)

1)初婚女 2)割股 3)妾足 4)投宿 5)借服 6)誇富 7)沒飯 8)賣兒 9)首謀反
10)方蛇 11)老翁 12)又 13)誇鴨 14)誇猪 15)誇爺 16)借年 17)蓋門 18)躱
債 19)打人 20)跳窗 21)解僧 22)騎馬尾 23)碎缸 24)澆糞 25)父入地 26)
陰橫直 27)下圍棋 28)鬍子 29)兌車 30)送藥 31)聾者 32)强奸 33)托病
34)賣燒餅 35)亡鋤 36)子守店 37)借書 38)老人娶(본문에선 38과 40이
바꾸어 수록됨) 39)强辨 40)誇親 41)山中人 42)菱 43)甘蔗渣 44)不請客
45)弄童 46)氈帽 47)吾輩 48)醫帽 49)殭蠶 50)好唱 51)賠人 52)賠樹
53)晚生 54)監生娘娘 55)附舟 56)好唱 57)石碑 58)祭品 59)睡妓 60)接
物 61)約賊來 62)見皇帝 63)乂袋 64)打老婆 65)酸酒 66)又 67)鄉民 68)
代打 69)駛僕 70)傷飽 71)換糞 72)峇服藥 73)問卵 74)外科 75)腿痛 76)
燒人臭 77)要頭 78)活話 79)呆壻 80)賴道 81)寄鐘 82)五等 83)醎蛋 84)
鑿鬚 85)么一 86)寫帖 87)眷制生 88)封君 89)畵形 90)問館 91)作祭文
92)用字 93)師吃屁 94)餘姚先生 95)又 96)童 97)龍陽新婚 98)皁隷新婚
99)藥鬪 100)看脈 101)診脈 102)診僧 103)抄方 104)巫 105)僧宿娼 106)
對穿 107尼庵 108)吹手 109)剃頭 110)又 111)箆頭 112)漁婦 113)性急
114)性懶 115)性畏 116)燒了 117)一字 118)愁文王 119)看戲 120)糟餠
121)搽藥 122)凍水 123)穿肚皮 124)守楊芋(본문에 부록 戒馬尾) 125)看
茶 126)掌嘴 127)噴嚔 128)好乘馬 129)見稍 130)吃糠 131)佛手柑 132)
置味 133)各饗 134)産兒 135)餘慶 136)摸脚 137)抹唾 138)論理 139)近
視 140)諱聾啞 141)請鬍子 142)矮 143)小卵 144)搜牛 145)行令 146)趂
船 147)海蜥 148)劈柴 149)煞半價 150)梅花 151)早赴席 152)殺天 153)
爺伯叔 154)抿字 155)買辦僕

多憂 104)五可畵(본문에는 五百畵) 105)守鼻梁 106)一首又一首 107)蘇黃滑稽帖(五則, 108, 109, 110, 111까지) 112)大姨小姨 113)伐冢 114)騎鷄 115)迂緩 116)雌甲辰 117)張山人 118)門題午 119)賭錢不輸方 120)明府作狗吠 121)山東婿 122)長孫立同(二則, 본문에는 長孫玄同, 123까지) 124)卷耳 125)狄仁傑 126)李安期 127)遣兄作鷄鳴 128)袁德師 129)喏郞不敢 130)鄰夫婦(본문에는 隣夫婦) 131)王鐸 132)程子霄 133)旁臥放氣 134)裴曼 135)魏人 136)多感 137)孫彥高 138)公羊傳 139)元宗遠買棺 140)獨孤守忠 141)梁士會 142)敎坊人 143)蔣昭緯(본문은 薛昭緯) 144)南海祭文宣王 145)不識鏡 146)齩鼻 147)목차누락(본문에는 傖人行弔) 148)魯人執筆 149)昭應書生 150)王鍔

□儒笑
1)大學序 2)又 3)大學之道 4)明德 5)結兩節 6)右經一章 7)道盛德至善 8)赫[口宣] 9)於戲 10)十目十手 11)學養子而後嫁(목차에는 누락) 12)溺愛者不明 13)宜其家人 14)生之者衆 15)如在其上 16)其次致曲 17)專言鮮 18)三省 19)亦不可行也 20)三十而立 21)樊遲 22)不敬何以別乎 23)視其所以 24)是知也 25)多聞闕疑 26)周監於二代 27)又 28)郁郁乎文哉 29)管仲之器小(본문에는 管仲之器小哉) 30)邦君樹塞門 31)居上不寬 32)蓋有之矣 33)一貫 34)夫子之道 35)公冶長 36)賜也何敢望回 37)又 38)宰予晝寢 39)又 40)又 41)糞土之牆(본문에는 糞土之墻) 42)山節藻梲 43)犁牛之子 44)冉伯牛 45)回也不改 46)君子儒 47)澹臺滅明 48)又 49)樂山樂水 50)南子 51)子路不說 52)堯舜其猶病諸 53)夢見周公 54)用之則行 55)一息尙存 56)煥乎其有文章 57)吾從衆 58)予縱不得大葬 59)我待賈者也 60)好德如好色 61)後生可畏 62)適可而止 63)康子饋藥 64)廐焚 65)君命召不俟駕而行 66)德行 67)顔淵死 68)師也過商也不及 69)柴也愚 70)回也其庶乎 71)子在回何敢死 72)吾與點也 73)冠者五六人 74)司馬牛 75)草上之風必偃 76)小人樊須也 77)苟合矣 78)材全德備

79)使乎使乎 80)以杖叩其脛 81)必先利其器 82)君子求諸已 83)有敎無類 84)三畏 85)有馬千駟 86)鯉趨而過庭 87)小童 88)割雞焉用牛刀 89)殺雞爲黍 90)周有八士 91)望之儼然 92)慢令致期 93)孟子見梁惠王 94)王曰叟 95)賢者而後樂此 96)塡然鼓之 97)魚鼈不可勝食也 98)牛何之 99)王見之　100)我王庶幾無疾病　101)東面而征西夷怨　102)後來其蘇 103)善與人同 104)不可以風 105)言必稱堯舜 106)陳良之徒 107)何許子之不憚煩 108)人皆掩鼻 109)與人同耳 110)齊人 111)象喜亦喜 112)或曰放焉 113)三苗 114)驩兜 115)有庳之人奚罪焉 116)如喪考妣 117)益避禹之子 118)一介不與 119)非爾力也 120)有友五人焉 121)犬之性 122)湯九尺 123)今之所謂良臣 124)良知 125)五母鷄 126)楊子爲家 127)所惡執一者 128)王子宮室車馬 129)今茅塞子之心 130)死矣盆成括 131)古之人古之人 132)然而無有乎爾

(* [　]속의 글자는 합성된 하나의 漢字를 의미함)

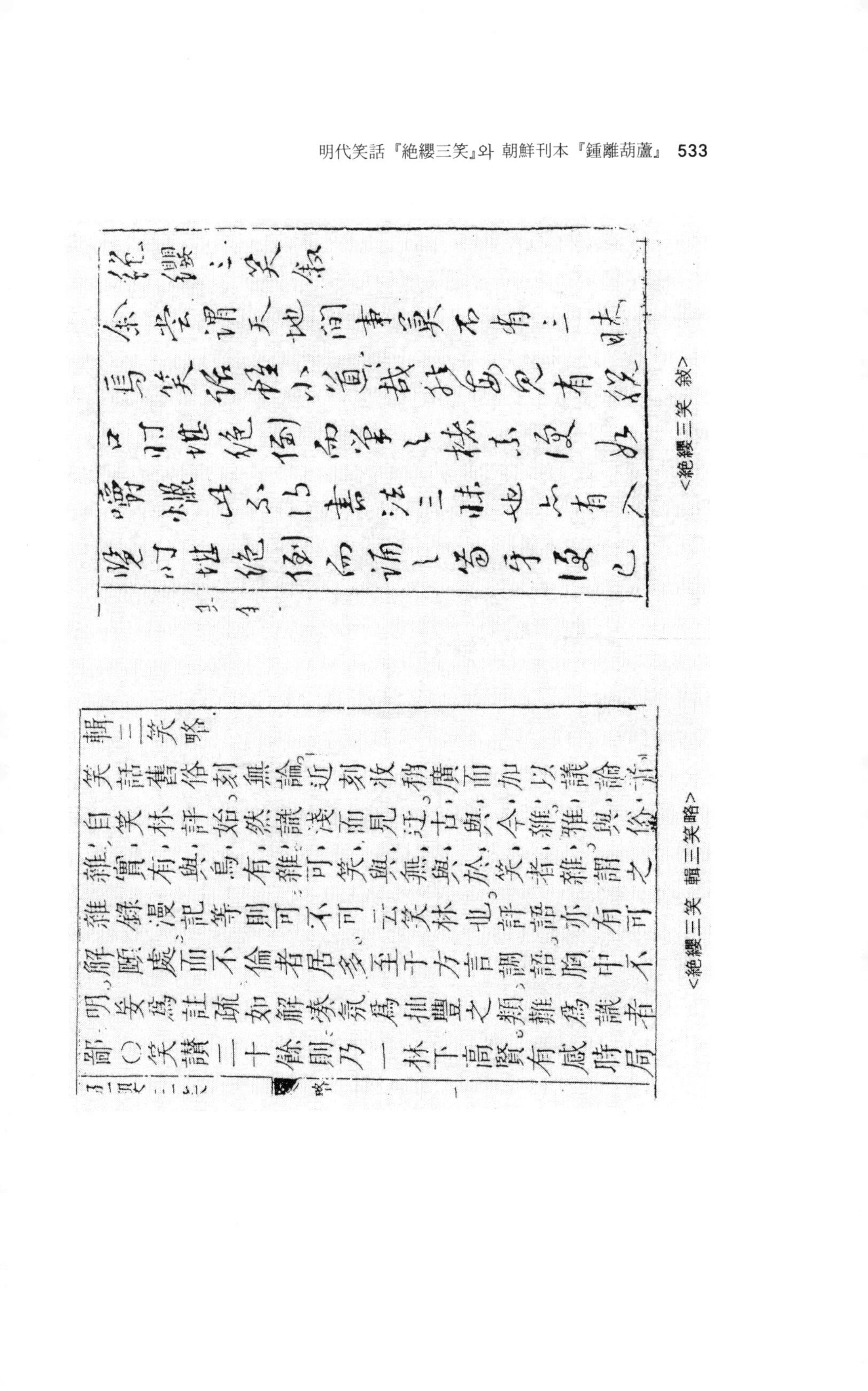

<絕纓三笑 叙>

<絕纓三笑 輯三笑略>

絕纓三笑目錄

<絕纓三笑 目錄>

絕纓三笑

人解訴…世士…口…問道…謂問…

一曰… 二曰… 三曰… 四曰… 五曰… 六曰影…

… 致在意外。此笑即之最高者也。總名之曰時笑。… 有本無其理。似有其事。語即在目前。… 瀆語。… 怒而若喜。喜樂馬而若笑。其味則瀆。… 下士曰笑。… 則瀆語。…

<絕纓三笑 時笑>

<絶纓三笑　昔笑>

<絶纓三笑　儒笑>

李卓吾先生批點四書笑
開口世人輔
聞道下士許
夫夫欲取妾妻曰一夫則一婦耳取妾見於何
典夫曰事事曰離人一妻一妾又曰妾婦之道
妾自百有之夫妻曰若照古人書中話我亦富
舟拓一夫三曰何也旦童不聞大學序云河南
福氏兩夫或曰孟子中有大大夫夫小丈夫

<四書笑 卷頭>

鍾離葫蘆
自書其後曰絶纓三笑明人之笑具也舊有四本
今余增損筆削去三而為一名之曰鍾離葫蘆凡
七十八說雖不關於謀王斷國亦有裨於收斂揩
神寧子兒諫於朽木邵子不妨於周步此其大厲
也豈曰小補之哉 天啓壬戌春笑山子書于箕城之可村

<鍾離葫蘆 後序>
(海東文獻總錄)

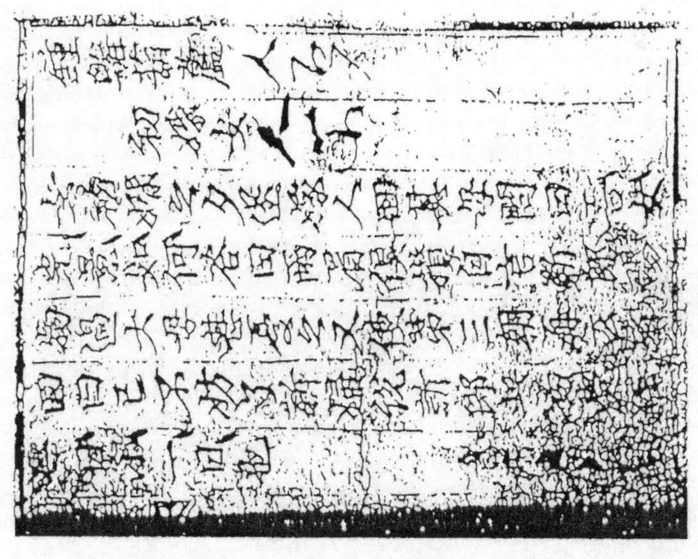

<鍾離葫蘆 初婚女>

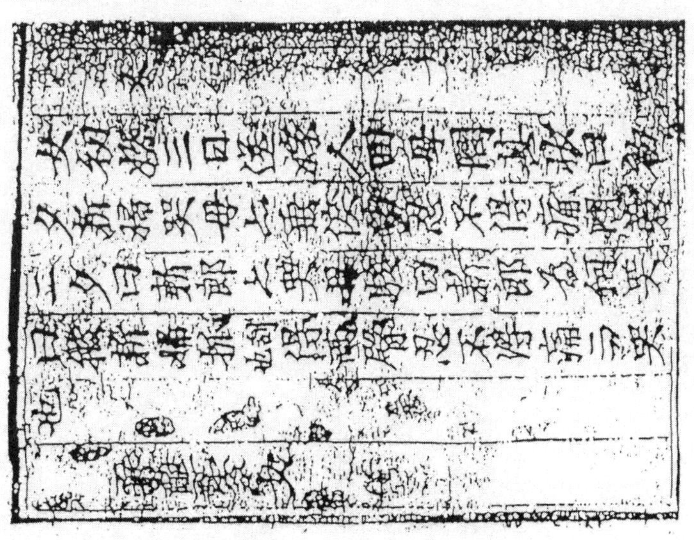

<鍾離葫蘆 又, 再醮處女>

梁承敏*·姜英順**

1. '매체'의 정의와 범주

'매체'라는 용어는 그 개념적 폭이 상당히 넓다. 문자·부호·소리·색상 등과 같은 표현 방식을 가리키기도 하며, 문학·미술·영화 등과 같은 예술 장르를 일컫기도 한다. 그런가 하면 책·라디오·TV·인터넷 등과 같은 물리적 전달 도구를 지칭하기도 한다. 즉, 송신과 수신의 관계가 전제된 일련의 커뮤니케이션 양식을 우리는 '매체'라고 정의할 수 있을 것이다. 따라서 문자로 기록한 모든 '역사' 또한 일종의 매체로 볼 수 있다. 철학이나 종교는 문학이나 역사에 비해 그 지칭 대상이 모호하다. 그러나 대개의 경우 聖賢의 입말을 집대성해 놓은 글말 단계의 經典이라는 것이 있다. 이를 가리켜 우리는 '매체'라고 칭할 수 있고, 따라서 철학이나 종교도 매체라는 용어의 스펙트럼 안에 들어올 수 있다. 우리는 이 글 제목에서 '다매체'라는 표현을 썼는데, 이는 일련의 커뮤니케이션 양식들에 대한 총칭이다. 다매체라 하면 종종 뉴미디어, 즉 디지털 다매체를 일컫지만, 이 글에서는 이보다 훨씬 다양한 분야를 포괄한다.

이 글의 목표는 그들 다매체 속에서 寓言(allegory)이 활용돼온 실태를 두루 살펴보고, 이를 통해 생각해 볼 수 있는 문제와 과제들을 제시해 보는 데 있다.

---

* 동아우언연구팀 전임연구원, 단국대 동양학연구소 연구원
** 동아우언연구팀 전임연구원, 단국대 동양학연구소 연구원

2. 다매체 ㉮ : 철학·종교, 역사, 문학

우언은 입말과 글말로 된 철학·역사·문학 등의 매체 속에서 가장 오래도록 널리 활용되었다. 그동안 세계 각국에서 많은 연구와 자료 정리가 이루어졌다. 그런 가운데 이미 열거되거나 정리된 우언만 해도 부지기수다. 유명한 것들조차도 굳이 들지는 않겠다.

세계 우언사에서 가장 보편적인 문학장르로서의 자리를 굳힌 것은 '寓話(fable)'이다. 우화는 우언을 활용한 가장 짧은 형태의 장르로, 고대 철학자나 웅변가들에 의해 종종 例話(비유담)로 사용되었다. 그들은 엄연한 수사학자로서 남들을 설득하거나 깨우치기 위해 우화를 수사학적(웅변적·설리적) 도구로 사용했다. 대표적인 예로『莊子』,『판차탄트라』,『샤타바다나수트라(百喩經)』,『자타카(本生譚)』,『이솝 이야기(Story of Aesop)』등을 들 수 있다. 이것들은 마치 삽화(예화·비유담)들을 모아 놓은 양태를 보여준다. 이를테면 '의론'을 '서사'로 대신한 '說話化'된 책의 형태를 띤다는 것이다. 그 후 이를 계승해 아예 '集' 형태의 우화집들도 다수 출현하였다. 그러면서 우화는 철학과 역사의 附庸에서 벗어나 문학장르로서의 독립을 꾀하였다.

문학이라는 매체 속에서의 우언은 현대에도 줄곧 활용되고 있는 중이다. 창작우화에서 희곡과 소설에 이르기까지 그 장르적 범주 또한 넓다.

3. 다매체 ㉯ : 미술, 조각, 공예, 건축, 연극, 영화

우언은 '말(입말과 글말)'로 된 철학이나 문학뿐만 아니라, 시각적 이미지를 통한 커뮤니케이션 양식 가운데에서도 두루 활용돼 왔다. 순수 회화와 응용미술 등의 미술 분야는 물론이고 조각·공예·건축 등과 같은 조형예술에서도 우언을 메시지 표현을 위한 수사적 장치로 활용해왔다. 그런가 하면 우언은 이른바 '상호 매체성'[1]을 띤 영화나 연극에서도 애용돼

왔다. 우언은 철학에서 기원해 문학을 거쳐 문화 현상으로 속으로 확대돼 왔다고 할 수 있다. 물론 이같은 현상은 최근 들어 나타난 현상이 아니며, 나아가 현대 미술이나 조형예술 가운데 우언임을 표방한 거의 모든 창작 매체들은 수백 년 동안의 전통에 힘입어 모방을 거듭하고 있는 중이다.[2]

　그 가운데 오랜 역사를 지닌 것은 미술과 건축이다. 미술품으로는 불교에서 이룩한 탱화와[3] 本生圖(浮彫 및 變相圖),[4] 한국의 일부 民畵, 서양의 많은 유화와 일러스트레이션 등이 있다. 건축물로는 중세 유럽의 성당과 중국의 園林이 적절한 예인데, 이들은 미술이나 조형예술과의 상호 매체성을 띠는 게 특징이다. 성당 중심의 문화를 꽃피운 중세 유럽에서는 당시 미술을 대표하던 스테인드글라스를 성당 건축에 결합시켰다. 이로써, 스테인드글라스를 통해 들어오는 오색찬란한 하나님의 영광을 드러내는 빛(현실의 빛이 아닌)에 의해 성당은 현실공간이 아닌 聖殿(하나님의 집)으로서의 이상공간을 의미하게 되었다.[5] 이는 일종의 종교적

---

1) 이미지, 문자, 소리, 말 등을 동시에 통합적으로 보여주는 방식을 말한다. 디지털 다매체가 발전시킨 영화나 광고가 가장 대표적이다.
2) 이애민, 「현대회화에서의 우의적 표현에 관한 연구」, 성신여대 석사학위논문, 1983 ; 이민정, 「회화의 우의적 표현에 관한 연구」, 성신여대 석사학위논문, 1990 ; 설승순, 「우의적 형상표현 연구」, 홍익대 석사학위논문, 1991 ; 신이철, 「우화적 인체표현 연구」, 홍익대 석사학위논문, 1992 ; 이정은, 「우화적 양식으로 표현한 〈내가 찾는 꿈〉 시리즈에 관한 연구」, 성신여대 석사학위논문, 1992 ; 최성원, 「일상적 소재의 우의적 표현에 관한 연구」, 서울대 석사학위논문, 1995 ; 최윤정, 「우화를 소재로 한 도자조형 연구」, 숙명여대 석사학위논문, 1996 ; 서승모, 「건축의 알레고리적인 특성에 관한 연구」, 경원대 석사학위논문, 1997 ; 이상율, 「화훼를 통한 우의와 서정표현에 관한 연구」, 한성대 석사학위논문, 1998 ; 김혜선, 「자아의 변형된 이미지에서 표출된 알레고리에 관한 연구」, 홍익대 석사학위논문, 2001 ; 문철, 「현대 일러스트레이션의 알레고리 역할에 관한 연구」, 단국대 박사학위논문, 2004.
3) 장미진, 「조선불화의 미 −하한탱화의 알레고리와 해학−」, 『미학예술학연구』 9, 한국미학예술학회, 1999.
4) 本生圖는 『본생담(자타카)』을 그림이나 조각으로 형상화한 것들에 대한 총칭이다. ‘浮彫’는 조각을, ‘變相圖’는 그림책을 가리킨다. 이들은 우언 텍스트인 『본생담』을 기초로 석가모니의 前生, 즉 ‘깨달음의 도정’을 형상화하였다. 아시아 각국에 본생도 명품들이 전한다.
5) 문철, 「현대 일러스트레이션의 알레고리 역할에 관한 연구」(단국대 박사학위논문,

우언이랄 수 있다. 그런가 하면 중국의 원림은(사가원림이든 황가원림이든) 이를테면 莊子의 〈胡蝶夢〉에 닿아 있다. 원림을 그렇게 설계하고 꾸민 데에는 인간과 자연의 관계, 즉 인간도 자연의 일부이기에 자연의 법칙에 따라 살아야 한다는 도가적 자연관이 깃들어 있다. 단지 절경에 대한 동경에서가 아니라, 그 자연적 의경 이면에 도가적 진실을 담았다.

4. 테마별로 통합해서 본 우언의 활용 양상

앞서, 우언은 철학과 문학을 비롯해 미술에서 영화에 이르기까지 다양한 매체 속에서 활용되었다고 했다. 그런데 우언을 활용한 이들 각각의 매체들은 종종 기존의 다른 매체에 힘입어 새로운 텍스트로 탈바꿈되기도 하였다. 대개의 경우 전대의 철학 또는 문학 방면의 우언 텍스트가 그 원천을 제공했다. 이는 매체가 바뀌었음에도 불구하고 여전히 우언이기를 표방한 데서 나타난 현상이다. 물론 이 경우 전대의 우언 텍스트에서 단지 모티프만을 가져온 것을 우언적 텍스트로 확대 해석할 위험을 안고 있는 게 사실이다. 그럼에도 불구하고 미술, 연극, 영화 등의 매체 가운데에는 전대의 우언 텍스트에 힘입어 새로운 우언 텍스트로 변모시킨 몇몇 본보기가 발견된다. 이를 몇 가지 큰 테마를 설정해 상호텍스트의 시각에서 통합적으로 살펴보기로 한다.

■ 테마㉮ : 진리에 대한 탐구, 인간의 지식과 이성적 한계에 대한 반성
〈호접몽〉, 〈동굴의 우화〉, 〈하한탱화〉(감로탱화와 시왕탱화), 〈그림자연극(설치사진)〉(크리스티앙 볼탕스키, 네덜란드, 1984), 영화 〈매트릭스〉.
■ 테마㉯ : 인과응보·권선징악
『본생담』, 『백유경』, 『이솝우화』, 본생도(浮彫 및 變相圖), 『본생담』

2004), 30쪽.

『백유경』『이솝우화』 등을 기초로 한 만화, 동화, 애니메이션, 플래시 애니메이션 등,[6] 『본생담』을 활용한 미야자와 켄지의 동화.[7]

- 테마㉰ : 꿈(이상)과 환상에의 여행

  〈華胥之夢〉, 〈침중기〉, 〈남가태수전〉, 〈도화원기〉, 〈몽유도원도〉, 夢記類, 몽유록계 소설류, 〈구운몽〉, 〈九雲夢圖〉, 동판화 시리즈 〈내가 찾는 꿈〉(성신여대 대학원 이정은의 작품),[8] 뮤지컬 〈몽유도원도〉.

- 테마㉱ : 지배층에 대한 풍자, 허세에 대한 풍자, 약자의 승리

  우화 〈狐假虎威〉〈호랑이와 토끼〉〈까치의 재판〉〈구토지설〉, 民畵 〈호랑이와 까치(호작도)〉〈담배 피는 호랑이〉〈토끼와 거북이〉, 애니메이션 〈개미〉.

5. 寓話의 비우화적 매체 전환과 교육적 활용 - 현대 한국의 경우

이미 만들어진 어떤 우언 텍스트는 다른 매체로 전환되면서 다양한 비우언적 텍스트로 변환되고 있는 중이다. 대개의 경우 '우화'를 채택하는데, 『이솝우화』의 인기가 단연 높은 깃으로 파악된다. 동화, 만화, 애니메이션, 일러스트레이션 등으로 변환된 것들이 헤아릴 수 없이 많다. 이들을 일괄해 보면 문자와 이미지가 결합된다거나 여기에 소리까지 통합되는 등의 '상호 매체성'을 보여주는데, 이는 상업화·디지털화가 빚어낸 필연적 문화 현상이다. 물론 그것들이 우언적인지 아닌지를 구분해 내기

---

6) 예컨대, 〈한국불교 플래시 애니메이션 당선작〉(6편), http://dharmanet.net/_KBF A/election/ ; 『이솝우화』를 기초로 한 많은 컨텐츠들.

7) 박영주, 「미야자와 켄지의 동화와 『본생경』」, 『일어일문학연구』 43, 한국일어일문학회, 2002.

8) 이정은, 「우화적 양식으로 표현한 〈내가 찾는 꿈〉 시리즈에 관한 연구」, 성신여대 석사학위논문, 1992.

란 쉽지 않지만, 우화 본래의 의미를 잃고 있는 경우가 많은 게 사실이다. 심지어 우화임을 표방하면서도 우화와는 거리가 먼 작품도 나타난다.[9] 여하튼 우화를 다른 매체로 전환시킨 것들은 성장기 어린이를 위한 교육용으로 개발된 것들이 절대 다수를 차지한다.

그런가 하면 우화는 교육현장에서 다양하게 활용되거나 연구돼 왔다.[10] 문학교육을 넘어 언어교육, 윤리교육, 교육심리 등의 현장에서 이를 널리 활용하고 있는 중이다. 이는 우화가 교훈적 동화로서의 성격을 지닌 데다 줄거리가 간결하고 동일한 어휘가 반복해서 출현하는 등의 언어표현적 특질 때문이다. 또한 이야기에 따라 이미지를 동시에 떠올리면서 흥미를 유발할 수 있다는 장점을 갖고 있기도 하다.

덧붙여, 우화를 토대로 만들어진 우언 텍스트 단계의 民畵(〈호랑이와 까치〉)가 다시 다른 매체로 전환되는 경우도 있다.

6. 과제와 전망

지금까지 우리는 '우언'에 대한 정의를 확실히 하지 않은 채 논의를

---

9) 최윤정, 「우화를 소재로 한 도자조형 연구」, 숙명여대 석사학위논문, 1996. 최윤정은 동물우화를 소재로 우화적 도자조형을 시도했다. 그러나 우리가 판단하기에 그의 작품은 우화와는 거리가 멀다. 단지 '동물을 소재로 한' 도자조형일 뿐이다.

10) 김태준, 「이솝우화의 수용과 개화기 교과서」, 『한국학보』 7, 일지사, 1981 ; 권은주, 「불전설화의 유아교육적 가치 탐색 : Jataka(본생담)를 중심으로」, 숙명여대 박사학위논문, 1994 ; 권은주, 「유아의 도덕성 발달을 중심으로 살펴본 本生譚 연구」, 『한국불교학』 20, 한국불교학회, 1995 ; 현은자·김태희, 「전래동화와 이솝우화의 인물에 대한 유아의 반응」, 『유아교육연구』 16, 한국유아교육학회, 1996 ; 강덕진, 「우화 활용을 통한 초등학교에서의 영어 지도에 관한 연구」, 한국교원대 석사학위논문, 1997 ; 최경, 「이솝우화를 이용한 아동의 정의 신념의 발달에 관한 연구」, 성균관대 석사학위논문, 1997 ; 이철수, 「우화를 통한 의사소통 능력 향상 방안에 관한 연구」, 한국외대 교육대학원 석사학위논문, 1999 ; 김현정, 「우화를 이용한 초등영어 지도 방안」, 영남대 교육대학원 석사학위논문, 1999 ; 백혜정·고선주, 「이솝우화를 통하여 본 아동의 도덕판단 발달」, 『교육심리연구』 15, 한국교육심리학회, 2001 ; 조남순, 「우화를 통한 특별보충한 학생들의 영어 독해력 향상 방안」, 인천대 교육대학원 석사학위논문, 2003.

펼쳤다. 게다가 알레고리와 우언을 동일시하면서 논의를 진행하였다. 기실 우리는 그동안 알레고리 관련 연구사에서 거론되거나 알레고리임을 표방한 다양한 텍스트들을 '우언'이라는 용어 아래서 다루었다.

한 때 우리는 우언이 수사방식이냐 양식이냐 장르냐 하는 문제를 두고 보이지 않는 논쟁을 벌인 일이 있는데, 이는 시행착오였음이 분명하다. 어떤 '양식'이라고는 말할 수 있을지언정, 엄밀히 말해 우언은 수사방식이 아니며 장르로 간주하기는 더욱 어렵다. 주지하듯 원래의 수사학은 고대 희랍의 웅변술에서 발달한 남을 설득하는 기술이었다. 수사학자란 곧 웅변가였으며 그들이 알레고리를 웅변에 활용했다. 동양에서는 莊子가 자신의 철학을 대중들에게 쉽게 깨우치도록 하기 위해 우언을 이른바 三言 가운데 하나로 자주 사용했는데, 이는 희랍의 웅변술과 다르지 않다. 이때 웅변(원고) 전체에서 그 알레고리(우언)는 '웅변술'의 하나로 활용된 것이므로 일종의 수사법임이 분명하다. 아리스토텔레스가 알레고리를 수사학에서 다룬 것도(시학에서 다루지 않고), 그 때문일 것이다. 그러나 알레고리(우언)가 항상 어떤 대형의 설법이나 웅변 속에 삽입돼 있었던 것은 아니다. 매우 자주 그리고 갈수록, 처음과 끝이 있는 어떤 단독적인 형태로 존재해왔다. 때문에 우언을 가리켜 수사방식이라고 간주하는 것은 옳지 않다. 또한 어떤 규범적 속성을 지닌 특정 유형이 정해져 있는 것도 아니므로 장르로 파악하기도 어렵다.

알레고리(allegory)는 흔히 '풍유(諷諭)'나 '우의(寓意)'로 번역된다. 종종 '寓喩(諭)'로 번역되기도 하며 때로는 우화(寓話, fable)와 혼동하기도 한다. 그러나 이같은 번역들은 다 적절치 않다. '풍유'는 풍자나 풍자적 비유의 뜻을 나타내는 말에 불과하며, '寓意'는 기실 '寓言之意'의 준말에 지나지 않기 때문이다. 그런가 하면 한국인의 경우 '우화'라는 용어에는 익숙하지만 '우언'에 대해서는 낯설어한다. 때문에 '우언'이라고 표현하면 적절할 것을, 우화가 아닌 것들에 대해서까지 '우화'라고 말하는 경우를 종종 볼 수 있다. 나아가 '우언'이라는 용어 대신 그냥 '알레고리'

라고 써 오기도 했다. 그동안 한국에서 우언에 대한 연구사가 늦고 짧았던 탓이다.

우언에 대한 가장 기본적인 정의는 「말(글)이 거기에 담긴 뜻과 같지 않거나 엉뚱한 방향으로 나아간 어떤 것」이다. 서양의 알레고리에 대해서도 이렇게 정의할 수 있다. 이때 '어떤 것'이라는 것은 단 한 줄의 문장으로부터 한 편의 시, 한편 웅변 원고의 한 단락, 한 편의 우화 그리고 한 편의 소설작품에 이르기까지 그 스펙트럼이 무척 넓다. 따라서 '우언'이라는 용어는 그렇게 만들어진 '어떤 것'들에 대한 총칭이다. 앞서 우리는 다양한 매체 가운데에서 이루어진 텍스트들을 우언의 범주 아래서 살폈는데, 이는 「말(글)이 거기에 담긴 뜻과 같지 않거나 엉뚱한 방향으로 나아간 어떤 것」이라는 우언의 기본 개념을 준수한 결과이다. 그리하여 입말이나 글말이 아닌 그림, 조각, 조형물, 나아가 상호 매체성을 띤 동영상에 이르기까지 두루 다룰 수밖에 없었다.

그렇다면 '우언'은 철학이나 문학이라는 매체 속에서만 존재해온 게 아니란 말인가? 그렇다. 우언은 비록 철학이나 종교에서 기원했지만 그 범주가 가변적일 수밖에 없었다. 이는 '말(언어·문자)'을 그림이나 조각, 나아가 조형물로 대신하는 데서부터 생겨난 필연적 결과이다. 더구나 포스트모던 시대의 특징은 이미지, 조형, 영상 등이 '말'을 대신하고 있다는 점이다. 때문에 우언의 범주는 다양하게 확대돼 갈 수밖에 없도록 되어 있다. 문자로 돼 있지 않은 것들을 가리켜 '寓言'이라고 지칭하는 태도에 대해 거부감이 들 수도 있겠지만, 그것들도 말은 말이다. 다른 양식으로 말을 대신했을 뿐이다.

문제는 우리가 우언 텍스트냐 아니냐를 판정함에 있어서 '(형상이) 거기에 담긴 뜻과 같지 않거나 엉뚱한 방향으로' 나아갔는지 아닌지를 신중히 따져보아야 한다는 점이다. 이는 실로 지난하고 힘겨운 작업인데, 경우에 따라 우리는 순간의 자의적 판단으로 인해 아주 엉뚱하게 해석할 수도 있다. 그리고 이같은 위험이 도사리고 있는 한 우언 텍스트의 수가 무한정 늘어날 수 있다. 우리는 포스트모던 시대에 나타난 비평시각 가운데 하나로, 저자의 죽음을 이야기하고 동시에 수용자의 역할을 크게 신장시키면서 예술작품의 다의성과 애매성을 적극 인정하는 태도를 꼽을 수 있다. 심지어 어떤 비평가는 문학을 인간의 수난적 역사에 대한 알레고리로 규정하기도 한다. 기실 이같은 시각에 따르면 알레고리는 문학의 본질이며 거의 모든 문학이 알레고리 속에 들어온다. 알레고리가 더 부각되고 있다는 포스트모던 미술사에서는 이같은 이론을 열렬히 수용해 예술 활동을 위한 이론적 지표로 삼는다. 이는 자칫 별것 아닌 것을 '예술'로 합리화하려는 어설픈 시도에 그칠 수 있다. 이를 경계하고 극복하는 게 연구자로서의 비평적 태도이자 과제일 것이다.

이와 함께, 앞서 살핀 것처럼 우언은 다른 매체로의 전환을 꾀한 경우가 허다하다. 앞서 우리는 그것들이 그렇게 된 실태를 확인하는 수준에 머물렀다. 기실 그보다 더 중요한 것은 '어떻게 달라졌는가'를 분석하는 일일 터이다. 또한 기존의 우언이 지니고 있는 의미를 다른 매체 환경 속에서도 지속시키고자 한다면 기존의 우언 텍스트에 대한 명확한 해석이 요구된다. 이같은 작업에서 인문학자의 참여와 역할이 필요하다.

金泰煥*

1. 寓言과 重言·卮言의 區別

우언을 동양의 문학 전통에서 찾으려 한다면, 우선은 『장자』「우언」 편의 정의를 살피지 않을 수 없을 것이다. 종래의 여러 주석에 따르면, 이른바 우언은 타인을 빙자하는 바로서 제삼의 관점과 그 견해로 하여금 나의 주의、주장을 대신하게 하는 말하기를 뜻한다.「우언」편의 본문에 또한 "藉外論之"라고 했듯이, 우언을 베푸는 그 의도는 설득에 있고 그 태도는 논쟁적이다. 다만 이미 타인을 빙자하고 있는 까닭에 이러한 요소 가 밖으로 잘 드러나지 않도록 되어 있다.

일찍이 곽상(郭象)은 우언과 중언·치언이 말하는 방식과 또 그것을 믿 고 받아들이는 정도에 있어서 서로 구별된다고 보았고, 임희일(林希逸) 은 우언과 중언·치언이 말하는 방식에 있어서 서로 구별된다는 점은 인 정하되 중언·치언을 또한 우언의 별종으로 이해하여 삼자가 분량에 있어 서 서로 겹친다고 보았다. 그런데 여기서 특히 임희일의 견해는 다음과 같은 박세당(朴世堂)의 논박을 면하기 어려워 보인다.

---

*한국학중앙연구원 책임연구원

[자료_1] 巵與支通. 支言者, 猶所謂緒言, 非寓非重而直出於己者也. 曰出, 則較之寓言重言爲尤多. 十九十七, 盖若以巵言爲十分之數, 則寓言之數其多比巵言未及一分, 重言之數其多比巵言未及三分也, 故曰九曰七. 若如諸說, 則寓言旣居一書中十分之九, 所餘僅一, 又安有所謂七者哉, 又安有所謂曰出者耶. 謂之曰出, 則其多於寓與重也, 意甚明矣. (朴世堂, 『南華經註解刪補』 6-1.)

만약에 열에 아홉을 우언으로 보면서 다시 열에 일곱을 중언으로 보자면, 열에 아홉을 빼고 남은 하나가 우연히 중언일 경우를 미리 덜어 두고라도, 열에 여섯을 차지하는 만큼의 중언은 반드시 우언과 겹친다. 그러나 타인과 고인을 구별하고 이것을 또한 천리와 구별하여 이로써 삼자의 명목을 이미 세워 놓은 마당에 다시 타인의 여섯을 고인과 구별하지 않으면 어찌 되는가? 그러니 열에 아홉이라 하고 열에 일곱이라 하는 따위는 치언을 열로 쳤을 때에 이보다 하나가 적고 셋이 적은 바의 숫자일 뿐이지, 『장자』 전편을 열로 쳤을 때의 숫자가 아니다.

우언은 범상한 타인을 빙자하는 까닭에 시비를 가리는 일이 아직 남아 있는 말이다. 중언은 존중할 만한 권위자로서의 고인을 빙자하는 까닭에 시비를 거의 가릴 것이 없는 말이다. 「우언」 편의 본문에 또한 "所以己言"이라고 했듯이, 중언은 이로써 쟁변·의론을 그치게 할 수 있는 바이다. 그러나 치언은 무릇 사물을 채우고 또 비우는 모든 그릇이 그렇듯 차거든 곧 기우는 달처럼 가두어 지키는 어떤 주의·주장이 없는 바이니, 이것은 당연히 시비를 떠난 말이다. 우언과 중언·치언에 관한 언급은 「천하」 편에도 보인다. 다음과 같은 장경광(張耿光)의 번역을 참고할 만하다.

[자료-2] 他認爲天下人沈湎于物欲而不知覺醒, 不能够跟他們端莊不拘地討論問題, 因而用隨順無心的言辭不受拘束地隨意鋪陳, 用先輩聖哲的話語讓人信以爲眞, 用婉曲寄寓的文辭來拓展自己的胸臆. 他獨自跟博大的天地和玄妙的精神來往却又不傲視于萬物, 不追問是非曲折, 而是與世俗相處. (張耿光, 『莊子全譯』, 貴州人民出版社, 1991. 619項.)

중언은 이로써 쟁변·의론을 그치게 할 수 있는 말이니, 따라서 열에 아홉이니 열에 일곱이니 하는 숫자를 남들이 믿고 받아들이는 정도로 보았던 곽상의 견해도 뚜렷한 한계를 보인다. 범상한 타인을 빙자하는 우언은 열에 아홉을 믿고 받아들이면서 존중할 만한 권위자로서의 고인을 빙자하는 중언은 도리어 그보다 적은 열에 일곱을 믿고 받아들인다는 설명은, 이것은 인정과 물리에 비추어 모두 맞지 않는 것이다.

우언을 베풀기 위하여 빙자하는 타인은 나의 주의·위하여 단순히 이름을 빌려 주는 대상일 뿐이다. 따라서 타인은 그를 가설할 수 있고, 더 나아가서는 타자로서의 모든 사물 - 타물 -을 타인의 자리에 세울 수 있다. 가설의 요건은 주체인 나의 주의·주장이 보편 인식- 개념 -의 영역에 두루 포함되어 있어야 한다는 것이다. 그래야 이름을 빌릴 수 있다.

2. 寓言과 比喻·象徵의 關係

우언은 타인을 빙자하고 타물을 빙자하는 까닭에 주객의 자리바꿈을 기본 원리로 삼는다. 우언은 어느 것이나 이면의 '이것'을 표면의 '저것'과 바꾸어 말한다. 표면을 들어서 말하면, '저것'은 주어이고, '이것'은 객어이다. 그러나 이면은 그와 반대로, '이것'이 주어이고, '저것'은 객어이다. 그러나 여기서 '이것'은 전적으로 '저것'에 기탁되어 다만 암시될 뿐이다.

그런데 주객의 자리바꿈은 이른바 비유·상징을 통해서 우리가 흔히 보는 바이다. 그러면 우언과 비유·상징은 어떠한 관계에 있으며, 삼자는 특히 주객의 자리바꿈에 있어서 무엇이 서로 다른가? 해답을 찾기 위하여, 『장자』「추수」 편에 들어 있는 "神龜"- 초나라의 신령스런 거북이 이야기 -를 하나의 사례로 삼아 분석해 보기로 하겠다.

[자료-3] 莊子釣於濮水, 楚王使大夫二人往先焉, 曰, 願以竟内累矣. 莊子持竿不顧, 曰, 吾聞楚有神龜, 死巳三千歲矣, 王巾笥而藏之廟堂之上. 此龜者, 寧

其死爲留骨而貴乎. 寧其生而曳尾於塗中乎. 二大夫曰, 寧生而曳尾塗中. 莊子曰, 往矣, 吾將曳尾於塗中. (『莊子』「秋水」.)

여기에 '저것'을 보이기 위하여 빙자된 거북이는, ① 애초에 더러운 진흙탕 속에서 꼬리를 바닥에 끌던 놈인데, ② 하루는 초나라 임금의 점치는 일에 쓰이기 위한 부름을 받고는, ③ 뼈대를 초나라 묘당에 남기는 셈으로 나아가 명예롭게 죽은 지가 이미 삼천 년이나 되었다. 그런데 '이것'을 말하기 위하여 등장한 장자는, ㉮ 일찍이 초야에 묻혀 낚시질이나 하며 살던 이인데, ㉯ 오늘은 문득 초나라 임금의 특별한 부름을 받으매, ㉰ 함부로 ③의 길을 가느니 차라리 ①의 길을 가기로 하였다. 그러니 문제의 〈이것〉은 특히 ①에 기탁되어 있는 셈이다.

여기서 장자와 그 거북이는 ① ㉮의 처지와 ② ㉯의 상황을 통하여 서로 비유되고 있다. 누추한 지경을 누비는 처지와 선택의 기로에 놓인 상황이 비슷하여 전자와 후자를 서로 대체할 만하다. 그리고 ①의 처지에 따른 거북이와 ③의 처지에 따른 거북이는 서로 다른 두 가지 생활 양식과 그 주체를 상징하고 있다. 전자는 모든 존명을 추구하는 이들을 대표할 만하고, 후자는 모든 명리를 추구하는 이들을 대표할 만하다.

그런데 우리는 여기서 또한 ① ② ③의 가설이 특히 ㉰의 변론과 그 주의、주장을 위하여 빙자되고 이로써 오로지 하나의 쟁점에 종속되는 것을 엿볼 수 있다. 예컨대 비유로 쓰인 ① ②는 반드시 ㉮·㉯와 더불어 동일시되어야 하고, 아울러 상징으로 쓰인 ① ③은 반드시 ㉰의 주의·주장을 정면으로든 반면으로든 합리화해야 한다. 그래야 ① ② ③과 ㉮ ㉯ ㉰가 비로소 하나의 담론을 이룬다.

만약에 ㉰의 변론과 그 주의·주장이 없다면, ① ② ③의 가설은 풍문·전설의 하나가 될 것이고, 여기에 쓰인 비유·상징도 그 종속성을 버리게 될 것이다. 요컨대 우언에 쓰이는 비유·상징은 특정한 하나의 상황을 계기로 특정한 하나의 쟁점에 종속되는 데서 여타의 비유·상징과 다르다. 우유, 풍유 및 우의 따위의 술어가 생긴 까닭은 여기에 있는 듯하다.

이상의 분석을 통하여 우언과 비유·상징의 관계를 또한 충분히 짐작할 만하다. 우언은 무릇 '이것'의 맥락과 '저것'의 맥락이 구조상의 대응성을 띠고서 전면적으로 또는 부분적으로 교차하는 가운데 여기에 내재하는 '이것'과 '저것'이 전적으로 자리를 바꾼다. 비유·상징은 바로 여기서 '이것'과 '저것'이 전적으로 자리를 바꾸는 데 작용하는 기축으로 쓰인다. 바꾸어 말하면, 우언은 비유·상징을 두루 포섭하는 양식으로서 주객의 자리바꿈을 위하여 비유·상징을 차용하되 그것을 특정한 하나의 쟁점에 종속시켜 변론을 매개하고 설득을 유도하는 도구로 삼는다.

비유·상징은 모두 우리의 인식 요소에 관여하는 사물과 사물의 유사성·접근성에 의거하여 하나의 사물을 다른 또 하나의 사물과 동류·동일로 취급하는 표현 방식이다. 그러나 양자는 중요한 하나의 차이를 지닌다. 비유는 하나의 사물이 다른 또 하나의 사물을 횡적으로 대체하되, 상징은 하나의 사물이 다른 또 하나의 사물을 종적으로 대표한다. 여기서 횡적이라는 것은 추상화의 수준이 서로 같거나 비슷한 사물이 동원된다는 말이다. 그리고 종적이라는 것은 추상화의 수준이 하나는 높고 다른 또 하나는 그보다 낮아 구체성을 띠게 된다는 말이다.

비유는 주객의 상호 보존을 통하여 '저것'과 '이것'이 평형을 유지하는 형식이고, 상징은 '저것'이 '이것'의 일부분인 까닭에 주객이 확고하게 통일되는 형식이다. 그러나 비유·상징이 우언에 쓰이는 경우에는, '저것'이 '이것'에 종속되어야 하는 까닭에 평형, 통일의 형식은 그만큼 제약되게 마련이다. 비유·상징은 본디 '이것'과 '저것'의 간격이 클수록 바람직한 것이 되지만, 우언에 쓰이는 비유·상징은 '이것'과 '저것'의 간격이 지나치게 커지는 것을 꺼린다. '이것'이 '저것'을 지배할 수 없게 되기 때문이다.

예컨대 "겨울은 강철로 된 무지갠가 보다."라는 시구에 보이는 주객의 상호 보존과 통일 및 그 간격을 거북의 꼬임에 넘어간 토기와 그 간이 줄곧 고구려 임금의 꼬임에 넘어간 김춘추와 그 땅을 오로지 그리고 강력히 의미하지 않을 경우의 허술한 종속과 비교해 볼 만하다. 비유、상징은 본디 '이것'과 '저것'의 간격이 커지는 데서 미적 긴장이 생기는 것이나, 우언에 쓰이는 비유·상징은 '저것'이 '이것'을 은근하되 강력하게 시사하는 데서 미적 긴장이 생긴다.

우언에 쓰이는 비유로서 가장 흔히 볼 수 있는 종류는 의인과 탁물이다. 의인과 탁물은 사람의 성정과 자연 사물을 동일시하는 데서 생긴다. 의인은 사물이 사람을 닮는 것이고, 탁물은 사람이 사물을 닮는 것이다. 진주성을 쌓는 자리에 미리 가서 박히지 못한 일로 펑펑 울었더라는 진주 명석각의 돌멩이는 자연 사물이 사람의 우는 마음으로 전환된 의인의 하나이다. 속담에 '남편이 시앗을 보면 길가의 돌부처도 돌아앉는다.'고 할 때의 돌부처는 점잖고 무던한 아낙네가 사회 사물로 전환된 탁물의 하나이다.

3. 現行 寓言의 方法과 性格

우언은 오늘날에도 활발히 창조되고 있으며, 비유·상징은 여전히 우언을 베푸는 주요 방법으로 쓰인다. 그러나 우리의 사상·감정을 표현하고 또 그것을 유통시키는 도구와 매체가 옛날과 크게 달라지면서 우언도 새로운 양상을 띠고 있는 듯하다. 주목할 만한 변화를 꼽자면, 언어 위주의 우언에 비하여 음향·화상 위주의 우언이 그 영역을 크게 넓혀 나가고 있다는 것이다.

오늘날의 문서는 컴퓨터를 도구로 활용하는 환경에서 하이퍼텍스트로 작성되고 저장되며, 웹(WWW)이라고 하는 인터넷 매체를 타고 유통된다. 이른바 하이퍼텍스트라는 것의 원시 형태는 기원 이전의 먼 옛날로부터 있어 왔지만, 옛날의 그것은 대체로 여타의 문서에 관하여 임시 참조를 미리 지정하는 정도에 머물고 동시 참조는 삽입에만 의존했다. 그러나 오늘날의 하이퍼텍스트는 여타의 문서를 자체에 삽입하지 않고도 즉시

호출과 동시 참조가 가능한 성질의 것이다. 더욱이 문자나 기호로 된 것만이 아니라 음향·화상을 매우 쉽게 수용할 수 있으니, 변화의 핵심은 특히 여기에 있었다.

그런데 우리의 사상·감정을 표현하고 또 그것을 유통시키는 도구와 매체가 어떻게 바뀌든, 우언은 모름지기 그 명칭에 걸맞게 언어로 이루어져야 마땅할 듯싶다. 이러한 상식과 다르게 앞서 음향·화상 위주의 우언이 더 있다고 말하니, 이것을 의아스럽게 여길 만하다. 그러나 언어는 단순히 개념을 지시하는 기능만 지니는 것이 아니라 갖가지 형상을 우리의 기억으로부터 환기하는 기능도 지니고 있음을 생각해 보면 그리 의아스러운 일이 아니다.

형상은 곧 감각·지각의 대상으로서 본디 실감에서 얻는 것이나, 또한 기억에서 떠올려 얻을 수도 있다. 개념은 그처럼 기억에 자리한 여러 가지 개별 형상을 종합하고 그 관계를 추리하는 가운데 구성되는 것이고, 형상은 또한 개념과 결합하는 경우에만 사고의 영역에 편입되는 것이다. 형상 중심의 사고와 개념 중심의 사고는 이와 같이 서로 배치하는 것이 아니라 오히려 매개하는 국면을 지닌다. 이것은 곧 언어가 형상을 환기할 수 있는 것과 마찬가지로 형상이 또한 언어를 함축할 수 있음을 뜻한다. 그러니 음향·화상 위주의 우언이 있대서 이것을 언어 위주의 우언과 더불어 본질이 다른 것으로 보기는 어렵다.

요컨대 언어에 의거하는 바가 전혀 없이 다만 음향·화상 따위의 형상에 의거하여 감각에 직접 호소하는 방법을 쓰더라도 그것이 이른바 "藉外論之"의 성격을 분명하게 지니고만 있다면 우리는 그것을 우언으로 규정할 수 있을 것이다. 따라서 오늘날의 우언은 크게 네 가지로 구분할 수 있겠다. 언어만으로 된 것, 언어 위주의 것에 음향·화상을 삽입한 것, 음향·화상 위주의 것에 언어를 삽입한 것, 음향·화상만으로 된 것이다.

그러나 언어만으로 된 것은 옛날로부터 있었고, 언어 위주의 것에 음향·화상을 삽입한 것과 음향·화상 위주의 것에 언어를 삽입한 것은 이른바 만화라고 하는 것이 그와 유사한 방식을 이미 보여 주고 있었다. 여기서 후자는 또한 음향·화상만으로 된 것을 제작하는 일이 가능하게 됨으로 해서 함께 가능해진 것이다. 그러니 오늘날의 우언은 음향, 화상만으로 된 것을 통하여 그 특색을 드러내고 있는 셈이다.

우언은 모든 부조리·부도덕의 억압에 대한 우리의 지성의 반발력을 표출하는 데 매우 적합한 예술 형태라고 할 수 있다. 타인을 빙자하고 타물을 빙자하는 우언의 표현 방식은 그러한 반발력의 표출이 순탄하게 이루어질 수 있도록 우리의 무지와 인습·제도의 검열을 통과하는 은폐의 장치로 쓰이기 쉽다. 우언은 실제로 많은 격언을 낳았고, 이러한 격언은 우언을 베푸는 주요 목적이 우리의 지성을 자극하여 바른 인식과 바른 실천을 꾀하도록 하는 데 있음을 보여 준다.

예컨대 "성긴 빗방울, 파초 잎에 후두기는 저녁 어스름."이라는 시구는 순식간에 여름날 저물녘 미닫이 밖에서 들리는 빗방울 소리를 떠올리게 하지만, 격언의 '백지장도 맞들면 낫더라.'는 평소에 우리가 맞잡아 도우려 하지 않고 그냥 무심히 지나치는 가벼운 것들은 또 무엇이 있는가를 더듬어 생각하게 만든다. 우언은 흔히 이러한 격언을 낳는 데 그치고 현재의·현성의를 베푸는 데 목적을 두지 않는 점에서 시가 예술과 크게 구별된다.

그러나 우언이 문학의 일종으로서 예술의 중심 영역에 들기 위해서는 모름지기 예술이기 위한 기본 요건으로서의 충분한 형상성을 띠어야 마땅할 것이다. 이러한 요구를 언어 위주의 우언이 미처 감당하지 않았던 것은 아니나, 이로써 충분했던 것인가의 여부는 앞으로 음향·화상 위주의 우언이 그것을 분담하고 또 더욱 발전하게 됨으로 해서 밝혀질 것이다. 음향·화상만으로 된 3편의 작품을 웹에서 임의로 채집하여 상영에 부친다. 개요는 별표를 참조하기 바란다.

<h2 align="center">〔別表〕 上映 作品 概要</h2>

작품_1. 개와 인간

구분: 동화상, 플래시, 6분 30초, 2004, 대한민국
제작: 〈오인용〉 (대표: 장석조)
출처: http://www.5p.co.kr
방법: 동물 의인 및 탁물

스스로 길들인 나의 사랑이 길들여 주기를 언제까지나 바라고 기다리는 남의 사랑을 미처 받아들이지 못한 데서 생긴 불행과 후회를 다루었다.

작품_2. 破

구분: 동화상, 플래시, 1분 50초, 2001, 대한민국
제작: 김정현
출처: http://www.jungky.com
방법: 색채 상징

적대자를 거듭 무찌르다가 마침내 자신마저도 그들과 똑같이 바뀌게 됨을 어쩌지 못하고 죽음을 맞이하는, 이른바 투쟁하는 선의 위기를 다루었다.

작품_3. Paper Sky

구분: 동화상, 플래시, 1분 30초, 2003, 이탈리아
제작: 마르코 페루기니(Marco Perugini)
출처: http://www.senef.net
방법: 재료 상징

일상은 그것이 완벽할수록 철벽을 이룬다. 종이 속의 세계를 자신의 일상으로 삼아 지내다가 갑자기 종이 밖의 세계와 만나는 충격을 다루었다.

尹勝俊*

Ⅰ. 문제의 제기

1894년에서 1910년에 이르는 기간은 동학과 청일전쟁, 갑오경장, 을미사변, 아관파천, 러일전쟁, 을사조약, 정미7조약, 군대해산, 경술국치 등을 거치면서 조선왕조가 종언을 고하고 대한제국이 일본에 병합되어가던 시기였을 뿐 아니라, 또 한편으로는 정치와 경제, 사회, 교육 등 모든 방면에서 중세를 탈각하고 근대를 성취하여야 한다는 계몽운동이 활발하게 전개된 시기이기도 했다. 중국 대륙과 만주, 한반도를 둘러싸고 전개되던 서구 열강의 각축과 그에 따른 국내외의 급박한 정세 변화는 이 땅에 위기의식을 고조시켰고, 이러한 현실에 직면한 우리 민족은 위기를 딛고 넘어설 대응논리를 필요로 하였다.

근대계몽기 지식인들이 현실에 대한 진단과 처방을 공론화될 수 있었던 것은 19세기 말, 20세기 초에 등장한 신문과 잡지라는 근대적 제도를 통해서였다. 『독납신문』과 『미일신문』, 『뎨국신문』, 『皇城新聞』, 『大韓每日申報』 등은 이 시기 지식인들의 생각을 일반 대중에게 전달하는 매

---

*동아우언연구팀 공동연구원, 단국대 교양학부 강의교수

체로서 근대적인 공론(公論) 형성에 커다란 기여를 하였다. 특히 신문의 논설은 '문명개화'를 통한 자주독립국가의 건설을 목표로 대중 '계몽'을 핵심 내용으로 하고 있었다.[1]

우리가 관심을 갖는 '근대계몽기 단형 서사문학'은 대부분이 신문 논설란에 수록되었고, 그 작가들은 신문 발행에 깊이 간여한 논객들이었다. 따라서 근대계몽기 단형 서사문학이 계몽주의적 성격을 띠는 것은 당연한 결과였고, 서사 자체보다는 논설을 통한 계몽에 목적을 두었던 것이 사실이었다. 소설적 구성이나 흥미는 효과적인 계몽을 위해 동원된 수단이었을 뿐, 현실과 연관된 교훈이 글의 본질이었던 것이다.[2]

근대계몽기 단형 서사문학은 그동안 '구문학'과 '신문학' 사이의 거리를 메우기 위한 '과도기 문학'으로서, 단편소설의 역사적 배경(歷史的 背景)으로서, 또는 근대 소설의 기원 내지 형성과정을 밝혀주는 자료로 다루어져 왔다.[3] 그러나 근대계몽기 단형 서사문학이 본질적으로 소설적 구성이나 흥미를 지향한 글쓰기가 아니라 계몽 내지 교훈을 목적으로 한 글쓰기였다면, 이에 대한 접근 방법 역시 그와 같은 특질을 중심으로 이루어짐이 마땅할 것이다.

본고는 근대계몽기 단형 서사문학의 글쓰기 방식이 우언 글쓰기와 다르지 않다는 판단 아래, 한국 우언의 역사적 전개와 관련하여 근대계몽기

---

1) cf. 정선태, 『개화기 신문 논설의 서사 수용 양상』, 소명출판, 1999, 22~27쪽.
2) 서사를 통한 우회적 계몽은 현실을 직설적으로 비판하는 데 따르는 부담을 피해가는 방식이었고, 직설적 비판보다 효과적으로 현실에 대응하는 방식이었다. cf. 김영민, 『한국근대소설사』, 솔, 2003(개정판), 77~80쪽, 482~483쪽.
3) 이와 같은 연구 시각은 林和의 『신문학사』(1939) 이후 李在銑, 김윤규, 김영민, 정선태, 한기형, 권보드래 등 최근에 이르기까지 지속되고 있다. 임규찬·한진일 편, 『임화 신문학사』, 한길사, 1993. ; 李在銑, 「前史的 背景으로서의 短形敍事文學과 그 分類」, 『韓國短篇小說硏究』, 一潮閣, 1975. ; 김윤규, 『개화기 단형서사문학의 이해』, 국학자료원, 2000. ; 김영민, 『한국근대소설사』, 솔, 2003(개정판). ; 정선태, 『개화기 신문 논설의 서사 수용 양상』, 소명출판, 1999. ; 한기형, 『한국 근대소설사의 시각』, 소명출판, 1999. ; 권보드래, 『한국 근대소설의 기원』, 소명출판, 2000.

단형 서사문학의 성격을 재검토하고자 한다.[4] 이를 위해 본고에서는 서사와 논설의 결합이라는 근대계몽기 단형 서사문학의 특질을 우언과 관련하여 검토하고, 문답과 토론, 우화, 몽유 등 근대계몽기 단형 서사문학의 주요 서사방식으로 거론되는 것들이 우의의 기탁을 위해 의도적으로 설정된 문학적 장치였음을 밝히고자 한다. 아울러 근대계몽기 우언의 문학사적 위상에 대하여 간략히 살펴보고자 한다.[5]

Ⅱ. 서사와 논설의 결합

'서사적 논설' 또는 '논설적 서사'라는 명칭에서 보듯 근대계몽기 단형 서사문학의 특징은 서사와 논설의 결합으로 이루어진 글쓰기라는 점에서 찾을 수 있다. 서사로 이루어진 논설이든 논설과 같은 직접적인 주장을 담은 서사이든, 신문과 잡지의 논설과 잡보, 소설란에는 서사와 논설의 결합으로 이루어진 글쓰기가 자주 실렸고, 이들은 시대정신을 반영하면서 당대의 여론과 담론을 주도하였다. 이 장에서는 이와 같은 근대계몽기 단형 서사문학의 글쓰기를 우언과 비교 고찰하기로 한다.

논의의 편의를 위해 한말 신문 논설란의 성격을 먼저 살펴보고, 이를 바탕으로 근대계몽기 단형 서사문학의 글쓰기 방식을 검토하기로 한다. 한말 신문 발간의 목적은 국민의 문견(聞見)을 넓혀 외국의 문물 제도를

---

4) 이와 같은 문제의식은 양승민에 의해서도 제기된 바 있으며, 조상우는 한문으로 창작된 우언 작품들을 검토한 바 있다. cf. 양승민, 「애국계몽기 寓言의 존재양상과 그 역사적 의의」, 『우리文學硏究』 13, 우리문학회, 2000, 393쪽. ; 조상우, 「애국계몽기 한문산문의 의식 지향 연구」, 고려대 박사학위논문, 2002. ; 조상우, 「애국계몽기의 우언에 표출된 계몽의식—신문과 잡지에 게재된 몽유우언을 중심으로—」, 『東洋學』 34, 단국대 동양학연구소, 2003.
5) 본고에서는 김영민·구장률·이유미, 『근대계몽기 단형 서사문학 자료전집(상·하)』(소명출판, 2004)에 소개된 자료를 1차 텍스트로 이용하였다. 이 자료집은 한글 자료만을 수록하고 있기 때문에, 국한문 혼용 자료와 한문 자료는 정선태의 『개화기 신문 논설의 서사 수용 양상』(소명출판, 1999)과 조상우의 『애국계몽기 한문산문의 연구』(다운샘, 2002) 부록편에 소개된 것을 활용하였다.

배우게 하고 나라를 부강하게 하려는 데 있었다. 신문을 통해 국민들에게 세계정세를 알리는 한편 선진 국가의 정치·경제 및 문화 제도를 소개하고 과학지식을 보급시켜 나라를 문명개화의 단계로 끌어 올리고자 하였던 것이다.6) 『漢城旬報』는 이러한 발간 목적을 달성하기 위해 각국의 최근 사정과 역사, 문물을 소개하는 데 많은 지면을 할애하였다. 이 점은 『漢城周報』의 경우에도 예외가 아니었지만, 의견이나 논평을 다루는 논설란의 비중이 강화된 점은 눈여겨볼 변화였다.7)

한말 신문의 논설은 성쇠(盛衰)와 사정(邪正), 현우(賢愚)에 대하여 논하는 것이었으니, 권선징악(勸善懲惡)하여 세도풍화(世道風化)를 보익(補益)하는 데 그 의의가 있었다.8) 따라서 시국(時局)의 이해(利害)를 꼬집어 논하고 세속(世俗)의 득실(得失)을 풍자하여 숨김없이 간하고, 돌려 말하지 말고 곧바로 말하며, 민심의 동향을 놓치지 않아야 했다.9) 그러나 실제 논설의 기술 방법에 있어서는 정격과 변격 등 다양한 방법이 있어서 직필을 하기도 하고 돌려서 말하기도 하였다.10) 직필(直筆)보다

---

6) 신문 발간의 목적은 이밖에도 국민들의 고통을 찾아내어 막힌 것을 제거하고 국가를 이롭게 하고 백성을 편하게 하는 모든 방법을 다 게재하여 정치가 上理에 도달하게 하는 데에도 있었으며, 광고를 통하여 상리에도 도움을 준다는 목적도 있었다. 李光麟, 「漢城旬報와 漢城周報에 대한 一考察」, 『韓國開化史硏究』, 一潮閣, 1974, 60쪽. ; 鄭晉錫, 『한국언론사』, 나남출판, 1990, 55~62쪽.

7) 논설란의 비중은 『독닙신문』과 『미일신문』, 『뎨국신문』, 『황성신문』 등 민간신문으로 오면서 더욱 강화된다. 또한 논설란에는 정치적·사회적 현안에 대한 신문사의 의견이나 논평만이 아니라, 신학문을 소개하고 대중을 계몽하기 위한 목적에서 아라비아 숫자나 알파벳 문자가 소개되고 생물학 강의나 농업 개량책 등이 연재되기도 하였다. cf. 鄭晉錫, 전게서, 68~75쪽. ; 권보드래, 전게서, 209쪽.

8) "論說論說ᄒ니 論說이 무엇신고 盛衰를 論說홈이오 邪正을 論說홈이오 賢愚를 論說홈이니 此外에 千岐萬緖라도 其大旨ᄂ 勸善懲惡ᄒᄂ딕 不過호딕 直諫其事도 ᄒ고 委曲諷諭도 ᄒ고 見景生情도 ᄒ야 그 世道風化를 補益ᄒ도록 홈이라" 『皇城新聞』 1899.2.24. 「論說」.

9) "夫論說者ᄂ 指陳時局之利害ᄒ며 譏諷世俗之得喪ᄒ야 向上而有諫○之風ᄒ야 有犯而無隱ᄒ며 處中而抱史氏之直ᄒ야 直而不回ᄒ며 退下而不失閭巷之風謠ᄒ야 發於咨嗟咏嘆之間ᄒ니 卽古之揮人之責이 是爾오" 『皇城新聞』 1900.9.21. 「論說: 答靑下先生書」.

10) "新聞의 論說體段이 正變各殊ᄒ미 事件의 輕重緊歇을 隨ᄒ야 或曲筆로 宛轉說去

는 곡필(曲筆)이 독자들의 마음을 움직이는 데 더욱 큰 효과를 발휘하였기 때문에, 논설란은 직접적 설득의 형식을 고집하기보다는 간접적 설득의 형식을 널리 활용하였다.11) 그 결과 논설란이 허구를 날조하여 잡스러운 이야기를 늘어놓고[構虛而編蕪], 독자들은 그러한 이야기의 재미에만 빠져 있다는 비판을 받기에까지 이르렀다.12)

구체적인 논설 한 편을 예로 들어 그 실상을 보기로 하자.

남편 동리에 흔 귀먹은 사룸이 잇고 북편 동리의 흔 눈먼 사룸이 잇셔 싱업홀 길이 업셔 미양 셔로 불상이 넉이더니 일일은 한가지로 슐을 먹을시 슐이 두어 슌비 지나미 믄득 통곡ᄒ여 골ᄋ되 뎐디 부모가 우리를 닉시미 눈과 귀로 듯고 보라 ᄒ심이어놀 무슴 죄로 엇지ᄒ여 귀가 먹으며 엇지ᄒ여 판슈가 되엿ᄂ고 슬푸다 놉기는 인군과 스승만 하 니가 업스니 비록 골ᄋ치는 명이 잇스나 듯지 못ᄒ고 스랑ᄒ기는 쳐ᄌ만 하 니 업스니 비록 형용이 잇스나 보지 못ᄒ니 그림 단쳥과 종고 소릭를 다 다른 사룸의게 밋으니 우리 두 사룸의 평싱지한이라 셰상이 닐으기를 의원의 화타 편쟉과 약의 인삼 빅츌이라도 가히 시험홀 계교가 업다 ᄒ더니 일즉 드르니 구쥬 세계에 어진 의원이 잇셔 비록 빅속에셔 된 병신이라도 흔번 시험ᄒ면 곳 나으니 긔명치 안는 니 업다 ᄒ더니 근일에 신긔흔 약이 동방에 일으럿ᄂ듸 다 약물이니 ᄒ나흔 일홈이 보명로요 ᄒ나흔 일홈이 보총로니 갑시 틱과ᄒ여 하등 사룸은 가히 싱각지 못홀지라 슬푸다 우리 대한 삼쳔리 강산과 이쳔만 동포에 부지흔 샹등인이 귀눈 먼 지 몇쳔 만 인이리요 쳥컨듸 먼져 샹등인부터 시험ᄒ면 하민은 일노 좃차 잠간 사이 일이라 간졀이 시무 아는 군ᄌ를 위ᄒ야 우견을 드리노라13)

이치를 따지고 정견을 펼쳐야 할 논설란에 느닷없이 귀머거리와 장님

ᄒ며 隱映寫來ᄒᄂ 故로 覽者가 黙黙中에 自然感應케 ᄒ기도 ᄒ고 或直筆로 劈破辨析ᄒ며 明快截斷ᄒᄂ 故로 覽之者가 明明中에 不覺奮發케 ᄒ거놀 貴報論說인즉 曲筆法은 盡善盡美ᄒ야 使人黙感ᄒᄂ 效力이 不無ᄒ나 至於直筆ᄒ야ᄂ 欲言未言ᄒ고 欲吐未吐ᄒ야 畏首畏尾ᄒ며 瞻前顧後ᄒᄂ 囁嚅趑趄之態가 顯於筆端ᄒ야 有若顯忌者然ᄒ니 엇지 使人奮發ᄒᄂ 效力을 望ᄒ리오" 『皇城新聞』 1900.9.10. 「寄書」.
11) 정선태, 전게서, 47쪽.
12) 『大韓民報』 1909.6.30. 「寄書」(靑城樵客). cf. 권보드래, 전게서, 218~219쪽.
13) 『믹일신문』 1899.3.16. 「론셜」. 『전집』(상), 264쪽.

이야기를 늘어놓았다. 그들과 관련하여 특정한 정치적 혹은 사회적 사건이 발생했던 것도 아니다. 어디 사는 이들인지도 분명히 밝히지 않았다. 남쪽 동리 귀머거리와 북쪽 동리 장님이라고만 하였으니, 이들이 실제 인물인지의 여부도 알 수 없다. 그들이 만나서 통곡하며 나눈 이야기가 과연 그러한 것이었는지는 더욱 알 수 없다. 이처럼 근거 없는 이야기가 논설란에 실리고 있으니, 독자의 흥미를 끌기 위해 '허구를 날조하여 잡스러운 이야기'를 늘어놓는다는 비판은 타당한 것이었다.

그러나 이 글에서는 귀머거리와 장님의 실존 여부 내지 그들의 만남과 대화의 사실 여부가 중요한 것이 아니다. '보명로'니 '보총로'니 하는 약의 존재 여부를 문제 삼을 필요도 없다. 서사 자체보다는 서사를 통해 전달하고자 하는 의론에 초점이 맞추어진 글이기 때문이다. 이 글의 작자는 우리 민족의 현 상황을 귀머거리와 장님에 빗대어 전달의 효과를 극대화하고자 했을 뿐이다.14) 하루 속히 문견(聞見)을 넓혀야 한다는 '계몽'의 메시지를 전달할 수 있다면, 위에서 제기된 문제들은 결코 글쓰기의 장애가 되지 않았던 것이다. 그렇다고 이러한 알레고리가 실제 현실과 동떨어진 허무맹랑한 것이었느냐 하면, 그것은 또한 아니었다.15)

서사와 논설이 결합된 형태의 글쓰기는 '그 자체의 역사적 존재방식을 지니고 있는 당대 담론 체계의 일부'였다.16) 그런 점에서 신문 논설란에

---

14) 신문은 바로 그처럼 앞 못 보고 귀 어두운 사람들을 치료하는 '천하의 유명한 의원'임을 자처했다. cf. 『뎨국신문』 1899.5.1. 「론셜」. 『전집』(상), 299~300쪽.

15) 로버트 숄즈와 로버트 켈로그는, 서사에서의 의미는 작가가 창조한 허구의 세계와 우리가 살고 있는 현실 세계 사이의 관계 속에서 형성된다고 하였다. 두 세계 사이에서 하나 또는 그 이상의 만족할만한 관계나 관계의 짝을 발견할 때 우리는 서사를 이해했다고 한다는 것이다. 그들에 따르면 작자는 때로 미적 충동이나 지적 충동에 의해 독자의 반응을 통제하는데, 지적으로 통제된 허구의 극단적 형식들은 교훈적 성격을 띠게 된다고 한다. 알레고리와 풍자가 그 대표적인 형식이다. 이들은 알레고리란 '사고의 양식'이며 '이야기하기의 양식'이라고 주장한다. cf. 로버트 숄즈·로버트 켈로그 저, 임병권 역, 『서사의 본질』, 예림기획, 2001, 113쪽. 141~147쪽.

16) 손정수, 「개화기 서사의 장르적 성격」, 『한국 근대문학 양식의 형성과 전개』, 상허학회, 2003, 47쪽.

게재되었던 근대계몽기 단형 서사문학은 무엇인가 불완전한 글쓰기가 아
니라 그 자체 완성된 글쓰기로 보아야 할 것이다. 기존의 논자들은 이러
한 글쓰기의 전통을 야담이나 한문단편과 같은 조선후기 서사문학 양식
에서 찾았다.

김영민은 '서사적 논설'의 특질 여덟 가지를 들고, 근대계몽기 서사적
논설은 조선후기 서사문학 양식의 시대적 변용물이라고 하였다.[17] 그러
나 근대계몽기 단형 서사문학과 조선후기 한문단편이나 야담이 구체적으
로 어떻게 연관되는지에 대해서는 충분한 해명이 이루어지지 않았다. 그
것은 논자가 제시한 서사적 논설의 여덟 가지 특질이 조선후기 야담이나
한문단편의 특질과 연결되지 않기 때문이다.[18] 비교적 단편이라는 점과
생동하는 당대 현실의 반영이라는 점은 야담이나 한문단편 등 조선후기

---

17) 김영민은 서사적 논설의 특질로 첫째, 신문사 편집진의 직접 창작이거나 편집진과
뜻을 같이 하는 가까운 주변 인물들의 창작이라는 점, 둘째, 그 소재는 우화적 성
격이 강하고 비현실적이지만, 비현실적 소재를 다루는 가운데 현실성 높은 이야기
를 하고 있다는 점, 셋째, 문장이 운문체가 아닌 산문체라는 점, 넷째, 꿈을 이용하
여 사건을 액자 속에 집어넣는 기법이 적지 않게 사용되었다는 점, 다섯째, 서사적
부분은 서술에 의존하는 경우가 대부분이지만 일부 대화체나 토론체 혹은 문답체
문장을 활용했다는 점, 여섯째, 초기에는 제목이 없는 경우가 대부분이었으나 점차
제목이 붙기 시작하면서 독립된 서사 문학으로서의 모습을 갖추기 시작했다는 점,
일곱째, 초기에는 길이가 매우 짧았으나 점차 그 길이가 길어지면서 연재 형식으로
발표되었다는 점, 여덟째, 서사가 시작되기 전이나 후에 편집자 주 혹은 편집자적
해설이 붙거나 서술자의 교훈적 견해가 직접 노출되는 경우가 적지 않는다는 점을
들었다. 김영민, 전게서, pp.41~48.
18) 임형택은 조선후기 한문단편의 특질을 다음과 같은 네 가지로 정리한 바 있다. "첫
째, 비록 한문 표현을 쓰고 있지만 고답적이고 난삽한 문투가 아니고, 우리 민족
특유의 속담·생활어휘를 적절히 폭넓게 구사해서 평이하며 우리의 언어 정감에 밀
착되어 있다. 둘째, 그 시대 인간의 삶의 현실을 구체적·사실적으로 다양하게 반영
하였다. 특히 새로운 부의 추구, 신분의 변화, 민중의 저항 등이 조선후기 역사의
발전적 방향을 부각시키고 있다. 셋째, 역사의 전진적 방향에서 창조적·저항적·적극
적으로 행동하고 사고하는 인간의 갈등을 포착하여, 새로운 인간 형상을 창출하였
다. 저항적·창조적인 주인공은 주로 민중 속에서 발견되고 있다. 넷째, 이처럼 사
실적이면서도 전개방식은 서술적인 이야기로 구성되어 있다. 형성과정의 특수성(강
담사의 이야기가 정착된 것)에서 연유된 현상이다." 임형택, 「실학파문학과 한문단
편」, 『한국문학사의 시각』, 창작과비평사, 1984, 436~437쪽.

서사문학과의 공통점으로 거론할 수 있을지 모르나,[19] '서사적 요소를
통한 교훈의 제시'라는 글의 구성법이 조선후기 야담이나 한문단편의 고
유한 특질로 거론될 수 있는지에 대해서는 수긍할 수 없기 때문이다. 뿐
만 아니라 조선후기 야담이나 한문단편이 서사인 반면, '서사적 논설'은
비록 서사적 요소가 발견된다 하더라도 근본적으로는 교술에 해당하는
글임을 되새길 필요가 있다.

문학적 글쓰기와 철학적 글쓰기가 구분되지 않았던 동양의 글쓰기 전
통 속에서 근대계몽기 논설의 서사문학적 성격을 이해하고자 한 정선태
는 전통적인 문답체나 기존의 한문단편에서 그 전통을 찾았다. 논자는
또한 '논(論)'과 '설(說)'의 결합으로 이루어진 것이 '논설'이기 때문에, 논
설이 허구적 성격을 띨 가능성은 본래부터 내포되어 있었다고 하였다.
그리고 논설이 서사-문학적 글을 논설란에 끌어들이게 된 것은 논설에
흥미를 부여하여 독자들의 관심을 끌어 모으고 설득의 효과를 배가하기
위한 것이었다고 하였다. 이 과정에서 논자는 우언이라는 동양의 전통적
글쓰기와 직필법과 상대되는 곡필법이라는 기술방법에 대하여 거론하고
있으나, 이를 근대계몽기 단형 서사문학과 연결짓지는 않았다.

근대계몽기 단형 서사문학에서 발견되는 서사와 논설의 결합이라는
특징, 즉 '서사적 요소를 통한 교훈의 제시'라는 글의 구성법이나 '곡필법
(曲筆法)'이라는 기술 방법, 설득의 효과 등은 실상 중세 한문문명권의
전통적 글쓰기 방식이었던 우언의 특질이다. 『莊子』에서 "바깥 것을 의
지하여 논한다[藉外論之]"고 한 바와 같이, 우언은 당면 문제와는 직접
관계되지 않는 제3의 이야기를 빌어 자신의 주장을 상대방에게 넌지시
전달하는 간접적이고 우회적인 글쓰기 방식이다. 때문에 우언에서는 이

---

19) 한기형은 신소설이 성취한 현실성의 전면화는 한문단편과 같은 조선후기 현실주의
문학의 전통에 힘입은 것이라고 하면서, 근대 초기 신문기사에 보이는 사실성에 기
초한 이야기의 전개, 즉 사실적 기사 작성 방법은 한문단편의 구현방식을 이어받은
결과였다고 하였다. 서사문학의 연속성을 '한문단편'-'신문기사'-'신소설'의 구도에
서 찾았던 것이다. 한기형, 전게서, 34~41쪽.

야기 자체의 의미에 초점이 맞추어지는 것이 아니라, 이야기 속에 기탁된 숨겨진 의미, 즉 이야기를 통해 별도로 산출되는 우의(寓意)에 초점이 맞추어진다. 다시 말하자면, 우언의 이야기 내용은 이야기 밖의 일상적 삶의 어떤 국면과 유비적 관계(類比的 關係)를 이루고, 작품 내적 세계는 자기 나름의 독자성을 지니고 있으면서도 작품 전폭을 통해 작품 외적 의미를 가탁(假託)한다는 것이다.[20]

우언은 우의의 전달에 목적이 있는 목적문학으로, 인간 현실에 대한 도덕적 교훈이나 계시(啓示), 사회적 풍자, 혹은 철학적 성찰과 설리(說理)를 지향한다.[21] 우언의 기본 요소로 '고사(故事)의 줄거리'와 '비유의 기탁(寄託)'을 든다거나,[22] 우언은 '허구적 담화방식에 의한 의론과 서사의 복합체'라는 정의[23]는 서사와 논설이 결합되어 있는 우언의 본질을 지적한 것이다. 우언은 논설을 펴서 말해야 할 사실을 흥미를 끌고 설득력을 높이기 위해 서사적인 수법을 사용하여 말하는 서사적 교술문학인 것이다.[24]

서사와 논설의 결합으로 이루어진 근대계몽기 단형 서사문학이 우언의 글쓰기 방식과 다르지 않다는 사실은 '우언(寓言)'이라는 제목으로 발표된 논설의 존재를 통해서도 확인된다. 1899년 3월 8일자 『皇城新聞』 논설란에 실린 글이 그것이다.

胎卵濕化四生의 中에 胡蝶이라 ᄒᆞᄂᆞᆫ 蟲類가 有ᄒᆞ니 厥初에ᄂᆞᆫ 卵生ᄒᆞ야 躶蟲의 蠢質을 稟賦ᄒᆞ얏다가 그 垂老홈에 至ᄒᆞ야 禪僧의 入定홈과 如ᄒᆞ게 草根木葉間에 軀殼을 依附ᄒᆞ야 冥然罔覺ᄒᆞ다가 氣候의 變遷홈을 俟ᄒᆞ야 一種蛻質을 孚化ᄒᆞ니 其名이 太上仙蝶이라 일즉이 漆園에 逍遙遊ᄒᆞ기를 自喜ᄒᆞ야 翩翩然ᄒᆞ게

---

20) cf. 윤주필, 「寓言小說의 양식사적 검토」, 『古小說硏究』 5, 한국고소설학회, 1998, 74~75쪽.
21) cf. 安秉昪, 「寓言의 文學的 受容에 대하여」, 『論文集』 12, 국민대, 1977, 100~104쪽.
22) 천푸칭 씀, 오수형 옮김, 『중국우언문학사』, 소나무, 1994, pp.14~15.
23) 윤주필, 전게논문, p.34.
24) 조동일, 『세계문학사의 전개』, 지식산업사, 2002, p.314.

莊周가 蝶을 化ᄒᆞᆫ지 胡蝶이 周를 幻ᄒᆞᆫ지 不識不知ᄒᆞ고 百花深處로 遊戱ᄒᆞ민 그 姿質이 悅澤ᄒᆞ고 그 紛翅가 輕快ᄒᆞ며 渾身에 金碧이 摧粲ᄒᆞ고 祥光이 紛飜ᄒᆞᆫ지라 一日은 水草間으로 飛向ᄒᆞ야 芰荷菱藻의 花間에 紅藥와 碧華를 探ᄒᆞᆯ식 水涯 渦泥中에 黽이라 ᄒᆞᄂᆞᆫ 躶蟲이 有ᄒᆞ니 方言으로 밍꽁이라 밍꽁이가 空際를 仰視ᄒᆞ민 胡蝶의 翩翩ᄒᆞ게 香國에 遨遊ᄒᆞᆷ을 欽羨ᄒᆞ야 曰호ᄃᆡ 彼ᄂᆞᆫ 何를 修ᄒᆞ야 身體도 輕快ᄒᆞ고 文采도 粲爛ᄒᆞ고 稟質도 馨香ᄒᆞ도다 我ᄂᆞᆫ 如何ᄒᆞ기로 氣質이 庸劣ᄒᆞ고 居處가 汚穢ᄒᆞ고 聲音이 鈍濁ᄒᆞ야 自顧ᄒᆞ여도 厭憎ᄒᆞᄂᆞᆫ 心이 生ᄒᆞ거든 他人이 云何ᄒᆞ다 ᄒᆞ리오 茫茫然ᄒᆞ야 前顧後瞻ᄒᆞᆯ 際에 二三頑童이 蛛網으로 密籠한 蒲葵大扇을 持ᄒᆞ고 逐隊競進ᄒᆞ야 霎時間에 胡蝶을 撲捕ᄒᆞ야 一回를 頑要ᄒᆞ민 金粉이 摧殘ᄒᆞ고 兩翅가 折落ᄒᆞᄂᆞᆫ지라 於是에 밍꽁이가 水澤에 潛身ᄒᆞ야 氣를 屛ᄒᆞ고 息을 斂ᄒᆞ야 스스로 思惟호ᄃᆡ 彼蝶이 自晦ᄒᆞᄂᆞᆫ 道에 蒙昧ᄒᆞ고 文采와 輕快ᄒᆞᆷ을 誇耀ᄒᆞ다가 大禍를 遭ᄒᆞ도다 古語에 曰호ᄃᆡ 薰以香自燒ᄒᆞ고 膏以明自煎이라 ᄒᆞ니 彼蝶을 謂ᄒᆞᆷ이로다 我輩ᄂᆞᆫ 自今으로ᄂᆞᆫ 但이 汚泥中에 蟄居ᄒᆞ야 世人의 厭聽ᄒᆞᄂᆞᆫ 鈍濁ᄒᆞᆫ 聲音이ᄂᆞ 時로 不平의 鳴을 寧作ᄒᆞ야 慵夫懶婦의 罷睡醒夢ᄒᆞᄂᆞᆫ 工夫나 ᄒᆞᆯ지언정 彼誇耀致禍ᄒᆞᄂᆞᆫ 胡蝶을 奚羨ᄒᆞ리오[25]

맹꽁이는 금빛 날개를 휘저으며 경쾌한 몸짓으로 향기로운 꽃 사이를 날아다니는 나비를 부러워하지만, 아이들이 휘두른 '포규대선(蒲葵大扇)'에 맥없이 스러지는 나비의 모습을 보고는 커다란 충격에 휩싸이게 되고 이를 통해 새로운 사실을 깨닫게 된다는 것이 서사의 기본 골격이다. 논설의 작자는 이러한 서사의 내용에 '과요치화(誇耀致禍)'하지 말고 '용부나부(慵夫懶婦)의 파수성몽(罷睡醒夢)'하는 데 힘쓰라는 교훈적 메시지를 결합시키고 있다. 이와 같은 서사 내용과 교훈적 메시지의 결합은 작자와 독자의 공통적 경험을 토대로 성립된다.[26] 그것은 정치적 사건일

---

25) 『皇城新聞』 1899.3.8. 「論說:寓言」. 정선태, 전게서, 447쪽.

26) 이 글의 서사와 교훈적 메시지가 결합될 수 있는 특정한 사건이나 현상을 꼬집어 말하기는 쉽지 않다. 다만 고종이 1897년 2월 러시아 공관에서 경운궁으로 돌아온 이후 2년 여 동안 추구하고 실천에 옮긴 정책이나 조치들을 살펴보면, 이 글이 당시의 정국에 대한 비판적 의미를 담고 있었음을 이해할 수 있다. 칭제건원과 대한제국의 선포는 표면적으로 우리의 자주 독립정신을 대내외에 선언한 것이었지만, 실상은 구호만 난무하는 '껍데기 제국'의 성립이었으며 근대화에 역행하는 '군주권의 반동적 강화'와 관련이 깊었다. 급기야 고종은 1898년 12월 자신의 가장 커다란

수도 있고 사회적 현상일 수도 있다. 그것이 공개적인 발설을 억압하고 금기시하는 것일 때, 간접적 설득의 방식인 곡필법(曲筆法)은 사정(邪正)과 현우(賢愚)를 논하고 시국(時局)의 이해(利害)를 꼬집어 논하는 효과적인 방법이 될 수 있다. 때문에 신문의 논설란은 우언을 적극 수용하였던 것이고, 근대계몽기 단형 서사문학의 글쓰기는 우언의 그것과 다르지 않았던 것이다.

Ⅲ. 서사의 방식 : 問答과 討論, 寓話, 夢遊

문답과 토론, 우화, 몽유 등은 근대계몽기 단형 서사문학의 주요 서사방식 가운데 하나였다. 둘 또는 셋 이상의 인물이 등장하여 묻고 대답하는 방식으로 이야기를 전개하거나 특정 문제에 대하여 상대방 의견과 대립되는 자신의 의견을 펼쳐나가는 이야기 전개 방식은 「향긱담화」, 「소경과 안즘방이 문답」, 「향鄕로老방訪문問의醫싱生이라」, 「거車부夫오誤해解」, 「時시事사問문答답」 등에서 쉽게 확인할 수 있다. 뿐만 아니라 동물들의 이야기를 빌어 당대 현실을 풍자하고 비판하는 형식의 우화는 〈禽獸會議錄〉 뿐 아니라 단형 서사문학에서도 즐겨 사용하던 서사방식이었다. 또한 꿈을 가탁하여 작가 당대의 시대정신과 이념적 지향을 기술하는 몽유 방식도 근대계몽기 단형 서사문학에서 자주 활용하던 서사방식의 하나였다. 김영민은 '서사적 논설'의 특질로 '이야기 소재의 우화적 성격', '꿈을 이용하여 사건을 액자 속에 집어넣는 기법', '대화체나 토론체 혹은 문답체 문장의 활용'을 지적한 바 있다.[27] 이 장에서는 이들 근대계몽기 단형 서사문학의 주요 서사방식이 실상 우언에서 작자의 뜻을 가

반대세력이었던 독립협회를 강제 해산하기에 이르고, 열강들에게 내주었던 금광채굴권을 환수한다. 이와 같은 일련의 조치는 '誇耀致禍'하는 나비의 그것과 다를 바 없다는 판단이 위와 같은 우언 창작의 계기가 되었던 것이 아닐까 삽의해본다. cf. 이이화, 『한국사이야기 ⑲ 오백년 왕국의 종말』, 한길사, 2003, 89~103쪽.

27) 김영민, 전게서, 42~43쪽.

탁하는 우의 방식의 일종이었음을 밝히고, 구체적인 우의의 내용에 대하여 살펴보고자 한다.

1. 問答과 討論

문답과 토론은 근대계몽기 단형 서사문학에 빈번히 등장하는 서사방식의 하나로,[28] 이를 작품 구성의 근간으로 하는 글들은 대부분 강한 계몽성을 띠고 있다. 그 대표적인 예가 신구(新舊) 또는 경향(京鄕)을 대표하는 두 인물을 설정하고, 이들 사이의 대화를 통하여 과거의 구습을 타파하고 새로운 학문을 배우고 견문을 넓혀야 한다는 주장을 펼친 논설들이다. '신진학'과 '구완식', '외국사람'과 '대한사람', '신씨'와 '구씨', '서울사람'과 '시골사람', '신진소년'과 '완고선생', '박람식'과 '고집불통'이라는 인물의 대립은 그같은 내용을 전달하기 위해 의도적으로 설정된 것이다.[29]

---

28) 근대계몽기 단형 서사문학 가운데 '문답'을 제목으로 한 것들만 뽑아보아도 상당수에 이른다. 『죠선크리스도인회보』의 「됴와문답」(1897.5.26), 「부즈문답」(1898. 3. 30), 「부즈문답」(1898.11.23), 『독닙신문』의 「시스문답」(1898.10.28~29), 「상목적 문답」(1898.12.2), 「공동회에 딕흔 문답」(1898.12.28), 「쳥국 형편 문답」(1899.1. 11), 「힝셰 문답」(1899.1.23), 「외국 사룸과 문답」(1899.1.31), 「신구 문답」(1899.3. 10), 「지미잇는 문답」(1899.4.15~17), 「경향문답」(1899.5.10), 「지미잇는 문답」(1899.6.20), 「량인문답」(1899.7.6), 『뎨국신문』의 「어리셕은 사룸들의 문답」(1898. 11.26), 「량인문답」(1904.11.24~25), 『대한매일신보』의 「소경과 안즘방이 문답」(1905.11.17~12.13), 「시사문답」(1906.3.8~4.12), 「로쇼문답」(1908.3. 13~ 14), 「여호와 고양이의 문답」(1908.3.27), 「완고와 신진의 문답」(1908.7.29), 「긱챵문답」(1908.11.18), 『皇城新聞』의 「漁樵問答」(1899.9.20~22), 「鼓瑟客問答」(1900.6. 30), 「田舍問答」(1900.11.22), 「二叟問答」(1901.5.23), 「關東峽客問答」(1902.1.9), 「亞實先生問答」(1904.5.6) 등을 그 예로 들 수 있는데, 실상 제목은 문답이라고 하지 않았더라도 문답을 구성의 근간으로 하는 글까지 합한다면 자료는 훨씬 더 많아진다.
29) 이강엽은 이러한 계열에 속하는 작품들은 이미 문학 바깥에서 새로운 인식으로 인정된 것을 작품 안에 옮겨놓은 데 지나지 않기 때문에, 하나의 논설을 문답식으로 풀어놓은 '변형된 논설'에 지나지 않는다고 하였다. 정선태 또한 이 시기 신문은 "새로운 지식과 정보를 독자들에게 효과적으로 전달하기 위하여 문답식의 글쓰기를 수용했고, 이 방법을 빌어 우월한 입장에서 독자들을 계몽하고자 했던 것"이라

이처럼 가상의 인물을 설정하고 이들 사이의 대화를 통하여 글쓴이가 전달하고자 하는 주장을 기탁하는 방식은 우언 글쓰기의 오랜 전통이었다. 논리적 문답의 방식과 인과적 형상화의 방식을 우언의 대표적인 서술 방식으로 든 양승민은 〈浮休子談論〉을 예로 들어 가공인물의 문답식 배치는 작자의 주장을 우회적으로 전달하기 위한 장치라고 하였다.[30] 등장인물들 사이에서 전개되는 대화의 향방, 물음과 답변의 내용은 작자가 전달하고자 하는 주장을 전제로 의도적·허구적으로 조작된 결과라는 것이다. 따라서 문답이라는 서사적 장치보다는 묻고 답하는 과정에서 표출되는 발언의 내용과 그 결과 도출되는 결론이 중요한 의미로 다가오게 되는 것이다.

또 하나 주목해야 할 사실은 근대계몽기 단형 서사문학에는 본격적인 토론이 전개되는 경우를 찾아보기가 쉽지 않다는 점이다. 그것은 한정된 지면이라는 제약, 즉 '단형'이라는 양식상의 제약에서 비롯된 결과였고, 글의 주제 자체가 강력한 반발을 받을 만한 성격의 것이 아니었기 때문이다. 개화와 독립의 당위성에 대해서는 어느 누구도 공격을 할 수 없었다. 또한 토론은 구성상의 긴밀성을 유지하지 못한 채 자칫 산만하게 흐를 가능성도 내포한 것이었기 때문에, 문답에 비하여 토론은 덜 선호되었던 것으로 보인다.[31]

그럼에도 불구하고 문답이나 토론이 근대계몽기 단형 서사문학의 주요한 서사방식으로 널리 활용되었던 것은 서사적 흥미보다는 작자의 일관된 주장을 펼치는 데 효과적으로 기능할 수 있었기 때문이다. 즉 우의의 기탁을 위한 도구로서 문답과 토론의 효용성이 인정되었던 것이다. 여기에서는 「됴와문답」, 「衆老人의 聽蛙劇談」, 「여호와 고양이의 문답」

　　　고 하였다. cf. 이강엽, 『토의문학의 전통과 우리소설』, 태학사, 1997, 281~311쪽.　　　; 정선태, 전게서, 76쪽.
30) 梁承敏, 「寓言의 서술방식과 소통적 의미」, 고려대 석사학위논문, 1996, 30~39쪽.
31) cf. 이강엽, 전게서, pp.306~307. ; 정선태, 전게서, 92~94쪽.

을 중심으로 그 실상을 검토하기로 한다.

「됴와문답」은 1897년 5월 26일자 『죠선크리스도인회보』에 실린 글이다. 『莊子』「秋水」편(篇)에 나오는 '정와(井蛙)'의 고사를 시대상황과 관련하여 부연한 것으로, 물새와 개구리의 문답이라는 우화에 작자의 목소리를 가탁하였다. 물새와 개구리가 묻고 대답한다는 신화적 발상에, 구각을 깨고 나와 새로운 세상을 호흡해야 한다는 계몽적 메시지를 덧붙인 글이다.

> 녜젹 속담에 굴ㅇ되 물시 하나이 거산대천에 두루 다니다가 두레 십에 드러가 개고리롤 보고 ᄒᆞᄂᆞᆫ 말이 그듸가 젹막ᄒᆞᆫ 우물 밋희 잇셔 세샹이 엇더홈을 아지 못ᄒᆞ니 실노 흔심ᄒᆞ고 민망ᄒᆞ도다 나롤 좃차 우물 밧게 나아가면 텬디의 광활홈과 일월의 명랑홈과 산천의 슈려홈과 화초의 번셩홈을 력력히 구경홀 거시오 문견의 고루홈을 면ᄒᆞ리니 그듸의 싱각이 엇더ᄒᆞ뇨 개고리 딕답하니 긱의 말숨이 허황ᄒᆞ고 오활ᄒᆞ도다 우리 조상으로브터 여러 세딕롤 이 곳에 사라 력력도 만히 ᄒᆞ고 풍샹도 격거시되 일직이 텬디가 광활홈을 듯지 못ᄒᆞ엿시며 당쟝에도 보거니와 하늘이 더럿타시 젹거늘 긱은 엇지ᄒᆞ여 허탄ᄒᆞᆫ 말숨으로 인심을 요동케 ᄒᆞᄂᆞ뇨 나는 ᄌᆞᄌᆞ손손이 이 곳에 싱쟝ᄒᆞ여 션조의 긔업과 명현의 률법을 직히여 문견도 넉넉ᄒᆞ고 힝락이 ᄌᆞ족ᄒᆞ니 긱의 말을 드를 리도 업고 밋을 것도 업노라 물시가 개고리의 고집홈을 불샹히 넉여 굿치 구경 가기를 두세 번 간쳥ᄒᆞᆫ되 개고리 대로ᄒᆞ여 물시롤 군축ᄒᆞ며 ᄯᅮ지져 ᄒᆞᄂᆞᆫ 말이 너ᄂᆞᆫ 이방에 무지ᄒᆞᆫ 오랑케로 눔의 디방에 공연히 드러와 허탄ᄒᆞᆫ 말과 괴이ᄒᆞᆫ 슐법으로 사롬을 유인ᄒᆞ여 조샹의 세젼ᄒᆞᆫ 예법을 곳치게 ᄒᆞ고 빅셩의 어리셕은 ᄆᆞ음을 고혹케 ᄒᆞ니 진실노 내 집의 원슈요 ᄉᆞ문의 죄인이라 두눈을 부릅 쓰고 이리 쮜며 저리 쮜며 어셔 밧비 가라 ᄒᆞ니 물시가 홀 수 없셔 다른 물노 나라 가고 개고리ᄂᆞᆫ 여전히 고루ᄒᆞ다 ᄒᆞ엿시니 …(하략)32)

문답 내지 대화는 이질적인 상대와 하나가 되고자 하는 동질화에 대한 지향이다. 동질화에 대한 지향은 상대의 신념과 실천 여하에 따라 성공하는 경우도 있고, 실패하여 이질적인 상태가 고착화되는 경우도 있다. 개구리는 동질화를 지향하는 물새의 요구를 끝내 거부하고 현재의 상태를

---

32) 『죠선크리스도인회보』 1897.5.26. 「됴와문답」. 『전집』(상) 25~26쪽.

변화시키려 하지 않는다. 선조의 기업과 명현의 법률을 금과옥조로 여기며 '문견의 고루'함에서 벗어나지 못한 채 '고집'을 부리는 개구리는 천지의 광활함과 일월의 명랑함, 산천의 수려함과 화초의 번성함을 구경 가자는 물새를 향하여 '이방에 무지흔 오랑케'가 남의 땅에 들어와 옛 법을 고치게 하고 백성들의 마음을 고혹케 하였으니, '원슈'이고 '죄인'이라고 한다. 물새의 입장에서는 고루한 문견에 갇혀 고집을 부리는 개구리가 불쌍하기 그지없지만, 개구리 입장에서는 남의 땅에 들어와 허탄한 말과 괴이한 술법으로 사람들을 유혹하는 물새가 자기 무리 전체의 원수이고 죄인일 따름이다. 이처럼 대립적 성격의 양자는 끝내 하나가 되지 못하고 서로의 신념을 굽히지 않음으로써 동질화의 시도는 파탄에 이르고 만다. 이는 새로운 학문을 널리 배워 문명한 세계로 나아감이 당위임에도 불구하고, 현실적으로는 그에 대한 저항이 완강하여 당위적 세계가 구현되지 못함을 말한 것이다.

물새와 개구리의 문답이라는 허구적 형식을 빌기는 하였지만, 작자의 생경한 목소리가 그대로 노출되고, 개구리의 발언 가운데 허구와 현실의 착종이 나타나는 등 이 글이 지닌 서사문학로서의 한계는 명백하다. 그러나 서사 자체보다는 서사를 통한 우의에 목적이 있는 글쓰기였다는 점에서 그것은 커다란 문제가 되지 않을 수 있었다.

대조적인 두 인물(동물)의 문답이라는 단조로운 구성과 등장인물의 발언에 작자의 목소리를 가탁하고, 서사보다는 서사를 통한 우의에 목적을 둔다는 점에서 「여호와 고양이의 문답」[33]은 「묘와문답」과 크게 다르지 않다. 그러나 「여호와 고양이의 문답」은 용납할 수 없는 현실에 대한 격렬한 비판과 아울러 결말이 긍정적으로 처리되고 있다는 점에서 비극적 결말을 맺고 있는 「묘와문답」과 차이를 보인다.

사람이 살지 않는 심산궁곡에서 그 종족들과 이웃하여 사는 여우와 사

---

33) 『大韓每日申報』 1908.3.27. 「론셜 : 여호와 고양이의 문답」. 『전집』(하), 115~116쪽.

람들의 인가 근처에 살면서 자손들을 양육하는 고양이가 어느 날 밭에서 만난다. 이들은 춤도 추고 재주를 넘기도 하는 등 각기 장기 자랑을 하고 또 언변을 다투며 시간을 보낸다. 그러다가 해가 저물고 인적이 사라지자 여우는 자신의 속내를 드러내고, 이때부터 국면은 급격하게 전환된다.

여우는 감언이설로 고양이를 회유하는데, 그 내용인 즉 지혜와 재능, 지위와 세력이 우월한 자신이 보호하고 행복하게 해 줄 터이니 고양이의 자손들을 자신에게 맡기라는 것이다. 그렇지 않으면 다른 짐승들의 침해를 받아 멸망하고 말 것이라 협박한다. 그러나 고양이는 여우의 속내를 꿰뚫어보고, 보호라는 미명하에 강제로 귀일케 하고 억지로 변혁함으로써 자주권을 빼앗으려는 음모에 동조할 수 없다고 한다. 여우와 고양이 사이에 펼쳐지는 이와 같은 대화는 을사조약과 정미7조약, 군대해산 등을 둘러싸고 전개되었던 당대 역사의 이면을 우의하는 것이다. 실상 이 뒤에 이어지는 여우와 고양이의 다음과 같은 발언은 그것이 단순한 허구가 아닌 역사적 사실의 다른 표현임을 암시한다.

여호가 그계야 하늘을 우러러 보고 기리 탄식ᄒ더니 소ᄅᆡ를 크게 ᄒ야 고양이를 호령ᄒ여 굴ᄋ듸 …(중략)… ᄯᅩ 동양 반도에 대한 인종은 실노 ᄌ샹ᄒ고 령민ᄒ 우등 인종이 아니리오마는 대한 샹등 샤회에 대관 모씨는 륙십만명 회원을 모라셔 외국인의게 밧치고 보호를 익걸ᄒ며 ᄯᅩ 대관 모씨는 ᄉ십만명 회원을 지휘ᄒ야 외국인의게 밧치고 그 공로를 발표ᄒ며 모회쟝은 전국 유림을 위협ᄒ야 외국인에게 밧치고 기도ᄒ여 주기를 ᄀᆫ쳥ᄒ엿스니 이것이 모다 시셰를 통달ᄒ고 변화불측ᄒ 민쳡ᄒ 슈단이라 너는 우리 즘싱 동류 즁에도 ᄀ쟝 잔약ᄒ 종족으로 이ᄀᆺ치 미혹ᄒ 소견을 고집ᄒ고 변통ᄒᆯ 줄을 아지 못ᄒ니 필경 ᄌ멸ᄌ망ᄒᆯ지로다

고양이가 이 말을 듯고 발연대노ᄒ야 굴ᄋ듸 …(중략)… 현금 세계의 인류의 힝위를 볼작시면 ᄌ긔의 관직을 도득ᄒ기 위ᄒ야 하늘을 ᄭᅮ짓고 어버이를 룽욕ᄒ는 쟈도 잇스며 ᄌ긔의 세력을 유지ᄒ기 위ᄒ야 임군을 속이고 나라를 ᄑᆞᄂᆫ 쟈도 잇고 ᄌ긔의 리익을 도모ᄒ기 위ᄒ야 동포를 잔학ᄒᄂᆫ 쟈가 비비우지ᄒ니 이러ᄒᆫ 쟈ᄂᆫ 가히 인류라 칭ᄒ지 못ᄒᆯ지며 우리 짐싱 동류 즁에셔도 깁히 붓그러워 ᄒᄂᆫ 바 어늘 네가 이로ᄡᅥ 나를 ᄭᅬ이고져 하ᄂᆞ냐34)

고양이의 항변에 발끈한 여우는 대한 사회 대관들의 행적을 예로 들어 시세를 판단하지 못하고 어리석은 고집만 부리는 고양이를 나무란다. 자상하고 영민한 우등 인종인 한국인이 시세를 통찰하고 민첩하게 행동하였으니, 그 대표적인 사례가 이용구(李容九)를 비롯한 매국노들의 행적이라는 것이다. 여우의 발언이 여기에까지 이르게 되자, 허구적 장치를 빈 서사는 더 이상 허구의 세계에 머물 수 없게 되고, 허구와 사실, 서사와 논설의 결합을 통하여 작가가 기탁하고자 한 우의가 구체적으로 부각된다. 고양이는 일제(日帝)의 주구(走狗)가 된 그들은 사람이라고 할 수 없는 자들로, 짐승인 자신들조차 부끄럽게 여기는 존재라고 한다. 그러니 더 이상 자신을 회유하려 들지 말라는 것이다. 작품 속 서사는 여우가 고양이의 자주사상(自主思想)과 자보방침(自保方針)을 인정하는 것으로 마무리된다.

이 글이 발표된 1908년 3월은 의병활동이 치열하게 전개되던 때였다. 1907년 7월 군대해산을 계기로 일어난 군인들의 무장투쟁은 의병부대의 활동으로 이어져 1911년까지 일군(日軍)과 치열한 전투를 전개한다. 민긍호(閔肯鎬), 이강년(李康秊), 신돌석(申乭石), 허위(許蔿), 이진룡(李鎭龍) 등이 이끄는 의병부대는 전국에서 일군과 맞서면서 민족의 기개를 높이고 있었는데,[35] 이러한 역사적 사실을 고려하면, 여우의 회유에 흔들리지 않고 끝까지 자신의 뜻을 굽히지 않는 고양이는 어떤 협박과 회유에도 뜻을 굽히지 않고 나라의 자주와 독립을 위하여 굳건하게 싸우던 의병들을 우의한 것이라 할 수 있다.[36]

『皇城新聞』1907년 6월 15일자 논설란에 실린 「衆老人의 聽蛙劇談」은 맹꽁이의 '맹꽁맹꽁' 하는 소리가 무슨 뜻인지를 둘러싸고 노인들이

---

34) 『전집』(하), p.116.
35) 震檀學會, 『韓國史:現代篇』, 乙酉文化社, 1963, 957~962쪽.
36) 1908년 5월 1일~8일자 『경향신문』 소설란에 실린 「꿩과 톡기의 깃분 슈쟉」(『전집』 하, 247~249쪽) 역시 우화를 빌어 당시 의병 이야기를 다룬 글이다.

서로 자신의 해석이 옳다고 주장하다가 끝내 결판을 내지 못하고 돌아갔
다는 이야기이다. 하잘 것 없는 맹꽁이의 울음소리에 대하여 노인들이
둘러 앉아 진지한 토론을 벌인다는 것은 일상적으로 기대하기 어려운 일
이다. 그럼에도 불구하고 맹꽁이의 울음소리에 대한 토론을 중심 서사로
가져온 것은 무언가 다른 이야기를 하고자 한 목적에서 비롯된 결과라고
이해함이 옳을 것이다. 맹꽁이 울음소리에 대한 토론이라는 허구적·문학
적 장치는 이 글이 문면 그대로 이해되고 말아서는 안 됨을 암시한다.
우언으로서의 소통을 가능하게 한 장치가 바로 맹꽁이 울음소리에 대한
노인들의 토론인 것이다.

> 霖雨가 初晴ᄒ고 月色이 微明ᄒ되 榻外他人은 鼾睡가 正酣ᄒ고 天涯朋友ᄂᆫ
> 跫音이 不傳이라 長夜乾坤寂寞中에 閒心散步로 樓上에 悄倚터니 此聲이 何聲
> 인가 草際田間에 雄唱雌和ᄒ야 同情을 齊表ᄒᄂᆫ되 (一)밍 (二)공 (三)밍 (四)공
> 東에서 밍공 西에서 밍공 左에서 밍공 右에서 밍공 此ᄂᆫ 밍ᄒ면 彼ᄂᆫ 공 彼가 공
> ᄒ면 此ᄂᆫ 밍ᄒ야 瞥眼間一天地가 都是 밍공밍공ᄒᄂᆫ 聲而已인되 街邊衆老叟가
> 環坐ᄒ야 若有所爭辨ᄒ더라37)

작자는 노인들의 토론을 서사의 중심으로 끌어들이기 위한 서두를 위
와 같이 기술하였다. 토론의 시공간적 배경을 소개함과 동시에 '밍' '공'
'밍' '공' 하는 맹꽁이의 울음소리를 거듭 강조함으로써 흥미를 불러일으
키고 뇌리에 각인시키고 있다. 그러나 독자들에게 흥미를 불러일으키고
'밍공'이라는 음상을 각인시키는 것은 실상 다음에 전개될 토론 즉 쟁변
의 내용을 강조하기 위한 의도적 조작이라고 보아야 옳다. 실제 쟁변에서
발설되는 내용은 이제까지의 유희적 성격과는 달리 자못 심각한 문제의
식을 담고 있기 때문이다. 맹꽁이의 울음소리에 대한 여섯 노인의 해석을
간추리면 다음과 같다.

---

37) 『皇城新聞』 1907.6.15. 「論說:衆老人의 聽蛙劇談」. 정선태, 전게서, 612쪽.

A : 날이 갈수록 人心이 무너지고 聖人의 道가 추락하는 현실을 개탄하여 미
    물인 맹꽁이도 공자와 맹자를 그리워하는 소리로 '孟, 孔, 孟, 孔'하는 것
    이다.
B : 근래 흔해 빠진 것이 참봉과 주사, 대신과 협판이거늘, 어리석은 백성[愚
    氓]들은 어찌하여 아직도 들에 엎드려 있는가? 어리석은 백성[氓隷]을 기
    롱하고 公卿을 선망하는 소리로 '氓, 公, 氓, 公'하는 것이다.
C : 현금 韓人은 일심단결하여 외국을 배척해야만 나라를 보존할 수 있으니,
    歃血同盟하고 힘을 합하여 공격해 나가라는 소리로 '盟, 攻, 盟, 攻' 하는
    것이다.
D : 오늘날 형세를 살펴보건대 쇄국하고 협약을 파기한다면 무엇을 해낼 수
    있겠는가? 우리 동포는 그저 등에[虻]나 모기같이 조용히 몸을 낮추고 메
    뚜기[蚣]같이 구차한 삶이나마 도모하라는 소리로 '虻, 蚣, 虻, 蚣'하는
    것이다.
E : 열강의 압력이 아무리 심하더라도 반드시 새로운 싹[萌]은 돋아나고 또 돋
    아나서 저 하늘에까지 닿을 것[拱]이라고 '萌, 拱, 萌, 拱'하는 것이다.
F : 가만히 앉아서 기다리다가는 망할 날을 면하기 어려우니, 우리 동포 형제
    는 경쟁세계로 용맹스럽게 전진해 나아가고 청년 신진은 다 함께 학업에
    힘써 앞날을 도모해야 한다고 '猛, 共, 猛, 共'하는 것이다.

맹꽁이의 울음소리 '밍공'은 음상(音相)의 상사(相似)를 매개로 '맹공
(孟孔)'·'맹공(氓公)'·'맹공(盟攻)'·'맹공(虻蚣)'·'맹공(萌拱)'·'맹공(猛
共)'과 결합되는데, 이는 어희적 요소(語戲的 要素)를 통하여 흥미를 유
발하는 한편 무너져가는 조국의 현실에 대한 비통한 자각을 환기시킨다.
실상 여섯 노인의 맹꽁이 울음소리에 대한 쟁변은 대한제국이 처한 현실
을 우의한 것이다. 무너져가는 조국의 현실 앞에서 혹자는 과거의 도를
회복하여 바로잡자고 하고 혹자는 국가의 안위에는 아랑곳 않고 환로에
진출하여 개인의 부귀영화를 이루는 것이 최선이라고 하며, 혹자는 외세
를 배척해야 한다고 하고 또 혹자는 구차하더라도 목숨을 보전하는 것이
상책이라고 한다. 그런가하면 너무 걱정하지 말고 때를 기다리면 언젠가
는 국권을 회복할 날이 올 것이라고 하기도 하고, 어찌 가만히 앉아만
있을 수 있느냐며 용맹스럽게 떨쳐 일어나 맞서 싸워야 한다고 주장하기

도 한다.

이야기는 여섯 노인이 오랫동안 논쟁을 벌이다가 해결에 이르지 못하고 흩어지는 것으로 끝난다. 맹꽁이 울음소리에 대한 쟁변이라는 허구적 장치에 풍전등화와 같은 조국의 운명을 가탁한 이 이야기는 궁극적으로 무엇을 말하고자 한 것일까? "一蛙之聲을 …(중략)… 若集二千萬人而同聽之ᄒ면 亦必有二千萬種之感情ᄒ리니 此는 民知가 未開ᄒ고 國力이 未完故也니 其思想之複雜과 議論之矛盾을 當何時而可一之오"라는 논설의 마지막 구절은 그것을 암시하기에 충분하다. 이권쟁탈에 혈안이 된 열강들이 시시각각으로 조국의 숨통을 죄어 오는데 갑론을박만 하고 시간만 보내고 있던 당대 사상계와 정계를 비판하면서 동시에 이제부터라도 국론을 통일하고 국력을 하나로 모아 대처할 것을 촉구한 것이다.

2. 寓話

인간 이외의 동물이나 신, 또는 사물들 사이에서 생기는 일을 꾸며 인간의 정황을 이야기하는 단형의 서사양식이 우화(寓話)이다.[38] 우화에서는 전형적 인물과 상황을 설정하고, 거기서 빚어지는 이야기의 비유적 의미를 통해 인간이나 인간 사회를 풍자하고 교훈을 전달한다. 따라서 전형적인 인간의 행태를 예시하여 교훈을 주는 단편적 이야기를 우화라 하지만, 크게 보면 작가의 주관적인 사상이나 지식을 가탁(Vehicle)을 통해 표현·전달하려는 이야기는 모두 우화가 될 수 있다.[39] 우화의 외연을 최대한 넓히면 '우언(寓言)으로 이루어진 이야기'는 모두 우화라고 할 수 있는 것이다. 그렇게 되면 근대계몽기 단형 서사문학에 자주 보이는 우화양식은 곧 우언에 다름 아닌 결과가 된다.

그러나 우언과 우화를 동일한 개념의 용어로 볼 수는 없다.[40] '우언'은

---

38) cf. 李商燮, 「우화(寓話, fable)」, 『文學批評用語事典』, 民音社, 1976, 210~211쪽.
39) 鄭學城, 「寓話小說硏究」, 서울대 석사학위논문, 1972, 3쪽.

오랜 역사를 거쳐 오는 동안 '우화'를 비롯한 기존의 다양한 양식을 수용
또는 차용하였을 뿐 아니라 새로운 소재와 기법을 개발하고 실험하면서
다채롭게 발전해 왔기 때문이다. 근대계몽기 단형 서사문학에서 드러나
는 우화의 활용[41] 역시 그런 맥락에서 이해하여야 할 것이다.

앞에서 거론하였던 「寓言」과 「묘와문답」, 「여호와 고양이의 문답」이
우화였던 것처럼 근대계몽기 단형 서사문학에서 우화가 차지하는 비중은
결코 작지 않았다. 새로운 우화를 창작하여 제시하는가 하면, 선대로부터
전승되어 온 우화를 활용하기도 하고,[42] 〈이솝우화〉와 같은 외국의 우화
를 수용하기도 하였다.[43] 본 절에서는 1898년 2월 5일자 『독닙신문』의
논설과 「有眼者○○盲魚」, 「倉鼠厠鼠之嘲」를 중심으로 우화의 형식을
취한 근대계몽기 단형 서사문학에 대하여 살펴보기로 한다.

---

40) '우언'과 '우화'의 개념에 대해서는 양승민(1996), 전게논문, 27~29쪽. ; 윤주필,
    전게논문, 78~80쪽. 참조.
41) 최근 함돈균은 '서사전략'의 하나로서 단형서사문학에서의 우화에 주목한 바 있다.
    cf. 함돈균, 「근대계몽기 단형서사에 나타난 서사전략 연구-기독교 계열 신문과
    『독립신문』을 중심으로-」, 『근대계봉기 단형 서사문학 연구』, 소명출판, 2005,
    53~75쪽.
42) 선대 설화를 수용한 우화의 예로는 다음과 같은 자료를 들 수 있다. 「가긱의 항다
    반흐는 토끼타령은」『데국신문』 1900.3.30(『전집』 상, 365~367쪽) ; 「근일 일긔
    는 틱한흔데」『데국신문』 1900.6.28(『전집』 상, 385~386쪽) ; 「어려운 일을 공론
    흐던 쟈는 만터니 셩수흘 때에는 흐나도 업다」『경향신문』 1908.6.26(『전집』 하,
    258쪽) ; 「釜山狗」, 『대한자강회월보』 제13호, 1907.7. ; 「談叢」, 『태극학보』 제24
    호, 1908.9. 「釜山狗」와 「談叢」의 원문은 조상우에 의해 소개된 바 있다. 조상우,
    전게서, 327~328쪽, 335~337쪽.
43) 〈이솝우화〉를 수용한 예로는 다음과 같은 자료를 들 수 있다. 「놈을 참소흐흔 이는
    제 몸이 몬져 망흠」, 『죠선크리스도인회보』 1898.5.18(『전집』 상, 47~48쪽) ; 「개
    고리도 잇쇼」, 『독닙신문』, 1899.6.12(『전집』 상, 159~156쪽) ; 「흔 스자가 있는데」,
    『협성회회보』, 1898.2.26(『전집』 상, 196쪽) ; 「창희가 망망흐야」, 『미일신문』
    1898.8.15(『전집』 상, 220~221쪽) ; 「셔양 사름 녯말에 굴으딕」, 『데국신문』 1901.
    3.12(『전집』 상, 432~434쪽) ; 「졍소의 불긴」, 『경향신문』 1906. 11.30~12.7(『전
    집』 하, 199~201쪽) ; 「미얌이와 기얌이라」, 『경향신문』 1907. 2.1(『전집』 하, 204
    쪽). 이밖에 『대한유학생회학보』 제1호와 제2호 및 『대한협회회보』 제3호, 『대한학
    회월보』 제5호에 실린 자료는 양승민에 의해 소개된 바 있다. cf. 양승민(2000),
    전게논문, 395쪽.

1898년 2월 5일자 『독닙신문』의 논설란은 어떤 지각 있는 친구의 글을 기록한다고 하면서 우화 한 편을 소개한 뒤 그에 대한 설명을 덧붙이고 있다. 소개된 우화의 줄거리를 간추리면 다음과 같다.

옛날 '괴싱'이라는 사람이 자기 집 동편에 있는 방축에 고기가 많음을 보고 재력을 기울여 물을 맑게 하고 수초를 가꾸어 경승지로 만들었으나, 그가 죽은 뒤 주인이 바뀌자 방축을 放棄하여 漁翁들이 마음대로 고기를 낚아가자 물고기들이 곤란한 지경에 빠졌다. 하루는 방축가를 배회하던 백로가 근심하는 체 하자 물고기들이 그 이유를 묻는다. 백로는 오는 길에 회와 역구풀을 물에 풀어 방축의 물고기를 모두 잡아가자고 하는 사람들의 말을 들었기 때문이라고 대답한다. 이 말을 들은 물고기들은 백로에게 살 방책을 가르쳐달라고 한다. 마침내 백로는 자기가 물고기들을 산 넘어 연못으로 옮겨주겠다고 한다. 그러나 백로는 자신이 했던 말과는 달리 물고기들을 샘구멍에도 넣고 바위 위에도 떨어뜨려 죽이니, 방축의 물고기 태반이 죽고 만다. 그 때 게 한 마리가 백로에게 자신도 데려가 달라고 청한다. 백로는 마지못해 게를 데려 가게 되는데, 게는 백로의 다리와 목을 물고 가면서 죽은 물고기들을 보게 된다. 백로의 계교를 깨달은 게가 용맹을 발하여 백로의 목을 꽉 조인다. 살려달라고 애걸하는 백로에게 게는 옛 방축으로 되돌아가면 살려주겠노라고 한다. 방축으로 되돌아온 게는 백로를 붙잡은 채 물고기들에게 사실을 밝힌다. 물고기들이 원통함을 이기지 못하여 백로를 물어죽이고, 총명한 물고기를 교사로 삼아 어린 물고기들을 교육시켜 다시는 어옹과 백로의 해를 입지 않게 한다.

방축 가운데에서 나고 자라 다른 곳에 유람한 적이 없는 물고기들은 문견(聞見)이 없어, 백로의 공갈에 허둥지둥할 뿐 그 진위를 판단할 능력조차 없는 존재들이다. 자신의 목숨을 구해 준다는 말 하나만을 믿고, 그것이 죽음에 이르는 길인지도 모른 채 무작정 뛰어드는 무모하고도 무지한 존재들이다. 백로의 간교한 계교도 계교이지만, 그것을 파악하지 못하고 죽어가는 물고기들에 대한 동정심이 독자의 감정을 격하게 만든다. 마침내 게가 등장하여 원수를 갚게 되는 순간, 억눌렸던 감정은 일시에 해소된다.

살려주겠다고 하면서 죽음으로 내모는 간교한 백로는 청일전쟁 이후 조선의 독립을 보장해주겠다고 하면서 조선을 식민지로 만들어가던 일본을 상징하고, 무모하고도 무지한 존재인 방축의 물고기들은 이 땅의 순박한 민중을 상징한다. 갈수록 노골화되는 일본의 침략과 수탈로부터 순박한 민중을 구원할 영웅, 목숨을 돌보지 않고 동족의 안전과 국가의 독립을 지켜낼 영웅은 당시 우리 민족이 간절히 염원하는 존재였다. "꿈들을 씻시오 뎌긔 빅로 왓소 이 방축에는 게도 업나"하는 독백은 바로 그같은 염원과 배치되는 비극적 현실을 표현한 것이라 하겠다.

이와 유사한 성격의 우화로 1900년 6월 16일자『皇城新聞』논설란에 실린「有眼者○○盲魚」를 들 수 있다. 앞 못 보는 물고기 맹어(盲魚)를 빌어 열강의 각축장이 되었던 동아시아의 형국을 우의한 글이기 때문이다.

地中海裏面에 千丈巨壁이 周遭ᄒᆞ야 上覆如蓋ᄒᆞ고 中空如甕ᄒᆞ야 黑洞洞不見天日ᄒᆞᄂᆞᆫ 一座石窟가 有ᄒᆞᄃᆡ 一穴이 牙開ᄒᆞ야 波濤가 呼吸ᄒᆞᄂᆞᆫ지라 其中에 一種魚族이 卵育生息ᄒᆞ야 穴外尺地를 不出ᄒᆞ고 窟裏寸天이 不照ᄒᆞᆷ으로 目力을 無所用ᄒᆞ야 不能見物ᄒᆞ고 成群成隊ᄒᆞ야 得物充饒ᄒᆞ고 不得則不食ᄒᆞ야 一世界를 自成ᄒᆞ니 其名曰盲魚라 穴外에 耳目聰明的魚族이 波濤의 吸氣를 隨ᄒᆞ야 石門을 經入ᄒᆞ니 廣闊ᄒᆞᆫ 積水에 魚糧도 多有ᄒᆞ며 各種珠蚌貝介의 寶貨도 積聚ᄒᆞ얏ᄂᆞᆫᄃᆡ 土産魚族의 無知ᄒᆞᆷ을 怪訝ᄒᆞ야 動靜을 伺察ᄒᆞ니 ○○不見ᄒᆞᄂᆞᆫ 盲者라 見甚矜憐ᄒᆞ야 所見魚糧의 多와 寶貨의 積ᄒᆞᆷ을 指諭ᄒᆞᆫᄃᆡ 盲魚가 不信ᄒᆞ거ᄂᆞᆯ 欺凌心이 乃肆ᄒᆞ며 貪慾心이 闖發ᄒᆞ야 同類를 招呼ᄒᆞ야 ○○을 鼓動ᄒᆞ며 鱗甲을 潑剌ᄒᆞ야 要地를 先據ᄒᆞ며 糧貨를 自饒ᄒᆞ니 盲魚의 所得充腹의 物이 漸漸減縮ᄒᆞᆷ이 種族이 次次消鑠ᄒᆞ야 遂至無類라[44]

국제관계사에서 19세기는 영국과 러시아의 대결시대라 일컬어진다. 나폴레옹 타도에 기여한 영국과 러시아가 강대국으로 부상하면서 이 두 나라가 세계의 패권을 다툰 데에서 비롯된 말이다.[45] 영국과 러시아의

---

44)『皇城新聞』1900.6.16,「有眼者○○盲魚」. 정선태, 전게서, 511쪽.
45) 최문형,『한국을 둘러싼 제국주의 열강의 각축』, 지식산업사, 2001, 13쪽.

대결은 크림 전쟁을 계기로 발칸으로부터 동아시아로 옮겨졌다.46) 그와 함께 미국과 프랑스, 독일 등 서구의 제국주의 열강들도 중국과 일본, 한반도, 인도차이나 지역에서의 이권 획득을 위해 동아시아로 눈길을 돌린다. 명치유신을 거치면서 신속하게 근대화를 이룩한 일본은 또 하나의 제국주의 국가로 성장하여 동아시아의 이권다툼에 끼어든다. 그 결과 청나라와 조선을 비롯한 동아시아 각국은 제국주의 열강의 수탈 대상으로 전락하고 만다.

조선의 경우만 보더라도, 1896년에서 1899년 사이에 미국은 서울-인천 철도부설권과 평안도 운산의 금광 채굴권, 서울의 전차 부설권을 획득하며, 러시아는 함경도 경원과 경성의 광산 채굴권, 압록강과 울릉도의 삼림 채벌권을 가져가고, 절영도에 저탄소(貯炭所)를 설치한다. 영국은 은산금광 채굴권을 가져가고 거문도에 저탄소 설치를 요구하며, 독일은 강원도 당현금광 채굴권을, 그리고 프랑스는 서울-의주 철도부설권을 가져간다. 청일전쟁 승리를 통해 조선에서의 우위를 확보하게 된 일본은 한반도 연안의 어로권(漁撈權)을 획득함은 물론 미국과 프랑스로부터 경인철도와 경의철도 부설권을 넘겨받는다. 또한 경부철도 부설권을 비롯한 각종 이권을 획득해 가면서 조선에 대한 침탈을 가속화한다.47) 결국 제국주의 열강의 수탈로 인해 망국을 향해 치달아가던 '은둔의 왕국' 조선의 형상은 석교(石窖) 속 '맹어(盲魚)'와 다를 바 없었던 것이다. "맹어(盲魚)의 어두운 시력은 스스로 밝게 하기 어렵거니와 황색인종은 밝은 시력을 가지고도 맹어를 배우려 하니, 도대체 무슨 일이란 말인가?"하는

---

46) 그 단적인 예가 러시아의 남진을 봉쇄하기 위해 일어난 영국의 거문도 점령 사건 (1885)이다. 영국의 거문도 점령은 블라디보스토크의 해군기지로서의 가치를 크게 떨어뜨리는 것이었을 뿐 아니라 저탄기지를 확보할 수 없는 러시아 함대로 하여금 수동적인 방어 중심의 전략을 강요하게 하는 것이었다. 그 결과 러시아는 동아시아 방위 정책을 전면 수정하지 않을 수 없게 된다. cf. 최문형, 전게서, 63~76쪽.

47) cf. 韓㳓劤, 『韓國通史』, 乙酉文化社, 1970, 485~511쪽. 『뎨국신문』 1906년 1월 20일자 논설 「나라에 고용 노릇ᄒᆞᄂᆞᆫ 쟈의 본밧을 일」은 열강의 수탈을 소재로 한 우화의 또 다른 예이다.(『전집』 상, 477~478쪽)

탄식을 통해서도 알 수 있듯이, 이 글의 작자는 계몽을 통한 국권수호 내지 자주독립의 성취라는 주지를 우화의 형식에 가탁해 놓은 것이다.[48]

한편 1902년 11월 15일『皇城新聞』논설란에 실린「倉鼠厠鼠之嘲」는 곡식창고 속에 사는 창서(倉鼠)가 뒷간에 사는 厠鼠를 만나 生의 苦樂에 대하여 묻고 답하는 형식의 우화이다. 倉鼠의 물음에 厠鼠는 먹을 것도 없는 더럽고 불결한 곳에 사니 辛苦가 이만저만이 아닌데다가 자칫 잘못하면 똥 통 속에 떨어지고, 사람의 눈을 피한다 해도 사나운 개를 만나면 횡액을 면할 수 없으니 항상 전전긍긍하며 지내야 하는데 무슨 즐거움이 있겠느냐고 한다. 반면에 倉鼠는 커다란 곡식창고 속에서 지내는 자신의 풍족하고 안락한 삶을 자랑한다. 그러나 전반부에 제시된 이와 같은 창서(倉鼠)와 측서(厠鼠)의 처지가 역전되는 데 이 글의 묘미가 있고, 그같은 역전을 이루어내는 厠鼠의 발언에 작자의 뜻이 기탁되어 있다.

厠鼠ㅣ 冷笑曰 均是同胞也로딕 以其地處之殊로 榮辱苦樂이 若是班乎則李斯之歎이 良稱達觀也로다 然而吾輩는 非若犬馬之有效於國而徒然耗費倉〇之粟ᄒ며 又乏蜜蜂丸螳役翰之苦而逸居無爲라가 專〇偸竊ᄒ야 以取果腹則爲民國之憎嫉也ㅣ 久矣어던 況冒〇太倉峙積之宮ᄒ야 憑藉忌器不灌之勢ᄒ고 貪〇饕粲도 自爲得計ᄒ야 依侍威福에 〇有畏忌則庸詎知隱密之際에 有機〇之設ᄒ야 禍迫於眉睫也리오 此는 又李斯所以歎黃犬於東市也니 君은 不覩莊周之說乎아 夫犧牛는 衣以紋繡ᄒ고 食以蒭粟이로딕 及其牽以入於太廟ᄒ야는 雖欲爲孤犢이나 不可得矣라[49]

---

48) ‘소경’의 이미지는 미개한 상태에 빠져있던 우리 사회를 계몽하여 문명한 세계로 나아가야 한다는 주장을 전달하고자 근대계몽기에 자주 동원되던 수사의 하나였다. ‘문명’과 ‘야만’이라는 이분법적 인식 체계는 그런 점에서 우리 현실을 앞 못 보는 소경에 비유하곤 하였다. 그러나 앞을 보지 못하는 소경의 이미지는 물리적 차원에서의 소경과 정신적 차원에서의 소경이라는 또다른 담론을 만들어내면서, 무조건적 외세 추종에 대한 경계를 위해 원용되기도 하였다. 다음과 같은 글들은 소경의 이미지에 대한 당대의 인식을 엿볼 수 있게 해주는 자료들이다. 「盲者의 叱責」, 『皇城新聞』1899.4.15. ; 「盲笑笑盲」, 『皇城新聞』1902.5.24. ; 「盲說」, 『皇城新聞』1903.12.26.
49) 『皇城新聞』1902.11.15, 「倉鼠厠鼠之嘲」. 정선태, 전게서, 592쪽.

창서(倉鼠)는 측서(厠鼠)의 이와 같은 충고를 받아들이기는커녕 '그런 상서롭지 못한 말은 하지 말라'고 하며 유종원(柳宗元)의 〈永某氏之鼠〉는 한갓 망령된 이야기에 불과할 뿐이라고 한다. 측서(厠鼠)의 고언(苦言)에도 불구하고 창서(倉鼠)는 자신의 삶의 방식을 고수한 것이다. 그러나 얼마 지나지 않아 창서(倉鼠)는 창사(倉吏)가 풀어놓은 고양이에게 잡히고 만다.

창서(倉鼠)와 측서(厠鼠)의 우화는 창서(倉鼠)와 같은 삶의 방식에 대한 경계를 교훈으로 제시한다. 작자는 이사(李斯)가 족지(知足)할 줄 모르고 권세에 의지하여 위엄과 복록을 희롱하다가 끝내 죽임을 당한 것을 거울 삼아, 탐욕스러운 모리배들을 경계하는 것으로 글을 맺었다.[50] 「倉鼠厠鼠之嘲」는 『史記』「李斯列傳」과 『莊子』, 『孟子』, 유종원의 〈三戒〉등이 거론되고 있는 것으로 미루어 『이솝우화』의 영향보다는 동양의 전고를 바탕으로 한 창작으로 이해함이 옳을 것이다.

이밖에도 「코끼리와 원숭이의 이야기」[51]와 「거미 니야기라」,[52] 「호토상탄」,[53] 「狐假人形談」[54]을 비롯하여 『경향신문』 소설란에 실린 일련의 우화,[55] 정병선(鄭秉善)의 「梅柳의 競爭論」,[56] 장지연(張志淵)과

---

50) "本記者ㅣ 日 人生○○○○榮枯苦樂이 果有因地○○○不同之勢ㅎ야 賢智英才는 每多坎坷之歎ㅎ고 愚不肖ㅣ 反居榮達ㅎ니 此ㅣ 秦斯之所以○○黃犬於倉厠之鼠나 然而斯之智ㅣ 巧於名利之術而闇於保身之策故로 雖能博取極一世之富貴나 恃其權利而恣弄威福ㅎ고 ○不知足이라가 卒未免東市之慘而身敗家亡ㅎ니 嗚呼라 權勢盛滿은 固造物者之所忌也라 彼貪饕○利之夫는 宜鑑戒于此而無爲厠鼠之所笑也夫ㄴ져" 정선태, 전게서, 593쪽.

51) 『그리스도신문』 1897.5.7. 『전집』 상 63~64쪽.

52) 『죠선크리스도인회보』 1897.6.23. 『전집』 상 29쪽. 이 작품은 李鈺의 〈踟躕賦〉 및 尹愭의 〈雜說〉과 혹사하다는 점에서 선대로부터 전승되어오던 이야기를 재구성한 것이 아닌가 한다.

53) 『믹일신문』 1898.9.23. 「론설:호토상탄 여우와 토끼가 셔로 싱키다」. 『전집』 상, pp.226~227.

54) 『대한매일신보』 1906.11.2. 조상우, 전게서, p.320.

55) 『경향신문』 1908.1.17. 「법은 멀고 주먹은 갓갑지」(『전집』 하, pp.226~227) ; 『경향신문』 1908.5.1~8. 「꿩과 토끼의 기쁜 수작」(『전집』 하, pp.247~249) ; 『경향신문』 1909.1.22. 「분수에 넘는 일을 말나」(『전집』 하, pp.263~264).

여규형(呂圭亨)의 「釜山狗」,[57] 1899년 2월 8일자와 1901년 8월 24일자 『皇城新聞』 논설,[58] 1901년 4월 5일자 『뎨국신문』 논설,[59] 1909년 6월 26일자와 7월 20일자 『대한매일신보』 「시ᄉ평론」란에 실린 글[60] 등 우화의 형식을 취한 근대계몽기 단형 서사문학 작품은 상당수에 이른다. 문답이나 토론이 인물의 발언을 통해 작자의 목소리가 그대로 노출되는 한계를 가지고 있었던 데 비하여, 우화는 단편적이나마 구체적인 사건을 통해 작자의 의도를 우의하는 간접적 형상화 방식을 취함으로써 시대적 현안이나 그에 대한 작자의 의견을 비교적 자유롭게 표현할 수 있는 장점을 가지고 있었다고 하겠다.

3. 夢遊

『三國遺事』 「調信之夢」에서 보듯 우리 문학사에서 몽유(夢遊) 양식의 전통은 매우 오랜 역사를 가지고 있다. 몽유 양식의 전통은 조선시대에 이르러 '몽유기'와 '몽유록'이라는 양식을 완성시켰고, 근대계몽기에 이르러 당대 현실에 대한 비판적 서사방식으로서 새롭게 주목받았다.[61] 김

---

56) 『西友』 7, 1907.6. 조상우, 전게서, pp.333~335.
57) 『대한자강회월보』 13, 1907.7. 조상우, 전게서, pp.327~329.
58) 『皇城新聞』 1899.2.8. 「論說(北蟾과 南蟾)」. 『皇城新聞』 1901.8.24. 「論說:禽鳥樂」. 정선태, 전게서 pp.439~440. pp.563~564.
59) 『뎨국신문』 1901.4.5. 「론설」. 『전집』 상, pp.447~448.
60) 『대한매일신보』(한글판) 1909.6.26. 1909.7.20. 「시ᄉ평론」. 『전집』 하, pp.147~148. pp.166~167.
61) 몽유 양식의 역사적 전개에 대해서는 張德順의 「夢遊錄 小考」(『국문학통론』, 신구문화사, 1963) 이후 많은 연구업적이 나왔다. 그 대표적인 업적이 다음과 같은 것들이다. 서대석, 「몽유록의 장르적 성격과 문학사적 의의」, 『한국학논집』 3, 계명대 한국학연구소, 1975. ; 정학성, 「몽유록의 역사 의식과 유형적 특질」, 『관악어문연구』 2, 서울대 국어국문학과, 1977. ; 정학성, 「몽유록의 우의적 전통과 개화기 몽유록」, 『관악어문연구』 3, 서울대 국어국문학과, 1978. ; 차용주, 『몽유록계 구조의 분석적 연구』, 창학사, 1979. ; 신재홍, 「몽유록의 유형적 고찰」, 서울대 석사학위논문, 1986. ; 유종국, 『몽유록소설연구』, 아세아문화사, 1987. ; 윤주필, 「우언의 전통과 조선전기 몽유기」, 『민족문화』 16, 민족문화추진회, 1993. ; 신재

광수(金光洙)의 〈晩河夢遊錄〉(1907)과 유원표(劉元杓)의 『夢見諸葛亮』(1908), 『대한매일신보』에 연재되었던 「디구셩미리몽」(1909.7.15~8.10), 박은식(朴殷植)의 〈夢拜金太祖〉(1911), 신채호(申采浩)의 〈꿈하늘〉(1916) 등은 전환기의 역사적 현실과 시대정신을 담아낸 몽유 서사물이었다.

몽유는 꿈을 빌어 이야기를 펼쳐나가는 서사방식[托夢敍事]이다. 꿈은 불만스럽고 번뇌스러운 현실과 대조가 되는, 만족스럽고 번뇌가 없는 비현실의 세계를 대치함으로써 심리적인 긴장해소 내지 정화를 추구한다.[62] 또한 꿈은 오도된 정치 현실을 비판하고 사회 제도의 모순을 곡진하게 펼쳐 보임으로써 작자의 현실인식을 형상화하기도 한다. 꿈이라는 기제는 작자의 현실인식과 욕망을 보다 자유롭게 표출할 수 있도록 하는 문학적 장치였고, 몽중세계에서 펼쳐지는 사건은 과거와 미래를 자유롭게 오가면서 작자의 우의를 구체화하는 데 기여하는 수단이었던 것이다.[63] 뿐만 아니라 몽중체험은 새롭게 각성된 의식에 도달하기 위한 하나의 과정 내지 단계로서, 근대계몽기에는 계몽을 위한 수단으로 적극 활용되기도 하였다.[64] 근대계몽기 단형 서사문학에서 몽유가 널리 활용되었다는 사실은 불만스럽고 번뇌스러운 현실에 대한 자각과 이를 타개하고자 하는 욕구가 그만큼 강렬했음을 뜻한다.

본 절에서는 「夢中問答」, 「일쟝춘몽」, 「허다흔 녯 사름의 죄악을 심판홈」을 중심으로 꿈을 작품 구성의 뼈대로 하는 근대계몽기 단형 서사문학 작품을 살펴보기로 한다.[65] 이들은 각기 구습(舊習)의 혁파, 선진 문물

홍, 『한국몽유소설연구』, 계명문화사, 1994. ; 양언석, 『몽유록소설의 서술유형 연구』, 국학자료원, 1996. ; 신해진, 『조선중기 몽유록의 연구』, 박이정, 1998. ; 김정녀, 「조선후기 몽유록의 전개 양상과 소설사적 위상」, 고려대 박사학위논문, 2002.

62) 황패강, 『조선왕조소설연구』(증보 6판), 단대출판부, 1991, 41~42쪽.
63) cf. 金貞女, 전게 논문, 18쪽.
64) cf. 정학성, 「몽유담의 우의적 전통과 개화기 몽유록」, 『관악어문연구』 3, 서울대 국어국문학과, 1978, 433~434쪽. ; 조상우, 「애국계몽기의 우언에 표출된 계몽의식-신문과 잡지에 게재된 몽유우언을 중심으로-」, 『동양학』 34, 단국대 동양학연구소, 2003, 62쪽.

의 수용, 자주 독립의 성취라는 근대계몽기 몽유우언의 주제를 대표하는 작품들이라고 할 수 있다.

「夢中問答」은 1899년 1월 16일자『皇城新聞』논설란에 실린 글이다. 이 글은「벼슬 구하는 자여」라는 제목으로 1907년 12월 14일자『대한미일신보』(한글판) 논설란에 다시 실리기도 했던 것으로 보아 몽유의 방식을 이용한 논설 가운데 적지 않은 영향력을 지니고 있었음을 알 수 있다. 꿈에서 길가 큰 나무 아래에 서 있는 척후관(斥候官) '천하대장군(天下大將軍)'을 만난 나는 몇 달씩 직소(職所)를 비우더라도 서울의 권문세가(權門勢家)에 주선만 잘 하면 승차(陞差)를 하는 지방관들이 많다며, 천하대장군도 그렇게 하면 쉽게 큰 벼슬을 얻을 수 있을 것이라고 한다. 맡은 직무를 수행하는 데 방해가 된다며 잠깐 앉아서 이야기를 하는 것조차 받아들이지 않았던 천하대장군은 그러한 나의 제안을 단호히 거절한다. 다음과 같은 천하대장군의 발언은 곧 작자가 전달하고자 하였던 메시지라 할 수 있다.

> 쟝군이 대노ᄒᆞ여 굴ᄋᆞ되 그듸는 더러온 사름이로다 관인이라 ᄒᆞ는 거슨 적고 큰 거슬 물론ᄒᆞ고 그 벼슬을 ᄒᆞ는 날은 그 직척을 극진히 ᄒᆞ는 거시 신ᄌᆞ의 도리어늘 이제 그듸가 사름을 불의의 일노써 동ᄒᆞ야 나를 시험ᄒᆞ니 엇지 쟝쟈를 듸졉ᄒᆞ는 뜻이리오 내 비록 여긔 잇셔 경셩이 멀고 쥬션이 업슬지라도 나의 직무만 극진히 ᄒᆞ면 ᄌᆞ연 샹관이 알고 쳔거ᄒᆞ야 승차가 될 거시어늘 엇지 ᄉᆞ곡ᄒᆞᆫ 길을 쫓차 비리의 힝ᄉᆞ로 공톄를 손샹케 ᄒᆞ리오 나는 비록 초야에서 썩을 지언뎡 이ᄀᆞᆺ치 비리의 힝실은 힝치 아니ᄒᆞ노라 ᄒᆞ거놀[66]

사사로이 공체(公體)를 손상케 해서는 안 됨에도 불구하고 비리가 횡행하여 인사 제도의 기강이 무너졌던 것이 당시의 현실이었다.[67]「로쇼

---

65) 꿈이라는 허구적 구성을 통해 사실과 우의가 결합되는 우언을 '몽유우언'이라고 한다면, 본 절에서 다루게 되는 일련의 근대계몽기 단형 서사문학 작품들은 몽유우언으로 묶일 수 있다. cf. 윤주필, 전게논문, 41쪽.

66)『대한매일신보』1907.12.14.「론셜:벼슬 구ᄒᆞᆫ 자여」.『전집』하, 106쪽.

문답」의 노재상(老宰相)이 남촌 소년에게 이야기 해 준 갑오 이후의 망국적 현상은 실상 과거의 구습(舊習)을 더 이상 볼 수 없게 되었다는 것인데, 그에 따르면 나라의 공변된 물건이어야 할 '관작'은 '우리네 집안 물건'이 되어 있었고, 감사나 수령 한 자리쯤은 식견이나 재능과는 무관하게 줄 수 있었으니 소경이나 귀머거리도 할 수 있는 자리였다.[68] 또한 임금의 총애를 얻어 인사를 담당하는 권리만 손에 넣게 되면, 내가 원하는 사람이면 누구나 등용할 수 있고, 또 아무리 가난하더라도 하루저녁이면 금세 부자가 될 수 있을 만큼 뇌물과 부정이 횡행하였던 것이 현실이다.[69] 「몽중문답」은 꿈의 세계를 빌어 그러한 현실을 비판하면서, 과거의 폐습이 횡행하는 현실과는 달리 신자(臣子)의 도리를 극진히 다하는 천하대장군을 제시함으로써 이상적인 관리상의 정립에 대한 기대를 나타낸 것이다.[70]

「몽중문답」이 구습(舊習)의 혁파(革罷)를 내용으로 한 풍자우언이라면,[71] 「일쟝춘몽」은 선진문물의 학습과 수용을 목적으로 한 계몽우언이

---

67) 당시 인사 제도의 문란상은 「衆老人의 聽蛙劇談」(『皇城新聞』 1907.6.15)에서도 희화화된 바 있다. "年來參奉主事가 其注如雨ᄒ고 大臣協辦은 可摘如菆인ᄃᆡ 何許愚氓은 尙且田野에 蟄伏ᄒ얏ᄂᆞ뇨" 정선태, 전게서, 612쪽.

68) "대뎌 관쟉이 비록 나라의 공변된 물건이라 ᄒ나 즉 우리네 집안 물건이라 홀 만흔 거시 아모의 아들은 비록 무식ᄒ고 지능이 업고 겸ᄒ야 혼암홀지라도 감수 혼 자려ᄂᆞᆫ 당연히 □을 벼슬이오 아모의 손ᄌᆞᄂᆞᆫ 비록 귀먹고 말도 잘못ᄒ고 눈이 붉지 못홀지라도 슈령 혼 과ᄂᆞᆫ 의례히 홀 거시러니"『대한매일신보』 1908.2.13~14. 「긔셔:로쇼문답」(김시언). 『전집』 하, 107쪽.

69) "임금끠 총이나 엇어 관직을 츌쳑ᄒᄂᆞᆫ 권리만 슈즁에 잇스면 궁교빈족은 구황딀노 슈용ᄒ고 친근혼 손은 구쳐ᄉ딀노 슈용ᄒ고 오강과 향곡에 부쟈들은 반찬단지로 슈용ᄒ니 이거시 다 쓸만혼 지목으로 슈용혼 거슨 아니니 그 불치ᄒᄂᆞᆫ 거시 내게 샹관업고 이 가온ᄃᆡ셔 ᄌᆞ연히 아츰 간난이 져녁 부쟈되ᄂᆞᆫ 것만 타슈 가득이오 병조판셔와 리조판셔ᄂᆞᆫ 의례히 공명텹 몃 빅쟝식 쳐분을 물어 찬가로 쓰니 찬가만 될 뿐 아니라 가용이 넉넉ᄒ더니"『대한매일신보』 1908.2.13~14. 「긔셔:로쇼문답」(김시언). 『전집』 하, 108~109쪽.

70) 臣子의 도리에 대한 이와 같은 논설과 함께 환로 진출에 대한 욕망과 경계를 담은 글도 논설란에 실렸다. 1899년 8월 19일 『皇城新聞』에 실린 「宦慾」이 그 예인데, '宦海는 深淺이 無常하고 風波가 不時한 곳'이라 예로부터 英雄烈士와 名公巨卿이 狼狽를 많이 보았던 만큼, 삼가고 삼가야 한다는 경계의 뜻을 담았다.

라고 할 수 있다.[72] 1899년 7월 7일『독닙신문』의 논설란에 실린 이 글은 신문사로 찾아온 어떤 선비의 꿈 이야기를 기록한 것이다. 꿈이 본래 허사(虛事)인 줄 알면서도 이를 신문에 수록한 것은 그 꿈 이야기에 대한 편집자들의 인식이나 의도가 반영된 결과라고 할 수 있다. 평소 구라파 세계의 문명한 나라 풍속을 보고자 했던 몽유자는 꿈에 프랑스 파리와 영국의 런던을 구경하게 된다. 특히 런던에서는 각급 학교와 기계창을 둘러보며 며칠을 유람하던 중 '탐천(貪泉)'이라는 우물과 '아천(啞泉)'라는 우물, 그리고 '풍혈(風穴)'이라는 구멍을 보게 된다. 문명한 나라의 풍속을 대표하는 것은 마지막에 나오는 커다란 돌로 눌러놓은 '풍혈'이다. 마시면 탐심(貪心)이 생기는 '탐천'이나 마시면 바른말을 하지 못하고 벙어리가 되는 '아천'은 동양에도 그와 비슷한 물이 있거니와, 바람을 막기 위해 '풍혈'을 돌로 눌러놓는 것은 백성을 다스리는 정부관인의 귀감이 되는, 근래 동양에서는 찾아보기 힘든 풍속이었던 것이다. "군쟈의 죠흔 바람이 째을 짜라 잘 불거드면 쇼인의 풀이 잘 즈라려니와 만일 혹 독흔 바람이 불거드면 풀을 압계흐야 쓸어지게 흐느니라"[73]는 말은 통치하는 정부와 관인의 마음가짐에 따라 백성들의 생사가 결정된다는 뜻이다. 꿈이기 때문에 '탐천'이니 '아천'이니 '풍혈'이니 하는 것의 실재 여부는 중요하지 않다. 다만 그러한 허구를 빌어 우리도 프랑스나 영국과 같은 문명한 선진 제도를 배워 백성을 위한 정치를 펼쳐야 한다는, 위정자들에 대한 요청을 드러내고자 했던 것이다.

근대계몽기 몽유우언의 특징 가운데 하나는「일쟝츈몽」에서와 같이 몽유공간으로 서구의 문명국이 설정된다는 점이다. 물론 이 시기 몽유우

---

71) 「몽중문답」과 같이 舊習의 革罷를 내용으로 한 몽유우언으로는 「夢拜白頭山靈」, 「春夢」을 더 들 수 있다. 이에 대해서는 趙祥祐가 자세하게 다룬 바 있다. cf. 趙祥祐, 전게 논문, 63~67쪽.

72) 「論說(昨夜之夢)」(『皇城新聞』 1898.10.14)과 「論說(抱甕灌圃)」(『皇城新聞』 1899. 7.19), 「醉與夢亦必諫之覺之」(『皇城新聞』 1901.11.30) 등도 개화와 계몽을 주제로 한 몽유우언들이다.

73) 『독닙신문』 1899.7.7. 「일쟝츈몽」. 『전집』 상, 166쪽.

언 가운데 상당수는 여전히 전통적인 몽유 양식의 관습을 따르고 있지만, 이처럼 서구 문명국을 몽유공간으로 한 서사가 펼쳐진다는 사실은 이전의 몽유 양식에서는 볼 수 없었던 것이다. 1907년 7월 7일 『데국신문』에 실린 논설 「몽즁유람」[74]에서는 서구의 문명국이 아니라, 러시아와 프러시아, 오스트리아 삼국에 의해 분할 지배를 당하고 있던 폴란드가 몽유공간으로 등장한다. 열강의 침탈 속에서 친로(親露)니 친일(親日)이니 하며 국론의 분열을 거듭하고 있던 당시, 폴란드의 비극적 역사는 타산지석으로 삼기에 충분하였기 때문이다.

한편 1908년 8월 8일자 『대한매일신보』 논설란에 실린 「허다흔 녯 사름의 죄악을 심판흠」은 전대 몽유록의 전통을 이은 근대계몽기 몽유우언이라고 할 수 있다. 몽중세계로 설정된 공간은 단군을 국왕으로 하는 천상의 나라이다. 그곳에서는 광개토대왕과 천합소문, 을지문덕과 최영, 이순신 등 우리 역사상 민족의 기상을 떨쳐 광대한 영토를 개척하고 외적의 침입을 크게 물리쳐 용맹을 떨친 군주와 장수들이 국가의 제1위와 제2위를 맡고 있다. 그 주변에는 성군과 헌신들이 시위하고 섰다.

이같은 자리에 박제상이 앞으로 뛰어나와 재배 통곡하면서 몽중세계는 급격한 위기감에 휩싸인다. 박제상은 "지금 대동반도국에 겁운이 비참흐야 삼쳔리 강토가 키업는 비를 씌움과 굿흐며 이쳔만 싱명이 도탄에 잇셔셔 지수는 틱셔 죽고 영웅은 말나셔 죽수오니 나라이 망흠은 고샤흐고 종족의 멸흠이 당쟝에 잇수온지라"[75] 하며 조선 반도의 위기를 고발한다. 박제상의 입을 빌어 토로된 꿈속 조선의 상황은 현실의 그것과 다르지 않은 것이었다.[76]

---

74) 『데국신문』 1907.1.26. 「몽즁유람」. 『전집』 상, 503~504쪽.
75) 『대한매일신보』 1908.8.8. 「론설:허다흔 녯 사름의 죄악을 심판흠」. 『전집』 하, 126쪽.
76) 「몽즁수」에서도 몽중세계를 빌어 위기에 처한 조선의 현실을 토로한 바 있다. "정치법도는 비록 기혁흔다 흐나 외교권을 임의 내여 주고 힝졍권신지 일헛스미 외국에 왕리흐는 신신은 죠사나라의 린샹여와 굿흔 사름이 업고 각부 쟝관은 남뎐 고을 죄슈와 굿치 수연은 보지 안코 도쟝만 찍어 주어 흔가지 령갑이라도 두셔도 업고

몽중세계에서는 조선이 오늘의 참혹한 지경에 이르게 된 원인을, 무수한 姦臣民賊이 비루하고 용렬한 사상을 선동하여 국가의 정신을 죽이고 민족의 행복을 박탈한 때문이라고 진단하고, 그들의 죄악을 낱낱이 밝혀 장래 자손들의 경계할 바로 삼아야 한다고 한다. 이에 박제상은 역사가와 문인, 제왕가와 신하 등 역대로 사대사상에 물들어 독립정신을 망각하였던 이들의 죄를 논하여 밝힌다. 특히 조선왕조 동안에는 국문이 있음에도 불구하고 한문을 사용함으로써 언론의 자유를 박탈하였고, 중국을 섬겨 자주 정신을 말살하였으며, 국가의 이익보다 당파의 이익을 우선하고 민족의 흥망보다 개인의 벼슬과 부귀를 우선하는 무리들이 만연하였다고 하면서 그러한 무리를 단죄해야 한다고 하였다. 박제상의 이같은 논죄에 모든 이들이 박수를 치며 찬미하고, 대한제국만세를 삼창하는데, 몽유자는 그만 그 소리에 놀라 잠에서 깨어난다.

제3국에 의해 나라의 독립이 좌지우지되는 상황을 지나 외교권과 행정권까지 다른 나라에 넘겨주고 군대마저 무장 해제된 조선의 상황은 사실상 회복 불가능한 지경에 이른 것이었다. 현실적 대안을 마련할 수 없는 자리에서 몽유는 현실을 극복하기 위한 방법으로 동원된 최후의 수단이었다고 하겠다. 옥황상제와 창해역사, 을지문덕, 백두산신령, 한라산 신령 등이 꿈에 나타나 위기에 처한 대한국민을 각성케 하고 대안을 제시하지만,[77] 몽중세계에서의 자각과 대안은 현실적 실천을 담보할 수 없는 것이었다.

Ⅳ. 근대계몽기 우언의 문학사적 위상

근대계몽기 단형 서사문학을 모두 우언이라고 할 수는 없으나,[78] 서사

실효도 업셔 딜셔만 문란케 ᄒ며 민심만 의혹케 ᄒ니 이러ᄒ고야 유신홀 긔망이 엇지 잇스리오”『대한매일신보』1908.3.8.「긔셔:몽즁소」.『전집』하, 113쪽.

77) cf.「몽즁소」(『대한매일신보』1908.3.8.「긔셔」),「夢拜乙支將軍記」(『西友』16 1908. 3),「拏山靈夢」(『대한학회월보』2, 1908.3),「夢見滄海力士」(『皇城新聞』1908.7. 22),「夢拜白頭山靈」(『皇城新聞』1908.9.12).

와 논설이 결합된 글쓰기로서 서사보다는 논설에 의의를 두었다는 점에서 이들은 실상 우언 글쓰기와 다르지 않은 것이었다. '서사적 요소를 통한 교훈의 제시'라는 글의 구성법이나, '곡필법(曲筆法)'이라는 논설의 기술 방법, '설득의 효과'에 대한 고려, '우언(寓言)'을 제목으로 한 논설의 존재 등은 근대계몽기 단형 서사문학이 우언 글쓰기를 지향하였음을 보여주는 근거가 된다.

문답과 토론, 우화, 몽유 등 근대계몽기 단형 서사문학에서 즐겨 사용한 서사방식은 작자의 우의를 가탁하기 위해 동원된 수단이었다. 문답과 토론에서는 등장인물의 발언을 통하여 작자의 목소리를 전달하였고, 우화에서는 인간 이외의 동물이나 신, 또는 사물의 세계를 통하여 인간의 정황을 우의하였으며, 꿈이라는 가상의 세계를 통해서는 작자의 현실인식과 욕망을 표출할 수 있었던 것이다. 문답과 토론, 우화, 몽유의 서사방식은 개별적으로 활용되는 경우도 있었지만, 한 작품 안에서 둘 이상의 서사방식이 결합하여 함께 사용되기도 하였다. 우화와 문답이 결합하기도 하고, 토론과 몽유가 결합하기도 하는 등 다양한 방식으로 조합되면서 작자의 주장을 전달하는 데 기여하였다. 한편 이들 서사방식이 지니는 형상화에서의 생경함이나 도식성, 또는 단편성 등의 문제는, 서사문학으로서는 불완전한 한계로 지적될 수 있으나, 근대계몽기 단형 서사문학이 서사보다는 논설을 지향한 우언 글쓰기였음을 고려할 경우, 오히려 그러한 성향이 강하게 드러날수록 글쓰기의 본래 목적은 온전히 달성될 수 있었다.[79]

근대계몽기 단형 서사문학이 우언의 특질을 계승하고 있다는 사실은

---

78) 물론 근대계몽기 단형 서사문학을 모두 우언이라고 할 수는 없겠지만, '역사·전기소설' 역시 서사보다는 논설을 위주로 하는 문학 양식이었다는 점을 고려하면, 근대계몽기 우언의 외연은 대폭 확대될 수 있을 것이다. cf. 김영민, 전게서, 118쪽.

79) 근대계몽기 단형 서사문학의 한계로 그와 같은 점을 지적하는 것은 서사문학 편향의 연구태도에서 비롯된 결과라 할 것이다. 근대계몽기 단형 서사문학의 문학사적 의의를 서사문학사의 발전과정에서 찾으려고 하는 논의 역시 이러한 비판에서 자유로울 수 없다.

일찍이 이종묵에 의해 지적된 바 있었다.[80] 논자는 근대계몽기 단형 서사문학의 대사회적 기능과 관련하여, 애국계몽운동의 일환으로 쓰여진 이 시기 우언을 '계몽우언(啓蒙寓言)'이라고 규정하였다. 특히 우언이 서사단락을 통해 흥미를 돋우고 논설단락을 통해 강한 계몽을 주장하기에 이 시기 여러 양식 중에서 가장 유의미한 것이었다고 하였다. 양승민도 당대의 역사적 상황과 시대정신을 담아냈다는 점에서 이 시기 우언의 의의를 찾았다.[81] 조상우는 이 시기 몽유우언이 교육을 통한 계몽과 제도 개선에 초점을 맞추고 있었음을 밝혔다.[82] 우언이 본래 '현실 지향성' 내지 '현실 견인성'이 강한 글쓰기라는 사실과 근대계몽기 문학의 특수성을 고려한다면, 근대계몽기 우언이 당대의 화두였던 문명개화와 계몽, 자주 독립의 문제를 우의로 하고 있음은 당연한 결과라고 할 수 있다.

근대계몽기 우언은 이전 시대의 우언에서 이룩한 우언 글쓰기의 다양한 방식을 계승하는 한편, 시대변화에 따른 새로운 요소들을 흡수하면서 다채로운 꽃을 피웠다고 평가할 수 있다. 문답과 토론, 우화, 몽유의 서사방식은 전대 우언에서 이미 오랜 전통을 가지고 있는 서사방식이었다. 그러나 이 시기에 들어서면서 〈이솝우화〉가 수용되고, 몽중세계로 서구의 문명국이 등장하는 점 등은 새롭게 평가해야 할 사실이다. 근대계몽기 이전까지 우언 창작의 전범 구실을 하였던 것은 인도의 불교우언과 중국의 선진우언 및 당송우언이었다. 그러나 〈이솝우화〉의 수용을 통하여 우언 창작의 전범이 다변화함으로써 이후 우언의 창작은 새로운 변화를 적극 실험할 수 있게 되었다고 하겠다. 프랑스와 영국, 폴란드가 근대계몽기 몽유우언의 몽중세계로 등장함으로써 서사공간의 확장을 이룬 것 역시 그같은 변화와 무관하지 않다.

---

80) 李鍾默, 「'浮休子談論'과 寓言의 양식적 특성」, 『古典文學硏究』 5, 한국고전문학연구회, 1990, 204~205쪽.
81) 양승민, 「愛國啓蒙期 寓言의 존재 양상과 그 역사적 의의」, 『우리文學硏究』 13, 우리문학회, 2000, 393~415쪽.
82) 조상우, 전게논문, 67~75쪽.

　또 하나 주목해야 할 사실은 근대계몽기 신문 잡지와 우언의 결합이다. 이전까지의 우언은 민간우언과 창작우언으로 대별해 볼 수 있는데, 전자의 소통은 민간의 구전에 의존하였고, 후자의 소통은 문집의 간행(혹은 필사) 및 유통에 주로 의지할 수밖에 없었다. 때문에 우언의 소통은 시간적 공간적 제약을 받지 않을 수 없었다. 그러나 근대계몽기 신문 잡지가 출현하면서 우언의 소통은 동시다발적으로 광범위한 소통이 가능해졌다. 이는 우언의 영향력이 그만큼 증대했음을 뜻하는 것이다. 특히 우언의 효용성을 인지한 논객들은 논설란과 잡보란, 소설란 등을 적극 활용하여 국민을 계몽하는 데 우언을 이용하였다.

　신문 잡지와의 결합은 단형 우언의 창작을 더욱 촉진하는 계기로 작용하였다. 제한된 지면의 사정상 장편의 우언을 한 번에 게재할 수 없었기 때문에 부득이한 경우에는 며칠에 걸쳐 나누어 싣기도 하였지만, 그렇게 할 경우 우언의 효용성은 그만큼 줄어들 수밖에 없다. 따라서 신문 잡지와의 결합은 단형 우언의 창작을 촉진하는 계기가 되었을 것이다.

　신문과의 결합은 좁혀 말한다면 신문 논설과의 결합이었기 때문에, 근대계몽기 우언은 교술 성향이 더욱 강화되었다. 물론 이전 시대에도 '설(說)'이나 '론(論)', '대(對)' 등과 같이 교술적 성향이 강한, 의론 중심의 양식을 차용한 우언이 널리 창작되기는 하였으나, '가전(假傳)'이나 '전(傳)', '몽유록(夢遊錄)', '민담', '소설' 등 서사적 성향이 강한 양식의 차용이나 그들과의 교섭이 빈번하게 이루어졌던 것도 사실이다. 그런데 신문 논설과의 결합은 우언이 지닌 서사적 성향을 최대한 활용하면서도 교술로서의 우언의 본질을 확고하게 하는 것이었다. 때문에 서사문학보다는 교술문학이 우언과 더욱 밀접한 관계를 이루게 되었다고 할 수 있다.[83)

---

83) 한문학, 특히 논변체 한문 산문이 문학사의 전면에서 사라진 뒤 현대문학사에 새로이 등장하게 된 논변체 산문은 에세이(essay)였다. 에세이와 우언의 관련성에 대해서는 후고를 기약한다.

참고문헌

권보드래, 『한국 근대소설의 기원』, 소명출판, 2000.
김영민, 『한국근대소설사』, 솔, 2003(개정판).
김영민·구장률·이유미, 『근대계몽기 단형 서사문학 자료전집(상·하)』, 소명출판, 2004.
김윤규, 『개화기 단형서사문학의 이해』, 국학자료원, 2000.
신재홍, 『한국몽유소설연구』, 계명문화사, 1994.
신해진, 『조선중기 몽유록의 연구』, 박이정, 1998.
양언석, 『몽유록소설의 서술유형 연구』, 국학자료원, 1996.
유종국, 『몽유록소설연구』, 아세아문화사, 1987.
이강엽, 『토의문학의 전통과 우리소설』, 태학사, 1997.
이이화, 『한국사이야기 ⑲ 오백년 왕국의 종말』, 한길사, 2003.
임규찬한진일 편, 『임화 신문학사』, 한길사, 1993.
정선태, 『개화기 신문 논설의 서사 수용 양상』, 소명출판, 1999.
鄭晋錫, 『한국언론사』, 나남출판, 1990.
조동일, 『세계문학사의 전개』, 지식산업사, 2002.
조상우, 『애국계몽기 한문단편의 연구』, 다운샘, 2002.
震檀學會, 『韓國史:現代篇』, 乙酉文化社, 1963.
차용주, 『몽유록계 구조의 분석적 연구』, 창학사, 1979.
최문형, 『한국을 둘러싼 제국주의 열강의 각축』, 지식산업사, 2001.
韓㳓劤, 『韓國通史』, 乙酉文化社, 1970.
한기형, 『한국 근대소설사의 시각』, 소명출판, 1999.
황패강, 『조선왕조소설연구』(증보 6판), 단대출판부, 1991.

천푸칭 씀, 오수형 옮김, 『중국우언문학사』, 소나무, 1994.
로버트 숄즈·로버트 켈로그 저, 임병권 역, 『서사의 본질』, 예림기획, 2001.
김정녀, 「조선후기 몽유록의 전개 양상과 소설사적 위상」, 고려대 박사학위논문, 2002.
서대석, 「몽유록의 장르적 성격과 문학사적 의의」, 『한국학논집』 3, 계명대 한국학연구소, 1975.
손정수, 「개화기 서사의 장르적 성격」, 『한국 근대문학 양식의 형성과 전개』, 상허학회, 2003.
安秉凮, 「寓言의 文學的 受容에 대하여」, 『論文集』 12, 국민대, 1977.
양승민, 「애국계몽기 寓言의 존재 양상과 그 역사적 의의」, 『우리文學硏究』 13, 우리문학회, 2000.
梁承敏, 「寓言의 서술방식과 소통적 의미」, 고려대 석사학위논문, 1996.

윤주필, 「寓言小說의 양식사적 검토」, 『古小說硏究』 5, 한국고소설학회, 1998.
윤주필, 「우언의 전통과 조선전기 몽유기」, 『민족문화』 16, 민족문화추진회, 1993.
李光麟, 「漢城旬報와 漢城周報에 대한 一考察」, 『韓國開化史硏究』, 一潮閣, 1974.
李在銑, 「前史的 背景으로서의 短形敍事文學과 그 分類」, 『韓國短篇小說硏究』, 一潮閣, 1975.
李鍾默, 「浮休子談論'과 寓言의 양식적 특성」, 『古典文學硏究』 5, 한국고전문학연구회, 1990.
임형택, 「실학파문학과 한문단편」, 『한국문학사의 시각』, 창작과비평사, 1984.
張德順, 「夢遊錄 小考」, 『국문학통론』, 신구문화사, 1963.
정학성, 「몽유담의 우의적 전통과 개화기 몽유록」, 『관악어문연구』 3, 서울대 국어국문학과, 1978.
정학성, 「몽유록의 역사 의식과 유형적 특질」, 『관악어문연구』 2, 서울대 국어국문학과, 1977.
鄭學城, 「寓話小說硏究」, 서울대 석사학위논문, 1972.
조상우, 「애국계몽기의 우언에 표출된 계몽의식-신문과 잡지에 게재된 몽유우언을 중심으로-」, 『동양학』 34, 단국대 동양학연구소, 2003.
함돈균, 「근대계몽기 단형서사에 나타난 서사전략 연구-기독교 계열 신문과 『독립신문』을 중심으로-」, 『근대계몽기 단형 서사문학 연구』, 소명출판, 2005.

우언이 현대 경영관리에 주는 계시

판푸(凡夫)*

　최근 몇 년 사이 '우언'이라는 이 예스러운 장르가 경영학 지식을 전파하면서 현대 경영관리에 계시를 주는 흥미로운 현상이 나타나고 있다. 대략적인 통계에 의하면 중국 북경도서센터에서 판매하는 『누가 내 치즈를 옮겼을까』, 『삼국(三國)을 삶다』, 『심심풀이로 보는 수호(水滸)』, 『손오공은 훌륭한 일군』, 『개구리처럼 생각하다』, 『세계에 영향을 미친 100개 경영에 관한 우언』, 『경영우언경전전집』 등등 '경영우언[管理寓言]'류 도서는 수십 종에 이르는데, 이런 도서는 판매량에서 줄곧 앞서가고 있다. 경영우언이 성행하는 데는 이야기 방식으로 경영지식을 보급하는 것이 텅 빈 설교보다 효과적이기 때문이다.

　현대사회는 새로운 사회조직이 점점 더 많아지고 사람들은 각종 단체에 종속되어 활동한다. 이에 훌륭한 경영자, 선진적인 경영이념, 그리고 시대에 상응하는 경영수단이 그 어느 때보다도 간절히 요구된다. 그렇다면 어렵고도 따분한 경영학을 어떻게 하면 일반인들에게 다가서게 할 수 있겠는가? 이에 총명한 사람들은 곧바로 '우언'을 생각해냈다. 이는 우언이 그 짧은 편폭에 세련되고 생동감 넘치며 뜻 깊은 의미를 담고 있어 쉽사리 일반인들에게 받아들여지기 때문이다. 따라서 우언이라는 이 장

---

*본명 段明貴. 중국 湖北省 작가협회 부주석

르를 파악하게 되면 경영학이 대중으로 다가가는 징검다리를 찾은 셈이다. 中信出版社의 副總 편집장 潘岳은 "경영우언은 경영학을 전파하는 기본 추세이다."라고 말했다.

우언은 지혜의 꽃봉오리다. 그것은 인간 됨됨이와 처세의 도리를 설명해 준다. 이러한 도리는 사람들의 도덕적 수준을 높이고 마음을 깨끗이 할 뿐만 아니라 사람들의 경영이념을 높여 현대 경영에 계시를 던져 준다.

훌륭한 우언은 영원한 인식적 가치를 갖추고 있는 것으로, 각기 다른 시대에 있어서 각기 다른 계시를 던져 준다. 경영학의 일부 법칙은 메마르고 재미가 없지만 그것이 일단 우언과 접맥되면 곧바로 무한한 생기와 활력을 얻게 된다.

예컨대, 〈남풍법칙(南風法則)〉을 보자. 이 우언은 〈온난법칙(溫暖法則)〉이라고도 하는데, 라 퐁텐의 우언 〈북풍과 남풍〉에 근원을 두고 있다. 이 우언은 따뜻함이 엄동설한을 이긴다는 도리를 형상적으로 설명하고 있다. 이것은 곧 리더가 경영관리에서 〈남풍법칙〉을 운용하여 부하직원들을 존중하고 관심을 가짐으로써 그들로 하여금 리더의 따뜻한 보살핌을 피부로 느껴 열심히 일하도록 한다는 것이다.

〈나무통법칙(木桶法則)〉은 〈가장 짧은 나무 조각(最短的木板)〉이라는 우언에 근원을 둔다. 이 우언은 주둥이가 가지런하지 못한 나무통에 물을 얼마큼 담을 수 있는가 하는 것은 나무통에 댄 가장 짧은 나무 조각에 의해 결정된다는 것이다. 〈나무통법칙〉은 기업을 경영하는 지도자들이 경영 과정에서 회사의 가장 약한 연결고리에 신경을 써야 된다는 뜻이다. 그렇지 않으면 회사의 전반적 이익에 영향을 받을 수 있다는 것이다.

〈어항법칙(魚缸法則)〉은 우언 〈어항(魚缸)〉에서 유래한 것이다. 이 우언은 유리로 된 어항은 투명도가 대단히 높아 어느 각도에서든 그 속을 훤히 꿰뚫어 볼 수 있다는 것이다. 이는 경영관리에 있어 모든 방면에 걸쳐 투명도를 높임으로써, 회사의 매 구성원들이 감독자인 동시에 피

감독자로서 모든 사원들로 하여금 자아 단속의 메커니즘을 강화하도록 한다는 것이다.

〈난로법칙(火爐法則)〉은 우언 〈원숭이와 난로(猴子和火爐)〉에 시원을 두고 있다. 이 우언은 다음의 원칙들을 시사한다. '경고성 원칙' : 난로의 불은 화상을 입을 수 있다는 것으로, 규율을 위반했을 때 징계를 받을 수 있다는 뜻이다. '즉각성 원칙(卽時性原則)' : 뜨거운 난로에 부딪쳤을 때 화상을 입을 수 있다는 것으로, 착오를 범했을 때 즉시 처벌을 받을 수 있다는 뜻이다. '공평성 원칙' : 그 누구든지 뜨거운 난로에 부딪치면 화상을 입을 수 있다는 것으로, 그 누구든지 기율을 위반하게 되면 징계를 받게 된다는 뜻이다.

〈청개구리법칙(靑蛙法則)〉은 우언 〈청개구리의 죽음(靑蛙之死)〉에 근원을 둔다. 이것은 개구리가 온도가 매우 높은 뜨거운 물에서는 신체에 자극을 받아 곧바로 뛰어나오지만, 찬 물에서 천천히 열을 가할 때는 자극을 느끼지 못하기 때문에 위험을 느껴 뛰어나오고자 할 때는 이미 늦는다는 점을 설명한 것이다. 이 법칙은 한 사람, 한 단체에 있어서 잠재적인 위험에 경각성을 높이고 제 때 피해야 한다는 교훈을 일러주고 있다.

〈고슴도치법칙(刺蝟法則)〉은 우언 〈고슴도치의 추위 물리치기(刺蝟取暖)〉에서 유래한 것이다. 이 우언은 두 마리의 고슴도치가 추위로 인해 가까이 다가서지만 몸에 돋아난 침 때문에 서로 얼마간 물러설 수밖에 없다는 내용이다. 그런데 추위를 견디다 못해 다시 서로 다가가다가 다시 물러나고, 이렇게 하기를 반복하는 가운데 상대방의 온기를 취하면서도 서로 찔리지 않는 가장 합리적인 거리를 취하게 된다는 것이다. 〈고슴도치법칙〉은 리더가 일을 잘하려면 부하와의 관계에서 친밀감을 유지하면서도 적당한 거리를 유지해야 사업에서 원칙을 잃지 않는다는 뜻을 담고 있다.

〈파리법칙(蒼蠅法則)〉은 〈꿀벌과 파리(蜜蜂和蒼蠅)〉라는 우언에 근원을 두고 있다. 꿀벌과 파리 각 6마리를 한 유리병에 넣은 채 밑을 창문

쪽으로 향하게 하고 가로로 눕혀 놓았을 때 꿀벌은 지쳐 죽거나 굶어 죽을 때까지 유리병 밑에서 맴돌지만 파리는 채 2분도 되지 않아 유리병 입구 쪽을 통해 달아나고 만다는 이야기이다. 이 법칙은 실험정신, 끊임없는 노력, 모험, 즉흥적 기지, 우회적인 전진, 임기응변 등 이 모든 것이 변화에 대처하는 데 효과적이라는 것을 말해 준다. 복잡한 세상을 살아가는 데는 반드시 임기응변의 지혜가 필요한 것이요, 교조 식 지혜가 필요한 것이 아닌 만큼 자기 스스로 보다 활력 넘치고 창조성 있게 움직여야지 고루하게 그 어느 한 곳에 얽매여서는 안 된다는 뜻이다.

〈메기법칙(土虱法則)〉은 우언 〈어롱 속의 메기(魚簍中的土虱)〉에 근원을 두고 있다. 낚시꾼이 낚은 물고기를 조롱 속에 넣어 두면 시간이 지남에 따라 산소가 결핍되면서 물고기는 죽게 된다. 그러나 경험 많은 낚시꾼은 항상 어롱 속에 메기를 넣어 두는데, 이 메기의 호전성이 물고기로 하여금 공격을 피해 이리저리 움직이게 함으로써 활발히 살아남는다는 이야기이다. 이 법칙은 어떤 조직이 그저 화기애애하기만 하다고 해서 좋은 것은 아님을 말한 것으로, 그 누가 적당히 메기 역할을 할 때 집단 구성원의 생존력을 자극할 수 있다는 뜻이다.

우언이 현대 경영관리에 주는 계시는 다방면적이다. 『세계 500편 최강 경영 우언』은 도합 7개 방면으로 나뉘어진다. 제1편은 '인재경영우언', 제2편은 '자본운영우언', 제3편은 '제품개발우언', 제4편은 '시장판촉우언', 제5편은 '브랜드조성우언', 제6편은 '발전전략우언', 제7편은 '리더십사고우언'으로 되어 있다. 이 7개 방면은 현대 기업 경영의 거의 모든 방면을 포함하고 있다.

각 시기 우언작가들은 우언을 창작할 때 모두 해당 시기 사회의 주제를 위하여 봉사한다. 현재 세계의 주제는 '평화와 발전'이다. '발전'을 촉진하기 위해서는 반드시 전 세계적인 경영 수준으로 끌어올려야 한다. 우언으로 경영이념과 경영방법을 전파하는 것은 시대가 우언작가들에게 부여한 신성한 사명이다. 우리는 우언 창작에 있어서 제재의 다양성을 배제하지 않는다. 우언작가들은 경영우언의 붐이 우언 창작에 새로운 세계와 기회를 가져다주고 있다는 것을 인식해야 한다. 이러한 새로운 기회를 잘 포착해 새로운 세계에서 노닐 때 우언작가들은 크게 한몫 할 수 있을 것이다.

예컨대 '경영우언' 『누가 내 치즈를 옮겼을까』는 중국에서 근 2백만 부 가까이 발행되었다. 많은 기업에서 사원들의 관념을 갱신하고 회사의 경영수준을 높이기 위한 교과서로 활용되고 있다. 회사원 매 개인마다 한 권씩을 갖고 있다고 해도 과언이 아니다. 이로부터 '치즈'란 말이 사람들의 마음 깊숙이 들어앉았으며 사업, 가정, 사랑의 대명사가 되었다.

"미국에서 '경영우언'은 일찌감치 출판 산업의 목표가 되었다. 그 핵심은 어떤 한 종류 내용의 '화제'를 찾는 것이며, 그 실질은 한 권의 책을 통하여 하나의 큰 개념을 대중의 관심사 중심에 두도록 하여 공공 대중의 담론으로 전환시키는 데 있다."(『〈CEO動物劇場〉 : 新管理寓言』) 그런데 우리가 주의해야 할 것은 『누가 내 치즈를 옮겼을까』를 제외하고 진정으로 하나의 큰 개념을 대중의 관심사 중심에 두어 공공 담론의 주제로 전환시킨 우언은 아직 너무 적다는 점이다. 또한 "자질구레한 것이 성패를 결정한다[細節決定成敗]", "그 어떤 이유도 없다[沒有任何理由]" 등과 같은 이미 공공 담론의 주제가 된 대 개념들이 우언의 전파 과정에 발휘하는 작용은 아직 미약하기 그지없다.

경영자가 우언을 연구하고 우언작가가 경영을 연구하는 것은 경영예술과 우언예술의 수준을 높이는 두 가지 길이다. 바라건대 우언가와 기업가가 협력하여 지혜와 지혜를 교류함으로써 경영관리가 우언에 새로운 내용을 주입하고 우언이 경영관리에 새로운 계발을 주도록 해야 한다.

판푸(凡夫) : 본명 돤밍궤이(段明貴). 중국작가협회 회원, 중국우언문학연구회 부회장, 중국 후베이성(湖北省) 작가협회 부주석, 샹판시(襄樊市) 작가협회 부주석, 중국우언사이트 주간.

춘추전국 우언의 현대매체 활용 방안 연구

- 인쇄출판을 중심으로 -

權錫煥*·俞東官**

〈1〉

춘추전국 시대 제자백가(諸子百家) 사상은 동아시아 문명의 근원적 기초를 이룩하였는데, 그 사상은 대부분 우언을 통해 전파되었다. 당시 우언은 심오한 철학적 이치·예리한 해학·통쾌한 재치·심각한 교훈을 담아냈으며, 동아시아 한자문명권의 보편적 문학 양식을 만들어냈다. 따라서 동아시아 전통 사유체계와 삶의 방식을 현대에 새롭게 조명하게 위해서는 당시 우언에 대한 이해로부터 출발해야 한다.

문학작품의 가치는 작품자체가 고유하게 지니고 있는 것이 아니라, 독자의 수용에 의해 결정되며, 수용자의 역사(共時的)환경이나 역사발전(通時的)과정 속에서 새롭게 해석된다. 춘추전국우언 역시 이야기를 가지고 철학적 이치와 인간의 보편적 도덕교훈을 설명한 것으로, 그 이야기는 원의와 관계없이 시대를 넘어 다양하게 수용되었다. 이처럼 우언은

*상명대 중문과 교수
**상명대 시각디자인학과 교수

다층적 寓意를 가지고 있으며, 그 형상성, 우의성에 따라 오늘날에도 다양하게 활용될 수 있다고 할 수 있다.

우언은 주로 아동의 유희 심리에 기반을 두고, 동식물을 의인화(擬人化)하는 수법을 사용한다. 따라서 등장인물은 인간의 전형적 성격(典型的 性格)을 반영하며, 이를 통해 계몽 작용을 일으킨다. 때문에 고인도와 희랍에서는 우언이 아이들의 교과서로 사용되었다. 따라서 춘추전국시대 우언 역시 특정 이미지를 시각화하거나 문화콘텐츠로 만들기 매우 용이하다고 할 것이다.

본 연구는 춘추전국시대 우언의 현대매체 활용방안을 모색하기 위한 것이다. 우언을 현대에 활용할 수 있는 매체는 크게 두 가지로 나눌 수 있다. 첫째 디지털 매체인데, 대략 모바일·웹 사이트·에니메이션·게임 등에 활용할 수 있다. 둘째는 인쇄매체인데, 대략 어린이 그림책·단편작품집·캐릭터 광고·만화 등이 여기에 해당한다.

〈2〉

본 연구는 어린이 그림책, 단편작품집·캐릭터·만화 등 인쇄출판매체를 중심으로 시각화하였고, 각각의 매체가 지닌 특성 및 제작방향과 활용방안을 제시하였다

1) 어린이 그림책

〈우공이산(愚公移山)〉

두개의 연속된 화면으로 이루어진 〈우공이산〉은 어린이의 흥미와 호기심을 자극할 수 있는 단순하고 과장된 형태로 표현되었다. 첫 번째 화면은 등장인물이 산을 들고 있는 오른쪽 손에서 시작하여 오른쪽 화면으로 흐르는 움직임으로 화면의 리듬감을 전달하였다. 두 번째 화면은 따뜻한 계

열의 붉은색 바탕과 차가운 색의 파랑색을 바탕으로 산을 옮기는 등장
인물들의 움직임과 감정을 얼굴의 표정이나 모습과 함께 표현하였다.

그림 1 愚公移山1   그림 2 愚公移山2

〈기우(杞憂)〉

하늘이 무너지고 땅이 꺼지는 것을 걱정하는 어리석은 인물을 단순하
면서 과장된 움직임, 더불어 별과 구름 등의 조형요소를 표현하였다. 그
림책을 보는 어린이에게 이야기 내용을 정확하고 자세하게 전달하려고
하였다. 파란색과 갈색의 색조를 혼합하여 표현한 등장인물에게서 다가
올 걱정과 두려움을 엿볼 수 있다.

그림 3 杞憂

2) 단편작품집

〈혼돈지사(混沌之死)〉

혼돈의 죽음을 스크래치 기법을 활용하여 표현하였다. 거칠고 투박한 면과 선으로 일러스트레이터의 예술성과 독창성을 강조하였다. 등장인물의 모습을 평면적이고 단순화된 형태로 묘사함으로써 죽음을 앞에 둔 혼돈의 감정을 정확하고 자세하게 전달하려고 하였다.

그림 4　混沌之死

〈조삼모사(朝三暮四)〉

원숭이의 어리석음을 흑백의 단순화된 형태로 표현하고, 굵고 거친 선과 면으로 표현함으로써 독자들에게 이야기 속에 담겨진 의미를 전달하려고 하였다. 평면적이고 단순화된 원숭이는 목판화의 투박하고 거친 듯한 느낌을 주었다. 일러스트레이터의 독창성과 예술성을 효과적으로 전달하려고 하였다.

그림 5　朝三暮四

그림 6 曳尾塗中

〈예미도중(曳尾塗中)〉

"차라리 진흙탕 속에서 살리라"는 것은, 각자의 본성에 알맞게 사는 양생(養生)의 길이다. 이야기 속에 등장하는 거북이의 모습과 배경을 흑백의 색조로 표현하였다. 이야기 내용과 분위기를 효과적으로 묘사하기 위하여 평면적이고 단순화된 표현형태와 더불어 거칠고 투박한 선과 면을 사용하였다. 거북이의 느린 움직임과 물결치는 듯한 굵은 선의 흐름은 독자들에게 이야기 속에 담긴 의미를 효과적으로 전달할 수 있다.

3) 만화(漫畵)

〈호가호위(狐假虎威)〉

이 만화는 모두 4컷이다. 첫 번째 컷은 숲 속의 이미지를 단순화 시켜 제목과 배경의 이질감을 간판을 이용하여 무마시켰다. 여우와 수풀 속에서 여우를 지켜보는 호랑이의 존재를 알려줌으로써 두 번째 컷을 자연스럽게 연결 시켰다. 다음 컷은 호랑이가 여우를 덮치는 장면으로 호랑이를 여우보다 과장되게 표현함으로써 여우보다 강한 존재라는 점을 부각시켰다. 마지막 컷은 숲 속의 동물들과 두 인물의 관계를 설명하기 위하여 첫 번째에서 세 번째 컷보다 비교적 큰

그림 7 **狐假虎威**

장면으로 구성하였다. 화면 채색은 밝은 톤의 단순한 묘사로 어린이들이 친근하게 느낄 수 있도록 유도하였으며, 디지털 프로그램인 Adobe Photoshop을 활용하였다.

그림 8　朝三暮四

〈조삼모사(朝三暮四)〉

원숭이를 단순화시켰으며, 평범한 중국 할아버지를 등장시켰다. 이야기의 첫 번째와 네 번째 컷은 원숭이들과 할아버지의 관계를 알기 쉽게 모두 포함할 수 있도록 구성하였다. 둘째와 셋째 컷은 원숭이들과 할아버지의 상황을 구체적으로 묘사하였다. 화면 채색은 밝은 톤의 단순한 묘사로 어린이들이 친근하게 느낄 수 있게 유도하였으며, 디지털 프로그램 Adobe Photoshop을 활용하였다.

〈휼방상쟁(鷸蚌相爭)〉

조개와 도요새가 티격태격하면서 싸우는 사이 어부가 이 둘을 모두 잡아버렸다. 초등학교 저학년을 위한 만화 형식으로 표현하였다. 복잡한 구성에 반해 채색을 하지 않음으로써 이야기 내용과 의미를 정확하게 전달하려고 하였다. 첫째 컷은 제목과 표현요소의 관계를 설정하기 위해 넓게 트인 느낌을 주었다. 마지막 컷 또한 이야기의 흐름상 허무한 부분의 느낌을 살려 황량한 바다에 어부의 뒷모습으로 표현하였다. 나머지 컷은 도요새와 조개의 대립관계를 표현하였다. 표현요소가 지닌 갈등과 감정을 정확하고 자세하게 표현하기 위하여 컷 안에 크게 배치하였다. 화면 채색은 디지털 프로그램 Adobe Photoshop을 활용하여 흑백으로 처리하여 채색이 주는 복잡함을 배제하였다. 초등학교 저학년 어린이들이 흥미를 가질 수 있도록 구성하였다.

4) 캐릭터(character)

춘추전국 우언을 홍보하기 위한 캐릭터와 우언을 테마로 하는 문화상품 캐릭터로 활용할 수 있다. 이야기 및 등장 인물의 개성과 성격을 효과적으로 전달할 수 있도록 제작된 캐릭터는 디지털프로그램인 Adobe Illustrator를 활용하여 제작하였다.

그림 9 鷸蚌相爭

〈춘추전국시대 우언전(寓言展) 캐릭터〉

그림 10 춘추전국시대 寓言展 캐릭터

중국의 남여 어린이를 소재로 독창성 있는 내용과 이미지를 부여함으로써 깜찍하고 귀여운 상징물로 형상화하였다. 의상은 춘추전국시대 귀족적인 무게와 우아함, 그리고 독특한 아름다움을 표현하였다. 청색 계열과 보라색 계열의 자연스러운 조화를 통하여 우아함과 섬세함을 표현하였다.

〈정저지와(井底之蛙)〉

'우물 안 개구리'를 소재로 하여 이야기의 독특한 개성과 이미지를 부여함으로써 우언 속에 담겨있는 어리석음과 지혜를 동시에 담아냈다. 캐릭터를 통하여 어린이들에게 우언 속에 담겨있는 흥미를 전달하고, 저채도의 회색배경과 초록색 계열을 사용하여 부드럽고 편안한 색조의 배합이 나타났다.

그림 11　井底之蛙

〈모순(矛盾)〉

"창과 방패"를 소재로 하여 이야기의 독특한 개성과 이미지를 부여함으로써 우언 속에 담겨있는 어리석음과 지혜를 동시에 담았다. 의상은 진한 청색을 사용하였고, 캐릭터가 들고 있는 방패는 현대적 감각에 어울리는 단순화된 형태로 독특한 아름다움을 표현하였다.

그림 12　矛盾

〈3〉

이상에서 춘추전국 우언의 현대적 활용 방안에 대하여 논의하였다. 전자정보의 발전으로 이미지 문화는 이미 3D, 웹디자인, UI, 혹은 유비쿼

터스 디자인 방향으로 매우 빠르게 변화하고 있다. 이런 상황에서 보면, 출판인쇄를 중심으로 우언의 현재적 매체 활용방안을 이야기 하는 것은 진부한 일인지도 모르겠다. 그러나 출판인쇄는 여전히 위력을 가진, 그리고 시장을 가진 문화의 중요한 매체이다. 이것이 기초가 되지 않으면 디지털 매체 역시 공허하게 된다. 그동안 문화콘텐츠 제작이 인문학적 기초를 소홀히 하거나, 전통적 매체를 도외시하고 디지털 위주로 편중되어 있었던 점을 반성해야 할 때이다. 동아시아적 사고와 문화적 정체성을 기반으로 하는 문화원형 발굴은 텍스트에 대한 심도 있는 분석과 해석에서 비롯됨을 알아야 한다. 우언이 가지고 있는 형상과 우의를 현대적으로 '文化 再生産'하는 것 역시 이러한 관점으로부터 출발해야 한다.

중국 문화콘텐츠산업은 연평균 83% 성장하고 있다. 중국문화산업 시장규모는 2001년 2,581억인민폐(億人民幣)(중국 GDP의 2.7%, 북경·상해·광주 등 대도시는 GDP의 5% 규모) 문화산업 관련 기구는 5만여 개, 종사자는 130여만 명에 달한다. 중국 문화콘텐츠 산업이 인프라의 확산으로 인하여 2005년 시장규모 5,500억인민폐가 되리라 전망(네티즌은 2003년 전년보다 46% 증가하여 8,630만 명 예상, 온라인 게임시장은 2006년 83.4억인민폐가 될 전망)된다. 드라마·대중음악에 이어 만화산업, 캐릭터산업, 온라인게임 및 모바일 콘텐츠의 수요가 증가하고 있다. 이처럼 한국·중국·일본을 축으로 하는 동북아 지역은 세계 문화콘텐츠산업을 주도하는 새로운 중심권으로 부상하고 있다.

이런 점에서 볼 때, 중국의 우언을 중국문학·문화학·문화컨텐츠 일반론과 학제적(시각·만화·영화)으로 결합하고, 중국의 다양하고 깊이 있는 문화에 대한 이해와 통합적 문화(文史哲·詩書畵)에 대한 소양을 바탕으로 하여 새로운 동아시아적 문화콘텐츠를 만드는 것은 매우 의미 있는 일이다. 우언의 이미지화를 통해 새로운 문화적 가치 창출과 세계적 경쟁력을 갖춘 문화콘텐츠 개발을 기대한다.

영상작품에 나타난 寓言性에 대한 思考

탄빙(檀冰)*

우언은 하나의 독특한 문학예술 형식으로서 수천 년의 역사를 지녔음에도 쇠퇴하지 않았다. 심지어 어느 특정한 역사 시기에는 그야말로 "말 한마디로 나라를 흥기(一言興邦)"하고 "말 한마디로 전쟁을 막는다(一言彌戰)"는 엄청난 사회적 효과를 거두기도 하였다.

서양의 경우 라 퐁텐이나 크레로이프의 우언시가 출현한 후 이어 카프카와 헤밍웨이도 각각 우언소설 『성(城)』과 『노인과 바다』를 지었으며, 메테를링크(Maeterlinck)는 우언체 희곡 『파랑 새』를 창작하였다. 급기야 우언문학은 좁은 울타리에서 벗어나 보다 많은 예술형식과 결합해 우언산문, 우언시, 우언소설, 우언극, 우언조각(寓言彫刻), 나아가 우언음악까지 생겨나게 되었다. 수많은 우언평론가와 작가들의 끝없는 논쟁은 끝내 다음과 같은 거역할 수 없는 사실을 받아들임으로써 종지부를 찍게 되었다. 즉, 우언의 예술형식은 얼마든지 다양할 수 있고, 불가(佛家)의 기지 넘치는 선어(禪語)라도 '우언'이라는 이 큰 '가정(家庭)' 안에서 귀속점을 찾을 수 있다는 것이다. 실로 '대우언(大寓言)' 시대가 용솟음쳐 다종다양한 모습으로 발전하고 있다.

그러나 우언과 보다 새로운 예술형식의 결합에 대해 비평계는 그다지

---

*中國 北京金神影視文化有限公司 總經理

활발히 논의하고 있지 않다. 여기서 이른바 보다 새로운 예술형식이라는 것은 제7의 예술로 꼽히는 '영상예술'을 이름이다.

영상예술은 영화, TV, 비디오, VCD, DVD 등 소리·영상[音像: 녹음·비디오] 제품을 포함한다. 영상예술은 현대 과학기술의 파생물로서 유일하게 과학기술과 가장 밀접한 관계를 맺고 있는 예술분야이다. 눈부신 비약을 거듭해온 과학기술은 발전기를 지나면서 거역할 수 없는 매력을 발산하여 수많은 사람들의 생활에 영향을 미치거나 삶의 변화를 가져왔다. 특히 영화예술은 컴퓨터 제작 기술의 발전에 따라 다른 여섯 종류의 예술로부터 가장 많은 자양분을 흡수하는 예술분야가 되었다. 가령 문자로 작업하는 사람들의 콤플렉스를 버린다면 노벨문학상과 오스카골든상 중에 어느 쪽이 더 유명하고 어느 쪽이 오늘날 사람들, 특히 젊은이들 사이에 더 인기가 있는지 판단하기는 매우 곤란할 것이다.

영상예술이 날로 새로워지고 눈부시게 발전할 수 있는 이유는 현대 과학기술과의 밀접한 관계를 맺고 있다는 연원 외에도, 그 내용 선택에 있어 능히 모든 것을 포용할 수 있다는 점 때문이다. 이는 영상예술이 잠재력이 넘치며 생기발랄하게 되는 근본적 이유이다. 영상예술이 그 내용면에서 모든 것을 포용하는 이상, 필시 우리는 그 속에서 우언의 자취를 찾아볼 수 있다.

이 글은 길이의 제한과 주제의 특성상, 필자는 텔레비전 작품과 음향[音像] 작품이 예술작품인지 아닌지에 대한 논의는 생략한다. 이하 예를 들 때에도 영화와 관련된 모델 작품만을 제시하고 텔레비전 작품과 음향작품은 택하지 않았다.

동시에 필자는 종래의 우언작품을 영상이나 애니메이션 형식으로 다룬 작품, 즉 흔히 일컫는 우언애니메이션, 예컨대 중국의 〈아범제(阿凡提) 이야기〉1) 같은 것을 연구의 중점으로 삼지 않는다. 필자는 많은 극작

---

1) [역자 주] 중국 위구르족, 터키, 우즈베키스탄 등지의 돌궐족 사이에 전해지는 아범제(阿凡提, Apandi)의 지혜를 담은 이야기들. 아범제라는 사람이 역사 속 실존인물

가와 감독들이 무의식적으로 창작한 영상작품들에서 우언성(寓言性)의 측면 또는 작품 전반에 나타나는 우언적 성격을 발굴하기를 간절히 바란다. 거듭 예증과 연구를 진행한다면 예상 밖의 성과를 얻을 수 있을 것이다. 아마도 몇 해 후에는 사람들이 책을 읽어 우언을 감상할 필요가 없이 단지 시청만으로 감상하게 될 지도 모른다.

미국의 스필버그(Spielberg) 감독이 만든 영화 〈태양의 제국〉(Empire Of The Sun)은 제2차 세계대전을 배경으로 중국 상해에서 벌어진 항일전쟁을 다루었다. 이 영화는 세계적으로 거대한 상업적 성공을 거두었을 뿐 아니라 그 내용 면에서도 전쟁이 인류에 미친 큰 충격을 보여주었다. 영화에서 짐(Jim)이 추락한 비행기 안에서 놀고 있을 때, 잔디밭에 추락해 있는 비행기와 짐의 장난감 비행기를 긴 시간 동안 나란히 모아놓음으로써 추락한 비행기와 장난감 비행기가 교전을 벌이는 듯한 시각적 효과를 주었다. 여기서 비행기는 짐에게 부모와 하느님을 대신하는 특정한 기호이며, 신물(神物) 또는 마력을 지니는 토템, 그리고 권력의 화신이자 숭배의 대상이다. 〈태양의 제국〉은 전쟁에 대한 아이들의 관점이, 일종의 불가항력적인 비이성적인 사유로 두려움을 느끼면서도 호기심에 이끌려 거기에 빠지거나 개입하도록 하였다. 심지어 전쟁이 아이들의 마음속에 일종의 아름다움[美]으로 다가오도록 하였다. 눈이 번쩍 뜨이도록 매력적인, 일종의 절묘한 게임이라는 시각을 나타냈다. 이 영화는 전쟁과 몽환, 역사와 현실을 교묘하게 결합시킨 우언이야기인 것이다.

이란의 유명한 아바스(Abbas) 감독이 연출한 영화 〈체리향기〉(The Taste of Cherry)는 자신이 묻힐 무덤을 미리 정해 놓은 사람이 자신을 기꺼이 죽여줄 사람을 계속 찾아다닌다는 이야기를 그렸다. 사람을 놀라게 하는 구석 없이 흥미진진하게 차근차근 진행되는 이 이야기는 다름

인지 민간에서 만들어진 허구적 인물인지에 대해서는 여러 설이 있다. 수백 년 동안의 역사가들의 고증을 통해 12~13세기쯤 살았던 사람으로 추정되고 있다. 그러나 국적은 미상이다.

아닌 인간이 죽음을 심미적으로 사유해 보는 우언시이다.

덴마크의 유명한 라스 폰 트리에(Lars von Trier) 감독이 만든 영화 〈백치〉는 일군의 반역적인 청년들이 세태의 냉혹함을 정확히 느끼기 위해 다 함께 백치로 변장한다는 이야기를 엮고 있다. 줄거리가 매우 생동감 있어 사람의 마음을 감동시키는 이 영화는 인간의 내면에 숨겨진 추악한 영혼을 예리하게 해부하였다. 〈백치〉는 우언 식 영화의 걸작이다.

이상의 3편 영화는 인문적 특징이 매우 두드러져 오히려 그 속에 드리워진 깊은 우언적 특징이 무시될 수도 있다. 이에 비해 디즈니사에서 제작한 애니메이션 〈라이온 킹〉(The Lion king)은 전적으로 파노라마 우언 영화라 할 수 있다. 심각한 재난을 겪은 어린 사자 심바(Simba)가 천신만고 끝에 동족의 무리를 찾고 결국 백수의 왕이 된다는 이야기를 묘사하였다. 전통적인 우언이야기의 모든 요소를 갖추고 있는 영화이다. 영상수법에 의한 특수시각처리를 했기 때문에 많은 관중들은 이 우언을 서술할 때 문자에 힘입을 필요 없이 화면과 소리(음악을 포함)를 통하여 직접 전달할 수 있게 될 것이다.

이 밖에 디즈니사에서 제작한 〈니모를 찾아서〉(Finding Nemo)와 〈토이 스토리〉(Toy Story) 등의 애니메이션 영화도 우언성이 아주 강한 영화이다.

우언의 본질은 어떤 의미를 기탁한 이야기이거나 자연물을 의인화하여 어떤 이치를 설명하는 가운데 권계와 교육적 효과를 지닌다는 데 있다. 만일 우리가 이를 굳게 믿는다면, 찰리 채플린(Charlie Chaplin)이 스스로 연출하고 배우로 출연한 〈모던 타임즈〉(Modern Times), 스필버그 감독의 〈쥬라기 공원 I〉(Jurassic Park I), 케빈 레이놀즈(Kevin Reynolds) 감독이 연출한 〈워터월드〉(Waterworld), 롤랜드 에머리히(Roland Emmerich) 감독의 〈투모로우〉(The Day After Tomorrow) 등과 같은 영화는 다 이러한 본질을 갖추고 있다. 심지어 이안(李安) 감독의 〈아이스 스톰〉(冰風暴, The Ice Storm)과 구로자와 아키라(黑澤明) 감독의 〈라쇼몽〉(Rashomon)도 마찬가지로 완벽한 우언성을 띠고 있다.

이들 영화가 지니고 있는 우언성(寓言性)은 이념적 차원에서 이루어진 문자우언의 전통을 뒤흔들 것이다. 우언성을 기준으로 모든 영상작품을 살펴볼 경우 수많은 영상 작품들에서 부분적으로 또는 전반적으로 우언성을 지니고 있다는 사실을 발견할 수 있기 때문이다. 이제 우리는 이들 영화를 '우언영화' 또는 '우언드라마'라 일컬어도 무방하다. 흥미로운 것은 우언이 어느새 이미 다른 종류의 예술형식을 빌어 성장하고 있으며 심지어 맹렬한 기세까지 보이고 있음에도, 대부분의 우언연구자들은 오히려 이러한 사정을 몰라 아직 눈치 채지 못하고 있다는 점이다.

이렇게 말할 수 있는 것은 바로 '우언애니메이션'과 같은 개념이 우리의 눈과 판단력을 가렸기 때문이다. 대다수 사람들의 잠재의식 중에는 우언의 본원은 응당 '우언문학'이어야 한다는 생각이 있다. 그러나 우언고사의 기초 위에서 그것을 '영상'이라는 매체에 힘입어 재현하는 과정에서 우언과 영상을 결합시키는 사명을 완성하게 된다. 우리가 보유하고 있는 모든 고전적인 우언들은 선천적으로 표현상의 유치함과 단순함을 띠고 있기 때문에 '애니메이션'은 최우선의 선택 내지는 유일한 선택인 것이다.

주지하듯 모든 영상작품이 문학 저본을 갖고 있는 것은 아니다. 촬영대본만 있는 경우가 훨씬 많은데, 비전문인에게 있어 촬영대본을 읽는다는 것은 대단히 어렵다. 심지어 어떤 경우에는 이미 완성된 영상작품임에도 불구하고 대본이 존재하지 않는다. 관객들 중에 영상작품을 감상한 후 영화를 잘 기억하거나 다른 사람들에게 전달하기 위해 관련 대본을 읽는 경우는 매우 드물다. 설사 대본을 읽고 싶은 생각이 있더라도 그것을 구하기가 힘든 것이 현실이다.

따라서 만일 우리가 이 글에서 예로 든 영상작품들이 우언성(寓言性)을 지니고 있다는 것에 동의하고 또 그것을 우언영화라고 일컬을 수 있다면, 우리는 영화 자체가 우언이기 때문에 다른 어떤 문자적인 해석과 설명을 가할 필요가 없다는 결론에 이를 수 있다. 이들 영화는 '우언애니메이션'과는 완전히 다르다. 그것들은 기존의 우언고사가 없을 뿐더러 그 어떤 오래된 우언을 예술적으로 재현한 것도 아니다. 그것들은 곧 그것 자체로 '우언영상'인 것이다. 만일 우리가 근원을 탐구하듯 굳이 그 뿌리를 캐서 우언영상작품을 문자로 번역한다면 이는 마치 중국의 현대 이야기를 다시 고문으로 번역하여 사람들에게 읽히는 것과 마찬가지로, 사람들을 지극히 무미건조하고 흥미 없게 만들 수밖에 없다.

오늘날 우언의 발전은 중국뿐만 아니라 전 세계에서 전례 없이 많은 장애에 부딪치고 있다. 우언의 입지가 점점 더 위축되고 있으며 창작 대열과 독자들도 날로 줄어들고 있다. 발전을 도모할 것인가 아니면 그대로 고수할 것인가, 이는 오늘날 현실에서 우언이 처한 기로의 문제가 아닐 수 없다.

이제 우리가 영상작품에 담긴 우언성의 묘미를 감지했기에 어쩌면 새로운 돌파구를 찾을 수 있을 지도 모른다. 접목이든 결합이든 능히 우언의 본질을 지킬 수 있어야 한다. 이미 지나간 것을 한탄할 것이 아니라 앞날을 바라보고 나가감이 옳다. '영상'이라는 백화원(百花園) 속에서 우언이 다시 새롭게 번영할 토양을 찾을 수도 있을 것이다.

对今后十年寓言研究领域的设定和建议

尹柱弼*

0. 前言

展望韩国语国文学界今后十年的发展动向并非一件易事。即便是限制在某个领域内，因为这毕竟是在对未来的事物进行预测，而且还需要个人和集体的协助，需要实践的考證。但盡管如此，笔者仍想整理一下本人所正在进行的课题"寓言研究"的领域，并在此基础上提出更有发展性的研究课题。

寓言和汉文学、韩国文学、东亚文学、世界文学乃至普遍意义上的文学都有一定的关联。放宽视野关照到所有方面固然很好，但问题是能力不足，为此笔者也常常慨叹不满。所以就目前来看，只能是先将所有的精力集中到相对来说大家更为关心的领域，广泛借助同行人士的力量来逐步扩大与深化寓言研究。

以往的韩国寓言研究经曆了多次的试验与失败，这主要是因为对"寓言"的基本理解，即对"寓言"的概念和领域的设定还很混亂。现今这一问题仍旧没有彻底得到解决，但因为已积累了一些研究成果，所以相信通

*檀国大学韩国语文学部教授

过分析这些研究成果，会引导出一个比较合理的说法。[1]

第一，比较关注古典小说史的早期国文学研究者们在研究仮传(仮传体)时論及了寓言，并使用了"仮传体小说"、"创作说话"、"寓话(寓话小说)"、"拟人小说"等用语。他们一方面强烈地暗示到寓言必然与"叙事"有不可分割的关联，但另一方面在用语使用上也体现出了概念的模糊性。

第二，研究体裁特点，将仮传(仮传体)、梦游録和叙事分属为不同的体裁。这一时期强调寓言和寓话完全属于不同的体裁；且和仮传体相比，寓话小说和寓话的本质更为相似。另外，仮传体还被细分为"心性仮传(仮传小说)"、"天君小说"、"天君类寓言"等概念，区别于一般的仮传。但是寓言和寓话的根本差异源于记载文学和口碑文学的属性，而并非源于体裁上的差异。界定寓言概念，这在寓言研究史上是一大进步，然而这种进步却是以将寓言和寓话相区别为代价的不成熟的进步。

第三，针对于仮传(仮传体)，将寓言进一步规定为中间混合性体裁，并同时肯定寓言的独特性和普遍性。若将寓言看成是反映传统文人的传统世界观的文体，那么所谓寓言就可以定义为是从事汉文学的知识分子们所写的寓话，而寓话则是以寓言的形式構成的故事。也就是说，寓言和寓话的区别只在于各自所强调的重点不一样，前者强调的是"汉文学形式"，后者强调的则是"故事"本身；而在作品的表现、表达方式上两者则没有本质上的差异。

第四，承认寓言是韩国汉文学的重要研究领域之一，并从多个角度进行了研究。这一时期认为无须刻意地去区分东亚传统用语"寓言"和翻译过来的用语"寓话"之间的区别，而是将"寓言"用作为一个内涵更为广泛的概念。即"寓言"里包含了口头流传下来的说话体民间寓言和知识分

---

1) 请参照尹柱弼的〈寓言小说的体裁史研究〉(≪古小说研究≫5辑，韩国古小说学会，1998)里第80~84页的論述。

子人为创作的创作寓言；而寓话则指说话的一个重要类型或具有明显的民间寓言特点的创作寓言。但这里将引发出一个新问题，即当认为和fable相比，寓言和allegory更为相近时，寓言是属于修辞学呢，还是属于一种文学体裁呢？

以上简要地回顾了一下对寓言概念的研究状况，由此可以大体估量出未来的寓言研究课题是什么。寓言不仅和东亚汉文学关系密切，而且和基层文学说话·寓话小说、民族文学寓言及寓言类小说也有关联。但现阶段最重要的研究任务是，在承认既是一种文学体裁又是一种修辞手法的寓言将继续作为文明史上的一种有力的谈论方式不断发展的前提下，探讨寓言的地位和发展轨迹。通过这一研究，我们应该扩大宏观的比较文学的视野，进而为構筑寓言文学論和发展文学理論奠定基础。为此，本文将就这几个问题发表一下笔者的个人见解，同时还将对今后的寓言研究状况进行一下展望。

1. 寓言的文化传统

寓言涉及人文学的各个方面。寓言或以曆史问题体现宗教秘义或哲学理念，或将曆史事件视为哲学理念或宗教信念的具体事例。也就是说，寓言作为一种文学修辞，它根据"经史体用"的原理，灵活运用人文学的主题和素材，使之相互呼应。

先秦时期盛行诸子百家的寓言，而汉代时期则由司马迁开创了用于书写曆史的寓言式写作方式。司马迁发奋著书之时特别关注了孔子的《春秋》。他的著述比过分强调理念的经书更为有效，是曆史学著作的典范。他将对理念的追求寄托在了对具体事件的叙述中，即通过"述而不作"的迂回的写作方式从侧面反映了这种追求。从这一点上来看，若有对西方基督教的allegory的研究，那也就应该有对东方"经书学"的寓言式写作的研究。

另外，在楚辞的基础上发展而来的汉代的赋寄托着作为帝国的臣民逐步融化为某一阶层的文人们的个人欲望和主张。辞赋文学同时具有韵文和散文的特点，采用的是某一叙述者以抒情者的口吻陈述着某种情况的形式。根据这一特点，研究者们对其体裁进行了多种不同的规定，有的认为它是具有独特特点的曆史体裁，有的认为是中间混合体裁，有的则认为是和抒情、叙事相区别的教述文学，可见彼此间理解上的偏差之大。

具有这种混合性特点的辞赋可以说是在文学领域里形成的第一个采用寓言式写作方式的文学形式。寓言并非只渗透到了叙事乃至小说领域内，是在东亚文学史的整个发展过程中形成了多种多样的文学形式。如仮传是寄托于个人曆史记述的中世纪汉文学知识分子的寓言文学形式，它主要以反映东亚独特的贵族阶层"士大夫"的处世方式为主题，借寓言形式揭示了他们的仕途发展情况。韩愈的〈毛颖传〉是这类作品的代表作。柳宗元曾大力赞赏〈毛颖传〉开创了新的寓言文学形式，是又一个典范之作。

寓言虽然包含着人文学领域，但是在寓言的思维方式上，却有很多因素需要从文化传统角度去理解。也许这样说有些夸张，但是从重意性这一语言的本质特征来看，寓言作为一种修辞的确已渗透于所有的表达领域，因此也就需要考虑到这一特点。寓言就像神话那样，含蓄地暗示了渗透于当时的宇宙論、科学认识水平、造型艺術等之中的世界观。如果说神话是对当时文化的一种象征方式，那么寓言就是对当时的文化进行定义并对之进行反省的一种方式。所以相对来说，神话是追求美本身的纯粹艺術，而寓言则是利用这种美并在其上添加一定的思维特征的应用艺術。

寓言通过各种不同的媒体揭示隐藏在特定文化中的类型特点。"寓言"似乎只能用"文章"来表现，而事实上体现在其他媒体中的类型特点也可以被宽泛地理解为"寓言式的思维"。这种思维方式对于从文化传统的角度去理解寓言很重要。例如，被选为仮传素材的事物和寄托于其上的寓意具有很强的类型性。称钱为"孔方"，在其之上可以寄托"天圆地方"，"外柔内刚"，"圆其外方其中"等众多寓意，进而可和士大夫的处世方式联系起来。此外，还可以以内心修养、疾病、贫困等抽象事物为素材，将寓意寄托于其上。此时，这些素材一方面对于那一时代的各位作家来说具有深含寓意的象征性，另一方面也体现了那一时代文化的类型特点。

铜钱、铜板、纸币的流通代表了货币的发展变化。寓言可以选用其中任何一个作为素材，以此暗示发生变化的时代精神。也就是说，只要是和人相关且反映着"文化类型特点"的事物，不管它是有形的还是无形的，都可以成为体现寓言式思维的对象。这种类型间的关联性也可以通过图象来表示，周易的八卦和六十四卦就是最好的例子。随着时代的变迁，《周易》一直被用做各种不同思维的媒介体，可见《周易》是传承东亚寓言式思维的古老文本。

2. 从比较文学角度进行寓言研究的可能性

在西方文学史上，《伊索寓言》一直都发挥着影响作用，与此相应，在亚洲则有《五卷书》可以与之相媲美。《伊索寓言》后来曾被拉封丹和克雷洛夫等西欧作家改创为寓言诗，《五卷书》也曾在远离印度途经东北亚和被称为汉文文明圈的东亚的过程中被改创为说话，另外还曾被知识分子们利用于寓言创作中。　以上这些异同点便可成为比较文学的研究课题。

另外，在西方形成的是以基督教文明圈的圣经为中心的神学allegory；而在流传同一语种大藏经的东亚地区则形成的是佛教寓言和在东亚本土产生的儒道家寓言，它们也可被视为一种宗教、哲理寓言。　所以这种异同点也足以成为比较研究的课题。　此外，我们还应尽可能地联系一下我们还不太了解的伊斯蘭文明圈。

这种比较文学研究可以在以下两个方面进行。

第一，按年代对各文明圈的寓言文学史的展开过程进行比较。 这样就可以将寓言比较文学作为叙述世界文学史时依据的主要标准。 寓言曾被古代末期的思想家们作为主要的谈論技巧；曾驳斥将人与自然等同理解的世界观，提高人的地位，为形成三才論或三位一体論这一中世纪allegory思维方式奠定了基础；另外也曾排斥过隐藏在人身后的抽象世界，形成单一的价值观，进而形成与自己的曆史状况相符的主气論或科学的近代思维。 所有这些事实都是世界思想史或世界文学史上需要叙述的重要课题， 也是寓言比较文学研究中的重要课题。

第二，考察各文明圈之间、各文明圈内部以及同一民族的各阶层之间寓言相互影响和相互接受的情况。 例如，以视中国为中心的东亚所共同拥有的汉文古典作品、各民族根据各自的情况特别强调的汉文古典作品、各民族的民族古典作品为典范戲仿的寓言作品数不胜数。 可以在探寻古典作品的形成和文学作品的变形之间是依据怎样的原理形成对抗矣系的过程中， 考察该地区寓言文学的总体发展状况和各分支的发展状况。

这里需要注意的是， 这里所谓的"东亚寓言"应包括从印度传来的古代寓言、佛经寓言以及在与东北亚游牧民族发生冲突、交涉过程中流传过来的说话寓言。此外还不能遗忘掉这样一个事实， 即耶稣会神父利玛窦的有矣基督教的著述中和寓言相矣的概念和自壬辰倭亂之后传到日本的东南亚说话寓言和伊索寓言又被韩国、中国等接受。源于《五卷书》的作品有广泛流传于东亚地区的〈龟冤之说〉、循环谬误形式谈〈野鼠之婚〉、朝鲜王朝实録中的史评〈猫首座〉等。改写自项讬传说的骈文〈孔子童子问答〉和满州语练习册〈八岁儿〉、〈小儿论〉等也是东亚的广布说话。从菲律宾的吕宋岛(Luzon)传到日本和朝鲜的〈赘翁〉也是影响不同文明圈和民族文化的作品。

以上两种研究角度中，前者强调说话同时产生論，而后者倾向于传播論，各自强调的重点有所不同，然而在实际研究过程中，这两种观点则可能会起到互补作用。因为，虽说是同时产生的，但是具有明显的创作寓言特点的有文字记载的寓言集中的一些作品却也能找到一定的传播途径；虽说是传播而来的，但是在被传播的过程中作品也常常变形为说话，另外寓言所描写的主要主题"神圣与低俗、智慧与愚蠢、保守与进步、步入仕途与隐居"等也常在被接受过程中被更改。

3. 对寓言文学理论的研究

寓言并非只由作品中的世界所構成。作品外的世界也常常融合到寓言作品当中去。所以，寓言曾被例举为具有不完整转换体系的文学体裁的典型例子。寓言以最短小的情节模拟现实生活中的事件，且有作品外的"我"以叙述者的身份介入作品，但是所有这一切只有当和作品外的现实世界相对照时才具有完整的意义，可见寓言具有"叙事性教述"的特点。

但是我们需要注意的是，不可将这种体裁論生搬硬套在那些对现实和想象世界的认识不同于近代以后的世界观的作品中。也就是说我们既要承认虚構論会因文明圈和文明时代的不同而不同，也要从根本上重新审视原有的文学理论。特别强调"单一的时空间"因果关系的近代世界观倾向于将现实和虚構彻底二元化为里与外。所以离现实越远，作品也就越具有完整的独立世界；而若一直有什么东西在指挥着实际情况，那么作品世界也就不是独立完整的了。但在现实和非现实之间的界限实为模糊和认为幻想、仮想、理想等復杂的想象世界作为另一种现实存在于实际世界中或至少作为一种幕后世界和实际世界相通的时代，并不存在教述和叙事这种区分。叙事式教述和教述式叙事之间的差异被忽视，而只是关注这种双重修辞起到了多少作用。

　对中世纪的东亚人来说，文学和曆史是一种内含着某种意义的"古-今"双重文本。所谓"曆史的"对某些人来说便是一种文学，包含着一定的价值评价。例如，"传"就是由作家进行某种价值判断的文学形式，是促使对经验进行叙述的动力。但它也创作出将原本和样本的意义相对应的双重文本。这是通过在包含有作者的阐释的意念上添加趣味盎然的文学故事而编造的仮想文本。而这个文本才是虚構叙事的动力。至少在东亚虚構论的核心内容就是对典范的重新阐释和故事之间的相逢。这就是所谓的"经史体用"精神，文学为连接"体"和"用"提供了寓言修辞。我们常说的"传奇"并非像现代学者们所想象的那样是对某种特定形式的指称，而是指代一种具有双重性质的写作方式，即指从无法成为曆史记述对象的那些特殊的、私人的乃至神奇隐秘的故事寻找出自己的意义、理念的写作方式。所以这种"传奇"也属于寓言修辞学。这里包括今天所说的小说和戲剧体裁。如果说中世纪东亚人的敍事完全属于一种纯曆史记錄，那么与此相对，"传奇"指的就是将曆史记錄内面化或戲仿曆史记錄的文艺作品。

　这里应该强调的一点是，寓言式叙事就是东亚虚構論的核心。这里幻想、仮想、理想等多种想象体系如同现实中的经验一样被叙述。那么这种虚構论的理论背景又是什么呢？"述而不作"的写作态度、曆史记錄法之一的"春秋笔法"、语言邏辑"名实論"等便和这种以寓言式叙事为核心的虚構論有着直接的关联。

　当然对于这一命题也存在着多种不同的解释，但这些解释上的差异只能带来虚構論内部的不同。这里所要说明的是，为这种虚構論提供理論根据的不是什么特定思想或流派，而是上面所列举的古代时期的概念。例如，应该认识到如何从理论上阐明连否认创作或虚構、拥护名分的儒家知识分子也常常创作心性仮传体、梦游錄等寓言式叙事作品这一文学史现象也是一个重要的研究课题。虽然这还需要今后更详细的論證，但至少我们可以认识到儒家的写作是常以理念和现实的对应为主题的。若用儒家的名实論中的正名論来解释的话，就是名字和名字所具有的深层含义这种双重性構成了寓言式叙事的前提条件。这里需要作以区分的是，这种寓言式叙事不同于重视事件因果关系的时间叙事，而是一种空间与意义相互重叠的多面叙事。

寓言理論研究会成为叙事分类論革新的契机。那时将会引发一场对作为分类論依据的语言理論、邏辑学、修辞学、文学批评史的研究。这种研究将不只属于文学理論范畴，而是需要相关研究领域共同参与的问题。

4. 寓言资料的整理和寓言作品论

因为寓言不具备定型的形式，所以就很难确认它到底属于哪种体裁。寓言涉及领域甚广，从朴实的短小寓言到具有復杂结构的中长篇小说，从寓言诗、寓言辞赋等韵文到韩国语散文、汉文散文等散文，都有寓言的足迹。而将这些资料发掘出来又是必须做的一项寓言研究工作，并且还要思考该依据什么原则来调查、整理这些资料。这是和寓言的原理、手法以及寓言体系論相关的重要问题。

关于原理和手法的问题，笔者已经在其他文章中做详细論述了。这里笔者将凭借以往的研究经验来谈一下寓言分类的方法。第一，寓言虽然不是一种定型的形式，但是却有一种固定形式经常出现在文学史上，因此可以以此为依据来对寓言进行分类。第二，可以根据流通方式来进行分类。即可以根据所使用的文字、作品的长短、被读者接受的方式等来进行分类。第三，可以根据主题和美意识进行分类。这也是中国寓言研究者们常使用的方式。第四，同时使用上述方法，界定寓言的范畴。虽说是范畴，但却需要了解实际作品的存在情况，然后才可据此进行实际分类。[2)] 下面就将对此作以详细論述。

第一，如果说文学形式是依据文学习惯形成的一种框架的话，那么根据形式对寓言进行分类则有利于体现出寓言写作的主要领域。但需要注意的是，形式习惯是一个曆经形成、变化的开放过程，因此需要以开放式的观点来进行考察。例如，描写仮想人物的传记除了仮传以外，还有碑志传狀、祭祝颂讚等类型；描写仮想空间的叙事作品除了梦游记以外，还有描写梦幻和陶醉的世界、回顾古今曆史的仮想记錄，这些都应属于被考察的对象。仮传体和梦游录可以这样被联系起来，但同时也需要承认它们的独立性，对它们各自作以整理。我们也可以利用这种开放式的视角对韩国国文寓言进行整理。例如，有必要将和闺中生活相仌的〈闺中七友〉类型的寓言、寄托男人曆史观的〈歷代歌〉、〈梦游歌〉类型的寓言分别界定为仮想女性主体寓言、仮想回忆錄，并集中发掘这方面的资料。

另外，还需要从整体上把握一下根据主题而区分出的各种类型。在学界上被分称为争年型、争长型、争座型、争功型、讼事型等类型具有利用寓言形式进行智慧对抗的共同特点。具体来讲就是，这些作品所描述的争辩内容和判决方式虽各自不同，但是它们都可被统称为"争辩寓言"。此外，对抗的规模也大小不一，包括从两人间的对峙到多个家族之间的对抗；且主题也多种多样，包括有花卉、动物、人物、仮想的存在、人们的日常工具、概念性的存在等。

第二，根据流通方式进行分类可以特别尊重资料情况。依据媒体分类的标准，可以将资料分为口语资料和书面资料、国语资料和汉文资料、国汉文混用资料等。若将资料范围进一步扩大，那么从口碑文学中的寓话、谜语故事到循环谬误形式谈等，以及漫畫、影像、网络、flash影像等与现代文明寓言有仌的媒体，都应被囊括进来。

韩国古典文学中用汉文记录的寓言占大多数。这就要求我们必须先从文集中将这些寓言作品筛选出来。这些文集包括为数不少的影印本

---

2) 請參照尹柱弼的〈對寓言寫作原理和適用資料範圍的研究〉(『韓國漢文學』28輯，韓國漢文學會，2001)的第23~31頁

和个人收藏本。另外另以抄写本形式流通的寓言作品，如仮传体、梦游錄、寓言小说、小说集、寓言集等，也同样需要得到重视。特别是有必要为另有众多異本的〈花史〉、〈四代春秋〉、〈梅柳争春〉等花卉寓言的典型、〈元生梦游录〉、〈金山(华)寺梦游录〉等梦游錄寓言小说的典型以及〈愁城志〉、〈天君实录〉等仮传体寓言小说的典型加上注释，将它们编定成校合本，进而加以翻译。

与此相对应，可以考虑编纂国语寓言集。附加在崔胜范教授的个人收藏本《金刚山游山日记》之上的其余六篇文章都是寓言。将它和以女性歌辞形式流通的寓言作品合在一起，就可以编纂一本国语寓言选集。例如，〈闺中七友〉类型的作品有很多种異本；〈雌雉歌〉和〈鸡恨歌〉、〈叹牛歌〉的手法一致；〈女容国〉类型的作品虽也有汉文版異本，但国语版的異本更接近于原本，所以应该一同加以考察。 对于像〈五花传〉这种同时拥有国文版(韩国古语版)、汉文版的作品，若认为国文版更为重要，那么也可以将这类作品收录到国文寓言选集中。

另外，根据流通方式进行分类的话，开化期的寓言就可以被划分为一个独立的领域。开化期的寓言利用多种方法混合使用国文和汉文，流通方式也兼顾了新旧形式，如抄写本、旧活字本、报纸、杂志等。它既继承了寓言的传统题材和形式，同时又担负着从各个方面对资料进行整理的任务，且要体现出开化期要求变革的欲望要比任何时代都强烈的这一时代特点。例如，在动物寓话小说仍旧以抄写本的形式盛行时，也出现了〈虎蟾传〉、〈春梦〉、〈禽兽会议录〉等有一定革新的作品，因此可以将它们联系起来进行考察。另外，当时还出版了含有孔子童子问答型作品〈芳迄传〉的旧活字本《孔夫子言行录》，李敦和等作家还在报纸上发表了连载小说〈盗跖〉，从而将孔子和盗跖对比了起来。此外还应考虑到新旧寓言共存的现象。再有仮传体、梦游錄等旧式寓言、以新式媒体形式介绍的翻译作品〈伊索寓言〉、方定焕的〈银蝇〉等创作童话也应该属于被研究的对象，但这方面的资料整理工作还不夠完备。

第三，根据主题或美意识进行分类有助于明确作品所描写的对象，如政治、宗教和身边发生的事情等，还有助于了解所描写的目的，如滑稽、哲理、批评等。寓言本身就是一种修辞，这一点就足以證明寓言和政治有着密切的联系。另外宗教也根据时代和现实情况的不同而重新调整神的旨意和创始人的教义，可见从根本上来讲宗教也是以寓言式思维为基础的。当然也可能有以知和行的相关性、无意义的意义等为主题的禅问答形式的寓言。这便是同时兼顾宗教和哲学两领域主题的寓言的特点。另外，身边寓言指的是反映作者的日常生活、对自我的反省和处世态度等寓意的作品。

寓言一般都具有滑稽性，但也有些作品更强调反语和反論。还有一些作品是诱人发笑的滑稽故事，另外笑话中也有使用反语和反論的作品。此外，还有被用作思维工具的寓言，用以回答哲学性的疑问、宇宙理論、当代文化的属性等根源性的问题；还有被用作批评工具的寓言，用以描写曆史的紊亂、政治权力的矛盾、对文学的批评等主题。这样，就需要发掘出并整理好这方面的资料。

上述各种分类方案都具有一定的优点，且在实际资料堆中进行具体操作过程中，也会起到一定的杠杆作用。但是在整理筛选出来的资料过程中，这些标准又往往会发生重復作用，从而引起混亂。因此需要一个对寓言创作原理、流通原理有充分研究的总分类方案，而不是一个只表明分类系统的简单方案。当然，在这个总分类方案内部，上面这些标准将被用来衡量具体作品之间的远近关系。

寓言最重视模仿原理。虽然也有对比、仮想等原理，但是将对动植物和事物的模仿按一定的顺序编成故事情节，这是寓言思维的根本之所在。首先，这里的动植物指代一种自然物。模仿动植物的寓言，着重夸大某一种自然属性，然后在其之上寄托人世间的意义。这类寓言大都篇幅短小，且寓意简单明了。另外它不一定要拟人化，且作品也不一定在标题上表明是"寓言"，而要到诗、辞赋、说，杂说、笑话、民谈等中去寻找。这些作品均属纯诗文寓言，可将此界定为"单一型寓言"。

其次，这里的事物指代曆史事件、人物、哲学概念、文学经典和形式等。这种以事物为对象的模仿是一种对文本的模仿，因而在原文本和新生成的文本之间有着一种相互参照的关系。新生成的文本在继承原文本的基本脉络的同时也对之加以变形，因而这是一种戲仿(parody)。不仅要对资料发掘和整理工作都有一定成果的仮传和梦游錄一一进行考察，对那些模仿特定的寓言名篇的作品也要细细做以研究。虽然已有〈天问〉、〈形·影·神〉、〈送穷文〉、〈三戒〉、〈醉乡记〉、〈梅柳争春〉、〈空中樓阁〉等模仿作品被研究，但是还应该继续发掘出更多的作品。此外，随着对东亚寓言流通的比较文学研究的进一步发展，我们已经感到有必要发掘〈龟兔之说〉、〈猫首座〉、〈野鼠婚〉等≪五卷书≫类型的作品，〈孔子童子问答〉〈芳笋问答〉等敦煌变文类型的作品，以及源于汉文大藏经的作品和来自日本或欧洲文明圈的作品。上述这类作品是在借用其他作品的形式，因而可以界定为"单纯模仿型寓言"。

寓言模仿除了这种自然物和事物之间的模仿对象上的差異以外，还有质上的差異。应该将不止停留在对自然物的模仿和对特定文本的戲仿而进一步创造出新形式的寓言作品也考虑在内。仮传体和梦游錄便是代表性的例子。但是这里友一点需要研究者们注意，即它们的形式并非固定不变，在具体作品之间存在着多种偏差，这种偏差是对新形式实验所带来的结果。不同的仮传体作品分别模仿纪传、编年、纪事本末、纲目体等各种曆史记述方法，描写了被赋予双重含义的心性世界、曆史矛盾、文章王国、陶醉的世界等仮想世界。与此相似，梦游錄在作品中也设定了梦游空间或相似的空间，但这种空间则主要是以曆史为背景的仮想世界，其事件也是映射人世间的。所以作为以多种角度的叙事描写以曆史为背景的仮想世界的形式，仮传体和梦游錄之间的差異不大。这里我们需要从整体上来进行把握，关注两者的共同属性，即它们都体现了寓言式写作在向小说形式转化的倾向(或者说它们都是寓言式写作在向小说形式转化过程中的过渡形式)。不仅是仮传体和梦游錄，其他处于这一阶段的寓言其模仿程度都很復杂，且又创作出了新的形式，所以可以将它们界定为"復合模仿寓言"。寓言中根据因果关系展开的叙事情节反而位居于次，而以它为背景的双重文本的呼应关系则是寓意的核心。为了完整地体现寓言作品的这种特点，需要对異本进行校对，根据上下文而不是只根据词典对文章加以注释，并在此基础上对之做以翻译和进行作品研究。应该不受范畴界定的约束，根据作品的篇幅或研究内容，在尊重个别作品或相关作品的基础上进行基础研究。

5. 寓言文学史的记述

寓言兴盛于古代哲学发达的地方。而这种地方便是古代文明的中心地带。所以可以说寓言产生的地方就是古代文明的发祥地。这些古代寓言怀疑神话世界观，并试图从人文学的角度加以阐释，所以具有古代末期的特点。不仅如此，这些寓言还批判了违反自然界秩序的古代文明统治秩序，重新审视了古代统治秩序出现以前的神话世界，试图孕育新的人文精神。所以，寓言的产生就是对神话的否定之否定，同时包含有神话与寓言间的不连续性和连续性。3)

可见，寓言的产生问题是和整个世界的文明史相关的问题。对神话进行双重否定的寓言在中世纪文明中得到进一步的发展，而且范围也有扩大。中世纪文明圈为寓言的发展和流通提供了必需的条件。寓言在继承古代文明的同时，还包揽了中世纪文明圈的典范和应用问题。

---

3) 趙顯高在〈連接智慧、神話和寓言的環節〉(≪古典文學研究≫26輯，韓國古典文學會，2004，p.41~41)里對這一点做了詳細論述，請參考。

所以，寓言的曆史是从宏观角度了解文明圈曆史时可依据的重要标准。

那么，应该以一种什么样的观点记述寓言的曆史呢？它应该属于哲学、曆史、文学或者艺術等这些近代学问分科中的哪一个呢？另外，若以文明圈为重要单位，那么各文明圈内所普遍流传的寓言、各民族的寓言和这些寓言的综合体世界寓言之间又该如何建立起联系？这里包含着很多方面的理論问题。

寓言可以涉及人文、艺術乃至社會、科学、教育等多方面的认识问题，其主要特点在于它的写作方式是以双重、多面叙事进行表达。所以，若以认识的内容为基准进行记述，那么寓言的曆史就该是对综合领域的记述，可想而知其工作量是相当庞大的。相反，若从写作的角度进行记述，那么就可以将寓言的曆史容纳到文学史当中进行记述。这时的关键问题就是该如何有效地将各认识领域联系起来。

首先来看一下"韩国寓言文学史"的记述问题。最近陈蒲清和权锡焕教授共同出版了≪韩国古代寓言史≫一书。4)　这本书的特点在于它以向中国研究者介绍韩国文化和寓言为目的，可以说它是这一方面的第一本論著。除去这种"第一"的荣耀，这本书还具有更大的价值，即它为寓言研究提供了一些重要的研究话题。这里暂就其中的几小点简要地做以論述。

第一，寓言范围的问题。自≪中国寓言文学史≫一书出版以来，陈教授在他的其他多本論著中都一直将"故事性"和"寄托性"作为界定寓言范围的基本条件。这里前者指的是和故事或叙事的概念相关的问题，而后者则指的是和创作、流通以及接受美学等相关的问题，所以在实际应用过程中，这两个条件会引起不少混亂。同时作者还表明了以下两个观点：寓言是一种故事形式和要明确考察被隐藏起来的作者的意

---

4)　[中]陳蒲清/[韓]權錫煥，≪韓國古代寓言史(History fo Allegoric Tales in Ancient Korea)≫，中國長沙：岳麓書社，2004.

图。这正和前面所論述的观点相矛盾，前面的观点强调寓言不仅是一种形式，更是一种多面叙事修辞；而且根据流通方式的不同，可以被灵活应用为双重思维工具。

第二，韩国寓言产生的意义。上面这本书评价说，韩国寓言最迟也于公元7世纪出现，这在除世界古代文明中心地区以外其他地区中位居前列，且这也是东亚寓言体系中值得骄傲的的事实，但是若抛弃尚古主义这一观点，那就很难说明"位居前列"具有什么重要意义。当然这样评价似乎有助于證明东亚寓言体系是一个通过传播而形成的体系，然而事实上它并没有起到什么积极作用。如上一章节所述，采用比较文学的观点更为合适。

第三，"仮传"到底是不是韩国特有的文体？上面这本书将韩国寓言体系划分为一般散文寓言(俗称"寓话")、诗体寓言、寓言小说、仮传体寓言，并认为它和中国寓言有着紧密的关联。其中特别对仮传做了重要评价，认为仮传从寓言小说中独立出来，是韩国寓言文学史上特有的文体。这里，作者所说的"寓言小说"指的是像〈调信梦〉这样内容豐富且寄托有作者理念的作品，且作者认为它是"寓言"和"小说"的结合体。可见这里包含了将寓言理解为一种形式的观点。其结果是过分强调了"仮传"这种简单的"形式借用寓言"。"仮传"和"仮传体"两个概念完全没有给以区分，进而也就未能突出强调以寓言写作方式进行多面叙事的寓言类小说。此时"小说"的概念也和韩国研究者们的有所不同。

第四，有关寓言文学史上的口语、书面语和媒体的问题。上面这本书的最后一章将朝鲜后期用国文创作的盘瑟里(朝鲜古代曲艺的一种)类寓话小说称为"寓言小说"，将属于说话的寓话和笑话称为"民间寓言"。这里口头、国文、汉文之间的界线虽很分明，但彼此间仍旧存在着復杂的联系。当然对于中国学者来说，要想完全掌握韩国文学史的情况是很困难的，但盡管如此，仍有必要重新审视一下寓言文学的范畴和特点。与有明确作者的大部分汉文寓言不同，国文寓言和口头寓言因異本太多而无法使文本和作者一一对号，因此需要根据它们的具体特点进行研究。此外，还要研究国·汉文寓言的翻译·翻案问题、上层文学和基层文学的体系和关联性等，并要认真地探讨将这些内容融汇到文学史的方法論。

第五，寓言文学史的时代划分问题。上面这本书将寓言文学史大体分为四大时期，即上古三国时期、三国末期~新羅王朝时期、高丽时期、朝鲜前期和朝鲜后期。这里基本上采用的是按王朝划分的方法，但也存在着以下几个问题。(1)韩国寓言文学史始于何时？这与神话和寓言的连结问题相关。(2)将寓言史的开启和新羅统一三国的过程联系在一起的意义何在？(3)如何理解高丽武臣掌权之后随着仮传的盛行寓言文学史也逐步豐富起来的现象？(4)该怎样规定新叙事形式小说文学和寓言的关系？(5)将朝鲜王朝前后期划分为"古典时期"和"变革时期"时所依据的寓言作品的具体情况如何？特别是如何确认朝鲜后期的作品情况是一个问题，因为朝鲜后期的媒体比以往任何时期的都多样化，且国文、汉文、口头寓言错综发展。

要想为上述问题提出一个完美的方案并非易事。但盡管如此，笔者也想大体表述一下几点意见。首先，在读解神话中的寓意时要特别细心。例如，〈檀君神话〉中的"弘益人间"、"熊的忍耐"常被解释为多种象征含义，并且在适当的契机和意图下还可被运用为特定的寓言。但是它们本身却很难被编入寓言史。与此相比，叙事巫歌〈创世歌〉反而能从弥勒–释迦的"众神争世之竞争"(看哪个神能占领人世间的竞争)中感知到寓言的批判意识。原来的创世叙事诗逐步转变的过程中，对人间文明的批判意识可以融汇到叙事脉络中去。

相反，〈龟兔之说〉、〈花王戒〉的重要性并不在于它们出现时间的早晚，而在于它们是最早体现韩国中世纪寓言面貌的作品。这两个作品说明在三国末期到民族统一时期这一阶段的文学史上，寓言曾作为一种说服手段传达了一定的政治意图。另外，还说明它们都是口头文学向书面文学过渡时的寓言作品。汉文文明圈的中心中国的寓言正式始于战国时期，而在韩国则始于三国末期到民族统一时期，寓言文学史自此正式拉开了序幕。

武臣掌权期间知识分子们曾试验了仮传等多种寓言写作形式，这一现象标志着中世后期的开始。在使用共同书面语(汉语)的书面文学刚出现的时代，韩国寓言文学还很微弱，而当共同书面语(汉语)与民族文学紧密融合在一起时，韩国的寓言文学则在各个方面都比中国的寓言活跃。由唐朝韩愈等形成的中世纪寓言文学的高潮，在高丽后期得到充分利用，结果带来了中世纪后期寓言文学仮传和梦游记的盛行。

朝鲜前期的文人更加扩大了寓言写作的范围。笔记、稗说、滑稽传等都有不少寓言，此外还创作了像〈训子五说〉、〈浮休子谈论〉这样的寓言专集。这是馆阁文人广泛享有文化的结果。另外，寓言写作对朝鲜前期小说的产生也起到了重要的作用。在多种多样的叙事传统中，尤其是寓言叙事作为一种将双重意义叠加在故事深处的方法，发挥了重要的作用。同时当时的知识分子作家们也可以通过寓言的虚構性描写战争、政变、哲学論题、曆史观等敏感的主题。此外，16世纪还出现了将性理学的修养論拟人化的寓言叙事"心性仮传"，这也是值得注目的现象。上述这些同时涉及文、史、哲各领域，是韩国传统人文学曆史上的特殊部分。

经曆了16世纪末17世纪初的壬辰倭亂和丙子胡亂之后，寓言的主题也开始具有了文明批评的倾向。权鞸，赵缵韩，柳梦寅，崔孝骞等人的诗文中充满了寓言式的思维。虽有很多作品采用了寓言诗或寓言形式，但也有很多作品不受特定形式的约束，适当灵活地运用了寓言式写作。18世纪北学派文人们的寓言式写作比较突出。虽然有尖对这方面的研究不算少，但是对于他们的思考和寓言应用之间的尖联仍需要进一步的考察。此外，李漢、李瑞雨、吴相廉、尹愭等南人知识分子和李光庭等嶺南士林的寓言也须另作一个范畴加以考察。还有，19世纪金正喜、张混、金时和等人的作品也值得做以研究，但问题是这方面的基础资料可以说几乎是一片空白。此外，朝鲜后期还有不少无名氏的寓言作品，这些也应该被包括在研究范围之内。

开化期时期新旧文学共存，且比以往任何时期更加强烈要求运用寓言叙事。从近代过渡期的最后阶段到寓言式写作范围向单一平面敍事逐步缩小之前，曾进行了多种多样的寓言式写作试验。目前我们应该先着手上一章所提到的资料整理、注释校对等基础工作。根据实际情况的需要，也可以将作品分成不同类型，按照这些作品类型分头、全面进行整理。

对于近代以后的现代文学中的寓言，可以整理一下寓言(allegory)作家们的派别和作品的体系。金声翰、张龍鹤、崔仁勳的小说和朴祖烈的戲曲等就是很好的例子。以现代文明中的自我认识、左右理念的对立、韩民族的分裂等为主题的作品较多。

6. 寓言在现代社会中的应用

几年前，中国导演特卫的〈牧笛〉、日本导演宫崎骏的〈千和千寻的踪迹渺茫〉在韩国倍受瞩目和欢迎。前者以中国的水墨畫手法填充了影像畫面，后者则以日本温泉地区为幻想世界的舞台。虽然两部作品都是动畫片(animation)，但是因为它们突出体现了东亚地区的特点，所以很值得评价一番。另外，在急需一种足以和迪斯尼动畫片独占鳌头的体制相抗衡的方案的当今，有必要考察一下同时获得作品艺術性和商业价值的"一石二鸟"的可能性。

〈牧笛〉是一个不到20分钟的短篇动畫片。整个片子没有一句对白，只通过笛子声暗示了各个个场景的含义。另外片子还充分利用了水墨畫的泼墨效果，非常朦胧地刻畫了牧童和水牛相遇的场景。可以说〈牧笛〉的制作和充满激情的美国动畫片正好相反。为了攻击迪斯尼的堡疊，好莱坞制作了动畫系列片〈史莱克〉(shrek)。该动畫片用戲仿的手法颠覆了传统童话的事件展开过程和价值观，并以此吸引了很多观众，但问题是故事发展过程更为喧哗了。结果，〈牧笛〉就像是在将佛教的〈寻牛图〉具体分解为一个一个场面一样，以叙事的手法将观众带入到了物我为一的境界，这也正好和当时炎热的夏季和危机四伏的状况互成对比。

和〈牧笛〉与〈史莱克〉相比，〈千和千寻的踪迹渺茫〉可谓是处于两者之间的作品。该作品之所以取得成功，是因为它不仅趣味盎然，而且还淋漓盡致地讽刺了大人们的贪婪、家人关系的畸形变化、环境污染等问题。另外，作品还有效地将大人和孩子、现代和过去、日常和非日常等对比起来，以反省的态度表述了对上述这些问题的思考。作品还适当地插入了幻想和仮想，使之成为可以被全家人共同愉快欣赏的动畫片。该作品可以说是童话式的象征和寓言成功结合的典型事例。

寓言是以文史哲的共同领域为主题的人文学的思维工具。如果说寓言是一种点明某一时代文化传统的修辞法，那么上述那些事例就说明寓言已经在现代文明的各种媒体中确保了自己的领域。今后需要进一步研究的是将寓言传统和新的可能性联系起来的理論和方法问题。

对于韩国现代社会中寓言应用的具体情况，其他研究者会做以详细論述。这里笔者仅提出几条可行的途径。

第一，古典作品的应用问题。近现代作家们已经对此进行了不少尝试，但可以据此进一步发展。当然古典的应用并不只局限于寓言领域，但根据如何構建通过模仿进行的古今对比、仮想世界的设定、双重意义网等，可以验證寓言写作的有效性。这里的古典作品并不仅指韩民族的传统古典作品。

第二，为应用寓言需建立各领域间的联系。一般情况下，我们在说"寓言"时，头脑中浮现的往往只是文学写作，而事实上图象、音樂、演戏等也相关的领域也应该被包括在内。图象是对寄托有特定意义的图形、花纹等的总称。而音樂则指的是标题音樂、影像音樂等。表演包括利用将数字图象化的工具进行的各种游戲。在这些领域里，技巧和一些具体规则更为重要，但也不能忽视其理論层面。太极图、心性图、九曲图等一些高尚的图象和陞卿图游戲、花鬪游戲、五鸟花鬪游戲等民俗游戲便是典型的例子。象形文字"汉字"更重视的也主要是体现寓意的原理，而不是象征原理。如果要制作具有民族色彩的徽章或象征物或更具教育性的游戏，或者需要有体系的汉字教育，那么又该怎么办呢？要想解决这些问题，则需要好几个阶段。寓言的原理和技巧可以为这些问题提供一个有用的标准。应该将利用寓言思维的艺術设计、文字·文学教育作为今后的课题。

第三，媒体的合成与转换。当今社会正在向多媒体环境急剧转变，网络起到了集中和分配的中心作用。同时"数字内容"这一单词也像一个口号一样在人文学领域里四处招摇。这究竟是不是足以帮助人文学熬过危机的有效方案呢？今天所谓的"数字内容文化"意指将传统文化数字化。也就是说，目前来讲，解决因媒体的变化而带来的技术性问题是数字内容作业的一大重要组成部分。在中国，将故事成语、笑话、说话、古小说的内容制作成动畫片的曆史可以追溯到20世纪前期，而且很多作品现今也在被制作和销售。而数字技術强国韩国如今却还只仍旧停留在以书籍形式介绍这些古代作品的阶段。但韩国制作了〈国家知识情报综合检索系统〉等数字化检索系统，用此可以检索到有关专门机構的学问信息。相比之下，日本则是一个动畫片强国。所以韩国最需要发愤图强，加快寓言所依赖的媒体变换的步伐。为此，需要放开姿态，努力将以文字形式存在的寓言写作和其他媒体形式联系起来。

结束语

以上，笔者提出了今后寓言研究的几个领域。其中，最重要的是，明确寓言在人文学中的地位，进而扩大寓言文化传统。作为东亚古典之一的寓言，原本是在文学和曆史现实以及哲学理念相互联系过程中发展而来的，因此，为了完成前一个课题，即需要关注文学史的展开过程，也需要从宏观角度对人文学思维的变迁过程进行研究。而后一个课题则要求更广泛地联系各学问领域，同时这其中也要包含应用于现代文明中这一实践方面的问题。另外对今天作为文化产业的幕后领域的人文学能为構筑文化产业的基础起到多少作用的试验研究，也属于此。也许，今后十年也无法完成这个课题。这需要同行人士的积极参与和晚辈们的真诚关心，否则就只能是纸上谈兵了。作为考察处于初级阶段的韩国寓言研究方向的试論，本文在論述过程中多少有些不当之处，希望能得到各位学者的指正和肯定。

〈完〉

尹柱弼*

0. 始めに

　韓国国文学研究の今後の10年を見通す事は容易い事ではない。たとえ領域を制限するとしてもそれは未来のことであり、個人と集団の協力に関することであり、何より実践が伴われなければならないことだからである。それにもかかわらず私は自らが現在中心課題にしている「寓言研究」の領域を整理しながらより発展させる余地のある研究テーマを提言したい。

　寓言は漢文学、国文学、東アジア文学、世界文学または文学一般にあまねく係わっている。視野が広がるにしたがって能力が不足で常に不満であるが、今は「雉取る鷹」というように関心がもう少しとどまる所に能力を集中させながら同学者たちの参加を広く求めるしかない。

　この間、韓国での寓言研究は多くの試行錯誤を経験してきた。何より「寓言」の基礎的理解と関わり、その概念と領域に対する異見が少なくなかったからである。今もすっかりこの問題が解決されたとは言え

*檀国大　韓国語文学部　教授

ないが、ある程度研究史が蓄積されたので、これを検討することで望ましい論議を導き出すことはできる段階には至ったと見える。[6]

第一、韓国文学の初期の研究者たちは古小説史に対する関心で仮伝·仮伝体に注目しつつ寓言を言及した。この時、「仮伝体小説」、「創作説話」、「寓話·寓話小説」、「擬人小説」などの用語が用いられた。これらは寓言が断じて「叙事」領域と不可分の関連があるという強い暗示を与えながらも、用語使用においてはその概念が曖昧だったこともまた事実である。

第二、ジャンル論的論議に即して仮伝·仮伝体、夢遊録を叙事とは別個のジャンルに帰属させた。寓言は寓話と全く違った教述ジャンルに属していて、寓話小説は仮伝体よりはむしろ寓話と同質的という点を強調した。これとは反対に仮伝体を細分して平凡な仮伝とは区別される「心性仮伝·仮伝小説」、「天君小説」、「天君系寓言」などの概念で扱った場合もある。しかし、寓言と寓話の根本的差異は記録文学と口述文学の属性で発生するところにあり、ジャンル的差別性に起因するのではない。寓言概念の独自性を確保した研究史的進展は寓話との区別を代価にした不完全なものであった。

第三、仮伝·仮伝体に対して寓言のジャンル的属性を中間·混合的ジャンルとして再規定するか、または寓言の個別性と普遍性を同時に認めた。伝統文人たちの固有の世界観を反映する様式で理解しようとすると寓言は漢文知識人が書いた寓話であり、寓話は寓言的に構成された話であった。言わば「漢文学様式」、「話」などとそれぞれの強調点が違っているにせよ作品の具現方式や伝達方式において寓言と寓話は基本的に同質的という点を指摘したのであった。

第四、寓言を韓国漢文学の重要な研究領域として認めながら、多角

---

6) 尹柱弼,「寓言小説の様式史的検討」,『古小説研究』5集(韓国古小説学会, 1998) 80
　～84頁の論議を活用する。

度の論議を展開させた。東アジア伝統用語である寓言を一種の訳語である「寓話」と敢えて区別する必要なしにより包括的概念で用いた。すなわち寓言には口伝される説話としての民間寓言と知識人が人工的に作り出す創作寓言の領域があると見て、寓話は説話の一つの重要な類型や民間寓言的属性を強く帯びた寓言として理解できるようになった。もちろんここで寓言はフェーブル(寓話)よりアレゴリーという概念に相応させることがより適切だと言う時、寓言は修辞学なのか文学様式なのかと言う新しい疑問が出て来る。

　以上で察したところ、寓言の概念に関する手短な研究史を振り返ってみれば、寓言研究の課題がだいたいどれくらいのものであるか見当つけられる。寓言は東アジア漢文学と密接な関連がある。ところが一方で基層文学としての説話や寓話小説、民族文学としての寓言及び寓言係小説などにも繋がる。しかし、現今の研究史の段階で一番大事な点は、寓言がひとり文学様式だけではなく一つの修辞学として文明史の有力な談話方式に機能して来たことであり、将来にもそうであるだろうとの可能性に注目して、その地位と脈絡を検討することである。これを通じて巨視的な比較文学的視野を確保し、一歩進んで寓言の文学論を駆逐しながら文学理論の開拓に寄与しなければならない。このような何種類かの問題領域を中心に見解を明らかにしながら今後の寓言研究に関して展望してみようと思う。

1. 寓言の文化論的脈略

　寓言は人文学をあまねく抱え込む。宗教的秘儀や哲学的理念を歴史問題として現わし、歴史的事件を哲学的主題や宗教的信念の例示として引き上げる。言わば寓言は「経史体用」の原理で人文学の主題と素材を呼応させながら文学的装置を活用する。

先進時代に諸子百家の寓言が盛んだったとすると西漢代には司馬遷によって歴史の寓言書き込みが試みられた。彼は「発憤著書」の意を打ち明け、孔子の春秋に注目した。経書の過度な理念漂白よりずっと効果的な著述として史学の模範を見せようとしたのである。具体的事件の記述の中に仮託する理念の追求は「述而不作」の迂迴的書き込み戦略としても力を得る。このような点で、西欧キリスト教のアレゴリー研究が有るのに対して、東アジア経史学の寓言書き込み研究が必要である。

また、楚辞を受け継いだ漢代の賦は「帝国の臣民」として階層化されて行った文士たちの個人的欲望と主張を文学的に漂白するための仮託物であった。辞賦文学は韻文と散文の性格を共有し、一つの叙述者が叙情的自我の姿を帯びたままある状況を伝達する形式を取っている。このような特徴に関して論者たちはジャンル論的に多様な規定をする。独特の個性を持った歴史的様式というし、中間·混合の形というし、叙情や叙事とは区別される教述として理解する偏差を見せる。

しかし、このような辞賦の混合的性格は寓言書き込みが文学の領域で様式化を成し得た初事例として理解しても良い。寓言は叙事または小説領域にだけ侵透したのではないで、東アジア文学史の全過程で多様な様式を成し得た。例えば、仮伝は個人の歴史記述形式に仮託した中世漢文知識人の寓言様式である。それらは主に東アジアの独特な貴族階層である「文人官僚」の処世方式を主題にして自らの進出状況を仮託した。このような点で韓愈の＜毛穎伝＞は柳宗元が激讃したように寓言の文学的様式化を更新したまた一つの模範的な事例として記憶に値するのであった。

一方、寓言は「人文学」の領域を包括すると言ったけれども、思惟方式においては「文化論」の脈絡で理解される余地が多い。度の外れた拡張といわれるかも知れないが、寓言は重義性という言語の根本属性と係わり修辞学的に殆どすべての表現領域に侵透するという側面を考えて見なければならない。寓言は神話がそうであるように、その時代の宇宙論、科学認識、造形芸術などに内在した世界観を含縮的に例示する。神話は当代の文化を象徴化し、寓言はその文化を概念化し、同時に反省的に近付く。したがって、神話は相対的に美しさそのものを追い求める純粋芸術領域に近付くとしたら、寓言はそれを活用して思惟的特性を添加させる応用芸術の特性を持つ。

　寓言は特定の文化に内在した類型性を多様な媒体で確認させる。「寓言」は仕方なく「文」に表現されたことに限定されるようだが、他の媒体に表現されているその類型性は「寓言的思惟」として広げて理解できる。文化論的に寓言を理解するためには、まさにその思惟が重要である。例えば、仮伝で選択した素材としての事物とこれにが仮託した寓意は強い類型性を有する。お金を「孔方」と称して「天円地方」、「外柔内剛」、「円其外方其中」等々の意味をいくらでも重ね、また士大夫の処世と関連させることができる。のみならず、心の修養、疾病、貧困などの抽象的状況を素材にして寓意を仮託したりする。この時、それらは一時代各作家たちに寓意的象徴性を有したりもするが、大きく見ると時代の文化が持つ類型性を現わすという側面もある。

　小判、小銭、紙幣の使用は貨幣の変化を現わす表現物であるが、寓言は何か一つを素材に選び変化する時代の精神を例示的に現わすことができる。このように「文化的類型性」を有しているものであれば、人間に関するすべての有・無形の対象たちが寓言的思惟の対象になる。このためそのような類型的連関性を図像化して現わすこともでき、その良い例として周易八卦や六十四卦がある。周易は時代によってお互いに異なる思惟の媒介体として用いられたという点で、東アジアの寓言的思惟を長い間支えたテキストである。

2. 寓言の比較文学的可能性

西欧文学史で『イソップ寓話』が持続的に影響を及ぼしたとしたら、アジアでは『パンチァタントラ』がそれに比肩される。イソップ寓話はラポンテーンやクレイロープなどの西欧作家により寓言の詩で再創作され、パンチァタントラはインドを発ち、西アジア、東北アジアそして漢文文明圏の東アジアを経、説話として認識される一方で、知識人たちは彼を活用して寓言の疎通を試みた。その同じ点、違う点が比較文学的課題になるに値する。

また、西欧キリスト教文明圏には聖書を中心において神学的アレゴリーが展開されたとすると、東アジア大蔵経圏域には仏経寓言と東アジア自生の儒・道家寓言を宗教及び哲理寓言として相応させて論ずるに値する。のみならず、私たちによく知られていないがイスラム文明圏の場合も、可能な限り連結させる必要がある。

もちろんこのような比較文学の可能性は二つの方向で可能である。第一は、各文明圏で時代によって寓言文学史が展開された事実を対等に比べるものである。これは寓言の比較文学を世界文学史一般叙述の主な基準で活用する方案である。古代末期思想家たちが寓言を主な談論戦略にしたり、人間と自然を対称的に理解する世界観を清算し人間の地位を格上げさせることで「三才論」、あるいは「三位一体論」の中世的アレゴリーの思惟基盤を造成したり、人間の抽象的背後世界を拒否し単一平面の価値観を造成することで「主気論的」、あるいは「科学的」近代思惟を自分の歴史状況に迎えるように作って行った事実は世界思想史や文学史の上で大きな課題であると同時に寓言の重要な比較文学的主題にするに値する。

二番目は文明圏の間の、また文明圏内部や同一民族の各階層の間で寓言の疎通がどのように成り立ったのかについて、影響と収容の角度で考察することである。例えば、中国を中心にする東アジア共同の漢文古典、各民族に当たるように特殊に強調された漢文古典、民族史で生成された民族古典などを前範にしながらも反意模倣で成り立った寓言作品の例がこの上になく多い。古典の形成と文学作品の変形が拮抗関係を成す原理を追跡しながら、この地域の寓言文学の総論と各論を考察することができる。

　しかし、「東アジア寓言」といってもインドより伝えられた古代寓言と仏経寓言、東北アジア遊牧民族との衝突、交渉を通じて往来された説話寓言も考慮しなければならない。またイエズス会神父マテオ·リッチのキリスト教関連著作物の寓言的概念や壬辰の乱を基点に日本に伝わった東南アジアの説話寓言とイソップ寓話が再び韓国、中国などに収容された事実も考察する必要がある。パンチャタントラに淵源を置いているものでは東アジアに広く広がっている〈亀兎之説〉、循環誤謬形式談の〈鼠さんの嫁入り〉、朝鮮王朝実録に史評として収録された〈猫首座〉などがある。項託伝説を変文で構えた〈孔子童子問答〉、満洲語学習書で〈八歳児〉〈小児論〉 なども東アジアの広布説話である。ルソン島で日本、朝鮮に収容された〈贅翁〉も文明圏と民族文化を異にして変異を起こした事例である。

　上の二つの研究視覚は説話の同時発生論なり伝播論なりという互いに違う強調点を持っているものの、実際の研究現場では相補的観点であり得る。同時発生と言えども、創作寓言の性格を帯びる文字化された寓言集は、たとえ各々の編ではありながら一定の伝播経路を追跡することができ、また伝播と言いながらもそれが収容される過程で説話化したり、寓言が扱う一般的主題として神神しさと俗っぽさ、知恵と愚かさ、保守と進歩、進出と隠遁などの問題を収容美学的に変容させるからである。

3. 寓言の文学理論に関する研究

寓言は作品中の独立された世界だけで構成されていない。いつも作品の外の世界を重畳させておく。この点から寓言はジャンル論的に「不完全転換体系」のがいい例として挙論されたこともある。また最小限の筋書を作って事件を模擬以して叙述者に比肩される作品外的自我の介入があるが、そのすべてのものは作品の外の現実状況を参照する時だけに初めて完全な意味が生成されるという点で「叙事的教述」の特徴を有すると把握する。

しかし、現実と想像体系に対する認識が近代以後の世界観とは違う背景を有した作品に、そのようなジャンル論を適用させた点に反省的に近付く必要がある。言わば「虚構論」が文明圏と文明時代によって相異なっているように規定されることがあり得るという点を認め、文学理論を根本的に再度考えてみる必要があるというのである。因果的な単一時空間を一際強調する近代的世界観は、文学的に現実と虚構の障壁を内側と外側で徹底的に二元化するきらいがある。したがって、現実との距離が遠ければ遠いほど完全な転換を成した独立された作品世界を有すると見て、何か実際の状況を指示するという境遇が持続すれば、「不完全転換」と見做す。しかし、現実と非現実の境界が曖昧で幻想、仮想、理想などの複合的な想像体系がまた他の現実として実際世界に内在しているか、少なくとも背後世界として実際世界と交通すると信じた時代には「教述と叙事」というのが別に存在するのではない。「叙事的教述」でも「教述的叙事」でもその距離は無視され、むしろその二重的装置がどれだけ完璧に作動するのかに美学的関心を注いだだけである。

東アジアの中世人に文学と歴史はすでにある意味を内蔵した「古−今」の二重テキストとしてに認識されるのが常だった。「歴史的」ということはもうそれ自体がだれかに「文学」で伝達に値する「意義」を持っているという価値評価的なことである。例えば、「伝」は作家によってそういう判断を付与された様式であり、経験的叙事の原動力であった。ところで架空的に「本」と「見本」の意味を照応させるこの二重テキストを作ったりもした。これは作家の解釈が添えられた理念の胴体に文学的興味を誘発させる話の活用をつがいにして作った仮想テキストである。むしろこれこそ虚構的叙事の原動力だであった。少なくとも東アジアにおいては前範の再解釈と話の出会いが虚構論の核心であった。それは「経史体用」の精神で文学はその体−用を媒介する寓言的修辞学を提供する。私たちがよく「伝奇」だと呼ぶものは現代学者たちが考える位ある特定様式の指称ではない。まったく歴史的技術の対象になりそうにない特殊なものや私的な事や内緒の奇妙な話から個人的な意味と理念を捜し出す二重的書き込みの総称である。したがってこの「伝奇」もまた寓言的修辞学から脱するのではない。ここには今日のジャンル論に言われた小説と戯曲が網羅される。東アジア中世人の「叙事」が返って純粋な歴史記述に当たるとしたら、「伝奇」は歴史記述を内面化するとか反意模倣した文芸物を対立的に指称したものである。

　私たちはここで寓言的叙事がまさに東アジアの虚構論の核心であるという点を強調できる。ここには幻想だけでなく、仮想、理想などの多面的想像体系がまるで経験的叙事であるように記述されているという点も記憶に値する。では、このような虚構論を可能にする論理的背景は何であるのか。書き込み態度としての「述而不作」、歴史記述上の「春秋筆法」、言語論理の「名実論」などはこのような寓言的叙事としての虚構論に直間接に係わると見える。

　もちろん、そういう命題に対してもさまざまな解釈上の相違があるものの、これは虚構論の詳細を異なるものにする原因になるだけである。ここで問題にすることはどんな特定思想や流派ではなく、上で列挙した古典的概念たちが虚構論の論理的根拠になるという点である。例えば、創作や虚構を否定して名分に互応する実際を重視した儒家的知識人からさえ心性仮伝体、夢遊録のような寓言的叙事が頻繁に作り出されることができた文学史的現象を理論的に説明する問題が重要な課題として認識されなければならない。もう少し具体的な論証はこれからの課題であるが私たちは最小限儒家的書き込みがいつも理念と現実の照応を問題視しているという点を指摘することができる。これを儒家的名実論の論理である「正明論」で説明しようとすると、「名前」と「名前らしさ」(名前が持った内面的価値)の二重性は寓言的叙事の条件になる。これは事件の因果論的連結を重視する時間的叙事ではなく、空間と意味の層位が重畳される多面叙事という概念で区別する必要がある。

　結局、寓言の理論的研究は将来叙事ジャンル論を革新することができるきっかけを用意してくれる場合もある。このような場合、ジャンル論の根拠になる言語理論、論理学、修辞学、文学批評史の論議を触発させるようになるであろう。これは文学理論だけの所管ではなく、関連研究分野との共同作業を要求する問題でもある。　＞＞＞＞05、12、7　ここまで修訂

4. 寓言資料の整理と寓言の作品論

　寓言を様式に近付く時の難点はそれが整形を持った様式ではないというところにある。寓言は素朴な水準の短型寓言から複雑な構造を持った中・長篇小説に至る領域に渡ってある。また、韻文の寓言詩、寓言辞賦から散文の国文・漢文文体までに多様に分布されている。しかし、これらの素材先を確認して資料を掘り出す事は寓言研究の必須の作業である。また、それらをどんな原則によって調査整理するかとい

う問題もある。これは寓言の原理と手法、そしてそれらの系統論に係わる課題である。

原理と手法については他の論考に割愛し、ここでは分類の方式を経験的に近付けて見よう。第一、寓言は特定様式に限定されないが、文学史でよく現われる様式がある。これを根拠に様式的分類を試みることができる。第二、流通方式による分類も可能である。表記文字、作品の長さ、享有方式などにより作品を分類する。第三、主題及び美意識による分類もできる。これはよく中国寓言の研究者たちが用いる方式である。第四、上の方式を統合して寓言範疇を決める方式である。しかし、範疇とは言うものの、実際作品の所属を判断する手続きが必要である。これによって実在的分類案を用意しなければならない。[7]これらに対してもう少し具体的に言及する事にする。

第一、様式は文学的慣習によって形成されたフレームにする時、ここに根拠した分類は寓言書き込みの主な領域を現わす長所がある。ただ、様式的慣習と言うのは形成−変化を経た開かれた過程なので、様式を開放的観点で察する必要もある。例えば、仮想人物の伝記物はひとり「仮伝」だけでなく碑誌伝状、祭祝頌讃類型を一緒に考慮し、仮想空間の記事物は「夢遊記」だけでなく夢と酒等の夢幻世界、古今歴史の懐古に係わる仮想記録をあまねく点検しなければならない。仮伝体と夢遊録はこのような連携線上で理解し、その独自性を認め別途の整理が必要である。このような開かれた視覚を持つ時、関連国文寓言も整理することができる。例えば、箱入り生活と係わる〈閨中七友〉類の寓言、男性たちの歴史観を仮託した〈歴代歌〉・〈夢遊歌〉類の寓言を仮想女性主体の寓言、仮想的懐古記として分類し、資料を積極的に発掘集約させる必要がある。

---

7) 尹柱弼，寓言書き込みの原理と適用と資料の範囲研究，『韓国漢文学』28集(韓国漢文学会，2001) 23〜31頁参照.

一方モチーフの差異に基づいて細密に区分した類型たちを統合的に理解する方式も必要である。学界で争年型、争長型、争座型、争功型、訟事型などと称えた類型は寓言的に「知恵対決」の主旨を帯びているという点で共通項を有している。より詳しく分け入ると、争うことの内容や判決の方式に従って多くの種目で言弁対決を展開させるが、全て「争弁寓言」と名づけることができる。また、対決の規模は2人対決から多数族属対決にいたるまで、その主体では花卉、動物、人物、仮想的存在、人間の日常道具、概念的存在など多様である。

第二、流通方式による分類は資料的状況を尊重するという長所がある。媒体による基準に基づいて言葉と文、国文と漢文、国漢文混用などを区分することができる。資料範疇の拡張として口述文学での寓話、謎談、循環間違い形式談も一緒に考慮しなければならなく、マンガあるいは動画、インターネット・フラッシュ動画なども現代文明の寓言関連媒体として点検すべきである。

もちろん韓国古典文学では漢文表記の寓言が圧倒的だである。この点で文集にあった寓言を抽出する作業が基本的に要請される。文集は既存影印本も少なくないが、個人所蔵本も注意深く察しなければならない。また、別途の筆写本形態で流通した寓言作品は、それ自体尊重する必要がある。仮伝体、夢遊録、寓言小説、小説集、寓言集などがこれに当たる。殊に多くの異本を持つ〈花史〉〈四大春秋〉〈梅柳争春〉などは花卉寓言の典型で、〈元生夢遊録〉〈金山(華)寺夢遊録〉などを夢遊録寓言小説の典型で、〈愁城誌〉〈天君実録〉などを仮伝体寓言小説の典型として校勘注釈を加え、校合本を作り翻訳する必要もある。

これに対応して国文本寓言選集も考慮するに値する。崔勝範教授所蔵本≪金剛山遊山日記≫に合綴された残り6篇は皆寓言である。ここに女性歌詞として流通した寓言作品を含め、国文本選集を作ることができる。例えば、〈閨中七友〉類も多様な異本があり、〈雌雉歌〉は〈鶏恨歌〉〈嘆牛歌〉などの手法と同様であり、〈女容国〉の類はたとえ漢文本異本がより発見されたが、むしろ国文本が原本に近いので共に考慮に値する。〈五花伝〉のようにたとえ国・漢文本が共存していても、国文本の存在がより重要だと判断されれば、国文本寓言選集でも共に扱っても差し支えないだろう。

　一方、開化期寓言も流通方式に基づいて独立された領域で分類することができる。多様な方法に国・漢文を混用して流通形式も筆写本、旧活字本、新聞、雑誌などの新・旧形態を兼ねた。寓言の伝統的制裁と様式を受け継ぎながらも変容の欲求をいつの時代よりも強く見せた時代的特徴を生かし、多くの側面に近付く資料整理作業を成さなければならない。例えば、動物寓話小説が筆写本として相変らず流行りながらも〈虎蟾伝〉〈春夢〉〈禽獣会議録〉のような作品が一つの変容系列で存在していたので、これらを連結させて整理することができる。また、旧活字本≪孔夫子言行録≫に「孔子童子問答」類型の〈芳迄伝〉を含め出刊し、李敦和のような作家は〈盗跖〉という新聞小説を連載し、理想主義者孔子と現実主義者盗跖を対比させた。以外にも新旧寓言の混在を一緒に考慮しなければならない。仮伝体、夢遊録の旧式寓言や各種新式媒体に翻訳紹介された〈イソップ寓話〉、方定煥の〈銀蝿〉のような創作童話などが挙論されなければならないが、本格的な資料整理がまだ充分でない状況である。

　第三、主題や美意識による分類は政治、宗教、身辺等で疎通対象を限定するか、滑稽、哲理、批評のような疎通意図を明確にするという意義がある。寓言が修辞学の一つとして発展したという来歴は寓言と政治の関連性が意外に密接だという十分な傍証になり得る。宗教も神の意と創始者の教義を時代と状況に合わせ再分配するという点で、根本的に寓言的思惟を土台にしている。もちろん知と行の関連性、無意味の意味などを問題視する禅問答のような寓言もあり得る。このような特性は宗教と哲学的主題を兼ねる寓言と言える。また、身辺寓言は作家の日常、自我に対する反省、処世観の表出などを寓意化した作品である。

寓言は基本的に滑稽的性向を帯びるが、ある作品は反語と逆説を一番重要な作品具現原理とする。また、笑いの誘発を意図する滑稽談や笑い話の中で、反語と逆説を志向する作品もある。これ以外に哲学的疑問、宇宙的理、当代文化の属性などの根源的質問に答えるための思惟道具としての寓言もある。また、歴史の不条理、政治権の矛盾、文学に対する批評などを問題視する批評道具としての寓言もある。これにあたる作品を発掘整理する作業が要請される。

以上の分類方案はそれなりに大事である。実際資料の山から寓言作品を選別しようとする時、それなりの基準になるはずだ。しかし、選別した資料を整理する段階では、これらの基準が重複適用されることがあるのでたびたび混線をもたらす。単純な系統の提示ではなく寓言の創作、疎通原理を勘案した総括分類安がこのため必要である。もちろんその総括のうち、上の基準は詳細的に作品間の親疎関係を見積る基準として活用しなければならない。

寓言は模倣の原理が何より重要である。対備、仮想と言う他の原理もあるが既存の動植物と事物を模倣し、作品的秩序に再構成することが寓言的思惟の手始めであると同時に基礎でもある。ここで動植物は一種の自然物を指称する。自然的属性の一部を誇張するとか、その属性に集中して人間的意味で転換させる寓言はたいていその長さが短く、寓意が単純明確である。擬人化可否は必須ではない。「寓言」と題目に表記したよりは詩、詩賦、説·雑説、笑話、民譚などから捜し出さなければならない。これは純粋詩文寓言領域で「短型寓言」として範疇化することができる。

一方、模倣の対象が事物である時、ここには歴史的事件と人物、哲学的概念、典範的文学作品と様式などがあまねく当てはまる。これは一種のテキスト模倣と言え、原テキストと生成テキストの間で相互参照の関連性を有する。このような点で元々の文脈を受け継ぎながら、また変形させる「反意模倣」(パロディー)の性格を有する。すでに資料発掘と整理がよほど成り立った仮託、夢遊記だけでなく、特定の寓言名篇を模倣した作品群を一々追跡する必要がある。〈天問〉、〈形･影･神〉、〈送窮文〉、〈三戒〉、〈酔郷記〉、〈梅柳争春〉、〈空中楼閣〉などの模倣作が挙論されたが、より多くの作品群が発掘されなければならない。この外にも東アジア寓言疎通の比較文学的研究が進捗されることにより、〈亀兎之説〉、〈猫首座〉、〈野鼠婚〉などの≪パンチャタントラ≫類型、〈孔子童子問答〉、〈芳笏問答〉のような敦煌変文類型、また漢文大蔵経で淵源したとか日本やヨーロッパ文明圏で淵源した作品群を色々と掘り出す必要性が申し立てられた。以上、これらに当たる作品は一種の様式借用が成り立っていると見て、「単純模倣寓言」として範疇化することができる。

　模倣の次元は自然物と事物の差異だけではなく、質的な差異もあり得る。自然物の模倣や特定の先行テキストの反意模倣にとどまらず、新しい様式を新たに作る段階の寓言作品群を考慮しなければならない。仮伝体と夢遊録がその代表的な例である。しかし、研究者たちが気を付けなければならない点がある。その様式は決して固定されているのではなく、実際作品には多様な様式的実験の偏差が存在するという点である。仮伝体は作品によって記伝、編年、記事本末、綱目体などの互いに異なる歴史記述方式を模倣し、心性の国、歴史の矛盾、文章王国、陶酔の世界など仮想的世界を重意的に扱っている。夢遊録は夢遊、あるいは類似夢遊空間を設定するという点で共通点を有するが、結局その空間の背景が主に歴史的仮想世界でその事件も人間的世界を重ねておく方式である。仮伝体と夢遊録という様式が歴史的仮想世界を多面叙事で扱うという点では、あまり差異ない。全体的に寓言の書き込みとしての小説化という地点で、強い同質性を持っている様式という点に注目しなければならない。したがって、ひとり仮伝体と夢遊録だけではなく、このような段階になった寓言は模倣の程度が複合的で質的に様式再創造の水準を成したものなので「複合模倣寓言」と範疇化することができる。

5. 寓言文学史の記述

寓言は古代哲学が発達した所では全て大きく盛んであった。そのような所がまさに古代文明の中心地であった。逆に寓言の始まった所がまさに古代文明のメッカーだと言えるのである。ところで、そういう古代寓言は神話的世界観を懐疑し人文学的解釈を試みたという側面で、古代末期の特性を現わす。のみならず、古代文明の統治的秩序が自然的秩序に違背されるという点を批評しながら、古代寓言はよく古代的秩序以前の神話的世界を再吟味するなり、新しい人文精神を目覚ました。この点で、寓言の発生は神話の否定の否定という、神話と寓言の断絶性と連続性という背景を同時に有している。

このように寓言の発生問題は世界文明史次元の物である。一方、神話に対して二重否定の位置を占める寓言は、中世文明のなかより発展し、その範囲も広がった。中世文明圏は寓言が発展し疎通範囲を拡張させるための必須条件であった。そして、寓言は古代文明を受け継ぎながら中世文明圏での典範と活用の問題を引き受けた。このように寓言の歴史は文明圏の歴史段階を巨視的に理解するのに重要な基準になる。

ここで、寓言の歴史を記述する観点は何であろうか。近代学問の細分された専攻から見ると、哲学、歴史、文学、あるいは芸術のどの所管であろう。また、文明圏単位が重要だとする時、文明圏普遍の寓

　言、諸民族の寓言、彼らの綜合としての世界寓言をどのように関連させるべきであろう。多くの方面の理論的問題点が関わってくる。

　寓言は人文と芸術、さらに社会、科学、教育などの認識に関して何でも扱うことができるものの、それを重層的多面叙事で組織して伝達する書き込み方式という点に特徴がある。したがって、その認識の内容に焦点を合わせると、寓言の歴史は綜合的領域の技術にならなければならないので、仕事があまりにも膨大になる。一方、書き込みという観点で扱うとなると、文学史の領域で取り集めて記述することができる。ただ、その認識領域をどのように効果的に連携させて扱うのかの問題がカギになる。

　まず、その範囲を「韓国寓言文学史」に取って見よう。最近、陳蒲清・権錫煥教授により《韓国古代寓言史》[8]が出刊された。中国研究者たちに韓国文化と寓言を紹介するという目的に特長があり、この方面「最初著述」という栄誉を当然享受するに値するが、「最初主義」の観点から脱し、この視点から察すると寓言研究において非常に重要な論議素材を提供するという点にそれ以上の価値がある。ここで、いくつかを要約的に検討して見る事にする。

　第一、寓言の範囲である。チェン教授は彼の「中国寓言文学史」以来、多くの著作物の中でその範囲の条件として「故事性」と「寄托性」を一貫して適用して来た。ここで前者は「話」あるいは「叙事」の概念と係わる問題であり、後者は創作と疎通、及び収容の美学の問題に係わるが、実際適用においては少なくない論議あり得る。ところで、著者は寓言を一つの話の様式として扱おうとする観点と作家の隠れた意図が明白に検証されなければならないという態度を取っている。これは前で取り上げたところ、様式以上の多面叙事修辞学で疎通の状況によっ

---

8) ［中］陳蒲清/［韓］権石煥，『韓国古代寓言史』(History fo Allegoric Tales in Ancient Korea)』，中国長沙: 岳麓書社，2004.

て重層的思惟道具に活用されることができる余地が多いという観点と背馳される。

　第二、韓国寓言の出発が持つ意味である。上の著作は韓国の寓言が遅くても7世紀に産出されたことは「東亜寓言体系」から優良な事例で、世界でも古代文明中心地を除き類例なく、これは一歩進んだ成果だと評価した。しかし、尚古主義の観点ではないなら、「一歩進んだと言うのがどうして重要なことなのか説明するには難点が伴う。これがいわゆる「東亜寓言」の伝播論的な体系を例証するためのものなら、むしろ積極的な意味を付与した評価だとは言い難い。前章で提議したように、「比較文学の可能性」を充分にいかすことができる観点を適用するのが望ましい。

　第三、「仮伝」は果して韓国寓言の特徴的文体であるのか。上の著作は韓国寓言の体制を一般散文寓言(俗称「寓話」)、詩体寓言、寓言小説、仮伝体寓言で規定して中国寓言と非常に密接な関連性を有すると把握した。その中で、殊に仮伝は寓言小説から独立して出て、韓国特有の寓言文学史を構成した四番目の文体だと重要視された。ここで著者が指称する「寓言小説」は〈調信夢〉のように話の内容が豊かながらも作家の理念が仮託されている作品を意味する。また、それは「寓言」と「小説」の結合として定義した。しかし、ここには寓言を様式を主として理解しようとする観点が入っている。その結果、「仮伝」という単純明瞭な「様式借用寓言」が必要以上に強調された。「仮伝」と「仮伝体」の概念を全く区別しないで用い、一歩進んで寓言の書き込みによる多面叙事としての寓言係小説を浮上させることができなかった。この時「小説」の概念も韓国研究者たちと大きい差を見せている。

　第四、寓言文学史の中で言葉と文、そして媒体による問題である。上の著作の最後の章、節では国文で成り立ったパンソリ係、朝鮮後期の寓話小説を「寓言小説」、説話に属する寓話や笑話を「民間寓言」として扱った。口述と国文と漢文の領域が明らかに仕分けされながらも、これらが複雑に関連を結び韓国文学史を構成して来た事情を把握し難い中国学者の限界は充分に予想されることだが、媒体による寓言文学の範疇と特性を考慮しなければならないという一般的問題を再三思い出す必要がある。たいてい作家が明らかな漢文寓言とは違い異本が多く、作家や原本を判断しかねる難しい国文寓言、口碑寓話をその特性と相応しいように扱わなければならない。また、その他に国・漢文寓言の翻訳・翻案問題、上層文学と基層文学の系統と関連性などをあまねく考慮して文学史に編入させる方法論を深刻に計算しなければならない。

　五番目、寓言文学史時代仕分けの問題である。上の著作は大きく四つの時期に分けて上古・三国時代、三国末期・新羅王朝時代、高麗時代、朝鮮前期と朝鮮後期で区分した。たいてい王朝別の仕分け法を用いたが何種類か重要な論点をゆうしている。(1)韓国寓言文学史の始原をいつから取るのか。これは神話と寓言の構図と関連ある問題である。(2)新羅の三国統一過程と関わって実在的寓言史が始まったということはどのような意味を持つのか。(3)高麗時代だと言うが武臣集権期の後の仮伝と共に寓言文学史が豊かになったという現象をどのように理解するか。(4)新しい叙事様式としての小説文学と寓言の関係をどのように設定するか。(5)朝鮮王朝の前・後期を「古典時期」と「変革時期」で区分した寓言作品の実際は何か。殊にいつの時代よりも媒体が多様で国文、漢文、口碑寓言が錯綜されていた朝鮮後期の作品的実状をどのように確保するのか。

　これに対する完璧な代案を提示するのは易しくないが、おおまかな見解を以下に提示してみる。まず、神話から寓意を読み出す事は細心の注意を要する。例えば、〈檀君神話〉から「弘益人間」、「熊の忍耐」は広範囲な象徴に解釈され、またあるきっかけや意図が与えられた時、特定の寓言に活用される余地を持っている。しかし、そのものが寓言

史に編入されることは全く覚束ない。これに比べ叙事巫歌〈創世歌〉は
むしろ弥勒−釈迦の「人世次知競争」で寓言的変容を感知することができ
きる。元々の創世叙事詩がそれ程変形される過程で文明に対する批判
意識が叙事文脈に上乗せられることができるからである。

　一方、〈亀兎之説〉、〈花王系〉はその時期の早遅が重要ではなく、韓
国の中世寓言として明らかな自からの姿を初めて現わしたという点が
緊要である。これらは皆三国末期−民族統一期時代の文学史で寓言が
一つの説得機材として政治的意図を持って疎通されたことを証言す
る。また、それらは「言葉」文学から「文」文学で切り替わる頃の寓言作
品であることを証言している。漢文文明圏の中心地である中国の寓言
が戦国時代に本格的に始まった状況が、韓国ではこの時代に揃い、寓
言文学史の出発が蹉跌なしに成り立ったと言える。

　武臣集権期の知識人たちによって仮伝を含めた多くの寓言書き込み
の様式が実験されたことは、中世後期の手始めを知らせる兆候の一つ
だった。共同文語による「文」文学が始まる時代には微弱だったが、共
同文語の活用を民族文化に密着させるに値する段階になっては、寓言
文学が中国よりある面ではより引き立ったのである。唐の韓愈らが成
した中世寓言の絶頂を高麗後期で充実にリサイクルし、中世後期寓言
文学として仮伝と夢遊記の盛行を成した。

　朝鮮前期文人たちは寓言書き込みをより拡散させた。筆記、稗説、
滑稽伝などに少なくない寓言が収まっていて、〈訓子五説〉〈浮休子談
論〉のような専門的な寓言篇を創作したりもした。官閣文人の幅広い
文化享受に起因した成果であった。また、朝鮮前期小説の発生と関
わって寓言書き込みは重要な役目を果たした。多様な叙事的伝統の中
でも、特に寓言叙事は話の裏面に二重的意味を重畳させる方法で重要
な自分の分を発揮した。当代の知識人作家たちは戦争、政変、哲学的
論題、歴史観などの切迫した主題を寓言の虚構性を通じて扱うことが

できた。そして、16世紀から性理学的修養論を擬人化して寓言叙事を駆使する「心性仮伝」が作り出され始めたことも重要である。これらは全て文·史·哲の共有領域であり、韓国の伝統人文学の歴史として特記するに値する。

　16世紀末から17世紀初、壬辰乱·丙子乱の国際戦争を経、寓言の主題は文明批評の性格を帯びて行った。権韠, 趙纘韓, 柳夢寅, 崔孝騫らの詩文には寓言的思惟が豊富である。寓言詩、寓言様式に区別される作品も多いが、ある特定様式にこだわることなしに寓言書き込みを適切に活用する事例にも注目しなければならない。18世紀には北学派文人たちの寓言の書き込みが目立つ。これに対する研究は豊かな方であるが、彼ら思考と寓言の活用がどのような論理的関連性を持つかはより深く考えなければならない。これ以外にも李瀷, 李瑞雨, 呉相廉, 尹愭などの南人知識人, 李光庭等の嶺南士林の寓言もまた一つの範疇として察しなければならない。19世紀には金正喜, 張混, 金時和などの作品を取り上げることができるが、基礎的な資料の調査も殆ど成されていない。他にも作者の確定できない寓言作品も朝鮮後期には少なくないので、共に取り上げなければならないことは勿論である。

　開化期には新·旧文学が共存しながら、寓言叙事の活用欲求がいつの時代よりも膨脹した。近代移行期の追いこみで単一平面叙事に向けて叙事の範疇が狭められる直前まで、多様な実験をしたと言える。前章で言及した資料整理、注釈校勘などの基礎作業から取り掛からなければならない。必要な分だけ作品類型を分け、これらの作業を全面的に進行させなければならない。

　近代以後の現代文学では、アレゴリー作家たちの作品系列を整理することができる。金声翰, 張龍鶴, 崔仁勲の小説や朴祖烈の戯曲などがここに当たる良い例である。現代文明での自我認識、左右理念対立、韓民族の分断状況などを問題視する作品が多い。

6. 寓言の現代的活用

　以前中国トウェイ(特衛)監督の＜牧笛＞、日本宮崎駿監督の〈千と千尋の神隠し〉が韓国で高い人気を集めた。前者は中国の水墨画技法で動画の画面を満たし、後者は日本の温泉地帯を幻想世界の背景にした。これらはアニメとして製作されたが、東アジア的特性を浮上させたという側面でも評価しなければならない。いわゆるディズニーのアニメの独寡占体制を直す代案が必要な状況の中、作品性と商業性の「逐二兎」の可能性をこれらから察する必要がある。

　〈牧笛〉は20分未満の一幕物の形態だが、せりふは一言もない破格的演出をした。ただ笛音が執拗に付きまとい、場面場面の情緒を暗示する。また、水墨画の溌墨効果を最大限活用しながら羊飼いと水牛の出会いを朦朧に描き出した。アメリカ混和の激情的形態の正反対に位すると言っても過言ではない。ディズニーの牙城を攻略するため、ハリウッドアニメーに製作された〈シュレック〉シリーズは、パロディー技法であり、既存童話の事件設定と価値観を覆し、いろいろな興味を誘発させるが、大層らしい劇的進行はより大きい。結局、〈牧笛〉はまるで仏教の〈尋牛図〉の場面化過程という印象を与えながらも、それに固着せず、物我一体の境地を叙事的に追い求めるという主旨を夏の日のだるい情緒と危機的状況を対比させながら見せてくれた。

　〈千と千尋の神隠し〉は〈牧笛〉と〈シュレック〉の二つの場合に比べれば、中間に属する作品と言える。興行上でも成功するほど面白く、大人たちの貪欲、家族間の疏外、環境汚染などをよく皮肉っているからである。また、大人と

　子供、現代と過去、日常と非日常などを効果的に対比させ、問題意識に反省的に近付いた。幻想と仮想を適切に交ぜながら家族が一緒に楽しむことができるアニメを作ったのである。これは童話的象徴と寓

意が調和を成した成功的事例として評価しても良いだろう。

　寓言は文・史・哲の共同部分を扱う人文学的思惟道具であり、一時代の文化論的脈絡をつき出すレトリックだと定義する時、上のような事例は寓言がすでに現代文明の多くの媒体の中で自分の領域を確保したことを推測させる。問題は寓言の伝統と新しい可能性を連結させるための理論と方法がこれからの課題であることだ。

　韓国で寓言の現代的活用に関する現象的考察は他の研究者たちが報告する予定であるが、私はここでその可能な何種類かの道を提示して見ようと思う。

　第一、古典作品の活用問題である。これはすでに近・現代作家たちにより頻繁に試みされた部分であるが、これを根拠により発展させることができる。古典の活用はひとり寓言領域に限らないが、模倣による古・今の対備、仮想世界の設定、重層的意味網の進行などをどのように構成するのかにより、寓言書き込みの有効性が検証される。ここで古典はただ単に韓国民族の固有の古典に限定する必要はない。

　第二、活用のための領域間の連携である。私たちはよく「寓言」といえば文学の書き込みのみを念頭に置くが、図象、音楽、演戯などと連携される部分を綜合的に検討しなければならない。図象は特定の意味を仮託した図形から紋様までを総称する概念である。ここに相応する音楽では標題音楽、映像音楽などを考慮することができる。演戯でも数字を図象化した道具が利用される多くの遊びがある。このような領域ではその技法と詳細規則がより重要なことと思われるが、原論的側面を無視することができない。例えば、太極図、心性図、九曲図などの気高い図像があるかと言えば陞卿図游戯、花札、五鳥花闘遊戯と同じ民俗的遊戯もある。象形文字だとする「漢字」の場合も基本的には象徴の原理より寓意的例示の原理がより重要に作用する。もし民族的色彩を帯びた徽章やキャラクターを製作する、より教育的ゲームを作る、漢字の体系的な教育を願うのならどのような方法があるだろうか。このような課題を解決するためには多くの段階の過程が必要だが、寓言の原理と技法はこのような課題に有用な基準を提示することができるはずである。寓言的思惟を活用した芸術デザイン、文字・文学教育を将来の課題にすべきである。

　第三、媒体の合成と転換である。現代は多媒体環境に急速に切り替え、インターネットはその集中と配分の中心役目を果たしている。これとともに「コンテンツ」という語彙が人文学分野でも掛け声のように横行する。果してそれは人文学の危機を打開するための有力な代案であるのか。しかし、今日「コンテンツ文化」と言うことは既存文化のデジタル化だと定義することができる。言わば媒体変換による技術的問題を解決するのが現在としてはコンテンツ作業の大きい部分を占めている。中国では故事成語、笑話、説話、古小説の内容をマンガ映像として製作した歴史が20世紀前半にまでさかのぼり、多様な作品が現在にも製作、市販されている。デジタル強国である韓国は、むしろ古典的内容を未だ書冊の形態で製作するのにとどまっている。一方〈国家知識情報総合システム〉のようなところでは関連専門機関の学問的情報を提供されるようにコンテンツを連結させいる。これに比べ、日本はアニメの強国である。寓言的媒体転換においては韓国が一番頑張らなければならない水準である。そのためには文字で成り立つ寓言の書き込みの領域を拡張しながら、他の媒体と連関させようとする努力を共に成されなければならない。

最後に

以上、今後の寓言研究の多くの領域を提示して見た。なかでも一番核心的なことは寓言の人文学的位相をきちんと把握し、一歩進んで文化論的脈絡を拡大しなければならないという点である。東アジア古典としての寓言はもとより、文学が歴史の実際と哲学的理念を媒介し展開されて来たので、位相の把握のためには文学史的展開に焦点を合わせながらも、巨視的視点から人文学的思惟の移り変わりを研究する態度が要請される。一方、文化論的拡大のためにはより広範囲な学問的連携と現代文明への適用という実践的側面を包含されなければならない。今日、人文学が文化産業の背後領域で機能し、このためのインフラ構築にどの位の役目を果たせるかを実験する課題もこれに当たる。これらはある意味今後の10年間の中に解決することができる課題ではない。同道者たちの積極的な参加と学問後続世代の関心がなければ、空念仏に止まってしまうはずだ。この点、虚荒された話をしたとも言えるが、これから初歩段階に置かれた韓国寓言研究の方向を点検するための試論として江湖諸賢に受け入れられるように願ってやまない。

寓言时代特点比较论

赵东一*

前言

世上的寓言数量很多，因而很难一一论及。虽然笔者很想囊括所有的寓言，叙述寓言的历史，但是却不能不怀疑自己能否做到这一点。这里笔者所能做的就是考察一下各文明圈的一部分寓言，从而扩大大家的视野。具体的方法就是比较研究寓言起到重要作用的时期的代表性寓言。

寓言既是文学作品，也是一种哲学性的写作方式，因而寓言是考察文学与哲学关系的重要资料。对于这方面的研究成果，本文主要参考了我的≪哲学史和文学史，是一种学问，还是两种学问？≫(知识产业社，2000)和≪世界文学史的展开≫(知识产业社，2002)的相关内容。

在文学和哲学领域同时发生重大转折时，寓言往往就会发挥出非常关键的作用。本文将以所选取的事例为例，局部考察这种现象，并希望这种努力能促使研究的扩大与深化。为此，笔者将尽其所能，同时也希望所有同仁能够共同努力，完成更宏伟的研究课题。

---

*启明大学 硕座教授

古代的智慧: ≪庄子≫、≪卡达奥义书≫、≪理想国≫

中国战国时期庄周的著作≪庄子≫是中国道家思想的源泉，也是古代寓言的典范。每当论及东亚寓言时，≪庄子≫往往是最先被提及的。这里以〈齐物论〉的最后一篇，即被后人称之为〈胡蝶梦〉的那段文章为例，再重新提及一下已被重复多次的话题。

庄周在梦中变成一只蝴蝶，但却不知道自己就是庄周，而只认为自己就是一只胡蝶，在快乐飞翔、游玩之后醒来，自己又成了庄周。这里还加上了两句话："不知周之梦为胡蝶与, 胡蝶之梦为周与"， "周与胡蝶则必分矣, 此之谓物化"。

自己在梦中变成胡蝶后又醒来，这是一个包含有行为实施者和行为的故事，是一个在开始与结尾叙述不同事件的故事。它以故事本身所体现的表层含义为喻体表达了深层的意义。表与里具有一种虚与实的关系。因此所谓寓言，可以说就是一种叙事性的教述文学，它在用有趣的故事吸引读者之后，又向着不同的方向发展，展现了掩藏在深处的真实。

文章结尾所另加的两句话体现出了深层的含义。它说明主体和对象是相对的，相互区别的事物往往也会相互转换。如此，它提倡道家思想，反对儒家思想。也就是说，在道家以无名思想反对儒家的对价值进行严格区分并对之进行明确命名的正名思想的过程中，寓言作为一种战略方式被运用于其中。

≪庄子≫创作的具体时间，无从所知，只能推测为是公元前4世纪左右。包括庄周在内的诸子百家也大都生卒年代不详。不仅中国如此，拥有两百多个版本的印度思想的源泉≪奥义书≫(*Upanishad*)也全部都是作者不详，因此更难查询其创作年代。一般认为于公元前8世纪到公元前3世纪其间创作的作品才是真本。

≪奥义书≫中也有一些很有趣的寓言。其中，≪卡达奥义书≫

(*Katha Upanishad*)就是一个很好的例子。该书讲述了有关父亲瓦嘉须罗瓦沙(Vajasravasa)和儿子那第凯陀斯(Naciketa)的奇妙故事。

身为司祭者的父亲祭祀众神，儿子见此便不停地问，祭祀有什么用，把老得都不行了的母牛献给他们有什么用。父亲一气之下，就说要把儿子"献给死神"。但这只不过是气话，而不是他的本意。但是儿子却真的去找了死神阎摩(Yama)，并说不见死神不回头，结果在死神家门口整整等了四天。让他这样等，死神感到很是抱歉，于是就对他说，现在时候未到，让他先回去，并答应为他实现三个愿望。

儿子提出的第一个愿望是，希望他回去时父亲不要生气，认他是儿子，死神答应了这个愿望。第二个愿望是想了解一下掌管祭祀的火神阿耆尼(Agni)，死神告诉了他。第三个愿望是想了解一下死亡，死神便告诉他，只要将宇宙的本体梵天(Brahma)看成是隐藏在心中的阿特曼(Atman)，那么就可以领悟至深，从而从死亡乃至轮回中摆脱出来。

神说，不要只想着去供奉神，而应该主动地去寻找真理。这种说法打破了传统观念。这里利用寓言表达了对供奉、祭祀神灵这一原有习俗的否认和对新的思考方式的追求。

古希腊时期，被称为智者(sophist)的那些人也都是革新家。他们拒绝遵循传统信仰所规定的法律道德，而是随意发表对人应该如何生活这一问题的见解，并美其名曰是在讲述真理。苏格拉底(Socrates)便是其中的一个，但是他从不讲述什么是真理，而只是说自己热爱真理。但在统治看来，他这样做对他们的威胁更大，于是他便被诬陷犯有误导年轻人的罪行，被处以死刑。

苏格拉底的学生柏拉图(Platon)因没和宗教发生过正面冲突，所以幸免被迫害。苏格拉底死后，柏拉图便制定了一个非常缜密的计划，以将从苏格拉底那里传承下来的新思想发扬光大。当时正值公元前4世纪，这和上面所提到的两个事例的时间几乎一致。柏拉图具有良好的剧作家才能。他本是从事剧本写作，后来才成为哲学家，因此他的剧本写作手法以及他的剧作家才能在其哲学著作中都均有体现。他利用多种方法书写了庞大的著作，这其中也运用了不少寓言。

中国的'诸子百家'大部分都生平不详，但因留有著作，所以他们的思想史也就成了著作史。印度≪奥义书≫的作者们也都隐姓埋了名。而希腊人则不同，他们多说多写，常和别人展开辩论，所以得以留名于史。希腊人以根据自己所处的特殊环境重新阐释普遍的真理，从而提出与众不同的主张为豪。

柏拉图的代表作是〈理想国〉(*Politeia*)。所谓理想国，顾名思义，指的就是理想的国家。该书以向未表明其身份的第三者转述的形式，叙述了心怀建设理想国度的愿望的苏格拉底和其他几个人一起就什么是正义这一问题进行讨论的内容。第七章开篇以洞为喻说明"理念(idea)"的那一部分，可以说反映了柏拉图的核心思想。引导话题的苏格拉底说："在实施教育和不实施教育的两种情况下，我们人类的本性将会是什么样子。让我们看一下下面这个情况，通过比较也许我们就会有所知。"随后，他讲述了下面这段话。

想象一下假如有人生活在大地下像洞一样的空间里，长长的出口向着有阳光照射的方向敞开，出口的大小有整个洞那么大。这些人只能呆在洞中，因为从小他们的脖子和脚就被捆绑了起来，他们只能一直呆在同一位置，不可移动寸步。由于头被铁链锁住了，所以他们也无法将头向后转，而只能一直看着前方。

设定了这样一种情况之后，苏格拉底说明了自己的想法。他说，就像被关在洞里的人看不到洞外边的实物而只能看着映射到墙上的影子一样，人们对事物的认识也是错误的。被困在里面的人当中，不管是谁，只要向后回头看一眼有光照的地方，他就会发现实际事物的真实面貌"理念(idea)"。即使他很难看到"理念(idea)"中最高层次的"善行的理念"，但只要他看一眼，他就能确信那就是真理的依据。

如上所述，中国、印度、希腊都将寓言用作表达思想的重要方法。反对宗教权威、政治独裁，一心追求真正的真理的先觉者们利用寓言避开冲突，加强说服效果，提出了新的思维方式。这种智慧不仅发展、更新了古代人的想法，而且在中世纪以后也一直被反复地重新思考与认识，从而拉开了对最终真理探究活动的序幕。

重新认识中世纪理念: ≪问造物≫, ≪百鸟朝凤≫, 〈玫瑰传奇〉

中世纪时，思维方式被定了格。被视为正统的理念成了不变的真理，而其他一切思维方式都被视为异端。诠释经典成为最高水平的学问，自由研究活动被严格限制。所以若想摆脱这种束缚，进行新的思考，就必须采用迂回战术。而运用寓言就是一个很好的办法。

生于12世纪末卒于13世纪初的韩国文人李奎报曾开发出多种寓言写作方式，并力图借此批判错误的思维方式，重新认识现实。下面来看一下他的作品≪问造物≫。该作品的新颖之处在于采用了和造物主问答的形式，并借造物主的话抨击了传统观念。

造物主说，"物自生自化"，即万物自己产生自己发生变化，因此便反问到哪里会有什么造物主。造物主自己否认了造物主的存在，认为造物主所负责的创造和变化都是由事物本身自己完成的。这里使用了和≪卡达奥义书≫一样的手法，≪卡达奥义书≫里否认的是神供奉神的信仰行为。借用这种手法，作品提出了很具抨击性的观点。

李奎报拒绝已根深蒂固的传统信仰，他将注意力从"心"转移到"物"上，主张应该努力去研究"物"的各种形态和变化。由此东亚思想便逐步从中世纪前期向中世纪后期发展。另外，通过考证我们发现，同一时期的其他文明圈内也利用寓言进行了类似形式的革新。

下面让我们再来看看伊斯兰世界。当阿拉伯文学步入发展相对沉滞不前之时，波斯语文学则大大发展起来，成为中世纪后期文学的领头人。这一点可从12世纪末13世纪初的阿塔尔(Muhammad Attar)身上看出。阿塔尔创作了长篇教述诗〈百鸟朝凤〉(*Manteq at-Tair*)，该作品通过百鸟寻找鸟王的旅行过程反映了对最高精神理想境界，即真理的追求过程。作品用各种鸟指代以各种以不同方式追求真理的人，利用寓言生动有趣地讲述鸟的旅行故事，并借此反映了人生旅途上所发生的各种问题。

旅途过程中，百鸟不断地经受着挫折、失败、冒险的考验，真理追求的过程相当艰难。起到领导作用的鸟在说服大家去追求真理的过程中，就各种疑问和反对意见做了回答，充当了转述众多逸事的叙述者的角色。因为不知道真理的大门向所有人都敞开，所以百鸟们常常慨叹；他们还责怪那些拥有权力、财产、学识等的人不去追求真理。

在欧洲，13世纪法国的寓言诗《玫瑰传奇》(*Roman de la rose*)很值得注目。该作品的前半部分是由吉约姆·德·洛里斯(Guillaume de Lorris)创作的，而后半部分的作者则是让·德·墨恩(Jean de Meun)。该部作品的语言优美、生动，主题丰富多彩，因而广为阅读。同时，它对欧洲各国的影响也极其深远，促进了时代的变化发展。

该部作品以梦游泉的形式记录了作者在梦中的所见所闻，且从多个角度就爱情问题进行了讨论。作品描写了被拟人化为"爱情女王"的玫瑰和"文雅"、"舒服"、"快乐"、"希望"、"口才"等辅助者及"嫉妒"、"危险"、"乌鸦嘴"、"害怕"、"奢侈"等敌对者之间发生的众多事件，进而就人生问题展开了讨论。作品动用了各种知识，就神学、哲学展开了广泛的讨论，并从多个角度讽刺了当时的社会风俗。

上面所提到的几个寓言作品都促进了时代从中世纪前期向中世纪后期发展。寓言不仅让人们醒悟到应该摆脱根深蒂固的旧有模式，放开思想，且没有特殊地位的一般普通大众也可以从生活经验中发现真实，而且还以一种很有说服力的形式表现了这些内容。此外还值得注目的点是，不同文明圈的不同作品在同一时间起到了相似的作用。

中世纪向近代过渡时的复古路线：≪天君演义≫、≪本质≫、≪天路历程≫

韩国有很多描写"天君"故事的寓言，"天君"是对"心"的拟人化。这类寓言的代表作是17世纪郑泰齐创作的≪天君演义≫。该作品和之前的许多作品一样，讲述了天君所统治的国家在经过下滑堕落的危机之后逐步步入正轨的过程。

下滑堕落的原因是，欲生和欢伯的入侵使得天君变得软弱无力。因为天君听不进任何忠告，于是有悔氏便将早已离去的醒醒翁请回，引导天君重新走上了正路。天君忏悔自己不该贪婪，沉溺于欢乐之中而不能自拔，认识到这一点的他从此改过自新。

该作品的序言里首先批判了那些使社会风俗败坏的荒唐小说，然后指出希望让读者把这部作品当作一部小说来读，在阅读过程中，受到感化，从而远离酒色，拥有一颗善良、正直的心。该部作品与之前的作品不同的是，人物性格得刻画得更为鲜明，对堕落的生活描写得更加维妙维肖。为了改变当时的社会风俗，作品还描写了追随当时社会风俗的举动。

在堕落和恢复的过程中，不能放任"气"而应由"理"来控制的理气二元论的哲学再一次得到了肯定。这可以说是一条复古路线，坚持这条路线的一派人追求对中世纪的回归，力图以此代替从中世纪向近代的发展过渡。他们利用东亚共同语汉文创作作品，以此来反对推动中世纪向近代过渡发展的那一派人大力发展国文学。

印度也有类似的作品。让我们来看看17世纪作家Wajhi用乌尔都语创作的作品≪本质≫（*Sab Ras*）。乌尔都语是印度本土语言印地语受在印度建立莫卧儿帝国的伊斯兰教徒们的土尔其语的影响而形成的语言。

Wajhi同时用土尔其语和乌尔都语两种语言创作作品，可谓是乌尔都语文学的开拓者。

使用乌尔都语进行创作是因为文化水平低的人也能看懂乌尔都语，这可以说是符合从中世纪向近代发展的过渡期的选择。作品创作意图在于要确立伊斯兰的正统价值观，防止社会和思想的混乱。作品将"和平"、"爱情"、"幻想"、"贪婪"等拟人化，由他们来处理由名叫Aql(意为"智慧")的君主所统治的王国里所发生的问题。该作品可以说是印度版的《天君演义》。

作品中说，若放弃"Aql"，那就会发疯或将头撞向岩石；若将"Aql"和贪婪混淆，则会丧失所有的价值。作品还强调不能将"Aql"固定，应该让它主动地去发挥作用。作品中还有一首诗，它概括了用散文形式所书写的内容，诗中这样写到："Aql是一只鹰，是一只翱翔于高空的鹰。……它去寻找猎物，去草原、真实、比喻那里。"

下面让我们来看看欧洲。同样是在17世纪，由英国作家班扬(John Bunyan)创作的《天路历程》(*The Pilgrim's Progress*)也可以说是另一个版本的《天君演义》。作品以类似的方式拥护了可和儒教、伊斯兰教相提并论的西方传统信仰基督教，并力图防止价值观上发生混乱。同时也表现出了以向中世的回归代替向近代过渡的复古主义倾向。

主人公"基督教徒"因"低俗的智慧"和"无知"而经受了各种混乱，后受到"绝望巨人"的挑战，掉入了死亡谷。之后他碰到"信仰"和"希望"，重新获得勇气，在耶稣的指引下，最终到达了天堂。虽然儒教强调净心，基督教强调上天堂，两教所强调的内容不同，但是作品的性格和手法确实大体一致的。

《天路历程》赢得了很多读者。这很大一部分是因为作品没有使用欧洲共同语拉丁语而使用的是民族口语英语。另外让读者以为自己阅读的是小说这一意图也实现了。因为作品事件的展开趣味盎然，对话的描写栩栩如生，所以整部作品别有一番风趣。基督教的传教士们常常把这部作品带到世界各个角落，将它翻译成当地的语言，用作基督教的入门书。题目为《天路历程》的韩国语版本就是其中之一。

这些寓言为了囊括一些能够吸引读者的有趣的故事，便常常借用当时盛行的小说的手法。所以它不是在追随时代的变化。当时小说描写了新的社会风俗，肯定了欲望的存在；与此相反，这些寓言则主张应该遵守宗教的教诲，重新确立道德秩序。同时，它们还以类似的方式反映了以向中世的回归代替向近代过渡的保守路线。

中世纪向近代过渡时的进步路线：《法世物语》，《虎叱》，《札第格》，《阿卜杜拉·菲克里的麦嘎麻》

安藤昌益，18世纪时的日本人。他曾在贫穷的乡村做过医生，亲眼目睹了农民的悲惨生活，并为此感到十分痛苦，他还曾亲手种地务农。《法世物语》是他创作的寓言，该作品描写了鸟、兽、虫、鱼四组动物对人类虚伪的批判。

安藤昌益认为所有的错误都源于"法"，因此对"法"进行了严厉的批判。他指责那些所谓的圣人，认为是他们错将以天地·男女·上下．贵贱的相互间的需要而维持平等的"自然世界"变成了用法来统治的"法制世界"。他不仅排斥儒学和佛教，而且也排斥日本的神道，认为它也宣传"法制世界"思想。他只尊重直接种地的"直耕"，指责那些剥削压迫"直耕"的人都是不可饶恕的强盗。

18世纪的韩国，朴趾源留下了作品　《虎叱》。但作者说这不是他创作的作品，而是去中国时抄写来的，为此还曾引发了一场风波。但这样做却一方面使得作者能在严厉批判传统观念的同时不受迫害，另一方面其转述者的身份也吸引了大量读者。同样的做法也出现在了下面将要提到的两部作品里。这种游击战术对于反对向中世纪回归、拥护推动中世纪向近代发展的进步路线的一派人来说，是很必要的。

≪虎叱≫主要讲述了老虎斥责儒生北郭的故事。作品里说，"普天下只有一条真理"，"若老虎恶，则人性也恶，若人性善，则老虎也善"，所以对于禽兽和人类来说，他们都认为享受生活就是善。破坏生活的就是恶。人不仅加害于其他生命体，而且人彼此也相互折磨。不光抢劫、杀人是恶行，写假文章蹂躏天地万物的行为也是恶行。所以作者主张应该把假儒生作为这类人的代表，进行批判。如果作者没有强调这篇文章不是他所做，如果作者没有采用寓言的形式，那么他也就无法表达他的这种主张。

在同一时期的欧洲，率先倡导思想革新的伏尔泰(Voltaire)为使自己所追求的真实家喻户晓，并且能避开不必要的反对和结交更多与己志向相同的人，积极运用了寓言。他常常声称作品不是他创作的，并另行表明出处以示证明，他还喜以外国人为主人公，描写奇特的事件。

一个很好的例子就是作品≪札第格≫(Zadig)。作者称该作品是来自伊斯兰世界的古书，描写了极为奇特的事件。该作品以违背预想的方式否认社会普遍观念，奇妙地提出新的主张，是一个很难形容的作品。作品讲述了很久以前的巴比伦尼亚(Babylonia)人札第格的故事，作品介绍说札第格"不以蔑视女性、诱惑女性为豪，心胸十分宽广"，且不受国家教理的束缚，并了解到"太阳是宇宙的中心"。像他如此智慧的人既拥有青春、健康，又拥有财产，本该很幸福，然而事实并非如此，他也曾经历过很多苦难，多次从幸福陷入了不幸。

他曾沦落为奴隶，跟随主人四处旅行，见到了埃及人、印度人、中国人、希腊人、凯尔特(Kelt)人等。这些人都固执地认为别人的宗教都是错误的，而只有自己所信仰的宗教才是正确的，结果引起了一场激烈的论战。这时札第格发表意见说，大家都有正确的地方。但其中他给以最高评价的是中国人的论说，因为中国人利用"Li"(理)和"Tien"(天)的原理同时认可了各个宗教的相反主张。

同一时期的阿拉伯世界的作家们认为，当前最紧要的任务是反对欧洲的侵略，从思想上觉醒，开创继承自己民族文学传统的新时代文学，为此他们积极创作了很多寓言。最初先是模仿欧洲的先例，后来又利用了包含在名为"麦嘎麻"(maqamah)的传统散文中的各种形式的寓言。

19世纪末的埃及人阿卜杜拉·菲克里(Abdallah　Fikri)曾是埃及成功反抗英国统治暂时赢取独立时期的教育部部长。他也非常热衷于文学创作。他创作了作品《阿卜杜拉·菲克里的麦嘎麻》，但却声称这不是他创作的作品，他只不过是将被翻译成土尔其语的其他国家的古典作品再转翻成阿拉伯语而已。这一做法和《虎叱》及《札第格》一样。

该作品将"想象"、"激情"、"洞察"、"理性"等拟人化，描写了他们相互较量的过程。"理性"是最后的胜利者。阿拉伯文明将理性看成是最引以为豪的遗产，因而认为他们有力量战胜欧洲的挑战。该作品的文体具有古典韵味，受到高度评价，同时也体现出了要传承珍贵的欧洲文学遗产的积极姿态。

很有趣的一点是，推动中世纪向近代正常发展过渡的进步路线和与之相反的保守路线都很喜用寓言。虽然他们的表现方法相似，但创作意图却不同。保守路线将寓言用做一种引诱策略，用有趣的故事吸引讨厌说教的读者；而进步路线则将寓言用做一种游击战术，以减少批判传统理念的斗争中的危险性，进而扩大斗争效果。

结束语

在寓言研究过程中，很容易陷入堆积如山的资料堆中，而忘记什么是所要研究的问题。因此我们要警惕，避免变成只以发现文学领域边缘区域或夹缝中的事物为乐的低俗文学爱好者。为了正确评价寓言，

深化寓言研究的意义，现提出以下几个需要反省的问题

　　首先，应避免过分扩大寓言的范围。从表面上来看，寓言的特点在于用有趣的故事来表现与之相反的被掩盖的真实，而且这种偏差越大，主题的表达效果越好。与传统的类型相比，在特殊意图下创作的作品中这类情况更多。

　　其次，应该扩大寓言比较研究的范围，走出东亚，走向世界，将其他文明圈也囊括进来。除东亚和欧洲以外，印度和阿拉伯也有很多优秀的寓言作品。因此有必要让世界各地的文学研究者参与进来，共同进行研究。

　　第三，寓言是文学和哲学共同使用的写作方式，所以应该先研究在文学史和哲学史中占有重要地位的作品。若能兼顾两边的观点，或让两边的专家一起参与研究，相信将会取得重大的进展。

　　最后，寓言是进行时代划分的重要依据。古代、中世纪前期和中世纪后期、中世纪向近代过渡过程中的复古路线和进步路线等都以特有的方式运用寓言具体地表达了那一时期的独特主张，本文便试图阐明了这一点。这里笔者希望各位能共同努力通过列举更多的资料扩大寓言研究。

〈完〉

寓言の時代的性格比較論

趙東一*

始めに

世界の寓言はあまりにも多く、その一つ一つを取り上げるには困難極める。そのすべてを集め膨大な歴史を叙述しようとする希望をどれくらい果たすことができるかは疑問である。ここで可能な仕事は多くの文明圏の寓言を少しずつ垣間見ながら視野を拡大することである。寓言が特に緊要な役目を果たした時期の代表的な事例を挙げて比較考察するのが具体的な方法である。

寓言は文学作品でありながら哲学の書き方でもあり、文学と哲学の関係を察するに緊要な資料である。その様な作業を≪哲学史と文学史、二つであるのか、一つであるのか。≫(知識産業社、2000)で成した結果を活用する。≪世界文学史の展開≫(知識産業社、2002)で初めて扱った内容もあり、一緒に利用する。

文学と哲学両方にかけて大きな転換がある時、寓言が緊要な役目を果たした。選択した事例でその様相を一部考察し、研究の拡張と深化

* 啓明大學 碩座教授

を期待する。一人の手におえる努力を成してから、共に成すべきであるより進展された課業を提案する。

古代の知恵: ＜荘子＞、＜カタウパニシャード＞、＜共和国＞

　中国戦国時代人荘周の著作で知られた≪荘子≫は中国道家思想の源泉を成し、寓言の手本を見せた古典として評価される。東アジア寓言に関する論議を展開させる時、一番先に挙げられるのが常例である。＜斉物論＞最後の題目、後代人が＜胡蝶夢＞と名付けた文を手本に挙げて置き、繰り返して来た論議を再び行ってみよう。

　荘周が夢にあげは蝶になり、自分が荘周であるとは知らず、あげは蝶だとばかり思い込みながら、楽しく飛び廻るうちに覚めて見れば荘周であった。それに二言を付け加えた。「荘周が夢にあげは蝶になったのか、あげは蝶が夢に荘周になったのかわからない。」(不知周之夢為胡蝶与，　胡蝶之夢為周与)「荘周があげは蝶と不可分の関係で分けられている、これを物化だとする。」(周与胡蝶則必分矣，此之謂物化)

　自分が夢にあげは蝶になってから覚めたと言ったことは行為者と行為があり、初めと終りが互いに異なる事件を成す話である。話自体が指す表面の意味を比喩の媒体にして裏面の意味を伝える。表裏が虚実の関係を持つ。おもしろい話に読者が関心を持つようにして、それとは違う方向に進んで行き隠しておいた真実を伝えようとする叙事的教述文学が寓言だと規定することができる。

　付け加えた言葉では裏面の意味をそのまま現わした。主体と対象は相対的だとした。区分されるものなどは互いに転換されると言う。道家の持論をそういう風に繰り広げながら儒家に対して反論を展開した。価値の絶対的な区分を名を明らかにして定立しなければならないという正名路線に無名で対立する作戦の一つとして寓言を活用した。

　《荘子》はいつ成り立った本であるのかは明らかにされていない。B.C.4世紀頃と推定されるだけだ。荘周を含む諸子百家が大部分生没年代未詳である。これは中国だけに当てはまることではない。インド思想の淵源を用意した《ウパニシャド》(Upanishad)は2百個を超えるが、皆作者未詳であるので年代を捜すことはより難しい。B.C.8世紀からB.C.3世紀まで成り立ったものであってこそ珍本だと思われる。

　《ウパニシャド》にもおもしろい寓言がある。〈カタウパニシャド〉(Katha Upanishad)がその良い例である。父ワズシュラと(Vajasravasa)と息子ナチケタ(Naciketa)を登場させて作り出した奇妙な話だ。

　祭司である父が神々に祭祀を執り行なうのを見た息子が出てきて、祭祀を執り行なって何になる。老いぼれた雌牛を捧げて何になるのかと重ねて尋ねた。父は頭に来て息子に「死にお前を捧げよう。」と言った。息子は意味なく言った言葉で、父を怒らせる気などなかった。ところで息子は死の神さまヤマ(Yama)を尋ね、会えるまで待つと決心し、門の前で三日も待っていた。死の神さまが待たせてすまないと言い、まだ自分に会いに来る時ではないから帰りなさいと言った。それから三種類願いを聞き入れると言った。第一の願いは息子が帰った時、父が怒らず息子として受け入れるようにと言うことで、聞き入れられた。二番目には祭祀を管理する火の神さまアグニ(Agni)に関して知りたいと言ったら、教えてくれた。三番目には死に関して知りたいと言ったら、宇宙の本体である‘ブラフマ’(Brahma)が心の中に揃った‘アトマン’(Atman)だと分かれば、深い悟りを得て死を乗り越えて輪回からも脱することが出来ると言った。神に仕えようとしないで、自ら真理を捜しなさいと神は語った。その逆説で既存の観念を崩した。神を奉じて祭祀を執り行なう既存の慣習が間違っているとし、思考の革新を促そうと寓言を積極的に活用した。

　古代ギリシア時代の‘ソフィスト’という人々も革新者であった。在来の信仰で決めた法道に従わないで、人がどういう風に生きて行かなければならないかと言う問題に対する所見をむやみに列べながら真理だと主張すると言った。ソクラテス(Socrates)はその中の一人であり、真理が何であるか言わないでただ真理を愛するだけだと言った。そうすることが権威に対してより大きい脅威だと見なされ、青年たちを誤導するという罪を被って死刑された。

　ソクラテスの弟子プラトン(Platon)は宗教と真正面に衝突せず迫害を免れながら、ソクラテスから受け継いだ新しい思想を展開する作戦を綿密に考え抜いた。その時期はB.C.4世紀で上に挙げた二つの事例と殆ど同じである。プラトンは劇作家の才能を持った人であった。劇作をしているうちに哲学者になり、劇作の手法と才能を積極的に活用した。多様な方式で膨大な著作を成しながら寓言を活用した。

　中国の‘諸子百家’は大部分その生涯が分かり得ないが著述が残っており、思想史が著述の歴史と成し得る。インドで≪ウパニシャド≫を書いた人々は皆自らを隠した。しかし、ギリシア人たちはよく喋り、文を長く書き、他の人々と論乱を繰り返し名を残した。普遍的な真理を自分達が処した特殊な状況で追い求めながら、他人達と違う主張を展開させることを自慢した。

　プラトンの代表作を挙げるとしたら〈共和国〉(Politeia)だと言える。共和国と言うのは望ましい国である。望ましい国が成り立つように願いながらソクラテスが違う幾人かと一緒に正義と言うのは何かという問題について論議を繰り広げた内容を誰か明示されていない第3者に伝えるという内容で成り立っている。第7章冒頭に洞窟の比喩を挙げて‘イデア’について説明したところは、プラトン思想の核心を見せてくれると理解される。話を導いているソクラテスが「教育がある場合とない場合に私たちの人間の本性がどうなるかについて、次のような状態と比べて見なさい。」と言い、次のような話をした。

　地下にある洞窟模様の居所に住んでいる人々を想像して見なさい。長く伸びている入口が光がある方に向けられて洞窟全体の広さ位開かれている。その人々はその中だけにいて、幼いころから足と首が縛られて同じ席だけに居る。鎖のため頭を後に回すこともできず、ただ前だけ見ている。

　このような想像上の状況を設定しておいて、自分が言いたいことを話した。洞窟に閉じこめられている人々が洞窟の外の実物は見られずに壁に映った影だけ見るのと同様に、人は事物を誤って認識すると言った。捕らわれている人の中、誰が頭を後ろ向きにして光輝く所を見れば、その時初めて実際の事物の真の姿である‘イデア’が分かる言った。‘イデア’の中にも選り抜きである‘先行のイデア’は見るに及ばないが、一度見るだけでそれが真理の根拠であることを確信することができると言った。

　中国、インド、ギリシアで皆このように寓言を思想表現の大事な方法とした。宗教的な権威、政治的な独り善がりと対立して真理が何であるのか追い求める先覚者たちが寓言を用いて、衝突を避け説得力を高めながら新しい思考形態を提示した。これにより得た知恵が古代人の発想を斬新にするところで止まらず、中世以後重ねて再認識され、窮極的なことに対する真摯な探求を展開する拠点になった。

中世理念再検討: ＜問造物＞、＜鳥の会合＞、＜バラのはなし＞

　中世に至れば、思考が規格化して来る。伝統として認められた理念が不変の真理を保障してくれるとされ、他の事故形態は異端として指目して排撃した。経典注釈が最高学問の役割を果たして自由な探求を阻んだ。そのような拘束から脱して新しい思考をするためには遠回りの戦術が必要であった。寓言を活用するのが良い方法であった。

　12世紀末から13世紀初めまで生きた韓国の文人李奎報は寓言の方法を用いた作品作りを多彩に開拓しながら、誤った考え方を批判して現実を新しく認識しようとした。その中〈問造物〉を挙げてみよう。造物主と問答をするという奇抜な設定をし、造物主が言ったことにより既存の観念を破壊した。　造物主は"物自生自化"として、万物が自らできて自ら変わるだけであるのに造物主がどこにあるのかと聞き返した。造物主が自ら造物主の存在を否定し、造物主が担当するという創造と変化の作業が物自体で成り立つと言った。〈カタウパニシャド〉で神が神に仕える信仰行為を否定したことと相通ずる手法を用いて衝撃を与える発言をした。

　李奎報は固定された信仰形態を拒否して、'心'から'物'に関心の方向を移して'物'の多様な様相と変化を探求するところに力をつくすべきだという新しい思想を提示した。そうして東アジアの思想が中世前期を過ぎ中世後期に進む転換を画した。同時代の他の文明圏でも類似形態の革新のために寓言を活用した事実を確認することができる。

　イスラム世界に行って見よう。アラビア語文学が相対的な沈滞期に入った時、ペルシア語文学が大きく立ち上がり中世後期を導いた。その適切な例えを12世紀末から13世紀初めにアタル(Muhammad Attar)が見せた。アタルは〈鳥たちの会合〉(Manteq at-Tair)と言う長編教述詩を作り、精神的理想の求心点に至る真理追求の過程を多種類の鳥達が自分達の王を尋ねる旅行を通じて現わした。真理に近付く姿勢が互いに違う人々を多種類の鳥達に例え、鳥達のみやげ話をおもしろく語る寓言を作り、人生行路で表れる問題を取り扱った。旅行過程で挫折、蹉跌、冒険を絶えず経験するため真理探求が順調ではないとした。リーダー役である鳥が真理に向けて進もうと説得しながら多くの疑問と反論に回答して多くのエピソードを伝える叙述者役を果たす。真理は誰にでも開かれているとは知らないから嘆かわしいことだととして、権力、財産、学識などに対して特別な自負心を持った人々は真理にそっぽを向くと咎めた。

　ヨーロッパの場合には13世紀フランスで成り立った〈ローズ話〉(Roman de la rose)という寓言詩が注目に値する。ギョームドローリ(Guillaume de Lorris)が前半を書き、ジャン・ドムェング(Jean de Meun)が後半を加えて長編になったこの作品は、表現がすぐれて主題が盛りだくさんであり、広く読まれた。ヨーロッパ諸国に広範囲な影響を与えて時代変化を促進させた。作者が夢の中で見て聞いた内容を記録すると言う夢遊録を用いて愛に関する論議を多角度で展開した。'愛の女王'と擬人化したローズが一方では'礼儀正しさ'、'安らかさ'、'楽しみ'、'所望'、'話術'などの補助者、一方では'癖忌心'、'危険'、'険口'、'恐れ'、'数値'などの敵対者と結ぶ多様な事件を作り出し、人生万事を論じた。あらゆる知識を動員して神学と科哲学に対する広範囲な論議を繰り広げ、世相を多角度で皮肉ったのである。

　上に挙げた多くの作品のうち、寓言は中世前期から中世後期を用意する転換を成すのに寄与した。固定されたフレームから脱して思考を開放し、特別な位置にない凡人も人生の経験から真実を探求することができるということを、そのもの自体により悟るようにし、説得力のある提示をすることを可能にする二重の機能を遂行した。多くの文明圏の多様な作品が同じ時期に類似の作用をしたことは注目するに値する。

中世より近代への移行期復古路線: ＜天君演義＞、＜本質＞、＜天路歴程＞

　韓国には心を擬人化した‘天君’を取り巻いて起こった事件を扱った寓言が多い。17世紀に鄭泰斉が書いた≪天君演義≫を代表作として挙げる事が出来る。天君の治める国が堕落の危機を経ているうちに正しい秩序を取り戻す過程を先行する多くの作品同様に語った。堕落の理由は慾生や歓伯の侵入を受け、天君が無力になったのである。忠肝を聞かないので立ち去っていた醒醒翁を有悔氏が呼び戻し天君が正しい道に立ったとする。欲望を満足させ喜びに貪溺して生じた道徳的堕落が誤っていたと後悔し、正しく考えられるようになり悟りを得て進むべき道に目覚めたという話である。

　序文でとんでもない小説が風俗を堕落させると咎め、読者達が自分の作品を小説だと思い込み読んでいるうちに感化され、酒色を遠ざけ心を正しく保つようにしようとする。人物の性格をより明らかにさせ、堕落された人生の姿を実感できるように描いた点が以前の作品と違う点である。世相を正すために世相に従うことと同様の挙動を見せた。堕落と回復の過程で気の作用をそのままにせず、理が統制しなければならない、という理気二元論の哲学を再確認した。それは中世より近代にへの移行期を中世に逆行させようとする復古路線だと言える。中世より近代への移行期を近代へと順行させようとする立場から、国文文学を多様に開拓するのに対立してそのような作品に東アジア共同文語の漢文を用いた。

　インドにも類似の作品がある。ウルド語を用いた17世紀作家ワズヒ(Wajhi)の≪本質≫(Sab Ras)を見てみよう。ウルド語と言うのはインドに入って来てムグル帝国を経てたイスラム教徒達のトルコ語影響を土着のヒンディ語が多分に受けてできた言葉である。ワズヒはトルコ語とウルド語両方の作品を創作し、ウルド文学の開拓者と評価される。ウルド語を用いたことは教養水準の低い人々も理解できるようにしたからで、中世より近代への移行期らしい選択だと言える。しかし、創作意図はイスラムの正統的価値観を確立し、社会と思想の混乱を阻もうというのであった。知恵'を意味する'アークル'(Aql)という君主が治める王国で生じた問題を'平和'、'愛'、'幻想'、'貪欲'などを擬人化した人物を登場させ、インド版≪天君演義≫と言える作品を作った。

　'アークル'を捨てれば狂乱するか岩に頭をぶつけるかで、'アークル'を貪欲と混同すればすべての価値をすべての価値を喪失する。アークルは'銀固着化されてはいけないとしながら、能動的な作用を重要視した。散文で書いた内容を要約した詩の場面で、"アクルは鷹である。とても高く飛び回る鷹である。"、"野原にも、真実にも、比喩にも飛んで行き狩りをする。"とした。

　ヨーロッパの場合を見てみよう。イギリス人ボンヤン(John Bunyan)が同じ時期の17世紀に書いた≪天路歴程≫(The Pilgrim's Progress)は、また一つの〈天君演義〉だと言える。儒教、イスラムと並称されるその正統信仰キリスト教を類似の方式で擁護し、価値観の混乱を阻もうとした。中世より近代への移行期を中世に戻そうとする復古主義の努力をまた一度行った。

　'キリスト教徒'と称えた主人公が'俗っぽい知恵'と'無知'のため混乱を経験して、'絶望巨人'の挑戦を受け死の谷間に陥った。そうこうしているうちに'信仰'と'希望'に出会って勇気を得て、キリストの引導を受け遂に天国に至った。儒教では心の混乱を直しさえすれば良く、基督教徒は天国に向けて進まなければならない点が違うのであるが、作品の性格や手法は殆ど同じである。

　〈天路歴程〉は多くの読者を得た。共同文語ラテン語ではない民族口

語である英語を用いた点が有利に作用した。小説として読ませた意図
が的中したのである。事件展開がおもしろく対話が鮮やかで興味を掻
き立てるようにした。キリスト教宣教師達が地球の隅々まで行って現
地語翻訳本を作り、キリスト教手引書として用いた。〈天路歴程〉とい
う見出しをつけた韓国語翻訳もその中一つである。

　これら寓言は読者を魅せるおもしろい話を作ろうと当代流行の小説
手法を借用した。そのため時代変化の推移に従うものではなかった。
小説が新しい世相を描きながら欲望を肯定することに対立し、宗教の
教えるところを守り、道徳を再確立しなければならないとした。中世
より近代への移行期を中世に復帰させようと思う復古路線を類似の方
式を取り込んで共に見せてくれた。

中世より近代への移行期進歩路線：　〈法世物語〉、〈虎叱〉、〈ジャディグ〉、〈パクリのマカマ〉

　安藤昌益は18世紀の日本人である。不毛の田舎で医者として勤めな
がら農民の惨状を見守り心痛を感じ、自ら農業を営んだりもした。
〈法世物語〉という寓言を作り、鳥獣虫魚と言った飛ぶ動物、四足の動
物、虫、魚の四つの群れが一斉に人の虚偽を咎める言葉を綴った。す
べての過ちが‘法’によるとして、‘法’を咎めた。天地、男女、上下、貴賤
が互いを要する‘互性’の関係を持ち、平等を具現した‘自然世’を誤った
法が支配する‘法世’に変えた過ちを、世の中で聖人と奉ずる者がやら
かしたと糾弾した。留学や仏教だけではなく日本の神道も‘法世’の思
想だと規定し極力排撃した。直接農業を営みながら暮す＇直耕＇だけ
が大事で、‘直耕’を営む人々を抑圧して搾取する群れは許されない盗
賊だと糾弾した。

　18世紀韓国で朴趾源は〈虎叱〉という作品を残したが、自らが作ったものではなく中国へ行った時、書き写して来たとする。そのため是非の議論が巻き起こるが、既存の観念をひどく咎める文章を書きながら迫害を避け、世の気を引くために自分が伝達者に過ぎないと言ったのは次に挙げる二つの事例でも分かり得る。中世より近代への移行期を中世に戻さず近代に進める進歩路線はそのような遊撃戦術を要した。

　北郭という士を虎が咎めるというのが事件の概要である。"凡そ天下の理は一つである。"として、"儲けることがまことに悪しければ人性もまた悪しく、人性が善良ならば虎性も善良である。"として、人生を享受するのが善という点では禽獣でも人でも皆同じだとした。生を害することは悪である。人々は他の生命体を害するだけでなく、人互いにいじめるという悪事を続ける。力で奪った殺戮でないにしても偽りの文を書いて天地万物の生を踏み躙ることも、また悪事である。偽りの士をそのような思考の標本として挙げ、糾弾すべきだとした。自分の書いた文ではないとして、寓言を用いる二重の装置を施さずにはそのような主張を繰り広げることはできなかった。

　同時代18世紀ヨーロッパで革新思想を展開するのに先に立ったボルテール(Voltaire)もまた自分が追い求める真実を誰もが分かるように広く知らせ、不必要な反対を減らし、同調者を増やす二重の目標を果たすために寓言を積極的に活用した。自分の作品ではないとしながらも出処を別途に明らかにした文に外国人を登場させ、奇妙な事件を展開する方法を楽しんで用いた。その良い例である≪ザディグ≫(Zadig)はイスラム世界より由来した古書だと紹介した奇妙な文である。予想を覆す方式で通念を否定しながら、新しい主張を奇抜に繰り広げ、これは何であるとは規定しずらい作品である。昔バビルロニア人ザディグは"女性を見下すことも、女性たちを魅惑させることも自慢にしないで、寛大な気立てを持った"として、国家で採択した教理にこだわらず、"太陽が宇宙の中心"であることを悟ったとした。それ程賢い人が若さ、健康、財産などをあまねく取り揃えていて幸せだろうと予見されたが、そうではなかった。幸運が不運に覆される苦難を何回も経験したと言う。

　奴隷の身分に陥り、主人に付いて旅行しながらエジプト人、インド人、中国人、ギリシア人、ケルト人などに出会った。その人々がそれぞれ自分が信じる宗教だけ正しいと言い張り、他のものなどは悪いと排撃し巨大な論戦が起った時、ザディグは皆各々が正しいと言った。そして中国人が"Li"(理)と"Tien"(天)の原理に即して、多くの宗教の相反した主張を一緒に認め得る論理を提示したことを一番高く評価した。

　アラブの世界の作家達はヨーロッパの侵略に対立して精神的覚醒を成し、自分の文学の伝統を受け継ぐ新しい時代の文学を成すのが緊要な課題だと判断し、寓言だと言えるものを熱心に創作した。初めはヨーロッパの先例を倣い、'マカマ'(maqamah)と言う伝統的な散文に含まれている多くの形態の寓言を活用した。

　19世紀末エジプト人ピークリ(Abdallah　Fikri)はイギリスの統治に立ち向かいエジプトがしばらく独立を勝ち取った時期に教育省長官になり、文学創作にも力をつくした。〈ピークリのマカマ〉という作品を残し、自ら書いたのではなく、トルコ語に移しておいた他の国の古典を自分はアラビア語に翻訳しただけだとした。その点が〈虎叱〉や〈ザディグ〉と相通ずる。'想像'、　'情熱'、'通察'、'理性'などの擬人化された多くの人物が争う過程を描き、'理性'が最終的な勝利者になったとした。アラブ文明は理性を一番誇らしい遺産にしていてヨーロッパの挑戦に立ち向かえる力があると言う考えをこのように表した。古典的な品位を上手く取り揃え高く評価される文体を用いてアラブ文学の貴い遺産を引き継いで行く姿勢を見せてくれた。

　中世より近代への移行期を近代に巡行させようとする進歩路線がその反対の補修路線とともに寓言を愛用したことは興味深い点である。表現方法は似たり寄ったりでも意図は違っていた。寓言の表面を成すおもしろい話が補修路線では教訓をないがしろにする読者誘引策であり、進歩路線では既存理念を攻撃する戦闘で危険を減らし戦果を拡大する遊撃戦戦術であった。

終わりに

　寓言研究は多くの資料を列挙しているうちに何が問題であるか忘れる心配がある。文学の周辺や狭間にあるものなどを捜して楽しむ好事家の趣味と陥らないように警戒しなければならない。寓言を正当に評価して研究の意義を拡大するためにいくつかの反省を提案する。

　まず、寓言の範囲をあまり拡大することは望ましくない。表面的にはおもしろく展開される話と隠されていた真実が食い違うところに寓言の特徴がある。その食い違いの偏差が大きいと主題が強化される。伝承される類型より意図的な創造物にそのようなものが多くある。

　寓言に関する比較研究の範囲を東アジアを越えて他の文明圏に拡大しなければならない。東アジアやヨーロッパだけではなく、インドとアラブ等の地にも良い寓言が多くある。世界の多くの場所の文学を専攻する人々が共同研究に同参するよう促す必要がある。

　寓言は文学と哲学が共有する作法である。文学史と哲学史両方で重要な位置を占める作品を優先的に研究しなければならない。両方の観点を共有するか、または両方の専攻者達が共同研究すれば大きな進展を成すことができるはずだ。

　寓言は時代区分のために緊要な役目を果たす。古代、中世前期と後期、中世より近代への移行期の復古路線と進歩路線などが寓言をどのように用いて独自の発言を具体化したのか指摘して論じようと試みた。より多い資料を用いて研究を拡大するために一緒に力をつくせるよう願う次第である。

〈終り〉

　翻訳者注；できる限り韓国語原本に忠実に訳しているため、多少日本語の表現が不自然である点、ご了承願います。

陈浦清*

一、韩国古代寓言的产生与范畴

寓言的历史绵亘五千年，它在人类的人文发展历史上曾经发挥并继续发挥着巨大的作用。它是人类的良师益友，既启发人类群体由原始思维走向理性思维，从蒙昧社会走进文明社会的大门；又启发人类个体，从童年的幼稚走向成熟。一则优美深刻的寓言一旦跟你交上朋友，它将陪伴你终身，时时充当你的生活顾问。人类历史上，很多第一流的优秀的哲学家、宗教家、政治家、教育家、文学家，都喜欢采用寓言作为载体来表述自己的主张和体验。

世界最早的寓言，是产生于幼发拉底、底格里斯两河流域的苏美尔寓言。它产生于公元前3000年，当时用楔形文字写在泥版上。苏美尔文明因为亡国最就中断了，苏美尔寓言的发展也随之中断了，直到19世纪才被发现并解读成功。世界上继之而起的寓言，有古代中国寓言、古代印度寓言、古代希腊寓言、古代希伯来寓言等。此后，世界各国的寓言形成为三大体系。一个是印度与南亚、中东体系的寓言。

*中国湖南师范大 名誉教授

它发源于印度，南传南亚，北传中东，而且影响了欧洲和东亚。一个是中国与东亚体系的寓言。包括中国、韩国与朝鲜、日本、蒙古、越南等国家的寓言。一个是欧洲体系的寓言。它发源于古希腊，至古罗马时代与古代希伯来寓言结合而形成欧洲寓言传统。韩国古代寓言是东亚寓言体系的重要组成部分。不仅在本国具有重要地位，而且在东方文化圈中和世界文化史上具有重要地位。

韩国古代寓言产生的时间居于世界的前列。韩国寓言至迟产生于公元7世纪，在新罗国即将统一的三国末期，正式留下了书面记载的寓话，那就是《龟兔之说》。《三国史记》记载，新罗国善德王十一年（公元643年），新罗国大臣金春秋出使高句丽国被扣押，他买通高句丽国的权臣先道解，先道解引用寓言《龟兔之说》来启发他如何自救。《龟兔之说》产生的时间一定大大早于被引用的时间。它在被引用之前，一定早已经产生并且广泛流传。因为只有这样，才能够被政坛人物所引用。而且，我们还可以推断，当时流行的寓言决不仅仅是这一篇。所以，韩国古代寓言实际产生的时代要比公元643年早得多，只可惜没有被书面文献记载下来。即使从643年算起，也大大早于世界上的绝大多数国家，居世界前列。同书保存的《花王戒》则是7世纪后期著名文人薛聪创作的作家寓言。当时，除了古代中国寓言、古代印度寓言、古代希腊寓言、古代希伯来寓言，以及略晚一点的古罗马寓言、古波斯寓言外，世界大部分国家还没有记录下自己的寓言作品，更没有产生寓言作家。所以我们说，韩国古代寓言产生的时间居于东亚与世界的前列。古代韩国寓言不仅历史悠久，而且一千多年从没有中断，这种情况恐怕只有中国能够与之相比。

韩国古代寓言有四种主要体制：散文体裁的寓言，寓言诗歌，寓言小说，"假传体"寓言。韩国的古代散文寓言，跟伊索式的寓言相比，具有四个特定：1、在分布方面，大多分散于史书、诗文集、稗说(笔记体)等书籍之中；当然，也有相对集中的，如：成伣的《浮休子谈论》、李光庭的《亡羊彔》都集中了几十则寓言。2、在内容方面，侧重于政治伦理。如：最早的寓言《龟兔之说》与《花王戒》，都是政治性的寓言。3、作者大多是著名的政治活动家或思想家、文学家。如：李奎报、成伣、朴趾源等。

用诗体写的"寓言"，就是第二种体制的寓言 — "诗体寓言"。韩国古代寓言跟中国古代寓言一样，在文体方面，以散文体为主，诗体为辅，但是诗人们也往往运用诗歌形式写寓言。如：权鞸、丁茶山等著名诗人都写寓言诗歌。如果寓言跟小说结合，就产生了第三种体制的寓言 — 寓言小说。如《调信之梦》、《兔子传》、《雄雉鸡传》、《鼠同知传》等均是寓言小说的代表性作品；林悌等是著名的寓言小说作家。韩国不少学者把"寓言小说"归为"小说"中的一个门类。

韩国第四种体制的寓言是"假传"。"假传"是韩国一种独特的文体。它兴起于高丽王朝时代，绵延至朝鲜王朝时代，近千年长盛不衰，作者辈出。假传实际上是一种传记体的寓言。"假传"的具体特点我们将在后文论述。韩国古代的作家们，早已经把"假传"当作寓言看待。如：《花史》是该国著名的假传小说，《花史·跋》说："夫寓言托物，古人多用其体者"，"全以无情之物，托有情之事。"韩国现代的寓言研究者也往往这样看。李廷卓《韩国寓话文学研究》，明确地把假传当作寓话。该书所研究的寓话基本上就是假传。总之，有很多学者把假传归为寓言的一类。当然，也有学者把假传归为小说一类。其实，假传与一般小说以及寓言小说是有区别的。如：假传塑造形象的手段是粗线条的，而且大量运用历史典故；小说塑造形象的手段比较多样，而且一般不大量运用典故。况且，我们把假传独立为一类，可以突出韩国寓言文学的特点。当然，我们不排斥兼类现象，有的作品既可以看作假传，也可以看作寓言小说。如：林悌的《花史》，以花为主人公，给梅花取名为"陶烈王"、"东陶英王"，给牡丹取名"夏文王"，给莲花取名"唐明王"，分别叙述它们的家世与身世，运用了大量典故，可以看作是假传；另一方面，《花史》情节比较丰满，具有小说的特点，也可以看作是寓言小说。

关于寓言的称谓，韩国古代跟中国一样，早就把寓言作品称为"寓言"。因为，中国的道家思想和著作在韩国古代颇有影响，而 《庄子》既是道家的重要代表，又是提出"寓言"概念并大量写作寓言的人物。所以，韩国古代著作中，至迟在7世纪就引进了《庄子》 中的"寓言"这个词。《三国史记》 卷46 《薛聪列传》记述说，薛聪向新罗国王讲述寓言故事《花王戒》，劝告国王不要亲近邪佞和女色，不要疏远正直。国王听了说："子之寓言，诚有深志，请书之，以为王者之戒。"这个故事中的新罗国王就是神文大王，他在位的时间是公元681年至692年，即7世纪的末叶。神文大王不仅使用了"寓言"这个词，而且所指的《花王戒》的确是典型的寓言，他使用"寓言"这个词比中国古代某些作家或评论家还要使用得准确。

韩国现代把一般短小的寓言故事，叫做"寓话"，也可以叫做"寓言"。"寓言"这个词来源于韩国古典文献。"寓话"这个词，不见于韩国的古典文献，我们推测可能来源于日语。后来查资料证实了我们的想法。日本1915年至1919年编纂出版的《大日本国语辞典》中，收录了"寓话"这个词条。1925年，日本山崎光子翻译的《伊苏普寓话集》出版，明确地把希腊的伊苏普(即伊索)寓言称为"寓话"。韩国学者孙晋泰(1900—1950)编辑的《朝鲜民谭集》，1930年在日本东京出版。该书编辑民间故事155则，分为4类，第三类是"寓话"、"笑话"等。该书把本国的民间寓言称为"寓话"，这大概是韩国学者最早使用"寓话"这个词。从出版地点与时间看，他所使用的"寓话"这个词都是来源于日本。后来，"寓话"这个词就流行开了，和"寓言"这个词同等使用。韩国现代比较权威的辞典，国语研究院编的《标准国语词典》和民众书林编辑局编的《民众精华国语词典》，对"寓言"和"寓话"的解释一致，认为两者同义。

"寓言"和"寓话"这两个概念的关系如何处理，我们提出一种处理办法。即使用"寓话"作小的概念，基本上等同于英语中的fable，只包括短小的伊索式的散文寓言；使用"寓言"作大的概念，包括"寓话(短小的散文体寓言)"、"诗体寓言"、"寓言小说"以及韩国特有的"假传"等，相当于英语中的allegoric tales。

二、韩国古代寓言的重要地位

韩国古代寓言在韩国古代人文学科中具有重要地位。人文精神的本质就是对人的精神的呵护，就是对人性的呵护。人的自然属性本来无善恶可言，但是人的社会属性有善有恶，善性鼓舞人走向完美，恶性让人堕落。人类社会的各类进步的人文文化，本质作用就是惩恶扬善，建立一个和谐的世界体系。优秀的宗教、道德、文艺，其主要作用是发扬人的善性；优秀的政治、法律，其主要作用是制止人作恶；哲学则对人性进行分析。寓言由故事(寓体)与寓意两部分组成，其故事是文艺作品，其寓意则关联到宗教、道德、政治、法律、哲学等人文科学。所以，古往今来，许多优秀的宗教家、政治家、教育家、哲学家都喜欢运用寓言来宣传自己的主张。优秀的寓言在呵护人文精神方面具有其他文学样式不可比拟的巨大作用。

韩国古代很重视寓言。寓言，在韩国古代文化中地位突出。第一是长盛不衰，领域广阔。寓言渗透到哲学、政治、宗教、文学等各个领域，而且具有散文体、诗歌体、小说体等各类形式，并产生了独特的"假传"体寓言。第二是有一大批著名人物写作寓言。韩国古代寓言家的队伍中，包括了韩国重要的思想家、学者与文学家。如：薛聪、崔致远、林椿、李奎报、李齐贤、李谷、李詹、金时习、成伣、柳梦寅、林悌、张维、安鼎福、丁茶山、朴趾源等等。第三是在长期发展过程中形成了许多独特的具有系列性的主题。如：从《龟兔之说》到《兔子传》的兔子系列，《野鼠婚天》、《老鼠善窃》、《鼠狱说》等组成的老鼠系列，《花王戒》、《花史》等组成的花王系列，《愁城志》、《义胜记》、《南灵传》等组成的天君系列。第四是韩国古代还形成了独特的寓言理论。18世纪朝鲜王朝著名思想家朴趾源，高度评价寓言的文化地位与文学地位。他认为一切著作只有记事和说理两大类，而发源于《易》的寓言是说理的代表。他在《热河日记》的序言中说："立言说教，通神明之故，穷事物之则者，莫尚乎《易》、《春秋》。《易》微，而《春秋》显。微主谈理，流而为寓言；显主记事，变而为外传。"

因为韩国古代非常重视寓言，所以，寓言在哲学、宗教、政治、教育诸领域都发挥了

重要作用。《龟兔之说》就是一个突出例子。《三国史记》记载，新罗国善德王十一年(公元643年)，百济进攻新罗。新罗大臣金春秋请命出使高句丽，希望得到高句丽的援助。高句丽国的国王宝藏王乘机索取新罗国的麻木岘与竹岭地区，金春秋不答应，被囚禁，将遭到杀戮。金春秋用三百步青布贿赂宝藏王的宠臣先道解。先道解给金春秋送酒食慰问，并说："子亦尝闻龟兔之说乎?"于是说了下列寓言。

昔东海龙女病心，医言："得兔肝合药则可疗也。"然海中无兔，不奈之何！有一龟白龙王言："吾能得之。"遂登陆见兔，言："海中有一岛，清泉白石，茂林佳果，寒暑不能到，鹰隼不能侵。尔若得至，可以安居无患。"因负兔背上，游行二三里许，龟顾谓兔曰："今龙女被病，须兔肝为药，故不惮劳负尔来耳。"兔曰："噫！吾神明之后，能出五脏，洗而纳之。日者小觉心烦，遂出肝洗之，暂置岩石之底。闻尔甘言径来，肝尚在彼。何不回归取肝？则汝得所求，吾虽无肝尚活，岂不两相宜哉！"龟信之而还。才上岸，兔脱入草中，谓龟曰："愚哉，汝也！岂有无肝而生者乎?"龟悯默而还。

金春秋听了先道解讲的这则寓言后，领悟其中寓意，于是上书高句丽国王，答应归国后献出土地。国王信以为真，派人送他出境。金春

秋走出高句丽国境后对陪送的人说："我来请求救兵，大王不同意，反而要求我国的土地。割让国土不是我能够独自答应的。我先前所上的书，只是为了挽救自己的死亡。"　≪三国史记·金庾信传≫还记载说，新罗执政大臣金春秋到高句丽国求援前，即与新罗大将金庾信相约：如果金春秋被高句丽杀害，那么金庾信就带兵攻打高句丽，保卫国家，报仇雪恨。高句丽国王听了陪送人员的报告，本想发动进攻，但是见新罗国已经作好军事准备，只得罢手。这则寓言挽救了新罗大臣金春秋的性命，由于他不辱使命，在11年之后被推举为新罗的第二十九代国王。后来，金春秋出使唐朝求救，终于在唐朝帮助下，灭亡百济与高句丽，统一半岛，建立新罗王朝，被拥戴为新罗王朝的第一代国王。这则寓言起了"一言兴邦"的政治作用，颇似≪战国策≫中的起了巨大政治作用的"南辕北辙"、"鹬蚌相争"等寓言，而且有过之而无不及。其随机应变的述说方式也颇似≪战国策≫寓言的风格。

　　这则故事自然使人想起汉译佛经≪六度集经≫中的寓言故事"蚪与猕猴"。佛教在4世纪后半期由中国传入高句丽，再传入新罗。新罗又崇奉佛教，因此≪龟兔之说≫受到佛经影响是自然的。但是，无论内容和表现形式都具有自己的特色。故事的主人公变换了。主人公蚪与猕猴换成了新罗人民熟悉的动物乌龟与兔子。故事的寓意也变换了。≪龟兔之说≫中的兔子形象，是新罗人智慧与精神的结晶。新罗开始是比较弱小的，由辰韩地区的六个村落组成。它经常受到高句丽和百济的威胁，特别是受到日本海盗的侵扰。新罗人在对外斗争中，形成了具有强大生命力与凝聚力的"花郎精神"，依靠这种精神统一了半岛。这种精神还鼓励了后代的志士仁人。

三、韩国古代寓言与东亚的人文精神

　　韩国金泳教授在≪由韩中寓言的比较而引发的一个思索≫中说："我

们可以说，与欲望有关联的寓言是了解亚洲人价值观念与社会伦理的一把钥匙。对于人类欲望的观点东西方有极大的差异。在西方文化中体现出来的是：'人类的幸福就是欲望得到满足。'而东方文化则认为：'抛弃欲望，与邻居一起营造和平的生活环境，把一切都放在平稳的自然中，在与自然合为一体的自然无为的境地中生活，这样才是真正的幸福。'""韩国与中国寓言都较好地展示出对于人类欲望的东方式认识。"他举了韩国寓言《鼺与鼀》、《酒蜂说》和中国寓言《渔翁得利》、《猩猩好酒》等为例子，说明寓言警告人们不要贪欲。他说："通过自律的修炼与自治，来切实遏制人类的欲望，这不但会带来个人的安定，也会给社会带来和平。"

东亚人文精神中最突出的是儒家精神、道家精神和佛家精神。它们都在韩国古代寓言中得到了充分体现。

在宣传儒家人文观念方面，要组成部分。

道教精神的体现，我们且举李氏朝鲜王朝时代寓话创作最有成就的作家成伣为例。成伣(1439－1504)，字磐叔，号慵斋，又号浮休子。朝鲜王朝早期的学者、散文家。他文采出众，著作甚丰。他的杂文集《浮休子谈论》卷三、卷四皆为寓言，共有寓言37篇。成伣跟朝鲜王朝大多数思想家一样，受儒家思想和道家思想的影响最深。他自号"慵斋"、"浮休子"，给自己的文集命名为《虚白堂文集》，都表明他信奉道家的主张。

道家主张"清心寡欲"，重视养生。这是《浮休子》寓言的一个重要主题。如《其愚更甚》：

东丘先生性放荡，酷探酒色。蓄妾数人，犹虑鲜少，旁求不已。客来必置酒，至于沉酗。一日，与客论人，乃曰："吾邻有至愚者，君知之乎？"客曰："何也？"先生曰："其人尝患无薪，斫取楣桷而爨之。檐虚瓦坠，雨射如注，常持伞而坐。未几，室皆颓仆，无所寓也。"　　客曰：“吾邻有二人，其愚尤甚。其一人好色，路见美色必百计邀之。于家纵淫肆欲。如或厌焉，则又顾而求他。日日如是，未几病肾而死。其中一人好酒，朝暮巡游城市，往寻酒垆，典衣沽酒，剧饮泥醉。若酒尽，则又顾而之他。日日如是，未几病肺而死。爨楣桷者，室虽仆而身犹保，嗜酒色者，病入膏肓而卒就死。其愚岂不甚于彼乎？”先生曰：“子之方，实针吾病。请洗心而改辙。”

　　道家认为，除了个体生命以外，其他一切都是外物。东丘先生的邻居把“楣”(房屋的横梁)和“桷”(方形的放在屋顶檩子上架瓦的木橼)当作柴，用来烧火做饭，当然被世俗看成愚不可及。但是，他烧掉的还是身外之物。而像东丘先生那样酗酒好色，使自己病入膏肓，丧失个体生命，才是最大的愚蠢。作者运用对比的手法，用世俗认为的愚不可及的事，衬托道家所认为的最大的愚蠢，可以对不能清心寡欲的世人起到当头棒喝的作用。寓言还说明：当局者迷，发现别人的缺点，比发现自己的缺点要容易得多；只有能够发现自己的缺点，才能算真正的智慧。≪浮休子谈论≫中的≪丰厚与不足≫的故事，表现了近似的价值观念。它在讲完故事之后，明确地说：“心里满足于自己所得到的东西，那么，即使居住在简陋的巷子里，吃一竹筐饭，喝一瓢白水，也会认为是幸福；如果心里不满足于自己所得到的东西，而贪求别的什么，那么即使拥有广大的土地和巨大的财富，也还会心理不愉快呢。”

　　东亚人文中有巨大影响的佛教精神，我们从≪三国遗事≫中的寓言小说≪调信之梦≫，可见一斑。该小说塑造了寺僧调信的鲜明形象，宣传了佛教的哲理。小说写道：

　　新罗时代，世达寺在溟州捺城郡有一处田庄。本寺派遣僧人调信到田庄去了解情况。调信见到太守金信的女儿，爱上了她，达到痴迷的程度。他常常在洛山观音菩萨前，暗暗祈祷，希望实现自己的欲望。只过了几年，那女子已经嫁人。他又到观音菩萨的堂前，埋怨菩萨不能满足自己的愿望。他悲哀痛苦到太阳下山，情思疲倦，一会儿竟然睡着了。

忽然，梦见金太守的女儿从容地走进门来，露出雪白的牙齿微笑说："我早就认识了这个高僧，心里爱慕你，从没有忘记过。我被父母的命令逼迫，嫁给了别人。现在，我愿意跟你结成生死夫妻，所以来了。"调信狂喜，一同回到故乡。

他们共同生活了四十年，生了五个儿女。但是，家里越来越穷，一无所有，连野菜都吃不饱。于是，离乡背井，携儿带女往四方乞讨糊口。这样过了十年，在野外流浪，衣服上补丁加补丁，还是遮不住身体。在经过溟州蟹县岭时，十五岁的大儿子忽然饿死。夫妻俩痛哭一场，把儿子埋在路边。又带领剩下的四个儿女，流浪到羽曲县，在路旁搭了个茅房居住。夫妻俩又老又病，饿得爬不起床；十岁的女儿沿门乞讨，却被凶猛的大狗咬伤，卧在面前的地上痛苦号叫，父母只能对着她哭泣流泪。

金氏擦着眼泪很为难地对调信说："我开始跟您结合时，年轻漂亮，衣服华丽。好食物，我们共同吃；好衣服，我们共同穿。我们相处了五十年，恩恩爱爱，缠缠绵绵，从不冲突，可以说感情深厚。近些年来，一年比一年衰老多病，一年比一年挨冻受饿。沿门乞讨，被人讨厌，从各种人家所受的羞耻，比山还要重。儿女们挨冻受饿，我们没有办法补救，还哪里有时间享受夫妻恩爱？青春的微笑，像草上的露水一样很快消失了，像芝兰一样枯萎了，像柳絮一样随风飘走了。您有我，成为拖累；我为你，担负忧愁。细细思量，昔日的的欢爱，正好成为忧患的台阶。丈夫啊丈夫，我们为什么到了这种地步！与其大家一起饿死，不如分手后还能彼此思念。情况好的时候彼此结合，情况差的时候彼此抛弃，这是很难忍受的。但是，生活不能由我们自己选择，结合与分离由上天决定。我请求从此分开。"调信听了，大喜。每人分了两个儿女。将要分离时，金氏说："我回故乡，您向南走。"

刚一分手上路，调信就梦醒了。将要熄灭的灯火，吐着微弱的光焰，天快要亮了。等到天亮，调信的头发与胡须都全白了。他思想迷惘，好像不是生活在人世。他厌弃了劳累的生活，好像尝尽了一百年的痛苦，贪恋美色的心思就像冰一样融化了。当时，他面对菩萨，非常惭愧，忏悔洗涤自己的罪过。回头挖开蟹县山中所埋的儿子的坟墓，埋的竟然是一尊石头雕刻的弥勒佛像。

小说细致地描写了人世的短暂的欢乐与漫长的艰辛苦难，认为这一切并不是真实的存在，而只是由心中一念所产生的幻象，奉劝世人不要痴迷不悟。作者在故事结尾特别点明寓意说："今皆知其人世之为乐，欣欣然，役役然，特未觉尔。乃作词诫之曰：'快适须臾意已闲，暗从愁里老苍颜。不须更待黄粱熟，方悟劳生一梦间。'"治身臧否先诚意，鳏梦蛾眉贼梦藏。何似秋来清夜梦，时时合眼到清凉！'"≪三国遗事≫的作者一然和尚是高丽王朝的著名的禅宗僧人，被封为"普觉国尊"。闵渍≪普觉国尊碑铭≫说，他的学问非常博大，"又于禅悦之余，再阅藏经，穷究诸家章疏；旁涉儒书，兼通百家"。他曾经对人说："吾今日乃知三界如梦幻，见大地无纤毫碍。"≪调信之梦≫所表现的就是佛教及禅宗的"三界如梦幻"的观念。

这个故事，与中国唐朝传奇中的寓言小说≪枕中记≫（≪黄粱梦≫）、≪南柯太守传≫颇为相似，在思想上都表现了人生如梦的观念；在手法上皆用梦幻手法，把几十年的人生里程浓缩为短暂的一梦。但是，它们的差异也是很明显的：1、≪南柯记≫、≪黄粱梦≫主要显示功名富贵的虚幻；≪调信之梦≫则显示爱情和人生的虚幻，调信之苦源于贪、嗔、痴。贪、嗔、痴被佛教称为造成人生之苦的"三毒"。2、≪黄粱梦≫体现的是道家观念，≪南柯太守传≫与≪调信之梦≫表现的佛家的色空观念。而且，由于≪三国遗事≫的编撰者是著名僧人，故≪调信之梦≫对色空观念的阐述比≪南柯太守传≫更彻底，更接近佛教的真谛。《调信之梦》的心理描写也非常出色。

儒家思想、道家思想、佛家思想是对立而相互补充的，后来三家走向调和圆融。对古代韩国有巨大影响的中国著名诗人苏轼，提倡并履行"以儒治国、以道治身、以佛治心"。韩国的许多学者与文学家也是如此。如：李奎报的寓言，往往儒佛结合；成伣的寓言，往往儒道结合。

四、韩国古代寓言与韩国独特的人文精神

寓言往往是展示民族独特的人文精神的橱窗。一则短小的寓言往往可以展示出一个民族特有的风采，包括该民族的思维特色、价值观念等等。

儒家、佛教、道家与道教传入半岛以后，促使了韩国古代哲学思想的发展和民族精神的形成。这种独特的民族精神，就是发源于新罗国的花郎精神。《三国史记·新罗本纪》记载，真兴王三十七年开始出现"花郎"制度。它记述说：

三十七年，春，始奉"源花"。初，君臣病无以知人，欲使类聚群游，以观其行义，然后举而用之。遂选美女二人，一曰南毛，一曰俊贞，聚徒三百余人。二女争娟相妒。俊贞引南毛于私第，强劝酒至醉，曳而投河水以杀之。俊贞伏诛，徒人失和罢散。其后，更取美貌男子装饰之，名"花郎"以奉之。徒众云集，或相磨以道义，或相悦以歌乐，游娱山水，无所不至。因此，知其人邪正，择其善者，荐之于朝。故金大问《花郎世记》曰："贤佐忠臣，从此而秀；良将勇卒，由是而生。"崔致远《鸾郎碑序》曰："国有玄妙之道，曰风流。设教之源，备详《仙史》。实乃包含三教，接化群生。且如：入则孝于家，出则忠于国，鲁司寇之旨也；处无为之事，行不言之教，周柱史之宗也；诸恶莫作，

诸善奉行，竺乾太子之化也。"唐令狐澄≪新罗国记≫曰："择贵人子弟之美者，傅粉装饰之，名曰花郎。国人皆尊奉之也。"

真兴王是新罗国的第24代国王，公元540年——576年在位。在他在位的最后一年，新罗朝廷为了识别与培养人才，首先从贵族女子中挑选出容貌端庄的女子，称为 "源花"。由于源花首领间的嫉妒，而使计划失败。朝廷转而从贵族中挑选美貌英勇而有德行的男子，称为"花郎"。国家把他们组织成青少年团体，平时修身习武，接受忠于国王与国家的教育，培养同志情义，战时勇猛冲锋杀敌，以为国捐躯为最高目标。≪三国史记≫卷47的列传，有相同的记述，并具体记述了花郎金歆运英勇杀敌为国捐躯的事迹。韩国汉文文学的奠基人崔致远所提倡的"玄妙之道""风流"之道，则是花郎精神的来源与主体。"玄妙"是指这种精神的内涵丰富。"风流"，在古代有风俗教化、杰出、风韵等含义，也有生活自由而少约束的含义。花郎通过自由歌舞、游览山水、祭祀鬼神，达到人与人、人与自然的亲和。花郎们严格要求自己，行善除恶，他们把佛教理想中的弥勒净土，化为一种英勇献身的护国精神。"花郎"精神，把佛教、儒家和道家的精神融合在一起，表现了韩国民族重视圆融的精神。新罗的花郎中出现了许多杰出的人物，如：统一三国的新罗大将金庾信就由花郎出身的。金春秋的儿子文武王金法敏，在位20年(661——680年)期间为新罗的统一与独立殚精竭虑。他留下遗嘱说，死后要葬在东海中的巨石上，守护自己的国家，免遭倭寇侵略。≪三国遗事≫记载他的话说："我死之后，愿为护国大龙，崇奉佛法，守护家邦。"所以民间传说，他的精魂化成了巨龙。至今人们仍然把埋葬他的海中巨石们称为"大王石"，而那块巨石的确像昂头的巨龙守护着自己的祖国。花郎精神，不仅促进了三国的统一和新罗国的进步，而且成为韩国的一种民族精神。韩国后代的许多志士仁人，在抗击外来侵略的斗争中往往以"花郎"自命，为祖国的独立、振兴而前赴后継。所以，韩国哲学界认为，花郎道是韩国哲学的源头。韩国哲学会所编的《韩国哲学史》第二章说："在新罗产生花郎道以前的风流道，重视对天地自然的祭仪，发展到花郎道时则重视根据人间的自觉进行自然的应用，特别是让历史的自觉来确定个人的作用，进而转化为社会的应接能力。""从自然到人间，从人间到国家，自觉地坚持了主体思想，也就是说这是他们最初的举动。从这一意义上来看，扶植风流思想的花郎道，形成韩国哲学的始源。"

韩国古代寓言是最早反映韩国民族独特的人文精神的重要文体。我们且看僧一然《三国遗事》中所记载的《白月山两圣成道记》。这个宗教故事本质上是一则寓言。它说，夫得与朴朴，是两位虔诚的佛教修炼者。有一个晚上，来了个美艳少女，请求在寺院借宿。朴朴根据寺院不接纳妇女的准则，断然拒绝；夫得考虑到这美女在夜晚荒郊露宿的危险，接纳了她，但不为美色而迷失。故事写道，这个少女是观音菩萨所化，是考验并帮助他们的。两人都经受了考验，如愿以偿地成了他们所追求的正果。这个故事的宗教性十分强烈，但是我们只要加以分析，就可以从中领悟到哲理启示，也就是领悟到包含在故事中的寓意。《韩国哲学史》，深刻分析了这则故事与韩国民族精神的关系。该书认为：夫得所表现出的境界，比朴朴的境界更高一筹。因为夫得能够掌握佛教精神的真谛，能够圆融地处理突然发生的事件，能够接受常人无法接受的考验。人们可以将夫得看作是圆融性的化身，朴朴是方正性的化身；这一传说，对圆融性的评价要比对方正性的评价更高；圆融性和方正性最终还是将力量合在一起，形成方圆之妙。该书说："方圆调和就是韩国精神的理想型。"

我们再看柳梦寅《於于野谈》中的著名故事《野鼠择婚》。柳梦寅(1559—1623)是朝鲜王朝时期的重要寓话作家。这个故事说：

昔有野鼠生子("子"此处指女儿)，笃爱。将求婚，鼠翁与鼠姑相与言曰：“吾生此子，爱之重之如此，必择无双巨族结婚焉。族之无双者莫如天，吾当与天同婚。”谓天曰：“吾生一子，爱之重之，必择无双巨族为婚，思无双巨族莫天之若，请与子婚。”天曰：“吾能覆育大地，万物生焉，群生育焉，莫吾之尚。惟云也能蔽吾，吾不如云。”

野鼠就云而谓之曰：“吾生一子，爱之重之，必择无双巨族为婚。思无双巨族莫子之若，请与子婚。”云曰：“吾能充塞天地，蒙日月，山河晦焉，万物昏焉。惟风也能散吾，吾不如风也。”

野鼠就风而谓之曰：“吾生一子，爱之重之，必择无双巨族为婚。思无双巨族莫子之若，请与子婚。”风曰：“吾能折大木，飞大屋，簸山扬海，所向萧然。而惟果川之郊石弥勒不能倒之，吾不若果川石弥勒。”

野鼠就果川石弥勒而谓之曰：“吾生一子，爱之重之，必择无双巨族为婚。思无双巨族莫子之若，请与子婚。”石弥勒曰：“吾屹立中野，经千百岁确乎不拔。而惟野鼠掘土吾趾，则吾颠矣，吾不若野鼠。”

于是野鼠瞿然自反而叹曰：“天下之无双巨族，莫吾族之若也。”遂与野鼠婚。

夫人也不自知分，敢与国婚，侈然自享，卒嫁其祸，曾不野鼠之若乎！

这则故事采用循环归谬论方式展开情节，写老鼠的追求不切实际，反复为女儿选择对象，费尽心机，最后还是只能选择自己的同类老鼠。风格幽默，情节跌宕，发人深省。这则寓言的基本寓意是：人们在选择婚姻对象时，不要高攀贵族，“夫人也不知自分，敢与国婚，侈然自乐，卒嫁其祸，曾不野鼠之若。”当然，除了基本的寓意以外，从故事中还可以挖掘出更多的哲学意蕴。如：人不要迷失本来面目；“人以类聚，物以群分。”

“野鼠求婚”的故事，来源于印度≪故事海≫中的“隐士为鼠女择婿”的故事。随着佛教传入东亚，中国、朝鲜、日本皆有类似的变异故事。但是，≪於于野谈≫中的这则故事却有韩国人民自己的切身经验融汇其中，其中还包涵了高丽王朝、朝鲜王朝与中国王朝的交往经验。高丽王朝后期，国王娶元朝的蒙古公主为王妃，不仅没有加强自己的地位，反而使自己的行为时时受到控制，使国家政治受到更加严重的干涉，几乎完全丧失了独立性。李氏朝鲜王朝建立后，吸取高丽王朝的教训，一方面极力跟明王朝建立友好关系，事大以礼，但另一方面又努力保持自己的独立性。在婚姻关系上也是一样。有人向朝鲜太宗李芳远建议，给世子娶明朝公主。太宗力排众议说："倘若许婚，或非系帝女，虽或亲女，语音不通，非我族类，而恃势骄恣，压视舅姑，或因妒忌……私通上国，不无构衅。"（见《太宗大王实录》卷十三）所以，这则寓言反映了韩国古代独特的政治意识，可以说是花朗精神与圆融意识在政治领域的体现。

五、韩国古代假传丰富了东亚与世界寓言的体制

"假传"是韩国一种独特的文体。所谓"假传"的"假"，其含义就是虚构。我们且举假传体寓言的重要作家李奎报的作品为例，来说明这种文体的特征。李奎报(1169-1241)字春卿，自号"白云居士"。李奎报历任户部尚书、集贤殿大学士等高官，成为一代重臣。他又是著名的诗人和散文家。《东国李相国集·序》评价说："名振海外，独步三韩。翱翔王庭，出入凤池，王言帝诰，高文大册，皆出一手。"他的诗文集名《东国李相国集》。他的思想以儒家为主，爱国爱民，勤于政事；同时接受了道家和佛教的影响，晚年特别信仰佛法。

《东国李相国集》中的《麴先生传》、《清江使者玄夫传》等都是著名的假传寓言。《麴先生传》以酒为主人公。假传首先追述了麴圣(即麴先生)的家族世系。他的远祖本来是温县人，祖父牟迁徙到了酒泉，父亲担任过平原督邮。然后说，麴圣从儿童时代开始，就有深沉的度量。客人拜访父亲，用眼睛喜爱地看着麴圣，对父亲说："这个孩子的

心地度量好像万顷汪洋的水波，澄静下来不会变清，扰动他也不会变浊。我跟您谈话，不如跟阿圣谈话快乐。"麴圣长大以后，与中山的刘伶、浔阳的陶潜做朋友。那两人曾经说："一天不见这个麴圣，就萌发了粗鄙的思想。"他们每次见面，就忘记了时间和疲劳，总是心心相映，如痴如醉，然后分手。他开始进入官场后，首先担任糟丘掾、青州从事等小官。朝廷的大臣都交口推荐麴圣。不久，皇上就亲自召见他。拜他做主客郎中，接着又升任国子监祭酒，兼礼仪使。总管朝会、晏飨、宗庙祭祀的大礼，没有哪项不适合皇上的旨意。皇上器重他，叫他担任喉舌要职，用优厚的礼节等待他。麴圣每次晋见，皇上命令抬着他上殿，称呼他"麴先生"而不叫名字。皇上心里有不快活，只要麴圣一来，就开始大笑。他被皇上爱护，就是这种情况。他性情酝藉亲近，跟皇上没有任何小摩擦。所以，更加贵重宠幸，跟随皇上晏游，没有节制。他的三个儿子，倚仗父亲得宠，颇为横行恣肆。中书令毛颖上疏弹劾麴圣的三个儿子，他们即日喝毒药自杀，麴圣被废除官职，成为普通百姓。麴圣免职后，齐郡、鬲州之间，盗贼成群兴起。皇上命令讨伐，却难找合适的人才。于是，再起用麴圣，担任元帅。他管理军队严格，与士兵同甘共苦。他领兵水灌愁城，一仗就把城夺下，筑了长乐坂，然后班师回朝。皇上按功劳封他作湘东侯。两年后，上疏请求退休，皇上不得已允许了。他回到故乡，年老善终。假传最后借史臣之口评论说："麴氏世代是农家。麴圣凭借自己的醇厚德行与清亮才能，担任帝王的心腹，参与斟酌国家的政治，向帝王进献自己，具有庆祝太平而祝酒的功劳，真盛大啊！在他得宠过分的时候，几乎扰乱了国家的大政，虽然祸害加到自己子孙的身上，也是应该的。但是，他能保持晚节，知足退休，安度晚年。《周易》说：'几到事物的细微征兆就马上行动。'麴圣几乎达到了。"

　　这篇典型的假传，至少有四个方面的特点：1、它的体裁形式是人物传记，而主人公是物品，作家把器物拟人化，用它影射社会上的某种人或现象，并寄托作者的感慨。本篇的主人公麴先生就是酒。作者用它影射在朝廷得志而经历了曲折并能够保持晚节的那种大臣。篇中的主人公在最得意的时候，曾经因为自己的放纵而遭受贬谪，祸及子孙。虽然他后来又立了大功，官职更高，但是他能够正确地吸取教训，保持晚节。而这是封建社会中许多利欲熏心的官僚无法做到的。这就是作者的感慨。2、主人公不以原来器物的名称出现，而另外取一个有历史渊源或能表现其特征的名字。麴，是酿酒的发酵物，又是姓氏。故本篇说酒姓麴。唐朝的《开天传信记》已经把酒拟人化为"麴秀才"。《三国志·魏志·徐邈传》说，徐邈担任魏王曹操的尚书郎，违反禁酒令喝得大醉，别人要他汇报公事，他竟然说："我中了圣人。"平日设宴待客，把清酒叫圣人，浊酒叫贤人。故文章根据这个典故称主人公为"麴圣"。3、大量考证并附会历史典故，以此为基础，虚构该物的一生经历和家世。本篇巧妙地组织了一系列关于酒的典故。如：《左传·隐公三年》记载：郑国祭仲率军队割周王朝温邑(今河南温县)的麦子。《汉书·地理志》：汉置酒泉郡，因其地有金泉，味如酒。酒是用粮食做的，故说麴圣的远祖是温地人。粮食做成了酒，故说迁徙到了酒泉。《世说新语·术解》：桓温有一个部下，善于鉴别酒，把劣酒叫平原督邮，美酒叫青州从事。所以，这里用作麴圣父子的官职名。此外，"来牟"是麦名(出自《诗经》)；酒糟堆积为丘，称为糟丘，这些都是人们常知的典故。4、风格幽默，寓庄于谐。文章把器物当成人物描写，本身就是诙谐的。篇中大量使用双关手法，也增加了诙谐色彩。如："齐郡、鬲州"，就是双关人体的心腹部位；"水灌愁城"就是以酒浇愁。但是，主题却是庄重的。本篇的主题是表现作家自己对为官的态度。以上四点既是本篇也是假传这种文体的特征。后代除了用拟人化的器物为主角的假传，还出现了以拟人化的心性为主角的假传，如：林悌的《愁城志》等。

假传体寓言，受韩愈的《毛颖传》及《下邳侯革华传》影响至深，还受到苏轼的《万石君罗文传》(砚池)等的影响。但是，《毛颖传》等在中国影响不大，在韩国却发展为独特的假传体寓言，后来居上，成绩斐然。它兴起于高丽王朝时代，绵延至朝鲜王朝时代，近千年长盛不衰，产生了林椿、李奎报、李谷、李詹、张维、林泳、安鼎福、柳本学、李钰等一大批颇有文化地位的作家，成就超过了中国的成就，形成为韩国寓言中的一个独立品种。它丰富了东亚寓言的体制，也丰富了世界寓言的体制。

牧野和夫*

日本残存資料から見た『小児論』：雑字系資料

—日本中世の"論(対話体)"という"枠組み"の受容について—

はじめに

　日本の中世における寓意(言)について考える際に、「枠組み」としての対話体の移入受容の問題は、避けて通ることの出来ない領域である。

　特に、敦煌蔵経洞発現資料中の"論""相問書""賦"など—対話体—との関連について、具体的な唐本舶載受容の視点からの詳細な検討は未だ十分になされていない。

　中世日本の「論」(争奇)の範囲を推測する上で好個な具体的な一事例を挙げるならば、『榻鳴暁筆』巻四「相論上」・巻五「相論下」、特に巻四「相論上」に列記された「草・花」「春・秋」「迷・悟」「千方・朝雄」などの論争が相応しい。この「草・花」「春・秋」「迷・悟」「千方・朝雄」などは、「異類物」「擬軍記物」「論争物」と呼称される一群の室町時代物語の作品と結構・手法が共通している。各々、生成の過程を異にした"論争"ではある

---

*日本 実践女子大学 教授

が、日蓮宗の僧侶の手によって"永正"前後(16世紀初頭)に成立した
か、と推定される 『榻鴟暁筆』巻四・巻五に「相論」として一括されてい
ることに注目したい[1]。

日本における枠組み(論)受容の諸相(1)—『小児論』受容と雑字系の日用類書—

従来、敦煌蔵経洞発現資料 『孔子項託相問書』の日本受容に関して
は、少なからぬ研究の蓄積が認められるが[2]、ここに一点の資料を提

---

1) 『榻鴟暁筆』巻四　相論上「一　草花」「いづれの御世に侍けん、たしかには侍らねど、
古今、朗詠等にもてあそばれける草花ども、ある日のつれづれに参会して僉議しける
は、…」(『榻鴟暁筆』三弥井書店刊　1992)
　　『榻鴟暁筆』巻四　相論上「五　迷悟」「又仏ト無明トノ諍コソ恐シケレ。無明羅刹ノ悪
毒王、三界廿五ケ処ニ城郭ヲ構ヘ、十二因縁ノ大堀ヲバ三世両重、二世一重ニ刹那
生滅ノ間ニホラセ、…法性真如ノ大王ハ、界外寂光ノ都、常在霊山ノ宮ノ中ニ渕底
ヲ極メ事モナゲニゾ御座スガ、…(後略)」
　　『榻鴟暁筆』巻四　相論上「六　千方・朝雄」「人皇五十代ノ帝ヲバ桓武天皇ト申、…彼御
宇ニ藤原千方ト云者、勅命ヲコバミ奉リ、伊勢国鈴鹿山ト云処ニ楯籠、四鬼ト
云。…是ヲ仏ノ御法ニ譬レバ、皇帝ハ法性也、千方ハ無明ニ似タリ。又金鬼ハ愚痴
ノ敵ガ如ク、水鬼ハ貪欲ノ不絶流レ、風鬼ハ嗔恚ノヲコリヲコラザルニ譬、隠形鬼
ハ三毒等分ナルニ譬ベシ。…無明ノ千方ハ無明即法性ノ悟ヲ成コソ貴ケレ。」
2) 以下に『小児(孔子)論』(敦煌蔵経洞出現『孔子項託相問書』)研究史を一覧しておく。
MICHEL SOYMIE, L'ENTREVUEDECONFUCIUS ET HIANGT'O, 『JOURNAL
ASIATIQUE』CCXLII 242号 1954)
　　朱介凡氏「敦煌変文目録及「孔子項託相問書」伝承」1957
　　閔泳珪氏「満州字小児論と敦煌の項託変文」(李相佰博士回甲紀年論叢」乙酉文化社 1964)
　　本田義憲氏「敦煌資料と今昔物語集との異同に関する一考察(3)」(『(奈良女子大学文
学部)研究年報』10 1967)
　　馮蒸「敦煌蔵文本≪孔丘項託相問書≫考」(「青海民族学院学報」1981・2期)
　　張鴻勛氏「唐写本孔子与子羽対語雑抄考略」(『敦煌学輯刊』　1984・1)他二編。
　　牧野 「『孔子論』一巻附『台宗三大部外勘抄』」〈『東横国文学』１８号 1986、『中世の説
話と学問』、1991、和泉書院刊に収録)
　　牧野「叡山文化の一隅—海彼敦煌並びに民間信仰の影—」(『叡山の文化』　世界思想社
刊所収　1989)
　　鄭阿財氏「敦煌写本≪孔子項託相問書≫初探」 1990(後に 『敦煌文献与文学』〈民国
82年　新文豊出版〉収録)

示し、日本の室町期における「小児論」受容に関する新たなる舶載受容
の経路を辿りたい。その資料とは、内閣文庫蔵明刊『新鐫増補類纂摘
要鰲頭雑字』唐半三冊(278・214)である。

　本書は、雑字系の日用類書として、日本相国寺派、鹿苑寺(金閣)の
旧蔵、昌平坂学問所の逓蔵、更に内閣文庫に転じたもので、おそらく
日本室町時代の禅林に受容されたものである3)。

　その日用(俗)類書の巻首に「新刻項　小児論」と題して"小児論"が掲出
されていることに注目する人は少ない。禅宗系寺院への"小児論"の移
入·受容に関する一事例として注目すべきであろう。"小児論"が日本の
天台宗系、日蓮宗系、真言宗系、禅宗系の幼学世界へ受容されたこと
は、既に指摘したが、舶載受容に複雑な伝来経路を伴うことは想定し

　　劉長東氏「孔子項託相問事考論ー以敦煌本≪孔子項託相問書≫為中心」
　　(二十一世紀敦煌学国際学術研討会：台湾　2001.11.2〜6)
　　牧野「『孔子項託相問書』の世界—現代台湾·報告(一)—」(『実践国文学』61号 2002)
　　王昆吾氏「越南本 ≪孔子項?問答書≫ 論」(『従敦煌学到域外文学』商務印書館出版所
　　収 2003)
　　牧野 「『孔子項託相問書』の世界—敦煌写巻の断簡一紙—」(『実践国文学』63号 2003)
　　牧野「「孔子項託」故事の諸問題— 『孔聖全書』所収「小児論」と越南本三本とを加えて
　　—」(『説話論集』13集　清文堂出版所収 2004)
　　王暁平「敦煌文学と『万葉集』」(王敏編『〈意〉の文化と〈情〉の文化』所収　中央公論新
　　社　2004·10)
3)　内閣文庫蔵
　　[新鐫増補／類纂摘要] 鰲頭雑字　278・214
　　新鐫増補類纂摘要鰲頭雑字二巻·新鐫増補鰲頭雑字類纂摘要巧聯句婚書祭文一巻·近
　　聖居新鐫古本音註解雑字大全二巻 合五巻
　　[明] 刊唐半三冊
　　淡やや赤味帯びた香色近代後補補強表紙(23.7×13.8cm)、外題打付墨書「鰲頭雑
　　字」と。
　　淡香色江戸期後補表紙、左肩打付墨書「鰲頭雑字」と(近代に入るか)。その下方
　　「全三本　一之三」と墨書。
　　右下に「類書　[虫損]　号　共三」と墨書(近代)。
　　右上に単枠墨文印(「昌平坂／学問所」〈4.5×2.9cm〉)
　　印記　毎冊首「大学／蔵書」、「浅草文庫」(双枠)、「鹿苑寺」、「日本／政府／図書」、
　　「内閣／文庫」各一顆あり

ておかねばならない4)。宮城県立図書館蔵［近世］写『［孔子論］』大一冊は、正確には禅宗系の逸名雑書とすべきで、巻頭に題された「孔子論」は、単なる小題に過ぎない。

　この「孔子論云」以下の引文も新たな舶載経路―雑字系日用(俗)類書―を経て受容された可能性に着目しなければならないが、「孔子論」の書名を以てしても、旧来の舶載資料『孔子論』の系統であろう、と考えられる。

　ところで、内閣文庫蔵明刊　『新鐫増補類纂摘要鰲頭雑字』は、巻頭に「小児論」を冠した　"雑字"系日用類書の一伝本に過ぎない。"雑字"系日用類書の伝本には、巻首に「小児論」を冠した系統のものが少なからず現存しているようである。管見に入った日本現存書としては、次の二点を確認している。

　　＊京都大学人文科学研究所明末刊『増補幼学須知雑字大全』(帯図)5)
　　＊高田時雄氏蔵明末刊『増広幼学須知鰲頭雑字大全』(帯図)6)

　高田時雄氏御教示による一点もあるが、未見。今後、増加することが予想される。

　"雑字系"日用類書の少なからぬ系統の伝本に"小児論"を冠していることは、いまひとつ広範な流布に関する重要な次の如き事実を推測させる。この"雑字"系日用類書所収　「小児論」の共通した特徴として指摘

---

4)　牧野「敦煌蔵経洞蔵『孔子項託相問書』類の日本伝来·需要について」(『敦煌文献論集』
　　遼寧人民出版社、2003年5月)
5)　京都人文科学研究所蔵増補幼学須知雑字大子　ⅩⅠ·1／52Ａ
　　［明末]刊唐大一冊
　　淡浅葱色格子刷毛目後補表紙(23.7×14.4㎝)、外題等ナシ。原表紙欠。
6)　高田時雄氏蔵
　　増広幼学須知鰲頭雑字大全言／3722(ラベル貼)
　　［明末]刊
　　紺布貼帙入、柴色後補表紙(24.0×13.8㎝)、左肩より題簽を貼り「[幼]学須知」と墨書。

できることは、冒頭に次の一節(伝本により、多少の辞句の異同がある)を持つことである。

　「孔子姓孔名丘字仲尼魯国之西立一学堂教諸徒弟有三千余人一日率群徒御車出遊路逢数児嬉戯」(内閣本)

　「昔文宣王姓孔名丘字仲尼魯国昌平郷門里人聖人身長九尺六寸霊王三十一年己酉生干魯国之西置一学堂教三千徒弟七十二賢遇一日領諸徒弟出遊路途数箇小児作戯」(高田本)

　「孔子名丘字仲尼設教於魯国之西一日率諸弟子御車出遊路逢数児嬉戯」(京大人文本)

　この一節をもつ「小児論」は現在、日本現存伝本には見出せず、既に先学の紹介済みの資料としては、ベトナムの河内市越南国家社会科学中心漢喃研究院図書館蔵、越南本「小児論」伝存三本7)や『新編小児難孔子』(王重民他編『敦煌変文集』巻三「孔子項託相問書」附録二)にやはり、共通してほぼ酷似の一節「孔子名丘字仲尼設教於魯国之西一日率諸弟子御車出遊路逢数児嬉戯」(越南乙・丙本)、「昔文宣王姓孔名丘字仲尼魯国昌平郷闕里人聖人身長九尺六寸霊王三十一年己酉生干魯国之西置一学堂教三千徒弟七十二賢儒一日領諸徒弟出遊路途数箇小児作戯」(『新編小児難孔子』)とあるのが、留意される8)。越南乙本は、正に、京大人文本所収本文にほぼ全同である。越南甲本は更に、「原題≪昔仲尼師項　　≫」との六文字が記されており、明らかに『三字経』の「昔仲尼　師項　古賢聖　尚勤学」の二句六文字の第一句に該当する9)。本文全体においても、京大人文本と越南本「小児論」伝存三本の両者には

---

7)　王昆吾氏「越南本≪孔子項?問答書≫論」(『従敦煌学到域外文学』商務印書館出版所収2003)指摘。

8)　『却睡謾録』「素王問答 /(1行空白)/ 孔子名丘字仲尼魯人也率弟子乗車而出見道中群児 / 聚会遊戯…」(尹教授御教示)

9)　「昔仲尼師項古賢聖　尚勤学…」(内閣文庫蔵『三字経集註』［明末刊］)、「昔孔子　師項古賢聖　尚勤学…」(内閣文庫蔵『三字経』［嘉永6年刊］)

合致する点が多く、特に人文本は越南乙本にほぼ同文である[10]。比較
対照の参考に各々の冒頭を記せば、次の通りである。

- 京大人文本「路逢数児嬉戯中有一児不戯孔子乃駐車問曰独汝不戯
  何也小児答曰凡戯無益衣破難縫上辱父母下及門中必有闘争労而無
  功豈為好事故乃不戯」
- 越南甲本「路逢数児嬉戯中有一児不戯孔子乃駐車問曰独爾不戯何
  也小児答曰凡戯無益労而無功衣破難縫上辱父母下及門中豈為好争
  故乃不戯也」
- 越南乙本「路逢数児嬉戯中有一児不戯孔子乃駐車問曰独汝不戯何
  也小児答曰凡戯無益衣破難縫上辱父母下及門中必有争闘労而無功
  豈為好事故乃不戯」
- 越南丙本「路逢数児嬉戯中有一児方七歳坐而不戯孔子乃駐車問曰
  独汝不戯何也小児答曰凡戯無益衣破難縫上辱父母下及宗門必有争
  闘労而無功豈為好事故乃不戯」

越南乙本と京大人文本が「争闘」「闘争」の逆以外は全同、越南甲本
とでは「労而無功」の位置が異なる以外は全同である。越南丙本は、
「方七歳坐而不戯」という異文が入っている。概して、越南三本は 『増
補幼学須知雑字大全』所収「小児論」系統の本文ということができる。
　越南本の伝来については未詳とする他ないが、ベトナムの "小児論"
受容の形態は "雑字" 系日用類書や "三字経" などの明代以降の "幼学" 系
の書物を介したものではなかったか、と推測される。この点について
は、「宣教師が持ち帰った "雑字" 系日用類書が欧州各地の教会に残っ

---

10) 高田本と『新編小児難孔子』は、ほぼ同文の酷似文。また、雑字系日用類書所収「小児
　論」の内の高田本・人文本は、文末に「詩曰」として七言絶句を附す。王昆吾氏前掲論
　文の指摘(頁312)に拠れば、越南本文末に記事あり。『孔子家語』所収の一節に「基本
　相同」と。

ている」という高田時雄氏の示唆的な口頭での教示を頂いた11)。

　また、『雑字』が村塾の教科書であることは知られている。中国の明代以降の地方出版の問題ともからむであろうが、“小児論”も、村書とともに中国内の各地方に広く深く流布した可能性も出てきたのである。地方の古老伝誦の故事として“小児論”系統の「昔話」が採風報告されていることとも係わるかもしれない12)。

附、日本における“枠組み”(論)受容の諸相(2)
—『酒茶論』受容と日用俗類書—

　敦煌蔵経洞発現資料に『酒茶論』のあることは、知られている。この対話体(論)の枠組みに盛られた“酒”と“茶”の相論争奇は、日本において、かつては日本の室町期の禅僧蘭叔撰『酒茶論』や異類合戦物として知られる『酒茶論』に安易に結ばれてきた。詳細な検討に及ぶものは、唯一、“酒茶論”に先立つ“梅松論”“油炭紙論”など、こうした「争奇」の発想形態が禅宗寺院の学僧間に広がっていたことを指摘した渡辺守邦氏「酒茶論とその周辺」(『大妻女子大学文学部紀要』8号、一九七六.三)であった。五山禅林の僧の間に「花鳥風月に材料を仰ぎ問答体を用いて論戦を構えるという発想がポピュラーであったことが想像される。」と結ばれたのである。ここにおいて室町期の禅僧蘭叔撰『酒茶論』や異類合戦物として知られる『酒茶論』は、敦煌発現資料『酒茶論』との直接の縁を一旦、切ることになったのである。

　敦煌蔵経洞発現資料『酒茶論』という、対話体(論)の枠組みに盛られ

---

11)　高田時雄氏「雑字の系譜—敦煌写本から民国石印本まで—」(第18回斯道文庫講演
　　会、2004年12月)
12)　張鴻勛氏「≪孔子項託相問書≫故事伝承研究」(『敦煌俗文学研究』(甘粛教育出版
　　社、2002年9月　241～42頁)参照。

た"酒"と"茶"の相論争奇の発想の伝統が、その後の中国において直接の形で認められるのは、"笑話"の世界の次の資料、既に張鴻勛氏『敦煌俗文学研究』などに指摘がある『解慍編』巻八「茶酒争高」である。王利器編輯　『歴代笑話集』から引文して、『解慍編』巻八「茶酒争高」を掲出して「這則故事的来源雖不得知、但与『酒茶論』標題近似、擬人手法、情節内容、思想寓意、次至用詩歌弁詰的表現形式、都相同、可以説是具体而徴的『茶酒論』。」(頁二〇八)と張鴻勛氏は結ばれた。

　"酒""茶"の争論に"水"がわって入り、両者を収める、という「枠組み」は、正に敦煌本『酒茶論』と結構を同じくする。"酒"の云うところの「息訟和親意更長　祭祀廷賓先用我」、"茶"の云うところの「凡有高官貴客至必先飲我」、いずれの論法も全て敦煌本『酒茶論』の正嫡と称して過言ではないものである。"酒""茶"の争論からそれぞれの例証を悉く削ぎ落とし極めて簡略化したものが「酒茶争高」に他ならない。

　『解慍編』なる書物の日本への舶載受容を証拠立てることはできないが、敦煌本　『酒茶論』の嫡々たる明代の簡略(コンパクト)版「酒茶争高」は室町末・近世初頃以降の日本へ将来されていたのである。その根拠となるのが、内閣文庫蔵明末刊『鼎　崇文閣彙纂士民万用正宗不求人』である[13]。第五冊＜巻十八至巻二十一＞、巻二十内題「新録万軸楼選刪補天下捷用諸書博覧廿巻」「笑談門」の項目に、多くの笑話が収載され、「酒茶争強」と小題して、次の一則を収録する[14]。

　「茶酒争強 / 茶対酒曰凡有高官貴客至必先飲我豈不 / 強哉有詩為証云　助成吟興更堪誇　酒 / 能敗国又忘家　我戦睡魔功不少　待客 / 如何只飲茶　酒聞之回詩云　瑶台紫府 / 荐瓊漿　息訟和親意更長　祭祀廷賓先 / 用我　何曾説着淡黄湯　其水見茶酒各 / 誇已能争論不已亦作詩一

---

13) 内閣文庫蔵『鼎崇文閣彙纂士民万用正宗不求人』函架番号367・115。佐伯文庫旧蔵。
14) 前田育徳会尊経閣文庫蔵『新刻全補士民備覧使用文林彙錦万書淵海』巻二十七
　　(『中国日用類書集成』第七巻〈汲古書院、平成13年4月〉286～287頁)にも酷似の同
　　話がある。

首以解之曰／汲水烹茶帰石鼎　引泉醸酒注銀瓶　両／家且莫争開気　無我調和做不成」

　この笑話で今ひとつ重要な点は“七言詩”で収める形式である。蘭叔撰『酒茶論』も同じである。明代の『勧世文茶酒四問』の舶載受容などと併せて、日本における酒・茶などの“争奇”の枠組み(“論”)は、数次にわたる明代の舶載書類を介して、敦煌本『酒茶論』の系譜に連なることは確実であろうが、残念ながら「永正頃」の中世禅林にポピュラーであった酒・茶などの“争奇”の枠組み(“論”)を舶載資料に帰す証拠を未だ得ていないことには変わりがない。

結

　日用類書や雑字系日用類書の舶載されたことを契機にもたらされた“論”―対話体―という枠組みを考慮するならば、“寓言”と密接な発想形態である対話体―敦煌本の「賦」・「相問」・「論」―の日本における展開は、中国国内における展開に呼応した幾重にもわたる舶載受容の繰り返しを想定した上で考察されなければならない。

　また日本中世の文化・文学を通して、始めて見えてくる東アジアの「姿」も間違いなく多く、寓言の一つの「器」ともいうべき論―“対話体”―という形式も、日本残存資料の「発掘」によって新しい一面が拓けてくるものと思われる。日本残存資料は今後も益々参看活用されるべきである。

　唐・宋代から明代にかけて舶載されてきた“論”という枠組みは、『榻鳴暁筆』　巻四・五に見る通り、当然のことながら禅林にとどまらぬ広がりをもって発想の源(とくに天台宗系)になっていたのである。又、「論争物」に分類可能な「草・花」「春・秋」「花・月」と「擬軍記」に分類可能な　「迷(無明)・悟(法性)」「千方・朝雄」が一括りに「相論」の下に配される点も有益で、論争物(“争奇”系対話体)と擬軍記との融合は、永正頃(16世紀初

頭)の"相論"の一括りの世界(更に遡ることは確実である)では、自然で
あったと考えられる15)。日本の室町時代物語としての、この重要な問
題(精進魚類合戦など)は、東アジアの"争奇"系対話体の展開の中で、
どのように位置づけられるのか、今後の課題であろう。

付記

金文京氏は、「敦煌文書が語る文学史―四境文学の普遍性―」(『しに
か』9巻7号 1998・7)に、"小児論"と同内容の話を19世紀の広東でウィリ
アム・ハンターが採集したことについて既に指摘がある。

「一八二九年、ウイリアム・ハンターというアメリカ人が貿易のため広東
にやってきた。彼はその後十五年間、広州に住んだが、のちにこの時の見
聞をもとに、Bits of Old China、という本を書いている。その中でハンター
は、なんとこの孔子と項託の問答の話を紹介しているのである。」(42頁)

後日、金文京氏よりの御教示により、ハンターは拠りどころにした
文献名を挙げて『東園雑字』としていることを知るにいたった。広東に
おける「雑字」系文献と、「小児論」を結ぶ貴重な記録であるが、『東園雑
字』なる書物の実態は長く不明であった。2005年2月25日の韓国学中央
研究院における本シンポジュウムの「日本残存資料から見た『小児論』：
雑字系資料」の発表当日の宴席で、金氏から頂いた情報によると、ス
ウェーデン王立図書館が『東園雑字』を二本所蔵している、というもの
であった。金氏の知り合いが発見し、近時、その書影の恵贈をうけ
た、という。金氏のご高配を得て、発見者の了解の許、『東園雑字』を
も含めた「雑字」系日用類書「小児論」類の詳細な比較対照に基づく整理
報告を行う予定である。

---

15) 草・木争奇 →『月林草』『六条葵上物語』『餅酒歌合』など
    迷・悟(千方・朝雄)争奇 →『無明法性合戦状』『仏鬼軍』など
    異類合戦：『精進魚類物語』など

清代伊索寓言的汉译与流传

颜瑞芳*

一、

伊索寓言十六世纪末期明朝神宗万历年间，随著利玛窦(Mathieu Ricci)、庞迪我(Didace de Pantoja)、金尼阁(Nicolas Trigault)、艾儒略(Giulio Aleni)、高一志(Alphonse Vagnoni，初名王丰肃)等耶稣会士东来传教而传入中国，至清朝康熙、雍正以後，随著「礼仪之争」所导致的禁教而暂时中止。总计明末清初自神宗万历，经熹宗天启、思宗崇祯，到清世祖顺治、圣祖康熙期间，见於利氏≪畸人十篇≫、金氏与张赓合译≪况义≫、艾氏≪五十言馀≫、高氏≪童幼教育≫等著作中的伊索寓言，去其重覆，数量大约有五十则。这个数量，仅占当时欧洲通行的伊索寓言的四分之一。换句话说，明末清初第一波传入中国的伊索寓言，固然有其时代意义，但数量并不多，而从流传的情况来看，对中国寓言及文学、文化界的影响也不算大。

伊索寓言真正对中国产生钜大且深远影响的关键时期，是在十九世纪中叶到二十世纪初(清朝宣宗道光到德宗光绪)的这五、六十年间。这

---

*台灣師範大學 國文系 教授

次第二波伊索寓言的传华过程，开始於西元一八一五至一八二二年间英人米怜(Willian Milne)主编的≪察世俗每月统记传≫，以至一九零二年林纾和严璩、严培南合作翻译的≪伊索寓言≫。就像从涓涓细流到江河滔滔，清末以来，伊索寓言几乎浇灌、席卷了中国的每一寸土地，如今多数的中国人可能在还没接触≪四书≫、≪五经≫、唐诗、宋词，以及「鹬蚌相争」、「黔驴技穷」等中国寓言之前，已经先听过〈狼来了〉、〈龟兔赛跑〉等伊索寓言故事。

二、

西元一八一五年八月在马来西亚马六甲(Melaka)创刊的≪察世俗每月统记传≫，是历史上第一份由传教士办的中文期刊，该刊一直由米怜担任编辑及主要撰稿人。该刊以传教为主要目的，因此内容偏重宗教与伦理道德，另外也有少数介绍科技、史地与时事者，较特别的是米怜先後翻译、刊载了〈贪犬失肉〉、〈负恩之蛇〉、〈蛤蟆吹牛〉、〈驴之喻〉、〈群羊过桥〉等五篇伊索寓言故事。相对於明末清初来自欧陆的天主教耶稣会士的译介，米怜称得上是英伦新教传教士译介伊索的嚆矢。

≪察世俗每月统记传≫的发行量，由前三年的五百册增加到後来的一千册，发行对象主要为南洋一带华人，後来尝试赠予每年自两广、福建前往马六甲交易的船员，希望能带回中国，但效果无从得知，米怜所译伊索故事，虽有开路之功，却像船过水无痕一般，鲜少有知之者。

真正在中国社会掀起波澜的是英人罗伯特·汤姆(Robert Thom, 1807—1846，中文名字为罗伯聃)和他的华文老师蒙昧先生合译的≪意拾喻言≫。≪意拾喻言≫共译介八十二则伊索寓言，全书分三卷。据西元一八三七(道光戊戌)年九月≪东西洋考每月统计传≫「新闻：广东府」记载：「省城某人氏文风甚盛，为翰墨诗书之名儒。将希腊国古贤人之比喻，翻语译华言，已撰二卷，正撰者称为意拾秘。」而一八四零年，罗伯聘所编译的Esop's Fables，在广州和澳门分别以《意拾蒙引》、《意拾喻言》为书名出版。罗氏於一八三四年来华，由此推估，他和蒙昧编译的《意拾喻言》，应该是在一八三五至四零年间陆续完成的。另外，笔者在荷兰莱顿大学(Leiden University)汉学院图书馆看到一册《意拾秘传·卷三》二十四则，书末署名「莺吟罗伯聘」，未著出版时地，译文与《意拾喻言》完全相同，而不见卷一与卷二，可知《意拾喻言》除了三卷八十二则的完整版之外，还有分卷发行的版本。

罗伯聘《意拾喻言·序》说：「余作是书，非以笔墨取长，盖吾大英及诸外国，欲习汉文者，苦於不得其门而入。…余特为此者，俾学者预先知其情节，然後持此细心玩索，渐次可通，犹胜傅师当前过耳之学，终不能心领而神会焉。学者以此常置案头，不时玩习，未有不了然而自得者，诚为汉道之梯航也。」清楚表明他编译此书的本意，是希望做为英国及其他外国人士学习汉语(包括广东话及普通话)的登堂阶梯、入港领航。《意拾喻言》在编排上以英、华、粤三语对照，正是配合这个目的。

《意拾喻言》在出版之後，据说清朝官员觉得其中有些故事是在嘲讽他们，因而加以查禁，但这恐怕没有阻挡伊索故事的流传，反而随著鸦片战争以後，中国沿海口岸日趋开放、新闻传播事业兴起，以及伊索寓言本身强大的吸引力，像野火燎原般传播开来。这可以从该书一再改头换面重新排印、刊物不断转载传播两方面窥出端倪。

首先，是在一八五零年前後，上海的教会医院「施医院」，删去《意拾喻言》中〈愚夫求财〉、〈老人悔死〉等九则，改变书名，重印七十三则本的《伊娑菩喻言》。这个版本，香港文裕堂在一八八九年、一九零三年又两度加以重印，加上前面提到的《意拾秘传》，可见《意拾喻言》只是改头换面变装登台，并没有真正被禁绝。

其次，在一八五三年八月创刊於香港，由英人麦都思(Walter Henry Medhurst)主编的中文期刊≪遐迩贯珍≫(The Chinese Serial)，从第一期开始，每期均收录「喻言一则」，这些「喻言」正是取自≪意拾喻言≫。≪遐迩贯珍≫於一八五六年五月停刊，共发行三十三期，每期发行三千份，影响似乎有限；更值得注意的是，美国传教士林乐知(Young John Allen)一八六八年创刊於上海的≪中国教会新报≫周刊(自一八七四年，301期起易名为≪万国公报≫)，在一八七七至八八年(499—517期)林乐知回美国，由英国传教士慕维廉(W. Muirhead)代理编务期间，每期转载「喻言数则」，共八十则，其内容也是转载自罗伯聃的≪意拾喻言≫。≪万国公报≫发行量较大，刊行时间较久，转载寓言的数量较多，影响层面也较广，在清末伊索寓言的传播上，扮演推波助澜的重要角色。

三、

西元一八八八年(清光绪十四年)，天津时报馆代印，赤山畸士张焘所辑≪海国妙喻≫七十则。有学者认为这是继 ≪况义≫、≪意拾喻言≫之後，伊索寓言的第三个汉译本，但该书〈序〉中提到：伊所布≪寓言≫一书「近岁经西人繙以汉文，列於报章者甚夥，虽由译改而成，尚不失本来意味。昔未汇辑成书，今恐日久散佚，因竭意搜罗，得七十篇，爰手抄付梓，以供诸君子茶馀饭後之谈。」可见≪海国妙喻≫只是张焘把当时「西人」所译改，发表於报章的伊索寓言加以「汇辑」，张焘既非译者，而从这七十则故事「译改」过程中添油加醋的多寡有别，文采辞藻繁简骈散的差异颇大的情形，可知翻译的「西人」恐怕也不只一人。值得一提的是，这七十则中，有二十则不见於目前通行的中、英文版≪伊索寓言≫，有可能是仿作性质的「伊索式寓言」。总之，≪海国妙喻≫是伊索寓言第三个汉译本的说法，是有待商榷的，它的成书背景和≪况义≫、≪意拾喻言≫并不相同。

尽管≪海国妙喻≫的血统较为特殊，但它既先发表於报章，而後又汇辑成书，虽然今天很难去寻溯源头，查考原刊报章发行流通的情形，但据说≪海国妙喻≫的销路颇佳，曾二度重印，商务印书馆天津分馆还曾代售过，可知具有相当程度的传播功效。笔者在莱顿大学也看到荷兰汉学家戴文达教授收藏，後来捐赠给汉学院的≪海国妙喻≫。而事隔十年，梅侣女史裘毓芳又以章回小说体白话文改写其中的二十五则，在≪无锡白话报≫五日刊连载。

梅侣女史的≪海国妙喻≫，以章回小说的笔调，将原著由文言改写成白话，内容带有演义的成份。标题也仿章回小说的回目，俩俩对仗工整，颇具匠心巧思，例如第一至第四则分别题为：苍蝇上学吃墨汁、老鼠献计结响铃、还请酒仙鹤报怨、不吃肉良犬尽忠(张焘编≪海国妙喻≫，此四则的标题分别是：蝇语、鼠防猫、狐鹤酬答、犬慧)，这恐怕是伊索寓言汉译之中最漂亮、最讲究的标题了。

四、

西元一九零二(光绪二十八)年，林纾和严培南、严璩合作翻译≪伊索寓言≫三百则，隔年由上海商务印书馆出版。林纾在〈序〉里说：「自余来京师数月，严君潜、伯玉兄弟适同舍，审余笃嗜西籍，遂出此书(指≪伊索寓言≫)，日举数则，余即笔之於牍，经月书成。」严璩是清末翻译家严复的长子，林、严合译的≪伊索寓言≫有可能是严复留学英伦归国时携回，而当时在英美流通的较完整的英文版Aesop's Fables 总数也大抵在三百则左右，因此，林、严合译的≪伊索寓言≫，应该算是第一本汉译伊索寓言的全译本。

林、严合译≪伊索寓言≫最重要的特色是忠於原著，没有在故事背景、情节内容以及寓言引申等方面添枝加叶，基本上符合翻译上所追求的「信、雅、达」。三百则之中，有一八七则在译文之後附加译者抒发感想、藉事评论的文字，文字前面标示「畏庐曰」，且以较小的字体低两格排印，因而不虞与译文混淆。这些议论、抒感的文字，短者只有四字，长者至二百馀言。例如：第六十一则〈占星入堑〉(按：原书各则无标题，本文中之标题为笔者所加)评曰：「物蔽於近」；第二三三则〈二鸡相斗〉的评语，则由二鸡同类相斗，引伸慨叹中国历史上的党争是「不明於种族之辨」，再转而归结到清末时局：「天下所必与争者，惟有异洲异种之人；由彼以异洲异种目我，因而凌铄侵暴，无所不至。今吾乃不变法改良，合力与角，反自戕同类，以快敌意，何也？」把动物故事和历史教训、当时局势做有机结合，形成三度空间的相互映照。林纾「畏庐曰」中这类较长的评论，大多流露出对於清朝末年列强侵逼、政治衰败的忧心忡忡，期望透过这类寓言故事来启迪观念、改造思想、提升道德，以强国强种，免於被瓜分沦亡。这些论赞文字，实寄托著林纾深切的忧患意识与爱国精神。

林纾是清代桐城派名家，尝著≪韩柳文研究法≫，精研韩、柳古文，柳宗元尤其以寓言名家，因此，林纾译文的笔触，似乎颇受柳宗元≪三戒≫(〈临江之麋〉、〈黔之驴〉、〈永某氏之鼠〉)这类寓言的薰染，自然流露出一派雅洁高古的风格，读来如咀嚼橄榄，甘醇有味。这里以〈老鼠会议〉为例：「群鼠聚穴议御猫，俾猫来有所警觉。时议论者众。一鼠独曰：『必猫项系铃，行则铃动，即恃此为吾警！』主议者悦。询：『何人能以铃授猫者？』座中莫应。」用这样简练生动的古文笔法，来翻译西方传入的≪伊索寓言≫，称得上是「中西合璧」。读林译之後，再读民国以来的白话译本，往往觉得汤汤水水，淡乎寡味了。

林、严合译　≪伊索寓言≫在光绪二十九(西元一九零三)年由上海商务印书馆发行後不久，清廷於光绪三十一年废除科举制，成立学部，著手推行新式教育。西式学堂中学童上课所需教科书，由民间书局编辑，经学部审定通过後使用。教科书的市场利润可观，商务印书馆自然不会缺席。另一方面，以伊索寓言做为汉语学习的教材，从罗伯聃编译≪意拾喻言≫已有前例，差别只是学习对象由洋人变为华人。在因缘际会下，蒋维乔所编商务印书馆出版的初等小学用≪最新国语文教科书≫便大量改写伊索寓言为课文，例如光绪三十一年十一月初版≪最新国语文教科书≫第三册，六十课之中改写自≪伊索寓言≫的就有七课，数量远超过改写自中国寓言者。有趣的是，光绪三十四年上海中国图书公司编印的≪初等小学修身课本≫，也采用伊索寓言做为修身教材，如第三册第十四课便是以〈犬衔肉〉来教导「不贪」。而当时学部所公布的适合国民阅读的课外读物，也列入林纾译≪伊索寓言≫。总之，由於清末西式教育的推行，伊索寓言已经堂而皇之进入学堂，成为当时中国新生代学童学习汉语、修养品德的良师益友，相较於道光年间遭到查禁、躲躲藏藏的情形，真是不可同日而语。我们或许可以说：由於清末报刊对伊索寓言的译介和转载，尤其是林译≪伊索寓言≫的风行，引发当时文化界普遍的注意和兴趣，因而在教科书中大量纳入伊索寓言为教材；也因为伊索寓言被采为教材，学童从教科书尝脔而思求鼎，又使得林译≪伊索寓言≫更为畅销，更扩大它的传播和影响。

五、

「桃李不言，下自成蹊。」如果把伊索寓言比喻为桃李，那麽，中国近代伊索寓言汉译和传播的历程，从≪意拾喻言≫到林译≪伊索寓言≫，从≪察世俗每月统记传≫到≪万国公报≫，就像是桃李从移植到茁长、从开花到结果、从酸涩到成熟的历程。一部清代伊索寓言接受史，从欲拒还迎到全盘皆受，从躲躲藏藏到广被转载，从被官府查禁到被学部核定为教材，被推荐为优良读物。虽然过程有点戏剧性，但却又那麽理所当然。当果实圆熟，面对粉红暗紫、酸中带甜的桃李，谁不垂涎欲滴？而当我们驻足其间，回想我们的童年时光接受伊索寓言的彩绘，我们的道德智慧曾受到伊索寓言的启蒙，那麽，「吃果子，拜树头」，我们怎能不缅怀、感念这些栽桃种李、浇灌寓言之树的前贤呢？

20世纪的中国寓言文学

吴秋林*

世纪之交，中国的现当代文学历史大致已近百年，百年的中国文学，不管是光荣还是遗憾，都已成为历史。在重新焕发中华民族文化活力，重塑中华民族精神文化新形象的历史大背景下，20世纪的中国文学取得了巨大的成就，开创了在工业文明支持下的新的文学天地。对这一文学历史，人们从理论研究与批评上给予了极大的关注，对小说、诗歌、散文的创作，以及作家、作品、风格、流派等等，都有无数的研究文章和专著。这对促进20世纪中国文学发展自不待言，也形成了自己的新的文学理论与批评的体系。这是20世纪中国新文学的重要方面，但也是有许多缺撼的方面。众所周知，文学的品类形成不但有小说、诗歌、散文，也还有童话、故事、寓言等众多的"小"品类，可我们百年来的文学研究注重了前者，却大大地忽略了后者，其中寓言更是小字号中的小字号……在现今的文学研究中，我们对先秦的寓言文学赞不绝口，对20世纪出现的同样文学品位的寓言文学关注极少，这种状况虽然并不影响20世纪中国寓言文学的"穿透力"，但它不利于20世纪中国文学的整体发展。故而，展示20世纪中国寓言文学的历史面貌，研究寓言文学发展规律和在文学史上的状况，意义是很大的。

*中国 贵州民族学院 教授

一、概况

20世纪的中国文学实际上是一种世纪的新文学，它虽然在19世纪末期有一定的发端，但它却完全是在"五四"时期的新文化运动的驱动下出现的，一种与中国传统的古文学完全不同的新文学，它从文字运用到文化背景依托，从思想内容到表现形式，都是全新的，这是西方文化、西方文学与古老的中国文化、文学相融汇的产物。中国的寓言文学也是在这样的背景下产生的，并且由于中国具有悠久而光荣的寓言文学传统，它的产生就更具必然性。

一般而论，1917年的"五四"运动是中国20世纪文学的分界线，从这里开始，中国文学走向了自己的现代文学时期，20世纪的中国寓言文学也是从这一时限开始的。在这个分界线之前，中国文学的变化有一个发端或过渡时期，即半文半白的文学作品在19世纪末20世纪初出现；20世纪的寓言文学也有这样的过渡，这就是清末吴研人的《俏皮话》。在《俏皮话》的寓言中，这既有中国寓言的传统文法和精神，又有新时代来临的气息"。经过一段时期的酝酿，20世纪中国新文学随伟大的"五四"运动来临而诞生时，20世纪的中国寓言文学也产生了。

据多方考察研究，20世纪中国寓言文学的第一个作家当首推茅盾。1917年10月，他编纂出版了 《中国寓言初编》，这个集子是一个中国古代寓言选集，也是茅盾文学创造的起步作品。1918年，茅盾出版了中国现代文学史上的第一本寓言集 《狮骡访猪》，同年又出版寓言集《平和会议》，两书共10则寓言，加上他其他的寓言创作，就构成了20世纪寓言文学的开篇。

著名文学家鲁迅，在寓言作品出现的年代上，他可算第二个有寓言作品的作家。应该说鲁迅的寓言作品不是有意为之的东西，即他的本意是杂文等的创作，但其作品的性质则是地道的寓言，如1919年8月20日在 《国民公报》"新文艺"栏中发表的《螃蟹》、《古城》等就如是。

像这样的"寓言"在鲁迅笔下还有不少，这说明"寓"是鲁迅杂文的"工具"之一。

进入20年代，郑振铎、林语堂等一批文学家对寓言创作亦有一定的涉及，出现了一些寓言佳作。30年代，中国的现代寓言文学有了自己的表现，周玉群的≪小朋友寓言≫、白丹宁的≪孩子们的寓言≫、程园如的≪小小寓言≫等无名作家的寓言作品，表现了寓言为儿童教育服务的倾向。另外，丰子恺、陈伯吹、郭沫若、贺宜等人也创作了一些寓言，陈伯吹、贺宜的寓言是代表。这时期，胡怀琛的≪中国寓言研究≫出版，为20世纪中国寓言文学研究的第一本专著。

1940年代，20世纪的中国寓言文学走向了第一个高潮，出现了一批真正意义上的寓言作家，以冯雪峰、天戈、莫洛、仇重、何公超、张天翼等人的作品最多、最有影响。冯雪峰、张天翼又是其中的代表作家，他们创作了一批堪称中国现代文学中最优秀的寓言作品。雪峰的成就又最大，是中国现代寓言文学的当之无愧的集大成者，他1947年出版了寓言集≪今寓言≫之后，又连续出版了数本寓言集。寓言是冯雪峰一生文学创作成就的主要构成。

在20世纪中国文学的历史分期中，人们一般把1949年前的时期划为中国现代文学时期。归结这时期的寓言文学，它大致还处于模仿、学习的阶段，在寓言文学上还没有完全的统一的认识。这一时期中国的新文学注意力多在小说、戏剧、散文、诗歌等体裁品种的开拓上，寓言的开拓自然也就不太引人注目和急迫。但是，中国这一时期的寓言文学，在冯雪峰等人的努力下，其寓言创作在晚期时已完成了分别来自中国古代寓言精神及表现形式和外国主要是伊索寓言精神及表现形式的融和、贯通，树立了作为20世纪中国寓言文学的基本形象，完成了中国新文学中寓言的现代化。

1949年，新中国成立，人们习惯把这之后的文学称为中国当代文学时期。在这个时期里，由于文化大革命的历史停顿，在寓言文学的发展中又分为两个时期，即文革前期和文革后期(新时期)。“前期”最早出现的寓言文学作品是≪狡猾的狼≫和≪农夫和蚯蚓≫，它们为配图寓言集，1951年由上海文艺出版社出版，但这为改编作品，真正的创作寓言是1954年初出现的。1954年1月30日，金江在≪大公报≫上发表了四则寓言，就是这时期最早见的作品。这之后，寓言创作渐盛，几年间就出现了大量的作品，形成了20世纪中国寓言文学的第二个高潮，较著名的作品有≪乌鸦兄弟≫、≪猴子磨刀≫、≪高山与洼地≫、≪三戒≫、≪帆与舵≫等，涌现了一批很有影响的寓言作家。其中的代表作家为金江、湛卢，另外吕德华、林植峰、仇春霖、申均之、刘征、韵华等也是有名的寓言作家。这一时期的寓言文学的翻译和研究也比较活跃，在寓言文学构成中的份量加大。

1960年代，寓言文学与其他文学样式一样，走上新的发展的道路，并渐渐兴盛，形成20世纪中国寓言文学的第三个高潮，并呈现了寓言文学全面开拓发展的势态，取得显著成就。

这时期出版的寓言作品集数不胜数，较著名的有≪黄瑞云寓言≫、≪凝溪寓言2000篇≫、≪中国俗语故事集≫、≪芥末居杂记≫、≪无药的药方≫、≪寓言百篇≫、≪风筝和雄鹰≫、≪海燕戒≫、≪寓言的寓言≫、≪弄蛇者与眼镜蛇≫、≪春风燕语≫、≪许润泉寓言选≫、≪吴广孝寓言选≫等等。这一时期的寓言作家人数众多，创作水平也在一个较高的层次上发展，最著名的作家有黄瑞云、凝溪、盖壤、黄永玉、吴广孝、许润泉、胡树化、海代泉等等。这一时期当代的寓言作品选集走向大型、总揽性，较重要的有≪中国现代寓言集锦≫、≪中国新时期寓言选≫、≪当代中国寓言大系≫，以≪当代中国寓言大系≫规模最大。这一时期的寓言翻译也向大型、全面发展，几乎世界上所有的比较重要的寓言作品都有了较为全面、完整的翻译本。

这一时期是寓言文学研究最辉煌的时期，1982年陈蒲清的≪中国古代寓言史≫出版后，相继有≪先秦寓言概论≫、≪寓言辞典≫、≪世界寓言通论》、《中外寓言鉴赏辞典》、《寓言文学概论》、《世界寓言史》、《寓言概论》、《中国寓言文学史》、《中国寓言史》等寓言文学研究的专著的出版。这种全面的寓言文学研究，对寓言文学的贡献是不言而喻的。

自从1917年茅盾选辑的《中国寓言初编》出版后，编选、注释、译述中国古代寓言，也是20世纪中国寓言文学的一个重要方面。而这一时期对中国古代寓言的整理是空前的，仅贯通整个中国古代寓言史的大型中国古代寓言集就有十数种。另外，此时期对民间寓言的收集整理也取得了很大的成果。

总的说来，1980年代后的这20年，是20世纪中国寓言文学的鼎盛时期。它的存在，对20世纪的中国新文学是有重要意义的，如果说，上两个世纪的世界寓言文学历史上，是欧洲的"伊索时代"，那么，这个世纪的八、九十年代，则是中国的"伊索时代"。

二、作家、作品

中国古代的寓言文学是非常发达的，它以先秦寓言为重要标志，是世界寓言文学的三大体系之一，故中国寓言文学有着优秀的传统和丰厚的土壤。但是，20世纪中国寓言文学发生之前，当时的国人对寓言文学却存在普遍的"亡失"，即中国古代寓言在明清嬗变之后，人们并不清楚什么是寓言。这种寓言文学的"亡失"是在我们对《伊索寓言》作品的翻译中被唤醒的，1902年，林纾与严瑰合译的《伊索寓言》出版，就是基本的缘由。从这时起，人们才开始认识寓言文学的形态和性质，并反观和认识中国古代的寓言文学，激起了人们的创作欲望，从而也就在伊索寓言文学和中国古代寓言文学的基础上开创了20世纪的中国寓言文学。

20世纪中国寓言文学的第一批作家、作品，就是在这样的历史背景中产生的。在这些作家中，茅盾、鲁迅、郑振铎、林语堂、周玉群、白丹宁、程闺如、陈伯吹、贺宜、张天冀、仇重、莫洛、冯雪峰等人的寓言作品最有影响，其中尤以冯雪峰的寓言成就最突出。

茅盾是中国著名的文学家，他1918年的寓言创作也是他的文学成就之一，并且在他的儿童文学中占有一定地位。他的寓言作品，不但是中国现代最早的一批作品，而且其中有数则至今仍可视为较优秀的寓言。这些寓言作品的意义应该从以下几个方面来认识：一是这批寓言的出现，标志着中国新的白话文寓言，即新文学寓言的开始；二是这种基本处于模仿和转变中的寓言创作，真实地反映了中国现代寓言创作最初阶段的风貌；三是他的创作为后来的寓言文学创作，在艺术表现上作了部分准备。文学家茅盾开创了20世界中国寓言文学的篇章之后，便没有续作，不过，后来的作家们却由此而向寓言文学创作的道路上走来。鲁迅也就是一个无意创作了不少寓言的作家。

鲁迅是中国现代最伟大的文学家之一，他的杂文和小说创作，是公认的中国20世纪文学中最重要的一部分。但多数人并未注意到，他的许多杂文中，却深藏着一批20世纪中国寓言文学的优秀寓言，如≪古城≫、≪螃蟹≫、≪立论≫、≪狗的驳洁≫等。这些寓言简炼旷达，不失为冷峻峭拔的大家风范。

这一时期除茅盾、鲁迅外，还有一些文学家也创作了寓言。如叶圣陶的≪一粒种子≫、胡适的≪差不多先生≫等。

如果说茅盾、鲁迅他们有意无意间打开了中国20世纪寓言文学创作的大门，那稍后的郑振铎却是从多方面刻意地推进20世纪中国的寓言文学了。作为翻译家的郑振铎，这时期不但翻译了许多国家的寓言作品，还改编、创作了一些寓言，并把寓言作品向儿童文学方面推进，如≪小鱼≫、≪兔子的故事≫(四则)等就是这样的作品。这些寓言富于儿童文学特色，十分适合儿童阅读。它们的出现直接影响了20世纪的中国寓言文学，使儿童情趣一直是世纪寓言创作的重要要求，童话化的寓言成为世纪寓言的重要构成。这一时期的林语堂也有寓言创作，主要为≪增订伊索寓言≫。

在中国现代，前述数人全是中国现代著名的文学家，他们开了风气之后，20世纪的中国寓言文学就在一定程度上展开，许多人投入了这一文学样式的创作中，在一般的文学史中没有什么声名的周玉群、白丹宁、程闺如等就是代表，周玉群的≪小朋友寓言≫有40则；白丹宁的≪孩子们的寓言≫有39则；程围如的≪小小寓言≫有34则。这些作品都富于儿童文学的色彩，艺术的表现各有千秋，都有一些好作品。这三位寓言作家的作品，对寓言文学有一个最重要的贡献，即注意到对中国现代寓言文学形象的追求，反对"专事乞灵于伊索"，强调"自出心裁"。他们已经在创作中力图摆脱对西方伊索寓言的"依赖"，力图表现中国寓言文学创作的个性了。这一点不管做得如何，对20世纪的中国寓言文学都是十分重要的。

以上三人的作品是30年代寓言文学的重要部分，但另一些著名的文学家也有寓言作品，如丰子恺的≪羊奸≫、续范亭的≪车夫解围≫等，当中尤以贺宜和陈伯吹的寓言作品最佳，陈伯吹的寓言多见于≪小朋友寓言≫；贺宜的主要寓言是≪同盟者≫、≪牛喂大了母鸡≫、≪装甲乌龟≫。陈伯吹的寓言是描述生动、细腻的儿童寓言；贺宜的寓言是讽刺性强，富于现实意义的寓言。两人都是著名的儿童文学家，对寓言文学的研究也都有一定的建树。

1940年代是中国现代寓言创作最兴盛的年代。仇重、莫洛、天戈的寓言创作有一定的影响。张天翼是中国现代著名的儿童文学家，也是重要的寓言作家。他当时的寓言创作，仅次于冯雪峰。≪老虎问题≫、≪一条好蛇≫、≪画眉和猪≫等是其寓言的优秀代表作。他的寓言有对现实的讽刺和揭露，又有哲理的形象表达；且文笔简约精神，形象鲜明。20世纪的中国寓言文学在张天翼这里已经出现了自己较为独立的品格和形象了。

　　20世纪的中国寓言文学，发展到中国现代文学的末期、就渐渐走向了成熟，其标志就是冯雪峰寓言。冯雪峰寓言是在1947年出现的，几年间他就出版了数个作品集，由此把中国现代寓言提升到一定的高度，奠定了中国现代寓言的基础。

　　冯雪峰是个寓言作家，同时也是诗人和文学理论家，他文学上的荣誉是多方面的，但寓言创作则是他的主要方面，他是中国现代文学中真正以寓言创作获得文学声誉的人。可以说如果我们不了解他的寓言创作，就很难理解他的文学创作，或者说理解冯雪峰其人。他的寓言作品集有《今寓言》、《冯雪峰寓言三百篇》(上卷)、《雪峰寓言》、《寓言》等，其中的优秀篇目数不胜数。冯雪峰用寓言表现了广泛的社会生活，总结了带有时代印记的日常社会生活的经验教训，发掘生活的哲理智慧，同时还在寓言中表现了他的艺术才华、世界观、人生观、哲学思想、文艺思想等等。冯雪峰寓言的艺术特色有多方面的表现，寓言的时代性、深刻性，以及理性与诗情力量的有机结合等，都是后世寓言的楷模。

　　20世纪中国寓言文学进入中国当代文学时期后，就很快登上了一个新的台阶。在中国现代文学中，以寓言创作为主的作家极少，但在中国当代文学的1950年代，却出现了一批专门从事寓言创作的作家。

　　吕德华是1950年代成名的寓言作家，作品有《蜗牛搬家)等。他的寓言温和，童趣十足。他在1980年代仍有寓言创作。林植峰的寓言创作在1960年代前后形成影响，1980年代后结集出版《笼中狮》。他的寓言故事性强，语言流畅，富于哲理。仇春霖是1960年代成名的寓言作家，作品有《帆和舵》、《无花果》等。他的寓言清新自然，生动有趣，教训鲜明，是1960年代最有影响的寓言作品之一。在这一时期里，鲁芝、申均之、韶华等人的寓言创作也很有影响。1962年，刘征发表了寓言组诗《三戒》，使其成为中国最有影响的寓言诗人。

　　以上寓言作家都有自己的出色之处，但1950年代时的代表作家当数金江和湛卢。

金江原本是个诗人，1954年闯入寓言创作之后，就找到了自己文学创作的最佳位置，一连出版了≪乌鸦兄弟≫、≪小鹰试飞≫等5个寓言作品集，成为中国当时最有成就的寓言作家。且在1980年代后，他又重新焕发青春，又连续出版近10个寓言作品集，表现突出。金江寓言给人印象很深的很多，他许多作品完全可属时代最优秀的作品。金江寓言明晰而不浅淡，第一印象距最后效果的空间距离很大，形象鲜明生动，儿童韵味深长，艺术上的特色鲜明，风格独具。金江寓言的出现，形成了有时代特色的一种寓言风范，对中国当代寓言文学有很大影响。

湛卢的成名作是1956年出版的≪猴子磨刀≫。此寓言集一出版，就受到人们的广泛关注，影响很大，并被译成多种文字出版，是当时最富盛名的寓言作品之一。湛卢1980年代也有大量作品，并形成了他前后不同的寓言风格，前期寓言轻松明快而直率，后期寓言深沉有力而含蓄，但他的代表作仍是≪猴子磨刀≫。湛卢寓言多数都比较规范和完整，即对伊索寓言的表现形式完全継承，但却工整完善，规范而不僵硬。另外，湛卢寓言形象多为动物，这也継承了伊素寓言的精神。可以说，湛卢寓言是对伊索寓言表现形式和精神最完美的継承和发展，同时又有自己充分的个性表现。如果与金江相比，金江寓言是富于中国趣味的故事，湛卢寓言则是伊索的表现形式和精神最良好的中国式表现，都各具风格和特色，为时代所注重。

进入1980年代，20世纪的中国寓言文学在更为广阔的领域里展开了自己的面貌，出现的作家作品更多。最具代表性的作家是黄瑞云和凝溪，他们所取得的寓言文学成就也最大。同时，盖壤的寓言创作以奇特的描述角度，黄永玉的寓言创作以大反常规的寓言实践，成为寓言文学的两朵奇葩，其地位亦无人可以替代。至于这一时期取得相当寓言成就，富于特色的寓言作家就更多：吴广孝、许润泉、陈乃祥、胡树化、海代泉的寓言表现突出，徐强华、李延祜、鲁兵、崔亚斌、叶永烈、彭万洲、周冰冰、卢培英、李継槐、吴树敬、叶树、邝金鼻、邱国鹰等人都有一定建树和影响。如果说1940年代是雪峰寓言独领风骚，1950年代是数位作家的天地，那1980年代后，中国寓言文学就已有了宏大的作家群了。

黄瑞云寓言主要见于≪黄瑞云寓言≫。他的寓言深刻地表现了作家对社会生活的关注和严谨的哲理思索，作品大多都有深厚的社会生活基础和背景，强烈地表现了作家力图用寓言来剖析和把握生活的意识。黄瑞云寓言形式上很庄重，叙述和刻划既传统又很生动，故事性强，对寓言道德教训的总结也很精湛。这些都体现了作家在寓言创作上的卓越才华和表现力。这时候的黄瑞云寓言，已经是中国新文学中，融汇伊索寓言精神和中国古代寓言精神的最高典范，如果湛卢寓言中还有一些伊索寓言形态方面的遗痕，而在黄瑞云寓言这里，其融和已是极精神化的了。

凝溪的寓言创作始于1980年代。他的寓言作品现主要汇集在≪凝溪寓言2000篇≫中。他的寓言不但短小精湛，质量品位极高，有自己独具的风格，而且还是中国最多产的寓言作家。凝溪寓言创作对普遍的社会生活非常关注，极注重从生活中发掘和发现真理，与黄瑞云寓言一样，均以表现寓言的深刻哲理性为根本追求，而且也很成功，故他寓言中常常涌出奇思妙想的智慧之花。凝溪的寓言篇幅绝对短小，很少有超过400字的寓言作品，但他却能在有限的文字中，表现最大限度的思想内容。凝溪寓言对伊索寓言的表现形式把握得很透彻，并且更为生动，寓言中两三个角色情节演进，一个普通的故事就成了闪烁着真理光辉的生动的寓言表现实体。

黄瑞云、凝溪都是中国最杰出的寓言作家，二者相较，前者凝重、肃穆、理性色彩浓重；后者则轻灵、活泼、流畅、想象丰富，趣味盎然。

除黄瑞云、凝溪外，盖壤、黄永玉是风格最独具的作家。

盖壤并不是严格意义上的寓言作家，但他1989年出版≪中国俗语故事集≫中却创作了一大批有独特描述角度的寓言作品，且品质极佳，韵味独具，是中国寓言文学难得的优秀作品群。盖壤寓言从思想内容到表现形式都是地道的中国民族化的，他把世俗社会中的一粒粒智慧的金子，在创作中铸型，并使之发出理性认识的光芒。他的寓言构思都极巧妙，在极窄的俗语的既定命题中，表现了他在寓言创作上的卓越才华。由于俗语是典型的民间智慧的结晶，故盖壤的寓言表现上也有许多民间文学的意味和情调，加上作者自身的努力，盖壤寓言是最具中国民族色彩的寓言。

黄永玉寓言也不是刻意为之的寓言作品，但这个中国著名的画家，在胸意充盈之时也同样表现了他在寓言创作上的非凡理解和能力。他的寓言主要在≪芥末居杂记≫等配画文集中。他的寓言用半文半白的文字写成，每则寓言作家都自配一幅水墨画。他的寓言辛辣地嘲讽世俗生活中的丑态，揭露人性中的缺陷和弱点，笔力健奇，入木三分，面上是对生活的戏笔，但深处却是作家对社会生活的深刻理解和关注。他的寓言短小精奇，幽默风趣，只言片语，不但深刻，还让人玩味不已。如果说盖壤寓言的基本根由是中国民族民间的，那么，黄永玉寓言则源于对中国古代文化的理解和炼达。

除以上作家外，吴广孝是一位在短期内取得众多寓言创作成果的作家，且在寓言翻译上也颇有成就；许润泉也拥有大量寓言作品，艺术表现上也有自己的特色；陈乃祥是1980年代初崛起的寓言作家，有一定的影响；胡树化的寓言作品并不多，但他的创作寓言给寓言界带来一股清新之风，令人注目；海代泉寓言创作上也取得了一定的成就，表现上也有自己的独到之处。另外，徐强华的系列寓言、叶永烈、吴树敬的科学寓言、卢培英的知识寓言、高洪波的寓言诗，也代表了这时期寓言创作的各个方面。

就整个20世纪的中国寓言文学而言，冯雪峰、金江、湛卢、黄瑞云、凝溪是最杰出的代表作家，他们的作品，不但在寓言文学中，就是在中国新文学中，都有重要的意义和地位。

三、研究、翻译

进入20世纪，中国人在塑造自己寓言文学创作形象时，也较早地关注了寓言的研究和翻译，并很快使之成为20世纪中国寓言文学的重要组成部分。

在1920年代，中国的文学家对童话、寓言等文学样式有一定的关注，有相应的批评研究介绍文章。1930年，古典文学家胡怀琛的≪中国寓言研究≫出版，开了中国系统研究寓言文学的先河。此书仅3万余字，对世界范围内的寓言、中国古代寓言，及近20年的寓言都有涉及。这是中国现代文学史上唯一的一部寓言文学研究专著。

1957年时，王焕镳的≪先秦寓言研究≫(古典文学出版社出版)，此书5万余字，从来源、社会根源、特征、影响等方面研究了先秦寓言。

真正拉开寓言研究大幕的是陈蒲清1982年出版的≪中国古代寓言史≫。此书22字(后又有增订的新版本)，它全面地论述了中国古代两千多年的寓言文学历史，有许多方面的开创性的建树，为中国古代寓言研究的重大突破。随后是公木的≪先秦寓言概论≫的出版，此书深入地研究了先秦寓言文学的诸多方面，把对先秦寓言的研究提高到一个新的阶段。两书在对中国古代寓言研究上都形成了自己的体系，相对于过去分散的、个别性的研究，无疑是一个极大的发展，故至今对中国古代寓言的认识和理解，大都基于两书的基本观点。

对寓言基础性的理论研究出现在1990年代前后，鲍延毅主编的≪寓言辞典≫1988年出版，此书50多万字，是20世纪中国寓言文学的一个基础性构成，它的出现对寓言文学的影响是多方面的。之后不久，陈蒲清主编出版的《中外寓言鉴赏辞典》也是有自己独到的角度，极具影响力的研究成果。两书的出版，是寓言研究的一个重要方面。

　　1990年代初，《寓言文学概论》、《寓言概论》、《世界寓言通论》的出版，标志着20世纪的中国寓言文学建立了自己坚实的理论基础。《寓言文学概论》15万字，从纯理论的角度研究寓言的本质、审美、形式、形象、分类等多方面的理论问题，第一次从理论的高度来把握寓言这一文学样式。《寓言概论》20余万字，从多方面探讨了寓言文学的理论和作家、作品问题。《世界寓言通论》30多万字，对寓言的本质、起源、发展、应用进行了多方面的研究和探讨。以上三书，都有研究者们对寓言文学的体系化的见解和认识，对中国寓言文学的发展意义是巨大的。

　　在寓言研究中，史述也是一个重要方面1990年代的寓言研究于此也取得了重大成果，出版的《世界寓言史》、《中国寓言文学史》、《中国寓言史》等，均属巨制。《世界寓言史》30万字，是中国人第一次以自己的角度来审视世界范围内的寓言文学历史；《中国寓言文学史》47万字，是一部通述中国古今寓言的著作，也是在《中国古代寓言史》之后，人们第一次通述中国寓言文学历史的努力。《中国寓言史》50万字，它以严谨的史述语言，对中国三千年的寓言文学历史，作了全面系统的观照。

　　从以上不难看出，在寓言创作取得巨大成就的同时，寓言研究也全方位的展开，并取得骄人的成绩。

　　对寓言的收集整理严格地说，也是某种意义上的研究。对寓言的整理，特别是对中国古代寓言的整理，从茅盾开始，一直都是20世纪中国寓言文学的组成部分，即我们在创作新时代寓言作品的同时，大量的中国古代寓言作品也被整理出来，共同构成新时代的寓言文学作品。这个过程一直贯穿整个20世纪的中国寓言文学，但形成集大成的局面还是在1980年代之后。从1980年代到1990年代的10多年间，许多寓言的研究者、辑录者多角度地出版了大量中国古代寓言选集，仅贯穿整个中国古代寓言史的 "中国历代寓言集"就有十数种，其中以三卷本的《古代中国寓言大系》规模最大。对中国古代寓言的收集整理、分类等有研究上的意义，同时出现的译述又何尝不是一种创作呢?它们也在很大程度上促进了20世纪中国寓言文学的发展。

寓言的翻译在20世纪中国寓言文学中地位是特殊的，因为20世纪中国寓言文学的"神经"，就是由外国寓言在中国的翻译而被触动的。即伊索寓言等外国寓言的翻译，打开了人们对这一文学样式认识的文学眼界，使人们依托于此再结合中国丰厚的寓言文学传统创建了自己的新的寓言文学。

中国翻译外国寓言，最早可追溯到1600年前对印度佛经的翻译，那时在佛经翻译中，己包含了大量的古印度寓言。在明代，伊索寓言就有译本出现，之后就不断有人翻译它，有多个译本，如《况义》、《意拾蒙引》、《海国妙喻》等。1902年，林纾的译本问世，称为《伊索寓言》，伊索寓言的名称才确定，广泛而深入的影响才大致形成。随后，世界各国的重要寓言作家的作品开始零星出现，并出版了个别的选集。1950年代，这些重要寓言作家的作品才大都出版了选集。这时期，克雷洛夫寓言的翻译最引人注目，最著名的当数吴岩从英译本转译的克雷洛夫寓言的全译本。这个集子在当时影响很大，几乎是区别于简炼有余、故事性不足的伊索寓言的另一种寓言的典范。

在1980年代以前，大都是寓言翻译的"选本阶段"，1980年代后，译界才全面系统地译述了世界各国历史上重要的寓言作家的作品。全译本、多种译本是这一时代的基本翻译状况。伊索、拉封丹、克雷洛夫、莱辛、达·芬奇等一系列寓言作家的作品都有全译本，有的还有数个译本。

在某种意义上讲，译述也是一种创作，伊索是欧洲各国民族寓言创作的总源头，法、德、俄、英、西班牙等，几乎整个欧洲各国的寓言作家们，虽然都用自己的民族语言进行寓言创作，但他们从题材、内容、表现方式的根基都在伊索，也就是说，他们结合各国自己的现实，把伊索的故事进行了民族化的叙述，或者说译述。中国对世界各国寓言的的翻译，也有这样的性质，它们大大丰富了20世纪中国寓言文学，促进了中国寓言文学的发展变化。从这个意义上讲，寓言翻译家也是寓言作家。

四、意义、使命

20世纪的中国文学是一种世纪的新文学，是在西方思想文化和文学影响下，结合中国文化和文学的实际新创造的文学。故而，它的小说、诗歌、散文、戏剧以及童话、寓言、故事等，从内容到表现形式都有自己全新的面目。在这种世纪文学的开创中，寓言也参与了其中的创造性活动，也是"五四"新文学的一个组成部分。"五四"新文学运动之初，虽然许多中国新文学运动的巨匠把注意力大多投向了小说、诗歌、散文、戏剧的创作，但也有人用白话文抢下了寓言这种文学样式的"滩头"，使中国新文学一开始就有寓言这一文学样式的身影。比之另一些"小品类"的文学样式，它的出现和发展仍是比较顺利的，究其根源，应该是我们拥有丰厚的寓言文学传统，拥有值得骄傲的大量的古代寓言作品。西方以伊索寓言为主的寓言，从外在形式上决定了中国新文学寓言的发展，但内里的精神和气质，仍是中国传统的寓言精神内涵。从茅盾开创的白话文寓言是我们20世纪中国寓言文学的源头，虽小，但它在后来的融汇中产生了广泛而深远的影响。

首先，它作为中国新文学的一个品类，一开始就有了自己独立的品格，并且一直对整体的文学作出了自己的贡献。茅盾、鲁迅、郑振铎、林语堂这些老一辈的文学家的创作中，寓言虽不是他们的主要部分，但也参予了他们文学成就的构建。后来的人们谈茅盾的小说创作，也谈他在儿童文学上的贡献，而其儿童文学中有很大的成份就是其寓言创作；鲁迅的杂文是中国的大家，但似乎一些文章从寓言而言则更见其精妙；郑振铎的文学译述在中国新文学史上是很重要的，但寓言的译述也是他的重点之一。这是中国新文学开创时寓言对作家文学的意义，这作为一种独立的文学样式，对文学的整体发展也是有意义的，寓言文学作为一种文学样式发生之后，就相对于整体的文学发挥自己应有的作用，是整个文学创作的一个部分。故而，寓言作品的出现，必然丰富和推动整个文学创作的发展。

其次是初期形成的寓言文学样式，即当时对寓言的理解和创作模式，对后代的寓言文学创作有决定性的影响。中国新文学中的寓言文学一开始是被作为儿童文学的类别来对待的，茅盾的寓言作品就是与一般的童话、故事共同编类的。这种认识理解下而来的寓言作品范本，对后世的影响很大，正是由此而来，在三、四十年代，就有一批专事儿童文学的专门家、作家关注寓言，创作寓言，更加放大了中国新寓言的儿童文学性质。以致于我们现今见到的周玉群、白丹宁、程同如等人的寓言集，全都自动归为儿童文学。这种寓言的儿童文学性在冯雪峰寓言那里有了一个很大的转变，但其基本的影响却一直流布当代，至今犹存。这种以寓言为儿童文学的观点是不正确的，伊索寓言、中国古代寓言、以及古代印度寓言全是以深厚哲学思想和世俗智慧为根基的文学表现物，是一种特定的文学产物，自古就一直是"理性的诗篇"，并不是小儿科的"戏言"。但这在中国新寓言文学起始上走偏了许多。这种偏颇使20世纪的中国寓言文学，从儿童情趣、通俗易通、故事性等方面获得了一些好处和发展，但它作为"理性诗篇"并不是小儿科的"戏言"。但这在中国新寓言文字起始上走偏了许多。这种偏颇使20世纪的中国寓言文学，从儿童情趣，通俗易懂、故事性等方面获得了一些好处和发展，但它作为"理性诗篇"的性质受到削弱。在艺术种类的分属上就把寓言归为儿童文学的二级品类，而没有应有的与小说、诗歌、散文同等的地位，从而也在一定程度上制约了寓言文学的发展方向。20世纪的中国寓言文学就是在这样的起始中发生、发展而来的，当然，这种"制约"在后来的发展中有了相当大的改变，在实际的创作中，多数的作家都自觉地转向了"理性诗篇"。

20世纪的中国寓言文学也就是从这条道路上走来，经过近50年的聚集和发展，在1980年代后就全面地展示了自己的辉煌，并成为中国文学的一个重要构成。

20世纪的中国寓言文学相对于整体的文学，意义首先是出现了一大批寓言作家。

1920年代到1940年代，中国新文学史上的许多文学家都染笔于寓言，这对寓言文学是一种幸运(这种情形很象18世纪的俄国，其时罗蒙诺索夫等人也染笔寓言)，但却没能形成自己的众多的寓言作家。周玉群等人的寓言创作也能成"家"，但影响太小了，至1940年代末期的冯雪峰寓言出现，中国新时期才有了第一位真正的寓言作家。在中国现代文学史上，跻身于小说家、诗人、散文家、戏剧家、理论家的人很多，称为寓言作家，即以寓言创作而成为作家的人也就是冯雪峰，其意义是重大的。在冯雪峰的寓言创作中，让后来的寓言作家们看到了作为一个寓言作家的基本定位和品格，是后来寓言作家不断涌现的良好起点。这之后，金江、湛卢、黄瑞云、凝溪、盖壤、黄永玉等一大批寓言作家出现，并以其优异的寓言文学创作成就，在文学中赢得了自己的地位声誉。1950年代后的这批寓言作家比以前的寓言作家更潜心、更专注于寓言创作，也在更高的层次上追求寓言文学的的真谛。1980年代后的中国文学是一个大发展的时期，小说、诗歌、散文等文学种类都获得了较大的发展，而寓言文学也是其中最富活力的生力军之一，而且相比较而言，寓言文学的发展尺度比其他文学种类要大得多。1940年代，寓言作家中造成全国影响有鲜明特色的也就是冯雪峰、张天翼等，而今天，有这种影响程度的寓言作家则很多，以上诸位是当中最有影响的代表。这些寓言作家们，在文学创作中已有自己特定的地位和价值，有自己的成就和光芒，不会被其他文艺种类的作家替代和掩盖。

其次是一大批优秀寓言作品的出现。任何一个作家最终说话的是作品，只有作品才能最后确立你作为作家的地位和价值，20世纪中国寓言文学拥有一批作家，也是以寓言作品为基础的。冯雪峰之所以成为著名的寓言作家，源于他拥有一批优秀的富于开创性的寓言作品。这些作品不但对冯雪峰，对寓言文学有意义，对中国整体的文学也很有意义。金江和湛卢的寓言作品，一方面継承发扬了前辈寓言作家的优良传统，又有自己独到的理解和表现风格。1980年代的黄瑞云、凝溪、盖壤、黄永玉等人的寓言作品除了自己独特的风格特色之外，对整体文学的影响力和渗透力表现也很强烈，即文学的表现力增强，赢得了更多的文学关注。如果1950年代金江、湛卢的寓言时期寓言仍是"小儿科"的理解，那到了1980年代的黄瑞云、凝溪寓言时期，这种理解就大大改变了。把寓言作为与小说、诗歌、散文、童话、戏剧有同等地位和品格的种类，已是人们一个大致的共识，因为1980年代后的大多数寓言作品，已完全具有了"理性诗篇"的基本性质，是全方位针对每个层次读者的作品了。这些作品中，有许多是寓言的优秀作品，也是这个时代文学的优秀作品，这时期，不但小说等文学种类能代表时代文学的风貌，某些寓言作品也能表现这一时代文学的风貌。也就是说，20世纪的中国寓言文学创作，1980年代后也在较大程度上体现了这个时代的文学精神。

另外，20世纪中国寓言文学中寓言研究方面也对中国新文学的整体有特定的意义。对文学分品类的研究一直是文学研究的重要方面，中国新文学中早就展开了对各自文学类别的研究，诗论、小说论、戏剧论、童话论等比比皆是，但是，象寓言研究这样，深入的、多方面、多层次的研究还不多见，更不要说迅速地取得如此之多研究成果。在这些研究中，理论的、历史的、作家、作品的都有涉及，而且已经形成体系化，有自己独立的见解和认识，它们是寓言文学上的建树，也是对中国新文学的一种丰富。

从以上不难看到，寓言作为一种独立的文学品类，对整体的文学不但有多方面的意义，而且寓言文学本身在对整体文学的发展上也有自己一定的使命，它在表现文学的多样性上，在促进文学多元、全面发展上，也拥有自己的神圣职责。

寓言是一个具有魔术意味的文学品类，它很小，也很大；它很老，也很年轻；它的体裁很小，但它思想包容很大……要不，我们人类的文学就不会永世地赞赏伊索了。它很古老，在人类文学的远古历史中就有它的身影，但它现今的变化又很年轻。它几乎贯穿了整个的世界文学史，是许多文学历史中的　"珍珠"或不可缺少的环节，并且，它的存在还深刻地影响着其他的文学种类……今天的20世纪中国寓言文学也是如此，认真善待它也是我们今天文学的荣誉。

《呂氏春秋》寓言之美學

― 融匯諸子思想之美

吳福相*

《呂氏春秋》寓言多能融匯諸子思想之美，兼取並融於全書之中。如《呂氏春秋‧異用》曰：

周文王使人抇池，得死人之骸，吏以聞於文王，文王曰：「更葬之。」吏曰：「此無主矣。」文王曰：「有天下者，天下之主也；有一國者，一國之主也。今我非其主也？」遂令吏以衣棺更葬之。(註一)

《呂氏春秋‧君守》曰：

魯鄙人遺宋元王閉，元王號令於國，有巧者皆來解閉。人莫之能解。兒說之弟子請往解之，乃能解其一，不能解其一，且曰：「非可解而我不能解也，固不可解也。」問之魯鄙人。鄙人曰：「然，固不可解也。」(註二)

《呂氏春秋‧上德》曰：

孟勝曰：「受人之國，與之有符；今不見符，而力不能禁，不能死，不可。」其弟子徐弱諫孟勝⋯⋯孟勝曰：「⋯⋯不死，自今以來，求嚴師必不於墨者矣，⋯⋯」徐弱曰：「若夫子之言，弱請先死以除路。」還歿

*台灣華僑大　教授

頭前於。……孟勝死，弟子死之者百八十。(註三)

≪呂氏春秋·察今≫曰：

楚人有涉江者，其劍自舟中墜於水，遽契其舟曰：「是吾劍之所從墜。」舟止，從其所契者入水求之。舟已行矣，而劍不行，求劍若此，不亦惑乎？(註四)

第一則「澤及枯骸」之故事，宣揚儒家之仁政德治，故≪呂氏春秋·上德≫曰：「為天下及國，莫如以德，莫如行義。以德以義，不賞而民勸，不罰而邪止。」(註五)　〈用民〉曰：「凡用民，太上以義，其次以賞罰。」(註六)　有此以德以義之德治思想，故而主張法網從寬，因而又有〈察今〉「網開三面」(註七)之故事。

第二則「解閉」，乃宣揚道家無為而治之主張，故〈君守〉曰：「得道者必靜。靜者無知，知乃無知，可以言君道也。」(註八)　〈勿躬〉曰：「聖王之所不能也，所以能之也；所不知也，所以知之也。」(註九)　是知有道之主，無知無識，因而不為，去想去意，靜虛以待，則能達於垂拱而化，無為而治之境地，故而又有〈任數〉「桓公得仲父」(註十)　之故事，以明其無為之功。

第三則「孟勝」，宣揚墨家執義行法之治，必義無反顧，死不旋踵，故〈高義〉曰：「君子之自行也，動必緣義，行必誠義。」(註十一)　〈上德〉曰：「嚴罰厚賞，不足以致此。」(註十二)　且又有〈去私〉「腹䵍享殺子」(註十三)之說，為能行法嚴厲，是以必須不分貴賤親疏。

第四則「刻舟求劍」，宣揚法家變法之主張，故〈察今〉曰：「治國無法則亂，守法而弗變則悖，悖亂不可以持國。世易時移，變法宜矣。」(註十四)　又曰：「時已徙矣，而法不徙，以此為治，豈不難哉？」(註十五)，批評因循守舊，反對盲目崇古，故又有〈察今〉「循表夜涉」(註十六)，說明今世之主，法先王之法，有似於此。

綜上所述，可知≪呂氏春秋≫寓言融匯諸子思想之美者也。蓋儒家主張立法要寬，所以「網開三面」，實行德治；道家主張自然無為，故提倡無為之治，墨家主張立法要嚴，所以法律之前，不分貴賤親疏，皆須實踐義行；法家主張變法崇今，所以力行法治。故其取儒家仁政德化之治，取道家無為君術之治；取墨家執義行法之治，取法家變法任術之治；此「德化之治」、「無為而治」、「執義行法」、「變法任術」，四項並為儒、道、墨、法四家思想之精妙所在，今竟然能在矛盾中融合，在對立中統一，誠可謂深得諸子思想融匯之美者也。

除在政治思想能融匯諸子思想之美者外，人生哲學亦然。如《呂氏春秋‧高義》曰：

孔子見齊景公，景公致廩丘以為養，孔子辭不受，入謂弟子曰：「吾聞君子當功以受祿。今說景公，景公未之行而賜之廩丘，其不知丘亦甚矣。」令弟子趣駕，辭而行。(註十七)

《呂氏春秋‧高義》曰：

荊昭王之時，有士焉，曰石渚。其為人也，公直無私，王使為政廷。有殺人者，石渚追之，則其父也。還車而返，立於廷曰：「殺人者，僕之父也。以父行法，不忍；阿有罪，廢國法，不可。失法伏罪，人臣之義也。」於是乎伏斧鑕，請死於王。……不去斧鑕，歿頭乎王廷。(註十八)

第一則故事寄寓儒家行義之道在於取舍不苟，守義不虧，凡事宜辭，絕不妄取，亦不見小利而害大義，必去一己之私，使從事於義。《呂氏春秋》中之墨家亦有相近之意旨，如〈高義〉「墨子辭封」(註十九)，言墨子不以義糶，執義守行，辭越王之封，亦為去私從義者也。

第二則故事乃言墨家在「守義不虧」之後，進而要能「遺生行義」，唯此遺生行義，不盡同於孟子之捨生取義。蓋孟子從心之所宜存養處言，要人光明磊落，學古聖先賢之風範；《呂氏春秋》則從死之所以見義處言，要人不計身後，學俊傑國士之豪情。綜上可知《呂氏春秋》彌綸群言之善，綜合儒墨之說，而又偏於墨家貴義之旨。

在生活經驗上，≪呂氏春秋≫亦能陶匯諸子思想之美，如〈重言〉曰：

成王與唐叔虞燕居，援梧葉以為珪，而授唐叔虞曰：『余以此封女。』叔虞喜，以告周公。周公以請曰：「天子其封虞邪？」成王曰：「余一人與虞戲也。」周公對曰：「臣聞之，天子無戲言。……」於是遂封叔虞于晉。(註二十)

≪呂氏春秋·精諭≫曰：

勝書說周公旦曰：「廷小人眾，徐言則不聞，疾言則人知之，徐言乎？疾言乎？」周公旦曰：「徐言。」勝書曰：「有事於此，而精言之而不明，勿言之而不成，精言乎？勿言乎？」周公旦曰：「勿言。」(註二一)

≪呂氏春秋·離謂≫曰：

子產治鄭，鄧析務難之，與民之有獄者約，大獄一衣，小獄襦袴。民之獻衣襦袴而學訟者，不可勝數。(註二二)

第一則乃儒家重言之道，故明周公旦善於進說，其一稱說，即使成王對言談更加慎重，彰明君王愛護兄弟之道義，又使周王室因有唐叔虞封於晉之輔助而更加鞏固。

第二則為道家不言之旨，蓋勝書能不用語言進言，而周公旦能不需對方說話而「聽」懂全部意思，實深得至言去言，至為無為之妙。

第三則故事，則站在儒家之立場反對名家之淫辭狡辯。蓋進行辯論而不以理義為標準，則為奸偽；玩弄智巧而不以理義為準則，則為欺詐。奸偽、欺詐之刁民，正是先王所欲誅戮者也。

是知≪呂氏春秋≫擷取儒家「重言」、道家「不言」，而去除名家可能造成之「淫言」，可謂深得諸子思想陶匯之美也。

在教育理念亦然。如≪呂氏春秋·博志≫曰：

甯越，中牟之鄙人也，苦耕稼之勞，謂其友曰：「何為而可以免此苦也？」其友曰：「莫如學。學三十歲則可以達矣。」甯越曰：「請以十五

歲。人將休，吾將不敢休；人將臥，吾將不敢臥。」十五歲而周威公師之。(註二三)

≪呂氏春秋·精諭≫曰：

海上之人有好蜻者，每居海上，從蜻游，蜻之至者，百數而不止，前後左右盡蜻也，終日玩之而不去。其父告之曰：「聞蜻皆從女居，取而來，吾將玩之。」明日之海上，而蜻無至者矣。(註二四)

第一則故事以甯越苦學十五年而成周威公之師為例，說明只要「有心」苦學，立志奮發，終必大成。蓋用心精誠專一，何事不可為？何事不可成？此蓋儒家「有心」之教化也。

第二則故事則以海上有善解人意之水鳥為喻，說明人可以通過非有聲語言之諸多精神感情因素，如音容笑貌、神情儀態等傳遞信息，交流思想；亦即以「無心」，更能達到相諭之化境，此蓋道家「無心」之教化也。有心足以成就事功，無心可以獲得妙諦，必二家相輔相成，相涵相攝，始足以妙悟自然之成效，真實之事功。≪呂氏春秋≫寓言陶融儒道二家之要旨，兼容並包，而各得諸子思想之美者也。

綜上所述，可知≪呂氏春秋≫寓言故事之思想主題，多能融匯諸子思想之美於一爐，可謂集大成者也。

【註釋】

註　一：陳奇猷：≪呂氏春秋校譯≫，(台北華正書局，民國七十四年八月)，頁五六一。

註　二：同註一，頁一〇五〇。

註　三：同註一，頁一二五七。

註　四：同註一，頁九三六。

註　五：同註一，頁一二五五。

註　六：同註一，頁一二七〇。

註　七：同註一，頁五六〇至五六一。

註　八：同註一，頁一〇四九。
註　九：同註一，頁一〇七八。
註　十：同註一，頁一〇六六。
註十一：同註一，頁一二四五。
註十二：同註一，頁一二五八。
註十三：同註一，頁五五。
註十四：同註一，頁九三五至九三六。
註十五：同註一，頁九三六。
註十六：同註一，頁九三五。
註十七：同註一，頁一二四六。
註十八：同註一，頁一二四七。
註十九：同註一，頁一二四五。
註二十：同註一，頁一一五七。
註二一：同註一，頁一一六七。
註二二：同註一，頁一一七八。
註二三：同註一，頁一六一九。
註二四：同註一，頁一一六七。

上方の「奇談」書と寓言

－『垣根草』第四話に即して－

飯倉　洋一*

一　近世中期の読物と寓言

　近世前期に談林俳諧の表現理論として登場した寓言論が、散文読物の創作方法として捉え直されたのは、佚斎樗山の登場によってであった。もちろん『河海抄』以来、源氏物語寓言説というものがあって、物語を『荘子』「寓言篇」の寓言説で説明することは新しいことではなかった。しかし批評者・注釈者ではなくほかならぬ作者自身が己の作品を「寓言」と呼ぶことが起こったのは、散文の世界では樗山以前には認められない。このことは、樗山の言説が近世後期〈小説〉に大きな影響を与えたこととあわせて中野三敏によってはやく指摘されている(「寓言論の展開」『戯作研究』、中央公論社、一九八一年)。

　しかし、それ以来、寓言論そのものの詳細な分析、具体的作品に即した実践例については、主として『ぬば玉の巻』に見える秋成の寓言論

＊日本　大阪大大学院　教授

を除いては、あまり考究されてこなかったようである(『ぬば玉の巻』に
ついては中村幸彦「上田秋成の物語観」(『中村幸彦著述集〈第一巻〉』、
中央公論社、一九八二年)・中村博保「秋成の物語論」『上田秋成の研究
』、ぺりかん社、一九九九年)、川西元「秋成の〈寓言〉を巡って―屈折し
たテクストとしての『ぬば玉の巻』―」「日本文学」二〇〇一年一二月号)
がある)。そもそも寓言論に基づいて創作された作品は寓意が露わであ
り文芸性に乏しいという批判をどうしても免れ得ない。秋成の作品で
いえば、『雨月物語』の「貧福論」や『春雨物語』の「海賊」などは議論が表
に出すぎているとして、〈小説〉的形象という点では必ずしも評価が高
くなかったことは否定できないことだろう。

　ところで筆者は、近世中期以降の散文史の再構築を求めて、書籍目
録に分類項目として載る「奇談」の語とそれに属する書目を手がかり
に、「奇談」史というものを仮設する試みを行った。作業としては宝暦
四年の『新増書籍目録』(以下宝暦目録と称する)所載「奇談」書五十七点
および明和九年『大増書籍目録』(以下明和目録と称する)所載「奇談」書
七十六点をあわせて成立順に並べ、そこからいくつかの文学史的展望
を立ててみた(「「奇談」史の一齣」『日本古典文学史の課題と方法』、和
泉書院、二〇〇四年所収)。しかし、書籍分類概念の「奇談」を新たな文
学史的用語として揚言するのは、談義本・初期読本さらに浮世草子や教
訓書・俳諧書などに拡がる「奇談」書の多様さからしても容易ではない。
筆者は「奇談」の「談」に注目して〈談話の場を前提とした面白い語り〉を
集約点として想定した。しかし「奇談」史における最も重要な文学史的
課題である、「談義本」と「初期読本」とをいかにして同一範疇で扱うか
という問題の前には、この集約点は未だ十分な解答であるとは言えな
い。そこで、「初期読本」は知的議論を問答体で行う形式を「談義本」
から学んでいるという指摘(前掲中野三敏「寓言論の展開」および徳田
武「『新斎夜語』と談義本」『日本近世小説と中国小説』、青裳堂書店、

一九八六年所収)―これこそまさに「寓言」の問題である―に改めて思い至った。

　都賀庭鐘や上田秋成の作品(テクスト)において、その寓意を検証することはこれまでの研究が数々の成果を挙げてきている。たとえば秋成の寓言論では寓意は「いにしへの事にとりなし、今のうつゝ(現在)を打ちかすべつゝおぼろげに」(「ぬば玉の巻」)表現されるとされるため、秋成の作品(テクスト)にはそこに籠められた寓意を読み解く面白さがある。しかし、その寓意があまりにも露わなものについては、むしろそれゆえに「寓言」として考察され論じられることは少なかったというべきであろう。秋成以外の作者の手になる作品(テクスト)についてはなおさらである。

二　江戸の「奇談」書と寓言

　周知のものではあるが、まず樗山の寓言論を挙げておこう。その総論というべきは、『雑篇田舎荘子』(寛保二年刊か)に見える。ちなみにこの書は宝暦目録の「奇談」書に搭載される。該当部分は地蔵菩薩に物理人情を語らせたことを「しかれども地蔵ぼさつを戯弄(ぎろう)するは不敬なり。其言(そのこと)浮(ふ)にして誹諧の書に類せり」と非難されたのに作者が答えるという設定で、

　地蔵を敬する事、我にしくものなし。地蔵ぼさつ悦(よろこび)給ふべし。且(かつ)吾(われ)誹諧の門に入らざれば、その言に通ずる事なし。われは物に托して其情を述るのみ。予が記する所七部の書、外題(げだい)異なりといへども、終始みな一意にして、全体田舎荘子なり。其の語る所、逍遥遊、斉物論、人間世に過ぎず。その物に托するは寓言なり。神仏を仮るものは重言なり。その戯談は卮言なり。衆口に調和(てうくは)して他の上を慰するといへども、皆大宗師をはなれ

ず、事実は古書に考(かんがへ)て、仮にも証なきことを記せず。

　と述べている(引用に際して、振り仮名を省略し、濁点を補い、句読点を改めた。以下の引用文についても原則として同様の措置を行う)。「七部の書」とは『田舎荘子』『田舎荘子外篇』(以上享保十二年刊)『河伯井蛙文談』『再来田舎一休』(以上享保十三年刊)『六道士会録』(享保十四年刊)『英雄軍談』(享保二十年刊)と『雑篇田舎荘子』である。これらはすべて『荘子』の三篇の主意に通じるものだとし、「物に托する」寓言、「神仏を仮る」重言、「戯談」の卮言という三つの方法が述べられているのである。簡略に記された三つの方法はどのように具現化されているのだろうか。たとえば『田舎荘子』を例にとれば、雀と蝶、鷹と木兎(みみずく)、蚣(むかで)と蛇(へび)等等の動物問答による分度論、登場人物が寺社や夢中で神あるいは神に類する存在に出会って教えを受ける心法論、鼠取りの名手である老猫の語りに託した武術論など多彩に展開しているが、要は面白おかしい対話や物語の枠組みのなかで、自らの主張や教訓を、登場する動物や神に代弁させるという仕方である。文芸的な評価の観点からいえば、「戯談」の巧みさすなわち「卮言」の出来具合が気になるところだが、樗山および当時の読者にとっては「寓言」「重言」こそが説得の効果を高める方法として重要であった。樗山自身、自作『英雄軍談』における三言の方法を語って次のように述べている。

　吾党の小子、治世に生れて、幼なきより戯遊の事に長じ、その職分をしらざるものおほし。然(しかれ)ども遽(には)かに是をしらしむべからず。暫らく帝釈修羅閣王の戦かひを仮り、そのことを設け、正成、元就、勘助等の言に寓して、軍中の法令、備の大畧しめす、所謂寓言なり。古人の言を以て直ちに記せば、小子みることを厭ひて手にもとるべからず。故に戯談を以て事を記し、そのうちに実を含んで見るに便(たより)よからしむ、(中略)仏は人の信ずる所なり、人情の重んずるところに因て、言をたて〻信をとる、所謂重言なり。戯談はいはゆる戹言なり。然れども無実虚談の言をなして、他の耳目を悦ばしめ、人の惑ひを生ずる事は、予が甚だ愧(はづ)る所なり。故に仮にも出処なき事を記せず(自序)

　『英雄軍談』巻一・巻二の筋は、阿修羅王に攻められて危機に陥った帝釈が閻王に助力を求め、承引した閻魔城では軍備を整えるが、阿修羅王の攻撃に苦戦する。ここで名将楠正成・毛利元就・山本勘助の三者が助っ人として召し出され、軍備の要諦を説き、陣立てを指示する。これによって見事阿修羅軍を破り、冥界は無事治まるというものである。帝釈と阿修羅王の戦いという設定の中で正成・元就・勘助に発言させるところは「寓言」であり、帝釈を登場させるのは「重言」であると樗山は言う。

　樗山に続く作者たちも「寓言」を重要視していた。享保十九年刊の筆天斎『御伽厚化粧』(宝暦目録「奇談」所載書)では「筆天斎が数条の編々、其名其趣に不通(かよはず)、亦他の寓言(そらごと)をねむじ、雪に霜を加ふる如くならば、跡から禿る厚化粧ともいわめ」とする。「寓言」に「そらごと」と傍訓しているのが注目される。

　また、『田舎荘子』を模倣した延享二年写の如明『童蒙荘子』(山口大学附属図書館所蔵)の自序では、「ここに一段の寓言を集めて草木鳥獣の論談の中には教と成べき道を顕す事は正道に心ざす舗石となす為也」と言う。

　宝暦二年に刊行された静観房好阿『当世下手談義』(宝暦目録「奇談」所載書)は狭義の「談義本」の嚆矢として文学史的に重要だが、これも「寓言」の方法によって書かれた戯作である。同年刊行された追随作の伊藤単朴『教訓雑長持』(宝暦目録「奇談」所載書)の序文には同書とその続編宝暦四年刊『教訓続下手談義』(宝暦四年刊)について次のように述べる(なお、宝暦四年刊の本を同二年刊の序文で扱うことに疑問があるが、『当世下手談義』が最初割印が行われたとき写本留になった経緯

〈詳しくは中野三敏「談義本略史」『十八世紀の江戸文芸』、岩波書店、
一九九九年所収を参照〉などを勘案すれば、続編も同様に写本として
単朴の目に入った可能性がある）。

　……先開巻第一義が吾住庵の隣在所に、臍翁と云老人を設て、前篇
に子息を教へ、後篇に手代を諭し、或江の島の神託に、淫曲を戒め、
退卜が講訳（かうしやく）に浮説の惑を弁じ、安売の引札に潜上を諫
め、農夫商賈の子弟（わかいもの）に、怠惰を励し、驕りを諷ぜし教諭
の真実、寓言（うそ）の中より誠（まこと）をあらはし、鼓舞自在なる筆の
働き、此叟等が及ぶ所に非といへ共……

　ここでは「教諭の真実」を臍翁や退朴に託するという設定が「寓言」に
基づくものであり、「寓言」とは「うそ」であることが傍訓に示されてい
る。

　源内の作品も自他共に「寓言」と評されている。明和六年刊の『根無
草後編』の寝惚先生序には「地獄天堂金次第と、退きて一書を著して、
言を八重桐に寓す（原漢文）」と、宝暦十三年刊の『根無草』を評して、荻
野八重桐の水死事件に託したものだとするが、「寓言八重桐」という言
い方を以ってする。安永三年刊『里のをだ巻』自序には、「荘子が寓言、
紫式部が筆ずさみ、司馬相如が子虚・烏有、弘法大師の兔角・亀毛、
去りとては久しひ物なり。予も亦彼虚言にならひ、気のしれぬ麻布先
生・古遊・花景の人物を設て訛八百を書（き）ちらす。針を棒にいひな
し、火を以て水とするは、我が持まへの滑稽にして、文の余情の譫言
なり」と述べている。麻布先生・古遊・花景という人物を設定した虚構
の話であることは「荘子が寓言」に倣ったというわけである。

　このように江戸出来の「奇談」書である談義本は樗山以来、創作方法
としての「寓言」を意識していた。では上方の「奇談」書はいかがであろ
うか。

三　上方の「奇談」書と寓言

　天理大学附属天理図書館所蔵の伊丹椿園校合本『唐錦』の見返しには書肆菊屋安兵衛の識語がある（『都賀庭鐘・伊丹椿園集』〈江戸怪異綺想文芸大系第二巻〉国書刊行会、二〇〇一に影印掲載）。そこには、「近来梓行の国字小説多き中にも、類を同して雅俗ともに喜びもてあそぶは、英草紙。繁野話。垣根草。新斎夜語。雨月物語。翁草なり。今此唐錦を合して奇談七部の書といはむのみ」という。椿園の意向が強く籠められた書肆の言であって、当時の一般的な認識ではないにしろ、ここで「奇談七部の書」が謳われていることはたしかに注目に値する（『都賀庭鐘・伊丹椿園集』福田安典解説）。ここに挙げられた七部書は上方出版の「初期読本」とされているものである。そして書籍目録には『英草紙』『繁野話』『垣根草』が「奇談」書として載る（他の四作は書籍目録刊年の明和九年以後に出版されている）この「奇談七部の書」に取り入れられたと見られる寓言的方法についてまず概観しておきたい。なおここでいう寓言的方法とは、樗山の定義にしたがって、「寓言」あるいは「重言」に限定し、文体的測定を要する「卮言」的要素については今回は扱わない。

　『英草紙』は自序において「彼の釈子の説ける所、荘子が言ふ処、皆怪誕にして終に教へとなる」と明らかに寓言に触れるところがある。第一篇「後醍醐の帝三たび藤房の諫めを折く話」では古歌・説教談義・駿馬論が後醍醐天皇と万里小路藤房の問答形式で論ぜられる。第三篇「豊原兼秋音を聴きて国の盛衰を知る話」では、横尾時陰と豊原兼秋の問答で雅楽論が、第五篇「紀任重陰司に至り滞獄を断くる話」では地獄へ行った任重が滞った公事を裁判を解決するという形をとって歴史上の人物評論が行われる。いずれも庭鐘の思想・知識が登場人物の口を借りて、つまり「寓言」の形をとって開陳されたものである。

　『繁野話』の自序は、各編の寓意を説明しているが、その中に「望月の偶言に竜雷の表裏たるを断る」というのは第七篇「望月三郎兼舎竜窟に竜と談る話」に登場する翁が望月三郎を相手に竜と雷が通じることを論じたことを言う。「偶言」は「寓言」のことであり、この用い方は樗山の定義に適う。他に第一篇「雲魂雲情を語て久しきを誓ふ話」では雲水が種々の雲からさまざまな気象現象の論を聞くという形式であり、第二篇「守屋の臣残生を草莽に引話」は前半部に物部守屋・蘇我馬子の論争形式で仏教論が展開され、第四篇「中津川入道山伏塚を築しむる話」前半は南朝を慕う宇多次郎に対して楠正成の変名だとされた桜崎左兵衛が楠正成らの戦いを評判する。

　『垣根草』(明和七年、京都銭屋七郎兵衛他刊)は庭鐘の影響を濃厚に受けた作品で、寓意もあらわな議論問答が三篇見られる。後述する第四話「在原業平文海に託して冤を訴ふる事」は伊勢物語や業平歌についての俗説を、文海の夢中に現れた業平が駁するという設定になっており、第五話「覚明義仲を辞して石山に隠るゝ事」では、智者覚明が木曾義仲に軍略を説き、第十二話「千載の斑狐太閤を試むる事」では少年に化した老狐が一条兼良を相手に様々な薀蓄を開陳する。

　『新斎夜話』(安永四年、田原屋清兵衛刊、梅朧館主人著)は前掲徳田論文が「九話中の七話がこの形式(飯倉注—問答体)を備えており」「初期読本としては異例の多さである」と述べ、談義本の影響を指摘したものである。第一話「北野の社僧昭君の詩を難ず」は北野社僧が大石良雄を相手に王昭君詠の詩の誦し方を論じる。第二話「渡辺満綱古今の射法を弁ず」では足利義満を相手に満綱がの弓の論を展開する。第四話「売茶翁数奇の正道を語る」では売茶翁が茶を語り、第五話「岐阜の老尼出離の縁を明す」では、元島原の遊女であった尼が経験談の中に詩歌を論じる。第六話「戸田茂睡つれ％＼草を読む」は『徒然草』七十三段の虚言の横行を論じた段の講釈から寓言論に展開する。これについては『当世下手談義』巻四「鵜殿退卜徒然草講談の事」の影響が見られることを徳田論文は指摘する。第八話「嵯峨の院士三光院殿を詰る」では、三条西実澄(実枝)が嵯峨の隠士を相手に源氏物語を論じるが、新説のないことを詰られ、逆に隠士が自説を語る。第九話「鍛冶国助家業に託して士を諷ず」は篇名のとおり鍛冶の河内守国助が刀剣の扱いを通して武士を論じる。このように寓意性が強い短編集であるが、その序文(明和八年、君山朱正盈撰)は「南華有寓言、而人知有寓言」とはじまる。『新斎夜語』の最初の読者もこの短編集を「寓言」と捉えていた。

　『雨月物語』(安永五年、大坂野村長兵衛・京都梅村半兵衛刊)が「寓言」の書であることは、秋成自身が物語寓言説を唱えている(『ぬば玉の巻』『よしやあしや』)ことからも首肯できる。「白峯」「仏法僧」「貧福論」の三編が述べてきたような意味で「寓言」性のあらわなことは、中野三敏・徳田武が談義本との類似性を指摘していたことを記すまでもなく明らかであろう。

　以上の五書は、明和年間までに刊行されたか、作品が既に一応完成したと見られるものであった。伊丹椿園の『翁草』(安永七年刊、京都菊屋安兵衛刊)および『唐錦』(安永八年刊、京都菊屋安兵衛刊)は安永年間に成立したものと思しいが、上記五書とは明らかに色合いが異なる。登場人物に知識思想を語らせる趣向は『唐錦』巻一の「足利義教異人に遇話」に見られる程度であり、あとは文字通り奇談的な話柄である。といって文章が巧みで寓意が露出していない分、文芸性を評価できるというわけでもない。寓意のあらわな庭鐘・秋成の叙上の作品(テクスト)の方が完成度が高いことは誰の目にも明らかであろう。

　天理本『唐錦』の見返しにいう上方出来の「奇談七部の書」では、みてきたように明和期の作品(テクスト)に樗山的な「寓言」をいくつか見ることが出来た。樗山の教訓に比べると、そこには衒学的とも呼ぶべき和漢の知識の誇示があり、主意としての教訓からは離れて遊戯性が濃くなる。特に注目されるのは、秋成の「仏法僧」における「玉川の水」の考証のような、国学的知識の開陳である。しかし安永期に成立した椿園の作品(テクスト)は結果としてその方向には行っていない。しかし椿園はおそらくこの先行五作に自作を比肩したかったのだと思われる。

四 「寓言」としての『垣根草』第四話

『垣根草』第四話「在原業平文海に託して冤を訴ふる事」は次のような話である。

天文二十年七月(三好長慶が細川晴元を攻める)の兵火で京相国寺は焼亡、三条西実隆の門人で和歌を好んだ禅僧の文海は東国を数年行脚の後、京へ戻る道で、伊勢路から大和路に越え、吉野山に花を見ようと深く入り、ある家に投宿を乞う。在原業平を名乗る三十歳ほどの清麗な宿の主人は、平生の不平を文海に訴えるとともに、伊勢物語や和歌を論じる。その内容は次のとおり。

世人が自分を古今第一の好色放蕩者と看做しているがその妄説は『伊勢物語』に淵源する。二条后を盗み出したという説、伊勢斎宮との密通の事、妹や母に懸想したこと、真済僧正との衆道説はいずれも根拠のない風説である。そもそも『伊勢物語』は「作り物語」であって実録のように事実を想定することは間違っている。はかなき事、戯れ事を三十一文字にしたのが歌で、それを又一転して風情を生じたのが『伊勢物語』である。国史や伝記でさえ虚構が混じるのだから、まして作り物語ではなおさらのことである。因みに百人一首に載せられた「ちはやぶる神代もきかず竜田川からくれなゐに袖くくるとは」は「水くぐる」と読みならわしてきたが、これは自分の作意と齟齬している。この歌は紅葉が散りしきる紅葉の流れる川をくくり染めにそめたと見なしたものだったのである。

　文海は感銘して、世にこの説を伝えることを約束した上で、業平昇仙説の真偽を尋ねる。業平は笑ってこれを否定し、奥に消え、文海もまどろむ。目覚めた文海は、自分が在原明神の傍らに臥していたことを知る。一旦都に帰るものの都の騒動は一層激しく再び諸国にさすらうが、住吉の祠官津村何某の許で物語った業平との夢問答が語り伝えられている。

　以下、この話を勘案した書き手が、業平美男説は『伊勢物語』の「むかし男」を業平と同一視する誤謬から起こっており、これは楊貴妃美女説と同じく根拠のないものであろう、ということを述べて一編は終わる。

　以上の話を「寓言」として検討していく場合、時代設定・人物設定および業平の口を借りて表明される見解の内容等を押さえる必要がある。特に「文海」という聞き手に相当する禅僧の設定や、業平が夢に現れる吉野の在原明神の存在、この話が語り伝えられる場所としての住吉神社(語り手としての津守氏)の設定の意味が重要な問題となってこよう。しかし、最も肝要なことは『伊勢物語』が虚構の作り物語であるという事であろう。そのことを業平自身が訴えるというのは非常にわかりやすい構想である。『垣根草』成立当時、『伊勢物語』は一般的にどのように受容されていたのか、そして作中人物業平の主張する「業平は好色にあらず」「勢語は実録にあらず」の説はどのように受け止められていたかをふまえた上で、作中人物業平の言説を定位していく必要があるだろう。江戸時代の『伊勢物語』受容史についての基本的文献は、中村幸彦「伊勢物語と近世文学」(『中村幸彦著作集〈第三巻〉』、中央公論社、一九八三年)・美山靖「月やあらぬ―近世文学と伊勢物語と業平伝説と―」(「皇学館大学紀要」第七輯、一九六九年)等がある。伊勢物語注釈史における近世中期は、室町時代注釈の集大成であり、江戸時代においても多大な影響力を持った『伊勢物語闕疑抄』を真向から否定した荷田春満の『伊勢物語童子問』やこれを継承した賀茂真淵『伊勢物語古意』や秋成『よしやあしや』等の、昔男業平説を否定して勢語寓言説を打ち出した国学者達の言説が注目されていた時期であり、旧注と新注が交差する季節であった。まさにその時期に、古典の解釈そのものを主題とする読本が現れるのであり、本篇はそのきわめて典型的な例であった。以下具体的に検討しよう。業平の主張は前半と後半に分けられる。

前半は、「世の人」が「某を古今第一の好色放蕩の者のようにいひな」すことへの不平である。その「妄誣の源」は『伊勢物語』にあって「昔男」とあるのを自分のことと思われたこと、つまり「昔男＝業平」という理解にある。しかしながら、当時政治を担っていた公家は決して暇ではなく、年中女性を口説いているような誤解は武家政治の時代に公家が暇だったことから類推されたものである。業平が冤を雪ぎたいというのは、①二条の后を盗み出して亡命した(六段)。②伊勢斎宮と密通した(六十九段)。③妹に懸想した(四十九段)。④母が業平に心を寄せた(八十四段)。⑤真済僧正と衆道の関係にあった(根拠不明)などという「妄誣」であった。これを正すために業平は次のように自らの『伊勢物語』観を披瀝する。

そも伊勢物語のふみは作者昔よりさだかならねども、実は具平親王の手に出でて、昔は真名なりしを後に仮名文字になしたるものにて、古今の序などと同じ類なり。それはともあれ、物語の大体、歌の意(こゝろ)をのべて端書を添へたるものなり。無中に有を生じて歌のさまを一転して、風情あらせたる作り物語の体なり。近き頃定家も、詞花言葉を翫ぶべき書なりと、をしへられしは格言にて、実録のごとく、年月日を正し、誰某の事などと思ふこそいと拙きことにて……

こういう勢語理解が契沖・春満・真淵らの新しい『伊勢物語』観に影

響されていることは明らかである。しかし契沖は「昔男は業平ではない」とまでは言っていなかった。のちの和歌の解釈などを併せ考えれば、本話の業平の主張は真淵説を中心にして構成されたと見るべきだろう。『伊勢物語古意』が秋成によって刊行されたのは寛政五年であるが、成立自体は宝暦までさかのぼるとされ(大津有一『増訂版伊勢物語古註釈の研究』、八木書店、一九八六年)、その説は写本で十分に流通していたと考えられる。作中人物の業平が『伊勢物語』の原型だという真字本を、真淵が重視していたことはよく知られている。「伊勢物語古意総論」には、

　是に古本有て真字(まな)にて書たる、其文字の用ゐざま、万葉集をもおもひ、専らは新撰万葉によりて、それよりも戯(たは)れたる書ざまながら…(中略)。其古本のはじめに六条宮御撰としるせり、こは村上天皇の皇子二品中務親王具平を云、さて御撰とは書たれど、此物がたりを此親王(みこ)の作りたまふてふ事には有べからず。

　真淵は具平親王作者説こそ否定しているが、親王が真字に書きなしたこと、真字本が現行伊勢物語に先立つ古本であることを明言している。また『伊勢物語』の実録性を明確に否定して、「然るを後の世の人は物語てふ名をいかに意得つらん、殊にそら言にいひなしつる此伊勢物語をば実の録の如く思へるこそいぶかしけれ」という(「伊勢物語古意総論」「物がたりは」)。また業平は、自らが馬頭観音の化身であるという説も否定する。

　某を観音の化身なりといふはあまり過当の説にて、却って人の嘲を生ずる端なり。是は釈氏の作り出せるものにて、欲の釣をもて、引いて仏道にいたらしむという経文より、普門品の三十三身応現の説に付

会し、楊柳観音などのその形艶麗にちかきをもて、この説を生じたるものなり。光明皇后如意輪の化身といへると同日の談にしてとるに足らず。

　業平馬頭観音説はたとえば謡曲「杜若」に「又業平は極楽の、歌舞の菩薩の現化なれば」とあり、室町物語『鴉鷺合戦物語』に「かの中将は極楽世界の歌舞の菩薩、正観音の化現なり」と見える俗説であるが、その元々の出所は鎌倉時代の伊勢物語注釈書『和歌知顕集』にあった。一条兼良は『伊勢物語愚見抄』で、「次に知顕集に業平中将は馬頭観音、小野小町は如意輪観音の化身といへり。其外うろんなる事のみ也」といい、近世によく読まれた注釈書である幽斎の『伊勢物語闕疑抄』もこれを受けて「又知顕抄とて三帖有。それには、業平を馬頭観音、小野小町は如意輪観音の化身といへり。其外、胡乱(うろん)なる事のみ」と言う。『童子問』も『闕疑抄』のこの部分を引いて観音化身説を「妄説なり」と一蹴する。しかし真淵は業平馬頭観音説には触れていない。つまり作中人物業平の言説を真淵のみに求めるのは正しくないのである。たとえば『闕疑抄』は、藤原定家の奥書について「只可レ翫2詞花言葉1而已とかゝれたる事、道の肝要也。ことば又つくりやうのおもしろさ所に心をかけて述作のたよりにせよとのをしへなり」とあ言うが、これが先に引用した業平の言説に取り入れられていると思われるのである。

　よくわからないのは業平が否定する、「若年たりし時、真済僧正に密教を習ひしをも、竜陽の愛より断袖の契も侍りしやうにいひなせる」という俗説の出所である。『嵯峨物語』序文に「真雅阿闍利のおもひ出る常盤の山の岩つゝじと詠るは、在中将にめでゝつかはしけるとぞ」とあり、また「業平十一より東寺真雅僧正の弟子にて有けるを」(『謡曲拾葉抄』巻八「杜若」所引「冷闇泉流伊勢物語注」)という所伝があるから、真雅との男色関係と混同したのかもしれない。真雅は空海の弟であり、

真済は空海『性霊集』の序文を著すなど、二人はともに「弘法大師の十
人の弟子」(『江談抄』)の一人でほぼ同時代を生きていた。しかも文徳
天皇後の皇位継承争いで、真済は惟喬親王の祈祷師に、真雅は惟仁
親王の護持僧になった(同)ということもあり、混同しやすかったと思
われる。

　いずれにせよ、近世にあっても謡曲や浄瑠璃・歌舞伎等で業平の俗伝
は生きつづけていたに違いない。その中のいくつかを拾い上げて作者
は業平をして弁ぜしめていると理解すれば十分であろう。

　後半のトピックは「百人一首」にも採られている『伊勢物語』百六段の
歌「ちはやぶる神代もきかず竜田川からくれなゐに水くくるとは」の解
釈に関わるものである。

　某が趣意は竜田川に紅葉散りしきて流るゝを、一疋の練(ねりきぬ)
を纐纈のくゝり染にそめなしたるに見なされ、かゝる大河を巧みにも
くゝり染にそめなしたるは、いちはやき神の御代にはさま%＼あやしき
ことも多かれど、よもかゝる例(ためし)は侍(はんべ)るまじとよみたる
歌にて、(中略)しかるものをいつの頃よりか「水くぐる」と、く文字濁り
てよみならはせり。紅葉の川水を泳ぎくゞる、何ほどのめづべき事の
侍(はんべ)るべき。

　『伊勢物語』『古今和歌集』『百人一首』の注釈史の中で、この歌を「く
くり染め」と解釈したのは賀茂真淵であり、なおかつそれは今日定説化
している解釈でもある。『続万葉論』『古今和歌集打聴』『百人一首古説』
にも見えるが、ここでは『伊勢物語古意』を引いておこう。

　こは立田河に紅葉の流るゝは紅して水を絞染(くゝりぞめ)にしたり
と見えて、えもいはず珍らしきさまなれば、神代よりもまだ聞ざりしけ

しき也とほめたり。さるを近きほどの説に、紅の下より水の泳(くゞ)る
をいへる者理も聞えず、させる面白きふしもなし。(以下略)

　ただ業平はそのあとさらに「くゝり染のかのこまだらに似てうるはし
きをもて、楽天も黄繊繝と詠じたりし類あるを」と、白楽天の詩を傍証
にあげるのだが、真淵の著述にはこれは見当たらない。むしろ後年香
川景樹が『百首異見』(文政六年刊)でこれを引いたことが、小町谷照彦
「名篇の新しい評釈」古今和歌集(「国文学」二〇〇二年十二月号、学灯
社)で指摘されている、『垣根草』の記述はそれに先駆けた指摘だという
ことになれば、注釈史上も問題になってこよう。

五『垣根草』第四話の時空設定

　以上のように作者は「寓言」の方法を用いて、世の業平像の誤謬をた
だし、新注に基づいた『伊勢物語』解釈に導こうとしているようであ
る。『伊勢物語』の注釈書そのものを読むよりは容易く、興味を持って
読者が参入できるという点で、「寓言」の所期の目的は達せられている
と言ってよいだろう。それを効果的に実現するために物語の枠組み―
―時代・場所・人物設定にも工夫が凝らされている。それについて述べ
ておこう。

　中世歌学以来の『伊勢物語』観や謡曲らか育んできた業平像に異を唱
えるのが一篇の主意であるから、その見解を神格化した業平自身が語
るというのは最も効果的である。在原明神としての業平がそれを語る
となれば、場所もおのずから決まってくる。『本朝神社考』巻六に「世
伝。在原業平。貌閑雅而善和歌、殆乎和歌之神也。一旦入吉野川
上。而不知所終」などとあるところから、「吉野川のほとり」である。
　聞き手にはやはり旧来の『伊勢物語』観を持つ人物を配する方がよい

が、吉野川に出向くような人物となればやはり遍歴僧が適当であろう。そこで中世歌学の主流に位置する三条西実隆の門人であり、僧である文海なる人物をそれに当てた。文海は相国寺の僧であり、天文二十年七月の兵火で寺が焼亡するとともに旅に出る。東国を志して遍歴し四、五年を経て都に戻って来る途次、吉野でこの不思議な体験をすることになる。この兵火は三好長慶が相国寺に陣取った細川晴元を攻めたことによるもので史実である。『重編応仁記』巻十六の同年の項には、「同年七月、晴元方ノ多勢、紅(ママ)州坂本ヨリ出張シテ相国寺ニ陣取ケルヲ同月十四日ノ早旦長慶自身押寄テ火ヲ放チ攻ケル程ニ、晴元勢打負テ江州ヱ引帰ス其後洛中軍無シテ今年無為ニ暮レニケリ」とある。しかし文海なる僧が実在の人物なのかどうかはわからない(人名辞典類および『実隆公記』『相国寺史料』『公宴続歌』等には出てこない)。むしろ相国寺で修行したという宗祇や、天文二十二年に三条西公条の吉野旅行に同行した紹巴(時代的にはぴったりくる)や、実隆に親しい数奇の僧で天文二年に『あづま道の記』の著書のある尊海(禅僧で名に「海」と付く)などの面影を合わせた虚構の人物ではないかと考えている。

　また、業平の夢託を受けた文海がその後、再び諸国を彷徨し、「住吉の祠官津守の何某が許にて物語した」のを「たまたま世の人」が「伝へ」たという伝承の仕方が委細ありげである。『和歌知顕集』が住吉の翁からの聞書という体裁を採っていることを意識していたのだろうか。津守家は住吉社代々の祠官であり、歌人としての活動も盛んであった。しかし天文ごろの祠官である六十代津守国順・六十一代津守国繁の事蹟はよくわからず、具体的な人物を比定することにあまり意味もなさそうである。ただ中世の仏教付会的な解釈を代表する『和歌知顕集』が住吉の翁に語らせた形式を持つのを逆転して、業平自身の言説を住吉の祠官に真実を語るという趣向が面白いということになるだろう。

　しかし全体的にいえば、作者が『伊勢物語』の解釈を新しい説を踏まえて解説することを主意とした「寓言」であるために、様々な舞台設定がなされているということになる。もっとも作者が持っていたのが啓蒙的意図ばかりであったかは疑問である。むしろそのような「寓言」の形式で『伊勢物語』の新解をするという表現技法そのものを、『伊勢物語』については十分知識のある教養人を相手に披瀝してみせたというのが真の意図だったのではないか。上方の知識性の濃厚な初期読本の土壌から生まれた作品(テクスト)だけに、そのように受け取っておくのが妥当である。

六　『垣根草』第四話と『ぬば玉の巻』

　さて『垣根草』第四話に似た構造を持つのが安永八年の序文を持つ秋成の『ぬば玉の巻』である。『ぬば玉の巻』は談義本でも初期読本でもなく、源氏物語論を物語的形式で書いた和文(『上田秋成全集』では「王朝文学研究篇」に入っている)であるが、「寓言」の方法で物語と和歌を論じ、旧来の常識的見解を退けるところといい、時代設定・人物設定といい、『垣根草』第四話に非常に近い(次表)。

	『垣根草』第四話	『ぬば玉の巻』
時代設定	天文のころ	足利の末の世
場所	吉野	須磨
言説を仮託された人物	業平	人麿
聞き手	文海(三条西実隆門人)	宗椿(紹巴門人)
問答形式	夢中問答	夢中問答
問答内容(前半)	伊勢物語と業平像の誤謬を正す	源氏物語と光源氏像の誤謬を正す
問答内容(後半)	「ちはやぶる」の歌の解釈	「ほのぼのと」の歌の作者

　中世歌学を学び、源氏物語に傾倒している連歌師宗椿を登場させ、その夢中に人麿が現れて、まず源氏物語を語る。その内容は中世的源氏物語観を否定し、契沖らの新注に基づく見解を述べるという展開であり、後半には人麿作と伝えれらる「ほのぼのとあかしの浦の朝霧に島がくれゆく舟をしぞ思ふ」が実は小野篁の歌であることを述べるなどの和歌論になっている。時代設定も「足利ノ世ノ末」であり、『垣根草』第四話と同じである。

　もっとも、これをもって直ちに『垣根草』の影響を『ぬば玉の巻』に見ることは早計である。むしろ、これは「寓言」の意識的採用と古典註釈史の新局面が融合した必然の現象と見るべきであろう。

在寓言中与大自然对话

马长山*

人类与大自然的斗争一直是相当残酷的——开始是大自然残酷，现在是人类残酷。

——马长山(《思路花语》)

这是多么不对称啊——人类对大自然施暴时蔑视所有的规律，大自然对人类报复时却遵循所有的规律。

——马长山(《思路花语》)

苍天正以越来越难看的脸色注视着人类。

——马长山(《愚人妙语》)

人类生存于大自然之中。自然，这个伟大之物，对我们人类有着抚育之恩。山川草木、花鸟鱼虫、河流溪谷、走兽飞禽，形成了我们赖以生存的周遭世界。

但是，长期以来，人类占主导地位的发展模式是以日益膨胀的欲望为前导，把自然作为取之不尽、用之不竭的宝藏，甚至作为与之残酷斗争的对象，以征服大自然为乐事。

我们为此付出了沉重的代价：一批又一批的生物物种为人类所毁

*中国社会科学出版社 编审

灭；地球上不可再生资源日益减少；环境污染十分严重；人类面临日益严重的生态危机人类自身的可持续发展受到了严重的挑战。

究竟是我们人类在什么地方出了问题？是我们的发展模式不对，还是道德理念不好，或是制度设计、技术应用方面有严重纰漏，使我们人类与大自然处于尖锐的对立之中？

对这样深沉而严肃的问题，当代哲学家、社会学家、科学家、政要、宗教界人士、环保人士都发出了自己的声音。艺术家自然也不例外，不少文艺家以诗歌、小说、散文、美术作品、戏曲形式表达了自己对人类生存环境的忧虑和人类发展模式的反思。西方著名的罗马俱乐部认为，当代人类面临的诸多问题有其深层和本质的原因，即与人类自身的缺陷分不开——人的贪婪本性和人是自然界的"主宰"这种文化价值观，使人迷醉于科技的威力，一味对自然索取和征服。西方的后现代主义思潮更是对人类中心主义进行了彻底颠覆。我们东方自古就有"天人合一"的思想主张，希望通过限制人的欲望，实现人与大自然和谐相处。这样的主张在当代经过一些学者弘扬之后，显得更为世人瞩目。

我赞成罗马俱乐部的观点，主张从人类的心灵深处挖掘产生问题的根源。人类当然应该过越来越好的生活，但是这种美好应该存在于大自然的怀抱里，而不是在大自然之外，尤其不能存在于大自然的对立面。大自然是我们的母亲，我们应该爱护她，尊重她，让她健康地长寿。而"人类中心主义"却把大自然作为可以利用的工具，对山川草木、走兽飞禽随意处置，想杀就杀，想伐就伐。甚至为了人类一些完全是奢侈的所谓"需要"，不惜大量残害动物的生命。一切以人的利益加以衡量，以人的标准加以评判，以人的尺度进行取舍。使我们这个星球变得越来越不利于生存。

由于我本人长期关注这个问题，便试图使用文学作品的形式发出自己的声音。寓言，作为文学的体裁之一，由于拟人化手法是它的重要艺术手段，因而在作品中实现人类与自然和动植物的对话显得比其他文学样式更为亲切与自然。以寓言的形式反思人类发展模式也容易给读者深刻印象。因此，我在近20年的文学创作中，一直把通过寓言反思与探索人类与自然的关系和人类发展模式作为自己最重要的主题之一。我发表的作品集子里，专门谈这类问题的寓言大约50篇以上，格言警句就更多了。由于这些作品曾经多次为中国大陆有影响的杂志如《读者》、《书摘》、《杂文选刊》和《杂文月刊》等转载，因而在读者中产生了较为强烈的共鸣。

我的相关作品大致可以分为如下几类：

第一类：直接对人类"欲望无尽、进取不息"的发展模式提出质疑。例如，在《人与猩猩》中，我让人与一只猩猩做了长篇对话，假设人与猩猩在远古时期的生存状况是不相上下的，由于人类具有永无止境的进取欲望从而在整个动物界脱颖而出。作品中的人居高临下地鄙夷猩猩，认为它们没有追求，没有对美好生活的向往。但猩猩却说出了一番让读者深思的话：原来它们的祖先曾经为是否学习人类爆发过激烈的争论，最终的结论是不能向人类学习。因为仅仅人类这种拥有无穷欲望的物种就已经把地球搞的乌烟瘴气，要是再多几个类似人类这样的物种，地球恐怕真的要灭亡了。人类要生存和发展，就不能没有一定的进取欲望。但是，这种欲望应该有一定的限度，应该让大自然能够承受。而目前我们人类恰恰是欲望没有止境。20世纪的发展史告诉我们，计划经济作为一种资源配置手段是非常糟糕的，它远没有市场经济有效率。计划经济的失败是必然的，合乎历史逻辑的。但是，这并不是说市场经济没有缺陷。由于市场经济是建立在人们对自身利益的关心和欲望的满足之上的经济，因此，经济上成功的企业总是那些不断推出新花样，激起人们更多消费欲望的企业。而这就天然隐含着人类社会可持续发展的危机。

第二类：揭示人类征服自然与动物的活动打乱了自然和动植物原有的和谐发展轨迹与生存规律。当然，大自然原有的所谓和谐发展轨迹，并不是说没有血腥，而是说这些血腥是自然与动物成长中的一部分，是维系自然界生态平衡的题中应有之义。而人类加给自然和动植物的干扰，则是另外一种性质的血腥，是一种破坏生态平衡的血性，从而给自然带来了无穷无尽的悲剧。在寓言《悲欢离合》中，老狐狸要给儿子娶妻子，在结婚前夜，儿子不幸被人类捉走了。几个月后，当小狐狸逃回山里，它的未婚妻子已经成了它的继母了。《大象与猫头鹰》，借用大象之口，悲愤地提出用"死谏"规劝人类重视环境保护。《服从规律》中，饲养员将公狮与母虎关在一起，让其产下下一代，引起母虎反感。公狮则"开导"母虎既然走入了人类社会，最好还是服从人类社会的"规律"。

第三类：谴责人类的过度和奢侈消费，带给动物不必要的伤害与恐惧。人类的消费水平具有历史的性质，什么是过度消费，什么是奢侈消费，在不同国家和不同时期应该有着不同的内容。我眼里的过度消费，就是在资源上超越了自然界提供的可能性，在生物性质上对维持人类再生产可有可无的消费。在《妇人与狗》里，我讲述了一个女士抹了一种新口红以后的舒畅心情。而她的小狗却哭泣了。因为当小狗提醒她口红涂多了不好时，女士告诉它，这些产品是非常安全的，因为它们在大量投产之前，厂商曾经不断地喂给小动物吃，直到证明安全为止。

第四类：谴责人类对待动物态度的虚伪。在当代社会，人类养育宠物蔚然成风。我们对小动物进行了无微不至的关怀。体现了我们这些高级动物的爱心。但是，这些"关怀"究竟有多少是真正为小动物着想，而不只是为了人类自己的利益，是很值得研究的。在《谢绝宫刑》里，主人欲阉割公猫，告诉它做了这种手术以后生活质量会更高，并举出中国历史上被施以宫刑的司马迁为例子，说明做了这种手术以后可以取得杰出的成就。公猫告诉它的主人，它只想与隔壁的母猫幽会，宁愿把成为伟大历史学家的机会让给它的主人。

第五类：对某些人类一直引为自豪的意识进行了嘲讽。如我写了一只狮子与人的系列对话。狮子嘲笑了人类的幽默感，指出所谓幽默感无非是人类因目标设定太高而又经常无力实现而不得不寻求自我安慰的一种情感。对于人类将事业与享乐区别开来从而经常顾此失彼，狮子强调了动物对二者处理的一致与和谐统一。当然，我在这些作品里使用的是"声东击西"之术，即并不是真正和人类的幽默感与事业心过不去，而是试图从侧面对人类的过高欲望进行批评。

在通过文学作品批判"人类中心主义"的过程中，我深深地感到，一方面，我们东方学者和作家要明确地看到西方文明的弊端，指出技术至上、人类中心的危害；另一方面，我们不得不承认，对人类以往发展模式的批评与反思，对环保技术的研发与应用，对动物福利的保护等方面做得更好的是西方人。东方人应该进一步弘扬传统文化中节制过度欲望、与自然和谐相处的历史养分，同时学习西方好的东西，一起把我们这个星球建设好，让未来的人类生活更美好。为此，我将使用寓言这一形式，继续我的思考，并影响更多的人一道思考。

主要文献

〈思路花语〉，马长山著，1994、1999、2000，上海、台北、北京。
〈愚人妙语〉，马长山著，2003，成都。
〈伟大权力与财富〉，马长山著，2004，乌鲁木齐。
〈马长山寓言〉，马长山著，2001，北京。

GIỚI THIỆU TRUYỆN THƠ NGỤ NGÔN VIẾT BẰNG CHỮ NÔM CỦA VIỆT NAM

PGS.TS Trịnh Khắc Mạnh
Viện trưởng
Viện nghiên cứu Hán Nôm

Kho tàng truyện ngụ ngôn của người Việt Nam hết sức phong phú, có loại truyện truyền miệng trong kho tàng văn học dân gian, như: ca dao, tục ngữ, thành ngữ, truyện kể dân gian; có loại truyện văn xuôi, truyện thơ trong kho tàng văn học thành văn được viết bằng chữ Hán và chữ Nôm của người Việt Nam.

Truyện ngụ ngôn ở Việt Nam xuất hiện khá sớm, từ thế kỷ XV, người Việt Nam đã nhận thức rõ ý nghĩa, tác dụng của truyện ngụ ngôn trong đời sống xã hội và có ý thức gìn giữ, bài tựa trong Linh Nam chích quái của Vũ Quỳnh và Kiều Phú đã đặt vấn đề phải sưu tầm truyện ngụ ngôn và truyện kể dân gian, hai ông viết " Than ôi! Lĩnh Nam liệt truyện sao không khắc vào đá, viết vào tre mà chỉ thấy người đời truyền tụng. Từ đứa trẻ đầu xanh đến cụ già tóc bạc đều yêu thích, lấy đó làm răn, vì truyện có quan hệ tới cương thường, phong hoá."

Truyện ngụ ngôn Việt Nam, dù có viết bằng chữ Hán hay chữ Nôm, trong quá trình phát triển đã bám sát đời sống văn hoá xã hội, phản ánh giá trị đạo đức nhằm giáo dục mọi người xây dựng một lối sống tốt đẹp nhất.

Truyện ngụ ngôn Việt Nam, dù viết bằng văn xuôi hay văn vần, dù ngắn hay dài; dù kể về loài vật, đồ vật hay về con người, thì cái đích cuối cùng mà nội dung tác phẩm đạt đến là một quan niệm mang tính triết lý đạo đức, một kinh nghiệm sống của người đời được thực tế kiểm nghiệm.

Trong tham luận tại Hội nghị này, chúng tôi muốn giới thiệu một số truyện ngụ ngôn viết bằng chữ Nôm trong kho tàng văn học thành văn của người Việt Nam.

Như mọi người đã biết, Việt Nam cũng như các nước Nhật Bản, Triều Tiên và Hàn Quốc qua giao lưu đã chịu ảnh hưởng văn hoá Hán của Trung Quốc và sử dụng chữ Hán trong một thời gian nhất định. Ở Việt Nam, chữ Hán trở thành một phương tiện quan trọng để nâng cao dân trí, thi cử, đào tạo nhân tài, sáng tác trước thuật và phát triển văn hoá dân tộc Việt Nam.

Trên cơ sở hệ thống chữ Hán, người Việt Nam sáng tạo ra chữ Nôm, được sử dụng và phát triển trong đời sống văn hoá của người Việt Nam. Xét về mặt vị trí, chữ Hán được nhiều triều đại phong kiến Việt Nam coi trọng, được xem là văn tự chính thống của quốc gia. Còn chữ Nôm chủ yếu được sử dụng trong sáng tác văn học, tuy nhiên cũng có những triều đại phong kiến Việt Nam coi trọng chữ Nôm, như triều đại Tây Sơn (1778-1802)

Về thời điểm ra đời của chữ Nôm Việt Nam, đã có nhiều nhà khoa học Việt Nam và nước ngoài nghiên cứu, ý kiến còn có điểm khác nhau, nhưng đa số các nhà hoa học đã cho rằng chữ Nôm của Việt Nam được sử dụng phổ biến vào khoảng thế kỷ X-XI.

Chữ Nôm ở Việt Nam ra đời cũng có những nét tương đồng như sự ra đời của chữ Kana của Nhật và chữ Hangul của Triều Tiên. Chỉ có điều người Việt Nam hôm nay không sử dụng hệ thống chữ ô vuông truyền thống là chữ Hán và chữ Nôm nữa, mà sử dụng hệ chữ Latinh; trong khi đó người Nhật Bản căn bản vẫn dựa vào chữ Hán với một tỷ lệc lớn các chữ ô vuông, hay người Triều Tiên dựa trên một phần chữ Hán rồi thoát dần ra và xây dựng hệ thống chữ ô vuông mới theo nguyên tác biểu âm.

Trước hết, chúng tôi khẳng định rằng: chữ Nôm của Việt Nam ra đời có ý nghĩa hết sức lớn lao, đánh dấu bước phát triển của nền văn hoá dân tộc, ý thức tự cường và khẳng định vai trò địa vị của tiếng Việt. Ở thời kỳ đầu, chữ Nôm xuất hiện trong các văn bản chỉ đơn thuần là những từ ghi tên người hay tên đất, các thời kỳ tiếp theo thì phát triển thịnh hành và dùng trong ghi chép trước thuật để tạo nên văn học viết bằng chữ Nôm

Các triều đại phong kiến ở Việt Nam phát triển lúc thịnh lúc suy, nhưng văn học Việt Nam nói chung và văn học chữ Nôm nói riêng, luôn phát triển mạnh mẽ. Nhiều tác phẩm văn thơ chữ Nôm với nội dung tư tưởng tiến bộm thể hiện nhận thức và quan điểm ngoài khuôn khổ đạo lý chính thống của nhà nước phong kiến Việt Nam, và vì thế mà nhà nước phong kiến Việt Nam có thời kỳ đã ban hành những chủ trương cấm đoán hay huỷ hoại nền văn học viết bằng chữ Nôm. Đây cũng là một trong những nguyên nhân dẫn đến nhiều tác phẩm văn học viết bằng chữ Nôm đã không để tên tác giả. Bên cạnh sự tiến bộ về giá trị nội dung tác phẩm, văn học chữ Nôm còn có sự phát triển về thể loại, nhằm góp phần vào sự hoàn thiện hệ thống thể loại văn học trung đại Việt Nam. Đặc biệt, có những thể thơ chỉ xuất hiện trong văn học chữ Nôm của Việt Nam, như truyện thơ lục bát (câu sáu chữ, câu tám chữ), và truyện thơ song thất lục bát (hai câu bảy chữ, câu sáu chữ, câu tám chữ)

Các thể loại văn học sáng tác bằng chữ Nôm rất phong phú, gồm có: văn, thơ, truyện thơ, diễn ca lịch sử, vv...; trong đó truyện ngụ ngôn viết theo thể truyện thơ được đông đảo người Việt Nam ưa thích và hầu như người ta đọc thuộc lòng rồi kể truyền miệng cho nhau nghe mà không cần đọc văn bản.

Dưới đây, chúng tôi xin giới thiệu 5 tác phẩm truyện thơ ngụ ngôn viết bằng chữ Nôm rất phổ biến ở Việt Nam để cùng tham khảo:

1/ Bướm hoa tân truyện (魦花新傳),ký hiệu AB.73, sách dày 18 trang, in năm Nguyễn Thành Thái thứ 8(1896). Truyện thơ lục bát (câu 6 chữ, câu 8 chữ) dài câu. Không rõ tác giả.

Truyện kể về bướm(chỉ người con trai) và hoa(chỉ người con gái), hai bên tình tự đối đáp lẫn nhau về cách ăn ở sao cho có trước có sau, có tình có nghĩa, chớ vì đồng tiền mà coi thường phép tắc của xã hội, luân thường đạo lý của con người.

2/ Hoa điểu tranh năng (花鳥爭能),gồm 242 câu thơ lục bát(câu 5 chữ, câu 8 chữ). Không rõ tác giả.

Truyện kể rằng: Tây Vương mẫu mở tiệc tại vườn đào trên thượng giới. Vua loài chim là Phượng hoàng và vua loài hoa là hoa Mẫu đơn cùng đem lễ vật mừng thọ Tây Vương mẫu. Khi đến trước cửa Ngọ môn, hia bên tranh nhau để được vào trước, vì hai bên đua nhau khoe tài khoe của. Cuối cùng, Tây Vương mẫu cho Mẫu đơn vào trước, vì Mẫu đơn rất sang trọng lại nhiều tiền nhiều của.

Tác giả truyện đã sử dụng phương pháp ẩn dụ của việc đời vào loài hoa và loài thú để nêu lên một thực tế xã hội, đồng tiền được coi là có quyền lực nhất, một lối sóng tiền là trên hết.

3/ Lúc súc tranh công truyện (六畜爭功傳) gồm 570 câu thơ theo thể song thất lục bát (2 câu 7 chữ, câu 6 chữ, câu 8 chữ) được chép trong Ca văn thi phú thư truyện tạp biên(歌文詩賦書傳雜編), ký hiệu VNv. 520, sách chép tay, dày 124 trang(đây là tập văn thơ gồm các loại: bài ca giải thích luân thường khuyến khích việc học hành, văn tế, thơ cảm hoài và Truyện lục súc tranh công)

Truyện kể rằng: trâu, ngựa, chó, dê, gà, lợn tranh nhau kể công. Chẳng con nào chịu thua con nào, chúng luôn suy bì tị nạnh, chẳng thấy cái tốt của nhau.

Về tác giả và thời điểm ra đời của truyện chưa rõ, nhưng tác giả đã mượn loài vật để ám chỉ 6 bộ của triều đình phong kiến, nhằm nêu lên những mâu thuẫn lục đục nội bộ các quan lại giữ trọng trách trong bộ máy thống trị.

4/ Trinh thử truyện(貞鼠傳)ký hiệu VNb.79, sách dày 38 trang, in năm Quý Dậu triều vua Nguyễn Tự Đức(1873), gồm 850 câu thơ lục bát (câu 6 chữ, câu 8 chữ). Không rõ tác giả.

Truyện kể rằng: Vào một đêm trăng sáng, chị chuột bạch đi kiếm mồi để nuôi con, nhưng bị chó đuổi nên phải chạy vào một cái hang để trốn. Chẳng ngờ, đây chính là hang của nhà chuột khác, nhưng chuột vợ đi vắng, chỉ còn chuột đồng ở nhà. Chuột đồng thấy chị chuột bạch có nhan sắc, liền ngỏ lời ve vãn. Nhưng chị chuột Bạch đã từ chối và tìm cách thoát ra khỏi hang. Vừa thoát ra khỏi hang, chị chuột Bạch gặp chuột vợ về. Chuột vợ liền tỏ ý ghen ghét và đuổi đánh chị chuột Bạch, không may chuột vợ bị Mèo vồ rồi rơi xuống nước, sau đó được Hồ Huyền Quy vớt lên và đem lời phải trái phân tích cho chuột vợ và chuột vợ hiểu ra sự tình.

Về thời điểm ra đời của truyện, được xác định vào nửa sau thế kỷ XIX, tác giả truyện đã mượn loài vật để nói lên xã hội loài người, nhằm lên án sự đồi bại, cảnh đời xấu xa đen bạc của xã hội đương thời và vẫn tránh được sự trừng phạt của các quan lại thống trị.

5/ Trê Cóc tân truyện (鯰知蛤新傳)ký hiệu VNb.78, sách dày 25 trang, in năm Nguyễn Phúc Kiến thứ nhất (1883), gồm 369 câu thơ lục bát (câu 6 chữ, câu 8 chữ). Không rõ tác giả.

Truyện kể rằng: cá Trê thấy đàn nòng nọc con của nhà Cóc đẻ dưới ao giống mình, liền mang về nuôi. Vợ chồng nhà Cóc đến khi tìm thấy con mình, bị cá Trê mắng nhiếc đuổi đi, sau đó cá Trê lại đi kiện quan. Vốn dĩ, cá Trê ranh ma đã lo lót hối lộ cho quan nên được bao che và được các quan xử thắng kiện. Cá Trê không phải trả con cho nhà Cóc mà chồng Cóc còn bị tống giam. Vợ Cóc đi tìm người giúp đỡ, qua nhiều gian truân, chị Cóc đã gặp được Nhái Bén và Nhái Bén đã bày cách là: chỉ cần chờ khi nòng nọc đứt đuôi lên bờ, thì thành những chú Cóc con và theo chị Cóc về nhà Có mà thôi. Quả nhiên, khi nòng nọc đứt đuôi, thì thành những chú Cóc con và theo chị Cóc về nhà. Theo lời Nhái Bén, chị Cóc đem đàn con lên trình quan, nòng nòng đã đứt đuôi thì không còn giống cá Trê nữa, cá Trê liền bị tống giam. Chồng chị Cóc được tha, vợ chồng nhà Cóc đoàn tụ vui vẻ.

Về thời điểm ra đời của truyện này, hiện còn nhiều ý kiến khác nhau có ý kiến cho vào đầu thời Trần (1225-1400), có ý kiến cho vào khoảng từ thế kỷ XVI đến thế kỷ XVIII, lại có ý kiến cho là vào thời Nguyễn(1802-1945). Có lẽ do các tác giả đã sử dụng tài tình phương pháp ẩn dụ để tố cáo tội tham la, của quan lại, gây đau khổ cho người dân lương thiện, tạo bất công xã hội, nên khi liên hệ với thời nào, tầng lớp quan lại nào mọi người đều có thể suy đoán và liên hệ được. Truyện được xây dưng như một vở kịch, có nhiều lớp lang, có nhiều nhân vật với nhiều tính cách tiêu biểu cho nhiều loại người trong xã hội.

Quan lại thì hống hách, tham lam. Cá Trê thì ngông nghênh trước vợ chồng Cóc, nhưng lại khúm núm trước quan lại. Vợ chồng Cóc thì lương thiện gian truân. Nhái Bén thì thông minh, sắc sảo, tìm cách cứu người lương thiện.

Vài lời bình luận.

1/ Qua 5 truyện thơ ngụ ngôn kể trên, chúng ta thấy nội dung truyện như một vở kịch, các súc vật đóng vai chính. Tác giả các truyện đã lấy loài vật để kể truyện của loài người, để chân lý cuộc sống được chiếu sáng từ những hình tượng trong truyện. Những quan niệm về lối sống mang tính triết lý đó có sức hấp dẫn lôi kéo mọi người.

Ví dụ như Truyện Trê Cóc, mở đầu ta đã nhận thấy tính triết lý hấp dẫn của Truyện:

Truyện đời có cổ có kim

Ngẫm trong vật lý mà xem cũng kỳ

Những tuồng loài vật biết gì

Cũng còn là sự lý tranh thi khéo là

Và khi nhà Cóc bị lấy mất con, lúc ra công đường tranh biện, ta thấy lời lẽ Cóc oai hùng, tự tinh và thể hiện khí phách hiên ngang làm sao:

Ta đây đâu có ngu hèn

Nha ta cũng có cơ đồ đỉnh đang

Ra vào gác tía lầu vàng

Cõi bờ mặc sức nghênh ngang chơi bời

Nhưng cá Trê là kẻ tham lam, cậy mình giàu có, đã tìm cách để chiếm nhà của Cóc, lại còn đi kêu oan:

Trê kia đã có lòng tham

Được thua quyết kiện một đơn xem mà

Kêu oan đến tận cửa quan

Làm đơn mà khống (kiện) minh tra cho tường.

Khi gặp các quan lại tham nhũng, thiếu lương tâm, ăn hối lộ của Trê và Trê đã thắng kiện, còn Cóc thì mất con lại bị đi đày:

Cố lòng lấy thịt đè người

Đơn từ điên đảo mấy hồi khổ thay

Quan tham lại cũng chẳng ngay

Vậy nên bắt Cóc đoạ đầy bấy lâu

Khi những con nòng nọc (con của nhác Cóc) lớn lên giống hệt cóc, nhờ có Nhái Bén giúp đỡ bày mẹo, chỉ rõ đúng sai, các quan đành chịu thua, xử cho gia đình cóc đoàn tụ.

Được kiện Cóc trở ra về

Họ hàng náo nức ngồi kể mừng vui

Kết thúc Truyện, tác giả đưa ra một quan niệm về triết lý, một kinh nghiệm sống đã được tổng kết:

Ngẫm xem thế sự nực cười

Cũng là giở cái trò chơi đấy mà

Vẽ vời mấy tiếng ngân nga

Tỏ tường sự lý để ra với đời

2/ Qua 5 truyện thơ ngụ ngôn kể trên, chúng ta thấy, về phương pháp thể hiện, các truyện thơ được thể hiện rất độc đáo theo thể thơ song thất lục bát (2 câu 7 chữ, câu 6 chữ, câu 8 chữ) và thể lục bát (câu 6 chữ câu 8 chữ), thể thơ này chỉ thấy xuất hiện ở Việt Nam. Qua đây, chúng ta thấy được phương pháp nghệ thuật độc đáo qua truyện thơ ngụ ngôn viết bằng chữ Nôm của người Việt Nam.

3/ Như mọi người đều biếtm các dân tộc trên thế giới, dân tộc nào cũng có một kho tàng truyện ngụ ngôn; nhưng truyện ngụ ngôn của mỗi dân tộc lại mang đặc điểm, phong cách riêng của dân tộc mình trong từng truyện. Chúng ta có thể nêu ra một số nước tiêu biểu như Trung Quốc, Hàn Quốc, Nhật Bản và Việt Nam. Điều đó thể hiện bản sắc văn hoá của mỗi nước được giao lưu trong những nét tương đồng về văn hoá khu vực và được thể hiện trong nét đặc thù của mỗi dân tộc.

Tài liệu tham khảo

1. Di sản Hán Nôm- Thư mục đề yếu, Nxb. KHXH. 1993

2. Đinh Gia Khánh- Bùi Duy Tân- Võ Quang Nhơn- Mai Cao Chương và nhiều tác giả khác: Văn học Việt Nam từ thế kỷ X đến năm 1945 (ba tập), Nxb. Giáo dục, H.2000-2002 (tái bản)

3. 嶺南摭怪 lưu trữ tại Viện Nghiên cứu Hán Nôm (các bản A.12000. A.2107, A.2914, VNv.1473, A.33, A.1300, A.1752, A.1516)

TKM

Nghiên cứu viên Hoàng Văn Giáp

ỨNG DỤNG NGỤ NGÔN TRONG CA DAO DÂN CA VIỆT NAM

Việt Nam không có những bộ sưu tập ngụ ngôn một cách có hệ thống, mặc dù vậy ngụ ngôn Việt Nam không phải hiếm hoi. Nói đến ngụ ngôn Việt Nam, ai cũng nhớ chuyện "Xẩm xem voi", " Con hổ con trâu và người cày", " Thỏ rùa chạy thi", "May túi ba gang"...Nhưng điều đáng chú ý là kho tàng ca dao dân ca Việt Nam.

Theo thống kê chưa đầy đủ, kho tàng ca dao Việt Nam có trên 12.000 bài, các câu hát và bài hát dân ca thì không thể kể hết được. Với số lượng đồ sộ như vậy ca dao dân ca Việt Nam đã phản ánh đầy đủ các mặt của đời sống tự nhiên và đời sống xã hội. Đương nhiên ngụ ngôn cũng được người Việt ứng dụng một cách tài tình trong ca dao dân ca; Nó chứa đựng một triết lý sâu xa, một tư tưởng độc đáo, một mong ước lạ kỳ, một quy châm, một sự giáo dục nhẹ nhàng hiệu quả.

I. Ca dao dân ca phản ánh đời sống tự nhiên và việc ứng dụng ngụ ngôn

Trong hơn 12.000 bài ca dao, có đến trên 4000 bài đề cập đến các loài động vật:

Ngư loại: 58 tên gọi.

Trùng loại: 48 tên gọi.

Điểu loại: 61 tên loại.

Thú loại: 32 tên loại.

Loại động vật thường gặp nhất trong ca dao dân ca Việt Nam là cò. Con cò là loại chim nước rất quen thuộc và gần gũi với người Việt Nam. Do đức tính đi sớm về khuya cần cù một nắng hai sương của nó nên cò chính là hình tượng của người nông dân Việt Nam.

"Con cò lặn lội bờ sông
Gánh gạo nuôi chồng, tiếng khóc nỉ non"

Còn bài:

Bao giờ cho đến tháng ba,
Ếch cắn cổ rắn tha ra ngoài đồng,
Hùm nằm cho lợn liếm lông,
Một chục quả hồng nuốt lão tám mươi.
Năm xôi nuốt trẻ lên mười,
Con gà, nậm gạo nuốt người lao đao.
Lươn nằm cho trúm bò vào,
Một đàn cào cào đuổi bắt cá rô.
Thóc giống đuổi chuột trong bồ,
Cái năm, cái lác thập thò cắn trâu.
Gà con đuổi bắt diều hâu,
Trứng kia tha quạ biết đâu làm tìm.

Bài ca dao này dùng lối nói ngược. Theo lẽ thường thì rắn cắn ếch, hùm ăn lợn, lão tám mươi ăn quả hồng, trẻ em ăn xôi, người say uống rượu ăn gàm trúm cắm xuống cho lươn bò vào, cá rô cắn cào cào, chuột ăn thóc giống, trâu ăn cỏ năn cỏ lác, diều hâu bắt gà con, quạ ăn trứng. Nhưng ở đây tất cả đã đảo ngược lại. Một sự đảo ngược hài hước táo bạo, nói lên nguyện vọng của người bị trị. Sự mong ước ấy còn thể hiện qua bài:

> *Con vua thì lại làm vua,*
> *Con sãi ở chùa lại quét lá đa.*
> *Bao giờ dân nổi can qua,*
> *Con vua thất thế phải ra quét chùa.*

II. Ca dao dân ca phản ánh đời sống xã hội, triết lý nhân sinh và việc ứng dụng ngụ ngôn

Ca dao dân ca thường lấy đề tài trong đời sống xã hội, đặc biệt là con người trong xã hội phong kiến. Chính vì thế ca dao dân ca đã phản ánh thái độ đau khổ, uất ức và phản kháng của nhân dân lao động:

> *- Ếch kêu trong vũng tre ngâm,*
> *Ếch kêu mặc ếch tre dầm mặc tre,*
> *- Gánh cực mà đổ lên non,*
> *Còng lưng mà chạy cực còn theo sau.*
> *- Trời cao trời ở không cân,*
> *Kẻ ăn không hết người lần chẳng ra.*
> *- Con ơi nhớ lấy câu này,*
> *Cướp đêm là giặc, cướp ngày là quan.*
> *- Bộ Binh, Bộ Hộ, Bộ Hình,*
> *Ba bộ đồng tình bóp vú con tôi.*
> *- Tậu voi chung với đức ông,*
> *Vừa phải đánh cồng vừa phải hót phân.*
> *- Sinh con gặp phải buổi này,*
> *Bao giờ mở mặt mở mày hỡi con.*
> *- Bồng bồng mẹ bế con sang,*
> *Đò to nước lớn mẹ mang con về.*
> *Mang về đến gốc bồ đề,*

Xoay trở hết nghề mẹ bán con đi.
- Mẹ già ở chốn lều tranh,
Đói no không biết rách lành không hay.
- Cầm trâu, cầm áo, cầm khăn,
Cầm dây lưng lụa xin đừng cầm em.

Tình yêu không thể thiếu trong đời sống xã hội. Thông qua đề tài tình yêu, ca dao dân ca Việt Nam muốn có tự do yêu đương, hôn nhân chân chính, cuối cùng là một gia đình hạnh phúc:

Đêm trăng thanh anh mới hỏi nàng,
Tre non đủ là đan sàng hay chăng?
Đan sàng thiếp cũng xin vâng,
Tre vừa đủ là non chăng hỡi chàng.

Tre non chỉ người con gái mới lớn chưa muốn lấy chồng. Nếu chàng yêu thì được chứ lấy chồng thì em còn quá trẻ.

- Nhà người ở gần hay là ở xa?
Cách phủ cách huyện hay là cách sông?
Xa xôi cách mấy quãng đồng,
Để em bỏ việc bỏ công đi tìm.
- Yêu nhau mấy núi cũng trèo,
Mấy sông cũng lội mấy đèo cũng qua.

Để có được tình yêu, nam nữ không quản gian lao vất vả trèo núi lội sông đi tìm bằng được. Họ cũng tin vào tình yêu sẽ mang lại tốt lành hạnh phúc:

- Cô đi đường này với ta,
Trồng đậu đậu tốt, trồng cà cà sai.

Cô đi đường đấy với ai,
Trồng bông bông héo, trồng khoai khoai hà.
Lòng em đã quyết thì hành,
Đã cấy thì gặt với anh một mùa.
- Trên trời có đám mây xanh,
Ở giữa mây trắng xung quanh mây vàng,
Ước gì anh lấy được nàng,
Để anh đưa gạch Bát Tràng về xây.
- Quạt này anh để che đầu,
Đêm đêm đi ngủ chung nhau quạt này.
Ước gì chung một mẹ thầy,
Để em giữ cái quạt này làm thân.
Rồi ra chung gối chung chăn,
Chung quần chung áo chung khăn đội đầu.
Nằm thì chung cái giường Tầu,
Dậy thì chung cả hộp trầu ống vôi.
Ăn cơm chung cả một nồi,
Gội đầu chung cả dầu hồi nước hoa,
Chải đầu chung cái lược gà,
Soi gương chung cả nhành hoa cài đầu.

Tình yêu hôn nhân lắm khi cay cực, cay cực đổ dồn lên
thân phận người phụ nữ:

- Thân em như tấm lụa đào,
Phất phơ giữa chợ biết vào tay ai.
- Thân em như giếng giữa đàng,
Người khôn rửa mặt, người phàm rửa chân.
- Thân em mười sáu tuổi đầu,
Cha mẹ ép gả làm dâu nhà người.
- Đường đi những lách cùng lau,
Cha mẹ tham giàu ép uổng duyên con.
Duyên sao trắc trở hỡi duyên?

Cầm gương gương tối cầm vàng vàng phai.
- Đói lòng ăn nắm lá sung,
Chồng một thì lấy chồng chung thì đừng.
- Chồng con là cái nợ nần,
Thà rằng ở vậy nuôi thân béo mầm.
- Nào khi anh bủng anh beo,
Tay cắt chén thuốc tay đèo múi chanh.
Bây giờ anh khỏi anh lành,
Anh mê nhan sắc anh tình phụ tôi.
- Cái cò là cái cò quăm,
Mày hay đánh vợ mày nằm với ai?
Có đánh thì đánh sớm mai,
Chớ đánh chập tối chẳng ai cho nằm.

Một vấn đề ca dao dân ca thường nói là triết lý nhân sinh, giá trị tương đương bình đẳng:
Thằng Bờm có cái quạt mo,
Phú ông xin đổi ba bò chín trâu.
Bờm rằng bờm chẳng lấy trâu,
Phú ông xin đổi ao sâu cá mè.
Bờm rằng bờm chẳng lấy mè,
Phú ông xin đổi ba bè gỗ lim.
Bờm rằng bờm chẳng lấy lim,
Phú ông xin đổi con chim đồi mồi.
Bờm rằng bờm chẳng lấy mồi.
Phú ông xin đổi nắm xôi bờm cười.

Nhà giàu như phú ông cho trâu cho bò, nhà to...là quý. Nhà nghèo như bờm chỉ cần cái quạt mo, nắm xôi là đủ.

Bài ca "Mèo lại hoàn mèo" khẳng định giá trị khác nhau bình đẳng của mọi sự vật. Uy phong lẫm liệt như ông Trời cũng chỉ bằng con mèo mà thôi.

Trời sợ mây.
Mây sợ gió.
Gió sợ bờ tường.
Bờ tường sợ chuột cống.
Chuột cống sợ mèo già.
Mèo già sợ mẹ đĩ.
Mẹ đĩ sợ ta.
Ta sợ trời.
Trời sợ mây...

Kết luận

Ca dao dân ca Việt Nam không ngừng phát triển, ngụ ngôn cũng được ứng dụng rất hiệu quả. Vẫn là nhân vật con cò nhưng con cò không phải chỉ là người lao động một nắng hai sương như trước kia, mà cò chính là "ông cò" kẻ làm giàu bất chính ăn chơi sa đoạ hôm nay. Ông cò bị xã hội lên án:

Ông cò mà đi ăn đêm,
Đậu phải cành mềm lộn cổ xa lông.
Ông ơi có thích em không?
Em đây mỏ đỏ má hồng mắt xanh,
Xáo xông em nhớ ông anh cả đời

Cũng là cach nói ngược, " đầy tớ" là người lãnh đạo bất chính, "ông chủ" là nhân dân lao động. Đầy tớ ngồi xe Von Ga đi chơi, ông chủ lại làm vất vả:

Đầy tớ đi xe Von Ga,
Hỏi thăm ông chủ có nhà hay không?
Ông chủ theo trâu ra đồng,
Cày sâu cuốc bẫm nên không có nhà.
Đầy tớ nhảy nhót hát ca,

Hoan hô ông chủ nhà ta hay làm

Cũng là đề tài lên án bọn tham nhũng lười nhác ăn trên ngồi trốc thời nay còn có bài:

Mỗi người làm việc bằng hai,
Để cho chủ nhiệm mua đài sắm xe.
Mỗi người làm việc bằng ba,
Để cho chủ nhiệm xây nhà lát sân...

Con cò chính là người phụ nữ Việt Nam. Người phụ nữ Việt Nam không những không được nhờ chồng mà còn phải gánh gạo đi nuôi chồng phục dịch việc quan.

Con cò mà đi ăn đêm
Đậu phải cành mềm lộn cổ xuống ao.
Ông ơi ông vớt tôi vào.
Tôi có lòng nào ông hãy xáo măng.
Có xáo thì xáo nước trong,
Chớ xáo nước đục đau lòng cò con.

Con cò ấy chính là người nông dân Việt Nam lặn lội kiếm ăn không kể ngày đêm. Tai nạn ập đến không có đường thoát, phải nhờ đến người thống trị cứu nạn. Cứu đấy nhưng không thoát khỏi cái chết. Họ chỉ xin chết cho trong sạch để con cháu khỏi mang tiếng xấu. Nó cũng đồng nghĩa với triết lý"

Đói cho sạch, rách cho thơm.

Lại nữa:

Con cò chết rũ trên cây,

Bồ cu mở lịch xem ngày làm ma.
Cà cuống uống rượu la đà,
Bao nhiêu cóc nhái nhảy ra chia phần.
Chào mào thì đánh trống quân,
Chim chích mặc quần vác mõ đi rao.

Con cò chính là người nông dân Việt Nam do quá lam lũ đói khổ mà phải "chết rũ trên cây". Bồ cu, cà cuống, cóc nháim chào mào, chim chích là chức dịch trong làng xã. Người nông dân khi chết chúng cũng không tha, chúng coi đó là cơ hội cuối cùng để kiếm chác.

Còn bài:

Cóc chết bỏ nhái mồ côi,
Chẫu ngồi chẫu khóc chàng ơi là chàng!
Ễnh ương đánh lệnh đã vang,
Tiền đâu mà tra cho làng ngoé ơi!

Cóc là chàng nông dân. Cóc chết để con mồ côi. Chẫu vợ cóc, vợ chàng nông dân ngồi khóc. Ễnh ương người nhà cóc đã báo tang, người nhà cóc kêu van vì không có tiền nộp cho làng để làm ma. Người nông dân đến khi chết cũng không có tiền để người làng đi chôn cất mình. Bài ca trên đã phản ánh tệ nạn xã hội tại các làng xã Việt Nam thời xưa

Bài:

Con kiến mà leo cành đào,
Leo phải cành cụt leo vào leo ra.
Con kiến mà leo cánh đa,
Leo phải cành cụt leo ra leo vào.

Kiến chính là người lao động bình thường. Do sống dưới chế độ áp bức bất công mà kiến không thể chịu nổi. Kiến tìm cách thoát khỏi cuộc sống cay cực nhưng không chạy đâu cho thoát. Đâu cũng là đất vua cai quản cả. Kiến leo vào cành cụt, người vào đường cùng, đừng hòng thoát đâu được.

Còn bài:

> *Chú mèo mà chèo cây cau,*
> *Hỏi thăm chú chuột đi đâu vắng nhà.*
> *Chú chuột đi chợ đường xa,*
> *Mua mắm mua muối dỗ cha chú mèo.*

Chú mèo đại diện cho người thống trị, chú chuột đại diện cho người bị trị. Người bị trị là miếng mồi của người thống trị. Đây là hai mặt đối lập cùng tồn tại. Mèo không ăn được chuột, chuột không thoát khỏi nanh vuốt của mèo. Chuột và mèo phải sống hoà bình, hỏi thăm nhau làm giỗ cho nhau. Tuy nhiên với thân phận là kẻ bị trị, là miếng mồi của kẻ khác, người ta muốn kết thúc nhanh cuộc sống ấy. Cuộc sống ấy còn kéo dài ngày nào thì càng đau khổ ngày ấy:

> *Con gà cục tác lá chanh,*
> *Con lợn ủn ỉn mua hành cho tôi.*
> *Con chó khóc đứng khóc ngồi,*
> *Mẹ ơim đi chợ mua tôi đồng riềng.*

越南的寓言喃诗传概况

Trinh Khacmanh(鄭克孟)*

　　越南人的寓言仓库非常丰富。有民间文学的传口故事，如歌谣，俗语，成语，民间故事。有用喃字，汉字所写的文学，如散文故事，喃诗传，汉诗传。越南的寓言故事出现相当早。从十五世纪，越南人已经意识到寓言故事在社会生活中的意义和作用并且有意识的保存和流传下来。武琼和乔富的"岭南摭怪"序言曾提出要搜寻寓言故事和民间故事的要求。两位学者这样写:呜呼!"岭南列传"为何不铭刻在岷石上，书写在竹简里而只见世人在口头上传诵。从苍头儿童到白发老人都喜欢它，借以为诚，因为它跟纲常风化有关系"。

　　越南寓言故事无论用汉字还是用喃字书写，在其发展过程中，都和社会文化紧密地连接在一起，反映道德价值，目的在于教育大家建立最美好的生活风格。越南寓言故事无论用散文形式还是韵文形式书写，无论是长篇还是短篇，无论是讲动物事物，还是讲人，其内容所达到的最后目的是一种带有道德哲理的观念，是曾受到实践经验的世人生活经验。

　　我在这次研讨会的论文里想将越南人文学仓库里的用喃字写的若干

---

*越南漢喃研究院院長 / 副教授

寓言诗传介绍如下。

如所周知，象日本，朝鲜，韩国等国家，在长期交流中，越南曾经受到中国汉文化的影响并在一定期间曾使用过汉语。在越南，汉字成为提高民智，培养人才，组织科举，进行创作及发展民族文化的重要工具。

在汉字系统的基础上越南人已经创造出了喃字。此喃字在越南人的文化生活中得到广泛使用和发展。从地位上看，汉字为许多越南封建朝代所重视，被看作是国家的正统文字，喃字则主要发展在文学创作里。但是也有些越南封建朝代，如西山朝很重视喃字。

关于越南喃字的问世年代，许多越南学者和一些外国学者曾予以研究。意见尚未一致，但多数人认为越南喃字被广泛使用于十和十一世纪期间。

越南喃字的出现跟日本和朝鲜的文字的出现亦有一些相同点。但不同的是今天越南人不再使用象汉字和喃字那样的传统的方块字系统。而使用拉丁字母系统。日本人却根本仍依靠汉字，使用大量方块字。至于朝鲜人则依靠一部分汉字并逐渐脱离出以建立依据表音原则的方块文字系统。

首先，我们要肯定：越南喃字的出现有其巨大意义。它标志着民族文化的向前发展，它表现国家的自强意识并肯定越语的地位和作用。在初期，喃字只单纯用以记载人名和地名，后来则快速发展，并被使用于著述以创作喃字文学。

在越南，各国封建朝代的发展是强时弱。　但是越南文学以及越南喃字文学一向蓬勃发展。许多具有进步的思想内容的喃字诗文作品体现一种摆脱封建制度正统道理框框的认识观点。正因为如此，越南封建王朝曾有时期主张禁止甚至毁坏喃字文学。这也是导致许多喃字文学作品不题作者姓名的原因。在作品内容有所进步的同时，喃字作品在体裁上也不断发展，对越南中代文学体裁系统的完善作出贡献。特别是，有一些诗体只出现在越南的喃字文学里。如六八诗体(上句六字，下句八字)和双七六八诗体(两句七字，一句六字一句八字)。

喃字文学体裁很丰富，包括散文，诗，诗传，历史演歌等等。其中用诗传体裁所写的寓言传为最多的越南人所喜欢，几乎人人都能背熟它，互相口传口甚至不需要传本。

现在我们谨将越南普遍流传的喃字寓言诗传五篇作品介绍如下：

1."蚝花新传"：编号AB73。18页，元朝成泰八年(1896)木刻本，无名氏。

喃字六八诗传讲蝴蝶(指男人)和花(指女人)的故事。双方互相对答，表现出一种始终如一的钟始终如一的钟情，不因钱财而忽视社会礼法和伦常道理。

2."花鸟争能"，包括142个六八诗句，未明作者。

故事讲道：西王母在上界桃园设宴。鸟类之王凤凰和花类之王牡丹都奉礼物来祝贺。到午门前，双方互相争吵，谁也要先一步入门，以至争着夸钱耀财。最后西王母让牡丹先入，因为牡丹很尊贵又有钱财。

作者已经使用隐喻的笔法以揭露社会的实际情况：钱是最有权力的，钱是高于一切的。

3."六畜争功传"，包括570个双七六八诗句，记载在"歌文诗赋书传杂编"一书，编号VNV.520，手写本，124页。故事讲道：牛，马，狗，羊，雉，猪争着夸功，谁也不服谁，互相嫉妒而看不到别人的好处。此传的作者和问世年代尚未明了，作者已经借用六种家畜以黯指朝廷的六部，目的在于揭露统治机构里重要官吏内部的矛盾和倾轧。

4."贞鼠传"，编号VN.79，38页，元朝嗣德癸酉年(1873)木刻本。本传包括850个六八诗句。不著作者姓名。

故事讲道：在明朗的月夜，一个小白鼠去找食物以养它的儿子，被一只狗追赶，跑到一个小洞里避难。料不到这是一个鼠家的小洞。那天，雌鼠外去，只有雄鼠自己留在家里。雄鼠见白鼠有颜色，就用甜言蜜语引诱它，但白鼠毅然拒绝，想尽办法以脱险。走出洞口白鼠遇见雌鼠回来。雌鼠大显嫉妒心，追打白鼠。不幸雌鼠被老猫赶抓，掉下水里。幸而又被胡龟捞上来，用道理分析使雌鼠弄清黑白。

此传出现在大约十九世纪后半期。作者借用动物以说明人类社会，旨在控诉当时社会的腐败黑暗生活而仍然摆脱统治阶级的惩罚。

5.“蜘蛤新传”(胡子鲶和虾蟆的故事)，编号VN. 78，25页，元朝福建元年(1883)木刻本，包括369个六八诗句，作者不祥。

故事讲道：胡子鲶看到池塘里虾蟆的蝌蚪群很像自己，就带着它们回家养育。虾蟆夫妻看到胡子鲶找儿女却被胡子鲶责骂赶走。接着胡子鲶又打虾蟆的官司。原来狡猾的胡子鲶早已贿赂上官，因此获得包庇并打赢官司。胡子鲶不要将蝌蚪交还虾蟆，反而雄虾蟆却被送进牢里。雌虾蟆去找人来帮忙，经过许多曲折，虾蟆遇见扳树蛙。扳树蛙将劝它等到蝌蚪断掉尾巴上岸，它们会自动回到自己家来。果然蝌蚪断了尾巴成了小虾蟆并随着虾蟆回家。听扳树蛙的话，虾蟆带着自己的儿群到衙门告官。蝌蚪既然断了尾巴就不像胡子鲶的样子了。胡子鲶立即被送进监牢里，雄虾蟆出狱，虾蟆夫妻团聚一堂。

关于此传的出现年代，意见尚有分歧。有的以为是陈朝(1225-1400)初，有的以为是在十六至十八世纪期间，又有人以为是元朝时期。也许是因为作者巧妙地使用了隐喻方法以便控诉官吏的贪婪罪恶给善良人造成苦难和社会的不公平。因此，当联系任何时代，任何官吏阶层人人都可以推断和联想。这故事写得像一出戏一样，一层深入一层，有很多带有典型性格的人物。官吏则作威作福，贪婪无厌。胡子鲶在虾蟆夫妻前则狂妄自大，在官吏前却如颜婢膝。虾蟆则善良耐苦。扳树蛙则聪明伶俐，喜欢想办法以拯救善良人。

若干评语：

1. 上述五篇寓言作品，其内容像一出戏一样，畜物扮主角。作者借用动物以讲人的事情，让故事的形象闪辉着生活的真理。那些带有哲理性的生活观念富有感染的力量。如蜘蛉传，一开头就可见到吸引人的哲理性质：

古往今来观世事，

细看物理也真奇。

那些畜生知个啥？

却将事理争胜负。

虾蟆被抓走儿群，到衙门争辩，它的言词强有力，颇有信心，表现昂扬气魄：

我岂是愚懦人？

我家也属鼎钟阶层。

紫阁红楼进进出出，

江河任意去游览。

但是胡子鲶是个贪婪鬼。它以自己的巨富想尽方法占夺蝌蚪，有到衙门去诉冤：

那胡子鲶本有贪心，

打官司决一番胜负。

直赴衙门大声喊冤，

写控诉书要明察尽祥。

由于官吏贪婪，　没有良心，　受贿赂，　胡子鲶打赢官司，　虾蟆失去儿群，被放逐：

故意仗势威胁人，

黑白颠倒几番痛苦。

官吏贪污没一个正直，

使得虾蟆受尽折磨。

蝌蚪长大，他们完全像虾蟆样子。扳树蛙帮它伸冤，是非分明。法庭官只好认输，虾蟆全家团聚：

打赢官司虾蟆回来，

全家兴高彩烈团聚一堂。

最后，作者提出从生活中总结出来的哲理观念：

世事细看真可笑，

只不过一种把戏罢了。

出了花样，几声诵吟，

阐明事理，跟世人一起。

2. 从上述五篇寓言作品中，我们可以看到那些喃诗传通过双七六八 (两句七字，一句六字，一句八字)诗体和六八(上句六字，下句八字)诗体有独特的表现手法。这两种诗体只出现在越南。通过越南人用喃字所写的寓言诗传，也可以看到一种独特的艺术方法。

3. 如所周知，世界上每个民族都有自己的寓言故事宝藏。但是每个民族的寓言故事都有自己民族的独有特点和风格。可以提出带有代表性的，如中国，韩国，日本，越南等国。这表明每个国家的文化本色在相同的区域文化互相交流，又表现每个民族的特殊性质。

参考资料

"汉喃遗产－提要书目"(三集)，社会科学出版社，河内，1993。
"越南文学从十世纪至1045年"(三集，第二版)，教育出版社，河内，2000-2002年。
"岭南摭怪"，汉喃研究院藏书，编号：A·33；A·1200；A·2107；A·2914；V
　　　HV·1473；VHV·1752.

越南歌谣民歌中的寓言应用

Hoang Vangiap(黄文甲)*

越南有一个巨大的歌谣民歌宝库。其中有12000多首歌谣，民歌是不可计算的。在歌谣民歌领域中，寓言得到越南人民好好地运用，使它越来越丰富有意。

I. 反映自然生活的歌谣民歌与寓言的应用

在12000多首歌谣中鱼类有58名称，虫类有48名称，鸟类有61名称，兽类有32名称。对越南人来说，白鹭是可亲可爱的动物，也是越南农民的代表。通过白鹭说明越南农民的身分：

白鹭夜深谋生，

踏了枯木倒下沟里，

您啊！把我捞上来，

然后还把我做菜。

做菜要用清水做，

用浊水使我孩子伤心。

II. 反映社会生活，人生哲理与寓言的应用

1. 反映劳动人民的生活与愿望
- 青蛙在竹筏下喊叫,

  不管怎么喊叫竹筏还无情庄著
- 老天啊！您不公平,

  有人酒肉臭，有人饿得死。
- 孙子啊！记住我的话,

  夜掠是劫旦掠是官。
- 皇子就継位皇帝,

  民子要扫蓉树叶。

  何时大众起干戈,

  皇子失位去扫蓉树叶。

2. 反映自由恋爱，真正婚姻，家庭幸福
- 你家近的还是远的？

  隔离一府？一县？一河？

  隔离多少田野？

  那我不管要去找尔家。
- 你嫁给我好哇！

  种豆豆茁种茄茄壮。

〈结语〉
越南的歌谣民歌不断的发展，寓言跟随有效的应用。今天有如下的
歌谣：
- "公仆"坐好汽车,

  访问"主人"在不在家。

  "主人"牵牛耕地,

  忙不过来而不在家。

　　"公仆"边跳边歌,
　　欢呼我的"主人"多么勤劳啊！

－　每个人做两个人的工作,
　　给主任买收音机买自行车。
　　每个人做三个人的工作,
　　给主任建屋作庭。

寓言对当代管理的启迪

凡夫*

近几年出现了一个有趣的现象，寓言这一古老的文体，居然被用来传播管理学知识，给当代管理带来启迪。有人粗略地作了一下统计，同时在中国北京图书城出售的"管理寓言"类图书多达几十种，像《谁动了我的奶酪》、《水煮三国》、《闲看水浒》、《孙悟空是个好员工》、《像青蛙一样思考》、《影响世界的100个管理寓言》、《经典管理寓言全集》等等，在图书销售排行榜上一直名列前茅。管理寓言盛行，说明了一个问题，就是用讲故事的方法来普及管理学知识，比空泛的说教更能打动人心。

在当今社会，新的社会组织越来越多，人们生活在各个团体里，迫切需要优秀的管理者、先进的管理理念和与时代相适应的管理手段。如何让艰深枯燥的管理学走向民众？聪明的人们立即想到了寓言。因为寓言短小精悍，生动活泼，寓意深刻，易于为大众所接受，找到寓言这个载体，就等于为管理学走向大众找到了一座桥梁。中信出版社副总潘岳认为："管理寓言是管理学传播的基本趋势"。

寓言是智慧的花朵。它讲的都是做人和处世的道理。这些道理不仅

*本名段明贵，中国湖北省作家协会副主席

可以用来提高人们的道德水准，净化人们的心灵，同样也可以用来提高人们的管理理念，给当代管理带来启迪。

好的寓言具有永恒的认识价值，在各个不同的时代，可以给人以不同的启迪。管理学的一些法则本来是干巴巴的，但一与寓言故事嫁接，立即便显现无限的生机和活力。譬如：

"南风法则"：也称为"温暖法则"，源于拉·封丹寓言《北风和南风》。这则寓言形象地说明了一个道理：温暖胜于严寒。领导者在管理中运用"南风法则"，就是要尊重和关心下属，使下属真正感觉到领导者给予的温暖，从而激发工作的积极性。

"木桶法则"：源于寓言《最短的木板》。这则寓言讲，一只沿口不齐的木桶，它盛水的多少，取决于木桶上最短的那块木板。"木桶法则"告诉领导者：在管理过程中要下工夫狠抓公司的薄弱环节，否则，公司的整体利益就会受到影响。

"鱼缸法则"：源于寓言《鱼缸》。这则寓言说，鱼缸是玻璃做的，透明度很高，不论从哪个角度观察，里面的情况都一清二楚。把"鱼缸法则"运用到管理中，就是要求公司全方位增加工作的透明度，使公司的每个成员都是监督者，又都是被监督者，从而强化全员自我约束机制。

"火炉法则"：源于寓言《猴子和火炉》。这个故事讲明了这样一些原则：警告性原则——火炉里有火会灼伤人，触犯纪律会受到惩罚；即时性原则——当你碰到热炉时立即就被灼伤，当你犯了错误后立即会受到处罚；公平性原则——不管谁碰到热炉都会被灼伤，不管谁触犯纪律都会受到惩处。

"青蛙法则"：源于寓言《青蛙之死》。说的是把青蛙放在温度很高的热水里，它的身体受到刺激，一下子就跳出来了；但把青蛙放到冷水里，慢慢地把水温升高，等青蛙意识到危险时已经跳不出来了。这个法则告诉人们，一个人、一个团体都要警惕和回避潜在的危险。

"刺猬法则"：源于寓言《刺猬取暖》。说的是两只刺猬由于寒冷而往一起拥。可因为各自身上都长着刺，不得不离开一段距离，但冷得受不了还得往一块凑。几经调整，终于找到一个合适的距离：既能互相获得对方的温暖而又不致于被扎伤。"刺猬法则"告诉人们，领导者要搞好工作，应该与下属保持亲密关系，同时，又要与下属保持一定距离，避免在工作中丧失原则。

"苍蝇法则"：源于寓言《蜜蜂和苍蝇》。寓言中说，六只蜜蜂和同样多的苍蝇被装进一个玻璃瓶中，然后将瓶子平放，让瓶底朝着窗户，蜜蜂不停地想在瓶底上找到出口，一直到它们力竭倒毙或饿死；而苍蝇则会在不到两分钟之内，穿过另一端的瓶颈逃逸一空。这个法则说明：实验、坚持不懈、冒险、即兴发挥、迂回前进、随机应变，所有这些都有助于应付变化。面对趋于复杂的世界，必须拥有随机性的智慧而不是教条式的智慧，要使自己变得更富活力、更有创造性而不是墨守成规。

"土虱法则"：源于寓言《鱼篓中的土虱》。说的是钓鱼者如果把钓上来的鱼放在篓子里，时间一长鱼就会因缺少空气而死掉。擅长钓鱼者经常在鱼篓里放一尾土虱，由于土虱生性好斗，鱼必须持续躲闪来逃避攻击，因此活得很新鲜。这个法则告诉人们，组织里一团和气不见得是好事，若有人能适当地扮演土虱，可以刺激组织成员的生存力。

寓言对当代管理的启迪是多方面的。《世界500强管理寓言》把全书分成了七篇：第一篇，人才管理寓言；第二篇，资本运营寓言；第三篇，产品开发寓言；第四篇，市场营销寓言；第五篇，品牌打造寓言；第六篇，发展战略寓言；第七篇，领导思维寓言。这七个方面，几乎涵盖了当代企业管理的各个方面。

各个时期的寓言作家在创作寓言的时候，都是为那个时期的社会主题服务的，当代世界的主题是"和平与发展"。为促进"发展"，必须提高全球的管理水平。用寓言来传播新的管理理念和管理方法，是时代赋予寓言作家的神圣使命。我们不排除寓言创作题材的多样性，但是，寓言作家应该意识到，管理寓言的勃兴给寓言创作带来了一个新的天地和新的机遇，抓住这个机遇，走进这片天地，寓言作家可以大有作为。譬如，"管理寓言"≪谁动了我的奶酪？≫在中国发行近200万册，许多公司把它作为更新职工观念、提高本公司管理水平的教科书，公司职工人手一册。"奶酪"一词迅即深入人心，成了事业、工作、家庭、爱情的代名词。"在美国，'管理寓言'早就成为出版产业化的标志。其核心在于寻找一种内容的话题感，其实质就是通过一本书将一个大概念置于大众注意力的中心，使之转化为一个公众话题。"(≪〈CEO动物剧场〉：新管理寓言≫)但是我们要看到，除了≪谁动了我的奶酪？≫之外，现在真正能够将一个大概念置于大众注意中心，使之变成公众话题的寓言还有太少。像"细节决定成败"、"没有任何理由"等已经变成公众话题的大概念，寓言在其传播过程中，发挥的作用还太少太少。

管理者研究寓言，寓言家研究管理，是提高管理艺术和寓言艺术的两个方面。热望寓言家和企业家携起手来，让智慧和智慧交流，让火花与火花碰撞，用管理给寓言注入新的内容，用寓言给管理带来新的启迪。

2005年1月26日

凡夫：本名段明贵，中国作家协会会员、中国寓言文学研究会副会长，湖北省作家协会副主席，襄樊市作家协会主席，中国寓言网主编。

影视作品中的寓言性思考

檀 冰[*]

　　寓言作为一种独特的文学艺术形式，曾历经数千年而不衰，甚至在特定的历史时期，曾造成"一言兴邦"、"一言弥战"的巨大社会效应。但随着拉封丹、克雷罗夫寓言诗的出现，卡夫卡和海明威也分别写出了寓言体小说≪城堡≫和≪老人与海≫，梅特林克还写出了寓言体戏剧≪青鸟≫。寓言文学终于打破藩篱，和更多的艺术形式相溶相合，形成了散文寓言、诗歌寓言、小说寓言、戏剧寓言、雕塑寓言、甚至音乐寓言。无数的寓言评论家和作家经过无休止的争论和争吵，终于尘埃落定，接受了难于抗拒的事实：寓言的艺术形式可以多种多样，哪怕是佛家机智的禅悟，也能在寓言这个大家庭里找到归宿。

　　一种"大寓言"时代似乎风起云涌，千姿百态。

　　但是，寓言与另一种更新的艺术形式的结缘和嫁接，批评界却鲜有论述，这种更新的艺术形式就是被称为第七类艺术的影视艺术。

　　影视包括电影、电视、彖像带、VCD、DVD等音像制品。影视艺术作为现代科技的衍生品，是唯一和科技联系最为紧密的艺术门类。科技水平的突飞猛进，使之一旦度过其发展的幼稚期，便散发出不可阻

---

*中国北京金神影视文化有限公司 总经理

挡的迷人魅力，成千上万人的生活为之感染和改变。特别是电影艺术，伴随着电脑制作技术的发展，成为向其它六种艺术门类吸取给养最多的艺术门类。如果抛却狭隘的文字工作者的个人情结，已经很难评定诺贝尔文学奖和奥斯卡金像奖，哪一个传播最为广泛，哪一个才是当今世人的最爱，尤其在更为年轻的一代。

影视艺术之所以能够日新月异，灿烂夺目，除了其与现代科技亲密的渊源，其内容取向上能包容一切的胸襟，才是它内力十足、生机勃勃的根本所在。

既然影视艺术的内容取向能够包容一切，那么我们一定可以从中搜寻到寓言的身影和足迹。由于本文篇幅所限及本文特定的方向性，笔者略去了电视作品和音像制品是否是艺术作品的论述，在下面的举证中，也仅采用了影视作品中有关的电影范例作品，而没有采用相关的电视作品和音像制品。

同时，笔者亦不会把那些原有的寓言作品，以影视、甚至是动画的形式表现出来这种简单的作法(即常人所说的寓言动画，如中国的≪阿凡提的故事≫等)，作为探讨的重点。笔者殷切希望能从众多编剧和导演的无意识创作的影视作品中发掘其寓言性的片段、或者整体呈现出的寓言性。通过反复的举证和探讨，也许可以得到令人出乎预料的结果和感觉。可能若干年之后，人们再欣赏寓言时，将不会再需要阅读书本，而仅仅通过视听就可以完成。

美国导演斯皮尔伯格导演的电影≪太阳帝国≫，以二次世界大战为背景，展示了在中国上海所进行的对日抗战。影片不仅在全世界取得了巨大的商业成功，同时，影片的内容也表现出了对人类精神的巨大震撼。影片中，当吉米在坠落的飞机里玩耍时，坠落在草坪上的飞机，同吉米的玩具飞机长时间地并列剪辑，强化地造成了坠毁的飞机同玩具飞机交战的视觉效果。飞机成了吉米替代父母和上帝的特有符号，成为神物和具有魔力的图腾，权利的化身和崇拜的对象。≪太阳帝国》表现孩子对战争的见解，是一种势不可挡的非理性思维，令孩子们恐惧而又驱使着他们好奇般地去渗透或介入，有时甚至表现出来的战争在孩子们心中，是一种美，是一种诱人深入的骇人听闻的美，一种妙不可言的游戏。这部电影是将战争与梦幻、历史与现实巧妙结合起来的寓言故事。

伊朗著名导演阿巴斯导演的影片《樱桃的滋味》，叙述了一个已选好墓穴，而不断地寻找愿意杀死自己的人的故事。此故事娓娓道来，不惊不乍，完全是一部人类审视死亡的寓言诗。

丹麦著名导演拉斯冯.特利尔导演的电影《白痴》，描述了一群叛逆青年，为了准确地感受世态炎凉而一起假扮白痴的故事。此片情节动人，撼人心魄，把人类隐匿的丑恶灵魂鞭挞得入木三分。《白痴》是寓言式电影的杰作。

也许以上三部电影由于深具人文特征，而会让观众忽略其深刻的寓言特征，那么，迪斯尼公司制作的动画电影《狮子王》将是一部全景式的寓言电影。一场浩劫过后，小狮子辛巴历经千辛万苦寻找族群，最终成为百兽之王的故事，具有了传统寓言故事的所有元素。同时，经过影视手段的特殊处理，相信，更多的观众再叙述这则寓言故事的时候，将不再求助于文字，而是会直接借助于画面和声音(包括音乐)。

同样，迪斯尼公司制作的《海底总动员》和《玩具总动员》等动画电影，都属于这类寓言性极强的电影。

如果我们坚定寓言的本质就是：用假托的故事或自然物的拟人手法说明某个道理，常常带有劝戒、教育的性质。那么，卓别林自导自演的《摩登时代》等影片，斯皮尔伯格导演的《侏罗纪公园1》，凯文.瑞纳兹导演的《未来水世界》，罗兰德艾默里克导演的《后天》等影片，无不具有这种本质。甚至李安导演的《冰风暴》和黑泽明导演的《罗生门》也同样具有完美的寓言性。

这些影片所具有的寓言性，将从理念上动摇寓言的文字传统。因为，如果我们用这些标准去衡量所有的影视作品，会发现有数以千计的影视作品具有片段或完整的寓言性；即便我们把它们称为寓言电影或寓言电视剧也未尝不可。有趣的是，不知不觉中，寓言已借助另一门类的艺术形式在潜滋暗长，甚至大有燎原之势，而大部分的寓言工作者却懵懂未知。

之所以这样讲，正是"寓言动画"这样的概念蒙蔽了我们的眼睛和判断力。在大多数人的潜意识中，寓言的本原应是寓言文学；在寓言故事的基础上，借助影视这一平台，进行再现，便完成了寓言与影视结合的使命。由于我们所保存的所有最为经典的寓言，无不存在其先天的在表演上的幼稚性和单薄性，所以，"动画"便成为第一选择，甚至是唯一选择。

我们知道，并不是所有的影视作品都有文学剧本，而更多的却只有分镜头剧本；在非专业人士的眼中，阅读分镜头剧本将十分困难；更有甚者，一部已经完成的影视作品却没有任何剧本。观众在欣赏影视作品之后，很少会要求阅读相关的剧本，以增加记忆或便于向他人宣讲；即便他们有阅读的意向，也很难获得这些剧本。由此，假如我们同意文中举证的影视作品都具有寓言性，并且可以称为寓言电影的话，我们就会得出另一个结论：影片本身就是寓言，而无须任何文字加以注解说明。这些影片绝对有别与"寓言动画"，它们没有先前的寓言故事，也不是某个古老寓言的艺术再现，它们就是自身——寓言影视！如果我们非得追根求源地把寓言影视再翻成文字，就犹如把中国的现代故事再翻译成古文让人阅读一样，难免会让人味同嚼蜡，扫兴至极。

今天，不仅在中国，或许是在整个世界，寓言的发展都遇到了前所未有的瓶颈：即寓言的阵地不断萎缩，创作队伍和阅读人群也在日趋减少。发展或固守，成为寓言在现实中难于取舍的难题。

我们既然感知到了影视作品中的寓言性所包含的个中三味，或许就能找出一条可以突破的途径，无论它是嫁接或是结缘，只要能固守寓言的本质。

逝者已去，信者可追。影视的百花园中，或许会找到让寓言重新繁荣的土壤。

檀冰于北京

二零零五年元月

尹柱弼*

1. 개최 배경과 준비

우리 우언연구팀은 2002년 한국학술진흥재단(이하 '학진'으로 약칭)의 인문학 육성과제에 선정되어 본격적인 연구사업에 착수했다. 이 중 동아시아 우언과 관련한 국제회의로는 2003년과 2004년 연초에 각각 중국 북경대학과 일본 쿄토부립대학에서 그 나라 학자들과 공동 발표회를 개최하고 그 성과를 학술적 교류로 이어나갔다. 2005년은 이 연구사업 3년차로서 마무리 하는 해였다. 우리는 국제회의의 방향을 두 가지로 잡았다. 한중일 이외의 지역으로 범위를 확대할 것인가, 아니면 국내 학자들의 동참을 유도하면서 그간의 성과를 알릴 것인가? 전자를 위해서는 또 외국으로 나가야 하고 후자를 위해서는 국내에서 국제대회를 치러야 했다. 우리는 두 가지 목표를 동시에 충족시키기 위해 한국대회를 열기로 했다.

「동아시아 우언 국제회의」를 제의한 것은 사실 2002년 북경에서 당시 중국우언연구회의 회장이었던 치우춘린(仇春霖)옹이었다. 그는 우리들

*동아우언연구팀 연구책임자, 단국대 한국어문학전공 교수

의 연구방문을 뜻밖에 일로 여기고 한편 놀라면서 한편 크게 환대하였다. 그러면서 한중 우언문학의 교류를 제의하고, 중국과 일본, 그리고 한국을 동시에 아울러서 연구교류를 추진할 수 있는 나라는 현재로서는 한국밖에 없다고 한국의 매개적 역할에 대해 자신의 의견을 진지하게 피력한 바 있었다. 우리는 거기다 대만과 월남, 더 나아가 유구(현재 일본의 오키나와)를 포함시키고 발표자들을 물색하기로 했다. 다만 몽고는 몇몇 학자들을 교섭할 수는 있었으나 '동아우언'이라는 범주와 다소 이질적 측면을 지니고 있었기 때문에 다음 기회로 미루었다.

우선 일시는 예년과 같이 연초를 택하기로 했으나 시일이 촉박하고 음력 새해 명절을 피해야 했으므로 부득이 2월 하순으로 잡을 수밖에 없었다. 더구나 중국에서는 설날 명절인 이른바 '춘절'(春節) 전후의 1주일은 국내외 이동이 극도로 복잡하다는 사정도 고려해야 했다. 장소로는 '한국학중앙연구원'으로 재도약할 전환점에 놓여있던 한국정신문화연구원을 택하고 구체적 교섭에 들어갔다. 한국학의 이미지도 부각시킬 수 있을 뿐만 아니라 숙식과 회의가 동시에 해결된다는 점이 소규모 인원으로 대회를 주관해야 할 우리 연구팀으로서는 큰 장점으로 여겨졌다.

동아우언 국제회의는 참가국이 돌아가며 주관하고 여비는 참가자들 각자 부담하되 숙식은 개최국에서 제공하는 것으로 규칙을 마련했다. 제1회는 「한국우언문학회」에서 맡아서 하겠으니 '우언의 인문학적 지위와 현대적 활용성'이라는 주제에 관한 발표와 동아시아 우언연구의 교류를 위해 한국대회에 참가해 달라고 국내외 학자들에게 초청장을 보냈다. 중국 학자들은 우리들의 제의를 크게 반기면서 마창샨(馬長山) 비서장을 필두로 「중국우언연구회」에서 일괄하여 참가 방식을 조율하고 무려 5명의 발표자를 파견하기로 했다. 노년층 학자들은 비교적 젊은 중장년 학자들에게 참여 기회를 양보하면서 그들로 하여금 이후 한중 교류의 실질적 업무를 담당하게 하겠다는 의욕을 보이기도 했다. 그 대신 판파쟈 회장과 첸푸칭 교수 같은 노학자들은 축사 혹은 감사의 서신을 보내왔다.

　일본은 특정한 우언연구회가 결성되어 있지 않으므로 쿄토대회를 통해 알게된 학자들을 중심으로 연락을 취했다. 그러나 여건이 여의치 않아 새삼 인터넷을 통해 연구논문을 검색하고 관련되는 학자들을 다시 교섭해야만 했다. 그렇지만 이이쿠라(飯倉洋一) 교수는 참석은 못해도 논문을 보내왔고(이 책에 수록되어 있다.) 새로 2명의 학자에게 응낙을 받았다. 대만의 경우 중국의 첸푸칭 교수에게 추천을 받았다. 대만중앙연구원 문철연구소(文哲硏究所) 리쉬쉬에(李奭學) 교수, 대만사범대(臺灣師範大)의 안루이팡(顔瑞芳) 교수와 연락했다. 그 과정에서 연구년으로 대만 사범대에 가 있는 중앙대 중문과의 이강범 교수가 많은 도움을 주었다. 리 교수는 영문학도 출신으로서 미국에서 비교문학 박사학위를 받고 돌아와 중국 고전문학을 전공하는 학자인데 마테오리치의 저작을 우언의 관점에서 분석하는 논저를 집필한 적이 있었다.(대회후 우리쪽의 서적 증정에 답하여 그 저서를 보내왔다.) 하지만 병환 중이라 참석하기가 곤란하다고 회답이 왔다. 안 교수는 참가한다는 의사를 밝혀왔으므로 또 다른 학자를 추천하여 2명이 참석해 달라고 요청했다.

　월남의 경우 대만 학술대회에서 만나본 적이 있는 하노이 한남연구소 찐칵마인(鄭克孟)원장의 명함을 꺼내 들고 연락을 취하였다. 중국어로 의사를 전달하였는데 기꺼이 참석하겠다는 연락이 왔다. 또 다른 한 명의 발표자를 물색해달라고 하고 여비를 한국에서 부담하기로 최종 합의했다. 그 과정에서 한국외대 베트남어과의 전혜경 교수가 협조를 아끼지 않았다. 유구의 경우 그 나라 문호였던 사이온(蔡溫)의 저작에 일찍부터 관심을 두어왔던 경기대 김헌선 교수에게 부탁하여 허락을 얻어냈다.

　이제 필요 경비를 확보하는 일이 중요한 업무로 떠올랐다. 외국 학자 초청으로 이미 상당한 예산이 필요했기에 재원 확보와 국내 학자들의 초청 규모를 조율할 필요가 있었다. 고심하던 차에 학진의 연구비를 중앙관리하고 있는 단국대학교 산학협력단에서 통고가 왔다. 간접경비(over-head)의 일정 비율을 책임연구원과 그가 상임연구원으로 소속된 부설연구소에 장려금(incentive)조로 지급한다는 내용의 학칙을 만들어 조만간 시행하겠다는 것이었다. 다만 2003년도분은 부설연구소에, 2004년도분은 개인과 연구소에 나누어 준다는 내용이다. 실제 내 수중에 얼마가 들어올지는 확실치 않았으나 어쨌든 시기적절하게 희망을 열어주신 보이지 않는 손길에 감사를 드렸다.

결국 프로시딩이나 팸플릿 제작 등은 연구팀의 연구비로 지출하고 그 나머지의 제반 비용들은 장려금 900만원과 단국대 부설 동양학연구소의 400만원 후원금으로 충당했다. 또 한중연 한국학대학원에서는 환영만찬회 장소를 제공하고 비용을 후원해 주었다. 뿐만 아니라 김일훈 자죽염을 생산하는 인산가(합자), 자청비와 산사춘을 생산하는 국순당(주)에서 죽염과 만찬용 주류를 협찬하여 주었다. 한·중 동시통역은 이화여대 손지봉 교수가 무보수로 지원해 주었다. 총지출 비용은 2,000만원을 상회하였다.

또 업무 분장을 하면서 대회장은 김영 한국우언문학회 회장이, 예결산과 팸플릿 제작은 우리 연구팀의 강영순 전임연구원이, 발표요지집 제작은 양승민 전임연구원이, 전시 준비와 제반 안내 등은 김인회 연구보조원이 책임지고 감당하기로 했다. 또 원고 번역에 있어서는 연구보조원 남연(한-중)과 고영란(한-일)이 맡았다. 그 이외 번역건이나 국제교류와 관련하여 별도의 사안이 발생할 경우에는 동아시아비교문화국제회의(회장 노영희/ 총무 김상일)와 공동주최자로서 협조하기로 하였다. 뿐만 아니라 중국참가자의 안내는 김영 회장이, 일본의 경우 공동연구원 편무진 교수가, 대만의 경우 이강범 교수가, 베트남의 경우 전혜경 교수가 수고를 마다하지 않고 감당해주었다. 이 모든 분들의 헌신적인 노력과 기꺼운 협조 덕택에 발표회 세부사항을 더 탄탄하게 다져나갈 수 있었다. 이 자리에서 다시 한번 감사의 마음을 표하지 않을 수 없다.

2. 대회 진행 과정

애초 우리는 한국대회의 주제를 동아시아문명권에서 우언이 차지하는 위상과 현대문명에서의 활용 가능성에 초점을 맞추고자 했다. 그러나 외국학자들의 초청은 국제교류의 측면에서 적절한 안배가 필요한 데다가 발표자를 적절하게 섭외할 만한 정보도 많이 부족하였다. 이에 비하여 우언에 대한 국내 학계의 관심을 제고시키기 위해 한국 학자들을 초청할 때는 경우가 달랐다. 오히려 세부 전공과 관심 분야에 따라 적임자를 물색하고 우리들의 논의 주제도 세분화할 수 있다는 장점이 있었다.

우선 한국대회의 주제를 포괄하는 기조발제가 필요했다. 서울대 국문과에서 정년퇴직 후 계명대 석좌교수로서 5년간 공개강좌와 집필에 전념하고 있는 조동일 선생이 제일 먼저 머리에 떠올랐다. 선생은 현재 「세계·지방화 시대의 한국학」을 '학문학'이라는 큰 틀로 접근하고 있으며 우언에 대해서도 큰 의미를 부여하고 사상사와 문학사의 측면에서 여러 차례 언급한 적이 있었다. 전화로 청탁을 드렸더니 공교롭게도 그 주일에 인도에서 열리는 국제회의에 참가할 예정이라고 했다. 그렇다면 적절한 분을 추천해달라고 했더니 다른 데서 구하지 말고 자신이 직접 해보라고 권면하였다. 조금 난감한 기분이었지만 다른 분을 찾아 나서기로 했다.

우리는 또 한 차례 결단을 내렸다. 어차피 새로운 분야의 개척이라는 사명감에서 출발한 만큼 자처하고 나서자는 데 합의하였다. 기조발제는 책임연구원인 필자가 맡기로 하고 그 대신 대회일자를 더 늦추어 2월의 마지막 주일이 되더라도 조동일 선생을 초청하기로 하였다. 선생은 인도대회 후 그곳에서의 여행 계획을 잡아놓았었지만 기꺼이 추후일정을 취소하고 돌아와서 우리 국제대회에 참석하겠다고 응낙했다. 나는 향후 10년간 우언 연구에 필요한 영역에 대해 제언하면서 기조 발제를 맡고, 선생은 특별강연으로서 세계문학사의 관점에서 우언의 시대적 성격을 폭넓게 비교하고 우언연구에 대한 반성적 관점을 제시했다.

　본격적인 논의는 4개조의 분임 발표와 토의로 구성되었다. 그리고 인터넷 매체에서의 우언감상을 시연(試演)하고 우언 관련 출판 및 다매체를 전시하는 시간도 적절하게 배분했다. 분임 주제는 다음과 같았다.

　(1) 우언의 인문학적 위상
　(2) 우언의 활용 가능성
　(3) 우언의 지평 확대
　(4) 우언의 당대적 작용

　제1분과에서는 우언의 지위에 대한 통괄적 논의를 위주로 하였다. 첸푸칭, 마키노카츠오, 정학성, 장효현 님에 의해 한국 우언의 특질, 일본에서의 아동 교과서인 잡자계(雜字系) 자료, 비판정신에 입각한 우언소설, 한국고소설사에서 우언의 전개를 논하였다. 또 안동준, 허원기, 강석근, 성백걸 님에 의해 도교, 성리학, 불교, 기독교에서 우언적 사유, 의미, 범주, 독법 등을 따졌다. 좌장으로는 김태준, 임치균, 한형조, 이진오 교수가 각각 2개 발제 정도를 맡아 활발한 토론을 유도하고 회의를 진행시켜 나갔다. 통역은 박재연, 편무진 교수가 수고하여 주었다.
　제2분과에서는 우언이 전통시대로부터 20세기에 이르기까지 다양하게 활용되었던 자취를 검토함으로서 그 효용성을 제시해보고자 한 논의였다. 김영, 김성룡, 이강엽, 김윤수 님에 의해 군신·사제라는 상하관계를 다룬 우언, 우언의 문학교육적 가능성, 성인동화의 우언적 활용, 〈금산사몽유록〉의 원작자와 창작배경을 논하였다. 또 윤동재, 권오현, 안루이팡, 우춰린 님에 의해 아동문학의 우언작법, 현대소설의 우언기법, 청나라 이솝우언의 한역, 20세기에 창작된 중국 우언문학을 분석, 소개하였다. 좌장은 정운채, 정용수, 최시한, 이종주 교수가 맡아 토론을 이끌었다. 통역은 남연 동학이 수고하였다.
　제3분과에서는 내용적으로나 지역적으로 범주적 확장을 꾀하였다. 김선자, 우푸샹, 김문경, 마챵샨 님에 의해 신화, 제자서, 중·일 쟁론류, 현대 창작을 대상으로 삼아 우언의 범주를 확대 해석하거나 창작상의 우언 주제를 소개하였다. 또 김헌선, 찐캬마인, 호웡반쟙, 최용철 님에 의해 유구의 우언작품집, 월남의 시소설 내지 민가가요, 조선 간행의 명대 소화집을 거론하였다. 좌장은 조현설, 이강범, 최귀묵, 전혜경 교수가 맡아서 한국 학계에서는 다소 생소한 논의들을 적절하게 발표·토의하게끔 유도하였다. 통역은 고영란 동학과 좌장들 스스로 수고하여 주었다.

제4분과는 이튿날 오전에 전체회의로 진행하면서, 우언이 근·현대 문명에 대응해 온 여러 사례를 살피는 데 초점을 맞추었다. 윤승준, 딴밍꿰이, 권석환·유동관, 탄삥 님에 의해 근대 계몽기의 우언, 현대 경영관리의 우언, 우언의 인쇄출판, 영상물에서의 우언적 사고를 적절한 예를 들어가며 논의하였다. 좌장은 윤주필, 김상락이 맡아서 우언이 현대문명의 문화상품으로서 기능할 여지를 타진하고자 하였다. 통역은 남연 동학이 다시 수고해 주었다.

이 이외에 첫째날 분임회의를 모두 마치고 전시회와 시연회를 가졌다. 전시회는 분임 1부와 2부 사이의 휴식시간에 또는 회의 참여자들의 개인적 관심에 따라 자유롭게 시간을 할애하여 관람할 수 있었지만 시연회는 제1분과 회의가 지연된 탓에 할당된 시간이 촉박해졌다. 우리 연구팀의 강영순·양승민 님의 발표는 생략하고, 한중연 책임연구원 김태환 님이 준비한 인터넷 상의 현행 우언을 감상해 보았다. 특별히 제작한 씨디(Compact Disk)를 통해 설명을 하였지만 한중연 원장 초청 만찬회의 시간이 약속되어 있어 준비한 내용을 듬성듬성 선보이는 데 만족해야 했다. 대회를 준비하고 진행하는 우리 연구팀으로서는 참으로 미안한 대목이었다. 다만 우리 연구팀에서 자체 제작하여 대회 참가자 전원에게 증정했던 그 씨디를 통해 개인적으로 좀더 자세히 감상 체험할 수 있기를 바랄 뿐이다.

이튿날은 분임회의 주제를 마친 후, 양일 간에 걸쳐 진행했던 전 과정에 대해 종합보고 및 토론회의 시간을 가졌다. 심경호 교수가 총괄사회를 맡고, 각 분과의 좌장들이 분임회의의 결과를 보고하였으며, 이 내용을 각국의 사회자로서 편무진, 권석환, 전혜경 교수가 일어, 중국어, 베트남어로 전달하였다. 마지막 대회 순서로 동아시아비교문화국제회의 고문이신 김태준 교수가 대회 총평을 하면서 폐회의 말씀을 전하였다. 참가자들은 오찬을 함께 하고 산회하였다.

3. 대회 성과

대회성과는 발표·토의에 관한 부분과, 연구 교류에 관한 부분으로 나누어 살필 수 있다. 발표 또는 토론 과정 중에 가장 두드러진 의견은 우언의 범위를 지나치게 확장하지 말자는 내용이었다. 이는 어찌 보면 예견되었던 것일지도 모른다. 한국대회의 주제 자체가 인문학 전반과 관련하여 우언의 지위를 논하고 문명사적으로 그 활용 가능성을 검토하는 광범위한 것이었기 때문이다. 그럼에도 불구하고 이번 대회를 통해 고전, 현대의 분야의 문학연구자는 물론이고 문학창작, 미술, 영상, 다매체 관련 전문가들이 한 자리에서 동일 주제를 논하며 학술 교류를 시도했다는 점은 우언연구에 중요한 밑거름이 될 수 있으리라 여겨진다.

기조발제에서는 우언을 인문학은 물론이거니와 문화론적 맥락에서 파악하자고 했다. 또 비교문학의 대상으로서 문명권 사이의 시대적 비교, 예컨대 서구와 동아시아의 철학, 종교, 과학, 예술에 침투해 있는 우언의 비교도 가능하고, 또 하나의 방법으로 한 문명권에서 타문명권으로, 그리고 문명권 내부에서 각 민족의 내부 계층으로 전파 내지 소통되는 과정을 단위별로 비교할 수도 있다고 했다. 문학이론적으로는 우언적 서사가 동아시아 허구론의 핵심이며 이는 공간과 의미의 층위가 충첩되는 다면서사의 개념이고 시간적 서사와는 대비된다고 했다. 우언자료의 정리, 우언문학사의 기술, 현대적 활용 등도 향후 필요한 작업임을 지적했다.

반면에 특별강연에서 조동일 교수는 다음과 같은 내용을 반성하며 함께 노력하고자 제안했다. 우선 우언의 범위를 너무 확대하지 말고 흥미로운 표면의 이야기와 감추어 둔 진실이 크게 어긋나게끔 꾸민 의도적 창조물에 관심을 집중하여 연구 의의를 확대시키자고 했다. 또 비교연구의 범위를 동아시아를 넘어 인도나 아랍 등지까지 확대하여 좋은 우언 자료를 찾고 그 분야 전공자들과 공동연구에 동참하도록 하자고 했다. 그리고 우언은 문학과 철학의 공유 영역이므로 이 점에서도 공동연구가 필요하다고 했다. 또 우언은 시대구분의 긴요한 지표를 제공하므로 각 시대의 구체적 노선을 많은 자료를 통해 논의하자고 했다.

그러나 각 분임회의에서 논의된 내용을 일괄해 본 바와 같이 현재 우언 연구는 그 문화적 효용성에 착안하여 범위가 확대되고 있는 추세인 것만은 확실하다. 물론 범위 확대가 항상 좋은 것은 아니다. 우언과 관련된 이론을 착실히 다지면서 실제 적용자료를 엄격하게 대응시켜 적용하는 태도야말로 연구의 기본에 속하는 문제일 것이다. 이번 대회에서 제시된 논의와 자료에도 그러한 기본적 검토가 필요한 경우가 있을 것이다. 질을 떨어뜨리지 않으면서 연구 영역을 확대하려면, 자료 발굴 때문에 생기는 연구 확대는 어쩔 수 없다 하더라도 연구의 양적 팽창보다는 문제적 작품이나 현상을 중심으로 연구를 심화시키는 쪽으로 방향을 잡아야 할 것이다.

학술교류 측면에서 최대 성과는 본 학술대회를 매2년마다 열어 정례화하고 「우언연구 국제회의」를 결성했다는 점이다. 한국우언문학회가 본격적으로 출범하며 각국의 우언문학회는 국제회의 구성원으로 참여하기로 했다. 차기대회는 2007년 중국에서 개최하며 한국대회에 참가했던 여러 나라의 관련 학자들을 초청하기로 합의했다. 한국우언문학회 회원으로 입회원서를 제출해 준 연구자들은 국내외를 합하여 40여 명에 이른다.

한편 우리 연구팀은 교류를 돈독히 하자는 의미에서 대회 첫째날의 기념촬영 사진과 대회 일시에 맞추어 출판한 우언총서4집 『동아시아 우언

비교연구』(집문당, 2005)을 발표·토론에 참여한 모든 분들에게 증정하고, 수백 장면의 티지털 화상을 인터넷 웹하드에 올려놓아 국내외 어디서나 자유롭게 내려받을 수 있도록 하였다.

아울러 2005년 7월에는 강영순·양승민 전임연구원이 중국우언문학회 운영진을 북경으로 방문하여 협조사항을 의논하고 지속적인 학술교류를 위한 의견들을 교환하였다. 중국측에서는 치우춘린(仇春霖) 주석, 판파쟈(樊發稼) 회장, 딴삥(檀冰) 총경리, 리우란(劉嵐) 중국공인출판사제2편집실 부주임, 쿠지엔화(顧建華) 부회장, 마챵샨(馬長山) 비서장, 쨩정(張晶) 총경리비서 등이 참석하였다. 우리 측에서는 황용위(黃永玉)화백의 작품집『육기』(六記)를 번역 출판하기 위한 절차를 상의했고, 제2회 동아우언 국제대회의 중국 개최에 대한 안건을 협의했다.

중국 측에서는 자료교환에 적극적으로 찬동하면서 중국의 자료는 책임을 지고 송부하겠다고 했다. 이번에도 만화류, 시화류 등의 희귀한 우언집들을 10여 종 이상 보내주었다. 또 중국 정부에서 허가가 나지 않아 못하고 있는 사항이지만 한국에서 한중일 우언자료관을 만들기를 권유했다. 그럴 경우 중국측 자료는 모두 구해서 보낼 수 있다고 제의하였다. 연구와 창작까지 담당하는 우언연구소 내지 우언동화애니메에션 회사를 한중일 합작으로 만들자는 제의도 했다. 또 중국 우언작가들의 한국방문을 주선해 주기를 희망했다. 이 이외에 우언 서적의 상호출판 건이라든가 제2회 국제대회의 주제 등을 협의하였다.

우리는 국내에서『우언총서』를 꾸준히 출간하면서 여건이 허락하는 대로 외국 것을 번역 소개하고 우리 것도 외국 출판사를 통해 번역 출간하도록 기획할 것이다. 현재 첸푸칭 교수의『세계우언통론』의 초벌 번역을 완료해 놓은 상태이다. 김헌선 교수는 유구의 대학자 사이온의『사용편언』을 해제 번역하여 우언총서의 하나로 출간할 것을 약속한 바 있다. 또 국제대회에서 우리는 쟁변류(諍辯類/爭奇文學)의 전개, 오권서(五券書/판챠탄트라)의 전파와 수용, 이솝우언의 수용사, 동화우언의 존재양상 등을 비교하는 〈동아시아 우언의 비교 자료 탐색〉을 제의하고자 한다.

한편 일본에는 아직 우언연구회가 결성되어 있지 않은 형편이다. 전문적으로는 'ぐうわ'(寓話)라고 부르는 단편의 교훈적 이야기에 한정하고 구비문학 내지 민속학의 일환으로 연구하는 경향이 있을 뿐이다. 그러나 일본 고전문학 혹은 중국문학의 관점에서 실제 우언작품을 연구하는 학자도 적지 않다. 일본대회에서 만났던 이이쿠라(飯倉), 후지하라(藤原), 캠벨(Campbell) 교수도 그렇거니와 한국대회에 참석했던 김문경(金文京), 마키노카즈오(牧野和夫) 교수는 쟁기문학, 돈황변문, 아동교과서 등을 주제로 국내외 대회에 활발하게 참석하는 학자들이다. 나는 한국대회 후 쟁변류 우언을 중심으로 김문경 교수와 관련 한·중·일 자료를 여러 차례 교환했다. 김 교수는 쿄토대 인문과학연구소 소장으로 새로 취임하여 바쁜 일정 속에서도 성실하게 학술교류에 응했다. 감사한 일이다. 이를 계기로 일본측 학자들과의 본격적인 교류를 기대해 본다.

또 나는 최근 베트남의 한놈연구원(Vi n Nghi n cứu Hán N m)에 자료조사를 위해 방문하였다. 마인 원장, 쟙 처장 등이 환대를 해 주었고 그들의 호의에 힘입어 필요한 서적을 복사할 수 있었다. 언어의 장애로 인해 아직 월남 자료의 전모를 파악하고 있지 못하지만, 전혜경 교수, 심상준 교수, 리슌쫑(Lý Xu n Chung) 선생 등의 도움을 받아가며 월남의 우언 자료를 점차적으로 이해하여 가고 있다. 그곳에서는 소화(笑話) 저작물이 전통과 현대를 망라하여 수십 종류가 시판되고 있는 상황을 목도했고, 우언(Ngu ng n)이라고 명토를 박은 서적도 2종 구득할 수가 있었다. 우언은 전통적 단형서사뿐만 아니라 현대 창작으로 응용되어 균형을 이루고 있고 삽화까지 충실하게 곁들여 독립된 독서물로서 손색이 없었다.

4. 반성과 전망

제1회 동아우언 국제회의를 통해 한국우언문학회는 정식으로 출범을 한 셈이다. 우언연구팀의 범위를 넘어서는 회원의 가입이 있었고 국제적이 학회는 학술 교류의 주체가 되었기 때문이다. 또한 학문 후속세대라 할 젊은 학자들이 우리의 연구 주제에 대해 진정 어린 관심을 보여주었고 향후의 문학회 활동에 대해 기대감을 표시하기도 했다. 이는 우리 연구팀에게는 또 다른 부담이자 책무가 되는 것임에 틀림없다.

현재 우언 연구팀은 제2기 사업을 새로 시작하고 있다. 한국 우언자료와 관련 동아시아 자료를 가능한 한도 내에서 전반적으로 정리하고자 하는 내용이다. 이번에도 학진 후원과제(2005-079-AS0132)로 선정되어 2개 연간 시행하지만 만족할 만한 성과를 내기 위해서는 훨씬 더 많은 시간을 필요로 하는 작업이다. 한국문집총간 350책의 우언자료, 그동안 수집했던 국·한문 우언자료, 중국, 일본, 월남 등의 관련 자료 등의 목록을 검색, 정리하고 그 중에서 우수한 작품을 선정하여 해제, 번역, 주해하는 것이 작업의 골자이다. 우언의 효용성에 관심을 둔다고 하더라도 착실한 기초 작업 없이는 사상누각에 불과함은 물론이다. 뿐만 아니라 학술 교류를 위해서도 한국 자료에 근거한 비교연구가 필요하고 그 밑바탕에는 자료의 충분한 축적이 있어야 한다. 현재로서는 한국 우언을 대표할 만한 총집 하나 변변하게 갖추어 놓은 게 없는 실정이다. 제2회 국제대회 때에는 각국 참가자들에게 우리의 자산을 자신 있게 소개할 기회를 가질 수 있기를 희망한다.

우리는 이제 한국우언문학회를 활성화시킬 시점에 당면해 있다. 그러나 외적 규모에는 아무런 관심도 두지 말고 특수 분야의 소규모 학회로서 내실을 기하는 것이 바람직할 듯싶다. 예컨대 소규모라는 장점을 살려 월례발표회를 꾸준히 밀고나가는 방법도 생각해 볼만하다. 우언연구팀의 자료 사업을 진행시키는 과정에서 발생하는 이론적, 기술적 문제들을 일반화하여 여러 회원들과 지속적으로 토의하고 일반 회원들의 또 다른 주제들을 그때그때 소화해 나간다면 좋을 것이다.

한편 한국의 경우 유독 동아시아의 다른 나라에 비해 일반 독서물로서의 우언이 전통 시대에 비해 많이 부족하다. 실제로는 우언수법의 창작물이 적지 않지만 인식이 따라가지 못하는 측면도 있다. 현대문학 연구자나 작가와 우언에 대한 관심을 공유하고 적극적인 연계를 할 필요가 있다. 그리고 쉽게 읽히는 우언 관련 문화물을 생산해 내는 데도 우언학회가 일정한 역할을 해야 한다. 예컨대 한국 출판시장에는 이솝우화 관련 독서물이 100여 종 이상 유통되고 있다. 창조성이나 다양성과는 거리가 멀다. 안전제일주의로 '이솝'이라는 프리미엄에 편승하지만, 전체적으로 보면 출판사들의 기획력과 자금력을 중복투자하고 있는 실정이다. 『우언총서』의 일부 출간물은 이같은 일반 독서물에 할당하여 이같은 편향된 경향을 바로잡는 데 일조해야 할 것이다. 또 인문, 예술, 정보기술, 멀티미디어 등의 학제간 연구와 산·학·연 연계가 중시되는 시대에 '우언'과 '동아시아'라는 두 주제는 앞으로 커다란 부가가치를 생산해 낼 수 있는 영역이 될 것이다. 연구자들이 각기 소속되어 있는 관련 대학연구소, 우언연구팀, 한국우언문학회가 여러 형태로 협력하여 이를 실현해 내는 데 큰 기여를 할 수 있기를 바라 마지않는다.

<h1 style="text-align:center">찾아보기</h1>

(ㅈ)

[우언문학총서 제5집]

우언의 인문학적 위상과 현대적 활용

초판인쇄 2006년 6월 5일
초판발행 2006년 6월 15일

엮은이 한국우언문학회
펴낸이 박찬익
펴낸곳 도서출판 박이정
주 소 130-070 서울시 동대문구 용두동 129-162
전 화 (02) 922-1192~3 팩스 (02)928-4683
E-mail book@pjbook.com
온라인 (국민) 729-21-0137-159
등 록 1991년 3월 12일 제1-1182호

ISBN 89-7878-869-6 93810
값 45,000원